I0593117

EX LIBRIS
EVGENE LE SENNE

HISTOIRE

DE . PARIS

PARIS. — IMPRIMERIE V^{es} RENOU, MAULDE ET COCK

RUE DE RIVOLI, 144

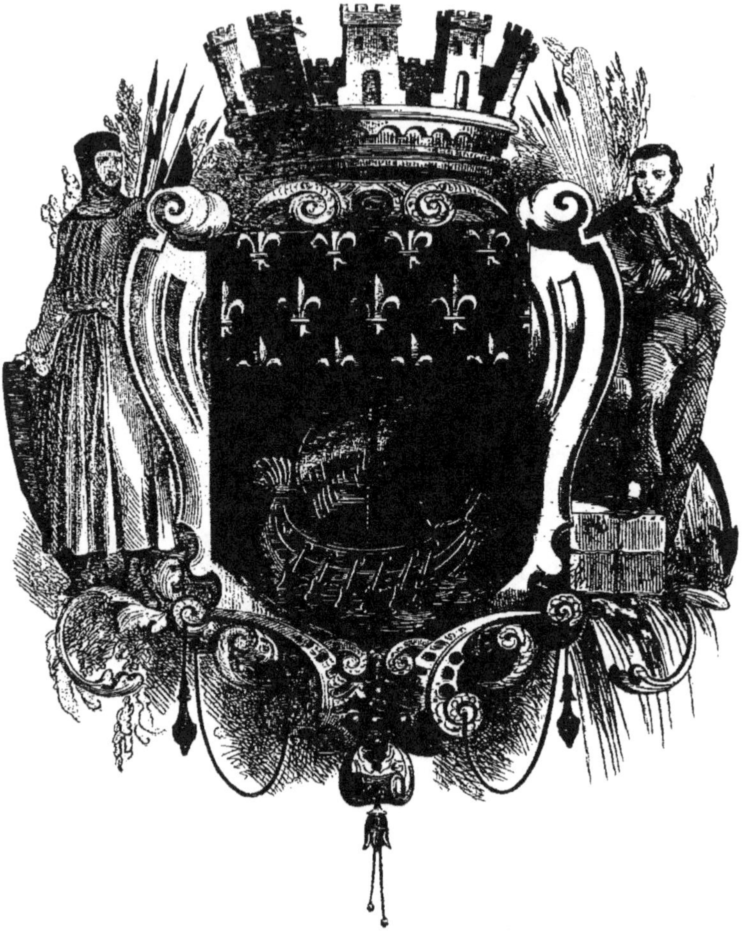

Ville de Paris

Chromo Lemercier et Cie Paris

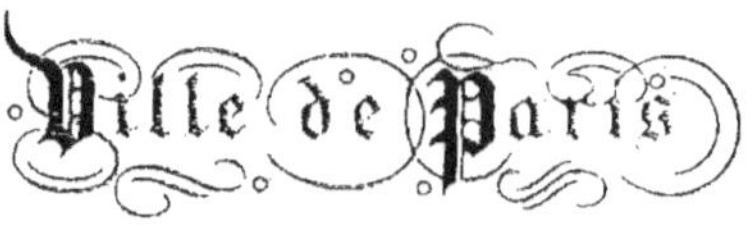

HISTOIRE
DE PARIS
ET DE SES MONUMENTS
PAR DULAURE

NOUVELLE ÉDITION

REFONDUE ET COMPLÉTÉE JUSQU'A NOS JOURS

PAR

L. BATISSIER

AUTEUR DE L'HISTOIRE DE L'ART MONUMENTAL

PARIS

FURNE, JOUVET ET Cⁱᵉ, LIBRAIRES-ÉDITEURS

RUE SAINT-ANDRÉ-DES-ARTS, 45

AVIS DE L'ÉDITEUR

ès l'époque de sa première publication, l'*Histoire de Paris* par Dulaure a obtenu un grand succès. Jusqu'alors aucun ouvrage d'une érudition sûre, d'une lecture attachante et facile, n'avait mis en lumière les récits des anciens annalistes; aucun auteur n'avait peint la capitale de la France, dans un tableau moral vrai et aussi animé, n'en avait décrit les monuments avec plus de précision et n'en avait mieux fait connaître les institutions politiques et religieuses. Ce livre est encore aujourd'hui un de nos guides les p us fidèles pour explorer les antiquités et l'histoire de Paris.

Nous avons pensé qu'une nouvelle édition de cet ouvrage serait accueillie avec la même faveur que les précédentes. Toutefois, nous avons cru devoir apporter au travail de Dulaure quelques modifications que réclamaient depuis longtemps les hommes de science et de goût. Entraîné par l'attrait de ses études, Dulaure a souvent oublié Paris et fait une large part à l'histoire générale de la France. Quel que soit le talent avec lequel les faits relatifs aux provinces sont racontés, il est facile de comprendre que ces digressions nuisent à la rapidité et à l'intérêt du récit principal. Or, ce sont ces digressions que nous avons fait disparaître toutes les fois qu'elles se trouvaient bien évidemment en dehors du sujet. Nous avons dû aussi resserrer certains récits, enlever des répétitions inutiles, et abréger des considérations philosophiques qui, avec le temps, ont perdu de leur portée. Sauf ces changements, c'est le travail de Dulaure que nous publions.

L'Histoire de Paris reste donc, comme dans les éditions précédentes, divisée en *périodes*, lesquelles sont subdivisées en *sections*, et celles-ci en *articles*.

Chaque période comprend un espace de temps plus ou moins étendu, suivant l'abondance des monuments historiques. Cette période est ordinairement déterminée par de grands événements politiques. Ainsi l'état de Paris avant César, Paris sous la domination romaine, Paris sous la première race des Francs, sous la seconde, sous la troisième, depuis Hugues-Capet jusqu'à Philippe-Auguste, forment autant de périodes. Dans les temps moins éloignés, alors que les matières surabondent et que les règnes portent une physionomie distincte, chaque règne devient une période.

La première section de chaque période contient une notice des événements principaux, sur la nature du gouvernement, le caractère des gouvernants et leurs principales

A

actions. Lorsque les périodes comprennent plusieurs règnes, chaque règne forme une section ; alors chaque section contient autant d'articles qu'en comportent les diverses institutions appartenant à ce règne. Quand, dans des temps plus récents, la période ne comprend qu'un seul règne, après la notice sur l'état du gouvernement et sur le caractère des hommes du pouvoir, se trouvent plusieurs sections qui, divisées en articles, contiennent l'historique et la description de tous les établissements, institutions, monuments, édifices civils ou religieux.

Chaque période est terminée le plus souvent par trois sections : le *tableau physique* l'*état civil* et le *tableau moral*. Dans la première de ces sections se trouvent l'indication des changements qui, depuis la précédente période, sont survenus dans l'état physique de Paris, changements dans les rues, les quais, les places publiques et les enceintes, et même les accidents, comme les incendies, les inondations, etc , qui ont pu apporter des altérations dans quelques parties de cette ville. La seconde de ces sections contient les principaux règlements de police, les désordres produits par les vices de ces règlements ou par leur inexécution, la population de Paris, autant qu'il a été possible de se procurer des données certaines sur cette partie intéressante de l'économie sociale, les servitudes, les contributions, enfin tout ce qui concerne la sûreté des personnes et des biens. La troisième section offre le tableau des mœurs et des usages de la cour, du clergé et du peuple de Paris.

Le travail de Dulaure comprend l'histoire complète de Paris, depuis les temps les plus reculés jusqu'à l'empire ; pour compléter ce travail, nous avons ajouté plusieurs chapitres sur les institutions nouvelles et sur les monuments qui ont été fondés à Paris depuis la déchéance de Napoléon jusqu'à nos jours.

STATISTIQUE PHYSIQUE

A ligne méridienne de l'Observatoire qui traverse la France traverse aussi Paris dont la longitude devient en conséquence *zéro ;* mais si on la compte du clocher de l'île de Fer, alors cette longitude est de 20 degrés moins 8 minutes un quart. Sa latitude septentrionale à l'Observatoire, est de 48 degrés 50 minutes et 14 secondes.

La Seine prend sa source dans la forêt de Chanceau, à deux lieues de Saint-Seine, département de la Côte-d'Or. Après avoir reçu, au-dessus de Paris l'Yonne, l Yerre, la Marne, et, au-dessous de cette ville, l'Oise et d'autres, moindres rivières, elle se jette dans l'Océan, entre les villes du Havre et de Honfleur. Ce fleuve traverse Paris dans une direction du sud-est au nord-ouest, et forme, en quittant les murs de cette ville, une courbure assez marquée qui fait incliner son cours vers le sud-ouest. Son développement, depuis la barrière de la Râpée jusqu'à celle de Passy, est de 8 kilomètres. — La Seine est divisée par deux îles qui, autrefois, en formaient cinq : l'île *Saint-Louis* et celle de *la Cité.* Sa vitesse dans les eaux moyennes, entre le Pont-Neuf et le Pont-Royal, est de 54 centimètres ou de 20 pouces d eau par seconde. La hauteur de la Seine se mesure aux échelles placées sur une pile du pont de la Tournelle, du Pont-Royal et du pont de la Concorde. On compte cette hauteur à partir de l'état des basses eaux de l'an 1719. La hauteur moyenne de la Seine prise au Pont-Royal, est de 36 mètres au-dessus du niveau de l'Océan. Sa plus grande largeur dans Paris, vers le Pon -Neuf, est de 263 mètres.

La Bièvre prend sa source près de Versailles, entre Bouviers et Guyancourt. Après avoir parcouru un espace d'environ huit lieues, elle pénètre dan- Paris, à travers le boulevard des Gobelins, puis traverse les faubourgs Saint-Marcel et Saint-Victor ; ensuite ses eaux, rendues fangeuses par de nombreux établissements de tanneurs et de teinturiers, sont versées dans la Seine, sur le quai de l'Hôpital. Trois mètres forment la largeur du lit ordinaire de cette rivière, qui a quelquefois produit des débordements funestes aux faubourgs qu'elle traverse.

Il existait un ruisseau qui, né de *Ménilmontant,* après avoir coulé à travers les faubourgs Saint-Martin, Saint-Denis, et passé derrière la Grange-Batelière et par la Ville-l'Evêque, allait se jeter dans la Seine, sur le quai de Billy, au bas de Chaillot. Les eaux de ce ruisseau, sans doute absorbées par l'exploitation des carrières à plâtre, ne coulent plus ; une partie de son lit forme ce qu'on appelle le *grand Egout de la Ville* — Un autre ruisseau, venant des coteaux de Bagnolet et de Montreuil, a creusé ce qu'on appelle la *Vallée de Fécamp,* dont une partie de la rue de Charenton a longtemps porté le nom. Les eaux de ce ruisseau, détournées pour alimenter l'étang situé à l'ouest de Vincennes, se jetaient anciennement dans la Seine, près du Petit-Bercy.

Surface du sol. Le sol de Paris est généralement de deux pièces : sol originel et sol éventif. Le sol originel est un gypse marneux ; le sol aventif est composé d'une couche de limon d'atterrissement déposé par les débordements de la Seine.

Le sol de Paris s'est beaucoup exhaussé, d'abord par l'effet naturel des alluvions de la Seine ; par les travaux que le besoin de se préserver des inondations fit entreprendre, notamment par la construction des ponts sur la Seine. Les débordements du fleuve rendaient né essaire l'élévation des arches et de la route des ponts, par suite de l'exhaussement du sol des rues aboutissant à ces ponts, et de proche en proche celui des rues adjacentes. C'est surtout pour favoriser l'écoulement des eaux, et faire disparaître les cloaques dont Paris était autrefois infecté, qu'on a dû aussi, en divers endroits élever le sol. Voici plusieurs témoignages de cet exhaussement.

Lorsqu'en 1770 on construisit un caveau sous l'église Saint-Benoît, on découvrit l'ancien pavé d'une rue qui communiquait de la rue Saint-Jacques au cloître de cette église. Cet ancien pavé était à dix pieds au-dessous du sol actuel. — C'est surtout dans l'île de la Cité que cet exhaussement a laissé des traces. Ainsi, par exemple, pour arriver dans l'église métropolitaine de Notre-Dame, on avait encore, au xvie siècle, treize degrés à monter. — En 1507, le parlement ordonna que la rue qui du Petit-Pont conduit au pont Notre-Dame, serait élevée de dix pieds. Toutes les rues aboutissantes durent éprouver le même exhaussement. La partie septentrionale de Paris fournit de semblables exemples.

Collines qui environnent Paris. Le bassin de la Seine, dont Paris occupe une vaste partie, est dominé par des collines plus ou moins élevées. Au nord, une chaîne de petites montagnes, s'étendant depuis les hauteurs de Bercy jusqu'à celles de Chaillot, présente à peu près un plan demi-circulaire. Cette chaîne se compose des coteaux de *Bercy*, de *Charonne*, de *Ménilmontant*, de *Belleville*, de *la Villette* et de la montagne de *Montmartre*. De cette montagne, le terrain va en baissant jusqu'au plateau Monceaux, et de là se relève jusqu'à celui de Chaillot qui termine l'enceinte montagneuse de la partie septentrionale du bassin de la Seine. Les plateaux de plusieurs de ces collines s'élèvent au-dessus du fond de ce bassin de 18 à 20 mètres ; ils sont surmontés d'environ 60 à 75 mètres par les éminences ou buttes de Ménilmontant et de Montmartre.

Au midi, le bassin de la Seine est dominé par des éminences moins hautes. En partant de la rive gauche de la Seine, à l'est et au sud-est de Paris, le sol s'exhausse par une pente douce jusqu'au point de la barrière d'Italie, près de laquelle sont le plateau de Livri et la butte des Cailles. Plus loin, le bassin formé par le cours de la Bièvre interrompt le niveau de ce plateau et sillonne profondément le sol. De la rive gauche de la Bièvre, le terrain s'exhausse sensiblement jusqu'à la hauteur du plateau de Sainte-Geneviève. Ce plateau, qui s'élève de 34 mètres au-dessus des basses eaux de la Seine, est dominé par le plateau de Mont-Souris, où se voit l'obélisque établi en 1806, servant de ligne de mire à l'Observatoire. A l'ouest de ce plateau de Mont-Souris, le terrain va s'abaissant insensiblement jusqu'au Petit-Montrouge, puis s'exhausse jusque vers les barrières du Mont-Parnasse et du Maine.

Tel est le cadre de la partie du bassin de la Seine où cette ville est située. Il est probable que ce bassin avait très-anciennement contenu les eaux d'un grand lac alimenté par la Seine et la Bièvre. Ce lac, qui devait commencer près de Corbeil et se prolonger jusqu'aux environs de Mantes, était vaste, tortueux et inégal dans sa largeur. Au-dessus de Paris, ses eaux devaient couvrir les plaines de Vitry et de Maisons, et, au-dessous de cette ville, les plaines de Grenelle et d'Issy, etc. L'époque et l'écoulement des eaux de ce lac est sans doute fort antérieure aux premiers temps historiques.

Causes des inégalités du sol. Une cause factice de l'inégalité du sol de Paris a consisté dans l'usage fort ancien d'entasser sur différents points les immondices et les gravois de cette ville. Ces amas, qui, d'abord placés hors des murs, se trouvèrent ensuite dans l'intérieur, lorsque ces murs furent portés plus loin, étaient nommés *buttes voiries, monceaux, mottes*. La plupart de ces buttes présentaient l'image de petites montagnes. Dans la partie septentrionale, on signalait le *Monceau-Saint-Gervais*, la *butte de Bonne-Nouvelle*, ou de *Ville-Neuve-de-Gravois*, la *butte Saint-Roch*, etc. Ces buttes ont été aplanies dans la suite: celle de *Saint-Roch* conservait encore, sous Louis XIV, sa forme agreste et ses moulins à vent: elle ne fut détruite qu'en 1667. Sous le règne de Louis XIV, plusieurs autres de ces monticules factices, situés près des boulevards du nord, furent aplanis. Il en existait encore un sous le rempart de la porte Saint-Denis; et pendant l'année désastreuse de 1709, les pauvres furent employés à le démolir, moyennant des distributions de pain. A l'extrémité orientale de l'île de la Cité, s'est formé de même un monticule qu'on a appelé le *Terrail*, le *Terrain*, ou la *Motte-aux-Papelars*. Un autre monticule, nommé la *butte des Copeaux*, existe encore en son entier. Il est devenu un des ornements du Jardin des Plantes; on l'a recouvert de plantations dessinées en labyrinthe. Le plateau qu'on voit au nord de ce monticule, pareillement planté en arbres verts, faisait aussi partie de ce dépôt d'immondices. On peut juger par la grandeur de ce monticule quelle était celle des autres buttes. Il paraît même que les anciennes buttes surpassaient celle-ci en hauteur.

En 1512, époque où l'on craignait de voir Paris assiégé par les Anglais, on décida d'abattre toutes ces buttes, qui dominaient les murailles de la ville. Quelques années après, *Jean Briçonnet*, président de la chambre des comptes, demanda qu'on rasât les *voiries* qui environnaient Paris, et dit qu'il y en avait de si élevées qu'elles commandaient cette ville. Cette proposition ne fut pas entièrement exécutée, puisque la butte *Saint-Roch*, celle des *Copeaux* et plusieurs autres furent épargnées.

Minéralogie de paris. Voici comment s'expriment MM. Cuvier et Brongniart dans leur essai sur la minéralogie des environs de Paris : « La contrée dans laquelle Paris est situé » est peut-être l'une des plus remarquables qui aient encore été observées, par la suc- » cession des divers terrains qui la composent, et par les restes extraordinaires d'orga- » nisation ancienne qu'elle recèle. Des milliers de coquillages marins, avec lesquels » alternent régulièrement des coquillages d'eau douce, en font la masse principale; des » ossements d'animaux terrestres, entièrement inconnus, en remplissent certaines par- » ties. D'autres ossements d'espèces considérables par leur grandeur, et dont nous ne » trouvons quelques congénères que dans les pays fort éloignés, sont après dans les » couches les plus superficielles; un caractère très-marqué d'une grande irruption » venue du sud-est est empreint dans les formes des caps et les directions des collines » principales : en un mot, il n'est point de canton plus capable de nous instruire sur » les dernières révolutions qui ont terminé la formation de nos continents.

» La longue colline qui s'étend de Nogent-sur-Marne à Belleville appartient entière- » ment à la forme gypseuse; elle est recouverte vers son milieu de sables rouges argilo- » ferrugineux, sans coquilles, surmontés de couches de sables agglutinés, ou même de » grès, renfermant un grand nombre d'empreintes de coquilles analogues à celles de » Grignon. Cette disposition est surtout remarquable dans les environs de Belleville et » au sud-est de Romainville; le grès marin y forme une couche épaisse. Cette colline » renferme un grand nombre de carrières qui présentent peu de différence dans la dis- » position et la nature de leurs bancs.

» L'escarpement du cap qui s'avance entre Montreuil et Bagnolet n'est pris que dans » les glaises, les bancs de plâtre de la première masse s'enfonçant sous le niveau de la » partie adjacente de la plaine, qui, dans cet endroit, est un peu relevée vers la colline,

» et qui s'abaisse vers le bois de Vincennes. La première masse est recouverte par des
» marnes. On y compte quatre lits de sulfate de strontiane ; on voit un cinquième lit de
» ce sel pierreux dans les marnes d'un blanc jaunâtre qui sont au-dessous des vertes ;
» et, peu après ce cinquième lit, se rencontre la petite couche des cithérées ; elles sont
» ici plus rares qu'ailleurs, et mêlées de petites coquilles à spires qui paraissent appar-
» tenir au genre spirobe. En suivant la pente méridionale de la colline dont nous nous
» occupons, on trouve les carrières de Ménilmontant, célèbres par les cristaux sélénites
» que renferment ses marnes vertes, et par les silex mélinites des marnes argileuses
» feuilletées. Enfin, à l'extrémité occidentale de ces collines, sont les carrières de la
» butte Chaumont.... Cette butte, qui est le cap occidental de la colline de Belleville,
» n'est point assez élevée pour offrir les bancs d'huîtres, de sables argileux et de grès
» marin qu'on observe à Montmartre. Nous avons dit qu'on trouvait le grès marin près
» de Romainville, nous ne connaissons les huîtres que dans la partie de la colline qui
» est la plus voisine de Pantin, presque en face de l'ancienne seigneurie de ce village ;
» on les trouve à 6 ou 7 mètres au-dessous du sable, et un peu au-dessus des marnes
» vertes : c'est leur position ordinaire. »

Messieurs Cuvier et Brongniart décrivent ensuite les divers lits ou bancs qui forment
la butte Chaumont, bancs de marne blanche d'eau douce. Ils parlent ensuite de la plaine
de Pantin, dont le fond présente des bancs de gypse, ondulés et en désordre par l'effet
des sources nombreuses qui les ont minés en dessous : enfin, ils décrivent la formation
de la montagne de Montmartre.

Sa partie supérieure présente un banc de sable et de grès quartzeux, contenant des
coquilles marines dont on a reconnu 14 espèces, et un banc de sable argileux. Au-
dessous sont les bancs de marne calcaire et de marne argileuse de diverses couleurs.
Les premiers contiennent un grand nombre de *petites huîtres*. Le sixième banc de marne
calcaire renferme des *coquilles d'huîtres* très-grandes. On a observé dans ces bancs des
débris de crabes et de baleines. Les autres bancs présentent des coquilles marines de
diverses espèces. Après divers bancs, dont le nombre s'élève à 32, se trouve la première
masse de gypse marneux entremêlée de couches de marne calcaire. C'est dans une de
ces couches qu'on a trouvé un énorme *tronc de palmier*, pétrifié en silex.

La seconde masse gypseuse se compose de trente bancs de gypse et de marne calcaire
de diverses espèces. La huitième est formée d'une marne argileuse verdâtre d'eau douce,
qui se vend à Paris sous le nom de *pierre à détacher*. La troisième masse gypseuse, divisée en 31 bancs, présente, à son dix-huitième banc, le témoignage authentique de la présence des eaux de la mer dans ces parages à une époque bien plus reculée que celle
dont on a parlé. Ce banc de marne calcaire jaunâtre renferme un grand nombre d'empreintes de coquilles ; de plus, des oursins, des débris de crabes, des dents de squales,
des arêtes de poissons, et des parties assez considérables d'un *polypier* rameux, toutes
productions maritimes. Elle se termine par une couche de craie argileuse qui, à sa
partie supérieure, offre des empreintes de coquillages et des espèces de crustacés.

A la suite de la butte Montmartre, la chaîne des collines calcaires se continue en
s'abaissant jusqu'à Passy. Une petite bande calcaire borde la Seine à l'ouest, et paraît
s'enfoncer sous le terrain de transport ancien qui forme le sol du bois de Boulogne et de
la plaine des Sablons.

Passons à *la rive gauche de la Seine*. Le plateau qui domine cette rive est un des mieux
connus : « Il fournit le plus grand nombre de pierres employées dans la construction de
» Paris ; il est percé de carrières dans une multitude de points, et s'étend de l'est à
» l'ouest, depuis Choisy jusqu'à Meudon. La rivière de Bièvre le sépare en deux parties :
» celle de l'est comprend la plaine d'Ivry, et celle de l'ouest la plaine de Montrouge et

» les collines de Meudon. Le plateau de la plaine d'Ivry se prolonge au nord dans Paris
» jusqu'à l'extremité orientale de la rue Poliveau. »

Le plateau de Montrouge, séparé du précédent par le vallon qu'a creusé le cours de la rivière de Bièvre, s'avance dans la partie méridionale de Paris, et ses bancs forment une ligne qui passe sous l'extrémité du *Muséum d'histoire naturelle*, et gagne Vaugirard. Sur cette limite, les bancs calcaires marins n'ont plus aucune solidité, ils sont minces, friables et marneux. C'est sous cette partie de la ville que sont creusées les fameuses catacombes dont on parlera plus tard.

Après une masse épaisse de marnes calcaire et argileuse, on trouve dans les carrières situées entre Vaugirard et Montrouge, des bancs considérables de formation marine, abondant en coquilles de diverses espèces. Entre deux de ces bancs se voit une couche de calcaire marneux qui présente de nombreuses empreintes de feuilles. Cette couche de feuilles est très-mince et très-remarquable, se trouvant placée entre des bancs de calcaire marin. La même singularité existe dans les carrières de Clamart.

Enfin, disons que les carrières à plâtre des environs de Paris recèlent aussi, dans des profondeurs qui sont au-dessous des couches maritimes, des témoignages incontestables de l'existence d'un sol habité très-anciennement par des quadrupèdes de diverses espèces, par des reptiles des oiseaux et des poissons d'eau douce.

Température de paris. Depuis que l'élargissement de certaines rues, la démolition de certains édifices, ont éclairé et assaini des quartiers obscurs et humides; qu'un plus grand nombre de fontaines renouvelle l'eau des ruisseaux ; que les cimetières sont placés hors de Paris; depuis, enfin, qu'il existe une commission de salubrité dans cette ville, on y respire un air aussi pur que dans la plupart des autres grandes villes de France. Les collines qui, au nord de Paris, s'élèvent à une plus grande hauteur que celles du sud, abritent cette ville contre les vents froids, laissent un accès plus facile à ceux du midi, et lui procurent une température assez douce pour sa latitude.

Il s'est écoulé environ quinze cents ans sans que le climat de Paris ait éprouvé de changements notables. Le césar Julien, qui, en l'an 358, passa un de ses quartiers d'hiver dans cette ville, dit que le froid y était plus rigoureux qu'à l'ordinaire, parce que la Seine charriait des glaçons qui, réunis et consolidés, formaient un pont sur cette rivière. Aujourd'hui, lorsque le froid produit le même effet, nous disons pareillement que le froid est plus rigoureux qu'à l'ordinaire. Il résulte de seize années d'observations qu'il existe en hiver une différence très-sensible entre la température de l'intérieur de Paris et celle des campagnes environnantes, et cette différence, causée par le grand nombre de bâtiments qui arrêtent le cours des vents froids, par la fumée des nombreuses cheminées et par l'accumulation des habitants, est à peu près de deux degrés. Souvent il gèle dans les campagnes quand il dégèle dans les rues de Paris. La température moyenne de Paris est de dix degrés au-dessus de zéro.

HISTOIRE DE PARIS.

Lorsqu'au seizième siècle on commença, en France, à écrire sur l'origine des nations et des villes, ceux qui traitèrent ces sujets se montrèrent peu dignes du caractère d'historien. Aveugles admirateurs du passé par défaut de lumières, de critique ou de sincérité, ils prodiguèrent sans mesure les éloges, adoptèrent sans hésiter les fictions des temps barbares, et semèrent dans le champ de l'histoire des erreurs difficiles à déraciner. Ce n'est qu'à force d'étude et de pénibles investigations que des écrivains plus récents sont parvenus à séparer la vérité du mensonge.

La nation parisienne eut un sort commun à plusieurs autres. Son origine était inconnue ; on lui en composa une des plus illustres. Si Rome avait été fondée par un fils du dieu Mars et par le nourrisson d'une louve, Paris dut l'être par un prince échappé au sac de Troie, par *Francus, fils d'Hector,* qui, devenu roi de la Gaule, après avoir bâti la ville de Troyes en Champagne, vint fonder celle des Parisiens, et lui donna le nom du beau *Pâris,* son oncle. Mais la véritable histoire repousse ces chimères, et donne à Paris une origine plus simple, plus vraie et moins héroïque.

Il paraît que la nation des *Parisii,* ou Parisiens, se composait d'une tribu celtique, peut-être originaire de la Belgique; que ce peuple, échappé aux fers de ses ennemis, vint occuper un territoire sur les bords de la Seine et sur les frontières des *Senones.* Un demi-siècle s'était à peine écoulé depuis cet établissement, lorsque César vint dans les Gaules. Les vieillards de la nation parisienne, dit ce conquérant, en conservaient encore la mémoire, ainsi que celle des conditions qui les liaient aux *Senones.* Voilà tout ce que l'histoire nous fournit sur le premier état connu des Parisiens. On n'a débité que des fables en prêtant une plus haute antiquité à cette nation, qui n'est mentionnée par aucun écrivain antérieur à César.

Le territoire concédé aux Parisiens ne devait pas avoir, dans sa plus grande étendue, plus de dix à douze lieues. Au nord, il était borné par celui des *Silvanectes,* dont le chef-lieu est représenté par la ville de Senlis; à l'est, par celui des *Neldi* (Meaux); à l'est et au sud, par le territoire des *Senones* (Sens); au sud et à l'ouest, les Parisiens avaient pour voisins les courageux *Carnutes,* habitants du pays Chartrain. On ignore si la position de *Corbeil* dépendait des Parisiens; mais on a la certitude que *Melun* n'en dépendait pas et appartenait au territoire des *Senones.* On est certain aussi que les positions de *Jouare* (*Divodurum*), de *Saint-Germain-en-Laye* et de *Pontoise,* étaient hors du territoire parisien.

La Seine, traversant ce territoire, formait, au point où se trouve aujourd'hui Paris, cinq îles dont la plus étendue fut, par les nouveaux habitants, choisie pour leur place de guerre : c'est celle qui reçut le nom de *Lutèce* ou de *Lucotèce,* et ensuite celui de la *Cité.* La surface de cette île était alors moins grande d'un cinquième environ qu'elle n'est aujourd'hui. Cette île, nommée *Lutèce* ou *Lucotèce* et dénuée de murs d'enceinte, n'avait de fortification que le cours de la Seine. Elle n'était point une ville; les Gaulois, à cette époque, n'en avaient point : ils habitaient des chaumières éparses dans les campagnes, et lorsqu'ils craignaient une attaque, ils se retiraient, avec leurs familles et leurs bestiaux, dans leurs forteresses, et y construisaient à la hâte des cabanes où ils abritaient leurs personnes et leurs provisions. Telles furent l'humble origine de la nation parisienne et l'étendue de son territoire. Où l'histoire est en défaut peuvent se placer des conjectures : je vais en hasarder une sur l'étymologie du nom *Parisii.*

Il est vraisemblable que ce nom n'était point originairement celui de la nation à laquelle les *Senones* concédèrent un territoire, mais qu'il provenait plutôt de la situation de ce territoire sur la large frontière qui séparait la Celtique de la Belgique. Il existait dans la Gaule et dans la Grande-Bretagne plusieurs autres positions géographiques, appelées *Parisii, Barisii.* Les radicaux *Par* et *Bar* sont identiques, les lettres *P* et *B* étant prises très-souvent l'une pour l'autre (1). Les habitants du Barrois sont nommés *Barisienses,* comme ceux de Paris, *Parisienses.* Or, le *Barrois* était la frontière qui séparait la Lorraine de la Champagne. Il est certain que toutes les positions géographiques dont les noms se composent du radical *Bar* ou *Par* sont situées sur des frontières. Il faudrait donc en conclure que *Parisii* et *Barisii* signifient habitants de frontières, et que la peuplade admise chez les *Senones* ne dut son nom de *Parisii* qu'à son établissement sur la frontière de cette nation.

Cette conjecture est certainement plus acceptable que celle qui fait dériver le mot *Paris* du nom d'un prince troyen, et de celui d'un certain roi appelé *Isus,* ou de la déesse *Isis,* qui l'un ou l'autre sont, avec *Francus,* signalés comme les fondateurs de Paris. C'est en conséquence de l'une de ces deux prétendues origines qu'on a longtemps soutenu qu'*Isis* était une divinité des Parisiens, mais on n'a trouvé aucun monument pour donner du poids à cette dernière conjecture. Le nom d'*Isis,* d'ailleurs, ne peut en aucune façon être regardé comme le radical du mot *Parisii.*

Nous n'avons que peu de notions sur les divinités adorées par les Parisiens avant la domination romaine. Les Gaulois ne représentaient point leurs dieux sous des formes humaines ; ils n'adoptèrent cet usage que lorsque leur religion se fut confondue avec celle des Romains, leurs vainqueurs. Les bas-reliefs et les inscriptions qui furent découverts en 1711 sous l'église Notre-Dame, et que je décrirai dans la période suivante, offrent des divinités gauloises mêlées aux divinités du Capitole.

Les monuments du culte gaulois consistaient ordinairement, non en figures humaines, l'art du statuaire leur étant inconnu, mais en pierres brutes, en obélisques grossiers plantés en terre, qu'on a nommés *pierre fixe, pierre fite,* etc. Le village de *Pierrefite,* situé au delà de Saint-Denis, doit évidemment son nom à un pareil monument. Une autre sorte de monument religieux des Gaulois consistait en un groupe de plusieurs pierres de forte dimension, dont l'une, plus large, était élevée sur plusieurs autres qui lui servaient de soutien, et dont l'ensemble formait un autel rustique. On les nomme le plus ordinairement *dolmen, pierres levées.* Une rue de Paris, située dans le quartier du Temple, porte le nom de *Pierre-Levée;* ce nom indique certainement un monument de l'espèce que je viens de décrire. On pourrait ajouter que les noms de *Pierre Aulard, Pierre Olet,* que portent des rues de Paris, ont une pareille origine ; mais ce n'est là qu'une conjecture fondée sur la ressemblance de ces noms avec ceux de quelques monuments celtiques connus. Nous devons dire, en résumé, que le temps, la population, les événements politiques ont effacé du sol parisien presque toutes les traces du culte de ses antiques habitants.

Le plateau de Sainte-Geneviève, nommé du temps des Romains *Mons Luco-titius,* dont une partie est depuis longtemps consacrée au christianisme, paraît l'avoir été antérieurement au culte gaulois. J'appliquerais la même conjecture

____

(1) Dans les langues tudesques, *Paris* est toujours prononcé *Baris.*

aux éminences dites *Montmartre* et *Mont-Valérien*, les points les plus élevés de ceux qui bornent l'horizon de Paris. Je présume que leurs cimes étaient autrefois, comme elles sont aujourd'hui, des lieux consacrés, des *hauts lieux*. C'est une vérité constatée que les cultes qui se sont succédé ont changé d'objet, mais n'ont point changé de place. Sur l'esprit du peuple, la routine a plus d'empire que les dogmes religieux.

Les chrétiens, lorsqu'ils eurent, à l'instar des païens, adopté des cérémonies et l'usage des temples, établirent, pour assurer le succès de leurs prédications, les objets de leur culte dans le lieu même où le paganisme avait célébré le sien. Saint Grégoire, évêque de Rome, recommande expressément l'observation de cette règle, dont plus d'une fois j'aurai l'occasion de faire l'application.

LES PARISIENS SOUS LA DOMINATION ROMAINE.

DE L'ÉTABLISSEMENT DES ROMAINS DANS LES GAULES.

En l'an 700 de la fondation de Rome, cinquante-quatre ans avant notre ère vulgaire, la nation des *Parisii* figure pour la première fois sur la scène historique, et y joue un rôle très-secondaire, conforme à son peu d'importance.

Jules César, poursuivant la conquête du monde, avait déjà soumis une partie de la Gaule. Pressé par le besoin de renforcer sa cavalerie pour continuer la guerre, il convoqua, dans un lieu qu'il ne nomme pas, une assemblée générale des nations gauloises. Celles des *Treveri*, des *Carnutes*, des *Senones*, les plus puissantes, ne s'y présentèrent point. L'absence des députés de ces nations annonçait au général romain des intentions hostiles, et déconcertait son plan de conquête. Instruit que la faible nation parisienne, quoique dépendante des *Senones*, n'avait pris nulle part à cette résistance, il convoqua une nouvelle assemblée dans *Lutèce*, place forte des *Parisii*, et marcha le même jour, à la tête de ses légions, contre les *Senones* indociles, qui, à son approche, promirent d'envoyer des députés. Les *Carnutes* imitèrent cet exemple. César, parvenu à réunir dans *Lutèce* les principaux de la Gaule, les fit se résoudre à lui fournir un secours de cavalerie, unique objet de sa convocation.

L'année suivante, presque toutes les nations gauloises se soulevèrent; et César, péniblement victorieux en Berri, battu en Auvergne, se vit forcé de fuir et d'aller rejoindre les légions que *Labienus*, son lieutenant, commandait à *Agedincum*, place située sur le territoire des *Senones*. Cependant les nations voisines des Parisiens avaient aussi levé l'étendard de l'insurrection, et cherchaient à secouer un joug odieux. A cette nouvelle, *Labienus* se dirigea vers les insurgés de son voisinage. Il partit d'*Agedincum*, aujourd'hui Sens, longea la rive méridionale de la Seine et s'avança vers *Lutèce*, place forte des Parisiens.

Les Gaulois insurgés, instruits de l'approche de *Labienus* et des légions romaines, rassemblent des troupes nombreuses, en confient le commandement à

un vieillard de la nation des *Aulerci,* nommé *Camulogène,* marchent du côté
où s'avançaient les Romains, et campent derrière un marais prolongé qui
aboutissait à la Seine (1). *Labienus,* arrêté par le double obstacle du marais et
de l'armée gauloise, se décide à prendre une route plus praticable; il rétrograde, va assiéger Melun, une des forteresses des *Senones,* située, comme celle
de *Lutèce,* dans une île de la Seine; il prend cette place, rétablit le pont, coupé
quelques jours auparavant par les Gaulois, y passe la rivière, et, suivant sa rive
septentrionale, marche de nouveau vers *Lutèce.*

Les Gaulois, informés du retour de l'armée romaine par une autre route,
quittent le poste qu'ils occupaient près des marais formés par le cours de la
Marne, vont camper en face de l'île de *Lutèce,* sur la rive méridionale de la Seine,
et, pour ôter aux Romains les moyens d'arriver jusqu'à eux, ils brûlent les
constructions qui se trouvent dans cette île, et en coupent les ponts. *Labienus*
établit son camp en face de celui des Gaulois, c'est-à-dire sur la rive septentrionale. Ce fut alors qu'il apprit les revers de César et sa marche précipitée vers
Agedincum. Cette nouvelle changea ses dispositions : ne pouvant vaincre les
Gaulois, il résolut de leur échapper avec honneur. Il avait enlevé à Melun cinquante barques et les avait remplies de troupes; lorsqu'elles furent arrivées
vers *Lutèce,* il confia le commandement de chacune d'elles à un chevalier romain, fit en silence, et à la faveur de la nuit, descendre ces barques sur la
rivière, au-dessous de *Lutèce,* jusqu'à un lieu qu'il indiqua et où il promit de
se rendre bientôt (2). *Labienus* ordonna aussi à cinq cohortes, placées sur d'autres
barques, de remonter la Seine ostensiblement. Il laissa cinq autres cohortes
pour la garde de son camp, situé en face de *Lutèce,* et marcha, à la tête de trois
légions, vers le lieu assigné aux cinquante barques qui avaient descendu la
Seine. Là, favorisé par un orage violent qui ralentit la surveillance des sentinelles gauloises, il parvint à traverser cette rivière.

Au point du jour, les Gaulois sont avertis qu'ils vont être attaqués sur trois
points. Ils divisent aussitôt leur armée en trois corps. L'un resta au camp
pour faire face aux troupes du camp ennemi; l'autre, plus faible, fut envoyé
vers un lieu nommé *Metiosedum* ou *Josedum* (3), afin d'observer la marche des
troupes romaines qui remontaient la Seine; le troisième se porta vers l'endroit
où *Labienus,* avec ses légions, avait traversé cette rivière. Ce fut ce troisième
corps qui combattit contre *Labienus.* Le combat dut se donner dans les plaines d'Issy.

L'aile droite des Romains parvint à repousser les Gaulois qui lui étaient opposés; à l'aile gauche, ceux-ci tenaient ferme, se battaient et ne fuyaient pas.
Alors, une des légions romaines, qui avait obtenu des avantages sur la droite,
tourna la partie de l'armée gauloise qui opposait le plus de résistance. Les Gaulois, enveloppés, se battirent avec désespoir; mais leur courage céda à la su-

(1) Ce marais ne pouvait être formé que par le cours de la Marne.

(2) Ce lieu, distant du camp romain de quatre milles, c'est-à-dire d'une lieue et demie, était vraisemblablement situé au-dessus du pont de Sèvres.

(3) *Metiosedum,* suivant plusieurs manuscrits des Commentaires de César, et *Josedum,* suivant
quelques autres, devait être placée sur la rive méridionale de la Seine, du côté d'Ivry.

périorité des armes romaines. *Camulogène* et une grande partie de ses troupes périrent dans ce combat.

A la nouvelle de cette défaite, ceux qui se trouvaient dans le camp gaulois vinrent au secours de leurs frères ; mais ils ne purent soutenir le choc des légions victorieuses, et furent entraînés par la foule des fuyards. Tout ce qui ne put trouver asile sur les hauteurs ou dans les bois fut tué. Ces hauteurs et ces bois devaient être ceux de Meudon. Après cette action, *Labienus,* qui n'avait d'autre objet que de ramener son armée saine et sauve à *Agedincum,* où il avait déposé ses bagages, marcha vers cette forteresse, après avoir réuni ses troupes.

Sans doute les Parisiens, dont le territoire fut le théâtre de cette expédition, contribuèrent selon leurs moyens à la défense commune ; mais leur forteresse, privée de ses ponts, ne fut ni attaquée ni défendue, comme le disent plusieurs historiens modernes. César nous présente d'abord les Parisiens comme une nation dévouée à ses intérêts ; mais il est évident qu'elle céda à la crainte plutôt qu'à son inclination. Dans cette guerre, ainsi que dans celles qui suivirent, on voit les Parisiens constamment unis à leurs confédérés, et armés contre l'ennemi commun ; on les voit, peu de temps après, fournir leur contingent de troupes à l'armée gauloise destinée à combattre celle que César commandait au siége d'Alise.

Le contingent des Parisiens, en cette occasion, donne la mesure de leur force. Les habitants du Poitou, ceux de la Touraine et du Soissonnais, réunis aux habitants du territoire parisien, ne fournissent ensemble que huit mille hommes ; tandis que quelques nations puissantes de la Gaule, quoique déjà épuisées, les *Ædui,* et surtout les *Arverni,* envoient chacune trente-cinq mille combattants. Le nombre d'hommes fournis en cette circonstance par la nation parisienne, ne dut pas s'élever à plus de deux mille : ainsi, sa puissance était à celle des nations du premier rang comme deux est à trente-cinq. Depuis cette époque, et pendant quatre siècles, l'histoire se tait sur les Parisiens et leur *Lutèce.* La géographie seule nous apprend que cette nation, placée sur les frontières de la Belgique et de la Celtique, fut rangée dans la Lyonnaise, lorsque Auguste eut divisé la Gaule en provinces.

D'après toutes les notions historiques, il est évident que les Parisiens étaient un peuple faible et passif. Leur petite forteresse, placée dans une île de la Seine, se composait, comme toutes les forteresses de la Gaule, d'un assemblage de cabanes habitées seulement en temps de guerre. Les écrivains qui en ont donné une idée différente ont admis et propagé une erreur où sont tombés aussi les auteurs de l'*Histoire de Paris,* les pères Félibien et Lobineau : ils disent que César *augmenta le nombre des édifices de Paris,* l'entoura de fortes murailles, et voulut que cette place fût nommée la *Cité de Jules César.* Ces auteurs se sont appuyés sur un prétendu passage de *Boëce,* passage qui n'existe dans aucun des ouvrages de ce philosophe, comme l'a prouvé M. Bonami (1). Il est des écrivains qui ont osé dire aussi, il en est d'autres qui ont avec confiance répété que

---

(1) Mémoires de l'Académie des Inscriptions et Belles-Lettres, t. XV, p. 673.

Jules César avait fait bâtir le *Grand-Châtelet.* Ils le disent sans preuve. Cette assertion insoutenable sera réfutée quand je parlerai de cet édifice.

La description des monuments antiques, découverts ou conservés à Paris, peut donner une partie de la physionomie de cette place pendant la domination romaine, et suppléer, à quelques égards, au silence des historiens. Je les décrirai donc, en commençant par les antiquités de l'île de la Cité; puis, je viendrai à celles qu'on a trouvées au delà de l'une et de l'autre rive de la Seine. Il faut chercher dans le sein de la terre les lumières que l'histoire nous refuse.

ILE DE LA CITÉ, SES PONTS, SES ANTIQUITÉS.

ILE DE LA CITÉ DE PARIS. Cette île moins grande autrefois qu'elle n'a été depuis, parce qu'on y a réuni, du côté de l'ouest, deux petites îles, et, du côté de l'est, un terrain ou monticule factice, n'était pas, même du temps de Julien, protégée par un mur d'enceinte. Cet empereur, dans son *Misopógón,* après avoir parlé de la Cité de Paris, qu'il nomme *sa chère Lutèce*, ajoute : « Elle » est entièrement entourée par les eaux de la rivière, et située dans une île » peu étendue, où l'on aborde de deux côtés par des ponts de bois (1). »

Il est présumable que, vers la fin de la domination romaine, et il est certain qu'au commencement de celle des Francs, cette île était défendue par une enceinte de murailles. A la fin du quatrième siècle, l'île de la Cité devait contenir un palais ou édifice destiné à l'ordre municipal. Cet édifice occupait certainement l'emplacement du Palais-de-Justice. A l'autre extrémité de l'île, et à la place d'un autel dédié à Jupiter, autel dont je donnerai la description, fut établi, lorsque le christianisme eut fait des progrès, un temple chrétien, dédié à saint Étienne. Entre ces deux établissements était une place destinée au commerce, place dont je prouverai l'existence.

PONTS. Par deux ponts en bois établis sur l'une et l'autre rive de la Seine, on communiquait à l'île de la Cité. Le *Petit-Pont,* où aboutissait la voie romaine venant du côté du midi, était placé au même point où se trouve aujourd'hui celui qui porte le même nom; le *Grand-Pont* occupait à peu près l'emplacement du *Pont-au-Change.* Ces ponts ne se correspondaient pas directement; pour arriver du *Petit-Pont* au *Grand-Pont,* la route suivait la ligne de la rue du *Marché-Palu,* se détournait à gauche en formant un angle, se continuait dans la direction de la rue de la Calandre, qui aboutissait à la place du Commerce, laquelle fut, pendant longtemps, nommée *place Saint-Michel*, à cause d'une chapelle de ce nom qui s'y trouvait. La rue de la Calandre est dans les anciens titres ainsi désignée : *Rue par laquelle on va du Petit-Pont à la place Saint-Michel.* De cette place, la route se dirigeait vers le Grand-Pont.

La disposition extraordinaire, incommode et tortueuse de ces deux ponts a certainement une cause. Le Petit-Pont devait originairement être à la place

---

(1) L'abbé de la Bletterie a traduit inexactement le *Misopógón* de Julien, lorsqu'il fait dire à ce prince que cette place *était environnée de murailles.*

de celui qu'on nomme aujourd'hui *Saint-Michel*. La voie romaine venant du village d'Issy passait sur ce pont présumé et traversait sans détour l'île de *Lutèce* jusqu'au *Grand-Pont*. Mais, lorsqu'on établit le palais des Thermes et les jardins, pour ne point diviser leur ensemble, cette voie fut détournée et portée à l'endroit où est aujourd'hui la rue Saint-Jacques; et le Petit-Pont, déplacé, fut construit dans la direction de cette rue. Je ne crois pas qu'on puisse expliquer d'une manière plus vraisemblable les détours de cette route et la disposition indirecte de ces deux ponts.

ANTIQUITÉS. On a découvert, à différentes époques, plusieurs antiquités gallo-romaines dans l'île de la Cité.

C'est ainsi qu'en août 1784, lorsqu'on construisait les bâtiments du Palais-de-Justice, situés rue de la Barrillerie, en face la Sainte-Chapelle, on a trouvé, en fouillant profondément le sol, parmi plusieurs pierres qui paraissaient appartenir à un édifice très-ancien, un cippe quadrangulaire, décoré de quatre bas-reliefs représentant *Mercure, Maïa,* mère de ce Dieu, *Apollon* avec des attributs divers, et *Horus*, emblème du soleil au printemps (1). Ce cippe est déposé au cabinet d'antiquités de la Bibliothèque Royale. — Des ouvriers, en 1829, ont rencontré sur l'emplacement de l'église Saint-Landri, à environ dix pieds de profondeur, une forte muraille, dont la direction était à peu près parallèle au cours du petit bras de la Seine. Cette muraille se composait en grande partie de débris de pierres ornées de bas-reliefs dont l'ensemble représentait une victoire obtenue par des moyens frauduleux, par des ruses de guerre plutôt que par le courage des combattants. Ces bas-reliefs provenaient évidemment de la façade d'un édifice qui paraît être de la catégorie de ceux qui abondaient à Rome, et qu'on nommait *œdes sacræ* (maisons sacrées). Auprès des débris dont nous venons de parler, on a recueilli une pierre quadrangulaire chargée de figures très-frustes, une pierre brisée par le bas, que l'on regarde comme un autel votif, les restes d'un bas-relief où l'on voit trois prisonniers de guerre plus grands que nature, et d'un beau travail, qui ont dû appartenir à un monument triomphal; puis des vases, des lampes, un amas d'ossements humains et d'animaux, qu'on a transportés aux Catacombes, et qui attestent que là, ou près de là, fut donnée une bataille. Enfin, on a trouvé, sur un terrain voisin de la muraille, douze médailles, presque toutes romaines, et la plupart frustes. La plus ancienne est d'Antonin-le-Pieux, et la plus récente porte la face et le nom du tyran *Magnus Maximus,* qui régna dans les Gaules depuis l'an 373 jusqu'en 388. C'est sans doute ce Maximus, vainqueur de l'empereur Gratien, qui aura fait élever, après sa victoire, ce monument commémoratif, dont faisaient partie les bas-reliefs que nous venons d'indiquer. Il est probable aussi que

(1) Sur l'une des faces, on lit l'inscription suivante :

AUG. JOVI. TIB. CÆSARE.
NAUTAE. PARISIAC. MAXUMO.... M.
PUBLICE. POSUERUNT.

C'est-à-dire : « Sous Tibère-Auguste, les bateliers parisiens ont publiquement élevé cet autel à Jupiter très-bon, très-grand. »

ce Maximus ayant été décapité par l'ordre de Théodose, Valentinien, à son arrivée dans les Gaules, aura ordonné la démolition de ce monument, dont les matériaux, dans la suite, auront servi à la construction de la muraille de la Cité. Pour compléter ces indications, nous dirons qu'en 1711, en creusant sous le chœur de l'église cathédrale de Notre-Dame de Paris, on a recueilli neuf grosses pierres cubiques offrant, sur leurs diverses faces, des bas-reliefs et des inscriptions latines. On remarque dans ce monument la réunion des dieux gaulois et romains, des dieux des vainqueurs et de ceux des vaincus, l'association paisible des divinités du Capitole, *Castor*, *Pollux*, *Jupiter*, *Vulcain*, *Vénus* *Mars*, etc., avec les dieux barbares *Esus* et *Cernunnos;* association qui devenait facile entre des religions qui n'étaient point exclusives.

De toutes ces pierres trouvées dans un même lieu, de leurs formes diverses, de leurs inscriptions et de leurs bas-reliefs, il résulte que, sous le règne de Tibère, entre les années 14 et 37 de notre ère, il existait chez les Parisiens une corporation de bateliers (*nautæ*), ou navigateurs sur la Seine, comme il y en avait dans plusieurs autres lieux de la Gaule, situés sur des rivières facilement navigables ; que cette corporation de bateliers fit, à cette époque, ériger, à l'extrémité orientale de l'île de *Lutèce*, un monument religieux dédié spécialement à Jupiter ; que ce monument était isolé, puisque les pierres cubiques qui le composaient sont sculptées sur les quatre faces ; que l'ensemble de ce monument formait un autel situé au confluent des deux bras de la Seine. C'est ainsi qu'à Lyon, à Saintes, et dans d'autres lieux de la Gaule, des autels étaient placés au confluent de deux rivières, que ce monument composé de pierres cubiques, formait une pile ou piédestal d'environ six pieds de hauteur, qui vraisemblablement portait la statue de Jupiter ; que ce piédestal était accompagné de deux autels, l'un destiné aux sacrifices, et l'autre à faire brûler de l'encens ; enfin, que les pierres qui n'ont pas en largeur la même dimension que les autres ont pu appartenir à des parties accessoires du monument principal.

Je dois faire observer qu'à l'époque de l'érection de ce monument, les routes de terre étant rares et impraticables, les Romains n'effectuaient le transport des vivres et munitions nécessaires à leurs armées que par la voie des rivières navigables. *Lutèce*, située sur la Seine, rivière dont la navigation est commode, dans laquelle viennent déboucher quelques autres, telles que l'Yonne, la Marne et l'Oise, parut dans une position heureuse, et servit de point central à la navigation d'une partie de la Gaule. Aussi voit-on, vers la fin du quatrième siècle, qu'il existait sur la Seine, à Andresy, une flotte de bateaux sous la direction d'un préfet résidant à Paris ; et que, lorsque les Francs eurent succédé aux Romains, une corporation de bateliers s'est maintenue longtemps dans cette ville, sous le nom de *mercatores aquæ parisiaci*, de *marchands par eaux*, de *la confrérie des marchands de l'eau*, corporation si puissante au moyen âge, que c'est elle qui fournissait la ville de magistrats municipaux.

PRISON DE GLAUCIN. Il est très-présumable, mais il n'est pas certain, qu'il existait, du temps de la domination romaine, sur la rive de la Seine, près du Pont-au-Change, et sur l'emplacement du Quai-aux-Fleurs, une prison dont parle Grégoire de Tours, et que l'auteur des *Gestes du roi Dagobert* nomme *carcer*

Glaucini, prison de Glaucin ; elle était voisine d'une porte de Paris. Je place cette prison sur le Quai-aux-Fleurs, parce que deux églises, celle de Saint-Denis et Saint-Symphorien, à cause de leur voisinage de cette prison, ont porté le surnom de la *Chartre*, mot qui signifie prison, et que ces églises étaient situées près de ce quai. Je place cet établissement pendant la période romaine ; parce qu'on a la preuve de son existence peu de temps après cette période ; parce que les premiers rois francs n'étaient guère en usage de faire construire des édifices civils, et que le mot *Glaucin* est latin. Une tour voisine de cette prison, ou qui en faisait partie, se nomma d'abord *Tour de Marquefas*, puis *Tour Roland.*

On voit que le quartier de la Cité, aujourd'hui peu brillant, l'était beaucoup sur la fin de la domination romaine, et contenait plusieurs établissements qui lui donnaient de l'importance. Voyons si les autres quartiers de Paris avaient les mêmes avantages.

ANTIQUITÉS DE LA PARTIE SEPTENTRIONALE DE PARIS.

L'espace encadré par le cours de la Seine et les hauteurs de Chaillot, de Clichy, de Montmartre, de Ménilmontant et de Charonne, qui contient aujourd'hui la partie la plus étendue, la plus peuplée, la plus industrieuse de Paris, était, dans les premiers temps de la période romaine, une solitude composée de forêts et de marécages. Au quatrième siècle, les édifices y furent construits, et l'on vit dès lors s'élever au milieu de ce terrain sauvage les productions des arts et de l'opulence. Des fouilles exécutées sur divers points ont révélé des faits que l'histoire s'obstinait à nous cacher.

Cette partie de Paris était traversée par une voie romaine, qui, partant de la Cité et du *Grand-Pont*, aujourd'hui remplacé par le Pont-au-Change, se dirigeait au nord jusqu'aux environs du Marché-des-Innocents. Il paraît qu'au nord de ce pont était, à droite, un terrain appelé *Tudella*, nom commun à plusieurs anciens lieux de France et qui désigne une fortification. Puis on arrivait à une bifurcation, dont une branche suivait la direction de la rue Montmartre, passait à Clichy, et de là au bourg de l'*Estrée*, près Saint-Denis, puis à Pierre-Laie et à Pontoise. Quelques parties de cette voie romaine subsistent encore entre ces deux dernières positions.

L'autre branche se dirigeait vers les lieux nommés depuis *Saint-Denis, Pierre-fitte*, etc. Il existait certainement d'autres routes, et notamment une qui suivait la direction de la rue Saint-Antoine ; elle s'est conservée jusqu'au douzième siècle, et était alors qualifiée de *voie royale*. Passons aux établissements romains contenus dans cette partie de Paris.

AQUEDUC DE CHAILLOT ET BASSINS DU PALAIS-ROYAL. Un aqueduc souterrain prenait son commencement sur les hauteurs de Chaillot, à la source des eaux minérales de ce lieu, traversait les emplacements des Champs-Elysées, d'une partie du Jardin des Tuileries, et aboutissait vraisemblablement vers le milieu du sol occupé par le Jardin du Palais-Royal. Lorsqu'en 1763 on travaillait à la formation de la place Louis XV, on reconnut les tuyaux de conduite de cet aqueduc. On découvrit à Chaillot un reste de maçonnerie antique qui présente une

des parties de cet acqueduc, que M. de Caylus a décrit avec détail. Mais ce qu'il
n'a pu décrire, c'est le résultat des fouilles faites en 1781 au jardin du Palais-
Royal.

Vers l'extrémité méridionale de ce jardin, à trois pieds au-dessous du sol,
on a découvert un bassin ou réservoir de construction romaine, dont la forme
était un carré de vingt pieds de côté, et en même temps des médailles d'Auré-
lien, de Dioclétien, de Posthume, de Magnence, de Crispe et Valentinien Ier.
L'époque de ce dernier empereur doit être celle du bassin, c'est-à-dire de la fin
du quatrième siècle, au plus tard de l'an 375 de notre ère. Une coïncidence
remarquable tend à prouver que l'aqueduc de Chaillot aboutissait au bassin découvert dans le jardin du Palais-Royal : la ligne de cet aqueduc, reconnue par
M. de Caylus depuis Chaillot jusqu'à la place Louis XV, étant prolongée dans la
même direction, rencontre précisément ce bassin. Aussi il est très-vraisemblable
que l'aqueduc a été fait pour le bassin, et que la construction de l'un et de l'autre
est du même temps. Cet aqueduc avait évidemment pour objet d'alimenter les
eaux de ce bassin, espèce de *lavaorum* destiné à des bains. Les fouilles du jardin
du Palais-Royal ont produit la découverte d'un autre bassin antique, situé
dans la partie septentrionale de ce jardin; il s'étendait depuis le café de Foy
jusqu'au passage Radzivill.

CIMETIÈRE, TOMBEAUX ET AUTRES ANTIQUITÉS DE LA RUE VIVIENNE. Non loin
des bassins dont je viens de parler, on rencontra sous terre, en 1751, dans une
maison de la rue Vivienne, huit fragments de marbre ornés de bas-reliefs, M. de
Caylus, qui en a publié les gravures et la description, ne doute pas que ces fragments n'aient appartenu à des tombeaux. Dans la même fouille fut trouvée une
urne cinéraire en marbre, dont la face principale est ornée d'un feston de fleurs
et de fruits qui se rattache à des têtes de béliers placés à la partie supérieure
des angles de cette urne. Au-dessous de ce feston est une inscription portant que
Pithusa a fait exécuter ce monument pour sa fille *Ampudia Amanda*, morte à l'âge
de dix-sept ans. Un couvercle de marbre, richement orné de sculpture, appartenant à une autre urne cinéraire plus grande que la précédente, atteste l'existence d'un troisième monument sépulcral dans le même lieu. Un quatrième
monument de la même espèce fut découvert en 1806, aussi rue Vivienne; on y
déterra une urne cinéraire pareille à celles qui viennent d'être décrites. A chaque angle des têtes de béliers soutiennent de larges festons de fleurs et de fruits
qui décorent les quatre faces. Quatre aigles éployés occupent la partie inférieure de ces angles. Sur une des faces, au-dessus du feston, est une inscription
annonçant que *Chrestus*, affranchi, a fait à ses dépens ériger ce monument à
son patron *Nonius Junius Epigonus*. Au-dessous de cette inscription on voit, en
bas-relief un peu fruste, une biche fuyant un aigle qui lui déchire le dos. Ce
bas relief est peut-être l'allégorie d'une persécution exercée par le gouvernement des empereurs contre la famille connue d'*Epigonus*. Sur les autres faces,
au-dessous du feston, est une patère et une aiguière ou *præfericulum*.

Cette coïncidence de monuments sépulcraux dans le même lieu a fait penser
que là était l'hypogée de quelque famille puissante. On peut ainsi conjecturer
que non loin de ce lieu était l'habitation d'un homme riche, peut-être d'un

des préfets romains qui résidaient dans le chef-lieu des Parisiens, préfets dont je parlerai dans la suite. Le bassin qu'on a découvert dans le jardin du Palais-Royal, jardin très-voisin de la rue Vivienne, et l'aqueduc qui semble y aboutir, ainsi que les autres antiquités trouvées dans la même rue ou dans le voisinage, rendent vraisemblable, sinon l'existence de cette habitation romaine, au moins celle d'un lieu consacré aux sépultures et aux ablutions d'une classe particulière et puissante de quelques habitants de Lutèce. Ce cimetière, destiné aux gens opulents, n'était pas le seul dans la partie septentrionale de cette ville; on verra bientôt qu'il en existait un second plus considérable.

TÊTE DE CYBÈLE. Dans les fondements d'une ancienne tour dépendante de la muraille de Paris, située au bout de la rue Coquillière, vis-à-vis l'église Saint-Eustache, on rencontra, en 1657, une tête de Cybèle en bronze, plus grande que nature, couronnée d'une tour élevée, symbole caractéristique de cette divinité (1). Peut-être que là se trouvait un autel ou *œdiculum* consacré à Cybèle. Cette tête de bronze, découverte dans un lieu voisin de l'église Saint-Eustache, me le fait croire. Toujours à l'endroit destiné au culte d'une divinité païenne, les chrétiens plaçaient le culte d'un saint (2). Il ne faut pas quitter cette partie de Paris sans parler des antiquités trouvées dans des lieux autrefois éloignés de cette ville, et qui aujourd'hui lui sont contigus.

FAUBOURG DE LUTÈCE. Dans cette même partie de Paris, au nord de la Seine, était un faubourg dont parle Ammien Marcellin. Julien, apprenant l'arrivée prochaine des troupes auxiliaires qui devaient passer par le chef-lieu des Parisiens, pour se rendre en Perse, fut, suivant l'usage, dit Ammien Marcellin, au devant d'elles, dans le faubourg : *In suburbanis princeps occurrit.* Ces troupes, composées d'*Érules*, de *Bataves*, de *Pétulants*, de *Celtes*, et de l'élite de plusieurs légions, venaient du nord : le faubourg où Julien fut à leur rencontre était donc de ce côté.

SECOND CIMETIÈRE DU FAUBOURG SEPTENTRIONAL. Nous avons acquis la preuve qu'il existait, pendant la période romaine, un second cimetière destiné aux morts de la ville et de ce faubourg. Il occupait l'espace compris entre la rue de la Verrerie, la rue du Mouton, la place de Grève, le marché Saint-Jean et l'emplacement de l'église Saint-Gervais; sans doute il s'étendait au-delà de ces limites.

Dans la rue de la Tixeranderie, en face de celle du Mouton, est l'emplacement d'un ancien hôtel des comtes d'Anjou. En fouillant les fondations de cet hôtel on découvrit, en 1612, plusieurs tombeaux antiques. L'un contenait un squelette et des médailles, dont la plus récente appartenait au tyran *Magnence*, proclamé auguste dans la Gaule en l'année 350; l'autre, gravée dans les *Antiquités* de Salengre, porte pour inscription: *Patilius, fils de Partichus.* La place du marché Saint-Jean, peu distante de la rue de la Tixeranderie et de l'église Saint-

---

(1) Elle est dans le cabinet des Antiquités à la Bibliothèque Royale.

(2) A la place de l'autel de Jupiter, situé dans la Cité de Paris, les chrétiens ont substitué une église dédiée à Notre-Dame; à la place d'un autel à Bacchus, le culte d'un saint Bacchus; le cippe antique, offrant des images de quatre divinités païennes, existait près du lieu où depuis on a construit la Sainte-Chapelle du Palais, etc.

Gervais, et qui remplit à peu près l'intervalle entre ces deux points, était nommée, au treizième siècle, la place du Vieux-Cimetière, *Platea veteris cœmeterii*. L'abbé Lebeuf nous apprend qu'en 1717 on construisit des maisons entre l'église Saint-Gervais et la rue du Monceau, et qu'à douze pieds au-dessous du sol on découvrit plusieurs cercueils en pierre, fort anciens, comme l'indiquait la profondeur de leur gisement. En 1818, pour établir une conduite d'eau, on creusa profondément les rues du Monceau et du Martroi : on trouva, notamment près de l'église Saint-Gervais, un grand nombre de tombeaux en pierres tendres, dont les fragments purent remplir douze à quinze charrettes. Les corps et même les os étaient entièrement pulvérisés ; ce qui prouve la haute antiquité de ces monuments et les principes éminemment dissolvants contenus dans le sol.

Ainsi, les habitants du faubourg septentrional de Paris avaient, sous la domination romaine, deux champs de sépulture à leur proximité : celui dont on vient de parler, et celui de l'emplacement de la rue Vivienne qui paraît avoir été particulièrement consacré aux morts opulents. On verra qu'il en existait un autre beaucoup plus étendu, dans la partie méridionale de cette ville, dont je parlerai. — Telles sont les antiquités trouvées dans la partie septentrionale de Paris : l'aqueduc de Chaillot, les réservoirs du Palais-Royal, les Antiquités de la rue Vivienne, et les deux cimetières.

ANTIQUITÉS DE LA PARTIE MÉRIDIONALE DE PARIS.

Cette partie, aujourd'hui moins étendue, moins peuplée que la partie septentrionale, était, pendant la période romaine, bien plus riche en monuments et en institutions religieuses, civiles et militaires. Alors, et longtemps après, elle était qualifiée de faubourg, et nommée *Lucotitius* ou *Locotitie*, comme nous l'apprennent diverses pièces historiques; et ce nom, à la désinence près, est le même que celui de l'île de la Cité, appelée *Lutetia* ou plutôt *Lucotetia*.

Plusieurs routes ou voies, dont deux seules sont connues, traversaient ce faubourg. La principale, partant du Petit-Pont et suivant la direction de la rue Saint-Jacques, longeait à droite l'enceinte du palais des Thermes : ensuite, s'élevant comme le coteau, dont la pente était autrefois plus roide qu'elle n'est aujourd'hui, elle laissait, à gauche des vignobles, et à droite un lieu que je conjecture avoir été consacré à Bacchus, puis les places et avenues qui précédaient ce palais. Parvenue à la hauteur du plateau, cette voie, après avoir traversé les emplacements de la Sorbonne et des Jacobins, dans la direction d'une rue qui a existé entre l'emplacement de la Sorbonne et de l'église Saint-Benoît, se prolongeait entre un camp romain et un vaste champ de sépulture, à travers l'ancien emplacement des Chartreux, et allait aboutir à Issy, et de là à Orléans.

La seconde voie naissait de la précédente, à peu près à l'endroit où la rue Galande débouche dans celle Saint-Jacques, et, suivant la direction de cette première rue et de celle de la Montagne-Sainte-Geneviève, s'élevait au milieu des vignobles jusqu'au plateau. Arrivée à ce point, elle avait à gauche un lieu appelé *les Arènes*, destiné aux spectacles publics. A droite, et sur l'emplacement même de l'édifice du *Panthéon*, étaient des exploitations de terres propres à une fabrique de vases romains. Cette voie suivait ensuite la direction de la rue Mouffetard, et, traversant le champ des sépultures, que je mentionnerai bientôt, aboutissait à un lieu appelé *Mons cetardus*. Ce lieu a reçu dans la suite le nom de *Saint-Marcel*; mais la rue qui y mène a conservé, à quelques altérations près sa dénomination antique : de *Mons Cetardus* on a fait *Mont-Cétard*, puis, *Mouffetard*.

Voici les objets contenus dans l'espace que je viens de décrire :

PALAIS DES THERMES. Des restes de cet antique édifice sont situés dans le quartier compris entre les rues de la Harpe, du Foin, Saint-Jacques et des Mathurins. Ils sont une dépendance de l'hôtel Cluny, où se trouve une collection d'antiquités, formée par M. Dusommerard, et acquise dernièrement par le gouvernement.

Depuis environ sept cents ans, les restes des Thermes de Paris ont porté le nom de *Palais des Thermes* et le portent encore. Ce palais était certainement le même que celui où quelques Césars ont, dans les troisième et quatrième siècles, passé leurs quartiers d'hiver. Trois écrivains de l'antiquité, donnant des détails sur ce palais de Paris, l'indiquent ou le qualifient honorablement. Julien le désigne sans le nommer, lorsque, dans son *Misopôgón*, qu'il composa à Antioche, il raconte un évènement dont il faillit être la victime. « Autrefois, dit-il, « je passais mes quartiers d'hiver dans ma chère *Lutèce* ; c'est ainsi que les « Gaulois nomment la petite forteresse des Parisiens. » Il ajoute que, pendant un hiver rigoureux, il se refusa d'abord à ce qu'on allumât des fourneaux destinés à réchauffer la chambre où il couchait, mais que, le froid devenant plus âpre, il consentit, afin de sécher les parois des murs couverts d'humidité, à ce qu'on y apportât des charbons ardents, dont *la vapeur l'incommoda beaucoup*. Julien, dans son manifeste adressé au sénat et au peuple d'Athènes, en racontant les événements qui précédèrent son élévation à la dignité d'auguste, parle plusieurs fois de ce palais, où il résidait avec son épouse Hélène, sœur de l'empereur Constance; de l'arrivée des troupes étrangères qui se rendirent à Paris, de leur soulèvement, et d'une chambre voisine de celle de son épouse, où il méditait sur les moyens d'apaiser le tumulte des troupes qui environnaient le palais.

Joignons à ces détails ceux que nous fournit l'historien Zozime, en décrivant les scènes tumultueuses dont le palais de Paris et ses environs furent le théâtre. Il lui donne la qualification honorable de *basilique*, qui signifie *royal*; il raconte comment des troupes auxiliaires, récemment arrivées des bords du Rhin à Paris, pour de là se rendre sur les frontières de la Perse, mécontentes d'une expédition aussi lointaine, résolurent d'élever le césar Julien, qui résidait alors à Paris, à la dignité d'auguste. Irritées des refus de ce prince, elles se portèrent avec fureur au palais et en brisèrent les portes.

Ammien Marcellin entre dans de plus grands détails sur cet événement qui se passa dans Paris, en l'an 360. Il qualifie l'édifice où logeait le césar Julien de palais, *palatium*; de maison royale, *regia*; il nous apprend que cet édifice contenait des appartements secrets ou souterrains, *latebras occultas*, où Julien alla se renfermer pour se dérober aux poursuites des troupes auxiliaires, qui, l'ayant

malgré lui proclamé auguste, craignaient qu'il ne renonçât à cette dignité, et
que quelques hommes dévoués à l'empereur Constance n'attentassent à sa vie.
Ensuite il nous parle d'une salle consacrée aux délibérations, salle qu'il qualifie
de *consisterium*, où Julien, après avoir cédé au vœu des troupes, tenait son conseil, et où ces troupes, soulevées par le bruit de sa mort, se portèrent tumul-
tueusement, et finirent par s'apaiser en voyant (dans cette salle) ce prince vivant
et revêtu des insignes de sa nouvelle dignité. Il ajoute que celui qui répandit
le faux bruit de sa mort était le *décurion du palais*, dont la fonction éminente
faisait partie des dignités impériales.

Les empereurs Valentinien et Valens ont séjourné à Paris pendant l'hiver
de 365. Trois de leurs lois, contenues dans le Code Théodosien, sont datées de
cette ville.

Ainsi il est certain qu'au quatrième siècle de notre ère, il existait à Paris un
palais impérial. On est en conséquence autorisé à dire qu'il avait toute l'étendue
et la magnificence convenables à sa destination. Cet édifice, très-vaste, occupait
l'emplacement où l'on voit encore ses principaux restes et s'étendait fort au loin
dans les quartiers environnants, où sont des traces nombreuses de maçonneries
romaines. Une tradition constante y place un palais, qu'au sixième siècle Grégoire de Tours désigne sans le nommer. *Clotilde* l'habitait avec ses petits-fils
lorsque les rois *Childebert* et *Clotaire* firent venir ces enfants, leurs neveux, dans
un autre palais de Paris, qui ne peut être que celui de la Cité, et les égorgèrent
froidement pour s'emparer de leurs biens.

Au septième siècle, Fortunat indique ce palais, et le qualifie de vaste édifice,
ou de citadelle distinguée par son élévation, *arx celsa*. Ce poëte recommande aux
Parisiens de chérir le roi Childebert, qui résidait dans ce magnifique bâtiment :

Dilige regnantium celsa, Parisius, arce.

Le même Fortunat, en décrivant les jardins qui accompagnaient ce palais,
nous apprend que la reine *Ultrogothe*, veuve du même Childebert, roi de Paris,
y logeait avec ses filles. La Chronique de Vézelay porte que des moines de ce
monastère vinrent à Paris pour se plaindre de la tyrannie du comte de Nevers.
En quittant le Palais du roi ils s'avancèrent jusqu'au *Vieux-Palais* (*usque
ad vetus palatium*): là les moines de Saint-Germain-des-Prés vinrent à leur
rencontre.

Au douzième siècle, des monuments historiques remettent cet édifice en
lumière. Un titre de l'an 1138, relatif à l'aumônerie de Saint-Benoît, porte
que cette aumônerie était contiguë au Palais des Thermes, *juxta locum qui
dicitur Thermæ*. Jean de Hauteville, qui florissait à Paris en 1180, fait dans
ses poésies, où il se donne la dénomination d'*Architrenius*, un tableau pompeux de cet édifice, qu'il qualifie d'habitation des rois, *Domus aula regum*.
« Ce palais des rois, dit-il, dont les cimes s'élèvent jusqu'aux cieux, et dont
« les fondements atteignent l'empire des morts..... Au centre se distingue
« le principal corps de logis, dont les ailes s'étendent sur le même aligne-
« ment, et, se déployant, semble embrasser la montagne. » Avant 1218,
Simon de Poissy jouissait de ce palais, et Philippe-Auguste, en cette année,

en fit don à *Henri*, son chambellan. « Nous donnons à perpétuité, porte l'acte
« de donation, le palais des Thermes, *palatium de Terminis*, que possédait
« *Simon de Poissy*, avec le pressoir situé dans le même palais. » Dans la Vie de
saint Louis, écrite par le confesseur de la reine Marguerite, on lit que ce roi,
« voulant fonder le collége de Sorbonne, acheta des maisons situées devant le
« palais des *Thermes*. » Dans le rôle d'une contribution levée en 1313 sur les
habitants de Paris, à l'occasion de la chevalerie du fils de Philippe-le-Bel, on
lit : « L'encloître Saint-Benoît d'une part, et d'autre le *palais des Thermes*. »

Il est inutile de citer un plus grand nombre de témoignages pour prouver que
cet édifice a constamment reçu la qualification de *palais*, ou une autre équiva-
lente. Il était d'une grande étendue. Les bâtiments et les cours (*atria*) qui en
dépendaient s'élevaient, du côté du sud, jusqu'aux environs de la Sorbonne. La
Vie de saint Louis atteste que ces bâtiments en étaient voisins ; et Jean de Hauteville, qui écrivait avant que Philippe-Auguste, pour édifier le mur de l'enceinte de Paris, eût fait disparaître plusieurs parties de cet édifice, nous en parle
comme si la principale construction de ce palais fût située sur la partie la plus
élevée de la montagne. Au delà et du même côté devait être aussi la place d'armes, ou le *campus* désigné par Ammien Marcellin. Sur cette place, le césar
Julien fut proclamé auguste, et harangua les troupes. Julien, dans son manifeste
au sénat et au peuple d'Athènes, parle aussi de cette place publique en disant
qu'un officier de son épouse, instruit des trames perfides des agents de Constance, lesquels avaient répandu de l'argent parmi les troupes pour les faire
soulever, vint dans la place publique et cria : *Braves guerriers, étrangers ou citoyens, gardez-vous de trahir votre empereur !* A cette place, que devaient occuper
les emplacements de l'ancien couvent des Jacobins, de la place Saint-Michel, etc.,
aboutissait la voie romaine qui, venant d'Orléans, passait au village d'Issy.

Toute cette partie méridionale dépendait du palais des Thermes, puisqu'on
a la certitude que les rois de France, qui ont succédé aux empereurs romains
dans la propriété de ce palais, possédaient de même ces emplacements méridionaux, lesquels étaient aussi sous leur censive. Au nord, en partant du point où
gît aujourd'hui la salle des Thermes, les bâtiments de ce palais se prolongeaient
jusqu'à la rive gauche du petit bras de la Seine. On assure que, dans les caves
des maisons situées entre cette rivière et cette salle, il existe des piliers et
des voûtes de la même maçonnerie; on ajoute qu'avant la démolition du Petit-
Châtelet, forteresse située au bas de la rue Saint-Jacques et à l'extrémité méridionale du Petit-Pont, on voyait des arrachements de murs antiques qui se
dirigeaient vers le palais des Thermes ; et l'on en tire cette conséquence, que les
bâtiments de ce palais s'étendaient jusqu'à la rive de la Seine. La salle qui
subsiste encore, unique reste d'un palais aussi vaste, offre dans son plan deux
parallélogrammes contigus qui forment ensemble une seule pièce. Les voûtes
à arêtes et à pleins cintres qui couvrent cette salle s'élèvent jusqu'à 42 pieds
au-dessus du sol. Elles sont solidement construites, puisqu'elles ont résisté à
l'action de quinze siècles, et que pendant longtemps, sans éprouver de dégradations sensibles, elles ont supporté une épaisse couche de terre cultivée en jardin et plantée d'arbres. L'architecture simple et majestueuse de cette salle ne

présente que peu d'ornements. Les faces des murs sont ornées de trois grandes arcades, dont celle du milieu est la plus élevée, genre de décoration fort en usage au quatrième siècle. La face du mur méridional a cela de particulier, que l'arcade du milieu se présente sous la forme d'une grande niche, dont le plan est demi-circulaire. Quelques trous pratiqués dans cette niche et dans les arcades latérales ont fait présumer qu'ils servaient à l'introduction des eaux destinées aux bains. Les arêtes des voûtes, en descendant sur les faces des murs, se rapprochent, se réunissent, et s'appuient sur une console qui représente la poupe d'un vaisseau. Dans l'une on distingue quelques figures humaines.

On a constaté, dans ces derniers temps, que la maçonnerie, surtout du côté septentrional et dans la partie de la salle placée en retour, avait éprouvé à diverses époques des restaurations qui diffèrent du système général. Dans cette partie en retour, on a remarqué des bandeaux d'arcades à plein cintre, composés de pierres d'un grain fin, sculptées en cannelure, bien conservées. Dans cette même partie de la salle, qui vient d'être fouillée jusqu'à environ deux ou trois pieds de profondeur, on a observé, au rez-de-terre, un mur qui la séparait de l'autre partie : peut-être qu'en cet endroit était le bassin ou la piscine des bains. On a aussi mis à découvert, dans la partie occidentale de la grande pièce, la naissance d'un escalier par lequel on devait descendre pour parvenir aux souterrains. On n'en connaît pas entièrement l'étendue; des amas de décombres s'opposent à ce qu'on y pénètre au-delà de quatre-vingt-dix pieds. Ces souterrains sont à deux étages, l'un sur l'autre. Chaque étage est divisé en trois berceaux parallèles, soutenus par des murs de quatre pieds d'épaisseur, et communiquant entre eux par des portes. Ces souterrains, qui, comme l'a reconnu M. de Caylus, s'étendaient jusqu'aux bords de la Seine, doivent aussi s'étendre jusque sous l'hôtel de Cluny, bâti sur une partie de l'emplacement du Palais des Thermes, où plusieurs murs, plusieurs voûtes, sont de construction romaine, et sous le ci-devant monastère des Mathurins, pareillement élevé sur une autre partie du même emplacement; deux établissements qui furent construits évidemment aux dépens du sol de ce palais et de ses matériaux.

Maintenant que j'ai établi l'étendue et l'importance des Thermes de Paris, que j'ai décrit l'unique pièce qui subsiste entière, et les masures, ruines ou souterrains qui l'environnent, je vais rechercher à quelle époque et par quel prince fut fondé ce palais. Suivant la commune opinion, *Julien* le fit construire pendant son séjour dans les Gaules, c'est-à-dire depuis les derniers mois de l'an 355 jusqu'au printemps de 361. En conséquence de cette opinion, on nomme vulgairement cet édifice *le Palais de Julien* ou *les Thermes de Julien*. Il est certain que ce césar a passé quatre ou cinq quartiers d'hiver à Paris, qu'il y habitait un palais considérable, mentionné par des écrivains de son temps, et qui ne peut être différent de celui qu'on vient de décrire; mais il ne s'ensuit pas qu'il l'ait fait construire. Julien, envoyé dans la Gaule pour en chasser les barbares qui la dévastaient depuis longtemps, employa les deux premières années de son séjour à organiser des armées, à créer des finances, à faire une guerre continuelle, et les années suivantes à réparer les maux innombrables que la guerre y avait causés. En raison de ces circonstances, on doit penser que le palais des Thermes était probablement construit avant l'arrivée de Julien dans les Gaules.

Il y a plus, c'est que l'addition du nom de Julien à ce palais est moderne. Le libraire Corrozet, qui publia, vers le milieu du XVIe siècle, une description de Paris, est, je crois, le premier écrivain qui, pour faire preuve de savoir, ait écrit que Julien avait fait élever cet édifice. Son opinion, sans fondement, n'ayant point été combattue, s'est soutenue jusqu'à ce jour. On doit attribuer la construction de cet édifice à un souverain qui, pendant un long séjour dans les Gaules, aura joui du calme propre à cette entreprise. Constance-Chlore, collègue de Dioclétien, réunit ces conditions : durant quatorze ans consécutifs, depuis l'an 292 jusqu'en 306, il resta dans ces contrées. Il fallait de plus un palais impérial à un empire nouveau : Constance-Chlore eut le temps, et de plus le besoin d'en bâtir un, et à lui seul il convient d'attribuer les Thermes de Paris. Une autre remarque peut concourir à confirmer cette opinion et à déterminer à peu près l'époque de cette construction. Le genre de l'architecture et de la maçonnerie des Thermes de Dioclétien, à Rome, a des conformités frappantes avec celui de l'architecture et de la maçonnerie des Thermes de Paris. Toutes ces considérations nous autorisent donc à attribuer à Constance-Chlore, et non à Julien, la fondation du palais des Thermes de Paris.

JARDIN DU PALAIS DES THERMES. A Rome, les palais des empereurs, les maisons des citoyens opulents, étaient toujours accompagnés de vastes et magnifiques jardins, dont les Romains faisaient leurs délices. Les Thermes de Paris, construits par un empereur romain, devaient avoir également leur jardin.

Le poëte Fortunat nous apprend, en effet, qu'au VIe siècle il existait, entre le palais habité par *Childebert*, roi de Paris, et l'église Saint-Germain-des-Prés, de vastes jardins, qu'il décrit dans une pièce de vers intitulée : *Des jardins de la reine Ultrogothe;* il dit que Childebert traversait ces jardins pour se rendre à l'église :

Hinc iter ejus erat, cum liminà sancta petebat (1).

L'église que ce poëte désigne par ces mots *limina sancta* est celle qu'on nomme aujourd'hui *Saint-Germain-des-Prés;* elle était l'église chérie de ce roi; il l'avait fondée; il y fut enterré avec son épouse Ultrogothe. Le palais qu'habitait le roi Childebert à Paris était le Palais des Thermes. Il serait possible, mais il n'est pas prouvé que cette église ait été établie à l'extrémité occidentale de ce jardin, et comprise dans son enceinte; c'est une conjecture que je donne sans m'y arrêter. Je passe aux limites de ce jardin.

Au midi, la limite du jardin est incertaine; elle devait partir des points les plus méridionaux du palais des Thermes, et laissant en dehors l'emplacement actuel du Luxembourg, qui avait une destination dont je parlerai, s'étendre jusqu'auprès de l'église Saint-Germain-des-Prés. A l'est, ce jardin était évidemment borné par les bâtiments des Thermes. Au nord, le cours de la Seine le limitait entièrement. A l'ouest, enfin, ce jardin était, en tout ou en partie, bordé

____

(1) *Fortunati Carmina*, lib. 6, *de Horto Ultrogothonis reginæ*, carmen 8.

par un canal qui partait des fossés de Saint-Germain-des-Prés et de la rue Saint-
Benoît, traversait la cour du couvent des Petits-Augustins et gagnait le quai
Malaquais pour de là se jeter dans la Seine. Ce canal, connu dans les anciens
titres sous le nom de *Petite-Seine*, ne fut comblé que vers le milieu du seizième
siècle. Enfin, on a la preuve que le terrain occupé par les jardins des Thermes
a pris plus tard le nom de *Clos de Laas* ou *de Lias*. Les rues de la Huchette,
Poupée, de l'Hirondelle, Saint-André-des-Arcs, des Grands-Augustins, etc.,
ont été ouvertes sur l'emplacement de ce clos, à partir du dixième siècle.

AQUEDUC D'ARCUEIL. Arcueil est un village situé à deux lieues et au midi de
Paris; il doit évidemment son nom aux arches ou arcades qui supportaient
l'aqueduc romain au-dessus du vallon formé par le cours de la Bièvre. Une partie
de cet aqueduc antique subsiste encore auprès de l'aqueduc moderne, dont
je parlerai dans la suite. Ces restes antiques offrent des masses assez considérables de maçonnerie romaine, toute semblable à celle du palais des Thermes.
A diverses époques, et sur différents points, on a découvert des portions de
son canal de conduite. « Il suivait, dit M. Héricart de Thury, les pentes de la
» colline sur la rive gauche de la vallée de Gentilly ou de Bièvre. D'après toutes
» les parties qui ont été reconnues par MM. *Husset* et *Caly*, ingénieurs des mines,
» il paraîtrait que, dans une grande partie de son cours, cet aqueduc n'était
» qu'un petit canal à découvert, ou un chenal fait en béton de chaux, sable,
» ciment, cailloux et meulières, broyés et pulvérisés. Des ponts avaient été jetés
» de distance en distance sur cette rigole. La direction de son cours a encore
» été reconnue en 1811 sur le bord de la voie creuse (chemin qui se dirige du
» faubourg Saint-Marcel au Petit-Mont-Rouge, nommé, depuis 1818, *rue des Cata-*
» *combes*), où, en perçant un puits de service qui répond aux Catacombes, on a
» retrouvé l'aqueduc romain à trois mètres de profondeur (1). »

Nous ajouterons que sur les talus d'un *Chemin des Prêtres*, qui de Montsouris
se dirige vers Arcueil, on voit encore deux fragments de cet aqueduc qui ne
paraît pas avoir été couvert dans cet endroit. De ce *Chemin des Prêtres*, l'aqueduc
se dirigeait à travers le petit jardin d'une maison de Montsouris, et traversait
l'ancienne route d'Orléans, puis la rue des Catacombes, où il a été reconnu par
M. de Thury.

Voilà l'existence du palais des Thermes, de ses jardins, de son aqueduc, établie
par des preuves qui, particulières à chacun de ces objets, sont en même temps
communes à tous, se fortifient les unes par les autres, et ne laissent plus de place
à l'incertitude. Il me reste à prouver l'existence d'un autre établissement dépendant de ce palais des césars.

CAMP ROMAIN. Toujours des camps étaient placés près des palais des césars
et des augustes, et même des présidents de province. Ammien Marcellin (2) et Zosime (3), en racontant comment Julien fut, par des troupes auxiliaires, élevé à la
dignité d'auguste, parlent plusieurs fois du camp situé près de Paris. Les modernes sont d'accord sur l'existence de ce camp, mais ils ont beaucoup différé

(1) *Description des Catacombes de Paris*, par M. Héricart de Thury, p. 261.
(2) *Ammiani Marcell.*, lib. 20, cap. 4. — (3) *Zozim.*, lib. 3, p. 152, édit. d'Oxon.

sur sa position : les uns le placent à la porte Baudet, où commence la rue Saint-Antoine, les autres dans la Cité, devant le Palais de Justice.

Ce camp était situé près du palais des Thermes ; d'après le récit d'Ammien Marcellin, on voit que les communications du camp à ce palais s'exécutaient avec promptitude. Zosime atteste positivement que le lieu où campaient les troupes était voisin du palais. Je ne vois qu'un seul emplacement convenable à ce camp ; les autres sont trop éloignés, car il aurait fallu traverser la Seine pour s'y rendre ; ils sont peu commodes, et on a la preuve que ces emplacements étaient, du temps des Romains, employés à des usages qui ne pouvaient convenir à un camp. Cet emplacement, presque contigu à l'enclos du palais des Thermes, est aujourd'hui occupé par quelques maisons des rues de Vaugirard et d'Enfer, et par la partie orientale et le parterre du jardin du Luxembourg. Les diverses antiquités qui y furent découvertes viennent encore à l'appui de cette conjecture. D'abord je dirai que les mouvements du terrain n'ont produit aucun indice de tombeaux, aucune fondation d'édifice romain, rien de stable, mais beaucoup d'objets mobiles et convenables à des campements. Déjà, avant ces travaux, on avait déterré quelques objets très portatifs consacrés au culte. Sauval nous apprend que, lorsqu'on jeta les fondements du palais du Luxembourg, sous la régence de Marie de Médicis, on découvrit une figurine en bronze de cinq à six pouces de hauteur ; elle représentait Mercure. M. de Caylus recueillit dans la suite une petite idole d'Apollon en bronze, trouvée près de l'angle oriental du même palais, du côté du jardin.

Dans les fouilles faites en 1801, on déterra quelques figurines de divinités, une petite idole de Mercure en bronze, une tête de Cybèle de même métal, et quelques instruments que l'on croit destinés aux sacrifices. Des objets qui appartiennent aux repas et aux aliments s'y montrèrent en abondance ; plusieurs ustensiles propres à la cuisine et à la toilette, des ornements de ceinturon, des harnais de chevaux et un bout de fourreau d'épée. On y a recueilli plusieurs médailles ; quelques-unes celtiques, d'autres consulaires, et une suite d'impériales depuis Jules-César jusqu'à Honorius. Quelques fragments de mosaïque y furent aussi trouvés ; ils pourraient avoir appartenu à l'estrade ou tribunal construit au milieu du camp, du haut duquel le chef militaire prononçait ses sentences, ses harangues ou allocutions. Tous ces objets furent découverts dans la partie du jardin du Luxembourg située à l'est du parterre. Ajoutons qu'en 1811 et en 1817 on a recueilli encore, en creusant le sol de ce même jardin, des fragments de poterie romaine, dont plusieurs étaient ornés de bas-reliefs. Tant d'antiquités relatives au culte, à la cuisine, aux vêtements et aux usages des soldats, réunis sur un même emplacement, annoncent que, pendant la période romaine, cet emplacement fut habité, et le fut par eux ; que ce lieu habité n'offrant aucune trace d'édifice solide, la surface ne devait être couverte que de ces légères constructions propres aux camps, et nommées par les anciens *tentoria, tabernacula.* Cette absence de constructions solides, la nature des antiquités découvertes, le voisinage du palais des césars et de la voie romaine, tout concourt à prouver que cet emplacement était celui du camp romain, qu'il est, en outre, très embarrassant de placer ailleurs.

CHAMP DES SÉPULTURES. Dans le vaste espace compris depuis les hauteurs de la rue Saint-Jacques et celle du faubourg de ce nom, et depuis la rue d'Enfer jusqu'au bas du revers du plateau de Sainte-Geneviève, on a déterré, à diverses époques, un si grand nombre de tombeaux romains, qu'on ne peut contester à cet immense emplacement le titre de *champ des sépultures*, ou de cimetière. Corrozet, qui écrivait ses *Antiquités de Paris* vers le milieu du seizième siècle, dit : « De nostre temps avons trouvé des sépulcres au long des » vignes, hors la ville Saint-Marceau, et n'y a longtemps qu'en une rue, » vis-à-vis de Saint-Victor, en pavant icelle rue, qui ne l'avait onc été, nous fust » montré, au milieu d'icelle, un sépulcre de pierre, long de cinq pieds ou en- » viron, au chef et aux pieds duquel furent trouvées deux médailles antiques » de bronze (1). »

L'abbé Lebeuf nous apprend qu'en janvier 1656, dans un jardin formé sur l'ancien cimetière de Saint-Marcel, presque derrière l'église Saint-Martin, un jardinier, en remuant la terre, trouva soixante-quatre cercueils de pierre, qui paraissaient appartenir à des personnes des premiers temps du christianisme. On sait de plus que c'est dans le même lieu que fut placé le tombeau de saint Marcel, qui donna son nom à un mémorial, puis à une église, et enfin à un faubourg de Paris.

De ces découvertes on peut hardiment tirer cette conjecture, que les alentours de l'église Saint-Marcel étaient, sous la domination romaine, consacrés spécialement à la sépulture des chrétiens. Près de là était un territoire dont le nom ancien semble désigner le séjour des morts. Ce territoire, dans un titre de l'an 1245, est appelé *terra de loco cinerum*, le lieu des cendres, peut-être parce qu'on y brûlait les corps. Il s'étendait le long de la rivière de Bièvre, et fut traversé par une longue rue qui, de ces mots *de loco cinerum*, a reçu le nom de *Lourcine*. En 1635, en fouillant le sol près du Marché-aux-Chevaux, on déterra plusieurs grands cercueils en pierre, remplis de corps d'une grandeur extraordinaire et chargés d'inscriptions grecques. On a découvert encore des squelettes dans la rue des Amandiers et sur le sol où s'élève le Panthéon, mais il est difficile d'établir s'ils sont d'origine gallo-romaine.

Cette incertitude ne peut subsister à l'égard des nombreux monuments sépulcraux trouvés dans l'enclos des ci-devant *Carmélites*, autrefois nommé de *Notre-Dame-des-Champs*, et dans les environs de cet enclos. Cet emplacement, situé à l'est de la rue d'Enfer, paraît avoir été le point le plus vénéré du vaste cimetière que nous décrivons, et le véritable sanctuaire sépulcral. En fouillant à quinze pieds sous terre dans cet enclos, on rencontra, dit Sauval, une grande voûte sous laquelle était un groupe de figures qu'il décrit ainsi : « La principale » figure représentait un homme à cheval, suivi de trois autres figures à pied, » parmi lesquelles étaient un jeune enfant. Chacune d'elles avait à la bouche une » médaille de grand bronze de Faustine ou d'Antonin-le-Pieux. Un des piétons » tenait de la main gauche une lampe qui avait la forme d'un soulier garni de » clous. La même figure tenait de la main droite une tasse contenant trois dés

____

(1) *Antiquités de Paris*, par Corrozet.

» et trois jetons d'ivoire, qui se trouvèrent presque pétrifiés. » L'enfant était représenté tenant à la main droite une cuiller d'ivoire dont le manche avait un pied de long; il dirigeait cette cuiller vers un grand vase encore rempli d'une liqueur odoriférante, qui, répandue par la rupture fortuite de ce vase, exhala une odeur dont l'air était parfumé. Ce monument très-curieux appartient au deuxième siècle, comme le prouvent les médailles trouvées dans la bouche de chacune de ces figures. Dans le même enclos des Carmélites, lorsqu'en 1630 on travaillait à construire la fontaine de ce couvent, on déterra quelques restes d'un cercueil, et un bas-relief de deux pieds de haut où l'on voyait, dit Sauval, *un sacrificateur debout, et à ses pieds un taureau prêt à être immolé.* Aucun de ceux qui ont écrit sur Paris n'a fait attention à ce passage remarquable : Sauval lui-même ne se doutait pas qu'il décrivait un monument curieux et très-rare en France, un monument du culte de *Mithra,* dieu-soleil des anciens Perses, dont le culte passa avec quelques autres, à l'époque des Antonins, de l'Italie dans la Gaule, où des monuments semblables, mais en très-petit nombre, ont été découverts.

Dans le même quartier, un peu plus au sud, vers l'emplacement de la maison de l'institution de l'Oratoire, et sur la route d'Orléans on découvrit, à quelques pieds sous terre, deux cercueils de pierre, sur l'un desquels était gravée une inscription, qui apprend qu'il fut érigé pour *Lucius Gavillus,* fils de *Cucius Perpesus,* par ses héritiers. « Je pourrais encore parler, ajoute Sauval, de quantité » d'autres caveaux, de coffres, de squelettes et de têtes, ayant des médailles à » la bouche, qui auparavant et depuis ont été découverts à Notre-Dame-des-» Champs (enclos des Carmélites) et aux environs, ce qui donnerait lieu de » croire, vu le grand nombre qu'on en a trouvé en ce quartier-là, que peut-être » les Romains l'avaient choisi exprès pour leur servir de cimetière et y placer » leurs tombeaux, parce que c'était le grand chemin de Rome (1). »

L'abbé Lebeuf pense que non-seulement le champ des sépultures, comprenait tout le plateau de la montagne Sainte-Geneviève et une partie de son revers oriental, mais qu'il s'étendait au midi jusqu'à Montsouris, où se trouve la maison dite *la Tombe-Isoire.* Pour prouver que tout cet emplacement était consacré aux morts, il cite aussi, outre *la Tombe-Isoire, le Fief des Tombes,* situé dans le même emplacement, ainsi que les contes populaires sur le diable de *Vauvert,* les esprits, les revenants, qui apparaissaient en ces lieux contigus à la rue d'*Enfer.*

FABRIQUE DE POTERIE. Au milieu du champ des sépultures, les Romains cherchèrent et trouvèrent une terre propre à la poterie. A l'endroit même où s'élève l'édifice du *Panthéon,* lorsqu'en 1757 on commença à travailler à ses fondations, il fut découvert plusieurs puits sans revêtement, creusés dans l'unique but d'y trouver des terres propres à la fabrication. On y trouva des âtres, des fours construits pour la cuisson des ouvrages, des fragments de vases, des vases entiers et imparfaits. On y employait deux sortes de terre : l'une, d'un blanc gris, était recouverte d'un vernis noir et fort égal; et l'autre, rouge, dont

(1) *Antiquités de Paris,* par Sauval, tom. I, p. 20, et tom. II, p. 335 et suivantes.

le vernis avait un éclat très-brillant. Sur les vases en terre rouge on remarquait des bas-reliefs d'un très-bon goût. Dans ces puits, on a trouvé aussi une médaille d'Auguste, les anses d'un grand vase de bronze; de plus, quelques fragments de bronze peu intéressants, et une meule de moulin à bras.

ARÈNES. Vers la fin de la domination romaine, presque tous les chefs-lieux de la Gaule avaient un emplacement destiné aux jeux, aux combats des gladiateurs et à ceux des bêtes féroces. Ces emplacements, nommés *Cirques, Amphithéâtres, Arènes*, étaient ordinairement construits avec plus ou moins de magnificence par des soldats légionnaires.

Sur le revers oriental de la montagne Sainte-Geneviève, entre la maison dite autrefois de *la Doctrine chrétienne*, et la rue Saint-Victor, était un emplacement auquel un seul titre de l'an 1284 donne le nom de *Clos des Arènes*. Cette dénomination a fait croire qu'il y avait eu là un amphithéâtre; mais aucun reste de ce prétendu édifice n'a survécu pour témoigner de son antique existence. S'il a réellement existé, il fallait qu'il fût peu solidement construit, et qu'il se composât de palissades et de terrasses. A l'indication que donne le titre dont je viens de parler, on a rattaché un passage de Grégoire de Tours; ce passage porte qu'en l'an 577, le roi Chilpéric ordonna qu'il serait bâti des cirques à Paris et à Soissons; *Suessoniis atque Parisiis circos ædificari præcepit*. Cet ordre suppose que Paris et Soissons étaient dépourvus d'un bâtiment destiné aux spectacles publics; car ce roi n'aurait pas ordonné la construction d'un édifice déjà existant. On ignore si cet ordre fut exécuté; mais, si Paris a possédé une construction appelée *les Arènes*, on peut assurer, puisqu'il n'en est resté que le nom, qu'elle n'était ni magnifique ni solide.

AUTEL A BACCHUS. L'existence de cet autel n'est fondée que sur une conjecture; mais cette conjecture est très-vraisemblable. Près des vignobles qui garnissaient, au nord et à l'est, le penchant de la colline de Sainte-Geneviève, à l'endroit où est aujourd'hui située l'église Saint-Benoît, il est certain qu'on a pendant longtemps rendu un culte à un *saint Bacchus*, nommé en français *saint Bach*. Le nom du saint, le même que celui du dieu Bacchus; son culte établi dans les domaines du dieu du vin, au centre des vignes; la fête de ce saint, célébrée le 7 octobre, le jour même où, dans les environs de Paris, on célébrait encore, il y a peu de temps, la fête païenne des vendanges et de Bacchus; l'origine inconnue de saint Bacchus, qui n'a point de légende particulière, et qui n'a été qu'un peu tard accolé à saint Sergius, et mis avec lui en communauté d'événements, parce que la fête de l'un et de l'autre était célébrée le même jour : toutes ces circonstances réunies ne prouvent point, mais rendent très-croyable, l'existence d'un autel à Bacchus, dieu auquel a succédé, dans ces vignes, le culte d'un saint de ce nom. D'autres exemples de métamorphoses des dieux en saints, opérées par l'ignorance et la force de l'habitude, rendent celle-ci très-probable (1).

_____

(1) Depuis que l'empereur Probus eut permis aux Gaulois de planter des vignes, le culte de *Bacchus* fut établi parmi eux. Julien, dans son *Misopôgon*, dit que ces peuples rendaient un culte à cette divinité; et l'abbé Lebeuf, dans deux dissertations, a décrit les cérémonies païennes des fêtes bachi-

ÉDIFICE DU QUAI DE LA TOURNELLE. Trois fragments de marbre, représentant des figures en haut-relief, et un mur de cinq pieds d'épaisseur, construit de pierres de taille d'une grandeur considérable, trouvés en 1735, indiquent un édifice antique, construit avec une sorte de magnificence. M. de Caylus conjecture que cet édifice était une chapelle bâtie par les négociants de Paris, vis-à-vis de l'autel érigé dans la Cité par les mêmes négociants.

Tels étaient, au quatrième siècle, la physionomie et les établissements de la partie méridionale de Paris : le palais des Thermes, ses vastes jardins, un vignoble, un camp romain, un champ de sépulture, en occupaient presque la totalité.

DU CHANGEMENT DU NOM DE LUTÈCE EN CELUI DE PARIS.

La petite nation des *Parisii*, ou Parisiens, n'était point au rang des privilégiées de la Gaule, au rang des nations *libres*, *alliées* ou *amies* des Romains, comme il s'en trouvait plusieurs que Pline a dénombrées. Sa forteresse ou chef-lieu, *Lutèce*, ne fut jamais colonie, ni métropole de province; elle ne jouit, sous l'empire romain, d'aucune de ces prérogatives qui peuvent favoriser l'accroissement et la magnificence des villes; si elle devint *municipe*, ce ne fut que vers la fin du quatrième siècle : elle devait être auparavant réduite à la pire des conditions politiques, à celle des *vectigales*. Zosime, Ammien Marcellin et Julien lui donnent des qualifications équivalentes à *petite forteresse (castellum oppidulum).*

A une époque inconnue, et pendant la période romaine, les Parisiens étaient avec les *Senones*, les *Tricassini*, les *Meldi* et les *Ædui*, soumis au même régime financier, et sous la direction d'un seul adjoint au procurateur général : un de ces adjoints est, dans une inscription, nommé *Aurelius Demetrius*. Ces nations faisaient, comme celle des Parisiens, partie de la province Lyonnaise. Deux préfets, vers la fin du quatrième siècle, résidaient à Paris : celui des navigateurs sur la Seine, établis à Andresy (*præfectus classis Anderecianorum, Parisiis*), et le préfet des *Sarmates*, peuple étranger, vaincu, et chargé de cultiver des terres situées entre *Paris* et *Chora* (1). La province Lyonnaise, dont Paris dépendait, étant, vers la fin du troisième siècle, divisée en deux provinces, le territoire des Parisiens fut compris dans la première Lyonnaise. Vers la fin du quatrième siècle, on divisa de nouveau la Lyonnaise en quatre provinces, et les Parisiens se trouvèrent dans la quatrième, qu'on surnommait *Senonia*, parce que *Sens* en était la métropole.

Pourquoi la forteresse des Parisiens a-t-elle perdu ou quitté son nom primitif de *Lutèce*, pour prendre celui de *Parisii*? pourquoi le nom de la nation a-t-il

---

ques célébrées de son temps, les 7 et 9 octobre, dans quelques vignobles des environs de Paris. Un vignoble près d'Orléans, appelé *Rebrechien*, doit ce nom à un lieu consacré à Bacchus, *Area Bacchi*. *Voy.* ci-après, chap. 4, article *Saint-Benoît*, et article *Établissement du christianisme à Paris*.

(1) *Chora* n'existe plus. Sa position, qui n'offre que des ruines, était, comme l'a prouvé M. Pasumot dans ses *Mémoires géographiques*, sur un tertre appelé *Ville-Auxerre*, près de la rivière de Cure, à 1500 toises environ au nord de Sermicelles, entre Vermanton et Avallon.

remplacé celui du chef-lieu? à quelle époque s'est opéré un changement qui semble si extraordinaire, quoiqu'il fût commun à tous les chefs-lieux de nations dans la Gaule? Il serait trop long de résoudre complétement ces questions ; je dois me borner à des résultats, à un exposé succinct des principales causes de ce changement, et à la fixation de l'époque où il s'est opéré.

Des Barbares d'outre-Rhin avaient passé ce fleuve, et pendant cinq années consécutives, par le pillage, l'incendie, avaient presque entièrement ruiné, dépeuplé une grande partie de la Gaule. Les Parisiens durent beaucoup souffrir de ces désastres. Julien, envoyé exprès pour les faire cesser, parvint, pendant les années 356 et 357, à purger entièrement le pays de ces dévastateurs. Au lieu de rétablir l'ordre ancien, ce prince, à ce qu'il paraît, y substitua un nouveau plan d'administration plus uniforme et plus populaire. Il fit disparaître toutes les différences qui se trouvaient entre les diverses nations et les diverses cités ; on ne vit plus de villes colonies, de cités alliées, libres, amies, vectigales, etc. ; les priviléges disparurent, et furent remplacés par l'uniformité d'administration et l'égalité de droit.

Les chefs-lieux des nations qui ne jouissaient d'aucune prérogative, d'aucune distinction, acquirent alors des droits égaux à ceux dont avaient joui les colonies, les métropoles, etc. ; les institutions de la cité, c'est-à-dire de la nation, furent concentrées dans son chef-lieu, qui reçut dès lors le titre de *cité*, et de plus le nom de la nation. Le chef-lieu des Parisiens, ainsi que tous les chefs-lieux non privilégiés, perdit son nom primitif, et fut appelé *Parisii*, les Parisiens. Ce changement de condition politique, qui amena un changement dans les noms de chefs-lieux, s'opéra entre les années 358 et 360.

Les géographes, avant ces années, donnent toujours au chef-lieu des Parisiens les noms de *Lutecia*, *Leutetia :* dans Strabon, on lit *Lucototia ;* dans Ptolémée, *Locotetia ;* dans Julien, *Luketia ;* Ammien Marcelin, en traçant le tableau géographique de la Gaule, nomme ce chef-lieu des Parisiens *Lutecia ;* mais, dans le récit qu'il fait des événements postérieurs à l'an 358, il l'appelle *Parisii*. Le changement commençait alors à s'opérer. Un synode tenu dans les mois de novembre et de décembre 360 ou 361, donne à ce chef-lieu le titre de *cité* et le nom de *Paris ; apud Pariseam civitatem* (1). Dans les mois de novembre et de décembre 365, les empereurs *Valentinien* et *Valens*, qui y résidaient, y publièrent trois lois rapportées au Code théodosien ; elles nomment dans chacune d'elles le chef-lieu des Parisiens, *Parisii*. Depuis, ce nom lui a été conservé dans les histoires et dans les actes publics (2). Il faut conclure que le changement de régime et de nom, et l'érection de *Lutèce* en cité, opérés entre les années 358 et 360, pendant le séjour de Julien dans les Gaules, furent l'ouvrage de cet empereur.

Lutèce, comme les autres chefs-lieux de la Gaule qui éprouvèrent le même changement, dut alors être érigée en *municipe ;* elle portait le titre de *cité*, elle dut en avoir les institutions ; elle dut avoir un corps de juges et d'administrateurs

---

(1) Le nom de cette cité est écrit dans la lettre synodale, *Pariseam ;* mais comme il n'a jamais existé dans les Gaules de cité ainsi nommée, il est évident que c'est une erreur de copiste.

(2) Néanmoins, sous la seconde race des rois francs, on trouve quelques écrivains qui donnent au chef-lieu des Parisiens le nom de *Lutèce*.

municipaux, corps appelé, au quatrième siècle, *ordo municipalis, curia,* composé de *decuriones* et de *curiales;* elle dut contenir un édifice propre aux séances du corps municipal et au dépôt de ses actes, que les monuments historiques nomment *gesta municipalia.* Cet édifice était évidemment celui qu'on a depuis désigné sous le nom de *Palais de la Cité.* Il est certain que l'ordre municipal et les bâtiments consacrés à cette institution étaient ordinairement, dans les villes anciennes, placés dans le quartier spécialement nommé *Cité.* Ainsi Paris, à la fin de la domination romaine, possédait deux édifices qui pouvaient porter le titre de *Palais,* celui de la Cité, et celui où les césars et les augustes passaient leurs quartiers d'hiver lorsqu'ils se trouvaient dans la Gaule, c'est-à-dire celui des *Thermes.* Les habitants de Paris ne jouirent pas longtemps des bienfaits de Julien. En 406, une foule de peuples barbares fondirent sur la Gaule et la ravagèrent pendant dix années consécutives : cette ville ne dut pas échapper à cette calamité. Vers l'an 494, elle devint la proie des Francs.

Voilà ce qu'il m'a été possible de recueillir sur l'état de Paris pendant la période romaine. Tout ce qu'on a imaginé pour donner un plus grand lustre à cette ville doit être mis au rang des fictions. Quant aux mœurs des Parisiens à ces époques reculées, elles nous sont à peu près inconnues. Nous ne pouvons guère leur appliquer que ce que Julien, en comparant les mœurs des habitants d'Antioche à celles des Gaulois, dit de ces derniers : « S'ils rendent un culte à Vénus, écrit-il, ils considèrent cette déesse comme présidant au mariage ; s'ils adorent Bacchus et usent largement de ses dons, ce dieu est pour eux le père de la joie, qui avec Vénus, contribue à procurer une nombreuse progéniture. On ne voit chez eux ni l'insolence, ni l'obscénité, ni les danses lascives de vos théâtres. »

Dans la disette de notions historiques sur Paris, il ne faut rien omettre de ce qui peut faire connaître l'état moral de cette ville ; c'est pourquoi nous ajouterons que Julien, qui cultivait les lettres, y avait amené un savant médecin, nommé *Oribase,* auteur de plusieurs ouvrages, et notamment d'un abrégé de ceux de Galien. La réputation littéraire de Julien et celle de son médecin attirèrent à Paris plusieurs savants qui, pendant les quatre ou cinq hivers que ce prince séjourna dans cette ville, y formaient une espèce d'académie. C'est *Oribase* lui-même qui nous transmet cette particularité (1).

⸺⸺⸺◆◆◆⸺⸺⸺

PARIS SOUS LA PREMIÈRE RACE DES ROIS FRANCS.

ÉTABLISSEMENT DES FRANCS A PARIS, NATURE DE LEUR GOUVERNEMENT.

Pendant cette période, la scène historique éprouve de grands changements : la domination romaine, établie depuis plus de cinq cents ans, s'évanouit ; des

____

(1) *Oribasii medicinalium collectarum præfacio,* lib. 1, p. 205.

hommes féroces, et depuis longtemps habitués au brigandage, deviennent maîtres de la Gaule. Dès lors se termine la période des *temps antiques* ou *romains*, et commence celle du *moyen âge* ou de la *barbarie*. Les Romains, en introduisant dans les provinces un grand nombre de nations étrangères, qualifiées de *Gentils* ou de *Lètes*, en leur accordant des terres, en élevant plusieurs de leurs chefs aux dignités les plus éminentes de l'empire, avaient commencé l'œuvre de la décadence; les événements du cinquième siècle l'achevèrent. Les lumières s'éteignirent, et ce ne fut qu'après dix siècles d'anarchie et de calamités qu'elles parvinrent à se rallumer.

Au mois de décembre 406, des hordes de Barbares fondent, comme par torrents, sur diverses parties de l'empire romain; les unes les parcourent en les pillant, en les dévastant, et vout plus loin porter leurs ravages; les autres les pillent, les dévastent, et y fixent leur demeure. La Gaule eut beaucoup à souffrir des succès de ces féroces étrangers. Les *Wisigoths* et les *Bourguignons* y avaient fondé deux royaumes, les premiers dans le midi, les seconds dans la partie orientale, quand des Sicambres, de la ligue des *Francs*, violant les traités qui les liaient au gouvernement romain, franchirent, vers l'an 445, la barrière du Rhin, et parvinrent à s'emparer des villes de Cologne, de Tournai, de Cambrai, etc., dont chaque chef se fit souverain. Malgré ces envahissements successifs, l'empire romain se maintenait encore dans plusieurs grandes parties des provinces belgiques.

Un des chefs francs, Childéric, roi de Tournai, auquel on attribue quelques exploits dans Paris, et même un long siége de cette ville, étant mort en 481, son fils *Clovis*, jeune Barbare, dévoré par la soif des richesses, ayant réuni plusieurs petits princes de sa famille, quitta, en l'an 486, son camp de Tournai, marcha contre *Siagrius*, général romain, le combattit dans les plaines de Soissons, et remporta sur lui une victoire complète. Il pilla cette ville; puis s'avança sur Reims, qui fut pillée à son tour. En l'an 494, il étendit son royaume jusqu'à la Seine, et, en 496, jusqu'à la Loire. Dans la première expédition, il dut se rendre maître de Paris, puisqu'il était maître du cours de la Seine. Les évêques qui dirigeaient alors ce jeune prince lui livrèrent, à ce qu'il paraît, la capitale des Parisiens. Il est certain que les évêques gaulois, par l'influence qu'ils exerçaient sur l'esprit des peuples, contribuèrent puissamment à ses conquêtes, et reçurent, pour prix de leurs grands services, des biens et des pouvoirs dont ils n'avaient encore jamais joui. Ces services leur acquirent les richesses du clergé et la juridiction temporelle des prélats. En l'an 508, Clovis fixa sa résidence à Paris, qui devint alors la capitale des États des Francs; et, après trente années de règne, il y mourut en l'an 511, et fut enterré dans la basilique de Saint-Pierre et Saint-Paul, depuis nommée *Sainte-Geneviève*.

Ses quatre fils, *Theodorich*, *Chlodomire*, *Childebert*, *Clotaire*, partagèrent ses États; mais ce partage fut si irrégulier, qu'il serait difficile de déterminer précisément la part de chacun d'eux. Une province, un canton, une ville même, appartenaient à deux, à trois souverains. Paris devint la propriété de ces quatre fils de Clovis, de manière qu'un d'eux ne pouvait y entrer sans la permission des autres. *Chlodomire*, en l'an 524, périt à la guerre. Il laissa trois fils : deux

furent égorgés par leurs oncles ; le troisième fut réduit à la condition ecclésiastique. Alors la Gaule se trouva divisée en trois royaumes. *Childebert* eut en partage, *Paris, Meaux, Senlis, Beauvais*, et prit le titre de *roi de Paris*, qu'il conserva jusqu'en 558, époque de sa mort. *Clotaire* lui succéda dans le royaume de
Paris; mais devenu, peu d'années après, maître unique des trois royaumes de la
Gaule, il ne prit plus le titre de *roi de Paris*. Il meurt en 561 : alors ses quatre
fils se partagent ses États, et la Gaule est de nouveau divisée en quatre royaumes.
Charibert devint roi de Paris ; *Guntram*, roi de Bourgogne et d'Orléans ; *Sigebert*, roi de Metz, et *Chilpéric*, roi de Soissons. *Charibert* porta le titre de *roi de
Paris* jusqu'à sa mort, arrivée en 567 : *Chilpéric*, roi de Soissons, réunit alors
le royaume de cette ville à celui de Paris. Ces deux royaumes n'en formèrent
qu'un seul, et ce roi fit sa résidence ordinaire dans cette dernière ville.

Chilpéric, roi de Soissons, meurt assassiné en 584. Il a pour successeur dans
les royaumes de Soissons et de Paris son fils *Clotaire II*, qui, après la mort ou
l'assassinat de plusieurs princes de sa famille, réunit en 613 sur sa tête les trois
couronnes, et règne seul dans la Gaule. Il réside à Paris, y meurt en 628, et
laisse deux fils, *Dagobert* et *Charibert II*. La domination de la Gaule est alors
divisée en deux royaumes. L'un, occupé par *Charibert II*, ne consiste que dans
quelques provinces méridionales; l'autre, bien plus considérable, composé de
toutes les autres provinces, même de plusieurs régions situées au delà du Rhin,
est le partage de *Dagobert*. *Charibert* meurt en 631, et *Dagobert* se trouve seul
possesseur des vastes États des Francs. Sa résidence ordinaire est à Paris ou
dans les lieux voisins de cette capitale. Il meurt le 19 janvier 638, et laisse deux
fils en bas âge, *Sigebert II*, qui fut roi d'Austrasie, et *Clovis II*, roi de Neustrie
et de Bourgogne.

A l'époque de cette mort et de cette succession commence à décroître la puissance des rois, et à se fortifier celle des *maires du palais*. Ces officiers domestiques profitent de la grande jeunesse du fils de Dagobert et règnent sous le nom
des rois, qui ne possèdent que ce titre, et qui, en l'an 752, perdent cette unique
prérogative. Pepin-le-Bref, duc et maire du Palais, fait condamner *Childéric III*,
le dernier de ces rois fainéants, à être déposé, rasé, et renfermé dans un monastère, et se fait proclamer roi à sa place. L'usage des fils, de partager entre eux
le royaume de leur père, les guerres continuelles qui résultaient de ces partages,
la faiblesse des rois, l'ambition des ducs et des maires du palais, et plus encore
la nature d'un gouvernement sans bases solides, amenèrent la ruine de la première dynastie des Francs.

Établis dans la Gaule, les Francs y laissèrent subsister l'ancien état de choses
dans tout ce qui ne contrariait pas leurs coutumes barbares. Ils conservèrent les
dénominations de *ducs*, de *comtes*, etc., ou leur substituèrent celle de *graphions ;*
mais ils en approprièrent les fonctions à ces coutumes. Chaque duc alors exerça
dans sa province un empire souverain, leva à son gré des troupes, les dirigea
contre ses voisins, eut le droit de vie et de mort, de paix et de guerre. Le comte
conduisait, sous les ordres du duc, son contingent de troupes, levait des contributions et rendait la justice avec ses assesseurs. Il agissait en souverain dans sa
cité. Il existait une autre classe d'hommes puissants appelés *Leudes Antrustions*,

c'est-à-dire *fidèles*. Compagnons d'armes du chef, ils avaient partagé avec lui le butin et les terres qu'on appela *terres saliques*, et ils participèrent au gouvernement, etc.

Une des coutumes introduites par les Francs dans la Gaule y mit la *domesticité* en honneur, et contribua à l'avilissement général. Les Romains, pour le service de leurs personnes, avaient des esclaves; les Francs, orgueilleux comme le sont tous les Barbares, trouvèrent cet usage indigne d'eux. Ils continuèrent, suivant leurs antiques coutumes, à se faire servir par des hommes d'une naissance illustre, par les fils de leurs parents, de leurs leudes ou fidèles; ils renvoyèrent à l'agriculture et aux travaux mécaniques les esclaves romains, et les serviles emplois de ces derniers furent remplis par des fils de princes ou de nobles (1).

Cet ordre de choses, que je ne puis qualifier de *gouvernement*, parce que ceux qui possédaient l'autorité exploitaient et ne gouvernaient pas; par ce que les pouvoirs, vaguement limités ou sans limites, étaient répartis sur un trop grand nombre d'individus; parce que les droits restaient sans garanties; parce que la violence, l'arbitraire et un aveugle despotisme remplaçaient tout ce qui constitue un gouvernement; cet ordre de choses, dis-je, pouvait convenir à des hordes à demi sauvages, vivant de brigandages dans les forêts de la Germanie; mais il dut paraître fort étrange et causer une consternation générale, lorsqu'il fut transplanté dans un grand État, au milieu d'une nation façonnée, depuis cinq cents ans, aux lois, aux arts et à la civilisation des Romains. Dans le *Tableau des mœurs*, placé à la fin de ce chapitre, on trouvera plusieurs faits qui serviront de preuve à l'esquisse que je viens de tracer. Avant de décrire les institutions existantes à Paris pendant la première race, institutions toutes religieuses, il convient de faire précéder leur description d'une notice historique sur l'établissement de la religion chrétienne dans la Gaule, et particulièrement à Paris.

____

(1) De cette coutume barbare est résultée l'espèce d'illustration accordée en France à des places de domestiques.

Celui qui, chez les Francs, était chargé de la surveillance des chevaux, des écuries et des étables, devint le premier dignitaire de la monarchie française, sous le titre de *comes stabuli*, comte de l'étable ou *connétable*.

Le titre de *maréchal* désignait originairement, et désigne encore aujourd'hui, un homme qui pansait et ferrait les chevaux; le nom de ce métier est devenu un titre éminent dans le militaire.

Le *sénéchal* n'était qu'un domestique qui veillait à la sûreté de la maison, qui percevait les redevances du maître, et qui le servait à table : on en fit depuis un grand officier de justice.

Le *grand panetier*, qui, dans l'origine, n'était qu'un boulanger, est devenu un grand-officier de la couronne. Il en fut de même du *grand-bouteiller*, qui surveillait les caves, les tonneaux et les bouteilles; du *grand-veneur* et du *grand-louvetier*, qui n'étaient que des domestiques chasseurs. Que de familles se sont enorgueillies de compter parmi leurs aïeux des personnes chargées de titres qui rappellent des professions extrêmement roturières et serviles !

Les nobles, depuis la première race jusqu'à nos jours, ont continué d'envoyer leurs enfants dans les maisons des hommes puissants, et se sont crus fort honorés de pouvoir procurer à leurs fils, à leurs filles, des places de domestiques portant livrée, et les titres de *varlets, valets, servantes, filles*, dénominations qui, dans des temps plus polis, ont été changées en celles de *gentilshommes*, de *filles* ou *dames d'honneur*.

ÉTABLISSEMENT DU CHRISTIANISME A PARIS.

Dans la carrière que je vais parcourir, où se présentent à chaque pas des contradictions, des obstacles insurmontables, et des ténèbres que je ne me flatte pas de dissiper entièrement, j'aurai souvent des erreurs et des impostures à signaler : mais, en les mettant en évidence, je servirai la vérité.

Grégoire de Tours, après avoir brièvement rapporté la persécution que les chrétiens souffrirent sous l'empereur Décius, s'exprime ainsi : « En ce même » temps, sept hommes ordonnés évêques furent envoyés dans les Gaules pour y » prêcher, comme le rapporte l'histoire de la passion du saint martyr Saturnin; » il y est dit : *Sous les consuls Décius et Gratus, suivant une tradition fidèle, la* » *ville de Toulouse commença à avoir pour premier évêque saint Saturnin.* Les » évêques qui furent envoyés dans les Gaules sont : *Gratien* à Tours, *Trophime* » à Arles, *Paul* à Narbonne, *Saturnin* à Toulouse, *Dionysius* à Paris, *Strémo-* » *nius* à Clermont, et *Martial* à Limoges. L'un d'eux, le bienheureux *Dionysius,* » évêque des Parisiens, plein de zèle pour le nom du Christ, souffrit diverses » peines, et un glaive cruel l'arracha de cette vie. »

D'après ce passage, il paraît certain que saint *Dionysius* ou *Denis* fut envoyé à Paris avec le titre d'évêque, sous le consulat de Décius et de Gratus, qui répond à l'an 250 de notre ère. Ainsi voilà l'époque de la mission de saint Denis clairement établie; mais il s'élève contre ce fait de fortes objections, des difficultés insurmontables. Les actes de saint Saturnin, dont s'autorise ici Grégoire de Tours, existent encore; on y parle de ce saint Saturnin et de son martyre, mais on n'y fait nulle mention de *saint Denis,* ni des autres évêques envoyés dans les Gaules. Cette erreur, que dom Bouquet a relevée, commence à faire naître des doutes sur l'époque et la réalité de la mission des sept évêques. La crédulité de Grégoire de Tours est connue : dans le récit des événements antérieurs à son temps, des événements dont il n'a pas été le témoin, il mérite peu de confiance (1). Sans examen, sans critique, il admettait toutes les traditions qui lui parvenaient; trop souvent il renonçait à la dignité d'historien, pour s'abaisser au rôle de légendaire.

Les évêques qu'il nomme, s'ils furent réellement envoyés en l'an 250 dans les Gaules, y firent peu de prosélytes, n'organisèrent point un culte public, puisque le paganisme y dominait encore vers la fin du quatrième siècle; témoin la lettre très-authentique qu'écrivent, en l'an 389, à sainte Radegonde, sept évêques gaulois, parmi lesquels se trouvaient *Euphronius* de Tours et *saint Germain* de Paris; lettre que Grégoire de Tours a lui-même insérée dans son Histoire, et qui est plus digne de confiance que le passage de cet historien qu'on vient de citer. Or, dans cette lettre, on lit que saint Martin, envoyé dans la Gaule, vers le milieu du quatrième siècle, y répandit les semences de la foi chrétienne. « Il fit éclore » *les premiers germes de notre foi* vénérable, y est-il dit : car alors les mystères

---

(1) *Voyez* le jugement qu'en portent les bénédictins, auteurs de l'*Histoire littéraire en France,* tome III, p. 391.

» ineffables de la Trinité divine n'étaient encore parvenus à la connaissance que » d'un petit nombre de personnes. » Ce passage, qui est fortifié par le témoignage de Sulpice Sévère, prouve qu'avant l'an 372, époque où saint Martin commença à prêcher l'Évangile dans les Gaules, le christianisme n'y était connu que par un très-petit nombre de personnes, et que les prédications de saint Denis et des autres évêques envoyés, dit-on, dans les Gaules plus d'un siècle avant, si elles eurent lieu, furent très-peu fructueuses. On voit, en effet, du temps même de saint Martin, le culte idolâtre dominer dans les villes, et surtout dans les campagnes ; on y voit des temples, des divinités, leurs prêtres, et la religion des anciens Romains est en plein exercice. Il est évident que c'est plutôt à saint Martin qu'à saint Denis qu'appartient la gloire d'avoir converti les Gaulois au christianisme.

Parmi les évêques qui, après saint Denis, ont prêché la foi chrétienne à Paris, le premier dont l'existence soit à l'abri de la critique est *Victorinus*, que, dans l'ordre chronologique, on a nommé le sixième évêque de Paris, et qui pourrait bien être le premier qui ait mérité ce titre, le premier qui ait organisé un clergé à Paris et qui ait donné quelque consistance au christianisme. Il est, en effet, le premier dont on trouve le nom, avec le titre d'évêque de Paris, dans les actes d'un concile qui fut assemblé à Cologne en 346.

Il se tint, dit-on, pour la première fois, vers les années 360 ou 361, un synode, ou concile, à Paris. On ne sait point quel était alors l'évêque de cette ville, ni le nombre de ceux qui y assistèrent. On doit en induire que cette cité contenait alors un établissement stable propre au culte chrétien ; mais l'œuvre de la conversion des Parisiens n'était encore qu'ébauchée. L'antique religion des Romains dominait dans la Gaule ; le christianisme ne s'y présentait que sous les formes d'une secte naissante.

Les évêques *Paulus* et *Prudentius*, qui succédèrent à *Victorinus*, sont peu connus. Après eux vint *Marcellus*, fameux à Paris sous le nom de *saint Marcel* ou *saint Marceau*. Si l'on s'en rapporte à sa légende, il convertit un grand nombre de païens ; il métamorphosait en vin excellent et en baume l'eau puisée dans la Seine. On n'employait point alors, pour convaincre les esprits, la puissance du raisonnement ; mais c'est avec des guérisons étonnantes, des opérations merveilleuses, qu'on les subjuguait. Ce n'est point la légende du saint qui me détermine à croire au progrès qu'il fit faire à la religion chrétienne, mais bien la victoire qu'il remporta sur un dragon qui désolait Paris. Toujours, à cette époque, le dragon vaincu par un saint était l'emblème des conversions nombreuses, du triomphe du christianisme sur le démon, ennemi de cette religion, démon représenté sous la forme d'un serpent.

Saint Marcellus mourut en l'an 436. Il avait sans doute fait beaucoup de prosélytes à la religion chrétienne ; mais il en laissa un très-grand nombre à faire, puisque, plus d'un siècle après lui, on voit encore le paganisme dominer dans les campagnes, ainsi que le prouvent les édits de plusieurs rois de France.

Pendant cette période, aux superstitions romaines et gauloises vinrent se joindre celles des Francs. Les évêques ne combattirent que celles qui pouvaient nuire à leur domination et à leurs intérêts ; ils adoptèrent divers genres de divinations et d'opérations magiques. Ils christianisèrent les dénominations, et maintinrent la chose : les philactères, les talismans, furent remplacés par des reliques, l'eau lustrale par l'eau bénite, les ambarvales par les litanies ou rogations, etc., etc. Les *sorts virgiliens* ou *homériques* reçurent le nom de *sorts des saints*. C'est ainsi que Clovis, tout baptisé qu'il était, passant par Tours pour aller combattre les Visigoths, demande à prendre les *auspices*. Le clergé de cette église se prêta complaisamment à cette pratique païenne. Grégoire de Tours n'a pas le courage de la blâmer en cette circonstance; mais, dans une autre, il la qualifie de *pratique barbare* (1).

Ce mélange impur, commencé sous le règne de Constantin, s'accrut beaucoup sous la domination des Francs : les évêques ne prêchaient plus la morale, et ne recommandaient que l'observation de certaines cérémonies, la plupart originaires du paganisme. La religion chrétienne fut considérablement dénaturée, et resta dans cet état pendant tous les siècles de barbarie.

ÉTABLISSEMENTS RELIGIEUX DANS LA PARTIE MÉRIDIONALE DE PARIS.

BASILIQUE DES APÔTRES SAINT PIERRE ET SAINT PAUL (2), depuis nommée *Abbaye Sainte-Geneviève*, fondée vers l'an 508. Grégoire de Tours dit que *Clovis*, de concert avec la reine *Clotilde*, son épouse, en fut le fondateur. Mort en 511, il y fut enterré. On a vu, jusqu'à l'époque de la révolution, le tombeau de ce roi figurer dans le chœur de l'église Sainte-Geneviève, tombeau dont la construction n'avait point le caractère des monuments du sixième siècle, et appartenait à des temps plus récents. Sa restauration, mais non pas sa date, est attestée par une inscription qui y a été gravée. On pense que le tombeau primitif, construit de pierres communes et ruiné par le temps, fut reconstruit, vers le quatorzième siècle, avec plus de soin et d'élégance (3).

Clotilde mourut en l'an 545, et fut enterrée dans la même église, peut-être dans le tombeau de son époux; car on ne lui en connaît aucun qui lui soit particulier. Des Danois, en 857, détruisirent et brûlèrent cette basilique, dont Étienne de Tournay déplore la ruine. « Elle était, dit-il, de construction royale, décorée » au dedans de mosaïques, comme ses ruines en offrent la preuve, et ornée de » peintures. Ces misérables la livrèrent aux flammes; ils n'épargnèrent ni le saint » lieu, ni la bienheureuse vierge (sainte Geneviève), ni les autres saints qui y

(1) Cette pratique fut encore longtemps en vigueur; lorsqu'un évêque était élu, pour connaître quel serait le sort de son gouvernement, on ouvrait au hasard le livre des Évangiles, et les paroles qui se trouvaient au commencement de la première page étaient considérées comme un pronostic certain des événements de son épiscopat. Guibert, abbé de Nogent, cite, sans les désapprouver, des exemples de cette pratique. (*Recueil des Historiens de France*, tom. XII, pag. 245, 260.)

(2) Grégoire de Tours et les écrivains de son temps donnent constamment la qualification de *Basiliques* aux bâtiments de fondation royale, consacrés au culte chrétien. Le mot *Église* n'était jamais employé que pour signifier l'ensemble des fidèles, la réunion du clergé et du peuple. Les Romains donnaient le nom de *Basiliques* aux édifices publics, aux palais des empereurs, des proconsuls, aux édifices destinés à l'administration de la justice. De ce mot *Basilique*, on a fait celui de *Basoche*.

(3) Ce dernier tombeau a été transféré, en 1816, dans l'église de l'ancienne abbaye de Saint-Denis.

» reposent. » Je reviendrai sur cette église, et décrirai, à leur époque, les changements qu'elle a éprouvés.

BASILIQUE SAINT-VINCENT ET SAINTE-CROIX, depuis nommée église de l'abbaye *Saint-Germain-des-Prés*. Le roi *Childebert*, fils de Clovis, en l'année 542, parcourant et pillant l'Espagne, vint assiéger la ville de Saragosse. Les habitants ne prirent point les armes pour se défendre; ils récitèrent des prières, se couvrirent de cilices, et firent des processions autour des remparts, portant avec confiance la tunique du bienheureux saint Vincent. Ce singulier moyen de défendre une place frappa d'étonnement et de terreur le roi *Childebert*. Il leva le siége et alla porter ailleurs le fléau de ses armes. Ayant ravagé une grande partie de l'Espagne, il revint dans la Gaule, chargé de dépouilles. Telle est la substance du récit de Grégoire de Tours.

Un autre écrivain dit que *Childebert*, voyant la tunique de saint Vincent ainsi promenée autour des murs de Saragosse, fit appeler l'évêque de cette ville, et lui demanda cette relique, qui lui fut accordée. Muni de cet objet précieux, *Childebert* vint à Paris, et y bâtit l'église Saint-Vincent.

L'auteur de la Vie de saint Doctrovée, premier abbé de Saint-Vincent, parle de l'expédition d'Espagne par *Childebert*, et ajoute que ce roi « enleva de l'église » de Tolède une croix d'or, enrichie de pierres précieuses, fabriquée, ainsi qu'on » le rapporte, pour le roi *Salomon;* trente calices, quinze patènes, et vingt cas- » settes destinées à contenir les Évangiles. En prince très-dévot, au lieu de » s'approprier ces objets, il les distribua aux églises. Il en fit bâtir une dans un » faubourg de Paris, faubourg autrefois nommé *Lucotitius*, et voulut que son plan » eût la forme d'une croix, en mémoire de la croix qu'il avait apportée de Tolède, » dont il fit présent à cette église, ainsi que de plusieurs ornements de grand prix.»

Le légendaire donne ensuite la description de cette basilique. « Les arceaux » de chaque fenêtre étaient supportés par des colonnes de marbre très-précieux. » Des peintures, rehaussées d'or, brillaient au plafond et sur les murs. Les toits, » composés de lames de bronze doré, lorsque les rayons du soleil venaient à » les frapper, produisaient des éclats de lumière qui éblouissaient les yeux. Ce » n'était pas sans raison, d'après tant de magnificences, qu'on nommait autre- » fois, par métaphore, cet édifice *le palais doré de Germain*. »

Ce roi, qui pillait les églises pour en enrichir d'autres, ne borna point ses pieuses largesses à des bâtiments, à des reliquaires; il dota richement la basilique Saint-Vincent et Sainte-Croix; et, peu de temps avant sa mort, en l'an 558, il lui donna le fief d'*Isciac* ou d'*Issy*, et tout ce qui en dépendait; le cours de la Seine, l'une et l'autre de ses rives, des bois et des prés, et des terrains dans Paris; et à toutes ces donations, il joignit celle des pêcheurs, des serfs inquilins, des serfs affranchis, des ministériaux, excepté ceux auxquels il avait accordé l'ingénuat ou la liberté (1). Ces donations, funestes à l'accroissement, aux embellissements de Paris, comme on en verra dans la suite plusieurs preuves, furent faites le 23 décembre 558 à l'évêque de Paris, connu sous le nom de

____

(1) Cette charte de donation, ainsi que la charte par laquelle saint Germain exempta cette église et ses propriétés de la jurisprudence épiscopale, ont vigoureusement été taxées de fausseté par le

Saint-Germain. Ce même jour, cet évêque célébra la dédicace de cette église ; et, à cause de la tunique de saint Vincent et de la croix, dont Childebert l'avait gratifié, elle reçut la dénomination de *Saint-Vincent et Sainte-Croix*. Ce même jour encore, à ce qu'on croit, Childebert mourut, et fut enterré dans la basilique qu'il avait fondée et qu'il venait d'enrichir.

La veuve de *Clotaire* et ses filles furent dans la suite enterrées dans cette basilique, ainsi que l'évêque *Germain*. Ces tombeaux et plusieurs autres de la même famille, pillés et ruinés par les Normands, lors de leurs diverses incursions à Paris, furent rétablis, les uns dans le douzième siècle, les autres en 1656.

Saint-Julien-le-Pauvre, ancienne église située dans la rue de ce nom. On ignore absolument son origine ; elle existait au septième siècle, et, malgré la révolution, elle existe encore. Grégoire de Tours est le premier qui en fasse mention ; il la qualifie de *Basilique*, et nous apprend qu'il logeait dans les bâtiments qui en dépendaient lorsqu'il venait à Paris : ce qui porte à croire que les maisons dépendantes de cette basilique servaient d'hospice ou de logis aux étrangers, aux pèlerins, aux voyageurs pauvres. On sait que les voyageurs, pour obtenir un bon gîte, invoquaient ordinairement saint Julien (1).

Le bâtiment de cette église, qui sert de chapelle à l'Hôtel-Dieu, est en grande partie du onzième siècle, et peut être regardé comme un des monuments les plus curieux de Paris. Près du chevet se trouvait un puits dont l'eau avait la réputation d'opérer des guérisons miraculeuses.

Saint-Severin, église paroissiale et seconde succursale de saint-sulpice, située dans la rue Saint-Severin.

L'origine de cette église est inconnue ; on ne sait pas même si le saint dont elle porte le nom était saint Severin d'Agaune, saint Severin, apôtre de la Bavière, saint Severin, évêque de Cologne, ou saint Severin, évêque de Bordeaux, lequel est vulgairement nommé *saint Surin*. On a enfin cru que cette église contenait le tombeau de saint Severin, solitaire d'un faubourg de Paris. L'emplacement de cette basilique, compris dans l'enclos du palais des Thermes, pourrait avoir, sous des empereurs chrétiens, servi de chapelle à ce palais ; sa fondation remonterait alors au quatrième siècle ; elle paraît être la même qui se trouve souvent mentionnée dans le Testament qu'en l'an 700 fit une femme nommée Erminethrude. Cette femme donne de grands biens à une église de Paris, qu'elle appelle *Basilique de saint Sinsurien* (*Basilica sancti Sinsuriani*), parce que son fils *Deorovalde* y était enterré.

On ignore le sort de cette église jusqu'en 1031 ou 1032, époque où Henri Ier en fit don, avec plusieurs autres églises, à l'évêque de Paris. En 1210, l'église de

docteur *Launoi*, célèbre critique, et faiblement défendues par un religieux appelé *Jean-Robert Quatre-Maire.*

(1) Les voyageurs récitaient, le jour, l'oraison de saint Julien, pour avoir, le soir, un bon gîte ; Boccace et après lui La Fontaine ont publié un conte fondé sur cet usage. Cette église, et l'hospice qui en dépendait, étaient situés hors de Paris et vers l'entrée de la Cité. Lorsque, dans la suite, on établit une seconde enceinte, un autre hospice fut fondé plus loin, à l'entrée de la nouvelle enceinte. L'église et l'hospice Saint-Benoît remplacèrent Saint-Julien.

ÉGLISE ST SÉVERIN.

Saint-Severin était paroissiale. L'édifice a été reconstruit et accru à diverses époques, notamment dans les années 1347 et 1439, avec l'argent produit par la vente des indulgences. A la principale entrée de cette église, on voyait, d'un côté et de l'autre, deux lions en pierre, symbole de la force. C'était entre ces deux figures, et à la porte de cette église, que les dignitaires rendaient la justice, et l'on connaît plusieurs sentences qui se terminent par cette formule: *Donné entre deux lions*. Un des battants de la porte de la même entrée était autrefois presque entièrement couvert de fers à cheval. C'était un vieil usage, lorsqu'on entreprenait un voyage, d'invoquer pour son succès l'assistance de saint Martin : ce saint était un des patrons de la paroisse. Pour témoignage de son invocation, on attachait un fer à cheval à la porte de cette église ; et pour que le saint protégeât le voyageur et sa monture, on faisait rougir au feu la clef de sa chapelle, et on en marquait l'animal.

Lorsque les femmes, relevées de couches, venaient entendre à cette église leur messe de relevailles, on leur mettait un manteau fourré sur les épaules, pour les préserver du froid. A la fête de la Pentecôte, on était en usage de lâcher en cette église un ou plusieurs pigeons, pour figurer la descente du Saint-Esprit sur les apôtres. Sur la porte du passage qui, de l'ancien cimetière de Saint-Severin mène à la rue de la Parcheminerie, on lisait, il y a peu d'années, cette moralité remarquable par ses jeux de mots :

> Passant, penses-tu pas passer par ce passage,
> Où, passant, j'ai passé?
> Si tu n'y penses pas, passant tu n'es pas sage,
> Car, en n'y passant pas, tu te verras passé.

Le baldaquin qui décore le principal autel est supporté par huit colonnes de marbre, ornées de bronze doré. Cette décoration fut exécutée par *Toby*, sur les dessins de *Le Brun*. Plusieurs morts célèbres reposaient dans cette église : les plus distingués sont *Étienne Pasquier*, *Scévole* et *Louis de Sainte-Marthe*, frères jumeaux, premiers rédacteurs de la *Gallia christiana* ; *Louis-Elie Dupin*, etc. L'église Saint-Severin fut, en 1812, érigée en seconde succursale de la paroisse Saint-Sulpice (1).

SAINT-ÉTIENNE-DES-GRÉS, église détruite, dont l'emplacement était dans la rue de ce nom, n° 11. Il existe beaucoup d'obscurité sur son origine et sur celle de son nom. Le monument le plus certain qui atteste l'existence de cette église est l'acte de donation, plusieurs fois mentionné, par lequel Henri Ier donne, en 1030 ou 1031, à l'évêque de Paris, plusieurs églises abandonnées après la mort d'un nommé *Girauld* qui jouissait de leurs biens, acte dans lequel l'église Saint-Étienne est comprise avec les autres. Cependant il existe un testament de l'an 700, par lequel une dame nommée *Erminethrude*, faisant des legs à plusieurs églises de Paris, donne à celle Saint-Étienne un anneau d'or émaillé valant quatre sous: *Basilicæ domui Stefani anolo aureo nigellato valente sol quatuor dari volo*. L'abbé

---

(1) Le bâtiment de cette église appartient aux XIVe et XVe siècles. Elle renferme plusieurs vitraux d'une exécution remarquable, et des peintures qui viennent d'être terminées par M. Flandrin. La façade orientale a été également restaurée avec soin dans ces dernières années.

Lebeuf pense que ce legs regarde l'église Saint-Étienne-des-Grés; et M. Jaillot est porté à croire que l'église désignée dans ce testament est celle Saint-Étienne, qui faisait partie de l'église cathédrale. Ces deux opinions peuvent être soutenues, mais je donne la préférence à celle de l'abbé Lebeuf, parce que, dans le même testament, l'église Saint-Étienne et la cathédrale sont toutes deux mentionnées avec des différences notables; c'est ce qui me détermine à placer celle de Saint-Étienne-des-Grés au rang des établissements religieux de la première race. De plus l'annaliste de Saint-Bertin parle d'une église *Saint-Étienne* qui se racheta du pillage des Normands. Cette église ne pouvait être que celle-ci.

On ignore l'origine de ce surnom *des Grés*, exprimé en latin de charte par ces mots *de gressis, de gressibus, de gradibus*; mais il paraît que des degrés, qui de la rue Saint Jacques conduisaient à cette église, lui ont fait donner ce surnom. Cette église, au onzième siècle, devint collégiale. Au treizième, elle était encore entourée de vignes, et tout auprès de son bâtiment se trouvait le *pressoir du Roi*, où l'on portait les vendanges recueillies dans le *Clos-le-Roi* et le *Clos-Mureaux*, situés au faubourg Saint-Jacques. Cette église, peu étendue, n'offrait rien de remarquable, elle fut démolie au commencement de la révolution. Une maison particulière a été élevée sur une partie de son emplacement.

saint-benoit, église située rue Saint-Jacques, vis-à-vis la place de Cambrai. J'ai conjecturé que, sous la domination romaine, il existait en ce lieu, encore entouré de vignes au treizième siècle, un autel consacré à Bacchus: cette conjecture est appuyée sur l'origine incertaine de cette église, sur les fables qu'on a imaginées pour cacher cette incertitude, et sur le nom de *Bacchus*, que donne le plus ancien acte qui fasse mention de cette église. Cet acte, déjà cité, est celui qui contient la donation faite en 1030 ou 1031, par Henri Ier, en faveur de l'évêque de Paris, de plusieurs églises abandonnées. L'énumération de ces églises se termine par ces mots: *Necnon et sancti Bacchi.*

Dans l'église Saint-Benoît, qui a succédé à celle de *SaintBacchus*, on a, jusqu'à ces derniers temps, rendu un culte à ce dernier saint, nommé en français *saint Bacch*, sans l'associer à *saint Sergius*, comme l'ont fait plusieurs hagiographes, parce que la fête de l'un et de l'autre saint tombait le même jour. Le nom de *saint Bacchus*, son défaut de légende, le lieu de son culte, situé au milieu d'un vignoble, la coïncidence du jour de sa fête avec le jour où l'on célébrait celle du dieu du vin dans les environs de Paris, rendent ma conjecture très-vraisemblable.

On ne sait pourquoi cette église avait son chevet tourné du côté de l'occident, situation contraire au rit observé généralement par les païens et les chrétiens, qui obligeait le prêtre célébrant de tourner la face du côté du soleil levant. Cette contravention à l'usage général valut à l'église Saint-Benoît les surnoms de *Male versus*, de *Bétournée* ou *mal tournée*.

Au quatorzième siècle, on fit disparaître cette inconvenance, en transportant du côté de l'orient l'autel placé à l'occident de l'église. Alors elle reçut le surnom de *Bien tournée : Ecclesia sancti Benedicti bene versi.*

Sous François Ier, en 1517, on entreprit de rebâtir cette église; la nef et les bas-côtés furent achevés. Au dix-septième siècle, on reconstruisit le sanctuaire sur les dessins de *Claude Perrault*. Son architecture, composée d'arcades ornées de pilastres corinthiens, n'était point en harmonie avec les formes gothiques et les voûtes en ogive de la nef. Jean Boucher, docteur de Sorbonne, fut, en 1586, nommé curé de cette paroisse ; prédicateur des plus séditieux de la ligue, souvent, au son du tocsin, il ameutait ses paroissiens contre Henri III. Il fut l'apologiste de l'assassin de ce roi, ce qui fit croire qu'il était son complice. Il écrivit des libelles contre Henri IV. Ce roi, dès qu'il fut maître de Paris, chassa de cette ville ce curé malfaisant qui se retira à Tournay, où, en 1646, il termina sa vie turbulente. Le chapitre de Saint-Benoît avait, sur l'étendue de sa paroisse, une juridiction, des officiers et des prisons.

Cette église contenait les cendres ou les monuments sépulcraux de plusieurs personnes dignes de mémoire : *Jean Dorat*, poëte, surnommé autrefois le *Pindare français* ; *René Chopin, Jean Domat ;* deux célèbres jurisconsultes ; *Claude Perrault*, savant architecte ; *Michel Baron*, comédien ; l'abbé *René Pucelle*, célèbre par son attachement au parti anti-jésuitique, mort en 1745.

En 1813, cette église fut fermée : depuis elle a servi de dépôt aux farines, et enfin elle a été convertie en théâtre (1).

Notre-Dame-des-Champs, nommée dans la suite *église des Carmélites*, située rue d'Enfer, n° 67, entre cette rue et celle du Faubourg Saint-Jacques. Elle existait en qualité d'oratoire, au milieu du vaste champ de sépulture. L'abbé Lebeuf pense que cet oratoire était dédié à saint Michel, parce qu'on y déterra une statue de ce saint qui, en 1605, fut placée sur le pignon de cette église, et qui tenait en main une balance dont les bassins contenaient des têtes d'enfants, symbole des âmes. On voit que les chrétiens attribuèrent à l'archange saint Michel une des fonctions que le dieu Mercure remplissait chez les païens : l'un et l'autre conduisaient les âmes au séjour des morts.

L'église Notre-Dame, mentionnée dans le Testament, de l'an 700, d'*Erminethrude*, n'est point, comme l'a pensé l'abbé Lebeuf, celle de Notre-Dame-des-Champs ; mais c'est plus vraisemblablement, comme l'a écrit Jaillot, la cathédrale Notre-Dame. Je reviendrai sur cet oratoire, aux époques des changements qu'il a éprouvés.

Saint-Marcel, ou *Saint-Marceau*, église située dans le quartier de ce nom, au bout de la rue des Francs-Bourgeois, place de la Collégiale, n° 3. J'ai parlé de *saint Marcellus* ou *Marcel*, évêque de Paris ; il fut enterré, vers l'an 436, dans l'emplacement de cette église, sur une éminence nommée *Mons Cetardus*. Son tombeau vénéré, illustré par des miracles, donna naissance à cette église et à un bourg qui dans la suite se forma à l'entour, et prit plus tard le nom de *Mouffetard*. Ce bourg fut ensuite nommé *Chambois*, eut sa juridiction particulière, et fut même entouré de fossés ; enfin il se trouva, par l'effet de l'accroissement de Paris, englobé dans un faubourg de cette ville, faubourg appelé *Saint-Marcel*. Voilà ce que j'ai pu recueillir sur l'origine de l'église et du bourg.

Quant à l'histoire du saint patron et à celle de la fondation de son église, ses

_____

(1) Cette salle porte le nom de *Théâtre du Panthéon.*

premières époques sont tellement couvertes de ténèbres et défigurées par des fables dignes des temps appelés *héroïques*, qu'on a bien de la peine à réunir quelques faibles traits de vérité. La fondation de l'église fut attribuée à ce guerrier si fameux parmi les romanciers, au paladin *Roland*, neveu vrai ou supposé de Charlemagne.

L'église Saint-Marcel, ruinée par les Normands ou par le temps, fut reconstruite vers le milieu du onzième siècle. Le caractère des parties les plus anciennes de cet édifice, celui des chapiteaux, des colonnes de l'église souterraine ou la crypte située sous le chœur, convenait parfaitement à cette époque. Au milieu du chœur de cette église se voyait le tombeau de *Pierre Lombard*, fameux théologien en son temps, surnommé le *Maître des sentences*. Il mourut en 1164.

En 1806, cette église fut démolie, et on recueillit un bloc de pierre de Saint-Leu, de quatre pieds de long. Il était, avant la démolition, placé à un des angles du clocher. Une de ses faces présente, en demi-relief grossièrement sculpté, un taureau couché. Cette figure a été diversement expliquée sans qu'on sache réellement sa destination première. Suivant la tradition populaire, cette pierre fut placée en ce lieu comme un monument de la vertu miraculeuse de saint Marcel. Un bœuf échappé, dit-on, des boucheries, parcourait les rues de Paris, et y répandait l'effroi et la mort. Les Parisiens vinrent alors implorer l'assistance de saint Marcel. Aussitôt accourut le saint, lequel, fortifié par ses habits pontificaux dont il s'était muni pour cette expédition, se présenta courageusement devant l'animal furibond, qui, à son approche, devint calme, docile, car il se prosterna aux pieds du saint évêque. Celui-ci, profitant de son humble posture, lui passa subtilement son étole autour du cou, le conduisit en triomphe dans les carrefours de la ville, et de là sans doute à la boucherie.

L'église Saint-Marcel, comme toutes les anciennes collégiales, avait un cloître. Ce fut, suivant l'abbé Lebeuf, dans ce cloître que des chirurgiens et plusieurs ecclésiastiques se réunirent pour vérifier un grand nombre de reliques ou ossements de saints inconnus envoyés de Rome à Paris. Ces reliques furent toutes déclarées fausses.

ÉTABLISSEMENTS RELIGIEUX DANS LA CITÉ.

ÉGLISE CATHÉDRALE. On a cru que la basilique *Sainte-Croix* et *Saint-Vincent*, aujourd'hui *Saint-Germain-des-Prés*, avait, sous la première race, été cathédrale de Paris, parce que le poëte Fortunat la qualifie d'*église*, titre qu'alors on donnait généralement aux basiliques épiscopales. Grégoire de Tours indique plusieurs fois une église principale de la Cité, et le Testament d'Erminethrude, d'environ l'an 700, y désigne d'une manière incontestable une église principale par ces mots : *Sacrosancta ecclesia civitatis Parisiorum.*

La première cathédrale porta le nom de *Saint-Étienne ;* elle fut établie à peu près à la place où, sous le règne de Tibère, on avait élevé un autel à Jupiter. A cette basilique, qui devint sans doute insuffisante, on en joignit une seconde nommée, dans le Testament d'Erminethrude, *basilique de dame Marie*, *basilica donnœ Mariœ.* Cette dernière reçoit pour ce legs un vase en argent en forme de conque, appelé *gavata*, vase qui vaut douze sous, et une croix d'or valant sept sous. L'église de la Cité des Parisiens, que la testatrice qualifie de *sacrosancta*, et à laquelle elle donna un plat d'argent (*missoreo argenteo*) valant cinquante sous, n'est autre chose que la réunion des prêtres, ou le clergé de la cathédrale. Dans un diplôme de Charles le Chauve, de l'an 861, cette cathédrale est qualifiée *de Saint-Étienne et de Sainte-Marie, mère de Dieu*. Quoique ce diplôme soit entaché de faussetés, comme beaucoup d'autres, ces faussetés ne devaient consister qu'en des choses d'intérêt, et non dans les appellations locales ; d'ailleurs, plusieurs autres monuments historiques concourent à prouver que l'église cathédrale était double, et se composait d'une église ou chapelle dédiée à saint Étienne, et d'une autre dédiée à la vierge Marie. Le concile de Paris, de l'an 829, où assistèrent vingt-cinq évêques, se tint dans l'église Saint-Étienne, alors cathédrale.

On ne connaît ni les dimensions, ni la matière des deux édifices qui composaient la cathédrale de Paris ; on ignore même les époques de la fondation de l'un et de l'autre ; ils restèrent, à ce qu'il paraît, dans le même état jusqu'à l'an 1163, époque où Maurice de Sully, évêque, entreprit la construction de l'édifice qu'on voit aujourd'hui et dont il sera parlé en son lieu.

SAINT-DENIS DE LA CHARTRE, basilique située dans la Cité, à l'extrémité méridionale du pont Notre-Dame et au coin septentrional de la rue du Haut-Moulin. C'est encore ici un établissement religieux dont l'origine est inconnue, mais qui semble remonter au temps de la première race. Il paraît que cette église Saint-Denis était celle qui, en l'an 856, se racheta du pillage des Normands. Si elle était assez considérable pour leur payer une forte rançon, il est présumable qu'elle existait bien antérieurement à l'époque de leurs incursions dans la Gaule. Suivant les traditions des légendaires, en ce lieu saint Denis fut emprisonné avec ses compagnons ; ils y endurèrent plusieurs supplices dont, avant la démolition de cette église, on montrait encore, comme des témoignages incontestables, quelques instruments dont je parlerai dans la suite de cet article.

Le monument le plus ancien qui constate l'existence de cette église est du onzième siècle. Alors elle était desservie par des chanoines. Dans deux chartes du roi Robert, données en 1014, elle se trouve désignée par ces mots : *Canonicis Sancti Dionisii de Parisyaco à carcere*, les chanoines de Saint-Denis de la Prison de Paris, ou de la Chartre. Ce surnom lui vient d'une prison ou chartre située dans le voisinage. Les biens de cette église devinrent, peu de temps après, la proie des seigneurs laïques, puis furent concédés aux religieux de Saint-Martin-des-Champs.

L'édifice de Saint-Denis de la Chartre fut rebâti aux quatorzième et quinzième siècles : le portail était certainement de cette dernière époque ; le bas-relief, placé au-dessus de la porte, représentait des figures chargées de ventres très-proéminents : c'était la mode, sous le règne de Louis XI, de porter des ventres postiches.

Comme toutes les anciennes églises, celle-ci avait une crypte ou église souterraine : c'était dans cette crypte que, suivant une tradition, saint Denis fut emprisonné : on y montrait une grosse pierre carrée, ayant à son milieu un trou circulaire. On disait que cette pierre était un instrument de son supplice, et qu'on avait forcé le saint à passer la tête dans ce trou, et à la porter sur ses épaules. Cette pierre était évidemment une table d'autel à l'usage du paganisme, et son existence en ce lieu nous autorise à conjecturer que l'église de la Chartre fut bâtie sur un endroit consacré à une divinité des anciens Romains.

L'église Saint-Denis de la Chartre fut démolie en 1840. Sur son emplacement et sur celui de ses dépendances est aujourd'hui l'ouverture du quai de la Cité.

SAINT-SYMPHORIEN OU CHAPELLE DE SAINT-LUC, situé dans la Cité, à côté et au sud de Saint-Denis de la Chartre, rue du Haut-Moulin, n° 11. Jaillot pense que cette église doit son origine à une chapelle de *Sainte-Catherine*, qui existait sous la première race. Cette chapelle abandonnée tombait en ruine, ses biens étaient envahis par des seigneurs laïques, lorsqu'un d'eux, *Matthieu de Montmorency*, comte de Beaumont, la céda en 1206 à l'évêque de Paris qui, en 1207, fit construire l'église, et plaça quatre chapelains pour la desservir. Elle portait, en 1214, la dénomination de *Saint-Symphorien de la Chartre*, à cause de la prison voisine. En 1618, l'évêque de Paris adjoignit à cette église la petite paroisse de *Saint-Leu et Saint-Gilles*, dont le service se faisait à un autel de l'église Saint-Denis de la Chartre. En 1698, M. de Noailles, archevêque de Paris, supprima cette paroisse ainsi que les chapelains devenus chanoines, et unit les biens et les paroissiens à l'église de la Madeleine de la Cité. Enfin, en 1704, le bâtiment fut cédé à la compagnie des peintres, sculpteurs et graveurs, qui le rétablirent, le décorèrent, et placèrent sur l'autel un tableau représentant saint Luc, leur patron. Depuis ce changement jusqu'à la révolution, ce bâtiment a porté le nom de *Chapelle Saint-Luc*.

SAINT-MARTIAL, abbaye située dans la Cité et dans l'emplacement contenu entre les rues de la Barillerie, de la Calandre, aux Fèves et de la Vieille-Draperie. Cette circonscription a porté longtemps le nom de *Ceinture de Saint-Eloi*. Dans cet emplacement, où depuis fut établi le couvent des *Barnabites*, était une vaste maison avec un oratoire dédié à *saint Martial*. Cette maison et ses dépendances furent données à *Elegius* ou *Eloi*, orfèvre, argentier du roi Dagobert. Il y fit construire un monastère où il plaça environ trois cents filles, présidées par une abbesse appelée *Aurée*, connue depuis sous le nom de *sainte Aure*. Cet établissement s'effectua vers les années 632 ou 633, et porta le nom de l'ancien oratoire *Saint-Martial*. Sous la seconde race, époque où presque tous les établissements religieux de Paris changèrent de dénomination, il reçut celui de *Saint-Eloi*, son fondateur. Un incendie qui, en 1034, ravagea la Cité de Paris, réduisit en cendres les bâtiments de cette abbaye ; ils furent rétablis peu de temps après.

Un autre événement vint changer totalement l'état de ce monastère. Les filles qui l'habitaient se relâchèrent de la règle que saint Eloi leur avait imposée ; leurs mœurs extrêmement débordées, et les désordres introduits dans l'administration des biens de cette maison, obligèrent, en 1107, Gallon, évêque de Paris, d'en chasser toutes les religieuses, de les départir dans divers couvents, et de les remplacer par des moines de Saint-Maur-des-Fossés. Je reviendrai dans la suite sur cet établissement.

SAINT-CHRISTOPHE. Cette petite église était située rue de ce nom, et à l'angle que cette rue forme avec la ligne des bâtiments qui sont sur le parvis de Notre-Dame. La chartre ou testament de Vandemir, datée de l'an 690, contient une donation en faveur de cet établissement, qui s'y trouve qualifié de *Monastère de filles*, duquel *Landretude* était abbesse. On ne sait rien sur le sort des religieuses de ce monastère ; mais on sait qu'au neuvième siècle cet établissement était converti en *hôpital*. Au douzième siècle, cette petite église fut érigée en paroisse. Entre les années 1494 et 1510, les bâtiments furent rétablis. Lorsqu'en 1747 on construisit la maison des Enfants-Trouvés, on sacrifia à ce nouvel édifice la petite église de Saint-Christophe, qui fut démolie.

SAINT-JEAN-LE-ROND, chapelle située au nord de l'église cathédrale Notre-Dame, et presque dans l'alignement de sa façade; elle avait servi de baptistère à l'église Notre-Dame. On y voyait la cuve ou le bassin destiné au baptême par immersion. Cet édifice, dont l'origine est peu connue, mais qui semble remonter au temps de la première race, fut démoli en 1748. L'entrée de la rue du Cloître occupe aujourd'hui son emplacement. Il pouvait exister dans la Cité, sous la première race, quelques autres petites églises ou chapelles dont l'origine et l'existence, à cette époque, sont fort incertaines.

ÉTABLISSEMENTS RELIGIEUX DANS LA PARTIE SEPTENTRIONALE DE PARIS.

SAINT-GERMAIN-L'AUXERROIS, église située sur la place de ce nom, entre cette place et la rue de l'Arbre-Sec, la rue des Prêtres et celle de Chilpéric. L'ignorance où l'on a longtemps été sur l'origine de cette église a ouvert aux conjectures un vaste champ où se sont égarés presque tous ceux qui ont écrit sur Paris. Jaillot a le premier fixé solidement cette origine, et a prouvé d'une manière incontestable que le roi *Chilpéric*, et non *Childebert*, est le fondateur de cette église; que saint Germain de Paris, et non saint Germain d'Auxerre, en fut le patron.

Chilpéric, qui alliait les crimes les plus atroces avec des actes de dévotion, pour s'attirer la bienveillance et mériter l'intercession de saint Germain, évêque de Paris, lui fit bâtir une basilique, dans laquelle il se proposait de transférer son tombeau. En l'an 606, cette église était construite; le corps de saint Germain n'y était pas transféré; mais alors on espérait qu'il le serait bientôt. C'est ce que prouve le testament de *Bertrand*, évêque du Mans, qui donne, en cette année, des biens à cette *basilique nouvelle*, à condition que le corps de saint Germain y sera placé. Cette église, pendant la première race, ne porta jamais le nom de *Saint-Germain-l'Auxerrois*, mais celui de *Saint-Germain*. Sous la seconde race, elle fut appelée *Saint-Germain-le-Rond*, parce que son édifice était élevé sur un plan circulaire. Le corps de saint Germain n'y fut jamais transféré : ainsi la basilique dont nous parlons eut le nom de *Saint-Germain* sans en posséder le corps.

Au commencement de la troisième race, le roi *Robert* fit reconstruire cette église, ruinée par les Normands, et pour qu'on ne la confondît pas avec l'abbaye Saint-Vincent et Sainte-Croix, qui avait pris le nom de *Saint-Germain*, elle fut alors, pour la première fois, dit-on, nommée *Saint-Germain-l'Auxerrois*. Cependant une bulle du pape Alexandre III, de l'an 1165, lui conserve son vieux nom de *Saint-Germain-le-Rond : monasterium sancti Germani rotundi.* Après ce qui vient d'être exposé, il est évident que cette église n'a pas été fondée en l'honneur de saint Germain l'Auxerrois, comme on le croit vulgairement, et que son véritable patron est saint Germain de Paris. Cette église, dans laquelle fut, en l'an 656, enterré *Landericus* ou Landri, évêque de Paris, resta long-temps la seule paroisse d'une grande portion de la partie septentrionale de Paris.

SAINT-GERVAIS, église située entre les rues du Monceau, du Pourtour, des Barres et de Longpont. On ignore son origine, mais il est certain qu'elle existait sous l'épiscopat de saint Germain. Elle fut érigée, on ne sait à quelle époque, en église paroissiale. Au onzième siècle, elle devint la proie des comtes de Meulan. Il est présumable qu'alors elle se trouvait hors de l'enceinte de Paris. Les produits de son autel appartenaient à divers particuliers, puisque *Guillaume*, archidiacre de Paris, donna au chapitre de Notre-Dame la troisième partie des revenus de l'autel de Saint-Gervais : *tertiam partem altaris Sancti Gervasii Parisiensis.* Les revenus des autels étaient considérés comme ceux d'un immeuble ; on les vendait, on les partageait, etc. Je reviendrai sur cette église, qui existe encore.

SAINT-PAUL, église située dans la rue de ce nom, était, sous la première race, un petit oratoire que fit bâtir saint Éloi, au milieu du cimetière destiné aux religieuses de l'abbaye Saint-Martial, qu'il avait fondée dans la Cité. Cet oratoire suivit le sort de l'établissement dont il dépendait; il fut, en 1107, réuni à l'abbaye Saint-Maur-des-Fossés. Je parlerai en son lieu des changements que le temps lui fit éprouver.

SAINT-LAURENT, située rue du Faubourg-Saint-Denis. L'origine et même la position de cette église sont peu connues. Elle existait au sixième siècle, si c'est d'elle qu'a parlé Grégoire de Tours, lorsqu'il fait le récit d'un débordement de la Seine et de la Marne, arrivé en l'an 583, débordement si considérable, que l'eau couvrait tout l'espace qui s'étend depuis la Cité jusqu'à la basilique Saint-Laurent, et qu'entre ces deux points il arriva, dit-il, plusieurs naufrages.

On convient assez généralement que l'église Saint-Laurent était située dans le faubourg Saint-Denis, et qu'elle occupait, dans les premiers temps, l'emplacement actuel de Saint-Lazare; on convient aussi que le cimetière de cette église était placé de l'autre côté de la route, et que, dans la suite, on éleva sur son emplacement une autre église *Saint-Laurent*, qui a subsisté jusqu'à nos jours. Cette opinion est appuyée notamment sur la découverte qui fut faite vers la fin du dix-septième siècle, dans l'emplacement actuel de Saint-Laurent, de plusieurs tombeaux en pierre et en plâtre, contenant des cadavres vêtus d'habits noirs, semblables à ceux des moines : tombeaux qui furent alors jugés avoir neuf cents ans d'antiquité.

Il paraît que l'église et le monastère Saint-Laurent furent dévastés par les Normands. Il n'en est plus fait mention jusqu'au douzième siècle, époque où, dans les lettres de *Thibaud*, évêque de Paris, on voit cette église soumise à celle

Saint-Martin-des-Champs. Il est présumable qu'après sa ruine totale elle ne fut pas rétablie au même endroit, mais qu'on la réédifia, comme je l'ai dit, sur l'emplacement de son cimetière, à la place d'un oratoire qui, suivant l'usage, devait s'y trouver. Cette église fut entièrement reconstruite au quinzième siècle, dédiée en 1429, augmentée en 1548, en grande partie reconstruite en 1595, et considérablement réparée et enrichie d'un portail en 1622.

Le dessin de l'autel principal a été fourni par *Lepautre ;* on y remarque la chapelle des fonts baptismaux, une *sainte Apolline* de Bougron, et le *Martyre de aint Laurent,* par Greuze.

SAINT-MARTIN-DES-CHAMPS, église et monastère situés rue Saint-Martin, entre les nᵒˢ 208 et 210.

Saint Martin fut d'abord le patron des Francs, et devint, après sa mort, le saint le plus révéré de son temps. Sa chape était portée aux armées comme le *palladium* de la France, l'étendard de la victoire. L'abbaye de Saint-Denis, devenue puissante, jalouse de l'immense crédit de saint Martin, parvint bientôt à le diminuer, et la chape de ce saint fut supplantée par l'oriflamme de Saint-Denis.

Saint Martin, pendant que sa puissance était encore prépondérante, dut avoir un culte à Paris. Sans parler d'une petite chapelle construite en branches d'arbres dans la Cité, et dont Grégoire de Tours fait mention, il est certain qu'il existait au nord de Paris, sous le nom de ce saint, un établissement plus durable. *Dagobert Iᵉʳ*, dans un diplôme de l'an 629, accorde une foire à l'abbaye Saint-Denis, et en fixe le champ sur le chemin qui conduit de la Cité dans un lieu nommé *le Pont* ou *le Pas Saint-Martin*. Dans un *plaid* de Childebert III, de l'an 710, on lit que ce champ de foire est situé entre les basiliques Saint-Martin et Saint-Laurent : *Inter sancti Martini et sancti Laurentii baselice*. De ces notions il résulte qu'entre le champ de foire qui devait être situé près de l'arc de riomphe Saint-Denis et la cité de Paris, il se trouvait sur la route de cette ville un établissement religieux portant le nom de *Saint-Martin*, et qualifié *basilique*. Cet établissement existait avant les excursions des Normands, puisqu'ils le détruisirent, comme le porte un diplôme de 1060, par lequel Henri Iᵉʳ atteste sa ruine, et déclare son intention de le réédifier. Je citerai en son lieu les expressions de ce diplôme, en continuant la description de cette église, dont il me suffit, quant à présent, d'avoir constaté l'existence et l'emplacement.

SAINT-PIERRE, chapelle située rue Saint-Martin, entre les nᵒˢ 2 et 4. Il paraît certain qu'au sixième siècle il existait, vers ce lieu, une petite cellule ou chapelle. Le défaut de monuments historiques a ici, comme ailleurs, laissé place à des conjectures que je ne produirai pas ici. *Medericus* ou *Merri*, et son compagnon *Frodulfus* ou *Frou*, vinrent, à une époque qu'on ne peut préciser, occuper une cellule qui existait déjà ou qu'ils construisirent en ce lieu ; ils élevèrent auprès un petit oratoire dédié à saint Pierre. *Saint Medericus* mourut en l'an 700, et son tombeau fut vénéré comme celui d'un saint. La chapelle reçut, sous la seconde race, le nom du saint dont elle recélait les cendres. Dès l'an 820 un diplôme de Louis-le-Débonnaire lui donne le nom de *Saint-Médéric*, dont par contraction on a fait celui de *Saint-Méri*. On trouvera ailleurs ce qui reste à dire sur l'histoire de cet établissement religieux.

On aurait une fausse idée de ces chapelles, églises ou abbayes, si on les croyait semblables à celles que l'on voit aujourd'hui : leurs constructions étaient fort exiguës. J'ai vu d'antiques oratoires dont l'intérieur pouvait à peine contenir l'autel et le prêtre ; et si l'on excepte les églises et abbayes les plus richement dotées, et qui se trouvaient solidement bâties, le plus grand nombre de ces édifices pieux n'étaient construits qu'en bois ; c'est pourquoi ils devenaient facilement la proie des flammes.

TABLEAU PHYSIQUE DE PARIS.

Paris, sous la première race, n'éprouva d'autres changements que ceux qui résultèrent des établissements que je viens de décrire. La Cité, comprise dans l'île qui porte encore ce nom, devait, comme les autres villes de la Gaule, être protégée par un mur d'enceinte. Il est vraisemblable que vers la fin de la domination romaine ce mur existait.

ENCEINTE DE LA CITÉ. On a découvert, en 1829, un grand fragment de la muraille de la Cité ; elle paraissait avoir été construite vers la fin du quatrième ou au commencement du cinquième siècle. Son existence, aux âges suivants, est attestée par plusieurs témoignages authentiques. Dans le diplôme de la fondation de l'église Saint-Vincent et Sainte-Croix, aujourd'hui *Saint-Germain-des-Prés*, diplôme de l'an 558, *Childebert* déclare qu'il a entrepris de bâtir un temple dans Paris, et non loin des murs de la Cité.

Grégoire de Tours dit que Frédégonde, après l'assassinat du roi son époux, soupçonnée d'en être l'auteur, se réfugia dans la Cité de Paris et dans l'asile de l'église de cette cité, y transféra ses trésors qu'elle avait cachés dans l'*enceinte* des murs. Ainsi voilà une *enceinte*, des *murs*, qui sont dans la Cité et l'environnent.

L'île de la Cité, moins étendue qu'elle n'est aujourd'hui, était divisée en deux parties par la route qui la traversait, et qui du Petit-Pont allait aboutir au Grand-Pont, depuis appelé *Pont-au-Change*. A l'est de cette route était l'*église cathédrale*, la *maison de l'église*, le *baptistère*, l'*école*, l'*hospice des pauvres matriculaires*, hospice qui fut l'origine de l'*Hôtel-Dieu*, enfin l'ensemble des constructions contenues ordinairement dans l'enceinte épiscopale. Du même côté de la Cité, et sur le bord septentrional de l'île, près de l'emplacement de Saint-Denis de la Chartre, sur une partie de l'emplacement actuel du quai aux Fleurs, était une prison que l'auteur des *Gestes du roi Dagobert* nomme *carcer Glaucini*, prison de Glaucin.

De l'autre côté de la route, et vers l'extrémité occidentale de l'île de la Cité, sur l'emplacement actuel du Palais, s'élevait une fortification qui, dans une charte que j'ai citée, est qualifiée de *tour*. Ce mot, dans les temps barbares, comme je l'ai dit, signifiait un château, une citadelle. Sous la domination romaine, cet édifice a dû servir à l'ordre municipal, et, sous celle des Francs, à la demeure des rois et des comtes. Dans toutes les anciennes cités de la Gaule se trouvait, à cette époque, le même ordre de choses. Une partie était destinée au

culte, et l'autre aux administrations civiles. Cette partie occidentale de la Cité
contenait encore une vaste place dont je vais parler.

PLACE DU COMMERCE. A l'ouest de la route que j'ai décrite, entre l'église
cathédrale et le château ou le palais, se trouvait une vaste place consacrée au
commerce. Malgré le sentiment de tous les écrivains qui m'ont précédé, je suis
suffisamment autorisé à fixer cette place dans ces limites. Les dénominations
actuelles ou anciennes des parties qui la composaient ou l'avoisinaient suffisent
pour attester son existence dans cette partie de l'île. La route qui, partant du
Petit-Pont, s'avance dans cette île jusqu'à la rue de la Calandre, a toujours
porté et porte encore le nom de *Marché-Palud*, nom qui indique une place contiguë où se tenait le marché, et le surnom *Palud* prouve que cette partie de la
place, située sur la rive de la Seine, était fangeuse ou marécageuse. A l'ouest
de cette route et de ce marché est la place du *Marché-Neuf*, qui s'appelait
anciennement *place* ou *rue de l'Orberie*. Ce mot *Orberie* signifie lui-même une
place. Le *Marché-Neuf* est évidemment un reste de la place du Commerce.
Ainsi voilà l'existence de cette place suffisamment démontrée. Quelques faits
historiques vont prouver sa destination.

En l'an 586, un habitant de la Cité de Paris étant entré, pendant la nuit, dans
un cellier, laissa près d'une barrique d'huile la lumière qui l'éclairait. Cette
maison était contiguë à la porte méridionale de la Cité. De proche en proche,
le feu, favorisé par le vent, se communiqua aux maisons voisines, étendit ses
ravages dans toute la largeur de l'île, et ne fut arrêté que par le bras septentrional de la Seine. Grégoire de Tours dit, en rapportant les paroles d'une
femme qui avait prophétisé cet incendie, que les maisons destinées à être
brûlées seraient celles des *négociants, domos negotiantium*. Comme, suivant cet
écrivain, la prophétie fut accomplie par l'incendie, il résulte que les maisons
des négociants furent brûlées, et que le feu, parcourant l'espace qui se trouve
entre la porte méridionale de la Cité et sa porte septentrionale, ces maisons
des négociants se trouvaient dans cet espace, et pouvaient border la place du
Commerce qui s'y trouvait aussi.

Le second passage de Grégoire de Tours est plus décisif encore. En l'an 583,
un jour de dimanche, *Chilpéric* et son épouse *Frédégonde* entendaient la messe
dans l'église sainte (*in ecclesiâ sanctâ*), expression qui, dans le langage du temps,
signifiait l'église cathédrale. Le comte *Leudaste*, accusé de divers attentats, s'y
rendit, se prosterna, se roula tour à tour aux pieds du roi et de la reine, et,
versant des larmes, implora son pardon. Il fut repoussé et chassé de l'église.
Dès qu'il en fut sorti (de l'église qui est remplacée par celle de Notre-Dame), il
arriva dans la place (*in plateam*); et, sans s'inquiéter du sort qui le menaçait,
il parcourut les maisons des marchands (*domosque negotiantium circumiens*), il
s'informait du prix de divers objets, en marchandait plusieurs. Pendant qu'il
s'occupait ainsi, arrivent subitement les satellites (*pueri*) de la reine, ils s'ef-
forcent de le saisir, de le garrotter; alors il tire son épée, se défend, blesse les
uns, irrite les autres par sa résistance. Les satellites se jettent sur lui les armes
à la main; un d'eux lui porte sur la tête un coup d'épée qui lui abat une partie
de la peau du crâne. Le comte blessé fuit, et, courant sur le pont de la ville,

son pied s'engage entre deux pièces de bois entr'ouvertes; il se casse une jambe et tombe enfin entre les mains de ceux qui le poursuivent. Leudaste mourut bientôt dans les supplices que la reine lui fit subir.

Il n'est pas possible de placer ces scènes ailleurs que dans l'île de la Cité, dans l'église cathédrale, sur la place où se trouvaient les maisons des négociants, et sur le pont par lequel on pouvait s'évader de cette île. Ainsi tous les doutes disparaissent : il est certain qu'il existait dans la Cité une place du Commerce, et que cette place n'était point au dehors, sur l'emplacement des rues de la Huchette et de la Bûcherie, comme l'ont avancé plusieurs écrivains qui m'ont précédé, mais bien entre l'église cathédrale et le Palais. Les négociants avaient besoin d'abriter les marchandises dans un lieu sûr et fortifié comme l'était l'île de la Cité.

Pendant la période qui nous occupe, Paris eut beaucoup à souffrir des inondations, des incendies et des malheurs de la guerre. A propos des désastres qui détruisirent une partie de la Cité, Grégoire de Tours a écrit le passage suivant : « On disait que la ville de Paris avait été anciennement consacrée, de telle sorte » que les incendies ne pouvaient y étendre leurs ravages, ni les loirs et les ser- » pents y paraître. Dernièrement, en réparant les fondations du pont, et en » enlevant la boue dont elles étaient remplies, on découvrit un loir et un ser- » pent de bronze; dès que ces figures furent enlevées, les loirs et les serpents » se montrèrent en grand nombre dans la ville, et l'on commença à y voir re- » paraître des incendies. » On voit que tout ce qui portait le caractère du merveilleux et du surnaturel était avidement accueilli par cet historien.

ETAT CIVIL DE PARIS.

Les coutumes barbares des Francs triomphèrent bientôt des institutions romaines. Deux peuples habitaient la Gaule, les vainqueurs et les vaincus : les premiers conservèrent leurs usages; on laissa aux seconds les lois romaines pour leur servir de règle dans les discussions relatives à leurs transactions particulières : concession de tolérance relative ou plutôt d'ignorance, faibles limites que le pouvoir absolu renversait selon son caprice. Ces lois se soutenaient sans garantie, existaient parce qu'elles avaient existé, parce que les Francs étaient incapables de les remplacer. Quant à l'état civil des vaincus, il reposait sur des bases très-mobiles; tous les droits de la société, les droits même les plus sacrés de la nature, étaient méconnus, transgressés par les vainqueurs, qui n'avaient quelque respect que pour leurs coutumes, encore s'en écartaient-ils souvent.

Les ordres municipaux des villes, seules institutions un peu populaires, avilis, outragés, cessèrent d'exister : aux *décurions* ou *sénateurs* qui les composaient, succédèrent des *scabins* ou *rachimbourgs*, assesseurs qui, de concert avec le comte, jugeaient les procès. Paris eut son comte et ses *scabins*, dont le nom a été changé en celui d'*échevins*.

Nous aurions une idée peu avantageuse de la manière dont se rendait la justice, si nous en jugions d'après ce que dit Grégoire de Tours du comte *Leu-*

daste, qui, lorsqu'il siégeait sur son tribunal, entrait en fureur contre ceux qui venaient lui exposer leurs affaires contentieuses, les accablait d'injures, faisait maltraiter les prêtres, frapper de verges les militaires, et exerçait sur les plaideurs toute sortes de cruautés. Nous aurions une idée très-défavorable de la probité de ces comtes, si le portrait que cet historien nous a laissé d'*Audon*, comte Paris, est fidéle : il était un concussionnaire, le vil satellite et le complice des fureurs de l'exérable Frédégonde. On pourra aussi juger de la jurisprudence de ces tribunaux par cette constitution qu'en l'an 560 donna le roi Clotaire : « Si quelqu'un est accusé d'un crime, il ne faut pas le condamner sans » l'entendre : *Non condemnatur penitus inauditus.* » Ce principe, dont la justice est évidente à tous les yeux, et qui honore celui qui le remit en vigueur, était donc méconnu, puisqu'on est obligé de le rappeler aux juges.

Le fait suivant va nous faire connaître la condition des habitants de Paris et des compagnes environnantes, et la tyrannie des rois francs envers leurs sujets. En août 584, des embassadeurs du roi d'Espagne vinrent demander à *Chilpéric* sa fille *Rigonthe* en mariage. « *Chilpéric*, dit Grégoire de Tours, rentra aussitôt » dans Paris, et ordonna qu'un grand nombre de familles, des maisons de son » fisc, seraient enlevées de leurs demeures et placées dans des chariots. La plu- » part de ces malheureux pleuraint et refusaient de se rendre aux ordres du » roi ; il les fit traîner en prison, afin de pouvoir plus facilement les faire partir » avec sa fille. On dit que quelques-uns, désespérés de se voir séparés de leurs » proches parents, dans l'excès de leur chagrin, se donnèrent la mort. Le fils » était arraché des bras de son père, la fille de ceux de sa mère ; leur séparation » était accompagnée de gémissements, de plaintes amères et de malédictions » contre le tyran. La désolation était si grande dans Paris, qu'on pouvait la » comparer à celle de l'Égypte. Plusieurs de ces malheureux forcés de s'expa- » trier étaient d'une naissance distinguée ; ils disposaient de leurs biens, les don- » naient aux églises, et demandaient que leur testament fût ouvert dès qu'on » aurait appris l'entrée de la jeune princesse en Espagne. Ils considéraient ce » départ comme le terme de leur vie. »

Les personnes enlevées pour satisfaire la vanité de *Chilpéric* et donner plus de pompe au cortége de sa fille n'étaient point de condition servile. Leur résistance, leur violente douleur, sa manifestation publique, suffiraient pour faire présumer qu'elles jouissaient de la liberté civile ; mais tous les doutes se dissipent lorsque Grégoire de Tours nous les présente comme des propriétaires léguant leurs biens par testaments, et qu'il nous apprend que plusieurs pouvaient se prévaloir d'une naissance distinguée (*multi verò meliores natu*).

Ainsi les hommes de condition libre appartenaient à *Chilpéric ;* il les traitait comme des esclaves, et disposait de leur personne comme d'un meuble. Sous des rois comme Chilpéric, les propriétés n'étaient pas plus respectées que les personnes. Du reste, dans la plupart des supplices ou exécutions dont Paris fut le théâtre, et que les rois ou les reines ordonnèrent, je vois bien des assassins, des *tourmenteurs*, des bourreaux ; je n'y vois pas de juges. Si la justice s'exerçait sans principes, sans règles, les autres branches administratives n'étaient pas mieux ordonnées.

COMMERCE DE PARIS. Favorisé par une navigation facile, le commerce de cette ville, établi sous la domination romaine, se maintint sous celle des Francs. Comme tous les barbares, ceux-ci, passionnés pour le luxe, pour la richesse des vêtements, pour les bijoux et les armes de prix, ne contrarièrent point la vente de telles marchandises. Des Juifs, des Syriens, des hommes du midi de la Gaule et d'autres pays figuraient parmi les principaux négociants. Quelques-uns firent de grandes fortunes Un de ces marchands juifs, appelé *Salomon*, devint receveur général des revenus du fisc du roi Dagobert. Un Syrien, nommé *Eusèbe*, acquit assez de richesses pour acheter l'épiscopat; et après la mort de *Ragnemode*, en l'an 591, il fut nommé évêque de Paris.

L'espoir du gain fait braver bien des périls. Le plus ordinairement, les marchandises étaient transportées par eau : sur mer, elles avaient à redouter les attaques des pirates ; sur la Seine, celles des riverains puissants; mais les transports par terre étaient exposés à des dangers plus grands encore. Des troupes de brigands, commandées par des chefs francs des familles les plus distinguées, infestaient les routes, et ne respectaient guère les marchands. Ces dangers n'étaient pas les seules entraves qu'éprouvait le commerce : sur les routes, il était gêné par des exactions, des péages et des avanies de toute sorte. Voici le dénombrement des contributions que le fisc percevait à Paris sur les marchandises avant d'être débarquées et logées. Elles sont au nombre de quinze, et se trouvent dénommées dans un diplôme donné en 629, par le roi *Dagobert*, en faveur de l'abbaye Saint-Denis.

Navigios, le droit que paient ceux qui naviguent sur la Seine ; — *Portaticos* droit perçu sur le port au débarquement des marchandises ; — *Pontaticos*, péage en passant sur ou sous les ponts ; — *Rivaticos*, droit payé pour être autorisé à laisser les barques sur le rivage ; — *Rotaticos*, pour les dommages que les voitures peuvent faire en détériorant la voie publique; — *Vultaticos*, droit inconnu : peut-être était-il le prix d'une autorisation pour loger les marchandises dans les celliers ou dans les caves voûtées; *Temonaticos*, droit de timon : peut-être ce droit avait-il pour motif la permission accordée au marchand de conduire lui-même sa voiture, ou de vendre sa marchandise sur cette même voiture; — *Chespetaticos*, impôt pour la réparation des terres qui bordaient les chemins, ou pour dédommager les propriétaires des terres voisines des dégâts que pouvaient faire les voitures; — *Pulveraticos*, droit inconnu : peut-être avait-il pour prétexte la poussière occasionnée par le transport des marchandises; — *Foraticos*, contribution à laquelle on assujettissait les vins forains; — *Mestaticos*, peut-être *Mistaticos*, droit qui autorisait le mélange des vins ; ou *Mutaticos*, droit de mouvement ; — *Laudaticos*, droit inconnu : peut-être avait-il pour motif la permission d'annoncer publiquement les marchandises et d'en faire l'éloge; — *Saumaticos*, droit perçu sur les marchandises portées sur le dos des bêtes de somme; — *Salutaticos*, c'était un présent fait au roi ou au comte en lui faisant le salut; — *Pastonasicos*, droit de passage qui devait être perçu sur les marchandises qui passaient par la Cité pour se rendre au champ de foire ou ailleurs.

Ce diplôme en faveur de l'église Saint-Denis fut confirmé plusieurs fois par les successeurs de *Dagobert*; mais, dans leur charte de confirmation, ces droits ne sont point tous dénommés. Dans celle de Chilpéric II, de l'an 736, on ne trouve que les suivants : *portaticus, pontaticus, rotaticus;* il ajoute, en latin barbare : « Et les autres redevances que les juges publics sont en usage de per» cevoir. »

Ce commerce, entravé par le brigandage des Francs, par les exactions du fisc, consistait en objets de luxe, tels que bijoux, ornements, armes, baudriers et ceintures, garnis d'or, de pierreries ; en objets utiles, tels que vins, huile, miel, garance, etc. Les étoffes propres aux vêtements et aux meubles étaient manufacturées dans le pays. Chaque roi, chaque homme puissant avait sa manufacture, son *gynœceum,* où des femmes esclaves filaient et tissaient le lin et la laine. Ces *gynécées,* que les Francs trouvèrent établis dans les Gaules, devinrent en quelque sorte des sérails pour les rois, les princes, les ducs, etc. C'était de ces ateliers qu'ils tiraient leurs concubines, et quelquefois leurs épouses. Hors les fabriques domestiques des *gynécées,* on ne découvre aucune autre manufacture remarquable. La plupart des objets de luxe et même de nécessité venaient de l'étranger. C'est ainsi, par exemple, que le *papyrus* ou papier, qu'on employait ordinairement pour écrire, était transporté d'Égypte dans la Gaule par des vaisseaux marchands.

TABLEAU MORAL DE PARIS.

La moralité des gouvernants sert trop souvent de modèle à celle des gouvernés ; en peignant les mœurs des premiers, on pourra en tirer des inductions sur les mœurs des seconds. L'histoire, presque toujours muette sur le caractère des peuples, l'est beaucoup moins sur celui de leurs chefs. Mais les notions qu'elle laisse à désirer sur les uns se trouvent remplacées par celles qu'elle fournit sur les autres. Toutefois, dans cette période, je ne trouve aucune particularité sur les habitants de Paris, et je ne puis leur appliquer que ce que les écrivains de l'antiquité ont écrit des mœurs des Francs. L'amour du pillage, la férocité et la mauvaise foi formaient les principaux traits de leur caractère. Les Francs, dit Vopiscus, méprisent leurs serments, et rient en les violant. Salvien les traite de nation sans foi, *gens Francorum infidelis;* il les loue d'être hospitaliers, et les blâme d'être menteurs. « Les Francs, dit Libanius, ne peuvent » supporter la servitude; ils se croient réduits à ce fâcheux état dès qu'ils ne » trouvent personne à piller. » Un proverbe grec, donné par Éginhard, porte : *Vous pouvez avoir un Franc pour ami; mais ne l'ayez jamais pour voisin.* Isidore cite l'opinion de quelques écrivains qui pensent que les Francs doivent leur nom à la férocité de leur caractère. « Il est certain, ajoute-t-il, que leurs mœurs » sont corrompues, et que leur naturel est très-féroce. » Sidoine Apollinaire décrit la stature élevée de leur corps, leur force, leur agilité, leur ardeur dans les combats. Agathias parle avec quelque éloge de la civilisation des Francs, dominateurs de la Gaule, et s'étonne même de voir régner entre eux la paix et la justice. Mais l'histoire des premiers siècles de notre monarchie est loin de venir confirmer le témoignage de ce dernier écrivain.

Je n'entreprendrai pas le récit de tous les événements qui ont signalé le règne des rois de France de la première race. Je rapporterai seulement le fait suivant, qui donnera une idée des mœurs barbares de ces princes.

Chlodomère, en mourant, laissa trois fils en bas âge : Théodovale, l'aîné, avait atteint sa dixième année ; le second, nommé Gonthaire, sa septième, et Chlodovalde était plus jeune encore. Ces enfants vivaient à Paris auprès de leur grand'mère Clotilde. « Childebert voyait avec jalousie cette reine, sa mère, prodiguer
» toute son affection aux seuls fils de Chlodomère : il craignait de plus qu'elle
» ne parvînt à leur conserver l'héritage et le trône de leur père. Agité par ce
» double sentiment, il envoya un messager à son frère Chlothacaire et lui fit
» dire : *Notre mère garde auprès d'elle les fils de notre frère; elle veut qu'ils*
» *soient rois; viens promptement à Paris, afin que nous nous concertions ensemble*
» *sur ce qu'il convient de faire; nous déciderons s'il faut, en leur coupant la che-*
» *velure, les réduire à la condition des personnes du peuple, ou bien s'il faut les*
» *tuer; en ce cas nous partagerons, à portions égales, le royaume de notre frère.*
» Très-content de cette proposition, Chlothacaire part pour se rendre à Paris.
» A son arrivée, il fut résolu entre lui et Childebert qu'ils adresseraient un mes-
» sage à leur mère, qui demeurait alors à Paris. Ce message portait : *Envoyez-*
» *nous ces enfants, afin que nous en fassions des rois.* A ces mots, Chrothechilde,
» transportée de joie (car elle ignorait le piége qu'on lui tendait), fait manger et
» boire ces enfants, les livre aux envoyés de leurs oncles, et leur dit en les
» quittant : *J'oublierai que j'ai perdu mon fils Chlodomère, si vous êtes élevés au*
» *rang des rois.* »

Arrivés auprès de leurs oncles, on les saisit, ainsi que leurs serviteurs, on les renferme dans des prisons séparées. Arcadius (Gaulois, fils d'Apollinaire, sénateur) est envoyé par Childebert et Chlothacaire auprès de leur mère Chrothechilde. « Il se présente devant cette reine, tenant d'une main une paire de
» ciseaux, et de l'autre un poignard nu. *O reine très-glorieuse!* dit-il, *vos fils,*
» *nos maîtres, attendent que vous manifestiez votre volonté et que vous prononciez*
» *sur le sort de vos petits-enfants. Voulez-vous qu'ils vivent privés de leur cheve-*
» *lure, ou bien voulez-vous qu'ils soient égorgés?* A ces mots, et surtout à la vue
» de la dégradation ou de la prochaine mort de ses enfants, elle est tour à
» tour agitée par des sentiments de terreur et de colère; dans l'excès de sa
› douleur, ne sachant trop ce qu'elle devait répondre, elle dit ingénument :
» *Puisqu'ils n'en font pas des rois, j'aime mieux que ces enfants meurent, que s'ils*
» *vivaient privés de leur chevelure.*

› Arcadius se rendit promptement auprès des rois ses maîtres, et leur dit :
» *Faites ce que vous avez projeté, la reine y consent, elle-même approuve votre ré-*
» *solution, et veut qu'elle soit exécutée.* Aussitôt Chlothacaire saisit par le bras le
» plus âgé de ses neveux, le renverse à terre, et lui plonge son poignard dans le
» sein : l'enfant expire en poussant des cris. Le second enfant, effrayé, se jette
» aux pieds de son oncle Childebert, embrasse ses genoux, et dit en pleurant :
› *Secourez-moi, mon cher oncle, que je ne périsse pas comme mon frère!* Childebert,
» touché, ému jusqu'aux larmes, dit à Chlothacaire : *Mon cher frère, je t'en prie,*
» *laisse la vie à cet enfant! Accorde-moi cette grâce, et je t'accorderai ce que tu*
» *désireras. Je te le demande, ne le tue pas.* Ces prières mettent Chlothacaire en

» fureur : *Repousse cet enfant de tes bras, ou tu vas mourir avec lui !* s'écria-t-il
» *c'est toi qui as formé le complot et tu manques à ta parole !* En même temps il s'en
» saisit, lui enfonce son poignard dans le côté, et le tue comme il avait tué
» l'aîné. La reine Crotbechilde fit ensevelir les corps de ces deux enfants; leur
» convoi funèbre fut célébré avec magnificence et beaucoup de chants. Ils furent
» inhumés dans l'église Saint-Pierre et Saint-Paul (depuis Sainte-Geneviève).
» Quant au troisième enfant, nommé Chlodovalde, des hommes puissants (des
» leudes) l'enlevèrent et le ravirent à la mort. Il s'adonna à la religion, coupa
» de ses mains sa longue chevelure, devint prêtre, et se distingua par de bonnes
» œuvres (1). Childebert et Chlothacaire se partagèrent, à lances égales, l'héri-
» tage de leur frère Chlodomère, dont ils venaient d'égorger les enfants. »

Je passe sous silence une infinité de traits de la nature de celui que je viens
de rapporter; les guerres scandaleuses entre les membres de la même famille;
le tableau des frères armés contre les frères, qui cherchent à se ravir leurs richesses, à s'arracher réciproquement la vie, dont l'un égorge les enfants de
l'autre ; une reine, âgée d'environ soixante-dix ans (Brunichilde), suppliciée
pendant trois jours, enfin écartelée par les ordres de son neveu qui l'accuse
d'avoir fait périr *dix rois francs*, telle est l'esquisse à peine indiquée des scènes
horribles qu'à la fin du sixième siècle offrait la Gaule asservie sous la domination
des Francs, scènes dont le tableau appartient, non pas à l'*Histoire de Paris,* mais
à l'*Histoire générale de la France.*

A cette époque, la France était en proie à l'ignorance et à la barbarie. Les
grands du royaume ainsi que le haut clergé ne connaissaient d'autres lois que
leur intérêt, et ne reculaient devant aucune mesure, quelque injuste et sanglante
qu'elle fût, pour arriver au but de leur ambition. Jamais la dépravation des
mœurs ne fut plus complète : le monde moral était retombé dans le chaos. Je
n'entreprendrai pas de rappeler toutes les misères et tous les crimes dont les
chroniqueurs les plus respectés nous font le tableau : je me contenterai de faire
connaître, sous le rapport moral, les premiers évêques de Paris, autant toutefois
que la rareté des documents me le permettra.

Saffaracus, évêque de Paris dès l'an 549, fut, vers l'an 551, dans un concile
tenu en cette ville, déposé pour des crimes capitaux : les uns prétendent qu'il
était accusé de simonie ; d'autres pensent que ses fréquents adultères furent
cause de sa déposition. Saint Germain, vingtième évêque de Paris, était, suivant
tous les témoignages, recommandable par sa doctrine et ses bonnes actions.
L'histoire nous le représente sous ce rapport avantageux; la légende lui attribue
plusieurs actes surnaturels. Le public d'alors dédaignait les vertus, et n'admirait
que les miracles. Il mourut en 576. Ragnemode, vingt et unième évêque, figure
dans l'histoire comme un *prélat de cour,* un favori de l'infernale Frédégonde,
dont il paraît, à certains égards, avoir été le complice. Il mourut en 591.
Eusèbe, vingt-deuxième évêque, était un marchand syrien, qui aspira aux

______

(1) Ce prince échappé aux poignards de ses oncles, fut considéré comme un saint, et de son nom
Chlodovalde on a fait celui de *Cloud.* Saint Cloud fut inhumé dans le bourg qui porte son nom, bourg
situé à deux lieues et à l'ouest de Paris, sur la rive gauche de la Seine.

honneurs et aux richesses de l'épiscopat : préféré au frère de Ragnemode, son concurrent, parce qu'il fournit une plus grande somme d'argent, l'évêché lui fut adjugé. Il chassa tout le clergé de son prédécesseur, et le remplaça par des ecclésiastiques syriens, attachés à sa maison. Il occupa peu de temps le siége épiscopal. Faramondus, son compétiteur, le remplaça bientôt : on ne sait si, pour cela, il attendit la mort d'Eusèbe. Des évêques qui viennent ensuite, je vais citer les plus connus. Landericus ou saint Landri, vingt-huitième évêque, est du petit nombre de ceux dont le nom mérite d'être honorablement mentionné; il fut, en l'an 650, élevé au siège épiscopal. L'année suivante, une horrible famine désola les habitants de son diocèse : notre évêque vendit les meubles de sa maison, les vases précieux de son église, pour nourrir les pauvres. On lui attribue la fondation de l'Hôtel-Dieu ; cette assertion n'est appuyée sur aucune preuve. On sait qu'avant lui, près de toutes les églises cathédrales, il existait un hospice destiné aux pauvres, appelés *matriculaires*, c'est-à-dire enregistrés dans la matricule de ces églises : peut-être saint Landri, fit-il reconstruire ou réparer le bâtiment qui leur était consacré. Landri eut pour successeur Chrodobertus, dont les actions sont peu connues. Sigobaudus ou Sigoberraudus, trentième évêque de Paris, est traité, dans la vie de sainte Bathilde, de *misérable évêque*, dont l'orgueil causa la mort. En 664, il vint à Chelles, auprès de la reine Bathilde, et prit querelle avec les Francs de cette reine ; il en résulta une émeute où cet évêque fut tué. L'auteur de la vie de sainte Bathilde dit qu'il mérita sa mort. Importunus succéda à Sigoberraudus. Il n'est connu que par une correspondance qu'il eut avec Frodobertus, évêque de Tours. Ce dernier, pendant que les habitants de son diocèse souffraient une rigoureuse famine chargea Importunus de lui acheter du blé, et de le lui envoyer à Tours. Ce blé, arrivé, se trouva corrompu ; il était impossible de s'en nourrir. Frodobertus s'en plaignit à l'évêque de Paris, et lui envoya un échantillon du pain fabriqué avec ce blé, pour lui prouver qu'il n'était pas mangeable. Quoique les plaintes de Frodobertus ne fussent accompagnées d'aucune parole offensante, Importunus en fut vivement piqué. Au lieu de justifier sa conduite, il lui répond qu'il ne veut avoir aucun démêlé avec lui ni avec ses pareils. Il lui reproche d'avoir fait enlever la femme unique de Grimoalde, maire du palais de Sigebert, de l'avoir fait transférer dans un monastère de Touraine, où il vivait avec elle dans un commerce scandaleux. L'évêque de Paris, dans une autre missive, accable Frodobertus des injures les plus violentes, les plus grossières : « Il ne croit, » dit-il, ni à Dieu, ni à son Fils, ni aux saints; il est dominé par le diable. » Il a toujours fait du mal. Tes père et mère, ajoute-t-il, n'avaient aucun respect » pour le Christ, puisqu'ils t'ont toi-même engendré dans un monastère......... « Rapelle-toi les iniquités que tu as commises contre le maire du palais » Grimoalde, contre sa femme, que tu lui as enlevée..... Tu lui as ravi son or, » son argent, son honneur. » Il lui parle ensuite de ses amours avec une jeune fille, le traite de fornicateur, et lui donne un conseil, que sans doute l'évêque de Tours n'aura pas suivi, celui de se soumettre à une certaine opération, seule capable de mettre fin à son libertinage (*per omnia jube te castrare, ut non pereas per talia*).

Agilbertus succéda, vers l'an 669, à l'évêque Importunus. Avant d'être élevé
au siége de Paris, Agilbertus avait, pendant quelques années, rempli les fonctions d'évêque en Irlande. Si, dans ce pays étranger, il acquit quelques connaissances dans la *religion ecclésiastique*, il n'y puisa point de préceptes de morale;
on en jugera par le trait suivant : Ébroin, maire du palais, après la bataille de
Lafau, poursuivit son ennemi, le duc Martin, qui se réfugia dans la forteresse
de Laon. Ébroin, craignant de perdre trop de temps au siége de cette place,
résolut d'employer un moyen plus expéditif. Il députa auprès du duc Martin
deux évêques, Agilbertus de Paris, et Régulus de Reims, qui, au nom de leur
maître, promirent la vie à ce duc, s'il consentait à rendre la place, et corrobo-
rèrent cette promesse par un serment solennellement prononcé sur un reliquaire.
Ce serment, prêté par deux prélats sur un objet sacré, détermina le duc Martin,
il rendit la place. Mais à peine en fut-il dehors, qu'il se vit assailli par les gens
d'Ébroin, qui, violant la foi jurée, le saisirent et le poignardèrent.

Les autres évêques des derniers temps de la première race, mentionnés dans
les catalogues ou dans les chartres, ne le sont pas dans l'histoire.

Il convient, pour compléter le tableau moral de cette période, de rassembler
un petit nombre de traits propres à caractériser les mœurs de la noblesse, de
ces hommes privilégiés connus sous le noms de *leudes, domestiques, ducs, comtes*, etc. Cette classe aristocratique se composait ordinairement de Francs et de
Romains.

Les leudes, Francs d'origine, ne remplirent d'abord que des fonctions militaires; ce fut parmi les Romains un peu lettrés que les rois choisirent des réfé-
rendaires, des percepteurs d'impositions, et des comtes chargés de rendre la
justice. Ces deux classes, d'abord distinctes sous le rapport des mœurs, se confondirent bientôt. Les habitudes des Francs, fortifiées par le pouvoir, prévalurent sur celles des Romains asservis. Ces derniers se laissèrent entraîner par le
torrent de la barbarie; cependant il se conserva encore des nuances diverses
entre les mœurs des uns et celles des autres.

Pour qu'on puisse juger de la fidélité et de la probité des nobles de la première race, je donne ici la relation d'un voyage contenant des traits propres à
les faire juger.

En l'an 584, le mariage de Rigonthe, fille de Chilpéric et de Frédégonde,
avec Récarède, prince des Goths, fut conclu. Chilpéric se rend à Paris, y con-
voque ses leudes ou fidèles, et fait célébrer le mariage. Par ses ordres, on
arrache de leur foyer un grand nombre de familles parisiennes, pour, comme je
l'ai dit, servir à la pompe du cortége de sa fille. Tous les apprêts sont faits.
Chilpéric avait donné à Rigonthe des trésors immenses. Frédégonde, plus libérale encore, renchérit sur la générosité de son mari, en ajoutant à ces dons
une quantité étonnante d'or, d'argent, de bijoux et de vêtements précieux.
Chilpéric et ses leudes, témoins de ces dons, semblèrent s'étonner de ce pro-
digieux amas de richesses. Frédégonde prévint leurs reproches, en leur disant
qu'elles ne provenaient point du trésor des anciens rois, mais qu'elles résultaient de son économie, de la bonne administration de ses biens, qu'elles étaient
le fruit de ses épargnes et des présents qu'elle avait reçus de son époux. Cin-

quante voitures suffirent à peine pour charrier le riche bagage de la princesse Rigonthe. Son cortége se composait de plus de quatre mille hommes armés, à pied ou à cheval. Les ducs Domégisellus, Ansoalde, Bladaste, le maire du palais Wadon, étaient spécialement chargés de commander la brillante escorte, et de veiller à la sûreté de la princesse et de ses trésors. Le cortége, formé dans la Cité de Paris, se met en marche; mais en sortant par la porte méridionale de cette ville, l'essieu d'une des voitures se rompt. Les assistants, effrayés par cet accident, en tirent un funeste présage, et s'écrient : *O malheur (mala hora)!*

Enfin le cortége quitte Paris. Après avoir parcouru un espace d'environ huit milles (trois lieues), il s'arrête; on dresse des tentes pour y passer la nuit. Ici commencent les malheurs du voyage de Rigonthe. Pendant cette nuit, cinquante hommes de l'escorte se lèvent, s'emparent de cent des meilleurs chevaux, de leurs freins d'or, de deux grandes chaînes de ce précieux métal, et fuient avec ce butin dans les États du roi Childebert. Pendant tout le reste de la route, les richesses de Rigonthe devinrent successivement la proie des personnes chargées de les protéger; mais cette princesse ne fut pas la seule victime de l'avidité de sa garde. Chilpéric avait sévèrement recommandé de ne prendre pour la nourriture des hommes et des chevaux de l'escorte aucune denrée, aucune chose dans les terres de son fisc; de sorte que les personnes et les bêtes devaient être alimentées par des exactions ou par le pillage. Aussi les villes et les campagnes qui se trouvaient sur le passage furent-elles mises à contribution et horriblement dévastées. « Pendant toute la route, dit Grégoire de Tours, ceux qui com-
« posaient le cortége se livrèrent à tant de pillages, s'enrichirent de tant de
« butin, qu'il serait impossible d'en rendre compte. Les moindres chaumières
« des pauvres ne purent échapper à la rapacité de ces brigands; ils détruisaient
« les vignes, en coupant les ceps pour avoir le fruit, ils enlevaient les bestiaux :
« tout fut ruiné sur leur passage, où ils ne laissèrent rien à prendre..... Ce dé-
« sastre eut lieu dans un temps où la gelée et une rigoureuse sécheresse avaient
« emporté la récolte; et ce qu'avait épargné ce double fléau fut entièrement
« enlevé. » Cependant la princesse continuait sa route, et son cortége, qui ruinait toutes les campagnes, la ruinait aussi; car, à chaque station, il la dépouillait de quelques parties de ses trésors. Arrivée à Poitiers, elle se vit abandonnée par plusieurs ducs de son escorte : ceux qui restèrent autour d'elle l'accompagnèrent comme ils purent jusqu'à Toulouse où l'attendaient de nouveaux malheurs. Elle reçut en chemin la nouvelle de la mort du roi son père, de Chilpéric, assassiné par les ordres de Frédégonde. Arrivée à Toulouse, on lui conseilla d'y séjourner pour laisser reposer son escorte fatiguée, et pour réparer les vêtements et les voitures : elle y consentit. Pendant qu'elle séjournait dans cette ville, on y vit arriver le duc Désidérius, qui, à la tête d'une troupe armée, vint, sans autre formalité, s'emparer de ce qui restait des trésors de Rigonthe. Il fit tranférer ces richesses dans un lieu fort, et les confia à la garde d'hommes qui lui étaient dévoués. Les chefs du cortége, ces nobles Francs, chargés de protéger la princesse et ses trésors, n'opposèrent aucune résistance à l'attentat de Désidérius; quelques-uns même, tels que le duc Bladaste et le

maire du palais Wadon, s'unirent au spoliateur, et devinrent sans honte ses complices. Rigonthe, délaissée, trahie, dépouillée, fut forcée de rester à Toulouse, et de renoncer à son mariage. Cette princesse qui, quelques jours avant, possédait encore des richesses surabondantes, se trouva dans un tel état de dénûment, qu'elle put à peine se procurer les aliments nécessaires à sa propre existence. Sa vie même fut menacée, et, pour la mettre en sûreté, elle fut réduite à se réfugier dans l'asile de Sainte-Marie de Toulouse, d'où, abreuvée d'humiliations et d'outrages, elle ne fut retirée que l'année suivante. Tels étaient le respect des nobles Francs pour les ordres de leur roi, leur fidélité, leur exactitude à remplir leurs engagements.

Revenons à Paris, où Frédégonde, après avoir fait assassiner le roi son époux, craignant d'être poursuivie, avait profité de ses liaisons avec Ragnemode, évêque de cette ville, pour se réfugier dans l'asile de son église. Là se rendirent bientôt quelques zélés domestiques de Rigonthe, échappés au danger; ils étaient accourus pour annoncer à Frédégonde les malheurs et la pénible situation de sa fille. L'un d'eux, nommé Léonard, dit à cette reine : *J'ai accompagné, par vos ordres, votre fille Rigonthe; j'ai vu comment on l'a outragée, comment on l'a dépouillée de ses trésors et de ses biens; je me suis évadé pour venir vous en informer.* A ces mots, la reine entre en fureur; elle veut venger sur des domestiques fidèles l'infidélité et la perfidie des ducs. Par ses ordres, on arrache à ce domestique le baudrier que son époux Chilpéric lui avait donné ; on le dépouille de tous ses vêtements, et on le chasse en cet état. Les boulangers, les cuisiniers et autres, qui avaient pris le même parti, le seul qu'ils devaient prendre, furent encore plus inhumainement traités. Frédégonde les fit dépouiller tout nus, frapper de verges, leur fit couper les mains, et les chassa.

Ces actes d'iniquité et de fureur s'exécutaient dans l'asile de l'église de Paris, dans un lieu où l'évêque Ragnemode commandait en souverain; il ne s'y opposa point.

Toujours, dans ces temps de barbarie et de malheurs, les nobles Francs, lorsqu'ils ont pu le faire impunément, se sont montrés infidèles à leurs rois ; jamais, lorsque l'occasion leur a paru favorable, ils n'ont hésité à les renverser du trône et même à leur ôter la vie. Je ne parle point des régicides commis par des rois et par des reines de la nation des Francs ; le récit en serait trop long. Quant aux mœurs de la classe inférieure, l'histoire ne nous en a laissé que de faibles notions : elle nous montre le peuple crédule et superstitieux à l'excès, opprimé avili, et sans cesse outragé, pillé par ses maîtres. Il intéresse par ses malheurs : on ignore s'il est recommandable par ses vertus.

L'opinion publique était entièrement pervertie ; on n'avait que des idées fausses sur le juste et l'injuste. La barbarie des Francs, la coupable condescendance des évêques, produisirent, entre le sacré et le profane, entre les crimes et la religion chrétienne, un amalgame monstrueux. Cette religion, détachée de sa morale, fut réduite aux pratiques, à une espèce de magisme. Les rois, les reines, les ducs, ainsi que le peuple, croyaient aux divinations, aux, sorts aux présages, aux prodiges ; ne voyaient dans les pratiques et cérémonies religieuses qu'une vertu occulte, talismanique, qui écartait les maléfices et procurait la fortune et le succès. Ils étaient persuadés que les saints cédaient aveuglément aux prières injustes des hommes, et même qu'ils favorisaient leurs crimes. Pour connaître leurs futures destinées, les ducs et autres nobles consultaient les *pythonisses*, les *sorciers*. Les plus religieux d'entre eux faisaient servir les livres saints à ces divinations magiques. Grégoire nous apprend avec satisfaction que Mérovée, fils de Chilpéric, n'ajoutait aucune foi aux oracles des *pythonisses*, mais qu'il croyait beaucoup à ceux que présentait l'ouverture fortuite des livres saints. « Il plaça trois volumes, le Psautier, le Livre des rois et celui des Évan-« giles, sur le tombeau de saint Martin ; passa trois jours et trois nuits en jeûnes, « en veilles et en oraisons. » Mais l'ouverture de ces livres ne lui offrit rien de satisfaisant. Ce prince voulait obliger Dieu à s'expliquer sur le sort qui lui était réservé ; il voulait savoir s'il monterait sur le trône ou s'il en serait déchu. Cette pratique magique, qu'approuve Grégoire de Tours, fut, dans la suite, condamnée par divers conciles.

Le respect pour les personnes et les propriétés, la bonne foi, la sincérité et l'accomplissement des promesses, la religion du serment, enfin tous les devoirs moraux et civils étaient méconnus et méprisés : on portait même ce mépris jusqu'à faire publiquement l'éloge des crimes.

Cet état de dégradation pénétra partout, et s'accrut aux dépens d'un reste de civilisation qui s'évanouissait. L'immoralité publique se fortifiait ; les tromperies des écrivains ecclésiastiques dans la composition des légendes devenaient chaque jour plus nombreuses et plus graves. C'est ce qu'ont remarqué les Bénédictins, auteurs de l'*Histoire littéraire de France* ; le mal augmentait à mesure qu'il s'éloignait de sa source.

Les lettres restaient sans culture ; les écoles publiques, à l'exception de quelques écoles épiscopales, étaient désertées. La Gaule, aux quatrième et cinquième siècles, se glorifiait encore des Eutrope, Ausone, Pallade, Ambroise, Sulpice-Sévère, Paulin, Victor, Marcellus, Salvien, Sidoine Apollinaire, etc. Les Francs paraissent, établissent leur affreuse domination, et toutes les lumières s'éteignent. A peine en reste-t-il quelques faibles lueurs pour éclairer l'étendue et les progrès de ce désastre.

L'évêque Avitus déclare, au sixième siècle, qu'il renonce à la poésie. « Bien-« tôt, dit-il, il ne se trouvera plus personne capable d'entendre ce genre de « composition. » — L'évêque Grégoire de Tours, qui écrivait environ soixante ans après Avitus, prouve, par le grand nombre de ses fautes grammaticales, par son extrême crédulité, par la fausseté de son jugement, ainsi que par son propre témoignage, la dégradation progressive de la raison humaine et de la littérature. « Dans les villes de la Gaule, dit-il, on ne cultive plus les lettres ni les « arts libéraux ; toutes les sciences, tous les genres d'instruction déclinent et « dépérissent... Le malheureux temps que celui où nous vivons ! L'amour pour « l'étude s'éteint de plus en plus ; bientôt il n'existera plus d'hommes qui « puissent transmettre à la postérité les événements les plus mémorables. »

« Le monde vieillit, dit Frédegaire dans le prologue de sa *Chronique* ; il « n'existe plus d'écrivain capable d'approcher du talent des anciens orateurs. »

Les auteurs de l'*Histoire littéraire de France*, savants explorateurs de tous les

écrits et monuments historiques de cette déplorable époque, parlent ainsi des
ténèbres épaisses qui envahirent la Gaule lorsque les Francs dominèrent sur ses
habitants : « On ne voyait, disent-ils, aucun vestige des sciences et des beaux
» arts. Les ecclésiastiques et les moines y étaient les seuls qui à peine savaient
» lire et écrire, ignorants dans tout le reste. » Le mal fit encore de nouveaux
progrès; il faut voir le tableau qu'en ont tracé ces écrivains dans leur état des
lettres aux sixième et septième siècles. » La négligence et le mépris pour la
» littérature furent encore portés plus loin, disent-ils en parlant de ce dernier
» siècle : on les poussa jusqu'à ne presque rien écrire pour la postérité, de ce
» qui se passait de plus mémorable dans l'Eglise et dans l'Etat. » Cependant je
dois rapporter les moindres traits qui peuvent caractériser ces règnes, et diminuer le dégoût qu'ils inspirent. Clovis voulut avoir près de lui un musicien, et
en fit demander un à Théodoric, roi d'Italie. Ce dernier, dans la lettre qu'il
adresse au roi des Francs, lui dit : «Nous vous envoyons le joueur de harpe que
» vous nous avez demandé; habile dans son art, par sa voix et les sons de l'ins-
» trument dont il l'accompagne, il pourra charmer votre glorieuse puissance.
» Nous espérons qu'il vous sera agréable, parce que vous avez fortement désiré
» qu'il vous fût envoyé.» Ce désir de Clovis prouve qu'à sa cour il n'existait point
de musicien, puisqu'il en demandait un au roi d'Italie; on ne voit pas que la musique ait fait des progrès dans la Gaule sous ses successeurs. On ne connaissait
guère à cette époque que les chants d'église; on ne savait que psalmodier.

Les témoignages de la dégradation universelle sont bien plus nombreux; mais
c'en est assez pour prouver que la barbarie des Francs amena dans la Gaule le
mépris des lettres, l'ignorance et la féodalité; en fit disparaître l'ordre, la justice
et la raison; dénatura la religion, déprava les mœurs, engourdit les facultés
intellectuelles, dessécha les âmes, étouffa tout sentiment généreux, fit régner les
passions abjectes, telles que la cupidité, la perfidie; des passions odieuses, telles
que la vengeance et la férocité; enfin, c'en est assez pour prouver que la barbarie
des Francs parvint à rabaisser l'homme souvent au niveau et quelquefois au-
dessous de la condition des bêtes.

Sous la seconde race, on sentit le mal; on s'efforça de le réparer. On verra,
dans la période suivante, quels furent les effets et la durée de ces tentatives
louables.

<hr>

PARIS SOUS LA SECONDE RACE.

COUP D'ŒIL SUR CETTE DYNASTIE; INCURSION DES NORMANDS.

Les majordomes (*majores domús*), ou maires du palais, et les ducs s'étaient,
depuis la mort de Dagobert Ier, emparés du pouvoir souverain, et avaient laissé
aux descendants de Clovis un vain titre de roi. Ils parvinrent à le priver de
ce titre, et à se l'attribuer. Pépin de Héristel, duc d'Austrasie, avait usurpé,
dans cette contrée orientale de la Gaule, l'autorité suprême. Son fils, Charles

Martel, par son courage, ses exploits militaires et les services éminents qu'il rendit à son pays en le délivrant des armées sarrasines, légitima et fit respecter cette usurpation. En l'an 752, Pépin II, dit le *Bref*, fils de Charles-Martel, en réunissant la Neustrie à l'Austrasie, mit toute la Gaule sous sa domination. Plus audacieux que ses pères, qui n'avaient porté que les titres de maires du palais ou de ducs, il se fit proclamer roi, et devint le chef de la dynastie carlovingienne. Charles, dit le *Grand*, son fils, vulgairement nommé *Charlemagne*, doué d'autant d'audace et d'énergie, d'un génie plus vaste et plus entreprenant, succéda, en l'an 768, à son père Pépin II. En l'an 772, après la mort de son frère Carloman, il régna seul dans la Gaule et dans les autres contrées qui en dépendaient. Puis, en l'an 800, ayant étendu ses conquêtes en Europe, il fut, à Rome, proclamé empereur d'Occident et même auguste. Sous Charlemagne, le gouvernement des Francs s'éleva au plus haut degré de splendeur, mais, dépourvu de bases solides et d'institutions robustes et nationales, et ne devant son énergie qu'à celle de son chef; ce gouvernement, malgré les changements utiles qu'il éprouva, tomba avec l'homme qui le soutenait. Les mêmes vices qui avaient causé la ruine de la dynastie mérovingienne causèrent celle des Carlovingiens.

Charlemagne voulut fortement l'amélioration de l'état civil et de l'état moral, voulut réformer leurs désordres et les abus; mais, en combattant les conséquences, il laissa subsister le principe. Il fallait remonter à la source du mal, et la tarir; il ne fit que contenir ses effets. Il fallait changer les choses, il ne changea que les hommes : il destitua plusieurs ducs, plusieurs comtes; il déplaça plusieurs évêques, et leur adressa de vives réprimandes sur leur conduite désordonnée. Toutes ces tentatives n'eurent que des succès éphémères. Le mal dont il contint les développements pendant son règne, n'éclata qu'avec plus de force après sa mort. Il aurait dû restreindre les pouvoirs de la noblesse, les pouvoirs du clergé, et diminuer ses richesses immenses, souvent très-mal acquises et très-mal employées, comme lui-même le témoigne. Il conserva, dans son gouvernement, plusieurs coutumes que les Francs tenaient de leur barbarie originelle, et notamment celle qui autorise les fils à partager entre-eux les États de leur père. Cette coutume avait, sous la première race, allumé, entretenu le feu des guerres civiles, et elle ne fut pas moins fatale sous la seconde. Charlemagne ne se doutait pas qu'il pût exister un régime préférable à celui que ses aïeux avaient adopté dans les forêts de la Germanie; il ne connaissait que le despotisme, si commode pour les chefs des nations, et qui serait le meilleur des gouvernements, si les rois étaient les meilleurs des hommes. Charlemagne était plus propre à réparer qu'à construire un édifice politique. Cet empereur fut le premier prince franc qui, malgré plusieurs taches de barbarie qui ont souillé sa mémoire, offrit un caractère d'héroïsme, de magnanimité, et montra du génie. Il fit de grands efforts pour ramener dans ses États le culte des lettres. S'il ne réussit pas complétement dans l'exécution de ce noble projet, il faut en accuser son siècle et les vices du gouvernement. Il rétablit des écoles depuis longtemps abandonnées; elles ne répandirent pas de grandes lumières, mais elles préservèrent les lettres de leur ruine totale. Charlemagne promulgua un très-grand nombre de lois, et eut la force de les faire exécuter. Ses successeurs en publièrent beaucoup aussi, mais elles ne furent pas toujours suivies de leur exécution.

Le 28 janvier 814, Charlemagne mourut dans son palais d'Aix-la-Chapelle, et laissa une renommée de grandeur qu'il devait à sa vaste domination et à la supériorité de son génie. Je ne parlerai point ici de ses successeurs, de ce Louis-le-Débonnaire, si dévôt, si doux, si faible, et si cruellement outragé par ses fils; ni de Charles-le-Chauve, dont la méchanceté, la faiblesse et l'impéritie hâtèrent la ruine de la dynastie carlovingienne. Ces princes, guidés ou plutôt trompés par la noblesse et le clergé, livrèrent la Gaule aux plus affreux désordres, et se laissèrent entièrement dépouiller de l'autorité souveraine par ces deux classes.

. Ainsi l'absence de fortes institutions, l'usage des souverains de partager leurs États entre leurs fils, le caractère faible des successeurs de Charlemagne, l'ambition des ducs et des évêques, toujours prêts à profiter de cette faiblesse, répandirent sur la Gaule un torrent de calamités, et procurèrent aux dépens des rois et des peuples, une désastreuse consistance au régime féodal, le pire de tous les régimes. A ces malheurs, il faut joindre les nombreuses incursions des Normands, qui, pendant près d'un siècle, vinrent à diverses reprises, et sur différents points, piller et dévaster la Gaule. Ces brigands, à la faveur du désordre général, purent souvent, sans rencontrer d'obstacles, assouvir leur barbare cupidité.

Paris eut sa part des événements désastreux qui affligèrent les autres lieux de la Gaule, et cette ville fut aussi une notable victime de la faiblesse des rois et du brigandage de ces étrangers.

Les pertes de Paris sous la seconde race ne furent compensées par aucun avantage, si ce n'est que ses églises s'enrichirent d'un très-grand nombre de reliques, objets alors d'une haute importance pour le clergé. Je dirai, dans la suite, comment ces richesses furent acquises; mais je dois auparavant exposer sommairement l'historique des incursions des Normands, et des maux qu'ils causèrent à cette ville. Dès l'an 808, ces barbares commencèrent à infester les côtes de la Gaule. En 820, ils firent remonter leurs barques par la Seine, et tentèrent de pénétrer dans l'intérieur de la Neustrie; ils en furent repoussés.

En 841, ils remontèrent sans obstacle cette rivière, pillèrent tous les lieux d'habitation situés sur l'une et l'autre de ses rives, puis se retirèrent chargés de butin. Encouragés par ce succès facile, en 845, les mêmes étrangers, conduits par Ragenaire, montés sur cent vingt barques, font une nouvelle expédition, et s'avancent jusqu'à Paris. Ils s'y présentèrent la veille de Pâques. Rien n'était disposé pour la défense, tant était faible et vicieux le gouvernement d'alors. On ne leur opposa aucune résistance. Les Parisiens désertèrent leur ville; les prêtres et les moines, avec leurs trésors et leurs reliques, prirent brusquement la fuite. Tout ce qui restait de biens dans cette place sans défense devint la proie des Normands. Cependant l'empereur Charles-le-Chauve, à la tête d'une armée, s'avance jusqu'à l'abbaye Saint-Denis; mais, n'osant pas combattre ces ennemis, il s'arrête dans cette abbaye. Là, il traite avec eux, et, pour s'en débarrasser, il leur donne la somme de sept mille livres pesant d'argent. A la fin de décembre 856, nouvelle incursion de ces barbares; nouvelles alarmes, nouvelles pertes, même imprévoyance. Sans éprouver la moindre résistance, ils pillèrent Paris pour la seconde fois, et continuèrent leurs dévastations pendant tout le mois de janvier 857. Voici ce que portent les Annales de Saint-Bertin : « Les pirates danois envahissent la Lutèce des Parisiens (*Lotitiam Pari-* » *siorum*), et y mettent le feu... Les Danois, qui séjournent sur les rives de la » Seine, dévastent tous les lieux voisins ; ils entrent dans la Lutèce des Parisiens, » brûlent la basilique du bienheureux Pierre et de Sainte-Geneviève ; d'autres » basiliques, telles que l'église de Saint-Étienne, celle de Saint-Vincent et de » Saint-Germain, et celle de Saint-Denis (Saint-Denis-de-la-Chartre), se ra- » chètent de l'incendie, moyennant des sommes considérables. » Les dégâts qu'ils commirent alors dans le monastère de Saint-Vincent ou Saint-Germain, et dans Paris, sont plus détaillés par l'historien de cette abbaye. « Ces brigands, dit-il, pénètrent sans obstacle dans ce monastère et dans l'église, où ils trouvent les moines occupés à chanter matines; ils les mettent en fuite, ou les réduisent à se cacher, pillent les vases sacrés et tous les objets précieux contenus dans le couvent, incendient le bâtiment du cellier, et tuent quelques familiers de l'abbaye, qui n'avaient pas eu le temps de fuir. De là ils abordent dans l'île de la Cité. A leur approche, les négociants épouvantés se pressent de transporter leurs marchandises sur leurs bateaux, et cherchent à échapper aux pillards ; mais ceux-ci s'emparent des marchands et de leurs richesses, et réduisent en cendres les habitations de la ville. »

Pour la troisième fois, au mois de janvier 861, les Normands envahissent Paris, le brûlent ainsi que la basilique Saint-Vincent ou Saint-Germain-des-Prés, et quelques maisons voisines. Enhardis par ces exploits sans obstacles, ces brigands, auxquels se joignaient plusieurs nobles ou princes francs, conçurent le projet de chercher, dans les pays situés au-dessus de Paris, des richesses qu'ils ne trouvaient plus dans des contrées situées au-dessous de cette ville, contrées et ville où il ne restait plus rien à prendre. Je pense qu'alors, maîtres de cette place, ils rompirent le Grand-Pont, ou Pont-au-Change, afin que leurs barques pussent facilement remonter la Seine. Ils durent le rompre, parce que ses piles, trop rapprochées les unes des autres, opposaient à leurs barques un obstacle qui les empêchait de porter leur brigandage plus loin. Toutefois, il est certain qu'alors ils remontèrent la Seine, et pillèrent, au-dessus de Paris, des contrées où ils n'avaient pas encore porté leurs ravages.

Arrivés avec leurs barques au-dessus de Paris, ils entrèrent dans la Marne, pillèrent l'abbaye de Saint-Maur, puis la ville de Meaux; une partie de leur troupe alla prendre et ravager Melun. L'empereur Charles-le-Chauve restait à Senlis pendant ces ravages, ne pouvant ou n'osant point en arrêter le cours. Ce prince faible et dévôt, après la retraite des Normands, ordonna, dit-on, la réparation des bâtiments, des églises de l'abbaye Saint-Vincent ou Saint-Germain, et, par un diplôme, la reconstruction du Grand-Pont, que les Normands avaient détruit. Voici ce que porte ce diplôme : « Pour la tranquillité de tout notre royaume, » pour la défense de la sainte Église de Dieu, et pour être préservé des ravages

» des Normands, il nous a plu, avec le consentement d'Enée, évêque de Paris
» notre fidèle, de faire construire à Paris, et sur le territoire du monastère de
» Saint-Germain, *monastère anciennement nommé l'Auxerrois* (1), un grand pont
» (ou le Grand-Pont, *majorem facere pontem*), aux dépens de notre trésor. »
Charles-le-Chauve donne ensuite, pour l'amour de Dieu, de sainte Marie, mère
de Dieu, et de saint Etienne, les produits de ce pont à l'évêque de Paris et à ses
successeurs. Les notes chronologiques de ce diplôme ne s'accordent pas entre
elles. L'année où il fut donné est, suivant les uns, celle de 870; suivant les
autres, celles de 861 ; de sorte qu'il n'est pas facile d'en déterminer l'époque.

Quoique ce diplôme porte, comme beaucoup d'autres, des caractères de fausseté, il est certain que le fait principal, la reconstruction du *Grand-Pont*, ne
peut être révoqué en doute, puisque, dans la suite, lorsque les Normands firent
une nouvelle incursion, ils trouvèrent ce pont reconstruit, ce qui rendait plus
difficile et contrariait leur projet de remonter leurs barques au-dessus de Paris.
Alors, pour vaincre cet obstacle, ils eurent recours à des moyens extraordinaires dont je parlerai. De plus, Adon, dans sa Chronique, dit que Charles le
» Chauve fit construire un pont sur la Seine, pont dont les extrémités étaient
» munies de forteresses, afin d'arrêter l'impétuosité des Danois et des Nor-
» mands.» Ce passage confirme le fait de la construction d'un pont énoncé dans
le diplôme, mais ne prouve rien au delà.

La situation de ce pont a fait naître de longues discussions. Plusieurs écrivains
modernes ont prétendu que Charles-le-Chauve ne se borna pas à faire réparer
le grand et le petit pont; qu'il en fit, de plus, construire un troisième qui aboutissait à l'île de la Cité, traversait les deux bras de la rivière, et se divisait en
deux parties. Le plus grand nombre de ces savants placent ce pont un peu audessus du Pont-Neuf; mais c'est là une conjecture qui ne s'appuie sur aucun
document authentique. Il est évident que Charles-le-Chauve se borna à faire
reconstruire le Grand-Pont, comme le portent le diplôme cité et la Chronique
d'Adon; à le faire fortifier ainsi que le Petit-Pont, à placer des tours ou forteresses à leurs extrémités, afin d'opposer une barrière insurmontable à la navigation ultérieure des Normands. Ce diplôme, d'ailleurs, ne fait mention que
d'un pont, que du *Grand-Pont (majorem pontem)*. C'est ainsi qu'on nommait
anciennement le Pont-au-Change, parce qu'il était bâti sur le plus grand bras
de la Seine; et, par opposition, le pont qui traversait le petit bras de cette
rivière était appelé *Petit-Pont*. La chronique d'Adon ne parle aussi que d'un
pont, muni de forteresses à ses deux extrémités, comme il l'était lorsque, dans
la suite, les Normands firent le siége de Paris. En l'an 877, Charles-le-Chauve
ordonna que la cité de Paris, les châteaux situés sur la Seine, et spécialement
le château de Saint-Denis, seraient rétablis ou réparés. Ces réparations mirent
Paris en état de défense.

Vingt-quatre ans s'écoulèrent, et Paris, pendant cet intervalle de temps, n'é-

---

(1) Ces mots, *monastère anciennement nommé l'Auxerrois*, prouvent la fausseté du diplôme. Sous
la première et la seconde race, cette église se nommait *Saint-Germain-le-Rond*. Elle a porté ce nom
jusqu'au douzième siècle.

prouva aucune insulte de la part des Normands ; mais, en 885, on apprit que ces brigands étrangers remontaient la Seine. Alors, Goslin, abbé de Saint-Vincent ou de Saint-Germain, et depuis peu évêque de Paris, guerrier prévoyant, se hâta d'ajouter de nouvelles fortifications aux fortifications déjà ordonnées par Charles-le-Chauve, ou peut-être ne fit-il que continuer celles que cet empereur avait prescrites.

Dès que l'on fut informé de l'existence de ces fortifications et des dispositions faites par l'évêque Goslin pour résister aux Normands, la confiance s'établit, et la cité de Paris, munie de murailles, de tours et de guerriers, fut considérée comme une place inexpugnable. Alors les églises, les monastères des environs de Paris, et même de quelques contrées éloignées, s'empressèrent d'y apporter ce qu'ils possédaient de plus précieux, leurs corps saints et leurs reliques ; Paris en fut surchargé. Mais si cette ville devint pour ces reliques un asile assuré contre les dévastations des Normands, elle ne le fut pas contre la mauvaise foi du comte et de l'évêque. C'est ce qu'on verra dans la suite.

Les Normands, montés sur leurs barques, dont le grand nombre couvrait la surface de la Seine dans l'espace de deux lieues, arrivent sous les murs de Paris. Ils demandent la faculté de remonter la rivière, et promettent de ne causer aucun dommage à cette ville si on leur laisse le passage libre. C'était demander la rupture du Grand-Pont. L'évêque Goslin et Odo ou Eudes, comte de Paris, leur déclarent qu'ils ne peuvent le permettre. Alors les Normands se décident à faire le siége de Paris. On demandera pourquoi ces étrangers, ayant déjà, en 861, franchi cette barrière en rompant le Grand-Pont, n'employaient pas en 885 le même moyen. Voici la réponse. En 861, Paris était sans défense ; et, en 885, il se trouvait muni de fortifications et de gens de guerre. Chaque pont présentait à ses extrémités deux tours, comme on le verra dans la suite ; ces tours protégeaient ces ponts, et en rendaient l'approche difficile et dangereuse aux Normands. Ils renoncèrent à l'attaque du pont. Le 25 novembre 885, au nombre d'environ trente mille combattants commandés par Sigefride, ils donnent un premier assaut, et attaquent particulièrement une tour ou citadelle construite en bois, et montée sur un massif de maçonnerie. Cette construction n'était pas encore achevée ; elle le fut pendant la nuit suivante. Il est vraisemblable que cette citadelle ou tour dépendait du palais du comte, aujourd'hui palais de Justice, et qu'elle s'élevait à la partie occidentale de l'île de la Cité. Les Normands donnèrent à cette place huit assauts successifs, l'assiégèrent pendant plus de treize mois, et pour se dédommager de l'inutilité de leurs efforts et du temps qu'ils perdaient à ce siége, ils ravagèrent et pillèrent tous les environs de Paris. L'empereur Charles-le-Gros, un des successeurs de Charles-le-Chauve, pressé de porter des secours aux Parisiens, arriva à la tête d'une armée, qu'il fit camper au bas de Montmartre ; mais, n'osant risquer une bataille, il conclut, le 30 novembre 886, une paix honteuse avec les Normands, et consentit à leur donner quatorze cents marcs d'argent, payables en mars 887, à condition qu'ils lèveraient le siége. Les Normands, moyennant cet engagement, renoncèrent au siége de Paris, mais ne renoncèrent pas au projet de piller les contrées supérieures arrosées par la

Seine, la Marne et l'Yonne. En conséquence, pour remonter la première de ces rivières sans violer le traité, ils n'abattirent point le Grand-Pont ; mais ils prirent le parti extraordinaire de tirer leurs barques hors de l'eau, et de les traîner par terre dans un espace de deux mille pas, jusqu'au-dessus de Paris, où ils les remirent à flot, pillèrent et ravagèrent les pays qu'arrosent la Seine et autres rivières supérieures ; après avoir vainement assiégé Sens, ils vinrent ponctuellement, au mois de mars 887, à Paris, pour y toucher la somme d'argent qui leur avait été promise par le traité ; après qu'elle leur fut livrée, les Normands retournèrent à leurs expéditions ordinaires.

En 890, avec leurs bateaux chargés de butin, ils descendirent la Seine jusqu'auprès de Paris, où ils rencontrèrent l'obstacle qui, quatre années auparavant, les avait si longtemps arrêtés. Pour le surmonter, ils eurent recours au moyen qu'ils avaient déjà employé : ils traînèrent leurs bateaux sur terre, et les remirent à flot au-dessous de cette ville. Depuis cette époque, Paris ne fut plus inquiété par ces hordes de brigands ; cependant, en l'an 925, les Normands établis à Rouen, au mépris des traités, firent des incursions dans le Beauvoisis et dans l'Amiénois, les Parisiens tombèrent sur ceux de ces étrangers qui habitaient le pays situé en deçà de la Seine, brûlèrent leurs villages et enlevèrent leurs bestiaux.

D'autres brigands, aussi funestes au bonheur public et honorés de titres imposants, firent encore des environs de cette ville le théâtre de leurs fureurs. L'empereur Othon II, en guerre contre Lothaire, roi de France, au mois d'octobre 978, à la tête d'une armée de soixante mille combattants, s'avança jusqu'aux portes de Paris, brûla un faubourg de cette ville, qui ne peut être que celui du Nord, et soutint un combat dans son voisinage, où il perdit beaucoup de soldats, et notamment son neveu ; mais il eut le glorieux avantage d'approcher d'une des portes de la Cité et de la frapper d'un coup de lance. Satisfait des ravages qu'il avait exercés sur le territoire parisien, satisfait de l'incendie d'un faubourg et d'avoir porté un coup de lance à une des portes de Paris, il monta triomphant sur la cime de Montmartre, et y fit chanter *alleluia*. Bientôt cette fanfaronnade fut troublée par l'arrivée du roi Lothaire, qui, avec les forces réunies du comte Hugues Capet et de Henry, duc de Bourgogne, attaqua ce fier conquérant, le mit en fuite, le poursuivit jusqu'à Soissons, et s'empara de tous ses bagages.

Lorsque le calme et la sécurité eurent succédé aux alarmes, et qu'on ne craignit plus les incursions des Normands, les chefs des églises et des monastères qui avaient abrité leurs reliques dans les églises de Paris vinrent les réclamer ; mais le comte et l'évêque, dépositaires infidèles, en refusèrent la restitution, et retinrent le tout ou la plus grande partie de ces reliques. Ce refus produisit dans l'état des églises et chapelles de cette ville des changements importants.

C'est ainsi que la *cathédrale* conserva la châsse de saint Marcel, les corps de saint Séverin, de saint Justin de Louvres, de saint Lucain de Moisy, une partie des reliques de saint Cloud et peut-être celles de saint Denis. L'église *Saint-Germain-le-Vieux*, ancien baptistère situé dans la Cité, place du Marché-Neuf, ne voulut restituer la châsse de saint Germain qu'à condition qu'elle garderait un bras de ce bienheureux prélat. On pense que la chapelle *Saint-Leufroi*, bâtie vers le milieu de la place du Grand-Châtelet, possédait le tout ou une partie de la relique du saint dont elle portait le nom, et qui appartenait au monastère de Sainte-Croix-de-Leufroi, dans le diocèse d'Évreux. L'église *Saint-Magloire*, rue Saint-Denis, d'abord simple oratoire dédié à saint Georges et placé dans un cimetière, était la propriété des religieux de Saint-Barthélemi de la Cité. Ces religieux, se trouvant trop à l'étroit dans leur église, transportèrent leur précieuse relique dans l'oratoire Saint-Georges, et y construisirent un monastère qui devint si considérable par la suite, qu'il reçut le titre d'abbaye. Au seizième siècle, il fut démoli en partie, et sur son emplacement s'élevèrent d'abord l'hôtel de Soissons, puis la Halle aux Farines. — Saint-Barthélemi, dont nous venons de parler, ancienne chapelle du palais, plus tard église royale et paroissiale, était situé rue de la Barillerie, en face du Palais de Justice. Sur l'emplacement qu'elle occupait, on établit le théâtre de la Cité, auquel succéda la salle des Veillées, enfin des loges de Francs-Maçons et le Prado. — La chapelle *Notre-Dame-des-Bois*, dotée par Louis-le-Bègue et enrichie des reliques de *sainte Opportune* fut reconstruite sur un plan plus vaste, et reçut le titre de collégiale. Cette basilique, qui s'élevait sur la place qui porte son nom, a été démolie en 1797. On ne sait rien de l'origine de la première église *Saint-Landri* dans la Cité. On pense qu'elle prit ce vocable après les invasions des Normands, et le dut à la possession de quelque partie du corps de saint Landri, qui appartenait aux prêtres de Saint-Germain-l'Auxerrois. Cet édifice a été rasé complétement. En 1828 et 1829, on a découvert dans ses fondations plusieurs antiquités dont j'ai parlé. C'est encore dans cette même période que fut fondée l'église *Saint-Jean-des-Arcis*, rue de la Vieille-Draperie, par Théodore, vicomte de Paris. Elle fut érigée en paroisse en 1130, et démolie en 1800. Une rue aboutissant à celle de la Pelleterie a été percée sur son emplacement.

Écoles de Paris. Charlemagne, après avoir parcouru les contrées de l'Italie, s'aperçut que ses Francs étaient fort inférieurs aux nations chez lesquelles se conservaient encore quelques restes de l'antique civilisation ; il prit la résolution de faire renaître dans la Gaule le culte des lettres et d'y établir des écoles. Pour le seconder dans ce projet, le clergé gaulois, dont l'ignorance, à peu d'exceptions près, était extrême, ne lui offrait que de faibles ressources. Il appela donc des savants étrangers, des chantres, des grammairiens, des arithméticiens. Il adressa à tous les évêques et abbés une lettre-circulaire pour leur prescrire d'établir, dans leurs églises ou dans leurs monastères, des écoles particulières ou publiques : il se faisait obéir. On enseignait, dans ces écoles, à lire, à écrire, l'arithmétique, l'astrologie, qui ordinairement se bornait au calcul appelé *comput*, ou à la méthode de déterminer les fêtes mobiles; enfin on y enseignait l'art de chanter au lutrin, art qui donnait une grande considération à celui qui le possédait parfaitement. Telle est l'espèce d'enseignement dont Charlemagne gratifia quelques parties de la Gaule. Cet enseignement, qui n'agrandit pas le foyer des lumières, du moins les empêcha de s'éteindre.

L'histoire nous apprend que Charlemagne fonda une école dans *son palais*, c'est-à-dire dans le palais qu'il habitait le plus ordinairement. Or ce palais ne peut être que celui de Paris, où ce souverain ne résida presque jamais. Les écrivains qui l'ont considéré comme le fondateur de l'*Université*, ont donc avancé une opinion qui n'est pas soutenable. Ce qu'il y a de certain, c'est qu'il existait dans Paris quelques écoles pour les personnes qui se destinaient au sacerdoce, et que conformément à l'ordre de Charlemagne, il dut en être établi dans la maison épiscopale, dans les abbayes Sainte-Geneviève, Saint-Germain-des-Prés, etc. A la vérité, les monuments historiques du temps ne mentionnent que l'école de Saint-Germain-des-Prés; on connaît quelques-uns de ses professeurs et de ses élèves; on connaît même les ouvrages qu'ils ont composés; tandis qu'on ne trouve aucune notion semblable sur les autres prétendues écoles de Paris.

On sait qu'Abbon, qui composa, en latin barbare, un poëme sur le siége de Paris par les Normands, était élève de l'école de Saint-Germain-des-Prés, et cette production, il faut le déclarer, ne donne pas une idée bien avantageuse des talents de l'élève, ni des progrès de l'instruction dans cette école. On sait qu'en l'an 900, Remi, moine de Saint-Germain-d'Auxerre, vint à Paris pour ouvrir une école de philosophie ou plutôt de dialectique, école qui fut, à ce que l'on croit, la première en ce genre. On ignore en quel lieu il professait; peut-être son école fut-elle indépendante, comme dans la suite on en vit plusieurs à Paris. On sait aussi qu'il eut pour successeur Odon, son disciple. Mais ces écoles isolées, n'étant point régies par la même loi, ni soumises à des principes, à des règles, à des méthodes uniformes, et ne formant point corps d'enseignement, ne pouvaient constituer une université. Sous Charlemagne, et pendant plus de quatre cents ans après lui, il n'y eut à Paris ni la chose ni le mot : la chose commença à se former sous le règne de Philippe-Auguste, et le mot d'*Université* ne figura pour la première fois, dans l'histoire, que sous celui de Louis IX. On a débité sur l'origine de ce corps enseignant plusieurs autres erreurs dont je parlerai plus loin.

TABLEAU PHYSIQUE DE PARIS.

L'enceinte de l'île de la Cité, la seule qui existât sous la première et la seconde race, reçut, en 885, lorsque les Normands vinrent en faire le siége, un accroissement de fortifications. Le comte Eudes et Goslin, évêque de Paris, firent travailler à ces fortifications, et construire notamment une tour ou citadelle en bois, établie sur un massif de maçonnerie; tour située à l'extrémité occidentale de la Cité, objet des attaques réitérées des Normands. Les deux ponts en bois, les seuls par lesquels on pénétrât dans l'île de la Cité, furent aussi, en cette occasion, fortifiés par des tours placées à leurs extrémités. Ces tours qu'Abbon, dans son poëme sur le siége de Paris, désigne par le mot de *Phalæ*, étaient en bois, comme les ponts qu'elles protégeaient : « Cité de Paris ! tu es heureuse, s'écrie « ce poëte, d'être placée dans une île : un fleuve te serre doucement dans ses « bras, et circule tout autour de tes murailles; à ta droite comme à ta gauche, « des ponts qui s'étendent jusqu'aux rives opposées, sont fermés par des por-

9

« tes, et protégés par des tours élevées, tant du côté de la Cité qu'au delà des
« deux bras de la rivière. » Aucune enceinte ne protégeait les faubourgs du midi
et du nord; rien, dans le poëme d'Abbon, n'en fait soupçonner l'existence. Au
delà des têtes de ponts, situées à l'entrée de la Cité, il n'existait aucune fortification. L'histoire des églises et monastères situés dans ces faubourgs nous prouve,
au contraire, que nul obstacle n'arrêta les Normands qui les pillèrent.

La Cité était partagée en deux parties par un chemin qui, partant du Petit-
Pont, s'étendait en tournant par la rue de la Calandre jusqu'au Grand-Pont,
aujourd'hui Pont-au-Change. Dans la partie occidentale dominait le comte, dont
le palais était situé sur l'emplacement du Palais de Justice actuel; dans la partie
orientale dominait l'évêque, résidant dans la *maison de l'église :* c'est ainsi
qu'on nommait alors l'habitation de l'évêque et de son clergé; elle ne portait pas
encore l'appellation fastueuse de *palais épiscopal.* Un semblable partage existait
alors dans toutes les cités de la Gaule où résidaient un comte et un évêque.
— Au delà de l'île de la Cité s'étendaient, au nord et au sud, deux faubourgs
souvent ravagés par les armées; et au delà de ces faubourgs, on voyait des
groupes de chaumières, dominés par les édifices de quelques églises ou monastères; tels étaient les faubourgs de Saint-Marcel, Sainte-Geneviève, Saint-Germain-
des-Prés, Saint-Germain-l'Auxerrois, Saint-Martin-des-Champs, etc. On a vu
qu'une tour ou citadelle de la Cité, que les ponts et les tours qui les protégeaient
étaient en bois. Il paraît que (si l'on excepte la cathédrale, le palais, les églises
et les chapelles) les maisons des particuliers n'offraient pas dans leur construction une matière plus précieuse.

Paris souffrit beaucoup des changements indispensables qui, sous la seconde
race, s'opérèrent dans le régime politique de la Gaule. La gloire de Charlemagne,
l'incapacité de ses descendants et les ravages des Normands contribuèrent à
la ruine de cette ville. Elle cessa d'être la résidence des rois, la capitale d'un
royaume, le centre des affaires administratives, et fut considérée comme la
plus petite des cités de la Gaule. *Magnitudine cæteris urbibus inferiorem,* dit un
écrivain de ce temps.

Il paraît que pendant cette période orageuse, le palais des Thermes et l'aqueduc qui y conduisait les eaux de Rungis, ouvrage des Romains, furent en partie
dévastés.

ÉTAT CIVIL DE PARIS.

La France, circonscrite dans des bornes étroites pendant une grande partie
de la durée de la seconde race, ne figurait dans l'empire que comme une province, et fut simplement qualifiée de *duché.* Paris, cessant d'être la résidence
d'un roi, la capitale d'un royaume, devint la résidence d'un comte, et le chef-
lieu d'un comté et du duché de France. Gérard était comte de Paris dans les
années 759 et 760. Il eut, sous le règne de Pépin, un procès contre l'abbé de
Saint-Denis, au sujet des contributions qu'il percevait sur le marché de cette
abbaye. — Étienne remplissait, sous le règne de Charlemagne, la fonction de
comte. Ce prince, en l'an 802, le nomma, avec Fardulfus, abbé de Saint-Denis,

missus dominicus, c'est-à-dire commissaire pour inspecter l'exercice de la justice dans les territoires de Paris, de Melun, Chartres et autres lieux.

Charlemagne, pour arrêter le cours des nombreux abus qui existaient dans l'administration des comtes, vicomtes et autres fonctionnaires, avait institué en cette année des commissaires appelés *missi dominici*. Cette institution, pendant les dernières années du règne de cet empereur, suspendit les vexations qu'exerçaient ces fonctionnaires; mais après sa mort le mal reprit son activité première. En l'an 819, son fils, Louis le Débonnaire, ordonna aux *missi dominici* de destituer les comtes et vicomtes coupables de tyrannie envers leurs subordonnés; de destituer ceux qui enlevaient les biens des particuliers, qui les privaient de leur liberté, qui établissaient des impôts et des péages arbitraires, onéreux pour le peuple et pour les commerçants.

Étienne est qualifié de comte de Paris, dans un capitulaire de Charlemagne, ou dans une addition que cet empereur fit à la loi salique. « Ces Capitules, y est-il « dit, furent signifiés au comte Étienne, pour qu'il les fît publier dans la cité de « Paris et dans une assemblée publique (*mallo publico*), et lire en présence des « échevins (*coram scabineis*); ce qu'il fit. L'assemblée déclara qu'elle voulait « toujours observer ces Capitules; et tous les échevins, les abbés, les évêques et « les comtes, les signèrent de leur propre main. » Ce fragment donne une idée de l'organisation civile de Paris; on y voit quelle était la forme des publications importantes; que plusieurs comtes, évêques et abbés étaient convoqués pour y assister; on voit que les lois étaient consenties sans discussion. On aurait une fausse idée du régime intérieur de cette ville, si l'on prenait ces *échevins ou scabins* pour des officiers d'un corps municipal, pour les membres d'une institution populaire; ces échevins n'étaient que des assesseurs du comte, que ses auxiliaires dans l'administration de la justice. — Étienne existait encore en qualité de comte de Paris en l'an 811, époque où, concurremment avec Amaltrude, son épouse, il donna des biens à l'église cathédrale de Paris, alors qualifiée de *Sainte-Marie* et de *Saint-Étienne*. Bigon, Biegon ou Picopin, fut, après Étienne, nommé comte de Paris par Louis le Débonnaire, qui, l'ayant pris en amitié, lui donna en mariage sa fille Elphcide. Il mourut en 846. — Gérard II fut aussi comte de Paris. On ignore s'il succéda immédiatement à Bigon; mais on est certain qu'en 837, lorsque, après l'assemblée d'Aix-la-Chapelle, Louis le Débonnaire eut donné une grande partie de la Gaule à son fils Charles, Paris et son territoire se trouvant compris dans cette donation, Hilduin, abbé de Saint-Denis, et Gérard, comte de Paris, vinrent prêter serment à leur nouveau souverain, Charles, surnommé le Chauve; mais ce comte et cet abbé s'apercevant que, dans la guerre qui s'éleva entre les deux frères, Charles et Lothaire, ce dernier était le plus fort, ils violèrent le serment qu'ils avaient prêté à Charles, se rangèrent, en l'an 840, dans le parti de Lothaire, son ennemi, et lui jurèrent fidélité. -

Lothaire alors confia la garde du cours de la Seine au comte Gérard, qui, pour s'acquitter dignement de cette commission, détruisit tous les gués, submergea toutes les barques, et démolit tous les ponts qui se trouvaient sur cette rivière. Chuonrard ou Conrad, fils de Conrad, comte d'Auxerre, était, en **879**, après la mort de Louis le Bègue comte de Paris. A cette époque, Goslin, abbé de Saint-Germain-des-Prés, séduisit ce comte par de flatteuses promesses, et le détermina à trahir son devoir, à renoncer au parti des fils du roi mort, et à favoriser celui de Louis, roi de Germanie ou de Saxe. Cet abbé et ce comte eurent alors assez d'autorité pour convoquer une assemblée d'évêques, d'abbés et d'hommes puissants. Dans cette assemblée il fut décidé qu'on enverrait un message au roi de Germanie pour l'engager à se rendre en France. Louis de Germanie accepta la proposition et passa le Rhin à la tête d'une armée nombreuse, armée qui ajouta de nouvelles dévastations à celles qu'exerçaient alors les Normands dans cette région. D'autres comtes, instruits des machinations de l'abbé Goslin et du comte de Paris, députèrent auprès de Louis de Germanie pour lui offrir la partie du royaume de Lothaire, dont Charles le Chauve et Louis le Bègue avaient joui, et pour l'engager, en faveur de cet abandon, à se retirer en Saxe. Louis se contenta de cette offre, et rejeta celle de l'abbé Goslin et de Conrad. Ceux-ci, couverts de honte, déchus de leurs espérances, revinrent de Verdun à Paris, et, en chemin, se livrèrent à des rapines et à toutes sortes de brigandages dans les lieux où ils purent pénétrer.

Vers la fin du neuvième siècle, à la faveur des grands désordres de cette époque, une partie de la Neustrie fut érigée en un duché nommé *duché de France*. Son territoire, dans lequel se trouvait Paris, s'étendait en longueur depuis Laon jusqu'à Orléans inclusivement : dans la suite le royaume fut réduit au duché de France, qui s'étendait depuis Pontoise jusqu'à Montereau. Ce pays qui dans plusieurs monuments historiques est nommé la *France du milieu, media Francia*, forma les États des premiers rois de la troisième race. Le plus ancien duc de France, mais dont l'existence en cette qualité n'est pas la mieux prouvée, est Hugues, comte d'Anjou et d'Orléans, surnommé l'abbé : il portait le titre de duc en 884. Robert, successeur et frère du roi Oddo ou Eudes, était, en 922, comte de Paris et duc de France. Hugues le Grand, fils du roi Robert, obtint, en l'an 943, le duché de France, que lui conféra le roi Louis d'Outre-Mer. En 954, le roi Lothaire le confirma dans la possession de ce duché. Ce duc mourut en 956. Il dut le titre de *Grand* à une grande énergie de caractère, et non à des actions grandes et louables : il fut le fléau des peuples et surtout des rois. Tous ces comtes de Paris et ducs de France s'emparèrent des plus riches abbayes, jouirent de leurs revenus et prirent même le titre d'abbés. — Hugues Capet, fils de Hugues le Grand, hérita des titres et des biens de son père, et fut, de plus, élu roi de France. Ces comtes de Paris, devenus des personnages importants, devenus ducs, rois, abbés, dédaignèrent les soins de leur administration, et en chargèrent des vicomtes. On connaît au moins trois de ces fonctionnaires à Paris : Grimoard, qui l'était en 900; Theudon, dans les années 926 et 927; et Burchard ou Buchard, comte de Melun, en 981. Oddo ou Eudes fut celui qui offrit le premier exemple d'un comte de Paris devenu roi, et le premier exemple d'un roi qui fut, par la voie de l'élection, élevé sur un trône jusqu'alors héréditaire. Deux autres comtes de Paris, Robert, frère de Eudes, et Hugues Capet, eurent la même destinée. Tous ces ducs, ces comtes, se partagèrent, s'arrachèrent les lambeaux de l'empire de Charlemagne.

Le comte, l'évêque, les abbés de Paris exerçaient dans leurs arrondissements respectifs, et sur les villages qu'on leur avait concédés, une autorité souveraine; ils avaient leurs troupes, leur palais, leur cour, leurs officiers à l'instar des rois ; ils percevaient à leur gré des contributions, levaient des armées, et faisaient la guerre. Toutes ces usurpations ont, dans la suite, reçu la qualification de *légitimes*, et se sont maintenues comme des *droits*.

La classe de ces seigneurs souverains était celle des nobles, des oppresseurs, et des hommes qui détruisent. La classe des habitants non nobles, divisée en *ingénus*, ou hommes libres, en *serfs* ou esclaves, était celle des opprimés et de ceux qui produisent. On voit, par différents capitulaires, que les *ingénus* étaient, pour les nobles seigneurs, les objets d'une persécution continuelle. Ils les tourmentaient par des vexations de toute espèce. Ils les forçaient à venir dans leurs maisons pour y faire un service pénible et humiliant. Possédaient-ils des richesses, les comtes, les vicomtes, les évêques, les abbés, ou leurs officiers, sous de vains prétextes, et par des moyens iniques, les dépouillaient de leurs biens. Étaient-ils peu favorisés de la fortune, ils les choisissaient pour les faire marcher à la guerre; ou bien, s'ils étaient dans l'aisance, ils les faisaient condamner à des amendes qui excédaient la valeur de leurs propriétés. Alors ces malheureux, pour subsister dans un pays et dans un temps où l'industrie était étouffée, se voyaient réduits à renoncer pour toujours à la liberté, et à livrer leur personne et leur postérité aux chaînes de l'esclavage. — La condition des *serfs* différait peu de celle des animaux domestiques; leurs maîtres les achetaient, les vendaient, pouvaient les battre et les tuer. Cent cinquante coups de fouet étaient la punition qu'ils leur infligeaient pour les fautes les plus légères. Commettaient-ils des fautes plus graves, on leur coupait les oreilles, le nez, un pied, une main, on leur arrachait les yeux ou la vie.

Sans nous arrêter aux actes tyranniques des comtes et d'autres seigneurs féodaux, actes exercés sur la portion la plus utile de la société, remarquons qu'à mesure que la féodalité acquérait des forces, les calamités publiques croissaient et devenaient toujours plus graves.

Dans l'espace de vingt-trois ans, les chroniques indiquent quatorze années de famine extrême. Et pendant quatre années, celles de 850, de 855, de 868 et de 873, la disette fut si grande, qu'elle porta les hommes à s'entr'égorger pour se nourrir de chair humaine. Ainsi, depuis 843 jusqu'en 876, le nombre des années où les hommes mouraient de faim surpassa celui des années où ils pouvaient vivre. Si, à ce tableau des famines, je joignais celui des fréquents incendies de châteaux, de villes, celui des massacres de leurs habitants, enfin celui des dévastations causées par les guerres continuelles de l'anarchie féodale, on s'indignerait contre les orateurs, les écrivains et les fonctionnaires assez ignorants ou assez perfides pour louer et regretter le régime infernal qui a produit tant de maux. On vit encore, pendant le reste de la période carlovingienne, un très-grand nombre d'années de famine et de pestilence; mais pour ne pas fatiguer les lecteurs, je ne citerai que les années 895, 899 et 940, pendant lesquelles l'humanité eut encore à gémir de voir de malheureux affamés arracher la vie à leurs semblables pour les dévorer.

La mauvaise nourriture que prenaient les peuples pendant ces disettes engen-
dra cette cruelle maladie, inconnue dans les temps civilisés, et appelée le *feu
sacré*, la *maladie des ardents*, le *mal d'enfer*. Le territoire des Parisiens fut, en
l'an 945, désolé par cet horrible fléau : les malheureux qui en étaient frappés
sentaient leurs membres dévorés par un feu intérieur, supplice qui se terminait
par la mort. Quelques-uns de ces malades, pour être soulagés, allaient dans
l'église de Paris; et Flodoard dit que plusieurs y furent guéris : il ajoute que le
duc Hugues les nourrissait à ses dépens : cependant on en vit qui, n'éprouvant
nul soulagement, retournaient dans leur pays : mais le mal, dit ce chroniqueur,
augmentait à mesure qu'ils s'éloignaient de cette ville, tandis qu'ils étaient radi-
calement guéris lorsqu'ils retournaient à Notre-Dame.

COMMERCE. Pendant les premiers temps, les temps prospères de cette période,
le commerce, malgré les nombreuses entraves qui contrariaient sa marche,
malgré la gêne toujours croissante des contributions et des péages, se maintint
à Paris, comme il s'y était maintenu sous la première race; mais après la mort
de Charlemagne, les guerres intestines, causées par l'ambition ou la cupidité
des princes, des ducs, des évêques et des comtes, et par les incursions fréquentes des Normands, le détruisirent entièrement. Les annales de Saint-Bertin
rapportent que ces brigands, après avoir, en l'an 861, incendié l'abbaye Saint-
Vincent et Saint-Germain (Saint-Germain-des-Prés), mirent en fuite les négociants, les navigateurs sur la Seine et les firent prisonniers. Cette incursion des
Normands fut suivie de plusieurs autres, qui durent être encore plus funestes
au commerce de Paris. Depuis cette époque jusqu'au treizième siècle, le commerce sur la Seine paraît avoir été entièrement interrompu : on ne trouve point
d'indices de son existence. Les Juifs, dont l'avidité bravait les dangers, les
avanies, ainsi que les extorsions des hommes puissants, se livraient ordinairement à un genre de négoce plus propre à détruire l'industrie qu'à la faire prospérer : ils restèrent encore à Paris. Les marchands Syriens, qui abondaient
dans cette ville, sous la première race, en disparurent pour toujours. L'horrible
anarchie qui signala les derniers temps de la seconde race, n'était guère propre
à faire revivre le commerce, à favoriser cette précieuse branche de l'économie
sociale.

Il existait à Paris un établissement où l'on frappait monnaie, comme on le voit
par un capitulaire de Charles le Chauve, de l'an 864.

Paris était trop pauvre, ses habitants trop misérables, trop ignorants pour
qu'il pût s'y établir des spectacles publics. Cette absence est peut-être l'indice
d'un défaut de prospérité; mais elle ne doit pas être regrettée; car, pendant
cette période, ces amusements étaient extrêmement grossiers. Charlemagne,
dans un capitulaire donné à Aix-la-Chapelle, en 789, défend *aux fils de prêtres*
et à tous les chrétiens d'assister à ces spectacles, où l'on ne voit, dit-il, que des
indécences.

TABLEAU MORAL DE PARIS.

Le tableau des mœurs des hommes puissants de la seconde race diffère peu de celui des mœurs des princes et des ducs de la première. Si l'on en excepte le règne de Pépin le Bref, de Charlemagne, et même celui du faible Louis le Débonnaire, règnes qui ne sont certainement pas exempts de taches, on trouve dans les princes carlovingiens les mêmes désordres, les mêmes erreurs, les mêmes crimes que chez les princes mérovingiens. Le naturel des Francs, comprimé par Charlemagne, ne fut point changé. La barbarie, quoique attaquée, conservait encore son empire. On peut en juger par les atroces moyens employés par cet empereur lui-même pour convertir les Saxons à la religion chrétienne. Ces brutales et sanguinaires conversions ne sont pas seulement consignées dans les pages de l'histoire, elles le sont encore dans les lois qu'il a promulguées. Mahomet disait : *Crois ou je te tue;* Charlemagne, inspiré par des prêtres peu chrétiens, adressait aux Saxons cette menace législative : *Si quelqu'un parmi vous se cache pour échapper au baptême, qu'il meure.*

Je me bornerai à dire que, par l'impéritie ou les vices des successeurs de Charlemagne, le mal s'accrut; que toutes les habitudes immorales, les désordres, les usurpations et la féodalité qu'avait contenus cet empereur, les superstitions qu'il avait combattues, s'élevèrent, rompirent une digue fragile, et comme un torrent débordé, entraînèrent les institutions civiles et le trône des Carlovingiens. Ce fut au milieu de cette débâcle morale et politique que quelques comtes de Paris, érigés en ducs de France, se firent, comme je l'ai dit, proclamer rois de ce pays.

Les princes et les rois de la seconde race, comme ceux de la première, offrirent fréquemment le spectacle scandaleux de neveux armés contre leur oncle, de frères contre leurs frères, de fils contre leur père; par leurs guerres continuelles, ils précipitèrent la chute de leur dynastie, et, ce qui est aussi criminel, on vit des princes s'unir aux ennemis communs, aux plus horribles dévastateurs de la patrie; s'unir aux Normands contre l'intérêt général. Hugues, fils de Lothaire, fut convaincu de ce crime : son père, pour l'en punir, lui fit couper sa chevelure et arracher les yeux.

Tout se ressentit de ce bouleversement général : de simples fonctionnaires devinrent des souverains; le trône, d'héréditaire qu'il était, fut électif; des laïques, ducs, comtes, possédèrent des abbayes, des évêchés; des abbés, des évêques, des prêtres se métamorphosèrent en chefs militaires, en guerriers, et quelquefois en brigands. Sous la dynastie mérovingienne, on avait vu pour la première fois dans les Gaules, et vu avec étonnement, des évêques marcher à la guerre et y combattre. Sous la seconde race, le nombre des évêques et des abbés guerriers fut bien plus considérable; on ne s'en étonna plus. Ils acquirent aussi un accroissement de richesses et de puissance; quelques-uns devinrent souverains. Ils disposaient des trônes par leurs armes et leurs intrigues. Corrompus dans les cours, corrompus dans les camps, éclairés par de faibles ou de fausses lumières, ou aveuglés par des passions ambitieuses, ces prélats leur sacrifièrent les lois ecclésiastiques, les préceptes de l'Évangile et de la morale. Leur déréglement correspondait au déréglement général.

Quant aux mœurs particulières aux Parisiens, elles devaient peu différer de celles des autres peuples de la Gaule : voici les seules notions que l'histoire nous ait conservées. On a vu ci-dessus le comte et l'évêque de Paris, dépositaires infidèles, s'approprier tout ou partie des reliques dont on leur avait confié la garde. On a vu Conrad, comte de Paris, et Goslin, abbé de Saint-Germain-des-Prés, faire révolter une partie de la France contre leur souverain, marcher contre lui à la tête d'une armée, et l'on a vu ce comte et cet abbé, au retour de cette expédition, piller, dévaster tout le pays situé sur leur passage. Plusieurs autres comtes de Paris méritent le titre d'usurpateurs et de brigands; mais en blâmant leurs vices, je ne dois pas omettre leurs actions louables. Parmi ces comtes, Hugues le Grand ou le Blanc, coupable d'ailleurs de plusieurs attentats politiques, se distingua par quelques vertus sociales. Il alimenta journellement, dit-on, les pauvres qui, attaqués du *mal des ardents*, venaient à l'église Notre-Dame de Paris pour y obtenir leur guérison.

Abbon, dans son poëme sur le siége de Paris, nous a conservé quelques traits du caractère des Francs, qui défendirent cette ville contre les attaques des Normands : il leur reproche trois vices principaux, auxquels il attribue les malheurs de la patrie. Ces vices sont l'orgueil, la débauche et le luxe des habits. L'orgueil, vice commun aux hommes ignorants et puissants, est mentionné sans être exposé avec détail par cet auteur. Voici le tableau qu'il fait de leurs autres imperfections. « Tel est l'excès de votre luxure, dit-il, que vous souillez sans « pudeur la couche de vos parentes, que vous ne respectez pas même celle « des religieuses consacrées au Seigneur, et que même vous portez la débauche « jusqu'à faire des outrages à la nature, tandis que vous trouvez assez de « femmes disposées à vous satisfaire. » L'écrivain parle ensuite du luxe des vêtements. « Une agrafe d'or fixe la partie supérieure de votre habillement; pour « vous préserver du froid, vous couvrez votre corps de la pourpre de Tyr ; vous « ne voulez d'autre manteau qu'une chlamyde chargée d'or; la ceinture qui « presse vos reins doit être ornée de pierres précieuses; enfin il faut que l'or « brille sur votre chaussure et sur la canne que vous portez. Telles sont vos « mœurs; les autres nations n'en ont point d'aussi dépravées. O France! s'écrie « ensuite notre poëte, si tu ne repousses de ton sein ces trois vices, qui, suivant « le témoignage de l'Écriture sainte et des prophètes, sont la source de tous les « crimes, tu perdras ton courage et ta patrie! »

Les criminels étaient condamnés à se promener nus et chargés de fers (*nudi cum ferro*). En parcourant les campagnes, ils abusaient de la crédulité publique : une ordonnance de Charlemagne les assujettit à rester dans le lieu où ils ont commis leur crime, et à y subir la pénitence qui leur est imposée. — Si un homme avait égorgé un de ses parents, et qu'il fût traduit devant le tribunal de l'évêque, celui-ci le condamnait à être dépouillé de ses habits, lui faisait attacher au cou le poignard dont il s'était servi pour ce meurtre, et le faisait charger de chaînes, de manière que ses bras étaient fortement liés sur son corps. Dans cet état, on le chassait de son pays. — Les femmes dont le libertinage était scandaleux subissaient une peine à peu près semblable; elles étaient forcées de parcourir, pendant quarante jours, les campagnes, nues depuis la tête jusqu'à la ceinture, et portant sur leur front un écriteau où leur délit était désigné.

Charlemagne, s'il ne fit pas tout le bien qu'il put et dut faire pour civiliser ses

sujets et améliorer leurs mœurs, s'appliqua néanmoins, vers la fin de son règne,
lorsqu'il eut acquis de l'expérience, à combattre les erreurs, les abus et les vices
dont la barbarie et le régime politique des Francs étaient les sources. Il fit plus :
il créa des institutions enseignantes, multiplia les écoles, toujours profitables à la
vérité et aux bonnes mœurs, et fit de nombreux efforts pour dissiper les ténèbres
de l'ignorance. C'est par ce bienfait, qui ne fut pas continué par ses successeurs,
plus que par ses conquêtes, utiles à lui seul, fatales à tant de nations, qu'il mérita la reconnaissance de la postérité, et le titre de *Grand*.

Après la mort de cet empereur, la civilisation ne semble sortir de l'abîme que
pour s'y plonger plus profondément. Le dixième siècle, qui termine à peu près
cette période fut, par l'absence de lois, de vertus et de raison, par la présence
des erreurs et de toutes les calamités sociales, le plus affreux des siècles.
« Chacun, dit un savant moderne, faisait ce qui lui plaisait, méprisant les lois
« divines et humaines..... Les puissants opprimaient les faibles, exerçaient des
« violences contre les pauvres et des pillages contre les églises. La porte fut
« ouverte à tous les vices, et l'impunité assurée. » — L'ignorance était extrême .
les ecclésiastiques mêmes, sachant à peine lire, ne comprenaient pas ce qu'ils
lisaient, et, par insouciance ou incapacité, ne donnaient aucune instruction au
peuple. On voyait des vieillards qui méconnaissaient entièrement les premiers
principes de la religion, et ne savaient pas même le Symbole ni l'Oraison domi-
nicale. Frotier, évêque de Poitiers, et Fulrade, évêque de Paris, ne trouvant dans
leur diocèse aucun prêtre capable d'instruire, furent obligés de charger Abbon,
moine de Saint-Germain-des-Prés, de composer des formules de petits sermons et d'expositions évangéliques, afin que leurs prêtres pussent les réciter au
peuple.

Mais l'ignorance est un mal moindre que l'erreur : les superstitions les plus
absurdes furent adoptées, et servirent de règles. L'astrologie, les divinations, les
augures, la magie, les sortiléges, et surtout les épreuves par le feu et le fer
chaud , par l'eau froide ou bouillante, etc., épreuves auxquelles on donnait le
nom imposant de *jugement de Dieu*, furent alors en grand crédit, et autorisées
par les évêques et même par des conciles. Celui de Narbonne, en 902, et celui
de Tours, en 925, montrèrent une entière confiance dans ces pratiques misérables et impies. La barbarie des Francs et les vices de leur gouvernement
avaient tellement dégradé l'espèce humaine, que, sous le rapport intellectuel,
les animaux se trouvaient alors, il faut le dire, supérieurs aux hommes. L'in-
stinct des premiers les sert bien; les erreurs des seconds les égarent et les dé-
gradent.

La plus forte preuve des vices du gouvernement résulte des calamités qu'éprouvèrent les gouvernés. — Or, pendant un siècle environ, notre patrie fut affligée
par vingt-trois années de famine excessive, dont huit furent souillées par des
actes d'*antropophagie*. Quelle moralité, quels actes de vertu peut-on attendre
d'une population corrompue par l'exemple de la conduite désordonnée des prélats et des comtes, tourmentée par des guerres continuelles, par d'affreuses
maladies, et désespérée par une faim excessive ! Telle était l'espèce de *prospérité*
que produisait le gouvernement des Carlovingiens.

Pendant que dominaient ces erreurs, ces désordres, ces crimes, ces calamités, la double aristocratie cléricale et nobiliaire renversa le trône de Charlemagne, comme elle avait renversé celui des Mérovingiens ; et ce fut sur ces ruines que s'élevèrent des trônes nouveaux, et que s'établit une dynastie dont je vais parler.

PARIS DEPUIS HUGUES CAPET JUSQU'A PHILIPPE-AUGUSTE.

PARIS SOUS HUGUES CAPET ET ROBERT II (1).

Louis V, ce dernier roi de la race Carlovingienne, après moins de deux ans de règne, mourut le 21 mai 987, sans enfant. Charles, duc de Lorraine, son oncle, et frère du roi Lothaire, avait seul, suivant l'ordre établi, le droit de lui succéder ; mais pendant qu'il perdait du temps à délibérer, *Hugues*, surnommé *Capet*, comte de Paris, duc de France, abbé de Saint-Germain-des-Prés, abbé de Saint-Martin de Tours, abbé de Saint-Denis, près de Paris, abbé de Saint-Aignan-d'Orléans, etc., qui avait hérité de l'esprit de révolte de son père Hugues le Grand et de sa haine contre la famille régnante, se hâta de convoquer à Noyon une assemblée qui, vers la fin de mai 987, le proclama roi de France. Cette assemblée, n'étant composée que des vassaux de Hugues Capet et de quelques seigneurs, ses partisans, ne représentait point la nation, et ne pouvait légalement procéder à un acte d'une aussi haute importance ; mais alors la force et l'audace tenait lieu de règle et de droit. Le 3 juillet suivant, le nouvel élu se fit sacrer roi par Adalbéron, archevêque de Reims, son partisan.

Hugues Capet eut beaucoup de peine à se maintenir sur son trône usurpé. Outre la guerre qu'il eut à soutenir contre le prince Charles, il en soutint plusieurs autres contre des comtes et des ducs qui refusaient de le reconnaître pour roi : tels étaient le comte de Flandre, le duc de Normandie, le duc d'Aquitaine, le comte de Périgueux, etc., etc., etc.

Hugues Capet résidait à Paris lorsqu'il était comte de cette ville ; il continua d'y résider lorsqu'il fut roi. Il mourut le 24 octobre 996, dix ans après être monté sur le trône.

Sous son règne, Paris ne s'enrichit d'aucun établissement civil ou religieux.

PARIS SOUS LE ROI ROBERT II.

Robert, déjà proclamé et sacré roi du vivant de son père, lui succéda après sa mort. Hugues Capet, pour assurer le trône de France à ses descendants, avait

(1) Les monuments historiques étant, pendant cette période, plus abondants que dans les périodes précédentes, je puis commencer ici à diviser la matière par règnes ; je suivrai cette méthode dans le reste de cet ouvrage.

eu la précaution de faire couronner son fils à Orléans, le 1er janvier 988, et à
Reims en 991. Robert, dont l'éducation était celle d'un aspirant à la prêtrise, se
distingua par beaucoup de dévotion. Il fut en conséquence surnommé *le Dévot* et
mérita ce surnom.

Le roi Robert, le jouet et l'admirateur des prêtres, termina à Melun, le 20 juillet 1031, un règne mêlé d'actions indifférentes et de dévotions ridicules; un
règne fécond en erreurs, en désordres et en calamités de toute espèce.

Nous ne trouvons sous le règne de ce prince aucun fait relatif à l'histoire de
Paris. Nous voyons seulement que l'on construisit ou que l'on répara alors plusieurs édifices civils et religieux... Nous citerons d'abord le *Palais de la Cité*.
« Les officiers de sa cour firent, par son ordre, dit un contemporain, bâtir à
« Paris un palais remarquable (*palatium insigne*). » Robert, lorsque ce palais fut
achevé, voulut l'honorer de sa présence. Il ordonna qu'un jour de Pâques ses
tables y seraient dressées. Avant de commencer le repas, il se lava les mains;
alors, de la foule de pauvres qui le suivait, s'avança un aveugle qui lui demanda
l'aumône. Le roi, en badinant, lui jeta de l'eau au visage. Aussitôt, à la grande
admiration des assistants, l'aveugle recouvra la vue. Ce miracle, dit l'écrivain
qui raconte le fait, honora le palais, et y attira un grand concours de curieux.

CHAPELLE SAINT-NICOLAS AU PALAIS. Robert, qui fit construire tant d'églises en
différents lieux de la Gaule, n'a pas dû oublier, dans ses dévotes prodigalités, la ville de Paris, où il faisait sa résidence ordinaire. Hugues, moine de
Fleury, dans son Traité sur le roi de France, après avoir dénombré les diverses
églises dont ce roi fut le fondateur, ajoute : « Enfin, il fit bâtir à Paris, dans
« son palais, l'église Saint-Nicolas. » C'était une chapelle située dans l'enceinte du Palais de Justice; elle fut reconstruite en 1160, et démolie dans
la suite.

SAINT-GERMAIN-DES-PRÉS. Dans la vie de Robert, par Helgaldus, on lit que ce
roi fit bâtir le monastère de Saint-Germain-des-Prés qui, sans doute, n'avait pas
encore été rétabli depuis sa destruction par les Normands. Suivant un nécrologe
de cette abbaye, et le récit d'Aimoin, ce fut l'abbé Morard qui fit reconstruire
l'église, trois fois détruite par les Normands, et élever la tour, où il plaça une
cloche. Pour mettre d'accord ces divers témoignages, on peut dire que l'abbé
Morard proposa au roi Robert l'entière reconstruction de cette église; que ce roi
y consentit, ou peut-être bien contribua à une partie des frais de construction.
L'abbé Morard mourut en 1014,

SAINT-GERMAIN-L'AUXERROIS. Cette église est indiquée par Helgaldus au nombre
de celles que le roi Robert fit construire. Il qualifie cet établissement religieux de
monastère, *Monasterium Germani Antissiodorensis*.

PARIS SOUS LE ROI HENRI Ier.

Henri, fils aîné de Robert, lui succéda le 20 juillet 1031. Les commencements
de ce règne ajoutèrent des calamités nouvelles aux calamités existantes. On vit
une guerre de famille, qui dura avec acharnement près de six années, et dont les
environs de Paris furent le théâtre; dans cette occurrence, le nouveau roi, armé

contre sa mère et contre son frère, fut forcé de fuir cette ville, et d'implorer les secours étrangers pour subjuguer sa propre famille, et pour s'affermir sur son trône ensanglanté. Cette guerre fut pour les Parisiens une abondante source de maux. Les campagnes, réduites en déserts, n'offraient à la vue que des forteresses menaçantes d'où sortaient des seigneurs pour incendier et piller ce qui pouvait encore tenter leur avidité. Sous un tel règne, le commerce de Paris et l'agriculture furent presque anéantis. Des famines, suite naturelle d'un pareil régime, telles qu'on n'en vit jamais de plus horribles, vinrent encore accabler la population désolée, et accroître les malheurs causés par les guerres.

On conçoit que les établissements publics ne furent pas nombreux à Paris pendant ce règne; les monuments historiques ne fournissent en effet que les suivants :

SAINTE-MARINE, d'abord chapelle, puis église paroissiale, située dans la Cité, et dans le cul-de-sac Sainte-Marine. Il en est fait mention, pour la première fois, en l'an 1036. C'était la paroisse la plus exiguë de Paris. Son arrondissement ne se composait que de douze ou treize maisons. Les personnes condamnées à se marier par le tribunal de l'officialité recevaient la bénédiction nuptiale dans cette église, dont le bâtiment, encore existant, sert aujourd'hui d'atelier à une raffinerie de sucre.

SAINT-MARTIN-DES-CHAMPS. Cette abbaye, située rue Saint-Martin, fut, à ce qu'il paraît, entièrement détruite par les Normands : on ignore l'époque de cette destruction. Henri Ier, dans un de ses diplômes de l'an 1060, dit que ce monastère fut dévasté avec une rage tyrannique et sans exemple. « Je l'ai fait reconstruire, « continue-t-il, et j'ai donné à son église plus d'étendue que n'en avait la pre- « mière. Longtemps stérile, elle pleurait la perte de sa famille et demandait que « l'époux céleste vînt lui rendre sa fécondité. »

Le surnom *des Champs* qu'a porté cette basilique indique sa situation dans un lieu inhabité; et les expressions *porro ante Parisiacæ urbis portam*, qu'on trouve dans le même diplôme, attestent son éloignement de la ville. La construction de cette église ne se termina qu'en 1067, époque de sa dédicace. Elle fut d'abord desservie par des chanoines réguliers, mais ces chanoines furent bientôt corrompus. *Ils vivoient déshonnestement et faisoient mauvaisement le service*, disent les grandes chroniques de France : dans l'exemplaire de la Bibliothèque royale, on lit : *Ils vivoient en luxure et fourtrayoient* (enlevaient) *les femmes de leurs voisins*. A ces chanoines libertins on substitua, en 1079, des moines de Cluny; dès lors ce monastère, qui portait le titre d'*abbaye*, reçut celui de *prieuré*. Cette maison fut entourée d'une enceinte de murailles garnies de tourelles, et présentait l'image d'une forteresse. Le prieur et les moines étaient seigneurs hauts-justiciers dans leur enclos.

L'église Saint-Martin, son monastère et les maisons qu'habitaient les sujets des moines, formaient un village séparé de Paris, comme l'indique son surnom *des Champs*. L'église et le réfectoire furent reconstruits au treizième siècle. Le cloître, commencé en 1702, fut achevé en 1720. En 1712, on bâtit les maisons situées sur la rue Saint-Martin, on détruisit la prison et l'auditoire; on perça

une porte symétrique à celle du monastère qui donne entrée dans une cour'
dont les bâtiments furent reconstruits en 1720; on rebâtit la prison et une fontaine publique, située au coin de la rue du Vertbois. Une tour de la prison existe
encore dans l'angle de cette rue. Un marché subsistait dans la rue et devant
le monastère Saint-Martin; il gênait les passants, et il était gêné par eux.
En 1765, il fut établi, sur une partie du territoire de ce monastère, un nouveau
marché d'après un plan régulier qui formait une place à laquelle aboutissaient
plusieurs rues. Ce marché fut supprimé. En 1811, on commença la construction
d'un autre marché plus vaste et plus commode sur l'emplacement du jardin de
ce monastère : j'en parlerai dans la suite.

Philippe de Morvillier et son épouse avaient, en 1426, fondé dans cette église
une chapelle de Saint-Nicolas, à des conditions dignes du quinzième siècle. Ces
conditions, gravées sur une table de marbre attachée à un des piliers de cette
chapelle, portent, entre autres clauses, celle-ci : « *Item*, chacun an, la veille
« de Saint-Martin d'hiver, lesdits religieux, par leur maire et un religieux,
« doivent donner au premier président du parlement deux bonnets à oreilles,
« l'un double, l'autre sengle (simple), en disant certaines paroles; et au premier
« huissier du parlement un grand et un escriptoire en disant certaines paroles. »
Cette fondation s'exécutait régulièrement chaque année.

Cette église fut, à la mi-carême de l'an 1443, très-endommagée par le tonnerre, qui abattit la croix du clocher, et, dit un écrivain du temps, rompit « le
« moustier en plusieurs lieux, tant qu'on disait qu'il ne serait pas bien réparé
« pour trois cents écus d'or. » Ce monastère fut supprimé en 1790. Les bâtiments sont aujourd'hui occupés par les bureaux de la *Mairie du sixième arrondissement* et par le *Conservatoire des arts et métiers*, que je décrirai en son lieu.

Après avoir rétabli ce monastère, Henri Ier expira le 1er août 1060.

PARIS SOUS PHILIPPE Ier.

Ce roi n'avait pas encore sept ans lorsqu'il succéda au roi son père; il régna
d'abord sous la tutelle de sa mère, et puis sous celle de Baudoin, comte de
Flandre. Son éducation n'en fut pas moins vicieuse.

Sous ce règne s'établit à Paris une nouvelle magistrature; du moins c'est sous
ce règne que son existence est pour la première fois attestée. Cette magistrature, à la fois fiscale, judiciaire et militaire, et qui remplaça celle du comte et
du vicomte de cette ville fut nommée *Prévôté*. Étienne est, à ce qu'on croit, le
premier qui en remplit les fonctions. C'était un homme de mauvais conseil. Il
détermina le roi Philippe, encore jeune, à piller l'église Saint-Germain-des-
Prés. L'or, l'argent, les pierreries des reliquaires devaient être la proie du prince
et de son prévôt. Tout était disposé pour ce projet sacrilége; mais un miracle,
disent les légendaires, vint fort à propos en arrêter l'exécution. L'audacieux
prévôt, qui convoitait surtout la précieuse croix que Childebert avait apportée
d'Espagne, près de porter la main sur cet objet sacré, fut subitement frappé de
cécité. Effrayé de cet accident, le roi ne voulut point passer outre : il se retira.

C'est sans doute par suite des mauvais conseils de ce prévôt que l'on vit ce roi adopter les habitudes des seigneurs de son temps, et guetter les marchands sur les chemins pour les voler. Je parlerai plus amplement, dans la suite, de ces mauvaises habitudes du roi Philippe Ier.

Le seul établissement qui eut lieu à Paris sous le déplorable règne de ce prince fut l'église NOTRE-DAME-DES-VIGNES ou DES-CHAMPS, située rue d'Enfer. D'abord oratoire, bâti au milieu du cimetière antique dont j'ai parlé ci-dessus, puis chapelle, enfin couvent, cet établissement religieux devint, sous la seconde race, la proie des seigneurs laïques. Adam Payen et Gui Lombard le possédaient, ainsi que leurs ancêtres l'avaient possédé, comme une propriété patrimoniale. En 1084, époque où le clergé commençait à revendiquer de pareilles propriétés, ces seigneurs donnèrent ou vendirent celle-ci à des religieux de l'abbaye de Marmoutier, propriétaire de quelques terres situées dans le voisinage de Saint-Étienne-des-Grés. Ces religieux s'y établirent et furent, en 1603, remplacés par des carmélites dont je parlerai dans la suite.

PARIS SOUS LE RÈGNE DE LOUIS VI DIT LE GROS.

Louis VI, qui succéda à son père en 1108, fut sacré à Orléans et non à Reims. Ce roi qui, pendant la fin du règne de son père, avait vivement combattu les seigneurs féodaux toujours en état de rébellion contre le trône, continua avec la même ardeur, dès qu'il fut roi, à repousser leurs attaques, à réprimer les brigandages qu'ils exerçaient contre les églises, les monastères et les marchands; mais ces remèdes furent violents et quelquefois pires que le mal. Il opposait la guerre à la guerre, le brigandage au brigandage, et la cruauté à la cruauté. Ses succès accrurent les calamités publiques.

Son embonpoint excessif, qui le fit nommer Louis le Gros, ne ralentit jamais son activité naturelle. Presque tous les instants de sa vie furent employés à des marches militaires, à des combats; son continuel état d'agitation lui valut aussi les surnoms de *Batailleur*, de *l'Éveillé* (*non dormiens*).

Deux écrivains de ce temps disent que ce roi pouvait à peine sortir avec sécurité des villes où il établissait son séjour, tant il était harcelé par les chevaliers et les barons de son voisinage, avec lesquels il eut à lutter pendant tout le cours de son règne. — Il fut le premier roi de France qui accorda, ou plutôt qui vendit aux habitants de quelques villes ou bourgs le droit de commune, ou la faculté de régir eux-mêmes leurs propres affaires. Le souverain vendait ce qu'il avait ravi, ce qu'il aurait dû gratuitement restituer. Les seigneurs ecclésiastiques s'élevèrent scandaleusement contre cette restitution. Louis le Gros, le premier à qui on attribua la faculté miraculeuse de guérir les écrouelles par un simple attouchement, mourut le 1er août 1137.

Écoles de Paris. Du milieu des affreuses ténèbres qui, depuis plus de trois siècles, abrutissaient l'espèce humaine en France, apparurent, sous ce règne, quelques étincelles de lumière. Les productions du génie des anciens, cachées dans les cloîtres, n'étaient accessibles qu'à un très-petit nombre d'hommes : presque toutes les parties de la population, occupées à s'attaquer, à se défendre les armes à la main, désolées par des brigandages continuels, désolées par de longues famines, par d'horribles maladies, ne songeaient guère à l'étude ; mais, vers la fin du onzième siècle, des circonstances fortuites firent jaillir des lueurs nouvelles, faibles, incertaines et souvent fausses, il est vrai, mais qui devaient graduellement s'accroître, s'épurer, former un immense foyer de clarté, et ne plus s'éteindre. Les églises cathédrales, les monastères étaient ordinairement pourvus d'écoles destinées à l'enseignement de ceux qui se consacraient à l'état ecclésiastique. Les plus connues à Paris étaient l'école Épiscopale, l'école de Saint-Germain-des-Prés et celle de Sainte-Geneviève. Il a été parlé de leur origine.

ÉCOLE ÉPISCOPALE. Son existence, douteuse au neuvième siècle, ne l'est plus à la fin du onzième : on connaît les noms de ceux qui y professaient. Au commencement du douzième, Adam-le-Petit-Pont y enseignait la grammaire, la rhétorique et la dialectique ; et Pierre le Mangeur ou *Comestor*, Michel de Corbeil, Pierre le Chantre y professaient la théologie. Ces maîtres donnèrent à cette école une célébrité que lui disputaient celles des églises de Reims, d'Orléans, de Chartres, etc., et que parvint à lui assurer Guillaume de Champeaux qui, à la fin du onzième et au commencement du douzième siècle, y professa avec distinction la théologie. Cette école se tenait alors dans le cloître Notre-Dame. Les enfants des rois venaient y recevoir les éléments de la grammaire.

ÉCOLES D'ABEILARD. Outre les écoles dont je viens de parler, il s'en établit à Paris qui furent indépendantes et particulières. Pierre Abeilard, homme supérieur à son siècle par sa conception facile et son talent pour la discussion, après avoir suivi les leçons de Guillaume de Champeaux, aspira, encore adolescent, à l'honneur de professer. S'il prévoyait alors ses succès, il ne prévoyait certainement pas les dangers, les outrages et les persécutions qui l'attendaient dans cette carrière nouvelle.

Il établit d'abord une école à Melun. Quelques intrigues de prêtres l'obligèrent de quitter cette ville ; il se rendit à Corbeil et y transféra son *camp :* c'est ainsi qu'il nommait lui-même son école, souvent tenue en plein air. L'excès du travail lui ayant causé une maladie, il se rendit à Paris, où sa santé, devenue meilleure, lui permit de suivre les leçons de rhétorique que donnait Guillaume de Champeaux. Il ouvrit ensuite dans cette ville une école où il enseigna la dialectique. Persécuté à Paris, il retourna à Melun, et y trouva de nouvelles persécutions qui l'obligèrent de revenir à Paris. Ce fut alors, vers l'an 1118, qu'il y ouvrit une nouvelle école, où il réunit un très-grand nombre de personnes qui accouraient à ses leçons.

Abeilard jouissait du fruit de ses talents. Jamais professeur n'avait, à Paris, obtenu une célébrité aussi éclatante, n'avait attiré dans cette ville une aussi grande affluence d'écoliers. Il y était considéré comme le plus grand philosophe de son siècle, et comme le seul qui entendît Aristote. Au milieu de tant de gloire et de prospérité, un événement fatal, très-connu, vint dégrader son existence et empoisonner les jouissances que lui procuraient ses succès. Ses amours, l'affreuse mutilation qui les termina, ont obtenu de la postérité un intérêt bien plus vif que ses talents, que ses écrits, aujourd'hui oubliés.

Jocelin, qui depuis fut évêque de Soissons, professait en même temps qu'Abeilard la dialectique à Paris et au mont Sainte-Geneviève; Albéric de Reims vint aussi professer dans le même lieu; mais leur réputation était bien inférieure à celle d'Abeilard. Il faut le dire, cet homme commença la réputation des écoles de Paris. Sa célébrité attira une affluence considérable d'étudiants étrangers et nationaux, qui accrut beaucoup la population de cette ville. Il laissa des disciples et des admirateurs qui soutinrent sa réputation en propageant sa méthode. Bientôt après lui, dit un écrivain du douzième siècle, la multitude des étudiants surpassa dans Paris le nombre des habitants de cette ville, et l'on avait peine à y trouver des logements. Un ancien auteur du temps donne à cette capitale le nom hébreu de *Cariath Sepher*, c'est à-dire la *Ville des Lettres* par excellence. Enfin, il est évident qu'au seul Abeilard est due la renommée des écoles de Paris, et que cette renommée produisit le rapide accroissement de la population de cette ville.

ABBAYE ET ÉCOLE DE SAINT-VICTOR. Il existait depuis longtemps, dans l'emplacement occupé par les bâtiments de cette abbaye, une petite chapelle dédiée à saint Victor; elle était déjà érigée en prieuré, lorsqu'en 1108, Guillaume de Champeaux, épuisé par ses efforts pour soutenir sa réputation dans l'École épiscopale de Paris, se retira dans ce prieuré. Il y avait établi ou avait déterminé Louis VI à y établir un chapitre de chanoines réguliers, avec titre d'abbaye; cet établissement fut doté par une charte de ce roi, en l'an 1112, et confirmé par une bulle du pape Pascal II. Le premier abbé ne fut pas Guillaume de Champeaux, mais Gilduin, son disciple; Thomas en fut prieur. En se retirant à Saint-Victor, Guillaume de Champeaux y continua d'enseigner la jeunesse. Abeilard lui-même assista à ses leçons; bientôt après, l'école de Saint-Victor devint une des plus célèbres de France. Le désir naturel de surpasser ses semblables par une supériorité de connaissances acquises n'était pas le seul stimulant qui portât la jeunesse à l'étude; un mobile plus puissant agissait sur elle, et lui faisait braver tous les dégoûts de l'école : l'ambition et l'espérance bien fondée de parvenir aux dignités ecclésiastiques et de posséder les honneurs qui en dépendaient.

Depuis les premiers règnes de la troisième race, on avait renoncé à l'usage antique de ne conférer des évêchés, des abbayes, etc., qu'aux personnes de la caste nobiliaire. Les évêques de cette caste étaient si ignorants et si adonnés à la débauche, à la chasse et à la guerre, qu'on sentit la nécessité de leur préférer des roturiers instruits. Ces derniers s'élancèrent avec ardeur dans la carrière de la fortune qui venait de leur être ouverte. Aussi vit-on, vers cette époque, presque tous les professeurs et les étudiants obtenir de riches bénéfices. Les résultats de cette concession nécessaire doivent être considérés comme les premières conquêtes que fit la civilisation sur la barbarie.

La réputation des écoles de Paris était relative au temps; nous trouvons aujourd'hui leur méthode vicieuse, leurs principes souvent erronés, les matières enseignées très-futiles, et leurs connaissances très-bornées; ces écoles eurent à traverser une longue série d'erreurs avant d'atteindre quelques vérités. Il y a plus, les maîtres de ces écoles étaient cruels; ce n'était qu'à force de coups qu'ils inculquaient la science, dit l'abbé Lebeuf : ce qui rebutait beaucoup d'étudiants.

SAINT-JACQUES-DE-LA-BOUCHERIE, église paroissiale, située rue des Arcis. Cette église est pour la première fois nommée, en l'an 1119, dans une bulle de Calixte II. « L'église Saint-Jacques, avec paroisse, dans le faubourg de la ville de » Paris, porte cette bulle : *In suburbio Parisiacæ urbis ecclesiam Sancti Jacobi* » *cum parochiâ.* » Elle devait exister auparavant; mais on n'a rien de certain sur son origine. Le curé de cette paroisse était du nombre des treize *prêtres-cardinaux* de la cathédrale de Paris. L'église Saint-Jacques devint, comme tant d'autres, la proie de quelques laïques puissants. Ponce-Archambert en était propriétaire : il la donna au monastère de Saint-Martin-des-Champs; donation qui devint une source de procès entre ce monastère et les curés de Saint-Jacques, impatients de leur dépendance. — Le bâtiment de cette église, circonscrit et irrégulier dans son origine, s'agrandit successivement pendant le cours des quatorzième et quinzième siècles. Quoique sa construction ne fût pas achevée, l'évêque de Turin vint, le 24 mars 1414, en faire la consécration. Cet évêque, nommé Gérard de Montaigu, fut invité par les Paroissiens à un dîner qui ne coûta que soixante-dix sous parisis. La construction de cette église ne fut terminée que sous le règne de François Ier; les indulgences accordées à ceux qui fournissaient des fonds pour les frais des travaux, et les libéralités de quelques paroissiens, et notamment de *Nicolas Flamel*, qui fit construire à ses frais le petit portail du côté de la rue des Écrivains, contribuèrent à l'achèvement de cet édifice.

Nicolas Flamel, un des bienfaiteurs de cette église, mort le 22 mars 1417, y fut enterré. Quoique simple écrivain, cet homme, par la rapidité de sa fortune, par des fondations pieuses, et par de prétendues merveilles, obtint une certaine célébrité, et devint pour plusieurs personnes un être mystérieux. Sa fortune, fort au-dessus de son état, causa de l'étonnement, et tout ce qui étonne les ignorants leur semble surnaturel. De là ces *contes* débités sur Nicolas Flamel : il avait découvert la pierre philosophale. Les inscriptions et les sculptures qu'il a fait exécuter sur les différents monuments de Paris étaient autant d'hiéroglyphes. Dans les caves de sa maison, située à l'angle de la rue des *Écrivains*, en face de l'église Saint-Jacques, on a trouvé, longtemps après sa mort, des vases, fourneaux, matras, et autres ustensiles propres au *grand-œuvre*. Nicolas Flamel et sa femme Pernelle n'étaient point morts : ils feignirent une maladie, s'échappèrent, et on enterra des bûches de bois à la place de leurs corps. Paul Lucas, voyageur très-véridique, qui a vu le *diable Asmodée* dans la haute Égypte, parla aussi à un derviche qui connaissait beaucoup Nicolas Flamel et son épouse, et qui lui certifia que tous les deux jouissaient d'une parfaite santé, etc. Sa figure et celle de sa femme se trouvaient sculptées en plusieurs endroits de cette église, et notamment sur la porte qui s'ouvrait du côté de la rue des Écrivains. Cette porte fut murée en 1781, et les portraits disparurent. Une inscription, faite pour ce bienfaiteur et placée dans les derniers temps sur un pilier de la nef, était ainsi conçue :

« Feu Nicolas Flamel, jadis écrivain, a laissé par son testament à l'œuvre » de cette église certaines rentes et maisons qu'il a acquestées et achetées de » son vivant pour faire certain service divin et distribution d'argent, cha-

» cun an par aumosne, touchant les Quinze-Vingts, Hôtel-Dieu, et autres églises
» de Paris. »

Au-dessous était gravé un cadavre avec ces deux vers :

De terre suis venu, et en terre retourne,
L'âme rends à toi J. H. S. qui les péchiés pardonne.

Cet écrivain était membre de neuf confréries; il avait la manie des inscriptions, il en plaçait partout où il pouvait le faire.

L'église Saint-Jacques-de-la-Boucherie avait droit d'asile. En 1405, on fit en conséquence bâtir sur la voûte de cet édifice une chambre pour ceux qui venaient s'y *mettre en franchise;* mais on a des exemples qui prouvent que cet asile ne fut pas toujours respecté par la justice. — Dans les solennités, cette église était, au quinzième siècle, décorée d'un tapis qui représentait les scènes du *Roman de la Rose,* et d'un autre tapis appelé le *Dieu d'amour et de vieillesse,* contenant plusieurs personnages. On trouve un grand nombre d'exemples de ce mélange du sacré et du profane.

Quelques usages remarquables avaient lieu dans cette église. Le jour de Noël, on offrait à la curiosité publique le spectacle de la *Gésine de Notre-Dame,* c'est-à-dire de l'enfantement de la Vierge Marie. L'enfant Jésus y paraissait coiffé de deux bonnets fourrés d'étoffe d'or, et vêtu d'une robe pareillement fourrée et brodée en or. — Les confessionnaux étaient dans cette église, comme dans plusieurs autres, un objet de spéculation financière. Les confesseurs percevaient sur les pénitents une contribution dont les marguilliers de Saint-Jacques exigeaient une part. En 1476, un curé de cette église voulut forcer les confesseurs à leur remettre la contribution entière. En 1527, les marguilliers reçurent onze livres de quelques confesseurs qui avaient sollicité des places dans cette église pour entendre les confessions : point d'argent, point d'absolution. — Aux fêtes de saint Nicolas et de la Pentecôte, on faisait, par un trou de la voûte, descendre dans cette église un *coulon blanc* (un pigeon) et d'autres petits oiseaux; on y jetait aussi des étoupes enflammées; on distribuait en même temps des oublies au peuple. Le même usage se pratiquait dans presque toutes les églises de Paris, et notamment dans celle Notre-Dame.

De cet édifice, démoli pendant la Révolution, il ne reste qu'une tour très-élevée, qui devint la propriété d'un particulier. Elle appartient maintenant à la ville. Cette tour est une des plus hautes de Paris et rivalise avec celles de Notre-Dame; ses fondements furent jetés en 1508; l'ouvrage ne fut achevé que vers l'an 1522; il coûta environ 1350 livres. Sa hauteur, depuis le sol de la rue jusqu'à la balustrade, est de cent cinquante-cinq pieds; elle est carrée, et chacun de ses côtés a hors d'œuvre trente pieds neuf pouces. Sur la calotte de l'escalier, s'élevait à une hauteur de trente pieds au-dessus de la balustrade la figure de saint Jacques, sculptée par un nommé *Réault,* tailleur d'images.

SAINTE-GENEVIÈVE-DES-ARDENTS, dite autrefois SAINTE-GENEVIÈVE-LA-PETITE, chapelle située rue Neuve-de-Notre-Dame, sur l'emplacement de la maison des

LA TOUR ST JACQUES LA BOUCHERIE.

Publié par Furne, Paris

Enfants-Trouvés: Pendant que les écoles commençaient à fleurir à Paris, les guerres privées ne discontinuaient point. Les longues famines et les maladies contagieuses, et notamment la *maladie des ardents*, étaient presque continuelles. Paris ne fut pas exempt de ce dernier fléau; l'art des médecins étaient impuissant pour en arrêter les ravages : on pria, on jeûna, on fit des processions à l'église Sainte-Geneviève; on implora la protection de cette sainte; enfin, on transporta sa châsse dans l'église cathédrale. Les malades la touchaient et subitement, assure-t-on, ils étaient guéris. On dit encore que, depuis la translation de cette châsse et la découverte de sa vertu miraculeuse, la contagion cessa, non-seulement à Paris, mais par tout le royaume : assertion démentie par les nombreux témoignages de l'histoire. Le pape Innocent II vint en France en 1130; instruit de ce miracle, il en consacra, ajoute-t-on, la mémoire par une fête. Ensuite on bâtit, près de Notre-Dame, une église appelée *Sainte-Geneviève-la-Petite* ou *Sainte-Geneviève-des-Ardents*.

Tel est en substance le récit qui se trouve dans la volumineuse histoire de Paris, par Félibien et Lobineau, sur la fondation de cette église. Tout ce qu'il contient de merveilleux paraît être une fable. L'abbé Lebeuf soutient que ce récit n'est appuyé sur aucune autorité digne de foi; que cette église ou chapelle existait longtemps avant l'époque des prétendus miracles; qu'elle portait et qu'elle a porté, plusieurs siècles après, le nom de chapelle *Sainte-Geneviève dans la Cité* ou *la Petite*, et que ce ne fut qu'en 1518 que, pour la première fois, cette chapelle eut le nom du *miracle des ardents :* ce savant pense que cette fable fut imaginée par un curé, professeur en théologie, nommé *Geoffroy Boussart*. Cette église fut démolie en 1747, pour faire place à l'édifice des Enfants-Trouvés, L'abbé Lebeuf dit avoir vu, lors de cette démolition, à une profondeur de douze à quinze pieds sous terre, plusieurs fragments de tuiles antiques. Cette découverte donne la mesure de l'exhaussement que le sol de la Cité a éprouvé depuis la période romaine.

SAINT-PIERRE-AUX-BŒUFS, église paroissiale, située rue de ce nom, dans la Cité. On ignore son origine. Elle est pour la première fois mentionnée dans une bulle d'Innocent II, de l'an 1136, qui l'appelle *Cappela sancti Petri de Bobus*. Le motif de sa dénomination n'est pas mieux connu. Sur la porte on voyait deux bœufs représentés en bas-reliefs.. Ces figures ont-elles fait ainsi nommer cette église, ou est-ce le nom de l'église qui a causé le placement de ces figures? Peut-être le nom de *Bœuf* était-il celui du fondateur. Ces questions peu importantes sont restées et resteront sans doute longtemps indécises. Cette église fut reconstruite au treizième siècle, et supprimée en 1790; les bâtiments conservés, ainsi que le portail, sont devenus propriété particulière et servent d'atelier à un tonnelier.

SAINT-ÉLOI, église et monastère situés dans la Cité, et sur l'emplacement du ci-devant couvent des Barnabites. Ce monastère, anciennement abbaye Saint-Martial, avait, comme il a été dit, changé de nom, d'habitants et de maîtres. La conduite déréglée des religieuses qui l'occupaient les en fit chasser. Ce fut Galon, évêque de Paris, qui opéra ce changement. « Les religieu-» ses de cette abbaye, suivant la charte de Philippe Ier, se livraient, sans

» précaution, sans pudeur, aux excès de la fornication; méprisant tous les » conseils, toutes les corrections, elles persistaient publiquement dans leur » désordre, et profanaient le temple du Seigneur par leur libertinage accou- » tumé. »

Des lettres du pape avaient autorisé la conduite de l'évêque Galon; et, en l'an 1107, il fut convenu que cette maison serait donnée à l'abbé de Saint-Maur-des-Fossés; qu'au lieu du titre d'abbaye elle recevrait celui de prieuré; que doûze moines de Saint-Maur remplaceraient les religieuses; que ces changements ne préjudicieraient point aux anciens droits dont l'évêque de Paris jouissait sur cette maison, laquelle fournirait, comme à l'ordinaire, aux chanoines de Notre-Dame deux repas par an. Or, voici en quoi consistaient les fournitures de ces repas de chanoines. Six cochons gras, deux muids et demi de vin, à la mesure du cloître, et trois setiers de froment suffisaient au premier repas. Le second devait se composer de huit moutons, d'environ deux muids et demi de vin; de plus, pour ce repas, la maison de Saint-Éloi devait payer six écus et une obole.

L'abbé de Saint-Maur-des-Fossés, par des motifs inconnus, fut, quelques années après, forcé de céder le prieuré Saint-Éloi à l'évêque de Paris. Cet évêque en jouit jusqu'à l'an 1134, époque où il fut contraint, par une bulle du pape, de le restituer à l'abbé de Saint-Maur. Innocent II, par une bulle de 1136, confirma cette restitution. Il paraît que ce fut par suite de ce changement de maître que s'établirent, sur le territoire de la maison de Saint-Éloi, les chapelles Saint-Pierre-des-Arcis, Sainte-Croix, Saint-Pierre-aux-Bœufs, etc.

Une partie de ce monastère tombait en ruine; il fut abattu, et l'on y pratiqua une rue qui porte encore le nom de Saint-Éloi. Du chœur de cette église on forma celle de Saint-Martial, et de la nef on composa une autre église, sur l'emplacement de laquelle on a depuis bâti l'église des Barnabites.

Sous le règne de François Ier, les religieux de Saint-Maur-des-Fossés s'avisèrent de tirer un parti très-lucratif du vaste enclos de ce monastère Saint-Éloi; ils y ouvrirent des rues et y firent bâtir des maisons. Le revenu de ces religieux et la population du quartier en profitèrent. Cet enclos comprenait l'espace qui se trouve entre les rues de la Barillerie, de la Calandre, aux Fèves, et de la Vieille-Draperie, et a porté longtemps le nom de *Ceinture de Saint-Éloi.*

SAINT-NICOLAS-DES-CHAMPS, église paroissiale, située rue Saint-Martin, aujourd'hui *paroisse du sixième arrondissement.* Elle est, pour la première fois, dans la bulle de Calixte II, de l'an 1119, mentionnée en qualité de chapelle. Elle fut vers l'an 1176 érigée en paroisse, rebâtie vers l'an 1420, et agrandie en 1575. On construisit alors le portail méridional, dont les sculptures sont estimées. Le grand autel, décoré par une ordonnance corinthienne, offre un tableau de Vouet, représentant la sainte Vierge, et quatre anges en stuc, ouvrage de Sarazin. La chapelle de la Communion a été bâtie par l'architecte Boulan.

On voit dans cette église une statue en marbre de la sainte Vierge, qui est un

LE GRAND CHÂTELET.

ouvrage de M. Delaistre. Cette église contenait les tombeaux du sculpteur Laurent Magnière, de Guillaume Budé, Pierre Gassendi, Henri et Adrien de Valois, frères, et savants historiens; Madeleine Scudéri, auteur de plusieurs romans; Théophile Viaud, poète, brûlé en effigie comme auteur d'un recueil intitulé : *Le Parnasse satirique*, etc.

SAINT-DENIS-DU-PAS, église située au chevet de l'église Notre-Dame; elle existait certainement sous le règne de Louis VI, et peut-être auparavant. Son bâtiment tombait en ruine; il fut reconstruit après l'an 1448, et ne portait alors que la dénomination d'*Oratoire : Oratorium sancti Dionysii de Passu*. Lorsqu'en 1748 fut abattue l'église Saint-Jean-le-Rond, le chapitre et le titre de paroisse de cette église démolie furent attribués à celle de Saint-Denis-du-Pas. Cette église, par suite des événements de la Révolution, fut affectée au service de l'Hôtel-Dieu, ainsi que le palais archiépiscopal, et convertie en une salle de réception pour l'admission des malades.

ÉGLISE MONTMARTRE. Il existait alors une église dans le village de ce nom : elle était, suivant l'ancien abus qui s'est perpétué jusque sous Louis XIV, possédée par des seigneurs laïques : un nommé Payen et son épouse Hodierne tenaient cette église en fief de Burchard de Montmorency. Ces deux époux, ayant obtenu le consentement de Burchard, la donnèrent ou la vendirent, en 1096, avec les produits des sépultures, ceux de l'hôtel, etc., aux religieux de Saint-Martin-des-Champs. Louis le Gros céda, en 1133, à ces religieux de Saint-Martin-des-Champs l'église Saint-Denis-de-la-Chartre; et les religieux, en échange, lui cédèrent l'église Montmartre. Après cette transaction, le roi et son épouse Adélaïde fondèrent, à côté de l'église Montmartre, un monastère de religieuses (1).

FORTIFICATIONS DE PARIS. Jamais roi de France n'eut plus que Louis VI besoin de se mettre en garde contre les attentats des seigneurs, et de fortifier la ville de Paris où il faisait sa demeure ordinaire. Les ducs et comtes voisins de son duché de France n'étaient pas les seuls qui l'inquiétaient; il avait à se défendre contre les barons de ce duché, contre ses propres vassaux. Il avait aussi à protéger les biens de l'église, les marchands sans cesse attaqués, dépouillés par des seigneurs et leurs chevaliers. Il n'était pas même en sûreté dans Paris, lieu de sa résidence. Dans cette position embarrassante, il ne dut rien négliger pour mettre Paris en état de défense : il dut l'entourer de murailles, construire des forteresses ou têtes de pont, pour rendre l'accès de cette ville plus difficile. Un écrivain contemporain nous apprend que « Louis le Gros, en 1122, » ayant vaincu ses ennemis et rétabli la paix, tint une assemblée à Paris avec » ses principaux officiers, régla les affaires de son État, et résolut, pour se » mettre en garde contre les événements futurs, de construire, dans un lieu » nommé *Karoli-Vana*, un château (*castrum*) destiné à protéger le pays pari-

----

(1) A la même époque se rapportent les fondations de plusieurs églises peu importantes, et qui ont été démolies pendant la Révolution. En voici l'énumération : Chapelle *Saint-Aignan*, rue Chanoinesse, dans la Cité; église *Saint-Martin*, à l'angle septentrional de la rue des Francs-Bourgeois; l'église *Sainte-Croix*, rue de la Vieille-Draperie, au coin de la rue Sainte-Croix; l'église *Saint-Bon*, dans la rue du même nom, n° 8.

» sien contre les attaques de ses ennemis. » Ce château fut, dit-on, ensuite nommé Saint-Germain-en-Laye. Ce fait sert à prouver que Louis VI s'occupait de fortifications. On peut en induire que s'il en établissait hors de Paris, il devait à plus forte raison en élever dans cette ville, où il faisait sa demeure, et de laquelle il ne pouvait sortir avec sécurité. C'est ce qui porte à croire qu'il fit construire le grand et le petit Châtelet, et comprit les faubourgs de Paris dans une enceinte.

GRAND CHATELET. Il n'existe aucune notion certaine sur l'origine de cette forteresse. Il est probable que Louis le Gros, à la place d'une tour en bois qui s'élevait, sous la seconde race, à l'extrémité septentrionale du Pont-au-Change, fit construire une autre tour ou forteresse aussi en bois, mais plus considérable. C'est sous le règne de Louis VII, fils de Louis le Gros, qu'on a dès preuves certaines de l'existence de cette forteresse. Dans une charte de ce roi, de l'année 1147, on lit qu'il fit don à l'abbaye de Montmartre de la place des Pêcheurs, située entre la maison des bouchers et le châtelet du roi, *inter domum carnificium et regis castellucium.* Ces mots, *châtelet du roi,* qui, dans aucun acte postérieur, ne se trouvent plus réunis, portent aussi à croire qu'ils signifiaient le *châtelet bâti par le roi.* On a aussi la certitude que ce Châtelet, sous le même règne de Louis VII, était la demeure du prévôt de Paris. Cette forteresse en bois ou en pierre a pu être construite sous le roi précédent, Louis VI, prince bien plus entreprenant que son fils. Voilà tout ce que la disette des monuments historiques me permet de dire en faveur de ma conjecture, qui est bien plus vraisemblable que celle qui fait remonter la construction de cette forteresse au temps de Jules César. Je reviendrai sur cet édifice, sur sa prétendue antiquité, et sur le tribunal qui y fut établi, lequel reçut la dénomination de *Châtelet.*

PETIT CHATELET, situé à l'extrémité méridionale du Petit-Pont. Je présume que ce petit Châtelet fut fondé en même temps que le grand. Louis VI avait besoin de protéger Paris du côté du midi comme du côté du nord. S'il a bâti le grand Châtelet, il a dû bâtir le petit. L'une et l'autre de ces forteresses formaient têtes de pont. Les fortifications de cette ville eussent été incomplètes si l'une eût existé sans l'autre. Il est certain que le petit Châtelet existait avec son enceinte sous le règne de Philippe-Auguste en 1222. Ce roi, dans un accord fait avec l'évêque de Paris, en cette année, parle de cette forteresse et de son enceinte, et nomme l'une et l'autre (*accinctus Castelli Parvi Pontis*) l'enceinte du château du Petit-Pont. Il devait exister avant cette époque. C'était au passage du petit Châtelet que se percevaient, du temps de saint Louis, les péages et droits d'entrée. Un tarif, cité par Saint-Foix, porte qu'un marchand qui y fera entrer un singe pour le vendre paiera quatre deniers; que si le singe appartient à un jongleur, cet homme, en le faisant jouer et danser devant le péager sera quitte du péage, tant dudit singe que de tout ce qu'il aura apporté pour son usage. De là vient le proverbe *payer en monnaie de singe.* Les jongleurs seront aussi quittes du péage, en chantant un couplet de chanson devant le péager.

Le 20 décembre 1296, une inondation extraordinaire de la Seine abattit les

LE PETIT CHÂTELET.

Publié par Furne, à Paris

deux ponts, les maisons qu'on y avait bâties, et abîma les moulins placés au-dessous. On allait en bateau dans les rues de la Cité; plusieurs bâtiments et le petit Châtelet furent renversés par les eaux. Il est présumable qu'à l'exemple de la plupart des forteresses, ce châtelet n'était encore bâti qu'en bois. Charles V le fit reconstruire en pierre, en 1369, par le prévôt de Paris, Hugues Aubriot, dans le dessein de contenir la turbulence des écoliers de l'Université, dont les émeutes se renouvelaient fréquemment. Charles VI, en 1402, destina cette forte-resse sombre, ou espèce de prison, à la demeure du prévôt de Paris, comme un logement honorable, *honorabilis mansio*. En 1792, cet édifice, qui obscurcissait et attristait le voisinage, et sous lequel était une route étroite, gênante et dan-gereuse pour les passants, fut enfin démoli; et cette démolition répandit la salu-brité et la lumière dans ce quartier, qui depuis longtemps en était privé par cette vieille et hideuse construction.

SECONDE ENCEINTE DE PARIS. La Cité seule, vers la fin de la domination romaine, ainsi que pendant la première et la seconde race des rois francs, fut fortifiée par un mur d'enceinte. Louis VI, dit *le Gros*, fut, je crois, le premier qui entreprit de protéger par une muraille les faubourgs du nord et du midi; je sais que des écrivains, prodigues d'illustrations antiques, ont fixé l'époque de cette construc-tion dans la période romaine; que d'autres, plus réservés et moins généreux, se sont bornés à la placer sous la seconde race. J'ai déjà établi que cette dernière opinion était affaiblie par le silence d'Abbon, auteur d'un poème sur le siége de Paris par les Normands, poème où il décrit diverses attaques, divers com-bats, et où il ne fait nulle mention de l'enceinte des faubourgs de cette ville. J'ai aussi établi que l'unique fondement de cette opinion consistait dans les expressions d'une charte, et que ce fondement était ruiné par la preuve de la fausseté de cette pièce. En outre, il est certain, au moins pour la partie du nord de Paris, que l'église Saint-Jacques-de-la-Boucherie n'était pas encore, en l'an 1119, comprise dans la seconde enceinte. Une bulle du pape Calixte II, de cette année, qualifie l'emplacement de cette église de *faubourg de Paris* (*in suburbio Parisiacæ urbis ecclesiam sancti Jacobi*), etc. Si le quartier de l'église Saint-Jacques-de-la-Boucherie eût été compris dans l'enceinte de cette ville, ce pape ne lui aurait sans doute pas donné le titre de *faubourg*.

Voici la description, certaine en quelques points, conjecturale en quelques autres, de cette seconde enceinte : je la commence par la partie septentrionale.

Le mur devait partir de la rive droite de la Seine, dans le voisinage de l'é-glise Saint-Germain-l'Auxerrois, église qui, parce qu'elle avait beaucoup souf-fert des ravages des Normands, devait avoir été plus spécialement mise à cou-vert de pareils événements. Le mur enserrait cette église et ses dépendances; une rue voisine atteste, par sa dénomination des *Fossés-Saint-Germain-l'Auxer-rois*, que cette église a eu longtemps des fortifications à sa proximité. Cette mu-raille devait suivre ensuite la direction des rues de Béthisy, des Deux-Boules, anciennement nommée de Male-Parole, de la rue et place du Chevalier-du-Guet, enfin de la rue Perrin-Gasselin, et aboutir à la rue Saint-Denis. Là était une porte de ville, située au nord, en face et à peu de distance du grand Châtelet. Cette porte n'est indiquée que par le surnom d'un changeur appelé Gueheri,

lequel possédait les boucheries et une maison qui leur était contiguë; cette circonstance fit que ce changeur fut nommé *Gueheri de la Porte*. De cette porte,
qui devait être située au point où la rue d'Avignon débouche dans celle Saint-
Denis, le mur d'enceinte se dirigeait le long de cette rue d'Avignon, le long de
celle des Écrivains, enserrait l'église Saint-Jacques-de-la-Boucherie, et aboutissait à la rue des Arcis, où se trouvait une porte de ville. Cette porte est suffisamment indiquée par l'abbé Suger, qui déclare avoir acheté une maison au-dessus
de la porte de Paris, du côté de Saint-Merri, *domum quæ superest portæ Pari-
siensi, versus Sanctum Medericum*. Les produits de cette porte avaient depuis
quelque temps été concédés à l'abbaye Saint-Denis : l'abbé Suger dit que ces
produits, avant d'appartenir à son abbaye, ne se montaient pas à plus de douze
livres par an, et qu'il parvint, par son industrie, à les élever jusqu'à la somme
de cinquante. Cette porte, par laquelle on passait pour aller à Saint-Merri,
fut nommée *la porte* ou *l'archet de Saint-Merri*. De cette porte le mur d'enceinte
se continuait dans la direction des rues Jean-Pain-Mollet et Jean-l'Épine, et
aboutissait à la place de Grève, et de cette place au bord de la Seine; là se terminait, du côté du nord, la seconde enceinte. Ce qui me détermine à adopter
cette opinion, c'est que, sous le règne de Louis VII, la place de Grève et le
quartier du Monceau-Saint-Gervais sont considérés comme étrangers à la ville
de Paris. Ce roi, par une charte donnée à Château-Landon, en 1141, vend aux
bourgeois de la Grève et du Monceau-Saint-Gervais la place de la Grève, proche
la Seine, laquelle est vide de bâtiments, et où se trouvait un ancien marché.
Paris n'est point nommé dans cette charte. Quelques maisons, situées sur les
bords de la place et au Monceau-Saint-Gervais, formaient un bourg situé hors
de la ville. C'était anciennement à l'entrée des villes que se tenaient les marchés : c'était pourquoi il s'en trouvait un sur la place de Grève. Cette vente se
fit moyennant la somme de 70 livres. Si la place de Grève eût fait partie de Paris, Louis VII n'eût pas manqué de l'exprimer dans cette charte. Cette seconde
enceinte se terminait donc, en 1141, à la place de Grève; mais dans la suite,
à une époque inconnue, le mur de cette enceinte, prolongée, enveloppa le bourg
du Monceau-Saint-Gervais. Dans ce bourg se trouvait l'église Saint-Gervais, un
autel appelé le vieux Temple, des moulins sur la Seine, et une tour nommée du
Pet-au-Diable.

Cependant la partie méridionale de Paris, qui contenait plusieurs édifices
religieux, restait sans défense et ouverte à tous les brigands; elle supporta cet
état d'inquiétude pendant l'espace de vingt années. Enfin, il fut résolu que cette
partie de Paris serait close d'une muraille. Voici la ligne de direction que je crois
devoir donner à cette clôture. Cette ligne devait partir du bord de la Seine qui
avoisinait les bâtiments et dépendances du couvent des Grands-Augustins, aujourd'hui marché à la volaille. Sur cette rive, il a existé pendant longtemps un
vieil édifice qui ne fut démoli que sous le règne de Louis XIV. Cet édifice ou
espèce de fortification était remarquable par une tour ronde. Il a porté le nom
de *Château-Gillard*. Il était isolé, et l'on ignore le motif de sa construction; on
ne s'en servait nullement, excepté Brioché, qui y a donné quelquefois le spectacle de ses marionnettes. De ce point fortifié, qui correspondait alors à la pointe

de l'île de la Cité et servait à sa défense; la ligne d'enceinte atteignait la rue
Saint-André-des-Arts. Là se trouvait une porte, indiquée par le nom *de la Barre;*
deux rues voisines du couvent des Augustins portaient le même nom; c'était à la
barre que l'on percevait les droits d'entrée. Ce mur aboutissait ensuite à la rue
Hautefeuille, qui portait anciennement le nom *de la Barre,* nom qui indiquait
une autre porte; de la rue Hautefeuille, le mur devait suivre la direction de la
rue Pierre-Sarrazin, et traverser la rue de la Harpe. Cette rue était coupée là,
puisqu'elle portait deux noms; depuis la rue Saint-Séverin jusqu'à celle des Mathurins, elle se nommait rue *de la Herpe* ou *de la Harpe,* et depuis la rue des
Mathurins jusqu'à la place Saint-Michel, elle recevait les noms des *Hoirs d'Harcourt,* de *Saint-Cosme,* etc.

De ce point, le mur devait se diriger à peu près comme la rue des Mathurins,
et aboutir à la rue Saint-Jacques. Sur cette rue, et dans l'espace qui se trouve
entre l'extrémité de la rue des Mathurins et celle de la rue du Foin, devait se
trouver une porte; car cette rue depuis longtemps était une voie publique, une
voie royale, la grande rue. Lorsque, dans sa partie supérieure, fut établie une
chapelle de Saint-Jacques, cette partie en reçut le nom, ainsi que ceux de *Saint-
Benoît,* de *Saint-Mathelin;* la partie inférieure conserva celui de *rue du Petit-
Pont.* Cette différence dans les dénominations données à une même rue me fait
conjecturer que la partie inférieure, séparée par une porte, était dans la ville, et
la partie supérieure dans le faubourg.

Le mur d'enceinte suivait évidemment, de cette porte, la direction de la rue
des Noyers jusqu'à la place Maubert, où se trouvait une autre porte qui s'ouvrait
sur la voie conduisant à Sainte-Geneviève, à Saint-Marcel, etc. De là, le mur, se
prolongeant entre les rues Perdue et de Bièvre, aboutissait à la rive gauche de
la Seine, vers le point de cette rive appelé *les Grands-Degrés,* point qui correspondait à l'extrémité orientale de l'île de la Cité. En cet endroit la rive était une
tour, nommée *Tour de Saint-Bernard* et *Tourelle des Bernardins,* laquelle devait
terminer l'enceinte. Cette tour est indiquée par des articles de deux comptes
du domaine de Paris, l'un de l'an 1452, et l'autre de 1475 : ils en fixent la position sur la rive de la Seine, près du point de cette rive appelé *les Grands-Degrés,*
et aux extrémités des rues Perdue et de Bièvre.

Voilà tout ce que j'ai pu recueillir sur la seconde enceinte : la description
de la troisième, établie par Philippe-Auguste, n'offrira point de pareilles incer-
titudes.

PARIS SOUS LOUIS VII DIT LE JEUNE.

Le 1er août 1137, Louis VII hérita de la couronne de France; il avait déjà,
en octobre 1133, été sacré à Reims. «Il se hâta, dit un contemporain, de pré-
» venir les maux qui arrivent ordinairement à la mort des rois, c'est-à-dire les
» émeutes, les rapines, les scandales, et se rendit promptement de Bordeaux à
» Orléans. Cette dernière ville était troublée par quelques hommes insensés qui,
» au préjudice de la Majesté royale, demandaient une *charte de commune;* il ré-
» prima ces mouvements audacieux : plusieurs de ceux qui en étaient les au-

12

» teurs furent punis, et il en fit mourir plusieurs dans les supplices. Il partit de
» là pour Paris, siége de son royaume, où, à l'exemple des rois ses aïeux, il fit
» sa résidence ordinaire. » Cet exemple et plusieurs autres prouvent que ce roi,
entièrement dirigé par les ecclésiastiques, n'imita point son père, qui avait accordé ou plutôt vendu des chartes de commune à diverses villes. Louis VII détestait autant que le clergé ces chartes d'affranchissement; il prit même les
armes contre les habitants de Vézelai, qui, ayant obtenu du comte de Nevers
une charte de commune, ne purent en jouir parce que les moines de l'abbé de
Vézelai s'y opposèrent fortement. — Ce roi avait pour les ecclésiastiques un respect ridicule. Dans les cérémonies, il leur cédait toujours le pas : *Par les Saints
de Bethléem!* (c'était son juron) *je ne marcherai pas, c'est à vous à passer devant,*
disait-il au moindre prêtre. Il était faible, dissimulé, facilement irritable, cruel,
et peu propre à arrêter le torrent des maux qui inondaient ses États. Il n'aurait
pu se soutenir sur le trône sans les conseils de l'abbé Suger, qui tint, pendant
son expédition dans la Palestine, les rênes du gouvernement. Il se brouilla,
pour de légers motifs, avec le pape, qui l'excommunia et mit son royaume en
interdit. Louis VII, pour se venger du Saint-Père, pilla la maison de l'évêque de
Paris, s'empara de ses biens et de ses serfs ; puis s'en prit à Thibaud, comte de
Champagne, ravagea ses terres, brûla le bourg et le château de Vitry, et fit périr
dans les flammes treize cents personnes qui s'étaient réfugiées dans le château
ou dans l'église de ce bourg.

Quelques années après, il partit pour la croisade. Le succès de cette expédition, malgré les promesses de saint Bernard et ses prédictions, qui ne s'accom-
plirent point, fut déplorable. — Sans talent, sans courage, ce roi fit presque
toujours la guerre à ses voisins; guerre où l'on dévastait plus qu'on ne se
battait. — Il fut trompé et méprisé par son épouse Aliénore, qui, après son di-
vorce, reprit l'Aquitaine qu'elle lui avait apportée en dot, et donna sa main à
Henri, duc de Normandie, ennemi puissant de Louis VII.

Le 18 septembre 1180, ce roi mourut et fut enterré à l'abbaye de Barbeau,
près Melun, abbaye qu'il avait fondée en 1147.

Sous le règne de ce prince, Paris s'accrut par les établissements suivants :

COLLÉGE DES DANOIS OU DE DACE, situé d'abord rue Sainte-Geneviève, ensuite
rue Galande. Voilà le premier collége fondé à Paris; voilà un heureux résultat
de la célébrité des écoles de cette ville, et le premier exemple d'une institution
destinée à la fois au logement, à la nourriture et à l'enseignement de la jeunesse.
Les Danois, qui donnèrent cet exemple, eurent bientôt après, parmi d'autres
étrangers et parmi les nationaux, plusieurs imitateurs. On ignore les détails de
cette fondation. On sait seulement qu'elle fut effectuée vers l'an 1147; que ce
collége, d'abord établi rue de la Montagne-Sainte-Geneviève, fut, en 1380, lorsqu'on agrandit le couvent des Carmes de la place Maubert, transféré dans un
autre bâtiment de la même rue; et, par un échange fait, le 23 août 1430, entre
les écoliers du collége de Laon et ceux du collége de Dace, il fut accordé à ces
derniers une maison située près le Petit-Pont, sur la rue Galande.

SAINT-LAZARE, rue du Faubourg-Saint-Denis, n° 117, était une ancienne léproserie, ou maladrerie, nommée autrefois *Saint-Ladre,* et dont on ignore l'ori-

gine. Louis VII, avant de partir pour la croisade, et revenant de Saint-Denis, où il était allé, en 1147, prendre l'oriflamme, visita cette léproserie, laquelle était composée d'un assemblage de baraques (*officinæ*). Il y passa quelques instants, dit un écrivain du temps ; action louable et peu imitée. Les administrateurs de cette léproserie possédaient une foire que Philippe-Auguste acheta, en 1183, pour l'accroissement de son fisc, et qu'il transféra à Paris, au lieu de Champeaux. Il donna à la léproserie une pension annuelle, qui fut réglée d'après l'estimation du produit de cette foire. — Cette léproserie avait une église qui fut, à ce qu'on croit, élevée sur l'antique basilique Saint-Laurent. — Dans l'enclos de Saint-Lazare était un bâtiment appelé le *Logis du Roi*, où se rendaient ordinairement les rois et les reines pour y recevoir le serment de fidélité des habitants de Paris, avant de faire leur entrée dans cette ville, et où l'on déposait leurs cercueils, avant de les porter à Saint-Denis.

Les prêtres chargés de desservir l'église de cet hôpital envahirent les revenus destinés aux pauvres malades. Pareils abus ont existé à Paris dans plusieurs maisons hospitalières. — Dans cette léproserie se retiraient les personnes atteintes de la lèpre. Cette maladie contagieuse, résultat de la malpropreté et de la misère extrême du peuple, s'est maintenue à Paris, depuis les temps barbares jusqu'au dix-septième siècle. — Les désordres étaient excessifs à Saint-Lazare, lorsqu'en 1632 cette maison fut donnée au bienfaisant et respectable *Vincent de Paul*, qui, après avoir réglé les affaires d'intérêt de cet établissement, en fit le chef-lieu de sa Congrégation des Missions. Il y existait alors encore beaucoup de lépreux, puisque l'archevêque de Paris lui imposa l'obligation d'y recevoir les *lépreux* de la ville et des faubourgs. Ce sont les prêtres de la Congrégation qui ont fait élever, de 1681 à 1684, les vastes bâtiments qui existent encore aujourd'hui. (Voyez ci-après l'article *Prêtres de la Mission.*)

Cette maison fut, en juillet 1789, pillée, dévastée, et une de ses granges incendiée par des brigands étrangers, poussés on ne sait par qui. La milice parisienne, instituée le même jour, vint le soir arrêter les progrès de ces dévastations. Cet établissement, en 1793, fut converti en prison ; plus de douze cents personnes y furent renfermées ; entre autres les poëtes Boucher et André Chénier. L'enclos de cette prison, un des plus vastes de Paris, est, depuis 1821, converti en rues et se couvre de maisons.

Saint-Lazare a servi longtemps de maison de correction. Aujourd'hui on y renferme des filles publiques et les femmes condamnées à la réclusion. Ces prisonnières y sont occupées à des filatures, à la couture et à la broderie.

HÔPITAL SAINT-GERVAIS, OU HOSPITALIÈRES DE SAINT-ANASTASE. Cet hôpital, situé d'abord au parvis de l'église Saint-Gervais, fut, en 1171, fondé par quelques particuliers pour héberger les pauvres passants. Tant qu'il fut gouverné par des séculiers, l'intention des fondateurs fut remplie ; mais on y introduisit, au quatorzième siècle, des religieuses hospitalières, sous le titre de *Saint-Anastase*, qui s'y multiplièrent à tel point, que les pauvres n'y trouvèrent plus de place, et que ces religieuses n'eurent pas assez de bâtiments pour s'y loger elles-mêmes. Le but de l'institution fut entièrement détourné.

En 1655, ces religieuses achetèrent l'hôtel d'O, dans la Vieille rue du Temple, abandonnèrent leur bâtiment primitif, le vendirent, et ne conservèrent que la chapelle qui était située rue de la Tixeranderie. On y voyait encore, du temps de Félibien, la figure d'un ancien hospitalier de cette maison, peinte sur la muraille de la chapelle, représenté à genoux aux pieds d'un crucifix : il était vêtu d'une chape et d'un chaperon ou capuce de couleur verte. Quant aux hospitalières transférées à l'hôtel d'O, Vieille rue du Temple, elles s'y maintinrent jusqu'en 1790, époque de leur suppression. Cet hôtel fut démoli, et sur son emplacement est un marché.

LE TEMPLE. Des expéditions nouvelles amènent de nouvelles institutions. Les croisades produisirent l'ordre des Templiers : association bizarre de deux conditions opposées, de moine et de soldat, et qui prouve l'extrême déréglement des idées dans ces temps de barbarie. Cet ordre, qui fut institué dans des intentions pieuses, changea bientôt le but de son institution. Les premiers membres étaient tenus de servir les pauvres malades dans l'hôpital du Temple de Jérusalem : ces garçons de salle devinrent des chevaliers, les plus riches et les plus orgueilleux de toutes les chevaleries. L'époque précise de l'établissement des Templiers dans Paris est inconnue. Certainement il y existait une maison de Templiers avant 1147, puisqu'en cette année ils tinrent dans cette ville un chapitre où ils se trouvèrent au nombre de cent trente ; mais il n'est pas certain que ce chapitre fut tenu dans le lieu aujourd'hui nommé *le Temple*. Les Templiers possédaient une autre maison plus ancienne, voisine de Saint-Gervais, où ils auraient pu s'assembler. On a la certitude qu'ils étaient établis dans l'emplacement actuel du Temple, avant l'an 1182. Je reviendrai sur cet article.

SAINT-JEAN-DE-LATRAN, situé rue de Cambrai, en face du collége de France. Pendant le même règne, une autre maison de soldats-moines, connue sous les dénominations d'*Hospitaliers de Saint-Jean-de-Jérusalem*, de *Chevaliers de Rhodes*, de *Chevaliers de Malte*, fut, en 1171, fondée à Paris, dans un clos de vignes, appelé *Clos Bruneau*. Cet établissement porta le nom de *Commanderie de Malte ;* il consistait en un clos qui s'étendait depuis la place de Cambrai jusqu'à la rue des Noyers, et communiquait à la rue Saint-Jean-de-Beauvais. On voyait, dans l'enceinte de cette commanderie, une ancienne tour destinée, dit-on, au logement des pèlerins qui se rendaient à Jérusalem, et une église paroissiale desservie par trois religieux conventionnels de l'ordre. On remarquait dans cette église le tombeau de Jacques de Souvré, grand-prieur de France, qui fit bâtir l'hôtel prieural du Temple. Il mourut en 1670. Ce tombeau, remarquable par sa magnificence, représente la figure de ce commandeur, à demi couché sur un sarcophage de marbre noir, et soutenue par un enfant en pleurs. Il fut composé et sculpté par François Augier, artiste célèbre : il était placé dans le chœur. Il fut, pendant la révolution, transféré au Musée des monuments français, et faisait un des ornements de la salle Louis XIV. Dans la chapelle de la Vierge, on voyait le tombeau de Jacques Bethun de Balfour, archevêque de Glascow, ambassadeur d'Écosse en France, mort en 1603. Prosper Jolyot de Crébillon, poète tragique, décédé le 17 juin 1762, reçut les honneurs funèbres dans cette église.

L'enclos de cette commanderie était rempli par l'église, la vieille tour dont j'ai parlé, l'hôtel du commandeur, et par plusieurs maisons particulières bâties sans ordre autour d'une grande cour. L'ordre de Malte ayant été supprimé en 1792, cette propriété fut vendue à différents particuliers. L'église, démolie en 1824, servait alors de magasin à un tonnelier.

SAINT-MÉDARD, église paroissiale, rue Mouffetard, était, avant l'an 1163, une chapelle dépendante de l'abbaye Sainte-Geneviève, chapelle qui devint l'église paroissiale d'un bourg ou village appelé *Richebourg, village de Saint-Mard* ou *Saint-Médard*. Ce bourg ne se composait, au douzième siècle, que d'un petit nombre de maisons, et ne fut peuplé abondamment qu'au seizième siècle. On y trouvait les clos du *Chardonnet*, du *Breuil*, du *Mont-Cétard*, des *Mors-Fossés*, des *Treilles*, de *Copeau*, de *Gratard*, des *Saussayes*, de la *Cendrée*, ou *Locus cinerum*, etc. On ignore l'époque où la chapelle Saint-Médard fut érigée en paroisse. Le bâtiment de l'église, réparé, agrandi en divers temps, présente des échantillons de plusieurs genres d'architecture. Le grand autel fut entièrement reconstruit en 1655. Le sanctuaire est entouré de colonnes cannelées et sans bases, qui supportent des arcades à plein cintre, colonnes et arcades d'un genre bien différent de celui du reste de l'édifice. On a dérobé en partie le contraste de ces deux genres d'architecture, en masquant avec de la boiserie les piliers de la nef, qui sont de style ogival. La chapelle de la Vierge, au rond-point, offre une imitation mesquine de jours célestes qu'on admire dans les églises Saint-Sulpice et Saint-Roch. Cette basilique renferme plusieurs tableaux dont la plupart sont très-médiocres. On doit remarquer, à la croisée du côté méridional, une perspective représentant la peinture d'un des bas-côtés qui manque à cette église. Cette perspective fait illusion. — Plusieurs hommes célèbres ont reçu leur sépulture à Saint-Médard : Olivier Patru, habile avocat surnommé le *Quintilien Français*, qui, en 1681, mourut pauvre et honoré; Pierre Nicole, connu par ses *Essais de Morale*, etc. Derrière le chœur est un petit cimetière où l'on voyait une tombe s'élevant un peu au-dessus de terre : c'était celle du fameux diacre François Pâris, qui, après sa mort, excita tant de convulsions et d'étranges miracles, dont je parlerai dans la suite. Cette église est aujourd'hui la troisième succursale de la paroisse Saint-Etienne-du-Mont, douzième arrondissement.

SAINT-HIPPOLYTE, église située rue de ce nom, quartier Saint-Marcel. Elle est pour la première fois mentionnée en 1178, avec le titre de chapelle. Au commencement du treizième siècle, elle fut érigée en paroisse. Reconstruite au seizième siècle, réparée au dix-septième, elle n'en fut pas plus régulière. On l'a démolie pendant la Révolution.

SAINTE-GENEVIÈVE. Cette abbaye fut réformée sous ce règne; les dérèglements des chanoines devinrent le motif de leur réforme : l'événement suivant en fut l'occasion. Le pape Eugène III, chassé de Rome, vint à Paris en 1145. Quelques jours après son arrivée, il voulut célébrer la messe à Sainte-Geneviève. Les chanoines, pour l'honorer, firent étendre devant l'autel un grand tapis de soie, sur lequel le pape s'agenouilla pour prier. Ce pontife, après la messe, s'étant retiré dans la sacristie, ses domestiques, prêtres ou laïques, s'emparèrent de ce tapis, prétendant qu'il leur appartenait, par cela seul que le pape s'en était servi. Les serviteurs des chanoines, d'un avis contraire, arrachèrent le tapis des mains des valets du pape. Le tapis, objet de la querelle, tiré d'un côté, tiré de l'autre avec violence, est bientôt mis en pièces. Aux injures succèdent les coups de poings, les coups de bâton. Le roi, présent à ce tumulte, s'avance pour le faire cesser : son autorité est impuissante contre les mouvements furieux des combattants : il est même frappé dans la mêlée. La victoire reste aux familiers de Sainte-Geneviève. Ceux du pape vinrent, les habits déchirés, le visage ensanglanté, se présenter à leur maître, qui se plaignit au roi, et lui demanda justice d'une telle insulte. Le pape et le roi convinrent de réformer le monastère Sainte-Geneviève. On nomma, en effet, un nouvel abbé, et l'on introduisit douze chanoines nouveaux, tirés de l'abbaye Saint-Victor, lesquels furent solennellement installés dans l'abbaye Sainte-Geneviève, au grand déplaisir des anciens chanoines qui mirent tout en œuvre pour se débarrasser de ces étrangers. Ils employèrent contre eux la calomnie, les menaces, les mauvais traitements. Dans l'excès de leur animosité, ils chargèrent leurs domestiques d'aller, pendant la nuit, enfoncer les portes de l'église, s'emparer de la place, et empêcher les nouveaux chanoines d'y chanter matines, en poussant des cris qui ne leur permettaient pas de s'entendre. Il fallut employer la force pour soumettre ces chanoines irrités. Ils retinrent, malgré les ordres de l'abbé Suger, une grande partie de leur trésor, détachèrent de la châsse de sainte Geneviève des ornements d'or qui pesaient quatorze marcs, dans le dessein de former une somme assez forte pour l'envoyer au pape, et l'engager à changer de résolution. On répandit même le bruit que ces chanoines furieux coupèrent la tête de sainte Geneviève et l'enlevèrent de sa châsse. Pour détruire ce bruit alarmant, on fit solennellement ouvrir cette châsse, et l'on montra le corps de la sainte, muni de sa tête, puis on chanta le *Te Deum*. Depuis longtemps, il n'existait dans sa châsse ni le corps ni la tête de sainte Geneviève.

Ce monastère, ruiné depuis trois cents ans par les Normands, n'avait qu'imparfaitement été rétabli. L'église, brûlée par ces barbares, tombait en ruines. Etienne de Tournay, élu abbé de Sainte-Geneviève en 1177, fit réparer les murailles dégradées par l'incendie, reconstruire les voûtes et recouvrir la toiture de lames de plomb. Le chapitre, le cloître, le dortoir, la grande chapelle intérieure de la Vierge, le réfectoire, etc., furent pareillement rétablis par cet abbé, qui remit la discipline en vigueur, et divisa l'école de ce monastère en deux classes : l'une, pour les religieux, était dans l'intérieur; et l'autre, placée à l'entrée, servait aux écoliers du dehors.

ABBAYE ET ÉCOLES SAINT-VICTOR. La ferveur de cette institution récente fut bientôt amortie. Fondée pendant le règne précédent, elle offrait déjà, sous celui-ci, l'image du désordre et de l'immoralité; l'inconduite, la débauche de l'abbé Erneise pervertirent tout le monastère. Cet abbé se montrait le protecteur de tous les religieux qui favorisaient son penchant à la dissolution, et persécutait les hommes instruits et attachés à la règle. Un évêque de Danemark lui confia trois cents marcs d'argent. Erneise viola ce dépôt et mit de l'étain en place du précieux métal. Cette affaire causa beaucoup de rumeur. L'abbé fut déposé et relégué dans un prieuré près de Chevreuse, où il continua de se livrer à des habitudes dissolues. Garin fut ensuite nommé abbé. Il rétablit l'ordre dans le monastère ; mais à cette régularité passagère succédèrent bientôt le relâchement et la licence. L'histoire de presque toutes les maisons religieuses des deux sexes n'offre qu'une succession alternative de régularité et de débordement.

ÉGLISE SAINT-GERMAIN-DES-PRÉS. Cette église, dont j'ai eu occasion de parler plusieurs fois, fondée par Childebert, au VIᵉ siècle, ravagée à diverses reprises par les Normands au neuvième, fut, au commencement du onzième, reconstruite, comme il a été dit, par l'abbé Morard. Sa reconstruction ne s'acheva entièrement qu'en 1163, époque où le pape Alexandre III en fit la dédicace et la consécration. L'évêque de Paris se présenta pour assister à cette cérémonie ; mais les religieux ne voulurent point le recevoir, et engagèrent le pape à lui ordonner de se retirer, parce que les évêques de Paris n'avaient aucune juridiction sur l'abbaye Saint-Germain-des-Prés. L'évêque fut obligé d'obéir, et le pape fit, en conséquence, un beau sermon au public, non pour l'instruire des vérités évangéliques, mais pour faire connaître les droits de cette abbaye. Afin de justifier cette incivilité, je dois dire que saint Germain, évêque de Paris, avait accordé, en l'an 566, de grands priviléges à cette abbaye ; il l'affranchit de toute autorité, excepté de celle des rois, et voulut que l'abbé s'opposât à ce qu'aucun évêque métropolitain ou suffragant entrât dans ce monastère, qui jouissait de la juridiction temporelle et spirituelle dans le bourg de Saint-Germain. En 1108, Galo, évêque de Paris, avait, par des moyens de séduction, déterminé Guillaume, nouvellement élu abbé de Saint-Germain, à lui soumettre ce monastère. En conséquence, cet abbé consentit à être solennellement institué et béni par l'évêque ; mais lorsqu'il revint vers son abbaye, il en trouva les portes fermées. Les efforts qu'il fit pour se les faire ouvrir furent inutiles : les moines, indignés de la condescendance de Guillaume, avaient résolu de ne pas le reconnaître pour abbé ; ils nommèrent à sa place Rainald, autrefois abbé de Saint-Germain, qui avait renoncé à cette abbaye *par simplicité*, ou plutôt pour se soustraire aux tracasseries qu'il éprouvait de la part de l'évêque et du chapitre de Notre-Dame. Ainsi Guillaume perdit son abbaye, et le monastère conserva son privilége.

La longueur, hors d'œuvre, de l'église Saint-Germain, y compris l'espace occupé par la tour carrée, qui s'élève à son entrée, est de deux cent quatre-vingt-dix-huit pieds. Sa largeur, sans y comprendre les chapelles qui l'entourent, est de soixante-dix pieds. L'intérieur présente d'abord une nef, séparée des bas-côtés par cinq piliers à droite, et autant à gauche. Chaque pilier se compose d'un massif où sont engagées quatre colonnes de diverses dimensions. Ces piliers supportent des arcades à plein cintre. Vers les deux tiers de la longueur de cette église est un grand autel, et plus loin, à l'extrémité du chœur, en est un autre consacré à la Vierge, derrière lequel s'élève une construction en pierre de Conflans, nommée contre-retable, dont le dessin est d'une belle simplicité. Elle présente une niche couronnée d'un fronton, lequel est supporté par deux colonnes d'ordre corinthien. Dans la niche, on a placé une figure de la Vierge. Les travaux de cette construction, commencés en 1816, ont été achevés en 1819. Le chœur est entouré de colonnes isolées, qui, sur les côtés, supportent des arches à plein cintre, et, au rond-point du chœur, des arches en ogives. Les fenêtres du rond-point, et même du chœur, sont aussi en ogives, ce qui autorise à croire que cette partie de l'église date du douzième siècle, ainsi que le portail.

La grosse tour carrée, simple et dépourvue d'ornements, qui s'élève à l'entrée et qui lui donne l'aspect d'une forteresse ou d'une prison, plutôt qu'un caractère religieux, est évidemment la partie la plus ancienne de l'église.

Les deux tours latérales, placées à l'autre extrémité de l'église, offraient un genre de construction différent de celui de l'intérieur, et leur architecture était plus recherchée. Elles paraissaient appartenir au temps de l'abbé Morard, au commencement du onzième siècle. En 1822 et 1823, ces tours, qui menaçaient ruine, ont été démolies.

Les piliers de la nef sont aussi du même temps : leurs colonnes engagées, leurs chapiteaux imités du corinthien et chargés de figures et d'ornements bizarres, leurs bases doriques, les doubles arceaux séparés et soutenus au milieu par une colonne qui leur est commune, signalent l'architecture du onzième siècle. La construction du rond-point du chœur, dont les arches sont en ogives, est d'un temps moins ancien. Peut-être, en 1163, lorsque cette église fut consacrée et dédiée, n'était-elle pas entièrement achevée. Nous avons beaucoup d'exemples d'églises consacrées, quoique n'étant qu'à demi construites. Ainsi, cette partie du chœur portant ce caractère de l'architecture ogivale, appartiendrait au temps de Louis VII, époque où se fit la consécration de cette église, et où ce genre d'architecture commença à s'introduire à Paris.

En 1653 et dans les années suivantes, on fit beaucoup de réparations au bâtiment de Saint-Germain; des murs, des voûtes, etc., furent reconstruits : on reconnaît sans peine ces parties réparées à leurs formes régulières et aux chapiteaux pareils à l'antique.

On a remarqué, et le fait est certain, que l'axe de la nef et celui du chœur ne forment pas une ligne droite; que l'axe du chœur s'écarte de celui de la nef, quoique d'une manière peu sensible, et incline du côté du sud.

J'ai parlé des rois et des reines enterrés dans cette église. Il serait trop long de citer les noms des personnes considérables dont on y voyait les tombeaux.

Des fouilles ayant été faites, au mois de mai 1799, sous le grand autel de cette église, on découvrit, à sept pieds au-dessous du sol, un tombeau que Montfaucon avait indiqué comme pouvant être celui de Charibert, roi de Paris. Ce tombeau avait six pieds de long, et son couvercle en marbre, en forme de dos d'âne, était orné d'écailles imbriquées, de palmes et d'une branche de vigne. Ce couvercle levé, on vit un squelette vêtu, à côté duquel était un long bâton ou crosse terminé en bois, à sa partie supérieure par une pomme en ivoire, en forme de béquille. On jugea que ce tombeau était celui de l'abbé Morard, qui fit reconstruire le monastère de l'église, et qui mourut en 990. Voici la description du vêtement de cet abbé. Il était double. Le premier présentait un manteau ample, dont les extrémités descendaient jusqu'aux pieds. Ce manteau était de satin, d'un tissu très-fort, à grands dessins et d'une couleur rouge foncé. Le second vêtement consistait en une tunique de laine, couleur pourpre brun, ornée d'une broderie aussi de laine, sur laquelle on avait gaufré des ornements. Des espèces de pantoufles, d'un cuir noir et bien tanné, lui servaient de chaussure : elles n'avaient ni oreilles ni boucles.

On découvrit un second tombeau, et l'on conjectura que c'était celui d'un abbé Ingon, mort en 1025. Son squelette était couvert d'un vêtement de taffetas violet, ressemblant assez à l'habit des bénédictins. Les coutures de chaque pièce de ce large vêtement étaient couvertes d'un galon de soie verte, avec des étoiles en broderie d'or. Cette espèce de tunique avait pour bordure une belle bande d'étoffe à grands dessins, relevés en dorures sur le fond. Sa coiffure consistait en une mitre de soie blanche moirée. Ses mains étaient couvertes de gants d'un tissu de soie à jour, fait à l'aiguille. Il avait au doigt une bague d'un métal mélangé en cuivre et argent, dont le chaton, en forme de croissant renfermait une turquoise décolorée. Sa chaussure consistait en une espèce de guêtres d'une étoffe de soie, couleur violet foncé, ornées de dessins très-variés et du meilleur goût : on y voyait des cartels de forme polygone où se trouvaient tracés en or des lévriers et des oiseaux. Ces riches étoffes se fabriquaient en Orient.

Le 26 février 1819, on transféra, en cérémonie, du Musée des monuments français, les cendres de Montfaucon, de Mabillon et de René Descartes, et on les déposa dans la chapelle dite de Saint-François-de-Sales, où des tables en marbre noir portent des inscriptions qui attestent l'époque de leur mort et celle de leur translation en ce lieu. — Les cendres de Boileau Despréaux furent, le 14 juillet 1819, pareillement déposées dans la chapelle de Saint-Paul, située en face de celle de Saint-François-de-Sales. Une inscription latine, gravée sur une table de marbre noir, marque l'époque de la mort et de la translation des cendres de l'auteur de l'*Art poétique* et du *Lutrin*.

L'*Enclos du monastère* contenait plusieurs édifices dont je parlerai bientôt. Il s'y opéra, après l'an 1368, de grands changements. Charles V, craignant l'attaque des Anglais, ordonna que cet enclos fût fortifié. On répara les murailles, les tours, et l'on creusa des fossés tout au tour. Pour faire ces préparations, il fallut sacrifier plusieurs bâtiments, démolir la chapelle *Saint-Martin-des-Orges*, et faire des transactions avec des voisins auxquels on prenait ou l'on abandonnait du terrain.

La principale entrée de l'enclos du monastère était située à l'est, vers l'emplacement occupé aujourd'hui par la prison militaire de l'Abbaye; en cet endroit, on traversait le fossé sur un pont, et l'on arrivait à l'église par sa porte méridionale. Une autre entrée était à l'ouest de l'enclos, dans la rue depuis nommée *Saint-Benoît*, presque en face la rue des Deux-Anges, rue qui n'existait pas alors. Cette entrée, nommée *Porte Papale*, rarement ouverte, était flanquée de deux tours rondes, et l'on y arrivait par le moyen d'un pont levis.

13

Vers l'endroit où la rue de Furstemberg aboutit à celle du Colombier, s'élevait une vieille tour ronde. De cette tour, le mur de clôture, très-élevé, s'étendait en droite ligne jusque vers le bas de la rue Saint-Benoît; l'angle de cette rue était une seconde tour pareille à la précédente. A ce point, le mur retournant presque à angle droit, suivait la direction de la rue Saint-Benoît, rencontrait la porte Papale, et aboutissait à une troisième tour ronde. Là se présentait un angle rentrant, qui laissait une petite place dont on voit encore un reste aux extrémités des rues Saint-Benoît et Sainte-Marguerite. Après cet angle, le mur suivait la direction de cette dernière rue jusqu'à la forteresse où se trouvait l'entrée principale du monastère. Ce mur était crénelé, soutenu par des piliers butants, et, de distance en distance, garni de tourelles élevées sur des culs-de-lampe. Ce mur était défendu par un fossé rempli par les eaux de la Seine, qu'y conduisait le fossé ou canal dit *Petite-Seine*. L'intérieur de cet enclos offrait plusieurs places vides et plusieurs édifices construits à diverses époques, dont voici la notice. Au sud et à l'entrée de l'église existait et existe encore la *chapelle Saint Symphorien*, que saint Germain avait fait construire, et où, en l'an 576, il fut enterré. En l'an 754, on transféra son corps dans la grande église. Cette chapelle Saint-Symphorien fut souvent reconstruite ou réparée. Au nord de l'église était la sacristie, le cloître, le réfectoire et la chapelle de la Vierge. La *sacristie* contenait la relique dite *la ceinture de sainte Marguerite*, qui possédait des vertus miraculeuses dont l'abbé Thiers a parlé en incrédule. Le *réfectoire*, remarquable par la beauté de son architecture, ressemblait plutôt à un vaste temple qu'à une salle à manger; sa longueur était de cent quinze pieds, sa largeur de trente-deux, et sa hauteur de quarante-sept pieds sept pouces; il avait été construit, en 1230, par le célèbre *Pierre de Montreuil*. Il servit de prison en 1793. La *chapelle de la Vierge*, située au nord et à quelque distance de l'église, commencée en 1244, sur les dessins du même Pierre de Montreuil, remplaça une chapelle de la Vierge tombant en ruine. Dans le chœur de cet édifice était la tombe de Pierre de Montreuil, architecte de cette chapelle et du réfectoire, lequel enrichit Paris de plusieurs beaux ouvrages; il y était représenté avec une règle et un compas à la main. Autour de cette tombe on lisait son épitaphe, dont voici les deux premiers vers :

> *Flos plenus morum, vir doctor latomorum*
> *Muslerolo natus, jacet hic Petrus tumulatus.*

Tout auprès était aussi inhumée son épouse Agnès, avec cet épitaphe : *Ici gist Annès, femme jadis feu mestre Pierre de Montreuil; priez Dieu pour l'âme d'ele*. La chapelle de la Vierge fut détruite pendant la révolution. — Une rue, nommée *rue de l'Abbaye*, occupe la place d'une partie des bâtiments du grand cloître, du chapitre, de la nouvelle sacristie, etc.; du côté septentrional de cette rue, des maisons particulières couvrent les lieux où s'élevaient le réfectoire et la chapelle de la Vierge. — Aux quinzième et seizième siècles, il s'opéra de grands changements dans l'intérieur de l'enclos Saint-Germain-des-Prés. Charles de Bourbon, cardinal, archevêque de Rouen et abbé de Saint-Germain-des--Prés, en 1585, céda les fossés aux religieux, qui les enserrèrent dans l'enclos, et firent élever des murs sur le bord extérieur. Le même cardinal commença, en l'année suivante, la construction du *palais Cardinal*, orné de beaux jardins que le cardinal de Furstemberg, aussi abbé de Saint-Germain, fit, en 1699, considérablement embellir. Ce fut lui qui fit construire les écuries et la rue qui, de celle du Colombier, se dirige en face de ce palais, rue qui porte encore son nom. La *bibliothèque*, qui faisait partie d'un des corps de bâtiments du cloître, et dont l'extrémité septentrionale était adhérente au réfectoire, ne devint considérable qu'au commencement du dix-huitième siècle ; elle était une des plus curieuses de Paris, et fut enrichie, en 1718, de celle de l'abbé d'Estrées; en 1720, de celle de l'abbé Renaudot; des bibliothèques de M. de Coaslin, évêque de Metz, etc.

Parmi les riches manuscrits qu'elle contenait, on citait quelques ouvrages de saint Augustin écrits sur le papyrus, au sixième siècle. Le *Cabinet d'antiquités*, établi par Montfaucon, attenait à la salle des livres; il était précieux : on y trouvait une collection de monuments égyptiens, grecs, étrusques, romains et gaulois, et une autre collection de morceaux d'histoire naturelle. Cette bibliothèque, ouverte tous les jours au public, fut en partie détruite par l'explosion de quinze milliers de salpêtre déposés dans le bâtiment du réfectoire ; explosion qui se manifesta le 2 fructidor an II (19 août 1794), à neuf heures du soir. On put sauver les manuscrits, qui furent transférés à la Bibliothèque royale.

En 1699, l'abbé-cardinal de Furstemberg aliéna des parties de son enclos abbatial à divers particuliers, pour y bâtir des maisons à leurs frais. Par suite de cette aliénation furent établies les petites rues de *l'Abbaye* et *Cardinale*. Dans l'enclos des religieux on fit ouvrir, en 1715, la rue Childebert et celle Sainte-Marthe qui est en retour, établir un porche et un parvis devant la principale entrée de l'église. Tous les fossés étaient comblés, et des masses de maisons s'élevaient à leur place. Tel fut l'effet des changements de l'état de la France et des progrès de la civilisation, que les religieux de Saint-Germain, au lieu de faire des dépenses pour fortifier leur enclos, détruisaient leurs fortifications pour accroître leur revenu. Au lieu de deux entrées, dont l'une ne s'ouvrait que très-rarement, on y établit quatre entrées publiques maintenant démolies : la porte de Bourbon-Château, en face de la rue de ce nom ; la porte Sainte-Marguerite, sur la rue du même nom ; celle Saint-Benoît, sur la rue de ce nom, et vis-à-vis de la façade principale de l'église; la porte Furstemberg, sur la rue du Colombier qui servait d'entrée au palais abbatial. Au dehors de l'enclos étaient, au quatorzième siècle, divers objets que je dois faire connaître. A l'est de cet enclos, sur la place située au-devant de la porte qui alors était la principale entrée de l'abbaye, s'élevait le *pilori*, construction en forme de tour ronde, n'ayant qu'un étage, percé de grandes fenêtres. Au sud de l'enclos était un terrain vague, où l'on pratiqua un chemin qui, après 1635, fut converti en une rue, appelée d'abord *de Madame Valence*, et puis *Sainte-Marguerite*, à cause de la chapelle dédiée à cette sainte, chapelle placée à l'extrémité de la partie septentrionale de la croisée de l'église, et restaurée en 1675. En 1635, fut aussi construite, par l'architecte Gamart, la *prison de l'Abbaye*, située à l'extrémité orientale de cette rue (Voyez *Prisons*). A l'ouest s'étendait, depuis le passage du Dragon jusqu'à la rue Jacob, un clos entouré de murailles, appelé la *Courtille* ou *le clos de l'Abbaye*, dans lequel a été ouverte la rue Taranne. Au delà de cet enclos était la chapelle Saint-Pierre, qui a donné son nom à la rue des Saint-Pères. Au nord, et au delà du fossé, était un chemin qui longeait le petit Pré aux Clercs, et qui reçut le nom de *chemin aux Clercs*. A partir de l'an 1640, ce chemin fut bordé, de part et d'autre, de maisons, et, à cause d'un colombier élevé sur le mur d'enceinte de l'abbaye, on lui donna le nom de *rue du Colombier*.

Tel était, au quatorzième siècle, l'état physique de l'enclos de l'abbaye Saint-Germain-des-Prés; tels furent les changements qui s'y opérèrent dans la suite.

Les religieux de cette abbaye s'étaient, au quatorzième siècle, affranchis du joug monastique; le désordre et la débauche avaient remplacé la régularité. L'abbé Guillaume Briçonnet, en 1513, voulant établir la réforme, introduisit dans l'abbaye Saint-Germain trente religieux du monastère de Chezal-Benoît, dont le régime austère déplut aux anciens religieux, qui préférèrent quitter le couvent. Une bulle du pape, de février 1516, déclare excommuniés les moines fugitifs, si, dans trois mois, ils ne sont pas rentrés dans l'abbaye. En 1631, nouvelle réforme : on introduisit dans ce monastère la règle de la congrégation de Saint-Maur. Mais cette réforme ne s'opéra pas sans beaucoup de résistance. — Cette abbaye tenait sous sa puissance féodale la grande moitié de la partie méridionale de Paris; elle possédait, de plus, sur toute l'étendue du faubourg Saint-Germain, la juridiction spirituelle et la juridiction temporelle. L'abbé avait son grand-vicaire et son official; il était indépendant de l'évêque de Paris, ne relevait que du pape, faisait des mandements, enfin exerçait dans son faubourg la puissance qu'un évêque exerce dans son diocèse.

En novembre 1667, Hardouin de Péréfixe, archevêque de Paris, publia un *jubilé* dans tous les lieux de sa juridiction et dans le faubourg Saint-Germain, qui n'en dépendait pas. L'alarme fut au monastère. L'abbé Henri de Bourbon, qui voulait se démettre de son abbaye pour se marier, se mit peu en peine de cette invasion de pouvoir : son grand-vicaire s'y opposa, mais, n'étant point soutenu, il accepta comme les autres religieux les propositions de l'archevêque. La juridiction de l'abbé fut d'abord bornée à l'enclos de l'abbaye. Louis XIV, par un édit de mars 1674, ayant supprimé toutes les justices particulières de Paris et les ayant réunies au Châtelet, l'abbaye Saint-Germain, qui avait son prévôt, ses archers, sa police, sa prison; qui jouissait des droits de déshérence, d'aubaine, de bâtardise, de confiscation, et autres droits féodaux, allait être dépouillée d'une grande partie de ses revenus. Pélisson composa un mémoire où il détailla toutes les pertes que l'édit du roi faisait éprouver à cette abbaye : il en résulta un arrêt du conseil d'État, du 21 janvier 1675, qui laissa la haute justice à l'abbaye, mais dans son enclos seulement : on permit, en conséquence, à l'abbé d'établir un bailli et autres officiers de justice. Cet arrêt ne fut mis à exécution qu'en 1692. — Par décret du 13 février 1792, l'abbaye de Saint-Germain, comme toutes les autres, fut supprimée : son église, par l'effet du concordat de 1802, devint succursale de la paroisse Saint-Sulpice, et l'est encore.

GRANDE BOUCHERIE, située au nord et proche du grand Châtelet. Elle avait existé, sous le règne précédent, dans la maison de Gueheri le changeur. Louis VI, en donnant cette boucherie à l'abbaye de Montmartre, excita le mécontentement et les réclamations des bouchers. Après de longues contestations, ceux-ci furent mis en possession de cette boucherie, moyennant une rente de 30 livres parisis, qu'ils convinrent de payer aux religieuses de Montmartre. Cette boucherie contenait alors vingt-trois étaux.

TABLEAU PHYSIQUE DE PARIS.

La description de la seconde enceinte qui enserrait les faubourgs du nord et du midi peut donner une idée d'une partie de l'état de cette ville. Voici quelques autres traits qui pourront en compléter le tableau.

Les événements politiques de la France influaient puissamment sur le physique de ses villes. Les guerres privées, les révoltes et les brigandages des seigneurs exposant les produits de la culture des terres à des ravages continuels, on sentit la nécessité d'enclore de murs les terres cultivées. Telle est évidemment la cause des nombreuses clôtures qui, sous le nom de *Clos*, se trouvaient alors aux environs de Paris. Voici la notice de ceux qui sont les plus connus :

CLOS DE LA PARTIE MÉRIDIONALE DE PARIS. Les clos *Sainte-Geneviève, Saint-Germain-des-Prés, Saint-Victor*, contenaient les églises, bâtiments, cours et jardins de chacune de ces abbayes, et occupaient une portion considérable du sol méridional de Paris. Il faut y joindre les clos *Saint-Médard* et *Saint-Marcel*, et plusieurs autres, dont voici la nomenclature : *Clos des Vignes*, ou *Courtille*. Il appartenait à l'abbaye Saint-Germain-des-Prés ; il s'étendait depuis la rue des Saints-Pères jusqu'aux rues Saint-Benoît et de l'Egout. — *Clos Saint-Sulpice*. Il s'étendait sur une partie de l'emplacement du jardin du Luxembourg. — *Clos Vignerai*. Il occupait une partie du jardin du Luxembourg et de l'enclos des Chartreux. — *Clos Saint-Etienne-des-Grès*. Il était contigu à l'église de ce nom et au clos Sainte-Geneviève. Près de ce clos était le *Pressoir du Roi*. — *Clos de Beauvoisin et de Garlande*. Ils étaient séparés par la rue Galande, qui en a pris son nom, et avoisinaient la place Maubert. — *Clos l'Evêque*. Il était situé près du clos Garlande. — *Clos du Chardonnet*, sur lequel fut construite l'église Saint-Nicolas-du-Chardonnet. A l'est de ce clos était la *Terre d'Alez*, dont je vais parler. — *Clos Bruneau*. Deux clos portaient ce nom à Paris. Le plus considérable et le plus ancien contenait l'espace compris entre les rues des Noyers, des Carmes, Saint-Hilaire et Saint-Jean-de-Beauvais ; l'autre était situé dans le voisinage de l'Odéon, entre les rues de Tournon et de l'Odéon. La rue de Condé a été ouverte sur ce dernier clos. — *Clos Saint-Symphorien*. Il était planté en vignes et compris entre les rues des Cholets, de Reims, des Sept-Voies et de Saint-Etienne-des-Grès. — *Clos Tyron*. Il appartenait à l'abbé du monastère de ce nom, et était compris entre les rues des Fossés-Saint-Victor et des Boulangers. — *Clos des Arènes*. Il était compris entre les rues Copeau, des Fossés-Saint-Victor et de Saint-Victor. — *Clos le Roi*. C'est sur son emplacement qu'ont été construits l'église et l'hôpital Saint-Jacques-du-Haut-Pas. — *Clos des Mureaux*, ou *Francs-Mureaux*, plus anciennement nommé *de Cuvron*, situé faubourg Saint-Jacques, au sud du clos le Roi. La rue de la Bourbe était sa limite méridionale. — *Clos des Bourgeois* ou de *la Confrérie des Bourgeois de Paris*. Il était, je crois, situé entre les rues d'Enfer et Saint-Jacques, au nord du clos le Roi. — *Clos des Jacobins*. Au-delà des murs de l'enceinte de Philippe-Auguste, les Jacobins possédaient un terrain assez vaste, entouré de murailles ; il était situé au nord du clos des Bourgeois, borné par les fossés de la ville, par la rue d'Enfer et la rue Saint-Jacques. — *Clos des Poteries* ou *des Métairies*. On y entrait par la rue des Postes, qui, comme on le conjecture, doit son nom de *Postes* à celui de *Pots*. Le cul-de-sac des Vignes a été ouvert sur son emplacement.— Il existait encore, dans cette partie de Paris, le *clos Drapelet*, le *clos Entechelière ;* mais on ignore leur emplacement. — La *Terre d'Alez* était un vaste territoire qui s'étendait depuis le clos du Chardonnet jusqu'au point où la Bièvre se jetait dans la Seine. Il comprenait originairement l'emplacement de l'abbaye Saint-Victor et ses dépendances, l'emplacement du Jardin-des-Plantes, etc. Il existait, au quatorzième siècle, une rue parallèle à celle des Fossés-Saint-Bernard, depuis cul-de-sac qui portait le nom d'*Alez*, nom qui signifie *terre limitante*.

CLOS DE LA PARTIE SEPTENTRIONALE DE PARIS. On trouvait à l'est de la *Grève*, dont l'emplacement était beaucoup plus étendu qu'il ne l'est aujourd'hui, les clos suivants :

Clos Saint-Gervais, situé entre les rues Saint-Gervais, Cultures-Saint-Gervais, du Temple, etc. — *Clos* ou *Cimetière Saint-Eloi*, et ses dépendances, situé dans l'emplacement où l'on a depuis bâti l'église, la rue et l'hôtel de Saint-Paul, ainsi que l'Arsenal. Au nord de ce clos se trouvait le *Clos Margot*, sur lequel on a ouvert, en 1481, la rue Saint-Claude au Marais. — Les *Enclos du Temple* et de l'*abbaye Saint-Martin, Saint-Merri* et *Saint-Magloire*, etc., occupaient une grande portion de l'espace qui se trouve entre la rue Saint-Denis et la portion orientale de Paris.— *Les Champeaux*, en latin *Campelli*, qui occupaient l'espace contenu entre la rue Saint-Denis et le Palais-Royal : les Halles, l'église Saint-Eustache, les rues Croix-des-Petits-Champs et Neuve-des-Petits-Champs, furent établies sur ce vaste territoire.

Grand-Marais. Au-delà et au nord des lieux que je viens d'indiquer, était un vaste marais, situé entre Paris et Montmartre ; il s'étendait, suivant une charte de l'an 1176, depuis le Pont-Pétrin (*Pont-Perrin*, rue Saint-Antoine), jusqu'au-dessus du village de Chaillot. Ce marais, arrosé par les eaux pluviales venant de Paris et par le ruisseau de Ménilmontant, fut, en 1154, concédé par les chanoines de Sainte-Opportune à divers particuliers, pour être défriché, à raison de douze deniers par arpent. *La Ville-l'Evêque*, ferme ou séjour champêtre de l'évêque de Paris, qui devint dans la suite un village, était située au-delà de ce marais. On voyait aussi entre Paris et Montmartre les clos suivants : *Clos de Malevart*, depuis connu sous le nom de *la Courtille*. — *Clos Georgeau*, situé au bas de la butte Saint-Roch, et dont une rue, qui communique de la rue Traversière à celle Sainte-Anne, a conservé le nom. — *Clos Gauthier* ou *des Masures*, sur lequel a été ouverte la rue Saint-Pierre-Montmartre. *Clos du Hallier*, où se trouve aujourd'hui la rue du Faubourg-Poissonnière.

Tels étaient les clos, les territoires et l'état du sol des environs de Paris sur lequel cette ville s'est depuis étendue ; il s'y opéra, pendant cette période, un changement dont je vais parler.

CANAL DE BIÈVRE. Le cours de la rivière de ce nom avait, jusqu'au règne de Louis VII, suivi son lit naturel ; et ses eaux se versaient dans la Seine au point où elles s'y versent aujourd'hui, lorsqu'en 1148 les chanoines de Saint-Victor, désirant avoir dans leur enclos un moulin à farine et un courant d'eau pour le faire mouvoir, parvinrent, par l'entremise de saint Bernard, à déterminer l'abbé de Sainte-Geneviève à leur accorder, pour une somme d'argent, la permission de creuser un nouveau canal à cette rivière. Ce canal, large de neuf pieds, recevait les eaux de la Bièvre à cent quarante toises environ au-dessous du point où le cours de cette rivière est traversée par la rue du Jardin-des-Plantes. Là, une digue arrêtait les eaux, et les faisait entrer dans le nouveau canal, qui, traversant l'enclos de Saint-Victor, passait au nord et près de l'église, y faisait tourner un moulin ; puis, sortant de l'enclos, traversait l'emplacement de l'extrémité méridionale de la rue des Fossés-Saint-Bernard, se prolongeait parallèlement à la rue Saint-Victor, derrière les maisons qui la bordent au nord, puis entre les rues des Bernardins et celle de Bièvre allait se jeter dans la Seine, vers l'endroit dit *des Grands-Degrés*.

Ce canal subsista jusqu'au seizième siècle ; mais au quatorzième, sous le règne de Charles V, une partie de sa direction était changée ; et, au lieu de verser ses eaux dans la Seine à l'endroit des *Grands-Degrés*, les eaux détournées vers la partie méridionale de la rue des Fossés-Saint-Bernard, se rendaient dans la Seine vers l'extrémité opposée de cette rue. Je parlerai dans la suite de ce canal, de sa nouvelle direction et de ses graves inconvénients.

RUES DE PARIS. Des rues étroites, tortueuses, telles qu'on en voit encore dans les plus anciens quartiers de cette ville, et notamment dans celui qui est au nord du parvis Notre-Dame, bordées, si l'on en excepte les édifices publics, de tristes chaumières ; des rues qui, dénuées de pavé, jamais nettoyées, devaient être bourbeuses, pleines d'immondices, puantes, hideuses à voir, pénibles à parcourir et malsaines à habiter, offraient l'unique moyen de communication qu'eussent les Parisiens.

Leurs noms grossiers, ridicules, même obscènes, se trouvent en harmonie avec leur mauvais état. Les uns désignent la malpropreté de ces rues, comme les noms de *Merderais*, *Merderet*, *Merderiaux*, *Merderel*, *Orde-Rue*, *rue Breneuse :* il s'en trouvait plusieurs de ce nom : *Trou-Punais*, ce dernier nom était celui de plusieurs cloaques, ainsi que ceux du *Trou-Bernard*, de *la Fosse-aux-Chiens*, autrefois, nommée *Fosses-aux-Chieurs ;* rues *Tire-Pet*, *du Pet*, *du Petit-Pet*, *du Gros-Pet*, *du Pet-au-Diable*, *du Cul-de-Pet*, etc. D'autres dénominations ne sont que ridicules, comme celles des rues *Pavé d'andouilles*, *Trop-va-qui-dure*, ou *Qui-mi-trouva-si-dure ; du Puits-qui-Parle*, *Bertrand-qui-dort*, *Brise-*

Miche, *Taille-Pain*, *Jean-Pain-Mollet*, *Trousse-Vache*, etc. D'autres noms indiquent les intentions ou les habitudes malfaisantes de ceux qui les habitaient. De ce nombre sont les rues de *Maudestour*, *Mauconseil*, *Maldésirant*, *Maleparole*, *Malivaux*, *Muavoisin*, ou *Mauvais-Voisin*, et deux rues dites *des Mauvais-Garçons*, etc. D'autres noms de rues caractérisaient les dangers qu'y couraient les passants, ou les événements fâcheux dont elles furent le théâtre : telle sont la rue dite *du Coup-de-Bâton*, les rues *Tire-Chappe*, *Vide-Gousset*, *Coupe-Gorge*, *Coupe-Gueule*, etc. Il en était d'autres qui attestaient la misère publique, comme celles de la *Grande-Truanderie*, de la *Petite-Truanderie* : on sait que le mot *truanderie* indique l'action de demander l'aumône ; *la Vallée-de-Misère*, etc. Plusieurs autres rues indiquaient par leurs noms la débauche dont elles étaient les repaires; telles que les rues *Pute-y-Muce*, *Putigneuse*, le cul-de-sac *Putigneux*, etc. Ce serait blesser toutes les bienséances que de reproduire les noms orduriers que portaient anciennement les rues *Trans-Nonain*, *Tire-Boudin*, *Deux-Portes-Saint-Sauveur*, du *Pélican*, de *Marie-Stuart*, etc.

Ainsi, les malheurs, les désordres et l'immoralité des siècles passés avaient laissé leur empreinte jusque sur les noms des rues de Paris.

Petit-Pont. Ce pont, emporté en grande partie vers l'an 885 par un débordement de la Seine fut sans doute rétabli dans la suite et détruit de nouveau. Puis, suivant Geoffroy de Saint-Victor, *Jean de Petit-Pont* et ses disciples le reconstruisirent en pierres de taille, à leurs frais et de leurs propres mains, vers la fin du douzième siècle. Ils bâtirent de plus, pour chacun d'eux, de petites maisons situées sur ce même point, ils y demeuraient, et y enseignaient le peuple. Geoffroy de Saint-Victor fait un grand éloge de la magnificence de ces constructions qui n'étaient pas toutes en pierres de taille, puisque cet écrivain dit que des *piles recouvertes en airain* le soutenaient; donc il y entrait du bois. Il ajoute que la route de ce pont était pavée, et prédit qu'il durera longtemps ; mais cette prédiction ne s'accomplit point. Le Petit-Pont fut encore abattu par un débordement et reconstruit en 1185. J'en parlerai dans la suite. Jean, surnommé de *Petit-Pont*, parce qu'il l'avait bâti et qu'il y demeurait, était chef d'une secte philosophique de ce temps. Ses sectateurs et ses disciples étaient, pour la même cause, nommés *Parvipontains*.

Paris, pendant cette période, s'accrut de quelques églises ou chapelles, d'un hôpital et d'un collége qui fut le premier établissement de ce genre. Cette ville fut détruite deux fois par des incendies. Le premier se manifesta en 1054, le second en 1059. Les chroniques s'accordent à dire que la France, dans la même année, fut désolée par une famine excessive qui dura pendant sept années.

Dans l'hiver de 1119, la Seine, débordée par les pluies continuelles, dévasta ses rivages, engloutit les maisons et les cultures qui s'y trouvaient : Paris et Rouen éprouvèrent de grandes pertes. Quelques mois après, un ouragan furieux dessécha, pendant quelques moments, les eaux de la Seine, de sorte que, si l'on avait osé, on aurait pu franchir à pied sec la largeur de cette rivière. « Paris, dit Orderic Vital, fut témoin de ce spectacle, et en fut épouvanté. »

ÉTAT CIVIL DE PARIS.

Le comtes de Paris, devenus rois, furent remplacés par un *prévôt*, qui résidait dans la forteresse du Grand-Châtelet. Les prévôts s'occupaient moins alors de leurs devoirs que de leurs prétendus droits; ils achetaient cette fonction des rois, et en retiraient le prix par le moyen des vexations arbitraires qu'ils exerçaient sur les habitants de Paris. Louis VI, ou le Gros, avait concédé ou plutôt vendu à plusieurs villes et bourgs de France des chartes de commune ou de franchise; son fils Louis VII ne l'imita point : il refusa cet avantage aux habitants d'Orléans, et n'en accorda point à la ville de Paris. Les rois ses successeurs ne furent pas plus généreux envers les habitants de cette capitale, qui n'eut jamais de charte de franchise. Les finances du roi et son autorité en auraient souffert; il se serait privé des produits de plusieurs exactions : les Parisiens furent donc maintenus dans leur état de servitude. Mais ce roi, sans doute pour les dédommager, leur accorda, par une ordonnance de l'an 1134, des droits dont ils ne jouissaient pas, et qu'on nommait alors des *priviléges*. En voici les principaux articles : Louis VI concède à la partie des habitants de Paris qui sont ses justiciables, et non aux justiciables des seigneurs ecclésiastiques, la faculté de poursuivre leurs débiteurs, de saisir leurs meubles, et, dans le cas où ces Parisiens ne pourraient pas prouver leur créance, ils étaient, malgré ce défaut de preuve, exempts envers le roi d'une amende qu'ils auraient encouruc sans ce privilége. Les Parisiens justiciables du roi pouvaient en outre recourir au prévôt de Paris, qui devait leur fournir des secours dans leurs poursuites contre les débiteurs. Ces articles semblent prouver qu'avant cette ordonnance de Louis VI, l'autorité du roi et celle de son prévôt n'agissaient sur les sujets que pour lever des amendes et exercer de violentes exactions dont je vais parler; que ces autorités ne se mêlaient nullement de la justice distributive; qu'avant l'an 1134 les Parisiens n'avaient pas le droit de poursuivre leurs débiteurs, et que, lorsqu'ils s'avisaient de réclamer sans preuves ce qui leur était dû, on les condamnait à une amende envers le roi. Par cette ordonnance, le roi autorise en même temps ses bourgeois justiciables à saisir eux-mêmes les biens de leurs débiteurs, partout et de quelque manière qu'ils pourront le faire, *ubicumque et quocumque modo poterunt*, pourvu qu'ils ne saisissent pas des valeurs excédant leur créance. Voilà les bourgeois de Paris érigés en sergents, saisissant, sans jugements préalables, tout ce qu'ils pourront saisir de leurs créances ! voilà l'arbitraire et le désordre érigés en loi ! En accordant ce prétendu privilége à ses justiciables de Paris, Louis-le-Gros se garda bien de les exempter du *droit de prise*, vrai brigandage qu'il exerçait sur eux, et qui livrait les habitants de cette ville à la merci d'une bande de pillards royaux, appelés *chevaucheurs* et *preneurs*. Ces *preneurs*, lorsque le roi rentrait dans Paris après quelque absence, enlevaient dans les maisons des Parisiens, pour le service du roi, de la reine, des princes et des grands officiers, les meubles, les denrées, les provisions qu'ils y trouvaient, sans paiement, sans compensation. Louis VII rendit, en 1165, une

14

ordonnance où il restreignit cette exaction féodale : il défendit d'enlever les meubles. Voici une partie du préambule de cette ordonnance : « Chaque fois
» que nous venions à Paris, nos sergents étaient en usage d'entrer dans plu-
» sieurs maisons, et d'y enlever pour notre service les matelas, les lits de
» plumes qui s'y trouvaient..... »

Malgré cette ordonnance, le droit de prise que Louis VII qualifie de *mauvaise coutume*, d'*exaction illicite*, se maintint encore longtemps; et j'aurai occasion d'en parler dans la suite avec de plus grands détails. Pendant cette période fut établie, surtout dans les justices ecclésiastiques, la coutume barbare des *combats judiciaires*, c'est-à-dire la coutume de se battre devant les juges au lieu de plaider. Je parlerai plus longuement de cette jurisprudence brutale. Cependant quelques traits de lumière commençaient à briller au milieu de ce cahos de désordres et d'erreurs. En 1135, on découvrit, à Amalfi, un vieux manuscrit des *Pandectes de Justinien*. L'étude de la jurisprudence reçut, par cette découverte, une grande impulsion.

Le droit romain fut enseigné à Paris; mais un décret du pape Honorius III, d'environ l'an 1220, y prohiba cet enseignement, et ce ne fut qu'au 18 février 1563 qu'il fut établi dans cette ville une chaire spéciale de ce droit.

Si, au douzième siècle, le code de Justinien résista aux déclamations de saint Bernard, aux prohibitions des papes et des conciles, il ne put échapper à l'ignorance de ses commentateurs, ni à l'usage établi par les légendaires d'envelopper de mensonges merveilleux les plus simples vérités. Les premiers commentateurs crurent illustrer ce code en l'accompagnant de contes ridicules.

TABLEAU MORAL DE PARIS.

Il serait difficile de trouver dans les annales des nations un état social plus désordonné, des opinions plus fausses, des malheurs plus grands, plus soutenus, des crimes plus graves et des mœurs plus corrompues que chez les habitants de la Gaule pendant cette période. Les onzième et douzième siècles, qu'on a nommés *siècles de plomb*, seraient plus exactement caractérisés si on les qualifiait de *siècles de ténèbres, de boue et de sang*.

Les rois n'offraient aux seigneurs et aux peuples que des exemples d'immoralité, qui ne furent que trop imités. C'est ainsi qu'on a vu Philippe 1ᵉʳ, de concert et sans doute par les insinuations de son prévôt Étienne, faire, dans l'église de l'abbaye de Saint-Germain-des-Prés, une tentative de vol qui n'eut pas de succès. On va voir maintenant ce roi, si le souverain pontife de Rome n'est pas un calomniateur, renouveler les mêmes tentatives sur un plus grand théâtre et avec un succès plus réel.

Le pape Grégoire VII adresse à tous les évêques du royaume une lettre, datée du 19 septembre 1074, dans laquelle il esquisse le tableau des mœurs corrompues de ce royaume et de son roi : « Toutes les lois y sont méconnues,
» toute justice est foulée aux pieds, dit-il. Est-il quelque infamie, quelque
» espèce de cruauté, quelques actes vils, intolérants, qui ne s'y commettent

» impunément? Depuis un certain temps, la puissance royale affaiblie n'a plus
» de lois à opposer aux délits, n'a plus de force pour les punir. Les Francs,
» ennemis entre eux, usurpant chacun le droit commun des nations, lèvent
» des troupes et se font la guerre pour venger leur propre injure. Ces querelles
» particulières désolent la patrie, la remplissent de meurtres, d'incendies et
» d'autres calamités que produisent les guerres. Chose étrange et déplorable!
» la perversité, comme une maladie contagieuse, les a tous frappés. Souvent,
» et sans y être contraints par la nécessité, ils se rendent coupables de forfaits
» horribles, exécrables. Ils méprisent également les lois des hommes et celles
» de Dieu. Sacriléges, incestueux, parjures, ils sont, pour le moindre intérêt,
» disposés à se trahir réciproquement. On voit parmi les Francs ce qu'on ne
» voit point chez les autres nations de la terre : les uns sont en guerre contre
» les autres, les parents contre leurs parents, les frères même contre leurs
» frères. C'est par cupidité, c'est pour extorquer les biens de leurs adversaires,
» c'est pour les plonger, le reste de leur vie, dans une misère extrême, qu'ils
» prennent les armes. Ils arrêtent les pèlerins qui se rendent à Rome pour y vi-
» siter les tombeaux des apôtres; ils les plongent dans les cachots, leur font
» éprouver les tortures les plus douloureuses pour les obliger de payer des ran-
» çons, dont la somme surpasse souvent tout ce que ces malheureux possèdent.»

On ferait des volumes si l'on recueillait, dans les monuments historiques de
ces temps barbares, toutes les notions qui constatent les expéditions que les
nobles faisaient sur les chemins contre les marchands et les voyageurs, et surtout celles qu'ils dirigeaient contre les églises et les monastères. Les moyens
variés, mais toujours inutiles, qui furent employés pour arrêter ce débordement, pour corriger ces habitudes viles et subversives de tout ordre; le récit
des nombreuses et continuelles guerres privées de seigneurs entre eux, les
cruautés qu'ils exerçaient les uns contre les autres, les ravages, les pillages,
les massacres, les incendies, en tous temps, en tous lieux, les calamités causées
par cette dévastation générale, offrent, pendant six ou sept siècles, les exploits
ordinaires des hommes puissants, la matière principale de notre déplorable
histoire et les traits les plus caractéristiques de l'anarchie féodale.

Je n'entreprendrai point de tracer le tableau de ces siècles derniers; je vais
me borner à parler de la conduite de quelques seigneurs, habitants des
environs de Paris, et à offrir quelques résultats propres à donner une juste
idée des désordres et des maux causés par la féodalité.

Burchard, dit *le Barbu*, tige de la maison de Montmorency, possédait un
fort dans l'île de la Seine, aujourd'hui nommé *île Saint-Denis*. Il partait de
ce fort pour faire des incursions sur l'abbaye Saint-Denis, qu'il pillait et
dévastait fréquemment. Vivien, abbé de ce monastère, s'en plaignit au roi
qui ordonna au noble baron de mettre fin à ses brigandages. Le noble baron
n'obéit point. Le roi fit abattre le fort de l'île. Burchard, plus furieux
que jamais, se vengea sur les propriétés de l'abbaye et sur les pauvres habitants qui les cultivaient. Le roi, trop faible pour contenir ce brigand,
imagina de lui faire consentir un accord avec l'abbé de Saint-Denis. Il fut
convenu que Burchard serait autorisé à construire un château dans un lieu

appelé *Montmorency*, près de la fontaine de Saint-Valeri, à trois milles de Saint-Denis; qu'il ferait hommage à l'abbé pour le fief qu'il possédait dans l'île; que ses chevaliers, habitant son château de Montmorency, seraient tenus de se rendre deux fois par an, le jour de Pâques et le jour de Saint-Denis, dans l'abbaye de ce nom, et d'y rester en ôtages jusqu'à ce que les objets volés par ledit Burchard, les dommages faits par lui aux biens de l'abbaye, fussent restitués ou réparés. Cet accord est de l'an 1008. On voit, par sa teneur et par les précautions qui y sont prises, que Burchard était un voisin fort dangereux pour l'abbaye Saint-Denis. Les monastères, pour se préserver des attaques des seigneurs, employèrent un grand nombre de moyens : entre autres, ils payaient un ou plusieurs chevaliers chargés de les protéger contre les brigands. Ces chevaliers portaient le titre d'*avoués*, de *défenseurs*, etc.; mais la plupart, brigands eux-mêmes, rendirent cette fonction héréditaire dans leur famille, usurpèrent l'autorité, opprimèrent les moines, et pillèrent les monastères qu'ils étaient chargés de défendre.

Le comte Drogon jouissait, en qualité d'avoué de l'abbaye Saint-Germain-des-Prés, des revenus de plusieurs villages des environs de Paris, appartenant à cette abbaye. Ce comte, comme plusieurs autres *défenseurs*, possédait cette fonction par droit héréditaire. Ses pères avaient usurpé l'autorité suprême sur les habitants de ces lieux, les accablaient de contributions injustes, d'exactions, de mauvaises coutumes, dont le poids, quoique insupportable, fut encore aggravé par le comte Drogon. Le roi Robert, en 1031, fit défense au comte de continuer la perception de ces iniques servitudes; mais ce roi ne se faisait jamais obéir.

En 1043, le roi Henri rendit une sentence à peu près semblable contre un chevalier appelé Nivard, défenseur des biens de l'abbaye Saint-Maur-des-Fossés, chevalier qualifié dans cette sentence de *très-inique voleur* (*iniquissimus prædo*), qui, pendant les fréquents séjours qu'il faisait dans un village appartenant à cette abbaye, en sa qualité de défenseur, écrasait les pauvres cultivateurs de ce village par des vexations nombreuses et insupportables.

Louis VI, dit *le Gros*, du vivant même de son père Philippe, combattit la plupart des brigands qui désolaient ses États : tel était Ébles de Rouci, fils de Guischard, qui, poussé par un esprit de démence ou de cupidité, et par sa méchanceté, dit l'abbé Suger, ne cessait de dévaster et piller les campagnes. Le jeune prince parvint à réduire ce tyran : mais le remède fut aussi funeste que le mal; ses troupes volèrent ceux qui volaient : *si furent robés cil qui souloient rober les autres*, portent les *Grandes Chroniques de France*.

Burchard IV, seigneur de Montmorency, à l'exemple de son aïeul Burchard Iᵉʳ dont j'ai parlé, exerçait, en 1101, des brigandages contre l'abbaye de Saint-Denis. L'abbé *Adam* défendait les propriétés de son monastère les armes à la main et avec le courage de ce temps, c'est-à-dire que les deux ennemis, à l'envi l'un de l'autre, brûlaient les villages, les récoltes, massacraient, emprisonnaient, torturaient dans leurs cachots les malheureux cultivateurs, qui, étrangers à ces querelles, en étaient toujours les victimes. L'un brûla la terre de l'autre, disent les *Grandes Chroniques de France*. Le prince Louis ordonna au seigneur de Montmorency de se rendre auprès du roi son père à Poissy. Ce seigneur refusa d'obéir, et fut condamné par la cour du roi ; il ne se soumit point à cette sentence, et rassembla au contraire quelques seigneurs de son voisinage pour résister aux forces royales. Le prince Louis vint assiéger Montmorency. « Il entra, disent les *Grandes Chroniques*, dans la terre de Burchard, et *gasta tout par feu et par glaive*, fors son chastel qu'il prit. » Le seigneur rebelle fut forcé de se soumettre.

Je ne m'arrêterai pas à décrire les perfidies, les brigandages, les rébellions, les vols, les incendies de Hugues de Puiset, des seigneurs de Gournay, de Crécy, de Montlhéri, de la Roche-Guyon, ni les excès du prince Philippe, fils du roi Philippe Ier, et de la duchesse d'Angers, qui, avec ses chevaliers, descendait de sa tour de Montlhéri, pillait les passants, et dévastait les campagnes du voisinage.

Pour mettre un terme à ce débordement de toutes les mauvaises passions, le clergé employa d'abord l'arme redoutable de l'excommunication ; puis vinrent les excommunications aggravées et réaggravées : ensuite on proféra dans les églises, contre les profanes spoliateurs, diverses formules de prières appelées *cris à Dieu, cris de tribulations*, et diverses formules de malédictions des plus énergiques. On sonnait les cloches à chaque heure de la journée, et notamment la cloche du chœur, nommée *cloche en colère, campana irata*. On déposait par terre les reliques des saints et le crucifix ; on les plaçait sur des épines. Dans la suite, on donna de l'extension à cette cérémonie sacrilége : on jeta par terre avec effort les reliques, les images des saints, de la Vierge, le crucifix, le livre des Evangiles ; on alluma, on éteignit et on jeta à terre des cierges, en prononçant les malédictions, les imprécations les plus horribles, les plus recherchées, contre les brigands féodaux. On alla plus loin encore : on traîna les statues des saints, de la Vierge, et le crucifix autour de l'église ; et, suivant l'antique usage des païens qui, lorsqu'ils souffraient de quelques calamités, injuriaient et frappaient leurs dieux, on injuria, on frappa les statues des saints, on frappa leurs tombeaux et les autels qui contenaient leurs reliques, afin de réveiller leur vertu assoupie, ou d'exciter leur colère contre les envahisseurs des biens des églises où ils recevaient un culte.

Tous ces moyens ne guérissant pas le mal, on imagina de réunir, dans diverses églises, un nombre considérable des reliques les plus renommées ; on invita les seigneurs à s'y rendre. Ils aimaient à figurer en magnifiques équipages dans les grandes réunions. Ils s'y rendirent, et jurèrent sur ces reliques qu'ils renonçaient à leurs brigandages accoutumés. Ils juraient volontiers, puis, sortis de l'église, ils oubliaient leurs serments. Un évêque de Limoges, appelé *Alduin*, imagina le premier, pour épouvanter les nobles brigands, de faire cesser tout service divin dans son diocèse. Cet exemple fut imité par plusieurs évêques. Le mal, cependant, allait en empirant, et les mêmes désordres se manifestaient dans toutes les parties de la France. Pour les faire cesser, on assembla inutilement plusieurs conciles : à Charroux, en 988 ; à Narbonne, en 990 ; à Reims, en 993 ; à Limoges, en 994 ; à Poitiers, en 1000 ; à Airy, diocèse d'Auxerre, en 1020 ; à Reims, en 1027 ; à Bourges, en 1031.

Enfin, au diocèse d'Elne, à trois lieues de Perpignan et dans la prairie de Tulujes, se tint un concile mi-partie composé de laïques et d'évêques, où l'on décréta pour la première fois *la Trève de Dieu*, monument éternel des forfaits de la barbarie et de la féodalité ; témoignage irrécusable de la corruption des mœurs, de l'excès du désordre général et de la malheureuse condition du peuple ; législation étrange, où la loi compose avec le crime et lui fait sa part. Dans ce concile, il fut arrêté que, pendant trois jours et deux nuits de chaque semaine, les nobles étaient autorisés à faire la guerre, à piller, à massacrer, à incendier : le brigandage leur était interdit pendant les autres jours. Dans d'autres conciles tenus par la suite, on trouva que l'espace de temps accordé aux brigands était insuffisant, et l'on permit leurs dévastations pendant quatre jours et trois nuits par semaine, et même pendant près de six jours et cinq nuits. Je ne ferai aucune réflexion sur les décrets de *la Trève de Dieu ;* il suffira d'annoncer que, dans les diocèses où cette trève fut reçue comme une loi, des seigneurs demandèrent et obtinrent le privilége de n'y pas obéir ; qu'en vigueur pendant plus d'un siècle, et constamment violée par ceux-là mêmes qui l'avaient provoquée, qui l'avaient solennellement jurée, elle tomba en désuétude, faute de forces pour assurer son exécution. Si *la Trève de Dieu* opposa quelques digues au torrent du brigandage nobiliaire, elle ne put jamais en arrêter le cours. Le clergé essaya aussi, pour tempérer la barbarie des nobles, le mobile de la confession ; et cette tentative, qui s'opéra au onzième siècle, n'eut qu'un succès éphémère. Une chronique du temps s'exprime ainsi : « Les princes qui jus-
» qu'alors, à cause de leurs cruautés et de l'effroi qu'ils causaient, s'étaient
» montrés semblables à des lions, semblables à des léopards par leurs
» innombrables iniquités, en faisant très-humblement leur confession et
» se soumettant aux mortifications, furent purifiés et rendus plus blancs que
» neige. » Elle ajoute que quelques seigneurs se firent moines et donnèrent du bien aux églises.

Ne pouvant offrir ici, sur l'abîme de maux où la barbarie des Francs et le régime féodal avaient plongé la France, que des aperçus rapides, je me bornerai à dire que, pendant la durée des trois règnes de Hugues Capet, de Robert et de Henri Ier, qui comprennent un espace de soixante-treize années, on compte quarante-huit années de famine, dont trois au moins furent si violentes, que les hommes, poussés par la faim, devinrent anthropophages, et dont presque toutes étaient accompagnées ou suivies de grandes mortalités et de cette contagion appelée *mal des ardents* (1). Qu'opposeront à ces résultats incontestables les aveugles partisans du régime féodal, les apologistes du temps passé ?

Sous les trois règnes suivants, ceux de Philippe Ier, de Louis VI et de Louis VII, dont l'intervalle est de cent vingt ans, le mal diminue et l'histoire ne

---

(1) Voici quel remède on apportait à ces maladies dans l'abbaye de Saint-Vannes : l'évêque de cette ville faisait tremper les reliques de son patron dans de l'eau bénite et dans du vin ; à ce mélange il ajoutait un peu de râclure d'un morceau de pierre du Saint-Sépulcre, qu'il faisait infuser dans du vin : il mêlait le tout et l'offrait aux malades ; il en remplissait un vase qu'il laissait à la portée du public. (*Recueil des Historiens de France*, t. XI, p. 145.)

nous fait connaître que trente-trois années de famine, dont deux seulement furent caractérisées par des anthropophagies. Il faut attribuer cette diminution de mal à diverses causes : le gouvernement, tout vicieux qu'il était, avait reçu des règles et de l'aplomb ; le temps ayant donné un caractère de légitimité aux usurpations, on les respectait un peu plus ; les lumières commençaient à faire quelques progrès ; mais la cause puissante de cet allégement est la fureur des croisades, qui éloignait de notre pays la plupart des seigneurs, auteurs de ces maux.

Ce n'était pas, comme le rapportent les chroniqueurs, l'apparition des comètes, des aurores boréales, les éclipses, etc., qui causaient ces famines ; c'était le régime de la féodalité qui, essentiellement destructeur, autorisait le désordre et les crimes, et tarissait toutes les sources de prospérités. Les seigneurs entretenaient des guerres presque continuelles sur toutes les parties de la France, et s'appliquaient plus à enlever, à torturer dans leurs prisons les paisibles laboureurs, à brûler les villages et les récoltes, à piller et à dévaster, qu'à combattre : de sorte que souvent de vastes étendues de pays restaient pendant plusieurs années sans culture. Ils ruinaient l'industrie et le commerce, en pillant les voyageurs et les marchands sur les chemins et sur les rivières : ils étaient les ennemis de tout le monde. Les écrivains contemporains de tant de calamités appréhendèrent l'extinction totale de l'espèce humaine dans la Gaule. La *Chronique de Verdun,* après avoir offert un tableau déplorable de la famine des années 1028 et 1029, dit que dans un concile on chercha un remède à tant de maux, et un moyen d'empêcher *la population d'être entièrement détruite et le pays d'être réduit en désert.* On crut que la fin du monde était prochaine ; que l'antechrist allait paraître, et dans l'église de Paris un jeune homme monta en chaire et prédit cet effroyable événement : la peur s'empara de tous les esprits, et les riches s'empressèrent de donner aux monastères des biens qui désormais leur devenaient inutiles. Les moines ne partagèrent pas cette peur, mais en profitèrent. Le monde devait finir au dimanche de Pâques de l'an 1000. Ce jour arriva, et le peuple ne vit ni la fin du monde, ni la fin de ses maux.

Plusieurs évêques et abbés, c'est-à-dire des seigneurs ecclésiastiques, doivent partager les reproches que méritent les seigneurs laïques ; ils se livraient comme ces derniers aux excès des guerres privées ; comme eux, ils contribuaient aux affreuses calamités dont je viens de donner une esquisse. Si l'histoire de ces temps désastreux offre quelques exemples de prélats éclairés et vertueux, on peut dire, en général, qu'ils mettaient une opiniâtreté sans bornes, un orgueil indomptable, à défendre leurs droits temporels : en voici un exemple frappant, que je choisis entre beaucoup d'autres.

Le roi Louis VII, se rendant à Paris, fut surpris par la nuit ; il soupa et coucha dans le village de Creteil, aux dépens des habitants. Ce village et ses habitants appartenaient au chapitre de Notre-Dame. Les chanoines irrités résolurent de se faire restituer cette dépense, et de se venger avec éclat de ce roi coupable d'avoir ainsi attenté aux propriétés de leur église.

Le lendemain, étant à Paris, Louis VII, suivant son usage, se rendit à l'é-

glise Notre-Dame pour assister aux offices. A son arrivée, il vit avec surprise que les portes de cette église lui étaient fermées; il demanda la cause de cet affront; des chanoines lui firent cette réponse : « Quoique tu sois roi, tu
» n'en es pas moins cet homme qui, contre les libertés et les coutumes sa-
» crées de la sainte Église, a eu l'audace de souper à Creteil, non à tes dépens,
» mais à ceux des habitants de ce village : voilà pourquoi l'église a suspendu
» les offices et t'a fermé sa porte. Tous les chanoines ont pris la résolution de
» se soustraire à ton autorité; et, plutôt que de souffrir la moindre atteinte aux
» lois de leur église, ils sont prêts, s'il est nécessaire, à endurer toute sorte de
» tourments. »

A ces mots, le roi, frappé de terreur, gémit, soupira, versa des larmes, et s'excusa en disant aussi humblement qu'il lui fut possible : « Je ne l'ai point
» fait exprès; la nuit m'a surpris en chemin; il était trop tard pour que je pusse
» continuer ma route et aller jusqu'à Paris; les habitants de Creteil se sont
» empressés de fournir à mes dépenses; je ne les ai point forcés, et je n'ai
» pas voulu repousser leur accueil obligeant. Qu'on fasse venir l'évêque Thi-
» baud et le doyen Clément, tout le chapitre et même le chanoine prévôt de ce
» village; si je suis déclaré coupable, je ferai satisfaction. Je m'en rapporte à
» leur décision sur mon innocence. »

Cependant Louis VII, resté à la porte de l'église, attendait le résultat de ses demandes, et récitait dévotement ses prières. L'évêque faisait des démarches auprès des chanoines, sollicitait en faveur du roi et offrait d'être caution de ses promesses. Les chanoines, intraitables, ne se confièrent ni aux paroles du roi, ni à celles de leur évêque; ils ne cédèrent que lorsque ce prélat leur eut remis deux chandeliers d'argent pour gage de la promesse de ce prince. Alors seulement ils lui ouvrirent les portes de leur église.

Louis VII, après avoir restitué les frais de son souper à Creteil, vint déposer solennellement sur l'autel de Notre-Dame, comme un monument éternel du respect dû au bien des prêtres, une baguette sur laquelle était inscrit le récit succint du délit et de sa réparation.

Les seigneurs ecclésiastiques avaient l'orgueil des seigneurs laïques, et partageaient avec eux les autres vices des dominateurs féodaux; en voici un exemple entre autres : En l'an 1133, Étienne, évêque de Paris, accompagné de quelques ecclésiastiques de cette ville, se rendit à Chelles pour rétablir le bon ordre dans l'abbaye de ce nom. A son retour, il fut assailli par les hommes du château de Gournay, c'est-à-dire par les neveux de Thibaud Notier, archidiacre de Paris : « Nous marchions en portant *la paix*, dit l'évê-
» que Etienne dans une de ses lettres, et nous étions sans armes, puisque
» c'était un jour de dimanche; ils se jettent sur nous, leurs épées nues à la
» main; et, sans respecter Dieu, le jour saint, ni moi, ni les personnes véné-
» rables qui m'accompagnaient, ils percent de coups mortels cet innocent
» (Thomas, abbé de Saint-Victor), et m'ordonnent de m'éloigner promptement,
» si je veux éviter la mort. Nous nous jetons à travers les épées, nous tirons
» des mains de ses bourreaux le corps de ce malheureux à demi mort et cruel-
» lement déchiré, etc. » L'évêque se plaignit de cet assassinat à plusieurs prélats,

au pape Innocent II, aux pères du concile, assemblés à Jouarre, puis il se retira à Clairvaux ; mais, avant de partir, il excommunia, anathématisa, fit, par ses archiprêtres, excommunier et anathématiser l'archidiacre Thibaud Notier, ses complices et tous ceux qui communiquaient avec lui.

Dans le même temps, plusieurs monastères de Paris offraient des exemples de désordres, de rébellion et de débauche. On a vu les moines de Saint-Germain-des-Prés chasser l'évêque de Paris de leur monastère ; ceux de Saint-Victor prendre pour modèle de conduite la profonde immoralité de leur abbé ; ceux de Sainte-Geneviève, dans leur église, en présence du roi et du pape, se battre contre des familiers de ce dernier, dépouiller le reliquaire, et profaner les reliques de leur patronne; on a vu les religieuses du monastère Saint-Éloi scandaliser le public par l'excès de leur libertinage, etc. On vit aussi, pendant cette période, des monastères, des églises de Paris et de ses environs, solliciter une institution qui caractérise fortement la dégradation de la raison humaine et l'état d'avilissement où l'ordre social était tombé. Je veux parler de cette jurisprudence barbare qui consistait à mettre au rang des preuves les plus certaines, les plus propres à éclairer la conscience des juges, l'agilité du corps et la force musculaire des plaideurs. On leur ordonnait de se battre en champs-clos, de déduire leurs moyens d'accusation ou de défense à grands coups d'épée, à grands coups de bâton. Le vaincu perdait son procès, de plus on lui infligeait une peine très-grave. On donnait à cette plaidoirie brutale les noms de *champ clos*, de *duel* ou de *combat judiciaire*, de *gage de bataille* et même de *jugement de Dieu*.

Les moines de Saint-Denis paraissent être les premiers, dans le territoire parisien, qui aient obtenu du roi Robert, par un diplôme de l'an 1008, cette inique et barbare prérogative. Les moines de Saint-Germain-des-Prés étaient aussi en possession de ce prétendu droit. L'an 1027, dans un diplôme du roi Robert, on lit qu'un nommé Garin, dit *Pipinnelle*, étant vicaire ou vicomte des villages d'Antony et de Verrières, près de Paris, accablait les habitants de contributions arbitraires, nommées *exactions* ou *maltôtes*. Les moines de Saint-Germain-des-Prés s'en plaignirent au roi Robert, qui ordonna que Garin, pour établir son droit, se battrait contre les serfs de ces villages. Ces habitants étaient préparés au combat (*regali conflictu duelli erant resistere parati*). Garin refusa de se présenter, et le roi le destitua de sa vicairie ; mais cette destitution fut sans effet : on n'obéissait point à ce roi. — En 1109, les chanoines de Notre-Dame de Paris, jaloux de ces mêmes prérogatives, obtinrent de Louis VI le droit de faire plaider leurs serfs à coups de bâton, et celui de les admettre en témoignage : *Habeant testificandi et bellandi licentiam*, porte le diplôme. La faculté de témoigner, accordée à des serfs, fait soupçonner dans ceux qui la sollicitèrent, des intentions déloyales : les serfs ne pouvaient déposer que conformément à la volonté de leurs seigneurs. Le pape Pascal II eut la complaisance de confirmer ce droit absurde. Un écrivain du douzième siècle, Pierre-le-Chantre, dit : » Il est des églises qui ont le droit de duel, et pensent que les combats doivent » être ordonnés entre leurs serfs; elles les font battre dans la cour de justice » de l'église, ou dans le parvis de la maison épiscopale, ou de celle de

» l'archidiacre, comme on fait à Paris. Le pape Eugène III, consulté sur l'usage
» de ces combats, répondit : *Continuez à suivre votre coutume* (*utimini consuetu-*
» *dine vestrá*). » En 1118, Louis VI confirma aux abbayes Saint-Germain-des-
Prés, Saint-Maur-des-Fossés, etc., le droit de faire vider les procès de leurs
sujets avec ces forces brutales.

Ces luttes, presque toujours sanglantes, presque toujours terminées par
un supplice, étaient les spectacles que les seigneurs ecclésiastiques offraient
journellement aux habitants de Paris. L'attention de ses habitants était aussi
de temps en temps réveillée par des processions où figuraient forcément des
hommes, des femmes en chemise, ou entièrement nus. Parmi ces condamnés,
les uns portaient, dans leurs chemises, des pierres enchaînées ; d'autres, sans
chemises, étaient flagellés ou piqués aux fesses avec des aiguillons. Ces
scènes étaient la partie intéressante de la marche processionnelle. Mais un
spectacle qui s'offrait moins fréquemment à la curiosité des Parisiens, et qui
par cela même devait la piquer davantage, consistait dans une cérémonie
ecclésiastique nommée *Fête des Fous*. En voici la description. Dans l'église
Notre-Dame on célébrait d'abord la *Fête des Sous-Diacres,* qu'on nommait par
dérision *Fête des Diacres saoûls*, puis suivait celle des *Fous*. La première avait
lieu le 26 décembre, jour de Saint-Étienne, et servait de prélude à la seconde,
dont la célébration durait du 1ᵉʳ janvier suivant jusqu'au jour des Rois. Dans
la première fête on s'occupait à élire, parmi les diacres et les sous-diacres
de cette capitale, un évêque des fous ; on le bénissait, et cette cérémonie
consistait en actions et en paroles grossières et ridicules ; ensuite le clergé
s'avançait processionnellement vers l'église, portant la mitre et la crosse devant
le nouvel élu, qui, arrivé et installé sur le siége épiscopal, donnait avec une
feinte gravité sa bénédiction aux assistants, bénédiction dont la formule bouffonne était une véritable malédiction. La seconde fête, celle des Fous, offrait un
spectacle bien plus scandaleux que la première. Le clergé allait en procession
chez l'évêque des fous, le conduisait solennellement à l'église où son entrée
était célébrée par le tintamarre des cloches. Arrivé dans le chœur, il se plaçai
sur le siége épiscopal : alors commençait la grand'messe. Les ecclésiastiques y
figuraient sous divers costumes : les uns vêtus en habits de baladins, les autres
en habits de femmes ; leur visage était barbouillé de suie, ou couvert de
masques hideux et barbus, masques qui ont fait donner à cette fête ou à des
fêtes pareilles le nom de *Barbatoires*. Ces ecclésiastiques, au milieu du chœur,
se livraient à toute espèce de folies et de désordres : les uns y dansaient, sau-
taient ; d'autres, pendant la célébration de la messe, venaient sur l'autel
même jouer aux dés, jeu alors sévèrement prohibé ; y buvaient, et mangeaient
de la soupe, des boudins, des saucisses ; les offraient au prêtre célébrant
sans les lui donner ; faisaient brûler dans un encensoir de vieux souliers, et le
forçaient à en respirer la désagréable fumée. Après cette messe, les ecclésiastiques, enhardis par l'usage et par les fumées bachiques, se livraient au délire
d'une joie grossière et bruyante, et offraient l'image des antiques saturnales
qui se célébraient à la même époque. Des sauts, des danses lascives, des luttes,
les gestes de la luxure, des cris, des chansons obscènes étaient les principales

actions de cette orgie, mais n'en étaient pas les seules. On voyait des diacres, des sous-diacres, enflammés par le vin, se dépouiller et se livrer entre eux aux débauches les plus criminelles. D'autres, chez lesquels la colère avait succédé à la joie, augmentaient le vacarme en se querellant, en se battant. Il arrivait quelquefois que le sol de l'église était ensanglanté. Cet accident était alors considéré comme très-grave et exigeait de notables expiations. La fête ne se bornait pas là. Les ecclésiastiques, sortis de l'église, se répandaient dans les rues; les uns, montés sur des tombereaux chargés de boue et d'ordures, s'amusaient à en jeter sur la foule du peuple qui les suivait, et marchaient ainsi en triomphe dans les places et les rues assez larges pour le passage d'un tombereau. D'autres ecclésiastiques, confondus avec des séculiers libertins, dressaient des tréteaux en forme de théâtre, et représentaient les scènes les plus scandaleuses. La plus ordinaire était très-digne du temps. Des acteurs, vêtus en moines, attaquaient d'autres acteurs vêtus en religieuses : ces dernières succombaient, et alors, à la honte de ce siècle, on les voyait, dans des postures indécentes, simuler des actes dont la publicité est interdite chez tous les peuples civilisés (1).

Quelques hommes sages firent, à plusieurs reprises, de vaines tentatives pour abolir cette fête scandaleuse. Plusieurs conciles la condamnèrent; des ordonnances royales la proscrivirent : cependant elle existait encore au quinzième siècle, époque où elle trouva des défenseurs, même parmi les ecclésiastiques, et où elle finit par être abolie.

Puisque à Paris on pouvait publiquement offrir en spectacle des scènes aussi luxurieuses, le libertinage devait y être excessif, et surpasser celui des autres villes de France. La rareté des écrivains, aux onzième et douzième siècles, laisse à désirer un plus grand nombre de témoignages sur l'état moral de cette ville. J'ai réuni déjà plusieurs traits sur cette matière; j'ajouterai que Pierre, abbé de Celles, représente Paris comme un séjour fort dangereux pour les mœurs; il dit qu'il s'y trouve en abondance du pain, du vin, des plaisirs et des sociétés joyeuses; enfin que la débauche et la luxure y dominent. — L'ignorance y était extrême et, dans les écoles qui commencèrent à s'y former, on n'enseignait à peu près que des erreurs. Paris, comme le reste du royaume, ne présente, à cette triste et nébuleuse époque, que crimes et calamités, et le flambeau qui dirigeait les études parmi ces ténèbres était un flambeau éteint.

Passons aux superstitions, aux croyances absurdes. Chaque phénomène de la nature, dans ce temps d'ignorance, était considéré comme un présage sinistre, comme l'annonce de malheurs nouveaux. Les comètes, les éclipses de lune et de soleil devenaient des signes incontestables de mort, de désastre et

---

(1) Ces fêtes profanes qui attestent la profonde ignorance, l'extrême ignorance du clergé et du peuple, se célébraient non-seulement à Paris, mais dans presque toutes les cathédrales et collégiales de France. Quelques-unes portaient des noms différents, tels que la *Fête des Calendes*, la *Fête des Sots*, la *Fête des Innocents*, la *Fête de l'Ane*, celles de l'*Abbé des Canards*, de l'*Abbé des Esclaffards*, etc., etc. Dans chacune on observait des rites particuliers. Ces fêtes, qui se signalaient toutes par des actes ridicules et par une extrême licence, étaient imitées de plusieurs orgies du paganisme. Les nations de l'antiquité, qui avaient admis la religion astronomique, célébraient, à la même époque, par des fêtes joyeuses, la naissance du **Dieu** du jour.

de calamité. Apparaissait-il une aurore boréale, les peuples y voyaient tout ce que leur imagination lugubre et facile à effrayer leur faisait craindre; ils y voyaient des lances menaçantes, des armées se combattant, d'énormes dragons prêts à tout dévorer. Les chroniques de ce temps abondent en récits de ces présages. Plus un conte était bizarre, épouvantable, plus il était facilement adopté. On n'examinait rien, on croyait tout. On croyait aux enchantements, aux sortiléges, à la magie et aux autres opérations faites par le secours du diable. Un homme était-il supérieur par ses talents et son savoir, il était sorcier. Ainsi Gerbert, qui devint pape sous le nom de Sylvestre II, et Béranger, qui eut sur l'Eucharistie des opinions extraordinaires, furent tous deux traités de nécromanciens.

En l'an 1066, Éberhard, évêque de Trèves, persécutait cruellement les juifs de son diocèse. Un de ces israélites, pour se venger de cette persécution, forma en cire une image de ce prélat, la fit dûment baptiser par un prêtre du monastère de Saint-Paulin, appelé *Chrétien*, qui se prêtait à cette pratique superstitieuse pour quelque argent. Cette image avait sans doute une mèche, puisqu'elle fut employée comme un cierge; on l'alluma, on la plaça dans la lampe de l'église. L'évêque, en célébrant l'office, se sentit défaillir à mesure que l'image ardente se consumait, et expira lorsqu'elle s'éteignit. Voilà le premier exemple que je connaisse de cette pratique superstitieuse et criminelle; exemple qui a été souvent imité. Les images de cire jouent un grand rôle dans notre histoire; on les y trouve en tout temps, jusque sous Louis XIII.

Toutefois, pendant cette période, il vivait à Paris et en France quelques hommes estimables. On peut citer Charles, dit *le Bon*, comte de Flandre, et quelques prélats qui connaissaient les vertus, les pratiquaient sans doute, et qui se sont distingués par leurs préceptes, par leur droiture, plus que par leur raison : à la vérité, ils ne sont pas nombreux. Plusieurs prêtres profitaient des excès contre lesquels ils déclamaient; quelques autres ne déclamaient point, portaient les armes, allaient à la guerre, et se montraient doués de tous les vices des soldats de ce temps. — En 1109, on avait introduit dans les écoles de Paris un livre sur la métaphysique, venu de Constantinople, traduit du grec en latin et attribué à Aristote. Craignant que ce livre ne donnât naissance à quelque hérésie, les théologiens le condamnèrent au feu, et défendirent, sous peine d'excommunication, de le transcrire, de le lire et d'en conserver des copies. C'est ainsi que la barbarie arrêtait le progrès.

Cependant les écoles de Paris, accréditées par les talents d'Abélard, faisaient naître quelques étincelles de lumière qui, encore trop faibles pour triompher des ténèbres de l'erreur, ne servirent d'abord qu'à égarer ceux qui suivaient leur direction. Mais, s'accroissant dans la suite, ces lumières firent apercevoir la route par laquelle l'homme pouvait sortir de son état de dégradation intellectuelle et morale.

PARIS DEPUIS LE RÈGNE DE PHILIPPE-AUGUSTE JUSQU'A CELUI DE LOUIS IX.

PARIS SOUS PHILIPPE-AUGUSTE.

Le 29 mai 1180, Philippe II, surnommé *Dieu-Donné*, puis *Auguste*, parce qu'il était né dans le mois d'août, succéda à son père Louis VII.

La puissance royale, depuis Hugues-Capet, toujours en butte aux attaques de la puissance féodale, prit sous ce règne une consistance plus respectable. Philippe-Auguste, par ses conquêtes, recula les limites de ses États, et leur donna une étendue que les précédents rois de la troisième race n'avaient pu obtenir. Dans le système de la féodalité, accroître l'étendue de ses États c'était diminuer le pouvoir de ses rivaux. — Les monuments historiques, moins rares pendant cette période, laissent moins de place aux conjectures. Les établissements d'utilité publique se multiplient et rivalisent avec ceux qui ne sont pas d'une utilité spéciale. On s'aperçoit que la vérité cherche à s'affranchir des erreurs qui l'entravent, et que la civilisation fait quelques pas en avant.

Philippe-Auguste eut les opinions et les vices de son temps ; mais il se distingua par une volonté forte, une énergie de caractère que soutint constamment son ambition démesurée. Il fit avec succès la guerre contre la haute noblesse. Dès son jeune âge, il montra contre elle des dispositions hostiles. Peu de temps après la mort de son père, il éclata contre lui une conspiration tramée par les hommes de cette caste. A cette nouvelle, Philippe, sans s'étonner, dit en présence de sa cour : *Quels que soient leurs outrages et leurs vilenies, je suis maintenant contraint de tout endurer de leur part ; mais ils vieilliront, ils s'affaibliront, et moi je croîtrai en force et en pouvoir ; et, à mon tour, s'il plaît à Dieu, je me vengerai d'eux tant que je pourrai.*

Philippe parvint en effet, par des voies que la justice et la loyauté ne peuvent pas toutes approuver, à vaincre plusieurs comtes, et à s'emparer de leurs États. Il ne savait pas qu'en cédant à sa passion ambitieuse, il portait les premiers coups au régime féodal, à la barbarie, et qu'en substituant sa propre tyrannie à la tyrannie de plusieurs, il commençait à ouvrir aux générations futures une carrière moins calamiteuse. Les successeurs de Philippe-Auguste se trouvèrent assez forts pour repousser avec avantage les attaques des grands vassaux, et les contenir dans le respect et la crainte.

Ce roi eut pour les constructions un goût qui tourna au profit de Paris, et contribua à diminuer l'état misérable de cette ville. Sous son règne, l'architecture était complétement transformée ; et Paris vit, pour la première fois, s'élever dans son sein un vaste édifice dans le style ogival. Ce nouveau genre, improprement appelé *sarrasin*, *gothique*, fit oublier l'architecture grecque, introduite dans la Gaule par les Romains, architecture dont la pureté avait reçu vers la fin de l'empire d'Occident plusieurs atteintes, et qui acheva de se dégrader pendant la domination des Francs. Sous les rois de cette nation, les églises, les palais offraient de lourds massifs de maçonnerie assez générales ment dénués de goût, de formes et d'ornements caractéristiques. Les colonnes, leurs bases et leurs chapiteaux avaient communément les proportions de l'ordre corinthien ; mais ces chapiteaux, au lieu de feuilles d'acanthe, présentaient des figures bizarres, grotesques et souvent indécentes. L'architecture ogivale, à la fin du douzième siècle, succéda à ce genre abâtardi. Son caractère, tout différent, consiste dans des formes sveltes, d'une légèreté excessive, et dans des hardiesses de construction qui font naître dans l'âme du spectateur un sentiment mêlé de plus de crainte que de plaisir : il consiste aussi dans des fûts de colonnes d'une longueur disproportionnée; ces colonnes sont souvent groupées avec plusieurs autres, toujours couronnées de capitaux à feuillages, d'où s'élèvent, en porte-à-faux, des nervures qui, comme les branches d'un arbre, se déploient et vont dessiner les arêtes des voûtes angulaires ou en ogive. Tels sont les principaux caractères de l'architecture et particulièrement de celle de l'église Notre-Dame de Paris, dont je vais parler.

NOTRE-DAME, ÉGLISE CATHÉDRALE DE PARIS, située près de l'extrémité orientale de l'île de la Cité. J'ai parlé de l'origine inconnue de cette basilique, de son état presque ignoré sous la première et la seconde race; je vais m'occuper de ce qu'elle était à la fin du douzième siècle, et de ce qu'elle est aujourd'hui.

Maurice de Sully, homme supérieur à son temps, qui, né dans une classe alors méprisée, s'éleva de lui-même au siége épiscopal de Paris, eut le courage d'entreprendre l'entière reconstruction de la cathédrale. L'ancienne basilique n'était plus en proportion avec la population croissante; de plus, elle tombait en ruine. Ce double motif justifiait cette immense entreprise. Les travaux en furent commencés vers l'an 1163. On conjecture que le pape Alexandre III posa, en cette année, la première pierre de l'édifice. En 1182, le grand autel fut consacré par Henri, légat du Saint-Siége ; ce qui fait présumer qu'alors le chœur, ou du moins le chevet, était achevé. Maurice fit aussi reconstruire la maison épiscopale ; mais, en 1196, avant de voir la fin de ces travaux, il mourut, et laissa à ses successeurs le soin de les faire continuer. Ils s'en acquittèrent sans doute avec beaucoup de négligence, puisqu'une inscription, placée sur le portail méridional, atteste qu'en 1257 cette partie de l'édifice n'existait point encore, et qu'au mois de février de cette année la construction en fut commencée par un maçon appelé *Jean de Chelles*. Enfin, le portail septentrional fut bâti vers 1312, avec les biens pris aux Templiers. On ne connaît pas l'époque de l'entier achèvement de cette église ; mais on sait qu'au quinzième siècle Charles VII donna des secours considérables pour terminer ce monument, et qu'on y construisait encore des chapelles. Ainsi on peut dire que les travaux ont duré près de trois cents ans. Cet édifice est fondé sur un gravier ferme et non sur pilotis, et s'élevait autrefois sur treize marches qui ont disparu par l'exhaussement du sol du parvis Notre-Dame; sa longueur, dans œuvre, est de trois cent quatre-vingt-dix pieds ; sa largeur, prise à la croisée entre la nef et le chœur, de cent quarante-quatre pieds ; sa hauteur depuis le sol jusqu'à la partie la plus élevée de la voûte, est de cent quatre pieds. La façade, vaste et imposante, quoique noircie et détériorée en quelques parties par le temps, a cent vingt pieds de développement.

imposante, quoique noircie et détériorée en quelques parties par le temps, a
cent vingt pieds de développement.

NOTRE-DAME.

Elle présente au rez-de-chaussée trois portiques de forme et de hauteur inégales : ces portiques, chargés d'une multitude d'ornements, l'étaient aussi de statues dont plusieurs ont, pendant la révolution, été dégradées ou détruites. Un de ces portiques, celui qui est placé au-dessous de la tour septentrionale, est remarquable par un zodiaque qui offre cela de particulier que onze signes seulement, chacun accompagné de l'image des travaux champêtres ou attributs qui y correspondent, sont sculptés tout autour de la voussure du portique, et que le douzième signe, celui de la Vierge, au lieu d'être rangé parmi les autres, suivant l'usage, se trouve en une bien plus grande proportion, adossé au pilier qui sépare les deux portes de ce portique et représenté sous la figure de la vierge Marie, rétablie en 1818. — L'auteur de ce zodiaque crut sans doute donner une preuve éclatante de sa perspicacité en mettant la vierge Marie, qui tient l'enfant Jésus dans ses bras, à la place de Cérès, dite la *Vierge sainte*, tenant aussi son enfant dans ses bras, et en offrant dans ce signe zodiacal le symbole d'une fécondité miraculeuse. — Les portiques qui se voient aux deux extrémités de cette façade sont surmontés par deux grosses tours carrées, hautes chacune de deux cent quatre pieds, depuis le sol jusqu'à leur terrasse supérieure. Ces portiques ont des portes remarquables par leurs ornements en fonte de fer. Elles sont l'ouvrage d'un serrurier appelé Biscornet, et présentent des enroulements multipliés et travaillés avec une rare délicatesse. Cet ouvrage parut alors si merveilleux que l'on crut que le diable s'en était mêlé.

Dans la tour du sud est la fameuse cloche dite *le Bourdon*, qu'on ne sonne que dans les grandes fêtes. Elle pèse près de trente-deux milliers. Fondue en 1682, et refondue en 1684, elle fut alors solennellement baptisée ou plutôt bénite. Louis XIV et la reine son épouse furent ses parrain et marraine. Elle reçut le nom d'Emmanuel-Louise-Thérèse. Le battant qui, mis en mouvement, frappe les bords intérieurs de cette cloche et fait retentir des sons graves et lugubres, pèse neuf cent soixante-seize livres. — Au-dessus de l'ordonnance inférieure on voit, sur toute la ligne de la façade, vingt-sept niches où, avant la révolution, étaient placées vingt-sept statues, plus grandes que nature, représentant une suite de rois francs depuis Childebert jusqu'à Philippe-Auguste. Au-dessus de ce rang de niches se présente la fenêtre circulaire, appelée *rose*. Les deux faces latérales de Notre-Dame offrent chacune une pareille fenêtre, délicatement travaillée. Ces trois roses ont chacune quarante pieds de diamètre. Cette ordonnance est surmontée par un péristyle composé de trente-quatre colonnes, péristyle qui s'étend sur toute la façade. Ces colonnes, qui se font remarquer par leur longueur et par l'extrême ténuité de leur diamètre, sont chacune d'une seule pierre, et supportent une galerie à balustrade.

L'intérieur de l'église est vaste et imposant : il présente une nef, un chœur et un double rang de bas-côtés, divisés par cent vingt gros piliers qui supportent les voûtes en ogives. Tout autour de la nef et du chœur, et au-dessus des bas-côtés, règne une galerie ornée de cent huit petites colonnes, chacune d'une seule pierre ; c'est là que se placent les spectateurs lors des cérémonies extraordinaires. L'église est éclairée par cent treize vitraux, sans y comprendre les trois grandes roses, dont l'une est à la façade principale, et les deux autres aux faces latérales. Quarante-cinq chapelles entouraient et servaient comme de rempart à cet édifice. Des réparations, exécutées à différentes époques, ont fait réduire ce nombre de beaucoup.

Le chœur, pavé en marbre, a cent quinze pieds de long sur trente-cinq de large ; il présente de chaque côté, au-dessus de la corniche des stalles, quatre grands tableaux. D'un côté, est l'*Assomption de la Vierge*, par Laurent de la Hire ; la *Présentation de la Vierge au temple*, par Philippe de Champagne ; *une Fuite en Égypte*, par Louis de Boullongne ; et la *Présentation de Jésus-Christ au temple*, par le même. De l'autre côté, est l'*Adoration des Mages*, par Lafosse ; la *Naissance de la Vierge*, par Philippe de Champagne ; le *Magnificat*, ou la *Visitation de la Vierge*, par Jouvenet ; et l'*Annonciation de la Vierge*, par Hallé.

Le sanctuaire, pavé en marbre de compartiment, fut, en 1714, entièrement réparé, sur les dessins de H. Mansart et de Cotte, et reçut un caractère moderne. On disposa les ogives du rond-point en arcade à plein cintre. Il en résulta un contraste choquant entre ces réparations et le style général de l'édifice. Six anges en bronze, portant chacun des instruments de la Passion, et posés sur des socles de marbre blanc, sont aux côtés de l'autel. Ce sanctuaire est entouré d'une belle grille en fer poli et doré, exécutée en 1809 par MM. Vavin, serrurier, et Forestier, fondeur-ciseleur, d'après les dessins de MM. Fontaine et Percier. L'autel principal n'est remarquable que par les bas-reliefs exécutés par M. Deseine.

Derrière cet autel et sous l'arcade du milieu est un groupe en marbre qu'on appelle le *Vœu de Louis XIII*. Ce roi fit, en 1638, vœu de mettre son royaume sous la protection de la sainte Vierge, et de réparer le principal autel de cette église. Louis XIII oublia ce double vœu ; le cardinal de Richelieu, le protecteur réel ou le tyran du royaume, ne l'en fit pas ressouvenir. Louis XIV se chargea d'accomplir ce vœu ; il posa solennellement, en 1699, la première pierre de cet autel ; mais le groupe qu'on nomme le *Vœu de Louis XIII* ne fut exécuté qu'en 1723, par Coustou. Ce *Vœu*, ou le groupe qui le compose, présente une grande croix en marbre blanc, sur laquelle est jetée une draperie. Au bas, on voit la vierge Marie assise, tenant sur ses genoux le corps mort de Jésus.

Au dehors du chœur, sur les faces de son mur de clôture, on voit des figures sculptées en plein relief et enluminées, représentant divers sujets du Nouveau Testament. Avant les réparations, le chœur était entièrement entouré de pareilles sculptures, ouvrage de Jean Ravi, maçon de l'église Notre-Dame, et de son neveu maître Jean Bouteiller, qui les termina en 1351.

Dans les chapelles situées derrière le chœur sont divers tombeaux remarquables. Je ne citerai que celui de Henri-Claude, comte d'Harcourt, mort en 1769. Sa veuve fit élever ce monument, en 1776, sur les dessins de Pigalle. Il se compose de quatre figures en marbre, plus grandes que nature. On y voit le défunt à demi sorti du tombeau dont un génie lève le couvercle ; il tend des bras affaiblis vers son épouse, laquelle semble se précipiter vers lui. La Mort inflexible, sous la forme d'un squelette, annonce, en montrant son sablier, que le temps est écoulé. Le Génie éteint son flambeau, et la tombe va se refermer pour toujours. Cette scène poétique, fut, dit-on, imaginée par la veuve du comte d'Harcourt. — Dans une autre chapelle, située derrière le chœur et réparée en 1818, on a placé le mausolée en marbre du cardinal de Belloi, archevêque de Paris, qui mourut presque centenaire. Ce mausolée, composé de plusieurs figures, est l'ouvrage de Descine.

Une autre chapelle, située au rond-point de l'église et correspondant à l'axe de l'édifice, est consacrée à la Vierge. On y a placé la belle figure en albâtre représentant la vierge Marie, sculptée à Rome par Antoine Raggi, d'après un modèle du cavalier Bernin. Cette figure, avant la révolution, se voyait dans l'église des Carmes-Déchaussés de la rue de Vaugirard. — La nef, autrefois chargée d'une multitude de tableaux, dont plusieurs offraient de hideuses images de supplices et dérobaient aux yeux les formes architecturales de l'édifice, commence à s'en garnir de nouveaux. — Dans une chapelle du côté droit est, sur l'autel, un tableau fort estimé, représentant le Saint-Esprit descendant sur les Apôtres ; il est l'ouvrage de Blanchard.

On voyait, en 1785, au premier pilier de la nef, à droite, une statue de saint Christophe, de vingt-huit pieds de proportion, et au bout de la nef, à droite de l'entrée du chœur, se trouvait une statue équestre de Philippe-le-Bel, grande comme nature, élevée sur un socle et supportée par deux colonnes. Le cheval était presque entièrement couvert d'un caparaçon, et le roi était représenté la visière de son casque baissée, l'épée à la main, dans l'équipage où il était lorsque, après la guerre contre les Flamands, il entra à cheval dans l'église Notre-Dame pour remercier Dieu et la vierge Marie de la victoire qu'il avait remportée. Cette statue équestre était intéressante comme monument du costume et de l'état des arts de ce temps. Quelques savants ont cru qu'elle représentait Philippe de Valois ; mais une longue discussion, qui s'est engagée sur ce point peu important, a démontré que c'était Philippe-le-Bel.

Les façades latérales de Notre-Dame, moins imposantes que la principale, sont hérissées d'une infinité d'obélisques fleuronnés et d'autres ornements qui appartiennent au style ogival des treizième et quatorzième siècles.

La charpente du comble, appelée *la forêt*, à cause du grand nombre de poutres et de solives dont elle est composée, a trois cent cinquante-six pieds de long, trente-sept de large, et trente de hauteur ; elle est recouverte de mille deux cent trente-six tables de plomb, chacune longue de dix pieds, large de trois, épaisse de deux lignes, et dont l'ensemble pèse quatre cent vingt mille deux cent quarante livres.

Dépendance de l'église notre dame. Devant la principale façade est une place nommée le *Parvis Notre-Dame*. Elle fut très-agrandie en 1748, lorsqu'on abattit les églises Saint-Christophe et Sainte-Geneviève-des-Ardents pour construire l'hôpital des *Enfants trouvés*, dont le bâtiment fait face à l'église cathédrale. La rue où se trouve la grande entrée de cet hôpital, et qu'on nomme *rue Neuve-Notre-Dame*, fut ouverte, en 1148, par l'évêque Maurice de Sully. Sur cette place et près de l'Hôtel-Dieu s'élevait autrefois une grande statue de pierre, portée sur un piédestal, représentant, selon Dubreuil, le dieu Esculape, et, selon Sauval, Mercure ; suivant d'autres, Erchinoalde, com'e de Paris. Enfin on a cru qu'elle représentait Jésus-Christ. Je n'admettrai aucune de ces opinions : il faudrait avoir vu la statue pour la juger. Piganiol nous apprend que le peuple la nommait *Maitre Pierre le Jeûneur*, et *M. Legris*. Elle a été détruite en 1748, lorsqu'on a agrandi le parvis Notre-Dame. Le sol de cette place a été fort exhaussé. Sous le règne de Louis XII, on montait treize marches pour arriver dans l'église cathédrale. Aujourd'hui on n'en monte pas une.

A droite en entrant dans la place du Parvis, on voit l'Hôpital de l'Hôtel Dieu et sa façade moderne. Il se trouvait anciennement autour de l'édifice Notre-Dame plusieurs petites églises qui en dépendaient : telles étaient celle *Saint-Jean-le-Rond*, ou baptistère de la cathédrale, dont j'ai parlé, la chapelle de l'Hôtel-Dieu, l'église *Saint-Denis-du-Pas* et celle de *Sainte-Geneviève-des-Ardents*, dont je traiterai ailleurs. Il faut y joindre la chapelle du palais archiépiscopal. Tout était sacré dans cette partie de l'île de la Cité, excepté le *Val-d'Amour* ou la rue de Glatigny, peuplée, depuis un temps immémorial, de femmes livrées à la prostitution.

Le palais archiépiscopal était situé au midi de l'église cathédrale. Maurice de Sully le fit bâtir vers la fin du douzième siècle; il a été reconstruit depuis, et beaucoup agrandi dans les années 1772, 1812 et suivantes, et enfin démoli en 1831. Sur son emplacement on a planté de fort jolies promenades.

Au nord de l'église cathédrale était le cloître du chapitre. La clôture fut démolie, mais les maisons des chanoines restèrent; elles laissaient entre elles et l'église une rue étroite, qui, en 1812, a été fort élargie : elle a conservé son nom de *rue du Cloître Notre-Dame*, et sa continuation, qui aboutit au pont de la Cité, porte celui de *rue de Bossuet*. Au bout de cette dernière rue sont deux nouveaux quais : l'un, dit le *quai de la Cité*, est à gauche; l'autre, nommé le *quai de Catinat*, est à droite. Ces quais ont été terminés en 1813. L'élargissement de ces rues, la construction de ces quais ont donné à l'île plus d'étendue, par l'adjonction d'un emplacement situé à son extrémité orientale; emplacement qu'on appelait *le Terrain* ou *la Motte-aux-Papelards*.

For-l'Évêque. L'évêque de Paris tenait sa cour de justice dans un bâtiment situé sur le territoire et dans la rue Saint-Germain-l'Auxerrois. Ce bâtiment, nommé *Forum Episcopi*, For-l'Évêque, fut en grande partie reconstruit en 1652. Alors on le destina aux personnes détenues pour dettes, aux comédiens réfractaires ou incivils. En 1780, devenu inutile, on le démolit. Le prévôt ou juge de l'évêque y faisait autrefois sa demeure. Les diverses peines qu'il infligeait par ses jugements étaient, suivant la gravité du délit, subies dans des lieux différents. S'agissait-il de faire pendre ou brûler vifs les condamnés, l'exécution avait lieu hors de la banlieue de Paris. S'agissait-il de la bagatelle de leur faire couper les oreilles, le prévôt de l'évêque avait alors le droit incontestable de faire exécuter ce jugement sur la place du *Trahoir* (1). C'est ce que nous apprend l'abbé Lebeuf, qui produit le texte manuscrit d'un acte authentique où ce droit du prévôt de l'évêque est reconnu.

Droits et usages de l'église Notre-Dame. Dans cette église étaient reli-

---

(1) A l'endroit où la rue de l'Arbre Sec débouche dans la rue Saint-Honoré.

gieusement conservés un grand nombre de reliques et de corps saints, la plupart illégitimement acquis, comme je l'ai déjà dit ailleurs. Je ne citerai qu'un doigt de saint Jean-Baptiste et une grande partie de la tête de saint Denis, reliques dont l'authenticité a été vivement contestée par les moines de l'abbaye de ce nom. Dans le trésor des châsses se trouvait aussi un couteau pointu, dont le manche d'ivoire portait une inscription contenant l'acte par lequel un nommé *Guy* investit le chapitre de Notre-Dame de plusieurs portions de terre situées devant l'église cathédrale. Ce couteau avait appartenu à Foucher-Dubreuil : il fut remis, sous le règne de Louis-le-Gros, comme signe d'investiture, à Drogon, archidiacre de Notre-Dame. Cette manière de constater les transactions était fréquente alors. Il a été déposé à la Bibliothèque Royale. — Dans les armoires de l'argenterie de cette église, on conservait un morceau de bois long d'un demi-pied, épais d'un pouce, et taillé à quatre faces; sur ces faces, on lisait une inscription portant que deux serfs du chapitre, Ébrard et Hubert, demeurant à Épone, au diocèse de Chartres, s'étant permis, sans l'autorisation des chanoines, de jouir d'une propriété que leur père avait acquise, font au chapitre cession de cet héritage paternel. Ce morceau de bois inscrit constate l'état misérable des serfs et la rigueur tyrannique des seigneurs ecclésiastiques. Un monument pareil, mais plus riche, et conservé dans les armoires de cette église, consistait en une baguette d'argent doré, longue d'environ deux pieds, que les enfants de chœur portaient, dans certaines solennités, en guise de sceptre. Cette baguette était certainement le signe d'un hommage forcé rendu aux droits du chapitre, comme le fut une semblable baguette que le roi Louis VII déposa sur l'autel de cette église.

Le chapitre de Notre-Dame avait une prison située dans le voisinage, ou peut-être dans son cloître : elle fut le théâtre d'un événement dont je parlerai dans la suite.

On observait dans cette église des coutumes qui méritent d'être signalées. « On pratiquait à Notre-Dame, comme ailleurs, dit l'abbé Lebeuf, l'usage de « jeter par les voûtes, des pigeons, oiseaux, fleurs, étoupes enflammées et « oublies, le jour de la Pentecôte, pendant l'office divin. » On faisait croire au peuple que ces différents objets partaient de la voûte céleste, que leur diverse nature annonçait la satisfaction ou la colère de Dieu, et que l'étoupe enflammée représentait le feu du ciel. C'est ainsi qu'on abusa d'une pratique qui, dans son origine, offrait l'image de ce qui se passa lorsque Dieu envoya son Saint-Esprit à ses Apôtres.

M. l'abbé Lebeuf, infatigable investigateur des antiquités ecclésiastiques, a découvert qu'il existait dans les temps barbares, à l'entrée de l'église de Saint-Jean-le-Rond, dépendante de celle Notre-Dame, de grandes cuves, destinées, dit-il, à contenir l'eau bénite. Il cite un acte juridique qui se termine par ces mots : « Faits dans l'église de Paris, *auprès des cuves*, » et une autre pièce qui prouve que les médecins s'assemblaient près de *la cuve* de Notre-Dame. Ces cuves, près desquelles on passait des actes juridiques et où s'assemblaient des médecins, n'auraient-elles pas servi plutôt aux épreuves appelées *ordalies* ou *jugements de Dieu*? N'était-ce pas dans ces cuves, remplies d'eau froide ou chaude, que l'on plongeait les accusés pour connaître leur culpabilité ou leur innocence? Je n'oserai contredire l'opinion de l'abbé Lebeuf, mais je sais que près de là s'exécutaient des combats nommés *jugements de Dieu*. C'était d'ailleurs dans la première cour de la maison épiscopale qu'avaient lieu, depuis 1109, les *monomachies* ou duels judiciaires.

Une cérémonie, qui pourrait bien remonter aux temps du paganisme, se pratiquait dans la cathédrale, comme dans plusieurs églises de France. Aux processions des Rogations, le clergé de Notre-Dame portait la figure d'un grand dragon d'osier; et le peuple prenait plaisir à jeter dans la gueule énorme et béante de ce dragon, des fruits et des gâteaux. Cet usage dura jusques environ l'an 1730 : alors le chef de la procession borna la cérémonie à donner sa bénédiction à la rivière. On croit que ce dragon est la figure de celui dont saint Marcel délivra, dit-on, Paris; mais les habitants des autres villes où cet usage se pratiquait avaient donc aussi un dragon qui les désolait et un saint qui les en délivrait? Cette fable est partout la même (1).

On célébrait aussi, dans l'église Notre-Dame, des fêtes appelées *Fêtes des Fous*, *Fêtes des Sous-Diacres* ou *Diacres-Soûls*, dont j'ai déjà donné la description. J'ajouterai qu'Eudes de Sully, successeur de Maurice, fut le premier évêque de Paris qui en fut scandalisé. Ces espèces de saturnales, continuées par les chrétiens depuis les temps du paganisme, avaient donc été tolérées par tous les évêques ses prédécesseurs; ou peut-être, sous Eudes de Sully, leur licence fut-elle portée à un excès insoutenable? « Il s'y commettait, dit-il, d'innombra
» bles abominations, des crimes énormes. Ce n'étaient pas seulement des laïques
» qui y figuraient; mais ce qui est horrible à dire, ces scènes scandaleuses, ces
» turpitudes étaient commises par des ecclésiastiques, dans l'église même, au
» pied des autels, pendant qu'on célébrait les messes et qu'on chantait les louan-
» ges de Dieu. » Après avoir ordonné, en 1198, l'abolition de la Fête des Fous, cet évêque, l'année suivante, tenta d'abolir celle des Sous-Diacres célébrée le jour de Saint-Étienne. Il eut l'adresse d'assigner une rétribution particulière aux chanoines et aux clercs qui assisteraient à la solennité de ce saint et à celle de la Circoncision, à condition qu'ils en seraient privés si les désordres de la Fête des Sous-Diacres recommençaient. Il mettait ainsi l'intérêt personnel aux prises avec la routine. Il faut le dire, ce fut la routine qui triompha. Les fêtes des Sous-Diacres et des Fous, suspendues pendant quelque temps, reprirent leurs anciennes allures, et ne furent entièrement supprimées qu'au quinzième siècle.

ÉGLISE ET CIMETIÈRE DES INNOCENTS, situés rue Saint-Denis, à l'angle que formait cette rue avec celle dite *aux Fers* ou *au Fèvre*, dont il n'existe qu'un côté, et sur une partie de l'emplacement du marché des Innocents. Geoffroy, prieur

---

(1) Le dragon appelé à Metz *Garouill;* le dragon de saint *Bienheuré*, à Vendôme; le dragon de la Roche-Turpin, près Montoire; le dragon de Saint-André, près de Villiers, à deux lieues et demie de Vendôme; le dragon de Saint-Bertrand de Comminges: le dragon appelé la *Grande-Gueule*, ou *la bonne sainte Vermine*, à Poitiers; le dragon qu'on nommait *Gargouille*, à Rouen; le dragon appelé *la Tarasque*, à Tarascon; le dragon nommé, à Troyes, *la Chair salée*, etc., sont représentés à peu près de la même manière, et ont tous, comme celui de Paris, été vaincus par un saint qui en a délivré le pays. Toutes les églises de la Gaule avaient, au treizième siècle, leur dragon : Durand, dans son *Rational*, en parle comme étant d'un usage général. Ces dragons, suivant lui, signifiaient *le Diable*.

de Vigeois, dit, dans sa chronique, que l'église des Saints-Innocents, à Paris, fut fondée à l'occasion d'un certain Richard, jeune homme que les Juifs, en mépris du Christ, avaient fait mourir, et parce que, sur l'emplacement de cette église, il s'était manifesté des signes divins. Cet écrivain ne donne point l'époque de cette fondation. Suivant la chronique de Lambert de Waterlos, ce fut à Paris, en l'an 1163, qu'un adolescent y fut crucifié par les Juifs. Robert Dumont dit que le lieu de la scène fut à Pontoise et dans l'année 1171. Des traditions incertaines et contradictoires n'établissent que le doute. Je pense qu'un oratoire élevé dans ce cimetière de Paris, comme il s'en trouvait dans tous les anciens cimetières, a donné naissance à cette église. M. l'abbé Lebeuf en place la construction primitive sous le règne de Philippe-Auguste. Tout porte à croire qu'elle avait alors le titre de paroisse. Le bâtiment de cette église fut réparé à plusieurs reprises, comme on le remarquait par les différences très-apparentes de ses parties. Ce fut, sans doute, après une de ces réparations, qu'en 1445, Denis Dumoulin, évêque de Paris, en fit la dédicace.

A la fin de juin 1437, il s'éleva dans cette église une querelle entre un homme et une femme pauvre. La femme, d'un coup de quenouille, fit une légère égratignure au visage de l'homme ; il en sortit quelques gouttes de sang, qui fournirent à l'évêque de Paris, Jacques de Chastelier, un prétexte suffisant pour interdire l'église. Pendant vingt-deux jours, toutes cérémonies religieuses y furen suspendues, et les portes de l'édifice et du cimetière fermées ; aucun mort ne put y être enterré. Cet évêque exigeait une forte somme pour *réconcilier l'église ;* les paroissiens et les confréries furent obligés d'aller prier à l'église Saint-Josse. Son successeur, Denis Dumoulin, fit, en 1440, fermer le cimetière des Innocents pendant quatre mois, « et on n'y enterrait personne, petit ni grand, dit un con- « temporain ; on n'y faisait ni procession ni recommandation pour personne. « L'évêque, pour en permettre l'usage, voulait avoir trop grande somme d'ar- « gent, et l'église était trop pauvre. »

A côté de cette église était une chambre étroite où des femmes et des filles dévotes s'emprisonnaient volontairement pour le reste de leur vie ; on les nommait *recluses :* elles en faisaient murer la porte et ne recevaient l'air et les aliments que par une petite fenêtre qui donnait dans l'église. On connaît les noms de deux dévotes qui se sont ainsi séquestrées du monde dans ce triste réduit. La plus ancienne est Jeanne la Vodrière, qui s'y enferma le 8 octobre 1442 ; la seconde est Alix de Burgotte, qui y mourut le 29 juin 1466. Il s'y trouvait aussi des recluses forcées : telle était Renée de Vendomois, femme noble, adultère. voleuse, qui fit assassiner son mari, Marguerite de Saint-Barthélemi, seigneur de Souldai. Le roi, en 1485, lui fit grâce de la vie, et le parlement la condamna à demeurer perpétuellement recluse au cimetière des Innocents. Sur un des piliers de la chapelle de la Vierge était adossée la figure de la recluse Alix de Burgotte, figure en bronze que fit faire le roi Louis XI.

Le cimetière des Innocents fut longtemps ouvert aux passants, et même aux animaux. En 1186, Philippe-Auguste le fit clore de murailles. Dans la suite, on construisit tout autour de la clôture une galerie voûtée, appelée *les Charniers.* C'est là qu'on enterrait ceux que leur fortune mettait à même d'être séparés du commun des morts. Cette galerie sombre, humide, servait de passage aux piétons ; elle était pavée de tombeaux, tapissée de monuments funèbres et d'épitaphes, et bordée d'étroites boutiques de modes, de lingerie, de mercerie, et de bureaux d'*écrivains publics*. Cette galerie fut construite, à diverses époques, aux frais de différents particuliers. Le maréchal de Boucicaut, vers les premières années du quinzième siècle, en fit bâtir une partie, et le fameux philosophe hermétique, Nicolas Flamel, toute celle qui bordait la rue de la Lingerie. Il y fit placer le tombeau de son épouse, tombeau orné de plusieurs figures d'anges et de saints, d'inscriptions en latin et en vers français. D'un côté, la galerie occupait une partie de la largeur de la rue de la Ferronnerie (nommée autrefois, ainsi que la rue Saint-Honoré, *rue de la Charonnerie*); c'est sous cette portion de la galerie qu'était peinte la curieuse *danse macabre* ou *danse des morts*. L'auteur du *Journal de Paris*, sous les règnes de Charles VI et de Charles VII, dit qu'en 1429, un fameux prédicateur, nommé *frère Richard*, prêchait sur un échafaud haut d'environ une toise et demie. Il avait, dit-il, le dos tourné vers les charniers des Innocents, contre la Charonnerie, à l'endroit de la *danse macabre*. Dans une partie du charnier, proche de l'église, on voyait un tombeau couvert d'une table sur laquelle était représenté un squelette en marbre blanc, sculpté par Germain Pilon (1).

Le *cimetière* était celui de la paroisse des Innocents et de plusieurs autres paroisses de Paris. On voyait au milieu une croix ornée d'un bas-relief représentant le triomphe du Saint-Sacrement, exécuté par Jean Goujon, et une lanterne en pierre, qui s'élevait à la hauteur d'environ quinze pieds, en forme d'obélisque, telle qu'on en voit dans plusieurs cimetières de France. On y plaçait une lumière qui, pendant la nuit, faisait respecter le séjour des morts. En 1786, l'église et les charniers des Innocents furent démolis. La fontaine des Innocents, située à l'angle de la rue Saint-Denis et de la rue aux Fers, ainsi que les précieux bas-reliefs dont Jean Goujon l'avait ornée, ont été transportés au centre de l'emplacement du cimetière, qui a été converti en un vaste marché. (*Voyez* Marché des Innocents.)

SAINT-THOMAS-DU-LOUVRE, depuis nommé SAINT-LOUIS-DU-LOUVRE, église collégiale, située dans la rue de ce nom, près du Louvre. Robert, comte de Dreux, fit, en 1187, bâtir cette église, sous le titre de *Saint-Thomas*, archevêque de Cantorbéry, et y fonda quatre canonicats : le nombre en fut augmenté dans la suite. Le 15 octobre 1739, cette église s'écroula. Elle fut rebâtie, quelques années après, sur les dessins de Germain, orfèvre célèbre, mais architecte sans goût ; elle reçut alors le nom de *Saint-Louis-du-Louvre*. On y voyait le tombeau en marbre, orné de figures allégoriques, du cardinal de Fleury, mort en 1043 ; ce tombeau avait été érigé d'après les dessins de Lemoine. Cette église, qui pendant plusieurs années a servi au culte protestant, est aujourd'hui entièrement démolie.

---

(1) Parmi les nombreuses épitaphes de ces charniers, on remarquait celle-ci : Ci-gis : *Yollande-* « *Bally*, qui trépassa l'an 1514, la quatre-vingt-huitième année de son âge et la quarante-deuxième « de son veuvage, laquelle a vu ou pu voir, devant son trépas, deux cent quatre-vingt-treize en- « fants issus d'elle. »

SAINT-NICOLAS-DU-LOUVRE. Cette collégiale, située près et au sud de Saint-Thomas, fut, dans son origine, un hôpital pour les pauvres étudiants. Philippe de Dreux, mort en 1217, la nomme *l'hôpital des pauvres clercs ;* il leur fait don, par testament, de 50 livres pour bâtir leur maison. Dans la même année, Pierre, évêque de Paris, leur permit d'avoir une chapelle et un cimetière. En 1541, le cardinal Jean du Belley, évêque de Paris, supprima le maître de l'hôpital avec les boursiers, et mit à leur place dix chanoines. L'hôpital utile devint alors une collégiale, qui l'était moins, et qui subsista jusqu'après la chute de l'église Saint-Thomas-du-Louvre, arrivée en 1739. Alors ce qui restait du chapitre de cette église écroulée fut réuni à celui de Saint-Nicolas ; et de cette réunion se forma une seule collégiale, sous le nom de *Saint-Louis-du-Louvre.* Cette église Saint-Nicolas, située au midi de celle Saint-Thomas et plus près qu'elle de la rive de la Seine, a donné son nom au port voisin. Saint-Nicolas est le patron des nautonniers, il a remplacé Neptune.

SAINTE-MADELEINE, église paroissiale, située rue de la Juiverie, en la Cité. Philippe-Auguste ayant, en 1183, chassé les Juifs, ordonna que leur synagogue serait convertie en une église dédiée à sainte Madeleine. Cette synagogue de juifs, devenue église des chrétiens, fut réparée et agrandie à diverses époques, et notamment en 1749, lorsqu'on y réunit les paroisses Saint-Christophe et Sainte-Geneviève-des-Ardents.

Dans cette église fut instituée la *grande confrérie des bourgeois de Paris,* qui prit la place, à ce que conjecture l'abbé Lebeuf, de la *confrérie des marchands par eau de la ville de Paris.* Il est fait mention, pour la première fois, en 1205, de cette grande confrérie, qui avait des propriétés, une censive, et un clos situé rue Saint-Jacques, celui évidemment qu'on nommait *clos des bourgeois.* Cette confrérie était présidée par un chef qui prenait le titre *d'abbé ;* elle est, dans un mémoire publié en 1728, pompeusement intitulée : *La grande confrérie de Notre-Dame, aux seigneurs, prêtres et bourgeois de Paris.*

Le bâtiment de cette église fut démoli au commencement de la révolution, et sur son emplacement on a établi le *passage de la Madeleine.*

SAINTE-GENEVIÈVE, abbaye de chanoines réguliers, située sur le plateau de la montagne de ce nom. J'ai déjà eu occasion de parler plusieurs fois de cette abbaye et de son église, qui, fondées au commencement de la première race, presque entièrement ruinées sous la seconde, furent reconstruites, en 1177, par les soins de l'abbé Étienne. Après l'an 1180, sous le règne de Philippe-Auguste, les travaux de cette église étant terminés, on put y célébrer les cérémonies du culte. En 1196, le pape Innocent III accorda à Jean, abbé de Sainte-Geneviève, pour *orner sa dévotion* et *honorer son église,* la faculté de porter la mitre. L'époque de l'achèvement de cet édifice me fournit l'occasion de le décrire entièrement, et d'en parler pour la dernière fois.

L'église, contiguë à celle Saint-Étienne-du-Mont, s'élevait sur l'emplacement qui se voit au sud de cette dernière église, et sur lequel on a ouvert plus tard la rue Clovis. La façade était aussi simple que celle de l'église Saint-Germain-des-Prés. L'abbé Lebeuf a cru reconnaître, dans la construction de l'édifice de Sainte-Geneviève, quelques parties appartenant au bâtiment primitif; il a remarqué en outre, sur cette façade, un anneau de fer d'un volume considérable, soutenu par une grosse pierre représentant une tête d'animal. Il pense que l'église Sainte-Geneviève était un lieu d'asile, et que ceux qui voulaient s'y réfugier se trouvaient affranchis de toutes poursuites dès qu'ils avaient passé le bras dans ce vaste anneau : il cite plusieurs autorités à l'appui de son opinion. L'intérieur ressemblait à celui de l'église Saint-Germain-des-Prés, mais il avait moins d'étendue. On y voyait une crypte ou chapelle souterraine dont la construction n'avait pas échappé aux ravages des Normands, comme le prouvaient diverses réparations faites à des époques postérieures; dans cette crypte étaient, disait-on, les tombeaux de sainte Geneviève et de sainte Prudence, dont les corps en furent retirés pour être placés plus honorablement dans des châsses posées sur le grand autel.

La châsse de sainte Geneviève, objet principal du culte de cette église, fut, pour la seconde fois, fabriquée, au treizième siècle, par un orfèvre, appelé *Bonard*, qui employa pour ce travail 193 marcs d'argent et sept marcs et demi d'or. Cette châsse était, lors des grandes calamités publiques, solennellement promenée dans les rues de Paris. Il existe des témoignages de plusieurs de ces processions. «Moult honorablement la faisoit porter le roi Charles V, dit un » ancien écrivain... quart quand il la faisoit porter, celx de Nostre-Dame, celx » des autres colléges, tant réguliers que séculiers, alloient nuds pieds, et par » ce il en venoit toujours aucuns bons offices.» La châsse de sainte Geneviève, châsse très-vénérée, plus riche que belle, offrait une infinité de détails, beaucoup d'or et de pierreries. Elle était supportée par quatre statues de vierges plus grandes que nature. Au-dessus brillaient un bouquet et une couronne de diamants, deux présents faits, le premier par Marie de Médicis, et le second par Marie-Élisabeth d'Orléans, reine douairière d'Espagne.

Le 6 juin 1483, le tonnerre tomba sur l'église Sainte-Geneviève et y causa de grands dommages; il brûla le clocher, fondit les cloches et renversa plusieurs parties des bâtiments de l'abbaye. Le pape Sixte IV accorda aux religieux des indulgences qui devaient être distribuées pour les réparations à faire : moyen fort en usage pendant le moyen âge.

L'abbaye Sainte-Geneviève était le chef-lieu d'une congrégation composée de neuf cents maisons en France; elle nommait à plus de cinq cents cures, dont elle disposait toujours en faveur de ses religieux. L'abbé était électif, portait le titre de *général*, et jouissait du droit, bien glorieux pour un abbé, de se parer, en officiant, de la crosse, de la mitre et de l'anneau. — La bibliothèque de cette abbaye était et est encore publique. Le plan de la salle qu'elle occupait présente une croix. Au centre, ou point d'intersection, est un dôme dont le plafond fut peint en 1730, par Restout père. On comptait, dans cette bibliothèque, près de quatre-vingt mille volumes imprimés. Le nombre en est beaucoup augmenté depuis la révolution. On construit actuellement, sur l'un des côtés de la place du Panthéon, un bâtiment où cette bibliothèque sera bientôt déposée. L'église, réparée sous les règnes de Charles VIII et de Henri IV, a été démolie en 1807. Avant d'opérer cette démolition, on ordonna des fouilles qui mirent à découvert, au-dessous du grand autel, environ quinze sarcophages,

mirent à découvert, au-dessous du grand autel, environ quinze sarcophages.

ST ÉTIENNE DU MONT.

dans un état de désordre et de bouleversement. Quatre de ces tombeaux et leurs couvercles offraient extérieurement de petites croix gravées sans régularité ; les autres étaient en plâtre ou en pierre tendre dite lambourde. Tous ces sépulcres avaient été ouverts ou spoliés, sans doute, par les Normands. Les tombeaux de Clovis, de Clotilde, ont dû éprouver le même sort ; le corps de sainte Geneviève paraît n'avoir pas été plus respecté par ces barbares. — Dans la démolition de l'abbaye n'a pas été comprise une tour carrée fort élevée, qui se trouve engagée dans les anciens bâtiments de l'abbaye, aujourd'hui Collége de Henri IV. Sa partie inférieure est d'un style qui appartient au onzième siècle, sa partie supérieure est un ouvrage du quinzième.

SAINT-ÉTIENNE-DU-MONT, église paroissiale, située à côté de l'emplacement de l'ancienne église Sainte-Geneviève. Elle doit son origine à une chapelle basse attenante à cette dernière église, et portant le nom de *Chapelle du Mont.* Si l'on en croit Guillaume le Breton, elle portait, en 1221, le titre d'*église;* elle était accompagnée d'une aumônerie : *Domus eleemosynæ ante ecclesiam sancti Stephani de Monte,* « la maison de l'aumônerie devant l'église Saint-Étienne-du-Mont. » Cette maison fut, à la fin de juillet 1221, frappée par le tonnerre. Ce fut après cet accident qu'en 1222 on demanda au pape Honorius III l'autorisation de faire recon-truire cet édifice sur de plus grandes proportions, et de l'ériger en église paroissiale, pour qu'il pût servir aux habitants du quartier, dont le nombre s'augmentait depuis que Philippe-Auguste avait fait entourer Paris d'une enceinte. Cette nouvelle église fut entièrement assujettie à celle Sainte-Geneviève : elles différaient entre elles comme un vassal diffère de son seigneur. L'église vassale n'eut point la permission d'avoir une porte particulière. On ne pouvait y entrer qu'en passant par la maîtresse église. En 1491, le bourg de Sainte-Geneviève devenant toujours plus populeux, les marguilliers de Saint-Étienne-du-Mont demandèrent à l'abbé quelques toises de terrain et quelques vieux bâtiments voisins pour agrandir leur église ; ils demandèrent aussi la permission d'élever leur clocher, d'avoir quatre cloches et une porte particulière. L'abbé, moyennant une somme d'argent, consentit à ces diverses demandes, à l'exception de la dernière, qu'il refusa obstinément : ce ne fut qu'en 1517, époque où l'on reconstruisit l'église, que l'abbé permit au curé et aux marguilliers de Saint-Étienne-du-Mont d'avoir une entrée particulière, et d'ouvrir une porte.

La façade principale de cet église affecte la forme pyramidale et offre un caractère étrange qui n'est pas sans agrément. La première pierre en fut posée en 1611, par la première femme de Henri IV, Marguerite de Valois, qui, pour avoir cet honneur, donna la somme de trois mille livres. L'ensemble du bâtiment, construit au commencement du seizième siècle, est un mélange des styles ogival et de la renaissance qui s'y montrent avec tous les raffinements, toutes les gentillesses et les formes délicates ou élégantes que les architectes de cette époque donnaient à leurs constructions. Le jubé, ses ornements, ses deux escaliers qui s'élèvent en spirale autour du fût d'une colonne jusqu'aux galeries supérieures ; ces galeries qui tournent autour du chœur, sont des modèles de légèreté et de délicatesse. Ce jubé a été achevé en 1600, comme l'indique le millésime qui s'y trouve. Au milieu de la voûte de la croisée pend et descend de deux toises ce qu'on nomme vulgairement *cul-de-lampe* ou *clef pendante*. Cette construction est formée des nervures de la voûte, qui, après en avoir suivi la courbure, retombent en s'unissant et présentent une masse suspendue et sans appui. Ce tour de force dans l'art de construire cause aux spectateurs un véritable étonnement. Les fûts des colonnes, dont la longueur est démesurée, sont dépourvus de chapiteaux. Les nervures des voûtes naissent du nu de la colonne. L'église Saint-Nicolas-des-Champs offre un autre exemple d'une pareille construction. Les arcades de la nef appartiennent au dix-septième siècle.

Les vitraux, qui sont du seizième, méritent de fixer l'attention des amateurs de la peinture sur verre; nous citerons surtout le *Jugement dernier*, et un sujet allégorique rapportant à l'effusion du sang de Jésus-Christ, *l'émanation des grâces que le Saint-Sacrement confère*, par N. Pinaigrier. Cette peinture occupe une des fenêtres de la chapelle de la Vierge. La chapelle de sainte Geneviève offre encore la *Pluie de la Manne*, le *Sacrifice d'Élie*, etc., par Jean Cousin.

Une seule tour, placée au nord de l'édifice, sert de clocher; elle est fort élevée, et son architecture est d'un genre peu ordinaire.

L'intérieur de cette église renfermait quelques objets intéressants; trois bas-reliefs de Germain Pilon et plusieurs tableaux. La chaire à prêcher, sculptée par Claude Lestocard d'après les dessins de La Hire, peut servir de modèle en ce genre. La chapelle de la Vierge, située au rond point de l'église, offre l'épitaphe latine du célèbre Blaise Pascal qui mourut en 1662, à l'âge de trente-neuf ans. Ce monument, qui ne consiste que dans une pierre gravée, est suffisamment orné par le nom du défunt. Dans cette même chapelle, on voit quelques petits tableaux votifs. Il faut distinguer celui qui représente l'intérieur de cette église, peint, en 1808, par M. Gosse. Dans la croisée, deux très-grands tableaux, qui se font face, décoraient l'ancienne église Sainte-Geneviève; ils furent votés par les échevins de Paris : l'un, à l'occasion de deux années de famine, fut voté en 1669, et peint par Largillière; l'autre, à l'occasion de la famine causée par l'hiver de 1709, fut peint par de Troy.

Vers la fin du seizième siècle, le curé de Saint-Étienne-du-Mont se plaignit à Pierre de Gondy, évêque de Paris, qu'un de ses paroissiens, nommé Michaud, qui venait de se marier, et dont il devait bénir le lit nuptial, l'avait fait attendre jusqu'à minuit. L'évêque, d'après cette plainte, décida qu'à l'avenir la bénédiction du lit nuptial se donnerait pendant le jour, ou au moins avant le souper de noces (1).

SAINT-ANDRÉ-DES-ARS, église paroissiale, située rue de ce nom.

---

(1) Les curés anciennement ne permettaient point aux nouveaux époux de coucher ensemble avant la bénédiction du lit nuptial, bénédiction qu'ils se faisaient toujours payer. D'autres curés, et même des évêques, ne se bornaient pas à exiger le droit de la bénédiction du lit nuptial; ils défendaient aux nouveaux époux de consommer le mariage pendant les trois ou quatre premiers jours qui suivaient sa célébration à l'église. Pour s'exempter de cette servitude gênante, les plus pressés ou les plus riches payent M. le curé ou M. l'évêque.

La nouvelle enceinte dont Philippe-Auguste ordonna la construction autour de Paris, en morcelant les propriétés et les terres seigneuriales, fit naître plusieurs querelles entre l'évêque, l'abbé de Saint-Germain-des-Prés et l'abbé de Sainte-Geneviève. Il fallut du temps pour concilier tant d'intérêts. Il fut enfin convenu, pour dédommager l'abbaye Saint-Germain-des-Prés de ses pertes, que cette abbaye serait autorisée à faire bâtir pour elle deux églises dans la nouvelle enceinte de Paris; l'une fut celle Saint-André-des-Ars, et l'autre celle Saint-Côme et Saint-Damien. Les églises étaient alors considérées comme propriétés particulières, comme un domaine productif.

La construction de la basilique Saint-André était commencée en 1210, sur le territoire appelé de Lias ou de Laas, nom d'où, à ce qu'il paraît, est dérivé celui de la rue des Ars qui a été écrit tout à la fois Saint-André-des-Ars, des Arcs, et enfin des Arts. Au seizième siècle, une grande partie de cette église, et notamment la nef, fut bâtie. La façade principale était un ouvrage du dix-septième siècle. Sur le grand autel on voyait un tableau de Restout, et aux côtés du sanctuaire, deux tombeaux : l'un d'Anne Martinosi, princesse de Conti, morte en 1672, exécuté sur les dessins de Girardon; et l'autre, de François-Louis-Armand de Bourbon, prince de Conti, son époux, décédé en 1683. Ce dernier tombeau était l'ouvrage de Coustou l'aîné, à qui l'on pouvait reprocher l'inconvenance de placer dans un sanctuaire des chrétiens la déesse Pallas, qu'on y voyait appuyée sur un lion et tenant le médaillon du prince. Plusieurs personnes distinguées avaient leur tombeau dans cette église : Le Nain de Tillemont, savant historien, Nanteuil, habile graveur; Charles Dumoulin, Henri d'Aguesseau, deux hommes dont le barreau s'honore; La Motte-Houdard, de l'Académie Française; l'abbé Le Batteux, littérateur estimé; sur le monument consacré à ce dernier on lisait : *Amicus amico.* La famille de Thou avait, dans cette église, une chapelle destinée aux tombeaux et à la mémoire de ses membres, dont plusieurs ont acquis une célébrité durable. On y lisait une épitaphe en vers français de Mathieu Chartier, conseiller au parlement, surnommé le *père des pauvres :* elle était remarquable par l'énergie de la pensée et de l'expression. Une chapelle de cette église avait appartenu à Jacques Coctier, et renfermait ses cendres. Cet homme fut le médecin de Louis XI; par ses prédictions menaçantes, il faisait peur à ce méchant roi, qui, comme on sait, était l'effroi de tous ses sujets. On voyait aussi dans une chapelle un ex-voto placé par Armand Arouet, frère de Voltaire. Le vitrage d'une des chapelles représentait Jésus-Christ placé sous un pressoir; au bas de cette représentation on lisait ce passage d'Isaïe : *Quare rubrum est indumentum tuum? Torcular calcavi solus.*

Cette église, supprimée en 1790, fut démolie dans la suite; cette démolition a laissé vide un emplacement qui donne de l'aisance et de la salubrité aux maisons voisines et à plusieurs rues qui viennent y aboutir.

SAINT-COME ET SAINT-DAMIEN, église paroissiale, située au coin de la rue Racine et de celle de l'École-de-médecine, ci-devant des Cordeliers, et fondée à la même époque et par le même motif que le fut l'église Saint-André-des-Ars, dont je viens de parler. Cette église resta assujettie à l'abbaye Saint-Germain-des-Prés jusqu'en 1345, époque d'une querelle très-vive et même sanglante, qui s'éleva entre les étudiants de l'Université et les serviteurs de cette abbaye. Par l'accord qui fut conclu, la nomination de la cure de Saint-Côme fut attribuée à l'Université. Quoique les dépendances de cette église fussent très-circonscrites, il s'y trouvait un cimetière, des charniers, et un lieu où se rendaient, le premier lundi de chaque mois, des chirurgiens pour y visiter les pauvres malades et leur donner des consultations gratuites. Un petit bâtiment était destiné à cette bonne œuvre.

Dans le cimetière de cette église, qui a été complétement démolie dans ces dernières années, fut enterré François Trouillac, qu'une étrange difformité rendit célèbre et malheureux. Dès l'âge de sept à huit ans, il lui était survenu une corne au front, qu'il avait grand soin de cacher. Il travaillait à une charbonnière, dans la forêt du Maine, lorsque le marquis de Lavardin, étant à la chasse, le fit arrêter parce qu'il n'avait pas devant ce seigneur ôté son bonnet qui cachait sa corne. Ce malheureux fut ensuite conduit à la cour de Henri IV, comme une curiosité. *Ce roi le donna à un de ses valets pour en tirer profit*, dit l'Estoile. François Trouillac, promené de foire en foire et devenu un objet de risée publique, en mourut de chagrin. On lui fit cette épitaphe ridicule :

Dans ce petit endroit à part,   Car il l'était sans avoir femme.
Gist un très-singulier Cornard,   Passants, priez Dieu pour son âme.

SAINT-HILAIRE, église paroissiale, sitrée rue du Mont-Saint-Hilaire, n° 2. Elle éxistait, dans le douzième siècle, avec le titre d'oratoire. Vers l'an 1200, on la voit figurer en qualité de paroisse. La population, qui s'accroissait toujours dans Paris, nécessitait de pareilles érections. Le portail, construit au treizième siècle, fut, ainsi que l'édifice, entièrement réparé au commencement du dix-huitième. En 1513, cette église fut profanée par les coups que se portèrent deux peintres qui s'étaient vivement disputés sur la question de savoir si, dans un tableau d'*Adam* et d'*Ève*, ces personnages, qui n'avaient point eu de mère, devaient être représentés avec un nombril. — Cette église a été démolie vers l'an 1783; elle est remplacée par une maison particulière.

SAINT-HONORÉ, église paroissiale, située rue de ce nom. Vers l'an 1204, Renold Chéreins, boulanger, et son épouse donnèrent neuf arpents de terre, qu'ils possédaient hors des murs de Paris, pour l'entretien d'un prêtre destiné à desservir une petite chapelle qu'ils se proposaient de bâtir. Le prieur de Saint-Martin leur céda un arpent de terre près de là, sur lequel ils firent élever la chapelle. Les fondateurs y établirent ensuite des chanoines; puis des personnes dévotes concoururent à ce pieux établissement, en augmentant, par des donations, le nombre des chanoines. —Cette église, située près de la place aux Pourceaux (1). en porta le nom.

La fondation de cette basilique, sa dotation et les élections des chanoines de-

______

(1) La place ou le marché aux *Pourceaux* fut, après la construction de l'enceinte de Charles V, transférée au dehors de cette enceinte, sur un emplacement qui traverse aujourd'hui la rue Sainte-Anne.

vinrent une source de discordes entre l'évêque de Paris et le chapitre de Saint-Germain-l'Auxerrois : leurs querelles à ce sujet furent scandaleuses par leur vil motif et par leur longue durée. Elles n'étaient pas encore terminées à la fin du dix-septième siècle. — L'Église Saint-Honoré fut, en 1579, agrandie et réparée : l'édifice n'était ni beau ni vaste. Dans une chapelle, à droite, était placé le tombeau du fameux cardinal Dubois, tombeau exécuté sur les dessins de Coustou le jeune. M. Couture, recteur de l'Université, fut chargé de faire l'épitaphe de ce cardinal. Il pouvait décemment dire la vérité sur les faits et gestes du défunt; il ne pouvait lui donner des éloges sans encourir le blâme public; il se tira avec adresse de cette difficulté. Il avait à parler d'un homme dont la conduite honteuse était couverte par le voile des fonctions éminentes qu'il avait remplies, des titres et des dignités séculières et ecclésiastiques dont il fut gratifié : il s'attacha uniquement à dénombrer ces titres pompeux et à démontrer toute leur vanité; il finissait par exhorter les passants à rechercher une gloire plus solide et plus durable, et nous apprenait que le cardinal Dubois mourut en 1723.

Cette église a été démolie en 1792, et sur son emplacement, ainsi que sur celui des maisons qui en dépendaient, on a établi des passages bordés de boutiques, et la rue Montesquieu.

SAINT-NICOLAS-DES-CHAMPS, église paroissiale, située rue Saint-Martin, et à côté de l'abbaye de ce nom. Elle dut, comme beaucoup d'autres, son origine à une simple chapelle que l'accroissement de la population fit convertir en église paroissiale. Ce changement s'opéra un peu avant 1220, puisqu'en cette année le prieur de Saint-Martin accorda un cimetière à la nouvelle paroisse. Au seizième siècle, devenue trop étroite pour le nombre des habitants qui s'y rendaient, cette église fut considérablement agrandie.

Cet édifice est d'une longueur disproportionnée avec sa largeur. La nef qui appartient à l'église primitive, a deux rangs de bas-côtés et des colonnes dénuées de chapiteaux; de sorte que les nervures qui se déploient, en suivant les arêtes des voûtes, prennent leur naissance sur le fût même de la colonne. La construction de la croisée et du chœur est d'un temps beaucoup plus moderne que celle de la nef. Le grand autel est décoré de colonnes corinthiennes et de quatre anges en stuc, exécutés par Sarrazin, et d'un tableau de Vouet, représentant l'*Assomption de la Vierge*. La chapelle de la communion doit sa décoration à l'architecte Boulan. Guillaume Budé, un des plus savants hommes de son siècle; Pierre Gassendi, physicien célèbre; Henri et Adrien de Valois, qui ont rendu de grands services à la science de l'histoire; Théophile Viaud, poète français qui fut condamné à être brûlé vif, mais qui ne le fut qu'en effigie, pour avoir composé un ouvrage intitulé *le Parnasse français*; Laurent Magnière, sculpteur, etc., ont leur sépulture dans cette église. Saint-Nicolas-des-Champs est aujourd'hui l'église paroissiale du sixième arrondissement.

SAINT-GERVAIS, église paroissiale, située rue du Monceau-Saint-Gervais. J'ai déjà parlé de l'oratoire qui existait sous ce nom en l'an 576. Cet oratoire, situé au milieu d'un vaste et antique cimetière, était sans doute productif par ses revenus et par les offrandes que les fidèles y portaient, puisque, vers le commencement de la troisième race, les comtes de Meulan s'en emparèrent, et en jouirent pendant longtemps : ils le donnèrent depuis au monastère Saint-Nicaise de Meulan. On ignore à quelle époque il fut érigé en paroisse. En 1212, pour la première fois, Saint-Gervais figure en cette qualité dans un acte contenant les redevances que le curé de cette église payait à l'église Notre-Dame. Je reviendrai dans la suite sur cet établissement.

SAINT-PIERRE OU SAINT-PÈRE, église paroissiale, située rue des Saints-Pères. C'est ainsi qu'était nommée une chapelle dont on ignore l'origine, et qui existait sous le règne de Philippe-Auguste, avec la qualité de paroisse du bourg Saint-Germain. On construisit dans la suite, près de cette église, une *maladrerie*, qui a depuis reçu le nom de *la Charité*. Nous en parlerons plus loin.

SAINT JEAN-EN-GRÈVE, église paroissiale, située derrière l'Hotel-de-Ville. C'était, comme la plupart des églises de Paris, une chapelle que l'accroissement de la population fit ériger en paroisse. Vers l'an 1212, elle obtint ce titre qui lui fut vivement disputé par le curé de Saint-Gervais, dont l'église était voisine. Je passe sous silence les longs et ennuyeux débats occasionnés par l'institution de cette nouvelle paroisse. Cette église fut rebâtie en 1326 ; j'en parlerai à cette époque. Il suffira de dire, quant à présent, que la *salle Saint-Jean* de l'Hotel-de-Ville en faisait partie.

COUVENT-DES-MATHURINS, situé rue de ce nom. Il existait vers 1208, avec le nom *des Mathurins*, parcequ'il remplaçait un hôpital dédié au saint de ce nom, saint qui autrefois était fameux par la guérison des personnes atteintes de folie. Les Mathurins étaient qualifiés de *Religieux de la Très-Sainte-Trinité, de la Rédemption des Captifs*. Jean de Matha, docteur à Paris, et Félix de Valois furent les auteurs de cette institution, dont le but très-louable consistait à racheter des Musulmans les esclaves chrétiens, et des chrétiens les esclaves musulmans qu'ils donnaient en échange. Ces religieux vivaient d'une manière simple et austère. Ils ne se servaient que d'ânes pour monture ; c'est pourquoi le peuple les nommait *les Frères-aux ânes*. Rutebeuf, dans sa pièce *des Ordres de Paris*, donne à ces religieux des éloges qu'il est loin d'accorder aux autres monastères de cette ville. L'épitaphe suivante, que j'ai vue gravée sur une table de bronze fixée dans le mur du cloître de cette maison, tend à prouver que ces religieux se faisaient honneur des travaux les plus serviles :

<table>
<tr><td>Ci gist léal Mathurin,
Sans reproche bon serviteur,
Qui céans garda pain et vin,
Et fust des portes gouverneur,</td><td>Paniers ou hottes, par honneur,
Au marché volentier portoit ;
Fort diligent et bon sonneur ;
Dieu pardon à l'âme lui soit.</td></tr>
</table>

Ce couvent et son église étaient les lieux où l'Université de Paris tenait ses assemblées et célébrait ses solennités religieuses.

Dans le cloître, on voyait la tombe et les figures gravées au trait sur la pierre de deux écoliers, l'un nommé Léger Dumoussel, et l'autre Olivier Bourgeois, qui, ayant volé et assassiné des marchands sur un chemin, furent poursuivis, arrêtés et pendus par le prévôt de Paris. L'Université se récria de toutes ses forces contre cet acte de justice, fit valoir ses *droits*, ses *priviléges*, menaça de fermer les écoles de Paris, et parvint à faire condamner le prévôt de cette ville aux humiliations suivantes. Il fut contraint de détacher lui-même du gibet les deux écoliers pendus, de leur donner un baiser sur la bouche, de les conduire sur un char couvert d'un drap mortuaire, escorté de ses sergents et archers et suivi d'une procession de curés et de religieux, au Parvis Notre-Dame, pour les présenter à l'évêque, et de là dans l'église des Mathurins, où le cortége remit ces corps au recteur de l'Université, qui, le 16 mai 1408, les fit inhumer honorablement. Ainsi, par respect pour les priviléges de l'Université, le cours de la justice était interrompu et les crimes restaient impunis.

Ce couvent, bâti sur une partie de l'emplacement du palais des Thermes, est devenu, dès l'an 1790, une propriété particulière. L'église est démolie.

COUVENT DES JACOBINS, *Dominicains* ou *Frères Mineurs*, situé rue Saint-Jacques. Saint Dominique vint à Paris en l'an 1219, et y vit avec plaisir que les sept moines de son ordre qu'il avait envoyés dans cette ville pour y fonder un couvent s'étaient fait beaucoup de prosélytes, et que ce nouveau monastère comptait déjà trente religieux. Ils s'étaient d'abord établis dans une maison destinée aux pèlerins, près de laquelle était une chapelle de saint Jacques. Les nouveaux desservants de cette chapelle acquirent une telle réputation, que son nom fut donné à la rue où elle était située, et que les religieux dominicains reçurent celui de *Jacopins*, puis de *Jacobins*, qui en dérive. Je continuerai, dans la période suivante, l'historique de ce couvent.

ABBAYE SAINT-ANTOINE-DES-CHAMPS, aujourd'hui *Hôpital Saint-Antoine*, située rue du Faubourg de ce nom. Elle fut fondée en 1198, par Foulques de Neuilly, célèbre prédicateur, auquel on attribue beaucoup de miracles. Il guérissait toutes sortes de maladies par l'imposition des mains et le signe de la croix. Il donnait la lumière aux aveugles, l'ouïe aux sourds, la parole aux muets, dit l'auteur des *Grandes Chroniques de France*, qui ajoute que plusieurs n'y croyaient guère : *aucuns ne les croyent pas légièrement.* Sans doute qu'alors il ne resta plus de malades à Paris. Il s'associa Pierre de Roussy, autre prédicateur, qui, par ses sermons, convertit plusieurs usuriers et femmes publiques de Paris. «Et aussi, » ajoute-t-il, les folles femmes qui se mettoient aux bordeaux et aux carrefours » des voyes (des rues), et s'abandonnoient, pour petit prix, à tous, sans avoir » honte ni vergogne. » Ces femmes prostituées, après avoir entendu Foulques de Neuilly, se coupèrent les cheveux et renoncèrent à leur infâme métier. Les unes firent des pèlerinages, *nu-pieds et en chemise*, les autres furent recueillies par le prédicateur, et devinrent les premières religieuses de ce monastère, qui, dans la suite, reçut des accroissements considérables et fut honoré du titre d'*abbaye royale*. L'abbaye Saint-Antoine était environnée de fortes murailles, et formait une espèce de bourg. Ce fut vers une partie des fossés de cette abbaye que Louis XI conclut, en 1465, une trève avec les princes armés contre lui, pendant la guerre dite du *bien public*. Cette trève fut violée par ces princes rebelles; et, dans la suite, ce roi fit élever en ce lieu une croix dont, en 1562, on déterra une pierre où se trouvait l'inscription suivante : *L'an M. CCCC. LXV. fut ici tenu le landit des trahisons, et fut par unes tresves qui furent données : maudit soit-il qui en fut cause.*

Cette abbaye donna son nom à la rue qui y conduisait, et au faubourg où elle est située. Les bâtiments de ce monastère et le sanctuaire de son église furent, vers l'an 1770, reconstruits sur les dessins de l'architecte Lenoir, surnommé *le Romain*. Ils sont vastes et commodes. L'église était richement décorée. On y voyait plusieurs tombeaux de personnes distinguées par leur rang élevé, de princes, princesses, et notamment ceux de Jeanne et de Bonne de France, filles du roi Charles V.

Cet etablissement fut supprimé en 1790, et ses bâtiments reçurent depuis une destination plus utile. Un décret de la Convention nationale, du 17 janvier 1795, les convertit en *hôpital*, assimilé à celui de l'*Hotel-Dieu*.

HOPITAL DE LA TRINITÉ, situé au coin des rues Saint-Denis et Grenétat. Pendant que Foulques de Neuilly et Pierre de Roussy prêchaient, convertissaient des femmes publiques, et les réunissaient en communautés religieuses; que Philippe-Auguste recevait, en 1198, des sommes considérables des Juifs pour les rétablir, après les avoir expulsés et s'être emparé de leurs richesses en 1181; pendant que ce roi, excommunié par le pape pour avoir changé d'épouse, chassait les évêques de leurs siéges, les abbés de leurs monastères, les curés de leurs paroisses, confisquait leurs revenus, mettait en fuite l'évêque et les curés de Paris qui avaient adhéré à la sentence du pape; pendant que les écoliers de cette ville se battaient contre ses habitants, que le prévôt Thomas maltraitait ses écoliers, et que le roi, à son tour, maltraitait le prévôt; pendant que l'évêque de Paris se disputait scandaleusement avec l'abbé de Sainte-Geneviève, deux particuliers paisibles, obscurs, Jean Palée et Guillaume Estuacol, s'occupaient de fonder un hôpital pour les pauvres malades. Cet établissement fut d'abord nommé l'*hôpital de la Croix-de-la-Reine*, et dans la suite il reçut le nom de la *Trinité*. Il éprouva, de la part des seigneurs ecclésiastiques, de grandes difficultés : leurs *droits* et leurs *priviléges* étaient des obstacles continuels aux institutions les plus utiles.

Il fut établi, pour le service de cet hôpital, une communauté de *frères* qui, peu riches eux-mêmes, portaient des secours aux pauvres, et donnaient l'hospitalité aux pèlerins. Il leur était défendu, par leurs statuts, de monter à cheval; ils ne voyageaient que sur des ânes, c'est pourquoi ils furent nommés *Frères âniers* ou *Frères de la Trinité-aux-ânes*.

Il fallait des prêtres pour desservir la chapelle : on y plaça des religieux Prémontrés d'Hermières. Ces religieux ne tardèrent pas à s'emparer des propriétés de la maison : dès lors elle cessa d'être utile aux pauvres. L'hospitalité n'y fut plus exercée : ces moines se firent à eux-mêmes le bien qu'ils devaient faire aux autres. Rutebeuf leur reproche d'être devenus riche, et d'avoir renoncé aux ânes et pris des chevaux pour montures.

Vers la fin du quatorzième siècle, ces religieux louèrent la plus grande salle de l'hôpital à des comédiens nommés *les Confrères de la Passion*, dont je parlerai dans la suite. Ces comédiens y tinrent leur spectacle jusqu'à l'an 1545, époque où le parlement destina les bâtiments de cet hôpital à l'éducation des orphelins des deux sexes, au nombre de cent garçons et de trente-six filles. Les artistes qui s'y établissaient pour instruire ces orphelins gagnaient leur maîtrise. Ces enfants assistaient aux enterrements : on les connaissait sous le nom d'*enfants bleus*, à cause de la couleur de leurs habits.

Les bâtiments de cet hôpital furent entièrement démolis dans les premières années de la révolution : on a bâti, sur leur emplacement, des maisonnettes disposées en rues régulières. L'église, qu'on avait fait reconstruire en 1598, et dont le portail fut élevé en 1671, sur les dessins d'Orbay, a été démolie en 1817.

HÔPITAL SAINTE-CATHERINE, situé rue Saint-Denis, au coin méridional de la rue des Lombards, fondé vers l'an 1184. Il porta d'abord le nom d'*Hôpital des pauvres de Sainte-Opportune*, et fut administré par des frères hospitaliers (1). Une bulle du pape Honoré III, de 1222, met cet hôpital sous la protection du Saint-Siége, et le nomme l'*Hôpital de la Maison-Dieu-Sainte-Catherine*. Aux frères hospitaliers se joignirent des sœurs. On ne sait quels désordres résultèrent de cet amalgame; mais, en 1521, François Poncher, évêque de Paris, renvoya les frères et conserva les sœurs. Ces religieuses, de l'ordre de Saint-Augustin, avaient, dans l'origine, pour principale obligation, celle de loger les pèlerins, de loger et de nourrir, pendant trois jours, les femmes ou filles qui cherchaient à entrer en condition, ou qui, venant à Paris pour d'autres affaires, n'avaient pas le moyen de se procurer un asile. — Les bâtiments de cet hôpital furent démolis pendant la révolution, et des maisons particulières se sont élevées sur son emplacement.

A la suite de la notice des églises et des maisons religieuses, il convient de placer celle des établissements non moins utiles, des *colléges* et des *écoles* qui, pendant cette période, commençaient à prévaloir à Paris ; j'y joindrai la notice des institutions civiles.

COLLÉGE DE CONSTANTINOPLE ou **COLLÉGE GREC**, situé cul-de-sac d'Amboise, près la place Maubert. On a dit sans preuve qu'il fut fondé en 1206, à l'occasion du projet de réunion des Églises grecque et latine. Quoi qu'il en soit, ce collége existait au quatorzième siècle; en 1362, mal administré, il tombait en décadence, puisqu'il n'y restait plus qu'un seul boursier. Alors Jean de la Marche le prit à loyer, et en forma un nouveau collége qui, dans la suite, reçut le nom de *Petite Marche*, et fut, en 1420, réuni au collége de ce nom.

COLLÉGE DES BONS-ENFANTS, situé dans la rue qui porte ce nom, près du Palais-Royal. C'est le second ou le troisième collége établi à Paris, et c'est le premier qu'on y ait destiné à des nationaux : il fut fondé en 1208 par quelques personnes qui avaient contribué à l'établissement de l'église Saint-Honoré. Ce collége reçut d'abord le nom d'*Hôpital des pauvres Écoliers;* ils méritaient cette dénomination, car ces jeunes et malheureux élèves étaient obligés chaque jour, pour vivre, de demander l'aumône dans la ville, comme le faisaient plusieurs communautés religieuses.

Les libéralités de quelques personnes bienfaisantes, notamment celles du célèbre Jacques Cœur, procurèrent à ce collége un revenu suffisant, et les écoliers ne furent plus réduits à implorer la charité des habitants de Paris. Dès que ce collége eut obtenu de l'aisance, il devint la proie du chapitre de Saint-Honoré, au-

(1) En dehors de chaque porte de la seconde enceinte de Paris se trouvait un hôpital ou hôtellerie.

18

quel ses biens furent, en 1605, totalement réunis. Absorbée par ce chapitre, il ne resta de cette institution que le nom, encore porté par la rue où elle était située.

COLLÉGE DES BONS-ENFANTS, situé rue Saint-Victor, n°s 66 et 68. Il paraît qu'on donnait alors le nom de *bons enfants* aux jeunes gens qui se livraient à l'étude. C'est ainsi que, par opposition, on nommait *mauvais garçons* ceux qui vivaient dans la débauche et le brigandage. Il existe à Paris deux rues qui portent le nom de *Mauvais-Garçons.* On ignore le nom des fondateurs, et l'époque précise de l'établissement de ce collége. Il devait exister vers le règne de Philippe-Auguste, et avant l'an 1257, puisqu'en cette année le pape Innocent IV y autorisa la fondation d'une chapelle. Les bâtiments furent ensuite occupés par un séminaire d'ecclésiastiques, sous la direction des prêtres de la maison de Saint-Lazare, fondé par Vincent de Paul et nommé *Séminaire de Saint-Firmin.* Dans les premiers jours de septembre 1792, de prétendus patriotes envoyés par le pouvoir municipal, autorité suprême à Paris, firent arrêter, enfermer dans cette maison devenue une prison, plusieurs ecclésiastiques et les firent massacrer. Les détails de cette horrible scène, je les passerai sous silence ; ils révolteraient l'écrivain et ses lecteurs.

L'*Institution des jeunes Aveugles* a occupé cette maison depuis 1807 jusqu'à ces dernières années.

ÉCOLES DE PARIS. Philippe-Auguste sentit que les revenus de son fisc croissaient avec la population de Paris, et que cette population prospérait par la grande affluence d'écoliers qui venaient étudier dans cette ville. Il voulut, pour les y maintenir, leur assurer beaucoup d'indépendance ; il leur accorda des priviléges : on ne savait pas alors protéger autrement. Par une ordonnance de l'an 1200, ce prince veut que les habitants de Paris qui seront témoins d'une insulte faite à un écolier, viennent en rendre témoignage en justice ; que ces habitants, lorsqu'ils verront un écolier frappé avec des armes, des bâtons ou des pierres, soient tenus de venir à son secours, d'arrêter l'agresseur et de le livrer à la justice. Si l'agresseur n'est pas pris en flagrant délit, on informera contre lui ; et si, par l'enquête, il est trouvé coupable, quand même il nierait le fait, et offrirait de se purger par le *duel* ou par le *jugement de l'eau*, les officiers du roi en feront aussitôt justice. Il est défendu au prévôt du roi et à son officier de mettre la main sur un écolier et de le conduire en prison. Si, par la gravité de son délit, il mérite d'être arrêté, il ne pourra l'être que par la justice du roi. Elle l'arrêtera sur le lieu, sans le frapper, à moins qu'il ne fasse résistance, et elle le remettra à la justice ecclésiastique. En aucun cas on ne peut arrêter un écolier hors du flagrant délit. Les serviteurs des écoliers jouiront des mêmes avantages. Ce privilége et quelques autres de la même nature, ouvrirent un vaste champ aux désordres. Les écoliers, sans crainte du prévôt et forts de la protection du roi, se livrèrent à tous les excès qu'inspire la fougue du jeune âge enhardi par l'assurance de l'impunité. Les insultes, les attaques, les combats de ces aspirants à la prêtrise, se multiplièrent à l'excès et restèrent presque toujours impunis.

Les écoles ont leurs vicissitudes. Celles de Paris s'étaient, du temps d'Abeilard, rendues célèbres par une émulation admirable. Le zèle pour l'étude se refroidit sous le règne de Philippe-Auguste; plusieurs écrivains de ce temps s'en plaignent. Les *carnificiens* (c'est ainsi qu'on nommait alors les partisans de la barbarie) appelaient les hommes studieux *bœufs d'Abraham, ânes de Balaam;* mais ces injures étaient-elles suffisantes pour arrêter la noble impulsion donnée à l'enseignement? Plusieurs autres causes durent concourir à ce refroidissement, peut-être fut-il l'effet naturel de la marche de l'esprit humain, qui, après de grands efforts, se ralentit; toujours est-il certain qu'alors l'ardeur pour l'étude parut s'éteindre. « Ils sont plus adonnés à la gloutonnerie, disait, en parlant « des écoliers, un écrivain de cette époque, qu'ils ne le sont à l'étude ; ils « préfèrent *quêter de l'argent* plutôt que de chercher l'instruction dans les « livres ; ils aiment mieux contempler les beautés des jeunes filles que les beau- « tés de Cicéron...; toute science est avilie, l'instruction languit, on n'ouvre « plus les livres. » Il se trouvait cependant à Paris des écoliers laborieux; mais il ne paraît pas qu'ils fussent en grand nombre. Philippe Harveng, abbé de Bonne-Espérance, dans une de ses lettres, donne des témoignages d'estime aux étudiants de cette ville, qui, dit-il, aiment mieux être dans les écoles que dans les foires, lire des livres que de vider des verres, et qui préfèrent la science à l'argent. La culture des lettres, pour être négligée, ne fut pas abandonnée : les connaissances acquises ne sont jamais entièrement perdues pour l'humanité. Paris conserva le feu sacré, et ses écoles prédominèrent celles des autres villes du royaume. « Des savants les plus illustres y professaient toutes les sciences ; on « y accourait de toutes les parties de l'Europe : on y voyait renaître le goût « attique, le talent des Grecs et les études de l'Inde. » Tels sont les éloges que quelques contemporains donnent aux écoles de Paris. Je dois avertir que, lorsque les écrivains de ce temps entreprenaient de louer, ils s'en acquittaient avec une prodigalité sans bornes : l'exagération était leur figure favorite.

Les écoles de Paris ne reçurent que sous le règne de saint Louis le titre d'Université : j'en parlerai à cette époque.

PRÉ-AUX-CLERCS. A l'ouest et au nord de l'abbaye et du bourg Saint-Germain étaient de vastes prairies qui s'étendaient depuis ce bourg jusqu'à la rivière de Seine, et depuis la rue des Saints-Pères jusqu'à l'esplanade des Invalides. Le nom de *clercs* s'appliquait alors à tous les ecclésiastiques, même aux étudiants de l'Université de Paris. Ces clercs étaient en usage de venir s'y promener, et de s'y permettre beaucoup de désordres.

Déjà, en 1163, une grande discussion s'était élevée entre les moines de Saint-Germain et les écoliers, au sujet du Pré-aux-Clercs ; et cette discussion avait paru assez grave pour être soumise au jugement du concile de Tours, où se trouvaient dix-sept cardinaux et cent vingt-quatre évêques : elle y occasionna de longs débats. Les clercs y furent condamnés à un éternel silence. On ne connaît point d'autres détails sur cette affaire.

En 1192, on voit, d'une manière plus certaine, le Pré-aux-Clercs figurer sur la scène historique. Les écoliers de Paris, qui regardaient ce pré comme leur propriété, y commirent divers excès. Les habitants du bourg Saint-Germain voulurent les repousser ; un écolier y perdit la vie, d'autres furent blessés. Cette querelle sanglante en fit naître une autre entre les écoles de Paris et l'abbaye Saint-Germain. Les deux partis recoururent à l'autorité du pape qui ne prononça rien. Tel était le déplorable état de la législation que, pour une simple contestation de propriété, on était obligé d'invoquer la décision d'un prince étranger. Il paraît constant, par un règlement de l'an 1215, que les écoliers avaient la propriété de ce pré, ou au moins la faculté d'en jouir en s'y promenant.

Le Pré-aux-Clercs, qui a subsisté jusqu'à sous Louis XIV, fut presque toujours un théâtre de tumulte, de galanterie, de combats, de duels, de débauches et de sédition. J'en parlerai dans la suite.

LES HALLES. Philippe-Auguste tira de la dépouille des Juifs qu'il venait de chasser de ses États, les moyens d'augmenter les produits de son fisc. En 1183 il fit, à l'instigation d'un de ses sergents, bâtir deux halles hors de Paris, dans une partie du territoire de Champeaux, où son aïeul Louis-le-Gros avait déjà, comme il a été dit, établi un marché. Il acheta des administrateurs de la maladrerie Saint-Lazare une foire qu'il transféra dans ces halles : il les fit entourer d'une muraille percée de portes qui se fermaient pendant la nuit, et y fit établir des étaux couverts, afin que les marchands y pussent abriter leurs marchandises. Dans la Cité, et devant l'église de la Madeleine il existait, avant cette époque, un marché qui fut, quelques années après, réuni aux halles de Champeaux. Telle fut l'origine de l'établissement qu'on nomme aujourd'hui les halles : il reçut dans la suite divers accroissements.

NOUVELLES BOUCHERIES. Les fiers chevaliers du Temple, dont j'ai, dans le chapitre précédent, indiqué l'établissement, ne crurent pas déroger à leur noblesse en fondant une boucherie dans leur enclos, pour en tirer un revenu. Les bouchers de Paris, lésés dans leurs intérêts, s'opposèrent à cette nouveauté. Après plusieurs débats, il fut convenu, en 1182, que la boucherie des Templiers leur resterait; mais qu'elle n'aurait que deux étaux, larges chacun de douze pieds. Le roi, pour dédommager les bouchers de la ville, leur accorda la faculté d'acheter et de vendre du poisson d'eau douce. On pense qu'ils établirent alors la Poissonnerie de l'apport de Paris, et l'étendirent jusqu'à la rue Pierre-aux-Poissons, appelée depuis la *Petite-Saulnerie*.

PAVÉ DE PARIS. En 1185, Philippe-Auguste, occupé de grandes affaires, dit l'historien Rigord, se promenant dans son Palais-Royal (1), « s'approcha des fe-« nêtres où il se plaçait quelquefois pour se distraire par la vue du cours de la « Seine. Des voitures, traînées par des chevaux, traversaient alors la Cité, et, « remuant la boue, en faisaient exhaler une odeur insupportable. Le roi ne put y « tenir, et même la puanteur le poursuivit jusque dans l'intérieur de son palais. « Dès lors il conçut un projet très-difficile, mais très-nécessaire, projet qu'aucun « de ses prédécesseurs, à cause de la grande dépense et des graves obstacles que « présentait son exécution, n'avait osé entreprendre. Il convoqua les bourgeois « et le prévôt de la ville, et, par son autorité royale, leur ordonna de paver, avec « de fortes et dures pierres, toutes les rues et voies de la Cité. » Guillaume-le

____

(1) Aujourd'hui Palais-de-Justice.

Breton dit que ce pavé était composé de pierres carrées. Quelques écrivains prétendent que Gérard de Poissy, attaché aux finances du roi, contribua aux frais de ce pavé pour la somme de onze mille marcs d'argent, ce qui semble douteux. On sait que Philippe-Auguste s'adressa, pour l'établissement de ce pavé, au prévôt et aux bourgeois de Paris, qui, à ce qu'il paraît, payèrent tous les frais de cette entreprise. Cette amélioration, quoique très-importante, a le mérite d'un premier exemple; étendue et perfectionnée dans la suite, elle fut un bienfait pour Paris. Mais ce bienfait s'opéra avec lenteur; car, sous Louis XIII, la moitié des rues de cette ville n'étaient point encore pavées. Il est certain que sous Philippe-Auguste on ne pava que les rues qui formaient ce qu'on nommait *la Croisée de Paris*, deux rues qui se croisaient au centre de cette ville, dont l'une se dirigeait du midi au nord, et l'autre de l'est à l'ouest.

Ce pavé était composé de grosses dalles ou carreaux de grès, dont les dimensions en longueur et en largeur avaient environ trois pieds et demi, sur à peu près six pouces d'épaisseur, *quadratis lapidibus*, suivant Guillaume-le-Breton. L'abbé Lebeuf dit avoir vu plusieurs carreaux de ce pavé au bas de la rue Saint-Jacques, à sept ou huit pieds sous terre. C'est sans doute du nom de ce pavé qu'est dérivé celui de la rue des Petits-Carreaux, ainsi que les expressions proverbiales, *laisser sur le carreau*, pour dire renverser l'ennemi que l'on combat; *être sur le carreau*, pour être sans place, sans domicile, expression qu'on a rendue depuis par celle-ci, *être sur le pavé*. Ce savant ajoute qu'on apercevait, entre le pavé de Philippe-Auguste et le pavé actuel, un pavé intermédiaire; ce qui prouve qu'en cet endroit le sol a été successivement élevé.

AQUEDUCS ET PREMIÈRES FONTAINES. Deux aqueducs, du temps des Romains, conduisaient l'eau dans les quartiers voisins de la Cité. L'un partait de Chaillot et se dirigeait sur l'emplacement qu'occupe aujourd'hui le jardin du Palais-Royal : l'autre, plus connu, faisait parvenir au palais des Thermes une partie des eaux du Rungis. On présume que ces aqueducs dont j'ai déjà parlé, furent détruits par les Normands. Voici la notice des aqueducs modernes.

L'AQUEDUC SAINT-GERVAIS fournit des eaux qui proviennent des hauteurs de Romainville et de Ménilmontant, et se rendent à un réservoir commun situé dans le village du Pré-Saint-Gervais, d'où elles sont conduites, par des tuyaux de plomb, à la fontaine Saint-Lazare et à d'autres fontaines de Paris. En plaçant la construction de cet aqueduc sous le règne de Philippe-Auguste, je me suis fondé sur des notions certaines, sur des présomptions très-vraisemblables qu'elles font naître et sur l'ouvrage de M. Girard, ingénieur en chef de Paris. Cet aqueduc existait au treizième siècle, et ses eaux alimentaient la fontaine Saint-Lazare bien avant l'an 1265. On peut donc en reporter la construction au règne de Philippe-Auguste, qui vivait encore en 1223. Nous avons dit que ce roi acheta, en 1183, des administrateurs de la léproserie de Saint-Lazare, une foire qu'il transféra aux halles de Paris. Le paiement de cette acquisition dut procurer de l'aisance à cet établissement, qui, en 1181, se trouvait dans un état de prospérité, car l'église était desservie par un clergé assez nombreux. Ce fut sans doute dans ces circonstances que les administrateurs de cet hôpital s'occupèrent de la construction d'un aqueduc, pour y conduire des eaux, si nécessaires à un établissement.

Les eaux de cet aqueduc alimentèrent d'abord la fontaine Saint-Lazare, ensuite celle des Filles-Dieu, rue du Faubourg-Saint-Denis, puis celle des Innocents aux coins des rues Saint-Denis et au Fèvre, et enfin celle de la Halle.

AQUEDUC DE BELLEVILLE. Le même règne vit encore s'établir cet autre aqueduc qui, recueillant les eaux venues des hauteurs de Belleville, les conduisit jusqu'à l'abbaye Saint-Martin-des-Champs où elles alimentèrent la fontaine de ce monastère, fontaine qui existait déjà en 1244. L'époque de la construction de l'aqueduc a dû être plus ancienne encore, et remonter au règne de Philippe-Auguste. Cet aqueduc en maçonnerie a d'abord fourni des eaux au monastère Saint-Martin-des-Champs, puis à la fontaine Maubuée, etc.

Ces deux aqueducs et fontaines publiques furent, depuis le temps de la domination romaine, les premiers ouvrages entrepris pour conduire des eaux dans la partie septentrionale de Paris.

PETIT-PONT DE PARIS. Après avoir été souvent entraîné par la Seine, il fut, vers l'an 1185, reconstruit en pierres par la libéralité de l'évêque Maurice de Sully. Un débordement de la Seine, arrivé en 1196, le renversa encore. Rétabli quelque temps après, il ne put, en 1205, résister à un autre débordement dont parle Guillaume-le-Breton. « En décembre, dit-il, il y eut une si grande « inondation que, depuis un siècle, on n'en avait vu de pareille. Le Petit-Pont « de Paris s'écroula, l'eau s'élevait jusqu'au second étage des maisons ; pour « communiquer de l'une à l'autre, on se servait de bateaux. »

LE LOUVRE. Philippe-Auguste fit bâtir, hors de Paris, une tour ou forteresse, nommée en latin *Lupara*, et en français *Louvre*. Plusieurs lettres et ordonnances, datées de cette forteresse par les rois qui y résidaient, portent ces mots : *Apud Luparam, prope Parisios :* Au Louvre, près de Paris. On a établi plusieurs conjectures sur l'origine de ce nom : je n'en augmenterai pas le nombre. L'époque précise de la construction de la tour du Louvre est inconnue, mais on sait qu'en 1204 cette constrution était terminée depuis peu de temps, puisqu'en cette année le roi déclara qu'il devait trente sous aux prieur et religieux de Saint-Denis-de-la-Chartre, à cause de la tour du Louvre qu'il avait bâtie sur leur terre. On voit en effet que, dès la seconde race, le bord de la Seine, du côté où est situé le Louvre, était nommé *le rivage de Saint-Denis*. Cette nouvelle tour se trouvait, en outre, située dans la seigneurie de l'évêque et du chapitre de Notre-Dame de Paris. Il fallut les dédommager : Philippe-Auguste chargea le prévôt de Paris de faire payer le dédommagement par les Parisiens. On voit que ce roi faisait ses acquisitions avec l'argent des autres. Ce prince voulut faire élever un mur d'enceinte autour de sa nouvelle forteresse, et pour cela il lui convenait d'avoir un fonds de terre situé près de l'église *Saint-Thomas-du-Louvre*, et appartenant à l'évêque de Paris. Sauval rapporte l'acte d'échange, daté de janvier 1209, par lequel on voit que Philippe-Auguste, pour le fonds de l'évêque, qui ne rapportait que onze deniers, lui cède un autre fonds dont le produit était de quinze deniers.

Le Louvre avait alors, comme la plupart des châteaux de ce temps, une triple destination : il servit de séjour aux rois, de forteresse et de prison. C'est ainsi que Ferdinand, comte de Flandre, que le vulgaire nommait *Ferrand*, fut enfermé dans le Louvre, et y languit jusqu'à ce qu'il eût consenti à céder tous ses États au roi Philippe. Plusieurs princes eurent dans la suite un sort pareil, et la prison du Louvre devint l'effroi des hauts barons. Cette tour fut aussi destinée à contenir le trésor des rois. Louis VIII, dans son testament de l'an 1225, parle de cette tour du Louvre, située, dit-il, près de Saint-Thomas, laquelle contenait son or, son argent, etc. — Je parlerai, à leur époque, des divers changements qu'éprouva cette forteresse.

Philippe-Auguste, après avoir opéré plusieurs changements utiles dans Paris, après avoir agrandi cette ville, en l'entourant d'une vaste enceinte que je décrirai, mourut le 14 juillet 1223.

PARIS SOUS LOUIS VIII, DIT LE LION.

Ce prince succéda immédiatement à son père Philippe-Auguste. Il était doué d'un grand courage et d'une faible santé. Il serait parvenu à chasser les Anglais du continent, s'il n'eût pas cédé aux instigations des prêtres et entrepris la malheureuse guerre de religion qui se faisait alors contre les Albigeois. Philippe-Auguste l'avait prévu : « Les gens d'église, disait-il, engageront mon fils à faire « la guerre aux hérétiques albigeois ; il ruinera sa santé à cette expédition, il y « mourra, et le royaume restera livré à une femme et à un enfant. » Après quelques déplorables succès, revenant à Paris, il tomba malade à Montpensier, en Auvergne. Les médecins, attribuant sa maladie à sa longue continence, introduisirent, dit un historien, une jeune fille dans son lit. Le malade repoussa le remède ; il expira le 8 novembre 1226. Aucun changement, aucune institution n'eurent lieu à Paris pendant la courte durée de ce règne. Nous apprenons de Guillaume Guiart, dans son livre intitulé *la Branche aux royaux lignages*, que les reines Isemburge, Blanche et Marguerite, pendant que Louis VIII était à la guerre, firent exécuter à Paris, pour le succès de ses armes, une belle procession où les figurants étaient nu-pieds et en chemise, et plusieurs entièrement nus : ces nudités n'empêchèrent pas, du reste, les trois reines d'y assister.

TABLEAU PHYSIQUE ET TROISIÈME ENCEINTE DE PARIS.

Pendant cette période, il s'opéra dans Paris de notables changements, qui donnèrent à cette ville quelque apparence de grandeur. Si l'on excepte les ruines du palais des Thermes, quelques églises pour la plupart construites en bois, quelques monastères entourés d'une enceinte et construits à la manière des vieilles forteresses, et le sombre palais de la Cité, où résidait le roi, le reste de la ville se composait de chaumières dont l'ensemble pourrait se comparer à un de nos plus misérables villages.

Sous Philippe-Auguste, nous voyons s'élever le vaste édifice de Notre-Dame. Trois hôpitaux, ceux de la *Trinité*, de *Sainte-Catherine* et de *Saint-Nicolas-du-Louvre*, furent institués, ainsi que deux colléges nationaux, sous le nom de

Bons-Enfants, colléges qui, faibles et pauvres, servirent de modèles aux nombreux établissements du même genre qu'on verra figurer dans les périodes suivantes. Le nombre des boucheries s'augmenta, et un marché considérable et clos de murailles, sous le nom *des Halles*, accrut les revenus du fisc en favorisant le commerce. Le gouvernement commençait à s'apercevoir que ses intérêts étaient liés à ceux des citoyens. Pour la première fois, quelques principales rues de Paris furent pavées, ainsi que nous l'avons dit. En 1186, Philippe-Auguste fit environner de murailles le cimetière des Innocents, qui, comme le dit Guillaume-le-Breton, était un dépôt général d'immondices et de saletés, servait de lieux d'aisances à la plupart des habitants, et, qui pis est, de lieux de débauche aux femmes publiques. Ainsi on faisait une grande injure aux morts et l'on profanait un lieu respectable et sacré. Deux aqueducs, réunissant chacun les sources de Ménilmontant et de Belleville, procurèrent aux habitants le bienfait de leurs eaux; et, pour la première fois, le faubourg et les quartiers septentrionaux de Paris eurent des fontaines. Sur la rive droite de la Seine fut élevée une enceinte de fossés et de murailles, siége de la domination royale, effroi des vassaux, prison menaçante, qui ajoutait à la physionomie déjà peu gracieuse de Paris un nouveau caractère de sévérité féodale. L'enceinte que Philippe-Auguste fit bâtir autour de Paris et de ses faubourgs donna à cette ville une extension qu'elle n'avait jamais eue, et fut le changement le plus notable qu'elle éprouva pendant cette période.

TROISIÈME ENCEINTE DE PARIS. Philippe-Auguste, en 1188, avant son départ pour la croisade, fit plusieurs dispositions. Il imposa d'abord sur le clergé une contribution nommée *dixme saladine*, qui excita de grands murmures parmi les chefs ecclésiastiques. Cependant il semblait juste que ceux-là mêmes qui avaient porté ce roi à entreprendre cette folle expédition, en payassent une partie des frais. Il ordonna de plus aux bourgeois de Paris de faire, sans délai, travailler à une enceinte de leur ville, composée d'une muraille solide, garnie de tourelles et de portes; ouvrage, dit Rigord, que nous avons vu achever dans un court espace de temps. Il ne s'agit ici que de la partie septentrionale de Paris qui fut la première entourée de murs. En voici la description :

Ce mur d'enceinte, commencé en 1190, partait de la rive droite de la Seine, à quelques toises au-dessus de l'extrémité septentrionale du Pont-des-Arts. Là s'élevait une grosse tour ronde qui, pendant plusieurs siècles, a porté le nom de *Tour qui fait le coin*. De cette tour, le mur d'enceinte traversait l'emplacement actuel de la cour du Louvre, et se prolongeait, en suivant la direction de la rue de l'Oratoire, jusqu'à la rue Saint-Honoré, qui portait, vers ce temps, le nom de *la Charronnerie*. Là, le mur interrompu présentait une entrée fortifiée par deux tours rondes. Cette entrée se nommait la *Porte-Saint-Honoré*. Cette porte se trouvait presque à portée du portail du temple de l'Oratoire. Elle reçut aussi le nom de *Porte-aux-Aveugles*, à cause du voisinage de la maison des Quinze-Vingts. De cette porte, le mur d'enceinte s'étendait, entre les rues de Grenelle et d'Orléans, jusqu'au carrefour où aboutissent les rues de Grenelle, Sartine, Jean-Jacques-Rousseau et Coquillière. Une porte de ville, appelée *Porte de Bahaigne* ou de *Bohême*, à cause d'un hôtel voisin ainsi nommé, et *Porte Coquillier* ou *Coquillière*, à cause de la famille *Coquillier* qui possédait une maison tout auprès, s'élevait dans ce carrefour. De la *Porte Coquillière* la muraille se prolongeait entre les rues Jean-Jacques Rousseau et du Jour. Ce fut entre ce mur de la ville et l'église Saint-Eustache que, dans la suite, Charles V fit bâtir une maison, avec jardin et écuries, etc., nommée *Séjour du roi*. La rue percée sur l'emplacement de ces bâtiments royaux a reçu le nom de *Jour* au lieu de *Séjour*. Parvenu, à travers ce quartier, jusqu'à la rue Montmartre, le mur d'enceinte laissait à la voie publique un passage appelé *Porte Montmartre* ou *Porte Saint-Eustache*, à cause de la proximité de l'église de ce nom. Cette *Porte Montmartre* était située en face des nᵒˢ 15 et 32. Dans la troisième cour de cette même maison, on voit une muraille qui a paru construite aussi avec les débris de cette porte. De la porte Montmartre, le mur d'enceinte se continuait derrière le côté septentrional de la rue Mauconseil, suivait la direction de cette rue et traversait la rue Française, autrefois nommée rue *de Bourgogne*, à cause de l'hôtel de ce nom, situé dans le voisinage.

Presque à l'angle septentrional formé par les rues Mauconseil et Saint-Denis, était une porte de ville, appelée *Porte Saint-Denis* ou *Porte aux Peintres*. Un cul-de-sac, situé en face de la rue Mauconseil, a conservé le nom de *Porte aux Peintres*. Lorsque, dans la suite, Charles V eut fait construire sur cette rue une enceinte plus vaste et une autre porte plus distante du centre de Paris, elle reçut le nom de *seconde Porte Saint-Denis*. — De la porte aux Peintres, le mur perçait le massif des maisons qui sont directement en face de la rue Mauconseil, enserrait l'emplacement de la rue aux Ours, traversait la rue Bourg-l'Abbé, et allait aboutir à l'angle méridional que forme la rue du Grenier-Saint-Lazare en débouchant dans la rue Saint-Martin. Une porte de ville précisément bâtie en cet endroit, n'était qu'une fausse porte ou poterne, nommée dans les titres *Porte de Nicolas Huidelon*. De cette porte, le mur d'enceinte allait aboutir à la rue Sainte-Avoie, entre le coin de la rue de Braque et de l'hôtel de Mesmes, occupé depuis par l'administration des contributions indirectes ; traversait l'emplacement, les bâtiments et les jardins de cet hôtel et tombait dans la rue du Chaume, à l'angle que forme avec cette rue celle de Paradis. Là était une porte appelée *Porte de Braque*, parce qu'anciennement la rue du Chaume était ainsi nommée. On la nommait aussi *Porte neuve* ou mieux *Poterne neuve*. On est autorisé à croire que cette porte ne fut pratiquée dans le mur d'enceinte qu'environ un siècle après, sous le règne de Philippe-le-Bel. De la rue du Chaume et de cette porte, le mur d'enceinte suivait à peu près la direction de la rue de Paradis, et joignait la vieille rue du Temple entre les rues des Francs-Bourgeois et des Rosiers. Entre ces deux rues et sur celle du Temple, se trouvait une entrée nommée *Porte* ou plutôt *Poterne Barbette*, à cause de l'hôtel *Barbette*, situé dans le voisinage. De cette porte, et sans interruption, le mur décrivant une courbe un peu sensible, traversait les emplacements qui se trouvent entre la vieille rue du Temple et la rue Culture-Sainte-Catherine, et aboutissait presque à l'extrémité méridionale de cette dernière rue, en face de l'église Sainte-Catherine-du-Val-des-

Écoliers, aujourd'hui transformée en marché public. Près de là, et sur la rue Saint-Antoine, était une porte, appelée *Porte Baudet* ou *Baudoyer*, qui, aux quatorzième et quinzième siècles, servait de point de réunion aux oisifs de ces quartiers.

De la porte Baudoyer, le mur d'enceinte traversait l'emplacement de l'église paroissiale Saint-Louis et Saint-Paul, et du collége Charlemagne. Puis il passait à travers l'enclos du couvent de l'*Ave Maria*, où existait encore, du temps de Sauval, une tour qui servait de chauffoir aux religieuses ; traversait l'emplacement de la rue des Barrez, où l'on perça, dans la suite, une petite porte appelée *fausse poterne Saint-Paul*, et aboutissait à la rive droite de la Seine. Là, entre les rues de l'Étoile et Saint-Paul, vers le milieu du massif de bâtiment qui sépare le quai des Ormes du quai des Célestins, s'élevait une tournelle ou ortification, où fut pratiquée une porte nommée *Porte Barbelle* ou *Barbéel sur l'yeau*. Cette fortification terminait à l'est de Paris l'enceinte de la partie septentrionale de cette ville.

Je passe à l'enceinte de la partie méridionale, dont les travaux commencèrent vers l'an 1208. En face de la *Tour qui fait le coin* dont j'ai parlé, tour située près du Louvre, sur la rive droite de la Seine, et à l'endroit même du pavillon oriental du collége Mazarin, qui contient la bibliothèque Mazarine, s'élevait une haute tour correspondant avec la première. Cette tour, appelée d'abord *tournelle de Philippe-Amelin*, reçut ensuite le nom *de Nesle*. Du temps de Philippe-Auguste, elle était une fortification, mais non une porte de ville ; il y en eut une, dans la suite, nommée *Porte de Nesle*. C'était le point où commençait, du côté de l'ouest, l'enceinte méridionale. De la tour de Nesle, le mur d'enceinte, laissant en dehors l'emplacement de la rue Mazarine et du collége Mazarin, en suivait la direction jusqu'au point où le côté oriental de cette rue cesse d'être en alignement, traversait l'emplacement de la rue Dauphine, suivait la ligne de la rue Contrescarpe, et aboutissait à la rue Saint-André-des-Arts. Là se trouvait une porte, dite dans la suite *Porte de Buci*.

Cette porte, que l'on commençait à construire en 1209, fut, en cette année, donnée par le roi aux religieux de l'abbaye de Saint-Germain-des-Prés, à la charge par eux de la couvrir de mérain et de tuile, *quand elle sera construite* afin de les dédommager des terres qu'il avait fallu prendre à ces religieux pour la construction de l'enceinte. Dans l'acte de cesion, ce roi nomme cette porte *Poterne de nos murs*. En 1550, ces religieux la vendirent à Simon de Buci, premier président au parlement. Depuis elle reçut le nom de *Buci*, qu'elle a conservé longtemps, et que porte encore une rue voisine.

De cette porte, le mur d'enceinte, laissant en dehors la *Cour du Commerce*, se dirigeait, parallèlement à sa ligne, entre ce passage et l'hôtel de Tours, et aboutissait rue des Cordeliers, aujourd'hui de l'École de Médecine, à l'endroit de cette rue où se voit encore l'ancienne fontaine dite *Fontaine des Cordeliers* près de laquelle était une porte appelée *Porte des Cordelles* ou *des Cordeliers*, *Porte des Frères mineurs*, à cause du couvent des Cordeliers, situé dans le voisinage ; et ensuite *Porte Saint-Germain*, nom qu'elle a conservé jusqu'à l'époque de sa démolition. En partant de cette porte, le mur d'enceinte, traversait

les rues de Touraine, de l'Observance, se prolongeait en droite ligne, entre la rue.
des Fossés-Monsieur-le-Prince et l'enclos du couvent des Cordeliers, puis aboutissait à la place Saint-Michel et à l'extrémité supérieure de la rue de la Harpe. A
l'endroit même où cette rue débouche dans cette place, et où se voit la fontaine
qui la décore, était une porte de ville qui a reçu différents noms : ceux de porte
Gibert ou *Gibard*, nom que portaient la place Saint-Michel et un pressoir situé
rue d'Enfer. Dans les *Gestes* des évêques d'Auxerre, on lit : *Porte d'Enfer*,
anciennement nommée de *Fert ; Porta inferni, quæ antiquitùs solebat nominari de
Ferto*. En 1394, Charles VI donna, dit-on, à cette porte le nom de *Saint-Michel*,
en mémoire de la fille qu'il eut d'Isabeau de Bavière, fille appelée *Michelle*. —
De la porte Saint-Michel, le mur d'enceinte longeait l'enclos du couvent des
Jacobins. On voit encore, sur l'ancien emplacement de ce couvent et sur celui
des propriétés voisines, une grande partie de ce mur qui allait aboutir à la rue
Saint-Jacques. Vers le milieu de l'espace qui se trouve entre les rues Soufflot et
des Fossés-Saint-Jacques, était une porte appelée de *Saint-Jacques*, parce qu'une
chapelle ainsi nommée, située sur l'emplacement du couvent des Jacobins, donna
son nom à la rue, à ce couvent et à la porte. On l'appela aussi *Porte de Notre-
Dame-des-Champs*, parce qu'on y passait pour aller au faubourg et au monastère
de ce nom. — De cette porte, le mur d'enceinte se prolongeait sur les emplacements qui sont au nord, et à environ dix toises du côté septentrional des rues
des Fossés-Saint-Jacques, de l'Estrapade, et, ayant enserré la maison, l'église
et les jardins de Sainte-Geneviève, aboutissait à la rue Bordet, près de celle de
Fourci. — De la porte Bordet, le mur d'enceinte suivait la direction de la rue
des Fossés-Saint-Victor. Dans les cours de quelques maisons de cette rue, on
voit ce mur bien conservé. Il traversait l'enclos du collége de Navarre, aujour-
d'hui *École Polytechnique*, et s'étendait jusqu'à la rue Saint-Victor, où était une
porte de ville appelée *Porte Saint-Victor*, à cause de sa proximité de l'abbaye
de ce nom.

Cependant, il ne faut pas croire que les parties existantes de ce mur fussent
toutes du temps de Philippe-Auguste ; plusieurs de ces parties ont, à différentes époques, été reconstruites depuis le règne de ce prince. La porte Saint-
Victor était précisément située entre les extrémités inférieures des rues des
Fossés-Saint-Victor et d'Arras. De la porte Saint-Victor, le mur traversait
l'emplacement du séminaire des Bons Enfants, depuis nommé *de Saint-Firmin*,
ceux de divers chantiers, et s'étendait en droite ligne jusqu'au bord de la Seine,
dans une direction parallèle à celle de la rue des Fossés-Saint-Bernard. A l'endroit où le mur aboutissait à la rive de la Seine était une porte et fortification,
appelée *la Tournelle*, qui terminait le mur d'enceinte de la partie méridionale
de Paris. La forteresse de la *Tournelle* se trouvait directement en face de celle
de *Barbelle sur l'eau*, située sur la rive opposée. Entre ces deux points était un
large intervalle qui se composait de deux bras de la Seine et de l'île dite aujourd'hui *de Saint-Louis*.

Suivant un devis tiré d'un registre de Philippe-Auguste, l'enceinte méridionale, ou, comme le porte ce devis, le mur, du côté du Petit-Pont, avait
douze cent soixante toises d'étendue. Chaque toise fut payée à raison de cent

sous, y compris les tourelles, dont l'épaisseur devait être pareille à celle du vieux mur bâti dans la partie du Grand-Pont, c'est-à-dire dans la partie septentrionale.

Ainsi, dans l'enceinte entière, on comptait treize portes ou poternes ; la muraille, couronnée de créneaux, fortifiée, à peu près de vingt en vingt toises, de tours rondes engagées dans le mur, n'était, dans son origine, défendue par aucun fossé. Plus de trente années furent employées à sa construction : la partie septentrionale, commencée en 1190, ne fut achevée, à ce qu'il paraît, qu'après dix-huit ans ; la partie méridionale, commencée en l'an 1208, dut coûter au moins quinze années de travaux. Quoique ce roi n'eût point fait construire à ses frais l'enceinte de Paris, en vertu de sa royauté, il s'en appropria les murs et leurs dépendances, qui, dans divers titres, sont qualifiés de *murs du roi :* ainsi il accrut les revenus de son fisc en soumettant aux perceptions des entrées un plus grand nombre d'habitants. Il ne borna pas là ses envahissements : il se prétendit seigneur de tous les terrains contenus entre les murs d'enceinte. Cette prétention fut une source d'altercations entre ce roi et les seigneurs de Paris, tous seigneurs ecclésiastiques, et par conséquent peu disposés à céder la moindre partie de leurs droits, de leurs revenus sacrés : les débats qui s'élevèrent à ce sujet durèrent au delà du règne de Philippe-Auguste.

L'espace compris entre les murs d'enceinte se composait en grande partie de champs en culture, de vignes, de prés et d'enclos.

Sous le règne de Louis VIII, Paris et ses environs éprouvèrent une extrême famine et d'affreuses tempêtes. En décembre 1206, la Seine déborda extraordinairement et causa de grands ravages dans cette ville. Henri, abbé de Saint Denis, accompagné d'une procession composée de prêtres et de laïques qui marchaient les pieds nus, vint au secours de la ville : il portait le *saint clou*, la *sainte couronne* et le *très-saint bois*, dit Rigord : il donna sa bénédiction à la Seine, qui depuis diminua sensiblement.

ÉTAT CIVIL ET COMMERCE DE PARIS.

Philippe-Auguste, en 1198, avant de partir pour la croisade, fit son testament. Il ordonna que tous ses revenus, *services*, *obventions*, seraient apportés, à Paris, à trois époques de l'année, reçus par six bourgeois de Paris et par son vice-maréchal, et déposés au temple. — Les marchands, qui, par eau, conduisaient du vin à Paris, n'avaient pas le droit de le faire déposer à terre : ils ne pouvaient le vendre que sur leurs bateaux. Philippe-Auguste accorda, en 1192, aux seuls habitants de Paris, la faveur de pouvoir déposer leurs vins sur les bords de la Seine. Il existait à cette époque, et même avant, une compagnie de marchands par eau, qu'on nommait *la Hanse parisienne*. Cette corporation jouissait de quelques priviléges dont les avantages étaient partagés par des marchands d'un autre pays qui s'y faisaient associer, ou qui, comme on s'exprimait alors, étaient *hansés ;* mais ces priviléges n'excluaient pas absolument du commerce sur la Seine les marchands par eau étrangers à la *Hanse de Paris ;* ainsi Philippe-Auguste, par ses lettres de 1204, déclara que les marchands bourguignons et autres pouvaient, sans être *hansés* avec les marchands de Paris, commencer par eau, à Villeneuve-Saint-Georges, à Gournay, et audelà du ruisseau d'Aupech ; même acheter à Argenteuil et à Cormeilles des marchandises qu'ils pourraient faire conduire par terre jusqu'à ladite rivière d'Aupech ; mais, en dedans de ces limites, ils ne pouvaient, sous peine d'amende, faire de commerce, à moins qu'ils ne fussent associés à la *Hanse parisienne.*

Les marchands de la *Hanse* sentirent la nécessité de construire à Paris un port destiné au dépôt et débarquement de leurs marchandises. Pour subvenir aux frais de cette construction, ils demandèrent à être autorisés à lever pendant un an, sur diverses marchandises, de faibles contributions. Cette *Hanse* de marchands, comme toutes les corporations, aspirait à un accroissement d'autorité ; elle acheta, en 1220, de Philippe-Auguste, moyennant une rente annuelle de 320 livres, *les criages de Paris,* ou les criées des marchandises à vendre dans cette ville, ainsi que le droit de placer ou de déplacer les crieurs, et de donner les mesures ; elle acquit de plus la propriété d'un emplacement qui faisait partie de la ferme desdits criages. Il leur fut, par la même transaction, cédé la *petite justice* et les lods et ventes, excepté les amendes pour fausses monnaies et la justice en matière criminelle que le roi se réserva. Voilà déjà une juridiction acquise par une corporation de marchands de Paris. Cette juridiction était faible et misérable ; mais elle devait dans la suite acquérir une consistance et une étendue inespérées.

La police de Paris était faite et la justice était rendue aux justiciables du roi par le prévôt de cette ville. Les seigneurs ecclésiastiques, l'évêque de Paris, le chapitre de Notre-Dame, les abbés de Saint-Germain-des-Prés, de Sainte-Geneviève, etc., avaient chacun leurs officiers particuliers, leurs exécuteurs. La justice était expéditive et arbitraire, les jugements n'étant basés sur aucune loi positive ; le plus souvent il suffisait aux juges de voir et de distinguer le plaideur le plus fort du plaideur le plus faible, celui qui terrassait son adversaire de celui qui succombait sous ses coups. Dans ces tribunaux, on procédait ordinairement, comme je l'ai dit ci-dessus, à coups d'épée ou à coups de bâton ; ou bien l'on avait recours aux épreuves de l'eau froide ou de l'eau chaude, et les jugements qui en résultaient étaient toujours nommés *jugements de Dieu.*

Un accord conclu à Melun en 1222, après une longue discussion, entre Philippe-Auguste et Guillaume II, évêque de Paris, jette beaucoup de lumière sur l'état des juridictions de ce roi et de cet évêque. Le roi commence par accorder à l'évêque et à ses successeurs la faculté d'avoir, dans le parvis de Notre-Dame, un drapier, un cordonnier, un ouvrier en fer, un orfévre, un boucher, un charpentier, un tonnelier, un boulanger, un closier, un pelletier, un tanneur, un épicier, un maçon, un barbier, un sellier, lesquels jouiront de la liberté dont les ministériaux chefs des serfs des évêques ont toujours joui ; il y aura un prévôt de l'évêque, qui ne jouira de sa liberté que pendant qu'il sera en place. Quand l'évêque prendra des ministériaux à son service, il déclarera qu'il les prend de bonne foi et non dans l'entention de nuire au roi, et le roi promet de ne point les grever après la mort de l'évêque, en exigeant d'eux l'exaction *des stalles* perçue à cause de leur ministère. L'évêque doit faire connaître au roi ou au prévôt de Paris ces ministériaux. Nous voulons, dit le roi, que les *mereaux* soient supprimés (1), et que les biens ou denrées des églises et des ecclésiastiques soient voiturés sans obstacles, en exigeant que les voituriers jurent par leur foi que les choses qu'ils conduisent appartiennent à des ecclésiastiques. Nous consentons que l'évêque de Paris, pendant sa semaine, perçoive ses coutumes sur les *aubains étrangers* (2); quoiqu'ils n'aient jamais été aubains, ils seront traités comme tels, à moins qu'ils ne soient *estagiers* à Paris (3). Quant aux aubains qui sont incorporés à Paris ou dans les faubourgs de cette ville, l'évêque ne peut exiger d'eux aucune coutume.

Le roi s'occupa ensuite à constater ses droits particuliers et sa juridiction.

Dans le bourg de Saint-Germain, dans la *culture de l'évêque* (4) et dans le *Clos-Bruneau* (5), nous avons, dit-il, le rapt et le meurtre, « c'est-à-dire nous avons le droit de justice, les amendes et confiscations encourues par les ravisseurs et les meurtriers. » Lorsque les ministériaux sont pris en flagrant délit, ou qu'ils avouent librement leur crime, « Nous avons, dit le roi, leurs meu-
» bles sans exception. Mais s'ils nient avoir été pris en flagrant délit ou de l'a-
» voir avoué, notre prévôt aura des témoins dignes de foi : l'évêque sera tenu
» de les accepter; si ces officiers sont convaincus par ces témoins, ils seront
» rendus à notre prévôt, comme s'ils étaient convaincus par le duel. Si ces
» officiers ravisseurs et meurtriers ne sont point pris en flagrant délit, s'ils n'a-
» vouent point leur crime, et si quelqu'un se présente pour les convaincre par le
» duel, le duel aura lieu dans la cour de l'évêque; et s'ils sont convaincus
» par le duel dans cette cour, nous ferons la justice et nous aurons tous les
» meubles. Nous avons aussi dans le bourg de Saint-Germain, dans la culture
» de l'évêque et dans le Clos-Bruneau, l'*exercitum* (6) *et equitationem* (ou *chevau-*
» *chée* (7), ou la *taille* levée à ce sujet, et le *guet* comme sur le commun de
» Paris. Nous avons aussi la *taille*, toutes les fois que nous faisons nos fils nou-
» veaux chevaliers, quand nous marions nos filles et que nous nous rachetons
» si nous sommes pris à la guerre; mais nous ne pouvons pas, pour d'autres
» causes, lever de *taille* sur ces dits lieux sans le consentement de l'évêque. En
» outre, nous avons sur ces dits lieux la justice sur les marchands pour ce qui
» concerne la marchandise. Nous y avons aussi des crieurs pour les mesures du
» vin. Quant aux mesures de blé, voici ce qui est convenu : notre prévôt de

(1) Prestation en monnaie perçue sur les voitures qui conduisaient des denrées.

(2) Étrangers établis dans la juridiction de l'évêque.

(3) Habitants domiciliés de Paris et non bourgeois.

(4) La culture de l'évêque est représentée par le quartier de la *Ville-l'Évêque*, faubourg Saint-Honoré.

(5) Le Clos-Bruneau était situé entre la rue des Noyers et la place Cambrai.

(6) Ce droit féodal consistait à faire partir à la guerre les habitants d'un lieu, ou à leur faire payer une somme arbitraire pour s'en exempter.

(7) Les chevauchées étaient un vrai brigandage. Le seigneur faisait des tournées dans sa seigneurie, enlevait dans les maisons des habitants les meubles, les denrées et l'argent qui s'y trouvaient.

» Paris les fera tailler ; l'évêque paiera le tiers de la dépense de leur fabrication,
» et se servira de ces mesures dans sa banlieue. Nous avons aussi, dans le *vieux*
» *bourg de Saint-Germain*, 60 sous pour la taille du pain et du vin, de trois
» ans en trois ans, comme nous l'avons eue jusqu'à présent. Dans le bourg de
» Saint-Germain, dans la culture de l'évêque et dans le clos Bruneau, l'évê-
» que a l'*homicide* et toute autre justice, ainsi que les biens des condamnés
» trouvés dans la terre de l'évêque, comme cela se pratique à Paris, excepté
» *le rapt et le meurtre*, qui nous appartiennent (1). L'évêque aura la justice des
» voleurs et des homicides pris dans lesdits lieux. Il pourra les faire exécuter
» à Saint-Cloud ou dans quelque autre de ses terres, hors de la banlieue de
» Paris, et y punir les coupables qui doivent être mutilés. Pour ce qui est des
» *halles des Champeaux* (2), elles resteront à nous et à nos successeurs à per-
» pétuité. L'évêque y percevra les coutumes de sa banlieue, et ni lui ni le
» chapitre de Notre-Dame ne pourront, à cet égard, intenter aucun procès à
» nous ni à nos successeurs. Il en sera de même du fief de *la Ferté-Alès* (3).....
» Nous sommes tenus de rendre à l'évêque sous chaque année pour le cierge
» dû par ledit fief, et pour les cierges de Corbeil et de Montlhéri, et pour le
» service du *portage du nouvel évêque* par trois chevaliers (4). L'évêque et
» le chapitre de Paris cèdent à nous et à nos successeurs le *Monceau Saint-*
» *Gervais*, par suite d'un échange. L'évêque, pour recevoir les rentes de
» sa banlieue, aura ses boîtes dans nos maisons du Grand-Pont et du Petit-
» Pont (5), où nos rentes sont reçues, etc. — Dans la *rue Neuve-Notre-Dame*,
» située devant l'église de la bienheureuse Marie, l'évêque a la justice, à
» l'exception du rapt et du meurtre, hors des maisons de ladite rue jusqu'à
» la grande voie du Petit-Pont ; et nous et nos successeurs nous avons toute
» justice dans l'intérieur des maisons de ladite rue. — Pour dédommager l'é-
» l'évêque et le chapitre des pertes qu'ils ont faites par l'établissement de l'en-
» ceinte du *château du Louvre* et de ses dépendances, de l'enceinte du *château*
» *du Petit-Pont* (Petit-Châtelet) et de ses dépendances, par la cession des *halles*
» et du fief de *la Ferté des Alès*, qu'ils cédèrent à nous et à nos successeurs,
» nous leur donnons et assignons *vingt livres* chaque année sur notre pré-
» vôté, à percevoir à la Toussaint ; de plus, 25 livres, dont l'évêque avait joui
» auparavant sur la même prévôté ; enfin 100 sous au chapitre de Paris, à
» prendre chaque année, à la même époque, pour notre anniversaire, qui sera
» célébré à perpétuité dans l'église de Paris. — Nous avons toute la justice

(1) Les seigneurs se partageaient la punition des crimes, à cause des profits de cette punition. On met ici une différence entre l'*homicide* et le *meurtre* ; le premier était la suite d'une querelle ou même d'un accident, et le second un assassinat.

(2) Philippe-Auguste fit construire des halles dans le territoire de Champeaux. Voyez *Halles*.

(3) Il paraît que ce fief consistait dans l'emplacement de l'abbaye Saint-Victor, comprenait ceux de l'entrepôt des vins, du Jardin-des-Plantes, etc. Une petite rue qui communiquait à cette abbaye portait encore, avant la construction de l'entrepôt, le nom de rue d'*Alès*.

(4) Il paraît par ce passage que, lors de l'inauguration des nouveaux évêques de Paris, trois cheva-liers les portaient sur leurs épaules.

(5) C'est-à-dire au Grand et au Petit-Châtelet.

» dans la voirie située entre la terre de l'évêque et la maison que Henri, autre-
» fois archevêque de Reims, fit bâtir près du Louvre jusqu'au pont de Charelle,
» et depuis la voie publique, à partir de l'église de Saint-Honoré, tant que s'é-
» tend la terre de l'évêque, jusqu'au pont du Roule, et dans toutes les autres
» parties de la terre de l'évêque en deçà du Marais, et dans ces limites : pour
» ce qui est des autres parties de cette terre, l'évêque a la voirie et toute justice,
» excepté le rapt et le meurtre. Si l'évêque fait construire un village ou un
» bourg nonveau dans sa terre et dans ses limites, il y aura toute justice, ex-
» cepté le rapt et le meurtre que nous nous réservons, comme le le bourg
» Saint-Germain; en outre, nous y jouirons de toutes les coutumes dont
» nous jouissons dans la culture de l'évêque. Fait à Melun en 1222, l'année 44°
» de notre règne.

Quelle complication d'intérêts, de juridictions ! que de sources de divisions
et d'injustices dans ce misérable régime de la féodalité !

TABLEAU MORAL DE PARIS.

Les vices, les erreurs, les calamités des périodes précédentes se maintien-
nent encore pendant celle-ci; mais le régime féodal et la barbarie, sources de
ces maux, commencent à s'affaiblir. La royauté devient plus puissante; plusieurs villes, jouissant du droit de commune, peuvent se défendre elles-mêmes
contre les brigandages de la noblesse. Le champ où cette dernière exerçait ses
ravages, commettait ses crimes, devient plus circonscrit; mais la plupart des habitants des hourgs, et tous ceux des campagnes, restent toujours en proie à ses
exactions et à ses cruautés.

L'étude, plus protégée et plus active, introduit des lumières vraies ou fausses
dans des parties du corps social où depuis plusieurs siècles, il n'en pénétrait
point; mais la corruption est trop générale pour que de si faibles innovations puissent corriger l'un et purifier l'autre.

Sous ces deux règnes, le clergé n'était pas plus qu'auparavant réglé dans ses
mœurs; sa cupidité, bien plus que de saines doctrines, dirigeait sa conduite. Il
faisait considérer ses personnes, ses propriétés, ses reliques, ses pratiques et cérémonies, les offrandes faites à l'église, comme les bases de la religion. Les prêtres, les évêques, ainsi qu'ils avaient fait dans les siècles passés, allaient à la
guerre; mais les plus timorés d'entre eux, interprétant stupidement les canons
de l'église qui défendent aux ecclésiastiques de verser le sang humain, se
croyaient à l'abri de la censure en se servant de massue au lieu d'épée, en assom-
mant les hommes au lieu de les percer. Tel fut Philippe de Dreux, évêque de
Beauvais, issu du sang royal, guerrier redouté, fameux par see brigandages et
ses cruautés, qui voulut, à la bataille de Bouvines, donner une preuve de sa modération en ne tuant les hommes qu'à coups de massue.

Les mœurs de la noblesse n'étaient pas plus édifiantes que celles du clergé.
Un foule de témoignages prouvent que les princes et les seigneurs considéraient encore les habitants de la France comme une propriété exploitable,

comme des ennemis récemment vaincus, qu'ils pouvaient dépouiller et torturer à leur volonté.

Tandis qu'au dehors de Paris le régime féodal faisait sentir son pouvoir destructeur, cette ville était troublée par des désordres d'une autre espèce. En 1200, un gentilhomme allemand, étudiant à Paris, envoya son domestique dans un cabaret pour y acheter du vin. Ce domestique y fut maltraité ; les écoliers allemands vinrent au secours de leur compatriote, et frappèrent si rudement le marchand de vin, qu'ils le laissèrent à demi mort. Les bourgeois accoururent en armes à leur tour pour venger ce marchand. Le gentilhomme allemand et cinq écoliers de cette nation furent tués. Le prévôt de Paris, nommé Thomas, était à la tête des Parisiens dans cette expédition. Les maîtres des écoles s'en plaignirent au roi Philippe, qui fit arrêter ce prévôt et plusieurs de ses adhérents, fit abattre leurs maisons, arracher leurs vignes, leurs arbres fruitiers. En même temps, il condamna le prévôt de Paris, Thomas, pour avoir autorisé ou n'avoir pas empêché le désordre, à une prison perpétuelle. Cependant il lui laissa la faculté de prouver publiquement son innocence par l'*épreuve de l'eau*, avec cette étrange condition que si la culpabilité résultait de cette épreuve, il serait puni ; et que s'il arrivait, au contraire, qu'il fût trouvé innocent, il serait déclaré incapable de remplir les fonctions de prévôt à Paris et de bailli dans tout autre lieu de son royaume. Cette ordonnance est de l'an 1200 ; elle contient, en faveur des étudiants, d'autres dispositions qui sont rapportées ci-dessus, à l'article des *Écoles de Paris*.

En 1221, les écoliers de l'Université, forts de ces dispositions, se livraient à tous les excès ; ils enlevaient les femmes, commettaient des adultères, des vols, des meurtres. L'évêque Guillaume de Seignelay déclara excommuniés ceux qui marcheraient de nuit ou de jour avec des armes. Cette excommunication produisit peu d'effet : l'évêque alors fit emprisonner les plus séditieux, et chassa les autres de la ville ; la tranquillité se rétablit.

C'est ainsi que l'historien des évêques d'Auxerre nous raconte cet événement; mais un autre écrivain nous le représente sous une face différente. « En 1223, » dit-il, il s'éleva entre les écoliers et les habitants une querelle violente. *Trois » cent vingt clercs* (ou étudiants) *furent tués et jetés dans la Seine*. Des profes- » seurs se rendirent auprès du pape pour se plaindre d'une persécution si cruelle; » quelques-uns se retirèrent avec leurs écoliers hors de la capitale. On interdit » Paris; et ses écoles, si supérieures à celles des autres villes de France, res- » tèrent vides d'écoliers et de professeurs, et furent fermées. » — En 1225, les écoliers signalèrent encore leur inclination à la révolte ; voici en quelle occasion. Le légat du pape ayant brisé un sceau que l'Université s'était fait faire au détriment du chapitre de Notre-Dame, les écoliers, irrités par cet acte, armés d'épées, de bâtons, s'attroupent et assiégent la maison du légat. Les domestiques de celui-ci s'apprêtent à la défense ; les écoliers donnent plusieurs assauts ; les portes sont enfoncées ; plusieurs individus, de part et d'autre, sont blessés, sont tués. La personne du légat était fort exposée, et son titre ne l'aurait pas préservé de la fureur des assaillants, si le roi, qui vint fort à propos, ne l'eût sauvé d'une mort certaine. Le légat sortit promptement de la ville, et, en partant, lança son excommunication contre tous les écoliers.

Dans le même temps il se manifesta à Paris et ailleurs une secte presque entièrement composée de prêtres; ils niaient, disait-on, la présence réelle, croyaient inutiles la plupart des cérémonies de l'Eglise, et ridicule le culte rendu aux saints et aux reliques. Les partisans de cette secte entraînèrent beaucoup de femmes, et les induisirent à la fornication, en leur persuadant que tout ce qu'on faisait par charité n'était point péché. Un ecclésiastique, nommé Amauri, était le chef de cette secte. Il exposa sa doctrine au pape qui la condamna. Amauri en mourut, dit-on, de chagrin, et fut enterré dans le cimetière de Saint-Martin-des-Champs. Il laissa des disciples, presque tous ecclésiastiques ou professeurs de l'Université de Paris. Ils furent arrêtés et conduits dans la place des Champeaux ; des évêques, des docteurs en théologie les dégradèrent et les condamnèrent à être brûlés vifs en 1210. Quatorze de ces malheureux subirent cet affreux supplice, et le subirent avec courage. Les évêques et docteurs, assemblés en concile pour prononcer ce jugement, condamnèrent aussi au feu *deux livres d'Aristote* sur la métaphysique, et défendirent à toutes personnes de les transcrire, de les lire ou de retenir dans leur mémoire leur contenu, sous peine d'excommunication.

En 1212 il se tint un autre concile à Paris, dont les articles peignent les mœurs du clergé de cette époque. On y défendit aux prêtres de se charger d'un plus grand nombre de messes qu'ils n'en pouvaient célébrer; de commettre d'autres ecclésiastiques pour les dire à un prix inférieur ; de partager une seule messe en deux, en trois et même quatre parties, ce qui s'appelait *missæ bifaciatæ, trifaciatæ, quadrifaciatæ;* de sorte qu'en disant une seule messe, le prêtre recevait le prix de deux, de trois, même de quatre. Ce concile défend à ceux qui n'ont point de bénéfices d'exiger, pour remplir la profession d'avocat, des salaires excessifs; aux moines quêteurs, de faire des sermons ; aux curés, de prendre à ferme d'autres cures, ou de donner les leurs en fermes ; et à tous ecclésiastiques, d'exiger des legs par testament. Il est aussi défendu aux moines de porter des gants blancs, des bonnets de coton, des fourrures et des étoffes précieuses, et de sortir de leur couvent pour aller aux écoles. Il est ordonné aux chefs des monastères d'en faire murer les petites portes. On voit aussi, par les articles de ce concile, que les abbés affermaient leur prévôté, c'est-à-dire la faculté d'administrer les sujets, à des prêtres qui percevaient sur le peuple des contributions féodales; que les moines qui affermaient ces prévôtés en abusaient. «Lors- » qu'ils y font des profits, porte ce concile, ils s'en servent pour vivre dans la » débauche ; et si le prix de la ferme est trop fort, ils emploient *toutes sortes de » voies* pour enfler les recettes. » Aux religieuses, il est défendu d'avoir auprès d'elles des clercs et des serviteurs suspects. Elles ne doivent point être seules lorsque leurs parents les visitent, et ne peuvent sortir, pour les aller voir, qu'accompagnées de personnes discrètes et avec la permission de leur supérieure. Il leur est aussi défendu de danser dans le cloître ni ailleurs. Les abbesses exigeaient des religieuses qu'elles ne se confesseraient point à d'autres qu'à

leurs chapelains, craignant que leurs péchés ne vinssent à la connaissance des
prêtres vertueux ; c'est pourquoi on enjoint aux évêques de leur choisir des
confesseurs. Ce concile recommande aux prélats d'être modestes dans leurs
habits, de ne point proférer de jurements terribles et honteux ; il leur reproche
d'entendre matines dans leur lit, de se livrer au jeu et à la chasse. On y voit que
parmi les personnes attachées au service des évêques et des abbés, étaient un
chambellan, un bouteiller, un panetier, un sénéchal ou maître d'hôtel. On défend
à ces officiers d'abuser de la coutume en se permettant des exactions tyranniques, et aux prélats d'avoir à leur suite *des fous pour les faire rire*. Les évêques
étaient tenus de faire, de temps en temps, des visites dans les églises de leur
diocèse ; ils ne les faisaient point et en exemptaient les prieurs et curés, moyennant une rétribution qu'ils exigeaient d'eux. Le concile leur défend de recevoir
de l'argent pour cet objet, et de se faire payer leur négligence à remplir leur
devoir, ou leur tolérance pour les abus. Les canons de l'Eglise ne permettaient
pas qu'on enterrât les *excommuniés* dans les cimetières ; mais les évêques trans-
gressaient cette loi pour de l'argent ; c'est ce que le concile leur défend. Le
mariage était interdit aux prêtres ; mais les évêques leur permettaient, en payant,
d'avoir des concubines : c'est encore ce qui leur est défendu par ce concile. On
y prohibe la *fête des Fous*, prohibition qui prouve que, quoique défendue, cette
fête était encore en vigueur. Ces articles, et plusieurs autres que j'omets,
attestent l'existence des nombreux et graves abus qui avilissaient le clergé, abus
que ce concile ne parvint point à détruire ; car, à cette époque, les décrets des
conciles restaient sans exécution.

Philippe-Auguste, pour la sûreté de sa vie, menacée, dit-on, par les assassins
du Vieux de la Montagne, ou plutôt menacée par une troupe de jeunes gens que
Richard, roi d'Angleterre, faisait élever dans l'art de braver la mort en assassinant tous ceux que ce roi leur désignait, s'entoura d'hommes courageux propres
à défendre sa personne : ces hommes furent nommés les *ribauds*. Ils étaient
armés de massues : ils veillaient jour et nuit auprès de la personne du roi ; et,
au premier signal, ils assommaient les gens. Leur chef, qui portait le titre de
roi des ribauds, avait divers emplois et prérogatives ; il conduisait ses *ribauds* à
la guerre lorsque le roi s'y trouvait. A Paris, il se tenait à la porte du palais,
et n'y laissait entrer que ceux qui en avaient le droit : il jugeait des crimes
commis dans l'enceinte du séjour du roi, et, pour l'ordinaire, il mettait ses propres
jugements à exécution. Dans la suite son emploi se borna à celui de bourreau :
il exécutait les sentences du prévôt du palais. Philippe III, dit *le Hardi*,
dans une ordonnance donnée à Vincennes le 23 février 1280, fixe le traitement
du *roi des ribauds* à six deniers pour gages et une provende, et quarante sous
pour robe et un valet à gages. Une autre ordonnance du même roi porte que « le
» roy des ribauds aura sa livraison et treize deniers de gages, et ne mangera
» point à court et ne vendra (viendra) en salle s'il n'est mandé. » Voici ce qu'on
trouve dans la *Somme rurale* sur les attributions de ce roi. L'auteur, après avoir
dit que le prévôt doit juger de tous les délits qui se commettent dans le camp
du roi, ajoute : « Et le *roi des ribauds* en a l'exécution, et s'il advenoit que
« aucun forface, qui soit mis à exécution criminelle ; le prévôt, de son droit, a

» l'or et l'argent de la ceinture du malfaiteur, et les maréchaux ont le cheval
» et les harnois et tous autres hostils, se il y sont : réservé les draps et les habits
» quels qu'ils soient dont ils soient vêtus, qui sont au *roi des ribauds* qui en fait
» l'exécution. Le *roi des ribauds*, si se fait, toutes fois que le roi va en ost ou en
» chevauchée, appeler l'*exécuteur des sentences et commendements des maréchaux*
» *et de leurs prévôts*. Le *roi des ribauds* a, de son droit, à cause de son office,
» connoissance sur tous jeux de dez, berlens et d'autres qu'ils se font en ost et
» chevauchée du roi; *item* sur tous les logis des bourdeaux et des femmes
» bourdelières, doit avoir deux sols la semaine; *item* à l'exécution des crimes,
» de son droit, les vestements des exécutés par justice criminelle. » Du Tillet
ajoute aux prérogatives de ce roi celle-ci : *Les filles publiques qui suivaient la*
cour étaient tenues de faire, pendant tout le mois de mai, le lit du *roi des*
ribauds. Enfin, il percevait, suivant Ducange, une contribution de cinq sous sur
toutes les femmes adultères. On voit comment alors était composée une partie
de la cour des rois de France. On trouve, dans les comptes publiés par Sauval,
qu'il existait encore un *roi des ribauds* au milieu du quinzième siècle. Ainsi cette
royauté, avec son ignominie, s'est maintenue longtemps.

La prostitution n'emportait point note d'infamie. On voit qu'elle était une profession reconnue, autorisée, et soumise à des règles. Les filles publiques qui suivaient la cour, comme on vient de le voir, sous la dépendance du *roi des ribauds*,
étaient qualifiées de *prostituées royales*. Sauval dit que les filles publiques formaient une corporation qui avait ses règlements; qu'elles célébraient la fête
de sainte Madeleine, leur patronne; qu'elles avaient leurs coutumes ou priviléges,
même avant que saint Louis les eût obligées à porter certains habits qui devaient
les distinguer des honnêtes femmes. Elles avaient des lieux destinés à l'exercice
de leur métier : la rue de Glatigny, dans la Cité, appelée le *Val d'Amour*, à
cause des femmes débauchées qui l'habitaient; la rue d'*Arras*, autrefois nommée
rue des *Murs*, parce qu'elle avoisinait le mur d'enceinte de Philippe-Auguste;
le *Champ-Gallard*, les rues *Brise-Miche*, du *Champ-Fleuri*, du *Grand-Huleu*, du
Petit-Huleu, étaient, pendant cette période, affectées à la débauche publique.
Dans la suite, les prostituées occupèrent un plus grand nombre de rues, et
furent dispersées dans tous les quartiers.

Pour la première fois, en 1187, l'histoire fait mention d'une fête ou réjouis-
sance publique, célébrée à l'occasion de la naissance d'un fils de Philippe-
Auguste; ces réjouissances durèrent pendant sept jours; des flambeaux de cire
illuminaient les rues de Paris et répandaient une clarté qui, suivant le louangeur
Rigord, surpassait celle du jour. Ce jeune prince, objet d'une fête aussi rare,
fut, en 1191, attaqué d'une dyssenterie violente qui fit désespérer de sa vie. La
science des médecins était impuissante; on eut recours à des processions que les
païens nommaient *nudipedalia*. Les moines de Saint-Denis partirent de leur abbaye, munis de leurs précieuses reliques, du *bras de saint Siméon*, du *saint clou*
de notre Seigneur, et de la *sainte couronne d'épines*. Les moines, arrivés à l'église
Saint-Lazare, y trouvèrent l'évêque de Paris avec son clergé et celui de toutes
les églises paroissiales de cette ville. De là, tous, *les pieds nus*, suivis d'un immense cortége de Parisiens et d'écoliers, ils partirent et cheminèrent vers l'île

de la Cité de Paris. La procession arriva au palais où gisait le prince malade. On lui fit successivement baiser toutes les reliques, et on les lui appliqua sur les parties de son corps où il ressentait de la douleur. La cérémonie terminée, chacun se retira; et des écrivains du temps assurent que, dès ce moment, on jugea que la maladie du jeune prince n'aurait point de suites fâcheuses. Tels étaient les moyens curatifs de cette époque : les reliques étaient le grand spécifique.

Si l'on en excepte quelques *jongleurs, baladins, trouvères, ménétriers* ambulants, qui chantaient et récitaient leurs poésies ou celles des autres, il n'y avait point de spectacles à Paris. Philippe-Auguste n'aimait ni leurs chants ni leurs contes; il blâmait les seigneurs qui les accueillaient et leur faisaient présent d'habits précieux : il prit le parti de donner ses vieux vêtements aux pauvres, et disait que « celui qui donne aux ménétriers fait un sacrilége (sacrifice) au diable. » Les lettres et les arts firent, sous le règne de Philippe-Auguste, quelques progrès qui en amenèrent d'autres; mais on apprit plus à parler qu'à penser, et les coutumes de la barbarie se maintinrent.

PARIS DEPUIS LOUIS IX JUSQU'A PHILIPPE IV, DIT LE BEL.

PARIS SOUS LOUIS IX DIT SAINT LOUIS.

Le 8 novembre 1226, Louis IX, à l'âge de douze ans, succéda à son père Louis VIII. Blanche de Castille, sa mère, fut régente pendant sa minorité. Cette femme était belle, impérieuse, et douée d'un caractère très-énergique qui dégénérait quelquefois en tyrannie ou en méchanceté. Elle ne pouvait souffrir que le roi son fils vît, pendant le jour, sa femme, Marguerite de Provence. Cette contrariété détermina ces jeunes époux à user souvent de stratagèmes pour se réunir à l'insu de la reine-mère.

Louis IX fut le premier roi de la troisième race qui montra dans sa conduite des mœurs régulières et des principes de justice et de probité. Il sentit les vices du gouvernement féodal, et voulut en abolir les plus odieuses coutumes, telles que les combats judiciaires et autres; mais il n'eut pas assez de force pour faire ce bien, il eut la gloire de le proposer. Ses lois, connues sous le titre d'*É-tablissement*, malgré les déplorables concessions qu'elles font aux usages désordonnés du siècle, tendent constamment vers un meilleur état de choses. Son courage égalait sa moralité. Il aurait mérité d'être proclamé le meilleur des rois, si la barbarie des institutions et celle des mœurs et des habitudes de son temps, n'eussent rétréci ses conceptions, contrarié ses projets louables, et s'il eût eu d'autres instituteurs que des moines. Ils en firent un superstitieux, un fanatique; ils en firent presque un moine, et parvinrent à lui inspirer la plus aveugle confiance.

Ce roi ne fut heureux dans presque aucune de ses entreprises; ses lois furent sans force contre les habitudes féodales; celles qu'il fit pour la réforme des mœurs n'eurent qu'une exécution transitoire : il voulut faire des hommes pieux, il fit des hypocrites. Ses deux expéditions de croisades, toutes deux malheureuses, toutes deux funestes à son pays et à lui-même, si elles offrent des témoignages éclatants de sa persévérance et de son courage, donnent aussi le droit de lui reprocher d'être venu, deux fois de suite, échouer sur le même écueil. Ses ordonnances contre les Juifs, contre les blasphémateurs, sont celles d'un tyran, d'un fanatique. — Il fonda un très-grand nombre de monastères; son règne fut l'âge d'or des communautés religieuses; mais la plupart de ces pieuses fondations contribuèrent plus au scandale qu'à l'édification publique. Paris eut une bonne part à ce genre de libéralité. On doit aussi à ce roi quelques institutions utiles. Aucun de ses prédécesseurs n'avait donné autant d'exemples de sollicitude pour les pauvres. Il érigea divers hôpitaux, et augmenta les biens de plusieurs autres. Voici la notice des établissements faits dans Paris pendant le cours de son règne.

SAINTE-CATHERINE-DU-VAL-DES-ÉCOLIERS, maison religieuse située rue Saint-Antoine, sur l'emplacement du marché actuel de *Sainte-Catherine*. Cette institution a deux causes coïncidentes. La première se trouve exposée dans les inscriptions suivantes, qui se lisaient sur l'ancien portail de l'église de cette maison : *A la prière des sergents d'armes, monsieur saint Loys fonda cette église, et y mist la première pierre. Ce fust pour la joie de la victoire qui fust au pont de Bovine, l'an 1214. — Les sergents d'armes pour le temps gardoient ledit pont, et vouèrent que, si Dieu leur donnait vittoire, ils fonderoient une église en l'honneur de madame sainte Katherine; ainsi fust-il.*

La seconde cause résulte de la résolution formée, dans le même temps, par les chanoines du Val-des-Écoliers, au diocèse de Langres, d'établir une maison à Paris, pour que les jeunes gens de leur ordre pussent suivre les leçons de l'Université. Alors les sergents d'armes, pensant accomplir leur vœu, s'accordèrent avec les chanoines du Val-des-Écoliers, et ils bâtirent l'église de Sainte-Catherine sur le terrain que ces chanoines possédaient, près de la place *Baudet*. Elle servit aux sergents d'armes et aux chanoines réguliers. Quoique la maison de *la Culture-Sainte-Catherine*, comme on la nommait, fût riche par elle-même et par les bienfaits de saint Louis, ceux qui l'habitaient n'étaient pas fiers, et ne craignaient pas d'aller chaque jour demander l'aumône dans les rues de Paris. — Cette maison, ayant cessé d'être collége, fut habitée par des prêtres dont le déréglement était extrême. En 1636, elle fut réunie à la congrégation de Sainte-Geneviève. — Son portail fut élevé sur les dessins du célèbre François Mansard. En 1767, on transféra les chanoines réguliers de cette maison dans celle des Jésuites, rue Saint-Antoine, et en 1782 les bâtiments de Sainte-Catherine furent démolis. Sur l'emplacement on a établi un marché, appelé *Marché Sainte-Catherine*, dont M. d'Ormesson, contrôleur général des finances, posa la première pierre le 20 août 1783.

SAINT-NICOLAS-DU-CHARDONNET, église paroissiale, située rue Saint-Victor, au coin de celle des Bernardins. Une chapelle fondée en 1230, dans le clos du Chardonnet, donna naissance à cette église qui, quinze ans après, fut érigée en paroisse.

En 1656, on entreprit la reconstruction de l'église; les travaux, bientôt suspendus, furent repris en 1705, et achevés en 1709, à l'exception du portail, qui est resté sans être terminé. L'intérieur est orné de pilastres composites dont les chapiteaux n'ont qu'un rang de feuilles d'acanthe, et dont les socles sont revêtus en marbre. Le chœur est pavé de marbre, et le maître autel est surmonté d'une gloire d'un bon effet. En 1820, on replaça dans cette église les tombeaux du peintre Lebrun et de sa mère. Au mois de février 1818, on y avait transporté le corps du poète Santeuil, mort à Dijon en 1697.

L'église de Saint-Nicolas-du-Chardonnet est la première succursale de Saint-Étienne-du-Mont, douzième arrondissement.

JACOBINS DE LA RUE SAINT-JACQUES. J'ai parlé, dans la période précédente, de l'origine de ce couvent de *dominicains* ou *frères prêcheurs*. Saint Louis vit avec satisfaction prospérer cette nouvelle colonie de religieux mendiants ; il leur donna une partie de l'amende à laquelle il avait condamné Enguerrand, seigneur de *Coucy*, coupable d'avoir fait pendre trois jeunes écoliers qui s'amusaient à chasser dans ses bois ; avec cette partie d'amende, il fit bâtir les écoles et le dortoir de ces religieux. Il leur concéda de plus l'emplacement d'un hôpital voisin, et choisit pour son confesseur un des religieux de cette maison, Geoffroi de Beaulieu, qui, suivant l'usage du temps, le fustigeait avant de l'absoudre. Ces moines, fiers de la prérogative de prêcher, de confesser et de fustiger le roi, repoussèrent avec indignation les injonctions qu'en 1253 leur fit l'Université, frappèrent les bedeaux qui venaient leur signifier un décret de la part de cette corporation. Le recteur et trois maîtres ès arts se présentèrent ensuite dans le monastère des Jacobins, ils furent battus et chassés comme leur bedeaux ; de là naquit entre les jacobins et l'Université une inimitié constante, qui, à chaque occasion, éclatait par des explosions terribles et toujours scandaleuses. Nous en parlerons à l'article *Université*. La fierté de ces moines ne les empêchait pas d'aller, tous les matins, solliciter à grands cris la charité des Parisiens, et demander l'aumône dans les rues.

Le poète Rutebœuf, qui écrivait au XIII⁰ siècle, dans sa pièce intitulée *les Ordres de Paris*, nous représente pourtant les jacobins comme une communauté puissante et riche. « Ils disposent à la fois, dit-il, de Paris et de Rome, et sont
» rois et pape; ils ont acquis beaucoup de bien, car ils damnent les âmes de
» ceux qui meurent sans les faire leurs exécuteurs testamentaires ; ils veulent
» qu'on les croie des apôtres, et ils auraient besoin d'aller à l'école... Personne
» n'ose dire la vérité sur leur compte, dans la crainte d'être assommé, tant ils
» se montrent haineux et vindicatifs. Il serait dangereux d'en parler avec ma
» liberté ordinaire; je me borne donc à dire qu'ils sont des hommes. »

En 1501, on tenta d'introduire la réforme chez les jacobins; ils refusèrent de s'y soumettre. On les chassa de leur couvent; ils y revinrent bientôt armés et accompagnés de douze cents écoliers qu'ils avaient recrutés : ils firent le siége de leur propre maison, « y entrèrent et y commirent de grands excès, dit Jean
» Danton; ils battirent leur gardien, qui là se trouva. Grands murmures et
» scandales furent pour cette affaire, lors à Paris..... Mais ils vidèrent la ville,
» et ainsi s'en allèrent les pauvres jacobins vagabonds et dispers. »

L'église de ce couvent était ornée d'un très-grand nombre de tombeaux en marbre, couverts de la figure couchée des défunts : on y voyait ceux des chefs des trois branches qui ont régné en France, de celle de Valois, d'Evreux et de Bourbon, tels que le tombeau de Charles, comte de Valois, chef de la branche de ce nom; celui de Louis d'Évreux et celui de Robert, sixième fils de saint Louis. Devant le grand autel était le tombeau d'Humbert II de la Tour-du-Pin, dernier dauphin du Viennois, et dans une chapelle particulière, les tombeaux et épitaphes de la famille de Dormi. Dans le cloître fut enterré Jean de Meng, surnommé *Clopinel*, parce qu'il était boiteux; il est auteur d'une partie du fameux *Roman de la Rose*, ouvrage qui fait très-bien connaître les mœurs, les usages, et surtout les opinions des XIIIe et XIVe siècles.

Dans cette église était la célèbre *Confrérie du Rosaire* ou du *Chapelet*, mode de prier inconnu aux premiers chrétiens, mis en vogue par saint Dominique, et que les Croisés imitèrent des religions de l'Orient. Les chevaliers de Saint-Jean-de-Jérusalem et du Temple, ne sachant pas lire, récitaient le chapelet comme des musulmans. Cette manière d'intercéder Dieu, en répétant toujours la même prière, était fort ancienne, puisqu'on la trouve prohibée dans le sixième chapitre de l'Évangile, selon saint Mathieu.

Ce monastère a produit quelques prédicateurs plus zélés que raisonnables; il a aussi produit Jacques Clément, assassin du roi Henri III, et Edmond Bourgoing, prieur de cette maison, instigateur, apologiste de ce meurtre, et qui, de sa propre autorité, mit le meurtrier au rang des saints. — En 1790, l'ordre fut supprimé; l'emplacement, réservé pour des embellissements projetés dans ce quartier, n'a point été vendu; le gouvernement, pendant les années 1816 et 1817, ordonna des réparations aux bâtiments qui ont servi quelque temps de maison de refuge pour les jeunes détenus.

Je parlerai des autres couvents de Jacobins établis dans la suite à Paris.

CORDELIERS OU FRÈRES MINEURS DE L'ORDRE DE SAINT-FRANÇOIS, situés rue des Cordeliers, dite aujourd'hui rue de l'Ecole-de-Médecine, au coin de celle de l'Observance. Une colonie de religieux de Saint-François-le-Séraphique vint en 1217 à Paris, et parvint avec beaucoup de peine à obtenir de l'abbaye Saint-Germain-des-Prés un emplacement qu'elle possédait. Cet emplacement ne fut point donné, mais prêté, en payant un prix de location, et à condition que les moines nouveaux venus n'auraient ni cloches ni cimetière, ni autel consacré. Les cordeliers passèrent plusieurs années dans cet état précaire et assujettissant; ils s'adressèrent à saint Louis, qui parvint à obtenir pour eux, de l'abbé de Saint-Germain des-Prés, des cloches, un cimetière et un grand bâtiment où ils se logèrent. Cette concession leur permit, en 1240, d'acquérir deux pièces de terre qui leur convenaient. Dans la suite, saint Louis, avec une partie de l'amende de dix mille francs qu'il fit payer à Enguerrand de Coucy, fournit aux frais de la construction de l'église, et autorisa les cordeliers à couper, dans ses forêts, les bois nécessaires à la charpente. Cette église fut dédiée, en 1262, sous le titre de *Sainte-Madeleine*. — En indiquant tous les traits qui caractérisèrent les cordeliers, j'irais trop au-delà des bornes que je me suis prescrites; en les passant sous silence, j'ôterais au lecteur les moyens d'apprécier le mérite de leur institution. Entre ces deux partis, j'adopte le terme moyen : de dire ce qui suffit pour faire connaître leurs mœurs. A peine furent-ils tranquilles possesseurs de leur établissement, que, de concert avec les jacobins, ils cherchèrent à empiéter sur les droits de l'Université. Il s'éleva entre ces moines et ce corps enseignant des querelles très-vives et toujours alors accompagnées de violences et de coups, querelles que l'entremise du roi saint Louis et celle de plusieurs papes ne purent jamais entièrement assoupir. Les cordeliers furent bientôt en guerre entre eux. Au commencement du quatorzième siècle, il s'éleva dans ce couvent, ainsi que dans plusieurs autres du même ordre, deux partis acharnés l'un contre l'autre : *les spirituels* et *les conventuels*. L'objet de cette grave querelle consistait dans la distinction des mots *propriété* et *jouissance* appliqués aux aumônes qu'ils recevaient. Les *spirituels* soutenaient qu'ils n'étaient pas propriétaires du pain et autres choses qu'on leur donnait, parce que la règle leur défendait de posséder ; et les *conventuels*, au contraire, prétendaient que ce pain était leur propriété. On étendit l'objet de la question jusque sur les biens meubles légués à ces moines. Les papes Nicolas III et Jean XXII la décidèrent tour à tour dans un sens opposé, et prouvèrent par leurs décisions contraires qu'ils n'étaient point infaillibles. — En 1401, le provincial des cordeliers s'avisa de faire bâtir une écurie dans le couvent de Paris. Cette construction fut un signal de guerre. Les religieux étrangers, qui étudiaient dans ce couvent, voyaient dans la construction de cette écurie une infraction manifeste aux statuts de l'ordre ; les réligieux français alléguaient plusieurs raisons pour prouver que le provincial ne pouvait se passer d'écurie. Les têtes s'échauffèrent ; au lieu de s'entendre et de raisonner, on se battit. *A mort tous les Français !* crièrent les étrangers partisans de la règle. A ces mots, le combat commence : les moines, armés de pierres, de bâtons, s'assomment, s'estropient, se tuent. Les cris des combattants, des blessés et des mourants jettent l'alarme dans le voisinage. Le roi en est averti ; il envoie des troupes pour rétablir la paix ; les portes leur sont fermées ; les soldats les enfoncent, entrent. Alors les deux partis ennemis se réunissent pour résister aux troupes du roi ; ils le font avec courage, blessent et sont blessés ; mais ils ne peuvent tenir longtemps, ils se rendent. — En 1501, le légat du Saint-Siége entreprit de réformer tous les couvents de Paris. Pour opérer la réforme de celui des cordeliers, il commit le prédicateur Olivier Maillard : l'éloquence du sermonneur échoua devant l'obstination des cordeliers. Alors les évêques d'Autun et de Castelmare, commissaires du légat, se présentèrent dans le couvent, et y furent reçus de la manière suivante. A l'approche de ces deux évêques, les cordeliers se retirèrent dans leur église, exposèrent le Saint-Sacrement sur l'autel, s'agenouillèrent tout autour, et, dès que les évêques parurent dans l'église, ils se mirent à chanter des hymnes : lorsque l'une était achevée, ils en recommençaient aussitôt une autre. Les prélats attendaient toujours la fin de ces chants pour remplir leur mission : mais, voyant qu'ils ne finissaient plus, impatientés d'attendre, ils ordonnèrent à haute voix aux chanteurs de cesser et d'écouter les ordres qu'ils avaient à leur transmettre de la part du légat. Les cordeliers, sans s'étonner, chantèrent toujours, et chantèrent pendant quatre heures, jusqu'à ce que les évêques, perdant l'espoir de se faire obéir, sortirent de l'église et allèrent raconter au légat le résultat de leur mission.

Le lendemain, les mêmes évêques, escortés du procureur du roi, du prévôt de Paris et de ses archers, se rendirent au couvent des Cordeliers; ils trouvèrent les moines dans leur église, employant le stratagème qui leur avait réussi la veille. Ils chantaient à tue-tête, sans paraître faire attention aux ordres des évêques et des magistrats. Alors le procureur du roi, le prévôt et ses archers leur commandèrent d'un ton menaçant de garder le silence. Les moines suspendirent leurs chants, écoutèrent les réformateurs, firent valoir leurs priviléges, et, après avoir défendu leur cause, ils versèrent des larmes et consentirent à se soumettre à la réforme; mais ils se vengèrent de leur soumission forcée sur Olivier Maillard, qu'ils regardaient comme l'auteur de cette persécution, et le chassèrent avec violence de leur couvent.

Ces désordres et beaucoup d'autres déterminèrent le général de l'ordre à venir à Paris exprès pour réformer le couvent des Cordeliers. Il s'y présenta dans le mois de juillet 1582, et éprouva, de la part de ces moines, la plus opiniâtre résistance; ils se divisèrent en deux partis, et, suivant l'usage, en vinrent aux mains. Alors le nonce du pape fit arrêter les religieux les plus récalcitrants; ils furent conduits et fustigés dans la prison de Saint-Germain-des-Prés.

La tranquillité paraissait rétablie; mais, à trois reprises différentes, ce couvent devint un champ de bataille. On se battait à coup de pierres, d'épée et de dague. Le général de l'ordre s'était présenté pour calmer la fureur des combattants; mais il se trouva fort heureux de se sauver de la mêlée, et de monter promptement dans un *coche* que le duc de Nevers lui envoya. Il vint ensuite implorer l'assistance du parlement; et l'on remarque, dans les registres de cette cour que, pour rendre sa prière plus touchante, il se mit à genoux devant le président. Une force armée imposante vint mettre fin à ces scènes scandaleuses. Ces registres du parlement ne disent pas si les moines furent punis. On y voit seulement qu'on découvrit, dans ce couvent, une femme qui fut arrêtée, et dont on fit le procès.

L'église du monastère des Cordeliers, bâtie par saint Louis, dont la statue en pied se voyait à la principale entrée, adossée contre un pilier qui séparait les deux battants, fut, en 1580, entièrement consumée. Un novice, pris de vin, s'endormit dans une stalle du chœur, laissant près de lui un cierge allumé.

Le feu du cierge atteignit la boiserie du jubé, qui s'enflamma, et dans l'espace de trois heures, l'église, à l'exception de quelques murs, fut réduite en cendres. Les cordeliers aussitôt accusèrent les protestants d'être les auteurs de cet incendie, et les jacobins accusèrent les cordeliers d'avoir eux-mêmes mis le feu à leur église, afin d'être autorisés à solliciter des aumônes, et obtenir de la faiblesse des personnes dévotes d'abondantes libéralités; mais on ne fut dupe ni de la méchanceté des cordeliers ni de celle des jacobins. Cependant Henri III, ce roi aussi renommé par la dépravation de ses mœurs que par sa dévotion superstitieuse, donna des sommes considérables pour faire reconstruire le chœur; et l'ordre du Saint-Esprit, nouvellement institué par ce roi, contribua avec Christophe et Jacques de Thou, au rétablissement du reste de l'édifice. Les cordeliers, pour éterniser les bienfaits de Henri III, firent placer, au-dessus du grand

autel, la figure de ce roi représenté à genoux ; mais on sait que la reconnaissance des moines est peu durable : le 5 juillet 1589, ceux-ci eurent l'ingratitude de renverser cette figure et de lui couper la tête.

La maison des cordeliers servait de collége aux jeunes religieux de l'ordre,
qui venaient y étudier la théologie. C'est dans la salle de cette école qu'au
commencement de la révolution, le fameux district des Cordeliers, et ensuite la
section du Théâtre-Français, ont successivement tenu leurs séances auxquelles
une partie de ces religieux assistaient régulièrement. C'est dans une autre salle
de ce même couvent que se tenait antérieurement le chapitre de l'ordre de
Saint-Michel.

L'ordre des Cordeliers ayant été supprimé en 1790, l'église fut dans la suite
démolie, et son emplacement a formé la place depuis longtemps désirée,
qu'on voit devant la façade de l'École de Médecine. Il ne reste plus que peu de
chose des bâtiments du monastère. On a utilisé les jardins en y élevant plusieurs
pavillons de dissection. Le réfectoire, qui présente la forme d'une église, est
dans son entier ; on le voit dans la cour située en face de la rue Hautefeuille ; il
renferme une curieuse collection de pièces anatomiques appelée *musée Dupuytren*.
Sur une partie de l'emplacement de ce cloître, on a établi divers bâtiments : un
hôpital entre autres, où se fait un cours de clinique chirurgicale. Ces bâtiments
ont été réparés et agrandis en 1834. C'était également dans les bâtiments situés
dans la cour qui fait face à la rue Hautefeuille, que se trouvait, il y a plusieurs
années, la manufacture royale de mosaïque.

FILLES-DIEU, monastère de filles, situé, dans son origine, sur l'emplacement
qu'occupent aujourd'hui le cul-de-sac des Filles-Dieu et la rue Basse-Porte-
Saint-Denis, et depuis, rue Saint-Denis, sur l'emplacement où sont bâtis la rue
et le passage du Caire.

Guillaume III, évêque de Paris, étant parvenu à convertir plusieurs filles publiques, les réunit dans une maison ou hôpital alors situé hors de Paris, et sur
un terrain dépendant de Saint-Lazare. Cet hôpital fut bâti vers 1226, et reçut
le nom singulier de *Filles-Dieu*. Le but de cette fondation était de *retirer des
pécheresses qui pendant toute leur vie avaient abusé de leur corps, et à la fin
étaient en mendicité.* Joinville dit que saint Louis fit bâtir la maison des Filles-
Dieu, « et fit mettre grande multitude de femmes en l'hostel qui, par povreté,
« estoient mises en péchié de luxures, et leur donna quatre cents livres de rente
« pour elle sustenir. » Le nombre de ces pécheresses se monta à plus de deux cents.
A la ferveur, qui se manifeste toujours au commencement de toute institution
religieuse, succéda le relâchement ; elles s'acquittèrent avec négligence et dégoût du service de l'hôpital confié à leurs soins. La maison des Filles-Dieu fut
ravagée par la peste en 1280, et détruite par les Anglais sous le règne de Charles V. — Ces religieuses cherchèrent alors un asile dans l'intérieur de Paris.
— Dans la rue Saint-Denis il existait un *hôpital* ou *Maison-Dieu*, fondé vers l'an
1216, sous le titre de *Sainte-Madeleine*, destiné à recevoir, pour une nuit, les
femmes mendiantes qui passaient à Paris. Le lendemain matin on les renvoyait
en leur donnant un pain et un denier. Les Filles-Dieu s'accommodèrent de cet
établissement, et y firent bâtir des édifices convenables. Mais, peu de temps

après, les bâtiments tombant en ruines, l'hôpital fut abandonné; le service divin ne se faisait plus. Le 15 juin 1495 furent installés, dans ce couvent, huit religieuses et sept religieux de l'ordre de *Fontevrault*. On sait que, dans cet ordre fondé par Robert d'Arbrisselle, les religieuses vivent en communauté avec les religieux, et qu'elles ont l'autorité sur eux. La communauté des Filles-Dieu étant régénérée, on entreprit, dès l'an 1496, la construction d'une nouvelle église qui fut achevée en 1508. Elle a existé jusqu'à la révolution; elle n'offrait rien de remarquable. Le 24 mars 1648, ces religieuses éprouvèrent un assaut auquel les couvents de filles à Paris ont souvent été exposés. Les sieurs du Charmoy et de Saint-Ange, masqués, armés et accompagnés d'une nombreuse suite, entrèrent pendant la nuit, avec violence, dans leur couvent, et y exercèrent plusieurs *voies de fait et de violement*, lit-on dans les registres manuscrits du parlement.

A la face extérieure du chevet de cette église était placé un crucifix devant lequel on conduisait autrefois les criminels qu'on allait exécuter à Montfaucon; on le leur faisait baiser, on leur donnait de l'eau bénite, et les Filles-Dieu leur portaient trois morceaux de pain et un verre de vin.

SAINT-LEU ET SAINT-GILLES (1), église paroissiale, située rue Saint-Denis. En 1235, les religieux de Saint-Magloire permirent, à certaines conditions, au curé et aux paroissiens de Saint-Barthélemy, paroisse du palais, d'établir une chapelle succursale dans la rue Saint-Denis, pour la commodité de ceux qui habitaient ce quartier. Cette chapelle, dédiée à saint Leu et à saint Gilles, fut reconstruite en 1320, érigée en paroisse en 1617, réparée et changée intérieurement en 1727. Parmi les réparations faites alors, on entreprit de transporter, d'une tour qui menaçait ruine, sur une autre tour nouvellement bâtie, la charpente tout entière du clocher sans la démonter. Cette opération difficile fut exécutée avec le plus grand succès par Guillaume Guérin, habile charpentier. D'une tour à l'autre il se trouvait une distance de vingt-quatre pieds. En 1780, M. de Wailly rehaussa considérablement le sol du chœur, pratiqua dessous une chapelle souterraine dans laquelle on descend par deux escaliers, et décora le grand autel.

Aujourd'hui plusieurs grands tableaux ornent le sanctuaire. En 1823, on a encore exécuté dans cette église des réparations considérables. L'église de Saint-Leu est aujourd'hui succursale de la paroisse de Saint-Nicolas-des-Champs, sixième arrondissement.

SAINTE-CHAPELLE DU PALAIS. Les ducs, les comtes avaient autrefois, auprès ou dans l'enceinte de leurs châteaux ou palais, une chapelle toujours qualifiée de *sainte*. Dans le voisinage ou dans l'enclos du palais de la Cité, les ducs de France, les comtes de Paris et les rois eurent la chapelle Saint-Barthélemy, qui, pendant quelque temps, a porté le nom de *Saint-Magloire*, et, en outre, les chapelles *Saint-George*, *Saint-Michel*, et celle de *Saint-Nicolas*, que Louis VII fit réparer et à laquelle il donna le nom de *la Vierge Marie*. Baudouin,

____

(1) Il existe à Paris une autre petite paroisse qui portait la même dénomination : elle était desservie par l'église *Saint-Symphorien*, en la Cité.

LA SAINTE CHAPELLE.

empereur, vendit à saint Louis la couronne d'épine qui avait, dit-on, servi à
la passion de Notre-Seigneur Jésus-Christ. Cette relique coûta près de 100,000
francs ; et cependant une autre couronne d'épines, qui, pareillement, avait
servi à la passion de Notre-Seigneur, existait depuis longtemps dans l'abbaye
Saint-Denis ; quelle que soit la vraie couronne, celle que saint Louis avait chè-
rement achetée, arrivée d'Orient le 10 août 1239, fut déposée à Villeneuve-
l'Archevêque, où ce roi et toute sa famille se rendirent avec beaucoup de solennité. Trois cassettes, l'une dans l'autre, contenaient cette relique : la
première était de bois, la seconde d'argent, la troisième d'or. Elles furent
toutes trois ouvertes, et, aux yeux du public curieux, on exposa la sainte
couronne. De ce lieu, portée par le roi, par Robert, comte d'Artois, et par plusieurs seigneurs qui marchaient nu-pieds, elle fut transférée jusqu'à la ville de
Sens. Huit jours après, cette couronne et son cortége arrivèrent à Paris. On fit
une station dans l'abbaye Saint-Antoine-des-Champs. Là fut dressé un échafaud en pleine campagne, et plusieurs prélats, magnifiquement vêtus de leurs
habits pontificaux, exposèrent aux regards avides des Parisiens cette sainte
couronne. Tous les chapitres et monastères de Paris, même ceux de Saint-
Denis, eurent ordre de venir processionnellement, avec leurs plus précieuses
reliques, à l'abbaye Saint-Antoine, pour rendre hommage à la sainte couronne et l'escorter dignement jusque dans la Cité. Les moines de Saint-Denis
n'apportèrent point, en cette circonstance, la couronne d'épines qu'ils possédaient déjà. Les chanoines de Sainte-Geneviève refusèrent d'y transporter la
châsse de leur patronne ; ils dirent, pour motiver leur refus, que cette châsse
ne sortait point de leur église à moins que les chanoines de Notre-Dame ne
vinssent l'y inviter avec celle de Saint-Marcel conservée dans leur église. Saint
Louis se contenta de cette excuse. Le jeudi 18 août 1239, ce roi, vêtu d'une
simple tunique, les pieds nus, se chargea, avec son frère Robert, de porter
sur les épaules la sainte relique qui était précédée par plusieurs prélats et
seigneurs, marchant également la tête et les pieds nus, et suivie d'une longue
procession. Le cortége se rendit d'abord à l'église cathédrale de Notre-Dame,
et de cette église à la sainte chapelle *Saint-Nicolas* dans l'enceinte du Palais.

Quelques mois après, Baudouin, empereur de Constantinople, voyant que le
commerce des reliques lui était profitable, fit proposer au roi de France de
lui en vendre plusieurs autres. Voici quelles étaient ces reliques mises en
vente : un *grand morceau de bois*, qu'il disait avoir fait partie de la croix que
sainte Hélène apporta dans Constantinople ; un *morceau de fer*, qu'on regardait
comme le fer de la lance dont on avait percé le côté de Jésus-Christ sur la
croix ; une partie de *l'éponge* qui servit à lui donner du vinaigre ; le *roseau* dont
on lui fit un sceptre ; une partie de *son manteau de pourpre ;* un morceau de *linge*
dont Jésus-Christ se servit pour essuyer les pieds de ses Apôtres ; une partie
de la *pierre du saint sépulcre ; une autre portion de la vraie croix ;* une croix nommée *Croix de triomphe*, parce que ceux qui la portaient à la guerre étaient
sûrs d'obtenir la victoire. Sans doute que Baudouin croyait peu à la vertu
merveilleuse de cette croix, puisqu'il la vendait dans une circonstance où il
aurait eu grand besoin de sa vertu. Toutes ces reliques furent reçues à Paris,

le 14 septembre 1241, avec les mêmes solennités, le même respect, qu'on avait mis à recevoir la sainte couronne.

Pour loger dignement tant de richesses, saint Louis fit bâtir une nouvelle *Sainte-Chapelle* qui, commencée vers l'an 1242, fut achevée en 1248. Pierre de Montreuil, le plus habile architecte de ce temps, fut chargé de cet ouvrage. Il a laissé dans cette construction un monument précieux de son talent. « Pour » lesquelles reliques, dit l'auteur de la *Vie de saint Louis,* il fist fere la chapele, » à Paris en laquele l'en dit que il despendit bien quarante mille livres de tour- » nois et plus. Et li benaiez rois aourna d'or et d'argent, et de pierres précieuses » et d'autres joiaux, les lieux et les châsses où les saintes reliques reposent. » Et croit l'en que les aournement desdites reliques valent bien cent mille » livres de tournois et plus. »

La Sainte-Chapelle fut bâtie sur l'emplacement de l'ancienne chapelle Saint-Nicolas. Ce nouvel édifice est double ou à deux étages. La chapelle inférieure était destinée aux habitants de la cour du Palais, et dédiée à la Vierge (1).

La chapelle supérieure, destinée au roi et à ses officiers, portait le titre de *Sainte-Couronne* et de *Sainte-Croix.* Elle est longue de trente-six mètres dans œuvre, et large de neuf mètres. La hauteur des deux étages, depuis le sol infé- rieur jusqu'au sommet de l'angle du fronton, est de trente-six mètres. Ainsi la hauteur totale de cet édifice égale sa longueur. Félibien évalue la dépense de cette chapelle, le prix des reliques et de leurs ornements, à trois millions, va- leur de son temps. Il faudrait aujourd'hui doubler cette somme afin d'avoir, en valeur actuelle, la somme exacte des dépenses que fit saint Louis pour cette chapelle et pour les reliques qu'elle renfermait.

Ce roi fit construire, dans le trésor de cette chapelle, un lieu sûr et commode pour y déposer sa bibliothèque, composée de livres pieux et notamment des écrits des saints Pères, qu'il avait fait copier. — En 1246, il établit, pour desservir cette église, cinq principaux chapelains, deux marguilliers, qui devaient être diacres ou sous-diacres, et leur assigna des revenus considérables. Ces libéralités s'accrurent encore sous les rois ses successeurs. — La flèche ou clocher de cette chapelle, ouvrage remarquable par sa hardiesse et sa légèreté, menaçait ruine : on fut obligé, peu d'années avant la révolution, de la démolir. Dans l'intérieur on voyait, aux deux côtés de l'entrée du chœur, deux autels décorés de deux tableaux en émail, ouvrage de Léonard de Limoges, accompagné des portraits de François Ier et de Claude, de Henri II et de Diane de Poitiers. Ces émaux précieux, exécutés d'après les dessins de Primatice, font partie du Musée du Louvre. Sur le principal autel s'élevait une châsse ayant, en petite proportion, la forme exacte de l'édifice de la Sainte-Chapelle. Elle était de vermeil, enrichie de pierreries, et contenait, à ce qu'il paraît, les ossements de saint Louis. Derrière était une autre châsse plus grande, en bronze doré, près de laquelle

----

(1) Les rois, les hauts barons, les évêques, les abbés, etc., étaient si persuadés de leur supériorité sur les hommes vulgaires, qu'ils auraient cru s'avilir et compromettre leur dignité en priant Dieu dans la même église où priaient les hommes des classes inférieures de la société. A Saint-Germain- des-Prés, à Sainte-Geneviève, à Notre-Dame et ailleurs, il existait une église pour les seigneurs, et une autre pour ceux qu'on nommait les *vilains.*

LA SORBONNE

(Intérieur de la cour)

Publié par Furne, à Paris

on arrivait par deux petits escaliers. Elle contenait toutes les reliques que saint Louis acheta de Baudouin. On voyait, dans cette même chapelle, à gauche en entrant, un bas-relief représentant une Dame de Pitié, du célèbre Germain Pilon, ouvrage endommagé par la négligence de ceux qui réparèrent cet édifice.

La chapelle inférieure renfermait le tombeau où fut enterré le poète Nicolas Boileau Despréaux, et où gisaient déjà son père et d'autres membres de sa famille. — La Sainte-Chapelle a servi, jusque dans ces derniers temps, de dépôt à une partie des archives de la Cour des Comptes. Maintenant cet édifice est l'objet d'une restauration intelligente dirigée par M. Duban. Bientôt la Sainte-Chapelle nous apparaîtra aussi complète, aussi éclatante de peintures, que lorsqu'elle sortit des mains des architectes du treizième siècle.

Le premier dignitaire de la Sainte-Chapelle ne porta d'abord que le titre modeste de *maître chapelain*, ensuite celui de *maître gouverneur*, puis de *trésorier*, et enfin d'*archichapelain*. Clément VII accorda, en 1379, à ce dignitaire, le privilége d'officier avec la mitre, l'anneau et autres ornements pontificaux, et même de donner la bénédiction au peuple pendant les processions qui se faisaient dans l'enclos du Palais. Cette éminente prérogative enfla prodigieusement l'orgueil de l'archichapelain : il prit le titre de *prélat;* et, dans les registres du parlement, on le trouve qualifié de *pape de la Sainte-Chapelle*. C'est un de ces dignitaires dont Boileau, dans son *Lutrin*, a peint avec tant de talent la vie voluptueuse, l'orgueil et l'ignorance. Les règlements obligeaient trois clercs et un chapelain de passer la nuit dans la Sainte-Chapelle pour veiller à la garde des reliques et du trésor. La vigilance de ces sentinelles fut sans doute en défaut, puisque, dans la nuit du 19 au 20 mai 1575, le plus grand morceau de la vraie croix fut volé. Ce vol jeta l'alarme dans Paris; on fit plusieurs recherches pour découvrir l'objet volé et le voleur. La commune opinion de ce temps, suivant l'Estoile, était que le roi Henri III avait lui-même enlevé cette relique, et l'avait mise en gage chez les Vénitiens pour une somme considérable.

Pendant la nuit du vendredi au samedi Saint, il se célébrait, dans cette Sainte-Chapelle, une cérémonie dont je dois faire connaître les détails. Tous les possédés du diable y venaient régulièrement chaque année à cette époque pour être affranchis de l'obsession de cet esprit immonde; ils y faisaient mille contorsions, poussaient des cris et d'affreux hurlements. Bientôt, le grand-chantre du chapitre apparaissait, armé du bois de la vraie croix. A cette apparition, tout rentrait dans l'ordre, et aux mouvements convulsifs, aux accents de la rage, succédait un calme parfait. Cette cérémonie se pratiquait encore sous le règne de Louis XV : elle eut lieu en l'année 1770.

COLLÉGE DE SORBONNE. Robert Sorbon, chapelain du roi saint Louis, connaissant les difficultés qu'éprouvaient les écoliers sans fortune pour parvenir au grade de docteur, établit, en 1253, une maison qu'il destina à un certain nombre d'ecclésiastiques séculiers qui, vivant en commun et tranquilles sur leur existence, seraient entièrement occupés d'études et d'enseignement. Saint Louis, bientôt après, voulut participer à cette fondation utile; il acheta et lui donna, en 1256, une maison située rue *Coupe-Gueule*, devant le palais des Thermes, et, en 1258, deux autres maisons, l'une située rue des Deux-Portes et l'autre rue des Maçons : il les fit rebâtir convenablement. Le prix des locations fut destiné à l'entretien de cent *pauvres écoliers*. Le roi donna de plus à ces *pauvres écoliers* ou *pauvres clercs*, aux uns deux sous, aux autres un sou, ou même dix-huit deniers par semaine, pour les aider à vivre. Ce collége prit d'abord la dénomination très-modeste de *pauvre maison*, et les maîtres qui enseignaient, celle de *pauvres maîtres*. Les maîtres du collége de Sorbonne, enrichis, fortifiés par le temps, oublièrent enfin leur humble origine, troublèrent souvent par leurs décrets l'ordre social, furent presque toujours les plus forts soutiens du fanatisme, et quelquefois devinrent la terreur des rois. Cette association de docteurs formait un tribunal redoutable qui jugeait sans appel tous les ouvrages et les opinions théologiques, condamnait le pape et les rois, et disposait de leur trône et même de leur existence.

C'était dans le collége de Sorbonne que résidait la faculté de théologie. Un proviseur élu chaque année présidait cette faculté. Les écoles se divisaient en intérieures et extérieures. Les premières se tenaient dans les bâtiments contigus à l'église, et les secondes dans un corps de logis qui se voit encore sur la place de ce collége. « Pour être en droit de porter le titre de *docteur de Sor-* » *bonne*, dit M. l'abbé Duvernet, il fallait avoir fait ses études dans ce collége, » y avoir, pendant dix ans, argumenté, disputé et soutenu divers actes publics » ou *thèses*, qu'on distingue en *mineure*, en *majeure*, en *sabatine*, en *tentative*, » en *petite* et *grande sorbonique*. C'est dans cette dernière que le prétendant au » doctorat doit, sans boire, sans quitter la place, soutenir et repousser les » attaques de vingt assaillants ou ergoteurs, qui, se relayant de demi-heure » en demi-heure, le harcèlent depuis six heures du matin jusqu'à sept heures » du soir. »

Les bâtiments et la chapelle de la Sorbonne étaient peu remarquables et tombaient de vétusté, lorsque le cardinal de Richelieu, devenu tout-puissant en France, se rappelant avec intérêt ces écoles où il avait fait son cours de théologie, et désirant laisser à la postérité un monument de sa munificence, fit reconstruire ces bâtiments sur un plan plus vaste et plus magnifique. En 1629 fut commencée la construction du collége, et en 1635 celle de l'église, qui ne fut achevée qu'en 1659. Une rue assez large mais peu longue, nommée rue de Richelieu, communique de la rue de la Harpe à une place carrée qui précède la façade de l'église de la Sorbonne. Cette façade, œuvre de le Mercier, est composée de deux ordres, l'un sur l'autre, dont le supérieur est couronné par un fronton. Au-dessus de cette façade s'élève, du centre de l'édifice, un dôme accompagné de quatre campanilles, et surmonté par une lanterne. Sur le côté septentrional de cette église est une autre façade qui donne sur la grande cour du collége. Elle est aussi chargée de deux ordonnances. L'intérieur était entièrement pavé en marbre. La peinture de la coupole du dôme, ouvrage de Philippe de Champagne, est encore assez bien conservée. Au milieu de la nef on admire le tombeau en marbre du cardinal de Richelieu. Cette belle et simple composition est un chef-d'œuvre de Girardon. Les bâtiments de la Sorbonne sont occupés maintenant par l'académie de Paris, les trois facultés de Théologie, des Sciences et Lettres.

COLLÉGE DES BERNARDINS, situé près de la Place-aux-Veaux, sur l'ancien clos du Chardonnet, entre le quai des Miramiones et la rue Saint-Victor. Étienne Lexington, abbé de Clairvaux, rougissant de l'ignorance des religieux de son ordre, demanda et obtint la permission d'établir ce collége, afin que les religieux bernardins fussent à portée de prendre des grades dans l'Université. Il fut fondé vers l'an 1244. On a ouvert quelques rues sur l'emplacement de ce collége : son ancien dortoir sert de dépôt aux farines.

COLLÉGE ET HOTEL SAINT-DENIS. Il était situé dans l'espace compris entre les rues Contrescarpe, Saint-André-des-Arts, et une partie des rues Dauphine et des Grands-Augustins. On ignore l'époque précise de la fondation de ce collége et de cet hôtel : l'auteur du livre intitulé : *Les miracles de saint Louis* parle de la maison que l'abbé de Saint-Denis avait, en 1274, à Paris. Rabelais dit que Pentagruel était logé à l'hôtel Saint-Denis, et qu'il se promenait avec Panurge dans le jardin de cet hôtel. C'est à cause de cet hôtel et collége que la rue des Grands-Augustins a porté les noms de *rue A l'abbé de Saint-Denis, rue du Collége Saint-Denis, des Écoles et des Écoliers de Saint-Denis, des Charités de Saint-Denis.* Cette rue s'appelait auparavant *rue de la Barre.* Ce collége et cet hôtel *Saint-Denis* furent en partie démolis et vendus, lorsqu'en 1607 Henri IV fit percer la rue Dauphine.

SAINTE-MARIE-L'ÉGYPTIENNE, et par corruption LA JUSSIENNE, chapelle située au coin des rues Montmartre et de la Jussienne, n° 25. Elle existait sous le règne de saint Louis. Ce fut près de cette chapelle que les religieux augustins eurent leur premier établissement à Paris; ils y demeuraient en 1259.

Cette chapelle servait à la communauté ou confrérie des drapiers de Paris, une des plus anciennes confréries de cette ville. On y remarquait la peinture d'un de ses vitraux, où sainte Marie l'Égyptienne était représentée sur un bateau, troussée jusqu'aux genoux devant le batelier; au-dessous de cette peinture, on lisait ces mots : *Comment la sainte offrit son corps au batelier pour son passage.* En 1660, le curé de Saint-Germain l'Auxerrois fit enlever cette peinture indécente. — Cette chapelle, reconstruite au quatorzième siècle, fut démolie en 1792; elle a été remplacée par une maison particulière.

LES FRÈRES SACHETS, ou Frères de la Pénitence de Jésus-Christ. Leur couvent, situé sur le bord de la Seine, à l'endroit où s'établit depuis le couvent des Augustins, et où est aujourd'hui la halle à la volaille, fut fondé, en 1261, par saint Louis. Ces moines, que l'on nommait aussi *Frères au sac*, recevaient ces noms parce qu'ils étaient vêtus d'un sac. Comme la plupart des religieux de Paris, ils allaient, tous les matins, dans les rues quêter du pain.

Rutebœuf, dans sa pièce des Ordres de cette ville, parle de ces frères, dit que leur couvent est pauvre, qu'ils se sont établis trop tard à Paris; qu'ils doivent leur existence d'abord à leur habit, qu'ils disent être semblable à celui que Dieu portait, et aussi à celui d'un homme qui les soutient; dès que cet homme, ajoute-t-il, aura cessé de vivre, les *frères aus sas* seront réduits à retourner à leur charrue d'où ils sont venus. — En 1293, ces frères firent avec les augustins un accord par lequel ils leur cédèrent l'emplacement de leur maison. Ils furent supprimés dans la suite; on ignore à quelle époque.

SŒURS SACHETTES. Il existait en même temps à Paris des sœurs du même ordre. On sait que leur couvent était situé rue du Cimetière-Saint-André-des-Arts, rue qui, au treizième siècle, portait le nom de *rue des Sachettes*. A l'instar des autres communautés religieuses de Paris, tous les matins ces sœurs allaient dans les rues de cette ville quêter du pain. Ces espèces de dévotes vêtues d'un sac, sont, dans quelques écrits du temps, qualifiées de *Pauvres femmes des sacs*. On n'a aucune autre notion sur l'état de ce couvent, qui fut sans doute supprimé en même temps que les *frères Sachets*.

GRANDS-AUGUSTINS. Monastère situé sur le quai, dit des Augustins ou de la Vallée, dans l'emplacement occupé aujourd'hui par la rue du Pont-de-Lodi et par la halle ou marché de la volaille et du gibier. Diverses congrégations d'ermites formées en 1200, en Italie, furent réunies en 1246 par le pape Alexandre IV; quelques-uns de ces ermites réunis vinrent ensuite à Paris, attirés par la protection et la faveur que le roi saint Louis accordait à toute espèce de moines. Ils s'établirent d'abord rue Montmartre, au delà de la porte Saint-Eustache, dans un lieu environné de bois, et où se trouvait une chapelle dédiée à sainte Marie l'Égyptienne. Ils y demeuraient en 1250. Mécontents de leurs logements, ils allèrent s'établir dans le clos du Chardonnet, et dans l'emplacement qu'a depuis occupé le collége du cardinal Lemoine. En 1293, ils traitèrent avec les moines mendiants, appelés *Frères Sachets* qui occupaient un couvent établi sur le bord de la Seine, et se maintinrent dans ce dernier lieu.

Leur église fut rebâtie sous le règne de Charles V; elle était vaste, sans avoir rien de remarquable dans sa construction. On y voyait plusieurs tableaux relatifs aux réceptions des chevaliers de l'ordre du Saint-Esprit, et peints par Vanloo, de Troy et Philippe de Champagne. On y distinguait un tableau de Jouvenet représentant saint Pierre dont l'ombre guérit les malades. Dans une chapelle à droite était le tombeau de Nicolas de Grimonville, seigneur de Larchant, et de Diane de Vivonne de la Châtaignerie, son épouse. Sur ce tombeau étaient représentées à genoux les figures des deux époux. Une chapelle contenait le tombeau de l'historien Philippe de Comines. A côté de ce tombeau était celui de sa fille. Le principal autel, décoré d'après les dessins de Charles Lebrun, offrait huit belles colonnes d'ordre corinthien de brèche violette, supportant une demi-coupole ornée avec goût. Germain Pilon avait sculpté les menuiseries de la chaire et des stalles, et une belle figure de saint François, en terre cuite, qu'on avait placée dans le cloître de ce monastère.

Dans les salles de cette maison se tenaient, depuis 1579, les assemblées de l'Ordre du Saint-Esprit. Ces salles, ornées de boiseries, l'étaient aussi de portraits, et du blason de tous les chevaliers et commandeurs reçus dans cet Ordre. Les assemblées du clergé de France se sont tenues, depuis 1605, dans une des salles de cette maison. Ce clergé y avait ses archives et ses registres. Le parlement, en diverses circonstances, a siégé également dans ce couvent. L'emploi de ces diverses salles prouve que les bâtiments des augustins étaient vastes et excédaient les besoins de ses habitants ordinaires.

Le couvent des Augustins a été le théâtre de quelques événements qui caractérisent les mœurs de ces religieux, et peuvent faire juger du mérite de leur institution. En 1440, ou en l'année précédente, Nicolas Aimery, maître en théologie, s'était réfugié, on ne sait pourquoi, dans l'église des Augustins, comme dans un asile inviolable. Des huissiers entrèrent dans le couvent pour se saisir de cet homme. Les religieux augustins s y opposèrent ; les huissiers repoussèrent la force par la force ; un augustin, appelé *Pierre Gougis*, fut tué dans le combat. L'Université, réunie aux augustins, fit valoir ses priviléges; alors le prévôt de Paris, effrayé, condamna les huissiers à faire trois amendes honorables, sans chaperon, nu-pieds, tenant chacun une torche ardente du poids de quatre livres demandant à tous pardon et miséricorde. — Les augustins, pour éterniser la mémoire de cette réparation solennelle, firent exécuter un bas-relief où l'on voyait les huissiers subissant leur condamnation, et le firent poser dans un lieu très-apparent.

Le 26 août 1588, les augustins, s'occupant de l'élection d'un vicaire, furent divisés dans leur choix. Cette division échauffa les têtes monacales; bientôt les deux partis en vinrent aux mains, et ces misérables s'entre-tuaient dans leur couvent. Le procureur général du parlement en fit sa plainte, et la cour défendit au prieur de faire aucun acte de sa fonction, et ordonna la réforme des religieux.

. En 1629, nouveaux désordres dans ce couvent. Le cardinal de Bérulle fut chargé d'en réformer les religieux, et il s'y prit d'une manière très-violente : les augustins se plaignirent au parlement. Le roi ne voulut point que cette cour se mêlât de cette affaire, et dit à ses membres : *Il me déplaît fort que vous délibériez sur l'affaire des augustins : ce sont de mauvais moines qui vivent licencieusement ; j'approuve tout ce que fait le cardinal Bérulle.* En 1641, les augustins, pour des motifs ignorés, éprouvèrent encore une réforme; mais bientôt ils cherchèrent à s'affranchir de cette dépendance. En 1642 ils soutinrent un siége dont les détails sont curieux. Les religieux refusèrent d'obéir à un arrêt rendu par le parlement; et le parlement employa les moyens de force pour les y contraindre. Les augustins se disposèrent sérieusement à se défendre et à soutenir un siége : ils firent des provisions d'armes, de cailloux, et murèrent leurs portes. Les archers de la ville, ne pouvant entrer dans ce monastère fortifié, résolurent d'en escalader les murs. L'assaut fut donné et repoussé avec une égale vigueur : on se battait avec fureur sur un point, tandis que sur un autre une troupe d'archers faisait une brèche au mur de clôture qui se trouvait du côté de la rue Christine. Les moines assiégés, voyant le péril de cette dernière tentative, tirèrent de son sanctuaire l'objet le plus sacré de la religion, le Saint-Sacrement, et le posèrent sur la brèche, afin de désarmer les assaillants, ou de forcer la Divinité à opérer un miracle en faveur des assiégés. L'objet vénéré, placé entre les combattants, n'en imposa point aux archers; ils s'indignèrent de cette lâche et sacrilége ruse de guerre et redoublèrent de courage. Les moines voyant l'inutilité de leur stratagème, demandèrent à capituler. « On donna des otages de
» part et d'autre, dit l'historien de ce siége mémorable; le principal article
» de la capitulation fut que les assiégés auraient la vie sauve : alors ils aban-
» donnèrent la brèche, et livrèrent leur poste. Les commissaires du parlement,
» étant entrés, firent arrêter onze de ces religieux mutins qui furent menés

» prisonniers à la Conciergerie. » Au bout de vingt-sept jours ces moines, protégés par le cardinal Mazarin, furent mis en liberté.

COUVENT DES BÉGUINES, depuis nommé l'AVE-MARIA, situé rue des Barrés. Il fut fondé, vers l'an 1264, par saint Louis. Thomas de Champré parle de leurs mœurs et de leur piété avec des éloges que méritent presque toujours les institutions naissantes. D'autres auteurs qui ont écrit un peu plus tard, sur la fin du treizième siècle, feraient croire que la première ferveur de ces béguines était déjà éteinte. Rutebœuf nous les représente comme des femmes inconstantes, qui renoncent facilement à leur communauté pour prendre un époux. Il suffit, dit-il, d'avoir le visage baissé et de porter de très-larges robes pour être béguine. Sous Louis IX, ces béguines n'étaient pas en meilleure réputation.

Dans l'origine, elles étaient, dit-on, au nombre de quatre cents; en 1471, elles étaient réduites à trois. On ne connaît point la cause de cette étrange dépopulation. Louis XI saisit la circonstance de la presque viduité de cette maison pour y établir un nouvel ordre de religieuses, appelé *de la Tierce ordre pénitence et observance de Monsieur saint François*, et ordonna que cette nouvelle communauté serait nommée l'*Ave-Maria;* dénomination bizarre, conforme au génie du fondateur, qui, zélateur de la Vierge Marie, institua le premier la prière dite l'*Angelus* ou le salut.

L'église du couvent de l'*Ave-Maria* n'avait de remarquable que quelques tombeaux, tels que celui qui renfermait le cœur de dom Antoine, roi de Portugal, mort à Paris en 1595; celui de Charlotte-Catherine de la Tremouille, femme de Henri de Bourbon, prince de Condé, morte le 29 août 1629. Elle fut emprisonnée pendant sept ans, parce qu'étant grosse d'un page appelé *Belcastel*, et craignant les reproches de son époux, elle le fit emprisonner. Henri IV, qui avait eu part aux faveurs de cette dame, fit, lorsqu'il fut roi, supprimer toute la procédure, déclara et fit déclarer par la cour du parlement cette femme innocente et son fils légitime. Dans une chapelle était le mausolée, aussi en marbre, avec la figure à genoux de Claude-Catherine de Clermont, fameuse, sous le règne de Charles IX, par son esprit et son érudition. En vertu d'un privilége obtenu du pape, Matthieu Molé, garde des sceaux, et Renée Nicolaï, sa femme, furent enterrés dans le chapitre de ces religieuses.

Ce couvent, supprimé en 1790, a été converti en caserne.

LES CARMES DU GRAND-COUVENT. Ils furent situés d'abord sur l'emplacement des Célestins, port Saint-Paul, et puis près de la place Maubert, entre la rue de la Montagne-Sainte-Geneviève et celle des Carmes, à l'extrémité orientale de la rue des Noyers.

Ces moines ont, plus que tous les autres, cherché à relever la gloire de leur ordre par l'antiquité de son origine. Leur historien fait descendre cet ordre en ligne directe du prophète Élie, qui fut, dit-il, premier supérieur des Carmes. C'est en raison de cette descendance que ces moines portaient un manteau tout semblable à celui que ce prophète jeta, du haut du ciel, à son disciple Élisée. L'auteur range dans l'ordre des Carmes tous les prophètes successeurs d'Élie, tous les chefs de secte, Pythagore, Numa Pompilius, Zoroastre, les Druides de la Gaule et Jésus-Christ lui-même.

On sait que cet ordre est tout simplement originaire du Mont-Carmel, et que saint Louis en amena cinq ou six moines avec lui, dont il gratifia la ville de Paris. Ce fut en grande partie à ses frais qu'il les établit dans un emplacement sur le port Saint-Paul, que les célestins ont occupé dans la suite. Le peuple de Paris, qui ne s'attachait alors qu'à l'extérieur, leur donna le nom de *Barrés* à cause de la bigarrure de leur vêtement; et la rue *des Barrés*, qui conduit au port Saint-Paul, doit ce nom à l'établissement de ces moines.

Philippe-le-Bel, en 1309, donna aux Carmes la maison du Lion, située au bas de la rue de la Montagne-Sainte-Geneviève, où ils construisirent une église qui fut dédiée en 1353. Au quatorzième siècle, les carmes étaient, à Paris, les religieux en faveur. Ils acquirent l'emplacement et les bâtiments du collége de Dace, et obligèrent les écoliers à chercher un autre logis.

L'église des Carmes contenait plusieurs tombeaux : celui du libraire Gilles *Corrozet*, et celui du cardinal Michel *du Bec*, qui, pour que son corps fût enterré près du grand autel, donna au couvent vingt livres tournois et sa bibliothèque, à condition que ses livres seraient enchaînés pour qu'ils ne fussent pas volés. Le monument le plus apparent de ceux que renfermait cet église, fut celui deM. Boull enois père, avocat, et auteur du *Traité de la Personnalité et de la Réalité des Lois*. Ce monument fut fabriqué en Italie, et coûta plus de cent mille écus à la famille. Les matières les plus précieuses, les marbres les plus rares, le jaune et le vert antique, le lapis-lazuli, des portraits en mosaïque, le bronze, l'argent, furent employés pour la composition mesquine de ce tombeau.

Les carmes ne jouissaient pas d'une réputation de chasteté, et leur nom était presque un reproche d'incontinence; cependant on n'a que peu d'excès à imputer aux carmes de Paris. Peut-être observaient-ils cette maxime : *Si non caste, tamen caute.*

L'ordre des Carmes fut supprimé en 1790, et l'église de ceux de la place Maubert démolie en 1812. Sur l'emplacement de ce couvent on commença, en 1813, à bâtir une halle destinée au marché de la place Maubert. Sa construction, suspendue en 1815, et reprise en 1816, fut terminée en 1823.

LES CHARTREUX, situés rue d'Enfer. On rapporte la fondation de l'ordre des Chartreux à un miracle que nous devons consigner ici.

Bruno assistait, dans l'église Notre-Dame de Paris, à l'office des morts célébré pour l'âme d'un chanoine, nommé Raimond Diacre, qu'on allait porter en terre. Le défunt avait une grande réputation de sainteté; mais on va voir qu'il ne la méritait guère. Lorsque le clergé en fut à ces paroles : *Responde mihi, quantas habes iniquitates?* on voit aussitôt le mort lever la tête au-dessus de son cercueil, et répondre à cette question : *Justo Dei judicio accusatus sum.* A ces mots les assistants, saisis d'effroi, prennent la fuite; la cérémonie funèbre interrompue est remise au lendemain. Le jour suivant, le clergé, voulant continuer la cérémonie, entonne le même chant : le mort se lève et répond qu'il est jugé. A ces mots l'épouvante saisit les assistants, qui désertent aussitôt l'église. Pour la troisième fois, le mort interrogé déclare qu'il est condamné par le juste jugement de Dieu. On ajoute que saint Bruno, témoin de cette scène effrayante, renonça au monde, et résolut de faire pénitence.

L'ordre des Chartreux était établi depuis cent quatre-vingts ans, lorsque saint Louis fit venir, en 1257, cinq moines de cette espèce à Paris, et les plaça d'abord à Gentilly, village voisin de cette ville, où ils restèrent jusqu'en 1258.

Au midi et hors des murs de Paris, vers l'entrée de la grande avenue, qui du parterre du Luxembourg, se dirige à l'Observatoire, s'élevait, au milieu des prairies, un ancien château entouré de hautes murailles, et appelé *le château de Vauvert*. Ce château était pour les habitants de Paris un objet d'effroi. Des revenants y apparaissaient; des diables, chaque nuit, y tenaient l'assemblée du sabbat; on y entendait des bruits affreux. Depuis longtemps ce séjour d'horreur était inhabité; on se détournait même du chemin qui conduit de Paris à Issy, pour éviter la rencontre des esprits infernaux. Aussi, disait-on *Aller au diable Vauvert*, pour signifier faire une course pénible et dangereuse; et aujourd'hui, par corruption, on dit encore : *Aller au diable auvert*. La voie romaine qui conduisait à Issy, appelée en 1210 *chemin d'Issy*, et ensuite *rue de Vauvert*, a peut-être, à cause des récits épouvantables que l'on débitait sur ce château et son diable, reçu le nom de *rue d'Enfer*. Les chartreux avaient, à ce qu'il paraît, connaissance de la vraie cause de la terreur populaire; en 1258, ils demandèrent à saint Louis le château de Vauvert, afin de se trouver plus à portée de profiter des leçons de l'Université. Ce roi leur fit, en 1259, don de ce château, et en même temps y ajouta de nouvelles libéralités.

Ces religieux n'eurent d'abord, pour célébrer l'office, que l'ancienne chapelle du château de Vauvert. Saint Louis, en 1260, fit commencer la construction d'une nouvelle église, et en posa la première pierre. Le célèbre Pierre de Montreuil fournit les plans et les dessins de cet édifice; mais il mourut sans le voir terminé. Cette église, qu'on pouvait citer comme un chef-d'œuvre d'architecture ogivale, était ornée de plusieurs tableaux d'habiles maîtres, tels que Louis et Bon Boullongne, Jouvenet, Philippe de Champagne, Antoine Coypel, etc. La menuiserie du chœur avait coûté trente années de travail à un frère convers de ce couvent, appelé *Henri Fuzelier*. Le chapitre était décoré de plusieurs tableaux de La Grenée, de Jollain, de Lesueur : on y remarquait un superbe tableau représentant le Christ crucifié, un des meilleurs ouvrages de Philippe de Champagne qu'en mourant il légua aux chartreux. Cette église renfermait les tombeaux de Pierre de Navarre, fils de Charles-le-Mauvais, mort le 29 juillet 1412; de Jean de la Lune, neveu de l'antipape Benoît XIII, mort en 1414; de Louis Stuar, seigneur d'Aubigny, mort à Paris en 1665; du cardinal de Dormans, évêque de Beauvais, dont on voyait la figure en bronze, couchée sur un marbre noir, etc.

Cette communauté avait deux cloîtres, le grand et le petit; ils étaient entourés d'appartements, composés chacun de deux ou trois pièces, et d'un petit jardin. On comptait dans ces deux cloîtres quarante logements de cette espèce. C'est dans le petit cloître qu'à diverses époques on peignit les princi-

pales actions de la vie de saint Bruno. En 1350, elles furent peintes sur le mur ;
en 1500, sur la toile, et dom Zachari Benedicti composa des vers latins pour
chaque tableau, enfin, en 1648, le célèbre Lesueur les peignit sur bois, et les
distribua en vingt-cinq tableaux, qui sont autant de chefs-d'œuvre. Il employa
trois années à cet ouvrage ; dans la suite, les chartreux en firent présent au
roi, et ces tableaux furent transférés dans la galerie du Luxembourg ; aujour-
d'hui on les voit au Louvre. Les vitraux de ce cloître étaient remarquables par
la beauté de leurs peintures, ouvrage de Sadeler.

La maison des Chartreux de Paris était une des plus riches de l'ordre. Ses
bâtiments et son enclos avaient une vaste superficie. En 1613, Marie de Médicis,
pour former le jardin du Luxembourg, acheta plusieurs parties de celui des
Chartreux, et leur donna en échange des terrains situés au delà du chemin
qui conduisait à Issy. Cette route, ancienne voie romaine, passait autrefois
devant l'église de ce couvent ; elle fut alors détournée, et comprise dans l'enclos de ces religieux. Cette vaste clôture, placée dans l'intérieur de Paris,
gênait la population environnante et rendait les communications difficiles. Elle
est aujourd'hui en partie occupée par deux pépinières.

Les Chartreux ont été supprimés en 1790, et leur église et leur couvent démolis. L'emploi qu'on a fait de leur emplacement est une source d'agréments
pour les habitants du voisinage ; des rues nouvelles ont été ouvertes, et des
communications désirées se sont établies. Le jardin du Luxembourg s'est
agrandi du côté du sud ; une longue et large avenue, plantée de plusieurs rangs
d'arbres, qui, du parterre du palais des Pairs, s'étend jusqu'à une vaste grille,
et se prolonge au delà jusqu'à l'édifice de l'Observatoire, remplace avantageusement les sombres et tristes demeures de ces solitaires inutiles.

SAINTE-CROIX-DE-LA-BRETONNERIE. Cette église des chanoines réguliers, située
rue de ce nom, entre les n°s 12 et 16, fut, en 1258, fondée par saint Louis, dans
l'emplacement de la maison de l'ancienne Monnaie. Voici comme le sire de
Joinville parle de cette fondation : « Revint une autre manière de frères qui se
» faisoient appeler *Frères de Sainte-Croix*, et portant la croix devant leur piz
» (poitrine) et requistrent au roy que il leur aidast. Le roy le fist volentier et
» les herbergea en une rue, appelée le *quarrefour du Temple*, qui ore est appelée
» la rue de *Sainte-Croix*. » Ces frères, nommés d'abord *Porte-Croix*, *Croisiers*,
quoique riches des bienfaits de saint Louis, ne laissaient pas d'aller tous les
matins demander l'aumône dans les rues de Paris.

Leur église fut bâtie par le célèbre Pierre de Montreuil : c'était un des plus
beaux ouvrages de cet architecte. Sous cette église étaient seize caveaux qui
ont servi de sépultures à plusieurs familles de Paris. Le président Barnabé
Brisson y fut enterré en 1591. On y voyait quelques monuments funèbres et
quelques tableaux de Vouet et de Philippe de Champagne. Le réfectoire était
aussi orné de tableaux ; on y remarquait un élégant *lavacrum*, exécuté d'après
les dessins de Servandoni.

Quoique ces chanoines fussent qualifiés de *réguliers*, ils ne l'étaient guère
dans leurs mœurs. On tenta, à plusieurs reprises, d'introduire parmi eux la
réforme ; mais ces tentatives restèrent toujours sans succès. Enfin ils résolu-

rent de travailler eux-mêmes à leur propre réforme, et de se soumettre à la règle de saint Augustin. Cette communauté fut supprimée en 1778.

Les jurés-crieurs pour les inhumations avait leur lieu de réunion dans la maison de Sainte-Croix-de-la-Bretonnerie. Ils fournissaient tous les objets nécessaires aux enterrements, même les habits et les billets de faire part. Si l'un de ces crieurs mourait, tous ses confrères assistaient à la cérémonie funèbre, vêtus en robes et armés d'une clochette qu'ils faisaient retentir depuis la levée du corps jusqu'au moment où son cercueil était déposé en terre.

BLANCS-MANTEAUX, couvent des moines situé sur la rue qui porte encore ce nom, entre les numéros 12 et 16; nom qu'ils durent à la couleur de leurs manteaux. Ils se qualifièrent de *serfs de la Vierge Marie*. Ils vinrent, en 1258, de Marseille à Paris pour profiter de la grande faveur dont jouissaient les religieux sous le règne de saint Louis, et participer aux libéralités de ce roi, qui, en effet, contribua avec quelques particuliers à l'établissement de leur maison. Celle-ci fut bâtie sur un emplacement situé en dedans et près du mur d'enceinte de la ville. Le roi fut, comme à l'ordinaire, obligé d'acheter le consentement des seigneurs ecclésiastiques qui s'opposaient à cet établissement.

En 1274, le pape Grégoire X, ayant supprimé la plupart des ordres religieux mendiants, *les serfs de la Vierge Marie* cessèrent d'exister en communauté, mais Paris n'y perdit rien. En 1297, d'autres mendiants, autorisés par un autre pape, remplacèrent les *serfs de la Vierge Marie :* ils se nommaient *Guillemites* ou *Guillemins*. Le public, sans avoir égard à ce changement, les nomma, comme il avait nommé leurs prédécesseurs, *Blancs-Manteaux*. En 1618, les guillemites furent réformés et réunis aux bénédictins, suivant la réforme de Saint-Vannes de Verdun. Le monastère fut reconstruit; et, le 26 avril 1685, le chancelier Le Tellier et son épouse en posèrent la première pierre. On voyait dans l'église le tombeau de Jean Le Camus, représenté à genoux, et ayant devant lui un ange qui lui servait de pupitre. Ce groupe fut sculpté, en 1719, par Simon Mazières.

Ce monastère fut supprimé en 1790; mais l'église, conservée, a été érigée en succursale de la paroisse de Saint-Merry, dans le septième arrondissement, sous le titre de *Notre-Dame-des-Blancs-Manteaux*.

HOSPICE DES QUINZE-VINGTS, autrefois situé rue Saint-Honoré, au coin de la rue Saint-Nicaise, et depuis rue de Charenton, n° 30. Cette maison fut fondée par saint Louis vers l'an 1260. Voici comment le confesseur de la reine Marguerite rapporte l'historique de cette fondation : « Aussi li benoyez roy fist acheter » une pièce de terre de lez Saint-Ennouré, où il fist fere une grant mansion » porce que les poures avugles demorassent ilecques perpetuelement jusques » à trois cents; et ont tous les anz de la borse du roy, pour potages et pour » aultres choses, rentes. En la quelle méson est une église que il fist fere en » l'eneur de saint Remi, pour ce que lesdits avugles oient ilecques le service » Dieu. Et plusieurs fois avint que li benoyez roys vint as jours de la feste » Saint-Remi, où lesdits avugles fesoient chanter sollempnement l'office en » l'église, les avugles présents entour le saint Roy. »

Rutebœuf, poète du treizième siècle, dans sa pièce *des Ordres de Paris*, ne se montre point l'admirateur de cet établissement. Voici, en substance, ce qu'il

en dit : « Je ne sais trop pourquoi le roi a réuni dans une maison trois cents
» aveugles, qui s'en vont par troupes dans les rues de Paris, et qui, pendant que
» le jour dure, ne cessent de *braire*. Ils se heurtent les uns contre les autres, et
» se font de fortes contusions ; car personne ne les conduit. Si le feu prend à
» leur maison, il ne faut pas en douter, la communauté sera entièrement brûlée,
» et le roi obligé de la reconstruire sous de nouveaux frais. »

Les Quinze-Vingts sont restés dans leur habitation primitive jusqu'en 1779.
A cette époque, le cardinal de Rohan transféra ces aveugles au faubourg Saint
Antoine, rue de Charenton, dans l'hôtel des ci-devant mousquetaires noirs ; il
établit un nouveau système d'administration, augmenta le nombre des pauvres
admis, et le porta à celui de huit cents. Ces pauvres, au lieu de 13 sous 6 deniers par jour, eurent chacun 15 sous et, suivant les circonstances, 20 sous ;
et chaque enfant provenu de leur mariage était nourri et recevait 2 sous par
jour, jusqu'à l'âge de seize ans : alors on faisait apprendre un métier à ces
enfants, qui ne sortaient de l'hôpital que lorsqu'ils étaient en état de pourvoir à
leur existence. Toutes ces améliorations cachaient, dit-on, des dilapidations
immenses. Je ne prononcerai point sur la justice des nombreux reproches qu'a
excités la partie financière de l'administration du cardinal de Rohan, et, il faut
l'avouer, la réputation de ce prince de l'Église n'était guère propre à donner des
préventions favorables à la fidélité de sa gestion. — Un arrêt du parlement, du
14 mars 1783, établit dans cet hôpital un hospice pour vingt pauvres de province
atteints de maux d'yeux, qui devaient y être gratuitement logés, nourris, habillés
et traités, et où les pauvres de Paris, attaqués de même maladie, pourraient
aussi recevoir un traitement. En l'an IX, on a réuni à l'hospice des Quinze-Vingts
l'*Institution des Jeunes-Aveugles*, fondée par M. Haüy. Cette institution a ensuite
été transférée rue Saint-Victor.

HOTEL-DIEU, hôpital situé île de la Cité, au midi de la place ou parvis de l'église
cathédrale de Notre-Dame. Presque tous ceux qui ont écrit sur cet hôpital attribuent sa fondation à *saint Landri*, évêque de Paris, qui vivait au septième siècle.
Cette opinion n'est appuyée sur aucun monument historique ; quoique, depuis
près de trois cents ans, on ait répété ce fait comme certain, on ne l'a jamais
prouvé. Saint Landri, pendant une grande famine arrivée, dit-on, vers l'an 651,
donna d'amples secours aux pauvres : c'est de cette action très-louable qu'on a
induit que ce saint évêque avait fondé l'Hôtel-Dieu.

Il existait près de la maison de l'évêque ou plutôt la *maison de l'église* de
Paris, comme près de toutes les autres maisons d'évêques, un lieu destiné à la
nourriture des pauvres inscrits, sur la *matricule* de l'église. Ces pauvres étaient
nommés *matriculaires ;* ils y logeaient pour la plupart, et y étaient soignés
lorsqu'ils étaient malades : voilà l'origine des hôpitaux voisins des églises
cathédrales, et certainement celle de l'Hôtel-Dieu de Paris. On construisit, on ne
sait à quelle époque, pour l'usage des pauvres matriculaires, une chapelle dédiée
à *saint Christophe*, qui donna son nom à l'hôpital. La chapelle et l'hôpital
Saint-Christophe, dans un titre de l'an 829, se trouvent réunis et pour la première fois mentionnés. Cet hôpital était peu considérable, non par le manque

de pauvres malades, mais faute de lits pour les coucher. L'église Notre-Dame y pourvut, en 1068, par un statut qui porte que chaque chanoine, en mourant ou en quittant sa prébende, sera tenu de donner un lit à cet hôpital; ce statut a beaucoup contribué à l'accroissement de ses lits.

Adam, clerc du roi, à la fin du douzième siècle, fit don à l'Hôtel-Dieu de deux maisons dans Paris, avec cette condition singulière, qu'au jour de son anniversaire on fournirait, seulement aux pauvres malades, tous les mets ou comestibles qu'ils pourraient désirer.

Philippe-Auguste est le premier roi connu qui ait fait quelques libéralités à cet hôpital. Dans ses lettres du mois de mars 1208, il est dit : « Nous donnons » à la *Maison de Dieu* de Paris, située devant la grande église de la bienheu- » reuse Marie, pour les pauvres qui s'y trouvent, *toute la paille de notre cham-* » *bre et de notre Maison de Paris*, chaque fois que nous partirons de cette ville » pour aller coucher ailleurs. » Cette paille, dont Philippe-Auguste gratifie l'hôpital, ne donne pas une grande idée de l'état où s'y trouvaient les pauvres. Saint Louis mérita, plus que Philippe, le titre de bienfaiteur de cet hôpital. Il le prit sous sa protection spéciale; il lui accorda en 1248 l'usage d'un pré- tendu droit que le roi, les princes, les officiers de la couronne et l'évêque de Paris exerçaient sur les marchés; ils prenaient les denrées qui leur plaisaient, et en fixaient eux-mêmes le prix. Tel était le droit inique et attentatoire à la propriété dont saint Louis gratifia l'Hôtel-Dieu. Ce même roi déclara cet hôpital exempt de toutes contributions, le droit d'entrée et de péage par terre et par eau; il en augmenta les bâtiments, les étendit jusqu'au Petit-Pont. A diverses reprises, il lui assigna des rentes considérables pour le temps. Ce furent sans doute les améliorations que cette maison éprouva sous ce règne, qui la firent renoncer à sa dénomination de *Saint-Christophe,* pour prendre celle d'*Hôpital de Notre-Dame* ou de *Maison-Dieu.*

Les successeurs de saint Louis imitèrent quelquefois son exemple. Charles V, en 1321, exempta cet hôpital du droit de *prise,* droit onéreux, vrai brigandage, dont j'ai eu occasion de parler et dont je parlerai encore, que les rois, les reines, les princes de la cour, etc., avaient coutume d'exercer sur tous les habitants de Paris. Par cette exemption, la cour se réduisit à ne plus enlever à l'Hôtel-Dieu ses charrettes, ses chevaux, ses bêtes à cornes, ses pailles, ses grains, etc., toutes choses qu'elle était en usage de prendre pour son service.

Il serait trop long de rapporter tous les bienfaits que cet hôpital reçut, à diverses époques, de la part des rois, et surtout des particuliers.

L'Hôtel-Dieu est composé d'une réunion de bâtiments irrégulièrement disposés, construits et ajoutés les uns aux autres en différents temps. Il ne présente point, comme plusieurs établissements de ce genre, un ensemble régulier, ni des parties symétriques. Sur la place du Parvis Notre-Dame on a d'abord cherché à donner à cet amas de bâtiments quelque régularité. En 1804, on fit, sur les dessins de M. Clavareau, une façade et une entrée plus caractéristiques et plus convenables. Un pavillon avancé, d'un style sévère, couronné d'une frise dorique et d'un vaste fronton, forme la seule façade régulière et l'entrée principale de cet hôpital. Le péristyle est décoré des statues de saint Vincent-de-Paul et de M. de Monthion ; le grand escalier, du portrait des médecins et chirurgiens célèbres de l'hôpital.

Les deux ponts qui servent de communication d'une rive à l'autre, se nomment l'un le *Pont Saint-Charles*, qui sert tout entier à l'Hôtel-Dieu, et qui fut bâti en 1606 ; et l'autre le *Pont-au-Double ;* il est daté de 1634 et sert aux piétons. Dans ces dernières années, on a dédoublé le bâtiment Saint-Charles, sur la rive droite de la Seine, et on a bâti un nouveau corps de logis; en même temps on établissait une annexe à l'Hôtel-Dieu, rue de Charenton.

Le chapitre de Notre-Dame avait, depuis les temps anciens, l'administration de l'Hôtel-Dieu. Il nommait deux chanoines proviseurs de cet hôpital; des frères le desservaient. En 1217, il fut réglé qu'il y aurait trente frères laïques, quatre prêtres, quatre clercs et vingt-cinq sœurs. On voit, par ce règlement, qu'alors les bâtiments de cet hôpital étaient de deux espèces : *Hôtel-Dieu* ou *Maison-Dieu*, proprement dit, et les *Granges ;* que ces granges étaient, comme l'hôpital, peuplées de malades, puisqu'on y dit que les frères et les sœurs serviront tant à l'Hôtel-Dieu que dans les Granges. On voit aussi dans ce règlement que le maître, chaque semaine, donnait lui-même la discipline aux frères, et la maîtresse aux sœurs. Si un frère ou une sœur, en mourant, était trouvé en possession de quelque objet qu'il n'aurait point déclaré à son supérieur, on ne faisait aucun service pour lui, et il était enterré comme excommunié. La rigueur de ces règlements n'empêcha point les abus et les désordres de s'introduire parmi ces frères et ces sœurs. On n'en connaît point la nature; mais ils furent tels que le parlement, en 1505, se vit obligé de renvoyer les sœurs de cet hôpital, qu'on appelait alors les *sœurs noires*, de les remplacer par des *sœurs grises*, et de nommer huit bourgeois de Paris pour administrer l'Hôtel-Dieu. Plusieurs frères furent aussi renvoyés.

Dans la nuit du 1er au 2 août 1737, le feu prit à l'Hôtel-Dieu, et ses ravages ne furent arrêtés que le 5 de ce mois. On transporta 2,500 malades dans la nef de Notre-Dame et dans la grande salle de l'archevêché. Dans la nuit du 29 au 30 décembre 1772, un autre incendie, plus violent, éclata dans cet hôpital. Plusieurs centaines de malades périrent dans les flammes ou sous les ruines des salles écroulées.

L'administration de cet hôpital laissait autrefois beaucoup à désirer : aller à l'Hôtel-Dieu, c'était presque aller à la mort : sur neuf malades admis, il en mourait toujours deux, encore faisait-on entrer dans ce calcul beaucoup de personnes qui n'étaient malades qu'en apparence. Voici, suivant le rapport fait en 1846 au conseil général des hospices, l'ancien état de cet hôpital : « Les lits étaient » entassés dans les salles, et les malades entassés dans les lits : il y en avait » souvent quatre et quelquefois six couchés ensemble. On a même vu, dans quel- » ques occasions extraordinaires, placer les malades les uns sur les autres, par » le moyen de matelas mis sur l'impériale, à laquelle on ne montait que par une » échelle. La portion d'air que le malade respirait était de trois ou quatre mètres ; » et le malade aurait eu besoin d'en avoir douze pour ne pas trouver un danger » de plus dans l'atmosphère qui l'environnait. »

Le gouvernement restait indifférent à tant de maux, insensible aux cris des amis de l'humanité. Tous sentaient le besoin de transférer ailleurs cet hôpital, ou de le diviser en plusieurs maisons. Louis XVI ordonna à l'Académie des Sciences de faire un rapport sur l'état de l'Hôtel-Dieu. Ce rapport fut publié. En voici les principaux résultats : « Nous avons d'abord comparé l'Hôtel-Dieu » et la Charité (l'hôpital de ce nom), relativement à leur mortalité. L'Hôtel- » Dieu, en cinquante-deux ans, sur un million cent huit mille sept cent quarante » et un malades, en a perdu deux cent quarante-quatre mille sept cent vingt, à » raison de un sur quatre et demi. La Charité, qui n'a qu'un mort sur sept et » demi, n'en a perdu que cent soixante-huit mille sept cents : d'où résulte le » tableau effrayant que l'Hôtel-Dieu, en cinquante-deux années, a enlevé à la » France quatre-vingt-dix-neuf mille quarante-quatre citoyens, qui lui auraient » été conservés si l'Hôtel-Dieu avait eu un emplacement aussi étendu que celui » de la Charité. La perte de ces cinquante-deux années répond à mille neuf cent » six morts par an, et c'est environ la dixième partie de la perte totale et an- » nuelle de Paris... La conservation de cet hôpital, ou du moins de l'emplace- » ment qu'il occupe, produit donc le même effet qu'une sorte de peste qui » désolerait constamment la capitale. »

La révolution étant survenue, on ne construisit point de nouveaux édifices ; mais on distribua les malades, d'après la nature de leur maladie, dans divers hôpitaux déjà existants, et même dans les maisons religieuses évacuées, et dont on pouvait disposer. Les femmes en couches, les aliénés, les scrofuleux et ceux qui sont atteints de maladies de la peau, les vénériens, eurent leurs hôpitaux particuliers et leurs médecins spéciaux. L'Hôtel-Dieu se trouva ainsi déchargé de la quantité surabondante de pauvres, atteints de toute espèce de maladies, qui s'y rendaient autrefois.

Aujourd'hui, dans cet hôpital, il ne reste plus de traces de son ancien et affli- geant état ; les salles sont vastes, bien aérées ; les lits convenablement espacés ; chaque malade est couché seul. On y traite toutes les maladies internes et chirur- gicales. Le nombre des lits se monte à mille, dont quatre cent quarante sont destinés aux hommes, et cinq cent soixante aux femmes. En 1842, la mortalité a été de un sur sept.

SAINT-EUSTACHE, église paroissiale, située entre la rue Traînée et celle du Jour. L'emplacement de Saint-Eustache paraît avoir été anciennement consacré à la déesse *Cybèle*. On établit en ce lieu, on ne sait à quelle époque, une chapelle de Sainte-Agnès. Pour la première fois, en 1213, il est fait mention de cette chapelle, qui dépendait du doyen et des chanoines de Saint-Germain-l'Auxer- rois ; enfin, en 1223, les monuments historiques désignent un prêtre de *Saint- Eustache*. Ce prêtre voulut, plusieurs années après, prendre le titre de curé ; le doyen de Saint-Germain-l'Auxerrois le lui disputa très-vivement. Cette que- relle se termina, en 1254, par un accord dont voici les principales causes : Au seul doyen de Saint-Germain-l'Auxerrois appartiennent *toutes les offrandes* faites à l'église Saint-Eustache, et tous les *profits des messes* qui s'y diront, les jours des fêtes de tous les Saints, de Noël, de Pâques et de la Pentecôte. Cependant ce doyen laissait au curé tous les *profits des messes des morts*, et toutes les *offrandes* faites lors des cérémonies funèbres, le corps du mort présent ; quant aux *messes des pèlerins*, aux *messes des relevailles*, dites en ces mêmes jours de fête, le doyen devait n'avoir que la moitié de leur profit. Il fut aussi convenu que le doyen et le curé partageraient entre eux les *offrandes des premières messes* et tous les émoluments de la paroisse, tels que les *produits de la confession*, des *baptêmes*, des *visites faites aux malades*, et de *l'extrême-onction ;* les *legs des meubles* et *immeubles*, le produit de *la bénédiction des lits nuptiaux*, *l'argent donné aux portes de l'église lors des mariages*, etc., etc. C'est sans doute l'état de sujétion de ce curé au doyen de Saint-Germain qui a donné naissance à ce proverbe : *Il faut être fou pour être curé de Saint-Eustache.*

En 1250, un moine de l'ordre de Cîteaux, appelé *Jacob*, et se faisant nommer *le maître de Hongrie*, avait réuni à sa suite environ cent mille hommes tous armés, qu'on nommait les *pastoureaux*. Ces hommes confessaient, cassaient les mariages, etc. Jacob, considéré comme *l'homme de Dieu*, après avoir quitté Amiens, établit le lieu de ses prédications dans l'église Saint-Eustache, en chassa les prêtres comme il avait fait ailleurs, et en fit même massacrer quelques-uns. Il parut dans cette église, vêtu en habits d'évêque, et en exerçait les fonctions. Enfin, le moine Jacob et sa suite se retirèrent à Orléans, au grand contentement du clergé de Paris, qui eut la précaution de ne lancer contre eux son excommunication, que lorsqu'ils furent éloignés de cette ville.

Le 9 août 1532, le prévôt de Paris posa la première pierre de l'église actuelle. Cette construction devait être avancée en 1549, puisqu'en cette année quatre autels furent bénits. Le chœur ne fut commencé qu'en 1624 ; en 1637, on consacra l'église entière, quoique imparfaite ; elle ne s'acheva qu'en 1642.

Cette église, très-vaste et très-élevée, offre le bizarre assemblage de l'architecture ogivale, qui, lorsqu'on entreprit sa construction, passait de mode, et de l'architecture antique, qui commençait à prévaloir. Elle appartient à un style neutre qui ne servira jamais de modèle. Le portail de la face occidentale, construit sur les dessins de M. Mansard de Jouy, continué sur ceux de M. Moreau, architecte de la ville, n'a été terminé qu'en 1788 : il est formé de deux ordres, l'un au-dessus de l'autre, le dorique et l'ionique. Aux extrémités s'élèvent deux tours carrées en campanilles. A la partie orientale, et dans l'intérieur de l'église est une crypte ou chapelle souterraine, dédiée à sainte Agnès. — La chaire à prêcher fut exécutée par Cartaud.

Plusieurs personnes distinguées ont leurs monuments funèbres dans cette église, ou y furent inhumées : telles sont Bernard de Girard, seigneur du Haillan, historiographe de France, mort en 1610 ; Marie Jars de Gournay, fille adoptive de Michel de Montaigne, qui a rassemblé et publié *ses Essais ;* Vincent Voiture, poète, courtisan, *bel esprit*, mort en 1648 ; Claude Faure, sieur de Vaugelas, célèbre grammairien, mort en 1650 ; François de La Motte-le-Vayer, de l'Académie française ; Isaac Benserade, poète ; Antoine Furetière, de l'Académie française ; Charles Lafosse, peintre, élève de Lebrun ; Anne Hilarion de Constantin, comte de Tourville, dont la mémoire a été honorée par une statue publique ; le célèbre Chevert, lieutenant-général des armées du roi ; et Colbert, ministre de Louis XIV. Coisevox a sculpté les statues de Colbert et de l'Abondance, et

Tuby, celles de la Religion et du Génie. Dans des cartouches de bronze doré, on voit, en bas-relief, Joseph distribuant du blé en Égypte, et Daniel donnant des ordres aux satrapes de la Perse.

Saint-Eustache est l'église paroissiale du troisième arrondissement ; elle a deux succursales : celle de Notre-Dame-des-Victoires et celle de Notre-Dame-de-Bonnes-Nouvelles.

SAINT-SAUVEUR, église paroissiale, située rue Saint-Denis, au coin de celle Saint-Sauveur. Elle est signalée en même temps que Saint-Eustache comme église paroissiale. Elle n'était auparavant qu'une chapelle, appelée *Chapelle de la Tour*, parce qu'elle se trouvait contiguë à une tour qui fut démolie en 1778. Le doyen de Saint-Germain-l'Auxerrois exigea une part dans les offrandes et les produits des sacrements comme il l'avait exigée de l'église Saint-Eustache. Cette église, démolie en 1787, contenait les sépultures des anciens acteurs comiques, Turlupin, Gautier-Garguille, Guillot-Gorju et Raymond-Poisson, inventeur du rôle de Crispin.

SAINT-JOSSE, église paroissiale, située à l'angle des rues Aubry-le-Boucher et Quincampoix. Elle ne contenait rien de remarquable. On l'a démolie en 1791, et une maison particulière est élevée sur son emplacement.

COLLÉGES. Plusieurs colléges furent fondés à Paris, mais leur histoire ne présente aucun intérêt ; nous nous bornerons donc à les indiquer. Nous trouvons d'abord le collége des Prémontrés, au coin des rues Hautefeuille et de l'École de Médecine ; celui de Cluny, place de la Sorbonne ; celui des Trésoriers, rue Neuve-de-Richelieu, n° 6, et enfin celui des Dix-Huit, près de Notre-Dame. Les écoliers de ce dernier établissement, pour gagner quelque monnaie, se chargeaient de jeter de l'eau bénite sur les corps morts de l'Hôtel-Dieu.

Tels furent à Paris les nombreux établissements qui signalèrent le règne de Louis IX, dit *saint Louis*, et auxquels ce roi prit la plus grande part. Quelques-uns portaient un caractère incontestable d'utilité publique ; mais la plupart étaient essentiellement inutiles ou nuisibles. Les habitants de cette ville, déjà accablés sous le joug des seigneurs ecclésiastiques, épuisés par les curés qui avaient perfectionné l'art de tirer un grand profit de leur ministère, en mettant à contribution presque toutes les circonstances de la vie, devaient-ils encore être surchargés par cette multitude de moines mendiants qui vivaient à leurs dépens, qui, par le scandale de leur conduite, contribuèrent à troubler l'ordre et à maintenir la corruption des mœurs ?

PARIS SOUS PHILIPPE III, DIT LE HARDI.

Philippe III succéda, en 1270, à son père, Louis IX. Simple et crédule, il se laissa gouverner par *Pierre de la Brosse*, barbier ou chirurgien de son père. Philippe avait eu de sa première femme, *Isabelle d'Aragon*, un fils appelé *Louis*, qui mourut en 1276. On répandit le bruit que le poison avait causé sa mort, et l'on accusa de ce crime *Marie de Brabant*, seconde épouse du roi, femme qui aimait et cultivait la poésie : on en accusa aussi Pierre de la Brosse, chambellan de Philippe-le-Hardi, lequel, par la faveur dont il jouissait auprès du roi, excita la jalousie et la vengeance des princes et seigneurs, qui saisirent cette occasion pour le perdre. Le roi, dans sa cruelle incertitude, voulant découvrir l'auteur de cet attentat, envoya des abbés, des évêques, dans le Brabant, pour y consulter une béguine ou religieuse de Nivelle, qui avait la réputation d'être prophétesse ou magicienne. On n'obtint par ce moyen rien de positif. *Pierre de la Brosse*, innocent ou criminel, fut sacrifié : il fut pendu, le 30 juin 1278, au gibet de Montfaucon, qu'il avait fait rétablir quelques années auparavant. Les ducs de Bourgogne et de Brabant, et Robert, comte d'Artois, assistèrent à son supplice.

Le roi Philippe vivait en moine, comme son père ; son juron était *par Dieu qui me fit*. Il mourut le 3 octobre 1285, en faisant la guerre à Pierre III, roi d'Aragon, excommunié par le pape.

Le règne de Philippe III fut signalé par quelques institutions utiles.

BOUCHERIE DE SAINT-GERMAIN-DES-PRÉS. Elle fut établie en 1274 par *Gérard*, abbé de Saint-Germain, qui permit aux bouchers de sa terre d'avoir seize étaux, à la charge, par ces bouchers, de payer la somme de vingt livres tournois, dont la moitié appartiendrait à l'abbé, et l'autre au prévôt de l'abbaye. Cet établissement a donné son nom à la rue dite *des Boucheries-Saint-Germain*.

CONFRÉRIE DES CHIRURGIENS. *Jean Pitard*, chirurgien de saint Louis, avait proposé à ce roi d'établir une confrérie de chirurgiens qui seraient soumis à des règlements propres à prévenir les nombreux abus qui se commettaient dans la pratique de leur art. Elle ne fut légalement autorisée que vers l'an 1270, sous le règne de Philippe-le-Hardi qui confirma ses règlements. En voici la substance. Cette association portait le nom de *Confrérie de Saint-Côme et de Saint-Damien ;* les confrères étaient tenus, tous les premiers lundis de chaque mois, de visiter les pauvres malades qui se rendaient ou se faisaient transporter à Saint-Côme. Tous les confrères devaient s'assujettir à la théorie, à la manière d'opérer, ainsi qu'aux maximes établies par le règlement. Cet article, très-nuisible aux progrès de l'art, détermina plusieurs chirurgiens étrangers à déserter Paris. En 1437, cette confrérie fut agrégée à l'Université, et, en 1561, on lui permit d'avoir un bâtiment contigu à l'église Saint-Côme, pour y placer les malades qui, au premier lundi de chaque mois, venaient s'y faire panser.

Les membres de cette confrérie étaient *chirurgiens de longue robe*, et les barbiers-chirurgiens, établis en communauté sous la direction de *Jean Pracontal*, premier barbier du roi, étaient *chirurgiens de robe courte*. Les étudiants de cette dernière classe parvinrent à se faire admettre par la faculté de médecine en qualité d'écoliers de cette faculté. Cette admission fut, au seizième siècle, la source de soixante années de procès entre les chirurgiens de robe longue et les chirurgiens de robe courte. Malgré ces obstacles que, dans ses premiers pas, rencontra l'art chirurgical, il a suivi la marche progressive de toutes les autres connaissances humaines.

COLLÉGE D'HARCOURT, situé rue de la Harpe, n° 94. *Raoul d'Harcourt*, chanoine de l'église de Paris, et son frère, évêque de Coutances, fondèrent, en 1280, ce collége pour les pauvres écoliers des diocèses de Coutances, de Bayeux, d'Évreux et de Rouen. Les bâtiments de cette maison ont été démolis, et sur leur emplacement on a commencé, en 1814, un vaste édifice où est établi aujourd'hui le collége Louis-le-Grand.

UNIVERSITÉ. Ce n'est que sous le règne de saint Louis qu'on voit, pour la première fois, la corporation des écoles de Paris recevoir le titre d'*Université*, mot qui signifiait l'universalité des sciences enseignées dans ces écoles. Depuis longtemps on divisait la totalité de ces sciences en deux parties : le *trivium* et le *quadrivium*. Le *trivium* comprenait la grammaire, la logique et la rhétorique ; le *quadrivium* signifiait la réunion de l'arithmétique, de l'astronomie, de la géométrie et de la musique. S'il arrivait qu'un homme possédât le *trivium* et le *quadrivium*, il était considéré comme ayant atteint le suprème degré du savoir.

Gauthier de Coincy, dans un poème sur sainte Léocale, se plaint de la décadence des écoles de Paris, et l'attribue aux évêques et au clergé, qui, au lieu d'encourager les étudiants en leur donnant quelques bénéfices, préféraient en gratifier leurs parents et leurs amis, *qui deviennent*, dit-il, *chanoines avant de savoir lire*, tandis que les pauvres clercs, fatigués par l'étude et la misère, comme le prouve assez leur face pâle et blème, ne trouvent personne qui les protége.

Philippe-Auguste avait accordé aux écoles de Paris des priviléges qui devaient être funestes à la tranquillité publique. En 1163, les écoliers eurent une vive querelle contre l'abbaye de Saint-Germain-des-Prés ; en 1192, ils en eurent une autre contre les habitants de ce bourg ; en 1200, ils livrèrent bataille à une partie des habitants de Paris ; en 1229, nouvelles scènes scandaleuses, dont voici quelques détails. Des écoliers vont au faubourg Saint-Marceau, dévastent entièrement la maison d'un cabaretier, brisent ses meubles et répandent tout son vin ; puis, comme des furieux, parcourent les rues frappant, blessant, tuant même tous ceux qu'ils rencontrent, sans distinction ni d'âge ni de sexe. Le prévôt de Paris, averti, vient avec ses archers, longtemps après le délit, pour arrêter les coupables. Il trouve des écoliers qui jouent ; il fond sur eux avec sa troupe. Les écoliers résistent, et plusieurs d'entre eux sont dépouillés, blessés, et quelques-uns tués. L'Université suspendit alors ses exercices ordinaires, demanda réparation, ne l'obtint point, et cessa entièrement le cours d'études. Les professeurs et les écoliers sortirent de Paris, et se dispersèrent en divers pays. Deux années entières s'écoulèrent, et ce ne fut qu'en 1231 que cette corporation fut rétablie. Pendant cet intervalle de temps, les priviléges de l'Université furent en proie à l'avidité de ses ennemis : l'évêque de Paris, les jacobins de cette ville, l'archevèque de Sens, le roi même, aggravèrent ses malheurs en se partageant ses dépouilles.

En 1252, quatre écoliers clercs, et un laïque leur serviteur, furent, pendant la nuit, arrêtés dans les rues de Paris par les archers du prévôt. Sans doute ils commirent quelques délits, et opposèrent de la résistance, puisqu'ils furent dépouillés, battus et mis en prison : un d'eux y perdit la vie. Le lendemain on fit relâcher ces prisonniers. L'Université ne fut point satisfaite : elle demanda une ample réparation, et fit fermer les écoles. Tout exercice fut suspendu pendant sept semaines, jusqu'à ce qu'Alphonse, frère de saint Louis, eût fait condamner ceux dont l'Université avait à se plaindre, les uns au bannissement, les autres au supplice de la potence. Cette affaire fut suivie d'une autre plus grave, qui s'éleva entre l'Université et les jacobins, et dont le récit serait trop long. Je me bornerai à dire que le pape Alexandre IV s'en mêla, suspendit tous les membres de l'Université de leurs fonctions; qu'il donna, en faveur des moines mendiants, plus de quarante bulles qui n'éteignirent point le feu des dissensions ; qu'il s'ensuivit des actes de perfidie et de violence, et que tous les ordres mendiants de Paris prirent ensuite parti contre l'Université. Guerre des priviléges contre d'autres priviléges, la désertion des écoles, des accusations réciproques d'hérésie, des conflits de juridiction et des reproches vifs contre la conduite des ordres mendiants, furent les aliments et les effets d'une querelle qui, commencée en 1252, ne fut terminée qu'au mois de février 1260.

Un réglement, que fit à Paris, en 1276, Simon de Brie, légat du saint-siége, porte que les écoliers, au lieu de célébrer les fêtes de l'église, s'adonnaient aux excès du vin et à toutes sortes de dissolutions; qu'ils prenaient les armes, et couraient par troupes dans les rues de la ville pendant la nuit, troublaient le repos des habitants, et s'exposaient eux-mêmes à plusieurs dangers. Il ajoute qu'il se trouvait des écoliers qui poussaient l'impiété jusqu'à jouer aux dés sur les autels, en blasphémant le nom de Dieu.

En 1278, Gérard de Moret, abbé de Saint-Germain-des-Prés, pour se mettre en garde contre les atteintes des écoliers, fit bâtir quelques murailles sur le chemin qui conduisait au *Pré-aux-Clercs*. Les écoliers trouvèrent que la construction de ces murailles rétrécissait leur route ordinaire; ils les démolirent. L'abbé, irrité, fait sonner le tocsin, et les domestiques de l'abbaye, ainsi que tous les habitants du bourg de Saint-Germain, s'assemblent, prennent les armes, et fondent sur les démolisseurs. L'abbé et les moines exhortaient à la vengeance leurs sujets armés, en leur criant : *Tue! Tue!* Parmi les écoliers, plusieurs furent pris et conduits dans la prison de l'abbaye; d'autres furent blessés mortellement, ou estropiés pour la vie. L'Université déclara que, si elle n'obtenait pas, dans l'espace de quinze jours, une réparation éclatante, elle suspendrait tous ses exercices. L'abbé, les religieux de Saint-Germain-des-Prés et leur prévôt furent condamnés à différentes peines. Plusieurs autres querelles, plusieurs autres scènes de cette nature se manifestèrent entre l'Université et diverses corporations ou autorités de Paris; mais elles sortent des limites de la période qui nous occupe.

FOIRE DU LENDIT. Une foire, appelée *Lendit*, se tenait, chaque année, en juin, le mercredi avant la fête de Saint-Barnabé et les jours suivants, entre le village de la Chapelle et Saint-Denis, dans un lieu appelé le *Champ-du-Lendit* (1). Le lieu de réunion était désigné par un arbre appelé l'*orme du Lendit*.

En 1225, Philippe-Auguste fit un réglement pour les places que chaque espèce de marchands devait y occuper. L'abbé de Saint-Denis qui percevait des droits considérables sur les marchandises, y avait un logement, et y jugeait les différends survenus entre les marchands. L'évêque de Paris, avec grande solennité et grand nombre de reliques, ouvrait la foire, et donnait une bénédiction qui lui était payée à raison de dix livres parisis.

_____

(1) Ce nom dérive du mot *indictum*, par lequel on désignait plusieurs foires.

La foire du Lendit, au treizième siècle, a inspiré la verve d'un auteur qui en a fait une description, dont voici quelques passages : les marchandises qu'on y apportait consistaient en tapisseries, en merceries, en parchemins, en vieux habits, en lingeries et en pelleteries : on y vendait aussi de la tiretaine, étoffe destinée aux pauvres gens ; des cuirs, des chaudrons, des souliers, des instruments aratoires, des coffres, du chanvre, des ustensiles de ménage en étain ; enfin, il s'y trouvait des changeurs, des orfèvres, des marchands de draps, des épiciers, des regrattiers, des taverniers, des maquignons, des marchands de bière et de vin ; même des femmes publiques.

ÉTAT CIVIL DE PARIS.

En 1257, saint Louis rendit une ordonnance contre les guerres privées que se faisaient les seigneurs, et contre les incendies, principaux exploits de ces guerriers. En 1260, il en rendit une autre qui prohibe les duels en matière judiciaire, et leur substitue la preuve par témoins ; mais ces lois ne furent point exécutées et il s'attira les injures des seigneurs laïques et ecclésiastiques. En 1270, saint Louis rédigea ou fit rédiger, pour la première fois, depuis le commencement de la troisième race, un Code de lois, appelé *les Établissements-le-Roi*, où il pose des règles sur les transactions particulières, sur les procédures juridiques et sur l'état des personnes, les priviléges des unes, la servitude des autres.

Ce prince abolit ensuite le droit de chevestrage qui se percevait sur les bateaux amenés par eau dans Paris, et attachés sur la rive par le *chevestre*, qui signifie corde. Il réforma la prévôté de Paris, fonction qui se vendait à l'enchère, et qui était remplie par deux bourgeois, lorsqu'un seul n'était pas assez riche pour y mettre le prix. Il nomma Étienne Boileau prévôt de Paris, et lui assigna des gages. Ce prévôt mit du zèle dans l'exercice de cette fonction ; il divisa les marchands et les artisans en différents corps, sous le titre de *confréries*, et fit des réglements de police sur ces diverses associations.

Quoiqu'il existât soixante sergents, moitié à pied, moitié à cheval, commandés par un *chevalier du Guet*, pour faire la police pendant la nuit, cette police était négligée et insuffisante : chaque nuit se manifestaient des incendies, des vols, des violences, des enlèvements de femmes, et autres excès. Paris et ses dehors étaient, dit Joinville, remplis de malfaiteurs et de voleurs. Les Parisiens, en danger, demandèrent au roi la permission de faire eux-mêmes le guet pendant la nuit : il le leur permit en 1254, et cette garde fut nommée *le Guet des métiers* ou *des bourgeois*.

On attribue à saint Louis, mais le fait n'est pas certain, trois réglements relatifs à la vente du poisson de mer et d'eau douce, amené aux halles de Paris. On y voit qu'il fallait acheter du roi le droit de vendre ces poissons, et qu'il existait des prud'hommes, ou jurés des halles, qui y maintenaient la police, et percevaient les amendes. Ces prud'hommes étaient à la nomination du cuisinier du roi. Ceux qui apportaient du poisson payaient le droit de *tonlieu*, c'est-à-dire le droit que le roi percevait sur toutes les marchandises du marché ; ils payaient en outre le droit de *vendre*, le droit de *congé* et le droit de *hallage*, et puis le droit qui revenait aux prud'hommes. Le cuisinier du roi obligeait les prud'hommes qu'il avait nommés à *jurer sur les saints* de choisir le poisson dont le roi, la reine et ses enfants avaient besoin, et d'en fixer le prix en conscience; et, pour ce service, ils étaient exempts du guet.

En 1250, Thomas, abbé de Saint-Germain-des-Prés, accorda la liberté aux habitants du bourg de Saint-Germain; mais on a la certitude qu'il la fit payer. Il déclare, dans l'acte d'affranchissement, que ces habitants lui ont rendu de grands services, qu'ils lui ont de plus donné la somme de deux cents livres parisis, et que, pour ces causes, il exempte eux et leurs successeurs de toute servitude, telles que *main-morte* et *fort-mariage*. Mais il se réserve le droit de justice et de seigneurie dans ledit bourg, ses rentes, ses usages et coutumes; le droit perçu au four banal (rue du Four-Saint-Germain), auquel les habitants sont tenus d'aller faire cuire leur pain; le droit sur les bœufs et vaches et juments qu'ils faisaient paître dans une île de la Seine; le droit perçu aux vendanges, aux cuves, au pressoir. Il se réserve en outre le cens dû sur leurs héritages, et les droits de l'Église sur les mariages, sur les relevailles des femmes accouchées, etc., etc.

TABLEAU MORAL DE PARIS.

La notice des institutions de cette période a déjà offert plusieurs traits qui caractérisent les mœurs d'une grande partie du treizième siècle. Je vais en réunir quelques autres.

Si des ecclésiastiques cachaient leur corruption sous des apparences de dévotion et de régularité, ils ne se donnaient pas la peine de déguiser l'inflexibilité de leur caractère, leur cupidité et leur tenace attachement à leurs priviléges, à ce qu'ils nommaient leurs *droits*. On a vu le chapitre de Notre-Dame, pour maintenir ces prétendus droits, insulter le roi Louis VII, lui fermer les portes de leur église. On va voir quelques autres exemples semblables. Un légat du pape, allant dîner à l'abbaye Sainte-Geneviève, fut accompagné par l'évêque de Paris. Les chanoines admirent le légat, et repoussèrent l'évêque, dont la présence dans leur maison attentait à leurs priviléges. Un autre évêque de Paris, dans un cas semblable, reçut un pareil affront dans l'abbaye de Saint-Germain-des-Prés. Lors des funérailles de saint Louis, l'archevêque de Sens et l'évêque de Paris se rendirent ensemble à Saint-Denis pour assister à cette cérémonie; Matthieu de Vendôme, abbé de ce monastère, en présence même du nouveau roi Philippe-le-Hardi, leur ferma brusquement les portes de son église.

Sous le régime féodal, l'habitude d'envahir, d'usurper, était si générale parmi les seigneurs laïques et ecclésiastiques, qu'ils prenaient les uns envers les autres les précautions les plus scrupuleuses. Si des inférieurs, des habitants d'un village, pour obtenir la bienveillance de leurs supérieurs, s'avisaient de leur rendre un service, de leur faire un présent, ce service et ce présent étaient, par la suite, convertis en redevance annuelle et perpétuelle. Les seigneurs chevaliers, chanoines, abbés, évêques, en usaient de même entre eux. Malheur à ce-

lui qui en avait invité un autre à dîner! il était condamné à lui donner éternel-
lement chaque année un pareil repas. Voilà le motif des précautions un peu
brutales que prirent les chanoines de Notre-Dame, ceux de Sainte-Geneviève,
les moines de Saint-Germain-des-Prés et les moines de Saint-Denis contre les
évêques qui venaient pour dîner chez eux.

Ajoutons quelques traits qui peuvent donner une idée de l'état de servitude
dans lequel les évêques et les moines tenaient les habitants des villages dont
ils étaient seigneurs. Vers l'an 1252, le chapitre de Notre-Dame imposa sur plusieurs villages dont il était seigneur, une contribution nouvelle ; les habitants
de Châtenai refusèrent de la payer : alors le chapitre fit arrêter, traîner à Paris
et jeter dans une prison très-étroite tous les hommes de ce village : ils pouvaient à peine s'y mouvoir, manquaient de tout, même de l'air respirable.

La reine Blanche, instruite de l'état de ces prisonniers, envoya auprès des
chanoines pour les prier de mettre ces malheureux en liberté, et s'offrit même
de les cautionner. A cette demande, les chanoines répondirent fièrement que
personne n'avait le droit de se mêler des intérêts de leurs sujets, et firent arrêter les femmes et les enfants de ces prisonniers. La reine apprenant qu'ils périssaient de faim et de misère fait briser la porte de la prison. Aussitôt de cet
affreux réduit on vit s'élancer une foule d'hommes, de femmes, d'enfants, pâles,
défigurés, tombant d'inanition, accablés par la souffrance, et qui se jettent aux
pieds de la reine et implorent sa protection. Leur libératrice les rassure, et
parvient dans la suite à les faire affranchir des chaînes de l'esclavage.

La corruption dominait dans les institutions civiles comme dans le clergé.
En 1254, au retour de sa première croisade, saint Louis fit une ordonnance
pour arrêter le cours des désordres qui déshonoraient la magistrature. Les officiers de justice recevaient de la part des plaideurs des présents considérables ;
saint Louis permit aux juges d'accepter des présents en pain, en vin, en fruits,
mais dont la valeur présente ne devait pas excéder la somme de dix sous. Il défendit à ses officiers, prévôts, baillis, etc., de faire des présents à leurs supérieurs, de se servir d'agents usuriers, fripons, mal famés, de jurer par les noms
de la Vierge et des saints, de jouer aux dés, dont il abolit la fabrication dans
son royaume ; il leur défendit enfin de faire mettre personne en prison pour
dette, excepté pour la dette du roi.

La prévôté de Paris se vendait à quelques bourgeois de cette ville, ou était
héréditaire dans sa famille. Il en résultait des abus si considérables à Paris, que,
suivant Joinville : « Le peuple, désolé par ses grandes injustices et rapines, ne
» pouvant plus supporter la tyrannie du prévôt, abandonnait Paris, allait en
» d'autres prévôtés et seigneuries. La terre du roi était si déserte, que, quand
» il tenait ses plaids, il n'y venait pas plus de dix à douze personnes. Outre cela,
» dit-il, se trouvaient à Paris et dans les environs tant de malfaiteurs et de vo-
» leurs, que tout le pays en était plein. »

La prostitution s'était accrue dans cette ville en raison de l'accroissement de
la population. Saint Louis voulut en diminuer les progrès ; il ordonna que les
femmes publiques seraient chassées des maisons qu'elles occupaient, et que le
propriétaire qui leur louerait une maison serait condamné à payer au prévôt,

pour amende, le montant du loyer annuel de cette maison. Les femmes chassées de Paris se retirèrent dans les villages voisins, en corrompirent les habitants, et y reçurent les Parisiens corrompus.

Le cardinal Jacques de Vitry, après avoir fait un horrible tableau de la corruption des mœurs de l'Occident, consacre un chapitre spécial pour peindre les mœurs ou plutôt l'immoralité des Parisiens. «Les habitants de Paris se livrent,
» dit-il, à tous les crimes, se vautrent dans toutes les ordures de la débauche...
» Le clergé est encore plus dissolu que le reste du peuple. Semblable à une
» chèvre galeuse, à une brebis malade, il communique à tous ceux qui affluent dans
» cette cité la contagion de ses exemples pernicieux ; il les corrompt, les dévore
» et les entraîne dans l'abîme. Alors, à Paris, une simple fornication n'était
» point réputée un péché. Les filles publiques, dans les rues, dans les places,
» devant leur maison, arrêtaient effrontément les ecclésiastiques qui y passaient ;
» et si, par hasard, ils refusaient de les suivre, aussitôt elles criaient après eux,
» en les appelant *sodomites*. Car, continue notre historien, ce vice honteux et
» abominable est tellement en vigueur dans cette ville ; ce venin, cette peste y
» sont si incurables, que celui qui entretient publiquement une ou plusieurs
» concubines est considéré comme un homme de mœurs exemplaires... »

Cet écrivain parle ensuite des mœurs des écoliers de toutes nations qui abondaient dans cette ville, et qui en accroissaient la population et le désordre.
« Peu s'instruisent, dit-il, à cause de la diversité de leurs opinions et de leurs
» pays; ils ne cessent de se quereller... Les *Anglais* sont ivrognes et poltrons ;
» les *Français*, fiers, mous et efféminés ; les *Allemands*, furibonds et obscènes
» dans leurs propos de table ; les *Normands*, vains et orgueilleux ; les *Poitevins*,
» traîtres et avares ; les *Bourguignons*, des brutaux et des sots ; les *Bretons*,
» légers et inconstants ; les *Lombards*, avares, méchants et lâches ; les *Romains*,
» séditieux, violents, et se rongeant les mains (de colère) ; les *Siciliens*, tyrans
» et cruels ; les *Brabançons*, hommes de sang, incendiaires, routiers et voleurs ;
» quant aux *Flamands*, ils sont prodigues, aiment le luxe, la bonne chère et la
» débauche, et ont des mœurs très-relâchées. »

La littérature, la seule voie ouverte à l'amélioration morale, fit de grands progrès pendant cette période. Les productions littéraires, tant en langue savante qu'en langue vulgaire, se multiplièrent considérablement. On écrivit, en français et en vers, des chroniques, des histoires, des contes, des légendes, des fables et des chansons, où l'on remarque les premiers élans de la pensée et l'envie d'écrire, avec liberté, sur les vices des institutions et les dépravations des mœurs.

PARIS DEPUIS LE RÈGNE DE PHILIPPE IV, DIT LE BEL, JUSQU'A CELUI DE CHARLES V.

PARIS SOUS PHILIPPE IV, DIT LE BEL.

Le 6 octobre 1285, Philippe-le-Bel succède à Philippe III, dit *le Hardi*, son père. La nature avait doué ce prince d'un caractère éminemment énergique ; il n'eut la bigoterie ni la droiture de son aïeul saint Louis ; il eut plus de génie, plus de lumières et autant d'ambition et d'activité que Philippe-Auguste. Il porta des coups violents à la féodalité, fit des ordonnances contre les guerres privées des seigneurs et contre les duels judiciaires, diminua considérablement les cas où ces coutumes barbares pouvaient être autorisées ; il fit plus ; il sut faire exécuter ses lois. Il donna une organisation nouvelle et meilleure aux diverses administrations de ses États. En affaiblissant le pouvoir des nobles, il fortifia son gouvernement, lui imprima le caractère monarchique qu'il n'avait guère avant son règne ; mais pendant trois fois consécutives, à l'exemple de ses aïeux, il altéra les monnaies : ce qui lui valut le surnom de *Faux-Monnayeur*. Cette iniquité causa divers désordres à Paris. Les bourgeois riches ne voulaient point recevoir, pour sa valeur nominale, cette monnaie affaiblie, ni la recevoir pour les loyers de maisons ; le peuple s'en plaignait, s'irritait. En 1306, il se porta chez un bourgeois, appelé *Étienne Barbette*, brûla, détruisit sa maison de plaisance, appelée *Courtille Barbette*, en arracha les arbres du jardin ; puis il assaillit l'hôtel dudit Barbette, situé dans la rue Saint-Martin, et le dévasta. Le roi s'étant, pendant cette insurrection, réfugié au temple avec ses barons, le peuple l'y assiégea. Le calme s'étant rétabli, ce prince, premier auteur de cette émeute, fit pendre vingt-huit hommes *aux quatre entrées de Paris*. Le 29 novembre 1314, Philippe-le-Bel mourut, à Fontainebleau, d'une chute de cheval.

Voici les institutions qui eurent lieu à Paris sous son règne.

CORDELIÈRES DU FAUBOURG SAINT-MARCEL. Ce couvent, situé rue de Lourcine, n° 95, fut fondé par Marguerite de Provence, qui, vers l'an 1284, donna sa maison à ces cordelières. Ces religieuses conservaient le manteau royal de saint Louis, et se déterminèrent, au dix-huitième siècle, à le depecer pour le convertir en un ornement d'autel. Aujourd'hui les bâtiments de cette communauté sont en partie démolis, et ce qui en reste est employé à une blanchisserie et à une manufacture de laine.

CARMES BILLETTES, situés rue des Billettes, n°s 16 et 18. Voici le motif de l'établissement de ce couvent. En 1290, une femme de Paris avait, pour la somme de trente sous, mis quelques vêtements en gage chez un juif appelé Jonathas. Elle vint lui demander ces vêtements pour les porter le jour de Pâques, en lui promettant de les lui rendre ensuite ; le Juif alors lui répondit que, si elle voulait lui apporter le pain de l'Eucharistie, il lui rendrait son gage sans argent. La femme y consentit ; elle reçoit le jour de Pâques l'hostie consacrée, et la porte au Juif. Celui-ci, à coups de canif, perce cette hostie ; il en voit sans effroi couler le sang en abondance ; puis il prend un clou et l'enfonce à coups de marteau dans

LA TOUR DU TEMPLE.

......................, ...

Paris devint alors le chef-lieu du grand-prieuré de France. Les prieurs y avaient

l'hostie. Il la jette au feu, elle voltige au-dessus des flammes; il la plonge dans une chaudière d'eau bouillante, qu'elle rougit de son sang, et n'en reçoit aucun dommage. Ces prodiges n'épouvantent pas Jonathas. Le fils de ce Juif, témoin de ces actes étranges, voyant des chrétiens aller à la messe, leur dit : *C'est en vain que vous allez adorer Dieu, mon père l'a tué.* Une voisine, sous prétexte de demander du feu, pénètre dans la maison de Jonathas, qui ne s'oppose point à ce qu'elle soit témoin de ses horribles sacriléges. Il lui laisse, sans difficulté, recueillir l'hostie dans sa robe : elle la place ensuite dans un vase de bois, et la porte au curé de Saint-Jean-en-Grève, auquel elle raconte ce qu'elle a vu. L'évêque de Paris fait arrêter Jonathas qui avoue, dit-on, le fait. Ce prélat veut le convertir : le Juif s'y refuse; il est brûlé vif.

Un bourgeois de Paris, nommé Rainier Flamming, fit construire, en 1294, sur une partie de la propriété de ce Juif, une chapelle qu'on nomma *la maison des miracles*, et Guy de Joinville y fonda un monastère que Philippe-le-Bel, en 1299, agrandit, en accordant à ce fondateur la totalité de la propriété de Jonathas, et de plus quelques maisons voisines. Les religieux de ce nouveau monastère, qui se qualifiaient d'*Hospitaliers de la maison de Notre-Dame*, n'appartenaient à aucun ordre connu. Le pape, en 1346, leur imposa la règle de saint Augustin. Le 24 juillet 1631, on les remplaça par des carmes réformés de l'observance de Rennes. On ne sait pourquoi ce couvent et la rue où il est situé ont reçu le surnom de *Billettes*.

En 1790, le gouvernement supprima ce couvent. L'église a, vers l'an 1812, été concédée aux protestants de la confession d'Augsbourg. Dans les autres bâtiments monastiques sont deux écoles d'enseignement mutuel pour les jeunes gens de cette confession.

LE TEMPLE, édifice situé rue de ce nom, servait d'abord de demeure au grand-prieur des Templiers, dont j'ai déjà parlé. Au treizième siècle, l'enclos du Temple s'était considérablement accru par des acquisitions de terrains, et avait été embelli de bâtiments magnifiques. Cet enclos servait d'asile ordinaire aux banqueroutiers et autres personnes poursuivies pour dettes. On en nommait l'ensemble et les dépendances *Ville neuve du Temple*. Henri III, roi d'Angleterre, lorsqu'en 1254 il vint à Paris, préféra loger au Temple qu'au palais que lui offrait saint Louis.

La tour du Temple, fameuse dans nos fastes, bâtie en 1222 par frère Hubert, trésorier des Templiers, se composait d'un édifice carré, formé de très-épaisses murailles, et dont les quatre angles étaient munis de tourelles. C'est dans cette tour que les rois de France ont longtemps déposé leur trésor ; là étaient aussi les archives des Templiers et celles du grand-pricuré de l'ordre des chevaliers de Malte, qui, en 1313, leur a succédé. Le 11 août 1792, Louis XVI fut enfermé, comme chacun sait, dans cette tour avec sa famille ; depuis cette tour servit de prison d'État, et fut démolie en 1811.

Philippe-le-Bel, après avoir aboli l'ordre des Templiers, s'empara de leur mobilier et de leur trésor. Les biens immeubles furent donnés à l'ordre des Hospitaliers de Saint-Jean-de-Jérusalem, nommé depuis *Ordre de Malte*. Le Temple de Paris devint alors le chef-lieu du grand-prieuré de France. Les prieurs y avaient un palais qui, après la suppression de l'ordre de Malte, devint national. Ce palais fut, dans les années 1812 et 1813, considérablement embelli pour servir au ministère des cultes; mais les événements de l'an 1814 ont fait changer la destination de cet édifice; il a été occupé par madame la princesse de Condé, ancienne abbesse de Remiremont, et par les dames de son ordre. Les murs fort élevés de l'enclos du Temple furent, en 1802, presque entièrement démolis.

ILE LOUVIER, située en face de l'arsenal, dont elle n'était séparée que par la route appelée autrefois le *Mail*, et par un bras de la Seine assez étroit que l'on vient de combler. Elle a porté plusieurs noms : ceux de l'*Ile aux Javeaux*, des *Meules-aux-Javeaux*, paraissent les plus anciens. Au quatorzième siècle, elle a aussi, à ce qu'il paraît, reçu le nom de *Bouteclou*, et alors elle était plantée d'arbres. En 1427, l'auteur du *Journal de Paris*, sous Charles VI, l'appelle l'*Ile aux Ourmetiaux*, sans doute à cause des ormes qui l'ombrageaient. Son nom de *Louvier* lui vient de ce qu'elle a été possédée, au quinzième siècle, par une famille ainsi nommée. Elle appartenait, au dix-septième siècle, au sieur d'Entragues, dont elle porta quelquefois le nom. Ce seigneur, en 1671, la vendit à la ville. Elle servit alors de dépôt aux foins, aux fruits, aux bois de charpente ; mais, peu de temps après, elle fut destinée à être un chantier de bois à brûler. On doit y bâtir deux rues.

ILE SAINT-LOUIS. Il est prouvé que, dès le neuvième siècle, cette île appartenait à l'église cathédrale : c'est pourquoi elle a porté, jusque vers le milieu du dix-septième siècle, la dénomination d'*Ile de Notre-Dame*. Pour compléter les fortifications de Paris, au treizième siècle, on ouvrit dans la largeur de cette île, un retranchement qui la divisa en deux parties. La partie orientale fut nommée *Ile aux Vaches*, l'autre reçut le nom d'*Ile Tranchée;* mais l'ensemble de l'île porta toujours celui de *Notre-Dame*. En 1640, le roi en fit l'acquisition. Aux quatorzième et quinzième siècles, elle était inhabitée et servait à des jeux et au blanchissage des toiles. Ce ne fut qu'après 1614 que l'on commença à y bâtir.

ILE DE LA CITÉ, dite aussi quelquefois *Ile du Palais*. Vers la fin du règne de Henri III, lorsqu'on commença à construire le Pont-Neuf, cette île fut agrandie à son extrémité occidentale, par l'adjonction des deux îles qui s'y trouvaient, et dont je parlerai. Elle reçut aussi de l'accroissement à son extrémité orientale, par sa réunion à un vaste amoncellement de gravois appelé la *Motte-aux-Papelards*, ou le *Terrain*, sur lequel a depuis été bâti le quai Catinat, achevé en 1813. On y comptait, avant la révolution, vingt églises ou chapelles.

L'ILE AUX JUIFS. Elle a porté différents noms; on l'a nommée *Ile-aux-Vaches*, parce que les Parisiens, moyennant une contribution payée à l'abbaye Saint-Germain-des-Prés, y faisaient paître leurs vaches ; l'abbé et les moines de cette abbaye en étaient seigneurs. Il est difficile de lui assigner tous les noms qu'elle a reçus sans craindre de les confondre avec ceux d'une île voisine pareillement inhabitée, et à laquelle, lors de la construction du Pont-Neuf, elle a été réunie. L'île aux Juifs avoisinait le jardin du Palais et le couvent ou le quai des Augustins. C'est dans cette île que furent brûlés vifs Jacques Molay, grand-maître des Templiers, et Guy, commandeur de Normandie. Bientôt après, l'abbé de Saint-Germain-des-Prés, se plaignit au roi de ce que, par cette exécution, il avait attenté aux droits de sa seigneurie. Philippe-le-Bel, dans sa réponse, déclara qu'il n'avait pas eu cette intention. — Cette île paraît être celle qu'on nommait *Ile à la Gourdaine*, mot qui signifie le *bac* ou *bachot* dont on se servait pour y aborder.

ILE DE BUCI. Une île moins grande que celle dont je viens de parler, située au nord de l'Ile-aux-Juifs, en était séparée par un canal étroit. Ce nom lui fut donné à cause du moulin de Buci, situé auprès de cette île. Elle devait occuper une partie de l'emplacement du quai de l'Horloge et de la place Dauphine. Cette île que je nomme avec hésitation *Bussi* ou *Buci*, pourrait aussi avoir été appelée l'*Ile-au-Bureau*, parce qu'une de ces deux îles appartenait, en 1642, à Hugues Bureau. Elle a porté encore, à ce que je conjecture, le nom de l'*Ile-aux-Treilles*.

CHAPELLE ET HOPITAL DES HAUDRIETTES, situés quartier de l'Hôtel-de-Ville, rue des Haudriettes, n° 1, fondés par Étienne Haudri, panetier du roi. Une charte du mois d'avril 1306 est le plus ancien et le plus certain monument que l'on connaisse sur ces établissements. Étienne Haudri y avait fondé un chapelain, ses fils en fondèrent trois autres. On voit dans une bulle de Clément VII, de 1386, que l'hôpital contenait trente-deux veuves, qui sont nommées *bonnes femmes de la chapelle d'Étienne Haudri*. Cet hôpital fut administré par des femmes qualifiées, dans des statuts de 1414, de *femmes hospitalières*, et présidées par une maîtresse. Au commencement du dix-septième siècle, il n'existait déjà plus d'hôpital. Ce n'était qu'un simple couvent, dont les religieuses furent, en 1623, transférées dans celui de l'Assomption, rue Saint-Honoré.

COLLÉGES. Pendant cette période, on fonda plusieurs colléges; nous citerons d'abord celui des *Cholets* situé dans la rue Saint-Symphorien-des-Vignes, qui depuis a pris le nom des *Cholets*, et celui du *cardinal Lemoine*, qui était placé rue Saint-Victor, n° 76. Le 3 janvier de chaque année, on y célébrait une fête nommée *la solennité du cardinal Lemoine*, dont voici quelques détails : Un familier de ce collége jouait le personnage du cardinal : vêtu des habits de sa dignité, il le représentait à l'église et à table, et recevait gravement les hommages, les compliments en vers et en prose, que venaient humblement lui adresser les écoliers de sa maison. Pendant la messe, on voyait figurer les comédiens de l'hôtel de Bourgogne, qui exécutaient des morceaux de musique en l'honneur du cardinal, et s'acquittaient d'un tribut de reconnaissance pour les bienfaits que leur théâtre avait reçus des personnes de la famille de ce prélat, qui possédaient, dans la salle de ces comédiens, une loge longtemps nommée *loge du cardinal Lemoine*.

Le *collége de Navarre*, rue de la Montagne-Sainte-Geneviève, mérite aussi d'être mentionné. Le roi en était le premier boursier, et le revenu de sa bourse était affecté à acheter les verges destinées à la correction des écoliers. Les bâtiments de ce collége logent actuellement l'École Polytechnique. Nous devons enfin indiquer le *collége de Bayeux*, rue de la Harpe, n° 93, et celui de *Laon et de Presles*, rue de la Montagne-Sainte-Geneviève, n° 22.

PARLEMENT. Au commencement de la troisième race, les rois avaient des conseils, composés de barons et d'évêques, où se traitaient les grands intérêts de l'État. On commença, à la fin du douzième siècle, à donner à ces assemblées extraordinaires le nom de *parlement*. Les matières contentieuses s'accrurent au treizième siècle à la cour de France. Il fallut des juges pour vider les procès toujours plus nombreux : les officiers du conseil du roi ne pouvaient y suffire; on en augmenta le nombre. Alors ce conseil suprême, à la fois politique, administratif et judiciaire, continua à porter le nom de *parlement*. Ce parlement ne s'assemblait point à des époques fixes : on le convoquait au besoin. Pour la première fois, en 1281, il commence à obtenir une organisation. Philippe-le-Bel, en cette année, ordonne que quelques membres de son conseil écouteront les requêtes, que d'autres les expédieront, et donneront leur décision ; que quelques autres liront les enquêtes, et en feront leur rapport; et que les enquêteurs ne viendront à la *chambre des plaids* que lorsqu'ils y seront mandés. En 1302, le même roi ordonne qu'il sera tenu à Paris *deux parlements* par année, c'est-à-dire deux sessions, l'une après l'octave de Pâques, et l'autre après celle de la Toussaint; et que chacune de ces sessions durera deux mois.

Une autre ordonnance de Philippe-le-Bel, de l'an 1304, porte que le parlement sera composé de deux prélats, de deux seigneurs laïques, de treize clercs et de treize laïques; que la chambre des enquêtes aura cinq personnes, et celle des requêtes dix, dont cinq pour la *langue d'oc*, et cinq pour la *langue d'oïl* ou *langue française*.

Dans les premiers temps où le parlement fut organisé et sédentaire, c'est-à-dire dans les quatorzième et quinzième siècles, ses jugements, dictés par le caprice et l'arbitraire, étaient des plus cruels et disproportionnés avec les crimes et les délits. Les coupables de meurtres, de mutilations subissaient une peine moindre que celle qu'on infligeait aux voleurs. Ceux-ci, *traînés* à la queue d'un cheval jusqu'à la potence, y perdaient la vie par la strangulation. On condamnait les meurtriers à des amendes, à des fondations de chapelles, à des pèlerinages, à l'exil, etc. Vers l'an 1316, le parlement fut permanent. Le nombre des chambres de cette cour s'accrut, ainsi que celui des membres qui les composaient. Voici les noms et les attributions de ces chambres : *La Grand'-Chambre* du parlement était, dans les derniers temps de son existence, composée d'un premier président et de neuf présidents *à mortier* (espèce de toque de velours noir, brodée d'un galon d'or, qui les distinguait des conseillers), de vingt-cinq conseillers-laïques et de douze conseillers-clercs ou prêtres. Il s'y trouvait en outre un nombre indéterminé de présidents et de conseils *honoraires*, c'est-à-dire inutiles. *La Chambre de la Tournelle* était destinée aux jugements des affaires criminelles : on comptait, de plus, trois *Chambres des Enquêtes* et une *Chambre des Requêtes*.

Le parlement de Paris se qualifiait de *cour souveraine et capitale du royaume*. Cette cour a eu pendant longtemps la haute police sur les habitants de son vaste arrondissement. Elle jouissait du droit de sanctionner, par ses enregistrements, les ordonnances, édits, lettres, etc., des rois ; de faire des remontrances sur ces ordonnances, et même de refuser de les enregistrer : ce qui leur ôtait force de loi. Ce droit fut surtout exercé depuis l'établissement de la vénalité des

LE PALAIS DE JUSTICE.

charges. Sous François Ier, les membres du parlement étant, dès lors, propriétaires de leurs offices, et cessant d'être officiers à gages, se montrèrent plus indépendants dans leurs décisions, et devinrent, dans l'État, un pouvoir politique qui balança souvent celui du monarque. Ces deux pouvoirs, dans l'action de l'un sur l'autre, n'étaient point séparés par des limites certaines et solidement fixées. Il en résultait des luttes fréquentes. Lorsque le refus d'enregistrer paralysait les actes despotiques du roi ou de ses ministres, le monarque, contrarié, employait les moyens extrêmes des *jussions,* des *lits de justice,* des *exils;* et, comme la résistance du parlement avait souvent des motifs d'intérêt public, il résultait que l'odieux des lois tyranniques, dont le parlement refusait l'enregistrement, retombait sur la cour du roi, et que la gloire attachée aux actions courageuses, ainsi qu'à l'intérêt qu'inspiraient les persécutés, était le partage du parlement. Les membres du parlement, du reste, se montraient autrefois fort intéressés. Lorsque les rois, toujours nécessiteux, ne pouvaient payer leurs gages, ces membres suspendaient le cours de la justice, et fermaient leur audience.

En 1771, Louis XV, ou plutôt le chancelier Maupeou parvint à supprimer tous les parlements, et à leur substituer des conseils supérieurs; mais Louis XVI les rétablit avec quelques modifications. Ce corps de magistrats fut dissous en 1790. — Depuis que le parlement était devenu permanent, il avait siégé constamment dans le palais des rois, qu'on nomme aujourd'hui le *Palais de Justice.*

PALAIS DE JUSTICE. Je ne reviendrai pas sur l'origine et les accroissements de ce palais; j'en ai déjà parlé : je me bornerai à dire qu'habité par les rois de la première race, il ne le fut point par ceux de la seconde, et que les douze premiers rois de la troisième y résidèrent. Le roi Robert le fit rebâtir. Quelques-uns de ses successeurs l'agrandirent, et saint Louis fut de ce nombre. On attribue à ce roi les salles basses, situées au-dessous de la grande salle du Palais, dite *des Pas-Perdus,* salles basses dont l'une porte encore le nom de *Cuisine de saint Louis;* à l'étage supérieur, la grand'chambre, qui sert aujourd'hui à la Cour de cassation, a longtemps porté le nom de *Chambre de saint Louis.* Ces traditions sont presque des preuves. Philippe-le-Bel fit exécuter, dans l'intérieur de ce palais, des travaux considérables, qui ne furent terminés qu'en 1313. Quoique quelques-uns des successeurs de ce roi aient habité le château du Louvre, alors situé hors de Paris, le palais de la Cité fut encore la résidence la plus ordinaire de ces princes. Charles V y résida longtemps, et, ce ne fut qu'en 1431 que Charles VII l'abandonna entièrement au parlement.

On y voyait, comme dans tous les anciens châteaux ou palais des hauts barons, une vaste salle qui servait à la réception des hommages des vassaux, aux audiences des ambassadeurs, aux festins publics et aux noces des enfants des rois. Cette salle, simple dans sa construction et seulement couverte en charpente, était ornée des effigies des rois de France, depuis Pharamond jusqu'à François Ier. On voyait, vers une des extrémités de cette salle, la fameuse Table de marbre dont la grandeur devait être considérable. Sur cette table, dans les grandes solennités, se faisaient les festins royaux   autour d'elle, s'asseyaient alors les personnages à tête couronnée; les princes et seigneurs mangeaient sur des tables particulières. A diverses époques de l'année, cette table servait de théâtre où les clercs du Palais, dits *Clercs de la Basoche*, montaient et jouaient publiquement des scènes bouffonnes ou satiriques. Autour de cette table siégeaient aussi trois tribunaux, la *Connétablie, l'Amirauté, Eaux et Forêts de France;* tribunaux qui, malgré la destruction de la table, lors d'un événement dont je vais parler, ont conservé jusqu'en 1790 la dénomination de *Table de marbre*. Dans la nuit du 5 au 6 mars 1618, le feu prit à cette salle; favorisé par un vent violent du midi, il la consuma ainsi que plusieurs autres parties du Palais; les statues des rois et la table de marbre furent brisées et anéanties pour jamais.

Il fallut réparer tant de ravages et construire une salle nouvelle. Jacques de Brosses, habile architecte, fut chargé de ce travail; il le termina en 1622. Cette salle, nommée *Salle des Procureurs*, puis *Grand'Salle* ou *Salle des Pas-Perdus*, sert de rendez-vous et de promenoir aux plaideurs et à tous les habitués du Palais. On y voit les entrées de plusieurs tribunaux de Paris.

Il n'existe point en France de salle plus vaste. Sa longueur est de deux cent vingt-deux pieds, et sa largeur de quatre-vingt-quatre. Son intérieur est divisé en deux nefs égales, par un rang de piliers et d'arcades. Ces piliers et ces arcades contribuent à supporter les deux voûtes cintrées et en pierres de taille qui la couvrent. Elle est éclairée par de grandes fenêtres vitrées qui se trouvent aux extrémités de chaque nef, et par des œils-de-bœuf pratiqués sur les flancs des deux voûtes.

Au-dessous de cette salle est un étage inférieur aussi étendu qu'elle, mais que des murs de refend divisent en plusieurs pièces. L'architecture de cet étage inférieur est gothique; les voûtes sont en ogive avec des nervures qui en dessinent les arêtes. On y trouve une salle très-vaste, bâtie dans le même style, et plus élevée que les pièces contiguës; aux quatre angles sont quatre cheminées de grandes dimensions, et remarquables par leur construction; cette salle est nommée les *Cuisines de saint Louis*. On voit, dans ces cuisines, un escalier par lequel on montait à la salle supérieure, sans doute pour y transporter les mets, lorsque les rois y donnaient des festins. Près de ces cuisines, un autre escalier descendait jusqu'à la rivière. On a été obligé, dans les années 1816 et 1817, de reprendre en sous-œuvre les piliers et les voûtes de ces salles souterraines dont le sol est dix pieds plus bas que le sol du quai de l'Horloge. Cet étage inférieur se composait encore, du côté qui avoisine la Conciergerie, de huits cachots et de quatre grandes chambres, établies au-dessus, qui servaient pareillement de prison : celles-ci étaient un peu éclairées.

Un second incendie, arrivé le 19 janvier 1776, consuma toute la partie du Palais qui s'étendait depuis l'ancienne galerie des prisonniers jusqu'à la porte de la Sainte-Chapelle. Cet incendie nécessita des réparations qui devinrent très-avantageuses à l'édifice du Palais.

En 1787, toutes les constructions mesquines situées du côté de la rue de la Barillerie disparurent. Cette rue fut considérablement élargie, et bordée de maisons modernes. Une place demi-circulaire fut établie aux dépens de quelques parties d'un quartier sombre et malsain. Cette place s'ouvre devant la cour de la nouvelle façade du Palais.

Cette façade et autres constructions accessoires ont été exécutées par MM. Moreau, Desmaisons, Couture et Antoine, quatre membres de l'Académie d'architecture. Une grille en fer précède la cour et occupe toute sa longueur : elle présente trois grandes portes à double battant; celle du milieu, ordinairement fermée, avait pour principal amortissement un globe doré d'une grande proportion et accompagné de guirlandes. Cet amortissement a disparu depuis quelques années. Cette vaste grille est plus remarquable par ses détails et sa richesse que par le goût de ses formes.

Au centre de la façade s'avance un vaste escalier. La première rampe a 60 pieds de largeur. Cet escalier mène à une première galerie où l'on entre par trois portiques. Des deux côtés et au bas de cet escalier, sont deux larges arcades : l'une mène à l'audience du tribunal de police municipale; par l'autre, on arrive à la Conciergerie, maison de justice du département, bâtie sur l'emplacement de l'ancien jardin des rois, nommé *Préau du Palais.*

Le milieu de la façade présente un avant-corps orné de quatre colonnes doriques. Au-dessus de l'entablement règne une balustrade ; et sur quatre de ses piédestaux sont posées quatre statues allégoriques : la Force, l'Abondance, la Justice et la Prudence. Elles s'élèvent à l'aplomb des quatre colonnes, et se dessinent sur un fond lisse de maçonnerie qui supporte un dôme quadrangulaire. Les deux ailes de bâtiment qui, partant de cette façade, forment les deux côtés de la cour, semblent étrangères au reste de l'édifice.

Le Palais, considéré dans son ensemble, présente des parties qui portent les diverses empreintes de l'architecture des siècles où elles furent bâties. Sur le quai de l'Horloge, deux grosses tours rondes, voisines l'une de l'autre, terminées par une toiture en forme conique, paraissent appartenir au treizième siècle, ainsi qu'une troisième tour qui n'en est pas éloignée, mais dont les dimensions sont moins fortes. Les pieds de ces trois tours, avant la construction du quai de l'Horloge, étaient baignés par les eaux de la Seine.

La tour carrée de l'Horloge, qui s'élève à l'angle du Palais formé par la rencontre du quai et de la rue de la Barillerie, décèle le genre d'architecture du seizième siècle. L'horloge qu'elle contient est la première de cette dimension qu'on ait vue à Paris : elle fut fabriquée en 1370, par un Allemand, nommé *Henri de Vic,* que Charles V fit venir en cette ville. Le cadran fut refait et doré sous Henri III. La lanterne de cette tour contenait une cloche appelée *tocsin :* elle jouissait de la prérogative de n'être mise en branle que dans de rares occasions, lors de la naissance ou de la mort des rois et de leurs fils aînés. Cependant on lui fit enfreindre cette loi pour devenir l'instrument d'un des plus horribles attentats que la tyrannie et le fanatisme puissent commettre ; elle fut une des deux cloches de Paris qui, dans la nuit du 24 août 1572, donnèrent le signal des massacres de la Saint-Barthélemi; c'est pour cette cause, dit-on, qu'elle a été détruite pendant la révolution.

Le mur du Palais, contigu à cette tour, et qui fait face au Marché-aux-Fleurs, est décoré de deux figures symboliques de grande proportion représentant la Justice et la Force; elles sont l'ouvrage du célèbre Germain Pilon.

AUTRES COURS DE JUSTICE. La *Cour des Aides*, avant la révolution, occupait la salle qui sert aujourd'hui au *Tribunal d'appel* ou *Cour royale*. On y arrive par un escalier situé en face de la principale entrée du Palais. Dans la cage de cet escalier est une niche contenant une statue de la Loi, qui tient d'une main un sceptre, et de l'autre un livre ouvert, où sont écrits ces mots : *In legibus salus*. Quelques autres cours ont leur entrée dans la grand'salle. La plus considérable est la *Cour de cassation;* elle occupe le local de l'ancienne grand'chambre, qu'on nommait *Chambre de saint Louis*. Sur la porte d'entrée est un vaste bas-relief qui représente une figure de la Justice entre deux lions. L'intérieur de cette salle, réparé, décoré et doré sous le règne de Louis XII, le fut de nouveau, en 1722, sur les dessins de Germain Boffrand. Sur la cheminée, un bas-relief représentait Louis XIV entre la Vérité et la Justice, par Coustou le jeune : au-dessus du siége on voyait un crucifix peint par Albert Durer. La troisième salle des *Enquêtes*, qui a servi à la *Cour prévôtale*, sert à la septième chambre du *tribunal de première instance;* son plafond, décoré de peintures par Vouet, représente le *Jugement dernier*.

Le parlement, après deux mois de vacances, faisait chaque année, le lendemain de la fête de saint Martin, une rentrée solennelle. Dans la grand'salle était alors disposé un autel, dédié à saint Nicolas, où l'on célébrait la messe du Saint-Esprit, dite aussi la *Messe rouge*, parce que les présidents et conseillers y assistaient en robes de cette couleur. MM. les gens du roi recevaient les serments des avocats et des procureurs. Les présidents et les conseillers, dans cette cérémonie, se saluaient réciproquement, non à la manière des hommes, mais comme le font encore quelques femmes, en fléchissant et écartant les genoux. On a rétabli, depuis 1815, le vieil usage de la *Messe rouge*, mais non celui des révérences féminines. Depuis 1830, il n'est resté de tout cela que des mercuriales ou discours de rentrée.

CHAMBRE DES COMPTES. Elle était située hôtel de la Préfecture de police, dans l'enclos du Palais, à l'occident de la Sainte-Chapelle. Les *gens des comptes* n'avaient point, dans l'origine, de siége fixe, ni de résidence à Paris; ils suivaient la cour du roi, recevaient, écoutaient et corrigeaient tous les comptes, tant ordinaires qu'extraordinaires, les signaient comme notaires, et les scellaient du grand sceau du roi. On ignore l'époque précise où les gens des comptes devinrent une compagnie fixe, eurent des bâtiments consacrés à leurs opérations. Ils furent, dit l'abbé Lebœuf, établis par saint Louis et rétablis par Philippe-le-Bel, à peu près dans le même temps qu'il rendit le parlement sédentaire, c'est-à-dire vers l'an 1302. Philippe-le-Long, en 1320, et Charles-le-Bel, en 1323, réglèrent le travail et les attributions de cette chambre.

D'abord considérée comme faisant partie du parlement, elle en fut distraite dans la suite, et on l'érigea en cour spéciale dont les jugements étaient en dernier ressort. Elle était alors composée de deux présidents, l'un clerc et l'autre laïque, et de cinq maîtres, dont trois clercs et deux laïques. Ces maîtres por-

ANCIENNE COUR DES COMPTES.

taient autrefois de grands ciseaux pendus à leur ceinture, pour marquer le pouvoir qu'ils avaient de rogner ou de retrancher les comptes erronés qu'on leur soumettait. Le nombre des membres de cette chambre s'accrut considérablement dans la suite. Cette chambre, par un décret impérial du 28 septembre 1807, a été réorganisée sous la dénomination de *Cour des Comptes*. Maintenant elle est divisée en trois chambres, dont chacune est composée d'un président et de six maîtres des comptes, et siége dans le palais du quai d'Orsay.

HAUT ET SOUVERAIN EMPIRE DE GALILÉE. Les clercs de la Chambre des comptes formèrent une communauté qui fut érigée en tribunal dont la juridiction s'étendait sur tous les membres de cette association. Ils eurent des réglements autorisés par leur chambre; ils jugeaient en dernier ressort, donnaient à leur tribunal la dénomination pompeuse de *haut et souverain empire de Galilée*, et le président était qualifié d'*empereur de Galilée*.

Les clercs de la Chambre des comptes étaient en usage, chaque année, la veille et le jour des Rois, de célébrer une fête ou solennité qui consistait en une marche pompeuse, égayée par la musique, où l'on voyait les sujets de l'empereur de Galilée porter des gâteaux des Rois qu'ils allaient distribuer chez tous les membres de la Chambre des comptes en leur donnant l'aubade. En 1525, les trésoriers de l'empire sollicitaient auprès de la Chambre des comptes les fonds nécessaires pour leur fête du gâteau des Rois. La Chambre, par arrêt du 22 décembre 1525, défendit, pour cette année, la célébration de cette cérémonie et des autres *joyeusetés accoutumées*. La dépense était payée par la Chambre des comptes, et se montait à vingt ou vingt-cinq francs.

En 1532, on voit que Guillaume Rousseau était empereur de cet État; que le roi lui donna, ainsi qu'à ses suppôts, clercs de la Chambre des comptes, vingt-cinq livres parisis pour fournir aux frais «des danses, morisques, mommeries et » autres triomphes que le roi veut et entend être faits par eux, pour l'*honneur* et » récréation de la reine. »

Les édits de cet empereur portaient ces formules : *A tous présents et à venir, salut, etc.... Nous avons par ces présentes, signées de notre main, dit, déclaré et ordonné, déclarons et ordonnons, voulons et nous plaît... Si mandons à nos amés et féaux chancelier et officiers dudit empire, que ces présents articles de réglement, en forme d'édit, ils fassent lire, publier et enregistrer, etc.* Henri III, qui voyait avec jalousie ou avec crainte l'*empereur de Galilée* marcher dans Paris avec ses gardes, ainsi que le faisait le *roi de la Basoche*, dont je parlerai bientôt, défendit à cet empereur de porter pareil titre. Ainsi l'empereur de Galilée fut détrôné; mais ses États subsistèrent fort bien sans lui. Un réglement de l'an 1705 nous fait connaître quels magistrats gouvernaient alors cet empire. On y voit figurer un chancelier remplaçant l'empereur, un procureur général, puis six maîtres des requêtes, deux secrétaires des finances, un trésorier, un contrôleur, un greffier et deux huissiers. Le chancelier était nommé par voie d'élection. On ignore le coup fatal qui termina les destinées de cet empire sans empereur.

Outre les cours et juridictions que j'ai déjà mentionnées, l'enclos du Palais en contenait plusieurs autres qui n'existent plus : telles étaient le *Bailliage du Palais*, l'*Election*, la *Chancellerie*, les trois juridictions de la table de marbre dont j'ai parlé, c'est-à-dire la *Connétablie*, l'*Amirauté*, et les *Eaux et Forêts :* il s'y trouvait aussi *la Basoche du Palais.*

LA BASOCHE DU PALAIS (1), institution composée des clercs du parlement, comme celle du *haut et souverain empire de Galilée* l'était des clercs de la Chambre des comptes. La Basoche fut, à ce qu'on dit, instituée en 1302, par Philippe-le-Bel qui ordonna que cet association porterait le titre de *Royaume;* qu'elle formerait un tribunal, jugeant en dernier ressort, tant en matière civile que criminelle, tous les différends qui s'élèveraient entre ces clercs, et toutes les actions intentées contre eux; que le président porterait le titre de *Roi de la Basoche,* et que, tous les ans, ce roi et les sujets de ce royaume feraient une montre ou revue solennelle. On ne trouve point cette ordonnance de Philippe-le-Bel; ainsi je ne garantis pas l'authenticité de cette origine, qui, toutefois, n'est pas sans vraisemblance.

Ce tribunal était composé d'un président-roi, d'un chancelier, d'un vice-chancelier, de maîtres des requêtes, de greffiers, d'huissiers, etc. Il tenait ses audiences les mercredis et samedis, dans la grand'chambre. Ses jugements commençaient par cette formule fastueuse : *La Basoche régnante et triomphante en titres d'honneur, salut,* et se terminaient par celle-ci : *Fait audit royaume, le, etc.* On ajoute que Philippe-le-Bel accorda de plus aux clers de la Basoche la faculté d'établir des juridictions basochiales inférieures, dans diverses villes du ressort du parlement de Paris, à condition que les prévôts de ces juridictions rendraient foi et hommage au *roi de la Basoche,* obéiraient à tous ses mandements et que l'appel de leur jugement serait porté devant lui ou devant son chancelier.

La montre ou revue de la Basoche était une cérémonie si remarquable, que François Ier voulut y assister. Il fut satisfait de cette cérémonie, dans laquelle figuraient, en bonne tenue, sept à huit cents clercs montés à cheval.

Une odieuse contribution, dont François Ier venait de charger les habitants de la Guienne, excita, après sa mort, un soulèvement dans ce pays. Il fallait des forces pour réprimer les insurgés; alors le roi de la Basoche vint offrir à Henri II six mille hommes de ses sujets capables de le servir dans cette triste expédition. Henri II accepta l'offre, et six mille clercs partirent, armés, pour soumettre les habitants de la Guïenne. Le roi de France fut si satisfait des services du roi de la Basoche et de ses suppôts, qu'il leur accorda plusieurs priviléges. Il leur donna le droit de faire couper, dans ses forêts, tels arbres qu'ils choisiraient pour la cérémonie du Mai qu'ils plantaient chaque année au bas de l'escalier du Palais. En conséquence de ce droit, les clercs allaient tous les ans, couper, dans la forêt de Bondy, trois chênes, dont l'un devait servir de Mai, et les autres étaient vendus au profit de la Basoche. Il leur fut aussi accordé, chaque année, une certaine partie des amendes adjugées au roi,

---

(1) *Basoche* est une dénomination de localité, commune à plusieurs bourgs et villages de France. Dans les titres latins, ces lieux *basoche* ou *basouche* sont nommés *basilica*, nom qui désigne un bâtiment, église ou palais de fondation ou de propriété royale. On voit que l'association des clercs du parlement a été nommée *basoche* ou *basilique*, parce qu'elle siégeait dans le palais de la Cité, palais habité jadis par les rois.

au parlement et à la Cour des aides. Un arrêt du parlement, du 31 décembre 1562, autorise les officiers du royaume de la Basoche *à passer et repasser par la ville, soit de nuit, soit de jour, ayant flambeaux ou torches pour assister aux aubades.* Il leur fut permis d'avoir des armoiries dont l'écusson, chargé de *trois écritoires*, surmonté d'un casque, était supporté par deux jeunes filles nues.

Le roi de la Basoche obtint aussi le droit de faire battre monnaie; mais elle n'avait cours que parmi ses sujets. Les revenus de ce royaume consistaient dans des parties d'amendes, dans la vente de deux chênes, dans les gratifications que leur accordait le Parlement et dans les *béjaunes*, espèce de contribution exigée de tous les nouveaux clercs. Henri III voyait avec peine cette royauté placée à côté de la sienne : il fit défendre à tous les Français de prendre dorénavant le titre de roi, et ne laissa subsister que le roi de la fève. Dès lors, l'autorité du roi de la Basoche fut le partage de son chancelier.

La splendeur du trône de la Basoche et ses attributions ne se bornaient pas à juger en dernier ressort, à des marches pompeuses, à faire battre monnaie, à porter des armoiries et des titres imposants; ses sujets s'arrogeaient le droit, dans des spectacles qu'ils représentaient au Palais, de censurer les mœurs publiques : ils furent les premiers auteurs et acteurs comiques qui parurent à Paris. Pendant que d'autres acteurs offraient en spectacle les mystères de la Passion, les Basochiens jouaient publiquement, sur la table de marbre qui leur servait de théâtre, des pièces appelées *farces, soties, moralités;* l'argent qu'ils retiraient des spectateurs était employé aux préparatifs du spectacle et aux frais d'un festin où assistaient les acteurs et les officiers de la Basoche.

Dans la cérémonie du Mai, célébrée aux premiers jours de juillet, vingt-cinq clercs du Palais, montés à cheval, vêtus en habits rouges, accompagnés de trompettes, timbales, hautbois et bassons, allaient chez leurs dignitaires et chez les principaux membres des Cours du Parlement et des aides, faisaient, devant la porte de ces magistrats, exécuter des morceaux de musique, parcouraient les rues pendant plusieurs jours, précédés de drapeaux à leurs armes, et enfin allaient à la forêt de Bondy où ils marquaient les arbres qu'ils avaient le droit d'y couper, et venaient en planter un au bas de l'escalier du Palais.

Les Basochiens, dans les premiers jours de la révolution, formèrent un corps de troupes dont l'uniforme était rouge avec épaulettes et boutons en argent, rendirent plusieurs services à la chose publique, et signalèrent leur dévouement en se soumettant, sans réclamations, au décret qui anéantissait leur corporation. On a, depuis la révolution, rétabli la Basoche, ou plutôt ce que cette institution avait d'utile, et relégué dans les siècles passés ses titres ridicules et ses vaines cérémonies.

CHATELET. Après que l'enceinte de Philippe-Auguste eut porté fort au delà du Châtelet les murailles de Paris, cette forteresse fut destinée au siége des juridictions de la prévôté et vicomté de Paris. On ne connaît point l'époque précise de l'établissement de ces juridictions dans cet édifice; mais on sait qu'en 1302 Philippe-le-Bel rendit une ordonnance portant règlement pour les officiers du Châtelet, par laquelle il y établit quatre-vingts sergents à cheval, quatre-vingts sergents à pied, tous suffisamment armés, et des juges nommés *auditeurs*, chargés d'entendre les témoins : ces juges ne pouvaient juger qu'en première instance. Cette ordonnance ne crée point une juridiction, elle la régularise ; et l'on voit, par quelques-uns de ses articles, qu'elle existait bien avant. La cour du Châtelet, avant la révolution, était présidée par le prévôt, le lieutenant civil, le lieutenant général de police et deux lieutenants particuliers ; elle se composait en outre de cinquante-cinq conseillers et de dix conseillers honoraires, et se divisait en quatre sections, *audience du Parc civil*, celle du *Présidial*, la *Chambre du conseil* et la *Chambre criminelle*. La cour du Châtelet fut supprimée dès 1792 ; en 1802 on démolit presque tous ses bâtiments. A des tours hideuses et noircies par le temps, à des rues étroites, sombres et malsaines, telles que l'étaient celles de *Saint-Leufroy*, de *Trop-va-qui-Dure*, ou *Qui-m'y-Trouva-si-dur*, de la *Vallée-de-Misère* et celle de *la Triperie*, a succédé une vaste place où s'élève une fontaine dont il sera parlé dans la suite.

Les officiers du Châtelet célébraient, chaque année, le lundi après le dimanche de la Trinité, une fête ou cavalcade appelée *la montre*. Sa marche était ouverte par une musique guerrière composée de timbales, trompettes, hautbois, et par les attributs d'une justice militaire, tels que le casque, la cuirasse, les gantelets, le bâton de commandement et la main de justice. Chacun de ces emblèmes était porté par un individu ; puis suivaient quatre-vingts huissiers ou sergents à cheval, cent quatre-vingts sergents à verge, précédés de leurs trompettes et timbales, et munis de leurs signes d'honneur. Ceux qui figuraient dans cette partie de la cavalcade étaient tous vêtus en habits courts et de diverses couleurs. Venaient ensuite cent vingt huissiers priseurs ; vingt huissiers audienciers, couverts de leurs robes de palais ; douze commissaires au Châtelet en robes de soie ; un des avocats du roi, un des lieutenants particuliers et le lieutenant civil. Ces derniers se faisaient remarquer par leurs robes rouges. Puis des greffiers du Châtelet et quelques huissiers fermaient la marche. Cette cavalcade se portait successivement chez le chancelier, le premier président, le procureur général et chez le prévôt de Paris. Cette fête avait sans doute la même origine que les marches pompeuses célébrées par les clercs de la Chambre des comptes et par ceux du parlement ; mais elle s'est maintenue plus longtemps ; *la montre* du Châtelet n'a cessé qu'à l'époque de la révolution. Cette *montre*, dans ces derniers temps, était ridicule en ce que, contre l'usage, on y voyait des hommes, vêtus en robes longues, montés à cheval, et parcourant, sans objet connu, les rues de Paris.

BASOCHE DU CHATELET. Le Châtelet avait, comme le parlement, sa *Basoche*, composée de tous les clercs de cette cour, travaillant chez les notaires, les commissaires, les procureurs et les greffiers. Ces clercs, en arrivant, devaient prendre des lettres de *béjaune* (1), expédiées par les officiers basochiens. Cette Basoche consistait en un *prévôt* et quatre *trésoriers*, et formait un tribunal qui jugeait les différends des clercs. S'il se présentait des protestations contre ses

____

(1) Ces nouveaux venus étaient nommés *béjaunes*, ou *becs jaunes*, comme est le bec des oiseaux qui ne sont pas encore sortis de leur nid, *c'est-à-dire* ignorants ou novices. (Voyez le *Glossaire* de Du Cange, au mot *Beanus*.)

jugements, elles se décidaient par un ancien conseil, composé d'anciens officiers des clercs. Elle se qualifie, dans une des ordonnances, rendue le 22 août
1759, de *Basoche régnante en titre et triomphe d'honneur*. La Basoche du Châtelet, le jour de Saint-Nicolas, faisait célébrer une messe solennelle, donnait un
dîner et des fêtes auxquels assistaient des magistrats du Châtelet ; elle représentait, au quinzième siècle, comme les clercs de la Basoche du Palais, des
mystères et des pastorales.

Tels furent les établissements faits à Paris sous le règne de Philippe-le-Bel.

PARIS SOUS LOUIS X, DIT LE HUTIN.

Louis X succéda, le 29 novembre 1314, à Philippe-le-Bel, son père. Ce roi
était faible et facilement irritable. Suivant un écrivain de son temps, il voulait,
mais ne savait pas faire le bien : *il était*, dit-il, *volentif, mais n'étoit pas bien en-
tentif en ce qu'au royaume il falloit.* Pendant les deux années assez mal employées
de ce règne, on ne trouve qu'une seule institution à Paris.

COLLÉGE DE MONTAIGU, situé rue des Sept-Voies, n° 26. La fondation de cet
établissement doit être attribuée à Gilles Aicelin de la maison de Montaigu. Ce
collége, réorganisé et doté par plusieurs personnes de la famille d'Aicelin, était
à la fin du quinzième siècle (1183) dans une décadence complète. Alors le chapitre de Notre-Dame, le 12 mai de cette année, nomma principal de ce collége
Jean Standonc, qui, par ses soins et les libéralités de diverses personnes, parvint à faire rétablir les bâtiments, à construire une chapelle et à entretenir
douze boursiers. On y avait astreint les écoliers à une règle très-austère ; on les
faisait fréquemment jeûner. De tous les colléges de Paris, celui-ci fut toujours
le plus mal administré ; de tous les écoliers de cette ville, ceux de Montaigu
passaient pour les plus maltraités, pour les plus malheureux. Érasme, qui
séjourna quelque temps dans ce collége, y tomba malade par l'effet de l'insalubrité du logement et de la nourriture. Pendant le jour, ces écoliers allaient
mendier pour vivre et recevaient, avec les pauvres, le pain que distribuaient les
chartreux. Leur vêtement, très-grossier, qui consistait en une cape de gros
drap brun, fermée par-devant, et en un camail fermé devant et derrière, les fit
appeler *les pauvres capettes de Montaigu*. Du temps de Rabelais, ce collége se
trouvait encore dans un état déplorable. Les écoliers, rongés par la vermine,
que l'on nommait *éperviers de Montaigu*, étaient cruellement tyrannisés par
leurs maîtres. Ils le furent surtout par leur principal, Antoine Tempeste. Rabelais parle de ce professeur : « Tempeste, dit-il, fut ung grand fouetteur d'escho-
« liers au collége de Montagut. Si par fouetter pauvres petits enfants, escho-
« liers innocents, les pédagogues sont damnés, il est, sur mon honneur, en la
« roue d'Ixion, fouettant le chien courtaut qui l'esbranle. »

Le collége de Montaigu s'est maintenu en plein exercice jusqu'en 1792, époque de sa suppression. Ses bâtiments ont ensuite été convertis en un hôpital et
en une prison militaires. Ils ne sont plus affectés aujourd'hui qu'à cette dernière
destination.

SYNAGOGUE DES JUIFS. Sous ce règne, stérile en établissements, je placerai un article sur la synagogue des Juifs. Lorsqu'en 1181 Philippe-Auguste chassa les Juifs de ses États, ils avaient à Paris deux synagogues : l'une, située dans la Cité, rue de la Cité, qui portait encore, il y a quelques années, le nom de rue de la Juivrerie, fut, après leur expulsion, convertie en église, sous le nom de *Sainte-Madeleine-en-la-Cité* ; l'autre était située rue *de la Tacherie*. En 1198, rappelés en France par le même roi, ils firent réparer la synagogue de la rue de la Tacherie, et en rétablirent une seconde dans une ancienne tour d'une des enceintes de Paris, située au cloître de Saint-Jean-en-Grève. Cette tour et la rue voisine ont porté le nom de *Pet-au-Diable*, nom ridicule qui leur vient, dit-on, de cette synagogue. Depuis très-longtemps, ils possédaient dans Paris deux cimetières : l'un placé rue Galande, et l'autre au bas de la rue de la Harpe, vers la rive de la Seine. Près de là, et sur cette rivière, était un moulin dont eux seuls se servaient. Dans la suite, les Juifs eurent des établissements dans le cul-de-sac de Saint-Faron, rue de la Tixerandrie, qui porta, en conséquence, le nom de *cul-de-sac des Juifs* ; ils en eurent dans la rue *de Judas*, montagne Sainte-Geneviève, et dans les rues des Lombards, de Quincampoix, dans la Cité, dans l'enceinte du Palais, etc. Aujourd'hui leur principale synagogue est située rue Notre-Dame-de-Nazareth, n° 17.

PARIS SOUS PHILIPPE V, DIT LE LONG.

Après Louis X, on place, au rang des rois, un de ses fils, appelé Jean Ier, qui ne vécut que six à sept jours. Je laisse aux généalogistes le soin de parler d'un enfant qui n'a point régné. Philippe, surnommé *le Long*, à cause de sa longue stature, succéda à son frère Louis X, le 19 novembre 1316, et fut sacré le 6 janvier suivant, malgré les oppositions du comte de Valois, son oncle, qui, pour s'emparer du trône, avait déjà rassemblé des troupes et s'était rendu maître du château du Louvre. Les Parisiens prirent les armes pour la cause de Philippe, et parvinrent à chasser le comte de Valois et ses partisans. Ce prince avait conçu le projet d'établir l'unité des monnaies, des poids et mesures. Ce projet, qui honore sa mémoire, rencontra dans le régime féodal un obstacle insurmontable. — Philippe ne régna pas longtemps ; il mourut le 3 janvier 1322.

Quant aux établissements qui eurent lieu à Paris pendant son règne, nous ne trouvons à noter que trois colléges, celui de Narbonne, rue de la Harpe, n° 89 ; celui du Plessis, rue Saint-Jacques, n° 115, dont les bâtiments sont encore occupés par l'école Normale, et enfin celui de Tréguier et de Laon, place Cambrai, sur une grande partie de l'emplacement où depuis a été construit le *collége de France*.

PARIS SOUS CHARLES IV, DIT LE BEL.

Ce roi, troisième fils de Philippe-le-Bel, succéda, le 3 janvier 1322, à son frère Philippe-le-Long. Ce prince faisait exercer la justice avec sévérité. Il essaya de réprimer le brigandage des nobles ; et, s'il ne parvint pas à les ramener à des principes de probité qu'il n'avait pas lui-même ; il sut, pour quelque temps, les contenir par la terreur des châtiments. *Les grands exemples*, disait-il, *sont les plus nécessaires ;* il aurait dû dire les *bons exemples*.

Jourdain de Lisle, seigneur de Casaubon, neveu par sa femme du pape Jean XXII, un des plus illustres et des plus grands scélérats de son temps, dont les crimes, par considération pour ce pape, étaient restés impunis, fut, en 1323, par ordre de Charles-le-Bel, livré au parlement, qui le condamna à être pendu. Son jugement s'exécuta à Paris. Le curé de Saint-Merri, pour faire sa cour au pape, fit porter son corps dans son église, et l'enterra honorablement et *gratis*, comme il s'en vante dans une lettre adressée à ce pontife.

Charles, en altérant la valeur des monnaies, imita le roi son père, et mérita comme lui le surnom de *faux-monnayeur*. Il mourut à Vincennes, le 1er février 1328. Voici la notice des établissements faits ou renouvelés à Paris pendant la règne de Charles IV.

Saint-Jean-en-Grève. J'ai parlé de cette église, située derrière l'Hôtel-de-Ville. D'abord chapelle baptismale de Saint-Gervais, puis érigée, en l'an 1212, en église paroissiale, l'église Saint-Jean, entourée d'une enceinte qu'on nommait *le cloître Saint-Jean*, avait un cimetière contigu, qu'en 1322 on appelait *Place au Bonhomme*. La place du *Marché Saint-Jean* faisait partie de l'ancien cimetière de cette paroisse ; et, du temps de Philippe-le-Hardi, cette place portait le nom de *Vieux-Cimetière*.

Cette église a été démolie entièrement, et son emplacement envahi par les nouvelles constructions de l'Hôtel-de-Ville.

Saint-Jacques-de-l'Hôpital, église située au coin de la rue Saint-Denis et de celle Mauconseil, n° 193. Des bourgeois de Paris, ayant fait le pèlerinage de Saint-Jacques de Compostelle, se réunirent en confrérie, et acquirent, en 1419, un emplacement dans la rue Saint-Denis, près de la Porte-aux-Peintres, dans le dessein d'y établir une chapelle et un grand hôpital pour les pèlerins allant à Saint-Jacques, et pour les pauvres passants de l'un et de l'autre sexe. Ce projet s'exécuta avec lenteur et à travers plusieurs obstacles. La reine Jeanne d'Evreux posa la première pierre de l'église, qu'elle gratifia d'un *doigt de l'apôtre saint Jacques*.

L'hôpital contenait plus de quarante lits. Chaque jour soixante ou quatre-vingts pauvres s'y rendaient, y passaient la nuit, et, le lendemain, avant de partir, recevaient le quart d'un pain d'un denier, et le tiers d'une chopine de vin. Quatre prêtres, avec le titre modeste de chapelains, furent d'abord chargés de desservir la chapelle. Leur nombre alla toujours croissant ; à la fin du quatorzième siècle, on en comptait dix, dont chacun se fit bâtir une maison dans l'enclos de cet hôpital. Enfin, comme il est arrivé pour la plupart des hôpitaux de Paris, les prêtres chargés de desservir cette maison envahirent insensiblement le bien des pauvres, ce qui n'empêcha pas l'établissement de conserver toujours le nom d'*hospital*, quoiqu'il n'y eût plus d'*hospitalité*. Tous les revenus devinrent la proie des chanoines, dont les mœurs ne furent pas toujours exemplaires. Les seconds statuts, dressés en 1388, défendent aux prêtres de cette maison de jouer aux cartes et aux dés ; *d'aller à la taverne en habits de chœur ;* de sortir de l'église pendant la célébration pour aller faire la conversation au dehors ou sur les places; de porter la barbe longue et les cheveux longs; d'avoir des chaussures de diverses couleurs; ils leur défendent encore de faire entendre dans l'église, et pendant les saints offices, des ris indécents, des contes facétieux et des disputes.

En 1672, Louis XIV donna à l'ordre de Notre-Dame-du-Mont-Carmel et de Saint-Lazare les biens de toutes les maisons qui, comme celle de l'hôpital Saint-Jacques, n'observaient plus l'hospitalité. Depuis, le bâtiment de l'église de cet hôpital a été démoli, et des maisons se sont élevées sur son emplacement.

Tous les ans, au mois de juillet, les confrères de l'hôpital Saint-Jacques célébraient leur fête par une magnifique procession, composée de pèlerins portant chacun une calebasse pleine de vin qu'ils vidaient et faisaient remplir de temps en temps, à la vue des spectateurs. « Cette procession, dit Sauval, étoit termi-« née par un grand faquin, vêtu en saint Jacques, avec la contenance d'un cro-« cheteur qui veut faire l'honnête homme; au retour tous les pèlerins dînoient « ensemble dans les salles de Saint-Jacques-l'Hôpital; celui-ci, assis au bout de « la table avec deux hommes qui l'éventoient, regardoit ainsi dîner la compa-« gnie, sans oser manger, parce que les saints ne mangent point. » Antoine Fusil, curé de Paris et docteur de Sorbonne, après avoir déclamé contre les confréries et leurs abus, décrit ainsi cette procession : « Un épitome de cela se peut « observer en juillet, à la procession de Saint-Jacques-de-l'Hôpital, à Paris, où « ils contrefont ce saint, sur quelque bon tetteur de gobelet, qu'ils appellent « *roy*, et le travestissent d'un chapeau, bourdon, cannebasse et d'une rebe à « l'apostolique, toute recoquillée, recamée par-dessus d'écailles et de moules « de la mer. C'est là où la cannebasserie est vidée en perfection. Et Dieu sait, « si, durant le disner, la bourrache de cuir bouilli est répétée en tirlarigod; et « après disner, ils dansent la feste en hymne de chair tabourinée, solemnisant » leur pèlerinage en bacchantes, ainsi ils bacchanalisent la sainteté de leur so-« lennité. Ils dansent, gimbrettent et carollent le mérite supposé de leur voyage « en Galice. Cela est blasphématoire de honnir si impudiquement la mémoire « des apostres et serviteurs de Dieu. »

PARIS SOUS PHILIPPE VI, DIT DE VALOIS.

Philippe VI, fils de Charles, comte de Valois, lequel Charles était troisième fils de Philippe-le-Hardi, fut, à la mort du roi Charles IV, déclaré régent du royaume, et deux mois après, le 1er avril 1328, lorsque la reine fut accouchée d'une fille, on le proclama roi de France. Il est le premier roi de la branche collatérale des Valois. Ce roi, sans jugement, sans caractère, cédait aveuglément à la volonté de ses courtisans perfides; volonté qu'il croyait être la sienne. Trahi dans sa cour, trahi à la guerre, il fut partout malheureux. Son malheur fut l'ouvrage des circonstances qu'il ne sut pas dominer, et de son caractère brouillon et irritable qu'il n'eut jamais la force de maîtriser. Il alluma, par sa conduite impolitique, entre la France et l'Angleterre, une guerre qui causa plusieurs siècles de maux. — Dans les années 1343 et 1344, il fit, pour cause de trahison, décapiter aux Halles de Paris, ou bannir du royaume,

L'ÉGLISE DU ST SÉPULCRE.

décapités. (*Registres criminels du parlement.*)

plusieurs chevaliers puissants. Il donna lui-même l'ordre de leur exécution (1).

Philippe VI, sans être un très-méchant homme, fut un très-mauvais roi. Il mourut le 22 août 1350. La France ne lui doit aucune reconnaissance, et Paris aucune institution utile. Voici celles qui, sans sa participation et pendant son règne, eurent lieu dans cette ville.

SAINT-SÉPULCRE, église située rue Saint-Denis, n° 124, fondée en 1329 par une confrérie de personnes qui avaient fait vœu de visiter la Terre-Sainte. Cette fondation, comme toutes celles du même genre, rencontra de fortes oppositions parmi les ecclésiastiques en dignité, et fit naître, entre le chapitre de Saint-Merri et celui de Notre-Dame, de longues et vives altercations. L'évêque de Paris intervint pour lancer son excommunication contre les fondateurs. Il fallut que les confrères entrassent en arrangement avec ces terribles adversaires. D'autre part, plusieurs curés disputèrent à la nouvelle église le droit d'avoir un cimetière, craignant que ce nouvel établissement ne leur enlevât des pratiques. Il fallut encore que les fondateurs achetassent la tranquillité au prix de plusieurs concessions; il leur fallut partager avec ces prêtres les produits de l'autel, du cimetière, des offrandes, des bénédictions, etc.

En 1333, le nombre des confrères s'élevait à plus de mille : on y comptait des rois, des princes, des personnes de tous les rangs. Cet état de prospérité détermina la confrérie à faire construire une église plus vaste. Ce nouvel édifice fut dédié en 1526; mais sa construction ne fut terminée qu'en 1655.

Ces confrères avaient eu l'imprudence ordinaire de placer dans leur église un clergé qui s'érigea en chapitre, et qui bientôt envahit leurs biens et leurs droits, et les confrères furent bientôt presque entièrement dépouillés par leurs créatures. En 1672, cette maison eut le sort de celle de Saint-Jacques-de-l'Hôpital ; le gouvernement la réunit à l'ordre de Saint-Lazare.

En 1775, quelques individus, pour se procurer à bon marché l'apparence du mérite, s'avisèrent de faire revivre les anciennes prérogatives de la confrérie du Saint-Sépulcre, et d'exhumer des bulles et des titres qui en avaient autorisé l'existence. Cette confrérie, n'étant alors composée que de bourgeois et d'artisans, fut, par allusion à leurs banquets, nommée la *Confrérie de l'Aloyau.* Ils intriguèrent à la cour, et parvinrent à s'associer plusieurs personnages puissants. Suivant leurs plans, ils établissaient un nouvel ordre chevaleresque, dont

____

(1) Godefroi de Harcourt fut, par arrêt du parlement, du 19 juillet 1343, banni du royaume, et ses biens furent confisqués. Olivier, sire de Clisson, chevalier, fut décapité aux Halles de Paris, le 2 août 1343, *par jugement du roi.* Messire Raoul Patris, chevalier, et Pierre de Préais, écuyer, furent bannis, et leurs biens confisqués, le 2 octobre de la même année. Le 29 novembre 1343, furent décapités, aux Halles de Paris, sept chevaliers et trois écuyers. Le 1er décembre, l'épouse d'Olivier de Clisson, son écuyer, et deux châtelains, n'ayant pu être saisis, furent bannis du royaume, et eurent leurs biens confisqués. Le 3 avril 1344, trois chevaliers, traîtres au roi, meurtriers et larrons, furent décapités aux Halles de Paris. Le 12 octobre 1344, maître Henri Malestroit, chapelain du pape, maître des requêtes de l'hôtel, fut, pour la même affaire, lié sur un tombereau, avec une couronne en parchemin sur la tête, promené dans les rues de Paris, et condamné à une prison perpétuelle, *au pain de douleur et à l'eau de tristesse.* Il y eut plusieurs autres prisonniers décapités. (*Registres criminels du parlement.*)

M. le comte d'Artois devait être le grand-maître. Déjà un costume, des croix étaient fabriqués pour la décoration des nouveaux chevaliers, et des grades de commandeurs répartis pour flatter l'amour-propre des plus éminents; déjà les intrigants vendaient les admissions à cet ordre, et le droit de se décorer de la croix du Saint-Sépulcre, lorsque, le 2 juin 1776, le roi leur fit défense de porter le titre et la décoration de cet ordre prétendu, et les arrêta au milieu de leur carrière chevaleresque.

Cet ordre s'est relevé en 1814 : on voit dans un petit volume intitulé : *Précis historique de l'ordre royal, hospitalier-militaire du Saint-Sépulcre de Jérusalem*, par M. le comte Allemand, et publié à Paris, en 1815; on y voit, disons-nous, qu'il en coûtait 500 francs pour être reçu dans l'ordre en âge de minorité, et 300 francs pour être admis en âge de majorité; qu'en aucun cas les dames ne pouvaient être autorisées à porter la croix de l'ordre, à l'exception des princesses de la famille et du sang royal. Le même écrit porte que les nouveaux chevaliers ont été reçus dans le cabinet de Sa Majesté, et que Mgr le comte d'Artois accepta avec plaisir le titre de grand-maître, mais que Son Altesse royale ajouta « qu'elle en référerait au roi, sans les ordres duquel elle ne pouvait rien « faire. » Or, le roi venait de leur répondre qu'il voyait avec plaisir le zèle qui les animait, qu'il examinerait l'objet de leur demande, et qu'il protégerait toujours les institutions utiles. C'était un refus adroitement enveloppé; car Louis XVIII ne mettait certainement pas le rétablissement de cet ordre au rang des institutions utiles. J'ignore ce qu'est devenue depuis cette association.

En 1791, une compagnie de négociants hollandais ou bataves acquit l'emplacement de l'église et autres bâtiments du Saint-Sépulcre, et y fit élever les vastes et belles constructions appelées *la Cour Batave*.

SAINT-JULIEN DES MÉNÉTRIERS, église située rue Saint-Martin, n° 96. Deux jongleurs, Jacques Grure et Hugues ou Huet-le-Lorrain, avant l'an 1321, fondèrent cette église, ainsi qu'un hôpital attenant; mais ils n'y parvinrent qu'après avoir éprouvé beaucoup d'obstacles. Ces constructions étaient terminées en 1335. Les joyeux confrères contribuèrent, par des dons annuels, à l'entretien d'un chapelain. Le curé de Saint-Merri vint s'opposer, comme à l'ordinaire, à cet établissement : il fallut composer avec lui.

Les ménétriers ou jongleurs étrangers, passant par la ville de Paris, étaient hébergés dans cet hôpital. Les ménétriers, jongleurs, jongleresses, formaient alors à Paris une corporation : ils habitaient la même rue, celle dite autrefois *des Jongleurs*, et aujourd'hui des *Ménétriers*. Dès l'an 1321, au mois de septembre, ils avaient consolidé leur association par un règlement scellé à la prévôté de Paris : en voici la substance. Les seuls jongleurs et ménétriers de la corporation de Paris avaient le droit de faire entendre le bruit de leur musique aux fêtes et aux noces qui se célébraient dans cette ville, et d'y rester pendant toute leur durée. Les ménétriers étrangers ne devaient point s'y présenter; s'ils s'en avisaient, ils étaient condamnés à une amende. Ces ménétriers étaient gourvernés par un *roi* et par *le prévôt de Saint-Julien;* l'un et l'autre étaient autorisés à bannir de Paris, pendant un an et un jour, les ménétriers parisiens

gouvernés par un roi et par le prevost de Saint-Julien, l'un et l'autre étant
autorisés à bannir de Paris, pendant un an et un jour, les ménétriers parisiens

St JULIEN DES MÉNÉTRIERS.

Publié par Furne, Paris.

qui, ne faisant point partie de la corporation, et n'ayant point juré d'observer ses réglements, tenteraient d'exercer leur métier dans cette ville. Ce réglement fut signé par trente-sept ménétriers, jongleurs ou jongleresses.

Tant que les frères ménétriers n'eurent qu'un prêtre pour desservir leur chapelle, ils furent les maîtres de leur établissement ; mais ils cessèrent de l'être dès qu'ils en eurent réuni plusieurs. Ces prêtres parvinrent à faire abolir l'hôpital, et se livrèrent à des désordres si scandaleux, qu'en 1644 l'archevêque de Paris les remplaça par des Pères de la Doctrine chrétienne. Cependant, malgré ces usurpations, les maîtres violons de Paris conservèrent encore, dans cette église, quelques prérogatives. Cette église, démolie au commencement de la révolution, est remplacée par une maison particulière.

CHAPELLE DE SAINT-YVES, située rue Saint-Jacques, au coin de celle des Noyers. Elle fut fondée, en 1348, par les écoliers bretons étudiant à Paris. Saint-Yves, qu'on nommait l'*avocat des pauvres*, devint le patron des avocats et des procureurs qui établirent une confrérie dans cette chapelle, et en furent les administrateurs. Cet édifice était d'une construction élégante : son portail offrait les statues de Jean VI, duc de Bretagne, et de Jeanne de France, son épouse. Sur son emplacement s'est élevée une maison particulière.

COLLÉGES. — Dans la période qui m'occupe, on fonda à Paris un grand nombre de colléges. Le collége de *Marmoutier*, rue Saint-Jacques, près du collége du Plessis, fut établi en 1329 par Geoffroi du Plessis, et celui d'*Arras*, situé rue d'Arras, n° 4, par Nicolas de Cauderlier, abbé de Saint-Vaast d'Arras. En 1330, le collége de *Bourgogne* s'éleva sur l'emplacement où est l'École de médecine actuelle, et fut doté par la reine Jeanne de Bourgogne ; celui des *Lombards*, rue des Carmes, n° 23, fondé en 1334 par plusieurs Italiens, reçut le nom de *Maison des pauvres escoliers italiens de la Charité de Notre-Dame ;* celui des *Écossais*, situé d'abord rue des Amandiers, et ensuite rue des Fossés-Saint-Victor, n°˙ 25 et 27, fut établi par Jean, évêque de Murray en Écosse, en 1333 ; celui de *Tours*, rue Serpente, n° 7, fut organisé l'année suivante par Étienne de Bourgueil, archevêque de Tours ; le collége de *Lisieux*, rue Saint-Jean-de-Beauvais, n° 5, était dû à la magnificence de Guy de Harcourt, évêque de Lisieux (1336). Ce fut dans l'église de cet établissement, le 1ᵉʳ septembre 1815, qu'on installa la première école d'enseignement élémentaire, d'après la méthode de Lancaster. Cette école y subsiste toujours ; elle est considérée comme l'école-mère de toutes celles de ce genre qui ont été établies à Paris.

Le collége d'*Autun*, rue Saint-André-des-Arts, n° 30, fondé par Pierre Bernard, évêque d'Autun, était destiné à quinze écoliers, natifs des diocèses de Vienne, du Puy et de Clermont ; celui de *Hubant* ou de l'*Ave-Maria*, rue de la Montagne-Sainte-Geneviève, n° 83, fut doté en 1339, par Jean de Hubant, président de la chambre des enquêtes à Paris. Jean Mignon, archidiacre de Blois, en 1343, établit le collége de *Mignon* pour douze écoliers de sa famille, dans la rue de ce nom. Le collége de *Chanac* ou de *Saint-Michel*, appelé encore de *Pompadour*, était situé rue de Bièvre, et dut son existence en 1324 à Guillaume de Chanac, évêque de Paris, de la famille de Pompadour en Limousin. Le collége d'*Aubusson* et celui de *Maître Clément* n'ont laissé aucun souvenir dans l'histoire de Paris. Presque tous ces établissements ont été successivement, au dix-huitième siècle, réunis à l'université.

Trois évêques, Hugues de Pomare, évêque de Langres; Hugues d'Arci, évêque de Laon, et Guy d'Aussone, évêque de Cambrai, furent les fondateurs d'un collége, qui porta le nom des *Trois-Évêques*, et reçut ensuite celui de *Cambrai*, parce qu'en 1348 il fut bâti sur l'emplacement de la maison de l'évêque de cette ville, un des fondateurs. En 1610, ses bâtiments furent en partie démolis, et l'on commença à élever sur leur emplacement ceux du *Collége de France*. Une portion de ses bâtiments subsistait encore sous le règne de Louis XIV. Ce ne fut qu'en 1774 qu'ils furent, ainsi que ceux de Tréguier qui les avoisinaient, entièrement abattus pour faire place au nouvel édifice du Collége de France.

PARIS SOUS JEAN, DIT LE BON.

Le roi Jean succéda, le 22 août 1350, à son père Philippe VI. C'est en vain que, dans les dix premières années de son règne on chercherait quelques actions qui puissent justifier le titre de *bon* donné à ce roi; on n'y trouverait au contraire que des actes continuels de despotisme, que des traits qui caractérisent un tyran fougueux, colère et cruel. Fait prisonnier à la bataille de Poitiers, il ne recouvra sa liberté qu'en 1360, époque où il revint alors à Paris. Il ne se passa aucun événement important sous le règne de ce roi qui mourut en 1664, et il ne se forma que quelques établissements peu considérables.

HOPITAL DU SAINT-ESPRIT, situé près de la Grève, au nord de l'Hôtel-de-Ville. Il fut fondé en 1372. Quelques personnes charitables, touchées de voir plusieurs orphelins mourant de faim dans les rues de Paris, achetèrent une maison rue Geoffroy-Lasnier, y retirèrent ces malheureux enfants, et invitèrent les habitants à y porter leurs aumônes. Sous le règne de Charles VI, les administrateurs de cet hôpital acquirent un autre emplacement situé sur la place de Grève, et y transférèrent leur établissement; ils y firent construire, vers l'an 1406, une chapelle qui a subsisté, en partie, jusqu'à ces derniers temps.

Suivant les derniers réglements, on recevait dans les maisons du Saint-Esprit soixante garçons et soixante filles, nés de légitime mariage, baptisés à Paris, et dont les pères et mères étaient morts à l'Hôtel-Dieu. Les enfants, pour y être admis, étaient tenus de déposer la somme de deux cents livres qu'on leur rendait à la sortie de cette maison, lorsqu'ils étaient en âge d'apprendre un métier; cette somme servait à payer leur apprentissage. Pendant leur séjour dans cet hôpital, les enfants apprenaient à lire, à écrire, et l'arithmétique. Par lettres patentes du 23 mai 1679, l'administration de l'hôpital du Saint-Esprit fut réunie à celle de l'Hôpital général. Les bâtiments de cet Hôpital ont disparu dans les nouvelles constructions de l'Hôtel-de-Ville.

Trois des anciens Colléges de Paris datent aussi du règne de Jean-le-Bon : celui de *Boncourt*, rue Descartes, n° 21, avait été établi par Pierre Bécoud, pour huit écoliers du diocèse de Thérouane. Ses bâtiments sont occupés aujourd'hui par les bureaux de l'Ecole Polytechnique. On ne sait rien du collége de *Tournay*, situé dans la même rue que le précédent, du collége des *Allemands*, qui s'élevait rue du Mûrier, près de la place Maubert, ni du collége de *Vendôme*, rue de l'Éperon. Sur l'emplacement du collége de *Justice*, rue de la Harpe, 84, bâti en 1354, aux frais de Jean de Justice, évêque de Bayeux, s'élève en partie le collége actuel de Saint-Louis.

PETITES ÉCOLES DE PARIS. On ne sait à quelle époque elles furent établies ; mais elles existaient en 1357, et se trouvaient alors réparties en divers quartiers de Paris, comme le prouve un réglement qui, en cette année, fut fait pour ces écoles. Ce réglement portait que les maîtres ne pouvaient enseigner que les garçons, et les maîtresses que les filles, à moins que le chantre de l'église Notre-Dame, souverain dominateur de ces écoles, n'en ordonnât autrement. Chaque année, les maîtres et les maîtresses étaient tenus de faire renouveler, par ce chantre, en payant, la permission d'enseigner. Quelques maîtres, pour se soustraire à cet impôt, tenaient leur école dans des lieux secrets : c'est ce qu'on nommait alors *écoles buissonnières*.

Vers l'an 1699, il fut établi, dans chaque paroisse de Paris, une école gratuite, dite *de Charité*. Ces nouvelles écoles firent tomber les anciennes. Le chantre de Notre-Dame s'opposa de toutes ses forces à cette innovation attentatoire à ses prérogatives féodales ; mais son opposition fut sans effet. Ces écoles, suspendues pendant la révolution, ont été rétablies et sont dirigées par des Frères de la Doctrine chrétienne.

ÉTAT PHYSIQUE DE PARIS.

Depuis le règne de Philippe-Auguste jusqu'à celui du roi Jean, les espaces vides, les terres labourables et les vignes comprises dans l'enceinte que ce premier roi avait fait élever autour de Paris, s'étaient remplis d'édifices nouveaux, d'hôtels, que les évêques, les abbés, les seigneurs de France construisirent pour être à portée de surveiller leurs propres affaires, de solliciter pour le gain de leurs procès, etc. Ils s'étaient aussi remplis de colléges et de monastères qu'on y avait fondés en si grande quantité, qu'il n'y eut plus de place dans l'intérieur des murailles, et que plusieurs établissements refluèrent à l'extérieur. Des événements malheureux, la prise du roi Jean à la bataille de Poitiers, les troupes des vainqueurs qui ravageaient les environs de Paris et menaçaient cette ville, déterminèrent les habitants à agrandir l'enceinte du côté du nord, et à y enserrer tous les établissements extérieurs.

ACCROISSEMENT DE L'ENCEINTE DE PARIS. Les travaux de cette enceinte commencèrent au mois d'octobre 1356. Dans la partie méridionale de cette ville, le plan des fortifications n'éprouva point de changement ; mais de grandes réparations furent faites aux murailles qui tombaient en ruine. Les portes munies de tours et d'autres ouvrages, les fossés, pour la première fois profondément creusés, et, dans quelques parties, remplis par les eaux de la Seine, mirent de ce côté les Parisiens en sûreté.

Dans la partie septentrionale, l'enceinte reçut un accroissement considérable. De l'ancienne *Porte Barbette*, située à l'extrémité orientale du quai des

Ormes, partait une muraille, flanquée de tours carrées, qui remontait, sur le bord de la Seine, jusqu'au point où le fossé actuel de l'Arsenal y débouche. A l'angle formé par ce fossé et par le cours de la Seine, fut élevée une tour ronde très-haute, appelée *Tour de Billy*. Dans une ordonnance de février 1415, elle est désignée : *Tour de l'Écluse*, dite *Tour de Billy*. Elle a subsisté jusqu'en 1538, époque où elle fut détruite par la foudre qui enflamma les poudres et les salpêtres qu'elle contenait : l'explosion fut terrible ; elle tua jusqu'aux poissons de la rivière, et se fit entendre jusqu'à Corbeil.

De la tour de Billy, la muraille suivait la direction du fossé jusqu'à la rue Saint-Antoine, où fut construite une porte, fortifiée de tours, que Charles V, en 1369, fit agrandir, et dont il forma une forteresse, nommée la *Bastille Saint-Antoine*. De cette porte, le mur suivait à peu près la direction de la rue Jean-de-Beauvais jusqu'à la rue du Temple, où fut bâtie une porte dite *Bastille du Temple*. De cette bastille, la muraille se dirigeait parallèlement à la rue Mesléc, qui a porté anciennement le nom de *rue du Rempart*, jusqu'à la rue Saint-Martin, où fut faite une porte appelée *Saint-Martin*. De cette porte, la muraille suivait la ligne de la rue Sainte-Apolline jusqu'à la rue Saint-Denis. Là, était une porte fortifiée nommée *Bastille de Saint-Denis*. De cette bastille, le mur d'enceinte continuait, en suivant la direction de la rue Bourbon-Villeneuve, qui, anciennement, se nommait rue *Saint-Côme-du-Milieu-des-Fossés*, puis celle de la rue Neuve-Saint-Eustache. A l'endroit où cette rue aboutit à la rue Montmartre, était une autre porte appelée *Porte Montmartre*.

De la *porte Montmartre*, le mur d'enceinte suivait la ligne de la rue des Fossés-Montmartre, de sorte que le mur était précisément à la place des façades des maisons qui bordent cette rue, laquelle occupe aujourd'hui la place du fossé. Ce fossé, se prolongeant en droite ligne, traversait la place des Victoires, coupait l'emplacement de l'Hôtel de Toulouse, aujourd'hui *Banque de France*, celui des rues des Bons-Enfants et de Valois, et pénétrait dans le jardin du Palais-Royal, vers le milieu de sa longueur. La ligne du mur continuait jusqu'à l'endroit de la rue Richelieu, où vient aboutir la petite rue du Rempart, et gagnait celle Saint-Honoré ; là se trouvait une porte fortifiée, nommée *porte Saint-Honoré :* de la porte Sainte-Honoré, le mur, en suivant la rue Saint-Nicaise, se prolongeait jusqu'au bord de la Seine, où s'élevait *la Tour du Bois*.

Par la construction de cette enceinte, l'église Saint-Paul, les bourgs de Saint-Paul, du Temple, de Saint-Martin, une grande partie du village appelé *Villeneuve* (1), le bâtiment des Quinze-Vingts, les églises Saint-Thomas-du-Louvre, etc., enfin le château du Louvre, auparavant situés hors de la ville, se trouvèrent, pour la première fois, compris dans son intérieur, et protégés par des remparts respectables.

L'île Saint-Louis, alors appelée *Isle de Notre-Dame*, fut aussi fortifiée par un fossé qui la divisait en deux parties, et par une tour qu'on appelait *Tour-*

____

(1) Ce village s'était formé hors de la précédente enceinte de Paris. En 1551, on y construisit une chapelle, sous le vocable de *saint Louis et de sainte Barbe*. Ce village fut détruit, en 1593, lors du siége de Paris. La rue de *Bourbon-Villeneuve* en conserve le nom, et indique sa position. En 1642, ur l'emplacement de ce village, on bâtit l'église *Notre-Dame-de-Bonne-Nouvelle*.

Loriaux. Le cours de la Seine, du côté d'amont comme du côté d'aval, était fermé par des chaînes tendues à travers cette rivière.

Dans les comptes de l'Hôtel-de-Ville, on voit qu'Étienne Marcel fit fabriquer sept cent cinquante guérites en bois, qui, par de forts crochets de fer, furent solidement attachées aux créneaux des murailles. On dit, mais le fait n'est pas certain, qu'on vit alors, pour la première fois, sur les remparts de cette ville, un certain nombre de pièces de canon : invention alors nouvelle, et qui a si puissamment influé sur la destinée des empires. Froissart parle avec admiration des travaux de cette enceinte et du service important qu'Étienne Marcel, en les faisant exécuter, rendit à la ville de Paris. « Il réunit le plus grand nombre d'ou-
» vriers qu'il put trouver, dit-il, fist faire grands fossés autour de Paris, murs
» et portes; et y eut, le terme d'un an, tous les jours, trois cents ouvriers, dont
» ce fust grand fait que environner, de toute défense, une telle cité comme
» Paris; et vous dis que ce fust le plus grand bien qu'oncques prévôt des mar-
» chands fist; car, autrement, elle eust été gâtée et robée par moult de fois et
» par plusieurs actions. »

Cette enceinte, ces murailles, ces portes, ces fossés furent achevés dans l'espace de quatre années; tandis que, sous Philippe-Auguste, l'enceinte, sans fossés et beaucoup moins étendue, coûta trente années de travaux. Ce rapprochement fait connaître un des progrès de l'art de construire et de la population. Sous le règne de Charles V, Hugues Aubriot, prévôt de Paris, fit, par les ordres de ce roi, plusieurs augmentations et embellissements à cette enceinte; mais il ne s'écarta point du plan conçu par Étienne Marcel. Je dois faire observer que, sous le rapport civil, les nouveaux quartiers ajoutés à la ville de Paris par la construction de ces fortifications furent encore, pendant assez longtemps, considérés comme des faubourgs.

Avant cette adjonction, Paris était divisé en trois parties, le quartier d'*Outre-Petit-Pont*, la *Cité*, et le quartier d'*Outre-Grand-Pont*. Le quartier d'*Outre-Petit-Pont* comprenait toute la partie de Paris située au midi du cours de la Seine, qu'on a depuis nommée l'*Université*, ainsi que le bourg de Saint-Germain-des-Prés, qui, dans la suite, lui a été réuni. La *Cité* se composait de l'île qui porte aujourd'hui ce nom, et qu'on a aussi appelée *Ile du Palais, Ile de Notre-Dame.* Le quartier d'*Outre-Grand-Pont* comprenait toute la partie de Paris qui s'étend au nord du cours de la Seine. Ce quartier reçut aussi le nom de *la ville*, sans doute à cause de l'Hôtel-de-Ville qui s'y trouvait (1).

On voit, par ce que je viens d'exposer, que Paris commençait à quitter sa physionomie barbare, pour prendre le caractère d'une grande cité; mais les habitations des particuliers ressemblaient toujours à des chaumières; et, si l'on en excepte quatre rues qu'on nommait la *Croisée de Paris*, et que Philippe-Auguste avait fait paver, toutes les autres étaient, pendant une grande partie de l'année, couvertes de boue, obstruées par des amas de fumier, de gravois, et pré-

---

(1) Guillot de Paris qui, vers le commencement de cette période, a composé une pièce de vers intitulée *le Dit des rues de Paris*, compte *quatre-vingts rues* dans le quartier nommé d'*Outre-Petit-Pont* ; *trente-six* dans la *Cité*, et *cent quatre-vingt-quatorze* dans le quartier nommé d'*Outre-grand-Pont* ce qui donne un total de trois cents rues. Dans ce nombre, il n'a point compris ce que nous appelons *culs-de-sac*, et que cet écrivain du 14e siècle nomme plus poliment *rues sans chiefs*.

sentaient de loin en loin des cloaques infects. Les rues de l'intérieur n'avaient ordinairement que six à huit pieds de largeur.

Le sol de Paris conservait son état primitif, et n'avait pas encore éprouvé d'exhaussement. Les débordements de la Seine inondaient ses rues, entraînaient ses ponts mal construits, et dont la hauteur n'était jamais calculée d'après l'élévation des grandes eaux. La rive gauche du fleuve, depuis le couvent des Augustins jusqu'à la tour de Nesle, était plantée de saules; elle fut, vers 1313, convertie en une espèce de quai, le premier dont les monuments historiques de Paris fassent mention.

PARIS DEPUIS PHILIPPE IV JUSQU'A CHARLES V.

ÉTAT CIVIL DE PARIS. — INSURRECTION DES PARISIENS CONTRE LE DAUPHIN CHARLES.

Malgré l'ordonnance de plusieurs rois, le *droit de prise* fut maintenu dans Paris pendant toute la période qui m'occupe. Les *preneurs* du roi, de la reine et de la famille royale continuèrent à enlever, sans les payer, les denrées, les voitures, les chevaux des closiers et fermiers des environs de Paris et des faubourgs de cette ville. C'est sans doute l'exercice de ce droit, ou plutôt de ce brigandage, qui obligea une partie des Parisiens à déserter leur patrie. Dans une ordonnance de Philippe-le-Bel, du mois de mars 1285, on lit en effet que plusieurs maisons de Paris tombent en ruine; que plusieurs habitations et propriétés sont désertes, étant abandonnées par les propriétaires. On verra ma conjecture confirmée par une ordonnance d'un des successeurs de ce roi, qui attribue au droit de prise une pareille dépopulation.

La confrérie de la marchandise de Paris, institution faible et obscure dans son origine, reçut pendant cette période une consistance respectable. Dès l'an 1258, Étienne, prévôt de Paris, dans son ordonnance de police, donne au chef de cette *confrérie* le titre de *prévôt des marchands*, et aux confrères celui de *jurés de la confrérie des marchands de Paris*, et quelquefois aussi celui d'*échevins*. Elle finit par obtenir un vaste accroissement de priviléges et d'attributions; elle devint le *corps municipal* de cette ville, et y figura avec une autorité très-étendue. On va en juger. Charles, dauphin, fils aîné du roi Jean, à peine âgé de vingt ans, ayant été, après la malheureuse bataille de Poitiers, nommé lieutenant du royaume de France, les états généraux assemblés à Paris le 17 octobre 1356 élurent, pour diriger le jeune dauphin, un conseil dit des *trente-six*, composé de douze prélats, de douze nobles et d'autant de bourgeois. Ces états généraux demandèrent le renvoi et le châtiment des ministres, et firent plusieurs autres propositions qui déplurent au dauphin ou à ceux qui le dirigeaient. Piqué de ces demandes, ce prince congédie les états, se retire à Metz et laisse à sa place le duc d'Anjou, son frère, qui, peu de jours après, rend une ordonnance tendant à donner cours à une nouvelle monnaie d'une valeur fictive. Ce fut alors qu'Étienne Marcel, prévôt des marchands de Paris, et l'un des membres du conseil des Trente-Six, homme doué d'une grande énergie, vint, bien accompagné, au Louvre, et harangua le duc d'Anjou avec une fermeté qui détermina ce prince à suspendre l'effet de son ordonnance jusqu'à l'arrivée du dauphin, son frère.

Le dauphin, à son retour, pour donner cours à la nouvelle monnaie, résolut d'associer à son parti le prévôt des marchands, qui jouissait alors d'un grand ascendant sur le peuple de Paris. Il lui donne rendez-vous dans une maison du cloître Saint-Germain-l'Auxerrois. Marcel s'y rend ; il y trouve le dauphin, ainsi que l'archevêque de Sens et le comte de Roussy, qui lui demandent avec instance d'appuyer de toute son influence l'émission de la monnaie ; il refuse constamment de partager la honte de cette iniquité, et accompagne son refus de paroles peu mesurées, qui, bientôt connues des Parisiens, les excitèrent à manifester leur mécontentement d'une manière plus menaçante. Le dauphin, effrayé, fit publier qu'il supprimerait la nouvelle monnaie. Entouré d'une force imposante, Marcel vint au parlement demander le rappel des états généraux et l'expulsion ou l'arrestation de plusieurs ministres et magistrats. Le dauphin, qui s'y était rendu, souscrivit à ces demandes. Ce prévôt, muni de l'autorisation du prince, fit aussitôt saisir les meubles de ces magistrats, qui déjà avaient pris la fuite. Alors se forma à Notre-Dame une confrérie dont Marcel fut le chef. Cette association avait pour unique objet de concerter avec les nombreux confrères les mesures à prendre pour maintenir le nouvel état de choses. Ce fut là que, pour la première fois depuis l'origine de la monarchie, on osa mettre en question la puissance illimitée des rois. En conséquence des conseils donnés au dauphin par le prévôt des marchands, les états généraux furent de nouveau rassemblés à Paris, et, selon leur plan de réforme, ils réduisirent les conseillers au nombre de seize, et ceux de la chambre des comptes à celui de quatre.

Le 8 novembre de la même année, un prince de la maison royale, Charles, roi de Navarre, surnommé *le Mauvais*, favorisé par quelques chevaliers de sa faction, s'échappa du château d'Arleux en Cambrésis, où depuis six mois il était détenu prisonnier, et se rendit à l'abbaye Saint-Germain-des-Prés, où un logement lui était préparé. Au nord et hors des murs de cette abbaye, du côté du Pré-aux-Clercs, était un champ clos où se donnaient les combats judiciaires ; là se trouvait une estrade en bois servant de siége aux juges du combat. Le 1er décembre, le roi de Navarre monta sur cette estrade, et, en présence de près de dix mille hommes, il prononça un discours, dans lequel il parla de son innocence, de l'injustice de ses ennemis, et décrivit d'une manière si pathétique les horreurs de sa prison, qu'il arracha des larmes à plusieurs des assistants ; puis il fit le tableau des malheurs de l'État, et désigna les personnes qui en étaient les auteurs. La présence de Charles-le-Mauvais à Paris, ses discours, ses conseils, ses insinuations donnèrent aux mécontents et au prévôt des marchands une audace nouvelle. Marcel, accompagné de ses principaux partisans, se rendit au Palais, pria le dauphin, au nom des états, de se réconcilier avec le roi de Navarre et de lui restituer ses biens confisqués. Le dauphin, comme à son ordinaire, consentit à tout; et, le 13 décembre suivant, Charles-le-Mauvais, content de ce succès, se rendit en Normandie.

On ne croyait guère à la sincérité du dauphin. Il eut l'imprudence, après le départ du roi de Navarre, de faire une levée de troupes, sous prétexte de protéger Paris contre les brigands qui désolaient les environs de cette ville; les Parisiens en furent alarmés; les soupçons se fortifièrent, et Marcel, plus animé que jamais, prit de nouvelles mesures de sûreté. Il imagina de barricader les rues, en les faisant traverser par une lourde chaîne fortement attachée aux murs des maisons qui formaient l'entrée de chaque rue. Il fit adopter aux Parisiens des signes de ralliement, qui consistaient en un chaperon mi-partie de vert et de rouge, et une agrafe d'argent, émaillée de vermeil et d'azur, portant cette inscription : *A bonne fin.* Ces signes ne furent d'aucune utilité, parce que, par zèle ou par peur, tous les habitants les portèrent. Instruit de la fermentation populaire, le dauphin assembla les Parisiens aux halles, y prononça un discours pour justifier sa conduite et parut satisfaire son auditoire. Le lendemain, dans l'église Saint-Jacques-de-l'Hôpital, le prévôt des marchands à son tour convoqua le peuple, le harangua avec véhémence, et maîtrisa l'esprit des assistants. Le dauphin, instruit de ce succès, accourut à l'église Saint-Jacques avec son chancelier, qui parla pour lui; mais la prévention était forte : le prince et son orateur furent obligés de se retirer. Alors un échevin, nommé Toussac, prit la parole, justifia la conduite du prévôt des marchands, et déclama avec tant de force contre le dauphin et son conseil, que le peuple était disposé à se porter contre eux aux dernières extrémités. Le jeune dauphin donnait prise à ces déclamations. Il ne tenait aucune de ses promesses. Le roi de Navarre, piqué de sa conduite, lui déclara la guerre ; c'est ce que redoutaient les Parisiens, et ce qui les irrita le plus contre ceux qui dirigeaient le jeune prince.

Chaque jour Paris offrait quelques scènes violentes; ceux que le peuple soupçonnait du parti de la cour recevaient des insultes et des coups. Le 22 février 1358, Marcel rassemble sur la place Saint-Éloi, près du Palais, environ trois mille Parisiens armés, pénètre avec une partie de cette force dans la chambre du dauphin, et, en présence même de ce prince, fait poignarder Robert de Clermont, maréchal de Normandie, et Jean de Conflans, maréchal de Champagne. Le dauphin, effrayé, demande à Marcel si l'on en veut à sa vie. *Ne craignez rien, Monseigneur,* répondit-il; *mais, pour plus grande sûreté, prenez mon chaperon.* Ce prince se coiffe du signe de ralliement de ses ennemis, et Marcel du chaperon du prince, chaperon broché en or, qu'il porta pendant tout le jour comme un trophée de sa victoire.

Paris devient le théâtre de plusieurs autres scènes violentes. Un avocat du conseil du roi est assassiné près de Saint-Landri par le peuple. Les habitants s'attroupent et Marcel, du haut d'une fenêtre de l'Hôtel-de-Ville, les harangue et les apaise. Le dauphin approuve tous les actes de Marcel ; et celui-ci, pour lui en témoigner sa reconnaissance, lui envoie deux pièces de drap, l'une rouge et l'autre bleue, afin qu'il en fît faire des chaperons pour les gens de sa cour.

Le 25 mars 1358, le dauphin Charles quitta furtivement Paris. Aussitôt le roi de Navarre, appelé dans cette ville, y fut proclamé capitaine et gouverneur.

Dès ce moment, les environs de Paris eurent à souffrir de la guerre désastreuse que se faisaient les troupes du roi de Navarre et celles du dauphin. Ce dernier prince fit quelques dispositions pour assiéger la capitale ; sa nombreuse armée dévastait tout sur son passage. « Si fust tout le pays gasté, jusqu'à huit à dix » lieues, disent les *Grandes Chroniques de France,* et coururent le pays et ardi- » rent (brûlèrent) les villes. » Pendant ces hostilités, les habitants de Paris se rendirent maîtres du château du Louvre, que commandait Pierre Gaillard.

Marcel, prévôt des marchands, fortifié par les fautes du dauphin et par ses nombreux partisans, l'était aussi par les troupes du roi de Navarre ; ce dernier appui le rendit suspect aux Parisiens. Ils étaient, à la vérité, indignés des vexations et des iniquités des conseillers du dauphin ; mais, affranchis d'une tyrannie, ils ne voulaient pas retomber sous une autre, ni avoir pour maître le roi de Navarre, dont les troupes s'étaient rendues odieuses par d'horribles excès. Marcel contrariait cette dernière disposition des habitants en favorisant ouvertement les projets ambitieux du roi de Navarre. Dans un combat donné aux environs de la ville, il les avait abandonnés et avait causé la mort d'un grand nombre d'entre eux. Il avait déplu encore aux habitants en donnant au roi de Navarre le titre de gouverneur de leur cité. Il les avait irrités contre lui, lorsque quelques troupes de ce roi ayant été emprisonnées par le peuple au Louvre, à cause de leur excessif brigandage, il les fit évader par la porte Saint-Honoré. Le dauphin, profitant de l'indisposition que manifestaient les Parisiens contre le prévôt des marchands, leur fit promettre une amnistie générale, s'ils lui livraient ce prévôt et douze bourgeois à son choix. Ainsi, il ne restait à Marcel d'autre ressource que de continuer à rendre des services au roi de Navarre, et de s'avancer dans la fausse route où il s'était imprudemment engagé. Il s'y perdit. Il forma, dit-on, le projet de faire entrer dans Paris, pendant la nuit du 31 juillet au 1er août 1358, des troupes anglaises et navarroises qui désolaient les environs, de se rendre maître de cette ville, et d'offrir, si l'on en croit le discours du dauphin, la couronne de France au roi de Navarre. En conséquence, dans l'après-midi du dernier jour de juillet, il entreprend de s'assurer des portes de Paris, et d'en confier la garde à des hommes qui lui sont dévoués. Il va à la bastille Saint-Denis, ordonne à ceux qui la gardaient d'en remettre les clefs à Joceran de Mascon, trésorier du roi de Navarre. On refuse de lui obéir ; alors il s'élève une vive altercation dont le bruit attire le commandant du quartier. C'était Jean Maillard, qui, quoiqu'ami et partisan de Marcel, approuva le refus que celui-ci venait d'éprouver. De là s'éleva entre ces deux hommes une querelle très-violente. Maillard, indigné de la conduite de Marcel, et sans doute plus encore de ses mauvais traitements, se retire furieux, renonce au parti de ce prévôt des marchands, monte à cheval, arbore la bannière de France, crie dans les rues *Montjoie Saint-Denis! au roi et au duc!* publie sur son chemin que Marcel voulait ouvrir les portes aux troupes anglaises, et arrive aux halles, où il parvient à réunir un grand nombre de personnes.

Cependant le prévôt des marchands, n'ayant pu obtenir les clefs de la porte Saint-Denis, s'adressa aux gardes des autres portes, où il éprouva un pareil refus. Il se rendit ensuite à la porte de la bastille Saint-Antoine, pour renouveler les mêmes tentatives; là, d'autres scènes lui étaient préparées. Déjà Maillard, bien accompagné, s'était avancé vers cette porte pour prévenir ceux qui la gardaient; il y fut rejoint par un groupe des partisans du dauphin, à la tête desquels étaient deux gentilshommes, Pepin des Essarts et Jean de Charny. Marcel, tenant en main les clefs de cette bastille, et monté sur l'escalier, opposait quelque résistance à ces assaillants. Bientôt, au milieu du tumulte, on entend ces cris : *A mort! à mort! Tuez le prévôt des marchands et ses complices!*... Marcel, effrayé, veut fuir; Jean de Charny s'avance, lui porte un coup de hache sur la tête, et l'abat à ses pieds. Alors chacun se fait honneur de percer de coups Marcel sans défense. On ne l'abandonne que lorsqu'il cesse de respirer. Tous ceux qui, au nombre de cinquante-quatre, l'accompagnaient, furent tués ou traînés dans les prisons. Gentien Tristan fut nommé à la place de Marcel.

Le dauphin, trois jours après cette expédition sanglante, le 10 août 1358, se rendit à Paris, donna des lettres d'abolition pour tous les délits commis contre l'autorité royale. Nonobstant ce pardon général, il fit le lendemain, et dans la place de Grève, décapiter Charles Toussac, échevin de Paris; Joceran de Mascon, trésorier du roi de Navarre; Thomas, chancelier du même roi. Leurs corps, ainsi que les corps de ceux qui furent tués à la bastille Saint-Antoine, restèrent pendant plusieurs jours exposés nus dans la cour de l'église Sainte-Catherine-du-Val-des-Écoliers; ensuite ils furent tous jetés dans la Seine. Le dauphin, dès qu'il vit le parti de Marcel abattu, ne garda plus ses promesses : il fit décapiter Pierre Gaillard, gouverneur du Louvre, pour avoir mal défendu ce château contre les attaques des Parisiens, qui s'en étaient rendus maîtres; il fit aussi trancher la tête à plusieurs autres personnages.

La mort de Marcel et la rentrée du dauphin à Paris ne rendirent pas les habitants de cette ville plus heureux. Le roi de Navarre, irrité de se voir frustré de ses espérances, rassembla des troupes, s'empara de plusieurs places et châteaux des environs de Paris, bloqua cette ville, intercepta tous les arrivages, et la réduisit à la famine. Tous les comestibles s'élevèrent à un prix excessif; un tonnelet de harengs, suivant Froissart, s'y vendait trente écus d'or. Des maladies contagieuses résultèrent de cette disette, et causèrent la mort d'une grande partie des habitants. Dans le seul hôpital de l'Hôtel-Dieu, il mourait jusqu'à quatre-vingts personnes par jour.

A ces maux en succédèrent de plus grands encore. Édouard, roi d'Angleterre, en novembre 1359, passa en France à la tête d'une puissante armée, et au printemps suivant vint assiéger Paris. Tout fut dévasté sur son passage; tout fuyait devant lui. Les habitants des campagnes, chassés de leurs foyers, se réfugiaient dans les places fortes; et ceux des environs de la capitale venaient en foule, et tout éplorés, demander asile aux Parisiens.

Le dauphin, tranquille dans l'enceinte fortifiée par Marcel, n'opposa aucune force à l'armée anglaise qui, campant dans les plaines de Vaugirard et de Montrouge, faisait des ravages affreux. Edouard défia le dauphin, qui ne répondit point à ce défi. Tout ce que fit le prince français consista dans l'ordre d'incendier les maisons des faubourgs Saint-Marceau, Notre-Dame-des-Champs Saint-Jacques et Saint-Germain, afin d'empêcher l'ennemi de s'y loger. Cependant cet ordre ne fut pas complétement exécuté, puisque le prince anglais vint dans ce dernier faubourg, et y occupa quelques bâtiments échappés aux flammes. Édouard n'abandonna les environs de Paris que lorsqu'il y fut contraint par le défaut absolu de vivres. Sa retraite rassura les Parisiens, qui, pendant ce siége, éprouvèrent les horreurs de la famine, et donnèrent plusieurs témoignages de leur épouvante et de leur souffrance.

On avait fait défense à toutes les églises de Paris de sonner leurs cloches pendant la nuit, dans la crainte que le bruit n'empêchât les sentinelles d'entendre les approches de l'ennemi. On n'excepta de cette prohibition que la cloche du *couvre-feu*, qui sonnait tous les soirs à Notre-Dame. Les chanoines chantèrent leurs matines à huit heures du soir, au lieu de les chanter à minuit. Dans la suite plusieurs chapitres de Paris, conseillés par leur paresse, adoptèrent ce changement commode, et le maintinrent lors même que le motif n'en existait plus. La disette du numéraire métallique était alors excessive ; on fut obligé de recourir à un moyen qu'on avait déjà pratiqué au douzième siècle ; on fabriqua des *monnaies de cuir ;* au centre de chaque pièce de cette matière était un petit clou d'or ou d'argent. La disette des blés ne fut pas moins sensible en 1360 ; le setier de froment se vendait cent sous à Paris.

Ce fut dans les mêmes circonstances que les habitants de Paris, pour obtenir du ciel la délivrance du fléau qui les accablait, offrirent à l'église Notre-Dame, et à l'image de la Vierge Marie, une bougie admirable par sa grandeur : persuadés que la justice divine ne pouvait résister à des présents d'un prix et d'une dimension extraordinaires, le prévôt des marchands et les échevins votèrent à Notre-Dame un cierge ayant en longueur l'étendue de l'enceinte de Paris, c'est-à-dire environ deux lieues ; ils voulurent qu'allumé jour et nuit il éclairât une image de la Vierge Marie, et que l'offrande d'un pareil cierge fût chaque année renouvelée. Cette pratique a été constamment observée jusqu'au temps de la Ligue. En 1605, Miron, prévôt des marchands, s'avisa de substituer à cette majestueuse bougie une lampe en argent, munie d'un gros cierge brûlant jour et nuit devant l'image de la Vierge.

Le 8 mai 1360, la paix fut conclue à Brétigny entre le roi d'Angleterre et le roi de France, et ratifiée à Calais, le 24 octobre suivant, par le roi de Navarre. Le roi Jean put alors rentrer dans la ville de Paris, dont il était absent depuis quatre ans ; il y arriva le 13 décembre 1360. Les habitants le reçurent avec plusieurs démonstrations de joie ; on tapissa les rues qui se trouvèrent sur son passage ; les fontaines, placées à la porte Saint-Denis, jetaient du vin, chose nouvelle alors, et qui dut paraître magnifique ! Le roi se rendit à Notre-Dame, et de là au Palais : il marchait sous un dais de drap d'or, porté par des échevins. La ville lui fit présent d'un buffet d'argenterie, pesant environ mille marcs. Tels furent, à la fin de cette période, les événements tragiques et calamiteux résultant des vices du gouvernement, de l'impéritie et des habitudes tyranniques des conseillers du dauphin.

POPULATION. Voici ce que j'ai pu recueillir sur la population et les contributions que Paris payait au roi. D'après des documents certains, sous Philippe-le-Bel, le nombre de *feux* qui payaient l'impôt était de 5,955, et l'impôt montait à la somme de 13,000 livres 19 sous 8 deniers. En multipliant ce nombre de feux par cinq, conformément aux expériences faites, on a une population de vingt-neuf mille sept cent soixante-quinze individus.

A ce chiffre il faut joindre celui des privilégiés non imposables, des officiers du roi, des princes, des magistrats et membres des tribunaux, de leurs serviteurs, des prêtres des paroisses et des collégiales, des moines et des religieuses, des écoliers, de leurs professeurs, etc., que j'évalue approximativement à environ dix mille, ce qui donnerait une population de *trente-neuf mille sept cent soixante-quinze habitants*. Dans ce nombre ne sont point compris les habitants des faubourgs, dont la population serait difficile à déterminer : en accordant aux faubourgs un cinquième de la population de la ville, on aurait quarante-neuf mille cent dix habitants. La Chronique de Jean de Saint-Victor dit que, pendant l'année 1313, Philippe-le-Bel passa en revue tous les Parisiens en état de porter les armes, et il fait monter leur nombre à cinquante mille, ce qui est exorbitant : car, en y ajoutant les femmes, les enfants, les vieillards, il faudrait doubler au moins cette quantité. Les guerres contre les puissances étrangères, les guerres entre les Français, les troubles, les massacres, les supplices, les famines et les maladies contagieuses, qui signalèrent le règne du roi Jean et la régence de son fils Charles, durent causer une diminution notable dans la population de Paris. Tous les faubourgs de la ville étaient brûlés et désertés ; il mourait à l'Hôtel-Dieu quatre-vingts individus chaque jour. Le nombre des habitants dut alors être réduit au moins d'un tiers.

TABLEAU MORAL DE PARIS.

Les rois mentionnés dans cette période paraissent plus occupés du maintien et de l'accroissement de leur autorité, plus occupés à repousser les atteintes de leurs ennemis, qu'à réformer les mœurs.

Les principes étaient méconnus, et on ne punissait les criminels que par des motifs d'intérêt ou de vengeance. Enguerrand de Marigny, comte de Longueville, avait rempli les fonctions de ministre des finances sous Philippe-le-Bel. Son ministère offrait une longue suite de pillages, d'escroqueries, de perfidies et de crimes de toute espèce, qui seraient restés impunis, si Enguerrard n'avait pas eu l'imprudence, en plein conseil, de donner un démenti au comte de Valois. Ce prince, irrité, poursuivit le ministre et le fit condamner au dernier supplice. Les *Grandes Chroniques de Saint-Denis* portent que les pairs et le roi, qui étaient ses juges, refusèrent d'entendre la défense de cet accusé. « Si » ne lui fut en aucune manière audience donnée de soy défendre, fors que l'é- » vêque de Beauvais, son frère, demanda copie des articles devant dits. » Il fut, le 13 avril 1315, pendu au plus haut du gibet de Paris.

Les dames de la cour, en matière de galanterie, n'étaient pas très-édifiantes. On voit trois princesses, qui furent reines, se livrer à la débauche, et livrer leurs amants au plus horrible des supplices. Une d'elles, que l'on croit être Jeanne de Bourgogne, épouse de Philippe-le-Long, était accusée d'appeler les jeunes gens qui passaient sous ses fenêtres, et, après avoir assouvi avec eux

sa luxure effrénée, de les faire jeter du haut de la tour de Nesle dans la Seine. Voici ce que dit Brantôme : « Elle se tenoit à l'hôtel de Nesle à Paris, laquelle,
» faisant le guet aux passants, et ceux qui lui revenoient et agréoient le plus, de
» quelque sorte de gens que ce fussent, les faisoit appeler et venir à soy, et,
» après en avoir tiré ce qu'elle en vouloit, les faisoit précipiter du haut de la
» tour qui paroit encore, en bas, en l'eau, et les faisoit noyer. Je ne veux pas
» dire que cela soit vrai ; mais le vulgaire, au moins la plupart de Paris, l'af-
» firme ; et n'y a si commun qu'en lui montrant la tour seulement et en l'in-
» terrogeant, que de lui-mesme ne le dic. » Le poète Jean Second, dans une pièce de vers qu'il a composée sur l'hôtel de Nesle, appuie l'assertion de Brantôme. Villon, qui écrivait ses vers au quinzième siècle, dans un temps plus rapproché de l'événement, ajoute son témoignage, donne quelques détails nouveaux, et nous apprend que les malheureuses victimes de la débauche et de la cruauté de cette princesse étaient renfermées dans un sac, puis jetées à la rivière. Buridan, qui devint célèbre dans les écoles de Paris au quatorzième siècle, échappa au piége on ne sait comment. L'historien Gaguin ne conteste pas le fait, il le confirme et le développe ; mais il se plaint avec raison de ce qu'on l'attribue à Jeanne de Navarre, qui ne vivait pas du temps de Buridan. La reine coupable de tels excès était plutôt *Jeanne de Bourgogne*, déjà décriée par ses débauches, contemporaine de Buridan, et qui, pendant les huit années de son veuvage, séjourna à l'hôtel de Nesle.

Dans la période précédente, il s'était établi à Paris neuf colléges, et, dans celle qui nous occupe, on en fonda trente autres. L'esprit public se prononçait clairement en faveur des institutions enseignantes et faisait espérer mieux. Mais ces colléges, qu'il ne faut pas assimiler à ceux des dix-septième et dix-huitième siècles, offraient encore de faibles moyens ; ils se composaient chacun d'un principal, de quelques maîtres dominant, enseignant, flagellant dix ou douze pauvres écoliers qui n'avaient pour subsister que trois ou quatre sous par semaine, et qui se trouvaient souvent obligés de demander l'aumône, ou de remplir quelques services avilissants dans les églises, ou chez des particuliers. On pourra juger, d'après le fait suivant, de l'état physique des écoles de Paris pendant cette période. La faculté des arts faisait ses cours dans la rue du Fouarre. L'Université se plaignit, en 1358, au régent Charles V, de ce que cette rue était chaque nuit encombrée d'immondices et d'ordures fétides apportées par des hommes malfaisants ; que de plus on enfonçait les portes de l'école, qu'on y introduisait des filles publiques, des femmes malpropres, qui y passaient la nuit, et souillaient de leurs excréments les lieux où se plaçaient les écoliers ainsi que la chaire du professeur. Sur cette plainte le régent ordonna qu'il serait établi deux portes aux extrémités de la rue du Fouarre, nommée alors du *Feurre*, et que ces portes seraient fermées pendant la nuit. La besoin de se préserver des brigandages que les écoliers et autres personnes commettaient dans Paris, fit adopter cette précaution par les habitants de plusieurs autres rues : celles des Deux-Portes, située entre les rues de la Harpe et de Hautefeuille, des Deux-Portes-Saint-Jean, des Deux-Portes-Saint-Sauveur, etc., ainsi que la rue des Trois-Portes, place Maubert, etc., doivent leurs noms à une pareille précaution,

Le Pré-aux-Clercs fut encore le théâtre des désordres des étudiants. Un large canal, appelé *la Petite-Seine*, qui s'étendait depuis la rivière jusqu'au bas de la rue Saint-Benoît, abondait en poissons ; les écoliers venaient y pêcher. L'abbé de Saint-Germain, après avoir souffert longtemps cette atteinte à ses droits, envoya ses gens contre eux ; ils résistèrent ; combat sanglant. L'Université porte ses plaintes au pape, l'abbé de Saint-Germain, plus régulier dans sa procédure, demande justice au roi. Chaque parti eut son tribunal et son jugement. C'était bien le moyen de n'obtenir aucun résultat ; ce ne fut, en effet, que vingt-sept ans après, en 1345, que l'Université et l'abbé de Saint-Germain-des-Prés parvinrent à s'accorder.

Le clergé parisien, du reste, se montrait aussi déréglé dans sa conduite que l'étaient les membres de l'Université. Ainsi, les curés de Paris ne permettaient pas aux nouveaux mariés de consommer le mariage avant la bénédiction du lit nuptial, bénédiction qu'il fallait toujours payer. Ils exigeaient encore des mariés une exaction appelée *plat de noces*. Les chanoines de Notre-Dame, les abbés de Sainte-Geneviève, le doyen de Saint-Germain-l'Auxerrois et les abbés de Saint-Germain-des-Prés percevaient par eux-mêmes ou par leurs subordonnés cette exaction sur leurs paroissiens.

Tous les curés de Paris refusaient d'enterrer un homme qui, avant de mourir, n'avait point fait, par son testament, un legs au clergé. Ceux qui meurent n'ont pas tous le temps de tester : alors les héritiers, pour que la sépulture chrétienne ne fût pas refusée au défunt, sollicitaient comme une grâce la faculté d'être admis à tester à sa place : ce qui, comme on le pense bien, n'était jamais refusé. S'il arrivait que quelque prêtre eût la générosité d'enterrer un mort qui n'avait pas testé en faveur du clergé, il était cité devant l'official, qui le punissait de son désintéressement, comme d'une infraction aux lois de l'Église. — Les évêques de Paris exigeaient des héritiers de toutes les personnes mortes dans ce diocèse, le dépôt de leurs testaments, pour s'assurer s'il n'y existait pas quelque contravention, si quelques morts n'avaient pas fraudé les *droits*. — Quoiqu'à la plupart des cures fussent attachés des revenus en fonds de terre, ceux qui les desservaient ne laissaient pas d'exiger de leurs paroissiens le prix de tous les actes, cérémonies, sacrements prescrits par l'Église, et de beaucoup d'autres qu'elle ne prescrivait pas : tels que les baptêmes, la communion, la confession, les pénitences, les messes, les fiançailles, les mariages, l'extrême-onction, les enterrements ; puis, dans le cours de la vie, on payait encore les offrandes à la messe, les offrandes des premiers fruits, les offrandes des premiers-nés des animaux domestiques et les dîmes ; la bénédiction du lit nuptial et celle des nouveaux mariés, le lendemain de leurs noces ; la bénédiction des champs, des jardins, des puits, des fontaines, des maisons nouvellement construites ; la bénédiction de la besace du voyageur ; la bénédiction des raisins, des fèves ; la bénédiction des cuves, des agneaux, du fromage, du lait, du miel ; la bénédiction des bestiaux en temps de peste ; la bénédiction du sel que l'on donne aux troupeaux ; la bénédiction des armes, des épées, des poignards, des drapeaux ; la bénédiction de l'amour, ou la bénédiction du vin que le prêtre faisait boire à deux amants.

On a vu dans le récit des orages politiques qui se manifestèrent à Paris pendant la prison du roi Jean, que l'usage du *couvre-feu* était établi dans cette ville. Cette loi gênante, qui assujettissait les Parisiens à des règles à peu près monastiques, fut sans doute établie pour prévenir de grands désordres. A huit heures du soir, en toute saison, au son de la cloche de Notre-Dame, tous les feux, toutes les lumières devaient s'éteindre. Sauval ajoute, d'après le *Livre-Vert du Châtelet*, qu'au son de la même cloche, toutes les femmes publiques étaient tenues de sortir des lieux affectés à leurs débauches.

Une pièce de vers, intitulée *les Crieries de Paris*, composée par Guillaume de la Ville-Neuve, contient, sur les mœurs et usages des habitants, des traits dignes d'être recueillis. Chaque jour, depuis le matin jusqu'au soir, des crieurs parcouraient les rues de Paris, dit notre auteur, et ne cessaient de *braire*. De grand matin on entendait ceux qui venaient inviter les Parisiens à se baigner ; ils annonçaient que le bain était chaud, qu'il fallait se hâter. Quelques personnes étaient-elles décédées, un homme, vêtu de noir, armé de sa sonnette, faisait retentir les rues de ses sons lugubres, et disait : *Priez Dieu pour les trépassés*. Quelquefois on criait le *ban du roi :* c'était un ordre donné aux Parisiens de se préparer à marcher à la guerre. Les crieurs de comestibles, volailles, légumes, fruits, étaient les plus nombreux. Parmi les poissons de mer figuraient le hareng frais, le hareng saur, le vivet ou la vive, le merlan frais et salé, et un oiseau de mer appelé l'alète. Le poisson d'eau douce se bornait à celui qu'on pêchait dans les étangs de Bondi. On criait aussi la volaille, surtout les oisons et les pigeons. On vendait dans les rues de la chair fraîche et de la chair salée, des œufs et du miel. Les légumes consistaient en ail, et en sauce d'ail appelée *aillie ;* en purée de pois toute chaude, en pois fricassés, en cresson et en cresson *alenois*, en fèves chaudes et en fèves qui se mesuraient à l'écuelle ; en oignons, cerfeuil, pourpier, poirette, poireaux, navets, anis, échalotes d'Étampes. Les fruits criés dans les rues de Paris n'auraient pas aujourd'hui grande faveur : telles étaient des poires de *Chaillou* ou *Caillot*, des poires de *Hartiveau*, des poires de *Saint-Rieul*, des poires d'*Angoisse*, la plupart connues par leur âcreté ; des pommes de *Rouviau* ou de *Calville*, des pommes rouges dites *Blanduriau ;* un fruit d'*Auvergne* appelé *jorroisses*, aujourd'hui, *jarosse*, ou graine de la gesse chiche qu'on fait griller pour la manger, et des *cormilles* ou cormes, fruit du cormier ; des *alizes*, une variété de ce dernier fruit ; des *prunelles* de haies, des *nèfles*, des *fruits d'églantier*. Nos aïeux n'étaient pas délicats. On criait aussi des noix fraîches, des cerneaux, des châtaignes de Lombardie, des raisins de *Mélite* ou de *Malte*. — Les boissons criées dans les rues de Paris consistaient en vins dont le plus cher s'élevait jusqu'à trente-deux deniers la pinte, ou plutôt la quarte, environ trois sous, et le moins cher à six deniers On criait aussi du vinaigre, et du *vinaigre à la moutarde*, du verjus et de l'huile de noix. — Des aliments préparés et des pâtisseries étaient pareillement criés dans les rues ; des pâtés chauds, des gâteaux, des galettes, des échaudés, des flans, des *oublies renforcées*, des gâteaux à fèves, des tartes, des *siminaux*, espèce de pâtisserie. On criait aussi des *roinsoles* ou couennes de cochon grillées. — Des ouvriers encore offraient, en criant leur service pour raccommoder, recoudre les vêtements déchirés : tels que la *cotte*, la *chape*, le *surcot*, le *mantel*, le *pelisson ;* des individus achetaient de vieilles bottes et de vieux souliers, ou les réparaient; d'autres criaient *chapeaux, chapeaux !* Quelques-uns s'offraient pour relier les cuviers, les hanaps, pour polir les pots d'étain; ceux-ci vendaient des treillis en fil d'archal, de la chandelle de coton, des mèches de jonc pour les lampes, du vieux fer, du jonc frais, du savon d'outre-mer; ceux-là criaient *noël noël !* cri de joie. — Le prix de plusieurs objets offerts en vente était souvent un morceau de pain. Des meuniers parcouraient les rues, et demandaient à grands cris si l'on avait du blé à moudre. Les cris que faisaient entendre tous les matins les écoliers, les moines, moinesses, les prisonniers et les aveugles des Quinze-Vingts, doivent être particulièrement remarqués : ils demandaient tous l'aumône.

A ces cris, qui peignent le tumulte de Paris, aux rues puantes, étroites et tortueuses de cette ville, joignons quelques traits qui caractérisent les croyances de ses habitants à l'égard des opérations magiques.

Lorsqu'on voulait estropier, faire languir ou mourir un individu dont on ne pouvait facilement approcher, on composait un *vœu* ou *volt*, et on l'*envoultait*. Voici en quoi consistait l'*envoultement*. On fabriquait une image en limon, le plus souvent en cire, et, autant qu'on le pouvait, on la façonnait à la ressemblance de la personne à laquelle on voulait nuire; de plus, on donnait à cette image le nom de cette personne, en lui faisant administrer par un prêtre, et avec les cérémonies et prières de l'Église, le sacrement du baptême; on l'oignait aussi du saint chrême. On proférait ensuite sur cette image certaines invocations ou formules magiques. Toutes ces cérémonies terminées, la figure de cire, ou le *volt*, se trouvant, suivant l'opinion des fabricateurs, en quelque sorte identifiée avec la personne dont elle avait la ressemblance et le nom, était à leur gré torturée, mutilée, ou bien ils lui enfonçaient un stylet à l'endroit du cœur. On était persuadé que tous les outrages faits, tous les coups portés à cette figure, étaient ressentis par la personne dont elle portait le nom.

Les supplices étaient variés : on pendait souvent les voleurs, les meurtriers et les faussaires, très-nombreux pendant cette période ; on coupait les oreilles aux filous et on les faisait fouetter; on marquait certains criminels avec un fer chaud, non sur l'épaule, mais à la joue ou au front. Tous les crimes étaient arbitrairement punis; aucun code ne réglait la conscience des juges.

Paris, en 1313, aux jours de la Pentecôte, fut le théâtre d'une fête qui surpassa en somptuosité toutes les fêtes passées. Philippe-le-Bel invita Édouard II, roi d'Angleterre, et son épouse, Isabeau de France, à y assister. Les princes et seigneurs du royaume y étalèrent à l'envi la magnificence de leurs harnais, de leurs habits. Le roi de France reçut ses trois fils chevaliers. Cette cérémonie fut suivie de tournois, de festins et de spectacles qui se donnèrent à l'abbaye Saint-Germain-des-Prés, sous des tentes. On représenta le *paradis* et l'*enfer*, diverses sortes d'animaux, et la *procession du renard*. Cette procession offrait des scènes satiriques que Philippe faisait jouer par le peuple de Paris, pour ridiculiser ou diffamer le pape Boniface VIII. « Un homme vêtu de « la peau d'un renard mettait par-dessus un surplis, et chantait l'épître comme

» simple clerc. Ensuite il paraissait avec une mitre, et enfin avec la tiare, cou-
» rant après les poules et les poussins, les croquant et les mangeant, pour si-
» gnifier les exactions de Boniface VIII. » *Paris fut ensuite encaurtiné*, c'est-à-
dire que l'on tendit des rideaux le long des rues. Les bourgeois et les corps de
métiers de Paris, les uns à pied, les autres à cheval, vêtus de robes neuves, se
dirigèrent, au son des *trompes, taborins, buisines* et *menestriers*, vers l'île Saint-
Louis et y entrèrent par un pont de bateaux, *à grande joie et à grande noise*
(bruit), *es en bien jouant de très-beaux jeux*. Le roi et toute sa suite, placés aux
fenêtres du palais, qu'il venait de faire réparer et agrandir, jouirent de ce spectacle. — A la joie de cette fête succéda la tristesse. Les princes et les seigneurs
se rendirent en l'île Notre-Dame, où Nicolas, légat du pape, prêcha une croisade : ce qui n'était pas gai. — Philippe-le-Bel conduisit le roi d'Angleterre et
son épouse à Pontoise. Pendant la nuit, le feu éclata dans la chambre où couchait le couple royal, qui eut à peine le temps de se sauver en chemise : tout le
mobilier fut la proie des flammes. Les Parisiens, suivant l'usage, payèrent les
frais de la fête ; le roi, à l'occasion de la nouvelle chevalerie de son fils aîné,
leva sur eux une imposition considérable dont j'ai parlé.

Sous le règne de Philippe VI, vers l'an 1346, les écrivains commencèrent à
reprocher aux Français le changement des formes de leurs habits. « Dans ce
» temps-là, dit un de ces écrivains, en voyant les vêtements des Français, vous
» les auriez pris pour des baladins. Cette nation, journellement livrée à l'or-
» gueil, à la débauche, ne fait que des sottises ; tantôt les habits qu'elle adopte
» sont trop larges, tantôt ils sont trop étroits. Dans un temps ils sont trop longs,
» dans un autre ils sont trop courts ; toujours avide de nouveautés, elle ne peut
» conserver pendant l'espace de dix années la même forme de vêtements. »

L'enseignement et la culture des lettres firent un peu de progrès pendant
cette période. Quelques découvertes, quelques arts nouveaux, sans être fort
utiles à la société, étendirent les limites des connaissances humaines. La plus
notable de ces inventions est celle de la poudre à tirer et des canons, dont
l'usage se répandit bientôt dans toute l'Europe. L'art de détruire les hommes
fit des progrès plus rapides que l'art de les conserver.

PARIS DEPUIS LE RÈGNE DE CHARLES V JUSQU'A CELUI DE FRANÇOIS Iᵉʳ.

PARIS SOUS LE RÈGNE DE CHARLES V.

Le roi Jean étant mort à Londres le 8 avril 1364, la couronne de France échut
à son fils aîné, le premier des fils de roi qui ait porté le titre de *dauphin*; il fut
sacré à Reims le 19 mai suivant. Le règne de Charles V ne fut signalé par aucun
événement relatif à l'histoire de Paris.

Il fut le premier roi de France qui réunit dans le Louvre une collection de
livres assez nombreuse pour le temps ; il fit traduire plusieurs ouvrages de

l'antiquité. Il aimait à construire, et il trouva dans Hugues Aubriot, prévôt et capitaine de Paris, un homme intelligent et actif, qui favorisa ses goûts. Voici les principaux établissements qui datent du règne de Charles V.

LES CÉLESTINS, couvent et église situés à l'entrée des cours de l'Arsenal et sur le quai Morland. Six religieux célestins de la forêt de Cuisse, près Compiègne, vinrent à Paris et s'établirent dans une maison occupée auparavant par les Carmes. Charles V aimait les bâtiments et les moines, il ordonna la construction d'une nouvelle église pour les Célestins. Le 24 mars 1367, il en posa la première pierre, et fit à cette occasion de riches présents à ces religieux. Guillaume de Melun, archevêque de Sens, qui consacra l'église, leur donna une image de saint Pierre tout en argent. Le jour de la consécration, le roi présenta à l'offrande une grande croix d'argent doré, et la reine une image de la Vierge, aussi d'argent doré. Les bienfaits de ce roi et de cette reine leur valurent le titre de fondateurs, et leurs statues en pierre furent en conséquence placées sur le portail de cette église.

Voisins de l'hôtel de Saint-Paul, où résidait le plus ordinairement Charles V, les Célestins eurent une ample part aux dévotes libéralités de ce prince. Les personnes de sa cour suivirent son exemple, et notamment les secrétaires du roi, qui fondèrent dans leur église une confrérie dont ils étaient tous membres. Ce roi exempta les Célestins de toutes contributions publiques, même de celles que payait ordinairement le clergé. Enrichis par tant de bienfaits, les Célestins virent bientôt l'abondance régner dans leur couvent. Leur nom obtint une singulière célébrité : quand on voulait rabaisser l'orgueil d'un sot, on employait cette expression proverbiale : *Voilà un plaisant Célestin.* Ces religieux, fiers de la protection des rois, avaient, sans doute par de fréquentes preuves de leur orgueil, fait naître ce proverbe. On leur doit aussi de la reconnaissance pour leur habileté à faire des omelettes : les fastes des cuisines distinguent honorablement les *omelettes à la célestine.* On peut leur reprocher d'avoir abusé de la science. Cependant ils avaient une riche bibliothèque.

Leur église, par les nombreux monuments qui s'y trouvaient, ressemblait à un *Musée.* On y remarquait le lutrin, la balustrade du sanctuaire, les figures de la sainte Vierge et de l'ange Gabriel placées sur le grand autel, ouvrages de Germain Pilon. Un nombre considérable de princes, de princesses, et autres personnes dont l'illustration, uniquement fondée sur leur généalogie, a disparu avec eux, avaient leur sépulture dans cette église remplie d'obélisques, de colonnes, de sarcophages, de tombeaux, de statues, de vases funéraires, d'épitaphes, etc. Aujourd'hui la plupart de ces monuments funéraires sont placés à Saint-Denis ou figurent au Musée de Versailles.

Le cloître des Célestins, construit en 1539, était un des plus beaux de ceux de Paris. Le plafond de l'escalier, peint par Bon Boulogne, représentait l'apothéose de Pierre Moron, fondateur de l'ordre, enlevé dans les cieux par un groupe d'anges. La bibliothèque de cette maison fut, en 1733, visitée par un savant étranger qui en parle ainsi : « Je vis la bibliothèque des Célestins. Elle est » dans un magnifique vaisseau, et est assez nombreuse, mais sans choix et sans » goût. Le quart en est en cartons avec de faux titres. Le bibliothécaire est fort

HÔTEL DE SENS.

brissées ; l'une d'elles portait le nom de *la Chambre verte*. Chaque hôtel avait sa

» peu chargé de science, et n'a pas l'air fort spirituel. On m'a assuré que,
» dans ce couvent, on cultivait beaucoup la musique, et que ces messieurs
» avaient le plus bel assortiment de cuisine qu'il y ait dans aucun couvent de
» Paris.

Les Célestins furent supprimés en 1779; ils furent alors remplacés par des
Cordeliers; mais bientôt après on leur permit de rentrer dans leur couvent.
L'église des Célestins a été démolie en grande partie; enfin les bâtiments ont,
sous Bonaparte, été convertis en une caserne destinée à la gendarmerie.

HOTEL SAINT-PAUL. Son vaste emplacement s'étendait depuis la rue Saint-
Antoine jusqu'au cours de la Seine, et depuis la rue Saint-Paul jusq u
fossés de l'Arsenal et de la Bastille. Charles, dauphin, régent du royaume pendant que le roi Jean, son père, était prisonnier en Angleterre, acheta de divers
particuliers, depuis l'an 1360 jusqu'en 1365, plusieurs hôtels, maisons et jardins, dont il composa un ensemble qui reçut ensuite le nom d'hôtel Saint-
Paul, à cause du voisinage de l'église de ce nom. Le prix de ces différentes acquisitions fut payé par les Parisiens, sur lesquels ce prince imposa une taille
particulière. Le roi Jean, à son retour à Paris, s'empara du produit de cette taille,
ne paya point les vendeurs, et chargea les Parisiens d'une nouvelle imposition,
dont l'objet était encore le paiement de ces acquisitions. Ainsi les habitants
payèrent deux fois la valeur de ces hôtels dont ils ne jouirent jamais. Charles V
agrandit ce palais de l'hôtel des archevêques de Sens, de celui de l'abbé de
Saint-Maur, et de l'hôtel de Pute-y-Muce. Il destina l'hôtel de l'abbé de Saint-
Maur à son fils Charles et à d'autres princes de sa famille. De plus, dans ces
vastes emplacements il fit construire l'hôtel de la reine, les bâtiments dits de
Beautreillis, des Lions, de la Pissote, etc. Ces divers bâtiments, réunis dans une
même enceinte, désignés sous le même nom, *hôtel Saint-Paul*, ne formaient
point un ensemble régulier ni symétrique; ils étaient placés sans ordre.

Voici les notions que j'ai recueillies sur l'intérieur de ces hôtels : elles feront
connaître les usages, l'état des arts et du luxe aux quatorze et quinzième
siècles. Charles V logeait dans l'hôtel de Sens; son appartement était composé
d'une ou deux salles, d'une antichambre, d'une garde-robe, d'une chambre de
parade, d'une autre chambre à coucher, appelée la *chambre où gît le roi*, et de
la *chambre des nappes*. Puis se trouvaient une *chapelle*, haute et basse, une ou
deux galeries; la *grand'chambre du retrait*, la *chambre de l'estude*, la *chambre des
estuves*, une ou deux chambres surnommées *chauffe-doux*, à cause des poêles
qui, pendant l'hiver, y entretenaient la chaleur. De plus, on y trouvait un
jardin, un parc, des lices, une volière, une pièce destinée aux tourterelles, une
ménagerie où l'on conservait des sangliers, de grands et de petits lions.

Dans l'hôtel Saint-Maur, aussi nommé hôtel de la Conciergerie, où logeaient
les fils du roi, les appartements étaient aussi nombreux que dans l'hôtel de
Sens. On y remarquait une pièce appelée le *retrait où dit ses heures monsieur
Louis de France*. La *Salle de Mathebrune* était ainsi nommée, parce que les
aventures de cette héroïne étaient peintes sur la muraille; la *salle de Théséus*
offrait en peinture ce héros grec. On n'y trouvait que deux chambres lam-
brissées; l'une d'elles portait le nom de *la Chambre verte*. Chaque hôtel avait sa

chapelle. Charles V préférait entendre la messe dans la chapelle de l'hôte de Putc-y-Muce.

Dans cet assemblage confus de bâtiments se trouvaient plusieurs cours ou basses-cours. La cour des *joutes* était la plus vaste. Voici les noms de plusieurs autres : la cour des *cuisines*, celles de la *pâtisserie*, des *sauceries*, des *celliers*, des *colombiers*, des *gelinières*, du *four*, du *garde-manger*, de la *cave au vin des maisons du roi*, de la *bouteillerie;* la cour où se fabriquait l'*hypocras*, les cours de la *paneterie*, de la *tapisserie*, etc.

Les cheminées étaient d'une grandeur qui nous paraîtrait aujourd'hui fort extraordinaire. On en plaçait jusque dans les chapelles; il s'y trouvait aussi des poêles, alors nommés *chauffe-doux*.

Charles V avait à Paris trois lieux d'habitation : le palais de la Cité, le Louvre et l'hôtel Saint-Paul, et dans les environs de cette ville, le château de Vincennes et le château de Beauté où il mourut. Dans la suite, l'hôtel Saint-Paul où l'on respirait un air fétide produit par le voisinage des égouts et des fossés de la ville, fut abandonné des rois, qui préférèrent l'hôtel des Tournelles.

L'hôtel Saint-Paul tombait en ruines, lorsqu'en 1516 François Ier, sans s'embarrasser si cette propriété dépendait du domaine de la Couronne et si elle était aliénable, commença à en vendre une partie à Jacques de Genouillac, dit Gallot, grand-maître de l'artillerie. Ce fut sur l'emplacement de cette partie de l'hôtel Saint-Paul que, dans la suite, on établit l'Arsenal. Toutes les parties de ce séjour furent successivement vendues, et, au dix-septième siècle, on ouvrit sur leur place des rues dont les noms désignent la situation des établissements qui s'y trouvaient. La rue Beautreillis ainsi que celle de la Cerisaie indiquent l'emplacement d'un hôtel de ce nom et de promenades plantées de cerisiers, la rue des Lions, celui de la Ménagerie, etc.

RÉPARATIONS DE L'ENCEINTE DE PARIS. Les murs d'enceinte, contruits par Étienne Marcel, étaient peu élevés et bâtis avec précipitation; cette imperfection détermina Charles V à y faire exécuter plusieurs constructions. Hugues Aubriot, prévôt de Paris, fut chargé de les diriger. On ne changea rien au plan général de Marcel; on exhaussa la muraille, on la fit garnir de hautes tours, et l'on continua le creusement des fossés du côté du midi. Marcel avait fait établir la porte et bastille de Saint-Antoine; Charles V voulut la faire réédifier sur un plan plus vaste : il en fit un château-fort. Hugues Aubriot posa la première pierre de cette bastille nouvelle le 22 avril 1369. Il fit aussi accroître les fortifications de quelques autres portes de Paris, et fonda le Petit-Châtelet, dans le dessein de contenir la turbulence des écoliers. Ces travaux, commencés en 1362, ne furent terminés qu'en 1383.

Ajoutons que l'entrée de Paris, par la Seine, était défendue, tant du côté d'amont que du côté d'aval, par de fortes chaînes en fer, supportées sur des bateaux. Du côté d'amont, la chaîne partait de la forteresse de la Tournelle, située au-dessus du pont de ce nom, traversait le bras de la Seine et l'île Saint-Louis, divisée en deux parties par un fossé, et où se trouvait une tour appelée tour de Loriaux. De cette île, la chaîne traversait l'autre bras de cette rivière, et allait aboutir à la tour de la porte Barbel. Du côté d'aval, la chaîne traversait la rivière, entre la tour de Nesle, située à la place du pavillon oriental du palais de l'Institut, et une tour de la ville appelée la Tour qui fait le coin.

CANAL DE BIÈVRE. Les fossés profonds qui furent creusés autour de l'enceinte de la ville, interceptèrent le cours des eaux de la Bièvre. Alors les religieux de Saint-Victor, au profit desquels l'ancien canal avait été creusé, établirent une nouvelle branche de canal qui, suivant à peu près la direction de la rue des Fossés-Saint-Bernard, versait ses eaux dans la Seine, en traversant l'emplacement de la Halle aux vins. Ils ne purent faire exécuter ce canal qu'à la condition qu'ils construiraient un pont sur le bord de la Seine, à l'endroit où les eaux du canal se verseraient dans cette rivière. Ce pont fut bâti et porta le nom de *Pont-aux-Marchands*. La partie abandonnée de l'ancien canal, celle qui se trouvait dans l'intérieur de l'enceinte, privée des eaux de la Bièvre, servit d'égout aux rues des quartiers voisins. Un cloaque nommé *Trou-Punais*, situé à l'endroit où la rue des Bernardins rencontre celle de Saint-Victor, recevait les eaux dans les temps de pluies. Il s'en exhalait une odeur qui incommodait les habitants du voisinage, et causait des maladies contagieuses. Malgré les plaintes, ce ne fut qu'en 1672 que ce foyer de puanteur fut supprimé, et que la rivière de Bièvre s'écoula dans la Seine par son lit actuel et primitif.

PETIT-PRÉ-AUX-CLERCS. Il était situé entre les rues Mazarine et des Petits-Augustins, et entre la rue du Colombier et le quai Malaquais. Il était séparé du Grand-Pré-aux-Clercs par un large canal qui s'étendait en longueur depuis la rive de la Seine jusqu'au bas de la rue Saint-Benoît. L'emplacement de ce pré commença, au seizième siècle, à se couvrir de maisons. Sous le règne de Henry IV on y ouvrit la rue des Petits-Augustins; l'hôtel et les jardins de la reine Marguerite en occupaient la plus grande partie. Ces jardins sont représentés aujourd'hui par les rues des Beaux-Arts et des Petits-Augustins.

PETIT-SAINT-ANTOINE, église et couvent situés rue Saint-Antoine, à l'endroit où se trouve le passage du Petit-Saint-Antoine.

Charles V, pendant qu'il était dauphin, confisqua une propriété nommée *le Manoir de la Saussaye*, et la donna à des religieux de l'ordre de Saint-Antoine. Ces religieux étaient spécialement destinés à loger et à soigner les pauvres affligés de cette maladie terrible qu'on nommait *Maladie des ardents*, le *feu sacré*, le *feu Saint-Antoine*, le *feu d'enfer*. Cette institution avait un but utile et respectable; mais on ne peut guère faire l'éloge des religieux qui la composaient. Ils menaient, au treizième siècle, une vie très-scandaleuse. Guiot de Provins, dans sa *Bible*, fait de leurs mœurs un tableau sans doute exagéré. « Ce sont
» des trompeurs qui inventent mille fourberies, dit-il, pour tirer de l'argent du
» public : on les voit, montés sur un cheval qui porte une sonnette au cou,
» parcourir les villes, les châteaux, pour y faire des dupes; tout l'argent qu'ils
» tirent de la crédulité publique, ils l'emploient en gloutonnerie et en débauches... Tout le pays est peuplé de leurs enfants : leur cochon de Saint-Antoine
» leur vaudra cette année cinq mille marcs d'argent. Leurs impostures sont
» trop évidentes; les évêques les connaissent, mais ils n'en font aucune justice,
» parce qu'ils partagent avec ces moines les produits de leurs fourberies. » —
Sans doute ces religieux s'étaient fort amendés lorsque Charles V les établit à

Paris. Dès son origine, le Petit-Saint-Antoine fut érigé en commanderie ; mais cet honneur n'empêcha point le relâchement et la dissolution des mœurs de .s'y introduire. En 1624, les commanderies étant supprimées, on entreprit d'y établir la réforme, entreprise dont l'exécution éprouva de grandes difficultés. L'ordre des Antonins fut aboli en 1790.

SAINT-PAUL, église paroissiale, située dans la rue de ce nom. Déjà j'ai parlé de l'origine de cette basilique qui, pour la première fois, se trouve mentionnée dans une bulle d'Innocent II et qualifiée d'église paroissiale.

Étant l'église paroissiale de l'hôtel Saint-Paul, elle eut part aux bienfaits de Charles V et de Charles VII. L'architecture de cette église n'avait rien de remarquable : on y admirait les peintures des vitraux de la nef, du chœur et des charniers, ouvrage de Désaugives.

Trois *mignons* de la cour de Henri III, Quélus, Maugiron et Livarot, furent inhumés près du grand autel de cette église. Ce roi leur fit élever de magnifiques tombeaux, ornés de leurs figures et d'épitaphes très-louangeuses. Le 2 janvier 1589, les Parisiens, excités par les prédicateurs, détruisirent ces tombeaux ; ils disaient, suivant l'Estoile : « Qu'il n'appartenoit pas à ces méchants, » morts en reniant Dieu, sangsues du peuple, et mignons du tyran, d'avoir si › braves monuments et si superbes en l'église de Dieu, et que leurs corps › n'étoient dignes d'autre parement que d'un gibet. » Nicolas Gilles, auteur des *Annales de France*, mort en 1503, et François Rabelais, l'auteur célèbre de *Gargantua* et de *Pentagruel*, furent enterrés dans cette église. Enfin, au mois de juin 1790, on déposa dans le cimetière Saint-Paul les ossements de quatre individus, trouvés enchaînés dans les cachots de la Bastille, et on leur éleva un monument où fut gravée cette inscription : « Sous les pierres mêmes des » cachots où elles gémissaient vivantes, reposent en paix quatre victimes du » despotisme. Leurs os, découverts et recueillis par leurs frères libres, ne se » lèveront plus qu'au jour des justices, pour confondre leurs tyrans. »

Cette église a été démolie, et le culte de Saint-Paul transféré dans celle de Saint-Louis.

LE LOUVRE. J'ai parlé de l'origine de ce château, à la fois forteresse, palais et prison, qui fut fondé vers l'an 1204 par Philippe-Auguste. La *grosse tour* du Louvre et son enceinte, uniques constructions que ce roi fit élever en ce lieu, étaient le centre de l'autorité royale. Dans cette tour, les hauts barons, les grands feudataires de la couronne venaient humblement faire la prestation de foi et hommage. On ne disait pas que telles terres, telles seigneuries étaient soumises à l'autorité du roi ; mais, suivant l'idiome de la féodalité, on disait qu'*elles relevaient de la grosse tour du Louvre*. Charles V fit réparer et augmenter les constructions qui entouraient la grosse tour. Son architecte, ou maître des œuvres, se nommait Raimond du Temple. Lorsqu'en 1373 l'empereur Charles IV vint à Paris, il fut reçu et fêté dans le Palais de la Cité, nommé alors le *Palais Royal*. Le lendemain de l'Épiphanie, Charles V voulut faire voir le Louvre à cet empereur. Ce prince avait la goutte : on le fit porter à la pointe de l'île de la Cité, et les deux souverains s'embarquèrent dans un beau bateau du roi, « fait comme » une belle maison, dit Christine de Pisan, moult peint par debors et par de-

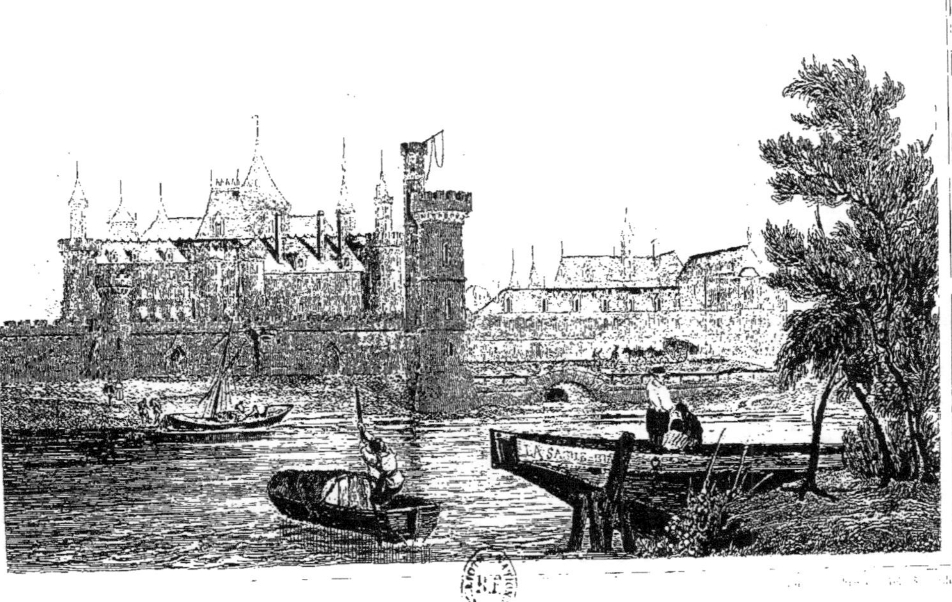

LE VIEUX LOUVRE.

» dans. » Le roi, continue notre historienne, « montra à l'empereur les beaux
» maçonnages qu'il avait fait au Louvre édifier. L'empereur, son fils et ses ba-
» rons, moult bien y logea, et partout estoit le lieu moult richement paré. En
» salle dîna le roi, les barons avec lui, et l'empereur en sa chambre. »

Voici, d'après diverses notions recueillies par Sauval, la description de ce
château, sous le règne de Charles V et sous celui de quelques-uns de ses successeurs. L'ensemble du bâtiment du Louvre offrait, dans son plan, un parallélogramme et était entouré de fossés alimentés par les eaux de la Seine ; des
bâtiments, des basses-cours, quelques jardins et la cour principale du palais en
remplissaient la superficie. Au centre de la cour principale s'élevait la grosse
tour du Louvre. Cette grosse tour, nommée *Tour Neuve*, *Philippine*, *Forteresse
du Louvre*, la *Tour Ferrand*, etc., fameuse dans l'histoire féodale, l'effroi des
vassaux indociles, était ronde, et entourée par un large et profond fossé. Elle
renfermait à l'intérieur une chapelle, un *retrait* et plusieurs chambres ; on y
montait par un escalier à vis. Une porte en fer, garnie de serrures et de verroux, en fermait l'entrée (1).

Les bâtiments qui entouraient la cour principale et fortifiaient la grosse tour
étaient, ainsi que les clôtures des basses-cours et jardins, surmontés d'une
infinité de tours, de tourelles de diverses hauteurs, et, les unes rondes, les
autres quadrangulaires, dont la toiture en terrasse, en forme conique ou pyramidale, se terminait par des girouettes ou des fleurons. On a conservé les
noms de quelques-unes de ces tours : celles *du Fer à Cheval*, *des Porteaux*, de
Windal, situées sur le bord de la Seine ; la *Tour de l'Étang*, celle de l'*Horloge*,
de l'*Armoirie* de *la Fauconnerie*, de *la Grande-Chapelle*, de *la Petite-Chapelle*,
la *Tour où se met le roi quand on joute*, la *Tour de la Tournelle*, ou de la *Grand'-
Chambre du Conseil*, la *Tour de l'Écluse*, sur le bord du fossé, la *Tour de l'Orgueil*, et la *Tour de la Librairie*, où Charles V avait réuni jusqu'à neuf cents
volumes, collection immense pour le temps. La bibliothèque du roi Jean, son
père, n'était composée que de dix à vingt volumes au plus. Presque toutes ces
tours avaient leur capitaine ou concierge, emploi exercé par de très-puissants
seigneurs de France ; plusieurs d'entre elles étaient munies de chapelles et de
chapelains.

Les faces des bâtiments qui entouraient la principale cour étaient percées,
comme au hasard, de petites fenêtres grillées, sans ordre et sans symétrie. Avant
Charles V, ces édifices n'avaient que deux étages ; ils en eurent quatre sous ce
roi : ce qui diminua la clarté et la salubrité de la cour. L'intérieur de ces bâtiments, où le jour n'arrivait qu'à travers des fenêtres étroites et grillées, devait
être sombre et triste comme celui d'une prison.

On pénétrait dans le Louvre par quatre portes fortifiées, appelées *Porteaux*.
La principale entrée se trouvait à l'aspect du midi et sur le bord de la Seine.

---

(1) L'enceinte du Louvre avait soixante-une toises de long sur cinquante-huit toises trois pieds
de large ; la cour principale, trente-quatre toises trois pieds sur trente-deux toises cinq pieds ; de
plus, les murs de la grosse tour, haute de quatre-vingt seize pieds, avaient treize pieds d'épaisseur près du sol et douze pieds dans les étages supérieurs ; enfin la circonférence était de cent
quarante-quatre pieds.

C'était une porte flanquée de tours et de tourelles, qui s'ouvrait sur une avant-cour assez vaste : on la parcourait en longeant une autre partie du fossé du château. Arrivé au milieu de sa façade, on trouvait une autre porte, fortifiée par deux grosses tours peu élevées et couvertes d'une terrasse. Sous Charles VI, cette porte fut décorée de la figure de ce roi et de celle de son père Charles V, sculptées par Philippe de Fontières et Guillaume Josse. Une autre entrée se voyait en face de l'église Saint-Germain-l'Auxerrois : elle existait après la construction de la colonnade du Louvre. « Elle est encore sur pied, dit Sauval, et, » comme on voit, fort étroite, bordée de deux tours rondes, avec une figure ﬖ de chaque côté; savoir : celle de Charles V, et l'autre de Jeanne de Bourbon, ﬖ son épouse. Les deux autres portes, moins considérables, se trouvaient aux » autres faces de l'édifice. »

Les pièces principales des bâtiments qui environnaient la cour intérieure consistaient en une grande salle, ou *salle de Saint-Louis*; sa hauteur allait jusqu'au comble ; sa longueur était de douze toises, et sa largeur de sept : on trouvait encore la *salle neuve du roi*, la *salle neuve de la reine*, la *chambre du conseil*, divisée en une salle et une garde robe nommée *garde robe du conseil de la trappe*; une chambre de *la trappe*, et une *salle basse*, dont Charles V, en 1366, fit orner les murailles de peintures représentant des oiseaux, des cerfs et autres animaux, au milieu de paysages. C'était là que les rois régalaient les princes étrangers et que se donnaient les festins. La chapelle basse, dédiée à la Vierge, était la plus vaste et était décorée de treize statues de prophètes.

L'enceinte du Louvre renfermait quelques jardins : le plus considérable, qu'on nommait le *grand jardin*, était carré et n'avait que six toises de longueur. Derrière le Louvre, et dans la rue *Fromenteau*, était une maison où, dit Sauval, « souloient estre les *lions du roi*. »

Tel était le Louvre sous les règnes de Charles V et de quelques-uns de ses successeurs. Les changements qu'il éprouvra sous Henri IV et Louis XIV l'ont complétement modifié.

COLLÉGES. Plusieurs colléges furent fondés sous le règne de Charles V : d'abord celui de *Dormans*, situé rue Saint-Jean-de-Beauvais, et établi par Dormans, évêque de Beauvais, en 1370; puis celui de *Presle*, contigu au précédent et qui était dû à la munificence de Raoul de Presle, conseiller et poète du roi. C'est dans les caves de cet établissement que le célèbre professeur Pierre Ramus fut traîtreusement assassiné pendant les massacres de la Saint-Barthélemy. Le collége de *Dainville*, rue de la Harpe, en face de l'église Saint-Côme, bâti par M. de Dainville, archidiacre d'Arras, ne présentait rien de remarquable. A la même époque, s'éleva rue du Foin-Saint-Jacques, n° 14, le collége de *Maître-Gervais* ou de *Notre-Dame-de-Bayeux*. On en devait l'idée à maître Gervais-Chrétien, « souverain médecin et astrologien stipendié et moult apprécié » du roi Charles-le-Quint, » dit Simon de Phares dans son Catalogue des principaux astrologues de France. Ce roi avait pour lui tant de vénération, qu'il voulut que son collége portât le nom de *Maître-Gervais*, parce que son médecin conçut le projet de le fonder. Charles V le fit bâtir à ses frais, le dota, vou-

lut qu'on y enseignât l'astrologie, lui donna des livres et des instruments relatifs à cette science, fit confirmer cette fondation par le pape Urbain V, y établit
deux bourses pour des écoliers à qui l'on enseignait la médecine et l'astrologie,
et fit lancer anathème contre ceux qui oseraient enlever de ce collége les livres
et les instruments qu'il y avait placés. Cette singulière fondation et la qualification d'*écoliers du roi* que portaient les boursiers ne furent pas respectées dans la
suite; en 1699 on supprima les bourses et l'on mit le collége sous la direction de
deux docteurs de Sorbonne; en 1763 il fut réuni à l'Université; ses bâtiments
depuis ont été convertis en une caserne.

PONT SAINT-MICHEL, qui communique de la place où viennent aboutir les rues
de la Vieille-Bouclerie, de la Huchette, de Saint-André-des-Arts, etc., à la rue de
la Barillerie, en la Cité. Il est prouvé que ce pont existait vers le milieu du
treizième siècle, et portait le nom de *Pont-Neuf*. Charles V le fit rebâtir en
pierre en 1378, et chargea des travaux Hugues Aubriot, lequel employa dans
cette circonstance tous les joueurs et vagabonds de Paris. La construction
était avancée, lorsque les moines de Saint-Germain-des-Prés s'opposèrent à la
continuation de cet ouvrage en déclarant que le pont, les maisons qu'on bâtissait dessus, la rivière, son fond, ses rives, ainsi que leurs revenus leur appartenaient, en vertu de la donation que leur avait faite le roi Childebert. Il fallut
plaider : le procès fut de longue durée, et n'était pas terminé en 1393. On ignore
quels arrangements mirent fin à cette affaire; mais on sait que le pont fut achevé
en 1387.

HÔTEL DE VILLE, situé place de Grève. On a vu ci-dessus l'origine, les accroissements et les vicissitudes de l'institution municipale de Paris, dont le commerce fournit les premiers éléments. Je ne reviendrai pas ici sur cette institution et ne m'occuperai que des lieux où elle a été établie. La première maison
connue où se tenaient les réunions de la *Hanse de Paris* était située à la Vallée
de Misère, près la place du Grand-Châtelet : on la nomma *la Maison de la marchandise*. Ensuite, le lieu des séances ayant été transféré dans une autre maison
située entre le Grand-Châtelet et l'église Saint-Leufroid, elle fut appelée le *Par-
louer aux bourgeois*. Puis cette assemblée s'établit près de l'enclos des Jacobins,
entre la place Saint-Michel et la rue Saint-Jacques, dans une espèe de fortification faisant partie de l'enceinte de la ville.

Enfin, le 7 juillet 1357, les bourgeois de Paris achetèrent une maison située
sur la place de Grève, portant le nom de *Maison aux piliers*, parce qu'elle était
en partie supportée par une suite de gros piliers. Elle fut aussi appelée *Maison
au Dauphin*, parce que Philippe de Valois, qui en avait fait don à la veuve de
Louis-le-Hutin, la dépouilla ensuite de cette propriété, pour en gratifier Guy,
dauphin du Viennois, et ses successeurs. Cette maison, quoique possédée ou habitée par des souverains, ne différait des maisons bourgeoises dont elle était
voisine que par deux tourelles. Elle fut jusqu'en 1532 le lieu où les échevins
tenaient leurs assemblées, et où habitait le prévôt des marchands. Le corps municipal, dès qu'il en fut propriétaire, y fit exécuter diverses réparations,
et l'on voit, dans un compte de 1468, que Jean de Blois fut chargé de
l'orner de peintures. On entreprit, en 1532, de reconstruire cette maison de

ville sur un plan plus vaste. Je parlerai en son temps de cette reconstruction.

PARIS SOUS CHARLES VI.

Charles V étant mort, le 16 septembre 1380, des suites du poison que, dit-on,
vingt ans avant, le roi de Navarre lui avait fait prendre, son fils ainé, qui n'avait
que douze ans, lui succéda aussitôt. La jeunesse de ce prince, l'ambition de
ses trois oncles qui se partagèrent, puis se disputèrent l'autorité; l'état de
démence où tomba ce roi, l'humeur factieuse et galante de la reine Isabeau de
Bavière, la perfidie d'un grand nombre de seigneurs, et les guerres que les
Anglais ne cessèrent de faire à la France furent autant de sources de malheurs
pour les Français. Du milieu de ces désordres sortirent néanmoins quelques lois
sages, mais mal exécutées, parmi lesquelles je dois indiquer l'ordonnance que
Charles VI rendit le 20 avril 1402, par laquelle il prescrit au parlement de ne
point obéir à ses ordres verbaux, lorsqu'ils seront transmis par ses officiers ou
autres personnes. Des querelles très-vives entre des moines et l'Université,
pour des motifs misérables, vinrent mêler leur ridicule au sentiment douloureux
qu'inspiraient les crimes des ambitieux et l'extrême misère des peuples. Des
réjouissances et des fêtes, parmi les horreurs de la famine et des maladies épi-
démiques; des paix jurées et violées; des processions et des massacres;
des actes de dévotion et des assassinats; des armées de brigands, nommées
grandes compagnies, écorcheurs, etc., commandées par plusieurs seigneurs qui
pillaient, incendiaient les campagnes, en torturaient les habitants et poussaient
l'inhumanité jusqu'à faire rôtir des enfants pour tirer de l'argent de leurs pères;
les factions des *Bourguignons* et des *Armagnacs,* qui déchiraient le peuple en
s'entre-déchirant; des guerres continuelles et leurs effroyables résultats; les
armées anglaises qui envahissaient la France, et le trône très-mal défendu par
la noblesse : tels sont les principaux traits du tableau que présente ce règne, où
l'on vit renaître et se multiplier tous les désordres et toutes les abominations
des onzième et douzième siècles. Parmi tant de troubles et de maux, Paris ne dut
guère s'enrichir de nouvelles institutions : voici la notice de celles qui s'établirent ou s'accrurent pendant ce règne.

SAINT-GERVAIS, église paroissiale, aujourd'hui seconde succursale de la paroisse
Notre-Dame, située rue du Monceau-Saint-Gervais. Cette église fut rebâtie
sous le règne de Charles VI; en 1420, on en fit la dédicace. Sa construction est
un exemple des modifications qu'au quinzième siècle subit le style ogival; il
avait alors acquis tous les raffinements, toute la délicatesse dont ce genre
d'architecture peut être susceptible. Les voûtes sont très-élevées, très-hardies, et
en quelques endroits offrent un tour de force qui n'est pas sans exemple dans
les églises de Paris. On y voit les nervures des voûtes se réunir en faisceau,
retomber et former, en s'abaissant, ce qu'on appelle une clef pendante ou
cul-de-lampe. — Les vitraux de cette église, quoique dégradés en plusieurs
parties, méritent qu'on s'y arrête. Les uns sont l'ouvrage de Pinaigrier, peintre
célèbre en ce genre; ils ont été faits en 1527 et 1530; les autres sont sortis, en
1587, du pinceau de Jean Cousin. On ne doit pas oublier de voir la chapelle de

la Vierge, située au rond-point de l'église, et restaurée avec beaucoup de luxe dans ces dernières années.

Le portail de cette église diffère entièrement de l'architecture du reste de l'édifice. La première pierre en fut posée par Louis XIII le 24 juillet 1616. Il fut élevé sur les dessins de Jacques Debrosses, architecte du Palais du Luxembourg et fut achevé en 1621. Il présente trois ordres superposés, le dorique, l'ionique et le corinthien. Malgré quelques défauts de détails, ce portail, d'un bel effet, est digne de sa réputation et n'a besoin, pour être apprécié, que d'une place plus vaste qui permette de le considérer sous son vrai point de vue.

L'église Saint-Gervais contenait les monuments funèbres de plusieurs personnages distingués : du traducteur Pierre du Ryer, du poète Paul Scarron, de l'abbé de Boisemont, et du peintre Philippe de Champagne. On y remarquait le mausolée fastueux de Michel Letellier à genoux, sa figure, et son épitaphe rappelant qu'il avait provoqué *la révocation de l'édit de Nantes*. On y voyait, enfin, le tombeau érigé par ordre du roi, et sculpté par Lemoine, de Prosper Jolyot de Crébillon, poète tragique mort le 17 juin 1762.

CHAPELLE ET HOPITAL DES ORFÈVRES, ou de *Saint-Éloi*, situés rue des Orfèvres, nᵒˢ 4 et 6. Les orfèvres de Paris achetèrent, en l'an 1399, une maison et y établirent une chapelle et un hôpital destiné aux pauvres ouvriers de leur profession. On y voyait plusieurs figures sculptées par le célèbre Germain Pilon, telles que celles de Moïse, d'Aaron et des Apôtres. Cette chapelle a subsisté jusqu'en 1786, époque où son emplacement est devenu une propriété particulière.

CONFRÉRIE DE LA PASSION DE NOTRE-SEIGNEUR, établie dans les bâtiments de l'hôpital de la Trinité, rue Saint-Denis, au coin de la rue Grenéta. Le Théâtre-Français doit son origine à cette confrérie. C'est dans l'hôpital de la Trinité que, pour la première fois, fut établi à Paris un théâtre permanent. Auparavant on voyait quelques spectacles ambulants, des jongleurs qui chantaient et s'accompagnaient avec la vielle ou le violon, des baladins qui faisaient danser des singes et autres animaux, des faiseurs de tours de force ou d'adresse, et surtout, sous les règnes de Charles V et de Charles VI, des funambules étonnants. Des tragédies latines, dont le sujet était le *martyre* ou les *miracles* de quelque saint, se jouaient dans quelques monastères; mais on n'y avait jamais représenté une action dramatique en langue française.

Les confrères de la Passion se fixèrent d'abord dans le bourg Saint-Maur-des-Fossés, y dressèrent un théâtre, et figurèrent des scènes dont le sujet était la Passion de notre Seigneur Jésus-Christ. Le prévôt de Paris, par ordonnance du 3 juin 1398, fit défense aux habitants de son arrondissement de se rendre à ce spectacle sans une permission expresse du roi. Les confrères s'en plaignirent à Charles VI, qui, ayant assisté à leur représentation, en fut si satisfait, que, par lettres patentes du 4 novembre 1402, il leur permit de donner leur spectacle dans Paris et dans les environs de cette ville, et de se montrer dans les rues vêtus de leur costume théâtral. Ce roi se déclara leur protecteur dans des lettres où il les traite de *ses frères;* ce qui a fait croire qu'il était lui-même agrégé à cette confrérie. Après avoir joué leurs mystères, à certains jours, dans différentes maisons, ils se fixèrent dans la grande salle de l'hôpital de la Trinité, qu'ils louèrent aux religieux d'Hermières, et prirent le titre de *Maîtres gouverneurs et confrères de la Passion et Résurrection de Notre-Seigneur*. Ils y représentaient des pièces appelées *Mystères*, *Moralités*, pièces offrant une suite de scènes calquées sur les *Évangiles*, sur les *Actes des Apôtres* ou sur la vie de quelque saint, et écrites en vieux français rimé.

Ce spectacle fit fortune à Paris ; et les curés des paroisses de cette ville, afin d'en faire jouir leurs paroissiens, avancèrent complaisamment l'heure des vêpres. La représentation de ces *Mystères* se donnait les jours de dimanches et de fêtes, commençait à une heure après midi, et se terminait à cinq heures. Le prix des places était de deux sous par personne. Je donnerai, sous les règnes suivants, de plus amples détails sur l'état de ce théâtre.

COLLÉGES. Nous consignerons en passant la fondation de trois colléges situés dans la rue des Sept-Voies : le premier fut établi par P. Fortet, d'Aurillac, chanoine de Paris ; le deuxième, par Guy de Roye, archevêque de Reims ; et le troisième, par N. Cocquerel, chanoine d'Amiens. Les bâtiments de ces écoles sont depuis longtemps devenus des propriétés particulières.

HÔPITAL DU ROULE. Il est pour la première fois mentionné dans un arrêt du parlement de l'an 1399 ; il existait avant cette époque, et avait pour objet de servir d'asile aux ouvriers de la Monnaie que l'âge ou les infirmités mettaient hors d'état de travailler. On les appelait *les Frères de l'hôtel du Louvre*, sans doute parce qu'alors la Monnaie était au Louvre.

COMPAGNIE DES ARBALÉTRIERS DE PARIS. Il existait depuis longtemps dans cette ville une confrérie d'arbalétriers, composée d'un *roi*, d'un *connétable* et de maîtres. Le lieu de leurs réunions et exercices était situé rue Saint-Denis, près la Porte-aux-Peintres. Ils obtinrent du roi Charles VI, par lettres du 11 août 1410, l'autorisation de se réunir, et de contribuer à la défense de la ville. Par ces lettres, il est ordonné qu'il sera fait un choix de soixante des plus habiles arbalétriers, qu'ils s'habilleront et s'armeront à leurs frais, qu'ils jouiront de plusieurs priviléges, seront exempts de payer *le quatrième du vin*, les impositions et *aides mises pour la guerre*, les *tailles, subsides, gabelles, guet* et *arrière-guet*, excepté ce qui se lève pour les réparations et fortifications de la ville, pour l'arrière-ban, et pour la rançon du roi. Ils seront présentés aux deux prévôts, celui de Paris et le prévôt des marchands, et leur prêteront serment d'obéissance et de fidélité... Ils marcheront aux frais de la ville. Le capitaine aura cinq sous par jour, et chaque arbalétrier trois sous, sans compter la dépense de bouche pour l'homme et pour le cheval. Les confrères arbalétriers eurent soin de faire confirmer leur institution et leurs priviléges par les successeurs de Charles VI. Le chef de ces arbalétriers renonça à son titre de *roi* pour prendre celui de *grand-maître*. Aux quinzième et seizième siècles, il habitait un hôtel rue de Grenelle, à peu près en face de l'*Hôtel des Fermes*.

L'usage des armes à feu, étant devenu général, rendit inutile l'institution des arbalétriers. Cependant ce corps se maintint jusque sous Louis XIV.

ARCHERS DE PARIS. Ils avaient, comme les arbalétriers, pour les commander, un *roi* et un *connétable* ; ils obtinrent de Charles VI, en 1411, la permission de se constituer en confrérie, en l'honneur de Dieu, de la Vierge et de saint Sébastien. Ils jouirent aussi des priviléges et exemptions donnés aux arbalétriers, avec cette différence, qu'au lieu d'avoir trois sous par jour ils n'eurent que deux sous. Ils étaient au nombre de cent vingt.

ARQUEBUSIERS. On fait remonter la compagnie des arquebusiers de Paris jusqu'au règne de Louis-le-Gros. Par lettres patentes d'avril 1369, le nombre des chevaliers de l'arquebuse fut porté à deux cents. Les arquebusiers remplissaient des fonctions semblables à celles des arbalétriers, et jouissaient des mêmes priviléges. En 1671, ils se réunissaient dans une maison de la rue de la Roquette, au n° 90; sur la porte on lisait encore, sous le règne de Louis XVI : *Hôtel de la Compagnie royale des chevaliers de l'arbalète et de l'arquebuse de Paris.* Cet hôtel est devenu propriété particulière. Louis XIV, au mois de mai 1690, fixa au nombre de deux cent quatre-vingts les individus composant les trois compagnies d'arbalétriers, d'archers et d'arquebusiers. Ces corps n'étaient pas assez nombreux pour maintenir l'ordre à Paris. Les arquebusiers, cessant d'être employés au service de la ville, se maintinrent en société, et continuèrent à s'exercer entre eux.

PONTS DE PARIS. A la fin de janvier 1408, un hiver long et rigoureux, suivi d'un dégel, devint fatal aux trois ponts de Paris. Le *Petit-Pont*, construit en bois, fut renversé, ainsi que les maisons établies dessus. On le reconstruisit aux dépens de la ville qui dès lors en devint propriétaire. Le Grand-Pont, dit aujourd'hui *Pont-au-Change*, éprouva une secousse si forte, que quatorze boutiques de changeurs qu'il supportait furent ruinées; mais sa masse résista. Le même jour, le *Pont-Neuf*, aujourd'hui nommé *Pont-Saint-Michel*, quoique bâti en pierre et depuis vingt-six ans seulement, céda à la violence des eaux, et dans sa chute entraîna les maisons qui s'y trouvaient. Ce pont réédifié de nouveau était bordé de loges louées à des particuliers moyennant une redevance annuelle qu'ils payaient à la ville. On a la certitude qu'avant 1313 il existait, dans la direction du Petit-Pont et de la rue qui traverse l'île de la Cité, un pont de bois qui servait de communication à des moulins placés sur la Seine. Ce pont anciennement nommé *Planche-Mibrai*, nom qu'il tenait du lieu où aboutissait son extrémité septentrionale, fut appelé dans la suite pont Notre-Dame. Il fut, en 1413, construit en bois. Robert Gaguin, en parlant de la chute de cet édifice, dit « qu'il était chargé de soixante maisons, trente de chaque » côté de la route, et que ces maisons se faisaient remarquer par leur hauteur » et l'uniformité de leur construction... Lorsqu'on s'y promenait, ne voyant » point la rivière, on se croyait sur terre et au milieu d'une foire, par le grand » nombre et la variété des marchandises qui y étaient étalées. »

PARIS SOUS LE RÉGENT DE HENRI V, ROI D'ANGLETERRE.

Après la mort de Charles VI en 1421, le roi d'Angleterre fit solennellement proclamer un fils qu'il avait eu de Catherine, fille de Charles VI, roi de France. L'oncle de ce petit roi, le duc de Bedford, fut nommé régent du royaume de France, et le duc de Clarence, gouverneur de Paris. Dès lors, le duc de Bedford obligea tous les ordres de l'État à prêter au jeune prince anglais serment de fidélité; et, bientôt on commença, dans la chancellerie du palais, à sceller au nom de cet enfant-roi, et à lire en tête des actes publics ces mots : *Henri, par la grâce de Dieu, roi de France et d'Angleterre.* Les Anglais, pendant près de quinze années, depuis le mois d'octobre 1421 jusqu'au mois d'avril 1436, gouvernèrent Paris et une grande partie des provinces de France. Voici les changements qu'éprouva cette ville pendant la domination de ces étrangers.

HOTEL DES TOURNELLES, situé rue Saint-Antoine, en face de l'hôtel Saint-Paul, dans l'emplacement qui aujourd'hui est en partie occupé par la Place Royale. Cet hôtel fondé par Pierre d'Orgemont, en 1390, devint en 1417 la propriété du roi. Dans les titres, cet hôtel est qualifié de *Maison royale des Tournelles.* Charles VI l'habita dans les temps de sa démence. Le duc de Bedford y logea pendant la durée de la domination anglaise à Paris. Ce prince le fit reconstruire, et en augmenta considérablement l'étendue. Les Anglais ayant été expulsés de cette ville en 1436, et Charles VII s'y étant établi, l'hôtel des Tournelles devint le séjour le plus ordinaire de ce dernier roi, qui le préféra à celui de Saint-Paul. Son nom des *Tournelles* lui vient de la grande quantité de tours dont il était hérissé, suivant l'usage de cette époque. On y remarquait plusieurs galeries, la *salle des Écossais,* la *salle de brique* et la *salle pavée.* Les bâtiments étaient entourés de vastes jardins. Une partie de l'hôtel des Tournelles portait le nom spécial d'*Hôtel du Roi.* En 1464, Louis XI fit construire une galerie qui de ce dernier logement traversait la rue Saint-Antoine, et aboutissait à l'hôtel de madame d'Étampes, dit *Hôtel-Neuf.*

Louis XII mourut, le 1er janvier 1515, à l'hôtel des Tournelles. L'événement fatal qui priva de la vie le roi Henri II détermina Catherine de Médicis à renoncer à cette habitation. En 1565, la démolition en fut ordonnée. Sur son emplacement on établit le *Marché aux Chevaux,* qui, au mois d'avril 1578, fut le théâtre d'un combat violent entre les mignons de Henri III et les favoris du duc de Guise. Plus tard, dans le même lieu, on construisit la *Place Royale.*

SAINT-GERMAIN-L'AUXERROIS. J'ai déjà raconté l'origine et les divers états de cette église, dont le doyen se prétendait seigneur suzerain de la plupart des établissements religieux fondés dans la partie septentrionale de Paris. Il était le despote du nord de la ville comme l'abbé de Saint-Germain-des-Prés l'était des rives de la Seine et d'une grande portion de la partie méridionale de Paris. Si l'on eût cédé aux prétentions de ces deux seigneurs-prêtres, jamais la capitale du royaume ne se serait agrandie.

Pendant la domination des Anglais, en 1423, cette église fut en majeure partie reconstruite. Le portail est remarquable par l'élégance de son porche, qui vient d'être restauré ainsi que la nef et les chapelles, sous la direction de M. Baltard. L'entrée en est décorée par six statues, dont deux représentent le roi Childebert et la reine Ultrogothe, prétendus fondateurs de cette église.

Cette basilique était d'abord collégiale et paroissiale, mais un long et scandaleux procès entre le curé et les chanoines détermina le parlement en 1744 à réunir ce chapitre à celui de la cathédrale. Après cette réunion, les marguilliers de Saint-Germain firent exécuter plusieurs réparations dans le chœur, et abattre le jubé, ouvrage recommandable de l'architecte Pierre Lescot et du

ST. GERMAIN L'AUXERROIS.

Imp. Chardon V.Se - Hautefeuille Paris

sculpteur Jean Goujon. Le grand autel fut décoré avec luxe sur les dessins de Bacary; on entoura le chœur d'une grille en fer poli, exécutée par Dumiez. On plaça derrière l'autel deux statues en pierre, l'une représentant saint Germain, sculptée par Mouchy, et l'autre saint Vincent par Gois.

Je ne décrirai point tous les objets précieux qu'a renfermés cette basilique : on y voyait des tableaux de Jouvenet, de Coypel, de Lebrun, de Bon Boulogne, de Philippe de Champagne, etc., et plusieurs monuments funèbres, notamment une urne cinéraire antique de porphyre, placée sur la tombe du savant de Caylus, urne que l'on voit aujourd'hui dans le musée des Antiques du Louvre. Plusieurs érudits, littérateurs et artistes distingués, furent inhumés dans cette église : tels sont Malherbe, poète; André Dacier et Anne Lefèvre, sa savante épouse; Stella Warin, peintre, sculpteur et fondeur, etc.

Cette église, paroisse du quatrième arrondissement, fut, le 13 février 1831, pillée et réduite à un état complet d'inutilité. Des manifestations légitimistes ont amené le mouvement populaire qui a produit ces dévastations. Cependant, quelques années après, on a entrepris la restauration de cet édifice, qui a été rendu au culte le 14 mai 1837.

Nous trouvons encore à noter la fondation de l'*Hôpital des Pauvres-Veuves* (1425), qui a existé rue Grenelle-Saint-Honoré; celle du *Collége de la Marche*, qui était situé rue de la Montagne-Sainte-Geneviève; enfin l'établissement du *Collége de Séez*, qui est représenté actuellement par l'hôtel Nassau, rue de la Harpe.

PARIS SOUS CHARLES VII. — SIÉGE DE CETTE VILLE PAR LA PUCELLE D'ORLÉANS.

Grâce au patriotisme d'une jeune paysanne, au prestige qui s'attacha à ses actions extraordinaires et à l'énergie du comte de Richemond, qui, mécontent des Anglais, abandonna leur parti pour embrasser celui des Français, Charles VII, qu'on nommait, par dérision, *le roi de Bourges*, parvint à ramener la fortune sous ses bannières; mais ce ne fut pas sans avoir tenté plusieurs entreprises inutiles. Il dirigea contre Paris, que possédaient les Anglais, une armée où commandait Jeanne d'Arc. Le 8 septembre 1429, cette armée, composée d'environ douze mille hommes, commença, vers les onze heures du matin, par assaillir là muraille entre les portes Saint-Honoré et Saint-Denis. L'attaque fut vive et dura quatre heures. L'armée du roi de France, accueillie par des traits nombreux et par les canons placés sur les remparts, se retira. Les soldats de cette armée emportèrent leurs morts, et les déposèrent dans la *grange des Mathurins, près des Porcherons*, puis ils mirent le feu à cette grange pour s'épargner la peine de les enterrer. La Pucelle fut blessée par un trait qui lui traversa la jambe, et celui qui portait son étendard fut tué.

Ce ne fut que le 13 avril 1436 que le comte de Richemond et le comte de Dunois, secrètement favorisés par plusieurs habitants de Paris, purent entrer dans cette ville. Les Anglais, pris au dépourvu, périrent sous le fer vengeur. Quelques-uns, avec le capitaine Wilbi, se réfugièrent dans la forteresse de la Bastille, et furent bientôt obligés de se rendre par composition.

Charles VII, après avoir pris Montereau, fit, le 12 novembre 1437, son entrée solennelle à Paris, où il fut reçu au milieu des fêtes. Sur son passage on avait établi des théâtres, où, suivant le goût du temps, on jouait des mystères, parmi lesquels se faisaient remarquer le *Combat des Sept Péchés capitaux contre les Trois Vertus théologales et les Quatre Vertus cardinales.*

Il y eut sous le règne de ce roi des fêtes et de longues famines, des impôts excessifs, des entrées triomphales, des disputes animées et intarissables entre l'Université de Paris et les moines mendiants ; de belles processions, mêlées de *mystères;* des querelles et des combats entre les écoliers et les bourgeois, mais peu ou plutôt point d'institutions nouvelles.

Charles VII s'était retiré, en l'an 1446, à Mehun-sur-Yèvres : le 22 juillet 1461, il y mourut, pour s'être, dit-on, abstenu trop longtemps de manger, dans la crainte d'être empoisonné par les agents de son fils.

HÔTEL DE NESLE, en latin nommé *Nigella*, occupait l'emplacement du collége Mazarin, de l'hôtel de la Monnaie et autres lieux contigus. Ses bâtiments et jardins étaient à peu près circonscrits par les rues Mazarine, de Nevers et le quai Conti, autrefois nommé quai de Nesle. A l'extrémité occidentale de cet emplacement étaient la *Porte* et la *Tour de Nesle.* La *Porte* se composait d'un édifice flanqué de deux tours rondes, entre lesquelles était l'entrée de ville ; on y arrivait en traversant le fossé, sur un pont fermé de quatre arches. La *Tour de Nesle*, située à quelques toises au nord de cette porte, était ronde, très-élevée, et accouplée à une seconde tour plus haute, moins forte en diamètre, et qui contenait l'escalier à vis. Cette tour correspondait à une autre tour pareille, placée sur la rive opposée, près du Louvre, nommée *la Tour qui fait le coin.* Cette tour et cette porte étaient nommées dans l'origine tour et porte de *Philippe Hamelin :* elles changèrent de nom, à cause de leur voisinage de l'*hôtel de Nesle.*

L'*hôtel de Nesle* devint fameux par les crimes d'une reine de France, dont j'ai parlé dans le chapitre précédent. Charles VII, en 1446, donna, comme je l'ai dit, cet hôtel à François Ier, duc de Bretagne. Ce duc étant mort sans enfants mâles, cette propriété revint à la couronne. Henri II, en 1552, vendit l'hôtel de Nesle à quelques particuliers : alors sur son emplacement s'élevèrent diverses constructions, telles que l'hôtel de Nevers, l'hôtel de Guénégaud, qui depuis reçut le nom de *Conti.* La porte, la tour et ce qui restait de l'hôtel de Nesle, furent démolis en 1663, pour faire place au collége Mazarin.

PARIS SOUS LOUIS XI.

Le 22 juillet 1461, Louis XI, fils de Charles VII, monta sur le trône de France. Ce roi, par la fermeté de son caractère, par ses constants efforts à contenir la noblesse dans un état de soumission, peut être comparé au roi Philippe-le-Bel ; mais, moins emporté, moins fastueux que Philippe, il fut plus méchant et plus superstitieux. Tous deux contribuèrent à diminuer la servitude en France : tous deux, despotes absolus, voulaient exercer leur despotisme sans la participation des princes et des seigneurs. Louis XI possédait des connaissances supérieures aux habitants des cours. Il savait le latin : il protégea les lettres, accueillit les savants et l'imprimerie. Il avait la tête forte, l'esprit faible et le cœur corrompu ; il était faux, cruel, sans foi, sans probité, et superstitieux jusqu'au ridicule. Il termina son règne, mélange de bien et de mal, le 30 août 1483. Paris, sous ce règne, fut enrichi de quelques établissements d'une haute importance.

L'IMPRIMERIE, puissant complément de l'art d'écrire, véhicule de la pensée, propagateur des vérités et des erreurs, fut inventée vers l'an 1430, à Harlem en Hollande, par un nommé *Laurent Coster*, et perfectionnée par Jean *Gensfleich*, dit *Guttemberg*, qui établit une imprimerie à Mayence, sa patrie. Laurent n'employait que des caractères en bois. Ces caractères, mobiles et inégaux, formaient d'une seule pièce des mots entiers. Ces formes de lettres et de mots étaient liées entre elles et enfilées avec de la ficelle : ce procédé étant insuffisant pour les tenir serrées convenablement les unes contre les autres, elles cédaient aux efforts de la presse, se séparaient sous son poids, et ne produisaient ainsi qu'une impression très-défectueuse. Guttemberg s'associa Faust ou Fust, orfèvre. Celui-ci employa utilement un jeune homme, nommé Pierre Schœffer, qui, le premier, en 1452, inventa l'art de fondre des caractères de métal. Cette société entreprit des ouvrages d'une étendue considérable. On vit sortir de ses presses, en 1457, le *Psautier latin*, la *Bible*, le *Rationale divinorum officiorum*, de Durand ; le *Catholicon*, etc.

Vers l'an 1472, Pierre Schœffer et son associé Conrad Hanequis envoyèrent de Mayence à Paris un de leurs agents, appelé Herman de Stathoen, chargé de vendre une certaine quantité de livres imprimés. Pendant que ce commis séjournait à Paris, il fut atteint d'une maladie dont il mourut. Alors les officiers du roi, en vertu du droit d'*aubaine*, s'emparèrent des livres et de l'argent qu'avait laissés le défunt. A cette nouvelle, Pierre Schœffer et son associé s'empressèrent de faire des démarches pour recouvrer leurs fonds. Ils obtinrent des lettres de l'empereur d'Allemagne et de l'archevêque de Mayence, adressées au roi de France, tendant à déterminer ce roi à faire restituer les livres et l'argent saisis. Louis XI, le 21 avril 1473, donna des lettres patentes par lesquelles il leur rendait pleine justice.

En 1470, quelques hommes zélés pour la propagation des lumières, docteurs ou bacheliers de Sorbonne, Guillaume Fichet, de la Savoie, Jean Heynlin, dit La Pierre, Allemand, et Jean Gaisser, avaient déjà entrepris d'attirer à Paris les imprimeurs Ulrich Géring, de Constance, Michel Friburger, de Colmar, Bertholt de Rembolt, des environs de Strasbourg, et Martin Crants. Ils établirent leurs presses au collége de la Sorbonne. Il sortit de ce nouvel établissement divers ouvrages imprimés, tels que les *Lettres de Gasparin de Bergame*, l'*Abrégé de Tite-Live*, par *Florus*, la *Rhétorique de Fichet*, *Salluste*, quelques-unes de ses *Lettres*, des livres du cardinal Bessarion, etc. Ces premières éditions parurent en beaux caractères romains ou lettres rondes.

En 1473, Martin, Michel et Ulrich Gering vinrent s'établir dans la rue Saint-Jacques, au Soleil-d'Or, et y imprimèrent d'abord le *Speculum vitæ humanæ*. de Rodrigue, et ensuite la Bible. Le succès de cet établissement en fit naître d'autres : Pierre Césaris et Jean Stoll fondèrent, en 1473, une imprimerie, et publièrent le *Manipulus curatorum*, le *Tractatus de pluralitate beneficiorum ecclesiasticorum*. — Marc Reinhard, imprimeur de Strasbourg, avait, en 1482, une imprimerie établie à Paris. — Jean Maurand imprima, en 1493 et 1494, pour Antoine Vérard, libraire, les *Grandes Chroniques de France*, en trois volumes in-folio. Son imprimerie était située rue Saint-Victor. Thilman Kerver imprima, pour le libraire Jean Petit, le *Compendium* de Robert Gaguin.

Mais les imprimeurs parisiens, qui, par leurs talents et leur érudition, acquirent le plus de réputation, furent les Estienne. Henri Estienne, d'où sortirent tous les savants de ce nom et de cette famille, commença à imprimer en 1502. Son fils, Robert Estienne, fut le plus habile imprimeur, et l'un des plus savants de son siècle.

Plus de six mille écrivains vivaient à Paris en copiant, en enluminant des manuscrits; ils tenaient leur maîtrise de l'Université. L'imprimerie, qui reproduisait les ouvrages avec promptitude et à peu de frais, enleva aux copistes et aux enlumineurs une grande partie de leurs travaux, et fit des mécontents. D'autre part l'imprimerie, favorisée par les rois Louis XI et Louis XII, ne le fut pas de même par François Ier. L'éclat que jetait ce nouveau fanal inquiétait beaucoup ceux qui vivaient d'abus. François Ier écouta leurs plaintes. Le 13 janvier 1585, il ordonna la suppression entière des imprimeries de son royaume, prohiba l'impression de toute espèce de livres, *sous peine de la hart*. Le 23 février suivant, il suspendit l'effet de cette ordonnance tyrannique, ordonna au parlement de lui présenter *vingt-quatre personnes*, desquelles il en choisirait douze qui seules pourraient dans Paris imprimer des livres approuvés et nécessaires, et *non des compositions nouvelles*. On poussa la précaution jusqu'à défendre et empêcher la publication des traductions, en français, des livres saints, de la Bible, des prières, des psaumes, tant les hommes intéressés au maintien des ténèbres et des abus étaient effrayés du progrès des lumières.

ÉCOLES DE MÉDECINE, situées rue de la Bûcherie n° 15. On enseignait la médecine dans l'Université de Paris; mais cette science, très-peu avancée et souillée d'erreurs et de pratiques magiques, n'avait point d'école spéciale. En 1469, l'Université, assemblée à Notre-Dame, se décida pour fournir un local propre à l'enseignement de la médecine, à acheter une vieille maison appartenant aux Chartreux et située rue de la Bûcherie. La construction du bâtiment des écoles, commencée là en 1472, fut terminée en 1477. Les professeurs et les écoliers, suivant l'ancien usage, étaient ou devaient être prêtres : on les nommait *physiciens, mires*, quelquefois *médecins*.

En 1474, les médecins de cette école firent une expérience utile à l'humanité et aux progrès de la science. — Ils représentèrent au roi Louis XI que plusieurs personnes attaquées de la maladie de la pierre périssait sans guérir, et demandèrent qu'on leur livrât un archer de Meudon, affligé de cette maladie, et condamné à mort pour ses crimes. Le roi y consentit : le condamné fut opéré si heureusement, qu'au bout de quinze jours il recouvra la santé.

On attribue au roi Henri II un règlement fort étrange contre les médecins,

Voici un article de ce réglement : « Que sur les plaintes des héritiers des per-
» sonnes décédées par la faute des médecins, il en sera informé et rendu jus-
» tice comme de tous autres homicides : et *seront les médecins mercenaires tenus*
» *de goûter les excréments de leurs patients,* et leur impartir toute autre sollici-
» tude ; autrement, seront réputés avoir été cause de leur mort et décès. »

En 1618, on construisit pour la première fois dans cette école un amphithéâtre. Bientôt il devint insuffisant. Les bâtiments de l'école, rebâtis en 1678,
étaient spacieux et recevaient le jour par les fenêtres d'un dôme décoré extérieurement de statues allégoriques. — En 1776, l'édifice de cette école menaçant ruine, la Faculté de médecine fut obligée de transférer son enseignement
et sa bibliothèque dans les anciennes Écoles de Droit, rue Saint-Jean-de-Beauvais. Cependant, ce nouveau local n'étant point assez vaste, les professeurs d'a-
natomie et d'accouchement continuèrent leurs cours dans l'école de la rue de la
Bûcherie. — L'ancienne porte d'entrée de cette école existe encore. Elle offre le
caractère d'architecture du quinzième siècle ; au-dessus on lit cette inscription,
Scholæ medicorum. L'amphithéâtre, bâti en 1744, n'est plus fréquenté.

POSTE AUX LETTRES. L'hôtel de l'administration est aujourd'hui situé rue
J.-J. Rousseau. C'est un établissement dont on trouve des exemples dans l'antiquité, et que la barbarie avait fait disparaître. L'Université en conçut le projet
en instituant des messageries ; Louis XI, en 1464, le mit à exécution, et fit le
premier un réglement sur les postes. Deux cent trente courriers faisaient le
service du royaume et portaient les dépêches de la cour. Pour subvenir aux frais
de cette entreprise, ce roi chargea le peuple de trois millions d'imposition. L'U-
niversité a constamment joui du droit des postes et messageries jusqu'en l'année 1719, époque où fut établie l'administration des messageries et postes
royales ; et, pour l'indemniser de cette perte, on lui accorda le vingt-huitième
du bail général des postes, qui alors se montait à 120,000 liv. La poste aux
lettres, qui, depuis son origine, n'avait servi qu'au gouvernement, ne commença
qu'en l'an 1630 à servir aux particuliers. Elle devint, sous Louis XIV, et n'a pas
cessé depuis d'être une administration considérable.

Son bâtiment actuel était autrefois une grande maison, à laquelle appendait
l'image de saint Jacques, que le duc d'Épernon acheta, et où il fit bâtir un hôtel. Hévrart, contrôleur général, en devint ensuite propriétaire, et le fit reconstruire. Fleuriau d'Armenouville l'acquit, et le fit rebâtir tel qu'il est aujourd'hui. C'est en 1757 qu'il fut destiné à l'administration des postes.

PARIS SOUS CHARLES VIII.

Ce prince, âgé de treize ans, succéda, le 30 août 1483, au trône de son père,
sans hériter de ses vices. Il était doux, affable, courageux et bienfaisan. Il
montra beaucoup de faiblesse dans son administration : il ne faisait pas le mal,
mais il le laissait faire. Les courtisans le nommaient *le petit roi,* parce qu'il
était monté encore jeune sur le trône. Ce prince fut le premier qui donna au
conseil du roi une organisation et une fixité qu'il n'avait jamais eues : il l'éri-

gea en cour souveraine, présidée par le chancelier et composée des maîtres ordinaires des requêtes de l'hôtel et de dix-sept conseillers. C'est cette cour qu'on
a depuis nommée le *grand conseil*. Sous ce règne se manifesta dans Paris la maladie appelée d'abord *grosse vérole*, ensuite le *mal de Naples* et le *mal français*.
Le parlement, de concert avec l'évêque de cette ville, pour diminuer les effets
de cette maladie qui fit de grands progrès, ordonna, le 6 mars 1597, « qu'on
» ferait sortir de Paris ceux qui ont gagné ladite maladie hors de cette ville ; et
» qu'on ferait enfermer, nourrir et traiter ceux qui l'ont gagnée à Paris. »

Charles VIII mourut, le 7 avril 1498, des suites d'un coup qu'il reçut à la tête,
en passant précipitamment par une porte conduisant aux fossés du château
d'Amboise. Les établissements furent peu nombreux à Paris sous son règne.

Foire saint-germain, située sur l'emplacement du nouveau marché Saint-
Germain. — Les abbés et religieux de Saint-Germain-des-Prés jouissaient, depuis les temps les plus barbares, du droit de foire. Cette foire commençait, tous
les ans, quinze jours après Pâques, et durait trois semaines. En 1278, il y eut
au Pré-aux-Clercs un combat violent entre les écoliers et les domestiques de
l'abbaye. Les religieux furent condamnés à de fortes amendes, et forcés de
céder au roi l'autre moitié des revenus de cette foire : alors elle fut supprimée
et transférée aux Halles.

Les abbés et religieux de Saint-Germain-des-Prés avaient, pendant les guerres civiles des règnes de Charles VI et Charles VII, éprouvé de grandes pertes :
ils demandèrent à Louis XI, comme un dédommagement, le droit d'établir dans
le faubourg Saint-Germain une foire franche ; ce roi leur accorda leur demande
par lettres patentes du mois de mars 1482. La durée de cette foire était d'abord
de huit jours ; dans la suite, ouverte le 3 février, elle se continuait pendant tout
le carnaval, une grande partie du Carême, et ne finissait qu'au dimanche des
Rameaux. Les religieux de Saint-Germain, dès l'an 1486, avaient fait construire
pour cette foire cent quarante loges. Ces constructions en charpente, justement
admirées, devinrent, pendant la nuit du 16 au 17 mars 1763, la proie des flammes qui s'étendirent jusqu'à l'église de Saint-Sulpice, et y endommagèrent la
coupole de la chapelle de la Vierge. On les reconstruisit l'année suivante dans
une forme plus simple. L'emplacement fut divisé en huit rues qui se coupaient
à angle droit. Ces rues, dont quelques-unes se trouvaient abritées par des toits
en vitraux, étaient bordées de baraques, occupées temporairement par des
marchands de modes, de joujoux, de sucreries, de bijouteries, etc. On y
voyait plusieurs cafés très-vastes, des cabarets, des maisons de jeu et plusieurs
spectacles forains. On y comptait quatre grandes salles de théâtres où venaient
jouer les acteurs des boulevards, ainsi que plusieurs autres salles destinées à
des objets de curiosité ; enfin un *Vauxhall d'hiver*, lieu de danse, et vrai marché de courtisanes.

L'emplacement de cette foire, bien plus vaste autrefois qu'il ne l'était en 1789,
et que n'est aujourd'hui le marché Saint-Germain qui l'a remplacé, s'étendait
jusqu'aux environs du Luxembourg. Entre les rues Garancière et de Tournon
se trouvait le lieu destiné à la vente des bestiaux : on le nommait *le Champ*

crotté, ou *le Champ de Foire*. La partie qu'on appelait *le Préau*, destinée au marché, et où aboutissaient la rue de Buci et le passage de la Treille, avait anciennement beaucoup plus d'étendue que dans ces derniers temps.

FILLES PÉNITENTES, établies d'abord sur l'emplacement de l'*hôtel d'Orléans*, sur lequel on a construit la Halle-aux-Blés, puis transférées au monastère de Saint-Magloire, rue Saint-Denis. — Un cordelier nommé *Jean Tisserand*, doué d'un grand zèle et d'une éloquence propre à entraîner les filles publiques qui abondaient à Paris, réussit à convertir environ deux cents de ces filles et à les réunir dans une communauté religieuse. Louis II, duc d'Orléans, qui fut depuis roi sous le nom de Louis XII, donna, en 1494, pour les loger, une grande partie de son hôtel d'Orléans, situé rue d'Orléans-Saint-Honoré. L'évêque de Paris, Jean Simon, fit un règlement, où l'on voit que les filles, pour être admises dans ce couvent, étaient tenues de faire des preuves suffisantes de leur libertinage ; d'affirmer par serment prêté sur les saints Evangiles, en présence du confesseur et de cinq ou six personnes, qu'elles avaient mené une vie dissolue. On était fort rigide sur cette preuve. Il arrivait souvent que des filles se prostituaient exprès pour avoir droit d'entrer dans cette communauté ; si ce fait était reconnu, on les chassait honteusement de la maison. Il arrivait aussi que des filles, à la suggestion de leurs parents, qui voulaient s'en débarrasser, se présentaient, en protestant et jurant qu'elles avaient vécu dans la débauche, tandis qu'elles étaient encore vierges. Cette singulière tromperie détermina les religieuses de la communauté à vérifier le fait : toutes alors, en présence des mères, sous-mères et discrètes, et par des matrones nommées exprès, furent soumises à une scrupuleuse visite. Ainsi, après la visite, si la fille postulante était trouvée vierge, on la renvoyait comme indigne d'entrer dans ce couvent.

A son origine, cette maison portait le titre de *Refuge des filles de Paris*, et dans la suite, elle reçut celui de *Filles pénitentes*. Ces filles restèrent dans le couvent établi sur l'emplacement de l'hôtel d'Orléans jusqu'en 1572, époque où Catherine de Médicis, voulant y bâtir un hôtel, les fit déloger et transférer dans le monastère Saint-Magloire, rue Saint-Denis, monastère occupé par des moines qui se retirèrent dans la maison de Saint-Jacques-du-Haut-Pas. Les guerres civiles du seizième siècle causèrent du désordre dans ce couvent comme dans beaucoup d'autres ; la conduite de ces filles devint si scandaleuse, qu'on fut obligé d'y introduire huit religieuses de Montmartre, chargées d'y remettre la règle en vigueur. Elles y entrèrent en 1616 ; et, au moyen de quelques adoucissements apportés à la sévérité des anciens règlements, le bon ordre s'y rétablit. — Ce couvent fut supprimé en 1790, et ses bâtiments, ainsi que ceux de son église, ont été, peu d'années après, démolis en grande partie.

PARIS SOUS LOUIS XII.

Louis XII, qualifié d'abord de *duc d'Orléans*, succéda à Charles VIII, le 7 avril 1498. Ce roi fit quelques fautes en politique. On peut même lui reprocher quelques erreurs : mais elles furent éclipsées par des qualités éminentes, par un caractère de magnanimité sans orgueil, de bonté sans faiblesse, et d'équité sans rigueur. De tous les rois qui l'ont précédé sur le trône, nul n'a montré un caractère plus noble, un jugement plus sain, ni plus d'amour pour la prospérité publique. Une maladie violente, dont Louis XII fut attaqué à Paris, l'enleva le 1er janvier 1515. Il mourut trop tôt pour le bonheur et la gloire de la France.

Voici le tableau des établissements, et l'état des institutions qui fleurirent à Paris pendant ce règne.

PONT NOTRE-DAME. J'ai déjà parlé de la reconstruction de ce pont en 1413. Le 25 octobre 1499, vers neuf heures du matin, il s'écroula avec les soixante maisons construites dessus. Cette chute fut généralement attribuée à la négligence du prévôt des marchands et des échevins qui touchaient, pour les locations des maisons de ce pont, quatre-vingts livres par an, ne dépensaient qu'une très-petite partie de cette somme pour l'entretien de sa charpente et gardaient le surplus pour eux. Cette négligence ne resta point impunie. Le parlement manda au Palais le prévôt des marchands et les échevins, les fit emprisonner, les destitua, les déclara incapables de posséder à l'avenir aucune fonction, et les condamna à de fortes amendes, dont une partie fut employée aux frais du rétablissement du pont. Jean Joconde, cordelier, qui avait déjà présidé à la construction du Petit-Pont, fut chargé de diriger les travaux du nouveau Pont Notre-Dame. Il prouva que les moines ne sont pas toujours inutiles, et justifia la confiance qu'on avait en ses talents. Grâce aux divers octrois accordés par le roi et par la ville, il acheva entièrement, en 1512, ce pont, qui existe encore. Sous l'une des arches était gravée une inscription se terminant ainsi : « Pour la » joie du parachèvement de si grand et magnifique œuvre, fut crié *noël*, et grande » joie démenée avec trompettes et clairons qui sonnèrent par long espace » de temps. »

Ce pont, réparé à diverses époques, notamment en 1577 et en 1659, est le plus ancien des ponts existants à Paris, le premier qui fut solidement construit, et dont les arches reçurent une élévation calculée d'après celle des grands débordements de la Seine ; élévation qui nécessita l'exhaussement du sol de l'ile de la Cité. En 1786, on démolit les maisons dont ce pont était chargé ; on ragréa, répara toutes ses parties, et on le borda de larges trottoirs.

BONS-HOMMES, ou *Minimes de Chaillot*, situés au bas et à l'extrémité de ce village. François de Paule envoya dans Paris six de ses religieux et les adressa à Jean Quentin, pénitencier de cette ville, qui refusa de les recevoir et les traita durement. Ces Minimes se retirèrent ailleurs. Quelque temps après, ce pénitencier revint de ses préventions, les admit dans sa maison, et les y garda jusqu'en 1493, époque où Jean Morhier leur fit don d'une vieille tour, près de Nigeon. Anne de Bretagne, plus libérale, céda à ces Bons-Hommes *son manoir*, situé sur le penchant du coteau de Chaillot et de Nigeon, et posa la première pierre de leur église qui ne fut terminée qu'en 1578. Ce couvent, supprimé en 1790, a été remplacé en partie par des bâtiments consacrés à une filature de coton.

SPECTACLES. Pendant cette période, et depuis l'établissement des *Confrères de la Passion*, le goût des spectacles s'était rapidement propagé dans Paris. Les habitants, pour solemniser l'entrée des rois et des reines dans cette ville, adoptèrent l'usage de dresser sur leur passage des théâtres sur lesquels était représentée une scène dramatique. Ces scènes, quel qu'en fût le sujet, recevaient le nom de *mystères*. Outre le théâtre des Confrères de la Passion, on en vit s'élever plusieurs autres. Les clercs de la Basoche en établirent un sur la table de marbre du Palais de Justice ; les clercs du Châtelet imitèrent ceux du Parlement ; plusieurs colléges de Paris élevèrent aussi des théâtres où figuraient les professeurs et les écoliers. Il en fut établi jusque sous les Halles de Paris. Le théâtre des *Enfants Sans-Souci* était dirigé par le *Prince des Sots*. Les Confrères de la Passion ne se bornèrent pas à représenter la passion de Jésus-Christ : ils puisèrent leurs matières dans les *Actes des Apôtres*, dans la *Bible* et dans la *Vie des Saints*. Les clercs de la Basoche jouaient des *farces*, *soties* ou *moralités*, en empruntant les sujets aux événements publics, aux abus, aux fautes et aux excès des grands personnages de la cour ou aux ridicules de la société. Le théâtre des Halles avait pour objet de diriger l'opinion publique dans les intérêts du gouvernement. Les théâtres temporaires, dressés dans les colléges, mettaient en scène des événements qu'offre l'histoire ancienne, sans négliger les événements modernes.

THÉATRE DES CONFRÈRES DE LA PASSION. J'ai indiqué leur établissement à Paris sous le règne de Charles VI : je vais donner ici quelques traits qui caractérisent le genre de leurs compositions dramatiques. Les sujets qu'ils mettaient en scène n'étaient pas de nature à inspirer la gaîté. C'est pourquoi, afin de rompre l'uniformité de leur spectacle, ils continuèrent à s'adjoindre la troupe des *Enfants Sans-Souci*. Cependant les auteurs des mystères cherchaient aussi à égayer leurs compositions et à les rendre plus amusantes; de sorte que, même en représentant la Passion, ils parvinrent à faire rire les spectateurs. Pour cet effet il suffisait d'offrir des naïvetés grossières et de plats quolibets, dont l'indécence nous étonne : les spectateurs n'étaient alors ni délicats ni difficiles. Les pièces de théâtre sont le miroir des mœurs du siècle où elles paraissent. Que penser des mœurs du quinzième siècle, surtout si l'on sait que ces pièces étaient représentées devant des personnes de tout âge et de tout sexe? Cependant, pour la justification des auteurs de cette époque, il faut dire qu'ils ne prêtaient ces expressions sales et grossières qu'à des personnages d'une classe inférieure ou malfaisante, tels que les geôliers, les possédés, les diables, les tyrans, les archers, les bourreaux, etc. Dieu, les Apôtres, les Saints y parlaient quelquefois d'une manière burlesque; mais, généralement, nulle parole indécente ne sortait de leur bouche.

En 1543, les confrères de la Passion, forcés de déguerpir de l'hôpital de la Trinité, vinrent s'établir à l'hôtel de Flandre, dont ils prirent une partie en location. Cet hôtel était situé entre les rues Plâtrière, Coq-Héron, des Vieux-Augustins et Coquillière. François Ier en ayant, dès 1543, ordonné la démolition, ils vinrent s'établir dans une partie de l'hôtel de Bourgogne, rue Mauconseil.

Parmi les auteurs qui travaillaient pour ce théâtre, il faut citer Pierre Gringoire, auteur de plusieurs poésies, qui probablement jouait sur le théâtre des Enfants Sans-Souci le personnage de *mère sotte*, puisque cet écrivain portait et se donnait lui-même ce surnom ridicule, et qu'il a composé plusieurs soties, farces et moralités. Les acteurs de ce théâtre n'étaient point des pèlerins, comme l'a dit Boileau, mais des bourgeois, des hommes de lettres, des jurisconsultes, des magistrats et des ecclésiastiques.

THÉATRE DES BASOCHES DU PALAIS ET DU CHATELET. Ce fut sous le règne de Louis XI que les clercs du Parlement et ceux du Châtelet commencèrent, à ce qu'il paraît, à donner des spectacles au public; on sait que ce roi les aimait et accordait sa protection aux comédiens. Les clercs de la Basoche du Parlement jouaient leurs pièces dans la grand'salle du Palais, et la vaste table de marbre, qui s'y trouvait, leur servait de théâtre. Quant aux clercs du Châtelet, ils en faisaient dresser un devant la porte du bâtiment de ce tribunal. Dans un compte rapporté par Sauval, on lit qu'en 1473 les clercs du Châtelet ayant dressé un échafaud devant le bâtiment de cette cour de justice, y représentèrent *des jeux*, et firent beaucoup de dépenses auxquelles le prévôt de Paris contribua pour la somme de dix livres parisis : ils ne touchèrent pas même cette somme entière, et une partie fut, on ne sait pourquoi, donnée au bureau.

Dès que Louis XI eut cessé d'habiter Paris, les clercs des Basoches du Palais et du Châtelet se trouvèrent sans protection; et le parlement, qui n'aimait pas les comédies où probablement quelques-uns de ses membres étaient joués, s'opposa souvent à leurs représentations. Par un arrêt du 15 mai 1476, cette cour défendit aux clercs de l'une et de l'autre juridiction «de jouer publique-» ment au Palais, au Châtelet, ou ailleurs, *farces, soties, moralités,* sous peine » de bannissement et de confiscation de leurs biens.» L'arrêt défend même aux clercs de demander à la cour la permission de jouer ces farces. Les mesures de police que prenait le parlement étaient alors très-mal exécutées. L'année suivante, les basochiens se disposaient à jouer leurs comédies ordinaires lorsque le parlement, par arrêt du 19 juillet 1477, défendit aux clercs du Palais, et à l'un d'eux, nommé Jean l'Éveillé, se disant *roi de la Basoche,* de jouer, *sous peine, par les contrevenants, d'être battus de verges par les carrefours de Paris, et bannis du royaume.* Après la mort de Louis XI, les basochiens se hasardèrent de faire revivre leurs jeux scéniques; mais bientôt ils se laissèrent aller à des critiques imprudentes, qui plusieurs fois forcèrent le roi de France d'interrompre leurs représentations. Les spectacles reprirent faveur sous Louis XII. Les courtisans lui remontrèrent que les clercs, dans leurs pièces, se permettaient beaucoup de licences, et qu'ils l'avaient joué lui-même sous la figure de l'avarice. Louis XII fit cette réponse remarquable : «Je veux qu'on joue en liberté, et que » les jeunes gens déclarent les abus qu'on fait à ma cour, puisque les confes-» seurs, et autres qui font les sages, n'en veulent rien dire : pourvu qu'on ne » parle pas de ma femme, car je veux que l'honneur des femmes soit gardé. »

Aussitôt après la mort de Louis XII, le parlement, à cause du deuil, défendit les jeux préparés par les clercs et les dédommagea des frais que ces préparatifs leur avaient causés. L'année suivante, il fit «défense aux basochiens et aux » écoliers des colléges de jouer *farces* ou *comédies,* dans lesquelles il serait *mention de princes et princesses de la cour.*» Ces personnes ne craignaient pas de se livrer à leurs habitudes vicieuses, mais craignaient de se les entendre reprocher.

Les clercs de la Basoche continuèrent néanmoins leurs représentations ; mais le parlement exigea que les pièces, avant d'être jouées, fussent soumises à la censure de quelques-uns de ses membres. On voit ici l'origine de la censure des pièces de théâtre. L'usage de cette censure fut maintenue dans la suite. A partir de 1582, on ne voit plus de trace de l'existence du théâtre basochien. Les troubles publics, sans doute, en interrompirent l'exercice. Ce spectacle n'était pas gratuit; l'argent qui en provenait servait aux frais d'un festin qui suivait la pièce, et formait une partie des revenus du royaume de la Basoche.

THÉATRE DES COLLÉGES. Pendant que les clercs de la Basoche égayaient la grande salle du Palais de leurs *soties*, leurs *farces* ou *moralités*, les écoliers les imitaient dans leurs tristes colléges. Brantôme parle de leurs théâtres, qui, comme celui de la Basoche, furent toléres par Louis XII. Après la mort de ce roi, le parlement, en 1516, manda les principaux des colléges de Navarre, de Bourgogne, des Bons-Enfants, du Cardinal-Lemoine, de Boncourt et de Justice, pour leur intimer l'ordre « de ne jouer, faire ou permettre jouer en leurs colléges » *farces* ou autres jeux, contre l'honneur du roi, de la reine, de madame régente, » des princes du sang, ni d'autres personnages étant auprès du roi. » — Cette défense, dans la suite ne fut guère observée : on vit, en 1533, dans le collége de Navarre, une comédie, composée par des fanatiques, contre la reine de Navarre. Cette princesse vertueuse était représentée sous le personnage d'une furie. Le roi fit emprisonner les auteurs et les acteurs de cette mauvaise farce.

Étienne Jodelle, poète, après avoir fait représenter sa tragédie de *Cléopâtre* à l'hôtel de Reims, la fit jouer de nouveau, en 1552, au collége de Boncourt; ce qui fait présumer qu'il existait dans ce collége, dès le temps de Louis XII, un théâtre permanent. — Depuis cette époque, on ne voit que peu d'exemples de spectacles donnés dans les colléges. Les troubles du seizième siècle causèrent sans doute leur interruption. Les Jésuites ressuscitèrent cet usage; mais les pièces qu'ils faisaient jouer dans leurs maisons avaient un autre caractère, et le spectacle n'était ni payé, ni entièrement public.

DANSE MACABRE, ou *Danse des Morts*, autre genre de spectacle qui, pendant cette période, fut offert aux yeux des Parisiens. On y représentait les hommes et les femmes dans les diverses conditions de la vie, leurs vains projets, leurs espérances et leur fin inattendue. La mort, sous la forme d'un squelette, jouait le principal personnage. Chaque auteur déplorait à sa manière les rigueurs du Destin qui allait les anéantir; mais la Mort restait inflexible. J'ai déjà mentionné deux fois ce triste spectacle, fort rare en France, mais fort en vogue en Allemagne et en Suisse. L'auteur du *Journal de Paris*, sous les règnes de Charles VI et Charles VII, annonce qu'en 1424 fut faite la *Danse Macabre* aux charniers des Innocents, et que ce spectacle, commencé au mois d'août, ne fut achevé que pendant le carême suivant. On a douté si les personnages de ces scènes étaient des êtres vivants ou des êtres représentés au moyen de la peinture. J'incline vers cette dernière opinion : d'ailleurs on trouve en Suisse, sur les parois de quelques ponts, construits en bois et recouverts en charpente, plusieurs figures d'hommes, de femmes, de diverses conditions, accompagnées de celle de la Mort. L'ensemble de ces figures est nommé la *Danse Macabre* ou *Danse des Morts*.

Holbein, peintre célébre, a représenté, sur les murs du cimetière de Saint-Pierre, à Bâle, une *Danse des Morts;* il en existe une autre représentation dans l'église de la chaise-Dieu. Tous ces témoignages tendent à faire croire que les personnages de ce spectacle n'étaient qu'en peinture, et qu'un démonstrateur récitait au public les vers que la Mort adressait aux divers individus.

ÉTAT PHYSIQUE DE PARIS.

Dans la période précédente, le prévôt des marchands, Marcel, avait, durant la prison du roi Jean, étendu l'enceinte de la partie septentrionale de Paris. Pendant celle-ci, sous le règne de Charles VI, Hugues Aubriot, prévôt de Paris, par les ordres de ce roi, répara, embellit et fortifia cette enceinte. Il fit agrandir les bastilles ou forteresses situées aux principales portes de la ville. La bastille de la porte Saint-Antoine était la plus considérable. Cette enceinte immense, ces forteresses, le creusement des fossés autour de toutes les parties des murailles de cette ville, lui donnèrent un caractère imposant.

ÉGOUTS. Hugues Aubriot s'occupa encore, dans l'intérieur de Paris, d'ouvrages moins apparents, mais tout aussi utiles. Par des canaux creusés, il procura l'écoulement des eaux stagnantes qui corrompaient l'air et causaient de fréquentes maladies. L'ancien lit du ruisseau de Ménilmontant offrit un canal naturel à cet écoulement; on le nomma et on le nomme encore le *grand égout.* Il bordait une partie de l'enceinte septentrionale, allait et va encore se vider dans la Seine au-dessous de Chaillot. Ce même prévôt de Paris fit creuser plusieurs égouts particuliers qui vinrent se décharger dans cet égout principal; mais ils restaient à ciel ouvert et dépourvus de maçonnerie. L'égoût du *Pont-Perrin,* qui passait sous la bastille Saint-Antoine, fut, en 1412, détourné, couvert et dirigé à travers l'enclos dit *la culture de Sainte-Catherine,* dans les fossés du Temple.

RUES DE PARIS. Pendant cette période, on s'occupa, plus soigneusement que par le passé, du pavé et du nettoiement de la ville. Les rues, pour la plupart encore dépourvues de pavés, tortueuses, étroites, puantes, étaient presque toutes bordées de maisons semblables à des chaumières. Les espaces vides, les champs cultivés, les nombreux clos de vigne qui, du temps de Philippe-Auguste, se trouvaient encore entre les quartiers habités et l'enceinte que fit construire ce roi, furent, pendant cette période, entièrement occupés du côté de l'Université, par un grand nombre de colléges et de monastères; du côté du nord, par plusieurs hôtels que firent construire des princes, des seigneurs, des évêques, des abbés, etc., que leurs intérêts ou leurs plaisirs attiraient à Paris. Ces divers établissements avaient déjà, depuis longtemps, débordé la vieille enceinte lorsqu'on construisit la nouvelle; et Charles V. ayant inspiré, par son exemple, le goût et le luxe des constructions, plusieurs hôtels et *séjours,* comme on les nommait alors, furent bâtis en dehors des anciennes murailles.

ÉTAT CIVIL DE PARIS

Pour dédommager les habitants de plusieurs actes oppressifs, Charles V, par

ANCIEN HÔTEL DE LA TRÉMOUILLE.

RUE DES BOURDONNAIS.

Publié par Furne, à Paris.

édit de 1371, accorda la noblesse à tous les bourgeois de Paris sans exception : cette noblesse consistait dans l'affranchissement des servitudes féodales; d'où est résultée cette maxime des jurisconsultes : *En la noble ville de Paris, tous sont bourgeois et n'y a gens de poste*, c'est-à-dire qu'il n'y a plus de *serfs;* et, à cause de cette noblesse tous les bourgeois de la dite ville sont en la sauvegarde du roi. Cette noblesse fut confirmée par les rois Charles VI, Louis XI, François Iᵉʳ et Henri II; mais Henri III, en 1577, restreignit ce privilége aux seuls prévôts des marchands et échevins de cette ville.

Le pouvoir très-étendu dont jouissait le prévôt des marchands reçut quelques atteintes sous le règne de Charles V; plusieurs de ses attributions urent confiées au prévôt de Paris. La conduite trop énergique d'Etienne Marcel en fut la cause. Enfin, sous le règne de Charles VI, en 1382, la magistrature du prévôt et des Echevins fut supprimée; voici les causes de cette suppression : Charles V, pour soutenir la guerre contre les Anglais, pour fournir à son luxe extraordinaire, à son goût pour les bâtiments, à sa passion d'accroître des trésors secrets, avait ruiné ses sujets les plus utiles en les accablants d'impôts qui forçaient les particuliers à vendre jusqu'aux lits où ils couchaient. La France et les environs de Paris étaient désolés par des troupes de pillards, tant anglais que français, qui détruisaient, par leur brigandage, l'agriculture et le commerce. Les cultivateurs se réfugiaient dans les villes, desquelles personne n'osait sortir, dans la crainte d'être assailli par ces brigands. Dans cet état de désordre, de misère et d'épuisement général, Charles V vint encore mettre le comble aux malheurs publics en établissant un nouvel impôt. Ce roi, dans la suite, sentit tout l'odieux de sa conduite, et le jour même de sa mort il fit une ordonnance pour abolir tous les impôts qu'il avait établis. Mais son frère, le duc d'Anjou, qui s'était emparé de la régence, ne fit pas exécuter l'ordonnance et osa même exiger une nouvelle contribution. Bien plus, pour piller les trésors de Charles V, et forcer Savoisi à lui déclarer le lieu secret où ce roi avait entassé des lingots d'or à Melun, il menaça, en présence du boureau, ce fidèle serviteur du dernier supplice s'il ne les lui découvrait aussitôt.

La contribution rétablie par le duc d'Anjou causa dans Paris un mécontentement général qu'augmenta et fit éclater un nouvel impôt réclamé par ce duc. Vers le 8 octobre 1380, environ deux cents Parisiens, de la classe la plus pauvre, s'attroupèrent, vinrent à l'Hôtel-de-Ville, obligèrent Jean Cuiloé, prévôt des marchands, à se rendre avec eux au Palais, auprès du duc d'Anjou. Ce magistrat supplia ce prince de soulager le peuple, et demanda la suppression des nouveaux impôts dont il était accablé. Ces représentations, suivies des cris du peuple, intimidèrent le duc d'Anjou. Il répondit avec douceur, et donna des espérances pour l'époque où le roi serait de retour de Melun; le peuple satisfait se retira. Mais le duc d'Anjou oublia de tenir ses promesses; le peuple, impatient, s'attroupa de nouveau, et fit pour la première fois, entendre dans Paris des cris de *liberté*. Alors le prévôt des marchands convoqua une assemblée de Parisiens dans le bâtiment appelé le *Parlouer-aux-Bourgeois*, et leur représenta qu'il convenait, avant toute affaire, d'attendre la fin des fêtes publiques. La classe des artisans, accourue en foule à cette assemblée, paraissait se rendre aux raisons du prévôt, lorsqu'un cordonnier éleva la voix, et, par un discours véhément et appuyé sur des faits connus, fit changer ces dispositions pacifiques. Bientôt après, trois cents bourgeois armés obligent le prévôt des marchands à marcher avec eux au Palais, afin d'être leur organe auprès du prince. Le duc régent, accompagné de l'évêque de Beauvais, chancelier de France, tous deux montés sur la grande table de marbre du Palais, se présentèrent devant le public. — Le prévôt des marchands demanda l'abolition des derniers impôts que le peuple était dans l'impossibilité de payer. Le duc répondit avec ménagement; le chancelier fit de même. *Retirez-vous paisiblement chacun chez vous*, dit-il; *demain vous pourrez peut-être obtenir ce que vous désirez.*

Dans l'intervalle de ce jour au lendemain, plusieurs hommes de qualité, qui devaient des sommes considérables aux Juifs et à d'autres usuriers, imaginèrent, pour s'acquitter facilement, de porter le peuple à demander l'expulsion des Juifs. Le lendemain, en effet, avant la publication de l'ordonnance, des hommes de la classe inférieure se portèrent avec fureur dans les maisons des receveurs publics, brisèrent les caisses, répandirent l'argent dans les rues, déchirèrent les tarifs et registres, puis se rendirent dans une rue où se trouvaient environ quarante maisons de Juifs, maisons toutes remplies de harbes, de meubles, et de vaisselle d'argent, de pierreries mis en gage, les pillèrent, et eurent soin d'en tirer les promesses et obligations consenties par les nobles. Quelques Juifs même furent tués. Le massacre aurait été plus grand si ces malheureux n'eussent obtenu la faveur d'être admis dans les prisons du Châtelet, prisons qui, pour eux, devinrent un asile salutaire.

Après plusieurs tentatives inutiles pour séduire le peuple, le duc d'Anjou imagina le misérable expédient que voici : Il rendit à ce qu'il paraît, une ordonnance qui ne fut pas publiée, par laquelle il rétablissait les impôts, causes de tous les troubles. D'après cette ordonnance qui doit être du mois de février 1381, on adjugea à huit clos, aux enchères, la ferme de ces contributions. Pour donner de la publicité à cette manœuvre, jusqu'alors mystérieuse, on employa un odieux subterfuge : Un homme, largement payé, brave le péril, et, le dernier jour de février, monte à cheval, parcourt Paris et annonce qu'on va lever des impôts. Cette publication jette l'alarme dans la population parisienne. Le lendemain les rues retentissent de cris séditieux; on court aux armes; ceux qui en manquent vont enfoncer les portes de l'Hotel-de-Ville, y saisissent des maillets de plomb fabriqués par ordre de Charles V. Cette espèce d'arme fit donner à ceux qui s'en servirent le surnom de *Maillotins*. Les portes des prisons sont brisées, les détenus mis en liberté, les procédures enlevées, déchirées. On assomme sans pitié les percepteurs de l'impôt. Le pillage suivit les massacres. Les maisons de ceux qu'on avait tués furent démeublées, quelques-unes abattues. Les séditieux forcèrent les portes de l'Abbaye Saint-Germain-des-Prés, où plusieurs fermiers et receveurs de l'impôt s'étaient réfugiés, tuèrent quelques personnes et en emportèrent plusieurs objets précieux. Ensuite la rue des Juifs, où demeuraient plusieurs familles de cette nation, devint le but principal dn pillage : pendans trois ou quatre jours, leur maisons furent dévalisées. Ceux qui les habitaient prirent la fuite avec les biens qu'ils purent sauver.

A tant de désordres et de forfaits succédèrent le calme et la crainte des châtiments. Les bourgeois de Paris, innocents de tous ces excès, craignirent, tant
ils avaient mauvaise idée de la justice du duc d'Anjou, d'être punis comme les
coupables. Ils envoyèrent au roi une députation chargée de lui dire que la dernière classe des habitants de Paris était seule coupable de la sédition; que le
soulèvement s'était tramé à l'insu des officiers de la ville; qu'ils en avaient
eux-mêmes beaucoup souffert; puis ils supplièrent le roi d'abolir les impôts,
dont le poids était au-dessus des forces du peuple. Le duc d'Anjou fit répondre
par le roi qu'il consentait à la suppression de l'impôt; qu'il pardonnait à tous
les habitants de Paris, excepté à ceux qui avaient forcé les prisons; et il ordonna
qu'on fît leur procès. Jean Desmares, avocat du roi au parlement, estimé du
peuple, quoique partisan du duc d'Anjou, parcourut les rues de Paris, monté
sur une litière, à cause de ses infirmités, annonçant cette bonne nouvelle et
proclamant la clémence du roi. Après cette annonce rassurante, le prévôt de
Paris fit arrêter les plus coupables de la sédition, et, dans un seul jour, en envoya un grand nombre à l'échafaud. A ce spectacle, le peuple irrité se souleva
et s'opposa aux exécutions. Alors le duc d'Anjou ordonna au prévôt de Paris de
différer ce châtiment; mais par un ordre secret il lui prescrivit de se défaire
secrètement des coupables. En conséquence, le prévôt, chaque nuit, en faisait
jeter un certain nombre dans la Seine.

Le duc d'Anjou, ne pouvant parvenir à rétablir à l'amiable les impôts, envoya dans les environs de Paris des troupes chargées de piller et maltraiter
les habitants, et de brûler leurs maisons. Ce moyen, qui avait pour but d'af-
famer Paris, produisit l'effet attendu. La famine commençait à tourmenter
les Parisiens : on entra en négociations à Saint-Denis. Il fut convenu que le
roi pardonnerait tout, et qu'on lui donnerait cent mille livres. Cette convention exécutée ramena le calme dans Paris; Charles VI y fit son entrée au milieu de la joie et des acclamations publiques. Le duc d'Anjou partit pour l'Italie; le duc de Bourgogne le remplaça dans le gouvernement et entraîna le
roi dans une guerre contre les Flamands. Cette expédition terminée, le roi
arriva, le 10 janvier 1382, à Saint-Denis. Le prévôt des marchands et les princi-
cipaux habitants de Paris se rendirent auprès de ce prince, l'assurèrent que cette
ville était calme, et qu'il pouvait y rentrer avec la plus grande sécurité.

Le 11 janvier 1382, les princes et le jeune roi partent de Saint-Denis, à la tête
de trois corps d'armée, et s'avancent sur Paris. A cette nouvelle, le prévôt des
marchands, les échevins, etc., viennent au-devant d'eux, et déposent respectueusement aux pieds du roi leurs hommages, les présents d'usage et les clefs
de la ville. Ces magistrats ont la douleur et l'humiliation de voir leurs offrandes
rejetées avec mépris. Les princes rentrent dans Paris à la tête de leur armée.
Bientôt leurs nombreuses troupes occupent les rues, les places, les postes importants et les lieux où le peuple a l'habitude de se réunir; elles y établissent
des corps-de-garde; elles pénètrent et se logent dans toutes les maisons. Trois
cents des plus riches habitants de Paris sont saisis, et traînés dans les prisons.
Peu de jours après on fait, sans procédure préalable, mettre à mort deux d'entre eux. On enlève toutes les chaînes qu'on avait coutume de tendre chaque nuit

à travers les rues, et elles sont transportées au château de Vincennes. On ordonne, sous peine de mort, à tous les Parisiens de déposer leurs armes au Palais ou au château du Louvre : il s'en trouva, dit-on, assez pour armer cent mille hommes. On fait démolir la vieille porte Saint-Antoine, et les matériaux sont employés à l'achèvement des constructions de la Bastille.

Le projet des ducs consistait évidemment, après avoir privé les habitants de Paris de tous moyens de résistance, à en livrer au supplice un grand nombre, et à s'emparer de tous leurs biens. Plusieurs personnages firent auprès d'eux des démarches pour les arrêter sur cette pente fatale; mais tous les jours plusieurs Parisiens périssaient sur l'échafaud. La consternation générale s'accrut, le 27 janvier, par la publication de deux ordonnances qui abolissaient la prévôté des marchands et en attribuaient les droits et les biens au prévôt de Paris. Le même jour où les habitants de Paris furent si outrageusement dépouillés de leurs institutions municipales, douze bourgeois de cette ville périrent par la main du bourreau. On ne se borna pas à ces terribles exécutions. Pendant le mois de février seulement, plus de cent habitants de cette ville moururent sur l'échafaud. Le désespoir s'empara des citoyens retenus en prison; quelques uns se suicidèrent; la femme de l'un d'eux, quoique enceinte, se jeta par la fenêtre et mourut. La cour en fut alarmée; et, pour éviter les effets de la publicité des exécutions, elle ordonna d'égorger secrètement les prisonniers pendant la nuit, et de les jeter dans la rivière. Lorsqu'ils eurent enlevé aux Parisiens tous leurs moyens de résistance, tous leurs biens; lorsqu'ils en eurent condamné un grand nombre à des amendes excessives, au banissement, à la mort, pour mettre fin à tant de vexations, les oracles du roi voulurent se donner les honneurs de la clémence, faire jouer au jeune roi une pièce dramatique, qui ajouta à ces scènes déplorables une scène ridicule.

Vers la fin de février, ils firent dresser, dans la cour du Palais-de-Justice, sur les grands degrés, un théâtre orné de tapisseries, et chargèrent Charles VI, âgé de quatorze ans, d'y jouer le rôle d'un monarque implacable, mais qui devait enfin se laisser attendrir par les sollicitations de ses parents et les larmes de ses sujets. Le peuple y fut convoqué et devait y jouer un rôle.

Le roi, accompagné de ses oncles, suivi de ses grands officiers, paraît sur le théâtre, et va s'asseoir sur un trône qu'on y avait dressé. « Le premier » acte de cette tragédie, dit un auteur contemporain, fut joué par les femmes » de ceux qui restaient encore dans les prisons : lesquelles y étant accourues » en désordre, tout échevelées et avec de méchants habits, levèrent les mains, » et, tout en larmes, crièrent à sa Majesté d'avoir pitié de leurs maris et de » leurs familles. » Le roi, se conformant au rôle qu'on lui faisait jouer, resta immobile et sans réponse. Le second acte fut joué par le chancelier Pierre d'Orgemont, qui prononça un long discours, dans lequel les délits des Parisiens furent exagérés : il en fit ressortir l'énormité, et n'oublia point les châtiments rigoureux qu'ils méritaient. Le chancelier se tourna ensuite vers le roi, et lui demanda si ce n'était pas là sa pensée. Alors le roi parla, et on lui entendit articuler le mot *oui*. A cette scène alarmante succède une scène pathétique. Les oncles du roi, auteurs de tous ces maux, se jettent aux genoux du jeune monarque, le supplient humblement de pardonner au reste des coupables, et de convertir la peine de leurs crimes en une amende pécuniaire. Aussitôt les dames et demoiselles joignent en pleurant leurs prières à celles des princes ; le peuple à genoux criait : *Miséricorde !* On ne sait pas si le roi répondit ; mais le chancelier, se tournant vers le peuple, lui annonça que ses prières étaient exaucées, et lui dit : « *Remerciez tous Sa Majesté de ce qu'au lieu d'employer la* » *juste sévérité que vous avez encourue, elle préfère user de douceur et de clémence.*» L'anonyme de Saint-Denis va nous donner la mesure de cette clémence : « On » relâcha, dit-il, les prisonniers ; mais ce ne fut pas sans qu'il leur en coutât ce » qui est le plus cher après la vie ; car il leur fallut payer comptant une amende » qui égalait la valeur de tous leurs biens…. Semblable exaction fut faite sur » tous les bourgeois qui avaient été *centeniers, soixanteniers, cinquanteniers* ou » *dizeniers* pendant la sédition, ou bien qu'on savait être fort riches.

Après vingt-neuf ans de privation de son administration municipale et de ses droits, Paris put enfin les recouvrer. Le 20 janvier 1411, Charles VI rétablit le prévôt des marchands et les échevins, et les réintégra dans les juridictions, prérogatives et revenus qu'ils possédaient anciennement. Les Parisiens restèrent néanmoins accablés sous le poids de contributions nombreuses, excessives, arbitraires, imposées sans règle, et levées avec rigueur ; ils furent en proie aux gens de guerre qui vinrent plusieurs fois attaquer leur ville et ravager ses environs ; enfin ils furent désolés par des famines et des maladies contagieuses qui se renouvelaient fréquemment.

Telle était l'espèce de calme que procurèrent aux Parisiens les manœuvres des parents du roi ; et ce calme, tout désastreux qu'il était, ne fut pas de longue durée : Paris était destiné à devenir le théâtre d'autres crimes et d'autres malheurs. Jean *Sans Peur*, duc de Bourgogne, était l'ennemi du duc d'Orléans son cousin-germain. Ces deux princes, toujours odieux l'un à l'autre, feignaient de se réconcilier et se juraient souvent amitié avec l'intention de s'entre-détruire. Peu de jours après avoir fait sur l'autel le serment d'être unis, dans la nuit du 22 au 23 novembre 1407, le duc d'Orléans se rendant par la vieille rue du Temple à l'hôtel Saint-Paul, fut assassiné par Raoul d'Ocquetonville, agent du duc de Bourgogne. Cette mort ne fit qu'augmenter l'inimitié qui existait entre les familles d'Orléans et de Bourgogne, et entraîna de nouvelles luttes. Après plusieurs lâchetés et perfidies commises de part et d'autre, deux partis se formèrent : celui des *Bourguignons* et celui des *Armagnacs*. Ces deux partis étaient détestés autant l'un que l'autre ; cependant, à Paris, on préférait généralement le parti des Bourguignons.

Les ducs de Berri, de Bourbon, d'Orléans, de Bretagne, etc., s'étaient, en 1410, ligués contre le duc de Bourgogne. Celui-ci établit à Paris une compagnie dite *milice royale*, commandée par trois bouchers appelés les *Goys*, milice qui ne préserva point Paris et ses environs des incendies, des pillages et des massacres. Un parti prit Saint-Cloud, l'autre Saint-Denis ; puis on fit la paix avec l'intention de recommencer bientôt la guerre.

Bientôt à Paris éclata une insurrection dont le duc de Bourgogne fut l'auteur. Ce duc leva dans cette ville une troupe de bouchers et d'écorcheurs de bêtes.

dont le capitaine était un nommé *Simonnet Caboche ;* cette armée, commandée par le sire de *Jacqueville,* et dirigée par un médecin appelé *Jean de Troyes,* partit de l'Hôtel-de-Ville, marcha vers la rue Saint-Antoine, arriva devant l'hôtel où demeurait le duc de Guyenne, fils du roi, et où se trouvait aussi le duc de Bourgogne. Là, cette troupe menaçante demande qu'on lui livre la plupart des officiers du duc de Guyenne, lesquels sont livrés et conduits prisonniers à la Tour du Bois, près le Louvre. Le dauphin exigea du duc de Bourgogne, son beau-frère, son serment sur une *croix de fin or,* qu'il ne ferait aucun mal aux prisonniers. Pierre Desessarts, qui commandait la Bastille, rendit cette forteresse à ce même duc, qui par serment lui promit toute sûreté ; mais aussitôt que Desessarts en eut ouvert les portes, il fut saisi, emprisonné, accusé de divers crimes et décapité. Le roi, la reine et le dauphin habitaient l'hôtel Saint-Paul, et y vivaient sous la dépendance du duc de Bourgogne, qui, en 1414, fit avec les princes ligués une paix sur laquelle les contractants ne comptaient pas.

La violation du traité de Pontoise, commise par le connétable d'Armagnac, fut le prélude et le prétexte des scènes affreuses dont Paris devint le théâtre, et le duc de Bourgogne le principal moteur. Quelques Parisiens, poussés par la faction bourguignonne, allèrent secrètement, au nombre de six ou huit, trouver à Pontoise le seigneur de l'Isle-Adam, qui tenait cette ville pour le parti des Bourguignons, et convinrent avec lui du jour, de l'heure et du lieu où ils se présenteraient sous les murs de Paris, avec toutes les troupes qu'il pourrait rassembler. Dans la nuit du 28 au 29 mai 1418, l'Isle-Adam, à la tête d'environ huit cents hommes, arrive, sans être aperçu, et s'approche de la porte Saint-Germain. Perrinet-Leclerc ou Le Féron, fils de celui qui gardait les clefs de cette porte, était parvenu à les soustraire de dessous le chevet de son père ; il ouvrit cette porte aux troupes de l'Isle-Adam. Ces troupes, favorisées par l'obscurité de la nuit, s'avancèrent en silence dans Paris jusqu'auprès du Châtelet, où les attendaient douze cents Parisiens armés. Alors de concert ils crièrent tous : *Nostre-Dame, la paix! Vivent le roi et le dauphin et la paix!* ajoutant que ceux qui voulaient la paix n'eussent qu'à s'armer et à se joindre à eux. Les séditieux, dont le nombre allait toujours croissant, se portèrent à l'hôtel Saint-Paul, en brisèrent les portes, parlèrent au roi et le déterminèrent à monter à cheval et à se mettre à leur tête. A la nouvelle de cette entrée, les partisans des Armagnacs furent saisis d'effroi. Le connétable de ce nom, chef de ce parti, se réfugia dans la maison d'un pauvre homme, près du Palais-Royal actuel. Tanneguy du Châtel, prévôt de Paris, courut à l'hôtel du dauphin, éveilla ce prince, qui depuis régna sous le nom de Charles VII, et, l'enveloppant dans ses draps, le transporta à la bastille de Saint-Antoine, puis le conduisit à Melun. Plusieurs personnes du même parti se retirèrent dans cette bastille ; mais beaucoup d'autres n'en eurent pas le temps. Les uns se cachèrent dans des caves, des celliers; d'autres, pris dans leurs lits, furent traînés dans les prisons du Louvre, du Châtelet, etc. De ce nombre était le chancelier. Peu d'heures après cette entrevue, tous les Parisiens portèrent sur leurs habits, pour signe de ralliement, la croix de Saint-André, qui formait le blason du duc de Bourgogne.

Bientôt les Armagnacs, retirés à la Bastille, s'y fortifièrent, firent venir du dehors environ seize cents gendarmes : avec cette force ils entreprirent une sortie dans la ville. S'étant avancés dans la rue Saint-Antoine jusqu'à la rue Tyron, et se croyant assurés de la victoire, ils s'écrièrent : *A mort! à mort! ville gagnée! vivent le roi et le dauphin! tuez tout! tuez tout!* Chaque parti, pour séduire le peuple, invoquait les noms du roi et du dauphin. Alors Guy de Bar, nouveau prévôt de Paris, arrive à la tête de sa troupe, arrête les Armagnacs, et, après leur avoir tué environ trois cents hommes, force le reste à se réfugier dans la Bastille. Les corps morts des vaincus furent jetés à la voirie.

Cette tentative des Armagnacs, enflamma la colère des partisans du duc de Bourgogne, qui se portèrent dans toutes les maisons où ils croyaient trouver des ennemis cachés; ils en découvrirent plusieurs, les pillèrent, et les traînèrent dans les prisons, qui en furent encombrées. Les Bourguignons firent au nom du roi publier à son de trompe, dans les rues de Paris, un ordre portant que tous ceux ou celles qui sauraient les lieux où les partisans du connétable d'Armagnac se tenaient cachés, vinssent, sous peine d'être arrêtés ou privés de tous leurs biens, les déclarer au prévôt de Paris. Cet ordre menaçant détermina un pauvre homme, qui recélait le connétable dans sa maison, à venir en faire la déclaration. Le prévôt aussitôt ordonne qu'il soit traduit dans les prisons du Palais. On ne se bornait pas au pillage : on massacrait. Dans cette même journée on compta les cadavres d'hommes, femmes et enfants étendus dans les rues, et leur nombre s'éleva à *cinq cent vingt-deux*, sans y comprendre ceux des personnes égorgées dans les maisons ou noyées dans la Seine.

Les agents du duc de Bourgogne imaginèrent, pour diriger les Parisiens plus facilement, de les réunir en confrérie. En conséquence, dans l'église de Saint-Eustache fut instituée une confrérie de Saint-André. Chaque confrère devait orner sa tête d'une couronne de roses : on en fabriqua soixante douzaines dans douze heures. Trois jours après, le 12 juin 1418, des cris d'alarme se font entendre sur divers points de Paris; on répand le bruit que les portes Bordet et Saint-Germain-des-Prés sont attaquées; on s'arme, on s'attroupe, on marche vers ces portes, et l'on s'assure qu'aucun ennemi ne s'y est présenté. Alors paraît un nommé Lambert; il se met à la tête de l'attroupement, et l'excite à le suivre aux prisons de la ville. La troupe, conduite vers celle de la Conciergerie du Palais, en enfonce les portes, et fait entendre, dans le tumulte, ces cris affreux : *Tuez, tuez ces chiens, ces traîtres Arminaz!* Les prisonniers, parmi lesquels se trouvaient le comte d'Armagnac, connétable de France, le chancelier de Marle, son fils, l'évêque de Coutances, et plusieurs autres personnes détenues pour des causes étrangères aux affaires publiques, sont tous massacrées, et leurs corps dépouillés restent exposés aux outrages d'une troupe furieuse. Du Palais, les massacreurs se portent à la prison de Saint-Éloi, où tous les prisonniers sont tués à coups de hache. Les prisons du petit et du grand Châtelet sont ensuite assaillies : ceux qui les gardaient en refusant l'entrée à la foule des meurtriers; mais, bientôt, trop pressés, ils consentent à en faire sor-

tir les prisonniers qui, passant par le guichet, sont, l'un après l'autre, percés de
coups : le sang humain ruisselait abondamment autour de ces deux édifices.
Les prisons du Fort-l'Évêque, de Saint-Magloire, de Saint-Martin–des-Champs,
du Temple, de Tyron, furent les théâtres de semblables horreurs.

Le nouveau prévôt de Paris et le seigneur de l'Isle-Adam tentèrent dès les
premiers moments d'arrêter le cours de ces massacres ; ils employèrent le raisonnement et même les prières. On leur répondit : *Maugré bien, Sire, de votre
justice, de votre pitié, de votre raison. Maudit soit de Dieu celui qui aura pitié de
ces faux traîtres Arminaz, Anglois : ce ne sont que des chiens ; ils ont détruit,
gasté le royaume de France, et l'ont vendu aux Anglois.* Le prévôt, voyant ses
remontrances inutiles, n'osa plus insister, et dit aux massacreurs : *Mes amis,
faites ce qu'il vous plaira.* Les massacreurs continuèrent : quand ils ne pouvaient
pénétrer dans les prisons, ils y mettaient le feu, et les prisonniers périssaient étouffés par la fumée, ou dévorés par les flammes. Une seule prison
fut respectée, celle du Louvre, parce que le roi habitait alors ce château.
Le nombre des prisonniers de Paris qui, pendant douze heures consécutives,
perdirent la vie, par l'eau, par le feu et par le fer, se montait alors à *mille cinq
cent dix-huit,* entre lesquels, dit l'auteur du *Journal de Paris,* « furent trouvés
» tués quatre évêques du faulx et dampnable conseil, et deux présidents du
» parlement. » Les massacres cessèrent enfin, et firent place aux calamités qui
suivent ordinairement les grands excès.

Le parti des *Armagnacs* continuait de piller, d'incendier, de tuer aux environs et jusqu'aux portes de Paris, et privait cette ville de ses ressources ali-
mentaires. Bientôt il s'y fit sentir une affreuse disette qui ralluma la colère des
habitants. Le 21 août 1418, ils escaladèrent le grand et le petit Châtelet, égorgèrent les prisonniers du parti des Armagnacs qui y étaient détenus, les jetèrent vivants du haut des fenêtres et des tours, tandis qu'en bas leurs corps
étaient reçus sur la pointe des piques ou percés à coups d'épée. Vingt autres
prisonniers étaient renfermés dans la bastille Saint-Antoine; le duc de Bourgogne ordonne de les transférer au grand Châtelet; mais les Parisiens les
arrachèrent des mains de ceux qui les escortaient, et les mirent en pièces.

On continua pendant les jours suivants les massacres à domicile. Plusieurs
femmes furent égorgées ; le bourreau, homme alors considéré, convaincu d'être
le principal auteur de ces atrocités, fut condamné et décapité par son valet, auquel, avant l'exécution, il donna froidement une leçon détaillée sur l'art d'a-
battre adroitement une tête. Ce bourreau, appelé *Capeluche,* était l'agent favori du duc de Bourgogne. Les bouchers Goys, Saint-Yon et Caboche, dont
les familles étaient renommées dans les annales des boucheries de Paris,
faisaient aussi partie des massacreurs qui étaient dirigés par des nobles bourguignons.

L'auteur du *Journal de Paris* sous le règne de Charles VI, nous apprend que
ces actes sanguinaires furent suivis *d'une des plus belles processions qu'il se vit
oncques.* Les massacreurs voulaient justifier leurs crimes en les associant à des
cérémonies religieuses.

Un crime amène d'autres crimes ; une calamité, d'autres calamités. Jean-Sans-

Peur, duc de Bourgogne, qui causa tant de maux à la France, livra le trône aux Anglais, et Paris devint la capitale d'un des États du roi d'Angleterre; la guerre civile et toutes ses circonstances déplorables désolèrent encore les Français pendant plusieurs années. Les habitants de cette ville et ceux des villages voisins étaient outragés, ruinés, torturés, égorgés par les troupes du dauphin, par les troupes du duc de Bourgogne et par celles du roi d'Angleterre : ces troupes n'abandonnaient un pays que lorsqu'il n'y restait plus rien à dévorer. « On ne pouvait » labourer ni semer nulle part, dit, sous l'an 1421, l'auteur du *Journal de Paris;* » souvent on s'en plaignoit aux seigneurs et princes, qui ne faisoient qu'en rire » et s'en moquer, et faisoient leurs gens pis que devant, dont la plupart des » laboureurs cessèrent de labourer, et furent comme désespérés, et laissèrent » femmes et enfants, en disant l'un à l'autre : *Que ferons-nous? mettons tout en la* » *main du diable : ne nous chault (* ne nous importe *) que nous devenions : autant* » *vaut faire du pis qu'on peut comme du mieux. Mieux nous voulsist (* vaudrait *) ser-* » *vir les Sarrasins que les chrétiens; et pour ce faisons du pis que nous pourrons ;* » *aussi bien ne nous peut-on que tuer ou que pendre : car par le faulx gouvernement* » *des traîtres gouverneurs, il nous faut renier femmes et enfants, et fuir dans les* » *bois comme bêtes égarées, non pas un an ne deux.* » Ainsi les habitants des campagnes étaient conduits aux crimes par l'excès de misère.

J'ai parlé du droit de *prise* et des rois qui, depuis saint Louis jusqu'au roi Jean inclusivement, en avaient prohibé la perception dans Paris. Aucun de ces rois ne fut obéi, tant les sauvages coutumes de la féodalité étaient difficiles à déraciner; une ordonnance du 17 du mois d'août 1367, de Charles V, ne l'abolit point, mais la modéra. En voici la substance, qui présente une face peu connue de la situation civile des habitants de Paris. « Plusieurs personnes esti-» mables se sont plaintes, dit ce roi, des *prises* que depuis longtemps on a fai-» tes à Paris, et que l'on fait encore aujourd'hui. Les charrettes, le blé, le vin, » le foin, l'avoine, la paille, le fourrage, les matelas, les coussins, les draps, les » couvertures, les couvre-chefs, le bétail, la volaille, les tables, les bancs et au-» tres objets sont pris pour la provision de notre hôtel, pour celle des hôtels de » la reine, de nos frères, de notre connétable et d'autres personnes de notre pa-» renté et autres maisons : ce qui empêche les denrées et les marchandises d'ê-» tre transportées à Paris, et cette ville d'être approvisionnée. Plusieurs bons » habitants des faubourgs sont sur le point d'en partir, et d'abandonner leurs » maisons, à cause des dommages et des pertes graves qu'ils éprouvent par les-» dites *prises*, les habitants de la campagne ne peuvent point travailler la terre, » ni en retirer aucun fruit; plusieurs terres et grandes propriétés restent en » friche, parce qu'on y enlève les chevaux, le foin, l'avoine, et autres fourrages » destinés à les nourrir; parce qu'on y enlève les voitures, les charrues, le bé-» tail, la volaille, et autres biens nécessaires à la nourriture des laboureurs. Si » un tel abus duroit plus longtemps, et si ceux contre qui il s'exerce n'étoient » bientôt préservés des *preneurs*, ces malheureux abandonneroient le pays, ou » seroient réduits au dernier état de misère. Ayant pitié et compassion du » pauvre peuple, ordonnons que toutes les espèces de *prises* cesseront à l'ave-» nir; qu'aucuns *preneurs* ni officiers quelconques ne prendront ni ne feront,

» par eux ni par autres, pour quelque cause que ce soit, prendre dans notre
» bonne ville de Paris, ni dans ses faubourgs ni dans autres lieux du royaume,
» pour la provision de notre hôtel et des hôtels des princes de notre parenté,
» aucun des objets ci-dessus déclarés; excepté, seulement, les matelas et cous-
» sins pour notre chambre, le foin, paille et avoine pour les chevaux de notre
» corps et pour ceux de la reine et des princes. Voulons que lesdits foin, paille,
» avoine, soient payés sur-le-champ et à juste prix, et que l'on paie aussi le
» loyer des matelas et coussins. Et, parce qu'à Paris on peut facilement trouver
» du foin, de l'avoine et autres choses, sans recourir à des *prises*, nous voulons
» qu'en cette ville, ainsi qu'en la vicomté, il ne soit fait aucune *prise* que du con-
» sentement de ceux auxquels les objets appartiennent, et en les payant à
» juste prix, sur-le-champ, et avant de les emporter. Mandons à tous *pre-*
» *neurs*, etc. »

Dans une autre ordonnance du même roi Charles V, datée de Paris, en janvier 1374, le roi déclare que le droit de *prise* exercé sur ces faubourgs en a
fait déserter presque tous les habitants; que la plupart des maisons, abandonnées, tombent en ruine : Il ajoute qu'il seroit important que ces maisons
fussent reconstruites et les faubourgs repeuplés, « d'autant plus que j'ai com-
» mencé, dit ce roi, à faire bâtir un gros mur d'enceinte, de bonnes portes,
» et à faire creuser des fossés qui doivent réunir ces faubourgs à la ville. » Par
ces considérations Charles V déclara que Paris et ses faubourgs ne forme-
raient désormais qu'une seule et même ville; que les deux parties jouiraient
des mêmes priviléges et seraient exemptes du droit de *prise*. Ce droit ne
fut pas aboli; il fut encore en vigueur sous plusieurs des successeurs de
Charles V.

Dans les rues de Paris, on voyait autrefois un grand nombre de cochons. Un
de ces animaux s'étant trouvé, proche de Saint-Gervais, embarrassé entre les
jambes du cheval que montait Philippe, fils aîné de Louis-le-Gros, le cheval
effrayé renversa son cavalier qui mourut de sa chute. Depuis cette époque,
dit-on, il fut défendu aux habitants de Paris de laisser vaguer les cochons
dans les rues. Ceux des religieux de Saint-Antoine furent honorablement ex-
ceptés; ils pouvaient, une sonnette au cou, et au nombre de douze, parcourir
impunément les rues de la ville. Cette ordonnance, tombée en désuétude, fut
renouvelée en 1381 ; il était permis aux sergents de tuer ceux de ces animaux
qu'ils rencontraient. Ce droit fut ensuite attribué au bourreau, qui pouvait s'approprier la tête de ces animaux.

La police de Paris, mal ordonnée, était mal exécutée. Si les archers saisis-
saient des voleurs, des meurtriers ou des courtisanes parées d'habits et d'ornements qui leur étaient interdits, ils avaient l'espérance d'obtenir une partie de
l'amende à laquelle ces criminels seraient condamnés; mais comme ils n'a-
vaient rien à prétendre sur les loups, qui désolaient les environs et les faubourgs, et même portaient leurs ravages jusque dans l'intérieur de la ville,
ils laissaient un champ libre à leur voracité. L'auteur du *Journal de Paris* dit
dans cette circonstance : « En celui temps especialement tant comme le roi
» fut à Paris, les loups étoient si enragés de manger chair d'hommes, de fem-

» mes et d'enfants, que, en la dernière semaine de septembre (1437), es-
» tranglèrent et mangèrent quatorze personnes, que grands que petits, entre
» Montmartre et la porte Saint-Antoine, dans les vignes et marais. Et, s'ils
» trouvoient un troupeau de bestes, ils assailloient le berger, et laissoient les
» bestes. »

Mais les loups, pour les Parisiens, étaient moins redoutables que les seigneurs et les brigands appelés *escorcheurs* qui marchaient à leur suite; moins redoutables que le chevalier Jean Foucaud, qui commandait à Corbeil, que les capitaines de Château-de-Beauté, de Vincennes, d'Orsai, de Chevreuse, d'Ourville, etc., qui, tour à tour, avec leurs brigands, venaient piller, rançonner, incendier et tuer les habitants jusque dans les faubourgs de Paris.

POPULATION. Nous n'avons encore que des données approximatives sur cette importante partie de la statistique de Paris; voici les notions que nous offre le règne de Louis XI : le 14 septembre 1467, ce roi ordonna aux habitants de Paris, depuis l'âge de seize ans jusqu'à soixante, de sortir de la ville, tous armés, pour y être passés en revue. La chronique de Jean de Troyes dit à ce sujet « qu'ils étoient bien de *soixante à quatre-vingt mille têtes* armées... et si » maintenoient plusieurs qu'il en estoit à peu près demeuré autant dedans » Paris, qu'il y en avoit dehors. » D'après l'exagération connue des écrivains de ce temps, on doit préférer le plus petit nombre au plus grand, celui de *soixante mille* à celui de *quatre-vingt mille;* ainsi, en doublant cette quantité pour les habitants restés dans Paris, on aurait un résultat de *cent vingt mille âmes.* Une autre revue ou *monstre* fut faite le 20 avril 1474, et, suivant la même chronique, on estima que le nombre des Parisiens qui se trouvèrent sous les armes était de *quatre-vingt à cent vingt mille,* nombre qui me semble exagéré et qu'on peut réduire avec plus de vraisemblance à cinquante mille. En triplant ce nombre pour obtenir celui des vieillards, des femmes et des enfants, il en résultera, par approximation, une population de *cent cinquante mille âmes.*

Un écrivain de la fin du quinzième siècle attribue au règne de Charles VII la consommation suivante : « Il faut, dit-il, dans Paris, en chapeaux de fleurs, » bouquets et mais verts, tant pour noces que confréries, baptêmes, images « des églises, audiences de parlement, chambre des comptes, chancellerie, gé » néraux des aides, requête du Palais, le trésor, le Châtelet, et autres juridic » tions étant dans l'enclos du Palais, et aussi pour fêtes et banquets qui se font » en l'Université, en faisant les gradués et autrement, chacun an pour quinze » mille escus et plus. — Il y a dans Paris *cinq* ou *six mille belles filles courtisa » nes.* — On brûle pour deux cents livres de bougies par an devant la statue de » M. Pierre du Quignet (de Cugnières). »

Les guerres et les troubles de cette période eurent leurs résultats ordinaires, des famines et des maladies pestilentielles. En 1418, il mourut à Paris, dans l'espace de cinq semaines, cinquante mille personnes : les fossoyeurs et les prêtres manquaient aux enterrements. En 1420 et 1431, un enfant fut trouvé tétant sa mère morte de faim. Lorsqu'on donnait aux pauvres, plusieurs d'entre eux disaient : *Donnez à un autre, car je ne puis manger.* Dans les rues de Paris, pendant l'hiver de 1420, on entendait hommes, femmes, enfant, crier : *Hélas ! je meurs de froid ! Hélas ! je meurs de faim !* On trouvait sur les fumiers vingt à trente enfants qui poussaient ces cris déchirants, sans que personne pût les secourir. En 1438, une famine affreuse, qui dura pendant tout l'été et une grande partie de l'automne, enleva un tiers de la population de Paris. Suivant un écrivain contemporain il mourut cinq mille individus à l'Hôtel-Dieu, et quarante-cinq mille dans le reste de la ville.

TABLEAU MORAL DE PARIS.

Pendant cette période, rien de grand, rien de généreux ne se présente sur la scène historique ; et si l'on en excepte Jeanne d'Arc, les autres personnages titrés qu'on y voit figurer intéressent peu : à leur courage militaire, seul titre qu'ils aient à la renommée, s'allient des actes vils ou criminels, et le sentiment d'admiration qu'il pourrait faire naître est étouffé par des sentiments de mépris ou d'indignation. Le peuple trompait parce qu'il était trompé, pillait parce qu'il était pillé : et dans l'art d'envahir et de décevoir, il était encore surpassé par les princes. J'en ai déjà fourni des exemples notables dans les paragraphes précédents : j'en fournirai de nouveaux. Au milieu de ces désordres se mêlaient des cérémonies pompeuses, de belles processions et beaucoup de débauches.

Louis XI, sacré à Reims le 15 août 1416, s'achemina vers Paris, et arriva, le dernier jour de ce mois, à l'hotel des Porcherons, situé au faubourg de la porte Saint-Honoré. Il fit son entrée solennelle par le faubourg Saint-Denis. Au-devant de lui accoururent l'évèque de Paris, l'Université, la Cour du parlement, le prévôt de Paris, la Chambre des comptes, le prévôt des marchands et les échevins, tous vêtus de robes de damas fourrées de martre : ils lui offrirent les clefs de la porte Saint-Denis. Arrivé devant l'église Saint-Lazare, le roi trouva un héraut, monté à cheval, couvert d'un habit aux armes de la ville, et qui s'intitulait *Loyal-Cœur* : celui-ci s'avança vers le roi, et lui présenta cinq dames richement vêtues et montées sur de beaux chevaux caparaçonnés aux armes de la ville. Chacune de ces dames avait pour signe et pour nom une des cinq lettres qui composent le mot *Paris ;* elles représentèrent devant le roi une scène relative à la circonstance et aux personnages qu'elles jouaient. Le roi, vêtu d'une tunique de couleur violette, recouverte d'une robe de satin blanc sans manches, coiffé d'un *petit chaperon loqueté,* monté sur un cheval blanc, était accompagné des ducs d'Orléans, de Bourgogne, de Charolais, de Bourbon et de Clèves, des comtes d'Angoulème, de Saint-Paul et de Dunois. Les chevaux participaient au mérite et au luxe de leurs maîtres : ils avaient l'honneur d'être couverts de belles housses de damas, de velours et même de drap d'or, doublées d'hermine, de martre zibeline, ornées et brodées d'orfévreries et de campanes en argent, en partie dorées. En entrant par la porte Saint-Denis, le roi aperçut, au-dessous de la voûte, un grand navire argenté, représentant les armes de la ville : dans ce navire étaient les trois États. A l'avant et à l'arrière se voyaient deux personnages : *Justice et Équité,* qui jouèrent une scène, ou récitèrent des vers. A la hune du mât de ce navire, on avait juché un homme, couvert du manteau royal, qui se laissait conduire par deux anges. Les allégo-

ries, encore en usage alors, n'étaient pas toujours heureuses. Le roi, parvenu
à la fontaine du Ponceau, y trouva un nouveau spectacle que le contemporain qui me fournit ces détails va décrire à sa manière : on y voyait des hommes sauvages « qui se combattoient et faisoient plusieurs contenances, et si y
» avoit encore trois belles filles, faisant personnage de seraines, *toutes nues,*
» et leur voyoit-on le beau tétin droit, séparé, rond et dur, qui étoit chose bien
» plaisante ; et disoient de petits motets et bergerettes. Et près d'eux jouoient
» plusieurs bas instruments qui rendoient de grandes mélodies. Et, pour bien
» rafraîchir les entrants en la dite ville, y avoit divers conduits en la dite fon-
» taine , jetant lait, vin et hypocras, dont chacun buvoit qui vouloit. »

Le roi et son cortége arrivèrent près de l'hôpital de la Trinité, où les confrères
de la Passion avaient élevé un théâtre sur la rue et représentèrent « une passion
» à personnages, et sans parler, et Dieu étendu en la croix, et les deux larrons
» à dextre et à senestre. » A la fontaine des Innocents se trouva une scène où
l'on voyait des chasseurs qui, accompagnés de plusieurs chiens, poursuivaient
une biche. L'aboiement de ces chiens, le son des cors *faisoient moult grand
bruit.* A la boucherie du grand Châtelet, on avait dressé un vaste échafaud,
d'où s'élevait la bastille de Dieppe ; et quand le roi passa, des hommes qui représentaient les troupes royales assaillirent vigoureusement cette bastille, s'en
rendirent maîtres; et ceux qui jouaient le rôle des Anglais assiégés furent pris,
et *eurent tous les gorges coupées.* La barbarie du siècle fait douter si cette scène
fut fictive ou réelle. Arrivé au Pont-au-Change, le roi y vit une scène d'un
autre genre, il trouva ce pont entièrement couvert, et l'air agité par le vol de
plus de deux cents douzaines d'oiseaux de toute espèce. Les oiseleurs de Paris
étaient tenus, lors de l'entrée des rois, de faire cette dépense; et à ce prix on
leur permettait d'occuper, pendant les jours de fêtes, une place sur ce pont
pour vendre leurs oiseaux. Le roi se rendit ensuite à Notre-Dame, et de là au
Palais.

A la suite de ces traits qui caractérisent le goût et les manières du temps, joi-
gnons-en d'autres qui peignent plus particulièrement les mœurs des diverses
classes de la société. Les Français avaient conservé leur cruauté originelle, et les
jugements des tribunaux contribuaient beaucoup à la maintenir. Les supplices
étaient arbitraires, et semblaient ordonnés par le caprice des juges. Les délits
les plus ordinaires se punissaient par le feu. On brûlait, on enterrait tout vifs les
voleurs; on plongeait dans une grande chaudière pleine d'eau bouillante les faux
monnayeurs. Ces exécutions, fréquentes à Paris, avaient lieu au Marché-aux-
Pourceaux, près la porte Saint-Honoré. Pour les moindres délits on coupait les
oreilles. Les rois ordonnaient de temps en temps de noyer dans la Seine les
seigneurs dont ils avaient à se plaindre; tandis que les meurtriers étaient seulement condamnés à fonder des chapelles, ou à faire des pèlerinages. Ce caractère de cruauté se remarque même dans les cérémonies publiques. On armait
de gros bâtons, appelés *boulaies*, des sergents qui, pour écarter la foule, en
frappaient à tour de bras, à droite et à gauche. A côté de tous ces excès, il faudra signaler des processions, des sermons, des pèlerinages, des querelles sur
les priviléges de cléricature. Outre les processions d'usage, on en faisait à l'oc-

casion de tous les événements extraordinaires ; on y portait force reliques et les châsses les plus renommées ; les figurants y marchaient pieds nus.

Les femmes de Paris faisaient de fréquents pèlerinages à Aubervilliers, à Notre-Dame-de-Boulogne, à Saint-Maur-des-Fossés et ailleurs ; mais ces promenades avaient moins pour motif la dévotion que le plaisir : c'étaient des rendez-vous galants ou des parties de débauche, et si l'on en croit l'official de l'église de Reims, Guillaume Coquillart, les pèlerines parisiennes n'avaient de dévotion que pour les moines et se rendaient secrètement dans leurs couvents.

Presque tous ceux qui avaient fait quelques études se procuraient le titre de *clercs*. Avec ce grade ecclésiastique, ils étaient affranchis de la juridiction civile, très-rigoureuse, et se trouvaient soumis à celle du clergé qui n'infligeait que des peines pécuniaires. Les registres des tribunaux offrent de très-fréquents exemples de criminels arrêtés qui échappent à la justice du roi en montrant leurs lettres de cléricature ou leur *couronne*, c'est-à-dire leur *tonsure ; * ils offrent, en même temps, les réclamations faites par les cours épiscopales et par l'Université de Paris en faveur des *clercs* ou des agrégés à cette Université, poursuivis par les tribunaux séculiers.

La cour donnait des exemples de débauche qui n'étaient que trop bien imités. Lorsque Isabeau de Bavière eut fait son entrée à Paris, entrée magnifique où fut étalé un luxe extravagant, la cour se rendit, le 2 mai 1389, à l'abbaye de Saint-Denis. On entendit la messe, les offices ; on fit des festins, des jeux et des joutes. Le tout fut suivi de désordres et d'actions très-dissolues. « Et estoit » commune renommée que desdites joustes estoient provenues des choses des- » honnêtes, en matière d'amourettes, dit un écrivain du temps, et dont depuis » beaucoup de maux sont venus. » La dernière nuit de cette fête, les princes, princesses, seigneurs et dames, dit l'anonyme de Saint-Denis se livrèrent, à la faveur de masques dont ils couvrirent leur visage, à tous les excès de la débauche. Sans respect pour la présence du roi, ni pour la sainteté du lieu, « cha- » cun chercha à satisfaire ses passions ; et c'est tout dire qu'il y eut des maris » qui pâtirent de la mauvaise conduite de leurs femmes, et qu'il y eut aussi des » filles qui perdirent le soin de leur honneur. »

Mayeu ou Mathieu, dans un poème manuscrit, dit que les femmes vont à l'église, non par amour pour les reliques et le crucifix, mais par amour pour les prêtres. Il nous présente les églises de Paris comme des lieux où se négociaient les marchés de débauche. « Celui, dit-il, qui mènerait son cheval à l'église pour » le vendre, ferait une action très-inconvenante ; mais les femmes qui, sous » prétexte de religion, viennent à l'église pour s'y vendre elles-mêmes, ne sont- » elles pas plus coupables ? Ne convertissent-elles pas la maison du Seigneur en » un marché de prostitution ? » Cet écrivain énumère ensuite les églises de Paris où se tiennent le plus ordinairement ces infâmes marchés et parle ensuite de leur goût pour les pèlerinages de Boulogne, qu'il nomme *Boulognète*, et de Saint-Maur. « Elles supposent de nouveaux miracles, dit-il, sans doute pour jus- » tifier leur empressement à s'y rendre ; elles n'en montrent pas moins pour » assister à la foire du *Lendit*, où les rendez-vous sont donnés. »

La prostitution était considérée à l'égal des autres professions de la société.

Les femmes publiques formaient une corporation, avaient leur règlement comme je l'ai dit ailleurs, et même étaient protégées par les rois. Charles VI et Charles VII ont laissé des témoignages authentiques de cette protection. La prostitution était encore favorisée par le grand nombre de célibataires, prêtres et moines, par le libertinage des magistrats, des gens de guerre, etc. Les femmes publiques, richement vêtues, se répandaient dans tous les quartiers de cette ville, et se trouvaient confondues avec les bourgeoises, qui, elles-mêmes, menaient une vie fort dissolue. En 1367, Hugues Aubriot, prévôt de Paris, renouvela l'ordonnance de saint Louis, et ordonna « que toutes les femmes prostituées, tenant » bordel en la ville de Paris, allassent demeurer ez places et lieux publics à ce » ordonnés et accoutumés, selon l'ordonnance de saint Louis; c'est à savoir : à » l'*Abreuvoir de Mascon* (1), en *la Bouclerie* (2), rue *Froidmentel*, près du clos » Brunel, en *Glatigny* (3), en *la Court-Robert-de-Paris* (4), en *Baille-Hoë* (5), en » *Tyron* (6), en la rue *Chapon*, et en *Champ-Flory* (7). » Cette ordonnance fut mal exécutée. « En 1379, 1386, 1395 et 1446, la semaine avant l'Ascension, dit » l'auteur du *Journal de Paris* sous Charles VI et Charles VII, fut crié parmi » Paris que les ribaudes ne porteraient plus de ceintures d'argent, ni de collets » renversés, ni de pennes (plumes) de gris en leurs robes menuver (fourrures » de diverses couleurs), et qu'elles allassent demeurer ez bordeaulx, ordonné » comme il était au temps passé. » En 1480, le parlement fut obligé de rendre des arrêts tendant à contenir les femmes publiques dans les lieux qui leur étaient assignés. Les peines prononcées contre elles furent d'abord la prison et une amende arbitraire, ensuite le bannissement.

Les principes de la religion pendant la période qui nous occupe, étaient méconnus et les préjugés les plus absurdes continuaient à être en vigueur. On croyait fortement à l'influence des astres, aux présages, à la magie, à la vertu des reliques. Paris n'était jamais dépourvu de sorcières. On continuait de torturer des images en cire baptisées par un prêtre, dans le dessein de faire souffrir ou périr les personnes dont ces images avaient reçu le nom.

Pour compléter le tableau des mœurs des habitants de Paris pendant la période qui m'occupe, je vais analyser les sermons des prédicateurs du temps, de Maillard, Pépin, Clérée, dont on ne suspectera pas le témoignage. Les marchands trompent les acheteurs, dit le premier de ces prédicateurs; ceux qui vendent du vin font des mélanges; les apothicaires mettent leurs drogues dans leur cave, afin que l'humidité leur procure plus de poids; ils vendent du gingembre pour de la cannelle; ils mettent de l'huile dans le crocus, pour lui donner de la couleur et du poids. « Je vous le demande, messieurs les marchands, n'avez-vous » pas le caractère du diable? Ce caractère est celui de la fraude, qu'on nomme » en français *barat*, déception. Marchands de vin, ne vendez-vous par pour » d'Orléans ou d'Anjou du vin de votre crû? Marchands de draps, vous vendez » pour drap de Rouen celui qui n'est que de Beauvais; vous vendez du drap

---

(1) A l'endroit où commence la rue de la Huchette, et à l'extrémité méridionale du pont Saint-Michel. — (2) Rue voisine de la rue de la Huchette. — (3) En la Cité, rue nommée aussi *Val d'Amour*. — (4) Rue du Renard-Saint-Merri. — (5) Petite rue de l'église Saint-Merri. — (6) Rue qui aboutit de la rue Saint-Antoine à celle du roi de Sicile. — (7) Rue du Champ-Fleuri, près du Louvre.

» humide pour du drap sec; l'acheteur croit avoir deux aunes et n'en a qu'une;
» et vous, mesdames les marchandes, qui achetez à la grande mesure, et qui
» vendez à la petite, et qui, lorsque vous pesez, donnez un coup de doigt sur
» un bassin de la balance, afin qu'il descende ! Messieurs les changeurs,
» n'est-ce pas vous *qui rognez les écus ?* » Il déclame contre les tromperies des
notaires; et, à ce propos, il cite ce proverbe : *De trois choses Dieu nous garde :*
des et cœtera des notaires, des quiproquo d'apothicaire, et de boucon (poison)
de Lombard Friscaire. Les conseillers du parlement, les avocats, les procureurs
sont souvent maltraités, et les juges sont peints comme des âmes vénales, des
fourbes qui vendent leurs voix à ceux qui les paient. Les avocats *plument les oies,*
c'est-à-dire dépouillent ceux qui leur confient leurs intérêts. « Notre office nous
» coûte cher, disent-ils : *il faut se compenser, se rembourser.* Et vous, messieurs
» du parlement, quand vous avez consommé quelque fourberie, si vous avez
» un procès, il faut que vous invitiez les avocats à boire, et que vous donniez
» une robe à leur demoiselle. » Menot déclame aussi, dans ses sermons, contre
les juges et les avocats. « Il n'est point de princes, dit-il, il n'est point d'évêques
» ni de marchands qui ne puissent être ruinés par les procès. Les animaux qui
» rongent les bourgeons de vignes et autres fruits de la terre font beaucoup de
» maux; mais il n'en font jamais autant qu'un mauvais avocat fripon, un pro-
» cureur cauteleux et un gros usurier. »

Maillard reproche aux Parisiens de se livrer aux jeux de hasard, aux cartes,
aux dés et au glic; de jurer le nom de Dieu par son sang, par son
ventre, par sa tête et par tous ses membres. Il leur fait un reproche plus
grave, celui de tenir dans leur maison des lieux de prostitution, et, surtout,
il se plaint que ces maisons, ainsi occupées, sont voisines des colléges. Les
jeunes gens adonnés au jeu, aux banquets, étaient, par ce prédicateur, qualifiés de *gaudisseurs;* les débauchés, de *ribauds;* les amoureux de *garçons;* les
maris trompés par leurs femmes, de *cornes;* les femmes trompées par leurs
maris, de *sottes;* les usuriers de *gros godons.* Ces différents états sont, tour à
tour, le sujet de ses cyniques censures. Il se plaint de la débauche des écoliers
et des professeurs de l'Université; il demande aux premiers si leurs parents les
ont envoyés à Paris, et aux seconds s'ils sont payés, pour dépenser leur argent
avec des prostituées.

Les mœurs des femmes de Paris sont présentées sous un jour peu favorable
à l'opinion de ceux qui vantent le passé aux dépens du présent. Elles se fardaient
le visage et portaient des perruques; leurs robes, d'étoffes riches, étaient
fourrées de pelleteries, et avaient de très-longues queues qui, disent nos prédicateurs, balayaient les rues. Ces robes, ouvertes par-devant, laissaient voir leur
poitrine nue et découverte jusqu'au ventre, *pectus discoopertum usque ad ventrem.*
Ces robes, garnies de grandes manches, étaient nommées à *la grand-gore,* et celles
qui les portaient, des *dames gorières.* A leur ceinture dorée pendait un chapelet
dont les grains étaient d'or, de corail ou de gayet (jais), objet de luxe et non
de dévotion, disent nos prédicateurs. Ils reprochent aux Parisiennes d'aller aux
bals, aux banquets et à l'église pour y parler de galanterie, pour y faire des signes
d'amitié à leurs amants, tout en disant leurs heures; de se trouver souvent

avec leurs agents de prostitution et leurs *ribauds*. « N'est-il pas beau de voir la
» femme d'un avocat, qui a acheté son office et n'a pas dix francs de revenus,
» s'habiller comme une princesse, étaler l'or à son cou, à sa tête, à sa ceinture?
» Elle est vêtue suivant son état, dit-elle. *Qu'elle aille à tous les diables, elle et son
» état!* Et vous, Monsieur Jacques, vous lui donnez l'absolution! Sans doute,
» elle dira : Ce n'est point mon mari qui me donne de si beaux vêtements; mais
» je les gagne à la peine de mon corps. *A trente mille diables une telle peine!* »

Je ne reproduirai pas ici tous les reproches qu'adresse ce prédicateur aux
bourgeoises de Paris, qui, pour soutenir leur luxe, se prostituent à des conseillers du parlement, à des abbés, à des évêques; qui vendaient leurs corps
aux prêtres et aux moines, commettaient des indécences dans les bains, en présence de leurs filles, et refusaient de payer le salaire de leurs domestiques et des
ouvriers qu'elles employaient; consultaient les sorciers et mettaient en usage
des opérations magiques, etc., etc. Enfin, les mères vendaient leurs filles à des
hommes riches pour leur faire gagner leur dot. Ce reproche est si souvent
reproduit dans les sermons de Maillard et de Menot, qu'on doit le croire fondé.

Les lieux de débauche étaient nombreux, comme je l'ai dit; on saisissait les
ceintures des prostituées; mais on ne diminuait pas la prostitution. Le prévôt de
Paris s'était attribué le profit de ces confiscations. Henri VI, roi de France et
d'Angleterre, par son ordonnance du 5 août 1424, lui défend de s'approprier
ces ceintures. Dans cette ordonnance, on lit : « Que dores en avant il ne preigne
» ou applique à son proufût les ceintures, joyaux, hâbits, vestements ou autres
» parcments deffendus aux *fillettes et femmes amoureuses ou dissolues.* »

Les *étuves*, ou maisons de bains, étaient aussi des lieux de plaisir où les dames
se rendaient sous un prétexte honnête : il s'y passait beaucoup d'indécences.
Dans les bains des hommes se trouvaient des filles publiques, et ceux des
femmes servaient de rendez-vous aux amants favorisés : « Mesdames, dit Maillard,
» n'allez-vous pas aux étuves, et n'y faites-vous pas ce que vous savez? »

Le clergé ne fut pas à l'abri des censures des prédicateurs : la simonie, la
réunion de plusieurs bénéfices, plaies incurables, le luxe des prélats, l'ignorance
de la plupart des prêtres, leurs supercheries, la vie licencieuse des uns et des
autres, leur sont fortement reprochés. Maillard se récrie aussi contre les turpitudes pratiquées à Rome pour obtenir des bénéfices; contre ces religieux cou-
reurs, appelés *porteurs des reliques* ou *porteurs de rogatons;* contre les prêtres qui
se chargent et reçoivent le paiement d'un nombre de messes qu'ils ne peuvent
acquitter et qu'ils *suspendent au croc;* contre les prêtres qui vendent les sacrements, les confessions et autres choses; contre le luxe des évêques et de leurs
concubines, qui portent des habits rouges, de diverses couleurs, plissés et
fourrés de *martre* et de *peau de Lombardie,* et qui ont les doigts remplis d'anneaux
d'or; contre l'avarice des prélats qui, possédant de grands biens, ne laissent
pas d'envahir ceux des pauvres et des hôpitaux, leur refusent des aumônes que
les séculiers ne leur refusent pas, et emploient les biens de l'Église à l'entretien
des oiseaux, des chiens de chasse, des filles publiques et des pourvoyeurs de
débauche. Tous ces abus, tous ces vices, et surtout le dernier, sont les objets
les plus ordinaires de ses déclamations.

Les mœurs des religieuses, si l'on en croit les plus graves écrivains du temps, n'étaient pas plus régulières. Le respectable Jean Gerson, chanoine et chancelier de l'église de Paris, qui avait sans doute puisé dans les couvents de cette ville ou des environs ses notions sur la conduite des filles cloîtrées, parle de leurs maisons comme de lieux de débauche : « Ouvrez donc les yeux, dit-il, et voyez » si ces couvents de moinesses ne ressemblent pas aux repaires de la prostitu- » tion, *quasi prostibula meretricum.* » Nicolas de Clémangis, docteur en Sorbonne et recteur de l'Université, à Paris, confirme le témoignage de Gerson : « Que de » choses à dire sur ces couvents de religieuses, qui sont moins des commu- » nautés de vierges consacrées à Dieu, que des lieux de prostitution, habités » par des femmes livrées à tous les excès de la débauche, à la fornication, à » l'inceste, à l'adultère, à tous les actes de luxure et de méchanceté en usage » chez les femmes publiques ; mais je suis retenu par la pudeur et par la crainte » de m'engager dans de trop longs discours ; car nos monastères actuels, que je » ne puis appeler des *sanctuaires de Dieu*, sont-ils autre chose que des *infâmes* » *repaires de Vénus*, qu'un refuge où des jeunes gens lascifs, impudiques, vien- » nent assouvir leur luxure ? Et aujourd'hui, n'est-il pas reconnu que faire » prendre le voile à une jeune fille, c'est comme si on la livrait à la prostitution » dans un lieu de débauche ? » Tous ces détails se trouvent confirmés par d'autres auteurs contemporains.

Je n'offre ici qu'une très-faible esquisse des mœurs de cette période. Elles n'étaient pas, comme je l'ai dit, plus corrompues que celles des siècles précé- dents ; mais les lumières croissantes, répandant sur elles un plus grand jour, les ont fait ressortir davantage.

LE BŒUF GRAS. Le jeudi qui précède le dernier jour du carnaval, on célébrait et l'on célèbre encore à Paris la *cérémonie du Bœuf gras*, qui, dans d'autres lieux de France, est nommé le *bœuf villé*, *violé* ou *viellé*, sans doute parce qu'il était promené par la ville au son des violons ou des vielles. Cette fête avait an- ciennement lieu à l'équinoxe du printemps, époque où le soleil entre dans le signe du zodiaque appelé *le Taureau*, objet de vénération chez tous les peuples de la terre où le culte astronomique avait pénétré. La promenade du bœuf gras à Paris est évidemment un reste des cérémonies de ce culte.

Un écrivain du dix-huitième siècle décrit cette cérémonie telle qu'en 1739 il la vit célébrer à Paris. « Les garçons bouchers de la boucherie de l'Alport-Paris » n'attendirent pas en cette année le jour ordinaire pour faire leur cérémonie » du *bœuf gras :* le mercredi matin, veille du jeudi gras, ils s'assemblèrent et » promenèrent par la ville un bœuf qui avait sur la tête, au lieu d'aigrette, une » grosse branche de laurier-cerise ; il était couvert d'un tapis qui lui servait de » housse. » Il ajoute que ce bœuf, paré comme les victimes que les anciens allaient immoler, portait sur son dos un enfant décoré d'un ruban bleu passé en écharpe, tenant d'une main un sceptre doré, et de l'autre une épée nue. Cet enfant était nommé le *roi des bouchers*. Environ quinze garçons de cette profes- sion, vêtus de corsets rouges, avec des trousses blanches, coiffés de turbans ou de toques rouges bordés de blanc, accompagnaient le *Bœuf gras*, et deux d'entre eux le tenaient par les cornes. Cette marche était gaiement précédée par des vio-

lons, des fifres et des tambours. « Ils parcoururent en cet équipage plusieurs
» quartiers de Paris, se rendirent aux maisons des divers magistrats, et ne trou-
» vant pas dans la sienne le premier président du parlement, ils se décidèrent
» à faire monter dans la grand'salle du Palais, par l'escalier de la Sainte-Cha-
» pelle, le bœuf gras et son escorte. Et, après s'être présentés au président, ils
» promenèrent le pauvre animal dans diverses salles du Palais, et le firent des-
» cendre par l'escalier de la Cour-Neuve du côté de la place Dauphine. »

Le lendemain, les bouchers des autres quartiers de Paris exécutèrent la même
cérémonie ; mais ils ne firent point monter leur *Bœuf gras* dans les salles du
Palais. Ce tour de force parut alors sans exemple.

Quoique cet usage ne soit pas mentionné dans les historiens de Paris, il n'en
existait pas moins depuis longtemps. Cette cérémonie avait cessé pendant la
révolution; elle fut remise en vigueur sous l'Empire et se pratique encore pendant les derniers jours du carnaval, même avec plus de pompe qu'autrefois.

Géant de la rue aux ours. La cérémonie du Suisse ou Géant de la rue
aux Ours (1) a une origine plus ancienne que celle qui lui est attribuée par
quelques écrivains. Voici en quoi consistait cette cérémonie : Tous les ans, le
3 juillet, les habitants de la rue aux Ours faisaient fabriquer un mannequin d'environ vingt pieds de haut, représentant un homme tenant en main un poignard.
Ce mannequin était, pendant plusieurs jours, promené dans les rues de Paris
par des porteurs qui ne manquaient pas de faire la quête ; ensuite il était
condamné à être brûlé dans la rue aux Ours. Cette exécution a pendant longtemps été accompagnée d'un feu d'artifice. On donnait à cette cérémonie l'origine suivante : Le 3 juillet 1418, un soldat, Suisse de nation, ou qui n'était
pas Suisse, sortant d'un cabaret où il avait perdu son argent au jeu, dans son
désespoir, frappa d'un coup de couteau une image de la Vierge placée au coin
des rues aux Ours, Salle-au-Comte ; le coup fit jaillir de cette statue de pierre
du sang en abondance. Le soldat fut pris, attaché à un poteau, en face de
l'image de la Vierge qu'il avait blessée, et fut frappé, depuis six heures du
matin jusqu'au soir, avec une telle barbarie, que ses entrailles lui sortaient du
corps. On lui perça la langue avec un fer chaud, et ensuite on le jeta au feu.
C'est, dit-on, en mémoire de ce crime, et de l'épouvantable supplice du criminel, que les habitants de la rue aux Ours ont imaginé de promener dans Paris
cette figure gigantesque. Mais ce récit, accrédité par des écrivains du seizième
siècle, est rempli de circonstances contradictoires et ne s'appuie sur aucun
témoignage digne de foi. Les écrivains du temps, d'ailleurs, n'en parlent nullement. Cette cérémonie avait une autre origine, elle doit dériver des antiques
fêtes du solstice d'été. A Rome, le 15 mai de chaque année, on promenait en
procession trente figures colossales en osier, qu'on appelait les *Argéens*, et que
les Vestales jetaient dans le Tibre. Cet usage, maintenu dans le christianisme à
la faveur de la barbarie, s'est d'ailleurs établi dans presque toutes les contrées
de l'Europe.

Fête des fous de l'université. Les écoliers de l'Université, comme les diacres,

---

(1) Cette rue se nommait rue *aux Oes*, ou *aux Oies*, parce qu'elle abondait en rôtisseurs d'oies.

les sous-diacres de Notre-Dame, célébraient la *Fête des Fous* avec tous ses
scandaleux accompagnements. On ignore à quelle époque cette fête des fous
fut abolie ; mais il est présumable qu'à Notre-Dame, ainsi qu'à l'Université, cette
cérémonie extravagante et impie ne le fut que dans le quinzième siècle.

JEUX. En 1425, les Parisiens, sous la domination anglaise, se trouvant dans
un temps de calme, firent ouvrir la plupart des portes de ville qui depuis longtemps étaient murées, réparèrc..t les ponts placés sur les fossés, et se livrèrent
à divers jeux. L'auteur du *Journal de Paris*, sous le règne de Charles VI et de
Charles VII, nous apprend que le dernier dimanche d'août 1425, dans l'hôtel
d'Armagnac, situé rue Saint-Honoré, et sur une partie de l'emplacement des bâtiments du Palais-Royal, on enferma dans un champ clos quatre aveugles couverts
chacun d'une armure, et munis de gros bâtons. Un fort cochon, renfermé avec
eux, devait être le prix de celui d'entre les aveugles qui parviendrait à tuer cet
animal. Les aveugles frappaient au hasard à tour de bras ; et, voulant assommer
le cochon, ils se portaient les uns aux autres des coups assez violents pour s'assommer entre eux, ce qui amusait beaucoup les spectateurs. « Ils se donnèrent,
» dit l'auteur cité, de si grands coups de bâton, que dépit leur en fut; car quand
» le mieux cuidoient (croyaient) frapper le pourcel, ils frappoient l'un sur
» l'autre ; car s'ils eussent été armés pour vrai, ils se fussent tués l'un l'autre. »
Le même écrivain fait présumer que les Anglais, qui dominaient alors à Paris,
l'avaient introduit dans cette ville, où il ne fit pas fortune. Le jeu du *mât de
Cocagne* semble aussi avoir été introduit par ces étrangers.

BAINS. On était fort en usage, pendant cette période ainsi que pendant la précédente, de prendre des bains publics, qu'on nommait alors *estuves*. On compte
à Paris six rues, ruelles ou cul-de-sacs qui portent ce nom. Les étuves se maintinrent longtemps : ceux qui les administraient se nommaient *barbiers-étuvistes*,
formaient une corporation, et faisaient crier dans Paris l'heure où leurs établissements étaient ouverts au public. Sauval dit : « Vers la fin du siècle passé (dix-
» septième siècle) on a cessé d'aller aux étuves ; auparavant elles étaient si com-
» munes qu'on ne pouvait faire un pas sans en rencontrer. »

LUXE ET MODES. Charles V avait beaucoup contribué par son exemple à l'accroissement du luxe des habits, des meubles et des bâtiments. Les seigneurs
voulurent se donner un pareil mérite, les gentilshommes voulurent imiter les
seigneurs, les bourgeois des villes, les gentilshommes, et ainsi de suite.

Avant Charles V, les dames nobles portaient sur leurs robes le blason de leur
mari. Sous le règne de ce roi, les habits des gens de la cour, des magistrats et
de tous les officiers de leur dépendance, consistaient en vêtements dont une
moitié était d'une couleur, et l'autre moitié d'une autre. C'est ce qu'on nommait
robes mi-parties. — Charles VII, ayant une stature mal proportionnée et les
jambes trop courtes, reprit, pour cacher cette imperfection, l'habit long,
tel qu'on le portait sous Philippe de Valois. — Dès le commencement du
règne de Louis XI, la forme des habits changea entièrement. Au lieu d'habits longs, on en porta de très-courts. Voici le témoignage d'un auteur de
ce temps. « Les hommes, dit Monstrelet, se prindrent à vestir plus court qu'ils
» n'eussent oncques fait : tellement que l'on véoit la façon de leur c... et leurs

» génitoires, ainsi que l'on souloit vestir les singes, qui estoient chose très-
» malhonnête et impudique. Et si faisoient les manches fendre de leurs robes et
» de leurs pourpoints, pour monstrer leurs chemises déliées, larges et blanches.
» Portoient aussi leurs cheveux si longs qu'ils leur empeschoient leurs visages,
» mesmement leurs yeux. Et sur leurs testes portoient bonnets de drap, hauts et
» longs d'un quartier ou plus. Portoient aussi, comme tous indifféremment,
» chaisnes d'or moult somplueuses; chevaliers et esculiers, les varlets mêmes,
» pourpoints de soie, de satin et de veloux, et presque tous, espécialement ez-
» cour des princes, portoient *poulaines* (souliers ayant une pointe très-longue) à
» leurs souliers d'un quartier de long, voire plus telles y avoient. Portoient aussi
» à leur pourpoint gros *mahoîtres* (espèce de vêtement couvrant les épaules et la
» moitié des bras) pour montrer qu'ils fussent larges par les épaules, qui sont
» choses vaines et par aventure fort haineuses à Dieu. Et qui estoit hui (aujour-
» d'hui) court vestu, il estoit le lendemain long vestu jusqu'à terre. Et si estoit
» ceste manière si commune, n'y avoit si petit compagnon qui ne se voulsist
» (voulût) vestir à la mode des grans et des riches, fust long, fust court, non
» regardans au coust, ne à la despense, ne s'il appartenoit à leur estat. » Le
même auteur parle aussi des modes des femmes. « En ceste année (1467), dit-il,
» aussi délaissèrent les dames et demoiselles, les queues à porter à leurs robes,
» et en ce lieu, mirent bordures de gris lectices (fourrures), de martres, de veloux
» et d'autres si larges, comme d'un veloux de haut ou plus. » Monstrelet dit
qu'en 1467 les dames renoncèrent à leurs queues : cependant on voit sous les
règnes suivants ces longues queues, toujours en vogue, balayer les rues de Paris,
et continuer à être l'objet des violentes déclamations des prédicateurs. Monstrelet
nous apprend encore que les femmes commencèrent alors à porter leurs ceintures
de soie beaucoup plus larges que de coutumes. « Les ferrures plus somptueuses
» assés, et colier d'or à leur col et autrement, et plus cointement beaucoup
» qu'elles n'avoient accoutumé, et diverses façons. » Les robes des femmes
étaient, en été comme en hiver, toujours fourrées d'hermine, de menu-vair ou
petit-gris. On a vu qu'à l'entrée de Louis XI à Paris les magistrats de cette ville
et les seigneurs qui formaient le cortége du roi étaient, au mois d'août, vêtus de
robes fourrées. La mode ou l'étiquette commandait tyranniquement, et faisait
taire la voix de la commodité et du besoin. Jouvencl des Ursins, à propos des
dissolutions dont l'hôtel de la reine Isabeau de Bavière était le théâtre, dit, sous
l'an 1417, que, malgré les guerres et les tempêtes politiques, *les dames et demoiselles menoient un excessif état;* que leurs coiffures se composaient de *cornes
merveilleuses, hautes et larges;* qu'elles avaient de chaque côté, au lieu de bourrelets, de grandes oreilles si larges, que, quand elles voulaient passer par la porte
d'une chambre, elles étaient obligées de se baisser et de se tourner de côté. Sous
Louis XI, de nouvelles coiffures avaient remplacé ces cornes. Monstrelet nous
apprend que les dames et demoiselles, vers l'an 1467, « mirent sur leur teste
» bourrelets à manière de bonnets ronds, qui s'amenuisoient par-dessus de la
» hauteur de demi-aulne ou de trois quartiers de long. » Sur la cime de ces bonnets en forme de pain de sucre était attaché un *couvrechief délié*, ou voile qui
par derrière pendait jusqu'à terre.

L'usage des perruques prit aussi naissance pendant cette période. La mode de faire retomber la chevelure sur le visage ne pouvait être suivie par ceux qui manquaient de cheveux; de plus, les acteurs des théâtres, pour certains rôles, avaient adopté des chevelures postiches. Ce défaut et cet exemple induisirent les personnes dont la tête était chauve à la couvrir de chevelures artificielles. On donnait à ces perruques, ainsi qu'aux cheveux naturels, la couleur blonde, alors fort à la mode. Un poëte du temps nous apprend que les Lombards et les Romains faisaient usage de perruques de laine, propres et *bien pignées,* et Maillard reproche dans ses sermons aux femmes de Paris de s'en servir.

Les femmes qui portaient des robes ouvertes par devant, et dont l'ouverture était contenue par une attache qu'on nommait *affiche,* passaient pour des femmes galantes. Les dames, en général, se fardaient le visage avec du blanc et du rouge. Les femmes décriées ou dévoués à la prostitution ne laissaient pas d'avoir, pendu à leur ceinture, un chapelet dont les petits grains étaient de corail et les gros grains en or, en argent ou en vermeil. « Dites, mesdemoiselles, est-ce pour » l'honneur de notre Seigneur Jésus-Christ que vous portez des *pater noster* ou » chapelets en or? » s'écrie Maillard dans un de ses sermons. D'autres avaient des livres de prières garnis de fermoirs d'argent. Les hommes portaient aussi des chapelets riches par leur matière. « Êtes-vous corrigés? dit Maillard, avez-vous » renoncé a votre luxe, à vos concubines, à vos anneaux et à vos *pater noster,* » qui sont en or, et que vous portez, non par dévotion, mais par vanité? Si vous » ne changez de conduite, je vous enverrai à tous les diables. »

Les femmes avaient leurs lieux de réunion aux églises, aux banquets, aux bains et chez les accouchées. Là on parlait, et on parlait beaucoup; on médisait de même. Le poëte Villon a composé une ballade où il assure que les femmes de Paris surpassent en caquetage celles des autres nations de l'Europe. Les hommes se réunissaient aux cabarets, aux églises, chez les barbiers, aux Halles et à la porte Baudet. Ce dernier lieu était le rendez-vous des nouvellistes du temps. Il n'existait point à Paris de promenade publique.

Les hommes, en prononçant le nom du roi, levaient leurs bonnets, témoignage de respect qu'ils ne donnaient pas lorsqu'ils prononçaient le nom de Dieu : ce qui excitait les reproches des prédicateurs.

Il se pratiquait, pendant cette période, un usage qui n'est plus dans nos mœurs : les jeunes personnes, fils de seigneurs, de princes et même de rois, étaient, avant de se marier, assujetties à un examen peut-être nécessaire, mais qui paraîtrait aujourd'hui très-humiliant. « Il est d'usage en France, dit l'historien Froissard, » quelque dame ou fille de haut seigneur que ce soit, qu'il convient qu'elle soit » regardée et avisée toute nue par les dames, pour savoir si elle est propre ou » formée pour avoir enfants. » Isabeau de Bavière, avant d'épouser le roi Charles VI, fut obligée de se laisser visiter par les dames.

On a dit que, sous Charles V et Charles VI, l'usage des chemises de toile était très-peu répandu, qu'on ne se servait que de chemises de serge, et qu'on taxa de luxe extraordinaire la reine Isabeau de Bavière, parce qu'elle avait deux chemises de toile. Cela pouvait être à Paris, mais non ailleurs.

Au milieu des calamités sans nombre que j'ai eu à signaler, on voit cependant jaillir plusieurs traits de lumières nouvelles. Ainsi en France on avait constamment exécuté les condamnés à mort, sans leur permettre d'être absous par la confession. On avait la cruauté de vouloir perdre le corps et l'âme. Charles V trouva cette coutume peu catholique, et essaya de l'abolir ; mais les chefs de la justice et les membres de son conseil s'y opposèrent fortement. L'honneur de cette abolition appartient à Charles VI, qui, en 1397, permit aux condamnés d'être consolés ou absous par un confesseur avant d'aller au supplice.

Sous Charles VII, le latin était la seule langue enseigné à Paris. En 1458, Grégoire de Tipherne obtint la permission d'y donner des leçons de grec; Paris, dès lors commença à se trouver en communication avec la Grèce antique. Cette communication devint plus rapide par l'invention de l'imprimerie qui date, comme je l'ai dit, du règne de Louis XI. Les beaux-arts suivirent les lettres dans leur marche progressive. De Louis XI à Louis XII (1), l'architecture, la sculpture, se modifièrent insensiblement ; l'étude des monuments antiques remit en honneur peu à peu les anciens ordres grecs et romains.

Tout semblait disposé pour l'heureuse révolution qui allait s'opérer dans les lettres, les sciences et les arts ; tout présageait le règne prochain de la vérité et de la raison ; mais la société contenait des classes intéressées au maintien des institutions, de la barbarie et des abus dont elle vivait. Ces classes trompèrent, séduisirent les personnages qui exerçaient la puissance souveraine, les déterminèrent à combattre pour ces abus, pour les erreurs et le mensonge. Une lutte violente s'engagea : il en résulta des maux dont la raison et l'humanité eurent beaucoup à gémir, comme on le verra dans la période suivante.

PARIS DEPUIS LE RÈGNE DE FRANÇOIS Ier JUSQU'AU GOUVERNEMENT DE LA LIGUE.

PARIS SOUS FRANÇOIS Ier.

François Ier fut, le 1er janvier 1515, proclamé roi. *Ce gros gas-là gâtera tout*, disait Louis XII, en parlant de son futur successeur, dont il connaissait les inclinations. En effet, François Ier manifesta un goût déréglé pour la prodigalité, le faste, la magnificence des fêtes et des cérémonies, pour toutes les puérilités qu'on nomme vulgairement *la splendeur du trône*. Il voulut être tout à la fois religieux, galant et magnifique, et ne fut que persécuteur, débauché et dissipateur du bien de ses sujets; il voulut être guerrier, et presque toujours battu, il finit par être fait prisonnier ; il voulut protéger les lettres, et tyrannisa la plupart de ceux qui

(1) Sous le règne de Louis XII, on composa, pour le blason de la ville de Paris, l'acrostiche suivant :

Paisible domaine,

Amoureux vergier,

Repos sans dangier,

Iustice certaine,

Science hautaine,

C'est Paris entier.

les cultivaient. Les actions de ce roi ressemblent à une scène théâtrale dont les décorations, sous un point de vue, imposent aux yeux, excitent l'admiration, et qui, considérées sous la face opposée, ne présentent plus qu'un spectacle repoussant.

Il fut nommé le *père des lettres :* ce titre honorable, donné par ses courtisans, lui reste encore ; à la protection accordée aux savants par ses prédécesseurs, ce roi ajouta la sienne. Il suivit les exemples donnés par les Médicis à Florence, par le pape Léon X à Rome ; il suivit les conseils du savant Guillaume Parvi ; il attira plusieurs savants, plusieurs artistes à Paris, établit la bibliothèque de Fontainebleau, la plus riche en manuscrits, la plus volumineuse qui jamais eût existé dans le royaume, et fonda le Collége de France. Ce sont les titres les plus solides de sa gloire ; et, quels que soient les inspirations, les conseils et les exemples qui le déterminèrent à favoriser la marche de l'esprit humain, la postérité lui doit toujours de la reconnaissance. Mais bientôt il persécuta ou laissa persécuter les hommes de lettres qu'il avait attirés à Paris, les professeurs du collége qu'il a fondé ; il fit périr dans le feu des bûchers plusieurs savants ou littérateurs dont les opinions religieuses contrariaient celles de la cour de Rome ; de plus, il abolit l'imprimerie par une ordonnance que j'ai citée, et ne la rétablit que pour l'enchaîner dans les liens d'une censure rigoureuse. Il éteignait d'une main les lumières qu'il allumait de l'autre.

Les événements les plus notables du règne de François Ier, après sa prison à Madrid, sont la révolte du duc de Bourbon, connétable de France ; les guerres pour la conquête du Milanais ; le supplice de Samblançay, condamné pour les délits de la mère du roi, la duchesse d'Angoulême ; le massacre des habitants de Mérindole, de Cabrières et de vingt villages voisins, et l'entrevue entre l'empereur et le roi de France, qui eut lieu, en 1520, entre Guignes et Ardres : entrevue inutile, qu'on nomma le *champ du drap d'or*, à cause du vain étalage de richesse et de magnificences, ruineuses pour tous ceux qui s'y rendirent.

Ce roi donna le premier l'exemple de l'horrible persécution qui s'éleva contre les luthériens, et qui dura trente-sept années consécutives. Il fut le bienfaiteur de quelques poëtes, parce qu'ils chantaient ses louanges ; de quelques artistes, parce qu'ils construisirent et décorèrent ses châteaux de Fontainebleau, de Madrid, du Louvre, etc.; enfin le bienfaiteur de ses maîtresses et de ses serviteurs. Il fit tout pour son orgueil et ses plaisirs ; il ne fit rien pour la France.

La vénalité des charges, le concordat et le luxe excessif de François Ier, portèrent de fortes atteintes à la morale publique. Il attira près de lui un grand nombre de femmes nobles, de prélats, de courtisans, de courtisanes, et se composa une cour telle que jamais on n'en avait vu d'aussi brillante, d'aussi nombreuse et d'aussi dissolue. Auparavant, une certaine quantité de femmes prostituées étaient autorisées à suivre la cour : François Ier y substitua des femmes de qualité, et, prostituant la noblesse, sembla vouloir ennoblir la prostitution. En revêtant la débauche de formes séduisantes, en l'illustrant par le prestige de l'opulence et du pouvoir, il la rendit plus dangereuse ; et son fatal poison s'étendit avec plus de facilité dans toutes les veines du corps social.

Il autorisa l'établissement des loteries, impôt séducteur, immoral. En 1541,

ce roi célébra à Châtellerault le mariage de Jeanne d'Albret, sa nièce, avec le
duc de Clèves. Dans cette cérémonie, il étala un faste si extravagant, et répandit l'argent avec tant de profusion, que ses finances éprouvèrent un déficit considérable, et que, pour le combler, il établit la gabelle sur le sel dans plusieurs
provinces méridionales. Cet impôt, qui fit donner aux fêtes de Châtellerault le
nom de *noces salées*, causa des révoltes, et les révoltes amenèrent d'effroyables
et sanglants moyens de répression. Telles furent les suites désastreuses du luxe,
de la magnificence et de la conduite déréglée de François Ier.

Ce prince, doué d'une figure belle, imposante, d'un extérieur généralement
avantageux et que rehaussait le prestige du pouvoir, avait un esprit assez cultivé
pour le temps, de la dignité dans les manières, du courage militaire, et, dans
les affaires éclatantes, une loyauté qui disparaissait dans d'autres circonstances.
Il établit l'usage de porter les cheveux courts et la barbe longue. Dans un combat simulé, un de ses courtisans le blessa à la figure ; pour en cacher la cicatrice, il laissa croître sa barbe. La mode des longues barbes, déjà en vigueur à
la cour de Rome, fut alors admise en France.

Une maladie vénérienne, fruit des débauches de ce roi, le conduisit au tombeau. Il mourut à Rambouillet, le 31 mars 1547.

LE PROTESTANTISME A PARIS

On sait les progrès rapides que la réforme fit en France. Le clergé français
comme la cour de Rome, pour arrêter cet envahissement des idées nouvelles
prêchées par Luther, ne virent rien de mieux que de diriger des persécutions
implacables contre les réformés. Le premier acte de sévérité, exercé à Paris
contre les novateurs, éclata, en 1525, sur la personne de Jean Leclerc qui, dans
la ville de Meaux, s'était permis de déchirer une bulle relative à la vente des
indulgences. Lui et ses complices furent, à Paris, fouettés pendant trois jours
par la main du bourreau, et, à Meaux, fustigés de nouveau et marqués au front
avec un fer rougi au feu, Jacques de Pavanes, dit Jacobé, jeune homme lettré
et instruit à l'école de l'évêque de Meaux, fut le premier qui, pour ses opinions
religieuses, subit à Paris le dernier supplice. Il fut brûlé vif en 1525 sur la place
de Grève. Plusieurs autres protestants subirent ensuite le même sort.

Dans les années 1530 et 1531, les persécutions se ralentirent à Paris, mais n'y
furent pas entièrement suspendues. On fit arrêter, en 1531, plusieurs gens de
lettres, Laurent et Louis Maigret, Remi Beleau, André Le Roi, Clément Marot
et Martin de Villeneuve, accusés d'avoir mangé de la chair en carême et dans
les trois jours prohibés. Le 18 mars 1532, ils comparurent au parlement. Deux
jours après la reine de Navarre cautionna Clément Marot qui sortit de sa prison.
— En 1533, après la mort de la mère du roi, la persécution recommença avec
plus de rigueur. Cette année fut marquée par la mise à mort de plusieurs luthériens, par la censure d'un livre intitulé le *Miroir de l'Ame Pécheresse* et adopté
de François Ier, par l'interdiction portée contre les professeurs du Collège de
France, d'interpréter aucun livre de Luther écrit en hébreu ou en grec.

Des enthousiastes, emportés par un zèle inconsidéré, comme il s'en trouve

dans toutes les sectes, s'avisèrent, au grand déplaisir des réformés raisonnables, d'afficher, le 18 octobre 1534, dans les rues et carrefours de Paris, des
placards qui contenaient des déclamations violentes contre les cérémonies les
plus vénérées du catholicisme; ils poussèrent l'audace jusqu'à en placer sur la
porte de la chambre où le roi séjournait à Blois. Sur ces entrefaites, François Ier,
excité par le connétable Anne de Montmorency et par le cardinal de Tournon,
vient de Blois à Paris, signale son arrivée dans cette ville par des lettres patentes
du 13 janvier 1535, portant abolition de l'imprimerie, défend *toute impression de
livres dans le royaume, sous peine de la hart*, et ordonne au lieutenant criminel
Morin de faire arrêter tous les protestants de cette ville. Il ordonne aussi qu'une
procession extraordinaire sera célébrée dans Paris le 21 janvier suivant. De
grands apprêts furent faits pour cette solennité, où l'on ne négligea rien de ce
qui pouvait lui donner de l'éclat et maîtriser les esprits en frappant les sens. Les
rues de Paris furent tapissées. Le clergé de toutes les églises, les écoliers de
tous les colléges, les officiers de toutes les cours, les magistrats, plusieurs évêques et cardinaux, et notamment le cardinal de Châtillon, qui n'était pas catholique; les princes, les princesses, la reine, le roi, assistèrent à cette pompe religieuse avec les habits de leurs dignités, avec tout le luxe et le faste des gran-
deurs mondaines. Les châsses de sainte Geneviève et de saint Marcel y figurèrent
ensemble : on remarqua que, depuis bien longtemps, la réunion de ces deux
châsses ne s'était point effectuée. Ceux qui les portaient marchaient pieds nus.
De plus, on y étala toutes les reliques de la Sainte-Chapelle. Le père Félibien les
énumère, et n'oublie pas la sainte couronne d'épines, qui, dit-il, n'avait jamais
été portée en procession. Il n'oublie pas *la verge d'Aaron, les tables de Moïse, le
fer de la sainte lance, le sang de Jésus-Christ, sa robe de pourpre, le lait de la sainte
Vierge*, etc. On voulait donner l'exemple d'un grand respect pour des objets que
les protestants ne respectaient guère. Au reste, tous les assistants portaient à la
main, en plein jour, une torche allumée, et n'y voyaient pas plus clair. Lorsque la
procession passa sur le pont Notre-Dame, on laissa échapper plusieurs oiseaux,
auxquels on avait attaché de petits billets portant ces mots de sinistre augure :
Ipsi peribunt, tu autem permanebis, « Ils mourront, et vous vivrez.» Après la messe,
célébrée dans l'église Notre-Dame, François Ier alla dîner dans la grande salle
de l'évêché. Il y manda le parlement, l'université et les magistrats de Paris, leur
fit à chacun des remontrances sur les progrès du protestantisme, et leur recommanda de dénoncer aux cours séculières, de poursuivre avec rigueur tous *les
malversants* en matière de religion. Il ajouta que si un de ses membres était in-
festé d'hérésie, il ne balancerait point à le faire couper; et que si ses propres
enfants s'écartaient de la voie catholique, il serait le premier à les immoler.

Ces cérémonies expiatoires ne lui semblaient pas complètes. Il voulut qu'au
spectacle d'une pompe mondaine et superstitieuse succédât un spectacle horrible. Six malheureux protestants furent en ce jour solennellement brûlés vifs
dans diverses places de Paris. On avait inventé, pour rendre leur supplice plus
douloureux, une machine nommée *estrapade*. On élevait les patients à une
grande hauteur, puis on les laissait tomber dans les flammes; on les élevait de
nouveau pour les y replonger encore plus.

François Iᵉʳ, par ordonnance du 29 janvier de la même année, ajouta à la persécution un nouveau degré de rigueur. Il défendit à toutes personnes de donner asile aux réformés, sous peine d'être brûlées vives, et donna à cette loi un effet rétroactif. Il établit ou laissa établir, à la même époque, un tribunal d'*inquisition*, et dans le parlement une *chambre ardente*, c'est-à-dire une chambre qui condamnait au feu. Elle était spécialement chargée de la recherche et de la punition des réformés qu'on commençait alors à nommer *protestants*. Ce tribunal se composait de *juges délégués par le pape*. Antoine de Mouchi, qui se faisait nommer *Démocharès*, chef de ce terrible tribunal, s'acquitta de ses fonctions avec tant de zèle, que de son nom l'on a fait la qualification odieuse de *mouchard*. Ce Jacobin, en qualité d'inquisiteur-général de la foi en France, présida dans le procès intenté en 1543 contre Étienne Dolet, imprimeur-libraire, et le fit condamner au dernier supplice; mais François Iᵉʳ lui accorda des lettres de rémission qui le sauvèrent d'abord du bûcher. Le 2 août 1546, il fut repris, jugé, condamné au feu, et brûlé vif avec ses livres, à la place Maubert. Le tribunal de l'inquisition faisait des recherches, instruisait la procédure, et la chambre ardente du parlement jugeait en dernier ressort et appliquait la peine.

Cette persécution de François Iᵉʳ fit perdre la vie à plusieurs Parisiens, et en obligea un plus grand nombre à prendre la fuite. Jean Calvin, qui devint chef recommandable du parti; Pierre-Robert Olivetan, savant hébraïsant, le premier qui, d'après les textes hébraïques et grecs, ait dans ce siècle traduit en français la Bible et les Évangiles; le poète Clément Marot, abandonnèrent Paris, et cherchèrent un asile, les uns en Suisse, les autres en Italie. Quelques-uns se retirèrent en Berri : tels que Claude des Fosses; Jacques Cannaye, qui devint dans la suite un avocat célèbre ; Jacques Amyot, traducteur de Plutarque, etc.

Le parlement, toujours guettant les livres nouveaux, prohiba et condamna un grand nombre d'ouvrages et ordonna, en 1542, les recherches les plus sévères chez les imprimeurs, les libraires, et mêmes chez les particuliers, pour y découvrir les livres mal sentants de la foi; défendit d'imprimer dans des lieux secrets, enfin ordonna les précautions les plus minutieuses pour qu'il ne pénétrât dans Paris aucun livre relatif aux matières théologiques, même des livres de médecine et de droit qui pourraient contenir quelques hérésies ; mais ces précautions ne diminuèrent point le nombre des protestants.

L'année 1546 fut très-fatale aux réformés. On voit dans l'extrait des registres de la Tournelle criminelle, que, pendant les vacations de cette année, un grand nombre de sectaires périrent dans le feu des bûchers. Dans une seule journée, celle du 2 octobre, la chambre ardente condamna cinquante habitants de Meaux à divers supplices ; quatorze furent brûlés vifs.

François Iᵉʳ, avant sa mort, rougissant d'avoir souillé sa mémoire par d'aussi horribles persécutions et commençant à s'apercevoir qu'en ordonnant tant de supplices il n'était que l'instrument de la maison de Lorraine, recommanda à son fils de se méfier de l'ambition de cette maison, qui, sous les apparences d'un catholicisme outré, tendait à envahir l'autorité suprême, et à ruiner la France. Henri II ne suivit pas les conseils de son père : plus faible encore et moins instruit que lui, il se jeta dans les bras de ses ennemis, et se laissa conduire par le cardinal de Lorraine et les Guise, qui, espérant que le pape appuierait leurs projets d'ambition, cherchèrent à gagner la faveur de ce pontife, en lui sacrifiant un grand nombre de protestants. Sous le règne de Henri II, la persécution eût même un caractère plus rigoureux, et l'année 1548 fut remarquable par le grand nombre des victimes que la *chambre ardente* condamna au feu.

Henri II, fit, en 1549, son entrée solennelle à Paris : cette cérémonie fut accompagnée de fêtes magnifiques et de tournois. On crut donner un grand éclat à ces fastueuses représentations en y mêlant le spectacle des supplices. « Le » lendemain, dit un contemporain, furent bruslés, *en la présence de ce roi,* » plusieurs hérétiques sacramentaires, mal sentants de la foy. »

Le feu des bûchers dévorait chaque jour des Français, hommes, femmes, enfants, vieillards, de tous états, prêtres ou séculiers, jugés par les inquisiteurs et renvoyés ensuite à la *chambre ardente* du parlement. Les membres de cette chambre semblèrent fatigués d'envoyer sans cesse de nouvelles victimes au bûcher; ils ralentirent les exécutions ou modérèrent les peines. Le tribunal des inquisiteurs, au contraire, inspiré par le cardinal de Lorraine, qui, dans cette persécution avait succédé au cardinal Duprat, s'impatientait de ces lenteurs, et considérait comme des entraves les formes qu'observait le parlement. Ce cardinal sollicita auprès de Henri II une déclaration du 14 mars 1555, qui porte « que les » inquisiteurs de la foi et juges ecclésiastiques peuvent librement procéder à la » punition des hérétiques, tant clercs que laïcs, jusqu'à sentence définitive inclu- » sivement; que les accusés, qui avant cette sentence appelleront comme d'abus, » resteront toujours prisonniers, et leur appel sera porté au parlement. Mais » nonobstant cet appel, si l'accusé est déclaré hérétique par les inquisiteurs, et » pour ne pas retarder son châtiment, il sera livré au bras séculier. » Le parlement refusa d'obtempérer à cette déclaration.

Ce fut au milieu du feu de cette persécution, en cette année 1555, que commença à s'établir l'église protestante de Paris, dont je parlerai dans la suite.

Cependant le tribunal des *inquisiteurs de la foi* usait de toute l'étendue du pouvoir qu'on lui laissait pour multiplier le nombre des sacrifices humains, et la chambre du parlement, fort bien nommée *chambre ardente,* pour détourner le reproche qu'on lui adressait de ménager les protestants, ne secondait que trop exactement le fanatisme de ce tribunal composé de prêtres. Quand Michel de l'Hospital fut nommé chancelier, ces persécutions furent suspendues : l'édit rendu à Ambroise, en 1560, procura la liberté à tous les prisonniers détenus pour fait de religion. Il est certain que, le 15 février 1561, une lettre du roi ayant ordonné leur élargissement, le président du parlement répondit qu'il n'y avait plus de prisonniers à la Conciergerie.

Pendant *trente-sept ans,* depuis 1523 jusqu'en 1560, les protestants souffrirent sans opposer de résistance, les persécutions les plus horribles que l'esprit sacerdotal puisse imaginer : plusieurs milliers de Français furent, dans cet intervalle de temps, condamnés au supplice du bûcher. Dans la suite, les protestants ne furent pas brûlés vifs; mais on les accablait d'insultes, de mauvais traitements : une populace, excitée par les prédicateurs, pillait, incendiait leurs maisons, et en massacrait fréquemment les habitants.

Au commencement de l'année 1560, les affaires prirent une face nouvelle. La noblesse, qui, par conviction, par intérêt ou par vengeance, embrassa le parti protestant, y porta les vices qui lui étaient familiers, dévasta les campagnes, rançonna les habitants, pilla, brûla les églises et les monastères, et souilla la cause qu'elle défendait. La guerre civile s'alluma : elle dura près de trente-cinq ans. Le parti du roi ou des *catholiques*, ou plutôt celui des *Guise*, opposa à ces excès des excès pareils. Ainsi, l'ambition des Guise, sous le voile du catholicisme, et l'ambition légitime de la maison de Bourbon, sous le voile du protestantisme, mirent la France en feu, et la couvrirent de crimes et de malheurs.

ÉTABLISSEMENTS CIVILS ET RELIGIEUX.

ABBAYE DE SAINT-VICTOR. L'église de cette abbaye, dont j'ai déjà parlé, fut presque entièrement reconstruite sous François Iᵉʳ. La façade fut, en 1760, élevée sur de nouveaux dessins. La bibliothèque qui, dans son origine, ne se composait que de manuscrits d'auteurs ecclésiastiques, fut considérablement augmentée par l'abbé Lamasse et par Nicolas Delorme, un de ses successeurs, qui fit construire, en 1496, un bâtiment pour la contenir. On sait que Rabelais a donné le catalogue de ces prétendus livres, dont les titres, réels ou supposés, sont également ridicules. Joseph Scaliger disait que cette bibliothèque ne contenait rien qui vaille. Ce qui pourrait, à l'égard de cette bibliothèque, être vrai au seizième siècle, ne le fut plus au siècle suivant. Henri du Bouchet, conseiller, par son testament du 27 mars 1652, légua ses livres à cette abbaye, à condition que sa bibliothèque serait ouverte au public, et laissa des fonds pour son entretien. Elle fut encore augmentée, en 1707, par M. Cousin, président de la cour des monnaies qui lui fit don de ses livres.

L'abbaye Saint-Victor fut supprimée en 1790 : ses bâtiments ont subsisté jusqu'en 1813, époque de leur démolition. Sur leur emplacement, on voit aujourd'hui s'élever un vaste établissement d'utilité publique, l'Entrepôt des boissons, dont je parlerai en son lieu.

COLLÉGE ROYAL DE FRANCE, aujourd'hui situé place Cambrai. Il fut fondé, en 1529 par François Iᵉʳ, qui, conseillé par Guillaume Parvi, son prédicateur, et par le célèbre Guillaume Budé, avait déjà invité plusieurs savants à venir remplir dans ce collége projeté des places de professeurs. Il y fut d'abord institué deux chaires, l'une de grec, et l'autre de langue hébraïque. Au fur et à mesure que les savants invités acceptaient, on fondait de nouvelles chaires. Leur nombre s'éleva bientôt jusqu'à douze : quatre pour les langues, deux pour les mathématiques, deux pour la philosophie, deux pour l'éloquence, et deux pour la médecine. Ces professeurs, qui portaient alors la qualification de *lecteurs royaux*, recevaient chacun annuellement deux cents écus d'or. Charles IX ajouta, dans la suite à cette faculté une chaire de chirurgie, et Henri IV une autre chaire de botanique et d'anatomie. François Iᵉʳ ne fonda point de chaire de philosophie : ce n'est que sous Henri II qu'on en voit une, où professait François Vicomercat, Milanais, auquel succéda le célèbre et malheureux La Ramée, ou Ramus, qui, en 1568, établit à ses frais, dans ce collége, une chaire de mathématiques. L'Université le persécuta et fit brûler ses livres, parce qu'il avait écrit contre

Aristote. En 1572, ses ennemis le firent assassiner pendant les massacres de la Saint-Barthélemi. Henri III et Louis XIII, en 1587, fondèrent dans ce collége chacun une chaire d'arabe, et, plus tard, Louis XIV, une chaire de droit canon et une chaire de langue syriaque.

Jusqu'au commencement du siècle, ces cours étaient professés dans les bâtiments des colléges de Cambrai et de Tréguier. Un nouvel édifice fut bâti en 1774.

Fontaine de la croix du trahoir, ou du tiroir, située au coin des rues de l'Arbre-Sec et de Saint-Honoré. En 1529, François Ier fit établir une fontaine au milieu de la rue de l'Arbre-Sec. Dans cette position, elle gênait le passage; elle fut, en 1696, transférée à l'angle des deux rues qu'elle occupe aujourd'hui et reconstruite, en 1776, sur les dessins de Soufflot.

Hotel-de-ville, situé place de Grève. J'ai parlé de l'institution pour laquelle cet édifice était destiné; j'ai parlé de ses vicissitudes; je me bornerai ici à joindre quelques notions sur ses bâtiments. Ce monument parut, au commencement du seizième siècle, mesquin et insuffisant. On proposa la construction d'un bâtiment plus vaste et plus somptueux; et, le 15 juillet 1533, Pierre de Viole, prévôt des marchands, en posa la première pierre. Il fut continué sous le règne suivant; mais le premier et le second étages étaient construits, quand, en 1549, Dominique Boccardo, dit Cortone, présenta au roi Henri II un nouveau projet qu'on adopta. On recommença l'édifice, qui ne fut terminé qu'en 1606, sous le règne de Henri IV, par les soins du prévôt des marchands, François Miron, et sous la conduite d'André du Cerceau, qui fit quelques changements aux dessins de l'architecte italien.

La partie ancienne de la façade présente un corps de bâtiment flanqué de deux pavillons plus élevés, et dont les combles, suivant l'usage du temps, sont d'une grande hauteur. Cette façade est, au premier étage, percée de treize fenêtres et ornée de plusieurs niches. Elle est surmonté par une campanille, où fut, en 1781, placée l'horloge de la Ville, ouvrage très-recommandable du célèbre horloger Jean-André Lepaute. Le cadran de cette horloge est éclairé pendant la nuit. Au-dessus de la porte d'entrée, on voit, dans un vaste tympan cintré, un grand bas-relief en bronze représentant Henri IV à cheval.

On arrive à l'Hôtel-de-Ville par un perron extérieur et un escalier qui aboutit à une cour décorée d'arcades, au-dessus desquelles étaient des inscriptions relatives à l'histoire de Louis XIV. Sous une de ces arcades, celle qui fait face à l'entrée de l'hôtel, et qui est ornée de colonnes ioniques en marbre, avec chapiteaux et bases de bronze doré, on voit la statue pédestre et en bronze de ce roi : elle est portée sur un piédestal chargé de bas-reliefs et d'inscriptions. Cette statue, ouvrage de Coizevox, représente Louis XIV vêtu et cuirassé à la grecque, et coiffé à la française par une perruque énorme et ridicule, comme on les portait sous son règne. Cette cour offrait aussi les portraits en médaillons de plusieurs prévôts des marchands.

Aux extrémités de la *salle du Trône* sont deux vastes cheminées ornées de cariatides bronzées et de figures allégoriques couchées sur des plans inclinés, terminés par des enroulements fort en usage sous le règne de Henri IV, époque où ces cheminées paraissent avoir été construites. On voyait dans cette salle

PARIS

plusieurs tableaux de Porbus, de Rigaud, de Louis de Boullongne, de Largillière, de Vien et de Ménageot, dont les sujets étaient relatifs à des mariages, à
des naissances de rois et de princes, et autres événements qui intéressaient la
cour et les magistrats de la ville. Ce fut dans cette salle que, pendant la révolution, on construisit un amphithéâtre demi-circulaire, où siégeaient les représentants de la commune de Paris, dont les chefs, après la journée du 10 août
1792, et pendant une grande partie de la durée de la Convention nationale,
vendus à l'étranger et dirigés par ses agents secrets, souillèrent de leurs crimes
le berceau de la liberté. — C'est dans cette salle qu'ont été célébrées les cérémonies publiques, fêtes, bals et banquets que donna la ville.

Malgré les travaux entrepris sous l'empire et sous la restauration pour agrandir
l'Hôtel-de-Ville, cet édifice était insuffisant pour les besoins de l'administration.
On résolut d'ajouter de vastes constructions à l'hôtel bâti par Dominique Boccardo. Le périmètre du nouveau monument fut fixé par une ordonnance
royale du 24 août 1836. Dès l'année suivante, on entreprit la démolition des
maisons dont l'emplacement était nécessaire, et aussitôt après on commença
les travaux, sous la direction de MM. Godde et Lesueur, architectes. On a ajouté
deux ailes à droite et à gauche de l'ancienne façade, deux façades latérales et
une autre façade transversale à l'est. Cet ensemble de constructions, dans le
style de la Renaissance, forme un parallélogramme parfait. Les niches qui accompagnent les pavillons ont été ornées de statues de pierre représentant des
personnages qui avaient des droits à la reconnaissance municipale.Quant à l'intérieur des bâtiments, il offre plusieurs salles décorées de peintures, avec le
plus grand luxe. L'Hôtel-de-Ville, tel qu'il est maintenant, peut être considéré
comme un des monuments les plus somptueux de la capitale.

SAINT-MERRY. Église paroissiale, située rue Saint-Martin, entre les n°s 2 et 4.
J'ai déjà parlé de l'origine de cette église. Elle fut rebâtie sous le règne de
François Ier, vers l'an 1520. Quoique alors le genre grec commençât à prévaloir
en France, on ne l'admit pas dans cette construction : le style gothique lui fut
préféré. Sa façade, qui a été restaurée avec goût dans ces dernières années, est
un charmant spécimen du style ogival flamboyant. Son portail, orné d'obélisques et de rinceaux de feuillages, était surmonté d'un grand gable qui portait
douze statues de saints. Cette basilique présente à l'intérieur cinq nefs aboutissant à un transept. Leur décoration n'offre rien de remarquable. Au dix-septième
siècle, le chœur fut décoré avec habileté par les frères Slodtz. Sur les deux
chapelles situées à l'entrée du chœur sont deux faibles tableaux de Carle Vanloo; et à gauche de la croisée est un tableau représentant un *Ensevelissement*.
La chapelle de la *Communion*, bâtie en 1742, n'offre aucun intérêt. Le portail
de Saint-Merry peut être regardé comme le monument le plus élégant qu'ait
produit l'architecture ogivale flamboyante à Paris.

HOTEL DES ENFANTS-ROUGES. Il était situé rue Porte-Foin, au Marais, près du
Temple. Il fut fondé en 1536 par Marguerite de Valois, sœur de François Ier,
pour tous les orphelins de père et de mère trouvés à l'Hôtel-Dieu de Paris,
excepté tous ceux qui, étant nés et baptisés dans cette ville, devaient être transférés à l'hôpital du Saint-Esprit. Le roi voulut que cet établissement portât le

nom d'*Enfant-Dieu*, et exigea aussi que ces enfants fussent vêtus d'habits rouges. Cet hôpital fut supprimé en 1772. C'est sur une partie de son emplacement qu'on a, depuis quelques années, ouvert la rue de Molay, nom du grand-maître des Templiers, que Philippe-le-Bel fit périr dans les flammes.

TUILERIES. Nicolas Neuville, sieur de Villeroi, secrétaire des finances sous François Ier, possédait, hors de Paris, une maison avec cour et jardin, dans un lieu voisin de celui où l'on fabriquait de la tuile, lieu que dans les titres du quatorzième siècle on nommait *la Sablonnière*. Charles VI, en 1416, qualifie ce lieu de *Tuileries*. En 1518, François Ier fit l'acquisition de cette propriété pour en gratifier sa mère, Louise de Savoie, qui trouvait le séjour de l'hôtel des Tournelles malsain. Louise de Savoie ne garda que peu de temps l'hôtel des Tuileries. En 1525, elle le donna, pour en jouir pendant sa vie, à Jean Tiercelin. C'est sur l'emplacement de cette propriété que s'éleva dans la suite le château des Tuileries, dont je parlerai bientôt.

BUREAU DES PAUVRES, situé place de Grève. Le prévôt des marchands, Jean Morin, obtint de François Ier, en 1544, des lettres patentes qui attribuent à ce magistrat et aux échevins l'entretien des pauvres de la ville, dont jusqu'alors le parlement avait eu la principale direction. Bientôt ce bureau se qualifia de *grand bureau des pauvres*, et obtint l'administration des hôpitaux de Paris, à l'exception de ceux de l'Hôtel-Dieu, des Petites-Maisons et de la Trinité, hôpitaux régis par des administrateurs particuliers. Le Bureau des Pauvres avait le droit de lever sur toutes les classes de la société une taxe d'aumône, avait aussi une juridiction pour les taxes, et des huissiers pour contraindre les particuliers à les payer. La bienfaisance était convertie en impôt. Ce bureau s'est maintenu jusqu'à la révolution : il fut alors remplacé par des administrateurs, auxquels succéda le conseil général des hospices, dont je parlerai.

Telles furent les institutions qui s'effectuèrent à Paris sous le règne de François Ier, pendant lequel on fit des réparations aux fortifications de cette ville, et l'on commença à paver quelques rues du faubourg Saint-Germain. Plusieurs monastères, à cause de leurs déréglements, furent sécularisés. Le Louvre, réparé à grands frais, fut ensuite démoli pour être reconstruit de nouveau. On répara ou l'on rebâtit les églises Saint-Victor, Saint-Étienne-du-Mont, Saint-Barthélemi, Sainte-Croix, Sainte-Madeleine de la Cité, Saint-Merry, Saint-Gervais, Saint-Eustache, Saint-Sauveur, Saint-Jacques-de-la-Boucherie, Saint-Jean-en-Grève, Saint-Germain-l'Auxerrois, Saint-Bon et Saint-Germain-le-Vieux.

Pendant ce règne, on doit remarquer l'accroissement de la masse du numéraire, les progrès du commerce, des lettres et de la raison, et ceux de la maladie vénérienne qui furent effrayants.

PARIS SOUS LE RÈGNE DE HENRI II

Le 31 mars 1547, Henri II succéda à son père François Ier. Les vices de ce prince, son défaut de jugement, de prudence et d'instruction, furent pour la France une source de longs désastres, et ouvrirent une vaste carrière aux guerres intestines, aux massacres, aux crimes et aux calamités. En déclarant la guerre

ÉGLISE ST MÉRY.

aux consciences, il adopta le plan de conduite le plus inique. Il continua, inspiré par quelques cardinaux, à faire brûler vifs les protestants, à entraver la marche progressive des lumières, en faisant saisir les livres, les libraires et les imprimeurs. En décembre 1549, il prohiba l'impression et la publicité de toute espèce d'ouvrage, à moins qu'il ne fût approuvé par la faculté de théologie de Paris; il prohiba l'entrée en France des livres étrangers, et défendit à toutes personnes non lettrées de discuter sur des matières religieuses. Du reste, cette rigidité de dévotion n'était point, à la cour de Henri II, secondée par la rigidité des mœurs. Les folles dépenses de ce roi, en luxe, en fêtes, en débauches, en constructions, à la veille de grands orages politiques, prouvent son défaut de jugement et son immoralité. Henri II fut victime de son goût pour les exercices chevaleresques. Le 29 juin 1559, dans un tournoi donné dans la rue Saint-Antoine, où il figurait au nombre des combattants, il fut atteint, au-dessous de l'œil gauche, d'un coup que, sans mauvais dessein, lui porta le sieur de Montgommery. Transporté aussitôt dans l'hôtel des Tournelles, il y mourut le 10 juillet suivant.

ÉTABLISSEMENTS CIVILS ET RELIGIEUX

LOUVRE. Les réparations très-dispendieuses que François Ier fit exécuter dans le vieux bâtiment du Louvre devinrent inutiles, par la résolution qu'il prit ensuite de le démolir entièrement pour élever à sa place, d'après des dessins plus modernes, un vaste corps de logis. L'Italien Sébastien Serlio fut d'abord chargé d'en fournir les plans, auxquels on préféra ceux de Pierre Lescot, abbé de Clagni. Celui-ci conduisit les travaux avec succès et rapidité; et l'édifice qu'on nomme aujourd'hui le *Vieux Louvre* fut, sous le règne de Henri II, en 1548, presque entièrement achevé.

La façade occidentale du corps de bâtiment aujourd'hui nommé le *Vieux Louvre* offre un dessin fort simple, parce qu'elle donnait sur des cours de service, tandis que la façade orientale, appartenant à la *cour d'honneur*, est plus riche d'ornements, plus chargée de bas-reliefs. L'intérieur du Vieux Louvre présentait un grand nombre de salles pareillement chargées de sculptures. Dans la *salle des Cariatides*, on admire les quatre grandes figures qui supportent une tribune; elles sont l'ouvrage du célèbre Jean Goujon, une des plus belles productions qu'offre l'art du statuaire depuis la renaissance. C'est dans cette salle, ornée de colonnes accouplées et achevée sous l'empire par MM. Percier et Fontaine, que l'Académie française a tenu longtemps ses séances : elle fait aujourd'hui partie du Musée des Antiquités.

Outre ce principal corps de logis, l'architecte Pierre Lescot construisit une partie du bâtiment en retour du côté de la Seine, et une aile qui, communiquant au Louvre, s'avançait jusque sur le bord de cette rivière. C'est d'une fenêtre de ce bâtiment avancé, de celle qui s'ouvre à l'extrémité méridionale de la galerie d'Apollon, que Charles IX tirait, dit-on, des coups de carabine sur ceux qui traversaient la Seine à la nage pour échapper aux massacres de la Saint-Barthélemi.

Le corps de bâtiment qui s'élevait depuis le Vieux Louvre jusqu'au bord de la

Seine, et qui fait angle avec la façade méridionale du Louvre, a longtemps porté le nom de *palais de la Reine*, de *pavillon de l'Infante;* son étage supérieur forme aujourd'hui la *galerie d'Apollon.* De ce pavillon part une galerie qui, en longeant cette rivière, aboutit au château des Tuileries. Cette galerie, nommée *galerie du Louvre*, fut entreprise sous Charles IX, et continuée sous ses successeurs jusque vers le milieu de sa longueur. Reprise sous Henri IV, continuée sous Louis XIII, elle ne fut terminée que sous Louis XIV.

François Ier laissa subsister toutes les anciennes parties du Louvre qui ne gênaient point ses plans de construction. La façade du côté de Saint-Germain-l'Auxerrois était fort simple, et précédée par un large fossé qu'alimentaient les eaux de la Seine, et qui entourait le Louvre de trois côtés. Au centre, on voyait une porte aboutissant au pont-levis, qui était protégé par deux grosses tours rondes et basses. Deux tours plus élevées ornaient les extrémités de cette façade. En dehors du fossé, à droite et à gauche de cette entrée, étaient *deux jeux de paume.* Au midi se trouvait l'*hôtel Bourbon*, où Molière a depuis donné des spectacles, et qu'ensuite on a converti en *garde-meuble de la Couronne.* La façade extérieure et méridionale du Louvre, du côté de la Seine, existait ainsi avant que Louis XIV eût fait construire la belle colonnade.

FONTAINE DES INNOCENTS, située au coin des rues aux Fers et de Saint-Denis. Cette fontaine, dont j'ai déjà fait mention, une des premières établies dans l'enceinte de Paris, fut reconstruite en 1550. On chargea de l'architecture Pierre Lescot, et de la sculpture des bas-reliefs le célèbre Jean Goujon. Cette belle fontaine, qui dépérissait, fut réparée dans les années 1708 et 1786.

Lorsqu'on entreprit de démolir les charniers et l'église des Innocents pour établir le marché qui existe aujourd'hui, cette fontaine, adossée à cette église, ne pouvait subsister. Les bas-reliefs furent transportés avec soin, et servirent à composer la belle fontaine monumentale située au milieu du marché. Cette translation s'effectua le 1er mars 1788.

NOTRE-DAME-DE-BONNE-NOUVELLE, église paroissiale, située rue de ce nom, n° 2. Un village, appelé *la Ville-Neuve*, s'était établi hors de la muraille d'enceinte à l'ouest de l'extrémité septentrionale de la rue Saint-Denis. Les habitants de ce nouveau village obtinrent, en 1552, l'autorisation de construire une chapelle. Elle a été plusieurs fois rebâtie sur un plan plus vaste qu'auparavant.

COLLÉGE SAINTE-BARBE, situé rue de Reims, n° 7. Dès l'an 1420, Jean Hubert, docteur en droit canon, fonda cet établissement et y plaça plusieurs professeurs. La révolution de 1789 ne changea point la destination de ce collége ; mais plus tard une autre maison rivale, sous la direction de M. Nicole, s'établit rue des Postes, et envahit le nom de *Sainte-Barbe.* Mais, en 1830, le conseil de l'Université ordonna que l'établissement de M. Nicole porterait le nom de *Collége Rollin*, et que celui de M. de Lanneau prendrait celui d'*Institution Sainte-Barbe*, laquelle est encore consacrée à l'enseignement de la jeunesse.

HOPITAL DES PETITES MAISONS, aujourd'hui *Hospice des Ménages*, situé rue de la Chaise, n° 28, faubourg Saint-Germain. Les croisades de saint Louis valurent, dit-on, à la France une maladie contagieuse appelée la *petite vérole.* Les expéditions militaires de Charles VIII en Italie procurèrent aux Français une autre ma-

LA FONTAINE DES INNOCENS.

ladie, qui fut nommée le *mal de Naples*. On lit dans les registres manuscrits du parlement de Paris, qu'en 1788, on ordonna au commis chargé de l'administration des personnes affligées de cette maladie, d'intimer aux malades étrangers l'ordre de sortir de Paris dans vingt-quatre heures, *sous peine de la hart ;* quant aux Parisiens atteints de la même maladie, ils pouvaient rester à Paris en observant de ne point sortir de leurs maisons.

Les pauvres de cette ville, frappés du même mal, furent logés dans quelques maisons des faubourgs, et notamment dans celles du faubourg Saint-Germain. Du nombre de ces maisons était la *maladrerie*. Avec les matériaux et sur l'emplacement de celle-ci, il fit rebâtir un hôpital destiné à renfermer des mendiants de profession, des vieillards infirmes, des hommes séparés de leurs femmes, des enfants affligés de la teigne, des femmes sujettes au mal caduc, et des insensés. Quoique cet hôpital ne fût plus, comme auparavant, spécialement affecté à la guérison des maladies vénériennes, ceux qui en étaient affligés y furent reçus jusqu'en 1559, époque où on les transféra à l'*Hôpital de l'Oursine*.

L'emplacement de cet hôpital est vaste et salubre. Le nom de *Petites-Maisons* lui vient des chambres basses ou loges dans lesquelles étaient placés les fous ou malades. Avant la révolution, ces chambres étaient occupées par plus de quatre cents pauvres ; on y admettait des époux âgés et infirmes qui, moyennant une somme de 1,500 livres, une fois payée par chacun d'eux, recevaient le logement et la nourriture pendant le reste de leur vie. Aujourd'hui, voici les conditions d'admission réglées par l'ordonnance de 1801 : l'un des époux doit avoir au moins soixante ans, et l'autre soixante-dix ans ; les veufs et les veuves doivent être âgés de soixante ans. On leur donne, outre une quantité déterminée de pain et de viande crue, trois francs en argent tous les dix jours ; une voie de bois, deux voies de charbon par an. Ils doivent s'entretenir de linge et d'habits. Tel est le sort de ceux qui, dans cet hospice, occupent la partie appelée le *Préau*. Dans les salles appelées les *Dortoirs*, les personnes admises doivent pourvoir à leur habillement ; mais elles sont nourries et blanchies entièrement.

La population de l'Hospice des Ménages fut, par un arrêté du 11 avril 1804, fixée ainsi qu'il suit : cent soixante grandes chambres pour des ménages, contenant trois cent vingt personnes ; cent petites chambres pour des veufs et des veuves, et deux cent cinquante lits dans les dortoirs : ce qui porte le nombre des personnes admises dans cet hospice à six cent soixante-dix.

ENFANTS-TROUVÉS. En 1552, on destina l'hôpital de la Trinité, occupé par les comédiens appelés *Confrères de la Passion*, à recevoir les enfants abandonnés. Suivant l'ancien usage, les seigneurs hauts justiciers devaient fournir à leur entretien. Ces seigneurs, à Paris, étaient tous ecclésiastiques. La plupart d'entre eux, pour se soustraire à cette charge, prétendirent que l'évêque et le chapitre de Notre-Dame étaient obligés, par des fondations expresses, de pourvoir à l'entretien de ces enfants. Le parlement rendit un arrêt, en 1555, qui ordonna à tous les seigneurs de Paris de payer pour cet entretien, chaque année, la somme de 960 livres. Ces seigneurs obtinrent des lettres d'évocation au parlement sur un faux exposé, comme le dit l'avocat du roi à l'audience du 4 juin 1554.

« Ils ont, dit-il, si grande aisance, que, quand ils contribueroient de leurs
« deniers en telle affaire, ils en rapporteroient fruit au double, ou l'Écriture est
« fausse. » Il ajoute ensuite : « Il y a céans des chanoines de l'église de Paris,
« et autres, *dont les enfants sont chanoines*, et se défient de la justice pour les
« faveurs. » On ignore le résultat précis de cette affaire ; mais on a la certitude
que les seigneurs de Paris, tous seigneurs ecclésiastiques, furent obligés de
contribuer à l'entretien des Enfants-Trouvés. En 1570, ces enfants furent transférés dans des maisons situées dans la Cité, et sur le port Saint-Landry. Cet
établissement éprouva des changements et des améliorations dont je parlerai
dans la suite.

COUR DES MONNAIES. Il existait, depuis le quinzième siècle, des généraux des
monnaies, au nombre de quatre, de six, et même de huit, suivant les règnes.
François Ier, en 1522, créa un président et deux conseillers de robe longue,
qui, avec les huit généraux, un greffier, un huissier, formèrent une chambre
des monnaies. Henri II, par son édit du mois de janvier 1551, augmenta le
nombre des conseillers, et érigea cette chambre en *Cour Souveraine*, qui alors
tint ses séances dans une salle du Palais-de-Justice, située au-dessous de celle
de la chambre des comptes. Deux ans après l'érection de cette cour souveraine,
en 1554, tous les présidents et conseillers qui la composaient furent accusés
de malversation et de faux, et condamnés, les uns aux galères, les autres à être
pendus ou brûlés ; le second président fut seul déclaré innocent.

QUAI DE GLORIETTE, situé près du Petit-Pont, sur la rive gauche du petit bras
de la Seine, entre ce bras et la rue de la Huchette. Le parlement, sur la demande
du prévôt de Paris, permit, en 1558, d'employer à la construction d'un quai,
entrepris sur la place appelée *Gloriette*, les prisonniers condamnés aux galères,
et détenus dans la prison du Petit-Châtelet, à la charge par ledit prévôt de les
faire reconduire, après l'heure du travail, par sûre garde, dans leur prison. La
place où l'on construisit ce quai était l'emplacement d'un ancien fief appelé
Gloriette. C'est là qu'a été établi le cul-de-sac de ce nom, longtemps appelé
Trou-Punais ; c'est là aussi qu'a été bâtie la boucherie dite *de Gloriette*.

Tels furent les établissements et les institutions de Henri II à Paris.

PARIS SOUS FRANÇOIS II

Le 10 juillet 1559, François II succéda au roi son père. Tous les maux que
Henri II n'avait su ni prévoir ni détourner ; toutes les haines, les ambitions que,
par incapacité ou indifférence, il avait laissé fermenter, firent explosion sous
un prince encore plus incapable et monté sur le trône à l'âge de seize ans. A
vrai dire, la responsabilité des événements de ce règne retombe surtout sur le
cardinal de Lorraine et sur la mère du roi, Catherine de Médicis. L'élévation
de Michel de L'Hospital à la fonction de chancelier de France, qui modéra la
fureur des partis ; les états d'Orléans, l'arrestation du prince de Condé, tels
furent les principaux actes de ce règne, qui dura seize mois et vingt-quatre
jours. François II mourut à Orléans, le 5 décembre 1560. Pendant un règne
d'aussi courte durée, il ne fut fondé à Paris qu'un seul établissement.

HOPITAL DE L'OURSINE OU DE LA CHARITÉ CHRÉTIENNE, situé rue de l'Oursine, aujourd'hui *Jardin des Apothicaires*. Un ancien hôpital, qui paraît avoir été fondé par la reine Marguerite de Provence, fut, en 1559, par arrêt du parlement, mis en la main du roi pour être employé à y loger, nourrir et médicamenter les pauvres atteints de maladie vénérienne, dont le grand nombre causait beaucoup d'infection et d'incommodités à l'Hôtel-Dieu et ailleurs. Ce nouvel hôpital, qui fut appelé *Hôpital de l'Oursine*, éprouva bientôt le sort qu'avaient déjà éprouvé à Paris la plupart des établissements de cette espèce : les administrateurs finirent par s'approprier le bien des administrés.

Nicolas Houel, épicier, bourgeois de Paris, un des hommes les plus recommandables de son siècle, imagina l'établissement d'une *maison de charité*, où des orphelins seraient élevés et instruits dans l'art de préparer les médicaments et les administrer aux pauvres honteux. Alors les commissaires nommés par suite de cette demande, lui accordèrent, pour mettre à exécution son utile projet, la maison des *Enfants-Rouges*. L'hospice de Nicolas Houel y fut établi, et s'y maintint jusqu'en 1578. L'année suivante, il s'installa dans l'hôpital de la rue de l'Oursine. Cet établissement porta alors le nom d'*Hôpital de la Charité chrétienne*. Le sieur Houel, contrarié par les uns, favorisé par les autres, fit beaucoup de dépenses en reconstructions et en acquisitions de terrains; de plus, il y établit, à l'instar du jardin de Padoue, un *jardin botanique*, le premier qui ait existé en France. Un certain nombre d'orphelins y étaient instruits *aux bonnes lettres* et dans l'art de la pharmacie; ils administraient gratuitement des remèdes aux pauvres honteux de la ville et des faubourgs.

Après la mort du bienfaisant Houel, cet établissement changea de destination, et fut négligé par ses successeurs, qui ne surent pas, comme lui, se rendre digne de la reconnaissance de la postérité. En 1596, Henri IV destina cette maison aux militaires de tous grades, blessés à son service. Ce fut le premier établissement des Invalides. Louis XIII ayant transféré ces invalides au château de Bicêtre, la *Maison de la Charité chrétienne* fut vacante. Diverses communautés de filles l'occupèrent; elle eut pour propriétaire l'ordre de Saint-Lazare, auquel furent réunis les biens des hôpitaux abandonnés. On la retira bientôt après des mains de cet ordre, pour la donner à l'évêque de Paris, qui la céda à l'Hôtel-Dieu. Enfin, le corps des apothicaires l'obtint pour y établir un jardin botanique et des salles où se font différents cours de pharmacie. Aujourd'hui, c'est le *Jardin des Apothicaires* et l'*École de pharmacie*.

TEMPLE ET ASSEMBLÉES DES PROTESTANTS

Un gentilhomme du Maine, appelé La Ferrière, voulant faire baptiser un enfant d'après le rit des protestants, attira dans sa maison, au Pré-aux-Clercs, Jean Le Maçon, dit *la Rivière*, natif d'Angers. C'est dans une assemblée secrète, tenue là, que l'on commença à organiser l'église de Paris. Jean Le Maçon, élu ministre, fut chargé de la gouverner. Cette organisation, faite dans le secret, échappa, pendant deux années, à l'inquiète surveillance des persécuteurs; le 4 septembre, au soir, de l'année 1557, des protestants, au nombre de trois à quatre cents, s'étaient réunis pour célébrer la Cène, furent aperçus par les boursiers du collége du Plessis. Aussitôt ces étudiants ameutent un grand nombre de leurs partisans, avertissent le guet de la ville, font des amas de pierres sur leurs fenêtres, et préparent tout pour assaillir avec succès les protestants au sortir de leur assemblée. Vers l'heure de minuit, ces religionnaires, sans méfiance, commencent à se retirer; mais une grêle de pierres les force à rentrer dans leurs maisons. Les écoliers, pour se renforcer et exciter le peuple du quartier à se réunir à eux, crient : *Aux voleurs! aux brigands!* Les habitants, épouvantés, courent aux armes : on essaie d'enfoncer les portes du lieu de réunion. Les plus hardis protestants sortent, se font jour l'épée à la main, et parviennent à se sauver : un seul, frappé d'un coup de pierre, tomba mort, et fut mis en pièces. Les autres, sans armes, ayant avec eux leurs femmes et leurs enfants, restèrent dans la maison, toujours assiégée. Au point du jour, ces malheureux se rendirent au lieutenant-criminel du Châtelet, qui les conduisit en prison à travers les injures et les coups dont, à leur passage, ils furent assaillis par la multitude fanatisée. Trois d'entre eux furent condamnés à mort. Avant de les conduire au supplice, le bourreau leur coupa la langue; ils furent exécutés sur la place Maubert.

Cette exécution fut comme le signal de la plus affreuse persécution. Tout ce qu'une police vicieuse possède de subtilités, tout ce que le règne de la terreur a eu de plus odieux, fut dès lors mis en usage par les inquisiteurs; ils dressaient des *listes de suspects,* faisaient des visites domiciliaires, provoquaient des délits pour avoir occasion de les punir, en commettaient eux-mêmes pour en accuser les protestants; de plus, les prédicateurs invitaient ouvertement, dans leurs sermons, les catholiques à massacrer. On emprisonnait, sur le plus léger soupçon; on confisquait et l'on vendait à l'encan les biens de ceux qui avaient fui la persécution. « Dans les maisons des protestants fugitifs, il n'était resté « que de petits enfants qui, n'ayant pu suivre leurs parents dans leur fuite, « remplissaient les rues et les places publiques de leurs cris : ce qui excitait la « compassion de tout le monde. »

Michel de L'Hospital, ayant été élevé à la fonction de chancelier, arrêta le cours de cette persécution abominable, et fit ouvrir les prisons aux détenus pour fait d'opinion religieuse. L'édit d'Amboise, de mars 1560, dont il fut l'auteur, offrit quelque relâche et quelques garanties aux persécutés. Alors les protestants purent s'assembler; ils y furent même autorisés par la reine, à condition que leur réunion ne serait pas apparente, et qu'il ne s'y trouverait pas plus de vingt personnes. Ce retour à la justice, à la raison, contrariait les projets du cardinal de Lorraine. Bientôt les prédicateurs, ses agents, soufflèrent le feu du fanatisme, firent retentir les églises de Paris de cris séditieux, et dans leurs déclamations furibondes, ne respectèrent ni le roi ni la reine. Les protestants furent de nouveau attaqués et chassés des lieux où ils se réunissaient par une jeunesse turbulente et une multitude furieuse. Jamais persécuteurs, toujours persécutés, et, pour cela même, toujours plus affermis dans leur croyance, d'ailleurs tolérés par le gouvernement, ils ne perdirent point courage. Au lieu d'un temple, ils en eurent deux : l'un situé dans la rue Popincourt, et l'autre dans le faubourg Saint-Marcel. Ces établissements nuisaient aux projets ambitieux du cardinal de Lorraine et de sa famille, qui parvint à les détruire encore.

Le 27 décembre 1561, les protestants, au nombre de près de deux mille, assistaient au prêche, rue Mouffetard, dans la maison dite *du Patriarche*, peu distante de l'église de Saint-Médard. Le clergé de cette église mit en branle toutes ses cloches : ce qui produisit un bruit qui les empêchait d'entendre leur prédicateur. Le ministre du temple envoya deux de ses auditeurs chargés de prier le curé et le sacristain de Saint-Médard de faire cesser cette sonnerie incommode. Les envoyés se présentent dans l'église catholique : aussitôt ils sont assaillis par les familiers de cette paroisse. Un de ces envoyés parvient à s'échapper ; l'autre, renfermé dans l'intérieur et ne pouvant fuir, se défend avec son couteau contre des hallebardes ; enfin, il meurt percé de plusieurs coups. Ce meurtre fut suivi d'un tintamarre plus bruyant encore. Le prévôt des marchands, qui assistait au prêche des protestants pour y maintenir l'ordre, essaya enfin de faire cesser ce bruit. Alors des bandits, des spadassins, assiégent l'église et en brisent les portes. Les prêtres de Saint-Médard, n'ayant plus de pierres, arrachent de leurs niches les statues des saints, et les lancent contre leurs ennemis. Sur ces entrefaites, Gabaston, chevalier du guet, arrive pour arrêter ce tumulte. Il entre dans l'église à cheval, et sa présence, loin d'apaiser les combattants, ne fait que les irriter davantage. Cinquante de ceux qui défendaient l'église furent dangereusement blessés, et quatorze faits prisonniers. Cependant les cloches continuaient à sonner le tocsin, et les protestants, craignant qu'à ce bruit le peuple de Paris ne se portât en foule contre eux, menacèrent de mettre le feu au clocher. A cette menace, la sonnerie cessa. Les protestants, glorieux de leur succès, firent une espèce d'entrée triomphale dans la ville de Paris. Cette fanfaronnade gâta leur cause.

Le lendemain, une multitude de peuple mit le feu au temple, qui devint la proie des flammes. Le parlement, livré au parti des Guise, rejeta tout le tort de ce tumulte sur les protestants. Gabaston, qui les avait défendus, et un de ses archers subirent le supplice de la potence. Il restait encore un temple à détruire : celui de Popincourt. Anne de Montmorency, connétable, se chargea de cette expédition. Deux jours s'étaient à peine écoulés depuis l'incendie de la maison du Patriarche, lorsque ce connétable, à la tête d'une force armée, s'avança vers le temple de Popincourt, en chassa les ministres, fit brûler la chaire du prédicateur et tous les bancs de l'auditoire. Le connétable acquit dans cette glorieuse expédition le surnom de *capitaine Brûle-Bancs*.

Les protestants, appuyés par la cour, ou par un des partis qui la divisaient, purent facilement réparer ces pertes. L'édit du mois de janvier 1562 autorisa l'exercice public de leur religion, et leur permit d'avoir des temples dans les faubourgs de la ville. Ils rebâtirent celui de Popincourt et vinrent occuper un bâtiment situé au faubourg Saint-Jacques dans la rue de l'Égout, et au sud du Val-de-Grâce. Ce bâtiment a, pendant longtemps, porté le nom de *Temple de Jérusalem*. En 1662, ces deux édifices furent de nouveau incendiés par une troupe d'hommes armés, sous la conduite du connétable de Montmorency.

Ces violences du connétable en autorisaient de plus graves. Sans motif, sans ordre, on pillait les maisons des protestants. Le peuple, en 1563, arracha vingt de ces malheureux des mains de ceux qui les conduisaient en prison, et les massacra. Les protestants ne pouvaient plus se montrer dans les rues de Paris, sans être insultés, attaqués. On voit qu'en décembre 1568, le parlement leur ordonne, *pour éviter les meurtres qui pourraient survenir*, de rester dans l'intérieur de leurs maisons, et ne permet qu'à leurs serviteurs d'en sortir pour se procurer les choses nécessaires à la vie.

Le zèle religieux chez ces persécutés étouffait tout sentiment de crainte. En 1569, ils se réunirent secrètement, pour célébrer la cène, dans la maison d'un riche marchand, nommé Philippe Gastines. La probité de cet homme est attestée par l'historien De Thou. Il fut pris, ainsi que son frère Richard Gastines et son beau-frère Nicolas Croquet. Tous trois furent pendus et étranglés. Leur maison, située rue Saint-Denis, entre les nᵒˢ 75 et 77, fut rasée ; et, sur son emplacement, on fit construire une pyramide en forme de croix, chargée d'une table de cuivre sur laquelle étaient inscrits les motifs de leur condamnation. Au mois d'août de l'année suivante, la paix étant conclue à Saint-Germain entre les protestants et les catholiques, Charles IX ordonna que cette croix fût transférée dans le cimetière des Innocents. Trois émeutes populaires éclatèrent à l'occasion de cette translation ; des pillages, des incendies, des meurtres furent commis pour s'y opposer : les moteurs de ces excès sont clairement désignés dans les registres du parlement, où on lit qu'il serait informé *contre les prédicateurs qu ont prêché séditieusement sur ce sujet.*

PARIS SOUS CHARLES IX.

Le 5 décembre 1560, Charles IX, âgé de dix ans, succéda à François II, son frère. Les commencements de ce règne semblèrent présager une amélioration dans les destinées de la France. Le chancelier *de L'Hospital*, magistrat vénérable, semblait offrir à l'action de la justice et à la tranquillité publique une garantie suffisante. Mais il eut à combattre la puissante faction des Guise, et finit par succomber. Catherine de Médicis, régente, après quelques années d'hésitation entre l'un et l'autre parti, se laissa enfin gouverner par le cardinal de Lorraine. L'Hospital, luttant sans cesse contre des projets subversifs de l'État, figurait à la cour corrompue de Charles IX comme Sénèque et Burrhus à celle de Néron. Ce chancelier fut forcé d'abandonner une cour où il ne pouvait plus faire le bien ; et la France fut encore plongée dans un abîme de maux. Pendant ce temps de crimes et de désolation, au milieu de la disette extrême des finances, qui forçait la cour à recourir à des ressources honteuses, cette cour ne retrancha rien de ses fêtes dispendieuses, ni de cette magnificence en habits et en bâtiments qui prête son faux mérite à ceux qui n'en ont point de réel.

CHATEAU DES TUILERIES. J'ai parlé d'une maison située hors de Paris, et achetée par François Iᵉʳ, en 1518. Catherine de Médicis, ne voulant point rester au Louvre, occupé par le roi son fils, et ne pouvant loger au château des Tournelles, dont la démolition était commencée, choisit la maison des Tuileries. Elle acquit plusieurs bâtiments et terres qui l'avoisinaient ; et, au mois de mai 1564, elle fit jeter les fondements d'un nouvel édifice. Philibert de Lorme et Jean Bullant, architectes célèbres, furent chargés de fournir les plans du palais. Ils présentèrent le projet d'un bâtiment beaucoup plus vaste que n'est celui d'aujourd'hui ; mais ce projet ne fut pas entièrement exécuté. On éleva d'abord le gros pavillon placé au centre de la façade. Ce pavillon était couronné par un vaste dôme circulaire dont on a depuis changé la forme.

Les bâtiments latéraux du pavillon du centre présentent, du côté du jardin, à gauche, une terrasse supportée par douze arcades. Il y avait à droite une terrasse semblable qui a été couverte de constructions nouvelles depuis 1830. Cette terrasse en galerie et ce corps de logis ont, à leur extrémité, un pavillon carré de forte dimension, mais moins élevé que le pavillon du centre. C'est à ces deux pavillons que se terminait alors tout l'édifice des Tuileries. Depuis, on a prolongé la ligne de la façade par deux vastes corps de bâtiments, flanqués, chacun à son extrémité, par un gros pavillon carré. Du côté de la cour, la façade des Tuileries se compose d'une façade régulière ayant trois étages de croisées. Le rez-de-chaussée des deux façades de la partie primitive de cet édifice est décoré de colonnes et de pilastres d'ordre ionique en bossages de marbre incrusté. La sculpture y est traitée avec beaucoup de soin et de délicatesse.

L'HOTEL DE SOISSONS, dont l'emplacement est aujourd'hui occupé par la Halle-aux-Blés et par les rues qui l'environnent, doit être décrit à la suite du château des Tuileries. L'emplacement où cet hôtel fut bâti contenait, dans son origine, plusieurs établissements, notamment un *hôtel de Nesle*, qu'il ne faut pas confondre avec l'hôtel du même nom situé au faubourg Saint-Germain, sur le bord de la Seine. Jean II, seigneur de Nesle et châtelain de Bruges, en était possesseur en 1230 ; il appartint ensuite à la reine Blanche, qui y mourut en 1242. L'hôtel de Nesle se composait alors, et cent vingt ans après, de deux maisons et d'une grange. Philippe de Valois le céda, en 1327, à Jean de Luxembourg, roi de Bohême, qui y demeura longtemps. Cette maison reçut pour cela le nom de *Bohême* ou de *Behaigne*. Cet hôtel au quatorzième siècle appartenait au duc de Touraine, depuis nommé duc d'Orléans, qui lui donna son nom et l'agrandit considérablement. Cet hôtel, avec ses jardins, était compris entre les rues Coquillière, d'Orléans, de Grenelle, des Deux-Écus, dont une partie portait le nom de *Traversine* et l'autre celui de *la Hache*. Enfin en 1572, Catherine de Médicis fit l'acquisition de cet établissement qui fut nommé l'*hôtel de la Reine*.

Catherine de Médicis y avait fait construire, sur les dessins de Bullant, et dans l'angle d'une cour latérale, une colonne dorique très-élevée. Elle est la seule construction de l'hôtel de Soissons qui soit conservée. On la voit encore adossée au bâtiment de la Halle ; elle recèle intérieurement un escalier à vis. Cette reine y montait avec ses astrologues pour y consulter les astres, et chercher la perspective d'un bonheur que ceux qui règnent avec des crimes ne trouvent jamais sur la terre. On voyait sur le fût de cette colonne des couronnes, des fleurs de lis, des cornes d'abondance, des miroirs brisés, des lacs d'amour déchirés et des C et des H entrelacés ; signes allégoriques de la viduité de cette reine. Catherine habita cet hôtel environ quatorze ans, et, le 5 février 1589, y mourut chargée de dettes. Ses créanciers firent vendre l'hôtel. Charles de Bourbon, comte

de Soissons, fils du prince de Condé, en fut l'adjudicataire moyennant la somme
de trente mille et cent écus. Alors cet hôtel, réparé, agrandi, reçut le nom
d'*Hôtel de Soissons*, qu'il a conservé jusqu'en 1763, époque de la construction de
la Halle-aux-Blés.

COLLÉGE DE CLERMONT OU DES JÉSUITES, situé rue Saint-Jacques, n° 123. Les
jésuites, dont l'institution fut approuvée par deux bulles, l'une de 1540, l'autre
de 1549, furent introduits en France par Guillaume Duprat, évêque de Clermont. Ce prélat, à son retour du concile de Trente, amena quelques-uns de ces
pères dans son diocèse, et les établit dans les villes de Mauriac et de Billom. Le
fameux cardinal de Lorraine, qui connaissait le but secret de cette institution,
en appela plusieurs à Paris ; mais l'évêque, le parlement et la Sorbonne, s'opposèrent à leur établissement dans cette ville. Les jésuites n'étaient pas gens à
se rebuter ; ils persistèrent dans leur tentative, avec cette opiniâtreté qui les a
toujours caractérisés. Ils intriguèrent tant, enhardis par la protection des
Guise, qu'ils déterminèrent Catherine de Médicis et le roi son fils à presser
le parlement, même avec menace, d'enregistrer les édits en faveur des jésuites.
Le parlement se débarrassa de cette affaire en la renvoyant à l'assemblée de
Poissy. Cette assemblée, présidée par le cardinal de Lorraine, ne manqua point
de prononcer en faveur des jésuites. Le 15 juillet 1561, leur établissement à
Paris fut décidé ; et, après une lutte de dix années, ces pères virent leur désir
accompli. Guil. Duprat avait fait aux jésuites plusieurs legs, dont ils employèrent une partie à l'acquisition d'une maison située rue Saint-Jacques, et nommée *la cour de Langres*.

Dès qu'ils eurent obtenu la permission de s'établir, ils voulurent avoir celle
d'enseigner la jeunesse. L'Université s'opposa vivement à cette entreprise : l'affaire fut plaidée avec éclat, et les jésuites perdirent leur procès au parlement ;
mais, toujours confiants dans leurs ressources, ils eurent l'adresse de le faire
porter au conseil du roi, où il fut résolu que ces religieux enseigneraient sans
être incorporés à l'Université ; et ce fut en 1564 qu'ils établirent leur collége,
qu'ils nommèrent *Collége de Clermont de la Société de Jésus*. Au titre de *Collége
de Clermont*, que cet établissement avait porté d'abord, ils substituèrent ensuite
par intérêt et par adulation celui de *Collége Louis-le-Grand*.

SAINT-JACQUES-DU-HAUT-PAS, hôpital et ensuite église paroissiale, situé rue
Saint-Jacques, entre les n°ˢ 252 et 254. Cet établissement est dû à une colonie
de l'hôpital de Saint-Jacques-du-Haut-Pas, situé, en Italie, dans le territoire de
la république de Lucques. L'époque où fut fondé, à Paris, l'hôpital de Saint-Jacques-du-Haut-Pas est inconnue. Des lettres de Charles-le-Bel, de l'an 1322, et
d'autres lettres de Philippe de Valois de l'an 1335, attestent que ces religieux
habitaient l'emplacement qu'ils ont occupé depuis, et que cet emplacement
était nommé *Clos du Roi*. Ils existaient à Paris en qualité de *Frères hospitaliers*,
logeant les pauvres passants et les pèlerins. Ils portaient le signe du *tau* sur
leurs habits, et le chef avait le titre de commandeur. Ils eurent d'abord une
chapelle, qui fut reconstruite et consacrée en 1519. En 1566, après quelques
tentatives inutiles, et malgré l'opposition des curés du voisinage, cette chapelle fut érigée en succursale des paroisses du quartier. Cet hôpital, en 1572,

était presque abandonné : on n'y recevait plus de malades ; les administrateurs vivaient du bien des pauvres. Il n'y restait que deux religieux, lorsque Catherine de Médicis, pour faire bâtir l'*Hôtel de Soissons*, délogea les filles-Pénitentes, qui délogèrent les religieux de Saint-Magloire, lesquels vinrent occuper la maison de Saint-Jacques-du-Haut-Pas.

Ces religieux célébraient la messe à des heures qui ne convenaient pas aux paroissiens ; ceux-ci prirent, en 1584, le parti de faire bâtir, à côté de la chapelle du monastère, une chapelle nouvelle. En 1630, on entreprit la reconstruction de cet édifiée : l'architecte Gittard en fournit le dessin. On ne put alors achever que le chœur. Les travaux furent repris en 1679 : la nef fut refaite ; et les habitants du quartier signalèrent leur zèle en cette occasion. Les carriers fournirent gratuitement toute la pierre dont cette église est pavée, et les maçons donnèrent un jour de travail par semaine. La chapelle de la Vierge, située au chevet de cette église, fut construite en 1688. Quant au bâtiment qui servait à l'ancien hôpital, il a été démoli en 1823. Les religieux de Saint-Magloire, qui l'habitaient, tenaient une conduite fort scandaleuse, ce qui obligea, en 1618, Henri de Gondi, évêque de Paris, de les renvoyer. Il établit à leur place le séminaire des prêtres de l'Oratoire, premier établissement de ce genre fondé à Paris, et qui s'est maintenu jusqu'à la révolution. L'emplacement a depuis été concédé à l'institution des Sourds-Muets. Je parlerai de ce séminaire et de cette institution.

JURIDICTION DES JUGES ET CONSULS, établie près l'église Saint-Merry, dans un grand bâtiment acquis par les six corps des marchands. Cette institution, toute populaire, où les marchands sont jugés par des marchands, fut créée, en 1563, par le chancelier Michel de l'Hospital. Elle affranchit le commerce des lenteurs qu'il rencontrait dans les justices féodales ou royales. Elle éprouva de vives oppositions de la part du parlement qui n'aimait pas les nouveautés. Cette juridiction fut d'abord composée de cinq marchands français, établis à Paris, dont un remplissait les fonctions de juge, et les quatre autres celles de consuls. Cette juridiction aujourd'hui porte le nom de *Tribunal de Commerce*. Elle est établie dans le nouvel édifice de la Bourse et est composée de deux présidents, de huit juges et de seize juges suppléants.

ARSENAL, situé à l'extrémité du quai Morland. Une partie de l'emplacement de l'Arsenal portait, avant le creusement des fossés de la ville, le nom de *Champ-au-Plâtre*. Plus tard la ville acquit ce lieu et y fit construire des granges, pour y placer l'artillerie. François Ier, voulant faire fondre des canons, emprunta à la ville, en 1533, une de ces granges, avec promesse de la rendre dès que la fonte serait achevée ; puis, sous prétexte d'accélérer le travail, il emprunta une seconde grange, puis une troisième, avec la même promesse et les garda sans façon. En 1563, le feu prit à quinze ou vingt milliers de poudre qui se trouvaient dans les bâtiments. L'explosion fut terrible ; des pierres furent lancées jusqu'au faubourg Saint-Marceau. La détonation fut entendue jusqu'à Melun ; les poissons périrent dans la rivière ; les maisons du voisinage furent renversées ; trente personnes enlevées en l'air retombèrent en lambeaux ; un plus grand nombre d'autres enfin fut blessé. On ne put jamais découvrir les auteurs ou les causes de cet accident. On ne manqua pas de l'attribuer aux protestants.

Charles IX fit rebâtir sur un plan plus vaste les bâtiments détruits. Ses successeurs continuèrent les constructions. Sous Henri III, en 1584, fut édifiée la porte qui faisait face au quai des Célestins. Cette porte était décorée de colonnes, en forme de canons placés verticalement. Au-dessus était une table de marbre, où on lisait ce distique du poète Nicolas Bourbon, distique qu'admirait Santeuil : *Dussé-je être pendu,* disait-il, *je voudrais en être l'auteur.*

Ætna hæc Henrico vulcania tela ministrat,
Tela giganteos debellatura furores.

Henri IV y établit un jardin, et Sully, en qualité de grand-maître de l'artillerie, y fit, pendant tout le temps de son ministère, sa demeure ordinaire. Louis XIV ayant fait bâtir des arsenaux aux frontières du royaume, l'Arsenal de Paris ne servit plus qu'à contenir des pièces hors de service, des fusils rouillés et des fonderies où l'on coulait quelques figures de bronze.

Le régent, en 1718, fit abattre plusieurs vieux bâtiments, et construire, par Germain Boffrand, l'hôtel du gouverneur de l'Arsenal. Dans diverses pièces de cet hôtel se trouve la précieuse *Bibliothèque de Paulmy,* devenue publique sous le nom de *Bibliothèque de l'Arsenal.* Sur l'emplacement du jardin, en 1806, on a établi une partie du boulevard Bourdon, et, à partir de 1807, le vaste édifice appelé *Grenier de réserve.* A la place du Mail, entre les bâtiments de l'Arsenal et le bras de la Seine, on ouvrit une route très-commode. Les travaux de la gare, qui est alimentée par les eaux du canal de l'Ourcq, ont aussi apporté plusieurs changements utiles dans l'emplacement de l'Arsenal.

Piloris. Il existait à Paris plusieurs constructions destinées à exposer des condamnés aux yeux du public. On voyait un pilori au carrefour formé par les rues du Four, de Sainte-Marguerite, de Buci et des Boucheries. C'était celui de la justice de Saint-Germain-des-Prés. — Le pilori le plus connu était situé au *Carreau des Halles.* Il présentait une construction octogone en maçonnerie surmontée d'une vaste lanterne en bois, dans laquelle on plaçait les condamnés. Cette lanterne tournait sur un pivot. En la faisant mouvoir de tous les côtés, on exposait le patient à tous les regards du public. Dans les comptes de la prévôté de Paris de l'an 1515, on voit que Laurent Bazard, exécuteur de la haute justice, étant monté dans le pilori, sans doute pour y faire quelques apprêts, plusieurs personnes du peuple y mirent le feu, et que ce bourreau y fut brûlé vif. Le pilori des Halles a été démoli en 1789.

Fourches patibulaires, nommées en langage féodal *justices.* Il en existait plusieurs en dehors de Paris : les plus connues sont celles de Montfaucon et de Montigny. Sur la cime de l'éminence de Montfaucon était un massif de maçonnerie qui s'élevait, au-dessus du sol, de quinze à dix-huit pieds : sur la surface de ce massif, long de quarante-deux pieds sur environ trente de large, se dressaient seize piliers, composés de fortes pierres, et dont chacun avait trente-deux pieds de hauteur. Ces piliers supportaient de grosses pièces de bois auxquelles pendaient des chaînes de fer; à ces chaînes étaient attachés les cadavres des malheureux exécutés à Paris. On y voyait toujours, pendant cette période, cinquante à soixante corps desséchés, mutilés, corrompus et agités par les vents. Cet

PILORI

horrible spectacle n'empêchait pas les Parisiens de venir faire la débauche autour de ce gibet. Lorsque toutes les places étaient occupées, et qu'il fallait attacher de nouveaux cadavres, on descendait les plus anciens, et on les jetait
dans un souterrain dont l'ouverture était au centre de l'enceinte. Une porte solide fermait l'enceinte de cet affreux monument, sans doute dans la crainte que
les cadavres ne fussent enlevés par des parents pour leur donner la sépulture, ou
par des sorciers, pour servir à leurs opérations magiques.

Les fourches de Montfaucon ou de la *Grande-Justice* furent souvent insuffisantes. On voit, dans les comptes de la prévôté de Paris, qu'en 1416 on construisit un autre gibet près de la *Grande-Justice*, au delà de l'église Saint-Laurent, et
qu'on l'entoura de fossés profonds et de murs. Il ne contenait que quatre piliers
de bois. En 1457, on éleva dans le voisinage de Montfaucon une autre justice
qu'on nomma *gibet de Montigny.*

MASSACRE DE LA SAINT-BARTHÉLEMI.

Vers l'an 1560, époque où les bûchers s'éteignirent et où la guerre civile s'alluma, les dissensions publiques, sans rien perdre de la fureur religieuse qui les
alimentait, prirent un caractère politique. L'autorité excessive qu'avaient en-
vahie en France le cardinal de Lorraine et les Guise, détermina les princes de
la maison de Bourbon à se liguer contre ces étrangers, à former un parti d'opposition qui se fortifia d'un grand nombre de mécontents, et surtout de la plupart des protestants persécutés. Ce parti fut, depuis les premières hostilités,
nommé *Huguenot.* Les Guise et le cardinal de Lorraine, leur oncle, appuyés et
dirigés par les cours de Rome et d'Espagne, appuyés par celle de France, qu'ils
dirigeaient à leur tour, formèrent le parti *papiste* ou *catholique.*

La lutte entre ces deux partis devint une véritable guerre civile qui se termina
par les massacres de la Saint-Barthélemi. Les événements de cette terrible journée sont un des épisodes les plus importants de l'histoire de Paris. Je vais donc
en parler avec quelques détails, sans cependant m'étendre trop longuement sur
les intrigues et les complots qui précédèrent cette fatale catastrophe. Une tentative d'assassinat sur l'amiral de Coligni peut être considérée comme le prélude des massacres.

Le vendredi 22 août, Coligni, après avoir assisté au conseil, sortait du Louvre
pour se rendre en son logis, situé rue Béthisi. Il rencontra le roi qui venait d'une
chapelle placée devant le Louvre. Ce monarque l'entraîna dans un jeu de paume
voisin, où le duc de Guise jouait avec Téligny. La partie étant finie, Coligni se
retira accompagné de douze gentilshommes, pour aller dîner en son hôtel. Il
marchait lentement, et lisait un mémoire qu'on venait de lui présenter. Comme
il était dans la rue des Fossés-Saint-Germain-l'Auxerrois, en face d'une maison
habitée par un nommé Villemur, ancien précepteur du duc de Guise, un coup
d'arquebuse, chargée de deux balles de cuivre, partit de cette maison et atteignit Coligni : une balle lui coupa l'index de la main droite, l'autre lui fit une
large blessure au bras gauche. Coligni, sans montrer autant d'émotion que ceux
qui l'accompagnaient, indiqua la maison d'où le coup était parti, ordonna à un

de ses gentilshommes d'aller dire au roi ce qui venait d'arriver ; et, soutenu par ses domestiques, il se rendit à pied dans son logis.

On entra dans la maison où l'assassin s'était embusqué, on y trouva l'arquebuse, mais l'assassin, appelé Maurevert, l'un des gentilshommes du duc de Guise, aussitôt après le coup, avait fui et s'était éloigné de Paris.

A cette nouvelle, le roi, d'un air consterné, s'écria : *N'aurai-je jamais de repos? Quoi! toujours de nouveaux troubles !* Il jeta sa raquette par terre et se retira dans le Louvre. Le duc de Guise sortit du jeu de paume et s'enfuit par une autre porte. Le roi de Navarre et le prince de Condé se rendirent aussitôt chez l'amiral blessé, et assistèrent à son pansement qui fut très-douloureux. Ils allèrent ensuite auprès du roi, le prièrent d'agréer leur départ, puisque ni eux ni leurs amis n'étaient en sûreté à Paris. Catherine venait de dire au roi son fils : *Il faut promettre justice, et garder que personne ne sorte, puis on avisera au reste.* Ce roi ainsi endoctriné répondit, en jurant comme à son ordinaire, qu'il punirait d'une manière si exemplaire les auteurs et complices de cet attentat, que l'amiral et ses amis en seraient satisfaits. Ils les pria de ne point quitter la cour, afin d'être témoins de sa diligence à poursuivre et punir les coupables. La reine mère parlait dans le même sens, disait que c'était un grand outrage fait au roi, et que si un tel crime restait impuni, on s'en permettrait bientôt de pareils, dans le Louvre, sur la personne du roi et sur la sienne.

Charles IX donna ordre aussitôt au prévôt de Paris de poursuivre les coupables, de faire fermer les portes de cette ville, à l'exception de deux ; permit à tous les seigneurs et gentilshommes protestants de se loger dans le quartier de l'amiral, afin qu'ils fussent protégés par les soldats de sa garde ; puis instruit que Coligni avait quelques affaires à lui communiquer, il se rendit, sur les deux heures après midi, auprès de lui, accompagné de la reine sa mère, de ses frères et d'une nombreuse suite de courtisans. *La blessure est pour vous, la douleur est pour moi*, lui dit le roi ; et, en proférant ses imprécations ordinaires, il ajouta : *J'en tirerai une vengeance si terrible, que jamais elle ne s'effacera de la mémoire des hommes*, etc. Dans cette visite, il y eut de part et d'autre des protestations de dévouement et d'amitié.

Le 23 août, le roi, la reine, le duc d'Anjou, le duc de Nevers, le bâtard d'Angoulême, Biragues, Tavannes, le comte de Retz, tous chefs de l'odieuse conspiration, tinrent un conseil au Louvre, et discutèrent sur quelques points d'exécution non encore arrêtés ; Charles IX fit, ce jour-là, visiter Coligni par plusieurs de ses gentilshommes et par la nouvelle reine de Navarre, sa sœur ; fit commencer les poursuites contre les assassins, reçut très-froidement en public le duc de Guise, qui vint lui faire des représentations sur la sûreté de sa personne. Ce duc contrefit l'homme piqué, et feignit de sortir de Paris.

Le roi, pour mieux tranquilliser les protestants, employa un autre moyen qui assura leur perte. Sous prétexte de leur donner des gardes pour les garantir contre les projets des Guise, il envoya dans toutes les hôtelleries où ils étaient logés, des quarteniers chargés d'écrire les noms et la demeure de chacun d'eux. Pour paraître protéger le logis de Coligni, il y fit placer des gardes ; mais elles étaient commandées par le sieur de Cosseins, ennemi juré de cet amiral. Pendant la nuit, le duc de Guise, choisi pour chef d'exécution, plaça autour du Louvre les Suisses et quelques compagnies françaises, avec l'ordre précis de ne laisser sortir aucun domestique du roi de Navarre ni du prince de Condé. De Cosseins, qui gardait la maison de Coligni, reçut un ordre semblable.

Jean Charron, récemment nommé prévôt des marchands, reçut de ce duc l'ordre d'enjoindre aux capitaines des quartiers de conduire leurs compagnies, vers minuit, à l'Hôtel-de-Ville. Plusieurs autres dispositions furent faites. Les membres du conseil secret s'étaient distribué les quartiers de Paris; chacun devait présider à l'exécution dans celui qui lui était assigné. Il était nuit, et des feux épars éclairaient vaguement ces sinistres apprêts. — Quelques protestants, voisins du logis de l'amiral, réveillés par ces mouvements extraordinaires, sortirent pour en savoir la cause, s'avancèrent auprès du Louvre, interrogèrent les avant-postes. Ils furent injuriés, repoussés : un d'eux s'étant plaint de ce traitement, un soldat gascon le perça d'un coup de pertuisane, et tous les autres furent massacrés. Catherine de Médicis, impatiente, saisit cette occasion pour hâter l'attaque : *Il n'est plus possible*, dit-elle au roi, *de contenir l'ardeur des troupes, il arrivera des désordres dont nous aurons à nous repentir ; il est temps de donner le signal ;* et le roi ordonna de sonner le tocsin de Saint-Germain-l Auxerrois. A deux heures du matin, le dimanche 24 août 1572, journée où les catholiques célèbrent la fête de saint Barthélemi, au signal donné par la cloche de cette église, commencèrent les massacres dans les quartiers voisins du Louvre.

Le duc de Guise, qui s'était réservé le plaisir de présider à l'assassinat de Coligni, se rend promptement, accompagné de ses satellites, au logis de ce vénérable vieillard, frappe à sa porte, et demande, au nom du roi, qu'elle soit ouverte. Un des gentilshommes de Coligni descend et la lui ouvre. Cosseins poignarde ce gentilhomme, et fait entrer dans la cour des arquebusiers : tout ce qui se présente est égorgé ou fusillé. L'amiral et ceux qui se trouvaient avec lui se voyant dupes de leur confiance, se résignent à la mort ; ils demandent pardon à Dieu, et leurs ministres récitent des prières. Un des gentilshommes de Coligni entra alors dans la chambre : le célèbre chirurgien Ambroise Paré, qui s'y trouvait, lui demanda la cause de ce tumulte ; alors le gentilhomme, se tournant vers Coligni, lui adressa ces mots : *Monseigneur, c'est Dieu qui nous appelle à soi, on a forcé le logis, et n'y a moyen de résister.* L'amiral, sans s'émouvoir, répondit : *Il y a longtemps que je me suis disposé à mourir : vous autres, sauvez-vous, s'il est possible, car vous ne sauriez garantir ma vie.* Plusieurs profitèrent de ce conseil ; et quelques-uns parvinrent, en gravissant sur les toits, à échapper à la mort. Cependant quatre Suisses opposaient de la résistance aux assassins, et les arrêtaient dans l'escalier. Cosseins s'avance en force, et fait bientôt disparaître cet obstacle. La porte de la chambre de Coligni est enfoncée. Un Allemand, appelé Besme, un Picard, nommé le capitaine Attin, quelques autres individus aux gages des Guise, tous couverts de cuirasses, armés d'épées et de poignards, entrent. Besme s'avance vers Coligni, qui, sorti récemment du lit, n'était couvert que d'une robe de chambre ; et, lui mettant la pointe de son épée sur la gorge, lui dit : *N'es-tu pas l'amiral ?* — *C'est moi*, répond Coligni avec assurance ; puis, regardant l'épée dont il était menacé, il ajouta : *Jeune homme, tu devrais respecter ma vieillesse et mes infirmités; mais tu n'abrèges ma vie que de peu de jours.* Besme lui enfonce son épée dans le corps, la retire et l'en frappe plusieurs fois au visage.

Le duc de Guise qui, avec d'autres seigneurs catholiques, était resté dans la cour, impatient d'attendre le succès des assassins, dit en criant : *Besme, as-tu achevé?* Besme répond : *C'est fait.* Guise réplique : *Monsieur d'Angoulême ne le croira que lorsqu'il le verra de ses propres yeux : jette le cadavre par la fenêtre.* Alors Besme et Sarlaboux levèrent le corps de l'amiral sur la fenêtre, et le firent tomber dans la cour. D'Angoulême et Guise doutaient que ce fût là le corps de Coligni, dont le visage était défiguré par les blessures et le sang. Ils l'essuyèrent avec leurs mouchoirs. Guise dit : *C'est bien lui,* et après avoir foulé aux pieds sa tête, ils remontèrent à cheval et sortirent. Le duc de Guise, alors, se mit à crier : *Courage, soldats, nous avons heureusement commencé : allons aux autres, car le roi le commande.* Il ne cessait de répéter ces mots : *Le roi le commande, telle est sa volonté !* Ce fut après cet exploit que la cloche de l'horloge du Palais répondit au son de celle de Saint-Germain-l'Auxerrois. Alors les rues retentirent des cris *aux armes !* et le massacre devint général.

Le duc de Guise, le bâtard d'Angoulême, le duc de Nevers, le comte de Tavannes, Albert de Gondi, comte de Retz, courent par la ville, l'épée à la main, pour exciter le peuple aux massacres; et, pour mieux l'y déterminer, ils disent que Coligni et ceux de son parti avaient conspiré contre le roi et les princes; que le roi, en ordonnant leur mort, ne faisait que prévenir les attentats des conjurés. Ainsi autorisé par le roi, le peuple se livra sans crainte, sans remords, à tous les excès. Il se porta dans la maison de Coligni, insulta son corps par des mutilations dégoûtantes à raconter, le traîna dans les rues, et s'apprêtait à le jeter dans la Seine, lorsqu'on s'avisa de le transporter aux fourches patibulaires de Montfaucon, où il fut pendu par les cuisses avec des chaînes de fer. Il y resta quelques jours; le duc de Montmorency, son parent et son ami, le fit transférer à Chantilly, et enterrer convenablement dans la chapelle de ce château. Un écrivain du temps dit : « La reine-mère, pour repaître ses yeux de la vue » du corps mutilé de l'amiral, pendant au gibet de Montfaucon, y mena ses fils, » sa fille et son gendre. La tête de l'amiral fut, par ordre de la cour, embaumée, » et envoyée, dit-on, à Rome en signe de triomphe. »

Pendant que dans les rues de Paris on enfonçait les portes, qu'on égorgeait les habitants, qu'on jetait leurs corps ensanglantés par les fenêtres, des scènes semblables se passaient dans le Louvre. Dès que les massacres eurent commencé, Nancey, capitaine des gardes, vint avec une troupe nombreuse dans les antichambres du roi de Navarre et du prince de Condé, enleva toutes les armes des personnes attachées au service de ces princes, les chassa des appartements où ils étaient encore couchés, et les conduisit à la porte du Louvre. Ces malheureux, parmi lesquels se trouvaient le baron de Pardaillan, Saint-Martin Bourses, le capitaine Pilles, invoquaient les promesses que le roi leur avait faites; mais, inutiles invocations! Le roi, placé à une des fenêtres du Louvre, prenait plaisir à les voir égorger par les Suisses, et criait aux bourreaux de n'en épargner aucun. Dès que le jour commença à paraître, il se mit à la fenêtre d'un corps de bâtiment qui s'avançait sur le bord de la Seine ; et, avec des carabines qu'il faisait charger, il tirait, dit-on, sur les malheureux qui se sauvaient en traversant la rivière à la nage ; et, pour encourager les assassins, il ne cessait de crier : *Tue, tue ! tirons, mordieu ! ils s'enfuient.* Brantôme raconte le même fait de cette manière : « Charles IX, dit-il, prit une grande arquebuc de « chasse qu'il avoit, et en tira tout plein de coups à eux (à ceux qui se réfugioient « dans le faubourg Saint-Germain), mais en vain : car l'arquebuc ne tiroit si loin. « Incessament crioit : *Tuez, tuez !* et n'en voulut sauver aucun, sinon son premier « chirurgien, maître Ambroise Paré. »

Il serait trop long et trop pénible de retracer ici les diverses scènes de cette horrible boucherie. La plupart des protestants de la caste nobiliaire, arrachés de leurs lits, étaient traînés sous les fenêtres du roi, qui tenait en main une liste du nom de tous ceux qu'il destinait à la mort. Il prenait plaisir à voir tomber sous les poignards ceux que la veille il avait comblés de caresses. A la fin du jour, le Louvre fut environné de sang et de cadavres Le croirait-on ? les femmes de la cour venaient en foule repaître leurs yeux de ces horribles images, parcouraient, avec une impudente curiosité, les corps nus et ensanglantés des victimes.

Les autres quartiers de la ville étaient également la proie des massacreurs. On égorgeait par fanatisme, on égorgeait par vengeance, on égorgeait pour piller, pour obtenir la succession ou la charge de sa victime. Outre le roi, les princes et seigneurs assassins, outre leurs gentilshommes, gardes ou soldats qui partageaient leur infamie, il se trouvait à Paris des hommes qui, autorisés par l'exemple de la cour, poussés par leur propre férocité, se distinguèrent en faisant tomber sous leurs coups un grand nombre de victimes, ou en prolongeant leur supplice par des raffinements de cruauté. « La ville n'étoit plus qu'un « spectacle d'horreur et de carnage, dit l'historien de Thou : toutes les places, « toutes les rues retentissoient du bruit que faisoient ces furieux, en courant de « tous côtés pour tuer et piller : on n'entendoit de toutes parts que hurlements « de gens ou déjà poignardés ou prêts à l'être. On ne voyoit que corps morts « jetés par les fenêtres ; les chambres et les cours des maisons étoient pleines « de cadavres ; on les traînoit inhumainement dans les carrefours et dans les « boues ; les rues regorgeoient tellement de sang qu'il s'en formoit des torrents ; « enfin il y eut une multitude innombrable de personnes massacrées : hommes, « femmes, enfants, et beaucoup de femmes grosses. » Un autre écrivain contemporain parle ainsi de la même journée : « Le dimanche (24 août) fut employé « à tuer, violer et saccager.... Les rues étoient couvertes de corps morts, la « rivière teinte en sang ; les portes et entrées du palais du roi peintes de même « couleur.... Le papier pleureroit, dit-il ensuite, si je récitois les blasphèmes « horribles prononcés par ces monstres, ces diables encharnés, pendant la « fureur de tant de massacres. Les tempêtes et le son continuel des arquebuses « et des pistolets, les cris lamentables et effroyables de ceux que l'on bourreloit, « les hurlements de ces meurtriers, les corps jetés par les fenêtres, les cailloux « qu'on faisoit voler contre, et le pillage de plus six cents maisons continué « longuement, peuvent présenter à l'esprit du lecteur le tableau des excès et de

« la diversité de ces malheurs et de ces crimes. Les charrettes, chargées de
« corps morts, de demoiselles, femmes, filles, hommes et enfants, étoient
« menées et déchargées à la rivière, laquelle on voyoit couverte de corps morts
« et toute rouge de sang, qui, aussi, ruisseloit en divers endroits de la ville,
« comme en la cour du Louvre. »

Vers cinq heures du soir, le roi fit, à son de trompe, publier dans tout Paris
l'ordre à chacun de se retirer dans sa maison, sans en sortir; ce qui n'empêcha
point les massacres de continuer. Les deux jours suivants, le lundi et le mardi,
les égorgements furent aussi nombreux que le premier jour. On égorgea pendant
tout le reste du mois d'août et pendant le mois de septembre : on ne cessa
d'égorger que lorsque les victimes manquèrent aux bourreaux. Dans les prisons
et dans les maisons particulières, on tenait en réserve des protestants que l'on
tuait pendant la nuit. Le 5 septembre, le roi fit venir près de lui le boucher
Pezou, l'un des capitaines de Paris, et lui demanda s'il restait encore des
huguenots dans la ville. Pezou répondit que le jour précédent il en avait jeté
cent vingt dans la rivière, et qu'il en expédierait encore autant la nuit suivante.
Le roi *se mit à rire* et le renvoya.

De Thou évalue le nombre des Français égorgés à Paris, dans le premier jour
seulement, à deux mille; d'autres écrivains portent *à dix mille* le nombre des
personnes tuées pendant les trois premiers jours des massacres. On voit, par un
compte de la Ville, que les 9 et 13 septembre, des fossoyeurs furent chargés
d'aller, à deux reprises, enterrer les corps entassés sur les rives de la Seine. En
réduisant le nombre des hommes et des femmes massacrés à huit ou neuf mille,
on se rapprochera, je le crois, de la vérité; mais dans ce nombre on ne comprend
pas ceux qui furent exécutés à mort par arrêt du parlement, ceux qui furent
assassinés dans la suite sans être jetés à la rivière.

Ces excès, au lieu d'amener la paix, comme la cour s'en était flattée, allu-
mèrent la guerre civile, qui éclata sur tous les points de la France. Les protestants, quoique les massacres et la fuite eussent diminué leur nombre, ne se
montrèrent jamais si redoutables. La cour, effrayée, se vit réduite à solliciter la
paix auprès de ceux qu'elle avait si cruellement trahis, assassinés; elle ne
recueillit qu'humiliations et revers.

Le pape fut, dès le 6 septembre, informé des événements de Paris; les lettres
de son ministre en France, lues dans une assemblée de cardinaux, portaient,
entre autres détails, que les massacres avaient été exécutés *par l'ordre exprès
du roi.* A cette nouvelle, la cour de Rome fit éclater une joie immodérée : elle
ordonna des cérémonies religieuses pour remercier Dieu du succès de cet affreux complot, fit célébrer des messes solennelles, publier un *jubilé*, tirer le
canon du château Saint-Ange, allumer des feux de joie dans les rues, et exécuter de pompeuses processions, où assistèrent le pape, les cardinaux, les
ambassadeurs, des prêtres et des soldats. Le cardinal de Lorraine prit une
grande part à cette joie féroce; il donna mille écus d'or au gentilhomme qui
lui apporta cette agréable nouvelle. Ce fut lui qui, avec un luxe digne de la circonstance, célébra la messe après la procession. Au-dessus de l'église, on avait
placé une inscription où la participation de la cour de Rome aux massacres de

la Saint-Barthélemi était avouée sans pudeur. Voici la substance de cette inscription, d'après l'historien de Thou. Elle portait que « le cardinal de Lorraine, au
» nom du roi très-chrétien Charles IX, rendait grâces à Dieu, et félicitait notre
» saint-père le pape, Grégoire XIII, le sacré collége des cardinaux, etc., des
» succès étonnants et incroyables qu'avaient eus *les conseils que le Saint-Siége*
» *avait donnés, les secours qu'il avait envoyés*, et les prières que Sa Sainteté avait
» ordonnées pour douze ans. » Pour perpétuer la mémoire de ce triomphe, le
pape fit même frapper une médaille.

Charles IX, qui n'avait recueilli de ces massacres que des chagrins, des revers, et l'indignation de tous les gens de bien, mourut peu de temps après, le
30 avril 1574. Avant d'expirer, il éprouva le supplice des remords, qui vint se
mêler aux douleurs excessives que lui causait sa maladie honteuse. Sa nourrice, qu'il aimait beaucoup, quoiqu'elle fût huguenote, ne le quitta point dans
ses derniers moments : « Comme elle se fut mise sur un coffre et commençait à
» sommeiller, dit l'Estoile, elle entendit le roi se plaindre, pleurer et soupirer;
» elle s'approche tout doucement du lit, et tirant la custode (le rideau), le roi
» commença à lui dire, jetant un grand soupir et larmoyant si fort que les sanglots lui interrompaient la parole : *Ah! ma nourrice, ma mie, ma nourrice,*
» *que de sang et que de meurtres! Ah! que j'ai suivi un méchant conseil! O mon*
» *Dieu, pardonne-les-moi et me fais miséricorde, s'il te plaît; je ne sais où j'en*
» *suis, tant il me rendent perplexe et agité. Que deviendra tout ceci! que ferai-je!*
» *Je suis perdu, je le vois bien.* » La nourrice le rassura par quelques paroles
consolantes, lui donna un nouveau mouchoir, car le sien était tout mouillé de ses
larmes, ferma le rideau et le laissa reposer.

Le cardinal de Lorraine, l'instigateur direct des massacres, mourut quelques
mois après dans un état de démence et de fureur. Un des résultats les plus notables de la Saint-Barthélemi fut l'extinction de la branche royale des Valois.

JEU DE PAUME. Ce jeu fut accueilli, durant ce siècle, avec une grande fureur.
Dans la rue Grenier-Saint-Lazare était un jeu de paume où, vers l'an 1126, une
femme nommée *Margot*, âgée de vingt-huit à trente ans, fit admirer son talent
pour ce jeu : « Elle jouait, dit un écrivain du temps, devant main, derrière main,
» très-puissamment, très-malicieusement, très-habilement. » Il paraît qu'alors
l'usage des raquettes n'était pas encore adopté pour ce jeu : on poussait la balle
avec la paume de la main, d'où lui est venu son nom de *jeu de paume;* ensuite
on s'enveloppa la main avec un gantelet de cuir ou d'autres matières élastiques.
L'usage des raquettes ne tarda guère à s'introduire. Le jeu de paume de la rue
Grenier-Saint-Lazare n'était pas le seul à Paris au quinzième siècle : il en existait
deux dans la rue de la Poterie-des-Halles, laquelle avait porté le nom de *rue*
Neuve des Deux-Jeux-de-Paume. Ce jeu, après la chasse, la galanterie, les duels,
était l'exercice le plus habituel des princes et des seigneurs.

Charles V, par son ordonnance du mois de mai 1369, en prohibant plusieurs
jeux à Paris, prohiba notamment celui de la paume. Ce roi, qui avait défendu
ce jeu, en fit construire un dans son hôtel de Saint-Paul et dans les dépendances
de l'hôtel de Beautreillis. Deux jeux de paume étaient établis à l'entrée du
Louvre, du côté de Saint-Germain-l'Auxerrois. On voit que la cour pratiquait

elle-même ce qu'elle interdisait aux autres. Comme on avait défendu d'établir de nouveaux jeux de paume dans la ville, on en établit dans les faubourgs, et surtout dans celui de Saint-Marcel. Alors le parlement fit défense, en 1550 et 1551, d'en bâtir non-seulement dans la ville, mais encore dans les faubourgs.

PRISONS. Elles étaient nombreuses à Paris : chaque juridiction, chaque seigneur, chaque monastère avait la sienne. Voici une notice sur les plus connues.

Prison du Louvre. A la forteresse, séjour des rois et prison, le Louvre recélait des souterrains qui servaient de cachots aux prisonniers d'État. La grosse tour, bâtie sous Philippe-Auguste, devint une prison d'Etat. Plusieurs personnages y furent renfermés. Ce château-fort ne cessa d'être prison qu'en 1558, lorsque François Iᵉʳ fit reconstruire le Louvre.

Prison du Grand-Châtelet. L'ordonnance que Henri VI, roi de France et d'Angleterre, donna au mois de mai 1426, indique quinze prisons au Châtelet. Dix d'entre elles étaient les moins horribles, puisque les lits y étaient payés plus cher. Voici leurs noms : *les Chaînes, Beauvoir, la Molle, la Salle, les Boucheries, Beaumont, la Grièche, Beauvais, Barbarie* et *Gloriette.* Les prisonniers y payaient par nuit quatre deniers pour un lit, et deux deniers pour la place. — Dans *la Fosse, le Puits, la Gourdaine, le Berseuil* ou *Berceau, les Oubliettes* et *Entre-deux-huis* (portes), les prisonniers ne donnaient qu'un denier par nuit. A l'entrée, pendant le séjour et la sortie, les prisonniers payaient le géôlage (1). Dans les comptes de la prévôté de Paris, on lit cet article : « Poulie de cuivre servant à la prison de la Fosse du Châtelet. » Il paraît que les prisonniers étaient descendus dans le cachot dit *la Fosse,* par une ouverture pratiquée à la voûte du souterrain, comme on descend un sceau dans un puits. Peut-être cette fosse était-elle celle qu'on nommait *Chausses d'hypocras,* où les prisonniers avaient les pieds dans l'eau, et ne pouvaient se tenir debout ni couchés. Sa forme devait être celle d'un cône renversé. On y mourait après quinze jours de détention. Un autre cachot avait reçu le nom de *Fin d'aise.* L'auteur des *Persécutions de l'Église de Paris* dit, en parlant d'un des cachots du Châtelet, que Pierre Gobert fut « mis au cachot le plus fâcheux, nommé *Fin d'aise,* plein » d'ordures et de bêtes, et ne cessoit pourtant de chanter psaumes, etc. »

Prison du Petit-Châtelet. Par lettres du 24 décembre 1398, Charles VI ordonna que les prisons de cette forteresse, située à l'extrémité méridionale du Petit-Pont, serviraient de supplément à celles du Grand-Châtelet; on les fit examiner. Il se trouva qu'elles étaient sûres et suffisamment aérées, à l'exception de trois cachots ou *Chartres basses,* où les prisonniers, par faute d'air, ne pouvaient

---

(1) L'ordonnance que je cite règle les prix d'entrée et de sortie, d'après l'état des personnes, ainsi qu'il suit :

	liv.	sous.	den.
Un comte et une comtesse paieront.	10	»	»
Un chevalier banneret ou une dame bannerette.	»	20	»
Un simple chevalier ou une simple dame. . .	»	5	»
Un écuyer ou une simple demoiselle noble. . .	»	»	12
Un Lombard ou une Lombarde.	»	»	12
Un juif ou une juive.	»	11	»
Toutes autres personnes.	»	»	8

LA BASTILLE ET LA PORTE ST ANTOINE.

vivre longtemps. En 1402, le même roi destina cette hideuse forteresse au prévôt de Paris, comme une demeure sûre et habitation honorable.

Prison de la Conciergerie, située dans les bâtiments du palais de la Cité, à l'étage inférieur et à l'ouest de l'emplacement de la grand'salle. Cette prison tire son origine de celle du palais; car, depuis le commencement de la première race, tous les palais des rois, tous les châteaux des seigneurs étaient à la fois lieux de séjour, de défense et de détention. Cependant elle ne figure, pour la première fois, dans les registres de la Tournelle criminelle du parlement, qu'au 25 décembre 1391. Le concierge était un personnage important, le chef d'une juridiction appelée *Bailliage du Palais*. La mauvaise nourriture des prisonniers et l'insalubrité des prisons ont souvent engendré des maladies contagieuses. Au mois d'août 1548, il se manifesta dans ces prisons une contagion qu'on nomma *la peste*. On fut obligé de transférer ailleurs les individus qui y étaient renfermés. Le parlement ordonna que les immondices de ces prisons seraient enlevées, et que le préau, ainsi que les cachots, seraient entièrement nettoyés. Pour la première fois, le 31 juillet 1543, sur le rapport de deux conseillers, il fut ordonné que dans la chambre, appelée *de l'Infirmerie*, on placerait des lits pour les prisonniers malades. — Il paraît que les geôliers maltraitaient les prisonniers, puisque, au seizième siècle, on trouve, dans les registres criminels du parlement, de fréquentes injonctions aux geôliers de se conduire avec moins de rigueur envers les détenus; « de bien doucement et humainement traiter les prisonniers, leur bailler paille et eau, les pourvoir de gens d'église, etc. »

Le préau présente un emplacement ou espèce de cour de vingt-cinq à trente toises de longueur sur dix environ de largeur. Tout autour sont une galerie, des loges qui servent aux prisonniers, et des escaliers qui aboutissent à des prisons supérieures. Quant aux anciens cachots, ils ne servent plus.

Prison de la Bastille ou *Bastide*, comme on nommait autrefois les fortifications des portes de Paris. Celle-ci servait de défense à la porte Saint-Antoine. Elle était la plus forte de toutes les bastilles de cette ville, à cause du voisinage de l'hôtel Saint-Paul, où le roi Charles V faisait son séjour ordinaire. Dès qu'elle fut entièrement construite, on en destina une partie à servir de prison. Ce fut dans une des tours de cette vaste forteresse que Louis XI, en 1475, fit établir cette fameuse cage de bois pour y renfermer Guillaume de Harancourt, évêque de Verdun. Elle était d'une extrême solidité, composée de gros madriers liés entre eux par des attaches de fer, et si lourde, qu'il fallut reconstruire et consolider la voûte qui devait la supporter. Pendant vingt jours, dix-neuf charpentiers furent employés à cet ouvrage. Dans cette même cage, ou dans une autre semblable, fut, en 1559, enfermé Anne Dubourg, conseiller au parlement de Paris, condamné au feu pour cause d'opinions religieuses. La Bastille, dont je parlerai plus en détail, avait aussi ses cachots humides et obscurs, ses basses-fosses, ses oubliettes, où on laissait les prisonniers mourir de faim. On trouva pendant les mois de mai et de juin 1790, lors de la démolition de cette forteresse, la preuve de cette atrocité : quatre squelettes humains y furent découverts enchaînés; on les transféra dans le cimetière de la paroisse Saint-Paul.

Parmi les autres prisons appartenant à des juridictions secondaires, je citerai celle de Nesle, située dans l'hôtel du même nom; celle du Prévôt des marchands, rue de la Tannerie; celle de l'évêque de Paris, dite *For-l'Évêque*, rue Saint-Germain-l'Auxerrois, n° 6; celle de l'Officialité destinée aux ecclésiastiques, consistant en une tour enclose dans les bâtiments dépendant de la cathédrale; celle du chapitre de Notre-Dame, dont on ignore l'emplacement; celles du Temple, de Saint-Germain-des-Prés, de Saint-Victor, etc. Les prisons des seigneurs ecclésiastiques, au nombre de vingt-cinq, étaient toutes reconnues pour légales. Il en existait encore d'autres dans Paris, qui ne jouissaient pas de la même prérogative, mais que le gouvernement tolérait. Chaque monastère, même chaque couvent des ordres mendiants, avait sa prison; ces prisons monacales étaient nommées *Vade in pace*; cette dénomination indique un éternel adieu.

Ces prisons, aux quinzième et seizième siècles, étaient toujours remplies, à cause des nombreuses arrestations qui se faisaient, sans presque aucune formalité et très-arbitrairement, et parce que les prisonniers pauvres, quoique acquittés, manquant d'argent pour payer les frais de *gîte* et *geôlage*, continuaient à être détenus. Le parlement, à plusieurs époques, et notamment le 9 avril 1540, ordonna aux prévôts et geôliers de faire vendre les biens meubles ou immeubles de ces prisonniers, etc., afin d'en débarrasser les prisons. Les juges oubliaient les prisonniers, dès qu'ils n'étaient point sollicités pour leur rendre justice; aussi, en 1564, le parlement ordonna-t-il aux geôliers des prisons du Châtelet, de Saint-Victor, de Saint-Marcel et de Saint-Germain-des-Prés, de lui présenter quatre fois par an le rôle des prisonniers qui s'y trouvaient.

Au 31 mai 1675, Louis XIV réduisit le nombre des prisons de Paris, et ne conserva que les suivantes : la *Conciergerie du Palais*, le *Grand* et le *Petit Châtelet*, le *For-l'Évêque*; celles de *Saint-Éloi*, de *Saint-Martin*, de *Saint-Germain-des-Prés*, jusqu'à l'achèvement des bâtiments du Châtelet; l'*Officialité* et celle de la *Villeneuve-sur-Gravais*, pour les enfants en correction.

PARIS SOUS HENRI III.

Henri III succéda, le 30 mai 1574, à son frère Charles IX. Élevé à la même école, placé dans des circonstances pareilles, dirigé par les mêmes compères, les cours de Rome et d'Espagne, et par la maison des Guise, ce roi dut tenir la même conduite, avoir les mêmes principes. Aussi persécuteur, aussi perfide, aussi superstitieux que son frère, mais moins sanguinaire, il fut plus que lui livré à la débauche, même à la débauche la plus honteuse; il sut comme lui associer la cruauté et le libertinage à la dévotion. Il était, dit-on, doué d'une éloquence acquise ou naturelle, qui le distingua de ses autres frères.

Rome, les Guise et l'Espagne ayant établi la *ligue* contre le parti protestant, Henri III se déclara le chef de cette ligue, et obligea tous les fonctionnaires de son royaume à s'y engager par serment; Henri III n'en fut pas moins trahi, chassé de Paris par les Guise, qui le forcèrent à se jeter dans les bras des protestants qu'il avait tant persécutés. Enfin les Guise le firent assassiner à Saint-Cloud par un moine. Quelque parti, quelque croyance religieuse que le roi eût embrassés, les ambitieux qui aspiraient au gouvernement de la France eussent fini par le détrôner. Le roi d'Espagne, le pape et les Guise l'avaient ainsi résolu.

Voici les établissements qui se formèrent à Paris pendant ce triste règne.

CAPUCINS, communauté de religieux située rue Saint-Honoré. La sanguinaire faction des cours de Rome et d'Espagne, alarmée des progrès du protestantisme, renforça en France sa milice prêchante et confessante. Les jésuites vinrent les premiers; les capucins suivirent. Les jésuites étaient, à ce qu'il paraît, chargés d'exploiter les consciences des gens de la cour et autres hommes puissants; aux talents des capucins étaient abandonnés les gens du bas étage.

Le cardinal de Lorraine avait amené d'Italie en France quatre frères mineurs, et les avait établis, en 1564, dans son parc de Meudon. Mais après sa mort, ces moines étaient retournés dans leur patrie. — En 1574, il se forma, au village de Picpus, un couvent de ces frères mineurs, nommés *capucins*, à cause de la forme pointue de leurs capuchons. Bientôt après arriva de Venise en France le frère *Pacifique*, qui, en qualité de commissaire général de son ordre, réunit aux capucins de Picpus douze autres moines de la même espèce, qu'il avait recrutés en Italie, et les établit tous dans un emplacement que leur donna Catherine de Médicis, au faubourg Saint-Honoré. De toutes les capucinières de France, celle de la rue Saint-Honoré était la plus vaste et la plus considérable. On y comptait jusqu'à cent ou cent vingt religieux, qui se montrèrent, sinon les plus subtils, du moins les plus zélés défenseurs des intérêts de la cour de Rome.

Deux capucins fameux habitèrent ce couvent, et furent enterrés dans son église : Henri, duc de Joyeuse, dit le *père Ange*, et Joseph-le-Clerc, fameux sous le nom du *père Joseph*. Après avoir perdu sa femme, morte par un excès de dévotion, le duc de Joyeuse, de désespoir, se fit capucin. Dans la suite, deux de ses frères furent tués à la bataille de Coutras, et un troisième se noya dans le Tarn. Ces événements déterminèrent le père Ange à quitter le froc pour reprendre le casque. De capucin qu'il était, il redevint militaire, fit la guerre au roi Henri IV; et, lorsque ce prince fut monté sur le trône, il lui vendit bassement sa soumission au prix du titre de maréchal de France.

Auprès de la tombe de cet homme inconstant, était celle du terrible frère Joseph, qui fut peut-être le plus intrigant, le plus audacieux des moines. Fécond en ressources, le père Joseph fortifia par ses conseils le cardinal de Richelieu dans sa marche ambitieuse, le seconda par ses sourdes menées, par son espionnage, tendant, dans tous ses projets, à la destruction de ses ennemis et à l'affermissement de son pouvoir absolu. On a même écrit que le génie du capucin maîtrisait souvent la politique du cardinal.

On voit dans un mémoire du temps, que le couvent de ces capucins consommait par semaine douze cents livres de pain, de la viande, du vin, du bois à proportion, et que quatre quêteurs couraient tous les jours les rues de Paris pour mettre les habitants à contribution.

Par un décret du 30 juillet 1790, l'assemblée nationale établit ses bureaux dans les bâtiments des capucins. Dès que l'on put parcourir les diverses parties de ce couvent, on découvrit, dans un lieu secret, de ces cachots appelés autrefois *oubliettes* ou *in pace*. Aux deux angles d'une pièce demi-souterraine, on voyait deux espèces de cachots, séparés l'un de l'autre par un intervalle d'une toise et demie ; deux côtés de chacun de ces cachots étaient fermés par les faces à angle droit des murs du couvent ; les deux autres côtés par une cloison composée de gros madriers de chêne, unis entre eux par des liens de fer, le tout recouvert en maçonnerie. La seule ouverture par laquelle les vivres et le jour pouvaient momentanément pénétrer dans ce réduit, avait environ un pied et demi de hauteur sur cinq pouces de largeur ; cette ouverture était encadrée par des barres et des plaques de fer, et fermée par une petite porte tout en fer. Le guichet par où l'on introduisait le prisonnier n'avait pas plus de quatre pieds de hauteur ; il était garni d'énormes serrures et de verroux. Dans un de ces cachots infects, on voyait encore, lorsqu'on était muni de lumière, un vieux châlit. Là séjournèrent, gémirent, et peut-être rendirent le dernier soupir, de malheureuses victimes de la superstition et du despotisme monacal.

Les bâtiments de ce couvent furent démolis en 1804, époque où l'on ouvrit, sur son emplacement, les rues Rivoli, Castiglione et Mont-Thabor.

JÉSUITES DE LA RUE SAINT-ANTOINE, aujourd'hui ÉGLISE SAINT-LOUIS-SAINT-PAUL. Les jésuites qui occupaient le collége dit *de Clermont* désirèrent avoir une *maison professe* à Paris. Le cardinal de Bourbon leur céda, en 1580, l'hôtel d'Anville qui communiquait à la rue Saint-Antoine et à celle Saint-Paul.

En 1616, Louis XIII leur accorda un emplacement voisin, où se voyaient les vestiges des anciens murs de la ville. C'est sur une partie de ce terrain qu'on éleva l'église dont la construction, commencée en 1627, fut achevée en 1641, sur les dessins de Marcel Ange, jésuite lyonnais. On y voyait un bas-relief en bronze, d'après les dessins de Germain Pilon. Deux chapelles étaient ornées chacune de deux anges en argent et de grandeur naturelle qui supportaient, l'un le cœur de Louis XIII, l'autre celui de Louis XIV.

Cette église renfermait plusieurs tombeaux remarquables. Nous citerons la sépulture de Henri de Condé, décorée par Sarrazin ; celle de René de Birague, exécutée par Germain Pilon ; et le monument que Louis-Henri, duc de Bourbon, fit élever, par Vanclèves, à la gloire de ses ancêtres.

Les jésuites ayant été chassés de France et de presque toute l'Europe, cette maison fut accordée, en 1767, aux chanoines réguliers de la Culture Sainte-Catherine, qui furent supprimés en 1790. Après la démolition de l'église Saint-Paul, le culte de ce saint a été transféré dans l'église Saint-Louis, qui reçut alors le titre de *Saint-Louis-Saint-Paul,* et qui est devenue la troisième succursale de l'église Notre-Dame. Dans la maison de ces jésuites fut pendant longtemps placée la *bibliothèque de la Ville,* qu'on a, en 1817, transférée à l'Hôtel-de-Ville. Enfin c'est dans cette maison qu'est établi le collége dit *de Charlemagne.*

LES FEUILLANTS , monastère situé rue Saint-Honoré , en face de la place Vendôme. Jean de La Barrière, abbé des Feuillants, dans le diocèse de Rieux, vint, en 1583, prêcher devant Henri III, qui, charmé de son éloquence, finit par l'appeler à Paris. Cet abbé rangea ses soixante-deux religieux en deux colonnes, se mit à leur tête et vint, du diocèse de Rieux, en procession jusqu'à Paris ; et tous, chantant l'office, firent leur entrée dans cette ville, le 9 juillet 1587. L'Estoile parle ainsi de leur arrivée : « Venue des Feuillants à Paris, » espèce de moines aussi inutiles que les autres. »

...1667. L'Estoile parle ainsi de leur arrivée. « Venue des Feuillants à Paris,
» espèce de moines aussi inutiles que les autres. »

LES JÉSUITES DE LA RUE St ANTOINE.

Leur église, dont Henri IV posa en 1601 la première pierre, était vaste, et fut
bâtie en 1676, d'après les dessins de François Mansard.

L'enclos du couvent des Feuillants occupait l'espace qui se trouve entre la rue
Saint-Honoré et la terrasse du jardin des Tuileries, qu'on nomme encore
Terrasse des Feuillants. Les bâtiments des Feuillants furent démolis en 1804, et
firent place à la belle rue de Rivoli.

FONTAINE DE BIRAGUE, située rue Saint-Antoine, en face du collége de Charlemagne, sur un terrain appelé le *Cimetière des Anglais*. Construite par René de
Birague, en 1519, elle fut rebâtie d'abord en 1629 et puis en 1707 ; malgré les
changements qu'elle éprouva, elle n'a pas cessé de porter le nom de *Birague*.

THÉATRE DE LA PASSION. Ce théâtre se soutint avec distinction sous le règne
de François Ier. Ce roi lui accorda, en 1518, la confirmation de ses priviléges. En
1540, les confrères, forcés de quitter l'hôpital de la Trinité, vinrent s'établir dans
l'hôtel de Flandre, situé entre les rues Plâtrière, Coq-Héron, des Vieux-Augustins et Coquillière. Ce fut dans ce nouveau local qu'ils firent jouer, entre autres
mystères, celui *de l'Ancien Testament*. De fortes licences, qui probablement se
faisaient remarquer dans cette pièce, déterminèrent le parlement de Paris à en
suspendre la représentation. Des lettres patentes du roi les ayant autorisés à continuer leur spectacle, le parlement rendit un arrêt par lequel il prescrivit aux
comédiens « d'en user bien et dûment, sans y user d'aucune fraude, ni inter-
» poser choses prophanes, lascives et ridicules. » Cet arrêt contient quelques
articles réglementaires que voici : « Pour l'entrée du théâtre, ils ne prendront
» que deux sous par personne ; pour le louage de chaque loge, durant ledit
» mystère, que trente escus ; n'y sera procédé qu'à jours de festes non solen-
» nelles; commenceront à une heure après-midi, finiront à cinq ; feront en sorte
» qu'il ne s'ensuive ni scandale ni tumulte ; et, à cause que le peuple sera
» distrait du service divin, et cela diminuera les aumônes, ils bailleront aux pau-
» vres la somme de dix livres tournois, sauf à ordonner plus grande somme. »

Après la démolition de l'hôtel de Flandre, en 1548, les confrères s'établirent
dans l'hôtel de Bourgogne ; ils crurent devoir alors demander au parlement la
confirmation de leurs priviléges. Cette cour confirma et autorisa leur spectacle
à cette condition remarquable, qui change entièrement son caractère originel:
« Il est défendu aux confrères de jouer les mystères de la passion de Nostre
» Sauveur, ni autres mystères sacrés, sur peine d'amende arbitraire ; leur per-
» mettant, néanmoins, de pouvoir jouer autres mystères prophanes, honnestes
» et licites, sans offenser ni injurier aucunes personnes ; et défend ladite cour,
» à tous autres, de représenter dorénavant aucuns jeux ou mystères, tant en la
» ville, faubourgs et banlieue de Paris, sinon que sous le nom de ladite confré-
» rie et au profit d'icelle. »

Comme il n'était plus permis aux confrères, ni à ceux qui les remplaçaient
sur leur théâtre, de puiser dans l'*Ancien* et le *Nouveau Testament* la matière de
leurs drames, ils exploitèrent une autre carrière ; et les vieux romans de chevalerie furent pour eux une mine féconde. On voit qu'en 1557, ils jouaient *Huon
de Bourdeaux*. Cette pièce, commencée depuis quelques mois, fut, on ne sait
pourquoi, interdite par une ordonnance du prévôt de Paris. Alors les confrères

se pourvurent au parlement; ils remontrèrent que, si on ne leur permettait point *le parachèvement de ce jeu*, ils seraient dans l'impuissance de payer des créanciers qui les poursuivaient et les contributions extraordinaires auxquelles ils étaient imposés pour les fortifications de la ville. Le parlement les autorisa provisoirement à continuer la représentation de *Huon de Bourdeaux*.

René Benoît, curé de Saint-Eustache, auteur de plusieurs pamphlets fanatiques, dès l'an 1570, vécut longtemps en mauvaise intelligence avec ses paroissiens, les *doyens et maîtres de la Passion de notre Sauveur;* il suscita contre eux les commissaires du Châtelet, qui leur firent défense d'ouvrir les portes de leur théâtre avant que les vêpres fussent achevées. Le 5 novembre 1574, les maîtres de la Passion présentèrent une requête au parlement, dans laquelle ils se plaignaient de l'animosité de ce curé et de l'injustice du règlement qui rendaient leurs priviléges illusoires et sans effet. « Il serait impossible, disaient-ils, étant
» les jours courts, vaquer à leurs jeux, pour les préparatifs desquels ils auroient
» fait beaucoup de frais, outre la somme de cent écus de rente qu'ils payent à la
» recette du roi pour le logis, et trois cents livres tournois de rente qu'ils baillent
» aux enfants de la Trinité, tant pour le service divin et autres nécessités pour
» les pauvres. » Ils demandent la permission d'ouvrir leur théâtre à trois heures après midi, comme à l'ordinaire, heure à laquelle les vêpres doivent être dites. La Cour leur accorde leur demande.

Un catholique zélé, qui composa, en 1588, des remontrances au roi Henri III sur les désordres du royaume, fait dans cet ouvrage un tableau peu avantageux du spectacle de l'hôtel de Bourgogne. Il s'y récrie contre les jeux et spectacles publics qui se donnent les jours de fêtes et dimanches; contre le théâtre Italien et contre celui des Français, qu'il qualifie de « *cloaque* et *maison de Sathan,*
» nommée l'*hôtel de Bourgogne,* dont les acteurs se disent abusivement *confrères*
» *de la Passion de Jésus Christ.* En ce lieu, continue-t-il, se donnent mille assi-
» gnations scandaleuses, au préjudice de l'honnêteté et pudicité des femmes, et
» à la ruine des familles des pauvres artisans, desquels la salle basse (le parterre)
» est toute pleine, et lesquels, plus de deux heures avant le jeu, passent leur
» temps en devis (paroles) impudiques, jeux de cartes et de dés, en gourman-
» dises et ivrognerie, tout publiquement, d'où viennent plusieurs querelles et
» batteries. » Notre auteur parle ensuite de ce qui se passe sur la scène. — « Sur
» l'échafaud (le théâtre), l'on y dresse des autels chargés de croix et ornements
» ecclésiastiques; l'on y représente des prêtres revêtus de surplis, même aux
» farces impudiques, pour faire mariages de risées. L'on y lit le texte de l'Évan-
» gile en chants ecclésiastiques, pour, par occasion, y rencontrer un mot à plai-
» sir qui sert au jeu; et, au surplus, il n'y a farce qui ne soit orde, sale et vilaine,
» au scandale de la jeunesse qui y assiste..... Telle impiété est entretenue des
» deniers d'une confrérie, qui devraient être employés à la nourriture des pau-
» vres. » L'auteur enfin reproche à Henri III d'avoir accordé des lettres patentes qui permettent la continuation de ce spectacle, ordonné au parlement de les enregistrer et au prévôt de Paris d'en surveiller l'exécution.

THEATRE ITALIEN. Un nommé Albert Ganasse vint en 1570 à Paris, et y établit un théâtre où, sans être autorisé par le parlement, il jouait, avec ses com-

pagnons, des comédies et même des tragédies. Le procureur général s'en plaignit
et se récria surtout de ce que ce chef de troupe exigeait quatre, cinq, et jusqu'à
six sous par personne, *sommes excessives et non accoutumées.* Chaque place ne
coûtait alors que deux sous. Ganasse obtint du roi des lettres patentes qui autorisaient son spectacle : le parlement ajourna l'enregistrement de ces lettres.
On ignore la destinée ultérieure de cette troupe.

L'année suivante, Henri III fit venir de Venise à Blois des comédiens italiens
appelés *gli Gelosi :* quelques partis protestants les firent prisonniers en route. Ce
roi solda généreusement leur rançon, et leur permit de jouer leurs farces dans la
salle même des États, et de se faire payer un demi-teston par chaque spectateur.
— De Blois, ils se rendirent à Paris, où ils établirent leur théâtre à l'hôtel de
Bourbon, près du Louvre. L'ouverture en fut faite le dimanche 19 mai 1577 :
ils prenaient quatre sous par tête. « Il y avait tel concours, dit l'Estoile, que
» les quatre meilleurs prédicateurs de Paris n'en avaient tous ensemble autant
» quand ils prêchaient. » Le parlement ordonna, le 22 juin suivant, aux Gelosi
de cesser leur jeu, parce que, dit le même écrivain, ces comédies *n'enseignaient
que paillardises.* Alors les Gelosi obtinrent des lettres patentes du roi, qui autorisaient leur spectacle; mais le parlement refusa de les enregistrer, et leur fit
défense, par arrêt du 27 juillet 1577, d'obtenir ni de présenter à la cour de
pareilles lettres, sous peine de dix mille livres d'amende. Cette défense menaçante n'empêcha point ces comédiens de rouvrir leur théâtre. Au mois de septembre suivant, en vertu d'une jussion expresse du roi, ils continuèrent leurs
représentations à l'hôtel Bourbon.

On vit de temps en temps, à Paris, quelques troupes nouvelles qui essayèrent
de s'y établir; mais, repoussées par les priviléges des doyens et maîtres de la
Passion, priviléges toujours fortement respectés par le parlement, elles n'eurent
qu'une existence temporaire. Tel fut le sort des comédiens qui s'établirent à
l'hôtel de l'abbé de Cluni, rue des Mathurins, et dont, le 6 octobre 1584, le
théâtre fut fermé par ordre de cette cour.

Cependant la scène française commençait à prendre un caractère de dignité
qu'elle n'avait jamais eu. Le pape Léon X avait mis à Rome les tragédies en
vogue. Le cardinal de Ferrare, archevêque de Lyon, fit construire une salle dans
cette dernière ville, et dépensa plus de dix mille écus pour y faire représenter
une tragédi-comédie. Il fit venir d'Italie des comédiens et comédiennes pour la
jouer. Puis on vit paraître successivement la *Sophonisbe*, de Saint-Gelais, et la
Cléopatre et la *Didon*, de Jodelle, productions très-imparfaites, quoique très-
applaudies, mais qui furent, à Paris, les premiers accents de la muse tragique.
Dans la suite, et durant la même période, Gabriel Bounyn fit jouer, en 1560, sa
Soltane; Jean de la Péruse, sa *Médée*, qui lui mérita, de la part de Jacques
Tahureau, le titre de *premier tragique de France*, etc.

Pendant la captivité de François Ier, on s'occupa beaucoup des fortifications
de Paris. En 1525, on fit abattre ou raser une partie des voiries ou monticules

formées, au dehors de l'enceinte, par les dépôts successifs des gravois et immondices de cette ville. Du côté du nord, l'enceinte, en quelques parties, était auparavant entourée d'un double fossé; on en creusa un seul plus profond; seize mille prisonniers y travaillèrent.

On fit abattre, dans la même année, la *Porte aux Peintres*, située dans la rue Saint-Denis, porte qui appartenait à l'enceinte de Philippe Auguste. — En 1541, l'approche de l'armée impériale détermina le gouvernement à fortifier de nouveau Paris. On y travailla avec ardeur. — En 1552, les habitants firent encore quelques fortifications du côté des portes Saint-Denis et Saint-Martin; quoique toutes les constructions, réparations et creusement de fossés, se fissent à leurs frais, ils étaient néanmoins obligés d'obtenir, avant de les entreprendre, la permission du roi. — En 1566, on commença à étendre l'enceinte de Paris du côté de l'ouest, et l'on y comprit le jardin des Tuileries. Cette partie d'enceinte fut nommée *Boulevard des Tuileries*. L'extrémité occidentale de ce jardin fut fermée par un large bastion qui a subsisté longtemps. Entre ce bastion et la Seine, on établit dans la suite une porte appelée *de la Conférence*. Ces constructions s'exécutèrent avec beaucoup de lenteur. L'ancienne enceinte, qui se trouvait entre les châteaux du Louvre et des Tuileries, continua de subsister.

Le faubourg Saint-Germain, depuis les guerres du XVe siècle, était presque entièrement ruiné. En 1540, on commença à le rebâtir, et, en 1544, à paver quelques-unes de ses rues. Ces améliorations, commencées par l'abbé de Tournon, urent poursuivies par le cardinal de Bourbon, abbé de Saint-Germain-des-Prés, vers 1578.

Un groupe de maisons s'était élevé au delà de l'enceinte nord de Paris, et formait un hameau appelé *Villeneuve*. Ce hameau étant plus considérable, on permit, en 1552, aux habitants d'y avoir une église, laquelle fut remplacée par celle qu'on nomme aujourd'hui *Notre-Dame-de-Bonne-Nouvelle*.

Sous le règne de François Ier, plusieurs églises de Paris furent rebâties, plusieurs rues pavées, plusieurs fontaines réparées; et, pour la première fois, on construisit le quai du Louvre. — Sous Henri II, le vieux Louvre, déjà commencé, fut achevé : on édifia le château des Tuileries et l'hôtel de Soissons. — Enfin, dans la Cité, sur l'emplacement appelé *la Ceinture Saint-Éloi*, plusieurs rues furent ouvertes et des maisons construites.

Divers événements apportèrent des changements dans quelques autres parties de Paris. En 1536, le tonnerre ruina la tour de Billy. En 1563, l'Arsenal presque tout entier fut détruit par l'explosion de quinze à vingt milliers de poudre qu'il contenait. — En 1547, le pont Saint-Michel s'écroula. En 1564, le palais des Tournelles fut démoli. — En 1572, on s'occupa à construire le quai des Bons-Hommes, au bas de Chaillot.

Les environs du Louvre étant couverts de bâtiments, et le bourg de Saint-Germain-des-Prés reconstruit et peuplé, on sentit la nécessité d'établir sur la partie de la Seine qui sépare ces deux quartiers de Paris un moyen de communication : on plaça d'abord un bac sur cette rivière, puis on se décida à y bâtir un pont. Le 31 mai 1578, Henri III posa la première pierre de ce pont; on travailla sans relâche à cet ouvrage, sous la direction d'André du Cerceau, architecte célèbre. Mais les événements politiques firent abandonner bientôt après les travaux : on ne les reprit que sous le règne de Henri IV.

ÉTAT CIVIL ET ADMINISTRATIF DE PARIS.

Le parlement de Paris exerçait la haute police sur cette ville et sur celles de son vaste arrondissement. — Le prévôt de Paris exécutait avec ses archers les ordres du roi et les arrêts du parlement. — Le prévôt des marchands présidait à tout ce qui concerne la défense et le commerce, et exerçait notamment la police sur la rivière et sur les ports. — Quatre échevins et le procureur du roi, le greffier, le receveur, présidés par le prévôt des marchands, composaient le *bureau de la ville,* auquel étaient adjoints vingt-six conseillers, et, de plus, dix sergents, qui exécutaient leurs arrêtés. — Seize quarteniers, quatre cinquante-niers et deux cent cinquante-six dizeniers commandaient la garde bourgeoise de Paris. — Trois compagnies d'archers, arbalétriers, arquebusiers, étaient com-mandées par les prévôts de Paris et des marchands : en 1550, on donna à ces compagnies un capitaine-général. — Le guet qui servait à la garde de la ville se composait du *guet royal,* formé d'un certain nombre d'hommes, à pied et à cheval, qui faisaient la ronde dans les rues; et du *guet assis,* formé de bourgeois ou artisans, que l'on plaçait en divers quartiers, de manière à ce qu'ils pus-sent se prêter un mutuel secours. — Ces deux espèces de guets étaient com-mandés par un seul capitaine, qualifié de *Chevalier du Guet.* Un gouverneur de Paris et de la province de l'*Ile-de-France,* lieutenant du roi, brochant sur le tout, avait le commandement de toute la force armée. Il est remarquable que, pendant cette péricde, plusieurs de ces gouverneurs militaires étaient des archevêques et des cardinaux.

L'état militaire de Paris, outre la garde bourgeoise et les deux guets, pouvait être renforcé par les archers de la ville, les sergents du Châtelet, les gardes de la connétablie, et notamment par les compagnies des arquebusiers et des arba-létriers, dont j'ai parlé.

Ces diverses institutions, destinées à maintenir l'ordre public, étaient entra-vées dans leur action les unes par les autres, et surtout par cette multitude de justices seigneuriales, dont chacune avait son tribunal, ses prisons, ses ser-gents, ses gardes ou ses archers. Le Temple, le monastère Saint-Martin, l'abbaye Saint-Germain-des-Prés, Sainte-Geneviève, etc.; les chanoines de Notre-Dame, la justice épiscopale, l'officialité, et en outre le bailliage du Palais, la connéta-blie, l'amirauté, la chambre des comptes, la cour des aides, la cour des mon-naies, le Châtelet, etc., avaient aussi leur juridiction et leurs officiers. Mais ces institutions, surabondantes, inutiles, ne servaient qu'à compliquer l'action admi-nistrative : leur attribution, vaguement limitée, donnait naissance à une infinité d'entreprises des unes sur les autres, à d'interminables et ridicules conflits de juridiction, à de continuelles querelles de préséance.

Aussi Paris fut-il presque continuellement en proie au brigandage, aux séditions, aux abus les plus intolérables. En 1529, une bande de voleurs, appelés *mauvais garçons,* troupe de gens masqués, exerçait dans cette ville, même en plein jour, des pillages que les autorités ne pouvaient réprimer : elle volait les bateaux sur la rivière, battait le guet, et, pendant la nuit, se retirait hors de Paris avec son butin. A ces brigands se joignaient, dans le même temps, des *aventuriers français*, des bandes corses et italiennes, qui désolaient la ville et ses environs. Ces troupes, mal payées, vivaient de vols et de meurtres, et les gendarmes du comte de Saint-Paul les imitaient. Ce ne fut qu'après qu'ils eurent fait des ravages énormes qu'on parvint à s'en débarrasser.

Au mois de mai 1525, on donna une nouvelle organisation au guet de Paris. On recommanda aux Parisiens de placer des lanternes allumées devant leurs maisons, comme on avait fait l'année précédente : et l'on établit un lieutenant-criminel de robe courte, chargé de juger les personnes prises en flagrant délit.

En 1548, la route d'Orléans, la plus fréquentée de toutes celles qui partaient de Paris, était infestée par des voleurs, qui se retiraient dans les profondes carrières des faubourgs Notre-Dame-des-Champs et Saint-Jacques : le parlement, au mois de mai de cette année, ordonna aux habitants de ces faubourgs d'établir un guet. Remède inutile. Ce ne fut qu'en 1563 que de nouvelles plaintes à ce sujet déterminèrent cette cour à faire clore l'entrée de ces carrières pendant la nuit et les jours de fêtes.

Les magistrats étaient d'ailleurs dépourvus de moyens pour maintenir l'ordre tant au dedans de Paris qu'au dehors de cette ville.

Le 4 juillet 1548, les écoliers se portèrent en armes contre l'abbaye Saint-Germain-des-Prés, l'assiégèrent, firent des brèches aux murailles du grand clos et des jardins, en brisèrent les arbres fruitiers, les treilles, etc.; ils firent de pareils dégâts dans la ferme de cette abbaye et même dans quelques maisons voisines, bâties sur le Petit-Pré-aux-Clercs, dont ils se prétendaient propriétaires. Il paraît que l'abbé et quelques particuliers avaient envahi plusieurs parties de ce pré. Aucune force publique ne se présenta pour arrêter l'élan de cette jeunesse turbulente qui, pendant plusieurs jours, dévasta les propriétés de l'abbaye entière, se retira, comme en triomphe, chargée de branches d'arbres. Le parlement ordonna, le 9 juillet, qu'il serait fait des informations. Cette mesure n'empêcha pas les écoliers de se porter, en janvier 1549 et en mai 1550, sur les bâtiments de Saint-Germain-des-Prés, et d'y renouveler chaque fois leurs dévastations : on ne leur opposa que des menaces.

Les habitants du faubourg Saint-Marcel, d'un côté, et ceux des faubourgs Saint-Jacques et Notre-Dame-des-Champs, de l'autre, étaient entre eux dans un état de guerre continuelle. Ils se battaient, se mutilaient, rompaient les clôtures, ravageaient les propriétés. Le parlement n'a d'autres moyens à opposer que de défendre, le 11 octobre 1552, les rassemblements, et de faire planter quatre potences dans le faubourg Saint-Marcel, et deux autres dans les faubourgs Saint-Jacques et Notre-Dame-des-Champs.

Mais ce n'étaient pas les seuls perturbateurs. « Ce fut inutilement que le » parlement, par son arrêt de mars 1551 (1552), défendit à tous les habitants, » varlets de boutiques, clercs du Palais et du Châtelet, pages et laquais, et à » tous gens de métier, de porter bastons, espées, pistollez, courtes dagues, » poignards, à peine de punition corporelle. » Les désordres continuèrent. En

juillet 1553, le parlement renouvela les mêmes défenses, et ajouta celle de *fron-
der devant les Augustins*, c'est-à-dire de lancer des pierres avec la fronde. Cette
cour, toujours menaçante, toujours paralysée, rendit, le 7 mars 1553 (1554),
contre les clercs de procureurs, palefreniers, laquais et autres serviteurs, un
arrêt qui leur défendit de s'attrouper, de porter des armes, sous peine de la
hart, et ordonnait au bailli de faire planter deux potences dans la cour du Palais, où les contrevenants seront pendus *sans figure de procès*.

Tous ces moyens comminatoires, inspirés par l'impuissance, ne produisirent
aucun résultat. Charles IX se vit enfin obligé, par un édit de janvier 1572, de
créer *un bureau de police*. Mais ce bureau contrariait les attributions des autres
tribunaux, blessait des intérêts, des amours-propres ; le roi, l'année suivante,
supprima donc le bureau de police : il chargea le prévôt de Paris et son lieutenant, le prévôt des marchands, du soin de maintenir la tranquillité publique,
qui continua à être troublée comme auparavant. Ainsi, pendant cette période,
la ville de Paris, sans cesse agitée par des soldats indisciplinés, par des vagabonds et des voleurs, par des pages et laquais, par des ouvriers et garçons de
boutique, par les écoliers et leurs régents, puis par des prédicateurs et les dissensions politiques et religieuses, fut, au dehors comme au dedans de son enceinte, dans un état continuel de guerres et d'alarmes.

POPULATION. Elle se composait, à Paris, de nobles, de gentilshommes, domestiques, pages, laquais, etc., suivant la cour ; de prêtres, de dignitaires, desservants, moines, etc.; d'officiers de justice, présidents, conseillers, avocats du roi,
avocats, procureurs, solliciteurs, huissiers ; enfin des professeurs, écoliers, médecins, chirurgiens, libraires, tous membres de l'Université. Il serait difficile
de déterminer le nombre de ces diverses classes de la population.

Quant à certains offices, l'ouvrage de Nicolas Froumenteau nous offre quelques données. Il nous apprend que, sous Louis XII, il n'existait dans le diocèse
de Paris que quarante-huit à quarante-neuf huissiers ou sergents, et qu'en 1580,
époque où il écrivait, il s'en trouvait plus de trois cents. Le nombre des notaires, sous Louis XII, se montait, dans le même diocèse, à vingt-cinq ou trente ;
et, sous le règne de Henri III, ce nombre avait plus que quadruplé. Le nombre
des avocats était, sous ce dernier règne, dix fois plus grand que sous celui de
Louis XII. Cet accroissement extraordinaire, opéré dans l'espace d'environ
soixante ans, est dû à deux causes principales. Les rois de cette période, toujours assaillis par le besoin des finances, trouvèrent une ressource extraordinaire dans la vente des offices : ils en créèrent un très-grand nombre pour en
retirer plus de profit. D'autre part, en 1560, aux états d'Orléans, il fut défendu
aux prêtres d'exercer les fonctions de notaire, fonctions que depuis longtemps
ils avaient envahies. Cette défense, qui multipliait les travaux des notaires laïques, dut aussi en multiplier le nombre.

La partie industrielle de la population de Paris était divisée en *six corps de
marchands* ou *métiers*. Ce nombre varia : sous Louis XII, il était de cinq ; sous
François Ier, il fut porté à sept : les *changeurs*, les *drapiers*, les *épiciers*, les *mer-
ciers*, les *pelletiers*, les *bonnetiers*, les *orfèvres*. Les changeurs, qui, anciennement, habitaient les maisons bâties sur le Pont-au-Change, réduits à un très-

petit nombre, au seizième siècle, cessèrent de faire corps. Les drapiers occupèrent alors le premier rang et il n'y eut plus que six corps. En 1585, Henri III
érigea un septième corps, celui des *marchands de vin;* mais les autres corporations refusèrent de le reconnaître. Chacun de ces corps était gouverné par des
maîtres et syndics, formait une confrérie, avait un patron particulier, des règlements nuisibles aux progrès de l'industrie, et des priviléges qui, disputés
par les autres corps, devenaient une source d'altercations. Ces corps avaient
notamment la prérogative utile de porter le dais dans la cérémonie de l'entrée
des rois et des reines. Ils dépensaient alors beaucoup d'argent pour s'habiller
avec magnificence ; ils en dépensaient aussi pour leurs amples repas de corps.
Ces règlements, ces repas, ces priviléges alimentaient la vanité et la débauche :
le commerce, l'industrie, la morale n'y gagnaient rien.

D'après les auteurs contemporains, Paris renfermait six à sept mille voleurs,
huit à neuf mille pauvres ; population qui offrait de puissants secours aux factions et aux perturbateurs.

On n'a qu'une donnée sur la population générale de Paris. En 1553, le prévôt
des marchands proposa une imposition de cent sous sur chaque maison, et dit
que, sur le pied de douze mille maisons, l'impôt produirait 60,000 livres.
Comme ces maisons étaient moins élevées et moins populeuses que celles d'aujourd'hui, je crois m'éloigner peu de la vérité en accordant à Paris, pendant
cette période, une population de deux cent à deux cent dix mille âmes.

Dans ce tableau de l'état civil, je ne dois pas omettre deux changements notables qui, vers la même époque, s'opérèrent en France dans le calendrier.

L'année, depuis longtemps, commençait à Pâques : Charles IX, par un édit
de 1564, fixa le commencement de l'année au 1er janvier ; et cette ordonnance
s'exécuta le 1er janvier 1565. On s'était déjà aperçu de la précession des équinoxes et du dérangement qu'elle apportait dans les diverses époques de l'année.
Un nouveau calendrier fut, en 1582, publié par le pape Grégoire XIII. Dix jours
furent retranchés de cette année. A Rome, le 5 octobre fut compté pour le
15 de ce mois. — En France, cette correction fut admise par lettres patentes
du 3 novembre 1582, qui ordonnent que le 10 décembre serait compté pour le
20 de ce mois. Cette correction, qui n'est pas sans défaut, causa un grand dérangement dans les affaires publiques et dans les transactions particulières.

TABLEAU MORAL DE PARIS.

Les mœurs s'épurent en raison de l'accroissement des lumières ; je crois donc
nécessaire de faire précéder le tableau moral de Paris, pendant cette période,
par quelques notions sur les causes qui accrurent soudainement les progrès des
arts, le goût des études et de la littérature en France.

La publication, par la voie de l'impression, de plusieurs ouvrages de l'antiquité, la protection qu'à l'envi les uns des autres les souverains de l'Europe
accordèrent aux littérateurs et aux savants, furent les prémices de la révolution
qui, au seizième siècle, s'opéra dans les esprits. François Ier, stimulé par le
docte Guillaume Budé, favorisa les lettres et les beaux-arts, attira dans Paris

plusieurs savants étrangers, enrichit sa bibliothèque de Fontainebleau d'un nombre considérable de manuscrits, de livres imprimés, et fonda le collége de France. Les têtes en fermentation annonçaient une explosion prochaine : ce roi la favorisa ; et de nouvelles lumières brillèrent en France.

Olivier de Serres, surnommé le *père de l'Agriculture*, communiqua au public les fruits de sa longue expérience et de ses méditations, dans un ouvrage intitulé le *Ménage des Champs ;* la France est redevable à de Serres de la culture du mûrier blanc et de l'éducation des vers à soie. — Ambroise Paré fut le père de l'art chirurgical, et ouvrit une carrière nouvelle aux jeunes étudiants. — Pour la première fois, en 1555, l'anatomie fit des progrès, et nous en sommes redevables à Richard Hubert, qui obtint la permission de faire des démonstrations publiques sur le corps des hommes exécutés à mort par jugement des tribunaux, et sur ceux des personnes décédées à l'Hôtel-Dieu. — Bernard Palissy, potier en terre, peintre en verre, pénétra assez avant dans les mystères de la nature pour en tirer des conséquences que le célèbre Buffon n'a pas hésiter d'adopter. Il orna les palais des rois, et se montra supérieur à eux par son noble caractère. — L'architecture et surtout la sculpture éprouvèrent de notables changements : le goût antique prit faveur en France, et on le vit, pour la première fois, employé à Paris, dans la construction du Louvre, par Pierre Lescot ; et ensuite dans celle des Tuileries, par Philibert Delorme. — Jean Goujon orna divers palais des admirables productions de son ciseau. — Amyot traduisit Plutarque, et sa traduction, quoique dans un style vieilli, est encore recherchée. Michel de Montaigne composa et publia ses *Essais.* Nul Français, avant lui, n'avait pénétré si avant dans les replis du cœur humain, et n'en avait, avec autant d'originalité et de précision, dévoilé les secrets.

 Les théâtres de Paris, qui, avant cette époque, n'avaient offert aux spectateurs que des *mystères*, des *soties*, des *farces* et des *moralités*, s'ennoblirent en quelque sorte par des tragédies, compositions informes, mais qui naissaient pour être perfectionnées. Clément Marot prouva que la poésie suivait la marche progressive des autres connaissances humaines. Rabelais, sous le voile d'une burlesque allégorie, traçait les mœurs des règnes de François Ier et de Henri II. Enfin les Estienne, savants imprimeurs, honorèrent la ville de Paris, leur patrie, par leur savoir et par des éditions soignées de divers auteurs.

Le vice le plus exécré dans toute la société est la cruauté. François Ier, Henri II, Charles IX, Henri III, se sont montrés presque aussi cruels que les Néron et les Caligula. Comme ces empereurs, ils ont mêlé des fêtes pompeuses à d'affreux supplices ; comme eux, ils unissaient à leur luxe ruineux pour le peuple, à leurs exploits sanguinaires, la plus impudente débauche : corrompus, ils devenaient corrupteurs ; et leurs exemples, suivis par les courtisans, corrompaient aussi les classes inférieures, malheureusement trop enclines à imiter les vices embellis par le prestige des richesses et du pouvoir.

Brantôme, l'apologiste de toutes les dissolutions, raconte qu'il eut, à Fontainebleau, un entretien avec un grand prince, qui, après avoir fait l'éloge de François Ier, « blasma fort ce roi de deux choses.... : l'une, pour avoir intro-
» duit en la cour les grandes assemblées, abords et résidence ordinaire des da-

» mes; et l'autre, pour y avoir appelé, installé et arresté si grande affluence de
» gens d'église. » Brantôme justifie l'introduction des dames à la cour, en disant qu'elles n'étaient pas comme celles qu'Héliogabale réunit dans son palais,
à Rome, mais des *dames de maisons*, des *demoiselles de réputation;* que « si elles
» favorisaient quelquefois leurs amants et serviteurs, le roi n'en pouvait être
» blasmé. Je voudrais savoir qu'estoit-il plus louable au roi, ou de recevoir une
» si *honneste* troupe de dames et damoiselles en sa cour, ou bien de suivre les
» erres (les usages) des anciens rois du temps passé, qui admettaient tant de
» p...... ordinairement en leur suite, desquels *le roi des ribauds....* avait charge
» et soin de leur faire despartir quartier et logis, et là commander de leur faire
» justice, si on leur faisait quelques torts. »

Le langage, à la cour magnifique de François Ier, correspondait aux mœurs
des princes et des courtisans. On y parlait comme parle Rabelais dans son *Gargantua* et dans son *Pantagruel*, comme Brantôme dans ses *Dames galantes*, etc.,
écrivains qu'aujourd'hui on ne peut plus lire en bonne compagnie. On jurait à
cette cour comme on jure dans les cabarets : chaque roi, chaque grand seigneur avait son juron habituel (1).

La cour de France, sous les règnes des autres Valois, fut à peu près la même
que sous François Ier. Son fils, Henri II, dominé par sa maîtresse, Diane de Poitiers, paraît avoir été un peu contraint dans ses débauches par cette femme
hautaine. Celle-ci, excitée par le cardinal de Lorraine, qui avait, dit-on, part à
ses bonnes grâces, poussa Henri II à persécuter les protestants, dont il fit brûler vifs un très-grand nombre pendant tout le cours de son règne. Ces cruautés
catholiques n'empêchèrent pas le libertinage d'être en vogue à la cour ; on s'y
livrait sans pudeur, et Brantôme est notre garant. Sous Charles IX, on poussa
encore plus loin le catholicisme et la débauche : on fit les massacres de la Saint-
Barthélemi, et Catherine de Médicis prostituait les *honnestes dames et damoiselles
de la cour*, et les faisait servir à sa politique. Leurs charmes étaient des piéges
que cette reine tendait aux princes et seigneurs qu'elle voulait tromper ou attacher à ses intérêts.

Ce fut au milieu de cette corruption que François Ier finit ses jours, que vécu-
rent Henri II, Charles IX, Henri III; mais ce dernier roi se distingua de ses prédécesseurs par ses goûts efféminés, et surtout par ses débauches ultramontaines.
Son règne fut celui des *mignons*. L'infamie qu'avaient encourue les dames et les
jeunes filles de la cour s'étendit, pendant ce dernier règne, sur les jeunes courtisans, qui, plus méprisables qu'elles, se livraient avec leur maître aux plus dégoûtants excès du libertinage.

Les rois de France de la branche des Valois corrompirent jusqu'aux beaux-
arts, qu'ils rendirent complices de leurs dépravations. Plusieurs maisons royales
étaient ornées de tableaux, de peintures, de tapisseries et de sculptures qui re-

---

(1) Brantôme nous a conservé, dans ces quatre vers, les jurons de quatre rois : *Discours* 45, t. V,
p. 181.)

Quand *la Pasque-Dieu* décéda,...... Louis XI.   *Le Diable m'emporte* s'en tint près,.... Louis XI,
Par-le-jour-Dieu lui succéda;.... Charles VIII.   *Foi de gentilhomme* vint après...... François Ier.
Charles IX jurait *par le Sangdieu, par la Mortdieu;* tous ses successeurs ont juré ; et Louis XII
dans sa jeunesse jurait encore ; mais il en eut honte et se corrigea de cette habitude.

présentaient des scènes alarmantes pour la pudeur des uns, et propres à en-
flammer les désirs des autres. Le château de Fontainebleau était rempli de ces
objets indécents. « On y voit, dit Sauval, des dieux, des hommes, des femmes
» et des déesses qui outragent la nature, et se plongent dans les dissolutions les
» plus monstrueuses. » Il ajoute qu'en 1643, Anne d'Autriche, à son avénement
à la régence, fit brûler de ces peintures ou effacer de ces sculptures pour plus
de 100,000 écus ; il parle d'un tableau de Michel-Ange, que François Ier avait
acheté au duc de Ferrare, représentant Léda, dont la passion était si chaude-
ment exprimée, que l'intendant des bâtiments, Sublet des Noyers, le voyant à
Fontainebleau, en fut scandalisé, et le fit brûler.

Si l'on jette un coup d'œil sur les talents, la conduite et le caractère des
hommes qui ont partagé l'autorité et figuré avec le plus de distinction dans les
événements de cette période, on est tout étonné de les voir plongés dans la plus
profonde ignorance. Une cuisinière d'aujourd'hui rougirait d'écrire le français
avec des fautes d'orthographe aussi grossières que celles que l'on trouve dans un
billet de la main du duc de Guise. Il écrit à M. de Connor, après s'être emparé
de quelques fortifications de la ville d'Orléans : «Mon bon homme, je me mange
» les dois de penser que, si jeusse heu vi quanons pour en tirer deux mille
» coups, ceste ville étoit à nous. Ils n'avoient qu'ung seul parapet qui vaille....
» Ils n'ont pas quatre cans soldas bons... Je ne puis fere mieux que de essaier de
» gagner le pont, qui couppent ; ce qui m'est mallezé, etc.» Charles de Cossé,
comte de Brissac, maréchal de France, ne pouvait qu'avec peine former les
lettres de sa signature. Le connétable Anne de Montmorency, un des premiers
hommes de la France par ses fonctions, ses richesses et sa naissance, était dépourvu de toute espèce d'instruction : il ne savait ni lire ni écrire, et signait
ses dépêches avec une marque. Enfin, les ambassadeurs qui, en 1573, vinrent
à Paris offrir au duc d'Anjou la couronne de Pologne, ne parlaient que le
polonais, le latin et l'italien ; le roi fit venir exprès d'Auvergne Antoine d'Al-
lègre, baron de Milau, le seul seigneur qui sût la langue latine. Pour répondre
au discours latin que ces ambassadeurs adressèrent à la reine, on eut recours
à une femme savante de cette époque, à la duchesse de Retz, qui répondit pour
la reine.

Si l'on excepte les principaux chefs du parti protestant, qui avaient reçu une
éducation soignée, on trouve parmi la noblesse de cette période beaucoup d'i-
gnorance, de superstition, et tous les vices de la féodalité. La conversation des
courtisans ne roulait ordinairement que sur des anecdotes peu favorables à
l'honneur des dames, sur les bonnes fortunes obtenues auprès d'elles, sur des
combats, sur le jeu, sur les chiens, les chevaux et les habits. Ce dernier article
était en grande considération. Voyez comment Brantôme, courtisan raffiné,
s'extasie devant ces robes rouges des cardinaux, ces étoffes d'argent, d'or, sur-
chargées de perles et de diamants, qui composaient, dans les circonstances
éclatantes, les vêtements des hommes et des femmes de la cour. Rien ne lui
paraît plus digne d'admiration que ces futilités que la raison dédaigne, et qui
tiennent lieu de mérite à ceux qui n'en ont aucun.

Dans la période qui nous occupe, le clergé marchait sur les traces de la

noblesse : ainsi, en 1575, la ville de Paris, autorisée par le roi, tint une assem-. blée dans la grande salle de l'Hôtel-de-Ville, et, après de mûres délibérations, rédigea des remontrances où se trouvent ces passages : « Quant à l'état de l'É-
» glise, la simonie y est publiquement et si impudemment soufferte, que l'on
» ne rougit point d'intenter un procès et actions pour l'entretennement des
» conventions simoniales illicites... Les bénéfices ecclésiastiques sont à présent
» tenus et possédés par *femmes et gentilshommes mariés*, lesquels emploient les
» revenus à leur profit particulier, et ne font aucunement célébrer le service
» divin, frustrant en cela l'intention de l'Église et des fondateurs, et n'exerçant
» aucune charité envers les pauvres... Les évêques et curés ne résident sur leurs
» bénéfices et évêchés, ainsi délaissent et abandonnent leur pauvre troupeau à
» la gueule du loup, sans aucune pasture ou instruction... et sont les ecclésias-
» tiques si extrêmement débordés en luxure, avarice et autres vices, que le
» scandale en est public. »

De pareilles plaintes se trouvent reproduites dans une infinité de monuments historiques. Les évêques, partout accusés d'orgueil, de vanité, s'adonnaient à la guerre, ne s'occupaient que de chevaux, de chiens et d'oiseaux de chasse, et se livraient à toutes sortes de débauches. Ce qui est remarquable, et ce qui prouve les défauts de l'institution, c'est que les vices que Grégoire de Tours et saint Boniface reprochaient aux évêques gaulois des septième et huitième siè-cles, et tous ceux qu'on leur a reprochés depuis, sont les mêmes dont ils se sont entachés au seizième.

Les habitants de Paris copiaient aussi exactement qu'ils le pouvaient les mœurs de la cour; ils imitaient, pour la plupart, sa dévotion, ses pratiques su-perstitieuses et magiques, ses débauches, son luxe et ses autres immoralités. Nulle législation fixée, un mélange confus des lois romaines et des coutumes barbares, des ordonnances de circonstance, incohérentes, souvent contradic-toires; le tout mis à exécution avec une lenteur et une mollesse favorables aux crimes, par des gens incapables, mal payés et faciles à corrompre. La seule digue à opposer au torrent de la corruption, la religion, telle qu'elle était alors enseignée, autorisait plutôt les désordres des passions qu'elle ne les prévenait. Des expiations commodes tranquillisaient les coupables sur les châtiments fu-turs, et bannissaient de leurs pensées jusqu'aux remords.

Toutes les parties de l'administration étaient dans le plus grand désordre.
« En ce temps, dit l'Estoile (en 1578), tous les états de France se vendoient au
» plus offrant, principalement de la justice, qui estoit la cause que *l'on reven-*
» *doit en détail ce que l'on avoit acheté en gros*, et qu'on épiçoit si bien les sen-
» tences aux pauvres parties, qu'elles n'avoient garde de pourrir. Mais ce qui
» étoit le plus abominable étoit la cabale des matières bénéficiales : la plupart
» des bénéfices étoient tenus par femmes et gentilshommes mariés, auxquels
» ils étoient conférés pour récompense, jusqu'aux enfants auxquels les béné-
» fices se trouvoient le plus souvent affectés avant qu'ils fussent nés, en sorte
» qu'ils venoient au monde crossés et mitrés. »

Le *bas clergé* était alors fort ignorant et très-peu réglé dans ses mœurs : je parle en général, car il est toujours, même dans les temps les plus désordonnés, d'honorables exceptions. La plupart des ecclésiastiques étaient fermiers ou seulement commis du titulaire des bénéfices qu'ils desservaient; ne recevant qu'une faible partie de leurs revenus, ils étaient obligés, pour vivre, de recourir à ces impostures appelées *fraudes pieuses*. C'étaient des reliques découvertes, des miracles nouveaux, de nouvelles fêtes de saints qui attiraient des offrandes; c'étaient des confréries, des bénédictions multipliées. Ils vendaient aux croyants le privilége d'emporter chez eux, et de garder pendant une année entière, telle ou telle relique qui portait bonheur, etc. Ils faisaient argent de tout : aucune cérémonie religieuse n'était gratuite. C'est à ces misérables, que, par dérision on nommait *Custodinos*, qu'on attribue ces scènes nocturnes qui ont donné lieu à tant de contes ridicules, ces apparitions de gens qui ressuscitaient pour effrayer les vivants et les engager à porter de l'argent aux prêtres, afin qu'ils dissent des prières et des messes, ou pour engager leurs parents à léguer quelques biens à l'Église, ce qu'ils avaient négligé de faire en mourant. On sait que les cordeliers d'Orléans, convaincus d'une pareille fourberie, en furent exemplairement punis. Enfin ces prêtres exploitaient le plus habilement qu'ils pouvaient la crédulité des faibles et des ignorants.

Les prêtres les plus instruits, les curés, les prédicateurs de Paris *pensionnaires de la cour d'Espagne*, organes de sa politique ambitieuse et de ses fureurs fanatiques, prêchaient le trouble, la sédition, le meurtre. Presque jamais, pendant cette période calamiteuse, des paroles de paix ne sont sorties de leur bouche; jamais la douce morale de l'Évangile ne fut recommandée par ces furieux. Ils ne faisaient consister la religion que dans quelques jeûnes, quelques abstinences de chair; que dans des offrandes et surtout dans les fréquentes et nombreuses processions dont j'ai parlé.

On croyait beaucoup, avant les règnes des Valois, aux revenants, aux démons, aux possessions, aux sorciers, aux divinations, aux présages, aux noueurs d'aiguillettes, aux enchantements, aux *volts*, aux prédictions; mais Catherine de Médicis, infatuée de ces misérables croyances, les propagea par son exemple et par la faveur qu'elle accordait aux magiciens et aux astrologues : elle en amena même d'Italie à Paris. Parmi ces imposteurs, se distinguait Cosme Ruggieri, qui, accusé d'avoir fabriqué une image de cire pour le seigneur La Mole, dans le dessein de captiver en sa faveur le cœur d'une princesse (la reine Marguerite), ou de faire mourir le roi Charles IX, fut, en 1574, arrêté et condamné aux galères par arrêt du parlement. Catherine, alarmée pour le sort de son cher compatriote, écrivit au procureur général de cette cour, parvint à soustraire Ruggieri au supplice qu'il devait subir; et, pour le dédommager des peines de sa prison, elle lui donna l'abbaye de Saint-Mahé en Bretagne.

René Benoît, curé de Saint-Eustache à Paris, crut nécessaire de publier, en 1579, un traité sur les *maléfices, sortiléges et enchanteries, tant de ligatures et nœuds d'esguillettes, pour empescher l'action du mariage, qu'autres*, etc., où il écrit au chapitre II : «Nous sommes à présent tant affligés et inquiétés des sorciers » et autres personnages diaboliques et ministres de Satan... » Leur nombre était si considérable, en effet, que l'Estoile dit : «Du temps de Charles IX, cette » vermine étoit parvenue à Paris à une telle impunité, qu'il y en avoit jusqu'à

» trente mille, comme le confessa leur chef, en 1572. » Mais certainement ce chef exagérait.

L'ignorance portait les Parisiens à tout croire, et les disposait aussi à tout admirer. Cette admiration constante pour les choses qui en étaient peu dignes leur a valu le surnom de *badauds*. Rabelais, avec la brusque franchise de son temps, dit : « Le peuple de Paris est tant sot, tant badaud et tant inepte de na- » ture, qu'ung basteleur, un porteur de rogatons, un mulet avec ses cymbales, » un vielleux au milieu d'un carrefour, assemblera plus de gens que ne feroit » un bon prédicateur évangélique. »

Les Parisiens ne se contentèrent pas d'adopter les croyances et les superstitions de la cour : ils en imitèrent les manières et le luxe. Cette imitation causait de grands désordres dans les familles. Les rois tentèrent d'arrêter les progrès d'un vice dont ils donnaient eux-mêmes l'exemple. Henri II, en 1549, rendit une ordonnance contre le luxe; on lit, dans son préambule, que les gentilshommes et leurs femmes faisaient des dépenses excessives, pour leurs habits, « en draps ou étoffes d'or et d'argent, pourfilures, passements, bordures, orfé- » vreries, cordons, canetilles, velours, satins ou taffetas barrés d'or ou d'argent. » Il prohibe ces superfluités comme ruineuses et tendantes à confondre tous les états de la société, et règle le plus ou moins de richesse des habits sur la différence des états des personnes. D'abord, il ordonne de ne porter d'étoffes de soie qu'aux manches ; au-devant du corps, sur les sayes qui seront découpées, et sur les bordures seulement de la largeur de quatre doigts. Il permet aux princes et princesses de se vêtir d'étoffes de soie rouge-cramoisi ; aux gentilshommes, d'en placer à leurs pourpoints et hauts-de-chausses ; aux dames et damoiselles, sur leurs cottes et manchons. Les filles qui servent les reines ne pourront avoir des robes de velours d'une couleur autre que le rouge-cramoisi ; celles qui sont au service des princes et dames ne pourront se vêtir que de velours noir ou tanné. Les femmes et filles des présidents et conseillers des diverses cours de justice ne doivent porter aucune robe de velours, ni drap de soie, si ce n'est à leurs cottes et manchons. Les gens d'église, à moins qu'ils ne soient princes, ne porteront point de robes de velours. Tous ceux qui ne sont ni gentilshommes ni gens de guerre ne doivent pas mettre soie sur soie, c'est-à-dire une saye de soie sur une robe de la même matière; ne doivent avoir ni bonnets, ni souliers de velours, ni fourreau d'épée de la même étoffe. Il est de plus défendu à tous artisans mécaniques, paysans, gens de labeur, de porter pourpoint de soie, ni chausses bandées, ni bouffantes de soie. « Et parce qu'un grand nombre de bourgeoises se font d'un jour à l'autre damoiselles, il leur est » défendu de changer leur état, à moins que leur mari ne soit gentilhomme. » Donné à Paris, le 12 juillet 1549. » Quelques jours après, on fut obligé de donner à cette ordonnance des interprétations. Les lois somptuaires, souvent renouvelées, furent toujours très-mal exécutées.

La découverte du Nouveau-Monde avait produit au seizième siècle, en Europe, une grande abondance de numéraire, qui contribua beaucoup à la propagation du luxe dans les classes secondaires, et au renchérissement des denrées et objets manufacturiers. Plusieurs contemporains se récrièrent contre ce nouvel état de choses; ils en sentaient les effets sans en voir la cause. Un écrivain, en 1588, se plaint du haussement des immeubles, qui, depuis environ quatre-vingts ans, dit-il, ont plus que quadruplé; de ce que l'argent n'arrive guère parmi les classes utiles, où il aiderait puissamment à la prospérité publique, et de ce que le peuple des campagnes, peuple dont le fisc et la féodalité arrachent la subsistance pour alimenter leur luxe et leur débauche, est plongé dans une misère extrême. Les guerres ont enseigné aux soldats leur insolente habitude, dit-il : « Ils pillent, brûlent, ravagent tout aux pauvres « laboureurs, en enlevant leurs grains, leurs volailles, leurs bestiaux servant « au labourage, ce qui fait que *ces laboureurs quittent leur patrie, et que les* « *terres restent sans culture.* » Le luxe des bâtiments est aussi pour lui un objet de censure : « Il n'y a pas trente ans, dit-il, que cette superbe façon de bâtir « est venue en France. Les meubles étoient simples; on ne savoit ce que c'étoit « que tableaux et sculptures; on ne voyoit point une immensité de vaisselle « d'argent et d'or, point de chaînes, bagues, joyaux, comme aujourd'hui... « Pour entretenir ces excessives dépenses, il faut jouer, emprunter et se dé- « border en toutes sortes de voluptés, et enfin payer ses créanciers par des « cessions et faillites. » L'auteur passe ensuite au luxe de la table : « On ne « se contente plus à un dîner ordinaire de trois services, consistant en bouilli, « rôti et fruits; il faut d'une viande en avoir cinq ou six façons, des hachis, « des pâtisseries, salmigondis et autres excès; et quoique les vivres soient plus « chers qu'ils ne le furent jamais, rien n'arrête; faut des ragoûts sophistiqués « pour aiguiser l'appétit et irriter la nature. Chacun veut aujourd'hui aller « dîner chez Le More, chez Samson, chez Innocent, chez Havart, ministres « de voluptés et de profusion, et qui, dans un royaume bien policé, seroient « bannis et chassés comme corrupteurs des mœurs. »

Une ordonnance du 13 juillet 1558, citée par Miraumont, prouve qu'outre les dames et les demoiselles dont parle Brantôme, et que François Ier avait attirées près de lui, il existait dans sa cour, sans doute pour le service des officiers subalternes, une corporation de filles de joie soumises à des règles de police, et dirigées par une dame. C'est pour faire cesser ce désordre que cette ordonnance « enjoint et commande à toutes filles de joie et autres, *non étant sur le* « *rôle de la dame desdites filles,* vuider la cour incontinent après la publica- « tion de cette ordonnance; avec défenses à celles *étant sur le rôle de ladite* « *dame,* d'aller par les villages; aux charretiers, muletiers, et autres, les me- « ner, retirer ni loger; jurer et blasphémer le nom de Dieu, sous peine du fouet « et de la marque : et injonction, par ce même moyen, auxdites filles de joie « d'obéir et suivre ladite dame, ainsi qu'il est accoutumé, avec défense de « l'injurier, sous peine du fouet. »

Dans la Vieille-Rue du Temple, près du point où celle de Bretagne y débouche, existait une réunion de lieux de prostitution; sur la muraille d'une de ces maisons était appliqué un grand crucifix en bois peint et doré. Cet objet vénéré, qui, par sa position, devenait une enseigne de la débauche, avait reçu du peuple une qualification grossière et sacrilège. Pierre de Gondi, évêque de Paris, fit, pendant la nuit du 10 mars 1580, enlever ce crucifix par les gens du guet, que le transportèrent dans la maison épiscopale. Les rues de Glatigni ou du Val-d'Amour, d'Arras ou Champ-Gaillard, de Froidmantel ou Fromenteau, continuèrent à offrir des repaires à la débauche.

Je quitte sans regret cette esquisse des mœurs d'une partie du xvie siècle : esquisse qui suffit pour montrer l'état déplorable de l'espèce humaine, dégradée par l'ignorance et la barbarie. Je vais donner quelques notions sur les usages qui, dans ce même temps, étaient en vigueur à Paris.

USAGES. Chaque année, la veille de la fête de saint Jean, les magistrats de la ville faisaient entasser, sur la place de Grève, des fagots, auxquels le roi, accompagné d'une partie de sa cour, venait, lorsqu'il se trouvait à Paris, solennellement mettre le feu. Louis XI, en 1471, satisfit à cet usage, à l'imitation sans doute des rois ses prédécesseurs. Presque tous les rois, dans la suite, suivirent cet exemple. Louis XIV ne s'y trouva qu'une seul fois, en 1648. Cette cérémonie, nommée *feu de la Saint-Jean*, se célébrait avec beaucoup de pompe et de dépense. Au milieu de la place de Grève, en 1573, était planté un arbre de soixante pieds de hauteur, hérissé de traverses de bois auxquelles on attacha cinq cents bourrées et deux cents cotrets : au pied étaient entassées dix voies de gros bois et beaucoup de paille. On y plaça un tonneau et une roue, dont j'ignore l'usage. On dépensa 44 livres pour des bouquets, des couronnes et des guirlandes de roses. On employa beaucoup de cordes, des feux d'artifice, composés de lances à feu, pétards, fusées; des pièces d'artillerie, boîtes et arquebuses à croc, etc. Cent vingt archers de la ville, cent arbalétriers, cent arquebusiers y assistaient pour contenir le peuple. On attacha à l'arbre un panier qui contenait deux douzaines de chats, et même un renard; animaux destinés à être brûlés vifs *pour faire plaisir à Sa Majesté*, porte le compte d'où je tire ces détails. Les joueurs d'instruments, notamment ceux que l'on qualifiait de la *grande-bande*, sept trompettes sonnantes accrurent le bruit de la solennité. Les magistrats de la ville, portant des torches de cire jaune, présentèrent au roi une torche de cire blanche, garnie de deux poignées de velours rouge, avec laquelle Sa Majesté alluma le feu. Le bois et les chats consumés, le roi monta à l'Hôtel-de-Ville, où il trouva une collation composée de dragées musquées, de plusieurs espèces de confitures sèches, de cornichons, de quatre grandes tartes, de massepains, et où l'on voyait des armoiries royales de sucre et dorées, deux livres et demie de sucre fin pour mettre sur les crèmes et fruits, etc. Le résultat de tant d'apprêts, de fanfare et de magnificence, n'était que de la fumée, des cendres et des tisons, que les Parisiens enlevaient et plaçaient dans leurs maisons, persuadés qu'ils portaient bonheur. Nul ne se doutait que cette cérémonie était un reste de l'antique fête solsticiale du soleil.

Louis XIV n'ayant assisté qu'une fois à cette cérémonie, Louis XV n'y ayant jamais paru, elle perdit de sa splendeur, et dans la suite elle devint très-simple. Le prévôt des marchands, les échevins et leur suite allaient, sans savoir pourquoi, mettre le feu à un amas de fagots, et se retiraient après cet exploit. Cet usage s'est continué jusqu'à la révolution.

On commença, pendant cette période, à faire usage dans Paris d'une espèce de carrosse grossier, appelé *coche ;* d'où est venu le nom de *cocher*. Ces voitures étaient déjà assez multipliées en 1563, puisqu'en cette année le parlement demanda au roi de défendre l'*usage des coches par cette ville*. Sur la fin du règne de Henri IV, cette voiture fut perfectionnée. On commença à y placer des portières et des vitres; et Bassompière fut, dit-on, le premier qui se procura ce raffinement de luxe.

Les rues de l'intérieur de Paris étaient trop étroites pour que les voitures pussent y circuler, et trop boueuses pour que des courtisans proprement chaussés pussent les parcourir à pied; ils se servaient le plus souvent de cheval ou de mulet. Les courtisans se rendaient ordinairement à la cour à cheval, ayant quelquefois leurs dames en croupe. Les présidents et conseillers du parlement allaient au palais montés sur des mules.

J'ai dit que François Ier, après 1521, laissa croître sa barbe pour cacher la cicatrice d'une blessure. Tous les courtisans l'imitèrent : les évêques en firent autant; et, de proche en proche, toutes les classes de la société adoptèrent cet usage. Mais la mode des longues barbes trouva, dans les chapitres métropolitains et dans les parlements, des ennemis puissants. Les chapitres refusèrent de recevoir dans leur église des évêques à longue barbe. Il fallut souvent que les rois interposassent leurs prières ou leur autorité pour les y contraindre. Guillaume Duprat à Clermont, Antoine Caraccioli à Troyes, le cardinal d'Anjou au Mans, Jean de Morviller à Orléans, Charles Guillard à Chartres, Antoine de Créquy à Amiens, etc., furent autant d'évêques refusés d'abord, ou admis ensuite avec de grandes difficultés par les chapitres, à cause de la longueur de leur barbe. Pierre Lescot, abbé de Glagni, habile architecte, ayant obtenu un canonicat à Notre-Dame de Paris, pour être installé, éprouva d'abord des refus, en 1555, de la part de ce chapitre, à cause de sa longue barbe. Une affaire aussi grave dut occuper la Sorbonne. De la matière mise en délibération au *prima mensis* de juillet 1581, il résulta un décret portant que la barbe est contraire à la modestie, qui doit être la principale vertu d'un théologien. *Non deferant barbas, et veniant tonsi*, dit le fatal décret. Le parlement de Paris, qui avait approuvé les massacres de la Saint-Barthélemi, désapprouva sévèrement la mode des longues barbes. Après avoir ridiculement bravé la mode, ils finirent par s'y soumettre; mais ils ne cédèrent au torrent qu'après une longue et glorieuse résistance. — Louis XIII, monté jeune sur le trône, n'offrit aux imitateurs qu'un menton imberbe : alors les barbes diminuèrent de volume, et furent bientôt réduites à la moustache, que l'on portait encore sous Louis XIV.

L'usage des *masques*, quoique ancien, n'était que circonstanciel. Les seigneurs, afin de se soustraire aux poursuites de la justice et de n'être point connus, prenaient des masques pour voler les passants sur les chemins. On a vu des personnages de la cour de France, dans les fêtes données à Saint-Denis, après le mariage de Charles VI, prendre des masques pour se livrer sans rougir à la débauche. On prit des masques pour aller jouer au *momon* ou jeu de hasard. Le parlement ordonna, le 26 novembre 1535, à deux de ses huissiers d'enlever tous les masques qui, dans Paris, se trouveraient exposés en vente : le lendemain, cette cour rendit une autre ordonnance, pour prohiber la fabrication et la vente des masques. Vers la fin du règne de François Ier, on adopta l'usage des masques pour un autre motif; les femmes de la cour commencèrent à s'en servir pour préserver leur peau des atteintes de l'air.

L'usage des *bas de soie* naquit pendant cette période. Henri II en porta le premier en France : ce fut à l'occasion des noces de sa sœur, en 1559. — Il paraît que sous Henri III commença l'usage des *fourchettes à table;* c'est ce qu'indique un auteur, en parlant d'une salade qui ne ressemblait en rien aux salades ordinaires; il dit : « On la servoit dans de grands plats émaillés, qui « étoient tous faits par petites niches : les convives les prenoient avec des *four-* « *chettes;* car il est défendu, en ce pays-là, de toucher la viande avec les mains, « quelque difficile à prendre qu'elle soit, et aiment mieux que ce petit instru- « ment fourchu touche à leur bouche que leurs doigts. »

Le 8 août 1548, Henri II ordonna que l'*effigie du roi* serait désormais placée *sur les monnaies*, au lieu d'une croix qui se trouvait dans les anciennes pièces. Cette nouveauté eut pour motif de rendre plus difficile la contrefaçon de ces monnaies. L'usage de placer l'année de la fabrication sur chaque pièce fut introduit dans le même temps.

Sous cette période, la littérature fit de grands progrès. L'instruction devint un goût dominant, une nécessité : on étudia par curiosité, par émulation, par amour-propre, par esprit de parti; on étudia pour attaquer les abus et les erreurs; on étudia pour les défendre. On exhuma des vieilles bibliothèques les productions antiques de la Grèce et de Rome; on commenta, on corrigea leur texte; tous les écrits échappés au ravage du temps reçurent une nouvelle vie, et furent l'objet d'un respect, pour ainsi dire, religieux. La culture des lettres, à laquelle se livrèrent un très-grand nombre d'individus, offrant à l'esprit des maximes de morale et des exemples de vertus, dut concourir beaucoup à l'amélioration des mœurs. Ainsi les grandes catastrophes politiques, le protestantisme et l'étude des lettres diminuèrent la corruption, et commencèrent à fonder la morale publique; car ce résultat ne fut certainement dû ni au clergé, dont les mœurs étaient très-dissolues, ni à la cour, foyer de corruption, ni aux pratiques minutieuses et magiques mêlées à la religion qu'on y professait, ni aux déclamations des prédicateurs qui ne prêchaient que la sédition, la vengeance et le meurtre. — Cette amélioration dans les mœurs fut considérable, mais ne devint néanmoins sensible qu'à la fin de cette période et plus encore dans la période suivante.

PARIS DEPUIS L'ORIGINE DE LA LIGUE JUSQU'AU RÈGNE DE LOUIS XIII.

PARIS SOUS LA DOMINATION DE LA LIGUE.

Objet de l'indignation des gens de bien, pour sa participation aux massacres de la Saint-Barthélemi; objet de mépris par ses excès de débauche et sa dévotion ridicule, Henri III inspira bientôt le sentiment de la pitié. On va le voir,

se laissant envelopper dans les filets de ses ennemis, employer, pour s'y
soustraire, tour à tour de lâches et inutiles condescendances, et même des
crimes qui précipitèrent sa ruine. On va voir la cour de Rome, la cour d'Espagne,
la maison de Lorraine, faire la guerre au parti protestant, et travailler sourdement à détrôner Henri III. Le motif de la guerre contre le parti protestant est
évident. La cour de Rome avait sa puissance à défendre; celle d'Espagne, son
fanatisme à satisfaire. De plus, ces deux puissances voyaient Henri III sans
enfants, et, après sa mort, la couronne de France passer par droit héréditaire
au roi de Navarre, chef du parti protestant : elles devaient craindre qu'alors le
protestantisme ne devint la religion dominante en France.

Le roi d'Espagne, Philippe II, qui fournissait les finances nécessaires au
détrônement projeté de Henri III, espérait aussi réunir la couronne de France
à la sienne, ou plutôt obtenir sur la France un grand ascendant, en mariant sa
fille Isabelle à Charles de Lorraine, duc de Guise, qu'il désirait bien voir sur le
trône à la place de Henri III. Le pape l'entretenait dans cette espérance, et
favorisait secrètement le duc de Guise. Le premier objet était de détrôner ce
roi. Pour y parvenir, les conjurés, d'accord sur ce point, imaginèrent de former
une ligue dont le but apparent consistait à combattre les protestants, et dont
le but caché devait être la ruine du roi de France. Le 14 mai 1576, fut
publié un traité de pacification entre les deux partis qui divisaient la France.
Le mécontentement qu'il fit naître parmi les catholiques parut convenir à
l'ambition du duc de Guise. A son instigation, le sieur d'Humières et ses autres
partisans entraînèrent la noblesse et la plupart des habitants de la Picardie.
Tous jurèrent, à Péronne, de maintenir la nouvelle association. Dans d'autres
provinces, les mêmes intrigues produisirent les mêmes effets.

Cette association s'établit dans presque toutes les villes de France avec une
rapidité qui effraya Henri III. Il voulut d'abord en arrêter les progrès. Mais
bientôt après, étant aux états de Blois, il signa lui-même cette association avec
un grand nombre de seigneurs qui s'y trouvaient; et, pour contrarier les projets
du duc de Guise, se déclara chef de la Ligue ou de la Sainte-Union. Après
cette déclaration, il envoya à Paris Nicolas Lhuillier, prévôt des marchands,
pour faire signer la formule du serment de la Ligue à tous les habitants de
cette ville. De Thou, président du parlement, ne le signa que conditionnellement.
Le roi, étonné de cette résistance, voulut en connaître les motifs, et dépêcha
secrètement auprès du premier président, qui exposa à son envoyé les motifs
de son opinion. Le roi, en les apprenant, dit : *Nous avons attendu trop tard, nous
aurions dû plus tôt consulter M. de Thou.* « Le 1er février 1577, les quarteniers et
« les dixainiers de Paris, dit l'Estoile, alloient par les maisons des bourgeois
« porter la Ligue, et faire signer les articles d'icelle. Le président de Thou et
« quelques autres présidents et conseillers la signèrent avec restriction; les
« autres la rejetèrent tout à plat, la plupart du peuple aussi. »

Cette déclaration et le refus que fit Grégoire XIII de seconder les ligueurs
suspendirent leur projet. Pendant huit années consécutives, la Ligue parut ina-
nimée. Cet intervalle de temps fut rempli par des intrigues, par les succès, les
revers et les désastres de la guerre civile, par des écrits et des placards injurieux,

et par des plaisanteries contre Henri III. Le duc de Guise n'abandonna jamais ce moyen de perdre ce roi dans l'opinion publique.

En 1585, le parti de la Ligue, appuyé par la cour d'Espagne, se réveilla. Le duc de Guise, sans l'autorisation du roi, leva une armée considérable, et fit la guerre à la Flandre. Cette atteinte aux droits de la couronne fut accompagnée de plusieurs sourdes pratiques, pour former dans Paris un parti puissant à la Ligue. François de Roncherolles y arriva chargé par le duc de Guise d'y former un comité secret. Cet homme, fécond en ressources et en paroles, commença par s'adjoindre plusieurs personnes, parmi lesquelles je dois citer Nicolas Poulain, lieutenant du prévôt de l'Ile-de-France, qui, par intérêt ou par devoir, déjoua pendant longtemps les projets des séditieux, en les dénonçant secrètement chaque jour au roi.

Ces conspirateurs, à la faveur de l'or que leur prodiguait l'Espagne, réussirent sans peine à engager dans leur faction la plupart des curés et prédicateurs de Paris, qui eurent la charge expresse de saisir toutes les occasions, de les faire naître lorsqu'elles ne s'offriraient pas d'elles-mêmes, pour exciter le peuple à détester, à mépriser le roi, et pour le soulever contre les protestants de Paris. On recruta ensuite, dans le barreau, un assez grand nombre de partisans, qui devinrent, à Paris, les principaux agents de la faction des Guise, et les provocateurs de scènes tumultueuses et sanglantes qui, pendant neuf années, désolèrent cette ville déjà épuisée par des excès de tous genres.

Les conspirateurs commencèrent par se donner une organisation. Un comité de cinq, puis de dix personnes, fut chargé de diriger et d'exécuter les opérations : ce comité, pour échapper à la surveillance du gouvernement, changeait, chaque fois qu'il se réunissait, le lieu de ses séances. On sait qu'elles se tenaient alternativement dans les maisons des conjurés, à la *Sorbonne*, au *collége de Fortet*, qui fut à cette occasion nommé le *berceau de la Ligue*, et dans le couvent des Jésuites de la rue Saint-Antoine, etc.

Le comité des ligueurs s'occupa de se faire des partisans : chacun se partagea la besogne suivant sa position.

La Chapelle-Marteau se chargea d'entraîner dans le parti de la Ligue tous les membres de la chambre des comptes ; le président Lemaistre, tous ceux du parlement ; Senaut, tous les clercs du greffe ; et un nommé Leleu, tous les huissiers de cette cour. Le président Neuilli promit de ranger sous les drapeaux de la Ligue tous les conseillers du parlement ; et le nommé Choulier tous les clercs de cette cour. Rolland s'engagea, avec le secours de son frère, conseiller à la Cour des monnaies, d'entraîner dans le parti tous les généraux et conseillers des monnaies. D'autres eurent la charge de faire des partisans à la Ligue parmi les sergents à cheval et à verge, parmi leurs voisins et les habitants de leur quartier. Labruyère, lieutenant particulier, répondit de tous les conseillers du Châtelet ; Crucé, des procureurs de cette cour, et aussi d'une grande partie des professeurs et écoliers de l'Université ; Michelet promit d'embaucher tous les mariniers et gens de rivière, *tous mauvais garçons*. Toussaint Poccard, potier d'étain, et un nommé Gilbert, charcutier, entraînèrent tous les bouchers, charcutiers de la ville et des faubourgs, dont le nombre passait quinze cents ; et

Louchard, commissaire, tous les marchands et courtiers de chevaux, dont on comptait à Paris six cents et plus. Ainsi, de proche en proche, la partie la plus active de la population de Paris fut engagée dans la Ligue.

En 1587, les membres du comité secret des ligueurs de Paris craignaient continuellement d'être découverts et punis avec sévérité : ils écrivaient souvent au duc de Guise pour l'engager à venir dans cette ville y changer la face du gouvernement et faire cesser leur état d'anxiété. — Le duc de Guise faisait des promesses et ne les tenait pas. Pressé par leurs importunités, il leur envoya son frère, le duc de Mayenne. — Ce duc vint offrir ses hommages à Henri III, l'assura de sa fidélité, et aussitôt reçut secrètement à l'hôtel de Saint-Denis, où il logeait, les principaux ligueurs de Paris, qui lui remontrèrent le danger qu'ils couraient en servant les intérêts de son frère. Le duc de Mayenne en fut frappé, et conçut aussitôt le projet de faire lui-même ce que son frère tardait tant à exécuter. Il arrêta avec les ligueurs un plan de conspiration qui devait avoir pour résultat une nouvelle Saint-Barthélemi. Mais Nicolas Poulain, membre du comité secret, vint dévoiler à Henri III le plan des conjurés. Ce roi prit des mesures qui prouvèrent aux ligueurs qu'il était instruit de leur complot : ils en furent effrayés. Le duc de Mayenne, averti que Henri III l'accusait d'en être le chef, se présenta devant ce roi, lui protesta de son innocence avec l'accent de la colère et se retira de Paris après avoir rassuré les ligueurs, et leur avoir dit qu'il n'allait pas loin et qu'il volerait à leur secours en cas de danger. Le duc de Mayenne, ensuite, informé que Henri III devait dîner à l'abbaye et de là se rendre à la foire de Saint-Germain, conçut le projet d'y enlever ce roi; mais celui-ci, averti du complot, ne se rendit ni au dîner ni à la foire, et y envoya le duc d'Epernon, qui y fut insulté et obligé de fuir précipitamment. Les ligueurs formèrent encore plusieurs autres projets contre la personne du roi. Mais ces projets, dont le roi était averti par Nicolas Poulain, échouaient au moment d'être entrepris. Les ligueurs en étaient consternés; aussi changèrent-ils de marche. « Lors les ligueurs, dit Nicolas Poulain, commencèrent à pratiquer le « plus de peuple qu'ils purent, sous le prétexte de la religion; et les prédicateurs « se chargèrent en leurs sermons de parler fort et ferme contre le roi, le déni- « grer envers le peuple plus qu'ils n'avoient jamais fait; et ce, pour provoquer « le roi à en pendre quelques-uns, afin d'avoir sujet de s'élever contre lui. » Dans le même temps la duchesse de Montpensier, sœur des Guise, engagea le curé de Saint-Séverin, Jean Prévôt, à placer dans le cimetière de cette église un tableau qui représentait, dit l'Estoile, « plusieurs étranges inhumanités exercées « par la reigne d'Angleterre contre les bons catholiques; et ce, pour animer « le peuple à la guerre contre les huguenots. De fait, alloit ce sot peuple de « Paris voir tous les jours ce tableau, et en le voyant crioit qu'il falloit exter- « miner tous ces méchants politiques et hérétiques. De quoi le roi averti « manda à ceux du parlement de le faire ôter, mais secrètement; ce qui fut « exécuté de nuit, le 8 juillet 1587. » De Thou nous apprend que ce tableau fut gravé, et que les gravures étaient exposées dans les rues de Paris.

Cependant les prédicateurs de cette ville, autorisés par l'impunité et par l'ar-

gent de l'Espagne, continuaient, avec une audace jusqu'alors inouïe, leurs déclamations contre Henri III. Ils avaient d'ailleurs, pour arriver à leur but, une autre ressource que les prédications : le confessionnal leur offrait un moyen plus secret et moins dangereux que la chaire; ils l'employèrent avec succès pour exciter leurs pénitents à la révolte. « Ceux qui travailloient le plus efficace-
« ment, dit M. de Thou, furent les confesseurs qui développoient à l'oreille de
« leurs pénitents tout ce que les prédicateurs n'osoient clairement exposer en
« public; car, en chaire, ils s'abstenoient de nommer les personnes, dans la
« crainte d'être punis. Les confesseurs, abusant du secret de leur ministère,
« n'épargnoient ni le roi, ni les ministres, ni les personnes qui lui étoient le
« plus attachées; et, au lieu de consoler par des discours de piété ceux qui
« s'adressoient à eux, ils leur remplissoient l'esprit de faux bruits, et mettoient
« leur conscience à la torture par des questions embarrassées et par mille
« scrupules. Par le même moyen ils fouilloient dans les secrets de famille...,
« soutenoient que les sujets pouvoient faire des associations sans la permission
« du prince; ils les entraînoient dans cette ligue funeste; et à ceux qui ne
« vouloient pas y entrer, ils refusoient l'absolution. On porta des plaintes
« contre ces confesseurs séditieux, ajoute M. de Thou; on leur enjoignit de ne
« pas abuser ainsi de la sainteté de leur ministère : ils ne changèrent pas,
« furent seulement plus circonspects et posèrent ce dogme nouveau, que le
« pénitent qui découvre ce que le confesseur lui a dit est aussi coupable que
« le confesseur qui révèle la confession de son pénitent. »

Le comité des ligueurs, nommé depuis le *Conseil des Seize,* parce qu'il dirigeait les seize quartiers de Paris, rendu plus audacieux par l'impunité, mit moins de mystère dans ses délibérations séditieuses. Ce conseil se tenait, en 1588, dans le couvent des Jésuites de la rue Saint-Antoine; Nicolas Poulain y assistait; il rapporte qu'on y proposa de se jeter sur le roi pendant qu'il parcourrait en masque les rues de la ville. Le roi, averti par ce zélé serviteur, ne sortit point du Louvre. Grâce à Poulain, Henri III échappa encore à plusieurs autres embûches que lui firent ses implacables ennemis.

Le 9 mai 1588, à midi, le duc de Guise, malgré les ordres réitérés de Henri III, arrive à Paris, descend à l'hôtel de Soissons chez la reine-mère. Un gentilhomme en instruit le sieur de Villeroi. Celui-ci court au Louvre pour en informer Henri III : *Monsieur de Guise est arrivé,* lui dit-il. Le roi paraît effrayé : *Il est venu? par la mort-dieu, il en mourra!* s'écrie-t-il. Il envoie chercher le colonel Alphonse Ornano : *Si vous étiez à ma place, que feriez-vous?* demanda-t-il à ce colonel ; celui-ci répondit : *Il n'y a qu'un mot à cela : tenez-vous le duc de Guise pour ami ou pour ennemi?* Le roi, sans répondre, fit un geste qui prouvait assez qu'il ne regardait pas le duc comme son ami. Alors Alphonse dit au roi que s'il voulait l'autoriser, il apporterait à ses pieds la tête du duc, ou le mettrait en lieu de sûreté qui lui serait indiqué, sans que personne osât bouger. Le roi, toujours timide et irrésolu, répondit qu'il espérait mettre ordre à tout par un autre moyen. Bientôt la reine-mère, dans sa chaise, et le duc de Guise, à pied, partirent ensemble pour se rendre au Louvre. Le trajet était court; mais il fut pour le duc une marche triomphale. Les Parisiens ligueurs s'empressaient sur ses pas, voulaient toucher son habit, le bord de son manteau, faisaient entendre les acclamations de *vive Guise! vive le Pilier de l'Église!*

Catherine de Médicis présenta le duc de Guise au roi. Ce prince, en le voyant, devint blême, se mordit les lèvres, et lui dit, suivant un témoin oculaire, « qu'il trouvait fort étrange qu'il eût entrepris de venir en sa cour, contre sa « volonté et son commandement. » Le duc s'excuse et demande pardon, dit « qu'il s'est fondé sur le désir qu'il avoit de représenter lui-même à Sa Majesté « la sincérité de ses actions, et de les défendre contre les calomnies et les im- « postures de ses ennemis... » La reine-mère s'entremet là-dessus, la reine aussi; il est reçu en grâce. Le roi se retire dans sa chambre. Le duc, peu de temps après, accompagne la reine jusqu'à son logis, puis va à l'hôtel de Guise.

Suivant d'autres témoignages, le roi se montra furieux et prit même la résolution de faire tuer le duc de Guise dans la chambre de la reine son épouse. Ce fut, dit-on, dans ce dessein qu'il pria sa mère de l'y introduire. Le roi s'y rendit, et après demanda avec colère au duc ce qui l'amenait à Paris. Le duc, en courtisan exercé, sans s'émouvoir, se prosterne, se met presque à genoux, et lui répond respectueusement qu'il supplie Sa Majesté de vouloir bien prendre confiance en sa fidélité, sans se laisser aller aux calomnies de ses ennemis.

A ce mouvement de colère succéda chez le roi le calme de la timidité : le duc en devint plus audacieux, et sortit triomphant de cette lutte. Le lendemain, 10 mai, nouvelle entrevue entre les deux princes ennemis. Le duc la redoutait, mais elle eut un succès pareil à celui de la première.

Le roi cependant, qui ne se fiait nullement aux protestations du duc de Guise, essaya de prendre des précautions contre lui; il fit entrer par la porte Saint-Honoré les quatre mille Suisses logés depuis quelque temps dans le faubourg Saint-Denis, de plus, deux mille hommes de gardes-françaises, et fit placer plusieurs compagnies de la ville dans le cimetière des Innocents. Le projet du roi était, dit-on, de faire arrêter, avec cet appareil formidable, les principaux chefs de la Ligue, de les faire juger, et mourir par la main du bourreau. Mais il savait prendre les résolutions sans savoir les exécuter.

Au bruit de l'entrée de ces troupes et de leur répartition dans divers lieux, les ligueurs alarmés se réveillèrent. Curcé, l'un des plus actifs de ce parti, dès quatre heures et demie du matin, fit crier dans le quartier de l'Université : *Alarme! alarme!* Mêmes cris se font entendre dans les autres quartiers. Aussitôt les bourgeois s'arment, sortent de leurs maisons, se réunissent dans leurs corps-de-garde. On tend les chaînes dans les rues; on les barricade avec des tonneaux pleins de terre. A midi, toutes les rues de Paris étaient fortifiées par des barricades, et quelques-unes furent poussées jusqu'à cinquante pas du Louvre. Les troupes du roi, pressées de toutes parts, ne pouvaient avancer ni reculer sans s'exposer au feu de ces barricades et aux coups de pierres dont on avait fait provision dans les maisons. Le roi, instruit d'heure en heure, et alarmé de tout ce qui se passait dans la ville, envoyait tour à tour le gouverneur de Paris, les maréchaux de Biron et d'Aumont, pour apaiser et rassurer le peuple sur ses intentions. La révolte continua. La cour, consternée, pensa à faire retirer les troupes ; mais il était trop tard.

Un coup de mousquet, tiré vers la rue Neuve-de-Notre-Dame, par un des soldats du roi, amena une scène sanglante : les bourgeois aussitôt chargèrent les Suisses qui remplissaient la place du Marché-Neuf. Au feu de la mousqueterie se joignirent les coups de pierres lancées du haut des fenêtres. Vingt Suisses perdirent la vie et douze furent blessés, suivant les uns ; et, suivant les autres, soixante furent tués et enterrés au parvis Notre-Dame. Le massacre des Suisses serait devenu général si le duc de Brissac, qui commandait pour le duc de Guise, ne les eût sauvés des mains des bourgeois, en les renfermant dans la boucherie du Marché-Neuf, et en faisant cesser le feu de la mousqueterie. En même temps, les troupes du roi, placées sur les ponts, furent mises en déroute : plusieurs soldats sauvèrent leur vie en se réfugiant dans les maisons.

Cependant le roi, apprenant que ses troupes étaient battues de toutes parts, fut réduit à la honte d'implorer le soir l'assistance du duc de Guise. Le duc, flatté de pouvoir montrer qu'elle était l'étendue de son influence sur l'esprit des Parisiens, sortit de son hôtel, rue du Chaume, pour se rendre à l'Hôtel-de-Ville ; puis il parcourut diverses rues et places. Cette sortie, la première qu'il fit dans cette journée, fut une espèce de marche triomphale. Il fit cesser partout la mousqueterie : il ordonna au duc de Brissac et au capitaine Saint-Paul de conduire les Suisses et les gardes-françaises vers le Louvre, de les obliger à porter leurs armes baissées, et à se découvrir la tête comme des vaincus. Sur son passage, il recueillit tant d'acclamations flatteuses de la part des Parisiens que las d'entendre crier *vive Guise !* il dit : *C'est assez, c'est trop ; criez : Vive le roi !* Il humiliait et protégeait Henri III. Le soir, les chefs de la garde bourgeoise ne voulurent point recevoir le mot d'ordre du prévôt des marchands, qui d'ordinaire le leur donnait au nom du roi : ils allèrent le demander au duc de Guise. Henri III, à Paris, n'avait plus de roi que le nom.

Tels furent les principaux événements de la journée du 12 mai 1588, fameuse dans l'histoire sous le nom de *journée des barricades*, et qu'un député du clergé aux états de Blois qualifiait d'*heureuse et sainte journée des tabernacles*.

Les événements du lendemain furent la conséquence de ceux de la veille. Le 13 au matin, le roi tenait son conseil pour aviser aux moyens d'échapper à cette crise, lorsqu'on vint l'avertir que les prédicateurs excitaient le peuple, en disant : *Allons prendre frère Henri de Vallois dans son Louvre ;* de plus, que ces mêmes prédicateurs avaient fait armer sept à huit cents écoliers, trois ou quatre cents moines, et que huit mille hommes allaient sortir de Paris pour s'emparer des dehors du Louvre, et s'opposer à l'évasion du roi. Ces bruits, vrais ou faux, effraient tellement ce prince, qu'il se rend avec précipitation au château des Tuileries, où étaient ses écuries ; il fait partir en avant ses gardes, des Suisses et une partie de sa cour, se botte et monte à cheval. Du Halde, en lui chaussant ses éperons, le fit avec tant de hâte qu'il en mit un à l'envers. *C'est égal*, dit le roi, *je ne vais pas voir ma maîtresse, j'ai un plus long chemin à faire.* En fuyant, il se retourna vers Paris, et jura qu'il n'y rentrerait que par la brèche ; il n'y rentra plus. Il alla coucher dans un village de Beauce nommé *Latrape*. Le lendemain, il se rendit à Chartres, où il séjourna jusqu'à la fin du mois. Cette ville, pendant ce temps, devint le théâtre de plusieurs négociations.

Les ligueurs, puissants et débarrassés de toute entrave, s'occupèrent de leurs projets d'ambition ou de vengeance. Le duc agit alors en souverain : il ordonna que les barricades de Paris fussent enlevées, se fit remettre les fortifications du Petit et du Grand-Châtelet, de l'Arsenal, du Temple et de la Bastille, dont il fit gouverneur le fameux ligueur Bussi-Leclerc ; enfin, il opéra encore plusieurs autres changements dans l'administration de la ville.

La lutte entre les rois et les Guise se déplaça, et eut son dénouement dans le château de Blois, où Henri III fit assassiner le chef de la Ligue, le duc de Guise, et emprisonner les principaux ligueurs.

La nouvelle de cet assassinat parvint bientôt à Paris, et causa parmi les ligueurs la plus vive fermentation. Le duc d'Aumale, qui se trouvait dans cette ville, en fut nommé gouverneur ; il commença par faire emprisonner un grand nombre de ceux qu'on appelait *politiques*, fit fouiller leurs maisons, et mit à contribution tous les habitants riches qui n'étaient pas ligueurs. On arracha les armoiries du roi, placées au portail de l'église Saint-Barthélemy, et on les traîna dans le ruisseau. Le curé de Saint-Gervais, le fameux Wincestre, avait disposé le peuple à cet acte de vengeance, en prêchant contre le roi, et en le traitant de *vilain Hérode*, injure qui offre à peu près l'anagramme de *Henri de Valois*. On détruisit sur tous les édifices les armoiries et les figures de Henri III ; enfin on déchira son portrait partout où il se trouvait.

Le 1ᵉʳ janvier 1589, Wincestre, après son sermon, « exigea, dit l'Estoile, de « tous les assistants le serment d'employer jusqu'à la dernière goutte de leur « sang, jusqu'au dernier denier de leur bourse, pour venger la mort des deux « princes lorrains, massacrés par le tyran dans le château de Blois, à la face « des états. Il exigea un serment particulier du premier président de Harlai, « qui, assis devant lui dans l'œuvre, avait ouï sa prédication, l'interpellant par « deux fois en ces mots : *Levez la main, Monsieur le président, levez-la bien haut,* « *encore plus haut, afin que le peuple la voie ;* ce qu'il fut contraint de faire. Ce « serment fut exigé par les curés de plusieurs autres paroisses. »

Le conseil des Seize proposa à la Sorbonne la question de savoir si les Français avaient le droit de faire la guerre au roi pour la défense de la religion catholique ; et la faculté de théologie, « c'est-à-dire huit ou dix soupiers et mar- « mitons, dit l'Estoile, comme porte-enseignes et trompettes de sédition, dé- « clarèrent tous les sujets du royaume absous du serment de fidélité et obéis- « sance qu'ils avaient jurés à Henri de Valois, naguère leur roi, rayèrent son « nom des prières de l'Église, en composèrent d'autres pour les princes catho- « liques, et firent entendre qu'on pouvait en conscience prendre les armes « contre ce tyran exécrable. » Voilà comment l'autel fut le soutien du trône. Le 8 janvier, Wincestre annonça dans son sermon la mort de Catherine de Mé- dicis, décédée le 5 de ce mois. Il dit que pendant quelque temps elle fut le soutien des hérétiques ; mais que depuis elle avait favorisé la Ligue. « Si vous « voulez, dit-il, donner à l'aventure, par charité, un *Pater* ou un *Ave*, il lui ser- « vira de ce qu'il pourra, je vous le laisse à votre liberté. »

Le 16 janvier, Bussi-Leclerc, qui, de maître en fait d'armes, était devenu procureur au parlement, et qui, depuis l'évasion du roi, de procureur fut élevé à la dignité de gouverneur de la Bastille, accompagné de vingt-cinq à trente hommes de son parti, tous armés et tenant chacun en main un pistolet, vint au parlement pendant que la grand'chambre était assemblée ; et, désignant par leurs noms tous ceux qui étaient suspects au *Conseil de l'Union,* il dit à haute voix : *Suivez-moi, venez-vous-en à l'Hôtel-de-Ville, où l'on a quelque chose à vous dire.* Le président lui demanda d'après quelle autorité il agissait ainsi : Leclerc ne répondit qu'en renouvelant l'ordre de le suivre, et ajoutant qu'il leur en arriverait mal s'ils refusaient d'obéir. Alors le président de Harlai, le président de Thou et autres déclarèrent qu'ils étaient prêts à le suivre ; aussitôt les membres de cette cour souveraine qui n'étaient point désignés se levèrent généreusement, et dirent qu'ils voulaient partager le sort de leurs chefs : noble dévouement dont cette époque désastreuse ne fournit que de très-rares exemples ! Alors cinquante ou soixante conseillers et présidents de cette Cour se rendirent aux ordres de ces factieux. Leclerc, qui marchait à leur tête, les conduisit par le Pont-au-Change jusqu'à la place de Grève. A la nouvelle de cette étrange expédition, et pour jouir d'un spectacle si extraordinaire, une foule de mariniers, portefaix et vagabonds, accoururent à la place de Grève. Craignant que ces hommes ne fissent un mauvais parti à ses prisonniers, Bussi les mena par des rues détournées à la Bastille, où ils furent tous enfermés. Dans le même jour, le Conseil des Seize fit arrêter les membres du parlement qui ne s'étaient point trouvés au Palais, et, le lendemain, on fit relâcher tous ceux dont les noms n'étaient point parmi ceux des proscrits.

Les monastères que Henri III avait comblés de bienfaits signalèrent leur ingratitude contre ce roi. Les Jacobins effacèrent ou noircirent sa figure placée dans leur cloître ; les Cordeliers, dont il avait fait reconstruire l'église, insultèrent à la statue du roi, la renversèrent et lui coupèrent la tête. Les Grands-Augustins conservaient, derrière le maître-autel de leur église, un grand tableau que Henri III y avait fait placer lorsqu'il institua l'ordre du Saint-Esprit. Sans respect pour cet objet consacré, les Augustins le biffèrent et le traînèrent par les rues. Je passe sous silence les discours étranges des prédicateurs, qui faisaient retentir la chaire évangélique d'injures, de provocations à la vengeance et au meurtre ; je ne parlerai pas non plus des processions qui se faisaient alors, et où l'on voyait les hommes, les femmes, les filles, les garçons, en chemise ou entièrement nus : je réserve ces traits pour le tableau des mœurs de cette période ; mais je ne puis taire un moyen magique qui fut alors employé dans plusieurs églises de Paris, moyen fort en usage dans les siècles barbares. Laissons parler l'Estoile, témoin oculaire : « Furent faites à Paris « force images de cire qu'ils tenoient sur l'autel, et les piquoient à chacune « des quarante messes qu'ils faisoient dire durant les quarante heures, en plu- « sieurs paroisses de Paris ; et, à la quarantième, piquoient l'image à l'endroit « du cœur, disant à chaque piqûre quelques paroles de magie, pour essayer à « faire mourir le roi. Aux processions, pour le même effet, ils portoient cer- « tains cierges magiques, qu'ils appeloient par moquerie *cierges bénits,* qu'ils

« faisoient éteindre au lieu où ils alloient, renversant la lumière contre bas,
« disant je ne sais quelles paroles que des sorciers leur avoient apprises. »

Pendant que les prédicateurs épuisaient toutes les ressources de leur génie
pour inspirer de l'horreur contre le roi, que des prêtres employaient la magie
pour le faire périr, et que le Conseil des Seize continuait à piller les maisons des
personnes riches qui n'étaient point de leur parti, le duc de Nemours et le duc
de Mayenne arrivèrent à Paris, le premier échappé de sa prison de Blois, et le
second venu de Lyon, où il séjournait pendant qu'on massacrait ses frères. Ce
dernier, nommé Charles de Lorraine, duc de Mayenne, fut déclaré chef de la
Ligue ou de la *sainte union*.

Voici quels furent à Paris les établissements de ce gouvernement.

ÉTABLISSEMENTS PENDANT LA LIGUE.

CONSEIL DES SEIZE. Il siégeait à l'Hôtel-de-Ville. Ce conseil, si fameux dans
l'histoire de la Ligue, ne fut d'abord composé que de cinq membres : Compan,
Crucé, La Chapelle, Louchard et Bussi-Leclerc, choisi par les Guise, pour diriger
les cinq quartiers. Quelques mois après l'évasion du roi, les ligueurs reprirent
l'ancienne division de cette ville en seize quartiers. Chaque quartier eut alors
son chef : ces chefs formaient le *Conseil des Seize*. Le lieu des séances, d'abord
incertain, ne fut fixé qu'après la fuite de Henri III : alors il s'identifia avec le
corps municipal. Après l'assassinat des Guise à Blois, ce Conseil créa, le 24 décembre 1588, le duc d'Aumale gouverneur de Paris. Au mois de mars 1589, le
Conseil des Seize établit, dans chacun des seize quartiers de Paris, un conseil
composé de neuf personnes chargées de veiller à la tranquillité et à la sûreté de
leurs quartiers respectifs.

Après la mort du cardinal de Bourbon, prisonnier, qu'on avait nommé roi,
sous le nom de Charles X, le Conseil des Seize s'adressa au pape et au roi d'Espagne pour leur demander un roi qui fût ligueur : cette demande, qui contrariait les prétentions du duc de Mayenne, devint pour lui un nouveau motif de
mécontentement. Le 4 décembre 1581, il fit arrêter les membres de ce Conseil.
Cette assemblée, réduite à douze personnes, vit, après ces violences, son autorité et sa considération s'affaiblir; il ne *volait plus que d'une aile*, disait-on alors.
Il subsista cependant jusqu'à l'entrée de Henri IV à Paris.

CONSEIL GÉNÉRAL DE LA SAINTE-UNION OU DES QUARANTE. Ce conseil siégeait à
l'Hôtel-de-Ville. Créé par le Conseil des Seize, il fut composé de quarante personnes des trois états, la noblesse, le clergé et le tiers-état, toutes élues par le
peuple de Paris. Ce conseil figurait, en petite proportion, les états-généraux ou
une représentation nationale. Sa première séance se tint, et ses règlements et
attributions furent délibérés le 17 février 1589.

Ce conseil, composé de magistrats ligueurs, de militaires, d'évêques, de curés
et des plus fougueux prédicateurs du temps, avait, dans ses attributions, la correspondance avec les villes dévouées à la Ligue et la direction des affaires des
provinces ligueuses. Ce conseil, de sa propre autorité, conféra le titre de *lieutenant-général de l'État royal et couronne de France* au duc de Mayenne, qui, en

cette qualité, vint, le 13 mars 1580, prêter son serment au parlement métis. Peu façonné aux institutions populaires et à la dépendance d'un conseil où ses volontés étaient quelquefois contrariées, ce duc, pour y augmenter son influence, se permit d'y introduire quatorze nouveaux membres qui lui étaient dévoués. Il y ajouta ensuite quelques autres personnes. Au mois de novembre 1590, mécontent de ce conseil général de l'Union, il l'abolit, bien qu'il lui dût son existence politique.

CONFRÉRIE DU CORDON ET DU SAINT-NOM DE JÉSUS. Cette confrérie, établie dans l'église Saint-Gervais, était un véritable club de ligueurs fanatiques. Son règlement, imprimé en 1590, porte en substance que les confréries doivent jurer de vivre dans la foi catholique, dans l'obéissance au cardinal de Bourbon, prétendu roi de France, nommé Charles X, et à son lieutenant le duc de Mayenne, de ne jamais reconnaître aucun roi hérétique, notamment Henri de Bourbon, roi de Navarre, relaps, excommunié par le pape, et de s'opposer à toute trêve et à tout traité de paix conclus avec ce prince.

CONFRÉRIE OU CONGRÉGATION DU CHAPELET, établie à Paris dans la maison des Jésuites de la rue Saint-Jacques. Chaque confrère était tenu de porter autour de son cou un chapelet, et d'en réciter journellement les prières. Les Seize de Paris, l'ambassadeur d'Espagne et les membres de la congrégation se réunissaient, tous les dimanches, dans une chapelle haute de la maison des Jésuites : là, se prononçait un discours propre à maintenir le public dans un état d'exaltation fanatique. Après ce discours, le peuple était congédié, et les chefs, parmi lesquels figurait le curé Pigenat, discutaient sur les affaires de la sainte Ligue. Le pape prodigua aux confrères les trésors inépuisables de ses indulgences : il les gratifia de *neuf-vingt mille ans et neuf-vingt mille quarantaines d'indulgences, et de la rémission de tous leurs péchés au moment de leur mort.*

ASSASSINAT DE HENRI III. SIÉGE DE PARIS.

Les actes sanguinaires de Blois devinrent funestes à Henri III. Il crut, en faisant égorger les Guise, accroître son autorité ; il la ruina au point qu'il se vit réduit à se jeter dans les bras de ceux contre lesquels il avait, quelques mois auparavant, juré de faire une guerre d'extermination, et à implorer le secours de son beau-frère, le roi de Navarre. Le 30 avril 1589, les deux rois eurent leur première entrevue au Plessis-lès-Tours : leur empressement fut mêlé de larmes. Ayant réuni leurs forces, ces princes, après ces diverses expéditions, marchèrent, vers la fin de juillet, contre Paris, et campèrent dans les environs de cette ville qui fut étroitement cernée de toutes parts. Henri III prit son logis à Saint-Cloud, en la maison de Gondi.

Le 29 juillet, le duc de Mayenne, les sieurs de La Chastre, de Villeroi et autres, délibéraient sur le parti qu'ils avaient à prendre, lorsqu'un nommé Bourgoing, prieur des Jacobins de Paris, s'y présenta, et dit qu'un des frères de son couvent, nommé Jacques Clément, jeune homme dévot et visionnaire, persuadé que des anges descendaient du ciel pour venir à son secours, ou qu'au moins il obtiendrait la palme du martyre, avait pris la ferme résolution de sacrifier sa vie en arrachant celle de ce roi, et que ce frère était venu le supplier de trouver un moyen d'approcher de la personne de ce prince. On discuta longuement sur cette proposition, qui finit par être acceptée.

Le soir du lundi 31 juillet, le jeune moine arrive à Saint-Cloud, y couche, et le lendemain se présente devant le logis de Henri III. Les gardes lui refusent le passage : il insiste; le bruit de cette altercation parvient jusqu'aux oreilles du roi : *Laissez-le approcher*, dit-il, *on diroit que je chasse les moines et ne veux pas les voir*. Henri III était alors placé sur le siége de sa garde-robe. Jacques Clément s'approche, lui présente les lettres dont il était porteur; et, pendant que ce roi en prend lecture, le moine sort de sa manche un grand couteau, et le lui plonge dans le bas-ventre. Le couteau reste dans la plaie; le roi l'arrache avec effort, en frappe l'assassin au visage, et s'écrie : *Ah ! le méchant moine! il m'a tué, qu'on le tue!* Les gardes accourent, frappent à l'envi le moine, qui meurt sous leurs coups redoublés. Le lendemain 2 août, le roi expire. Dès lors, le roi de Navarre, héritier du trône, prend le titre de roi de France et le nom de Henri IV.

A la nouvelle de la mort de Henri III, les ligueurs de Paris font éclater une joie extravagante et féroce. La duchesse de Montpensier embrasse avec transport le messager qui l'instruit de cet assassinat. *Ah ! mon ami*, s'écrie-t-elle : *mais est-il bien vrai au moins? Ce méchant, ce perfide, ce tyran est-il bien mort? Dieu! que vous me faites aise! je ne suis marrie que d'une chose, c'est qu'il n'ait su, avant de mourir, que c'est moi qui l'ai fait faire*. Aussitôt, elle parcourt les rues de Paris avec la duchesse de Nemours, en criant : *Bonne nouvelle, mes amis, bonne nouvelle! le tyran est mort; il n'y a plus de Henri de Valois*. Elle veut que le deuil de cette mort soit porté en vert, et distribue un grand nombre d'écharpes de cette couleur. La duchesse de Nemours se rend dans l'église des Cordeliers, monte sur les marches du principal autel, et harangue le peuple, en vomissant un torrent d'injures contre le roi assassiné. On alluma dans les rues de Paris plusieurs feux de joie. Les prêtres publièrent plusieurs écrits apologétiques de l'action de Jacques Clément, firent graver en plusieurs formats le portrait de ce moine assassiné, le placèrent sur les autels; enfin, ils l'honorèrent comme un saint, comme un martyr.

Henri IV, après divers exploits, vint, le 31 octobre suivant, mettre le siége devant Paris. Sully, le duc d'Aumont et Châtillon attaquèrent le faubourg Saint-Germain. Dans une rue voisine de la foire de ce nom, ils cernèrent une troupe de Parisiens; et, dans un espace d'environ deux cents pas, ils en tuèrent plus de quatre cents. *Je suis las de frapper*, dit Sully, *je ne saurais plus tuer gens qui ne se défendent point*. Les troupes du roi se mirent alors à piller les maisons, et Sully eut pour sa part du pillage deux ou trois mille écus. Puis, quelques seigneurs de cette armée s'avancèrent vers la porte de Nesle, qu'ils trouvèrent ouverte; quinze ou vingt pénétrèrent dans la ville, jusqu'en face du pont Neuf; mais bientôt survint une troupe nombreuse qui les força de se retirer.

Le 8 mai 1590 mourut dans sa prison, à Fontenay, Charles, cardinal de Bourbon, que, dès le 5 août 1589, les ligueurs avaient proclamé roi de France, sous le nom de Charles X. Cette mort désappointa le duc de Mayenne, qui ne savait plus quelle couleur donner à son autorité, sur quel titre l'appuyer, sous quels noms seraient promulgués les actes publics, ni quel fantôme de roi il pourrait substituer à ce bonhomme qui n'avait régné qu'en prison : d'autre part, il craignait que Henri IV ne se fît catholique.

Cette crainte et l'armée de ce roi qui s'avançait pour faire le siége de Paris déterminèrent la Sorbonne à rendre, le 7 mai 1590, un décret dont voici la substance. Après avoir célébré la messe du Saint-Esprit, elle déclara : — Qu'il est défendu aux catholiques de recevoir pour roi un hérétique. — Que si ce roi obtient son absolution et se fait catholique, il doit être exclu, parce qu'il peut y avoir feintise et perfidie dans sa conversion. — Quiconque favorise un tel roi est hérétique, et doit être puni comme tel. — Ainsi les François sont tenus en conscience de s'opposer de tout leur pouvoir à ce que Henri de Bourbon, hérétique, fauteur d'hérésie, ennemi de l'Église, relaps, excommunié, parvienne au gouvernement du royaume, *quand même il serait absous par le pape.*

Le soir du même jour où ce décret fut rendu, l'armée du roi s'empara simultanément et dans l'espace de deux heures de tous les faubourgs de Paris, brûla tous les moulins des environs. Le roi, s'il eût été mieux secondé, aurait alors pu prendre Paris. Il se borna à bloquer la capitale de son futur royaume, et à s'emparer de la ville de Mantes, où il attendit les secours qui lui venaient d'Angleterre. Les Parisiens profitèrent du séjour du roi en cette ville, pour faire à la hâte les provisions les plus urgentes.

Le 11 mai, par ordre du duc de Nemours, que les Parisiens venaient d'élire gouverneur de Paris, on s'occupa des fortifications de cette ville. L'Estoile, en parlant de ces travaux, nous offre, sans y penser, une image assez fidèle de l'état des différentes classes de la société en France. Les bourgeois travaillaient, les seigneurs allaient les voir travailler, et les prédicateurs les exhortaient à l'ouvrage.

Le 13 mai, d'après un recensement ordonné par le prévôt des marchands, il fut reconnu qu'il existait dans Paris deux cent mille personnes, du blé pour les nourrir un mois, et quinze cents muids d'avoine dont on fit du pain. On choisit, en même temps, certains boulangers dans chaque quartier, auxquels on distribuait de temps en temps du blé, à raison de quatre écus le setier, pour ensuite en faire du pain et le vendre aux pauvres. Chaque jour se faisaient à Paris plusieurs processions, et surtout des sermons. C'était un spectacle qui trompait un peu le malaise du peuple, et qui, lui donnant des espérances, l'empêchait de se livrer à la sédition. Les prédicateurs, en effet, ne cessaient d'entretenir leur auditoire de la prochaine arrivée du duc de Mayenne, qui devait délivrer Paris des ennemis et y ramener l'abondance : ils imaginèrent de fabriquer et de lire dans leurs chaires de prétendues lettres de ce duc, lesquelles contenaient l'assurance de sa marche vers cette ville avec de puissants secours. On nommait cette manière de donner des espérances : *prescher par billets.*

Le chevalier d'Aumale, renommé par son courage, ses pillages, ses débauches, ses profanations et son catholicisme, fit, le 14 mai 1590, une sortie, et força les ennemis d'abandonner l'abbaye Saint-Antoine : ses soldats pillèrent le couvent des religieuses, s'emparèrent des vases sacrés et de tous les ornements de l'église. On prêta de nouveau le serment de mourir plutôt que de se rendre.

Le 1ᵉʳ juin, on fit une autre sortie du côté du faubourg Saint-Marceau : les ennemis furent forcés de se retirer vers Juvisy. Le 3 juin, on fit une revue de toutes les forces que pouvaient fournir les prêtres, les moines et les écoliers : « Roze,
» évêque de Senlis, marchoit à la tête comme commandant et premier capitaine,
» suivi des ecclésiastiques, allant de quatre en quatre; après, venoit le prieur
» des Feuillants avec ses religieux; puis les quatre ordres mendiants, les capu-
» cins, les minimes, entre lesquels il y avoit des rangs d'écoliers. Les chefs des
» différents religieux portoient chacun d'une main un crucifix, et de l'autre une
» hallebarde; et les autres, des arquebuses, des pertuisanes, des dagues et
» autres diverses espèces d'armes, que leurs voisins leur avoient prêtées. Ils
» avoient tous leurs robes retroussées et leurs capuchons abattus sur leurs
» épaules. Plusieurs portaient des casques, des corselets et des pétrinals. Ha-
» millon, Écossais de nation, curé de Saint-Cosme, faisoit l'office de sergent,
» et les rangeoit, tantôt les arrêtant pour chanter des hymnes, et tantôt les fai-
» sant marcher : quelquefois il les faisoit tirer de leurs mousquets.
» Tout le monde accourut à ce spectacle nouveau, qui représentoit, à ce que
» les zélés disoient, l'Église militante. Le légat y accourut aussi, et approuva
» par sa présence une monstre (revue) si extraordinaire, et en même temps si
» risible; mais il arriva qu'un de ces nouveaux soldats, qui ne savoit pas sans
» doute que son arquebuse étoit chargée à balle, voulut saluer le légat, qui étoit
» dans son carrosse avec Panigarolle, le jésuite Bellarmin et autres Italiens, tira
» dessus, et tua un de ces ecclésiastiques, qui étoit son aumônier ; ce qui fit
» que le légat s'en retourna au plus vite, pendant que le peuple crioit tout haut
» que cet aumônier avait été fortuné d'être tué dans une si sainte action. »

On fit des sorties, des sermons, des processions et quelques revues pareilles à celles dont je viens de parler : expédients qui n'amenaient pas l'abondance. La disette faisait des progrès effrayants, et les gouvernants ne laissaient pas même à ceux qui en souffraient la consolation de se plaindre et de réclamer un sort meilleur. Plusieurs bourgeois, pour avoir dit qu'il serait utile de faire la paix, furent les uns pendus, les autres jetés à la Seine.

Le 13 juin, le peuple de Paris, poussé par la faim, ou poussé par le parti du roi de Navarre, appelé parti des *politiques*, s'attroupa, et demanda à grands cris *la paix ou du pain*. Le 15 de ce mois, le parlement fit défense expresse de parler de paix ou de trève avec le roi, sous peine de mort. Malgré cette défense, ces cris furent encore répétés. Le 17 juin, un convoi de vivres, escorté par le sieur de Saint-Paul, entra heureusement dans Paris. Les riches s'approvisionnèrent ; les pauvres ne purent faire de même. Dès le 20 juin, le pain leur manquant entièrement, on imagina de leur faire des bouillies avec du son d'avoine : cet aliment sans suc se vendait fort cher. — Le lendemain, on fit à Notre-Dame-de-Lorrette le vœu d'une lampe et d'un navire d'argent, pesant trois cents marcs, pour déterminer cette madone à faire cesser le déplorable état de Paris. Ce moyen n'amena point l'abondance. — On cherchait à distraire le peuple de sa disette insupportable par des sermons, où l'on annonçait toujours la prochaine arrivée du duc de Mayenne avec des vivres, et par des processions journalières, où les zélés cheminaient les pieds nus. Ces sermons et ces processions ne donnaient pas de pain. — On exposa le saint-sacrement sur les autels; on passait la nuit à prier dans les églises ; la famine augmentait. — Elle accrut à un tel point, que les rues et les places publiques retentissaient des cris lamentables de ceux que la faim tourmentait.

Le 25 juin se tint une assemblée générale où, après plusieurs débats, il fut arrêté que les communautés religieuses seraient chargées de nourrir les pauvres et qu'il serait fait une visite dans tous les couvents pour constater la quantité de denrées dont ils étaient approvisionnés.

Les jésuites se signalèrent peu honorablement : car leurs maisons étaient abondamment pourvues de vivres. Peu touchés de la misère publique, ils ne voulaient point la diminuer à leurs dépens. « On y trouva, dit l'Estoile, quan-
» tité de bled et du biscuit pour les nourrir plus d'un an ; quantité de chair
» salée, de légumes, de foins et autres vivres, et en plus grande quantité qu'aux
» quatre meilleures maisons de Paris. Chez les capucins, on trouva du biscuit
» en abondance ; enfin, toutes les maisons des ecclésiastiques étoient munies
» de provisions au delà de ce qui leur étoit nécessaire pour la demi-année. »
Dans le recensement qui fut fait pour répartir ce secours temporaire, il résulta que le nombre des familles pauvres s'élevait à douze mille trois cents, dont sept mille trois cents avaient de l'argent sans pouvoir trouver du blé à acheter.

La ressource qu'offrirent les monastères fut bientôt épuisée. Alors on mangea les animaux : environ deux mille chevaux et huit cents ânes ou mulets, dont la chair se vendait à un très-haut prix, furent sacrifiés à la faim publique. « Les
» pauvres, dit un écrivain ligueur, mangeoient des chiens, des chats, des rats,
» des feuilles de vignes et autres herbes. Par la ville, ne se voyoit autre chose
» que ces chaudières de bouillies (faites avec du son d'avoine), et herbes cuites
» sans sel et marmitées de chair de cheval, ânes et mulets. Les peaux mêmes
» et cuirs desdites bêtes se vendoient cuites, dont ils mangeoient avec grand ap-
» pétit... Dans les tavernes et cabarets, au lieu de bon vin, on ne trouvoit que
» des tisanes mal cuites ; on en vendoit dans les carrefours... S'il falloit un peu
» de pain blanc pour un malade, il ne s'en pouvoit trouver, ou bien c'était à un
» écu la livre... Les œufs se vendoient dix ou douze sous la pièce. Le septier
» de bled valoit cent ou cent vingt écus... J'ai vu manger à des pauvres des
» chiens morts tout cruds par les rues ; aux autres des tripes que l'on avoit je-
» tées dans le ruisseau ; à d'autres des rats et des souris que l'on avoit pareil-
» lement jetés, et surtout des os moulus de la tête des chiens. »

Cependant, l'armée royale ayant reçu de nouveaux renforts, Paris fut rigou-
reusement resserré, et les moyens de s'approvisionner devinrent plus difficiles. Les sorties, les canonnades ne produisaient nul résultat utile : l'espérance se perdait. Les rues de Paris se remplissaient de cadavres d'habitants morts de faim : chaque matin, dit un ligueur, on voyait dans les rues de Paris de cent à deux cents cadavres de personnes mortes de faim : et, en trois mois de temps, ajoute-t-il, « il s'est trouvé, de compte fait, *treize mille morts de faim*. » A la famine se joignirent des maladies engendrées par la mauvaise qualité des ali-
ments. Les effets de ces maladies étaient semblables à ceux des maladies pro-
duites par les famines des siècles de barbarie, dont j'ai parlé.

Le 23 juillet, plusieurs pauvres, ne pouvant plus supporter un état aussi douloureux, allèrent, à la faveur de la nuit, se jeter au pied du roi, lui demandèrent du pain et la permission de laisser sortir de Paris les habitants qui souffraient le plus de la disette. Henri IV, attendri. leur accorda leur demande, et permit à trois mille pauvres de sortir de la ville : le lendemain, de grand matin, près de quatre mille de ces gens affamés profitèrent de cette permission ; mais, les soldats ayant remarqué que leur nombre excédait celui que le roi avait fixé, en forcèrent environ huit cents à rétrograder vers la ville : ces malheureux y rentrèrent en poussant des cris lamentables.

Le 27 juillet de la même année, des bourgeois de divers quartiers se réunirent, allèrent chez le duc de Nemours, gouverneur de Paris, et lui dirent, les larmes aux yeux, qu'il était mort *trente mille personnes* par la famine, et que le secours des Espagnols, si souvent promis, n'arrivait pas : ils lui demandèrent des vivres ou la permission de se rendre au roi de Navarre. Le duc les renvoya en leur disant qu'il communiquerait leur demande à son conseil, et que, dans peu de temps, ils auraient une décision. Une nouvelle réunion de bourgeois se fit au Palais de Justice. La plupart d'entre eux étaient armés, et demandaient hautement *du pain ou la paix*. Le duc de Nemours accourt, fait fermer le Palais et mettre en prison la plupart des mécontents ; deux furent pendus. On disait que le roi de Navarre avait excité cette émeute.

Le mal allait toujours croissant : tous les ânes, tous les chiens, les chats, les rats et l'herbe qui croissait dans les rues étaient consommés : on avait épuisé les plus affreuses ressources. Dans les maisons des riches, on se nourrissait avec du pain fait de farine d'avoine. Les pauvres imaginèrent de pulvériser de l'ardoise, et d'en faire une espèce de pâte : ils allèrent plus loin, ils déterrèrent dans les cimetières les os des morts. Ces os, réduits en poussière, formaient un aliment qu'on nomma le *pain de madame de Montpensier...*

Enfin, pressés par les instances des bourgeois, par la crainte d'une révolte et par l'impossibilité de nourrir les soldats de la garnison, les chefs de la Ligue, à Paris, imaginèrent d'entamer une négociation avec le roi. Ils envoyèrent un député pour lui demander une entrevue et des passeports : le cardinal de Gondi et l'archevêque de Lyon furent nommés. Mais, avant de partir, ils crurent nécessaire d'obtenir du légat du pape l'absolution du crime qu'ils allaient commettre en communiquant avec un prince hérétique et en faisant ce qu'ils avaient juré de ne jamais faire. Le légat en usa généreusement, et leur accorda la permission de violer leur serment. Un autre motif détermina les chefs de la Ligue à entamer cette négociation : ils pensèrent que leurs députés, en sortant de Paris, pourraient faire parvenir secrètement les dépêches au duc de Mayenne et au duc de Parme. Henri IV fit une verte réprimande à ces prélats députés de la Ligue, et les accusa, ainsi que ceux de leur cabale, d'être les auteurs des maux affreux qui désolaient Paris. Cette entrevue se tint le 10 août 1590, dans l'abbaye Saint-Antoine. Elle n'eut d'autre avantage pour les Parisiens que de leur procurer une trève de dix jours, pendant laquelle le roi accorda plusieurs passeports aux dames, aux écoliers, aux prêtres. même à ses plus grands ennemis. Le 17 août.

voyant qu'il n'obtenait aucune réponse satisfaisante à ses propositions, il attaqua de nouveau Paris.

Cette attaque fut pour les Parisiens, qui commençaient à concevoir quelques
espérances, un coup accablant. Le souvenir des maux passés, la crainte de les
voir se renouveler encore, les réduisaient au désespoir, lorsqu'un événement
inattendu vint subitement changer leur situation. Le 30 août, à la naissance du
jour, les sentinelles aperçurent que les extérieurs de l'enceinte étaient dégarnis
de troupes ennemies. Alors des cris de joie se font entendre sur tous les points
de la muraille. Les habitants, éveillés à ces cris, ne peuvent croire à ce bonheur
inespéré ; ils accourent sur les remparts, et s'assurent par leurs yeux de la vérité
de cette nouvelle. Aussitôt le *Te Deum* fut chanté : le prédicateur Panigarole fit
un sermon, et n'oublia point de faire célébrer cet événement par une magnifique procession. Les plus affamés laissèrent ces cérémonies, se répandirent dans
les champs, dans les villages voisins, et y cherchèrent pâture. Henri IV, instruit
de l'approche de l'armée espagnole commandée par le duc de Parme, avait,
deux heures avant le jour, levé le siége de Paris pour aller au-devant de cette
armée et la combattre.

Deux jours après les Parisiens apprirent avec joie que Henri IV, n'ayant pu
réussir à faire sortir les ducs de Parme et de Mayenne de leurs retranchements,
avait divisé son armée et l'avait répartie en plusieurs provinces. Le duc de
Mayenne put alors, sans risque, se rendre à Paris : en effet, le 18 septembre,
il y arriva. «Les Parisiens, dit l'Estoile, ne témoignèrent pas grande joie à son
« arrivée, et le regardoient d'un œil plus triste que joyeux, étant encore com-
« battus de la faim, et plus touchés des maux qu'ils avoient endurés que de
« bonne espérance pour l'avenir. »

Je sortirais des bornes que je me suis prescrites, si je m'engageais dans l'exposé des événements multipliés qui se sont passés depuis le 12 septembre 1590,
époque où le siége de Paris fut levé, jusqu'au 22 mars 1594, qui fut celle où
Henri IV fit son entrée dans cette ville. Il suffit d'avoir offert le tableau des progrès de la Ligue, de la chute du dernier des Valois, du siége de Paris, et de la
misère excessive de ses habitants.

Trois classes d'hommes figurent dans ce drame politique. Dans la première
sont les princes, les seigneurs (excepté Henri IV et quelques-uns de ses fidèles
amis), misérables ambitieux, qui, sans autre talent que la dissimulation et la
perfidie, sans autre vertu que la persistance, s'avancent péniblement vers leur
but, de crime en crime, et en sont punis par des crimes. — Dans la seconde
classe sont les ecclésiastiques, qui, au nom sacré de la religion, prêchent la sédition et le meurtre, que cette religion condamne. — La troisième est le peuple,
toujours trompé parce qu'il est toujours crédule, toujours immolé à l'ambition
des chefs, toujours payant les frais de leurs manœuvres ambitieuses. — Les
principaux personnages, dénués de vertus, d'élévation d'âme, de générosité, de
patriotisme, n'ont rien du caractère héroïque, et n'inspirent aucun intérêt ;
mais les événements et les malheurs qu'ils ont fait naître, offrent des leçons
dont la politique et la morale peuvent retirer quelque enseignement utile.

PARIS SOUS HENRI IV.

Henri, roi de Navarre, le 2 août 1589, succéda, comme le plus proche héritier de la couronne, au roi Henri III, assassiné à Saint-Cloud par le moine Jacques Clément. Le 4 du même mois, il reçut le serment de fidélité des seigneurs qui se trouvaient dans l'armée royale, et prit le nom de *Henri IV*.

Avant d'arriver au trône de France, ce prince éprouva les rigueurs et les caprices de la fortune. Appelé à Paris pour y épouser la sœur du roi, ses noces devaient être le prélude de son assassinat. Elles furent aussi celui du massacre de ses amis ; mais les poignards de la Saint-Barthélemi l'épargnèrent. Placé à la tête du parti protestant, il combattit toujours avec courage et souvent avec succès. Le pape, en 1585, l'excommunia, ainsi que son cousin le prince de Condé. Henri fit afficher dans plusieurs rues et carrefours de Rome, et notamment sur les statues de Pasquin et de Morforio, son opposition à la bulle qui l'excommuniait. Il répondit à Sixte V avec le style qu'avait employé Philippe-le-Bel dans sa lettre au pape Boniface VIII. Voici son début : «Henri, par la grâce de Dieu,
« roi de Navarre, prince souverain du Béarn, premier pair de France, s'oppose
« à la déclaration et excommunication de Sixte V, *soi-disant pape de Rome*, la
« maintient fausse, et en appelle comme d'abus en la cour des pairs de France,
« desquels il a cet honneur d'être le premier ; et, en ce qui touche le crime
« d'hérésie, et de laquelle il est faussement accusé par la déclaration, dit et
« soutient que *Monsieur Sixte V, soi-disant pape*, sauve sa sainteté, *en a fausse-*
« *ment et malicieusement menti*, et que lui-même *est hérétique ;* ce qu'il fera prou-
« ver en plein concile libre et légitimement assemblé, etc. »

Ce prince, qui avait fait la guerre avant d'être roi de France, la fit encore longtemps après : il batailla pendant l'espace de cinq ou six ans, avec plus de courage que de bonheur, ballotté par les cabales de la plupart des seigneurs, qui tour à tour servaient, abandonnaient ou trahissaient ses intérêts, et qui formèrent contre son autorité un tiers-parti. Après avoir négocié inutilement auprés des chefs de la Ligue, il prit la résolution d'embrasser la religion catholique. Une conférence se tint, au mois d'avril 1593, dans le village de Suresne, entre des catholiques ligueurs et des catholiques royalistes. Par suite de cette conférence, fut conclue entre les partis une trève, laquelle combla de joie les Parisiens, qui purent alors, avec sécurité, aller visiter leurs champs des environs de Paris et leurs fermes dévastées.

Le roi, pendant cette conférence, se retira à Mantes. Cette ville figurait alors comme la capitale de sa domination. Sollicité vivement par plusieurs personnes de changer de religion, changement qui lui était présenté comme l'unique moyen d'établir une paix durable, il fut arrêté qu'il se ferait instruire, et que la ville de Saint-Denis serait le lieu où il manifesterait sa conversion par des actes de religion catholique, en y entendant la messe. Un grand nombre de Parisiens assistèrent à la cérémonie, qui se célébra le 25 juillet 1593. Ils virent le roi, accompagné des princes et des officiers de la couronne, se rendre à l'église Saint-Denis, où il fut reçu par le cardinal de Bourbon et plusieurs autres prélats, devant lesquels il prononça la formule de son abjuration.

Cet acte solennel augmenta le nombre des partisans du roi, et diminua l'influence que des zélés ligueurs exerçaient sur des esprits crédules ; mais il ne convertit point les chefs de la Ligue, ne modéra point l'éloquence furibonde des prédicateurs, et ne livra point Paris à Henri IV. Dès lors il fut démontré que le catholicisme était le prétexte, et non le véritable motif de la Ligue.

Ce roi, voyant que son activité et ses forces militaires étaient insuffisantes pour obtenir sur ces nombreux ennemis un avantage décisif, et que sa conversion ne produisait pas tout l'effet qu'on lui en avait fait espérer, se décida à marchander et acheter secrètement la conscience de plusieurs gouverneurs qui tenaient pour la Ligue diverses villes et places fortes ; et le prix de leur trahison fut débattu comme s'il s'agissait d'objets de commerce.

C'est par ce moyen qu'Henri IV rentra en possession de Paris. Le comte de Belin, gouverneur de cette ville, avait, malgré ses serments, promis de la vendre au roi ; mais, devenu suspect aux ligueurs, il fut destitué le 17 janvier 1594. Le comte de Brissac fut mis à sa place. Après avoir prêté tous les serments exigés, il les viola presque aussitôt en livrant Paris à Henri IV pour la somme d'*un million six cent quatre-vingt quinze mille quatre cents livres.*

Tout étant disposé et les rôles distribués pour la reddition de la place, une partie de la garnison espagnole fut, sous de faux prétextes, éloignée de Paris. Le 22 mars 1594, dès quatre heures du matin, *Brissac,* gouverneur de cette ville, et *Lhuillier,* prévôt des marchands, se rendirent, sans bruit, à la *Porte-Neuve,* située sur le quai du Louvre, au-dessus de l'emplacement où, depuis, on a bâti le Pont-Royal. Cette porte, comme plusieurs autres, était terrassée. Ils firent promptement enlever les terres qui en bouchaient l'ouverture, et y placèrent pour gardes des hommes affidés. Par ces diverses portes, Henri IV et une partie de ses troupes s'introduisirent au matin dans la ville.

D'autres corps de troupes, tirés des garnisons de Corbeil et de Melun, descendus par la Seine, furent accueillis par les partisans du roi, qui baissèrent les chaînes tendues à travers cette rivière pour laisser entrer leurs bateaux, et firent en sorte qu'ils pussent sans obstacle venir débarquer sur le quai des Célestins. Toutes ces forces étant assemblées dans Paris, Brissac en sortit pour aller au-devant de Henri IV. Ce roi, près d'entrer dans une ville où il avait tant d'ennemis, où depuis longtemps on avait juré sa perte, montra des craintes et de l'hésitation. « Il y entra et en sortit trois fois » dit un contemporain. Sur les sept heures du matin, plus rassuré, entouré de ses gardes et d'une nombreuse cavalerie, il entra par la Porte-Neuve, se rendit au Louvre, s'y reposa, en sortit à neuf heures accompagné d'un nombreux et brillant cortége, alla à l'église Notre-Dame, où, au son des cloches, il fut reçu par le chapitre et l'archidiacre, en l'absence de l'évêque. Il y entendit la messe et un *Te Deum,* puis il revint au Louvre.

Cette entrée imprévue atterra les ligueurs. Revenus de leur stupéfaction, plusieurs coururent aux armes ; mais ce commencement de résistance n'eut pas de suite. Olivier, capitaine du quartier du Temple, se donna des mouvements inutiles pour en soulever les habitants.

Le soir, Henri IV ordonna à l'ambassadeur d'Espagne de sortir sur-le-champ

avec les troupes espagnoles. Cette sortie s'effectua sans événement par la porte
Saint-Denis. Le roi, s'étant placé à une fenêtre d'une maison voisine de cette
porte, vit défiler ces troupes étrangères au nombre de trois mille hommes, et
dit à l'ambassadeur : *Monsieur, recommandez-moi à votre maître, mais n'y revenez
plus.* La journée du 22 se termina par des réjouissances et des cris de *Vive le roi!*
et par le refus formel du légat du pape de venir saluer Henri IV.

Le 27 mars, la Bastille fut rendue au roi par Antoine Dumaine, dit *Dubourg
l'Espinasse*, qui en avait été nommé gouverneur pour la Ligue. Il ne rendit cette
forteresse que lorsqu'il fut informé que le duc de Mayenne ne pouvait la secourir. Il capitula honorablement pour lui et la garnison, et ne voulut recevoir aucun argent pour cette reddition. Sollicité de reconnaître Henri IV comme son
roi, il répondit qu'il avait donné sa foi au duc de Mayenne, et ajouta que *Brissac
était un traître ;* qu'il le soutiendrait en le combattant en présence du roi ; *qu'il
lui mangerait le cœur au ventre ;* qu'il allait l'appeler au combat, et qu'il lui ferait perdre l'honneur, s'il ne lui faisait pas perdre la vie.

Henri IV, parvenu ainsi à se rendre maître de la capitale de la France, se
montra magnanime envers ses plus acharnés détracteurs, et ne conserva contre
eux ni haine ni désir de vengeance. Cette conduite généreuse l'éleva au-dessus
des mœurs de son siècle, où les actes de représailles et les vindications donnaient, dans l'opinion de la noblesse, des droits à la considération ; où les violences les plus criminelles se plaçaient au rang des exploits les plus glorieux.

La crainte du poignard des moines et des fanatiques troubla son repos pendant tout son règne, et lui fit commettre des fautes. Cette crainte, comme les
événements l'ont prouvé, n'était que trop bien fondée.

Il redoutait les jésuites : il voulut s'en faire des amis. Il les caressait comme
le faible caresse un ennemi redouté : vaines condescendances ! sa mort était
résolue : lui-même en fut averti, et témoigna au maréchal de Bassompierre ses
appréhensions sur le sort qui le menaçait. Peu de jours après cette communication, le vendredi 14 mai 1610, le roi se rendait du Louvre à l'Arsenal, et passait par la rue de la Ferronnerie, rue alors fort étroite : son carrosse y fut arrêté
par un embarras de voitures. Ses gens de pied quittèrent la rue et passèrent par une des galeries du charnier des Innocents. Pendant cette station
forcée, le roi se pencha pour parler au duc d'Épernon : alors un homme s'a-
vance, s'élève sur les roues de la voiture, porte au roi, à l'endroit du cœur, un
coup de couteau qui lui arrache ces mots, les derniers qu'il ait articulés : *Je
suis blessé.* Sans se déconcerter, l'assassin frappe un second coup. Le premier
coup était mortel, le second ne l'était pas. Un troisième coup fut, dit-on, porté,
mais il n'atteignit point le roi. «Chose surprenante, dit l'Estoile, nul des sei-
« gneurs qui étoient dans le carrosse n'a vu frapper le roi ; et, si ce monstre
« d'enfer eût jeté son couteau, on n'eût su à qui s'en prendre : mais il s'est
« tenu là pour se faire voir, et pour se glorifier du plus grand des assassinats. »
Cet assassin était Ravaillac.

Ainsi, après avoir échappé dix-sept fois au poignard de ses ennemis. il suc-
comba à la dix-huitième.

PYRAMIDE COMMÉMORATIVE DU CRIME DE JEAN CHASTEL ET DE CEUX DES JÉSUITES. Elle était située en face du Palais-de-Justice. Voici l'exposé des événements qui ont causé son érection et sa démolition.

Depuis environ neuf mois qu'Henri IV s'était rendu maître de Paris, les habitants de cette ville commençaient à goûter les douceurs de la paix. Tout présageait un avenir prospère, lorsque, le 27 décembre 1594, ce roi, revenant victorieux de Picardie, entra tout botté dans la chambre de Gabrielle d'Estrées, sa maîtresse. Plusieurs seigneurs s'y rendirent pour le saluer. Dans le moment où Henri IV se baissait pour relever un seigneur agenouillé devant lui, un jeune homme, qui s'était glissé dans la foule jusqu'auprès du roi, lui porta un grand coup de couteau ; mais à cause du mouvement que fit le roi en se baissant, le coup ne put l'atteindre qu'à la mâchoire supérieure, lui fendit la lèvre et lui rompit une dent. L'assassin, nommé Jean Chastel, fut arrêté et fouillé, et l'on découvrit sur lui le couteau dont il venait de frapper le roi. Sans balancer, il avoua son crime. Le roi voulait lui pardonner; mais, instruit que l'assassin était élève des jésuites, auquel il venait de rendre un grand service, en suspendant l'arrêt du parlement qui tendait à les chasser du royaume, il dit : *Fallait-il donc que les jésuites fussent convaincus par ma bouche!*

Aussitôt Jean Chastel fut conduit au For-l'Évêque : sa famille, tous les jésuites de Paris, le curé de Saint-Pierre-des-Arcis furent pareillement arrêtés. On mit les scellés sur leurs papiers. On trouva chez le jésuite Guignard des écrits séditieux et contraires au respect dû à la personne du roi.

Jean Chastel fut condamné au plus affreux supplice, et le subit avec le courage du fanatisme. Les ligueurs le considérèrent comme un martyr : et Jean Boucher, curé de Saint-Benoît à Paris, composa un livre en cinq parties, où il soutint que l'assassinat commis par Jean Chastel était un acte héroïque. Guignard fut pendu, le père de Chastel banni du royaume pour neuf ans; enfin les jésuites furent expulsés de la France.

Il fut ordonné qu'il serait élevé, sur l'emplacement de la maison du père de Jean Chastel, un monument qui attesterait le crime, la punition, et la haine des Français pour les principes abominables des jésuites. Le monument qui fut construit présentait un grand piédestal quadrangulaire porté sur trois gradins : chacune de ses faces était ornée de deux pilastres ioniques cannelés ; entre ces pilastres on voyait une table de marbre chargée d'inscriptions. Ce piédestal était couronné par quatre frontons triangulaires et par un attique décoré de guirlandes. Au-dessus de cet attique et aux angles s'élevaient quatre statues allégoriques représentant les quatre Vertus cardinales. Le tout était surmonté par un obélisque chargé de bossages, et terminé par une croix fleuronnée. Ce monument, érigé en 1595, avait dans son ensemble vingt pieds d'élévation.

Les inscriptions de cette pyramide sont rares, mais peu curieuses; je vais donner cependant celle qui se lisait sur la face occidentale. C'était l'arrêt de condamnation de Jean Chastel et des jésuites. Après quelques considérants on isait

« Il sera dit que ladicte court a déclaré et déclare ledit Jean Chastel atteint et
» convaincu du crime de lèze-majesté divine et humaine, au premier chef, par
» le trez méchant et trez détestable parricide attenté sur la personne du roy :
» pour réparation duquel crime a condamné et condamne ledit Jean Chastel à
» faire amende honorable devant la principale porte de l'église, nud en che-
» mise, tenant une torche à la main, de cire ardente, du poids de deux livres;
» et, illec, à genoux, dire et déclarer que malheureusement et proditoirement
» il a attenté ledit trez inhumain et trez abominable parricide, et blessé le roy
» d'un cousteau en la face : et, par faulses et damnables instructions, il a dit
» audit procez être permis de tuer les roys, et que le roy Henry quatrième, à
» présent régnant, n'est en l'Église jusqu'à ce qu'il ait l'approbation du pape ;
» dont il se repend et demande pardon à Dieu, au roy et à justice. Ce fait, être
» mené et conduit en un tombereau en la place de Grève; illec, tenaillé aux
» bras et aux cuisses, et sa main dextre, tenant icelle le cousteau duquel il s'est
» efforcé commettre ledit parricide, coupée, et après son corps tiré et démembré
» avec quatre chevaux, et ses membres et corps jettez au feu et consumez en
» cendres, et les cendres jettées au vent. A déclaré et déclare tous et chacun
» ses biens acquis et confisquez au roy. Avant lequelle exécution, sera ledit
» Jean Chastel appliqué à la question ordinaire et extraordinaire pour sçavoir
» la vérité de ses complices, et d'aucun cas résultant dudit procez. A fait et fait
» inhibition et deffenses à toutes personnes de quelques qualitez et conditions
» qu'elles soient, sur peine de crime de lèze-majesté, de dire ny proférer en
» aucun lieu public, ne autre, lesdits propos; lesquels ladicte court déclare
» scandaleux, séditieux, contraires à la parole de Dieu, et condamnez comme
» hérétiques par les saincts décrets.

» Ordonne que les prestres et escholiers du collége de Clermont et tous au-
» tres soy-disant de la dicte société de Jésus, comme corrupteurs de la jeu-
» nesse, perturbateurs du repos public, ennemys du roy et de l'État, vuideront
» dedans trois jours, après la signification du présent arrest, hors de Paris et
» autres villes et lieux où sont leurs colléges, et, quinzaine après, hors du
» royaume; sur peine, où ils y seront trouvez, ledit temps passé, d'être punis
» comme criminels et coupables dudit crime de lèze-majesté. Seront les biens
› tant meubles qu'immeubles à eux appartenants employez en œuvres pitoya-
» bles, et distribution d'iceux faicte ainsi que par la court sera ordonné. Outre,
» fait défense à tous subjets du roy d'envoyer des escholiers aux colléges de
» ladite société, qui sont hors du royaume, pour y être instruits, sur la même
» peine de crime de lèze-majesté. Ordonne la court que les extraits du présent
» arrest seront envoyez aux bailliages et sénéchaussées de ce ressort, pour estre
» exécutez selon sa forme et teneur. Enjoint aux baillifs et sénéchaux, leurs
» lieutenants généraux et particuliers, procéder à l'exécution dedans le délai
» contenu en icelui; et aux substituts du procureur général, tenir la main à
» ladite exécution, faire informer des contraventions, et certifier ladicte court
» de leurs diligences au mois, sur peine de privation de leur estat.

« Signé, DUTILLET. »

Prononcé audit Jean Chastel, exécuté le jeudi 29 décembre 1594.

44

Chassés solennellement de Paris et de la France, flétris par l'érection de ce monument et par ses inscriptions, les jésuites plièrent comme le roseau et ne se rompirent point. Ce serait une histoire assez curieuse que celle des intrigues, des moyens subtils qu'ils employèrent pour rentrer en faveur auprès de Henri IV : elle offrirait aux hommes les plus perfectionnés dans l'art de parvenir des leçons profitables.

Enfin, le 25 septembre 1603, les jésuites, après huit années de bannissement, furent rétablis en France et à Paris : mais ce ne fut qu'après la mort de Henri IV que les jésuites reconquirent la permission de tenir un collége et d'enseigner la jeunesse. Le P. Cotton, religieux de cet ordre, devenu presque aussitôt confesseur et prédicateur du roi, ne tarda pas à solliciter la démolition de la pyramide dont les inscriptions diffamaient la société de Jésus. Henri IV y consentit ; le parlement s'y refusa. Alors le roi, usant de son autorité suprême, ordonna cette démolition, et voulut qu'elle s'exécutât pendant la nuit, dans la crainte qu'elle n'excitât un soulèvement parmi le peuple ; mais le P. Cotton demanda que ce monument fût détruit en plein jour, disant que Henri IV n'était point un roi des ténèbres.

couvent de picpus, situé rue de ce nom, à l'extrémité du faubourg Saint-Antoine. Vincent Mussart établit *les Pénitents réformés du tiers-ordre de Saint-François*, en 1600 ou 1601, dans une maison du village de Picpus, jadis occupée par des capucins ou des jésuites. Bientôt cette maison parut insuffisante au gré du réformateur : il fit, en 1611, commencer la construction de nouveaux bâtiments et d'une nouvelle église, et son couvent devint chef d'ordre.

Cette maison, supprimée en 1790, est devenue une propriété particulière.

récollets, *recollecti*, recueillis ; couvent situé au coin de la rue des Récollets et de celle du faubourg Saint-Martin. Il offre encore une ramification de la souche féconde plantée par François-le-Séraphique. Quelques religieux de cet ordre, favorisés par un tapissier, Jacques Cottard, qui leur donna une vaste maison dans un lieu inhabité, et protégés par Henri IV et Marie de Médicis, s'y établirent en 1603, et y firent bâtir une église qui n'avait rien de remarquable. Les récollets furent supprimés en 1790, et leurs bâtiments convertis en hospice des *Incurables*.

petits-augustins, couvent situé rue des Petits-Augustins, au faubourg Saint-Germain. Marguerite de Valois, première femme de Henri IV, princesse aussi galante que dévote, dans un danger auquel elle échappa à son château d'Usson, en Auvergne, avait fait un vœu qu'elle désirait accomplir. Ayant donné son consentement à la dissolution de son mariage, le roi lui permit d'habiter Paris, et d'y porter le titre de *reine*. Elle acheta un vaste emplacement et un hôtel dans le faubourg Saint-Germain, près du cours de la Seine. Dans l'enclos de cet hôtel se trouvait un petit établissement monastique fondé par Marie de Médicis, seconde femme de Henri IV : il était composé de cinq frères de la Charité, que cette reine avait fait venir de Florence. Marguerite expulsa ces moines, et, d'après les conseils du P. Amet, augustin, qu'elle avait choisi pour son confesseur, elle les remplaça par des augustins. Par ce moyen, son vœu fut accompli. Autorisés par un brevet du pape de l'an 1607, vingt augustins déchaussés, conduits par le P. Amet, vinrent occuper la maison des frères de la Charité.

Cette princesse capricieuse avait plusieurs singularités dans le caractère : elle en manifesta dans cette fondation. Elle voulut que ce couvent portât le nom d'*Autel de Jacob*, et la chapelle, celui de *Chapelle des Louanges;* que quatorze frères, chargés de la desservir, chantassent jour et nuit, sans discontinuer, de deux à deux, en se relevant d'heure en heure, à la louange du Seigneur, des hymnes et cantiques sur des airs modernes qui leur seraient prescrits. Elle exigeait en outre que ces frères, chanteurs éternels, ne sortissent jamais du couvent, et n'eussent aucune communication avec les séculiers. En 1612, Marguerite de Valois se brouilla avec son confesseur, le P. Amet : elle le renvoya avec ses augustins déchaussés, qui, disait-elle, ignoraient le plain-chant et chantaient fort mal. Elle fit venir, pour les remplacer, des augustins chaussés de la réforme de Bourges. Ce changement fut approuvé par le pape.

On fut obligé, après la mort de Marguerite, de faire des quêtes pour fournir aux frais de la construction de l'église et du couvent de ces religieux. Anne d'Autriche, le 15 mai 1617, posa la première pierre de l'église, qui fut bâtie dans l'espace de deux ans. La construction du cloître et des autres bâtiments fut commencée deux ans après.

L'architecture de cet édifice n'avait rien de remarquable : une chapelle placée à côté de l'église, recouverte par un dôme, offrit à Paris le premier exemple de ce genre de toiture. Cet église et l'enclos qui en dépendait ont été utilement employés pendant la révolution. La commission des monuments, en 1791, arrêta que tous les objets de l'art de la sculpture y seraient déposés. On en forma un musée, dit des *monuments français*, qui, pour la première fois, fut ouvert, le 15 fructidor an III. J'en parlerai en son lieu. Enfin, c'est sur l'emplacement de ce couvent qu'on établit plus tard l'*École des Beaux-Arts.*

MAISON DES FRÈRES DE LA CHARITÉ, située rue des Saints-Pères, n° 45. Les frères de la Charité, éconduits par la reine Marguerite de Valois, vinrent s'établir dans un lieu du voisinage, où se trouvait une ancienne chapelle de Saint-Pierre, destinée aux domestiques et aux vassaux de l'abbaye Saint-Germain-des-Prés, et qui fut cédée, en 1611, à Saint-Sulpice. Les frères de la Charité furent d'abord autorisés à y célébrer l'office divin; puis, en 1659, ils en devinrent propriétaires. Cette chapelle, située dans un lieu encore environné de jardins, fut démolie pour agrandir le cimetière de Saint-Germain. On en construisit une nouvelle, en 1613, dont la reine Marguerite posa la première pierre. Elle fut consacrée en 1621, et achevée en 1633 : c'est alors qu'on commença la construction de son portail, sur les dessins de Cotte. On voyait dans cette église plusieurs tableaux de grands maîtres. La voûte, peinte à fresque par Philippe de Champagne, offrait l'effet merveilleux de la perspective d'un Christ peint sur un plan horizontal, et qui semblait l'être sur une surface verticale.

Dans ce couvent, dont la règle était fort austère, se retira, en 1676, Louise-Françoise de La Baume-le-Blanc, créée duchesse de La Vallière, maîtresse de Louis XIV. Désolée de voir ce monarque lui préférer madame de Montespan, elle prit la résolution violente de fuir le roi, la cour et le monde. Son dépit lui donna le courage de se dépouiller des titres de duchesse et de favorite pour prendre celui de *sœur Louise de la Miséricorde*. Elle vécut trente-six ans dans cette maison, se soumettant rigoureusement à la règle, et y mourut en 1710.

Ce couvent fut supprimé en 1790 : dans la suite on démolit l'église, et l'on vendit les autres bâtiments. En 1815, quelques anciennes carmélites se sont réunies dans une partie des bâtiments qui subsistaient encore, et y ont fait construire une chapelle où, comme je l'ai dit, elles ont placé le tombeau du cardinal de Bérulle, par Sarrazin et Lestocard.

CAPUCINES, couvent de religieuses situé d'abord rue Saint-Henoré, en face de la place Vendôme.

Louise de Lorraine, épouse de Henri III, laissa, pour fonder un couvent de capucines à Bourges, la somme de soixante mille livres. Marie de Luxembourg, duchesse de Mercœur, sa belle-sœur, exécuta en partie la volonté de la défunte reine ; seulement, au lieu de fonder le couvent à Bourges, elle le fonda dans Paris. Elle acheta l'hôtel du Perron, et posa, le 29 juin 1604, la première pierre du bâtiment, qui fut achevé et occupé par les religieuses en 1606.

Louis XIV, en 1688, pour faire construire la place Vendôme, ordonna la démolition de ce couvent et l'érection d'un nouveau monastère, plus vaste et plus commode, à l'endroit où finit la rue des Petits-Champs et où commence la rue des Capucines. La façade de l'église correspondait à l'axe de la place Vendôme.

Ce couvent fut supprimé en 1790 : il y avait alors dix ou douze religieuses, qui furent traitées avec les égards dus à leur âge et à leur position. Les bâtiments de ce monastère furent, dans la suite, destinés à la fabrication des assignats. Les jardins de cette maison, théâtre des gémissements et des austérités, devinrent, pendant quelques années, une promenade publique et le séjour des jeux et des amusements : là fut établi le premier *Panorama*. Enfin, je dirai que c'est sur une partie de l'emplacement de cette maison religieuse qu'en 1806 fut ouverte la belle rue dite *de Napoléon*, puis *de la Paix*.

HOPITAL SAINT-LOUIS, situé rue du Carême-Prenant et de l'Hôpital Saint-Louis. La peste, ou une maladie contagieuse presque aussi désastreuse, répandait l'alarme dans Paris vers la fin de l'année 1606. L'hôpital de l'Hôtel-Dieu, si insuffisant, si mal administré, était plus propre à propager cette contagion qu'à la détruire. Les pestiférés couchaient ordinairement dans le même lit avec d'autres malades. Le bureau de la ville exposa au président de Harlai l'urgente nécessité d'avoir un lieu spécialement affecté aux pestiférés. Le roi, par un édit du mois de mai 1607, assigna des fonds pour la construction et l'entretien d'un nouvel hôpital, qu'il fit nommer de *Saint-Louis ;* et, le vendredi 13 juillet de la même année, ce roi posa la première pierre de la chapelle. Dans l'espace de quatre ans, ce vaste édifice fut achevé sous la direction de Claude Villefaux, mais en 1619 seulement, on put y placer des malades. Cet hôpital n'a pas cessé d'être en activité, et a reçu des améliorations dont je parlerai dans la suite.

HOPITAL SAINTE-ANNE OU DE LA SANTÉ, situé au-delà de la barrière de la Santé. Marguerite de Provence, veuve de saint Louis, avait établi en ce lieu un petit hôpital qui fut reconstruit en 1607, aussi à l'occasion de la peste dont je viens de parler dans l'article précédent. Cet hôpital a servi par la suite et pendant longtemps de lieu de convalescence pour les malades de l'Hôtel-Dieu ; mais, de nos jours, les bâtiments, assez vastes, et son clos, entouré de hautes murailles, sont devenus ceux d'une ferme appartenant à l'Hôtel-Dieu.

MANUFACTURE DE TAPIS, FAÇON DE PERSE, établie en 1607, ou maison de la *Savonnerie*, située quai de Billy, n° 30. Henri IV favorisa les manufactures : il fonda des établissements de ce genre dans les galeries du Louvre et dans les bâtiments de la Place-Royale. Il favorisa pareillement la fabrique de tapis *façon de Perse*. Réorganisé par le ministre Colbert, cet établissement était presque abandonné, lorsqu'en 1713 le duc d'Antin fit réparer les bâtiments, et lui rendit son activité. En 1828, cette manufacture a été réunie aux Gobelins.

PONT-NEUF. Depuis longtemps on avait senti la nécessité d'une communication facile entre les quartiers de la Ville, de la Cité et du faubourg Saint-Germain. Henri III, en 1578, sous la conduite de son architecte, Jacques Androuet du Cerceau, entreprit la construction de ce pont. Voici comment l'Estoile parle de cette entreprise : « En ce même mois (de mai), les eaux de la Seine étant » fort basses, fut commencé le Pont-Neuf, de pierres de taille, qui conduit de » Nesle à l'école de Saint-Germain (l'Auxerrois), sous l'ordonnance du jeune du » Cerceau, architecte du roi..., et furent, en ce même an, les quatre piles du » canal de la Seine, fluant entre le quai des Augustins et l'île du Palais, levées » environ une toise chacune par-dessus le rez-de-chaussée. Les deniers furent » pris sur le peuple..., et disoit-on que la toise de l'ouvrage coûtoit 85 livres. » Les troubles civils empêchèrent la continuation de cet ouvrage. Vers l'an 1602, Henri IV fit reprendre les travaux de ce pont : ils furent dirigés par C. Marchand, et étaient fort avancés le 20 juin 1603, époque où ce roi voulut y passer malgré les dangers qu'il avait à courir. « Le vendredi, 20 de ce mois, le roi passa » du quai des Augustins au Louvre par-dessus le Pont-Neuf, qui n'étoit pas » encore trop assuré, et où il y avoit peu de personnes qui s'y hasardassent. » Quelques-uns, pour en faire l'essai, s'étoient rompu le cou, et tombés dans » la rivière ; ce que l'on remontra à Sa Majesté, laquelle fit réponse, à ce qu'on » dit, qu'il n'y avait pas un de tous ceux-là qui fût roi comme lui. » On pou- » vait, en 1604, passer sans danger sur ce pont, dont la route ne fut achevée qu'en 1607 (1). Pour établir la communication de ce pont avec l'île de la Cité, on prolongea la pointe occidentale de cette île ; et cette prolongation divisa le Pont-Neuf en deux parties.

Ce pont est orné, sur ses deux faces, d'une corniche très-saillante qui règne dans toute sa longueur et est supportée par des consoles en forme de masques de satyres, de sylvains et de dryades d'un beau caractère. On croit que quelques-unes sont l'ouvrage de Germain Pilon. En 1775, on fit de grandes et utiles réparations à ce pont. On abaissa et l'on rétrécit les trottoirs : les demi-lunes

---

(1) Sa longueur totale est de 229 mètres 41 centimètres, ou 708 pieds de roi ; sa largeur entre les têtes est de 23 mètres 10 centimètres. Le diamètre moyen des arcs, dans la partie méridionale du pont, est de 12 mètres 48 centimètres, et dans la partie septentrionale de 17 mètres 34 centimètres.

qui s'élevaient à l'aplomb des piles laissaient un espace vague et ordinairement rempli d'immondices. Sur ces espaces furent bâties vingt loges ou boutiques en pierres de taille qui décorent et vivifient ce pont.

CHATEAU-GAILLARD, situé vers l'extrémité méridionale du Pont-Neuf, sur le quai Conti, au bord de la Seine, et à l'endroit où est aujourd'hui la voûte sous laquelle on passe pour aller à l'abreuvoir. Il présentait une construction isolée, munie d'une tour ronde, et fut démoli sous le règne de Louis XIV.

RUE, PLACE ET PORTE DAUPHINE, etc. La construction du Pont-Neuf entraîna, dans les parties aboutissantes, plusieurs changements heureux. On combla les bras de la Seine qui séparaient ces îlots l'un de l'autre, et les séparaient de l'île de la Cité. On éleva le terrain à la hauteur de la route du pont : on le revêtit des murs de terrasse, et l'on construisit en même temps les quais de l'Horloge et des Orfèvres, qui viennent aboutir au milieu du Pont-Neuf et au môle où s'élève la statue équestre d'Henri IV. Ces quais furent bordés de maisons, et l'espace triangulaire qui se trouvait entre elles servit à former la place Dauphine. A l'extrémité septentrionale du Pont-Neuf, on reconstruisit une grande partie des quais de l'École et de la Mégisserie : on élargit la place des Trois-Maries, place qu'on voulut nommer du *Pont-Neuf;* mais la routine triomphe de la volonté des magistrats. Le nom des *Trois-Maries*, dû à l'enseigne d'un marchand, lui fut conservé. A l'extrémité méridionale, on reconstruisit les quais de Conti et des Augustins ; mais, au lieu d'un débouché ou d'une vaste avenue au Pont-Neuf, se présentait de ce côté une masse de bâtiments, de cours, de jardins, un hôtel ou collége, toutes propriétés religieuses. Il fallut, à travers tous ces obstacles, ouvrir une rue dans la direction du Pont-Neuf.

Ce fut en 1607 que cette rue fut ouverte : elle avait alors cinq toises de largeur, était bordée de murs, et couverte en deux endroits, à son entrée du côté du Pont-Neuf, de deux arcades qui établissaient la communication entre le couvent des Augustins et les bâtiments situés de l'autre côté de la rue, et qui dépendaient de ce couvent. La ligne de cette rue, qui est une prolongation de l'axe du Pont-Neuf, aboutissait à la muraille de la ville, indiquée par la rue Contrescarpe. Là on ouvrit une porte appelée *porte Dauphine.* Elle a subsisté jusqu'en 1673, époque de sa démolition. Le nom de *Dauphine* fut donné à cette rue, à cette porte et à la place dont il a été fait mention, à l'occasion de la naissance du fils de Henri IV. Cette rue et cette place reçurent, en 1792, le nom de *Thionville*, en mémoire de la résistance que les habitants de la ville de ce nom opposèrent aux ennemis des Français. En 1814, on leur restitua leur ancien nom.

PONT-AUX-MEUNIERS. Le 22 décembre 1596, à six heures du soir, le Pont-aux-Meuniers fut entraîné par la violence des eaux. Ce pont était en bois, et presque à chaque arche on avait attaché un bateau à moulin. Il était chargé de maisons habitées : hommes et biens, tout périt. On évalua le nombre des personnes qui perdirent la vie à cent cinquante. «On remarqua, dit l'Estoile, que » la plupart de ceux qui périrent en ce déluge étoient tous gens riches, aisés, » mais enrichis d'usures et de pillages de la Saint-Barthélemi et de la Ligue. Le » lendemain, les gens du roi dirent à la cour du Parlement qu'ils ne savoient

LE PONT NEUF ET LA SAMARITAINE.

« d'où procédoit cet accident, si ce n'est de ce que, les roys ayant donné ledit
« pont au chapitre de Notre-Dame, ledit chapitre n'a voulu souffrir que ledit
« pont fût visité par les maîtres des œuvres (architectes) du roy. »

PONT MARCHAND. En janvier 1598, Charles Marchand, dit *le capitaine Marchand*,
le constructeur du Pont-Neuf, obtint des lettres-patentes qui l'autorisaient
à rétablir, à ses dépens, le Pont-aux-Meuniers. En 1599, il en commença la
construction ; après dix ans de travaux, en décembre 1609, il l'acheva entièrement. Toutes les maisons, dont ce pont était bordé, étaient uniformes, peintes
à l'huile, et chacune était distinguée par une enseigne représentant un oiseau,
ce qui le fit aussi nommer le *Pont-aux-Oiseaux*. Dans la nuit du 22 au 23 octobre 1621, le pont Marchand fut la proie des flammes, qui, poussées par un
vent d'ouest, mirent en cendres le Pont-au-Change et plusieurs maisons voisines. Ces deux ponts étaient proches l'un de l'autre et construits en bois. —
Le pont Marchand ne fut point rétabli.

GALERIE DU LOUVRE. Cette galerie, qui, depuis le Louvre, longe la Seine, et
se continue jusqu'au château des Tuileries, fut commencée par le conseil de la
reine Catherine de Médicis, sous Charles IX, qui en posa la première pierre :
Androuet du Cerceau en fut l'architecte. Henri III la fit continuer ; mais les travaux furent bientôt interrompus. Henri IV, en 1600, les fit reprendre : il écrivait
à son ministre Sully, le 2 mars 1603 : «Vous priant de vous souvenir de me
« mander des nouvelles des bâtiments de Saint-Germain... et continuer à faire
« avancer, tant qu'il vous sera possible, le transport des terres de la galerie du
« Louvre, afin que les maçons puissent besogner, estimant qu'ils donneront
« ordre cependant à leurs matériaux, de façon qu'ils avanceront bien la be-
« sogne, quand la place sera nette desdites terres. »

La communication entre le Louvre et les Tuileries, par cette galerie, commençait à s'établir sous Henri IV. Ce fut ce roi qui fit aussi réparer et peindre,
en partie, la galerie d'Apollon, placée en retour de celle du Louvre.— En 1604,
ces travaux étaient fort avancés; le projet de Henri IV était de consacrer la
partie inférieure de cette galerie « à l'établissement des diverses manufactures
« et au logement des plus experts artisans de toutes les nations : » projet que
Sully combattit avec des raisonnements qui prouvent que ses vues en économie
politique n'étaient pas aussi étendue qu'on le pense vulgairement.

Les parties de cette galerie construites sous Charles IX et sous Henri III se
reconnaissent facilement à l'originalité de leur structure. Elles se terminent à
l'endroit où cette galerie forme un avant-corps, surmonté par une campanille
(guichet du pont des Saints-Pères). Depuis ce point jusqu'au pavillon des Tuileries, appelé *Pavillon de Flore*, la façade de cette galerie présente une ordonnance de pilastres corinthiens, laquelle est couronnée par des frontons alternativement circulaires et triangulaires.

CHATEAU DES TUILERIES. J'ai parlé de l'origine de ce château, de sa première
forme et de l'état de ses bâtiments du temps de Charles IX. Ils consistaient
alors dans le gros pavillon du centre de la façade, dans les deux bâtiments latéraux et dans les deux pavillons qui les terminent d'un côté et de l'autre.

A ces cinq corps de bâtiments on en ajouta quatre autres sous le règne de

Henri IV. Sur la même ligne on construisit, au midi comme au nord des anciens bâtiments, un corps de logis et un vaste pavillon. Ces additions au château des Tuileries offrent le style et, à plusieurs égards, les formes d'architecture que l'on remarque à la façade de la galerie du Louvre, ce qui fait croire qu'elles ont été construites dans le même temps et par.le même architecte. Les parties additionnelles de ce château, non plus que la galerie du Louvre, ne furent point achevées sous le règne de Henri IV. Sous Louis XIII et sous Louis XIV, les travaux furent continués.

FONTAINES. Dix-huit fontaines, alimentées par les eaux des aqueducs du Pré-Saint-Gervais et de Belleville, répandaient leurs bienfaits sur la seule partie septentrionale de Paris, tandis que la Cité et la partie méridionale de cette ville en étaient entièrement privées. De plus, ces fontaines ne fournissaient qu'une faible quantité d'eau, ou n'en fournissaient point du tout. Cette stérilité provenait des concessions d'eau que la cour faisait à des communautés religieuses ou aux hôtels des personnages puissants. Les fontaines étaient presque taries par ces concessions, lorsqu'en 1587 on en réduisit le nombre : mais bientôt les abus de la faveur se renouvelèrent aux dépens du public. L'eau manquait aux fontaines : on fit encore, en 1595, une réduction de concessions. En 1594, on fit payer les prises d'eau aux concessionnaires, et l'on entreprit de faire de grandes réparations aux aqueducs du Pré-Saint-Gervais et de Belleville. Pour cela, Henri IV ordonna qu'il serait perçu aux entrées de Paris un accroissement d'impôt sur les vins. Les travaux étant achevés en 1602, les anciennes fontaines de Paris furent rappelées à la vie, et l'on en créa de nouvelles.

FONTAINE DU PALAIS. François Miron, prévôt des marchands, fit, en 1605, établir la première fontaine de l'île de la Cité. Elle fut alors construite sur l'emplacement de la maison du père de Jean Chastel, assassin de Henri IV, et fut substituée à la pyramide élevée pour éterniser la mémoire odieuse du crime. Cette fontaine fut quelques années après transférée dans la cour méridionale du Palais de Justice. Elle est connue sous le nom de fontaine *Sainte-Anne :* ce nom lui fut donné, ainsi qu'à une rue du voisinage, en mémoire de la reine Anne d'Autriche.

FONTAINE ET POMPE DE LA SAMARITAINE, située au-dessous de la seconde arche du Pont-Neuf, du côté du quai de l'École. Les eaux fournies par les aqueducs du Pré-Saint-Gervais et de Belleville ne pouvaient suffire aux fontaines de Paris. On pensa à procurer de l'eau aux palais du Louvre et des Tuileries par un moyen nouveau. Un Flamand, nommé Jean Lintlaër, proposa d'élever, par le jeu d'une pompe, les eaux de la Seine dans un réservoir construit.à une hauteur suffisante pour être, de là, conduites dans ces deux palais. Cette proposition fut admise par Henri IV. Le mécanicien flamand s'occupa à établir près et au-dessous de la seconde arche du Pont-Neuf, du côté du nord, les pilotis de sa pompe. En 1603, le prévôt des marchands y mit opposition, motivée sur la gêne que l'établissement de cette machine apporterait à la navigation. C'est à ce sujet que Henri IV, le 23 août 1603, écrivit à Sully la lettre suivante : « Sur « ce que j'ai entendu que le prévôt des marchands et eschevins de ma bonne « ville de Paris font quelque résistance à Lintlaër, Flamand, de poser le moulin

» servant à son artifice : sur ce qu'ils prétendent que cela empêcheroit la navi-
» gation, je vous prie les envoyer quérir et leur parler de ma part, leur remon-
» trant en cela ce qui est de mes droits ; car, à ce que j'entends, ils les veulent
» usurper, attendu que ledit pont est fait de mes deniers et non des leurs, etc. »
On pouvait avantageusement opposer à cette raison des raisons meilleures,
mais le prévôt des marchands ne pouvant les faire valoir, il fut obligé de céder
au vœu du roi. En conséquence, les travaux de cette pompe furent continués,
et achevés en 1608.

Cette pompe devint un objet de curiosité pour les Parisiens. Elle était la première qui fut établie dans cette ville. Le bâtiment, supporté par des pilotis, était
fort simple dans sa construction primitive. Cependant la façade du côté du Pont-
Neuf offrait une décoration qui lui donna un nouvel intérêt : on y voyait un
groupe de figures en bronze doré, représentant Jésus-Christ et la Samaritaine
auprès du puits de Jacob. Entre ces deux figures, tombait d'une vaste coquille
une nappe d'eau, reçue dans un bassin pareillement doré : au-dessous était cette
inscription : FONS HORTORUM PUTEUS AQUARUM VIVENTIUM. Ces paroles de l'Écriture
recevaient une application heureuse, parce que les eaux élevées par cette mécanique alimentaient les jets du jardin des Tuileries. On y voyait aussi un cadran et une horloge. Ces divers objets flattaient les yeux des passants : leurs
oreilles étaient encore réjouies par le son d'un carillon qui, dans l'origine,
jouait différents airs à chaque heure du jour. Ce carillon et un jaquemart qui
accompagnait l'horloge et sonnait les heures n'existaient déjà plus sous
Louis XIV. Cette machine hydraulique fut presque entièrement renouvelée vers
1715. En 1772 on la reconstruisit de nouveau, et le groupe de figures fut re-
doré. Ce bâtiment avait le titre de *gouvernement*. Le roi nommait et appointait
richement l'inutile gouverneur de la Samaritaine. La Révolution a fait justice
de cette sinécure. Les nouveaux moyens employés pour alimenter les fontaines
et bassins des palais et jardins des Tuileries rendaient cette machine moins nécessaire : elle menaçait ruine ; ses produits ne valaient pas les frais de son entretien ni de sa restauration : en 1813, elle fut entièrement démolie.

PLACE ROYALE, située près la rue Saint-Antoine. Catherine de Médicis fit, en
1564, démolir l'hôtel des Tournelles, dont l'existence lui devenait insupportable, depuis que le roi Henri II, son époux, y était mort. La cour intérieure de
ce palais fut convertie en *marché aux chevaux*, et eut cette destination jusqu'en
1604, époque où Henri IV fit, sur son emplacement, dans le dessein d'y placer
des manufactures, commencer les bâtiments nommés depuis *Place-Royale*. Ces
bâtiments, tous couverts de combles en ardoise très-élevés, furent achevés en
1612, à l'occasion d'un magnifique carrousel que Marie de Médicis fit exécuter,
carrousel dont Bassompierre donne une ample description. Cette place, entourée de trente-cinq pavillons uniformes, est parfaitement carrée. Sous les bâtiments, au rez-de-chaussée, est une galerie ouverte au public, et qui entoure
la place. C'est au milieu de cette place que, le 27 novembre 1639, le cardinal
de Richelieu fit ériger la statue équestre de Louis XIII, statue dont je parlerai
dans la suite.

THÉATRE DE L'HOTEL DE BOURGOGNE. Les confrères de la Passion, ayant passé, comme il a été dit, de l'hôtel de Flandre à l'hôtel de Bourgogne, louèrent leur nouveau théâtre à une troupe de comédiens nommés *les Enfants-sans-Souci*. Cette troupe portait aussi le titre glorieux de *Principauté de la Sottise*, et son chef celui de *prince des Sots*. Sous le règne de Henri IV, ce chef était Nicolas Joubert, qualifié de *seigneur d'Engoulevent*. Dans un procès que cet homme eut à soutenir contre les anciens confrères de la Passion, on le voit, par son avocat, caractérisé de la manière suivante : « Il est né et nourri au pays des grosses » bêtes, et n'étudia jamais qu'en la philosophie des cyniques... C'est une tête » creuse.., éventée, vide de sens comme une canne ; un cerveau démonté, qui » n'a ni ressort ni roue entière dans la tête. » Dans ce procès on saisit la loge que Nicolas Joubert avait au théâtre de l'hôtel de Bourgogne, et il fut prononcé contre lui contrainte par corps. Le prévôt de Paris, devant qui la cause fut portée, par sa sentence, donna main-levée de la saisie de la loge; et, attendu la qualité de *prince des Sots* que portait Nicolas Joubert, il fit défense à tous créanciers d'attenter à sa personne : néanmoins, si, dans un jugement ou acte par-devant notaire, il ne prenait pas sa qualité de *prince des Sots*, il serait susceptible d'être saisi et pris par corps, sauf audit Joubert, *sieur d'Engoulevent*, d'avoir recours contre le *prince des Sots*, c'est-à-dire contre lui-même.

Il paraît que le prince des Sots s'était engagé envers les confrères de la Passion, ou maîtres de l'hôtel de Bourgogne, à faire chaque année une entrée triomphale à Paris, avec cette condition qu'en cessant de faire cette cérémonie il perdrait son titre de *prince des Sots* et les prérogatives qui s'y trouvaient attachées. Il négligea de remplir cet engagement : les maîtres de cet hôtel le poursuivirent en justice. Nicolas Joubert se défendait en disant que les autorités publiques l'avaient dûment dispensé de cette cérémonie. Le parlement, après plusieurs procédures et longs débats, rendit, le 19 juillet 1608, un arrêt définitif portant que « Nicolas Joubert est maintenu et gardé dans la possession et » jouissance de sa *principauté des Sots* et des droits appartenant à icelle, même » du droit d'entrée par la grande porte dudit hôtel de Bourgogne, et préséance » aux assemblées qui s'y feront, et, ailleurs, par lesdits maîtres et administra- » teurs, et en jouissance et disposition de sa loge...; décharge ledit Joubert de » faire son entrée en cette ville de Paris, jusque, par la Cour, autrement en ait » été ordonné, etc. » On voit par cet arrêt que le prince des Sots avait des offi- ciers. Macloud Poulet, guidon de la *Sottise*, et Nicolas Arnaud, hérault d'icelle Sottise, sont pris à partie comme le prince des Sots.

Sous ce règne, on jouait les comédies du *Purgatoire* et du *Paradis;* le *Mar tyre de saint Sébastien*, etc. Jean Prévôt faisait représenter ses tragédies de *Turne*, d'*Œdipe*, d'*Hercule;* mais le plus fécond des auteurs dramatiques de cette époque est sans contredit Alexandre Hardi, Parisien, qui s'engagea envers les comédiens à leur fournir six tragédies par an, et qui avouait lui-même en avoir composé plus de cinq cents.

Pour donner une idée des meilleures farces qui se jouaient au temps de Henri IV, sur le théâtre de l'hôtel de Bourgogne, où, dit l'Estoile, ils sont assez « bons coutumiers de ne jouer chose qui vaille, » je vais offrir l'analyse d'une de ces pièces qui fit, à cette époque, courir tout Paris, et que le roi, la reine et

les princes de la cour voulurent honorer de leur présence. «Chacun disoit,
« ajoute le même écrivain, que de longtemps on n'avoit vu à Paris farce plus
« plaisante, mieux jouée, ni d'une plus gentille invention. » On va voir que le
public était alors très-facile à contenter.

Un Parisien et sa femme se querellent : la femme reproche au mari de fré-
quenter continuellement les cabarets, tandis que chaque jour des huissiers venaient saisir ses meubles *pour payer sa taille au roi.* « Le mari se défendait en
disant que c'était une raison pour faire bonne chère, puisque tout le bien qu'il
pourrait amasser ne serait pas pour lui, *mais pour ce beau roi.* « Je ne buvois que
du vin à trois sous. disait-il, mais j'en boirai à six. » La femme, peu touchée
de ces raisons, crie et tempête. Pendant ce vacarme, arrivent un conseiller de
la Cour des aides, un commissaire, un sergent, qui viennent demander les contributions. Les époux ne peuvent rien leur donner : on va saisir leur mobilier.
Alors le mari leur fait cette demande : *Qui êtes-vous?* Les nouveaux venus répondent : *Nous sommes gens de justice. — Comment! gens de justice?* réplique le
mari avec indignation; et, prenant pour texte cette réponse, il fait un long
exposé des principes de la justice, les met en opposition avec la conduite actuelle des juges, et termine par dire : *Non, vous n'êtes point la justice.* Pendant
ce débat, la femme, voyant qu'on va saisir ses habits, s'assied sur le coffre qui
les contenait. Le commissaire, au nom du roi, lui commande de se lever; elle
obéit; on ouvre ce coffre : alors, au grand étonnement des spectateurs, on en
voit sortir trois diables qui s'emparent du conseiller, du commissaire et des
sergents, et les emportent : tel est le dénoûment de la pièce.

Les membres de la Cour des aides se prétendirent insultés dans cette farce,
et firent emprisonner les comédiens : mais, dans le jour, ils furent relâchés par
ordre exprès du roi, qui traita ses conseillers de *sots*, ajoutant que lui-même,
dans cette pièce, n'avait pas été épargné ; mais qu'il pardonnait de bon cœur
aux comédiens qui l'avaient fait rire jusqu'aux larmes.

L'hôtel de Bourgogne, berceau du Théâtre-Français, où devaient briller,
soixante ans après, les productions du génie des Corneille et des Molière, n'é-
tait encore qu'un théâtre de baladins. « Autrefois, dit Sorel, l'hôtel de Bour-
« gogne n'étoit qu'une retraite de bateleurs grossiers et sans art, qui alloient
« appeler le monde, au son du tambour, jusqu'au carrefour Saint-Eustache. »
Qu'importe aujourd'hui ce qu'ils étaient autrefois? La scène française, pour
établir sa gloire, n'a pas besoin de rechercher sa généalogie.

AUTRES THÉATRES DE PARIS. — Le fatal privilége des confrères de la Passion
existait dans toute sa plénitude, et le parlement l'opposait sans cesse aux autres
troupes de comédiens qui tentaient de former de pareils établissements dans
cette ville. C'est ainsi qu'en 1595 des comédiens vinrent dresser un théâtre dans
la foire Saint-Germain : bientôt les maîtres de la Passion, armés de leurs priviléges exclusifs, firent suspendre leurs jeux. Cette foire était un lieu de franchise,
un lieu privilégié. On vit alors un privilége aux prises avec un privilége. La décision était embarrassante; on prit un terme moyen. Une sentence du lieutenant civil maintint le théâtre de la foire, à condition que les nouveaux comédiens paieraient. chaque année qu'ils joueraient, aux maîtres de la Passion, la

somme de deux écus. — Sous le règne de Henri IV, des troupes ambulantes venaient à Paris établir leur théâtre à la foire Saint-Germain ou ailleurs. En 1604 il s'y trouvait des comédiens espagnols.

Une ordonnance de police, du 12 novembre 1609, fait mention de deux salles de spectacle. Elle prescrit aux comédiens de l'une et de l'autre salle de finir, en hiver, leurs jeux *à quatre heures et demie du soir;* — de ne point exiger des spectateurs plus que la somme de *cinq sous* au parterre, ni plus de *dix sous* aux loges ; — de ne représenter aucune pièce sans l'avoir préalablement communiquée au procureur du roi, et sans l'avoir fait revêtir de son approbation.

COMÉDIENS ITALIENS. Leur théâtre était situé rue de la Poterie, au coin de la rue de la Verrerie, hôtel d'Argent. Ces comédiens s'établirent à Paris en 1600 : ils étaient à la solde du roi. Le 16 octobre 1608, Henri IV écrivit, en effet, au fils du duc de Sully pour lui ordonner de faire payer aux *Comédiens italiens* la somme de six cents livres, qui leur était due pour les mois passés, et de les faire partir sur-le-champ pour Fontainebleau, où ce roi veut qu'ils jouent en sa présence : « Quand mon cousin le duc de Sully sera de retour, dit-il, je lui « ordonnerai de leur faire payer le reste. »

On voit, par ces notions, que l'art théâtral n'était point encore, en France, sous le règne de Henri IV, sorti des ténèbres de son ancienne barbarie.

ÉTAT PHYSIQUE DE PARIS.

ENCEINTE DE PARIS ET SES PORTES. Sous Henri IV, l'enceinte de cette ville différait peu de celle qui fut établie sous le règne de Charles VI. Depuis, on y avait ajouté diverses fortifications. On construisit alors une portion de muraille qui, de la porte Saint-Denis allait aboutir au bastion du jardin des Tuileries, et enserrait une grande partie de l'espace compris entre ces deux points. Outre l'enceinte des murailles, il existait au-delà une première fortification qu'on appelait les *barrières*, et qui enserrait plusieurs faubourgs.

On entrait dans Paris par seize portes fortifiées de tours et munies de ponts en pierres et de ponts-levis établis sur le fossé. — Dans la partie du nord étaient sept portes où l'on entrait en passant sur un pont dormant qui se terminait par un pont-levis. — *La porte Saint-Antoine*, à côté de la Bastille. Depuis longtemps on avait renoncé à faire passer la route à travers les bâtiments de cette forteresse ; et, pour la laisser libre, on avait déjà détourné le chemin. On construisit vers ce détour une porte de ville, qui, en 1671, fut rebâtie par François Blondel. *La porte du Temple* était protégée par un large fossé et par un ouvrage considérable bâti à l'extérieur, et nommé *le Bastion*. Démolie en 1618, cette porte fut reconstruite en 1684. — *La porte Saint-Martin*. Elle présentait un grand édifice, flanqué à sa face extérieure de cinq ou six tours rondes. — *La porte Saint-Denis* se composait d'un édifice quadrangulaire, protégé à ses angles de tours rondes, surmontées de guérites en maçonnerie. Cette porte fut démolie en 1671. — *La porte Montmartre*, située à l'endroit où la rue de ce nom est coupée par la rue des Fossés-Montmartre et par la rue Neuve-Saint-Eustache.

Moins considérable que les portes Saint-Martin et Saint-Denis, elle était accompagnée de diverses constructions qui en défendaient l'entrée. *La porte Saint-Honoré*, située à l'endroit où la rue Saint-Nicaise débouche dans la rue Saint-Honoré. Elle offrait un édifice quadrangulaire : à ses angles naissaient, sur des culs-de-lampe, deux tours rondes. — *La Porte-Neuve.* Elle était située sur les bords de la Seine, et contiguë à la *tour du Bois*, qui terminait, à l'ouest, l'enceinte de la partie septentrionale de Paris ; tour d'une grande élévation, accouplée à une autre de grande dimension, qui contenait l'escalier. La tour du Bois a subsisté jusque sous le règne de Louis XIV. La Porte-Neuve, et cette tour qui lui servait de défense, existaient sur le quai du Louvre, au point où la rue Saint-Nicaise venait aboutir à la galerie du Louvre.

Dans la partie méridionale de Paris, on entrait, avant Henri IV, par huit portes, et, vers la fin du règne de ce prince, par neuf portes :

La porte de Nesle, située sur la rive gauche de la Seine, vers le point où s'élève le pavillon oriental du palais des Beaux-Arts, ci-devant collége de Mazarin. Elle était contiguë à l'ancienne tour de Nesle, tour ronde fort élevée, accouplée à une tour moins forte, plus élevée, et qui contenait l'escalier. Le bâtiment de la porte, flanqué de deux tours rondes, fut, à ce qu'il paraît, restauré sous le règne de Henri IV. — *La porte Dauphine.* Elle fut construite sous le règne de Henri IV, après l'an 1607, à l'extrémité de la rue Dauphine ; elle était située à l'endroit de la maison de cette rue qui porte aujourd'hui le n° 50 : elle fut démolie sous le règne de Louis XIV, en 1673. Après cette démolition, la rue Dauphine fut prolongée jusqu'au carrefour de Bussi. — *La porte de Bussi*, située dans la rue Saint-André-des-Arcs, vers l'endroit où la rue Contrescarpe y débouche. Cette porte était flanquée de deux tours ; c'est jusque-là seulement que le fossé de la ville était ordinairement rempli par les eaux de la Seine. — *La porte Saint-Germain*, située rue des Cordeliers, aujourd'hui de l'École-de-Médecine, à l'extrémité de la rue du Paon, à l'endroit où se voit encore l'ancienne fontaine des Cordeliers. Elle fut démolie en 1673, et l'édifice de la fontaine fut élevé à sa place. — *La porte Saint-Michel*, plus anciennement nommée *porte d'Enfer*, ou *porte de Gibard* ou *Gibert*. Sa construction était très-simple. Auprès et à l'est de cette porte se voyait une espèce de fortification qui la protégeait, et où le prévôt des marchands et les échevins ont dû tenir leurs assemblées avant la construction de l'Hôtel-de-Ville. On en voit des restes dans le jardin de l'hôtel de Brabant, rue Saint-Hyacinthe, n° 15. Cette porte fut démolie en 1684. A l'endroit où elle existait, on a construit la fontaine de la place Saint-Michel.

La porte Saint-Jacques, située entre les rues des Fossés-Saint-Jacques et de Soufflot, du côté oriental, et entre la rue Saint-Hyacinthe et le passage des Jacobins, du côté occidental, présentait un édifice fortifié par deux tours, qui fut démoli en 1684. — *La porte Bordelle* ou *Dordet*, ou de *Saint-Marcel*. Elle était située vers l'extrémité de la rue Bordet, aujourd'hui nommée rue Descartes, non loin de l'endroit où cette rue débouche dans celle des Fossés-Saint-Victor. Cette porte fut démolie en 1683. — *La porte Saint-Victor*, située dans la rue de ce nom, et entre la rue des Fossés-Saint-Victor et celle d'Arras. Reconstruite en 1570, elle fut abattue en 1684. — *La porte de la Tournelle*, depuis nommée de *Saint-Bernard*.

située sur la rive gauche de la Seine, vers l'extrémité septentrionale de la rue des Fossés-Saint-Bernard, sur le quai de la Tournelle, entre les n°⁵ 1 et 3. Elle se composait d'un édifice assez considérable, flanqué de tourelles; elle était protégée par une forteresse appelée la *Tournelle*, bâtie sur le bord de la Seine. Henri IV la fit rebâtir en 1606; elle fut démolie en 1670; en 1674, on éleva à sa place une porte triomphale sur les dessins de Blondel. J'en parlerai ailleurs.

Au delà de ces seize portes de Paris, si l'on en excepte celles qui se trouvaient sur les bords de la Seine, étaient autant de faubourgs dont plusieurs furent ruinés pendant le siége de Paris : la plupart de ces faubourgs avaient donné leur nom à ces portes.

On communiquait d'une rive de la Seine à l'île de la Cité et à l'autre rive par six ponts : le *pont Notre-Dame*, le *Petit-Pont*, le *Pont-au-Change*, le *pont Saint-Michel*, le *pont Marchand* qui remplaça l'ancien *Pont-aux-Meuniers*, et enfin le *Pont-Neuf*. Ces deux derniers furent construits sous le règne de Henri IV. Tous ces ponts, excepté le Pont-Neuf, étaient bordés de maisons, de manière qu'on pouvait traverser la rivière sans apercevoir son cours.

QUAIS. Les seuls qui existaient alors à Paris étaient, sur la rive droite de la Seine, ceux des *Célestins*, du *Port-au-Foin*, et un autre, qui, depuis le bas du pont Notre-Dame, se terminait au Louvre, et se nommait le *quai de l'École*.

Sur la rive gauche était un quai qui s'étendait depuis le pont Saint-Michel jusqu'à la tour de Nesle. Les autres parties des rives de la Seine, l'île de la Cité tout entière, étaient, avant 1603, dénuées de quais. Ces quais, en général, se composaient de maçonneries irrégulières, d'ouvrages en bois uniquement destinés à préserver les bords de la Seine de l'action destructive des eaux.

PLACES. Si l'on excepte la place Royale et la petite place Dauphine, on ne trouvait point à Paris, sous Henri IV, d'emplacement qui méritât le nom de place publique. Il n'existait nulle promenade plantée d'arbres, où les habitants pussent venir, et à l'abri des feux du soleil, se procurer un exercice salutaire, si ce n'est le Pré-aux-Clercs. On nommait généralement place ce qui ne serait aujourd'hui considéré que comme un carrefour : partout les arbres étaient rares.

ÉDIFICES. Les abbayes situées dans les faubourgs, telles que celles de Saint-Antoine, de Montmartre, de Saint-Germain-des-Prés, de Saint-Victor, étaient fortifiées comme des places de guerre. — Le château des Tuileries et la galerie du Louvre furent continués, mais restèrent imparfaits pendant cette période. Dans la cour des Tuileries on voyait encore, même jusqu'au commencement du règne de Louis XIV, les chantiers de bois, fours et autres objets nécessaires à la fabrication des tuiles et briques : c'est ce que prouvent des plans manuscrits qui ont passé sous mes yeux.

RUES. Les rues de Paris et surtout celles qui se trouvaient au centre et dans les parties les plus anciennes de la ville, étaient fort étroites : on n'y pouvait pénétrer en voiture. La plupart n'étaient point pavées; d'autres ne l'étaient qu'en partie, et presque toutes se trouvaient encombrées de gravois, de boues et d'immondices. Cet état de malpropreté et de gêne, indice d'une administration mal ordonnée, durait encore vers le milieu du XVII⁰ siècle.

ÉCHELLES. Les rues et carrefours de cette ville offraient souvent les tristes témoignages de la perversité humaine ou des rigueurs de la justice : des potences, des carcans, des piloris et des échelles. Pour inspirer la terreur, on a quelquefois élevé des potences sur presque toutes les places de Paris. J'ai parlé des piloris. Les échelles où l'on attachait les condamnés, où on les fustigeait, et où on leur lançait des injures et des pierres, étaient très-communes. Saint Louis en fit établir dans toutes les villes, pour y placer ceux qui proféraient le *vilain serment*. L'abbé de Saint-Magloire avait son échelle placée vis-à-vis de l'église Saint-Nicolas-des-Champs. Elle subsistait encore en 1548. L'évêque de Paris avait aussi son échelle dans la rue de l'Echelle, qui, de la rue Saint-Honoré, conduit à celle de Rivoli. Enfin, le grand prieur du Temple avait fait établir, à l'extrémité de la rue des Vieilles-Haudriettes, une échelle qui n'a été détruite que vers l'an 1780. Elle avait environ 50 pieds de hauteur. Une autre échelle figurait au parvis de Notre-Dame, devant la façade de l'église cathédrale. C'est là qu'en 1314 fut hissé et chargé de chaînes Henri de Malestroit, diacre, frère de Geoffroi de Malestroit, chevalier, décapité en l'année précédente. Henri de Malestroit, accusé de conspiration, étant à l'échelle, souffrit beaucoup de maux : on l'accabla d'injures, on lui jeta de la boue et même des pierres qui le blessèrent jusqu'au sang; à la troisième exposition le patient expira. Les sergents du Châtelet, qui, suivant les chroniques de France, étaient *ministres du diable*, commettaient ces actes de cruauté. Cependant les commissaires et l'official firent publier qu'il n'était permis à chaque assistant de jeter sur le patient qu'une fois de la boue ou des pierres.

CROIX. Divers carrefours, ou emplacements devant les églises, étaient ornés d'une croix. On en voyait aux Halles, près du pilori, au milieu de la place de Grève, au carrefour formé par les rues Coquillière, du Jour et d'Orléans. Dans la rue Saint-Honoré, au bout de la rue de l'Arbre-Sec, il en était une célèbre sous le nom de *Croix du Tiroir* ou *du Trahoir*; à l'extrémité septentrionale de la rue des Petits-Champs était la *Croix des Petits-Champs*, qui a donné son nom à cette rue; à la place Baudoyer on en voyait une autre.

Plusieurs rues et places doivent leur nom à la présence d'une croix : telles sont la rue de la Croix-Rouge, etc. Il existait des croix dans tous les cimetières; et chaque église, chaque communauté religieuse avait la sienne.

Lorsque Henri IV entra dans Paris, cette ville et ses environs étaient dans un état déplorable. Voici le tableau qu'en fait un contemporain : « Il y avait peu de « maisons entières et sans ruines; elles étoient la plupart inhabitées, le pavé « des rues était à demi couvert d'herbes; quant aux dehors, les maisons des « faubourgs toutes rasées. Il n'y avoit quasi un seul village qui eût pierre sur « pierre et des campagnes toutes désertes et en friche. »

Le 15 mars 1597, dans le temps où l'on s'occupait de la reprise d'Amiens, le prévôt des marchands dit, dans l'assemblée de l'Hôtel-de-Ville, « que Paris est « dénué de toutes choses; que les boulevards sont tombés, les fossés pleins et « remplis en plusieurs endroits, l'artillerie de l'arsenal enlevée, et celle qui étoit « à la ville baillée aux villes voisines… Pour pourvoir auxquels inconvénients, « faudroit des sommes immenses; mais il n'y a seulement moyen de fournir ce

« qui est plus pressé, la ville ayant perdu la plupart de son revenu par la dé-
« molition des maisons qui étaient aux portes d'icelle. D'autres incommodités
« pourraient survenir si les ennemis approchoient, etc. »

Cependant, à cette époque, Paris avait éprouvé de grandes restaurations.
Lorsque, quelques mois après, les ambassadeurs d'Espagne vinrent en cette
ville signer le traité de paix de Vervins, ils la trouvèrent bien différente de ce
qu'elle était pendant la guerre. Ils dirent au roi : *Sire, voici une ville qui a bien
changé de face depuis que nous l'avons vue.* Henri IV leur répondit : *Quand le
maître n'est pas en sa maison, tout y est en désordre ; mais, quand il est revenu, sa
présence y sert d'ornement, et toutes choses y profitent.*

François Miron, élu prévôt des marchands, en 1604, seconda le goût de
Henri IV pour l'embellissement de Paris. Le quai de l'Arsenal et quelques autres, des abreuvoirs, des égouts, quelques rues élargies et pavées, la façade de
l'Hôtel-de-Ville et autres édifices et réparations dont j'ai parlé, sont dus aux
soins et à la sollicitude éclairées de ce magistrat, qui contribua à changer un
peu la physionomie barbare que cette ville conservait encore.

ÉTAT CIVIL DE PARIS.

Dans le tableau des événements qui se sont passés sous la Ligue, on a vu se
former quelques établissements, commandés par la nouveauté des circonstances ; ils disparurent dès que Henri IV fut maître de cette capitale. Ce roi y
rétablit l'ancien ordre des choses ; seulement, après la mort du sieur d'O, gouverneur de Paris, il ne le remplaça point. Le 25 octobre 1594, il écrivit aux
prévôts des marchands et échevins qu'il voulait faire cet honneur à sa bonne
ville de Paris, d'en être lui-même gouverneur. « Laquelle résolution, dit l'Es-
« toile, fut estimée et trouvée bonne de tout le monde. »

Peu de temps après que Henri IV eut fait son entrée à Paris, il voulut y être
en sûreté : en conséquence, il publia, le 8 mai 1594, une ordonnance dont
l'objet était de s'instruire sur le nombre des habitants de cette ville, leurs
armes, la qualité et les motifs de ceux qui venaient s'y établir : il établit un
ordre plus sévère pour la garde des portes ; il prescrivit aux colonels, capitaines, lieutenants, enseignes, de s'y rendre en personne avec les bourgeois, et
de ne s'y faire remplacer que lorsque leurs fonctions les appelaient ailleurs.
« La gardes des portes, y est-il dit, commencera à six heures du matin, en été,
« et à sept heures, en hiver. Avant d'en abattre les ponts-levis et d'ouvrir les
» barrières, on fera sortir par les guichets et planchettes un sergent avec quel-
» ques bourgeois pour faire la découverte au dehors, de peur de surprise...; on
» ne recevra personne sans passeport, etc. » En 1609, ce roi rendit une autre
ordonnance relative à la propreté et salubrité de Paris. Chaque propriétaire
payait, pour ce service, un écu.

La plupart des rues n'étaient pavées que d'un côté, ou ne l'étaient pas du tout :
l'on y rencontrait, de loin en loin, des cloaques puants, des amas de gravois et
d'immondices. Cette partie de la police ne fut pas mieux administrée sous le
règne suivant : on construisait de vastes et magnifiques édifices, et ils étaient
pour ainsi dire inabordables.

La ville était infestée de voleurs, d'assassins, et surtout de ces filous que
l'Estoile nomme *coupe-bourses, tireurs de laine :* ils coupaient, même en plein jour,
la bourse aux passants qui, suivant une vieille habitude d'ostentation, portaient
leur bourse pendue à leur ceinture; les *tireurs de laine* étaient ceux qui arrachaient les manteaux : on en punissait quelques-uns; mais ces exemples ne pouvaient contenir dans le bon ordre sept à huit mille bandits de cette espèce qui
ne vivaient que de vols et de meurtres et avaient une infinité de moyens pour
échapper aux archers, lesquels, mal payés, devenaient souvent leurs complices.
Les bourgeois n'étaient en sûreté que dans leurs maisons, parce qu'ils y avaient
des armes : encore ne l'étaient-ils pas toujours. — En décembre 1605, des
voleurs qu'on nommait *barbets,* entraient en plein jour dans les maisons sous
prétexte d'affaires; puis, mettant le poignard sur la gorge des maîtres, ils les
contraignaient à leur livrer de l'argent : plusieurs magistrats de Paris furent
ainsi dépouillés. L'Estoile, qui rapporte ces faits, s'écrie : « Chose étrange! de
« dire que dans une ville de Paris se commettent avec impunité des voleries et
« brigandages tout ainsi que dans une pleine forêt. »

Les Parisiens ne trouvaient nulle sûreté dans les rues, surtout pendant la nuit;
aussi n'osaient-ils pas s'y hasarder : l'ordonnance de police que j'ai citée, qui
prescrit aux comédiens de finir leurs spectacles en hiver à quatre heures et demie
du soir, en est une preuve. En outre, les *pages* et *laquais,* les écoliers, tous armés
et privilégiés, se battaient souvent entre eux, insultaient, maltraitaient et
quelquefois tuaient les habitants. Les monuments historiques et le journal de
l'Estoile offrent des preuves nombreuses de cet état continuel de trouble et de
danger.

La peste, les famines, désolèrent plusieurs fois cette ville pendant cette période :
et les mesures que les magistrats opposaient à ces fléaux étaient plus propres à
en accroître les ravages qu'à les faire cesser.

ÉTAT CIVIL DES PROTESTANTS. Au mois de mars 1598, Henri IV, par son édit
de Nantes, fixa le sort des protestants et leur accorda, sous certaines conditions,
le libre exercice de leur religion : ceux de Paris furent autorisés à construire un
temple et à célébrer leur culte dans Ablon, village situé sur le bord de la Seine,
à quatre lieues de cette ville. Enfin, en 1606, on leur permit de se rapprocher de
Paris et d'établir leur culte à Charenton-Saint-Maurice.

Le dimanche, 27 août de cette année, on commença à y célébrer le culte protestant; le roi envoya des archers et un exempt des gardes pour contenir le
peuple, qui, toujours excité par les prêtres catholiques, ne cessait, par des attaques et des insultes, de troubler les protestants dans l'exercice de leur religion.
Ce ne fut pas sans peine, dit l'Estoile, qui ajoute que, dans ce jour, l'assemblée
des protestants était composée d'environ *trois mille personnes.*

POPULATION DE PARIS. Dans l'espace de temps écoulé depuis le règne de
Charles VII jusqu'à celui de Henri IV, la population ne paraît pas avoir éprouvé
beaucoup d'augmentation. Sous le premier de ces règnes, elle s'élevait à peu près
à cent cinquante ou cent soixante mille âmes. Le prévôt des marchands, d'après
un recensement fait en mai 1590, porte le nombre des habitants de Paris à *deux
cent mille.* Ce compte rond fait soupçonner des inexactitudes. On a des données

plus certaines sur le nombre des pauvres de cette ville. Un recensement, fait en juin 1590, pendant le siége de Paris, offre pour résultat *douze mille trois cents pauvres* qui n'avaient ni pain ni argent, et sept mille trois cents habitants qui avaient de l'argent sans avoir du pain.

TABLEAU MORAL DE PARIS.

Dans la composition de ce tableau, je suivrai ma méthode ordinaire; je commencerai par tracer les mœurs des hommes placés au rang le plus élevé, parce qu'elles servent toujours de modèle aux personnes de rangs inférieurs.

Les mœurs de la cour de France, sous le règne de Henri IV, étaient moins corrompues que sous les règnes précédents. La galanterie de ce roi avait un caractère de franchise et de virilité que n'avaient pas les débauches infâmes de Henri III et de ses *mignons*. Catherine de Médicis, mère de ce dernier roi, conduisait elle-même ses filles d'honneur à la prostitution, et en faisait les instruments de sa politique. Marie de Médicis, épouse de Henri IV, se montrait, au contraire, très-sévère sur ce point. Toutefois, la passion de Henri IV pour les femmes est devenue pour ainsi dire proverbiale. Des nombreuses maîtresses dont l'histoire nous a conservé le nom, la plus célèbre fut Gabrielle d'Estrées. Il était si épris de cette dame qu'il ne la quittait pas même dans les plus importantes affaires de l'État; il la menait avec lui dans les assemblées publiques, dans les grandes solennités; elle assistait, à ses côtés, dans les conseils; elle figura auprès de ce roi dans l'assemblée d'État, tenue à Rouen en 1596. *Il la baisait devant tout le monde*, dit l'Estoile, *et elle lui donnait des avis dans tous les conseils*.

Une autre passion plus ruineuse que la première, peut-être plus funeste à la morale, dominait encore Henri IV : il hasardait et perdait au jeu des sommes qui auraient suffi à soulager les pauvres de Paris, tourmentés par de fréquentes disettes. Le dérangement dans les finances, les exactions des financiers, les édits bursaux, furent les effets contagieux d'un vice dont le roi donnait l'exemple.

Ce règne était signalé par un autre vice qu'on ne doit point reprocher à Henri IV, puisqu'il tenta vigoureusement de l'abolir, mais qui provenait des habitudes des anciens Francs : je veux dire les duels que ces étrangers introduisirent dans la Gaule, que Louis IX et ses successeurs avaient constamment travaillé à détruire, et qui commençaient à tomber en désuétude, lorsque Henri II eut la détestable imprudence d'en faire renaître l'usage. Fortifiés par les principes d'un faux honneur, les duels firent parmi la noblesse française, sous le règne de Charles IX et de Henri III, d'effrayants progrès, et dégénérèrent bientôt en assassinats. Le derrière des murs des Chartreux, le moulin de Saint-Marceau et le Pré-aux-Clercs étaient les lieux ordinaires de ces barbares expéditions. On se battait, on s'assassinait même dans les rues de Paris, en plein jour, jusque sous les yeux du roi, et presque toujours impunément.

Ces désordres s'accrurent par l'impunité. Henri IV, effrayé de leurs ravages, demanda à Sully un mémoire sur l'origine des duels. Ce ministre lui en présenta un qui se trouve dans ses *Œconomies royales*. On lit dans le journal de l'Estoile, qu'en mars 1607, « on donna avis au roi que depuis l'avénement de Sa Majesté à

« la couronne on faisoit compte au moins de quatre mille gentilshommes tués en
« ces misérables duels. » Un arrêt du parlement, du 16 juin 1599, porte : « Pour
« raison des meurtres et homicides commis et perpétrés en duels, tant dans cette
« ville qu'autres lieux, et pour obvier à la fréquence desdits meurtres et homi-
« cides, etc., les défend, sous peine de crime de lèze-majesté, confiscation de
« corps et de biens, tant contre les vivants que les morts. » Un édit de 1602
renouvelle ces défenses, et règle les formes de la procédure contre les duellistes.
Cet arrêt et cet édit firent peu d'effet; mais un nouvel édit, du mois de juin 1609,
portant contre les délinquants des peines plus rigoureuses, contint pour un temps
les effets de cette habitude féodale, qui, bientôt après la mort du roi, reprit son
cours et se manifesta avec plus de fureur que jamais.

La foire Saint-Germain, dont j'ai parlé, était à peu près alors ce qu'est aujour-
d'hui le Palais-Royal, un lieu de commerce, de plaisirs, et de plus un lieu de
combats. Cette foire, très-profitable aux moines et abbés de Saint-Germain-des-
Prés, devenait très-funeste à la morale publique. Après avoir été fermée pendant
la Ligue, elle fut rouverte en 1595. « Pendant la foire Saint-Germain de cette
« année (1605), dit l'Estoile, où le roi alloit ordinairement se pourmener, se com-
« mirent à Paris des meurtres et excès infinis, procédant des débauches de la
« foire, dans laquelle les pages, laquais, écoliers et soldats des gardes, firent des
« insolences non accoutumées, se battant dedans et dehors, comme en petites
« batailles rangées, sans qu'on y pût ou voulût donner autrement ordre : un
« laquais coupa les deux oreilles à un écolier et les lui mit dans sa pochette,
« dont les écoliers mutinés, se ruant sur tous les laquais qu'ils rencontroient, en
« tuèrent et blessèrent beaucoup. Un soldat des gardes ayant été attaqué desdits
« laquais au sortir de la foire, et altéré par eux de coups de bâton sur les fossés de
« Saint-Germain, s'étant enfin relevé, en tua deux et les jeta tout morts dans les
« fossés, puis s'en alla et se sauva. Voilà comme les débauches, qui sont assez
« communes en matière de foire, furent extraordinaires en icelle, laquelle néan-
« moins on prolongea jusqu'à carême prenant. »

Les désordres que, dans cette foire, commettaient les pages et les laquais,
étaient autorisés par l'exemple des maîtres, par l'absence presque totale d'une
police et par l'espèce d'immunité dont jouissaient la plupart des hôtels des seigneurs auxquels ces pages appartenaient. Ces pages et laquais se multiplièrent
dans la suite d'une manière effrayante. Pendant près d'un siècle, les Parisiens
furent troublés, insultés, battus, pillés, et quelquefois tués par cette multitude
de valets.

La foire Saint-Germain renfermait plusieurs académies de jeux, où le roi, les
princes, les seigneurs venaient risquer leur fortune, et souvent celle des autres.
Un arrêt du parlement, du 30 janvier 1608, nous fait connaître les jeux auxquels
on s'y livrait : cette cour fait défense de jouer à la foire Saint-Germain aux *cartes*,
dez, *quilles* et *tourniquets*.

Ce n'était pas seulement à la foire Saint-Germain que se tenaient les jeux de
hasard : le jour du carnaval on dressait le long du Pont-au-Change des étaux sur
lesquels les amateurs venaient jouer aux dés. Cet usage fort ancien fut interrompu
en mars 1604. L'Estoile dit que ceux dudit pont, étant interrogés sur cette sus-

pension de jeux, répondirent « qu'ils vouloient être sages doresnavant et bons
« ménagers, puisque le roi leur en montroit le premier l'exemple, et que M. de
« Rosny leur apprenoit tous les jours à le devenir. »

Le luxe était excessif à la cour de Henri IV. Ce roi aurait sans doute préféré
la simplicité; mais il n'en était pas ainsi de ses maîtresses et de ses courtisans.
Bassompierre dit que, pour la cérémonie du baptême des enfants du roi, il fit
faire un habillement qui lui coûta *quatorze mille écus;* il en paya six cents pour
la façon seulement : il était composé d'étoffes d'or, brodé en perles. Il acheta de
plus une épée garnie de diamants, qu'il paya cinq mille écus : il avoue qu'il fit
cette dépense extraordinaire avec de l'argent gagné au jeu. Au baptême du fils
de madame de Sourdis, en 1594, Gabrielle d'Estrées parut vêtue d'une robe de
satin noir « tant chargée de perles et de pierreries, dit l'Estoile, qu'elle ne se
pouvait soutenir. » Le même écrivain ajoute peu après : « Samedi, 12 novembre,
« on me fit voir un mouchoir qu'un brodeur de Paris venoit d'acheter pour
« madame de Liancourt (Gabrielle d'Estrées), laquelle le devoit porter le lende-
« main à un ballet, et en avoit arrêté le prix avec lui à *dix-neuf cents écus* qu'elle
« lui devoit payer comptant. »

Le luxe fit en même temps des progrès rapides parmi les bourgeois. « Pen-
« dant qu'on apportoit à tas de tous côtés à l'Hôtel-Dieu les pauvres membres de
« Jésus-Christ, si secs et si atténués qu'ils n'étoient pas plus tôt entrés qu'ils
« rendoient l'esprit, on dansoit dans Paris, on y mommoit; les festins et les
« banquets s'y faisoient à *quarante-cinq écus le plat,* avec les collations magni-
« fiques à trois services, où les confitures sèches étoient si peu épargnées que les
« dames et demoiselles étoient contraintes de s'en décharger sur les pages et
« laquais. Quant aux habillements, bagues et pierreries, la superfluité étoit telle,
« qu'elle s'étendoit jusqu'au bout de leurs souliers et patins, etc. La femme d'un
« simple procureur fit faire une robe en ce mois, de laquelle la façon revenoit à
« cent francs. »

Le luxe des habits, une suite nombreuse de pages, laquais, de gentilshommes, d'écuyers, etc.; le luxe de la table; un ton menaçant, des fanfaronnades, des débauches bruyantes, des créanciers qu'on ne payait pas et qu'on
maltraitait souvent, l'affectation à se montrer joyeux, satisfait, tout-puissant,
supérieur aux bienséances et aux lois, étaient les traits du caractère de la noblesse,
les honneurs, la gloire qu'ambitionnaient les princes et seigneurs de ce temps.
D'Aubigné, dans son *Baron de Fœneste,* a peint avec autant de gaieté que de
cynisme l'ignorance, la superstition stupide, la bassesse et même la lâcheté de
certains nobles ou courtisans du règne de Henri IV et des commencements de
celui de son successeur. Voici comment il trace les manières et les discours des
courtisans qui fréquentaient le Louvre : « Vous commencez à rire au premier que
« vous rencontrez; vous saluez l'un, vous dites le mot à l'autre : *Frère, que tu es*
« *brave, espanoui comme une rose! Tu es bien traité de ta maîtresse; cette cruelle,*
« *cette rebelle, rend-elle point les armes à ce beau front, à cette moustache bien*
« *troussée! et puis cette belle grève, c'est pour en mourir!* Il faut dire tout cela en
« démenant le bras, branlant la tête, changeant le pied, peignant d'une main la
« moustache, et d'aucune fois les cheveux... Vous voulez savoir de quoi sont nos

« discours; ils sont de duels, où il se faut bien garder d'admirer la valeur
« d'aucun, mais dire froidement : *Il a* ou *il avoit quelque peu de courage;* et
« puis, des bonnes fortunes envers les dames... Et puis, nous causons de l'avan-
« cement en cour, de ceux qui ont obtenu pension; quand il y aura moyen
« de voir le roi, combien de pistoles a perdues Créqui et Saint-Luc; ou, si
« vous ne voulez point discourir sur des choses si hautes, vous philosophez sur
« les bas-de-chausses de la cour... Quelquefois nous entrons dans le grand
« cabinet, avec la foule de quelques grands; nous sortons sous celui de Berin-
« gand, descendons par le petit degré, et puis faisons semblant d'avoir vu le
« roi, contons quelques nouvelles; et là, faut chercher quelqu'un qui aille
« dîner. »

Les seigneurs catholiques traitaient comme des esclaves les personnes attachées
à leur maison; ils les faisaient battre de verges, et les cédaient à d'autres comme
un meuble. Dans les écrits de ce temps, on trouve fréquemment ces phrases :
tel secrétaire, tel musicien, tel joueur de luth, tel chirurgien, tel gentilhomme,
appartenait à tel prince, à tel seigneur, qui le donna à tel autre seigneur. Henri IV
fit don à un de ses valets d'écurie d'un homme difforme qu'on avait arraché à
ses travaux, pour le montrer comme une curiosité et en tirer profit. Marguerite
de Valois faisait donner des coups de bâton à son musicien Choisnin. Les seigneurs fouettaient souvent leurs pages.

L'honneur, ou plutôt l'orgueil de la noblesse était alors d'une constitution
très-robuste. Les nobles pouvaient se livrer aux actions les plus viles, les plus
criminelles, sans que leur fierté en souffrît aucune atteinte, ni leur gloire la
moindre tache. Malgré ces accidents, ils transmettaient à leur postérité une
noblesse pure. Le métier infâme que plusieurs remplissaient à la cour, auprès
des rois enclins à la débauche, ne les déshonorait point, et la trahison n'apportait aucune flétrissure à leur honneur invulnérable. Les nobles dérogeaient en
exerçant le commerce ou un métier utile; ils ne dérogeaient pas en volant les
marchands sur les chemins. Ils empruntaient, ne payaient pas, et leur noblesse
leur donnait le privilége de manquer à leur parole sans être déshonorés; de
battre, de mutiler, de tuer et de jeter par leurs fenêtres, dans les fossés de leurs
petites forteresses, les malheureux sergents qui venaient, au nom du roi et de la
part de leurs créanciers, leur signifier quelque sentence, ou exécuter une saisie.
On trouve dans les registres criminels du parlement un grand nombre de ces
gentillesses.

Si les vices de la barbarie déshonoraient la noblesse de France, le clergé en
était aussi fortement entaché. Les prêtres faisaient la guerre, étaient livrés à la
débauche, et les plus sages d'entre eux s'adonnaient à des superstitions absurdes.
La plupart des prêtres subalternes menaient une vie scandaleuse, s'adonnaient
à la magie, et même faisaient servir leur ministère aux pratiques de cette fausse
science. La pratique des images de cire que l'on fabriquait pour nuire ou
ôter la vie à son ennemi, se maintint encore pendant cette période. On a vu
les prêtres de Paris, entraînés par une aveugle fureur, placer, dans l'intention
de faire périr Henri III, de ces images magiques sur les autels de presque toutes
les paroisses de cette ville. Suivant les crédules partisans de ces superstitions,

elles n'avaient de vertu que lorsqu'elles étaient baptisées en forme, et qu'on leur avait imposé, avec les cérémonies de l'Église, le nom de celui que l'on voulait faire périr.

La religion ne consistait encore qu'en pratiques, et restait séparée de la morale. Les évêques, les abbés, les curés même, ne résidaient point dans leurs évêchés, dans leurs monastères, dans leurs cures, et ne donnaient aucune instruction au peuple. Les bénéfices étaient distribués de manière qu'un seul titulaire possédât un grand nombre d'abbayes et même d'évêchés. On accordait les revenus de ces évêchés à des laïques, à des domestiques, à des femmes, même à des protestants. Les idées de la multitude étaient tellement perverties, qu'on donnait le titre de *vertu*, non à la probité exacte, à une conduite généreuse et pure, mais à des pratiques ridicules et superstitieuses.

Sous la domination de la Ligue, les prédicateurs avaient fait croire au peuple de Paris qu'une procession était l'acte le plus agréable à la Divinité, le moyen le plus sûr de calmer sa colère, et de se la rendre favorable. Je citerai à ce propos le témoignage d'un zélé catholique, ligueur de bonne foi : « Le 30 janvier 1589, « dit-il, il se fit en la ville plusieurs processions, auxquelles il y a une grande « quantité d'enfants, tant fils que filles, hommes que femmes, qui sont tous *nuds* « *en chemise*, tellement qu'on ne vit jamais si belle chose, *Dieu merci*... Il y a « telles paroisses où il se voit cinq à six cents personnes *toutes nues*. Ledit jour « (3 février 1589) se firent, comme aux précédents jours, de fort belles proces- « sions, où il y eut grande quantité de *tout nuds* et portant de très-belles croix. « Le 14 février (1589), jour de carême-prenant, et jour où l'on n'avoit accou- « tumé que de voir des mascarades et folies, furent faites, par les églises de « cette ville, grande quantité de processions, qui y alloient en grande dévotion, « même de la paroisse Saint-Nicolas-des-Champs, où il y avoit plus de *mille* « *personnes, tant fils que filles*, hommes que femmes, *tout nuds*, et même tous les « religieux de Saint-Martin-des-Champs qui y étoient tous *nuds pieds*, et les « prêtres de ladite église de Saint-Nicolas aussi *pieds nuds*, et quelques-uns *tous* « *nuds* comme étoit le curé, nommé maître *François Pigenat*, duquel on fait plus « d'état que d'aucun autre qui étoit *tout nuds*, et n'avait qu'une guilbe (guimpe) « de toile blanche sur lui, etc. »

Pendant quatre ou cinq mois, les Parisiens ne cessèrent de faire chaque jour une ou plusieurs de ces scandaleuses processions. « Ils étoient si enragés, dit « l'Estoile, pour ces dévotions processionnaires, qu'ils alloient pendant la nuit « faire lever leurs curés et les prêtres de leur paroisse, pour les mener en pro- « cession. » Le curé de Saint-Eustache voulut, à ce sujet, leur faire quelques remontrances ; on le traita de politique et d'hérétique ; il fut forcé de condescendre à la fureur des Parisiens pour ces pieuses et ridicules promenades, « où, dit le « même écrivain, hommes et femmes, garçons et filles, marchoient pêle-mêle, « et où tout étoit carême-prenant : c'est assez dire *qu'on en vit des fruits*. »

En matière d'opinions religieuses, la population de Paris offrait plusieurs divisions. Sous le nom de *bons catholiques* on désignait les superstitieux, les ligueurs, les intolérants, les persécuteurs. — Les *politiques* étaient des hommes plus éclairés, et par conséquent plus raisonnables. — Les *protestants*, qui se rapprochaient beaucoup des politiques, étaient persuadés qu'ils professaient le christianisme dans sa pureté primitive. Ils ne persécutaient pas, on les persécutait. — Ceux qu'on nommait *athéistes* n'observaient aucune religion. Cette classe d'hommes, qui suivait l'impulsion d'un caractère audacieux, d'un libertinage d'esprit, n'était pas assez instruite pour avoir de la moralité sans religion. Aussi tous ceux que l'histoire de ces temps nous signale sous la dénomination d'*athéistes* ou d'*athées* sont-ils presque tous des hommes souillés de crimes. Cependant on donnait cette qualification à des personnes auxquelles on n'avait à reprocher qu'une grande indifférence pour toutes les religions, pour tous les partis politiques, et un penchant pour la vie voluptueuse.

Si j'ajoutais ici quelques traits de la partialité et de la corruption de la plupart des magistrats chargés de rendre la justice, et des pillages bien avérés des financiers, pillages tolérés et punis tour à tour, et jamais réprimés, je compléterais le tableau moral des hommes qui, par leurs dignités et leurs emplois, ont, pendant cette période, exercé une grande influence sur le peuple; mais je me livrerais à de trop longs détails.

J'ai parlé des vols, des assassinats, des crimes de tout genre qui se commettaient impunément dans les rues de Paris. Je pourrais à ce sujet citer plusieurs passages puisés dans les écrivains de ce temps, et notamment dans les registres manuscrits du parlement, et composer un tableau hideux des mœurs de cette époque. Mais c'en est assez; et si l'on me reprochait d'avoir, dans les traits que j'ai rassemblés, choisi le mal de préférence au bien, je répondrais que les monuments historiques ne m'ayant offert que des erreurs, des vices et des crimes, je n'ai pas eu à choisir. Cependant, du milieu de ce cloaque de corruption, s'élèvent quelques actions dignes d'éloges; elles sont particulières, très-rares et n'opposent à la règle générale que de faibles exceptions.

Sous le règne de Henri IV, les études libérales se maintinrent dans la voie du progrès où elles s'étaient engagées. Les commentateurs facilitèrent l'étude de l'antiquité; les satires de d'Aubigné, la satire Ménippée, furent des modèles et offrirent un genre de plaisanterie, un art de manier le ridicule qui n'est plus guère en usage dans notre littérature. — De Thou, au milieu de l'orage des factions, produisit une histoire universelle, remarquable par son impartialité; l'Estoile écrivit son curieux journal, plein de principes excellents, et où brillent de temps en temps des aperçus fins et des traits originaux et spirituels; Mornay s'exerçait sur la politique et la théologie; Sully préparait les matériaux de ses Mémoires, et Michel de Montaigne imitait en se jouant la profondeur de Sénèque et la précision de Tacite. Les arts de luxe et d'agrément se maintinrent, mais ne firent guère de progrès. Les arts utiles furent plus heureux. On commença sous Henri IV à cultiver les vers à soie, à fabriquer des tapisseries de haute lisse, des miroirs ou glaces, à l'instar de celles de Venise, etc. Des lunettes d'approche furent pour la première fois, introduites à Paris, en avril 1609.

USAGES. — Pendant cette période, on commença à répandre sur les cheveux de la poudre blanche; et l'Estoile nous apprend que l'on vit, en 1593, trois religieuses se promener dans les rues de Paris les cheveux frisés et poudrés. — L'usage des montres, qu'on appelait *montres-horloges*, s'établit à Paris sous ce règne; elles étaient volumineuses, et on les portait sur sa poitrine, pendues au cou. — François Ier avait rétabli la mode de porter la barbe longue; les parlements et les chapitres-cathédrales avaient longtemps résisté à cette mode; mais ces corps se relâchèrent bientôt de leurs principes rigoureux. Sous Henri IV, tous les hommes, sans distinction, laissaient croître leur barbe. On employait de la cire pour donner aux poils une direction élégante.

Le costume des hommes et des femmes de la cour, par la richesse dont il était chargé, par ses formes roides, ses lignes droites qui défiguraient entièrement le nu, conservait encore le caractère de la barbarie. Les hommes comme les femmes portaient des espèces de corps de baleines en forme de cuirasses. — Dans le chapitre précédent, j'ai parlé de l'usage adopté par les femmes de la cour de se couvrir le visage d'un masque : cet usage fut encore en vogue pendant la présente période, et devint général. Ces masques étaient ordinairement de velours noir, se ployaient facilement, et se nommaient *loups*. Dans les chapitres suivants, je parlerai encore de cet usage et de ses motifs.

PARIS SOUS LOUIS XIII.

Peu d'heures après la mort tragique de Henri IV, le duc d'Épernon, celui qui, étant dans le carrosse du roi, l'avait vu assassiner, vint, accompagné de gardes-françaises et de gardes-suisses, à la cour du parlement, qui siégeait alors dans le couvent des Grands-Augustins (1). Il y demanda avec un ton menaçant la régence du royaume pour la reine, et dit à cette cour en mettant la main à son épée : *Elle est encore dans le fourreau; mais il faudra qu'elle en sorte si dans l'instant on n'accorde pas à la reine un titre qui lui est dû selon l'ordre de la nature et de la justice.* Le parlement, sans délibérer, consentit à cette demande. C'était la première fois que cette cour conférait la régence, et depuis, cette prérogative lui est restée.

La régente, dévote sans être pieuse, dépourvue de lumières et de jugement, ne se distinguait que par son opiniâtreté, par son dévouement aux jésuites et à la cour de Rome; elle fit tout ce que voulurent ses conseillers, ses directeurs, et consentit à ce que tout l'ouvrage de Henri IV fût détruit pièce à pièce. Cette reine, après avoir composé un conseil de régence de tous ceux qui y prétendaient, conseil qui n'était que pour les apparences, forma un conseil secret où figuraient au premier rang les ennemis naturels de la prospérité française : un jésuite, le P. Cotton; le nonce du pape; Concini, natif de Florence, espèce de domestique, qu'elle éleva au grade de maréchal de France, quoiqu'il n'eût jamais fait la guerre; le duc d'Épernon, etc.; tous ou presque tous accusés, surtout ce dernier, d'être les provocateurs ou les complices de l'horrible assassinat du roi son époux.

(1) Le Palais de Justice ayant été destiné aux festins et aux cérémonies du couronnement de la reine, le parlement fut obligé d'en déguerpir, et de transporter, le 17 avril précédent, ses séances aux Augustins, dans le réfectoire de ce couvent, ainsi que cela s'était pratiqué autrefois.

Le meurtre commis sur la personne de Henri IV n'était en effet, à ce qu'il paraît, que le prélude de l'exécution d'un plan plus vaste. Un gentilhomme, voyant les filles de la reine pleurer la mort de ce roi, s'en moqua, et leur dit : *Vous en verrez bien d'autres,* et les avertit de garder leurs larmes pour une autre occasion qui se présenterait bientôt. La veuve du capitaine Saint-Matthieu conseilla à une Parisienne de quitter Paris. *Pourquoi cela?* lui demanda-t-elle. — *C'est parce qu'avant qu'il soit huit jours il arrivera de grands malheurs dans cette ville.* Le bruit sinistre d'une prochaine Saint-Barthélemi se répandit. Sully se renferma dans l'Arsenal et le mit en état de défense. Les protestants alarmés se barricadèrent dans leurs maisons. Le 17 juillet 1610, on entendit crier pendant la nuit dans les rues : *Aux armes!* On voulait produire un mouvement; mais les crieurs furent battus et mis en fuite par la milice parisienne. L'exécution de ce projet sanguinaire fut manquée. « Le peuple, dit l'Estoile, étoit las et recru des « tromperies des grands; étant fait sage par les exemples passés, il n'étoit plus « possible de le faire mordre à cet appât. »

Louis XIII, placé fort jeune sur le trône, et dans des circonstances si orageuses, n'était pas, même lorsqu'il eut atteint l'âge de la virilité, doué d'un caractère propre à commander le calme. Il eut des favoris et ne pouvait s'en passer; il les choisissait sans discernement et les perdait sans regret : il eut même des favorites; mais ces liaisons avec les demoiselles de La Fayette et de Hautefort n'étaient point de l'amour. Soit vice de constitution, soit timidité de caractère ou principe religieux, on n'a aucune galanterie à lui reprocher; et, en ce point comme en plusieurs autres, il différait entièrement du roi son père. Louis XIII régna, mais ne gouverna jamais. Trois hommes, pendant la durée de ce règne, exercèrent successivement le pouvoir suprême : Concini, de Luynes et Richelieu.

Marie de Médicis eut l'imprudence de laisser prendre au Florentin Concini les rênes de l'État. Pendant sept ans que dura sa régence, elle combla cet étranger de richesses et de titres d'honneur; les finances du royaume devinrent sa proie; il excita contre lui la jalousie des princes et seigneurs, et les murmures du peuple. Pour faire cesser ces murmures, il fit élever des potences dans presque toutes les rues et places de Paris : il en existait deux ou trois au bas du Pont-Neuf. Pendant cet intervalle de temps, on vit des intrigues nombreuses pour des objets misérables, des emprisonnements de princes, des états-généraux, des guerres civiles, des duels, des assassinats commis par les premiers seigneurs de la cour; on vit surtout, dans les classes supérieures de la société, régner l'anarchie et un épouvantable désordre.

Quant à l'éducation du jeune roi, on lui apprenait la musique, la peinture et des jeux d'enfant; on l'instruisait à former de petites forteresses dans le jardin des Tuileries, à donner du cor et à battre du tambour : on ne lui enseigna jamais le devoir des rois. Il avait alors pour favori un courtisan nommé Albert de Luynes, homme plein d'ambition, qui conçut le projet de renverser tous ceux qui gouvernaient et de se mettre à leur place. Il irrita en conséquence le roi contre sa mère, lui fit sentir son état de nullité, lui persuada qu'il ne parviendrait jamais à exercer l'autorité royale tant qu'il ne se serait pas défait de

Concini. Le roi approuva son projet, et chargea Vitry, capitaine de ses gardes, de jouer le principal rôle dans son exécution. Le 24 avril 1617, pendant que Concini, pour se rendre chez la reine, passait sur le pont-dormant qui précédait le pont-levis du Louvre, Vitry, à la tête des gardes du roi, l'attaque et le tue. Le roi, transporté de joie, dit à l'assassin : *Grand merci à vous, à cette heure je suis roi!* Il le fit aussitôt maréchal de France. Le corps de Concini, qu'on avait furtivement enterré dans l'église de Saint-Germain l'Auxerrois, fut, par une troupe de laquais, déterré le lendemain matin, traîné dans les rues de Paris, divisé en lambeaux que l'on brûla, et que l'on pendit aux potences qu'il avait fait dresser. Quelques mois auparavant, la population, à l'instigation de la mère du prince de Condé, avait pillé et dévasté pendant deux jours l'hôtel que ce malheureux possédait rue de Tournon, depuis appelé hôtel des Ambassadeurs, et aujourd'hui hôtel de Nivernais. Enfin, la femme de Concini, nourrice et confidente de la reine, fut décapitée par arrêt du parlement.

La reine, par ordre de son fils, fut consignée dans son appartement. On fit aussitôt abattre le pont qui conduisait de son cabinet au jardin du Louvre. Elle ne sortit de cette espèce de prison que pour être exilée au château de Blois.

De Luynes, sous le nom du roi, gouverna les Français avec un despotisme révoltant, surpassa son prédécesseur en abus d'autorité, et surtout en déprédation de finances. Jamais chef d'État n'avait excité plus de mécontentement; jamais la haine publique ne s'était exhalée par un aussi grand nombre de pamphlets, de satires et de malédictions. Depuis on ne connaît que le cardinal Mazarin qui ait obtenu sur de Luynes cette triste supériorité.

Pendant les onze années que durèrent ces deux tyrannies, la digue que Henri IV avait opposée à l'ambition turbulente de la noblesse fut rompue; les duels, les assassinats, les brigandages, les guerres civiles et toutes les calamités qu'elles entraînent, vinrent accabler le peuple français. Les princes, les seigneurs, considérant le gouvernement comme leur patrimoine, et les honneurs, les pensions qui en émanaient, comme leur proie, se disputèrent et s'arrachèrent l'autorité et les finances de l'État. Ils firent souvent la guerre à la cour, qui résistait quelquefois à leurs demandes exorbitantes.

On ralluma les torches du fanatisme, en violant les traités faits avec les protestants. Les jésuites obtinrent la permission de rouvrir leur collége à Paris. Le prince de Condé, qui, au nom du roi, sous Concini, avait été renfermé à la Bastille, fut, au nom du roi, sous Luynes, mis en liberté. La reine se sauva de Blois, et son fils se raccommoda avec elle. Un an après, la reine, conseillée par Richelieu, fit la guerre à son fils, et le roi prit les armes contre sa mère. — Le duc de Lesdiguières promet de se faire catholique, et le prince de Condé menace d'embrasser la religion protestante. « Si l'on voulait rapporter toutes les particula- « rités de ces guerres, dit un contemporain, ou verroit en la poursuite d'icelles, « non les intentions du roi exécutées, ains (mais) des perfidies, desloyautés et « trahisons, tant du côté des persécutés que des persécuteurs. »

Après la mort de Luynes, un troisième personnage, plus audacieux encore, s'avance sur la scène politique, et maîtrise toutes les ambitions : sa tyrannie fait oublier et même regretter celle de son prédécesseur. Ce personnage est Armand

Duplessis de Richelieu, évêque de Luçon, qui, ayant commencé sa fortune à la cour, sous Concini, eut assez de souplesse pour la continuer sous de Luynes. Serviteur dévoué de la reine, il avait partagé ses revers et ses succès, et cependant s'était ménagé des intelligences avec les ennemis de cette princesse. Marie de Médicis lui fit obtenir le titre de cardinal; et, lorsqu'il reçut la confirmation de cette dignité, il déposa son chapeau rouge aux pieds de la régente, lui disant : *Madame, cette pourpre dont je suis redevable à Votre Majesté, me fera souvenir du vœu que j'ai fait de répandre mon sang pour son service.* Paroles de courtisan! Il devint dans la suite le plus ardent persécuteur de cette reine.

Admis, en avril 1624, au conseil d'État, il le domina; et, pendant plus de dix-huit années, il fut le fléau des Français et le perturbateur de l'Europe. Son ardeur pour la domination fut puissamment secondée par son talent, sa subtilité, son audace, et son mépris pour toutes les règles de l'équité et de la morale. Il n'en respectait aucune : il en faisait lui-même l'aveu : *Quand une fois j'ai pris ma résolution,* dit-il, *je vais au but : je renverse tout; je fauche tout; ensuite, je couvre tout de ma soutane rouge.*

La plupart des poëtes et prosateurs de son temps, prosternés aux pieds de sa toute-puissance, lui ont, par intérêt ou par frayeur, prodigué des éloges que des bouches modernes répètent encore par ignorance. Lancé dans la carrière du pouvoir, il commit plusieurs crimes pour s'y avancer, et en commit un plus grand nombre pour s'y maintenir. Il fut ingrat envers ceux qui contribuèrent à sa fortune : il la devait à Marie de Médicis; il la persécuta d'une manière scandaleuse. Au nom du roi son fils, il l'obligea de sortir du royaume; et cette veuve de Henri IV, qui avait fait bâtir le palais du Luxembourg, n'eut, pour se loger, à Cologne, qu'un galetas où elle mourut misérablement.

Il fut cruel. Je ne parlerai pas de ces exécutions mystérieuses qui avaient lieu, dit-on, dans ses châteaux de Bagneux et de Ruel; mais je ne puis passer sous silence les motifs secrets de ses meurtres politiques. Il fit décapiter de Thou, parce qu'il avait refusé de devenir le délateur de ses ennemis, et parce que son père, le célèbre historien, avait parlé peu favorablement de la famille de Richelieu. Il fit périr Saint-Preuil, parce qu'il avait manqué d'égards à ceux de la famille du cardinal; le comte de Chalais, le comte de Montmorency, pour avoir servi les complots du frère du roi; le jeune Cinq-Mars, favori du roi, qui, en cette qualité, portait ombrage au cardinal, et qui, de plus, était l'amant de Marion de Lorme, dont le cardinal voulait faire sa maîtresse; Marillac, dont la condamnation parut si étrange que le cardinal en rejeta l'odieux sur les juges, leur reprochant une injustice qu'il avait lui-même ordonnée. Tous périrent sur l'échafaud. Je ne parle pas d'un grand nombre d'autres qui, par leurs mécontentements ou par la séduction, entraînés dans les conspirations que tramèrent la mère, l'épouse et le frère du roi, et abandonnés ensuite par ces personnages illustres, éprouvèrent le sort des premiers, périrent par la main du bourreau, ou bien dans l'exil ou dans les prisons.

Les écrivains qui ne connaissent point le règne de Richelieu le proclament comme *un grand politique.* Richelieu ne parut habile que par l'inhabileté de ses adversaires, n'obtint des succès que par l'extrême incapacité du roi et par la corruptibilité des hommes en place. Après sa mort, les troubles, qu'il avait contenus par la terreur, éclatèrent de nouveau : il ne fit rien pour l'avenir, il ne travailla que pour son temps, que pour lui : il avait l'audace et l'énergie d'un ambitieux ; il ne fut point un grand politique. Rempli d'orgueil, son faste effaçait celui de tous les potentats : il pouvait le satisfaire, ayant à sa disposition toutes les finances du royaume. On dit que sa dépense s'élevait, chaque jour, à la somme de trois mille livres ; il avait une garde brillante et nombreuse, qui effaçait celle du roi. Il portait le luxe jusque sur les autels : on a vu, au Garde-Meuble, sa chapelle composée de vases, ostensoirs, ornements et ustensiles du culte, tous en or massif, orné de diamants. Contre les préceptes de l'Église, ce cardinal voulait faire le métier de guerrier ; et, par son exemple, il autorisa le cardinal de La Valette et autres prélats à l'imiter. Au dix-septième siècle, on vit se continuer ces abus monstrueux que les temps de barbarie avaient fait naître : on vit ces deux cardinaux, vêtus en militaires, marcher à la tête de l'armée qui allait secourir Casal.

Si Richelieu fut sanguinaire, il fut aussi galant. Il eut plusieurs maîtresses : Marion de Lorme, la duchesse de Comballet, sa propre nièce, etc. Il composa des livres de théologie et des pièces de théâtre : il ne réussit qu'à se donner du ridicule. Il eut pour conseillers intimes le fameux P. Joseph, capucin ; La Valette, cardinal ; Bullion, surintendant ; pour bouffons, l'abbé Bois-Robert, Beautru, Raconis, docteur en Sorbonne, depuis évêque de Lavaur.

Le cardinal fit cependant du bien, parce que son ambition insatiable et son ardeur pour la vaine gloire se trouvaient quelquefois d'accord avec l'intérêt général. Il accrut l'autorité royale en abattant les chefs de la féodalité, toujours disposés à l'attaquer ; il fit respecter la France, et lui acquit un grand ascendant sur les autres puissances de l'Europe. — Il fonda l'Académie Française ; mais n'entrait-il pas dans son projet de faire prononcer son éloge par chaque récipiendaire, éloge auquel chacun d'eux fut constamment condamné ? N'avait-il pas aussi pour objet, en créant cette compagnie de littérateurs, de les obliger à faire la critique du *Cid* de Pierre Corneille, tragédie dont les succès blessaient son amour-propre ? — Il fonda le Jardin des Plantes ; mais il y fut déterminé par les instances du médecin du roi, Labrosse. — Il fit rebâtir l'église et le collége de Sorbonne, afin que sa sépulture y fût honorablement placée. — Il fit bâtir le Palais-Royal, pour s'y loger avec magnificence. — Tous ces bienfaits eurent un motif personnel ; mais la plupart furent d'une grande utilité.

Après avoir abattu les têtes de plusieurs seigneurs, accablé le peuple d'impôts, soutenu des guerres continuelles, ruiné les finances du royaume, dont le *déficit* commença sous son administration et depuis fut toujours croissant ; après avoir été l'effroi des Français et des étrangers, le 4 décembre 1642, il termina sa turbulente carrière dans la cinquante-huitième année de son âge. A sa mort les prisons s'ouvrirent ; les bannis furent rappelés ; les misérables satellites de sa tyrannie furent livrés à l'opprobre public ; et l'indignation, longtemps contenue par la peur, se répandit en prose et en vers, en langues latine et française, sur le maître et ses valets. Parmi les exagérations de la haine, on entendit les accents de la vérité et de la raison, accents qui vengent et consolent les opprimés.

Le roi, qui n'aimait point Richelieu et le craignait, apprit sa mort avec l'indifférence qu'il montra lorsqu'il vit sa mère chassée du Louvre et de la France, sa
favorite La Fayette jetée dans un couvent, et son favori Cinq-Mars décapité; car
ce roi était aussi dépourvu d'énergie que de sensibilité. Bientôt après, il mourut
à Saint-Germain, le 13 mai 1643, âgé de quarante-deux ans.

COMMUNAUTÉS RELIGIEUSES D'HOMMES

NOVICIAT DES JÉSUITES, maison située rue du Pot-de-Fer, n°ˢ 12 et 14. Madeleine Lhuillier, veuve de Sainte-Beuve, le 3 avril 1610, donna aux jésuites son
hôtel de Mézières, pour y placer le noviciat de leur société. Ainsi ces pères
obtinrent un troisième établissement dans Paris. Dans cette *maison de probation*,
les jeunes aspirants à la gloire et à la fortune jésuitiques étaient soumis à des
épreuves et à un enseignement qui pouvaient les leur faire mériter. Les jésuites
achetèrent plusieurs maisons voisines de l'hôtel de Mézières, de sorte que cette
propriété ne fut confinée que par des rues, par celles du Pot-de-Fer, Mézières,
Cassette et Honoré-Chevalier. Ils firent bâtir, en 1630, aux dépens de François
Sublet Desnoyers, secrétaire d'État, une église dont le grand autel fut, en 1709,
construit par la munificence de Louis XIV. Lorsque les jésuites furent, en 1763,
chassés de Paris, on vendit cette maison et son enclos à divers particuliers. La
loge des francs-maçons, dite du *Grand-Orient*, a, pendant plusieurs années,
occupé quelques parties de cet établissement, et, sur la rue du Pot-de-Fer, on a
construit un vaste bâtiment destiné à un dépôt de farines.

CARMES DÉCHAUSSÉS, maison religieuse, située rue de Vaugirard, n° 70. Déjà
il existait, à Paris, deux maisons de carmes. Le pape Paul V jugea ce nombre
insuffisant; il envoya une nouvelle colonie de carmes déchaussés, qui arrivèrent
dans cette ville peu de temps après la mort de Henri IV. Nicolas Vivien, maître
des comptes, leur fit, le 11 mai 1611, don d'un vaste emplacement, situé rue de
Vaugirard. Mes nouveaux carmes y firent bâtir à la hâte les logements les
plus nécessaires, et établirent leur chapelle dans une salle qui avait servi de
prêche aux protestants. Bientôt après, avec les amples ressources qu'ils trouvèrent dans le zèle des âmes charitables, ils firent construire, en 1613, un
grand et solide bâtiment, puis une vaste église, qui, en 1620, fut entièrement
terminée.

Ces moines, qui ne portaient point de bas, qui n'avaient que des sandales aux
pieds, excitèrent l'enthousiasme des riches dévots et des dévotes de Paris. Les
dons en leur faveur furent si abondants qu'ils purent faire élever encore plusieurs
grandes maisons dont le prix de ferme produisait plus de cent mille francs par an.
« Ces richesses, dit M. de Saint-Foix, ne les enorgueillissent pas; ils continuent
toujours d'envoyer des frères quêteurs dans les maisons. »

Les carmes eurent le même sort que tous les ordres monastiques. Lors de la
révolution, leurs propriétés furent comprises parmi les biens nationaux. Vers
l'an 1808, une société de femmes dévotes, à la tête desquelles était madame de
Soïecourt, se rendit propriétaire de l'église et de quelques bâtiments de ce

couvent, et y fit célébrer l'office divin. Depuis quelques années on y a établi des carmélites.

Leur église, régulièrement construite, est surmontée par un dôme, dont la calotte fut ornée par Bertholet Flamael, d'une peinture représentant le prophète Élie enlevé dans le ciel, et jetant son manteau à son disciple Élisée. J'ai dit ailleurs que les carmes faisaient remonter très-haut leur généalogie, et qu'ils considéraient les prophètes Élie et Élisée comme des moines de leur ordre. L'intérieur de cette église était orné de quelques monuments sépulcraux. On admirait dans la chapelle de la Vierge, située à gauche du sanctuaire, une Vierge en albâtre, sculptée à Rome par Antoine Raggi, d'après le modèle du cavalier Bernin, placée maintenant dans la chapelle de la Vierge à Notre-Dame.

MINIMES DE LA PLACE-ROYALE, rue de la Chaussée-des-Minimes, n° 6. Il existait déjà deux couvents de minimes près Paris, un à Chaillot, l'autre à Vincennes; on en établit un troisième dans la capitale, sous le règne de Henri IV. Ces moines à leur arrivée, occupèrent un bâtiment et une chapelle contigus à celle de Sainte-Suzanne, située sur l'emplacement de l'église de Saint-Roch; puis, avec les sommes que leur fournit un chanoine de Notre-Dame, il achetèrent un terrain dépendant de l'ancien hôtel des Tournelles. En 1610, ils y firent construire une chapelle; mais ils trouvèrent bientôt leur église et leur couvent trop modestes, et résolurent d'en faire bâtir de plus somptueux. Marie de Médicis seconda leur dessein, afin d'acquérir le titre glorieux de *fondatrice* de ce monastère. Cette princesse fit poser la première pierre de ces édifices, en son nom, par le cardinal Henri de Gondy, en 1611; les événements politiques qui agitèrent la France, et dont cette reine fut la victime, retardèrent la continuation des travaux, qui ne furent terminés qu'en 1679. Le portail de cette église, formé de deux ordres, le dorique et le composite, était l'ouvrage du célèbre François Mansard.

Les diverses chapelles qui entouraient la nef étaient ornées de tableaux de Vouet, La Hire, Coypel, Largillère, etc. La plupart d'entre elles renfermaient des monuments funèbres, plus ou moins magnifiques, celui d'Édouard Colbert, un des plus beaux ouvrages de Coustou l'aîné; ceux du duc de La Vieuville, du président Le Jai, du docteur et savant Jean Delaunay, surnommé le *dénicheur de saints;* d'Abel de Sainte-Marthe, garde de la bibliothèque de Fontainebleau. Une chapelle contenait les monuments en marbre de deux bâtards royaux, de Diane, duchesse d'Angoulême, fille de Henri II, et de Charles de Valois, duc d'Angoulême, fameux dans son temps par ses débauches, ses lâches conspirations contre Henri IV, son bienfaiteur, et par sa longue détention à la Bastille. La suppression du couvent des minimes s'opéra en 1790; l'église fut démolie en 1798; et sur son emplacement on a prolongé la rue de la Chaussée-des-Minimes, et transformé les autres bâtiments en caserne de gendarmerie-infanterie.

JACOBINS DE LA RUE SAINT-HONORÉ, couvent situé sur l'emplacement du marché qui porte ce nom. *Sébastien Michaelis*, général des jacobins, présidant le chapitre de l'ordre de Saint-Dominique tenu, en 1611, à Paris, pour remédier au relâchement et au désordre introduits dans la plupart des maisons des jacobins de France, proposa la fondation, à Paris d'un nouveau couvent de ces moines, couvent qui serait assujetti à la réforme. Il obtint sans peine du roi et de la régente la permission de faire cet établissement. L'évêque de Paris donna 50,000 livres pour les frais de construction du couvent et de l'église.

L'église, comme toutes les autres, était ornée de peintures et de tombeaux; on y remarquait quelques ouvrages des peintres *Porbus, Rigaud, Houasse;* et, parmi les monuments sépulcraux, on distinguait celui du maréchal de Créqui, exécuté par Coustou l'aîné et Joly, d'après les dessins de Lebrun; celui de Pierre Mignard, peintre célèbre, mort en 1695. La comtesse Feuquières, sa fille, y était représentée à genoux, priant Dieu pour son père. — La bibliothèque de ce couvent fut d'abord peu considérable. Elle fut accrue par le don qu'en 1689 fit à ces moines un docteur de Sorbonne appelé *Piques.* Elle se trouvait, dans les derniers temps, composée d'environ 30,000 volumes. La salle de la bibliothèque servit aux séances de la fameuse société des *Amis de la Constitution,* qui, à cause du couvent, reçut le nom de *Société des Jacobins.* Il en sera parlé en son lieu. Ce couvent fut supprimé en 1790; dans la suite, les bâtiments furent démolis et, sur leur emplacement, ainsi que sur celui de leur jardin, on a, en 1810, établi un marché appelé d'abord *Marché des Jacobins,* puis *Marché Saint-Honoré.*

JACOBINS DU FAUBOURG SAINT-GERMAIN, couvent situé entre les rues du Bac et de Saint-Dominique, dont l'église est aujourd'hui l'église paroissiale du dixième arrondissement, sous le vocable de SAINT-THOMAS-D'AQUIN. Nicolas Radulphi, général des jacobins, muni d'un bref du pape, vint à Paris, accompagné de quatre religieux de son ordre, et obtint de Louis XIII, en 1632, la permission d'établir dans cette ville un troisième couvent de jacobins, qui devait porter le titre de *Noviciat général de l'ordre de Saint-Dominique en France.*

Le parlement, qui commençait à craindre le résultat d'un accroissement inconsidéré de monastères dans une ville qui en était déjà surchargée, opposa quelque résistance à l'établissement de celui-ci; mais les nouveaux jacobins n'attendirent pas sa décision. Ils vinrent, dès 1631, occuper un assez modeste local disposé pour eux. Bientôt enorgueillis par la protection du fameux cardinal, enrichis de ses dons et de ceux de plusieurs fidèles, ils ambitionnèrent des bâtiments plus fastueux. A leur petite chapelle ils firent succéder un magnifique édifice, élevé sur les dessins de Pierre Bulet, dont la première pierre fut posée le 5 mars 1682, et qui ne fut achevé qu'en 1740.

Cet édifice est digne de l'artiste habile qui en a donné les dessins. Une ordonnance de colonnes doriques surmontée d'une autre de colonnes ioniques caractérise sa façade. A l'intérieur règne l'ordre corinthien. Cet intérieur était autrefois orné de tableaux et de monuments sépulcraux, qui disparurent après 1790, époque où le couvent fut supprimé. L'église des Jacobins, aujourd'hui de *Saint-Thomas-d'Aquin,* conserve encore l'intégrité de son architecture et même de ses principaux ornements, tels que la gloire, placée au-dessus de l'autel principal, autrefois dorée, et les peintures du plafond du sanctuaire, qui représentent la Transfiguration de Jésus, grand ouvrage de Lemoine, etc.

Les bâtiments du monastère des jacobins ont, depuis le temps de la Convention, été destinés au *Musée d'Artillerie,* dont je parlerai.

BÉNÉDICTINS ANGLAIS, couvent situé rue Saint-Jacques, n° 269, entre le Val-de-Grâce et l'impasse des Feuillantines. Par suite du schisme que Henri VIII fit naître en Angleterre, des religieux bénédictins de ce royaume vinrent se réfugier en France. Toujours livrés à la merci de leurs protecteurs, ces religieux furent encore condamnés à de fréquents déplacements. Enfin le P. Giffort, devenu archevêque de Reims, leur acheta, en 1640, trois maisons, situées rue Saint-Jacques, où ils purent se fixer. Ils commencèrent par y construire une chapelle, et par s'y procurer les logements les plus nécessaires. En 1674, le prieur de cette communauté, le P. Joseph Shirburne, fit démolir les anciens bâtiments, et élever à leur place un édifice régulier et somptueux, ainsi qu'une église analogue, qui fut entièrement construite en 1677. Cette église contenait le corps du malheureux Jacques II, roi de la Grande-Bretagne, mort à Saint-Germain-en-Laye, le 6 septembre 1701, et celui de Marie Stuart, sa fille, morte le 18 avril 1712. Ce couvent fut supprimé en 1790; et dans ses bâtiments, devenus propriété particulière, s'est établie une filature de coton, au n° 269.

ORATOIRE, communauté de prêtres située rue Saint-Honoré, entre cette rue et celle du Louvre. Le 11 novembre 1611, M. de Bérulle, fondateur des Carmélites, réunit cinq prêtres savants et de mœurs pures, et les plaça à l'hôtel du Petit-Bourbon, là où fut depuis élevé le bâtiment du Val-de-Grâce. Ils n'y restèrent pas longtemps. Le 20 janvier 1616, M. de Bérulle acquit de la duchesse de Guise l'hôtel Du Bouchage; hôtel fameux par le séjour qu'y fit Gabrielle d'Estrées, et où Henri IV fut frappé par la main de Chastel. Le 22 septembre 1621 fut posée la première pierre de l'église que l'on voit aujourd'hui, et dont la construction fut terminée en 1630. La façade, du côté de la rue Saint-Honoré fut construite en 1774. Cette église est vaste, et d'une forme pareille à toutes celles que l'on bâtissait alors à Paris. On y voyait des tableaux et le monument funèbre orné de figures en marbre, de Nicolas du Harlay, sieur de Sancy. Dans une autre chapelle était le tombeau en marbre du cardinal de Bérulle, sculpté par F. Angier.

Les oratoriens ne faisaient point de vœux; leurs réglements laissaient aux agrégés autant de liberté qu'il en fallait pour que le bon ordre ne fût pas troublé. L'avocat-général Talon caractérise avec justesse cette congrégation en disant : *C'est un corps où tout le monde obéit, et où personne ne commande;* et Bossuet, dans l'oraison funèbre du P. Bourgoin, troisième général de cette congrégation, dit : « Congrégation à laquelle le fondateur n'a voulu donner d'autre esprit que « l'esprit même de l'Église, d'autres règles que les saints canons, d'autres vœux « que ceux du baptême et du sacerdoce, d'autres liens que ceux de la charité. » Le haut degré de leur instruction, la pureté de leurs mœurs, et la longue lutte qu'ils ont soutenue contre une société fameuse, dirigée par des hommes corrompus et corrupteurs, ont puissamment contribué à l'épuration des mœurs, aux progrès des connaissances humaines et de la civilisation. Les oratoriens, ainsi que toutes les autres congrégations religieuses, furent supprimés en 1792. Leur église servit, pendant quelques années, aux assemblées du district et de la section du quartier. Elle fut, en 1802, concédée aux protestants de la confession de Genève qui y célébrèrent leur culte.

SÉMINAIRE DES ORATORIENS, situé rue du Faubourg-Saint-Jacques, n°ˢ 254,

256, 258. J'ai dit pourquoi les bénédictins de l'abbaye Saint-Magloire furent
transférés dans la maison de Saint-Jacques-du-Haut-Pas. Ces bénédictins, qui s'y
trouvaient en petit nombre, tenaient une conduite peu régulière : en 1618, Henry
de Gondy, évêque de Paris, les supprima, et établit dans leurs maisons un séminaire dirigé par les prêtres de l'Oratoire. Il fut le premier séminaire fondé à Paris :
par la suite il devint considérable, et s'est maintenu jusqu'en 1792.

CAPUCINS DU FAUBOURG SAINT-JACQUES, couvent situé place des Capucins. Il doit
son origine à la libéralité de Godefroy de la Tour, qui, en 1613, légua à l'ordre
une grande maison et un jardin. De la grange de cette maison on fit une chapelle
qui servit aux religieux, jusqu'à ce que le cardinal de Gondy, évêque de Paris,
fournit des fonds pour construire un monastère et une église.

Le 15 septembre 1783, ce couvent étant supprimé, les capucins qui l'habitaient
furent transférés dans la capucinière de la Chaussée-d'Antin, rue Sainte-Croix,
dont je parlerai en son lieu. Les bâtiments et jardin des Capucins du faubourg
Saint-Jacques ont, en 1784, été consacrés à l'*hôpital des vénériens*.

CAPUCINS DU MARAIS, couvent situé rues du Perche et d'Orléans, dont l'église
est aujourd'hui sous le vocable de Saint-François-d'Assise. Le P. Athanase Molé,
syndic des capucins, appuyé sur le crédit de son parent Mathieu Molé, entreprit,
en 1622, de fonder à Paris un troisième couvent de ces moines mendiants. Il
acheta l'emplacement du jeu de paume de la rue d'Orléans, et y fit construire une
capucinière. Ce couvent étant supprimé en 1790, les bâtiments et les jardins devinrent propriétés particulières : l'église est aujourd'hui la seconde succursale de
la paroisse Saint-Merry.

CONGRÉGATION DES PRÊTRES DE LA DOCTRINE CHRÉTIENNE, située rue des Fossés-
Saint-Victor, n° 47. Jean-François de Gondy, premier archevêque de Paris, reçut
en 1626; dans cette capitale, quelques membres de cette congrégation, dont
l'institution remonte à l'an 1562. Antoine Vigier, chef de ces prêtres, ayant, en
1627, acheté l'*hôtel de Verberie*, y fit construire le bâtiment qui existe aujour-
d'hui, qu'on nomme la *maison de Saint-Charles*, et qui devint chef-lieu de la congrégation. Cette congrégation avait pour objet de former des séminaires pour
l'instruction des jeunes gens qui se destinaient au sacerdoce. — Cette maison,
supprimée en 1792, devint propriété particulière.

LES PRÊTRES DE LA MISSION, établis dans la maison de Saint-Lazare, rue du
Faubourg-Saint-Denis. Le projet de confier à des prêtres l'instruction du peuple
fut conçu en 1617 par le comte de Joigny, qui, d'accord avec son frère de Gondy,
évêque de Paris, en commença l'exécution. On destina le bâtiment du collége
des Bons-Enfants de la rue Saint-Victor au premier établissement de ces prêtres :
Vincent de Paul en fut nommé principal et chapelain. Le 6 mars 1524, ces
prêtres y furent installés; mais, en 1632, on les transféra dans la maison de Saint-
Lazare. Ces prêtres furent chargés d'y recevoir les lépreux de la ville et des faubourgs : ils étaient de plus tenus de faire des missions dans les villages du
diocèse, d'instruire les enfants, et de préparer les jeunes ecclésiastiques à
l'ordination. Cette maison fut le chef-lieu de la congrégation. Les ecclésiastiques
et les séculiers venaient y faire des retraites, et l'on y renfermait les jeunes gens
débauchés, à la demande de leurs parents. Insensiblement on donna de l'exten-

sion à cette dernière destination : les prêtres et les séculiers d'un âge mûr y
furent emprisonnés en vertu d'ordres arbitraires. Ainsi Saint-Lazare était à la
fois hôpital, école, prison et retraite. Chacun de ces établissements avait ses
bâtiments particuliers. A l'extrémité de l'enclos Saint-Lazare, et sur la rue du
Faubourg-Saint-Denis, est un bâtiment appelé le *séminaire Saint-Charles :* il
était destiné aux prêtres convalescents, ou à quelques ecclésiastiques en
retraite.

COLLÉGE DES JÉSUITES, dit COLLÉGE DE CLERMONT, situé rue Saint-Jacques. J'ai
déjà parlé de ce collége et de la conduite des jésuites; j'ai exposé les motifs
infamants de leur expulsion de la France en 1594; les motifs non moins infamants
de leur rappel, dix ans plus tard, auquel Henri IV se détermina uniquement
pour détourner de son sein les poignards de ces pères. Mais, en les rappelant, ce
roi ne leur permit pas d'enseigner la jeunesse. Ce ne fut qu'en 1618, sous le règne
de Louis XIII, que cette permission leur fut accordée.

Délivrés de toutes entraves, les jésuites s'occupèrent de la reconstruction de leur
collége de Clermont. La première pierre de cet édifice fut posée le 1er août 1628 :
ce bâtiment fut élevé sur les dessins d'Auguste Guillain. Les jésuites augmentèrent, en 1682, l'étendue des bâtiments et de leur enclos, en faisant l'acquisition d'une ruelle et des colléges de Marmoutier et du Mans. Louis XIV exerça sa
munificence envers cette maison, et l'enrichit de ses dons. Ce collége, depuis son
origine, avait toujours porté le nom de *Clermont,* qui lui rappelait Guillaume
Duprat, évêque de cette ville, sonfondateur. Mais en 1674, Louis XIV, invité par
ces pères à venir assister à une tragédie représentée par leurs élèves, s'y rendit,
fut satisfait de la pièce, qui contenait plusieurs traits à sa louange, et dit à un
seigneur qui lui parlait du succès de cette représentation : *Faut-il s'en étonner?
c'est mon collége.* Le recteur, attentif à toutes les paroles du roi, saisit
celle-ci. Après le départ du monarque, il fit enlever l'ancienne inscription,
et, pendant toute la nuit, des ouvriers furent employés à graver sur une
tablette de marbre noir ces mots en grandes lettres d'or : COLLEGIUM LUDOVICI
MAGNI, Depuis cette époque jusqu'en 1792, ce collége porta le nom de *Louis-le-
Grand.*

Les jésuites furent chassés pour la seconde fois de la France en 1763 : alors
on transféra dans leur maison le collége de Lisieux, et l'université, qui y tint ses
assemblées. En 1792, organisé sous une forme nouvelle, il reçut le nom de *Collége
de l'Égalité;* en 1800 celui de *Prytanée;* en 1802, on l'appela *Lycée impérial.*
On lui rendit en 1814, la dénomination de collége de *Louis-le-Grand.*

AUGUSTINS DÉCHAUSSÉS OU PETITS-PÈRES, couvent et église situés à l'angle du
passage des Petits-Pères et de la rue Notre-Dame-des-Victoires, aujourd'hui
église succursale dite NOTRE-DAME-DES-VICTOIRES. Marguerite de Valois avait fondé
dans l'enclos de son hôtel un couvent d'augustins déchaussés : elle s'en dégoûta,
les renvoya en 1612, et les remplaça par des augustins chaussés. Ces moines
expulsés, après avoir erré en divers lieux, obtinrent en 1620, de l'archevêque de
Paris, la permission de fonder un couvent. Ils s'établirent d'abord hors la porte
Montmartre, près de la chapelle de Saint-Joseph : s'y trouvant mal, ils acquirent
en 1628 un terrain joignant le *mail;* et le 9 décembre 1629, le roi posa la première

pierre de leur église, et voulut qu'elle portât le titre de *Notre-Dame-des-Victoires*, en mémoire des tristes succès qu'il avait obtenus sur les Français protestants. En 1655, ces augustins entreprirent de reconstruire leur chapelle sur un plan plus vaste. Mais ils avaient trop présumé de leurs ressources. Les travaux n'en furent repris qu'en 1737, et terminés qu'en 1740 : la précédente église servit de sacristie à la nouvelle.

Cet édifice fut élevé sur les dessins de Cartaud. L'intérieur est d'une belle simplicité. On y voit de beaux tableaux de Carle Vanloo, de La Grenée jeune, etc.; une statue de saint Augustin, par Pigalle; les tombeaux du marquis et de la marquise de l'Hôpital. Frère Fiacre, moine de cette maison et considéré comme un saint, fut inhumé dans cette église. Ce frère fut si révéré après sa mort, que la gravure de son portrait était collée sur toutes les voitures de place comme un préservatif de malheur. C'est de cette superstition qu'est venu le nom de *fiacre*, que portent encore les voitures de place à quatre roues. Ce saint Fiacre prédit, dit-on, à Anne d'Autriche, épouse de Louis XIII, qu'elle aurait un fils : en considération de cette prophétie, qui ne tarda pas à s'accomplir, cette reine fit vœu de faire construire dans cette église une chapelle à *Notre-Dame-de-Savone*. Elle ne tint pas sa promesse; mais son fils Louis XIV, sous le ministère de Colbert, accomplit ce vœu.

La bibliothèque, composée de bons volumes et d'une collection presque complète de tous les journaux, était, ainsi que le réfectoire et la grande galerie, ornée de tableaux de Lafosse, de Louis Boullongne, de Galloche et de Rigaud. A côté de la bibliothèque se trouvait le cabinet d'antiquités, composé d'objets précieux, d'une collection de médailles et de médaillons, et orné de tableaux des plus grands maîtres.

Les augustins, dont le couvent, par l'accroissement de Paris, se trouva bientôt placé au centre d'un quartier populeux, devinrent très-riches : ils vendaient jusqu'à mille livres la toise carrée des parties de leur enclos sur lesquelles on éleva des maisons. Les richesses corrompirent leurs mœurs et les plongèrent dans une extrême dissolution.

Supprimés en 1790, leurs bâtiments furent conservés; l'église servit de local à la *Bourse de Paris*. En 1802, elle fut choisie pour être la première succursale de la paroisse Saint-Eustache, sous le titre de *Notre-Dame-des-Victoires*. Les bâtiments du couvent viennent d'être démolis.

BARNABITES, couvent situé dans la Cité, place du Palais-de-Justice. Des religieux de ce nom, favorisés par Louis XIII, s'étaient, dès le mois de mars 1622, établis en France. Henri de Gondy, évêque de Paris, appela, en 1629, des barnabites à Paris : ceux-ci allèrent se loger d'abord rue d'Enfer, puis au Marais; enfin, en 1631, l'archevêque de Paris, malgré la vive opposition que firent le curé de Saint-Eustache et tous les curés de paroisse de la Cité, les mit en possession du prieuré de *Saint-Éloi* dont j'ai parlé. Les barnabites furent supprimés en 1790 : les bâtiments de leur église, bâtie par Cartaud, et ceux du couvent ont servi, depuis 1814, de *dépôt à la comptabilité générale du royaume*.

SÉMINAIRE DE SAINT-NICOLAS-DU-CHARDONNET, situé près de l'église de ce nom, rue Saint-Victor. Adrien Bourgoin, dans le dessein de tenir des conférences pour l'instruction des jeunes gens qui se destinaient à la prêtrise, réunit dix prêtres et les établit successivement aux colléges du Mans, du cardinal Le Moine et de Montaigu, et enfin, en 1620, près de l'église Saint-Nicolas-du-Chardonnet. En 1644, l'archevêque de Paris donna de la consistance à cet établissement en l'érigeant en séminaire. En 1730 on y construisit un grand corps de logis, où étaient reçus, comme pensionnaires, des étudiants qui embrassaient l'état ecclésiastique. Ce séminaire fut supprimé en 1792, et ses bâtiments devinrent propriété particulière.

SÉMINAIRE DES TRENTE-TROIS, situé rue Montagne-Sainte-Geneviève, n° 52. Il fut fondé, en 1633, par Claude Bernard, *dit le pauvre prêtre*, qui y rassembla d'abord cinq écoliers, en l'honneur des *cinq plaies* de Notre-Seigneur, puis *douze* en l'honneur des *douze apôtres*, enfin *trente-trois* en l'honneur de ce nombre d'années que vécut Jésus-Christ : la reine Anne d'Autriche assura à ces écoliers trente-trois livres de pain par jour. Ce séminaire, construit en 1654, sur l'emplacement de l'ancien hôtel d'Albiac, supprimé en 1792, est devenu propriété particulière.

FEUILLANTS DE LA RUE D'ENFER, second couvent de cet ordre établi à Paris, situé rue d'Enfer, n° 45. Les Feuillants de la rue Saint-Honoré, autorisés par l'archevêque de Paris, achetèrent en 1630, un emplacement situé rue d'Enfer, et y firent construire un monastère. Cette maison fut d'abord instituée pour servir de noviciat aux Feuillants; mais elle cessa bientôt d'avoir cette destination : l'église, bâtie en 1659 sous l'invocation des *Saints Anges Gardiens*, n'offrait rien de remarquable. En 1790, ce couvent fut supprimé, et les bâtiments devinrent propriété particulière.

LES PÈRES DE NAZARETH, couvent situé rue du Temple, n° 17. Le premier établissement de ces pères eut lieu, en 1613, dans le voisinage des *Filles de Sainte-Élisabeth*. Ces pères prirent possession, en 1630, de la maison que les Filles de Sainte-Élisabeth venaient de quitter pour en occuper une nouvelle; ils y firent bâtir une église, dont la construction fut achevée en 1632. Ce couvent, en 1790, a subi le sort commun : il est devenu propriété particulière.

NOUVEAUX CONVERTIS, communauté située rue de Seine-Saint-Victor. Le père Hyacinthe de Paris, capucin très-zélé pour la conversion des protestants, forma, en 1652, une société qui partageait son zèle. L'archevêque de Paris, en mai 1634, autorisa cette association, à laquelle il donna le titre de *Congrégation de la propagation de la Foi* et le vocable de l'*Exaltation de la Croix*. Les protestants disposés à se convertir furent d'abord réunis dans une maison située dans l'île de la Cité, puis transférés dans une autre maison, rue de Seine. Cet établissement religieux existait encore en 1775; on ignore le motif et l'époque de sa suppression.

Vingt couvents d'hommes ou communautés de prêtres soumis à une règle furent établis à Paris sous le règne de Louis XIII; le nombre des communautés de filles ou femmes fut, pendant le même temps, plus considérable encore. En voici la notice.

COMMUNAUTÉS RELIGIEUSES DE FEMMES.

URSULINES, couvent de filles, situé à l'hôtel Saint-André, rue Saint-Jacques, nᵒˢ 243, 245, fondé par Madeleine Lhuillier, qui attira, en 1598, d'Aix en Provence deux religieuses ursulines. Celles-ci s'occupèrent, suivant la règle de leur institution, à instruire les jeunes filles, et prirent des pensionnaires. Une simple chapelle suffit d'abord aux besoins des religieuses; mais, peu d'années après, on la remplaça par un édifice plus somptueux, dont Anne d'Autriche, le 22 juin 1620, posa la première pierre; cette construction fut achevée en 1627. De ce couvent sortit cette pépinière d'ursulines qui, peu de temps après, se dispersa dans presque tous les bourgs et villes de France. Il fut supprimé en 1790, et, sur une partie de l'emplacement, on a ouvert la rue des Ursulines.

URSULINES DE LA RUE SAINTE-AVOYE, situées dans cette rue, nᵒ 47. Il existait dans la rue Sainte-Avoye une communauté de femmes veuves fondée, en 1288, par Jean Séquence, chevecier de Saint-Merry; Madeleine Lhuillier décida les femmes de cette communauté à embrasser la règle et les constitutions des ursulines, en leur promettant de leur céder une rente annuelle de mille livres. Ce couvent a été supprimé en 1790, et la synagogue des juifs fut établie, en 1802, sur une partie de son emplacement.

BÉNÉDICTINES DE LA VILLE-L'ÉVÊQUE, couvent situé rue de la Madeleine, au coin nord-est de celle de Suresne. Catherine d'Orléans de Longueville et Marguerite d'Estouteville, sa sœur, se conformant au goût du temps, voulurent aussi fonder leur monastère; elles introduisirent, en 1613, dans les maisons qu'elles avaient achetées à la Ville-l'Évêque, dix religieuses, que Marie de Beauvilliers, abbesse de Montmartre, consentit à tirer de son abbaye pour peupler le nouveau monastère. Puis on érigea le couvent de la Ville-l'Évêque en prieuré, et Marguerite de Veiny d'Arbouse y introduisit la réforme et les austérités de la règle de saint Benoît. Ce couvent fut supprimé en 1790. L'emplacement fut vendu à divers particuliers, qui y ont fait construire des maisons.

LA VISITATION DE SAINTE-MARIE, couvent de religieuses, situé rue Saint-Antoine, entre les nᵒˢ 214 et 216. En 1619, Jeanne-Françoise de Frémiot, veuve du baron de Chantal, conduisit de Bourges à Paris, par ordre de saint François de Sales, trois religieuses de la Visitation. En 1628, leur supérieure, Hélène-Angélique Lhuillier, acheta l'hôtel de Cossé, rue Saint-Antoine. On y fit bâtir, en 1682, une église, sur le modèle de Notre-Dame-de-la-Rotonde à Rome, et sur les dessins du célèbre François Mansard. Elle fut achevée en 1684, et nommée *Notre-Dame-des-Anges*. Cet édifice est digne de son auteur. Il offre une rotonde décorée avec goût; le dôme ou lanterne qui s'élève au-dessus du principal autel offre à l'intérieur une peinture dont le sujet est l'Assomption de la Vierge. Ce couvent fut supprimé en 1790; ses bâtiments furent vendus à divers particuliers; et l'église, conservée, a été, en 1802, cédée au culte calviniste de la confession de Genève.

VISITATION DE SAINTE-MARIE, autre couvent du même ordre, situé rue Saint-Jacques, entre les nᵒˢ 193 et 195. Le premier couvent de la Visitation ne suffit bientôt plus à la ferveur des jeunes filles, sur lesquelles l'exemple a tant de pouvoir. On bâtit, en 1623, dans le faubourg Saint-Jacques un second couvent de la Visitation ; on en bâtit un troisième à Chaillot, dont je parlerai en son lieu, et un quatrième dans la rue du Bac. En 1780, l'église était entièrement reconstruite : elle forme une petite rotonde, à l'instar de celle de Saint-Antoine. Cette église et les bâtiments sont maintenant occupés par des *religieuses de Saint-Michel,* qui reçoivent les jeunes filles repenties et celles qui sont détenues par mesure de police.

FILLES DE LA MADELEINE, OU MADELONNETTES, maison de religieuses située quartier Saint-Martin-des-Champs, rue des Fontaines, entre les n°ˢ 14 et 16. En 1618, Robert de Montry, marchand de Paris, ayant rencontré deux filles publiques qui lui témoignèrent le désir de mener une vie régulière, les retira dans sa maison, près de la Croix-Rouge, faubourg Saint-Germain. Quelques autres filles de la même espèce suivirent l'exemple des deux premières, Robert de Montry pourvut à leur nourriture, jusqu'à ce que la marquise de Maigneley, sœur du cardinal de Gondy, acheta, en 1620, pour les y placer, une maison rue des Fontaines. Le 20 juillet 1629, on tira quatre religieuses de la Visitation de Saint-Antoine pour gouverner cette maison, qui, dans la suite, se divisa en trois classes de filles. La première, la plus nombreuse, était celle des filles mises en réclusion pour y faire pénitence : elles gardaient l'habit séculier. La seconde classe se composait de filles éprouvées par la pénitence, et qu'on nommait *la Congrégation :* elles portaient un habit gris. La troisième classe comprenait les filles qui avaient donné des preuves de leur sincère conversion : elles étaient admises à faire des vœux. L'église fut bâtie en 1680. On y voyait une chapelle construite sur le modèle de celle de Notre-Dame-de-Lorette. La maison des Madelonnettes était, dès son origine, une maison de réclusion pour les filles débauchées. Les parents y faisaient renfermer leurs filles enclines au libertinage. En 1793, ce couvent devint une prison publique. En 1795, il fut destiné à renfermer les femmes prévenues de délits : il conserve encore cette destination.

FILLES DU CALVAIRE, couvent situé rue de Vaugirard, n° 23, et fondé par les soins de ce capucin, fameux ministre du cardinal de Richelieu, sous le nom de *P. Joseph,* et par les libéralités de Marie de Médicis. Ce capucin fit venir, en 1620, du couvent de Notre-Dame-du-Calvaire de Poitiers six religieuses qui furent logées d'abord rue des Francs-Bourgeois-Saint-Michel, puis dans le Luxembourg, et enfin dans une maison dite de *Montherbu* ou l'*Hôtel des Trois-Rois,* rue de Vaugirard. Ces religieuses furent supprimées en 1790, et leur chapelle a été convertie en remises dépendantes du Palais de la Chambre des Pairs.

FILLES DU CALVAIRE, couvent situé rue des Filles-du-Calvaire : il eut aussi pour fondateur, en 1633, le même *P. Joseph.* Douze religieuses, tirées du couvent du Calvaire, y furent transférées quatre ans après : l'église portait le vocable de la *Transfiguration.* Ce couvent fut supprimé en 1790. Il occupait un vaste emplacement sur lequel on a, vers l'an 1804, ouvert deux rues : la rue Neuve-de-Bretagne et la rue Neuve-de-Ménilmontant.

ANNONCIADES CÉLESTES, OU FILLES BLEUES. Ce couvent de religieuses, situé rue Culture-Sainte-Catherine, n° 29, fut fondé, en 1624, par la marquise de *Ver-*

neuil, ancienne maîtresse de Henri IV, qui crut expier ainsi ses fautes passées. La marquise fit venir du couvent des Annonciades de Nancy neuf religieuses, et les plaça rue Culture-Sainte-Catherine, dans l'hôtel de *Danville.* On allait à l'église des Annonciades pour y admirer le tableau du principal autel, représentant une *Annonciation* peinte par *le Poussin.* Ce couvent, supprimé en 1790, est devenu propriété particulière : il est aujourd'hui remplacé par une maison de roulage.

ANNONCIADES DU SAINT-ESPRIT, aujourd'hui ÉGLISE DE SAINT-AMBROISE, situées rue de Popincourt et de Saint-Ambroise. Une colonie d'annonciades, venue en 1636 de Saint-Mandé, près Vincennes, acquit une grande maison et un jardin rue de Popincourt : elles y firent bâtir une église qui fut achevée en 1659. Ce couvent fut supprimé vers l'an 1780 ; l'église devint, en 1802, la seconde succursale de la paroisse de Sainte-Marguerite, huitième arrondissement.

RELIGIEUSES DE NOTRE-DAME-DES-PRÉS, couvent situé rue de Vaugirard. Cette communauté fut fondée, en 1029, à Mouzon, petite ville de Champagne, par *Henriette de la Vieuville,* veuve d'*Antoine de Joyeuse.* En 1637, la guerre chassa ces religieuses de leur couvent ; elles vinrent s'établir à Picpus. Peu d'années après, les motifs de leur déplacement ayant cessé, elles retournèrent à Mouzon. Elles obtinrent, le 3 décembre 1675, la permission de revenir à Paris ; elles se fixèrent dans une maison, rue de Vaugirard. Accablées de dettes et ne pouvant satisfaire à leurs engagements, elles demandèrent à M. *d'Argenson,* lieutenant de police, grand protecteur des couvents de religieuses, la permission d'établir une loterie dont les produits devaient être employés à payer leurs créanciers ; mais d'Argenson refusa à l'établissement de Notre-Dame-des-Prés une faveur qu'il avait accordée à plusieurs autres. L'archevêque de Paris, en avril 1741, supprima ce couvent ; et les dix religieuses qui la composaient furent dispersées dans d'autres maisons monastiques.

ASSOMPTION, couvent de religieuses, rue Saint-Honoré, entre les n°s 369 et 371. Les *Haudriettes,* chargées dans leur origine de servir un hôpital de femmes, ayant envahi le bien de ces pauvres, vivaient inutiles et constituées en communauté religieuse. Leur conduite n'était pas très-régulière ; le cardinal de La Rochefoucauld entreprit de les soumettre à la règle, et les transféra dans un hôtel du faubourg Saint-Honoré. Elles y étaient déjà établies depuis six mois et en avaient fait disposer l'intérieur d'une manière convenable à leur état, lorsque le titre des *Haudriettes* fut supprimé, et leurs revenus réunis au nouveau monastère du faubourg Saint-Honoré, auquel on donna le nom d'*Assomption.*

La chapelle de cette maison devint insuffisante, les religieuses achetèrent l'hôtel du sieur Desnoyers, et firent commencer, en 1670, la construction de leur église, qui fut terminée six ans après. Cette église, bâtie sur les dessins d'Érard, peintre du roi, représente une tour couverte d'un vaste dôme de soixante-deux pieds de diamètre. Le mur circulaire est orné de pilastres corinthiens supportant une corniche qui règne au pourtour de cette église. La calotte offre des caissons et des peintures de Charles Lafosse. Le plafond du chœur a aussi été peint par Lafosse ; il représente l'*Assomption de la Vierge.* Ce couvent fut réformé en 1790, son église fut choisie pour être, sous le nom de *Sainte-Madeleine*, l'église paroissiale du premier arrondissement de Paris. Depuis l'achèvement de la *Madeleine*, l'église de l'Assomption est restée fermée.

PETITES CORDELIÈRES, couvent situé rue de Grenelle-Saint-Germain. En 1628, il se détacha du couvent des *Cordelières*, établi au faubourg Saint-Marcel, un essaim de religieuses qui vinrent s'établir dans une maison située au cloître de Saint-Marcel. Elles allèrent de là rue des Francs-Bourgeois, au Marais; et enfin acquirent, en 1687, l'hôtel de Beauvais, situé rue de Grenelle-Saint-Germain, où deux années avant, le doge et quatre sénateurs de la république de Gênes avaient logé, lorsqu'ils vinrent faire satisfaction à Louis XIV. L'archevêque de Paris, par décret du 4 juin 1749, supprima, on ne sait pourquoi, ce couvent de religieuses. Leur maison et leur jardin furent vendus à divers particuliers, qui y ont fait bâtir des hôtels.

CARMÉLITES, maison religieuse située rue Chapon, entre les n°ˢ 17 et 25. Les carmélites de la rue Saint-Jacques, dont j'ai parlé, réunirent, en 1617, quelques-unes de leurs sœurs dans une maison de la rue Chapon, où elles se bâtirent de vastes édifices. Cette maison étant supprimée en 1790, les bâtiments et jardins furent vendus à divers particuliers.

VAL-DE-GRACE, abbaye royale de bénédictines, située rue du Faubourg-Saint-Jacques, entre les n°ˢ 277 et 279. — Dans une vallée, près de Bièvre-le-Châtel, existait, depuis le neuvième siècle, une abbaye de religieuses appelée *Val-de-Grâce*. Au commencement du dix-septième siècle, cette maison tombait en ruine et se trouvait menacée par de fréquentes inondations. Les religieuses résolurent de transférer leur abbaye à Paris; elles achetèrent à cet effet, au mois de mai 1621, un vaste emplacement au faubourg Saint-Jacques, avec une maison appelée le *Fief de Valois* ou l'*Hôtel du Petit-Bourbon*. La reine Anne d'Autriche paya 36,000 livres, prix de cette acquisition, et se fit déclarer *fondatrice*. Le 29 septembre 1621, les religieuses de l'abbaye du Val-de-Grâce vinrent occuper leur nouveau monastère. Anne d'Autriche, après vingt-deux ans de mariage, inquiète de ne pouvoir donner un héritier à la couronne, fit vœu d'élever un temple au Seigneur si ses désirs se réalisaient. Enfin, le 5 septembre 1738, elle eut le bonheur inespéré de mettre au jour un fils qui régna dans la suite sous le nom de Louis XIV. Après la mort de Richelieu et du roi son époux, parfaitement libre de ses volontés, elle voulut s'acquitter des engagements qu'elle avait contractés envers les habitants des cieux. Elle fit reconstruire entièrement, et avec une somptuosité digne de sa reconnaissance, l'église et le couvent du Val-de-Grâce. Le 1ᵉʳ avril 1645, la reine et le jeune roi son fils vinrent, en grande cérémonie, poser la première pierre de cet édifice. Les travaux commencés furent bientôt suspendus par les troubles de la minorité de Louis XIV; on les reprit en 1655 : continués avec activité, les bâtiments claustraux furent achevés en 1662, et ceux de l'église en 1665. Le célèbre François Mansard fournit les dessins de l'église, et la fit exécuter jusqu'au rez-de-chaussée; mais, par l'effet des intrigues de cour, il se vit forcé d'abandonner la direction de cet édifice. On lui substitua Mercier et d'autres architectes bien inférieurs, qui modifièrent les plans du premier artiste. Mansard, piqué de se voir si sottement corrigé, entreprit, au château de Fresnes, la construction d'une chapelle qui, en petite proportion, était l'exacte exécution de son dessin du Val-de-Grâce, et fit un chef-d'œuvre. La façade de l'église du Val-de-Grâce est composée d'une ordonnance corinthienne couronnée d'un fronton, puis d'une seconde ordonnance du même ordre, pareillement couronnée d'un fronton. L'intérieur, qui ne paraît pas avoir éprouvé de dégradations, offre une nef séparée des bas-côtés par des arcades et des pilastres corinthiens cannelés : on ne savait guère, au dix-septième siècle, donner d'autres formes à l'architecture des temples. La voûte de la nef est surchargée de bas-reliefs et d'ornements. Toutes ces sculptures sont de François Anguier. Le dôme, qui, après ceux du Panthéon et des Invalides, est le plus élevé de tous les dômes de Paris, a été intérieurement peint par Mignard. Cette vaste composition représente le séjour des bienheureux divisés en plusieurs hiérarchies : c'est le plus bel ouvrage de ce peintre. Molière, pour en exalter la gloire, a composé un poëme qui n'est pas digne de sa plume. On voit avec peine que la peinture de Mignard a beaucoup perdu de son effet en perdant la vivacité de ses couleurs. Le principal autel est couronné d'un baldaquin supporté par six colonnes torses, de marbre noir, d'ordre composite, et dont les bases et les chapiteaux sont de bronze doré.

La reine fondatrice accorda plusieurs priviléges à ce monastère, le droit de porter les armoiries de France, celui d'inhumer dans son église les cœurs des princes ou princesses de la famille royale décédés. Ces cœurs étaient déposés dans une chapelle qui est à gauche; on en comptait avant la Révolution jusqu'à vingt-six, au nombre desquels figurait celui d'Anne d'Autriche. Enfin, ce monastère avait le droit inestimable de réclamer la première chaussure de chaque fils et fille de la famille royale, chaussure précieusement conservée. Les bâtiments du monastère du Val-de-Grâce furent, pendant le régime impérial, et sont encore consacrés à un hôpital militaire.

FEUILLANTINES, couvent de religieuses, situé cul-de-sac des Feuillantines, n° 12. Anne Gobelin, veuve d'Estourmel, fit venir de Toulouse à Paris, en 1622, six religieuses feuillantines. L'église, qui fut bâtie et dédiée en 1719, ne contenait rien de remarquable. Ce couvent, supprimé en 1790, est devenu propriété particulière.

PORT-ROYAL, couvent de religieuses, situé rue du Port-Royal, primitivement appelée rue de la Bourbe. Une ancienne abbaye de l'ordre de Cîteaux, fondée en 1204, près de Chevreuse, et nommée Porrois ou Porrais, dont, par corruption, on a fait *Port-du-Roi* et *Port-Royal*, fut réformée en 1609 par Jacqueline-Marie-Angélique Arnaud, qui en était abbesse. L'insalubrité du lieu de cette abbaye fut cause de sa translation à Paris ; les religieuses s'y établirent en 1625, dans un emplacement composé de bâtiments et de jardins, et nommé la *Maison de Clugny*. Madame Arnaud montra son désintéressement et la pureté de ses principes religieux en demandant elle-même, en 1627, que les abbesses de ce couvent fussent triennales; en conséquence, elle se démit de son titre en 1630. On commença, en 1648, sur les dessins de Lepautre, la construction de l'église de ce monastère. A la demande de madame Arnaud, le pape permit que dans ce monastère fut établie *l'adoration perpétuelle du Saint-Sacrement.*

On conservait dans l'église *une épine* de la sainte couronne, et une autre relique plus rare et tout aussi authentique, *la cruche* qui avait servi aux noces de Cana.

Le lieu champêtre d'où étaient venues les religieuses de ce monastère fut réparé et assaini par des canaux qui procurèrent l'écoulement des eaux stagnantes. Il fut peuplé de religieuses, et reçut son ancien titre d'abbaye, avec la dénomination distinctive de *Port-Royal-des-Champs*. Ce fut dans ce désert qu'un grand nombre d'hommes illustres par leur savoir, leurs talents et leurs vertus, vinrent se réfugier pour se soustraire aux persécutions dirigées contre eux par les jésuites, dont Louis XIV était l'aveugle instrument. En août 1664, l'archevêque de Paris, suivi du lieutenant de police, d'exempts et de deux cents gardes, se rendit au couvent de Port-Royal de Paris. Cette troupe assiégea les religieuses sans défense; douze d'entre elles furent enlevées, réparties dans différentes communautés de cette ville, et traitées comme des prisonnières. Quelques mois après, on enleva et l'on traita de même quatre autres religieuses. En 1665, ces malheureuses filles, arrachées de leur couvent, furent renvoyées dans le monastère de Port-Royal-des-Champs; monastère où l'on plaça en même temps une garnison de soldats chargés de les empêcher de communiquer au dehors, et même d'aller dans leur jardin. Ces soldats y séjournèrent jusqu'en 1669, et s'y conduisirent comme dans un corps de garde.

Les religieuses de Port-Royal-des-Champs se croyaient dans cet asile à l'abri de nouvelles violences; mais, toujours persécutées par les jésuites, elles furent, le 29 octobre 1709, enlevées de leur maison par le lieutenant de police d'Argenson, escorté d'une troupe nombreuse, qui ne leur accorda qu'un quart d'heure pour se disposer à se rendre dans divers couvents du royaume, où elles furent séquestrées; leur couvent fut alors démoli. L'abbaye de Port-Royal de Paris, supprimée en 1790, fut, pendant la cession de la Convention nationale, convertie en prison révolutionnaire. En 1801, on y plaça l'institution de la *Maternité*, et, en 1804, l'*Hospice de l'accouchement*.

FILLES DE SAINTE-ÉLISABETH, OU DU TIERS-ORDRE DE SAINT-FRANÇOIS, rue du Couvent-du-Temple, entre les n°ˢ 107 et 109. Le père Vincent Musard, qui opéra une réforme dans les couvents du tiers-ordre de Saint-François, montra beaucoup de zèle pour établir les filles de Sainte-Élisabeth. Sa belle-mère, sa sœur et dix autres filles ou femmes se réunirent pour former ce nouveau couvent. Les bâtiments, commencés en 1628, furent achevés en 1630. Ce couvent n'offrait rien de remarquable. Il fut supprimé en 1790. En 1803, son église, seconde succursale de la paroisse Saint-Nicolas-des-Champs, a été agrandie dans ces dernières années. Elle a conservé le titre de *Sainte-Élisabeth*.

NOTRE-DAME DE SION, ou *Chanoinesses régulières anglaises et réformées de l'ordre de Saint-Augustin*. Ce couvent était situé rue des Fossés-Saint-Victor, à côté et au-dessus du collège des Écossais. Ces religieuses vinrent en France en 1633, s'établirent à Paris d'abord dans la rue Saint-Antoine; puis elles vinrent occuper, dans la rue des Fossés-Saint-Victor, une maison qui avait appartenu au poëte Jean-Antoine Baïf, et où *les beaux esprits* du temps s'étaient réunis autrefois. Ce couvent fut supprimé en 1790.

FILLES DE LA CONCEPTION, ou religieuses du tiers-ordre, couvent situé rue Saint-Honoré, en face de l'église de l'*Assomption*. Anne Peteau, veuve de René Regnault, conseiller au parlement, donna, en 1635, 40,000 livres au couvent des Filles de la Conception de Toulouse, pour obtenir treize religieuses de cet ordre, qui vinrent immédiatement à Paris. Malgré les donations dont elles furent gratifiées, *les filles de la Conception* étaient fort endettées, et se trouvaient, comme quelques autres couvents, dans le cas de faire faillite ; mais le sieur d'Argenson, en 1713, détermina le roi à établir une loterie, dont les bénéfices leur appartinrent. On sait quel prix ce magistrat de mœurs corrompues mettait aux services qu'il rendait aux couvents de religieuses. Ce couvent fut supprimé en 1790.

FILLES DE L'IMMACULÉE CONCEPTION, ou RÉCOLLETTES, couvent situé rue du Bac, à l'angle septentrional de la rue de la Planche. Les religieuses récollettes de Saint-Nicolas de Tulle achetèrent, avec l'autorisation de l'abbé de Saint-Germain, une maison, rue du Bac, où elles s'établirent en 1637. En qualité de *récollettes*, elles étaient sous la direction des frères *récollets*. Ceux-ci se trouvant trop éloignés de leurs sœurs, obtinrent facilement, dans ce temps de prospérité monastique, la permission de faire bâtir un hospice de récollets, rue de la Planche, à côté de celui des récollettes. Ce voisinage fut une source de désordres et de querelles que termina un arrêt du conseil du roi, du mois de mars 1708, condamnant les frères récollets à se séparer de leurs sœurs de la *Conception immaculée*. Elles durent ce dernier titre à Marie-Thérèse d'Autriche, qui obtint une bulle, du 18 août 1663, pour autoriser ces filles à prendre *l'habit, l'institut, la règle et la dénomination de religieuses de l'Immaculée conception de la Vierge Marie*. En 1664, ce couvent fut déclaré de fondation royale. Louis XIV fournit aux frais de la construction de l'église, qui, commencée le 13 juillet 1693, fut bénite et sans doute achevée le 5 décembre 1694. — Ce couvent, supprimé en 1790, a été vendu à des particuliers.

RELIGIEUSES DU SAINT-SACREMENT, couvent situé près du Louvre. Sébastien Zamet, évêque de Langres, pensa qu'un couvent dont les individus seraient nuit et jour occupés à l'adoration du Saint-Sacrement deviendrait une institution d'une haute importance pour le public. Une riche dévote, appelée Bardeau, donna 30,000 francs pour commencer l'établissement projeté par Sébastien Zamet. Une maison dans le quartier du Louvre fut achetée et destinée à ce couvent. Le parlement enregistra, le 31 mai 1633, les lettres du roi. La mère Angélique Arnaud eu la première direction de cette communauté. Le fondateur avait pour objet d'attirer dans son couvent les filles des courtisans ; et pour y réussir, il fit une règle par laquelle les religieuses devaient être vêtues de robes blanches, fines et traînantes, de beaux scapulaires d'écarlate et de linge très-fin. Aucune austérité ne devait en éloigner les jeunes personnes. L'église était ou devait être magnifiquement ornée. Tout allait au gré du fondateur et de ses auxiliaires. Mais sous le règne de Louis XIV, cette maison, depuis peu de temps établie, fut supprimée. On ne sait pourquoi.

BELLE-CHASSE OU CHANOINESSES DU SAINT-SÉPULCRE, couvent situé rue Neuve-de-Belle-Chasse, n° 4, quartier Saint-Germain. Une dame de Planci fit venir, en 1632, de Charleville à Paris, cinq religieuses de cet ordre. La chapelle de cette maison fut bénite en 1673. Ce couvent fut supprimé en 1790. On a ouvert sur son emplacement plusieurs rues et une grande place.

LES FILLES DU PRÉCIEUX SANG, couvent situé rue de Vaugirard, n° 60. Des filles de l'ordre de Cîteaux, de la ville de Grenoble, après avoir adopté une réforme, firent solliciter, auprès de l'abbé de Saint-Germain-des-Prés, la permission d'établir un couvent de leur ordre dans l'étendue de sa juridiction. Cette demande fut accordée le 20 décembre 1635. Après avoir changé plusieurs fois de résidence elles achetèrent, en 1658, une maison rue de Vaugirard, qu'elles firent disposer suivant leurs besoins. La chapelle fut bénite, sous le titre de *Précieux sang de Notre-Seigneur ;* et, le 20 février 1659, elles vinrent habiter leur nouveau monastère. Elles furent supprimées en 1790.

BÉNÉDICTINES DE NOTRE-DAME DE LIESSE, couvent situé rue de Sèvres. Ces religieuses, établies à Réthel, craignant la guerre et ses dangers, vinrent, en 1636, se réfugier à Paris. Leur chapelle ne fut bâtie qu'en 1663. Ce couvent, presque désert, fut supprimé en 1778; et madame Necker y fonda un hôpital qui porte son nom, et dont je parlerai dans la suite.

FILLES DE SAINT-THOMAS D'AQUIN, de l'ordre de Saint-Dominique, couvent situé rue des Filles Saint-Thomas. Les religieuses de Sainte-Catherine de Sienne, ayant reçu l'ordre d'aller former un établissement à Paris, obtinrent des lettres patentes du mois de décembre 1629. Après avoir habité rue Vieille-du-Temple, elles vinrent, en 1642, occuper la maison qu'elles avaient fait construire dans la rue qui porte le nom de leur couvent. Ce couvent fut supprimé en 1790. Sur son emplacement on commença, en 1808, à élever l'édifice de la Bourse.

FILLES DE LA CROIX, couvent de religieuses de l'ordre de Saint-Dominique, situé rue de Charonne, n° 86. Ce couvent fut institué pour recevoir le trop plein de celui qui est mentionné dans l'article précédent. Les bâtiments furent achevés en 1639. Ce couvent, supprimé en 1790, n'a point été vendu. En 1815, on y a placé des religieuses qui portent le titre de *Dames de la Croix.*

CHERCHE-MIDI, ou *Prieuré de Notre-Dame de Consolation,* situé rue du Cherche-Midi, n° 25. Des religieuses augustines de la congrégation de Notre-Dame, de la ville de Laon, vinrent à Paris, en 1633, pour y former un établissement, et y firent construire un monastère. Ce couvent fut supprimé en 1790.

RELIGIEUSES DE LA CHARITÉ NOTRE-DAME, couvent et hôpital, situé rue de la Chaussée-des-Minimes, au coin du cul-de-sac des Hospitalières. Cette maison, destinée pour les filles et femmes malades, fut définitivement établie en 1629. Douze lits furent d'abord fondés. Bientôt les frères de la Charité, les administrateurs de l'Hôtel-Dieu, se réunirent pour s'opposer à cet établissement utile. Le parlement, en 1628, mit fin à cette opposition scandaleuse. Françoise de la Croix et ses compagnes furent mises en possession de cet hôpital, et elles firent des vœux en 1629. Dans la suite, le nombre des lits s'accrut par les bienfaits de quelques personnes; en 1775, il s'élevait à vingt-trois. Les malades payaient 30 livres par mois ; et ceux qui passaient dans cette maison le reste de leur vie, 400 livres par an. Cette maison a subi le sort de tous les établissements religieux. Elle a été supprimée en 1792, et remplacée par une filature de coton établie en faveur des indigents.

HOSPITALIÈRES DE LA ROQUETTE. Ce couvent et hôpital, situé quartier de Popin-court, n° 108, fut établi par les *religieuses de la Charité* dont la maison est l'objet de l'article précédent. Aidées par la duchesse de Mercœur, elles acquirent cette maison pour servir à leurs convalescents, qui avaient besoin de respirer un air plus pur que celui de la Chaussée-des-Minimes. On donna ce nom à ce cou-vent parce qu'il fut bâti sur l'emplacement d'une maison de campagne, dite *la Rochette* ou *la Roquette*. Ces religieuses en devinrent propriétaires par acte du 30 janvier 1636. Cette maison a été supprimée en 1792.

FILLES DE LA PROVIDENCE OU DE SAINT-JOSEPH, couvent situé rue Saint-Domi-nique Saint-Germain, n° 82. Marie Delpech, connue sous le nom de *l'Étang*, avait établi à Bordeaux une maison pour les orphelines ; elle fut appelée à Paris pour en établir une en cette ville. Elle y arriva en 1639, et logea d'abord rue du Vieux-Colombier, puis, rue du Pot-de-Fer, et enfin rue Saint-Dominique, où son établissement fut fixé. L'institution avait pour objet de donner aux orphelines l'éducation convenable à leur sexe, jusqu'à ce qu'elles fussent en état de se marier, ou d'embrasser une profession quelconque. Cette maison fut supprimée en 1792. Les bâtiments furent depuis convertis en bureaux du ministère de la guerre, et de sa chapelle on fit un magasin.

NOUVELLES CATHOLIQUES, couvent de filles, situé rue Sainte-Anne, n° 63. Ce couvent fut établi par les mêmes fondateurs, dans le même temps et par les mêmes motifs que le couvent des *Nouveaux Convertis* dont j'ai parlé ci-dessus. Après avoir occupé diverses maisons, ce couvent obtint, en 1672, une demeure stable, rue Sainte-Anne, où les religieuses firent bâtir une chapelle, bénite sous le titre de l'*Exaltation de la Sainte-Croix et de Sainte-Clotilde*. Cette maison, qui jouissait du privilége des maisons de fondation royale, fut supprimée en 1790, et vendue peu d'années après.

LES FILLES OU SŒURS DE LA CHARITÉ, couvent situé rue du Faubourg-Saint-Denis, n° 112, en face des bâtiments de Saint-Lazare. Cet établissement, fondé par Saint-Vincent de Paul, près de Saint-Nicolas-du-Chardonnet, fut trans-porté à la Villette, puis dans la rue du Faubourg-Saint-Denis, en face de Saint-Lazare. Il devint le chef-lieu de toutes les maisons des sœurs de la Charité, car il a survécu aux ravages des temps et aux révolutions politiques, parce qu'il est d'une utilité évidente. Ces sœurs ne sont point cloîtrées ; elles vont chercher les malheureux pour les secourir. Les sœurs de la Charité, que le peuple nomma *Sœurs grises* à cause de la couleur de leur vêtement, n'avaient et n'ont rien du luxe des autres couvents de religieuses. La maison du faubourg Saint-Denis a été supprimée en 1792 ; et on y a depuis placé une caserne et une *maison royale de santé*, ou *hospice de M. Dubois*, où l'on reçoit des malades moyennant une rétri-bution journalière. La maison chef-lieu de cet ordre fut dans la suite rétablie rue du Vieux-Colombier, n° 15, et en 1813, rue du Bac, n° 132, à l'ancien hôtel de La Vallière.

Voilà environ quarante maisons de religieuses établies à Paris sous le règne de Louis XIII. Joignons-y les vingt couvents de religieux fondés pendant le même règne ; il résultera que, dans l'espace d'une trentaine d'années, Paris fut encom-bré ou sanctifié par soixante nouvelles maisons monacales.

AUTRES INSTITUTIONS RELIGIEUSES ET CIVILES.

CHAPELLE SAINT-JOSEPH, située rue Montmartre, n° 144, au coin de la rue dite Saint-Joseph. Ce n'était, dans l'origine, qu'un oratoire placé, suivant l'ancien usage, au milieu d'un cimetière, celui de Saint-Eustache. Le chancelier Séguier prit possession de cet emplacement, à condition qu'il fournirait à la paroisse de Saint-Eustache un emplacement convenable dans le faubourg Montmartre, pour y établir un autre cimetière et une autre chapelle. Le 14 juillet 1640, le chancelier Séguier posa la première pierre de la chapelle de Saint-Joseph, qu'il fit construire à ses frais. Cette chapelle fut illustrée par les tombeaux de deux hommes célèbres : c'est là que furent enterrés Molière en 1673, et La Fontaine en 1695. Cette chapelle fut démolie pendant la Révolution ; les tombeaux de ces hommes illustres sont maintenant au cimetière du Père-Lachaise, où on les voit réunis. On a établi un marché sur l'emplacement de cette chapelle.

SAINT-ROCH, église paroissiale du deuxième arrondissement, située rue Saint-Honoré, entre les n°s 296 et 298. Il existait dans le faubourg Saint-Honoré une grande maison, appelée l'*Hôtel de Gaillon,* où se trouvaient deux petites chapelles, l'une dédiée à *sainte Suzanne,* et l'autre aux *Cinq-Plaies.* On ignore l'origine de celle de *Sainte-Suzanne-de-Gaillon :* on sait que celle des *Cinq-Plaies* avait été construite, en 1521, par Jacques Moyon, Espagnol domicilié à Paris, qui obtint la permission d'y établir un hôpital pour les Français et pour les étrangers affligés des écrouelles. D'autre part, les habitants de ce faubourg désiraient avoir une église ; Étienne Dinocheau, neveu du fondateur de la chapelle des *Cinq-Plaies,* leur donna, en 1577, une place et un grand jardin qui en dépendait. En outre, l'official de Paris leur permit de bâtir une chapelle qui serait succursale de Saint-Germain-l'Auxerrois. En 1587, à la place des deux chapelles de Gaillon, on fit construire une église succursale. On fit l'acquisition de l'hôtel de Gaillon en 1622. Les paroissiens voulurent ensuite que leur chapelle devînt indépendante de Saint-Germain-l'Auxerrois, et qu'elle fût érigée en église paroissiale, ce qui fut exécuté l'année suivante. La population croissante de ce quartier fit bientôt sentir l'insuffisance de la chapelle bâtie en 1587. On s'occupa de la construction d'un édifice plus vaste. Le roi et sa mère, Anne d'Autriche, en posèrent solennellement la première pierre le 28 mars 1635. Sa construction s'exécutait avec lenteur ou était suspendue, lorsqu'en 1620 le fameux Law, converti par l'abbé de Tencin, ayant abjuré le protestantisme afin d'être nommé contrôleur-général des finances, et ayant entendu la messe et communié dans l'église de Saint-Roch, sa paroisse, donna à cette église 100,000 livres pour achever son bâtiment. Ces 100,000 livres, consistant en billets de banque, servirent peu à la construction de cet édifice, qui ne fut entièrement achevé qu'en 1740. Cette église, d'abord élevée sur les dessins de Mercier, fut continuée sur ceux de Robert de Cotte, qui notamment a fourni le dessin du portail, dont la première pierre fut posée le 1er mars 1736. Ce portail, élevé au-dessus d'un grand nombre de marches, se compose de deux ordonnances, l'une dorique, l'autre corinthienne : cette dernière est couronnée par un fronton. On ajouta à l'architecture de ce portail des ornements de sculpture qui ont disparu depuis longtemps. L'intérieur de cette église se divise en cinq parties distinctes : la *nef*, le *chœur*, la *chapelle de la Vierge*, celle *de la Communion* qui vient ensuite, et enfin la *chapelle du Calvaire;* ces parties ont chacune un caractère différent des autres. En les parcourant, on éprouve le sentiment que donne un changement de scène et de décoration : c'est un effet théâtral qui n'a point d'exemple dans les autres édifices religieux de Paris. L'ordre dorique règne dans la nef et le chœur, qui n'ont rien de remarquable ; aux extrémités de la croisée sont deux autels, l'un en face de l'autre, décorés sur les dessins de Boullée. On y voit des statues de saint Augustin, de saint François de Sales, etc. Cette dernière est de M. Pajou. On y remarque aussi deux grands tableaux de vingt-deux pieds de hauteur : celui qui est sur l'autel à gauche représente saint Denis prêchant la foi; il est de M. Vien ; celui qu'on voit sur l'autel à droite a pour sujet la *Maladie des Ardents;* il est peint par Doyen. La chapelle de la Vierge, située derrière le chœur, fut bâtie en 1709 : sa forme circulaire est couronnée par une coupole qui représente l'*Assomption de la Vierge*, peinte par Pierre. L'autel de cette chapelle offre une scène de l'*Annonciation,* exécutée sur les dessins de Falconnet. La chapelle de *la Communion* vient ensuite : elle est moins grande que la précédente. M. Pierre a peint sur sa coupole le *Triomphe de la Religion :* sur l'autel est un groupe, sculpté par Paul Slodtz, représentant deux anges d'une forte stature, s'inclinant pour adorer le tabernacle. Enfin on arrive à la chapelle *du Calvaire,* située à la suite, sur la ligne des chapelles précédentes, et à l'extrémité de l'édifice. Le caractère de solidité qu'offre sa construction, le peu d'élévation de la voûte, l'obscurité et le silence, peuvent produire dans les âmes faciles à s'émouvoir une sorte de terreur religieuse. Une vaste niche, éclairée par une ouverture qu'on ne voit point, par un jour que les architectes nomment *jour céleste,* présente la cime du Calvaire, l'image de Jésus crucifié, et la Madeleine pleurant au pied de la croix. Sur le premier plan sont des soldats couchés, des troncs d'arbres, des plantes parmi lesquelles rampe le serpent. Plus avant et au bas de cette espèce de montagne est un autel de marbre, en forme de tombeau antique, orné de deux urnes en marbre d'où sort de la fumée. Au milieu s'élève le tabernacle composé d'une colonne tronquée, et autour duquel sont groupés les instruments de la passion. Cette composition sépulcrale a été conçue par M. Falconnet. La sculpture des figures de la niche est l'ouvrage de Michel Anguier. Une nouvelle scène a été récemment ajoutée. A droite de cette chapelle, de vastes rochers présentent l'ouverture d'une grotte devant laquelle sont deux groupes de figures plus grandes que nature, et représentant Jésus mis au tombeau. Ils furent établis en 1807, et sculptés par de Seine. C'est là ce qu'on appelle la *douzième station.* Dans les chapelles qui environnent la nef et le chœur, les onze premières stations sont indiquées par des bas-reliefs dont les sujets sont tirés de la vie de Jésus. Ils sont pareillement sculptés par de Seine. Cet édifice est, comme les autres églises, entouré de chapelles la plupart ornées de tableaux, et autrefois de plusieurs monuments funèbres.

La chaire à prêcher est remarquable par sa construction : elle a été exécutée sur les dessins de Challes. Il est peu d'édifices religieux de Paris qui soient aussi riches en ouvrage de sculpture des dix-septième et dix-huitième siècles que Saint-Roch. On a rassemblé dans quelques chapelles les restes des monuments funéraires échappés aux mutilations de 93, et qui ont appartenu à diverses églises rentrant dans la circonscription de cette paroisse. Les ouvrages les plus remarquables sont le tombeau du cardinal Dubois, exécuté par Coustou le jeune ; et le mausolée du maréchal de Créqui, composé par Lebrun, et exécuté par Coyzevox et Coustou l'aîné. Le monument du comte d'Harcourt mérite aussi d'être cité. Il a été sculpté par Lestocart. En 1776, d'Huez fit le tombeau du célèbre Maupertuis, qui n'est pas moins remarquable que les débris de celui de Désiré de Sully, par Falconnet. Le buste de Le Nôtre, par Coyzevox, et celui de Mignard, par Desjardin, sont justement estimés.

Saint-Roch est l'église paroissiale du deuxième arrondissement : elle a pour succursale l'église de Notre-Dame-de-Lorette.

SAINTE-MARGUERITE, église paroissiale du huitième arrondissement, située rue Saint-Bernard, nᵒˢ 28 et 30. Antoine Fayet, curé de Saint-Paul, fit, en 1625, bâtir à ses frais une chapelle, sous l'invocation de sainte Marguerite, pour servir de sépulture à lui et à ceux de sa famille. Les habitants de ce quartier, fort éloignés de l'église Saint-Paul, leur paroisse, s'accommodèrent de cette chapelle, y firent célébrer l'office divin, et déterminèrent l'archevêque de Paris à l'ériger en église succursale. On contruisit une église à côté de la chapelle qu'avait établie Antoine Fayet. Enfin, en 1682, la succursale fut entièrement distraite de la dépendance de Saint-Paul, et forma une cure particulière.

L'église se trouvant insuffisante par l'accroissement de la population du faubourg Saint-Antoine, on construisit, en 1765, une chapelle contiguë, élevée sur les dessins de Louis. Deux arcades forment l'entrée, et présentent entre elles le portrait en médaillon du célèbre mécanicien de Vaucanson, mort en 1782. L'intérieur est décoré de peintures à fresque, exécutées par Brunetti. L'autel est en forme de tombeau antique ; derrière est un grand tableau représentant le *Purgatoire*, peint par Briard, et un groupe sculpté par Lorrain et Nourrisson, élèves de Girardon.

ÉTABLISSEMENTS CIVILS.

HOPITAL DES CONVALESCENTS, situé rue du Bac, nᵒ 98. Angélique Faure, veuve de Claude Bullion, conçut, en 1628, le projet louable de procurer un asile aux convalescents qui sortaient des hôpitaux. L'exécution de ce projet utile éprouva beaucoup de lenteurs que nous ne détaillerons pas. Cette dame acheta, ou plutôt fit acheter en son nom une maison située rue du Bac. La maison, construite et disposée pour recevoir huit convalescents, put dans la suite en contenir un plus grand nombre. En 1773, elle possédait vingt et un lits. Cet hôpital fut, en mars 1652, donné aux religieux de la Charité, qui en eurent la direction. Il fut supprimé en 1792, et appartient encore au gouvernement qui le loue à divers particuliers.

HOPITAL DE NOTRE-DAME-DE-LA-MISÉRICORDE ou les CENT FILLES, situé rue Censier, n° 11, et rue du Pont-aux-Biches, quartier Saint-Marcel. Antoine Séguier, président au parlement, acheta, le 21 mars 1622, une maison appelée *le petit séjour d'Orléans* qui avait fait partie de l'ancien hôtel que les ducs d'Orléans possédaient dans ce quartier, et y fonda un hôpital pour cent pauvres orphelines de père et mère. On y enseignait à ces jeunes filles la religion et un métier. En 1656, le roi ordonna que les compagnons d'arts et métiers qui épouseraient des filles de cette maison seraient reçus maîtres sans faire leur chef-d'œuvre et sans payer aucun droit. Elles y étaient reçues à l'âge de six à sept ans, en sortaient à vingt-cinq; et l'hôpital, lorsqu'elles se mariaient, leur accordait une dot.

Cette maison fut supprimée pendant la révolution : elle appartient à l'administration générale des hôpitaux et hospices de Paris. On y a établi des manufactures.

HOPITAL DES INCURABLES, situé rue de Sèvres, n° 54. Plusieurs personnes concoururent à cet établissement, entre autres Marguerite Rouillé, Jean Joullet de Châtillon et le cardinal de la Rochefoucauld. Avec ces secours, l'hôpital fut construit. Trente-six lits furent d'abord établis dans les salles : dix-huit pour les hommes, dix-huit pour les femmes. Le même cardinal fit encore don d'une somme de 38,047 livres, destinée à la construction et à l'entretien d'une chapelle, qui fut consacrée, le 11 mai 1640, sous le titre de l'*Annonciation de la sainte Vierge.*

Des lettres patentes du mois d'avril 1637 confirmèrent la fondation de cet hôpital, qui, dans la suite, reçut un accroissement considérable en étendue de terrain et en revenu; de sorte qu'avant la révolution on y comptait trois cent soixante lits. Je parlerai du sort de cet hôpital, lorsque je présenterai le tableau des hôpitaux et hospices qui existent maintenant à Paris.

HOPITAL DE LA PITIÉ, situé rue Copeau, n° 1, entre les rues du Battoir et du Jardin-des-Plantes.

Les désordres et les guerres civiles du temps de la régence de Marie de Médicis avaient considérablement accru le nombre des pauvres. On ne trouva d'autre remède pour le diminuer que d'emprisonner ces malheureux : c'est ce qui fut ordonné dès l'an 1612. En conséquence, les magistrats louèrent cinq grandes maisons situées entre les rues du Battoir et du Jardin-des-Plantes; puis on fit l'acquisition d'une de ces maisons, où se trouvait le jeu de paume de la Trinité. Ce local fut augmenté par de nouvelles acquisitions : on construisit des bâtiments réguliers et conformes à leur destination. On y renferma les pauvres que l'on put arrêter. Cette maison reçut le nom de *Pitié,* parce que sa chapelle était sous l'invocation de *Notre-Dame-de-Pitié.*

Lorsqu'en 1657, l'hôpital général, dit *de la Salpêtrière,* fut construit et ouvert à tous les mendiants, la maison de la Pitié reçut une nouvelle destination : on y plaça les enfants des mendiants. Les filles, auxquelles on apprenait à lire, à écrire, à coudre, à tricoter, occupaient une partie de la maison; les garçons, qui recevaient une éducation analogue, habitaient une cour appelée *Petite-Pitié,* Enfin, on y plaça des enfants trouvés, des orphelins, auxquels on faisait apprendre des métiers : on y fabriquait des draps pour les habits des hôpitaux, et même pour les troupes.

Les choses restèrent en cet état jusqu'en 1809, époque où les orphelins de la Pitié furent transférés à l'hospice du faubourg Saint-Antoine : dès lors, cette maison devint une annexe de l'Hôtel-Dieu.

MAISON DE SCIPION, située rue de la Barre ou de Scipion, place du même nom. Scipion Sardini, gentilhomme italien, fameux et riche traitant sous le règne de Henri III, avait fait bâtir en ce lieu un hôtel qui, en 1622, fut destiné à recevoir des vieillards pauvres et infirmes. En 1636, il fut donné à l'hôpital général, qui y fit établir sa boucherie, sa boulangerie, etc. Cet édifice, convenablement construit, renferme aujourd'hui la boulangerie générale de tous les hôpitaux et hospices de Paris.

PARIS SOUS LOUIS XIII.

PALAIS, JARDINS, ILES, FONTAINES, THÉATRES, ETC.

PALAIS DU LUXEMBOURG, situé quartier du Luxembourg, rue de Vaugirard. On imposa à ce palais plusieurs noms; outre celui de *Luxembourg*, il reçut d'abord celui du *Palais d'Orléans*, et, depuis la Révolution, ceux de *Palais du Directoire*, de *Palais du Consulat*, de *Palais du Sénat Conservateur*, enfin de *Palais de la Chambre des Pairs*. Quoique ces diverses dénominations aient tour à tour été inscrites en lettres d'or sur une table de marbre posée au-dessus de la principale entrée, le public, docile à la routine, a constamment nommé son palais et son jardin *le Luxembourg*.

Une grande maison, accompagnée de jardins, que Robert de Harley de Sancy fit bâtir vers le milieu du seizième siècle, que le duc d'Épinay-Luxembourg acquit ensuite, et qu'il agrandit considérablement en 1583, fut l'emplacement que Marie de Médicis, régente, acheta, en 1612, pour y faire construire un palais. Pour agrandir encore cet emplacement, elle fit acquisition successivement d'une ferme, *le pressoir de l'Hôtel-Dieu*, de plusieurs jardins et de quelques parties du clos de Vignerai. Après ces acquisitions, elle fit, en 1615, jeter les fondements de ce palais. Jacques de Brosses en fut l'architecte. Les travaux, poussés avec activité, furent achevés en peu d'années. Cet édifice se recommande par la beauté de ses proportions, sa parfaite symétrie, et par un caractère de force et de solidité. Les ornements, peu nombreux, mais à leur place, plaisent à la vue sans la fatiguer. Ces refends, ces bossages, qui sillonnent toutes les faces de ce palais, lui donnent une physionomie très-originale.

Le principal corps de bâtiments, ainsi que ses autres parties, offrent trois ordonnances : l'une, toscane, est au rez-de-chaussée; l'autre, dorique, est au premier étage; et la troisième, ionique, se voit au deuxième. Quatre gros pavillons sont placés aux quatre angles du principal corps de bâtiment.

La cour, qui, du côté de la ville, précède ce principal corps de logis, est entourée de bâtiments; et son plan présente un parallélogramme dont la plus grande dimension a soixante toises, et la moindre cinquante.

La grande entrée est en face de la rue de Tournon; de ce côté la façade présente à ses extrémités deux pavillons; et au milieu, au-dessus de la porte, s'élève, sur un corps avancé, un dôme circulaire orné de statues dans les entre-colonnements. Ce dôme, qui produit un effet pittoresque, est en parfaite harmonie avec les autres parties de l'édifice. De chaque côté de ce dôme, deux terrasses, supportées dans l'origine par des murs massifs, et qui depuis ont à droite et à gauche, été percées par quatre arcades, servent à communiquer du dôme aux deux pavillons de cette façade.

Celle du jardin, outre deux pavillons en saillie, plus forts que ceux de la façade qui vient d'être décrite, offre au centre un corps avancé, décoré de colonnes et de statues exécutées par M. Pradier. Cette façade a été ajoutée, avec les deux gros pavillons qui l'accompagnent, dans ces dernières années. Les travaux, commencés en 1837 et achevés en 1842, ont été dirigés par M. Gisors, qui s'est conformé tout à fait au style du premier architecte, de Brosses.

La façade du côté de la cour diffère peu de celle du jardin. Aux deux portes latérales on voit, dans des impostes, les bustes de Marie de Médicis et de Henri IV; au-dessus, l'avant-corps est décoré de quatre statues colossales, du temps de Marie de Médicis. Le bas-relief du fronton circulaire, représentant la Victoire couronnant le buste d'un héros, est l'ouvrage de Duné. La cour est formée par le principal corps de logis dont je viens de décrire les façades, par deux ailes de bâtiments se terminant aux pavillons qui s'élèvent aux deux extrémités de la principale entrée, et enfin par les bâtiments de cette entrée.

Dans l'aile qui occupe le côté oriental de la cour est la galerie de tableaux, dont je vais bientôt parler; l'aile opposée contient aussi une galerie de tableaux, et, de plus, le magnifique escalier par lequel on monte à la salle de la Chambre des Pairs. Cet escalier, majestueux par son étendue, riche par sa décoration, présente plusieurs statues d'hommes illustres par les services qu'ils ont rendus à leur patrie.

Ce palais, bâti à grand frais par Marie de Médicis, qui n'en avait pas besoin et qui ne l'habita que peu de temps, devait porter son nom; mais cette reine l'ayant légué à Gaston de France, duc d'Orléans, son second fils, celui-ci voulut le faire nommer *Palais d'Orléans*. Il appartint ensuite à Louise d'Orléans, duchesse de Montpensier, à Élisabeth d'Orléans, duchesse de Guise et d'Alençon, et enfin au roi Louis XIV. Cet édifice, négligé par ses différents propriétaires, eut besoin de grandes réparations, qui furent faites de 1733 à 1736. Louis XVI le donna, en 1779, à son frère, Monsieur, qui a régné sous le nom de Louis XVIII. — Pendant le règne de la terreur, il fut converti en maison d'arrêt. — Sous le régime de la constitution de l'an IV, en 1795, il devint le lieu des séances du Directoire et la demeure des cinq directeurs, qui habitaient plus particulièrement l'hôtel contigu, appelé l'*Hôtel du Petit Luxembourg*. — En 1798, le palais du Luxembourg fut entièrement ragréé, et plusieurs réparations y furent faites. On construisit à l'ouest et sur la ligne de la façade, du côté du jardin, un corps de bâtiment qui, depuis, fut démoli.

Lorsque Bonaparte eut envahi le pouvoir, le palais du Luxembourg fut destiné d'abord aux séances des consuls, et reçut le nom de *Palais du Consulat;* et peu de temps après, en 1800, celui de *Palais du Sénat Conservateur.* Ce Sénat y tint ses séances jusqu'en 1814, époque où une nouvelle constitution remplaça le Sénat par la Chambre des Pairs. Dès lors une nouvelle table de marbre, placée sur la porte principale, indiqua que l'édifice du Luxembourg portait le nom de *Palais de la Chambre des Pairs.*

Les deux ailes de bâtiment qui forment les parties latérales de la cour renferment, comme je l'ai dit, l'une l'escalier, et l'autre la galerie des tableaux. On trouve à l'extrémité supérieure de cet escalier la *salle des Gardes,* puis celle des *Garçons de service,* où l'on remarque une belle figure en marbre, représentant Hercule couché, ouvrage du célèbre Puget; une statue d'Épaminondas, par Duret; une autre de Miltiade, par Boisot, et une troisième représentant Persée, vainqueur de la Gorgone. — Vient ensuite la *salle des Messagers d'État,* ornée de la statue d'Harpocrate, dieu du silence, et de celle de la Prudence; puis la *salle du Conseil* et celle de la *Réunion,* salles très-richement décorées de tableaux, dont l'un réprésentait la figure en pied de Louis XVIII, et d'autres plusieurs allégories sur ses aïeux et sur son retour en France. Le plafond, peint par Barthélemi, offre aussi des sujets allégoriques. — Cette salle mène à l'ancienne salle des *Séances,* placée au centre du principal corps de bâtiment, au lieu où étaient la cage de l'ancien escalier et la chapelle. Elle fut établie et décorée dans les années 1803-1804. Son plan est un hémicycle. Elle est décorée de vingt-six colonnes d'ordre corinthien; leurs entre-colonnements, à droite et à gauche du trône, sont occupés par les statues de Solon, Périclès, Cincinnatus, Scipion, Caton d'Utique, Lycurgue, Cicéron, Léonidas, Aristide, Phocion, Démosthène et Camille, presque tous ennemis de la tyrannie, tous ardents amis de leur patrie et de sa liberté. Il furent placés là sans doute pour rappeler leurs exemples à ceux qui ont siégé ou siégent dans cette enceinte.

De cette salle, très-riche par ses ornements, on arrive à la *salle du Trône,* qui ne l'est pas moins. Dans les derniers travaux exécutés au Luxembourg, on a bâti une nouvelle salle des Séances, plus vaste que la précédente. Le voûte de cette salle présente quatre pendentifs peints par M. A. de Pujol. Les trois grands médaillons et les six compartiments des fenêtres où l'on voit la Prudence, la Vérité et la Confiance, et les six plus illustres législateurs de l'antiquité, sont l'ouvrage de M. Vauchelet. De chaque côté de l'hémicycle, il y a des sujets allégoriques exécutés par M. Blondel. Près du centre de la voûte, il y a les portraits de Charles V, Louis XII, François Iᵉʳ, Louis XIV, Napoléon et Louis XVIII. Plusieurs cadres ont leurs murs décorés de peintures par MM. L. Boulanger, Bresner, et Roqueplan. A la bibliothèque, on remarque l'importante composition de M. E. Delacroix, l'*Élysée des grands hommes.* Enfin, la chapelle vient aussi d'être restaurée avec luxe. J'omets la *galerie sur le Jardin,* les *salles des quatre Bureaux,* le *salon de Lecture,* pour m'arrêter à la *salle du Livre-d'Or.* Cette salle est remarquable par les peintures restaurées des boiseries qui ornaient les appartements de Marie de Médicis. Ces peintures sont des médaillons offrant plusieurs sujets mythologiques. Cette salle, très-digne d'exciter la curiosité des artistes et l'admi-

PALAIS DU LUXEMBOURG.

ration de ceux qui ne le sont pas, doit son nom à un livre dont la qualification indique l'excellence des matières qu'il contient. Quelle est la matière sublime de ce livre précieux auquel on a consacré une salle si magnifique ? Il faut le dire, ce livre n'existe pas encore, ou n'est pas encore déposé dans le sanctuaire qui lui est préparé. Il contiendra *les titres de la pairie.*

Je borne ici la description de la partie intérieure du palais qu'occupe la Chambre des pairs, partie changée, rajeunie, embellie par les gouvernements impérial et royal, et je passe aux autres parties et dépendances de ce palais.

GALERIE DU LUXEMBOURG. Elle fut d'abord, par les ordres de Marie de Médicis, composée de vingt-quatre grands tableaux représentant l'histoire allégorique de cette reine, peints par le célèbre Rubens ; de plusieurs autres tableaux provenant de la reine douairière d'Espagne, et de ceux du cabinet du roi. Cette galerie fut longtemps négligée. Avant 1780, on avait formé le projet d'en transporter toutes les peintures au Louvre pour qu'elles fissent partie du *Musée* déjà projeté dans la galerie de ce palais. En conséquence de ce projet, on retira du Luxembourg les tableaux, qui furent placés au Louvre. Les victoires des Français produisirent une assez ample récolte de tableaux pour que le Musée du Louvre pût se passer de ceux de la galerie du Luxembourg. On les y replaça en 1805 ; on y joignit aussi la précieuse collection des tableaux de la vie de saint Bruno, par Le Sueur, contenus dans une salle particulière ; plusieurs autres ouvrages, tels que l'*Ermite endormi*, par Vien ; deux tableaux de David, le *Serment des Horaces* et *Brutus*, etc. De cette galerie on arrive sur une partie de la terrasse et au-dessous du dôme, où l'on voyait la *Baigneuse* en marbre, de Julien, ouvrage digne des plus beaux temps de la Grèce. L'autre partie de la terrasse conduit dans une suite de salles qui étaient ornées notamment de marines de Vernet et de Hue.

En 1815, les puissances étrangères dépouillèrent le Musée du Louvre d'une partie de ses richesses, et y laissèrent un vide immense. Pour le remplir on enleva de la galerie du Luxembourg ses principaux tableaux. Cette galerie est consacrée maintenant aux ouvrages des artistes vivants. On y a vu longtemps les plus beaux tableaux de David, de Gros, de Gérard, de Girodet, etc., et d'autres maîtres de l'école française. Au mois d'avril 1818, ce Musée ainsi composé fut ouvert au public.

JARDIN DU LUXEMBOURG. Ce jardin a éprouvé plusieurs changements. En 1782, on diminua à peu près un tiers de la surface de ce jardin, en retranchant toute sa partie occidentale, qui s'étendait depuis les anciens bâtiments de la rue de Fleurus jusqu'à la grille qui s'ouvre de ce côté. On voulait, disait-on alors, établir dans cette partie retranchée, des salles de danse, des cafés, une foire, etc.; on n'établit rien. Les plus beaux arbres du jardin furent abattus ; on raccourcit ses plus longues allées ; et le terrain, séparé, dépouillé de sa verdure sans être embelli par la foire projetée, resta, pendant près de trente années, vide, stérile, inhabité, réduit presque à l'état de désert.

En 1795, la convention commença l'exécution du projet de cette belle avenue qui se dirige depuis le palais du Luxembourg jusqu'à l'Observatoire. En 1801, on renouvela tous les arbres des parties orientale et méridionale du jardin et l'on donna au terrain une pente régulière.

L'ancien parterre était bordé de deux murs de terrasse, qui présentaient, à leur surface supérieure, de petits bassins, placés à distances égales et communiquant entre eux par des rigoles. Chaque bassin était percé pour laisser passage à un jet d'eau. Les terrasses qui bordaient ces murs étaient plantées d'ifs et de buis. Au centre du parterre, on voyait une pièce d'eau octogone, du milieu de laquelle s'élevait un triton qui tenait dans ses bras un poisson marin qui lançait un jet d'eau.

Ce parterre, en 1801, fut entièrement changé. Des talus en gazon succédèrent au double mur de terrasse qui le bordait. Il fut élargi considérablement par deux espaces demi-circulaires, établis sur les deux côtés. Au milieu on plaça une pièce d'eau plus étendue que l'ancienne. Le parterre se terminait du côté méridional par un vaste escalier composé de dix marches, et orné de statues. Tous ces ouvrages furent exécutés sur les dessins de M. Chalgrin. — Dans les années de 1810 et 1811, ce parterre éprouva encore de notables et heureux changements sous la direction de l'architecte Baraguey. Le sol fut baissé et nivelé de manière à ce que le parterre et l'avenue de l'Observatoire fussent sur la même ligne de pente. Le grand bassin fut alors refait et on lui donna des proportions plus considérables. Enfin, quand on a refait la façade postérieure du palais, ce parterre a été diminué, sans qu'on modifiât cependant sa disposition.

A l'extrémité méridionale du parterre, des balustrades en ouvrent l'entrée à ceux qui descendent par l'avenue. Elles se raccordent avec les talus de gazon qui en garnissent les parties latérales.

L'ancien jardin avait été dessiné par Jacques de Brosses, architecte du palais; il construisit aussi, à l'extrémité orientale de l'allée contiguë à la façade du palais, une fontaine, remarquable par ses bossages et ses congélations multipliées. Cette fontaine était dans un état déplorable et tombait en ruine. En 1802, elle fut entièrement restaurée. Les deux figures placées au-dessus du fronton, qui représentent un fleuve et une naïade, furent refaites, ainsi que leurs accessoires. On n'avait, de mémoire d'homme, jamais vu cette fontaine donner de l'eau; on lui a procuré cet avantage : au-dessus des rocailles où elle coule, on a placé une statue de naïade sortant du bain. Elle vient d'être encore réparée dans cette dernière année.

La partie supérieure des talus qui entourent le parterre est ornée de vases, de statues en marbre : quelques-unes antiques, restaurées, quelques autres sculptées d'après l'antique, d'autres enfin ont été exécutées par des sculpteurs de notre époque.

Depuis, on a fait disparaître, du côté de l'est, une orangerie, et du côté de l'ouest, quelques bâtiments communiquant avec l'hôtel dit le *Petit-Luxembourg*. On a établi sur la rue de Vaugirard une grille d'entrée, des plantations en quinconce, une fontaine élégante, décorée d'une statue en marbre, et un *rosarium* clos de treillages. Ces derniers travaux, ainsi que quelques autres, ont été exécutés sur les dessins de M. Baraguey, architecte de la Chambre des pairs. Une autre grille vient d'être disposée le long de la rue de Vaugirard, jusqu'à l'autre mur occidental du jardin.

Du temps de la régence du duc d'Orléans, le palais et le jardin du Luxembourg furent le théâtre le plus ordinaire des plaisirs ou plutôt des débauches de la duchesse de Berry, fille du régent. Dans les Mémoires de Duclos, on lit le fait suivant : « La duchesse de Berry..., pour passer les nuits d'été dans le jardin « du Luxembourg avec une liberté qui avait plus besoin de complices que de « témoins, en fit murer toutes les portes, à l'exception de la principale, dont « l'entrée se fermait et s'ouvrait suivant l'occasion. »

La ligne méridienne de l'Observatoire traverse le jardin du Luxembourg et se dirige sur l'angle ouest du pavillon qui forme l'extrémité de la façade du palais du côté du jardin, de sorte que l'axe de la grande avenue incline un peu à l'est, et forme au point d'intersection avec la ligne méridienne un angle très-obtus.

PETIT-LUXEMBOURG, situé rue de Vaugirard, à l'ouest, et contigu au palais du Luxembourg. Il fut commencé vers l'an 1629, par ordre du cardinal de Richelieu, qui l'habita en attendant que le Palais-Royal fût construit. Lorsqu'il vint occuper ce dernier palais, il donna à la duchesse d'Aiguillon, sa nièce, le Petit-Luxembourg, qui passa, à titre d'hérédité, à Henri-Jules de Bourbon-Condé. Après sa mort, la princesse Anne, palatine de Bavière, y demeura, et y fit exécuter des réparations et accroissements considérables. Elle fit construire, de l'autre côté de la rue de Vaugirard, pour ses officiers, pour ses cuisines et ses écuries, un hôtel qui communique au Petit-Luxembourg par un passage souterrain pratiqué sous la rue. Cet hôtel, habité par des princes de la maison de Bourbon-Condé, reçut aussi le nom de *Petit-Bourbon.*

Le Petit-Luxembourg fut le siége du gouvernement directorial : quatre des directeurs l'habitaient; le cinquième logeait dans le grand palais; les directeurs y ont demeuré depuis vendémiaire an IV (octobre 1796), jusqu'au 20 brumaire an VII (11 novembre 1799). — En 1812 et 1813, on a démoli des bâtiments qui formaient la communication entre le Grand et le Petit-Luxembourg; et, dans l'intervalle, on a établi, comme je l'ai dit, une plantation en quinconce, et sur la rue de Vaugirard une longue grille en fer. Depuis 1830, on a établi une communication nouvelle entre les deux palais, par un jardin dessiné à l'anglaise.

AQUEDUC D'ARCUEIL. Il fallait des eaux pour les besoins et l'agrément du palais et des jardins du Luxembourg, où Marie de Médicis avait résolu de prodiguer toute espèce de magnificence. Il n'existait d'ailleurs encore aucune fontaine dans la partie méridionale de Paris.

Déjà, sous Henri IV, cette disette d'eau et les vestiges de l'aqueduc bâti du temps des Romains, avaient fait penser à son rétablissement. Sully ordonna, en 1609, de rechercher les traces de cet aqueduc; mais la mort de Henri IV arrêta l'exécution de ce projet.

Hugues Crosnier, en 1612, fit ensuite la proposition de conduire à Paris 30 pouces d'eau (1), 18 pour le roi et 12 pour la ville. L'entreprise fut adjugée, le 8 octobre 1612, à Jean Coing, maître maçon de Paris. Le 17 juillet 1613, le roi Louis XIII et la régente, sa mère, posèrent, avec de fastueuses cérémonies, la

-----

(1) On appelle *pouce d'eau* la quantité qui s'écoule par un orifice d'un pouce superficiel. Comme cet orifice contient 144 lignes carrées, le pouce d'eau se divise en 144 parties appelées *lignes.*

première pierre de l'aqueduc qui fut bâti sur les dessins de Jacques de Brosses, et achevé en 1624.

Une partie de cet aqueduc traverse le vallon d'Arcueil sur vingt-cinq arches. La hauteur de cette construction est de vingt-trois mètres quarante cent., sa longueur de trois cent quatre-vingt-dix mètres. Ce morceau d'architecture, imposant par sa grandeur, beau par ses formes, rappelle les magnifiques aqueducs des Romains. Près de la face méridionale des arcades modernes existe encore un fragment considérable de l'aqueduc romain. Dans l'espace existant entre Arcueil et Paris, on voit, de distance en distance, plusieurs petites constructions qui sont des regards de la conduite d'eau. La longueur totale de cette conduite, depuis Arcueil jusqu'au château d'eau situé à côté de l'Observatoire, est de douze mille huit cent soixante-dix mètres.

L'aqueduc n'était pas encore terminé que l'on vit des solliciteurs puissants, des colléges, des communautés religieuses, demander des concessions d'eau, concessions qui s'accordaient alors sans discernement. Le public, qui avait payé les frais de l'aqueduc, fut la dupe de cette prodigalité. En 1777, cet aqueduc a été l'objet de réparations considérables.

FONTAINES. — En 1624, l'aqueduc achevé, les eaux de Rungis parvenues au château d'eau de l'Observatoire, on s'occupa de leur distribution : dix-huit pouces furent livrés au roi pour le palais et le jardin du Luxembourg, et douze pouces à la ville, qui les répartit dans les quartiers de Saint-Jacques, de Saint-Victor et dans la rue des Cordeliers. Quatorze fontaines furent construites et alimentées par cette portion d'eau. On en conduisit même, à travers le pont Notre-Dame, jusqu'à la place de Grève, où était une fontaine qui fournissait l'eau de Rungis, et dont, le 28 juin 1624, Louis XIII posa la première pierre. Cette fontaine n'existe plus (1).

FONTAINE DES HAUDRIETTES, située au coin de la rue des Vieilles-Haudriettes et de celle du Chaume. Elle fut établie en 1636, et nommée d'abord *Fontaine-Neuve ;* mais elle reprit son ancien nom en 1760, époque où elle fut reconstruite sur les dessins de Moreau. Le bas-relief, qui représente une naïade, est l'ouvrage de Mignot.

STATUE ÉQUESTRE DE HENRI IV, placée sur le môle qui se trouve à l'ouest et au milieu du Pont-Neuf. Voici l'historique de l'érection de cette statue.

Ferdinand, grand-duc de Toscane, fit couler en bronze un cheval colossal, dans le dessein de le faire surmonter par son effigie. Jean de Boullongne, élève de Michel-Ange, fut chargé de ce travail. Ferdinand mourut, et le cheval resta sans cavalier. Cosme II, son successeur, offrit à Marie de Médicis, régente de France, ce cheval de bronze, le déposa à Livourne sur un vaisseau qui vint échouer contre les côtes de Normandie. Ce cheval de bronze resta pendant une

---

(1) Les principales fontaines publiques ou particulières qui furent établies alors et alimentées par ces eaux sont :

La fontaine des Carmelites ; — la fontaine de la rue Mouffetard, au coin de la rue du Pot-de-fer ; — la fontaine Censier, rue Censier ; — la fontaine Saint-Magloire, rue du Faubourg Saint-Jacques ; — la fontaine du collége de Navarre, dont la première pierre fut posée en cérémonie le 27 mai 1625 ; — la fontaine Saint-Michel, à l'extrémité méridionale de la rue de là Harpe ; — la fontaine Sainte-Geneviève, rue et montagne Sainte-Geneviève ; — la fontaine Saint-Côme, rue des Cordeliers, etc.

LE PONT AU CHANGE.

Publié par Firmin, Paris.

[illegible]
[illegible]
[illegible]
[illegible]
[illegible]
[illegible]
[illegible]

année entière au fond de la mer. On l'en retira à grands frais, et on le transporta à Paris.

On fit un piédestal en marbre, et on y éleva le cheval, en attendant le cavalier qui devait le monter. De-là vint que le peuple, accoutumé à voir ce cheval seul, prit l'habitude, même lorsqu'il fut surmonté par la figure de Henri IV, de nommer l'ensemble du monument le *cheval de bronze*. Le piédestal fut élevé sur les dessins de Civoli. Aux quatre angles on plaça des statues assez mesquines, qui figuraient des vaincus garrottés. Les quatre bas-reliefs de ce piédestal représentaient les batailles d'Arques et d'Ivry, l'entrée de Henri IV à Paris, la prise d'Amiens et celle de Montmélian. Les figures du piédestal et les bas-reliefs étaient de Francheville. La figure de Henri IV fut exécutée par Dupré. Il était représenté la tête nue, le corps tout entier couvert d'une armure à la française, tenant d'une main la bride de son cheval, et de l'autre le bâton du commandement. Dans une des inscriptions dont le piédestal était chargé, on lisait le nom de Richelieu, qui avait, en 1635, fait terminer cet ouvrage.

Pendant les divisions qui, en 1788, agitaient la cour et les parlements, la tête de Henri IV fut couronnée de fleurs et de rubans. Dans les premiers jours de la Révolution, en 1789, on plaça sur l'oreille de cette statue la cocarde nationale. Pendant les journées des 15, 16 et 17 juillet 1790, on déposa devant le piédestal une vaste décoration représentant un rocher, sur lequel la statue équestre de ce roi semblait élevée ; et, pendant les soirées de ces journées, on exécuta des concerts, des chants et des danses. Aucun hommage ne fut rendu aux statues des autres rois. Dans un moment d'alarme et de besoin de métal pour fabriquer des canons, dans un moment où l'armée du roi de Prusse s'avançait sur Paris au mois d'août 1792, on renversa dans cette ville toutes les statues des rois, et celle de Henri IV ne fut pas même exempte de la proscription. Une nouvelle statue équestre de ce roi a été rétablie, en 1817, à la même place.

COURS-LA-REINE, situé le long de la rive droite de la Seine, dont il est aujourd'hui séparé par la route de Versailles. Il commence à la place Louis XV, et se termine à l'Allée-des-Veuves et au quai de Billy. Marie de Médicis fit, en 1616, tracer et planter ce cours de quatre rangs d'arbres. Cette promenade, destinée pour la reine et pour sa cour qui venaient fréquemment la parcourir à cheval et en carrosse, fermée aux extrémités par des grilles, et à ses côtés par des fossés, était souvent interdite au public. Il n'existait point encore à Paris d'autre promenade régulièrement plantée. Les arbres de ce cours furent arrachés, et l'on en substitua de nouveaux en 1723.

PONT-AU-CHANGE. Dans la nuit du 23 au 24 octobre 1621, le feu ayant pris au pont Marchand, presque attenant au Pont-au-Change, les flammes, poussées par un vent d'ouest, atteignirent ce dernier pont, et dans moins de trois heures le réduisirent en cendres. Les débris de ces ponts interceptaient le cours de la Seine. Le parlement en ordonna le déblaiement. Cette cour autorisa des quêtes pour subvenir aux besoins des incendiés ; car ces deux ponts étaient bordés de maisons habitées.

On ne commença à reconstruire le Pont-au-Change qu'en 1639, et on ne l'acheva entièrement qu'en 1647 ; il fut bâti en pierre et bordé de maisons. Ce pont, à son extrémité septentrionale, avait deux entrées formées par un groupe triangulaire de maisons : la façade de l'un de ces groupes de maisons était ornée d'un groupe de trois figures ronde-bosse en bronze sur un fond de marbre noir, représentant Louis XIII, Anne d'Autriche son épouse, et leur fils Louis XIV, âgé de dix ans. Il était l'ouvrage de Simon Guillain. Au-dessous de ces figures se voyait un bas-relief représentant deux esclaves, ouvrage d'un beau style. En 1788, Louis XVI, par son édit d'emprunt de 30 millions, affecta la somme de 1,200,000 livres à l'acquisition et démolition des maisons dont ce pont était en grande partie couvert, et les fit démolir.

PONT-SAINT-MICHEL, dont j'ai déjà parlé. Dans la nuit du 30 janvier 1616, après un froid extrêmement rigoureux, survint un dégel et un débordement d'eau et de glaçons, qui emporta la partie du pont Saint-Michel du côté d'amont, détruisit les maisons dont il était chargé, et causa une perte considérable à ceux qui les habitaient. Ce qui restait du pont Saint-Michel tomba au mois de juillet suivant ; il fut rebâti et bordé de trente-deux maisons. Un édit du roi, donné en septembre 1786, portait que les maisons élevées sur les ponts de Paris seraient abattues. Cet édit ne reçut son exécution, à l'égard du pont Saint-Michel, qu'en 1808 et 1809. Les trente-deux maisons de ce pont furent abattues ; la route fut élargie, et sa pente, trop roide, beaucoup adoucie. On abattit pareillement des maisons élevées sur le bord de la Seine, vers la partie méridionale de ce pont, qui, du côté du quai des Augustins, formaient une petite rue appelée rue de *Hurepoix*. A l'extrémité septentrionale de ce pont était pareillement une suite de maisons élevées sur la rive droite de la Seine qui formaient, avec les maisons qui bordent aujourd'hui le quai des Orfèvres, une rue appelée *Saint-Louis*. Cette rue n'existe plus ; le quai fut élargi, et les abords du pont devinrent beaucoup plus faciles. Par ces réparations, les quartiers situés aux deux extrémités de ce pont, quartiers autrefois obscurs et hideux, ont été embellis, éclairés et assainis.

PONT-BARBIER, situé à l'endroit du quai Voltaire où la rue de Beaune vient y aboutir. Depuis longtemps on communiquait du Pré-aux-Clercs aux Tuileries par un bac qui traversait la Seine, bac qui a donné son nom à un chemin, ensuite à la rue appelée *du Bac*. En 1632, le sieur Barbier, qui possédait un clos à l'ouest de ce chemin, construisit sur la rivière un pont en bois. Ce pont fut nommé *Pont-Barbier*, du nom de son entrepreneur ; *Pont-Sainte-Anne*, de celui de la reine Anne d'Autriche ; et des *Tuileries*, parce qu'il y aboutissait. On le nomma aussi *Pont-Rouge*, parce qu'on le peignit de cette couleur. Il a existé jusqu'au 20 février 1684, époque où il fut entièrement emporté. Ce pont se composait de dix arches ; au milieu de sa longueur était placée une construction en bois, bâtie sur pilotis, qui paraît avoir servi à une machine hydraulique. On lui substitua dans la suite un pont en pierre appelé *Pont-Royal*.

PALAIS DE LA CITÉ. Dans la nuit du 5 au 6 mars 1618, le feu prit à la charpente de la grand'salle du Palais. Les pièces de bois enflammées tombèrent sur les boutiques placées dans cette salle. L'incendie, favorisé par un vent du midi, fit des progrès rapides ; la grand'salle, la première chambre des enquêtes, le parquet des huissiers, les salles des requêtes de l'hôtel, du greffe, du trésor, etc.,

furent détruits, et plusieurs registres du parlement brûlés ou perdus. La fameuse
table de marbre, siége d'un tribunal de ce nom, sur laquelle les rois donnaient
les festins dans de grandes solennités, et les clercs de la Basoche jouaient leurs
farces, ainsi que les statues des rois Francs qui décoraient cette grande salle,
furent brisées. On employa pour arrêter les ravages du feu tous les moyens alors
en usage, des seaux de cuir, de la paille mouillée, etc. On ne connaissait point
encore l'usage des pompes à incendie. On s'occupa bientôt après de réparer ces
destructions. Jacques de Brosses, architecte, en fut chargé. La grand'salle fut
reconstruite sur ces dessins, et terminée en 1622. J'ai donné sa description aux
articles *Parlement* et *Palais de Justice*.

ILE SAINT-LOUIS, la seconde des îles de la Seine que l'on rencontre en entrant
dans Paris par le cours de cette rivière. Elle portait autrefois le nom d'*île Notre-
Dame*, parce qu'elle appartenait à l'église de ce nom, comme je l'ai dit ci-dessus. Cette île était encore divisée en deux parties par un fossé qui servait aux
fortifications de la ville, lorsque Henri IV forma le projet d'y faire bâtir des
maisons et d'en former un quartier de Paris. Ce projet ne fut exécuté que sous
le règne de son successeur. En 1614, Louis XIII acquit cette île du chapitre de
Notre-Dame, et Christophe-Marie, entrepreneur général des ponts de France,
fut chargé de toute l'entreprise. Il prit l'engagement de joindre les deux îles
en remplissant le canal qui les divisait, de les revêtir, dans l'espace de dix ans,
de quais en pierre de taille, d'y ouvrir des rues larges de quatre toises, d'y
construire des ponts qui communiqueraient à la ville, à condition qu'il y établirait un jeu de paume, une maison de bains, et que, pendant soixante ans,
lui et ses héritiers percevraient sur chaque maison 12 deniers de cens, avec
droit de lods et ventes. Après ce terme, ce droit seigneurial devait revenir
au roi.

Les travaux, commencés en 1614, se continuaient avec activité, lorsqu'en
1616, le chapitre de Notre-Dame y mit opposition, et les interrompit. Enfin, en
1618, un arrêt du conseil décida que le marché fait avec le sieur Marie serait
exécuté, et que, pour dédommager le chapitre du droit de propriété, il lui serait payé 1,200 livres de rente sur le domaine de la ville ; que les droits de censive, lods et ventes, après les soixante années de jouissance par le sieur Marie
et ses héritiers, reviendraient à ce chapitre ; de plus, que le terrain situé à l'est
de l'église Notre-Dame, autrefois nommé *la Motte-aux-Papelards*, serait revêtu
d'un mur en pierre de taille. Ces difficultés levées, les travaux furent repris ;
mais ils furent longtemps suspendus encore par les oppositions toujours renais-
santes du chapitre de Notre-Dame. Enfin, les propriétaires de l'île, mécontents
des entrepreneurs, demandèrent au roi, et obtinrent, en 1643, d'être subrogés
aux droits de Marie et des associés, s'offrant d'achever dans trois ans les ponts
et les quais qui restaient à construire, de payer les 50,000 livres promises au
chapitre, de donner une pareille somme pour faire entourer de murailles *le terrain* ou *la Motte-aux-Papelards*, afin de remplir tous les engagements imposés
aux précédents entrepreneurs. Ce fut un nommé Hébert, propriétaire de maisons dans l'île, qui, associé aux autres propriétaires, en acheva, en 1647, toutes
les constructions.

Cette île, ainsi couverte de maisons, offrit le premier exemple, dans Paris, d'un quartier construit sur un plan régulier, dont toutes les rues sont alignées et se coupent entre elles à angle droit. Elle est entourée de quais. La rue la plus étendue traverse l'île dans sa plus grande longueur, et se nomme rue *Saint-Louis*, à cause d'une église de ce nom dont je vais parler. La rue d'Entre-deux-Ponts traverse l'île dans sa largeur, et se trouve dans l'alignement de deux ponts qui y aboutissent, le pont Marie et le pont de la Tournelle. D'autres rues traversent aussi cette île, telles que les rues Regrattière et Poulletière, qui doivent leurs noms à ceux des deux associés de l'entrepreneur Marie.

A l'extrémité orientale de cette île est une estacade en bois, fermant presque entièrement le bras de la Seine qui coule entre cette île et le quai Louviers, laissant aux bateaux et coches un passage convenable. L'objet de cette construction en bois est de briser l'effort des glaces lors des débâcles, et d'abriter les nombreux bateaux qui, comme dans une gare, remplissent l'espace qui s'étend depuis cette estacade jusqu'au Pont-Marie.

SAINT-LOUIS-EN-L'ILE, église, première succursale de la paroisse Notre-Dame, située rue Saint-Louis, île et quartier Saint-Louis, entre les n°ˢ 13 et 15. Un maître couvreur, nommé *Nicolas*, établit dans cette île, vers l'an 1616, une petite chapelle où l'on disait la messe, lorsqu'en 1622, les constructions nouvelles ayant accru le nombre des habitants, on fut obligé d'agrandir la chapelle. Le 14 juillet suivant, elle fut érigée en paroisse; le nom de *Saint-Louis* lui fut spécialement appliqué, et ce nom devint celui de l'île entière. Hébert et les autres habitants de l'île, qui s'étaient chargés d'en continuer et achever les constructions, entreprirent dans la suite de rétablir cette église. La première pierre du chœur fut posée en 1664 ; on commença la construction de la nef en 1702, sur les dessins de Levau, et ne fut entièrement achevée qu'en 1725.

Cette église n'a rien de remarquable, si ce n'est son clocher qui a la forme d'un obélisque percé à jour.

PONT-MARIE. Ce pont, qui communique de l'île Saint-Louis au quai des Ormes, fut commencé en 1614. Le roi et la reine sa mère, en grande cérémonie, le 11 octobre de cette année, en posèrent la première pierre. Les travaux en furent discontinués autant de fois que ceux de l'île, et ne se terminèrent entièrement qu'en 1635. Il reçut le nom de l'entrepreneur Marie.

Le 1ᵉʳ mars 1658, la Seine, extraordinairement débordée, entraîna deux arches de ce pont, du côté de l'île ; plusieurs personnes périrent. Il s'y trouvait deux maisons habitées par des notaires ; l'une d'elles fut engloutie avec les arches du pont, et le notaire fut enseveli avec ses minutes. Ces arches furent rebâties en pierre ; mais on n'y éleva point de maisons dessus. A la fin de l'année 1788, et au commencement de 1789, le pont fut entièrement débarrassé des autres maisons qu'il portait. On les remplaça par des trottoirs commodes ; la route fut élargie, la pente adoucie.

Ce pont a cinq arches à plein cintre : sa longueur entre les culées est de 93 mètres 97, et sa largeur, de 23 mètres 70.

PONT DE LA TOURNELLE, qui sert de communication entre le quai de la Tournelle et l'île Saint-Louis, était construit en bois et fut plusieurs fois détruit. En

1651, on commença à le reconstruire en pierre. Il fut achevé en 1656, ainsi que l'atteste une inscription placée sous une de ses arches.

Le pont de la Tournelle est bordé de trottoirs ; on y a fait depuis, à diverses reprises, des réparations qui en ont rendu le passage plus commode. Il se compose de six arches à plein cintre : sa longueur entre les culées est de 116 mètres 56 ; sa largeur entre les têtes est de 14 mètres 75.

PONT-ROUGE. Il servait de communication entre la pointe occidentale de l'île Saint-Louis et l'île de la Cité. Une des clauses du traité conclu en 1614 avec le sieur Marie, et en 1623 avec le sieur Lagrange, déterminait la construction de ce pont. Les oppositions fréquentes du chapitre de Notre-Dame en retardèrent la confection, et la forme étrange que l'on fut obligé de lui donner est un témoignage de l'obstination de ce chapitre à contrarier sa construction. Ce pont, partant de la pointe de l'île Saint-Louis, n'aboutissait point directement à la rive opposée ; arrivé à quelque distance de cette rive de la Cité, par respect pour des maisons de chanoines, il la longeait dans l'espace d'environ vingt-cinq toises, formait un angle obtus, et descendait jusqu'à une place du cloître Notre-Dame, où aboutissait la petite rue d'Enfer.

Ce pont était presque entièrement terminé en 1634 ; les gens de pied pouvaient alors y passer, comme le prouve l'événement malheureux dont je vais parler. En cette année, le pape ayant accordé un jubilé, on ordonna à Paris une procession générale. Trois paroisses, jalouses sans doute d'obtenir l'une sur l'autre la gloire du premier pas, se précipitèrent en foule sur ce pont et l'ébranlèrent. Des balustrades ou garde-fous peu solides cédèrent en deux endroits à la pression de la multitude. Plusieurs personnes furent précipitées dans la Seine ; d'autres, croyant que le pont s'abîmait sous eux, se jetèrent volontairement dans cette rivière. Vingt personnes perdirent la vie, quarante furent blessées. Cet événement détermina le parlement, en 1636, à ne plus permettre aux processions le passage des ponts en bois.

Ce pont éprouva tant de secousses par la débâcle de l'hiver de 1709, qu'on résolut de le détruire. Il fut rétabli en 1717. Alors on le peignit en rouge ; et le nom de cette couleur a, depuis, servi à le désigner, on n'y passait qu'à pied. On y percevait le péage d'un liard par personne. Il ne supportait aucune maison. Vers l'an 1795, il menaçait ruine : il fut détruit. On construisit en 1804, à quelques toises plus haut, un autre pont que l'on nomme le *Pont de la Cité*.

QUAI MALAQUEST, qui s'étend sur la rive gauche de la Seine, depuis la rue de Seine jusqu'à la rue des Saints-Pères. Les maisons qui bordent ce quai faisaient partie du *petit Pré-aux-Clercs ;* le bord de cette rivière était, en cet endroit, nommé le *Port Malaquest*, le *Heurt du Port aux Passeurs ;* et une partie portait les noms de l'*Écorcherie* ou de la *Sablonnière*. En 1540, l'Université aliéna la plus grande partie du *petit Pré-aux-Clercs :* l'adjudication s'en fit en 1542. Le quai Malaquest commença à se construire dans ce temps-là ; et lorsque, dans les premières années du dix-septième siècle, Marguerite de Valois fit bâtir son hôtel sur une partie du *petit Pré-aux-Clercs*, ce quai porta le nom de *quai de la reine Marguerite*, parce que son hôtel était placé rue de Seine. Cet hôtel, qui fut vendu en 1624, favorisa l'achèvement de ce quai, qui put alors se border de maisons particulières. Il ne fut pavé que sous Louis XIV, en 1670, comme l'atteste une inscription qui a été conservée dans le traité d'architecture de Blondel.

GRAND ET PETIT PRÉ-AUX-CLERCS, dont j'ai déjà parlé et désigné la situation. Ils reçurent, sous ce règne, une nouvelle destination. Le petit pré était séparé du grand pré par un canal, qui communiquait de la rivière aux fossés de l'abbaye et au bas de la rue Saint-Benoît. Ce canal, nommé *Petite-Seine*, fut comblé vers l'an 1540. Le petit Pré-aux-Clercs, vers la fin du règne de Henri IV, était entièrement couvert de maisons et d'hôtels avec jardins.

Le *grand Pré-aux-Clercs* ne tarda pas à éprouver le même sort. Devenu inutile à l'Université, qui en était propriétaire, ce corps demanda, le 7 septembre 1629, à la cour du parlement, la permission « de vendre à cens et à rentes cer- « taines places dudit pré, depuis la rue des Saints-Pères jusqu'à celle du Bac, « et trois arpents au delà jusqu'au *clos Barbier*. » Ces ventes eurent lieu dans la suite ; et, en 1640, les rues de Bourbon et de Verneuil furent ouvertes sur le grand Pré-aux-Clercs.

MARCHÉ-AUX-CHEVAUX. Ce marché fut, sous Henri III, établi sur une partie de l'emplacement de l'hôtel des Tournelles, et, sous Henri IV, placé sur celui du boulevard des Capucines. Par lettres patentes de juillet 1642, le roi permit à François Barajon, l'un de ses apothicaires, de faire rétablir au faubourg Saint-Victor, sur un emplacement anciennement nommé *la Folie Eschalart*, un nouveau Marché-aux-Chevaux. En 1760, on fit bâtir, à une des extrémités, un pavillon qui sert de bureau à l'inspecteur du marché. En 1818, on y a exécuté de grandes réparations : on a nivelé le terrain, et planté de nouveaux arbres. Une de ses extrémités communique au boulevard de l'Hôpital, et l'autre à la rue du Marché-aux-Chevaux.

JARDIN DES PLANTES, situé entre le quai Saint-Bernard, la rue de Seine, la rue du Jardin-des-Plantes et la rue de Buffon. Ce jardin porta d'abord le nom de *Jardin royal des plantes médicinales ;* puis il reçut le nom de *Jardin du Roi*. Du temps de la Révolution, et jusqu'à l'an 1814, il porta le nom de *Jardin des Plantes*. Après cette époque, on a ordonné qu'il serait nommé *Jardin du Roi*.

Le sieur Hérouard, premier médecin de Louis XIII, obtint de ce roi des lettres patentes, de janvier 1626, qui ordonnent l'établissement d'un jardin où seraient cultivées des herbes et plantes médicinales, et dont ledit Hérouard et ses successeurs, premiers médecins du roi, auraient la surintendance. L'exécution ne suivit pas de près le projet, qui fut repris par les sieurs Bouvard, premier médecin du roi, et Gui Labrosse, son autre médecin. Une voirie, appelée *des Copeaux*, et divers terrains d'une superficie de quatorze arpents et qui avaient appartenu à divers particuliers, furent choisis par ces médecins, et achetés de 1633 à 1636, y compris la *butte des Copeaux*, formée par un amas successif de gravois et d'immondices de la ville, ainsi que ce monticule prolongé, dont la superficie est en plate-forme, qu'on voit au-dessous et à l'est de la butte, et dont la formation a la même origine. Au nord de la butte, à l'endroit où l'on a établi une laiterie, était la *voirie des bouchers*. Ces lieux fétides et hideux à voir, sont aujourd'hui ombragés d'arbres toujours verts et dessinés en jardins

pittoresques. Labrosse, ayant obtenu, en 1635, la confirmation de cet établissement, y fit construire des bâtiments et des salles pour des cours de botanique, de chimie et d'histoire naturelle.

Le jardin, placé en face des bâtiments du Muséum d'histoire naturelle, se
terminait vers la moitié de sa longueur actuelle. A son extrémité orientale était
un vieux mur, au bas duquel coulaient autrefois les eaux du canal de Bièvre,
lorsque ce canal traversait l'abbaye de Saint-Victor et une partie de Paris. Entre ce mur et le cours de la Seine étaint des jardins potagers appelés *Marais*.
Ces marais ont disparu et fait place au prolongement du jardin, qui alors s'est
étendu jusqu'au quai Saint-Bernard et jusqu'à la place du Pont-d'Austerlitz.
Dans la suite, et pendant la Révolution, il a été agrandi d'une partie des terrains et chantiers qui se trouvaient entre ce jardin et la rue de Seine, de sorte
qu'aujourd'hui sa superficie totale a environ cinq fois plus d'étendue qu'elle
n'en avait lors de son origine.

STATUE ÉQUESTRE DE LOUIS XIII, située au centre de la place Royale, place
qui, commencée par Henri IV, ne fut achevée que sous le règne de Louis XIII.
La statue, érigée par les ordres de Richelieu, fut inaugurée, en 1639, avec une
grande pompe et au bruit d'une artillerie nombreuse. Elle était élevée sur un
piédestal de marbre blanc, chargé d'inscriptions sur ses quatre faces.

Les artistes admiraient la beauté du cheval de bronze, ouvrage de Daniel Vol-
terre, élève de Michel-Ange. Ce statuaire mourut trop tôt pour faire la figure
de Louis XIII. Biard fils en fut chargé. Il s'en acquitta mal : cette figure n'était
point en proportion avec le cheval, et paraissait trop grande. Cette statue fut
renversée en août 1792. En 1829, on en a érigé une seconde qui est l'ouvrage
de MM. Dupaty et Cortot. Elle est en marbre.

ACADÉMIE FRANÇAISE. Cette Académie, qui siégea longtemps au Louvre, siège
aujourd'hui au palais de l'Institut, quai de la Monnaie. Quelques hommes de
lettres, la plupart poètes, tels que Godeau, évêque de Grasse, Gombaud, Giri,
Chapelain, les deux frères Hubert, Cerisai, de Malleville, se réunissaient une
fois par semaine, rue Saint-Denis, dans la maison de Conrart, autre homme de
lettres et secrétaire du roi. Ils y lisaient leurs propres ouvrages. Bientôt l'abbé
Boisrobert, espèce de bouffon du cardinal de Richelieu, ayant assisté à ce comité littéraire, en parla à ce cardinal, qui voulut en être le protecteur, et qui
au mois de janvier 1635, fit accorder à cette société des lettres patentes portant
qu'elle serait érigée en *Académie Française*, et que ses membres n'excéderaient
pas le nombre de quarante.

Le parlement, constant ennemi de toutes nouveautés, fit longtemps attendre
l'enregistrement de ces lettres, qui ne s'effectua que le 10 juillet 1637, avec l'ad
dition de cette clause : « Que l'Académie ne pourrait connaître que de la langue
française et de livres qu'elle aurait faits, ou qu'on exposerait à son jugement. »

Les premiers travaux de cette société furent par l'ordre exprès du fondateur,
dirigés vers un objet qui intéressait son amour-propre. Le cardinal, auteur de
quelques mauvaises tragédies (1), et jaloux des succès qu'obtenaient celles de

(1) Richelieu dépensa 200,000 écus pour faire jouer, sur son grand théâtre du Palais-Royal, sa mau

Corneille, ordonna aux nouveaux académiciens de s'occuper exclusivement de la critique du *Cid*.

Cette Académie tenait encore ses séances chez un de ses membres. Après la mort du cardinal, le chancelier Séguier, son second protecteur, lui donna asile dans son hôtel. Dans la suite, Louis XIV, ayant pris le titre de protecteur de cette Académie, lui accorda pour ses séances une salle dans le Louvre ; elle a continué d'y siéger jusqu'au temps de la Convention, où toutes les académies furent supprimées et remplacées par l'Institut, décrété par la constitution de l'an IV (1796), établi et organisé par la loi du 3 brumaire an V (24 octobre 1796), dont je parlerai en son lieu.

ACADÉMIE ROYALE POUR LA NOBLESSE, située rue Vieille-du-Temple, fondée, en 1636, par le cardinal de Richelieu, qui donna 22,000 livres pour cet établissement. Vingt gentilshommes devaient y être nourris, chacun pendant deux années, et, de plus, instruits dans les exercices militaires, les mathématiques et l'histoire, etc., le tout gratuitement. Cette Académie se composait, en outre, de jeunes gentilshommes qui payaient pension. On ignore le sort de cet établissement, qui ne fut pas durable.

IMPRIMERIE ROYALE. Elle fut établie, en 1642, par ordre du cardinal de Richelieu. Sublet, sieur de Noyers, en fut nommé surintendant ; Trichet Dufrêne, correcteur, et Cramoisi, imprimeur. En deux ans seulement il sortit des presses de cette imprimerie soixante-dix gros volumes grecs, latins, français, italiens, tous imprimés en beaux caractères et sur beau papier. Quelque brillante que fut dans son origine cette imprimerie, son état n'est pas comparable à ce qu'il est aujourd'hui. On y possède des poinçons, matrices et caractères de langues de presque tous les peuples de la terre qui ont une écriture, et notamment les cent trente-sept mille caractères de la langue chinoise.

Cette imprimerie fut d'abord établie dans la galerie du Louvre, au rez-de-chaussée et à l'entresol ; elle fut ensuite transférée à l'hôtel de Toulouse, en face de la place des Victoires ; et enfin, par décret du 6 mars 1809, à l'hôtel de Soubise et dans le bâtiment de cet hôtel, appelé *Palais-Cardinal*, et situé rue Vieille-du-Temple.

PALAIS-ROYAL, situé rue Saint-Honoré, n° 204, bâti à la place de l'ancien hôtel de Mercœur et de l'hôtel de Rambouillet, qui avait appartenu, au quinzième siècle, au connétable d'Armagnac. L'emplacement du jardin était sous le règne de Charles V et longtemps après, traversé diagonalement par la muraille et les fossés de Paris.

Richelieu, ayant acheté, en 1624, l'emplacement où est le palais, et ayant fait

vaise tragi-comédie intitulée *Mirame*. Cette pièce n'eut qu'un médiocre succès. « Les Français n'au- « ront jamais de goût pour les belles choses ! s'écriait-il en colère ; ils n'ont point été charmés de « *Mirame.* » Desmarets lui assura que la pièce était bonne, mais que les comédiens, étant ivres, ne savaient pas leurs rôles. Le cardinal composa aussi une comédie héroïque intitulée *Mérope*. Il la communiqua à Boisrobert, en lui demandant son opinion. Celui-ci, moins courtisan qu'à son ordinaire, lui dit franchement qu'elle ne méritait pas la publicité. Le cardinal furieux déchira son manuscrit ; puis, se repentant d'avoir détruit un si bel ouvrage, il ne put dormir la nuit, se leva, fit lever ses gens, demanda de la colle, rassembla avec beaucoup de peine tous les fragments épars sur le parquet, rétablit son manuscrit déchiré, et le fit imprimer sous le nom de Desmarets.

démolir les constructions qui s'y trouvèrent, fit construire, en 1629, son palais sur les dessins de Lemercier. La principale porte d'entrée présentait les armoiries de Richelieu, surmontées du chapeau de sa dignité ecclésiastique, et au-dessus on lisait cette inscription : *Palais-Cardinal.* Cette inscription est restée jusqu'en 1642, époque de la mort de Richelieu. Il avait légué ce palais à Louis XIII; et ce roi, le 7 octobre de cette année, vint avec la reine en prendre possession et y fixer sa demeure. Alors, à l'inscription *Palais-Cardinal* on substitua celle de *Palais-Royal.* Aussitôt la famille de Richelieu sollicita le roi et la reine de faire rétablir l'ancienne inscription : son *honneur* y était intéressé. Les mots de *Palais-Cardinal* furent replacés; mais le nom de *Palais-Royal* prévalut, et se maintint malgré l'inscription restituée.

Ce palais fut orné avec tout le goût, la recherche et le luxe imaginables. Le cardinal n'oublia rien de ce qui pouvait satisfaire son ostentation et ses goûts fastueux : il y eut des boudoirs, une chapelle, des salles de bal, des galeries, et deux salles de spectacle. La chapelle était remarquable par la richesse de ses ornements. Tous les vases, les ostensoirs, les calices, les burettes, les encensoirs, etc., étaient d'or massif, et ornés d'un grand nombre de diamants. — Louis XIV ayant, en 1692, cédé le Palais-Royal au duc d'Orléans, son frère unique, ce frère du roi fit détruire une vaste galerie dont le plafond, peint par Philippe de Champagne, représentait les glorieux exploits du cardinal, et la remplaça par des appartements. Une autre galerie, appelée *Galerie des hommes illustres de France,* occupait l'aile de la seconde cour. Ces hommes illustres, que le cardinal avait choisis lui-même, n'étaient qu'au nombre de vingt-cinq. On voyait leurs portraits en pied peints par Champagne, d'Egmont, Vouet, Poerson, et au-dessous, leurs noms, leurs devises, et de petits tableaux qui représentaient leurs principales actions. Entre ces peintures étaient des bustes antiques, la plupart en marbre.

Le cardinal fit construire dans ce palais deux *salles de spectacle :* l'une, destinée à des spectateurs choisis, ne pouvait contenir que cinq cents personnes; l'autre, plus vaste, en contenait environ trois mille. Cette dernière salle était contiguë au palais, et située du côté de la rue des Bons-Enfants.

C'était sur ces théâtres que jouaient les troupes de comédiens gagés par le cardinal. La plus vaste de ces salles fut, en 1660, accordée par Louis XIV à Molière et à sa troupe; et lorsqu'en 1673 ce grand comique fut mort, le roi la destina à la représentation des drames historiques ou tragédies en musique, qu'on a depuis nommés *opéras.* Cette salle, le 6 avril 1763, fut consumée par un incendie. Elle fut reconstruite à la même place, et ouverte au public le 26 janvier 1770; elle fut de nouveau détruite par le feu aussitôt après le spectacle du 8 juin 1781. Elle a depuis été reconstruite ailleurs. Le public arrivait à cette salle par un cul-de-sac, anciennement nommé la *Court-Orry,* passage indigne de ce théâtre et fort incommode. C'est sur l'emplacement de ce passage que l'on a ouvert, en 1782, la rue de Valois.

L'escalier du palais, situé à droite en entrant, est remarquable par sa beauté. Desorgues en fournit les premiers dessins. Sa rampe de fer est justement admirée.

Le régent avait formé dans ce palais des collections précieuses : une de tableaux, qui contenait des ouvrages des plus grands maîtres ; une collection ou cabinet d'histoire naturelle, notamment de minéralogie ; une collection de modèles de toutes les productions des arts et métiers.

Dans la seconde cour, les faces des trois corps de bâtiments qui l'environnaient présentaient, en relief, des ancres et surtout des proues de navires qui faisaient une saillie de plusieurs pieds. Le cardinal de Richelieu joignait à ses titres de puissance celui de surintendant de la marine.

En face de la principale entrée du Palais-Royal était un hôtel appartenant à Noël Brulart de Sillery. En 1640, Richelieu l'acheta, le fit démolir et en forma une place devant son palais, au milieu de laquelle on éleva une fontaine monumentale. Cette place, moins vaste que celle qui existe aujourd'hui, était bornée au midi par des maisons qui ne correspondaient point à la magnificence du palais. En 1719, le duc d'Orléans fit abattre des maisons situées au sud du palais, et construire un peu au delà, sur les dessins de Robert Cotte, un édifice dans lequel est un réservoir pour les eaux. Au centre de la façade, on a établi une fontaine publique. Je parlerai en son lieu de cet édifice, appelé *Château-d'Eau*, ainsi que du jardin du Palais-Royal, et des changements qu'il a éprouvés.

THÉATRE DE L'HOTEL DE BOURGOGNE, situé rue Mauconseil. J'ai parlé dans la période précédente de l'état de ce théâtre, berceau de l'art dramatique en France ; pendant le règne de Louis XIII, on commençait à y jouer des comédies d'un genre un peu supérieur aux bouffonneries ordinaires ; on y représentait des pièces où l'on voyait figurer les divinités de la mythologie, mais la farce dominait encore. Les comédiens de ce théâtre firent, le 30 janvier 1613, confirmer de nouveau leurs priviléges, et furent autorisés, suivant l'ancienne formule, à jouer *tous Mystères, jeux honnêtes et récréatifs*, sans offenser personne, en la salle de la Passion, dit l'*Hôtel de Bourgogne*.

Sur ce théâtre se rendirent célèbres quelques acteurs dont je vais parler. Henri Legrand, dont le sobriquet était Belleville et le nom de Théâtre *Turlupin*, a joué la comédie pendant cinquante ans. « Jamais homme n'a composé, joué, » ni mieux conduit la farce que Turlupin. Ses rencontres étaient pleines d'es-» prit, de feu et de jugement ; il lui manquait un peu de naïveté... Il passait » pour n'avoir pas son pareil dans le bas comique. » — Hugues Guéru, dans les rôles sérieux, était nommé *Fléchelles*, et dans la farce *Gautier-Guarguille*. Quoique Normand, il contrefaisait à merveille le Gascon ; il jouait les vieillards et avait beaucoup de naturel ; il faisait rire par ses gestes, sa tournure ridicule et ses chansons toujours fort gaillardes, comme on peut en juger par le recueil qu'il en a publié. Gautier-Guarguille était chargé de débiter les prologues qui précédaient la pièce.

Robert Guérin, dit *Lafleur* dans les rôles sérieux, et *Gros-Guillaume* dans la farce, avait des mœurs crapuleuses et une stature d'une grosseur extraordinaire. Au milieu des élans de sa joie, qu'il communiquait facilement aux spectateurs, on le voyait verser des larmes de douleur, que lui causait parfois la gravelle qui le tourmentait, douleurs dont il supportait la violence sans interrompre son jeu, et sans cesser de faire rire.

On rapporte que Turlupin, Gautier-Garguille et Gros-Guillaume, tous les trois garçons boulangers du faubourg Saint-Laurent, liés d'amitié, sans étude, mais doués d'un esprit naturel, formèrent le projet de jouer la comédie. Ils louèrent un petit jeu de paume, situé près de l'Estrapade, y bâtirent à la hâte un théâtre, et se firent des décorations avec des toiles grossières. Ils jouaient, depuis une heure jusqu'à deux heures, des scènes qu'on appelait *Turlupinades*, pour la somme de 2 sols 6 deniers par personne. Gautier-Garguille représentait ordinairement le rôle de maître d'école, ceux de savant et de maître de la maison ; Turlupin jouait les valets, les filous, etc., et Gros-Guillaume faisait le sentencieux.

Les comédiens de l'hôtel de Bourgogne, jaloux des succès de ce théâtre, se plaignirent au cardinal de Richelieu, qui, avant de prononcer sur cette plainte, voulut s'assurer des talents des acteurs dénoncés. Ils jouèrent dans son palais une scène bouffonne qui dérida Son Eminence. Elle ordonna que Turlupin, Gautier-Garguille et Gros-Guillaume seraient admis à jouer à l'hôtel de Bourgogne. Gros-Guillaume se permit de contrefaire un tic ou une grimace que faisait habituellement un magistrat puissant ; ce magistrat, en colère, le fit décréter de prise de corps. Gautier-Garguille et Turlupin prirent la fuite ; Gros-Guillaume fut renfermé dans les cachots de la Conciergerie, où il tomba malade de saisissement, et mourut. Bientôt après, ses deux camarades, instruits de sa mort, ne purent lui survivre : la douleur les enleva dans la même semaine.

Bertrand Haudrin, dit *Saint-Jacques* ou *Guillot-Gorju*, succéda aux précédents. Il avait étudié en médecine, même en pharmacie, et renoncé à ces sciences pour embrasser la carrière du théâtre. Il jouait ordinairement les rôles de médecins ridicules, et les faisait rire eux-mêmes. Il était grand, noir et fort laid ; doué d'une excellente mémoire, il nommait, avec une volubilité extraordinaire, les drogues des apothicaires et les instruments de chirurgie. Après avoir joué la farce pendant huit ans, il se retira à Melun, où il exerça la profession de médecin. Ennuyé de son nouvel état, il tomba dans une mélancolie qui l'obligea de revenir à Paris, où il mourut en 1648.

Dulaurier, surnommé *Bruscambille*, était un comédien de l'hôtel de Bourgogne, qui obtint beaucoup de célébrité dans son temps. Il paraît qu'il succéda à Gautier-Garguille dans l'emploi de composer et de débiter les prologues avant l'ouverture de la scène. On trouve dans ces prologues des pièces de vers, un mélange d'érudition et de bouffonneries, et surtout une affectation ridicule pour le style figuré, conforme au mauvais goût du temps ; nul trait concernant les mœurs, les opinions, les usages du siècle ; enfin beaucoup d'obscénités.

Il existait dans le même temps un acteur appelé au théâtre *Jean Farine*, et dont on ignore le véritable nom. Bruscambille, voulant prouver qu'il n'est pas l'auteur d'une pièce satirique intitulée : *Caractère et Mœurs des femmes*, dit au public : « Afin qu'on ne s'y trompe pas, nous avons cru qu'il était de notre » prudence, Jean Farine et moi, de vous faire la lecture de ces copies. »

Jean Farine est souvent mentionné dans divers écrits du temps. Julien de l'Épi, ou *Jodelet*, est un personnage qui figure dans les pièces de Scarron. C'était, suivant les écrivains du temps, un acteur très-comique : il lui suffisait de se présenter sur la scène pour exciter les éclats de rire des spectateurs. Tous ces acteurs, à l'exception de Gros-Guillaume, ne jouaient jamais sans masque; ils paraissaient toujours sur la scène avec le même costume. On accommodait les pièces de théâtre au caractère de chacun d'eux. Leurs portraits en pied ont presque tous été gravés par les habiles artistes du temps, ce qui prouve l'intérêt qu'ils avaient inspiré au public.

Théâtre du marais, situé d'abord rue de la Poterie, hôtel d'Argent. Au commencement du règne de Louis XIII, la troupe de l'hôtel d'Argent se transféra dans la Vieille rue du Temple, au-dessous de l'égout de cette rue, où elle avait loué un jeu de paume. Ce nouveau local reçut alors la dénomination de *Théâtre du Marais*. Il était occupé par une troupe de comédiens italiens, pensionnés du roi. Sous le règne du cardinal de Richelieu, Mondori paraît avoir été le chef de cette troupe. Là brillaient *Arlequin*, *Pantalon*, *Mézetin*, *Trivelin*, *Isabelle*, *Colombine*, le *Docteur*, etc. La troupe italienne eut un acteur distingué par l'originalité de son jeu, son esprit bouffon et sa pantomime, dans la personne de *Tiberio Fiorelli*, dit *Scaramouche*, homme vicieux, qui fut condamné aux galères en Italie pour ses escroqueries, et fort accueilli en France, surtout pendant la minorité de Louis XIV.

Mondori, beau parleur, était ordinairement chargé de l'emploi d'orateur; c'est lui qui composait et débitait les prologues des pièces. Le cardinal de Richelieu le faisait jouer sur le théâtre de son palais. Cet acteur était admiré dans les rôles de héros comme dans les rôles de bouffons. Il ne voulut jamais adopter sur la scène l'usage des grandes perruques, et y figurait les cheveux courts et crépus. Il mettait trop d'ardeur dans son jeu; en jouant le rôle d'Hérode dans la tragédie de *Marianne*, par Tristan, il fut frappé d'apoplexie, et resta paralysé d'une partie de ses membres. Retiré dans une maison de campagne près d'Orléans, il avait entièrement renoncé au théâtre, lorsque le cardinal lui ordonna de venir à Paris pour jouer le principal rôle dans la comédie de *l'Aveugle de Smyrne*, comédie dont ce cardinal était auteur avec l'abbé Desmarets. Ce comédien malade obéit à cet ordre barbare. Il fit des efforts pour remplir le vœu du terrible maître; mais il ne put jouer que dans deux actes de cette pièce. Mondori se retira dans sa maison, comblé de pensions, qu'il tenait de la munificence de Richelieu et de ses courtisans.

La licence des scènes théâtrales devenait intolérable pour un temps où le goût et la politesse faisaient des progrès. Les habitudes grossières du vieux temps se maintenaient, mais elles commençaient à paraître scandaleuses. Les indécences de la scène furent prohibées, mais non entièrement bannies, par des lettres patentes du roi, données le 16 avril 1641. On y fait défense « à tous » comédiens de représenter aucune action malhonnête, d'employer aucune » parole lascive ou à double entente, à peine d'être déclarés infâmes, etc. »

Théâtre du palais-royal. Ce fut pour faire jouer sa tragédie de *Mirame*, que le cardinal de Richelieu fit bâtir ce théâtre contigu à son palais. La représentation lui coûta, dit-on, 2 ou 300,000 écus. Sur ce théâtre, on ne jouait que des tragédies, des tragi-comédies, des comédies héroïques, qu'étaient chargés de composer Pierre Corneille, Rotrou, de L'Estoile, Bois-Robert, Colletet, l'abbé

Desmarets, etc. Le cardinal contribuait, en tout ou en partie, à ces productions dramatiques, et paraissait flatté qu'on les crût son ouvrage.

Montfleuri, acteur le plus renommé de ce théâtre, dont le nom de famille était Zacharie Jacob, fut admis dans la troupe royale en 1636. On attribue sa mort aux efforts qu'il fit en jouant le rôle d'Oreste; car les acteurs qui criaient le plus, qui se donnaient les mouvements les plus violents, étaient sûrs d'obtenir les suffrages de la cour. Il avait le ventre si gros, qu'il portait, pour en soutenir le poids, un cercle de fer à sa ceinture. «Il fait le fier, disait de lui Cyrano de « Bergerac, parce qu'on ne peut le bâtonner tout entier en un jour. » Sur ce théâtre, en 1636, parut la tragédie du *Cid*, qui, en 1639, fut suivie des *Horaces* et de *Cinna*. Ainsi ce théâtre, favorisé par un puissant protecteur, fut presque en même temps le berceau et le char triomphal de la tragédie.

Nous citerons pour mémoire le théâtre d'*Avenet*, situé rue Michel-le-Comte. On y jouait des comédies et des farces. Il ne subsista pas longtemps.

THÉÂTRE DE TABARIN, situé place du Pont-Neuf, du côté de la place Dauphine. Paris, autrefois bien plus qu'aujourd'hui, était le domaine très-productif de toute espèce de charlatans. Je n'entends parler ici que de ceux qui vendaient des remèdes à tous les maux, et qui, par ce seul moyen, vivaient aux dépens de la multitude ignorante et crédule.

Peu de temps avant l'établissement de Tabarin, on voyait dans la cour du Palais, à Paris, sur un théâtre, *il signor Hieronimo*, magnifiquement vêtu, décoré d'une chaîne d'or, et vendant de l'onguent contre la brûlure. Il avait pris à gage un bouffon de l'hôtel de Bourgogne, nommé *Galinette la Galine*, et, en outre, quatre joueurs de violon, lesquels, le premier par ses bouffonneries, les seconds par leur bruit, attiraient les regards et l'attention des passants. Le seigneur Hieronimo se brûlait publiquement les mains avec un flambeau, jusqu'à ce qu'elles fussent couvertes d'ampoules; il se donnait des coups d'épée à travers le corps. Aussitôt il appliquait son baume; et le lendemain il montrait aux nombreux assistants qui se pressaient autour de son théâtre les plaies faites la veille guéries et cicatrisées, et les ravissait en admiration.

Tabarin ne faisait point de pareils tours de force. Il n'était qu'un bouffon gagé par un nommé Mondor, vendeur de baume et d'onguent. Il jouait le rôle d'un niais, et proposait à son maître les questions les plus ridicules, que celui-ci, vêtu en habit de médecin, portant la longue barbe au menton, résolvait gravement en termes de la science. Tabarin, toujours mécontent des solutions de son maître, en donnait d'autres qui paraissaient inspirées par les habitudes contractées dans les lieux de débauche. Alors le maître contrefaisait l'homme courroucé, répondait souvent aux questions et aux solutions ridicules de Tabarin en le qualifiant de *gros âne*, de *maraud*, etc. Tel était le mécanisme des scènes que ce charlatan et son valet jouaient sur leur théâtre, scènes qui, pendant plusieurs années, attirèrent à son théâtre presque toutes les classes des habitants de Paris. Plusieurs écrits attestent la renommée d'un tel spectacle, dont Boileau parle, mais avec mépris.

Le théâtre de Tabarin est figuré sur une vignette de ses œuvres. On y voit représenté le maître, en habit doctoral, la tête couverte d'un bonnet basque, le menton orné d'une longue barbe, et tenant en ses mains des boîtes d'onguent. Il paraît s'adresser à son valet Tabarin, qui, coiffé d'un chapeau d'arlequin, vêtu d'une souquenille et d'un large pantalon, porte à sa ceinture une batte d'arlequin et fléchit les genoux en y portant les deux mains. Son visage est couvert d'un masque. Sur l'arrière-plan est une femme assise, coiffée d'une toque ornée de plumes; devant elle est une grande cassette ouverte, contenant des pots ou boîtes de baume.

ÉTAT PHYSIQUE DE PARIS.

Soixante-neuf maisons religieuses, vingt d'hommes, quarante-neuf de femmes, et quelques autres établissements pieux ou civils, tous composés de grands bâtiments, cours, jardins et enclos, fondés à Paris sous le règne de Louis XIII, devaient y occuper un espace considérable, et faire, pour ainsi dire, déborder les bâtiments de cette ville hors de son enceinte. Une autre cause avait accru la population et le nombre des maisons de Paris. La paix intérieure, depuis si longtemps bannie de Paris, rétablie par Henri IV, ayant ramené l'aisance et la sécurité, une multitude d'habitations nouvelles s'éleva dans cette ville et dans ses faubourgs. On songea aussi à protéger par une enceinte plus vaste une partie des maisons, hôtels, monastères établis dans les faubourgs du nord. .

ACCROISSEMENT DE L'ENCEINTE DE PARIS. En 1626, un nommé Boyer, secrétaire du roi, proposa de faire construire entièrement la partie septentrionale de l'enceinte, mais son projet ne fut pas exécuté.

En 1634, Barbier, intendant des finances, se chargea de faire construire une enceinte qui commencerait à la porte Saint-Denis, suivrait le long des *Fossés-Jaunes* (près la rue Bourbon-Villeneuve), jusqu'à la nouvelle porte Saint-Honoré. Il fut tenu aussi de bâtir deux autres nouvelles portes, l'une au bout du faubourg Montmartre, et l'autre entre ce faubourg et celui de Saint-Honoré; d'abattre les anciens murs, les anciennes portes qui se trouvaient depuis la porte Saint-Denis jusqu'à la porte Neuve; de combler les anciens fossés, où l'eau croupissait, etc. En conséquence, les anciennes portes Montmartre et Saint-Honoré furent démolies et l'on bâtit les boucheries sur leur emplacement. On éleva dans la rue de Richelieu, vers la rue Feydeau, une nouvelle porte qui a subsisté jusqu'en 1701. .

Sur l'emplacement enserré dans cette nouvelle enceinte furent ouvertes, peu de temps après, les rues de Cléry, du Mail, Neuve-Saint-Eustache; celles des Fossés-Montmartre, Saint-Augustin, des Victoires, de Richelieu, Sainte-Anne, des Petits-Champs, etc. La butte Saint-Roch s'élevait au milieu de ces nouvelles constructions, et conservait encore sa hauteur, sa forme agreste et ses moulins à vent. — Outre ce quartier, on en vit alors commencer et se terminer plusieurs autres. L'église de Notre-Dame-de-Bonnes-Nouvelles fut bâtie en 1624; et plusieurs rues construites à l'entour reproduisirent l'ancien village de la *Ville-Neuve*, situé autrefois sur cet emplacement, détruit pendant le siège de Paris. Le *Marais*, quartier dont une grande partie, encore en culture, n'offrait que de vastes enclos, se couvrit aussi de maisons et de rues nouvelles. En 1630, sur l'empla-

HÔTEL DE NEVERS.

cement de la rue Culture-Saint-Gervais, on traça les rues Saint-Anastase, Saint-Gervais ; et, en 1636, celles d'Anjou, de Beaujolais, de Beauce, de Bourgogne, de Bretagne, du Forez, de la Marche, du Perche, etc., furent ouvertes. Henri IV voulut établir au Marais une place d'une grande étendue, qui devait porter le nom de *place de France*, à laquelle auraient abouti huit rues, larges chacune de six toises, bordées de bâtiments uniformes, et désignées toutes par une dénomination géographique. Telle est l'origine des noms de province que portent la plupart des rues de ce quartier. — L'île Saint-Louis fut, sous ce règne, entièrement couverte de maisons, et donna à la ville de Paris un nouveau quartier régulièrement construit.

Dans l'île de la Cité, la rue Sainte-Anne, près du Palais, fut ouverte en 1631 ; la rue Saint-Louis, qui n'existe plus, le fut en 1630. — Au faubourg Saint-Germain, sur l'emplacement du *petit Pré-aux-Clercs*, et sur celui qu'y occupaient l'hôtel et les jardins de la reine Marguerite, on ouvrit la rue des Petits-Augustins et quelques autres. Sur le *grand Pré-aux-Clercs*, la rue Saint-Dominique, autrefois le *Chemin-aux-Vaches*, et les rues de Bourbon, de Verneuil, etc.

Paris fut aussi pendant ce temps orné de vastes édifices, de soixante-neuf maisons religieuses, de trois églises paroissiales, de quelques hôpitaux, du palais du Luxembourg, du Palais-Cardinal ou Royal, de la Sorbonne, du collége Du Plessis, des bâtiments et du Jardin des Plantes, et d'autres établissements, dont j'ai parlé, etc., etc. Cette ville reçut une face nouvelle.

L'aqueduc d'Arcueil porta le bienfait de ses eaux dans les jardins du Luxembourg et dans plusieurs quartiers de l'Université et du faubourg Saint-Germain. — L'hôtel de Nevers figurait avec distinction sur l'emplacement de l'hôtel des Monnaies. Le mur de ses jardins bordait le quai jusqu'à la rue Guénégaud ; et ce quai, dépourvu de parapet, se terminait entre l'hôtel des Monnaies et le collége des Quatre-Nations.

La tour de Nesle, ainsi que la porte de ce nom, située sur la rive gauche de la Seine ; la tour du Bois sur la rive opposée, tour qui s'élevait beaucoup plus haut que le comble de la galerie du Louvre, et la Porte Neuve, qu'elle protégeait, existaient encore. Chacune de ces deux tours, rondes, très-élevées, était accouplée à une seconde tour ronde d'un moindre diamètre, mais dont la hauteur surpassait de plusieurs toises la tour principale. L'ancien Louvre était encore entouré de fossés alimentés par les eaux de la Seine. — La façade de ce palais, du côté de Saint-Germain-l'Auxerrois, conservait encore son ancien caractère. Elle était terminée aux deux angles par deux tours rondes couvertes d'un toit en forme conique. On arrivait à la porte principale par un pont composé d'arches en pierres et d'un pont-levis.

Le jardin des Tuileries était séparé du palais de ce nom par un espace assez considérable et par une rue qui portait le nom de ce jardin. Ce jardin, le Cours-la-Reine, les jardins du Luxembourg, des Plantes et du Palais-Royal étaient, avec le Pré-aux-Clercs, les seules promenades de Paris ; mais tous les Parisiens n'avaient pas le droit d'en jouir.

Le Pont-Neuf était le rendez-vous commun des étrangers, le lieu le plus passant de la ville. On le trouvait constamment couvert d'une foule de curieux, de charlatans qui vendaient de l'onguent et jouaient des farces, de banquistes qui faisaient des tours de gobelets, de marchands de chansons, qui les chantaient, de jeux de marionnettes, de marchands de joujoux, de quincaillerie, de livres, etc. Il présentait des scènes très-variées et un tableau fort animé.

Voilà le beau côté, la face riante et gracieuse de Paris récemment embelli. Examinons cette ville sous une autre face. Les tours de *Nesle* et *du Bois*, la façade du *Louvre* et ses tours rondes, les édifices du *Grand* et du *Petit-Châtelet*, le *Palais* de la Cité, la forteresse du *Temple*, celle de la *Bastille*, la plupart des *tours* et *portes* de l'enceinte de la partie méridionale de Paris, etc., conservaient encore à cette ville les traits prononcés de son ancienne barbarie, un aspect menaçant et féodal.

Si nous parcourons l'intérieur, nous y voyons des rues très-étroites, tortueuses, bordées, de loin en loin, de quelques édifices somptueux ou solides, mais dont les intervalles étaient remplis par des maisons mal bâties, ou plutôt par de pauvres baraques : nous y voyons l'opulence avoisinant beaucoup de misère. L'état des rues n'était pas plus satisfaisant que celui des maisons qui les bordaient : fangeuses, obstruées souvent par des immondices, des fumiers, et inondées d'eaux stagnantes et corrompues, elles blessaient également la vue et l'odorat.

Paris ressemblait assez bien à un homme pauvre et orgueilleux qui porterait des vêtements dorés sur un linge sale et peuplé de vermine.

ÉTAT CIVIL DE PARIS.

Rien ne fut changé dans Paris relativement à l'état civil des habitants; les mêmes désordres régnaient ; et, malgré le grand nombre de magistratures et d'officiers de justice, les attroupements, les vols, les assassinats même, se commettaient en place publique, en plein jour, et presque toujours impunément.

C'est un trait de caractère assez remarquable que des arrêts du parlement, qui, rendus contre les vagabonds armés, pillant, assassinant dans la ville, dans les faubourgs, dans ses environs ; rendus sans cesse contre les insolences et les voies de fait des pages et des laquais, l'étaient toujours inutilement. Le renouvellement continuel du remède prouvait la continuité du mal.

Les seigneurs de la cour donnaient d'ailleurs aux vagabonds, aux voleurs de jour et de nuit, aux pages et aux laquais l'exemple des infractions des ordonnances, et du mépris pour les autorités : j'en rapporterai ailleurs plusieurs preuves. Je me borne, quant à présent, à celle-ci; le baron de Beauveau, accusé de fabriquer de la fausse monnaie, crime dont plusieurs nobles se rendirent coupables au dix-septième siècle, était détenu dans les prisons du Châtelet. Son procès se continuait, lorsque de Vitry, capitaine des gardes du roi, et l'exempt Malleville, accompagnés d'un grand nombre de gens armés et munis de pétards, se présentent pendant la nuit au Châtelet. Ils battent et mettent en fuite les archers, brisent les portes de la prison, en tirent le baron de Beauveau, vont dans la maison du lieutenant de robe-courte, l'insultent, et y commettent plusieurs violences. Le parlement, informé de ces excès, ordonna que

TOUR D^E NESLE.

Publié par Furne à Paris.

les perturbateurs seraient arrêtés et emmenés prisonniers dans la Conciergerie, etc. ; vaine ordonnance ! Le délit dont se plaignait le parlement fut approuvé
par la cour et par le roi lui-même.

Ces faits, et plusieurs autres que je pourrais ajouter, suffisent pour prouver
que la justice était alors à Paris sans force, contrariée dans son action par la
féodalité, et qu'il n'y avait sûreté dans cette ville ni pour les personnes, ni pour
les propriétés.

Les rues n'étaient point encore éclairées pendant la nuit, ou ne l'étaient que
faiblement et dans quelques quartiers. On sait qu'auparavant, et dans les temps
d'alarme seulement, on obligeait les Parisiens à placer, pendant la nuit, des
seaux d'eau à leur porte et des lanternes à leurs fenêtres. Ceux qui parcouraient
nuitamment les rues de Paris portaient avec eux des lanternes dont l'usage ne
fut généralement établi que sous Louis XIV.

ÉTAT CIVIL DES PROTESTANTS. Les éternels ennemis des protestants persistaient
dans le projet de les détruire ; et, ayant échoué dans leurs tentatives d'une seconde Saint-Barthélemi qui devait avoir lieu après l'assassinat de Henri IV, ils
profitèrent du moment où le roi prit les armes contre les ducs de Rohan et de
Soubise, chefs des protestants insurgés dans le Poitou, la Saintonge, etc., pour
essayer d'exterminer ceux qui vivaient paisiblement à Paris.

Le dimanche 26 septembre 1621, le duc de Montbazon, gouverneur de la ville,
informé de ce projet, donna une escorte aux Parisiens qui se rendaient à Charenton pour assister au prêche : les lieutenants civil et criminel, le chevalier du
guet et leurs archers fortifiaient cette escorte. Les protestants n'éprouvèrent
aucun trouble dans leur prêche du matin, mais à leur retour de celui de l'après-
dînée, ils furent assaillis en chemin, près la *Vallée de Fécan*, vers la rue actuelle
de ce nom, par une troupe de vagabonds qui attaquèrent d'abord ceux qui étaient
en carrosse et à cheval. Les protestants qui se trouvaient à pied se réunirent aux
archers de leur escorte, et, pourvus d'armes, ils opposèrent une vigoureuse résistance. Les brigands, découragés, s'occupèrent alors moins à combattre qu'à
insulter et piller ceux qu'ils trouvaient sans armes. Sur leur chemin, ils rencontrèrent plusieurs particuliers qui n'étaient point protestants, et, sous le prétexte
de s'assurer s'ils avaient des chapelets, et s'ils étaient catholiques, ils leur enlevaient leurs bourses.

Cependant les protestants avec leur escorte, après avoir soutenu l'attaque de la
vallée de Fécan, se disposaient à rentrer dans Paris par la porte Saint-Antoine,
lorsqu'ils furent encore assaillis par une nouvelle troupe de brigands apostés près
cette porte. Il fallut livrer un nouveau combat. Les magistrats, le chevalier du
guet et leurs archers firent tous leurs efforts pour contenir la fureur de cette
populace ; mais ils ne purent complétement réussir.

Le prévôt des marchands ordonna, le même soir, à tous les capitaines de la
ville, d'établir des corps de garde dans leurs quartiers respectifs, afin de contenir les séditieux. La nuit fut plus calme. Le lendemain, le parlement rendit
un arrêt qui ordonnait de promptes informations contre les meurtres et les incendies de la veille, avec des défenses, sous peine de la vie, de faire aucune assemblée. Mais, comme si les chefs de la sédition eussent voulu braver le parlement

et tourner ses arrêts en dérision, ils remirent le même jour leurs satellites en
mouvement. Les uns allèrent à Charenton, y pillèrent et ruinèrent sans obstacles deux maisons restées intactes, appartenant à des protestants; d'autres attroupés au faubourg Saint-Marcel se livrèrent à divers excès. Il y eut trois personnes de la religion protestante massacrées, et quelques séditieux tués. Ces
derniers, informés que les protestants, pour éviter la mort, s'étaient réfugiés
dans les bâtiments des Gobelins, s'efforçaient d'en briser les portes. M. de Montbazon, averti de leur dessein, s'y transporta avec des forces, chercha par des
discours à dissiper l'attroupement, et se retira.

A peine fut-il éloigné que les séditieux se livrèrent à de nouvelles violences;
ils se portèrent notamment dans la rue des Postes, où ils pillèrent deux maisons.
Les magistrats, assistés de la force armée, s'y rendirent aussitôt, et surprirent
quatre de ces pillards chargés de hardes qu'ils avaient enlevées. Deux de ces
voleurs furent, le lendemain, pendus en place de Grève avec des écriteaux portant ces mots : *Séditieux faiseurs d'émotions.* Les deux autres furent, le même
jour, flétris et fouettés, la corde au cou, et bannis pour neuf ans. Ces exécutions
étouffèrent momentanément la sédition; et les chefs ajournèrent leurs projets.
A la place du temple ruiné, on en fit construire un nouveau en 1623 plus vaste
et plus magnifique, sur les desseins de Jacques de Brosses.

On voit par le récit de ce mouvement que l'autorité publique n'avait pas la
force de prévenir une sédition, quoique le projet lui en fût connu; qu'elle n'a-
vait pas celle d'en arrêter les progrès; enfin qu'elle ne pouvait, tout au plus,
qu'en tempérer la violence.

CHAMBRE DE JUSTICE. C'est ici le lieu de placer une notice sur la chambre de
justice établie à l'Arsenal, tribunal de sang, institué par le cardinal de Richelieu
pour répandre l'effroi dans l'âme de ses ennemis, et donner quelques couleurs
légales aux assassinats que son ambition méditait. Pour n'effaroucher personne
sur l'établissement de ce tribunal extraordinaire, ce cardinal déclara d'abord
qu'il n'aurait pour unique attribution que le crime de *fausse monnaie*, et ensuite
qu'il jugerait *plusieurs autres crimes.*

On commença par faire le procès à quelques faux monnayeurs; et, au sujet
d'un gentilhomme nommé Henri de Grèce, sieur de Vaugrenier, accusé de ce
crime, il s'éleva entre la nouvelle chambre et le parlement une querelle assez
vive. Le parlement avait déjà commencé la procédure, et l'accusé était dans les
prisons de la Conciergerie. Néanmoins la chambre de l'Arsenal ordonna que les
pièces du procès, ainsi que l'accusé, lui seraient délivrés. Le parlement s'opposa à l'exécution de cette ordonnance, et, le 18 novembre 1631, défendit aux
greffiers, huissiers, sergents, concierges, d'y obtempérer. Alors la chambre de
l'Arsenal, voyant son ordonnance méprisée, voulut faire arrêter le greffier du
bailliage du Palais, et fit emprisonner à la Bastille le lieutenant-général de ce
bailliage. L'avocat du roi Bignon s'éleva vivement contre ces formes violentes
et extraordinaires, déclama contre la chambre de l'Arsenal, se plaignit notamment de ce que cette chambre, ayant condamné deux faux monnayeurs à mort,
les avait fait exécuter en place de Grève *pendant la nuit.* Il demanda qu'il fût
fait contre ces expéditions nocturnes des remontrances au roi. Le parlement dé-

cida que les remontrances seraient faites. Voilà la guerre allumée entre le parlement et le bailliage du Palais, d'une part, et le conseil du roi et la chambre de l'Arsenal, d'une autre part : guerre démonstrative des vices du gouvernement, de la faiblesse de ses institutions et du peu de garantie qu'elles offraient à la sécurité des citoyens.

Le conseil du roi n'attendit pas que le parlement vînt faire ses remontrances. Le 31 décembre 1631, il annula tout ce qu'avait fait cette cour contre la chambre de l'Arsenal; de plus, il ordonna au parlement de se rendre auprès du roi, qui alors était en Champagne. La députation du parlement fut obligée de s'y rendre. Louis XIII recevait facilement les impressions de ceux qui le maîtrisaient, et secondait très-bien, par sa colère et la rudesse de ses paroles, les passions de Richelieu. Il fit longtemps attendre son audience, et reçut avec beaucoup d'humeur cette députation, qui s'en revint sans avoir rien obtenu.

Les membres de la chambre de l'Arsenal purent alors, sans craindre le moindre obstacle, servir les vengeances du cardinal de Richelieu, et remplir l'indigne fonction de condamnateur. Les prisons se remplirent de victimes destinées à l'échafaud. La place de Grève et le carrefour de Saint-Paul furent illustrés par le nombre, la qualité, et souvent par l'innocence de ceux qui y perdirent la vie ou qui y furent exécutés en effigie.

La chambre de l'Arsenal subsista jusqu'à la mort de son fondateur, le cardinal de Richelieu. Il y eut en outre dans diverses villes des commissions spéciales créées pour juger de pareils coupables. On connaît les exploits de celles d'Amiens, de Lyon et de Toulouse, etc. Le cardinal de Richelieu établit de plus une *Chambre souveraine* à Rueil, village situé à trois lieues de Paris, dans le château même qu'il habitait, pour y juger le maréchal de Marillac et autres.

CHAMBRE DU DOMAINE. Par lettres patentes du 26 septembre 1631, le cardinal institua une *Chambre du domaine,* chargée de confisquer et de réunir au domaine du roi les terres et biens meubles appartenant aux condamnés qui suivaient le parti de la reine, mère de Louis XIII, et de Gaston, frère de ce roi. Elle fut permanente jusqu'à la mort de Richelieu.

A ce tableau de l'état civil de Paris ajoutons un changement remarquable qui eut lieu, sous le même règne, dans le clergé de cette ville. Ce clergé était présidé par un évêque qui, depuis les premiers établissements du christianisme dans la Gaule, dépendait de l'archevêque de Sens. Les événements politiques avaient donné à Paris une grande supériorité sur sa métropole ecclésiastique; on désirait, depuis longtemps, que l'évêché de la capitale du royaume fût distrait de la dépendance du prélat de la petite ville de Sens, et fût érigé en archevêché. Henri de Gondy, cardinal de Retz, évêque de Paris, mourut le 13 août 1622; quelques mois auparavant était mort l'archevêque de Sens. Cette conjoncture leva beaucoup de difficultés, et l'on viola sans hésitation l'antique limitation des diocèses et des juridictions ecclésiastiques. Paris fut érigé en archevêché par une bulle du 20 octobre 1622, confirmée par lettres patentes du roi, du mois de février 1623, et enregistrée au parlement le 8 août suivant. On lui adjoignit pour suffragants les évêchés de Chartres, de Meaux et d'Orléans, que l'on démembra de l'archevêché de Sens. Jean-François de Gondy, doyen de

Notre-Dame, coadjuteur et frère du dernier évêque de Paris, en fut le premier archevêque.

TABLEAU MORAL DE PARIS.

Le gouvernement français, né de la barbarie, conservait encore presque toutes les imperfections de sa malheureuse origine : la jeunesse de Louis XIII, la faiblesse de son caractère, même dans l'âge viril, son incapacité, celle de sa mère régente, ouvrirent la carrière aux excès de la féodalité et à toutes les ambitions. Le mal, partant du centre du gouvernement, et s'étendant jusqu'aux extrémités du pouvoir, jusqu'aux dernières administrations, ne perdait rien par cet éloignement, et semblait en acquérir plus d'énergie : il pénétrait partout.

L'administration de la justice, faible et mal constituée, accessible à la corruption et à tous les abus, tentait de réparer d'une main les désordres qu'elle faisait naître de l'autre; elle voulait contenir les excès résultant de la forme vicieuse du gouvernement, et l'on a vu, dans la section précédente, la preuve de son impuissance. Une législation vague, incertaine, laissant un champ vaste à l'arbitraire; et, à la faveur des formes compliquées, innombrables, de la procédure, la chicane et la mauvaise foi pouvaient manœuvrer sans péril.

L'organisation des finances était plus embarrassée et plus vicieuse encore : elle semblait formée exprès pour protéger les supercheries, les rapines, les dilapidations. De nombreuses et vives réclamations s'élevèrent, dans les années 1614 et 1615, pendant la session des états généraux tenus à Paris; d'énormes abus furent dévoilés. Le gouvernement vit la grandeur du mal; mais il ne savait ou ne pouvait y appliquer le remède. Les édits bursaux, ou lois de finances, ressource ordinaire contre les besoins dévorants de la cour, avaient amené la vénalité des magistratures, des emplois, des dignités, etc., etc.: ces édits accueillaient les richesses et repoussaient le mérite. — Par le régime féodal, le hasard de la naissance tenait lieu de talents, de génie et de vertu. Dépourvu de ces qualités, le noble n'en était pas moins honoré; doué de ces qualités, le roturier n'en était pas moins avili. Telles sont les principales causes de la corruption générale; je vais décrire quelques-uns de leurs effets.

Le règne de Louis XIII se divise en deux parties distinctes : la première offre onze années de basses intrigues, de querelles, d'envahissements d'autorité, de guerres civiles et d'anarchie; la seconde est signalée par dix-huit ans de la tyrannie d'un homme tourmenté par l'ambition la plus effrénée, dévoré par une soif inextinguible du pouvoir, et qui, pour les satifaire, s'abandonna aux manœuvres les plus audacieuses et les plus criminelles.

Il ne peut y avoir de bonnes mœurs, il ne peut y avoir qu'une grande corruption dans un État où les hommes puissants peuvent impunément, et sans cesser d'être honorés, attenter aux personnes, aux propriétés et à la tranquillité publique; dans un État où l'or et la naissance préservent de l'infamie ou de l'échafaud, où ce métal est préféré aux talents et aux vertus. C'est ce que l'on voit sous le règne de Louis XIII.

Les princes et seigneurs étaient soumis aux règles d'un *honneur* fort étrange. Ils pouvaient manquer à leur parole, violer leurs serments, se livrer aux intrigues les plus abjectes et se souiller de crimes, et cet honneur invulnérable n'en recevait aucune atteinte; mais le reproche de ces actions viles, mais un mot échappé sans dessein, une vérité présentée sans ménagement, la faute la plus légère même involontairement commise contre les importantes lois de l'étiquette, du cérémonial, des préséances, blessaient gravement cet honneur, devenaient des attentats irrémissibles : tout alors était permis, tous les excès étaient des devoirs, et la vengeance devenait une vertu. Cependant les amis s'entremettaient souvent pour arrêter les mouvements de cet *honneur* outragé, et parvenaient facilement à réconcilier des hommes qui, quelques moments auparavant, juraient de s'arracher réciproquement la vie. L'accommodement, aussi misérable que la querelle, s'opérait par des scènes préparées et même écrites que l'on faisait jouer aux deux antagonistes, et où chacun d'eux récitait des formules de compliments et de protestations d'amitié et de service qu'on leur avait dictées. C'est ce qu'on nommait *satisfaction*. Alors cet honneur si farouche était satisfait.

Ce gouvernement, ne pouvant compter sur l'obéissance des princes et seigneurs, tremblant de les voir en état de rébellion, achetait à grand prix cette obéissance; la reine acheta celle des Guises en augmentant leurs pensions, qu'elle porta jusqu'à cent mille livres, et en donnant au duc de ce nom une somme de deux cent mille écus pour payer ses dettes. Le prince de Condé vendit sa soumission à la reine pour la somme de 100,000 francs, l'hôtel de Gondy et quelques places qui lui furent données. Les autres princes ne manquaient pas de les imiter; mais souvent, après en avoir reçu le prix, ils retiraient la marchandise, et l'histoire de ce temps fourmille de ces bassesses et de ces perfidies. — Ces princes et seigneurs ne se bornaient pas à troubler l'État par leurs viles passions, à envahir les emplois et les finances, à donner au peuple de nombreux exemples de mauvaise foi et d'immoralité; ils propageaient les erreurs les plus stupides ; car, en matière de croyance, les habitants des cours n'étaient alors guère plus avancés que ne le sont les femmes de village.

Le public, en matière de croyance, imitait la cour. En 1615, au mois de mars, le diable étrangla deux magiciens à Paris : l'un, appelé *César*, faisait tomber à sa volonté la grêle et le tonnerre, avait un esprit familier et un chien qui portait ses lettres et lui en rapportait les réponses. Il fit une image de cire pour faire mourir en langueur un certain gentilhomme. Il composait des philtres pour que les jeunes gens fussent aimés des jeunes filles, allait au sabbat, et se vantait d'y avoir obtenu les faveurs d'une grande dame de la cour. Il était prisonnier à la Bastille lorsque, le 11 mars 1613, le diable vint avec un grand bruit l'étrangler dans son lit. Ce qui est plus certain, c'est qu'il faisait métier de montrer le diable aux dupes qui payaient pour le voir.

L'autre, qu'on ne nomme pas, était un Florentin appelé *Ruggieri*, abbé de Saint-Mahé, empoisonneur, qui demeurait chez un maréchal de France, et qui, quatre jours après la mort de César, fut, dit-on, assailli par le diable avec un tintamarre effroyable, et étranglé pendant la nuit. — En 1634, la chambre de justice, siégeant à l'Arsenal, condamna *Adrien Bouchard,* prêtre, et *Nicolas Gar-gan,* à être pendus, parce qu'on avait trouvé chez eux deux livres de magie écrits sur du parchemin, une étole noire et un petit calice d'étain. Il n'était sorte de profanations, de sacriléges et d'impiétés qu'ils n'eussent employés, dit-on, pour faire périr par sortilége le cardinal de Richelieu.

Quelles personnes à la cour n'étaient pas persuadées que le curé de Loudun, *Urbain Grandier,* était un magicien; qu'il avait logé des diables dans les corps des religieuses ursulines de cette ville; que Léviathan, chef de cinquante démons, était, par la vertu des exorcismes, sorti du corps d'une de ces filles; que le diable Balaam, par la même vertu, avait abandonné le corps de la mère prieure de ce couvent; enfin, que le diable avait écrit une lettre à Urbain Grandier, *datée de son cabinet en Enfer?* La cour et les gens stupides y croyaient. Les agents du cardinal qui le condamnèrent n'y croyaient pas, et voulaient y faire croire; les gens instruits n'y croyaient pas, et s'indignaient de voir jouer une farce aussi ridicule, aussi insultante à la raison, à la vérité, et dont le dénoûment fut horrible.

Si les erreurs et les superstitions de la barbarie se maintinrent pendant le règne de Louis XIII; si les désordres de la féodalité troublèrent la cour et désolèrent la France; si les princes s'arrachèrent les lambeaux de l'autorité et les restes de la fortune publique, il faut en accuser les vices du gouvernement.

Richelieu parut, et, s'étant rendu maître de tous les pouvoirs, il imposa silence à tous ceux qui y prétendaient, les frappa sans ménagement, paralysa toutes les petites ambitions, pour mieux faire prospérer la sienne, et, sur les ruines de l'anarchie féodale, fonda son despotisme absolu. Si la féodalité cessa d'agir alors contre le roi, elle conserva toute son activité contre le peuple; il eut le même fardeau, et un fardeau plus lourd à supporter. Pour envahir l'autorité suprême, à combien d'intrigues, d'impostures et de manœuvres immorales n'a-t-il pas dû se livrer, et, pour se maintenir dans ce haut degré de puissance, que d'iniquités n'a-t-il pas dû commettre? Les plus grands crimes, lorsqu'il les jugeait nécessaires, n'arrêtaient point sa marche ambitieuse. La violence, la perfidie, la corruption, toutes les ressources du machiavélisme, étaient les instruments familiers qu'il savait manier avec habileté. Après l'exil, les prisons et les échafauds, l'espionnage était un de ses puissants moyens. Cet art, si utile aux tyrans, si funeste à la morale publique, fut, par ce cardinal, porté à un degré de perfection auquel, en France, il n'avait jamais atteint. La terreur chez les uns, l'espoir d'un salaire chez les autres, lui procuraient des satellites : ducs, valets, maréchaux de France, soldats, moines, épouses, maitresses, confesseurs, il était parvenu à tout corrompre; tous, pour le servir, s'obligeaient à trahir leurs devoirs, leurs semblables et leur conscience.

Tous ceux qui connaissent l'histoire de ces temps sont convaincus que les confesseurs de la cour servaient non-seulement d'espions au cardinal de Richelieu, mais qu'ils étaient les instruments le plus ordinairement employés par ce cardinal pour diriger les opinions des personnes éminentes. Les jésuites étaient, depuis Henri IV, en possession de diriger les consciences royales. Un auteur du temps trouve très-bon que Louis XIII ait les jésuites pour espions; mais il dé-

sire que le roi ne leur confie pas ses secrets. Voilà les jésuites confesseurs à la
cour, les pères Arnoux et Sigueran, érigés en mouchards; mais ils n'étaient pas
seuls, et les mémoires de cette époque attestent que tout l'entourage de Richelieu, gentilshommes, seigneurs, bouffons, moines, prêtres et valets, étaient plus
ou moins entachés de cette turpitude.

A ces actes de tyrannie, à cette institution corruptrice de la morale, le cardinal de Richelieu joignait des habitudes très-peu exemplaires. Il ne rougit pas
d'imiter, au dix-septième siècle, les vices des prélats des temps barbares. Comme
eux il posséda une grande quantité de bénéfices; comme eux il négligea les affaires spirituelles, pour se livrer tout entier aux temporelles; comme eux il
étala un luxe et une magnificence opposés à l'esprit de la religion dont il était
ministre; comme eux il versa le sang et tyrannisa le peuple; comme eux il eut
des maîtresses, des bourreaux, et comme eux enfin il prit le casque et l'épée, et
se montra à la tête des armées. Son exemple eut des imitateurs : on vit de son
temps des moines, des prêtres, des évêques, des cardinaux, joindre à leur profession celle de militaire, et se livrer aux dissolutions des camps.

Dans un écrit qui parut sous le règne de Louis XIII, l'auteur passe en revue
la plupart des professions de cette ville, et reproche à chacune les vices qui lui
sont propres. Dans le même ouvrage, un interlocuteur joint un correctif à ce
que cette censure peut avoir d'exagéré, et justifie, tant bien que mal, ces diverses professions. Je vais, sans rien altérer au sens de cette espèce de plaidoirie contradictoire, rapporter alternativement l'accusation et la défense, et mettre
les lecteurs en état de juger.

L'auteur commence par les ecclésiastiques, se plaint de leur ignorance, de
leur vaine présomption. «Combien en voyez-vous, dit-il, qui s'amuseront plutôt
» à voir des bagatelles, folies, farces, etc., que d'employer un quart d'heure par
» jour à lire quelques bons livres qui pourraient porter profit à eux et au public!

« Vous en verrez d'autres qui marcheront en habits de soldats, d'autres en
» habits de courtisans, d'autres sans tonsure, la barbe à la mode, la perruque
» en tête. » Il parle ensuite de ces ecclésiastiques qui sont comblés de béné-
» fices, tandis que tant de pauvres prêtres demandent l'aumône. Il ajoute que,
lorsqu'on se plaint à ces riches prêtres de la surabondance de leurs bénéfices,
et de ce qu'ils frustrent ceux qui devraient en posséder, ils répondent : *C'est
pour mon neveu*, n'osant dire *pour mon fils*.

L'auteur parle ensuite des juges. «Vous les verrez quelquefois condamner
» quelqu'un, soit à la mort, soit à quelques autres peines, mais pour de l'ar-
» gent : si vous trouvez quelque voleur insigne ou un meurtrier dans votre
» maison, et que vous le fassiez conduire en prison, il vous en coûtera de l'ar-
» gent. Si vous demandez justice, on vous demandera si vous vous portez partie.
» Si vous dites non, on délivrera le coupable. Si vous dites oui, on s'informera
» si vous avez de quoi payer les frais de la procédure, et l'on condamnera le
» pauvre misérable à être flagellé devant votre porte, ou aux galères. » Qu'un
homme soit accusé à faux ou pour un léger délit, et qu'il le soit par un ami
du juge, alors, sans aucun délai, il est condamné à mort. « Ainsi, dit l'auteur,
on pend les petits larrons, et les gros demeurent en vogue. »

L'interlocuteur bénévole ne désavoue aucun de ces faits; mais il dit qu'il se trouve en France, et notamment à Paris, des juges fort pieux et équitables; que s'il en est qui font durer les procès, c'est qu'il leur faut du temps pour découvrir la vérité; que s'ils condamnent les coupables à de légères peines, c'est par compassion, comme l'on « fait, dit-il, à la cour du parlement, qui est plus » douce et plus clémente que celle du Châtelet. Si les juges sont corrompus, » ce n'est point par amis ou par argent, mais par une punition de Dieu. »

L'auteur parle ensuite des avocats et des procureurs, qui font durer les procès pendant deux ou trois ans et bien davantage, et qui n'agissent pour les plaideurs qu'autant qu'ils en reçoivent des présents. — L'interlocuteur assure qu'il existe des avocats et des procureurs très-hommes de bien; que, s'ils traînent les procès en longueur, c'est que la matière en est difficile. — L'auteur accuse les notaires de faire de faux contrats, de ne point y insérer les formalités nécessaires, et de travailler le dimanche. — L'interlocuteur, pour toute réponse, dit que, si les notaires travaillent le dimanche, c'est qu'ils y sont obligés pour des affaires pressantes, et ne les justifie point du crime de fausseté. — L'auteur accuse les sergents de courir partout pour trouver des coupables. S'ils prennent des voleurs, ils les relâchent aussitôt que ceux-ci leur donnent quelque argent. Ils vont dans de mauvais lieux, et font semblant de mener au Châtelet ceux qu'ils y trouvent; mais si les hommes arrêtés leur donnent en chemin *la pièce,* ils les laissent en liberté : « Ce qui est, dit-il, cause » de beaucoup de maux qui se commettent dans la ville, où la police est cor- » rompue, etc. »

L'interlocuteur convient que les commissaires et sergents lâchent quelquefois les malfaiteurs qu'ils ont pris, et dit qu'ils ne le font point pour de l'argent, mais parce qu'ils reconnaissent qu'ils ont saisi l'innocent pour le coupable, ou le plus blessé pour le moins blessé : dans le premier cas, ils font acte de justice; dans le second, acte d'humanité.

L'auteur passe aux marchands de Paris. Ils se damnent pour un liard, dit-il, gagnent sur leurs marchandises le double de ce qu'elles leur ont coûté, en vendent de mauvaises, en jurant Dieu et Diable qu'elles sont excellentes. Il en est qui, pour attirer les chalands, permettent, comme cela se fait au Palais, aux passants d'entrer dans leurs boutiques, et pour « peu de chose, et quelquefois » pour rien, leur laissent la liberté de parler à leurs femmes, de leur dire des » choses lascives, avec attouchements et regards..., le tout pour vendre une » douzaine d'aiguillettes de soie, un collet à la mode, une bourse d'enfant, une » dragme ou deux de parfum pour la perruque, ou bien pour une petite épée » de bois à mettre au côté d'un enfant; ainsi pour peu de chose. »

L'interlocuteur répond à ces reproches que les marchands ne peuvent pas se damner pour un liard; que, lorsqu'ils jurent que leur marchandise est bonne, c'est qu'ils la croient telle. Quant aux marchands du Palais, qui permettent aux acheteurs de caresser leurs femmes, il les justifie en disant que ces prétendus acheteurs sont peut-être les parents de la marchande, ou ses amis, qui lui parlent d'affaire ou de piété. Quant aux attouchements, *cela se fait,* dit-il, *quelquefois par jeu, et non par mal.* Il justifie les autres reproches par des raisons aussi péremptoires.

Les médecins et chirurgiens ont leur tour ; et l'auteur les accuse de ne pas connaître l'effet des remèdes qu'ils ordonnent, de faire des expériences sur les malades, de ne point visiter ceux qui sont hors d'état de les payer, de prolonger les maladies pour tirer plus d'argent de leurs clients, etc. L'interlocuteur répond que les médecins sont savants ; mais qu'il en est qui, n'ayant acquis leur science que depuis peu de temps, agissent avec hésitation. S'ils refusent d'aller visiter les malades pauvres, c'est que ces pauvres sont sujets à des maladies qui ne peuvent être soignées que par les malades eux-mêmes.

L'auteur se plaint vivement de la conduite des tuteurs et curateurs envers leurs pupilles. Ils achètent des biens de toute espèce aux dépens des orphelins dont ils administrent les propriétés, tandis que ces malheureux enfants manquent des choses les plus nécessaires : les tuteurs leur refusent tout, les nourrissent à peine, ne leur donnent aucune éducation, et ne leur font pas même apprendre à lire. L'interlocuteur ne nie point qu'il existe des tuteurs qui se conduisent d'une manière aussi criminelle ; mais il dit qu'ils sont rares, et ajoute qu'il s'en trouve qui remplissent tous leurs devoirs.

Ici se termine ce tableau des mœurs parisiennes sous le règne de Louis XIII, tableau tracé par une personne, corrigé bien ou mal, adouci ou approuvé par une autre. Rien n'est ici exagéré : on pourrait même reprocher à l'auteur de cet écrit d'avoir glissé légèrement sur certains désordres, peu choquants pour lui, parce qu'il y était habitué. La prostitution dominait, et l'exemple des *grands* y entraînait non-seulement les dernières classes de la société, mais encore cette classe moyenne qui se distingue ordinairement des autres par une plus grande régularité de mœurs. Les bourgeoises, marchandes, femmes de procureurs et d'avocats ne rougissaient pas d'une infamie qui entretenait leur luxe et leur orgueil.

Les vols, les assassinats, très-multipliés, se commettaient non-seulement la nuit, mais aussi en plein jour, dans les lieux les plus fréquentés de Paris, à la vue de la multitude qui ne s'en étonnait pas.—On distinguait deux principales espèces de voleurs : les *coupe-bourses* et les *tire-laines*. Les premiers coupaient avec adresse les cordons de bourse que les hommes et les femmes continuaient de porter pendue à leur ceinture. Les *tire-laines*, ou *tireurs-de-laines*, arrachaient violemment le manteau de dessus les épaules de celui qui le portait. Le Pont-Neuf était le théâtre le plus ordinaire de pareils exploits, le lieu que ces filous trouvaient le plus convenable à l'exercice de leurs talents.

Le règne de Louis XIII est encore caractérisé par la faveur qu'obtinrent les *rodomonts*, les *fanfarons*, les *bravaches*, les *spadassins*, les *duellistes,* et surtout ceux qu'on nommait à la cour les *raffinés d'honneur.*

Les écrivains du temps nous peignent les nobles, la tête ombragée d'un volumineux panache, et portant le manteau de velours et de taffetas, les bottes blanches et garnies d'éperons, la longue épée au côté, relevant sans cesse leurs moustaches avec deux doigts ou avec une baguette qu'ils tenaient à la main, effilant leur barbe, qu'ils portaient alors fort pointue ; battant le pavé, faisant tapage dans les brelans, dans les tavernes et dans les lieux de débauche : n'ouvrant la bouche que pour blasphémer, et pour vanter leur naissance et

leurs prétendus exploits. Les duellistes étaient nombreux à Paris, et acqué-
raient d'autant plus d'honneur qu'ils avaient fait périr un plus grand nombre
d'individus. Le sujet de leur conversation du jour était la quantité des
hommes tués la veille. Ils ne s'entretenaient, ils ne se glorifiaient que de
meurtres. — Les *raffinés d'honneur* se composaient de nobles qui surpassaient
en irritabilité la femme la plus difficile. « Un clin d'œil, un salut fait par acquit,
» une froideur, un manteau qui touchoit le leur suffisoit pour qu'ils appe-
» lassent au combat et s'exposassent à tuer celui dont ils se prétendoient offen-
» sés, ou à être tué par lui. Quelquefois ces *raffinés d'honneur* appeloient en
» duel un homme qu'ils ne connoissoient pas, et qu'ils prenoient pour un autre;
» et quoique l'erreur fût reconnue, ils ne laissoient pas que de se battre et de
» s'entre-tuer comme des ennemis. » — A la cour de Louis XIII, les plus distingués *raffinés d'honneur* étaient Balagny, qui fut tué en duel en 1613 ; Pompignan,
Végole, le cadet de Suze, Monglas, Villemore, La Fontaine, le baron de Mont-
morin, Pétris, etc., tous morts sans utilité comme sans gloire, et *dont l'histoire,*
dit d'Aubigné, *ne parlera jamais qu'avec mépris.*

C'est au règne de Louis XIII que nous devons les *petits-maîtres*, le mauvais
goût du style burlesque et du style précieux, enflé et pédantesque ; que nous
devons l'usage plus fréquent de priser et de fumer du *tabac;* l'usage des *vertu-
galles, vertugardins (vertugardiens)* ou *vasquines*, espèce de vêtement de femme
qui rendait les deux tiers de leur stature semblable à un tonneau défoncé. Les
jupes, enflées par des cerceaux, formaient un cylindre qui cachait la taille et les
suites apparentes de l'incontinence des dames. Aussi ce vêtement était-il nommé
en plusieurs lieux *cache-bâtards.* A cette mode ridicule snccédèrent les paniers,
qui n'étaient pas de meilleur goût.

La presse, qui, sous Henri IV et dans les onze premières années de Louis XIII,
jouissait d'une assez grande liberté, fut entièrement asservie par le cardinal de
Richelieu. Il prit à ses gages des écrivains qu'il chargeait de prôner ses opérations politiques et sa personne. *La Gazette*, qui commença à paraître de son
temps, ne s'écrivait que sous sa dictée. Il voulut commander à l'opinion comme
il commandait à une grande partie de l'Europe.

Richelieu, sans le vouloir peut-être, hâta la marche des connaissances humaines. Il fonda l'Académie française, dans l'unique dessein, à ce qu'on a dit,
de faire critiquer par ses membres la tragédie du *Cid*. La critique et la discussion en matière de goût s'établirent pour la première fois. On commença à
mieux étudier la belle antiquité et à donner des règles à la langue. Ce cardinal
faisait de mauvaises tragédies ; mais il éleva à Paris un théâtre, le plus magnifique qu'on eût encore vu, et il inspira le goût de la scène tragique.

Ajoutons que, pour la première fois depuis l'origine de la monarchie, on vit
à Paris des ouvrages périodiques. *Le Mercure français*, dont, à partir de 1611, il
paraissait un volume chaque année, contenait le récit des événements publics,
les actes du gouvernement et plusieurs pièces historiques relatives à l'état de
l'Europe. Les auteurs du *Mercure*, encouragés par le succès, conçurent le projet
d'établir un *bureau d'adresses*, ou dépôt de divers objets de marchandises à
échanger ou à vendre, et de faire imprimer et publier l'annonce de ces objets.

Ce projet fut mis à exécution en 1630. Dans la suite, ils imaginèrent de joindre à ces annonces des nouvelles politiques : et pour la première fois, en 1637, ils mirent au jour une feuille périodique, sous le titre de *Gazette*, qui paraissait chaque semaine, et dont la feuille ne coûtait que deux liards. Ce second ouvrage périodique, qui paraissait à des époques très-rapprochées, et qui fut l'origine de la *Gazette de France*, dut contribuer beaucoup, malgré sa sécheresse, malgré l'influence qu'exerçait le cardinal de Richelieu sur sa rédaction, à propager les lumières.

L'industrie participa à ce mouvement progressif. En 1514, François Micaire, maître sellier, et Jean de Saint-Blunon, menuisier, obtinrent la permission de mettre en usage une invention dont l'objet était de construire des carosses plus commodes que ceux dont on se servait alors. Denis de Foligny, d'après ses propositions, fut autorisé, en 1632, à rendre navigables plusieurs rivières qui ne l'étaient pas, telles que celles d'Eure, de Velle, de Chartres, d'Étampes, etc. — Dans la même année, on réforma l'art de l'*écriture*, qui n'avait d'autre règle que le caprice. Louis Barbedor, syndic des écrivains de Paris, et le nommé Le Bé, fixèrent, par des exemplaires, le premier la forme des lettres françaises, et le second celle des lettres italiennes. Ces exemplaires, déposés au greffe du parlement, furent gravés et publiés au profit de la communauté des écrivains. — Dans la même année aussi on imagina de tirer parti des pauvres valides, en établissant à Paris des *ateliers de charité*. — Le 19 février 1635, le parlement vérifia les lettres patentes qui permettent à Jean Boudet, natif d'Agen, de fabriquer des tapisseries d'après un procédé de son invention, et d'en diriger les travaux. — Louis Cellier et Louis Deschamps, habitants de la ville de Grenoble, obtiennent, le 3 février 1642, la permission de fabriquer et de vendre *des lampes en forme de chandelles*, éclairant dans tous les sens, et consommant une moindre quantité d'huile.

Ce mouvement des esprits, cette tendance au perfectionnement, eurent dans la suite bien plus de rapidité et d'énergie, comme on le verra dans la période prochaine.

PARIS SOUS LOUIS XIV.

L'HOMME AU MASQUE DE FER. — GUERRE DE LA FRONDE. — CARACTÈRE DE LOUIS XIV.

Louis XIV naquit à Saint-Germain-en-Laye, le 5 septembre 1638, et reçut le surnom de *Dieu-donné* ou *donné par Dieu*. Cette dénomination suppose une naissance extraordinaire. Ce prince naquit avec deux dents. Cette dentition a fait soupçonner que l'époque assignée publiquement à sa naissance n'était pas la véritable : on a fortifié ces soupçons par d'autres faits.

Anne d'Autriche, sa mère, resta stérile pendant vingt-trois ans, ou plutôt ne mit au jour aucun enfant reconnu. Louis XIII, qui la détestait à cause de ses galanteries, vivait constamment éloigné d'elle. Il est probable que la reine, sentant la nécessité de donner un successeur au trône ou de légitimer une grossesse illégitime, pria mademoiselle de La Fayette, qui exerçait une grande influence sur l'esprit faible et borné de son royal époux, de l'engager à une réconciliation, et à venir partager son lit, et que ce roi, facile à persuader, se laissa conduire dans le lit conjugal. Bientôt après, la reine fut déclarée enceinte : cette déclaration fit naître des fêtes, des *Te Deum ;* et, le 5 septembre 1638, la reine accoucha d'un fils, nommé depuis Louis XIV.

Voilà l'explication la plus vraisemblable qu'on puisse donner au rapprochement des deux époux ; mais cette explication laisse toujours subsister des doutes sur la filiation de Louis XIV. Sa mère, très-galante, put-elle garder pendant vingt-trois ans une exacte fidélité à un époux qui la fuyait et qu'elle n'aimait pas ? Les mémoires du temps ne permettent guère d'attribuer à cette reine une continence aussi persévérante. Dans le procès instruit contre le comte de Chalais, qui fut décapité, on voit qu'Anne d'Autriche voulait détrôner Louis XIII, faire déclarer son mariage nul, sous prétexte d'impuissance, et faire enfermer ce roi dans un cloître, et que son frère Gaston, duc d'Orléans, devait monter sur le trône de France en épousant cette reine. Le cardinal de Richelieu arrêta l'exécution de ce projet.

Gaston n'était pas le seul amant de cette reine, et l'on suppose qu'avant de mettre au jour Louis XIV elle avait donné le jour à un autre enfant mâle, qui devint ce personnage mystérieux, ce prisonnier désigné sous le nom de *l'Homme au masque de fer*.

Si l'on rapproche toutes les notions recueillies sur cet homme mystérieux ; si l'on considère les soins extrêmes que prit Louis XIV pour dérober au public la condition de ce prisonnier et les traits de son visage, on jugera que si son état eût été connu, il eût pu troubler la France et la sécurité de celui qui exerçait le pouvoir suprême.

Si l'on s'en rapporte aux mémoires du duc de Richelieu, ce prisonnier était fils de Louis XIII, et le frère jumeau de Louis XIV ; tous deux naquirent le même jour, le 5 septembre 1638, l'un à midi et l'autre quelques heures plus tard. Ce dernier fut celui dont le roi et ses conseillers résolurent de cacher la naissance. On le confia à une dame nommée *Péronnette*, chargée de sa nourriture ; elle eut ordre de le dire bâtard d'un grand seigneur. Cet enfant, avançant en âge, fut, par le cardinal Mazarin, remis à un gentilhomme dont on ignore le nom. Celui-ci lui donna une éducation très-soignée. Arrivé à l'âge de dix-neuf ans, ce jeune homme, inquiet sur l'état de son père, faisait de fréquentes questions à son gouverneur, qui refusait constamment de satisfaire sa curiosité. Il avait atteint l'âge de vingt et un ans, lorsqu'il parvint secrètement à ouvrir la cassette de son gouverneur : il y trouva des lettres de Louis XIV et du cardinal, qui lui donnèrent de grandes lumières sur son état. Étant parvenu à se procurer le portrait de Louis XIV, il dit à son gouverneur : *Voilà mon frère.*

Alors le gouverneur, craignant l'évasion de son élève et quelque coup d'éclat de sa part, dépêcha un messager au roi, pour l'informer de ce qui venait de se passer. Le roi donna sur-le-champ des ordres pour faire arrêter le gouverneur et son élève. Le premier mourut en prison ; et c'est avant d'expirer qu'il écrivit

cette relation qui pourrait bien contenir quelques vérités ; mais elles sont défigurées par des fictions qui n'amènent que des doutes. Celui qui l'a composée
n'était qu'à demi initié dans le mystère.

Il est certain qu'un jeune homme, dont on avait grand soin de cacher l'état
et les traits du visage, passa une grande partie de sa vie dans les prisons ; il
est certain qu'il fut, en 1666, conduit au château de Pignerol, puis transféré,
vers l'an 1686, dans l'île de Sainte-Marguerite, où le gouverneur, Cinq-Mars,
reçut de Louis XIV l'ordre de lui faire construire une prison ; et que de là il fut
conduit en litière, par le même Cinq-Mars, à la Bastille, où il entra le 18 septembre 1698, ayant le visage recouvert d'un masque de velours noir. Il y mourut
le 19 novembre 1703, et fut enterré dans le cimetière de l'église Saint-Paul, sous
le nom de *Marchiali*.

On avait ordre de le tuer s'il se faisait connaître. Aussitôt qu'il eut rendu le
dernier soupir, on défigura et mutila son visage, dans la crainte qu'il ne fût
déterré et reconnu ; les murs de sa prison furent décrépis et fouillés ; on craignait qu'il n'y eût tracé quelques mots ou caché des écrits qui auraient décelé
son origine ; on fit brûler tous les linges, habits, meubles qui lui avaient servi,
ainsi que les portes et fenêtres de sa prison ; son argenterie fut fondue, etc. Ces
précautions minutieuses, prises pour cacher l'origine et l'état de ce prisonnier,
indiquent sans aucun doute un personnage important par la naissance. Ajoutons
enfin que les gouverneurs des prisons où il fut détenu, et Louvois lui-même, lui
parlaient avec respect, debout, et le qualifiaient de *mon prince*.

Louis XIII étant mort le 14 mai 1643, la régence du royaume fut acquise à
Anne d'Autriche. La France alors, livrée aux mains d'un enfant, d'une femme
étrangère et d'un cardinal italien placé par Richelieu pour gouverner d'après
ses principes, fut de nouveau en proie aux troubles de l'anarchie féodale et
aux déchirements des dissensions civiles.

Le règne de Louis XIV se divise en trois parties distinctes : celle de la régence d'Anne d'Autriche, celle où ce roi régna par lui-même, et celle de sa
vieillesse.

Le cardinal défunt avait, en mourant, remis les rênes de l'État au cardinal
Mazarin. Moins absolu dans ses volontés, moins violent dans leur exécution,
Mazarin surpassait peut-être son prédécesseur en souplesse, en déguisement,
en immoralité ; mais il le surpassait certainement dans l'art de mener une
intrigue. Placé dans des circonstances différentes de celles où s'était trouvé
Richelieu, ce ministre, maître de l'esprit, et même, dit-on, du cœur d'Anne
d'Autriche, eût joui sans obstacle de l'autorité suprême dans toute sa plénitude, s'il n'eût trouvé dans ses ennemis des hommes plus énergiques et presque
aussi fourbes que lui. Voici quelle fut l'étincelle qui fit éclater l'incendie politique : Déjà même avant la mort de Louis XIII des cabales sourdes s'étaient
formées contre Mazarin et contre la future régente. Le souvenir du gouvernement du cardinal mort faisait appréhender celui du cardinal vivant. Déjà un
puissant parti, composé de princes, de seigneurs et de quelques membres du
parlement, tous ennemis de Richelieu, et redoutant le retour des persécutions,
s'était formé contre la cour. D'autre part, Anne d'Autriche, pour acheter la sou-

mission de plusieurs hommes puissants, qui auraient pu s'opposer à ce qu'elle s'emparât entièrement de la régence, fut forcée d'en faire payer les frais au peuple, en augmentant le poids des contributions. La disette des finances et la nécessité d'établir de nouveaux impôts firent violemment éclater le mécontentement général.

Le 15 janvier 1648, on fit tenir au roi un lit de justice, dont le but était de forcer le parlement à enregistrer plusieurs édits bursaux. Émery, surintendant des finances, créature de Mazarin, avait, dans cette fabrication d'édits, épuisé son génie inventif : il avait créé des charges de *contrôleurs de fagots*, de *jurés vendeurs de foin*, de *conseillers crieurs de vin*, de *conseillers languéyeurs de porcs*, etc., etc. : voilà le côté ridicule de ces édits. Mais un de ces édits portait en outre un grand préjudice aux rentiers de la ville ; et un autre atteignait les gages des chambres des comptes et des cours des aides : cette maladresse irrita ces compagnies souveraines. Le parlement, déjà mal disposé, fit, suivant son usage, des remontrances. La régence refusa de les entendre ; le mécontentement s'accrut.

Pendant ces hostilités préliminaires, la cour du parlement se divisa en trois parties ; les *Frondeurs*, les *Mazarins* et les *Mitigés*. Les *Frondeurs* étaient ceux qui avaient résisté à la vérification des édits ; les *Mazarins*, les hommes dévoués au ministre de ce nom ; et les *Mitigés*, les lâches qui n'osaient tenir à aucun de ces partis, et qui attendaient le succès de l'un ou de l'autre pour se décider.

Deux conseillers du parlement s'étaient fait remarquer par leur courage en résistant à l'oppression de Mazarin et en défendant les intérêts nationaux : l'un était Réné Potier de Blancménil ; l'autre, Pierre Broussel, que l'on nomma *le Patriarche de la Fronde, le Père du peuple*. Le 26 août de la même année, Mazarin eut l'imprudence de les faire enlever et emprisonner, et de bannir de Paris plusieurs de leurs collègues.

Cet enlèvement opéré excita une grande rumeur dans le quartier Notre-Dame. On crie au secours de proche en proche ; l'alarme se répand sur les points les plus éloignés, les boutiques se ferment ; on prend les armes, on tend les chaînes dans les rues et elles sont barricadées comme du temps de Henri III. A cette nouvelle, la régente, qui avec le jeune roi habitait le Palais-Royal, envoya les régiments des gardes françaises et des gardes suisses pour occuper le Pont-au-Change, le Pont-Neuf et celui des Tuileries, afin de couper les communications. Mais cette force armée ne put résister à un attroupement toujours croissant : elle se maintint sur le pont des Tuileries et se replia prudemment près du Palais-Royal, où elle se rangea en bataille. Pendant ce mouvement des troupes, l'évêque de Paris, si fameux sous le nom de *Cardinal de Retz*, se présente pour la première fois sur la scène. Il arrive au Pont-Neuf, vêtu de ses habits pontificaux ; il exhorte le peuple à se retirer ; on lui répond que l'on ne posera les armes que lorsque les conseillers emprisonnées seront en liberté. Le prélat, voyant son éloquence sans effet, se rend au Palais-Royal, expose à la régente les conséquences dangereuses de cette émeute qui pouvait amener une révolte générale. La régente, inspirée par l'orgueil espagnol, lui répond : *C'est se*

*rendre coupable de révolte que de croire que l'on puisse se révolter contre le roi;
ces contes sont imaginés par ceux qui désirent le trouble.* Mais d'autres avis plus
pressants sur l'état menaçant de l'insurrection déterminèrent enfin la régente
à déclarer que dès que les Parisiens auraient mis bas les armes, et que le calme
serait rétabli, elle rendrait la liberté à Broussel. En conséquence, le coadjuteur
de Retz et le maréchal de la Meilleraie furent chargés d'aller porter cette proposition au peuple insurgé.

La nuit fut calme : chaque habitant la passa dans sa maison. La cour de la
régente se persuada que le tumulte était apaisé ; et, dans cette opinion, elle voulut le lendemain exercer avec sévérité son autorité royale. Elle envoya de grand
matin au Palais Pierre Séguier, chancelier, chargé de l'ordre d'interdire au
parlement toute discussion sur les affaires publiques. Pendant qu'il s'y rendait,
deux compagnies des gardes suisses marchaient pour se saisir de la porte de
Nesle. L'objet de cette double manœuvre est bientôt connu du public; on court
aux armes, on attaque les Suisses en flanc, on en tue une trentaine, et l'on dis-
perse le reste. Le chancelier que les barricades empêchaient de passer par le
quai de la Mégisserie et par celui des Orfévres, continue son chemin par le Pont-
Neuf et sur le quai des Augustins. A l'extrémité de ce quai, du côté du pont
Saint-Michel, il est reconnu : le peuple court sur lui; le chancelier se réfugie à
l'hôtel de Luynes, situé sur le même quai, au coin de la rue Gît-le-Cœur.

Odieux par sa conduite sous le ministère de Richelieu, Séguier avait tout à
craindre. Il est suivi jusque dans cet asile, où l'on ne peut le découvrir. Il était
caché avec son frère, évêque de Beauvais, dans une espèce d'armoire. Le peuple
était sur le point de mettre le feu à l'hôtel de Luynes, lorsque arriva le maréchal
de la Meilleraie à la tête de deux ou trois compagnies de gardes françaises ou
gardes suisses : il parvint à dégager l'hôtel, et à faire sortir le chancelier de sa
cachette, le fit mettre précipitamment dans un carosse, et s'enfuit avec lui au
Palais-Royal. Il était poursuivi par une troupe de Parisiens armés; les gardes
qui l'accompagnaient firent des décharges en se retirant, et blessèrent plusieurs
personnes ; le maréchal, à l'entrée du Pont-Neuf, tua d'un coup de pistolet une
pauvre femme qui portait une hotte; la fureur du peuple n'en fut que plus
animée. Comme la voiture du chancelier passait devant la statue équestre de
Henri IV, on tira des maisons qui sont en face plusieurs coups de fusil. La duchesse de Sully, fille du chancelier, reçut une blessure au bras; Picault, lieutenant du grand-prévôt de l'hôtel, et Samson, fils du géographe, qui se trouvaient dans le même carosse, furent blessés à mort.

Ces tentatives mal calculées, cet orgueil, cette sévérité déplacée, accrurent
l'indignation publique. Tous les habitants prirent les armes, les enfants même
se pourvurent de poignards ; les chaînes furent dressées dans toutes les rues;
plus de deux cents barricades furent fortifiées, ornées de drapeaux, et les rues
retentirent de ces exclamations : *Vive le roi! point de Mazarin !*

Le parlement vint en corps au Palais-Royal, et demanda à la régente la liberté
de Blancménil et de Broussel. Le premier président Molé remontra à cette princesse que cette liberté était le seul remède propre à calmer le mécontentement
général. La régente s'y refusa avec beaucoup d'aigreur : le parlement renouvela

ses instances et n'éprouva que des refus réitérés ; mais bientôt cette reine mal-avisée fut obligée d'accorder à la peur ce qu'elle avait refusé à la raison.

Les membres du parlement, congédiés, s'en retournaient à pied dans leur palais, lorsque arrivés aux premières barricades, vers la Croix-du-Trahoir, à l'entrée de la rue de l'Arbre-Sec, ils furent arrêtés. Un nommé Raguenet, marchand de fer, capitaine du quartier, s'avança avec douze ou quinze bourgeois armés, demanda au premier président s'il ramenait M. Broussel. Le président fit une réponse négative, qu'il voulut adoucir par des espérances, en disant que le parlement allait en délibérer au Palais. *C'est au Palais-Royal qu'il faut retourner,* lui dit Raguenet, *et ramener Broussel : sans lui vous ne passerez pas.* Un autre particulier saisit le président par le bras ou par la barbe qu'il portait fort longue, lui disant que puisqu'il n'avait pas obtenu la liberté des conseillers emprisonnés, il allait le prendre pour ôtage. D'autres personnes lui dirent que, si dans deux heures cette liberté n'était pas accordée, deux cent mille hommes iraient, en armes, supplier Sa Majesté d'y consentir. Quelques-uns, plus furieux, menaçaient d'exterminer les auteurs du mécontentement public, de mettre le feu au Palais-Royal, de poignarder le cardinal et ses adhérents, etc. La plupart des membres du parlement retournèrent au Palais-Royal, où le premier président exposa à la régente la volonté et les menaces du peuple. La reine faisait encore des difficultés. Le parlement pour délibérer sur ce nouveau refus, tint séance dans la Galerie du Palais-Royal. Le duc d'Orléans, le cardinal Mazarin et le chancelier y assistèrent ; il fut décidé que les conseillers arrêtés et bannis seraient libres et rappelés à leurs fonctions. L'ordre en fut expédié sur-le-champ. Cette décision fut signifiée aux Parisiens qui, peu confiants dans les promesses de la cour, déclarèrent qu'ils resteraient en armes jusqu'à ce qu'ils vissent en pleine liberté Broussel, *l'Ami de la patrie.* Il parut le lendemain matin. Alors les salves d'artillerie manifestèrent la joie publique, et le peuple voulut accompagner honorablement ce magistrat jusqu'en sa maison. Ainsi se termina la célèbre journée du 27 août de l'année 1648, journée connue dans l'histoire sous le nom de *journée des Barricades,* et celle qui rappelle celle de 1588, signalée par le même nom.

Le triomphe obtenu par le parlement dans une lutte dont le prétexte était honorable, fortifia considérablement son parti. Plusieurs princes et seigneurs prirent parti dans sa querelle et se rangèrent sous ses bannières. La régente, instruite des trames qui s'ourdissaient, et des assemblées secrètes qui se tenaient à l'archevêché chez le coadjuteur, ne se croyant pas en sûreté à Paris, résolut, le 13 septembre suivant, d'aller avec son fils et son ministre Mazarin au château de Rueil ; en même temps elle fit arrêter plusieurs personnes de distinction et arriver divers corps de troupes dans les environs de Paris.

Le parlement envoya une députation à la régente pour l'engager à revenir à Paris avec le roi. La reine répondit que son absence de cette ville ne devait avoir rien d'alarmant pour les habitants ; qu'elle avait l'habitude, dans cette saison, de passer avec le roi son fils quelques temps à la campagne. Cette députation fût suivie de plusieurs autres sur des objets d'utilité publique. Il en résulta la déclaration du roi, du 24 août 1648, qui présentait quelques palliatifs aux maux qui désolaient l'État.

Mais les conférences tenues à Rueil et à Saint-Germain-en-Laye n'étaient que de vaines apparences sous lesquelles le parti de la cour et celui du parlement, ou, pour parler le langage du temps, les *Mazarins* et les *Frondeurs*, cherchaient à se tromper réciproquement : tout semblait pacifié, tout était à la guerre.

La cour était revenue à Paris, lorsque, le 6 janvier 1649, à deux heures après minuit, la régente, accompagnée de ses fils et du cardinal Mazarin, sortit secrètement de cette ville par la porte de la Conférence, et se rendit à Saint-Germain-en-Laye. Là, le conseil assemblé, il fut résolu de faire le siége ou le blocus de Paris. Les courtisans disaient « que le siége de cette ville n'était pas une affaire « de plus de quinze jours, et que le peuple viendrait demander pardon, la corde « au cou, si le pain de Gonesse manquait seulement pendant deux ou trois « jours. »

Le 7 janvier, un lieutenant des gardes du roi apporta un paquet contenant une lettre de cachet, qui ordonnait au parlement de se transférer à Montargis. Cet ordre étrange fit dire à Molé, chef de cette cour, qu'il était premier président de Paris et non de Montargis. La lettre de cachet fut renvoyée sans être ouverte, et le lendemain une députation partit pour Saint-Germain où elle ne fut pas reçue. Ses membres, de retour à Paris, exposèrent le triste succès de leur mission, et le parlement rendit l'arrêt du 8 janvier, qui fut le signal de la guerre : « Attendu, y est-il dit, que le cardinal Mazarin est notoirement l'auteur de tous « les désordres, l'a déclaré et déclare perturbateur du repos public, ennemi du « roi et de son État; lui enjoint de se retirer de la cour dans le jour, et dans la « huitaine hors du royaume; et, ledit temps passé, enjoint à tous sujets du « roi de lui courre sus; fait défense à toute personne de le recevoir; ordonne « en outre, qu'il sera fait levée de gens de guerre en cette ville au nombre suffi- « sant, etc.

L'armée du roi, commandée par le prince de Condé, s'empara de Saint-Cloud, de Saint-Denis, de Charenton. Les Frondeurs levèrent des troupes, et composèrent une armée d'environ douze mille hommes. Le coadjuteur forma, à ses frais, un régiment de cavalerie; on vit même ce prélat à cheval, vêtu, armé en soldat, disposé à faire le coup de main. — On pourvut avec soin à la défense et aux subsistances de Paris. La guerre commença. Des convois de vivres attaqués et défendus; peu d'exploits remarquables; beaucoup de destruction et de pillages : tels furent les traits principaux de cette guerre. — Le duc de Beaufort, l'idole des Parisiens, surnommé le *roi des halles*, parce que, presque aussi mal élevé que ceux qui les habitaient, il en avait le langage grossier et paraissait en avoir la franchise, montra beaucoup de zèle et peu de talents militaires dans différents combats qu'il eut à soutenir.

Enfin, la cour étant parvenue à diviser le parlement, à séduire par des offres magnifiques le prince de Conti, le duc de Longueville, le duc d'Elbeuf, le duc de Bouillon, etc., etc., chefs des Frondeurs, il en résulta une déclaration du roi, vérifiée le 1er avril 1649, portant amnistie générale, où l'on ne fit nulle mention du cardinal Mazarin qui demeura en place. Dans les conditions de ce traité, chaque prince ou seigneur chef de la Fronde avait mis à prix sa soumission; et tous, suivant leur naissance, reçurent la récompense plus ou moins forte de leur trahsion. Le duc de Beaufort fut le seul prince qui ne voulut point alors participer à ces turpitudes. La paix fut faite, mais ne fut pas assise sur des bases assez solides pour être durable. Chaque parti conservait ses intentions hostiles.

Le cardinal Mazarin, qui redoutait Paris, éloignait toujours l'époque du retour de la cour dans cette ville. Enfin, le 16 août 1649, après plusieurs assurances et précautions, elle s'y rendit. Les cabales, les trahisons n'en furent que plus actives. Le coadjuteur, déguisé en cavalier, allait secrètement conférer avec le cardinal Mazarin; le duc de Beaufort, ce Frondeur si ardent et réputé si loyal à son parti, en fit autant. Le prince de Condé, chef du parti Mazarin, prince qui, dans ces troubles, joua un rôle si incertain, semblait alors caresser le parti des Frondeurs et braver le cardinal Mazarin. Les uns trafiquaient de leur soumission, demandaient avec menace un gouvernement, un chapeau rouge, un tabouret; d'autres demandaient telle somme d'argent, etc.

Chaque parti cherchait à se faire des partisans et ne négligeait pour cela aucun expédient. C'est dans cette vue que le cardinal Mazarin fit distribuer de l'argent aux bateliers de Paris, avant sa rentrée, afin de se les rendre favorables; mais cette ruse très-vulgaire n'est pas comparable à celle qu'employa Joly, conseiller au Châtelet. Il imagina de se faire assassiner par un gentilhomme de sa connaissance, dans l'intention d'accuser Mazarin de ce crime, et de soulever le peuple contre le cardinal. C'est lui-même qui se vante plus tard de cette étrange imposture.

Le prince de Condé, flottant entre les deux partis, donnant tour à tour des craintes et des espérances à chacun, fut, le 18 janvier 1650, arrêté au Palais-Royal, en plein conseil, où il avait été convoqué. On arrêta avec lui, dans le même lieu, le prince de Conti et le duc de Longueville. Ces trois princes furent conduits au donjon de Vincennes. Cette mesure violente, que le cardinal Mazarin avait jugée nécessaire au maintien de son autorité, lui devint funeste, et amena une guerre civile qui désola la France pendant plusieurs années.

Le parlement, réuni au duc d'Orléans, présenta, à deux reprises, des remontrances à la régente pour obtenir d'elle la liberté des princes et le renvoi du cardinal; mais cette princesse ne fit qu'une réponse évasive. A la fin, se voyant repoussé de toutes parts, le 6 février, à onze heures du soir, Mazarin sortit de Paris par la porte de Richelieu, et se rendit à Saint-Germain-en-Laye.

Le peuple de Paris fit éclater sa joie par les plus vives démonstrations; et le parlement, le 9 février, ordonna au cardinal Mazarin, à ses parents et domestiques, de vider le royaume quinze jours après la publication de l'arrêt, qui fut publié le lendemain : cet ordre fut rigoureusement exécuté. Le cardinal, qui avait pris la route de Normandie, instruit que ceux qui portaient les ordres de mettre les princes en liberté étaient partis, gagna de vitesse et arriva avant eux au Havre; on n'y connaissait point encore sa disgrâce. Il put donc, sans difficulté, ordonner la mise en liberté des princes à des conditions plus avantageuses que celles que devaient leur porter les envoyés de la cour.

Voilà un succès désiré avec tant d'ardeur, les princes libres et Mazarin chassé. L'État n'en fut pas plus calme; les Français et les Parisiens n'en furent pas plus

heureux : les vices des hommes, et plus encore ceux du gouvernement, amenèrent de nouveaux orages.

Le 7 septembre suivant, le roi ayant atteint sa quatorzième année, célébra sa
majorité par une cérémonie magnifique; on le conduisit au parlement accompagné d'une nombreuse et brillante cavalcade. Il y déclara, suivant la forme,
qu'il voulait *prendre lui-même le gouvernement de son État.* On remarqua que le
prince de Condé n'assista point à cette solennité. Peu de jours après cette cérémonie, mécontent des nouveaux ministres que la reine venait de nommer, il quitta
Paris, conclut un traité avec le duc de Bouillon, prit d'autres mesures pour faire
décidément la guerre à la cour, et, après avoir séjourné quelque temps à Chantilly, il se retira à Montrond, place forte du Berri, et de là dans son gouvernement
de Guyenne, où il leva des troupes et arbora l'étendard de la révolte. Un grand
nombre de seigneurs se joignirent à lui.

Dans le même temps la régente, qui venait (le 6 décembre 1651) de faire publier
une déclaration solennelle par laquelle elle protestait qu'elle ne rappellerait
jamais le cardinal Mazarin, travaillait sourdement à favoriser son retour. Le bruit
en circula bientôt à Paris. Le parlement, après avoir rendu des arrêts contre le
prince de Condé, en rendit de plus violents contre Mazarin. Par celui du 13 décembre 1651, il défendit à tous les sujets du roi de donner passage ou retraite
au cardinal. Un autre arrêt vint ensuite, qui ordonna que ses meubles et sa bibliothèque seraient vendus, et que sur les deniers provenant de cette vente, ainsi
que sur les revenus de ses bénéfices, une somme de cinquante mille écus
serait prise pour être donnée en récompense à quiconque le livrerait, mort
ou vif, entre les mains de la justice. Mais tout cela n'empêche pas Mazarin
de rentrer en France. Il avait levé à ses frais une armée composée de sept
à huit mille hommes, commandée par le maréchal d'Hocquincourt; ainsi escorté,
il arriva jusqu'à Poitiers, où la cour s'était rendue pour faire la guerre au
prince de Condé. — Plusieurs ennemis du cardinal, voyant le succès de sa
rentrée, changèrent d'allure et devinrent ses partisans. Le parlement, toujours
animé contre lui, persista à demander son éloignement, mais avec moins de
chaleur.

Paris, dans les premiers mois de 1652, fut livré à de nouvelles agitations : des
placards séditieux, des libelles en prose et en vers, de faux bruits et des cris de
révolte, des attroupements, alarmaient les habitants paisibles. Chaque parti sou-
doyait des hommes de la dernière classe du peuple pour les porter à quelques
excès contre ses antagonistes. Le 2 avril, le Pont-Neuf se couvrit d'un attroupement d'ouvriers ou de vagabonds qui insultaient les passants, et notamment ceux
qui étaient en voiture. Le carrosse de la duchesse d'Elbeuf fut arrêté, pillé et mis
en pièces. Il en fut de même de plusieurs autres. Un de ces vagabonds fut arrêté
et condamné à être pendu sur le Pont-Neuf. Quelques jours après, tandis qu'on
l'exécutait, un de ses camarades vint pour couper la corde; il fut arrêté lui-même
et ne tarda pas à subir le même sort.

Ces événements, ces attentats furent les préludes de l'entrée du prince de
Condé à Paris. Il quitta furtivement la province de Guyenne, son armée et ses
partisans; et après avoir couru plusieurs dangers sur la route, il arriva dans cette

ville le 11 avril, accompagné des ducs de Beaufort, de la Rochefoucauld et de plusieurs autres seigneurs. Le duc d'Orléans alla au-devant de lui, et le conduisit au parlement. Le prince de Condé y déclara qu'il n'avait pris les armes que pour se garantir des attentats du cardinal Mazarin, et qu'il les poserait aussitôt que ce ministre serait hors de France.

Les 19 et 22 avril, il se tint à l'Hôtel-de-Ville deux assemblées solennelles composées de membres de toutes les autorités civiles et religieuses de Paris. Il y fut arrêté qu'une députation serait faite auprès du roi pour le prier de se rendre dans cette ville, et d'exclure de son conseil et de la France le cardinal Mazarin. Démarche inutile.

Cependant l'armée du prince de Condé occupait les environs de Paris, et l'armée royale, commandée par le vicomte de Turenne, la harcelait de son mieux. Les siéges, les combats, les retraites répandaient la désolation dans les campagnes : tout était ravagé par des soldats qui ne songeaient qu'aux succès du parti qu'ils avaient embrassé, et ne voyaient qu'avec dédain les malheurs affreux qu'ils causaient. Le pillage, les meurtres, les incendies, sur un rayon de trente lieues au midi de Paris, de quinze à vingt sur les autres aspects de cette ville, avaient fait déserter toutes les habitations rurales. On voyait une infinité de malheureuses familles abandonner leurs foyers, et venir avec leurs bestiaux, leurs vivres, échappés à la voracité des soldats, chercher un asile à Paris. Arrivés aux portes de cette ville, elles y trouvaient un obstacle. Les commis des barrières exigeaient un droit d'entrée : il y eut à ce sujet des émeutes aux portes Saint-Honoré et Saint-Antoine ; et, le 26 avril 1652, le parlement ordonna que les commis ne percevraient aucun droit sur les bestiaux et denrées amenés dans Paris pour la consommation de ceux qui s'y réfugiaient.

Les autorités principales de Paris servaient des partis différents. Le corps de ville, c'est-à-dire le prévôt des marchands, les échevins, penchaient pour Mazarin ; le parlement et les autres cours de justice lui étaient contraires. Le coadjuteur, devenu cardinal de Retz, agissait alors pour le parti de la cour. Cette diversité de partis se manifestait par des délibérations opposées, par une infinité de pamphlets contre Mazarin auxquels le cardinal de Retz faisait répondre ou répondait lui-même, et dans la classe du peuple, par des attroupements, des cris séditieux, des violences contre les partisans de Mazarin.

Le 10 mai 1652, les échevins se rendirent au parlement avec une suite nombreuse. Le peuple qui remplissait la grande salle se jeta sur leurs archers, les désarma, les dépouilla de leurs casaques brillantes : deux échevins furent en même temps attaqués, et n'auraient pu échapper aux coups de ces mécontents si le duc de Beaufort ne fût venu les délivrer. « Il ne se passait guère de jour « que le peuple ne donnât des marques de son zèle pour les princes, dit Joly « dans ses Mémoires, et de sa fureur contre le cardinal Mazarin. Le prévôt des « marchands et tout le corps de ville furent attaqués en plusieurs rencontres, « particulièrement une fois en sortant du Luxembourg, avec tant de violence, « qu'ils furent obligés de se réfugier dans quelques maisons de la rue Tournon, « et d'abandonner leurs carrosses, qui furent mis en pièces. » Cette conduite du peuple donnait des craintes à Mazarin, et ces craintes l'empêchèrent de ramener la

cour à Paris, où dans ses intérêts elle aurait dû se rendre avant que le prince de
Condé vînt y dominer.

Le parti des princes ne s'occupait pas plus que celui de Mazarin des misères
qu'il occasionnait; il espérait se renforcer par l'arrivée d'une armée de douze
mille hommes que conduisait le duc de Lorraine. Cette armée vint en effet et
campa à Villeneuve-Saint-Georges. Le duc fut reçu à Paris par les princes, fort
satisfaits de ce secours; mais ils n'en profitèrent pas, car, bientôt après son arrivée, cette armée, en conséquence de l'accommodement que ce duc fit avec
Mazarin, par l'entremise du roi d'Angleterre, qui se trouvait alors en France,
reprit le chemin de la Lorraine. Cet événement affaiblit le parti des princes,
mais ne le découragea point. Les Parisiens, après d'inutiles tentatives pour avoir
la paix, décidèrent qu'on ferait des processions particulières et une procession
générale, dans lesquelles on porta les reliques les plus vénérées : les membres
du parlement y assistèrent en robe rouge, et tout le corps de la ville en habits
de cérémonie. Ces pompes religieuses n'empêchaient point la continuation de la
guerre.

Après avoir levé le siége d'Étampes, le maréchal de Tavanes et le prince de
Condé conduisirent leur armée dans les environs de Paris, pendant que l'armée
royale campait à Saint-Denis. Les deux partis se livrèrent un combat sanglant
dans les faubourgs Saint-Antoine et Saint-Denis. Le prince de Condé, craignant
que cette bataille n'eût une issue funeste pour lui, forma le projet de sa retraite.
Il voulut l'opérer par la ville de Paris; il se présenta successivement aux portes
de la Conférence, Saint-Honoré, Saint-Denis et Saint-Marcel, qui toutes lui furent
fermées. La fille du duc d'Orléans, qui intriguait alors dans Paris pour le prince
de Condé, parvint à lui faire ouvrir la porte Saint-Antoine, et à faire tirer sur
l'armée royale le canon de la Bastille. Cette attaque imprévue arrêta Turenne
dans sa poursuite, et sauva l'armée du prince d'une entière destruction.

Après avoir fait entrer son infanterie, le prince parut à la porte Saint-Antoine.
Un des acteurs de ces scènes sanglantes parle ainsi de cette apparition : « Il
« rentra dans Paris, dit-il, comme un dieu Mars, monté sur un cheval plein d'é-
« cume, la tête haute et élevée, tout fier encore de l'action qu'il venait de faire;
« il tenait son épée à la main, tout ensanglantée du sang des ennemis, traver-
« sant les rues au milieu des acclamations et des louanges qu'on ne pouvait se
« dispenser de donner à sa valeur et à sa bonne conduite. »

Après le combat de Saint-Antoine, où de part et d'autre il périt près de trois
mille hommes, l'armée du prince alla camper au faubourg Saint-Victor; et celle
du roi se retira à Montmorency et aux environs de Saint-Denis.

Le prince de Condé nomma Broussel prévôt de marchands, et le duc de Beaufort gouverneur de Paris; il forma un conseil de ville, composé d'hommes dévoués à sa personne; mais ces actes de souveraineté n'augmentaient pas le faible
crédit qu'il conservait encore sur l'esprit des Parisiens. — Le parlement avait
envoyé au roi, c'est-à-dire à la reine-mère, une députation pour lui déclarer
énergiquement que le salut de l'État dépendait de l'éloignement de Mazarin;
la cour, après plusieurs jours de délai, répondit que Mazarin serait renvoyé si

les princes consentaient à licencier les troupes de Lorraine et d'Espagne qu'ils venaient de faire entrer en France.

Mazarin, dont la présence causait ces déplorables dissensions, prit enfin, le 19 août 1652, la résolution de s'éloigner de la cour et de sortir de France ; mais son absence ne fut pas de longue durée : elle avait pour but seulement d'ôter aux princes tout prétexte de continuer la guerre civile. Enfin, après mille intrigues, mille ruses, mille manœuvres criminelles, employées par les deux partis, le roi rentra dans Paris le 31 octobre 1652, et le lendemain ont lui fit tenir un lit de justice au Louvre. Le duc d'Orléans et le prince de Condé se retirèrent.

Quoique le cardinal Mazarin fût hors de France, il ne laissait pas de gouverner la cour ; et, dans son éloignement, il donna une preuve éclatante de sa puissance, en faisant arrêter le cardinal de Retz. Ce prélat fut saisi au Louvre, le 19 décembre 1652, et conduit prisonnier au château de Vincennes. Son oncle, archevêque de Paris, étant mort le 21 mars 1654, le cardinal de Retz, toujours prisonnier, prit possession par procureur du siége archiépiscopal. Quelques jours après, il résigna son archevêché, et fut transféré dans la prison de Nantes, d'où il s'évada le 8 août suivant. C'était alors un des hommes les plus distingués par ses lumières, son esprit, ses talents, et des plus méprisables par l'usage qu'il en fit.

Peu de temps après l'arrestation du cardinal de Retz, le 3 février 1653, le cardinal Mazarin revint à Paris plus puissant, plus audacieux que jamais. Le roi et son frère allèrent à deux lieues au-devant de lui, et le ramenèrent au Louvre. Son entrée fut presque un triomphe ; ses ennemis même les plus acharnés vinrent abaisser leur orgueil devant sa toute-puissance. Le cardinal Mazarin gouverna la France jusqu'au 9 mars 1661, époque de sa mort. Des recueils de soixante et même de cent gros volumes in-4°, appelés *Mazarinades*, contiennent plusieurs milliers de pièces historiques ou satiriques, publiées contre ce cardinal pendant quatre années des troubles de son ministère.

Ce fut après la mort de Mazarin que Louis XIV, âgé de vingt-trois ans, entreprit de gouverner par lui-même. Alors commença la seconde époque de son règne. Les grandes qualités dont la nature avait doué ce jeune prince ne purent avoir tout leur développement, parce que son éducation fut très-négligée. Il ne reçut de ceux qui en étaient chargés que de fausses idées de grandeur. Élevé à l'école du despotisme, il ne pouvait supporter rien de contraire à ce régime ; il interrompit un jour un magistrat qui, dans un discours, avait prononcé ces mots : *le roi et l'État*, en lui disant avec hauteur : *l'État, c'est moi*. Il ne pensait pas qu'il est des rois sans États et des États sans rois, et qu'il identifiait deux choses distinctes. Il fit disparaître tout ce qui, dans ses États, conservait encore quetques restes d'indépendance. Le parlement refusait de vérifier et d'enregistrer des édits bursaux ; Louis XIV vint au palais en habit de cavalier, le fouet à la main, et força, avec menace, le parlement de vérifier. Les droits ou prétentions du clergé et de la noblesse furent resserrés dans des bornes très-étroites ; il détruisit dans les villes les corps municipaux, et dans les provinces les *états provinciaux;* substitua, dans les premières, un maire royal, et, dans les secondes, un intendant. Il opéra dans l'administration plusieurs autres réformes qni tendaient à faire disparaître tout ce qui aurait pu gêner l'exercice de sa volonté suprême, et à établir la paix de la servitude. — En matière de galanterie, Louis XIV se montra aussi scandaleux que son aïeul Henri IV. Il eut un grand nombre de maîtresses, et ne s'en cachait point. Son ostentation fut excessive : jamais la France n'avait vu une cour aussi brillante, aussi fastueuse. Elle offrait une scène pompeuse où le roi, en habits de caractère, jouait gravement le rôle principal, observait et faisait observer à la rigueur aux acteurs subalternes les règles prescrites à leurs différents personnages. Les paroles, les costumes, les allures du corps, tout était mesuré, soumis aux sévères lois de l'étiquette ; lois qui faisaient taire les affections, étouffaient les sentiments de la nature, et commandaient la dissimulation ; lois par lesquelles le tyran sacrifie lui-même sa commodité à son amour-propre, consent à recevoir des fers, pourvu que les autres en soient chargés.

Les palais de ses prédessesseurs ne furent ni assez vastes, ni assez magnifiques pour lui. Il fit agrandir, réparer les anciens, et en fit construire de nouveaux. Les frais de constructions du seul château de Versailles surpassaient dit-on la somme de *douze cents millions.*

Lorsque les courtisans aperçoivent dans leur maître une inclination vicieuse, ils mettent tout en œuvre pour la favoriser. Louis XIV fut enivré et non rassasié d'éloges. Les nombreuses médailles frappées en son honneur, les statues, les arcs de triomphe, leurs inscriptions, les *épîtres,* les *satires,* même de Boileau, les *prologues des opéras* de Quinault, et les ouvrages de mille écrivains subalternes, élevaient jusqu'aux cieux la gloire de ce monarque. — L'architecte Mansard laissait quelques fautes grossières dans ses plans, exprès pour que ce roi eût le glorieux avantage de les reconnaître. — L'Académie française ne s'occupait que de louer le roi ; celle des Inscriptions ne fut fondée, par Colbert, que pour composer des inscriptions, des emblèmes, des devises, etc., à sa louange. Les ministres fatiguaient leur imagination pour inventer quelques nouveaux aliments à l'orgueil insatiable du monarque, et tous leurs inférieurs imitaient leur exemple. Le prévôt des marchands de Paris voulut aussi, comme tant d'autres, faire sa cour au roi et caresser sa vanité aux dépens du public. Il fonda, en 1684, une rente annuelle de 440 livres payables au recteur de l'Université, à condition que tous les ans, au 15 mai, en présence des échevins, il prononcerait, bien ou mal, un panégyrique de Louis XIV. L'orgueil, qui le dominait, lui inspira l'amour de la gloire militaire. Il fit la guerre, non pour obtenir la paix, mais pour recueillir des lauriers et des éloges. — Des fêtes, des spectacles, des carrousels, des chasses, des constructions de palais, de châteaux, des guerres, des triomphes, des éloges continuels, des maîtresses, etc., occupèrent constamment l'âge viril de Louis XIV.

La troisième époque de ce règne, qui n'est pas la plus brillante, est signalée par des revers, des malheurs, des actes de persécution, par l'ennui, la satiété, l'impuissance et la dévotion. La passion de Louis XIV pour la gloire militaire lui avait valu des conquêtes, et ces conquêtes avaient soulevé contre lui l'Europe entière. Ce roi alluma un vaste incendie dont il ne prévit point les suites et ne put arrêter les progrès. Il continua, par nécessité, une lutte qui avait commencé par orgueil. On se battait sur tous les points des frontières ; on se battait depuis longtemps sur terre et sur mer. Les hommes et les finances commençaient à manquer.

Ce roi avançait en âge ; ses sens, ses passions, l'énergie qu'elles donnent, s'affaiblissaient ; sa raison, qu'aucune connaissance solide n'avait fortifiée, restait exposée aux illusions de l'ignorance, aux attaques de la séduction. La cour de Rome, constante dans ses projets d'exterminer les protestants, épiait toutes les circonstaces favorables à son exécution, et cherchait à les mettre à profit. Ce projet signalé par une longue suite de troubles que cette cour suscita en France, par de nombreux massacres et assassinats, où ses agents dévoués, les fidèles jésuites, jouaient les principaux rôles, fut remis en vigueur sous l'orgueilleux et crédule monarque. Ses confesseurs, tous jésuites, et Louvois, qui, comme tous les courtisans, affectionnait ces pères à cause de leur christianisme commode, et de leur morale très-relâchée, se concertèrent pour déterminer Louis XIV à révoquer l'édit de Nantes, édit qui accordait sûreté aux protestants, et jusqu'à certains points le libre exercice de leur religion. — Le père La Chaise, jésuite et confesseur de Louis XIV, avant de mourir, avait dit à ce roi : *Ne prenez jamais de confesseur jésuite ; ne me faites pas de questions, je n'y répondrais pas.* Louis XIV, dédaignant cet avis salutaire, prit pour confesseur le père Le Tellier, le plus acharné, le plus impitoyable des persécuteurs, qui porta le roi à des actes tyranniques, à des cruautés qui déshonorèrent les dernières années de son règne. La révocation de l'édit de Nantes fut le prélude de cette persécution.

L'ignorance de Louis XIV fut un trésor pour les jésuites : ces pères en profitèrent pour accroître leur puissance et leurs richesses, pour le disposer à servir leur vengeances, pour lui donner de fausses idées sur la religion, et lui inspirer des superstitions puériles qu'on pardonnerait à peine à d'ignorantes villageoises. Saint-Simon assure que ce roi était, par des vœux laïques, affilié à l'ordre des jésuites. Ces pères lui persuadèrent aussi que les persécutions qu'il avait exercées contre les protestants et les jansénistes étaient des actions fort agréables à Dieu, qui ne manquerait pas de l'en récompenser. Toutefois, au lieu de récompenses, Louis XIV éprouva dans sa famille des pertes douloureuses, dans ses armées des revers déplorables, dans ses finances une disette extrême. Il fut craint, trompé par les princes et par les courstisans, haï par le peuple, dont, pour satisfaire à sa vaine gloire, à ses folles dépenses de guerre et de construction, à l'entretien magnifique de ses maîtresses, de ses bâtards et de ses joueurs, il avait si abondamment arraché la subsistance et versé le sang. — Dans cet état d'adversité et d'abaissement, on dit que Louis XIV, apprenant la perte de la bataille de Ramillies, donnée en 1705, fit cette étrange exclamation : *Dieu a donc oublié tout ce que j'ai fait pour lui !* — Ce prince, rassasié de toute espèce de jouissances, ne pouvant s'en procurer de nouvelles, se trouvait au millieu de sa cour brillante, cérémonieuse et dévote, accablé sous le poids d'un ennui dont rien ne pouvait le soulager. Il mourut le 1er septembre 1715.

et conserva jusqu'au dernier moment son caractère de dignité. Il fut peu regretté ; ses obsèques très-mesquines le prouvèrent : outre les personnes qui par leurs fonctions étaient obligées d'y assister, il ne s'en trouva pas six qui s'y rendirent volontairement. « On insulta ses statues par de sanglantes affiches ; « on se permit publiquement les satires les plus violentes, et son convoi reten- « tit moins des prières des prêtres que des chansons grossières d'une populace « effrénée. »

La meilleure preuve des vices du gouvernement de Louis XIV est la dette effrayante qu'il laissa en mourant : cette dette se montait à *deux milliards soixante-deux millions* de livres argent à vingt-huit livres le marc.

MAISONS RELIGIEUSES D'HOMMES ET DE FEMMES.

THÉATINS, couvent de religieux ou clercs réguliers, jadis situé quai Malaquest, depuis nommé quai Voltaire, n° 21. Quelques membres de cet ordre religieux, fondé en Italie, en 1524, par Gaëtan Thienne et Jean-Pierre Caraffe, arche-vêque de *Theate*, aujourd'hui *Chieti*, au royaume de Naples, furent appelés à Paris par le cardinal Mazarin. Ils s'établirent, en 1642, dans une maison située sur le quai Malaquest. Leur église, commencée en 1662 sur les plans du père Guarini, fut achevée en 1720, sauf le portail qui datait de 1747. C'était un assez médiocre édifice.

La haine que l'on portait à Mazarin rejaillit sur les religieux théatins qu'il avait établis. Ces pères prêchaient en faveur des opérations de ce ministre ; et, pour être plus persuasifs, ils faisaient apparaître en chaire des figures de saints que les Frondeurs nommèrent avec irrévérence des *Marionnettes :* un usage qui « tenoit plus, dit un écrivain du temps, de l'artifice de l'Italien que de la dévo- « tion françoise. » Plusieurs pièces satiriques font mention de cette pratique ridicule. Dans l'église des théatins, on avait déposé le cœur du cardinal Mazarin, les restes d'Edme Boursault, poëte comique ; et l'on voyait sur le maître-autel un grand tableau, représentant la piscine, peint par Restout.

Ce couvent, le seul de cet ordre en France, fut supprimé en 1790, et ses bâti-ments ont été démolis vers 1820.

INSTITUTION DE L'ORATOIRE, quartier de l'Observatoire, et rue d'Enfer, n° 74. Nicolas Pinette, trésorier de Gaston, duc d'Orléans, en 1650, y fit bâtir une mai-son qu'il donna aux prêtres de l'Oratoire. Le roi, par lettres patentes, accorda à cet établissement les priviléges dont jouissaient les maisons de fondation royale. Cet établissement servait de noviciat aux personnes qui se destinaient à la con-grégation de l'Oratoire : elle fut célèbre par les hommes distingués qu'elle a pro-duits ou qui s'y sont retirés.

La construction de l'église, commencée en 1655, fut achevée, en 1657, et dédiée sous le vocable de la Sainte-Trinité et de l'Enfance de Jésus. On voyait dans la chapelle de la Vierge un monument en marbre, érigé en 1661, à la mémoire du cardinal Bérulle, dont la figure était représentée à genoux ; au-dessous était placée une urne contenant son bras droit. Ce monument fut sculpté par Jacques Sarasin.—Cette maison, supprimée en 1792, fut, en 1801, consacrée à l'*Hospice*

de la Maternité et à l'*École d'accouchement*. En 1814, on y établit l'hospice de
l'*Allaitement* ou des *Enfants-trouvés*, hospice dont je parlerai en son lieu.

LES FRÈRES DES ÉCOLES CHRÉTIENNES, rue Notre-Dame-des-Champs, en face
de la rue de Fleurus. En 1658, Mme Cossart fonda un établissement qui avait pour
objet l'instruction des enfants pauvres : il fut supprimé en 1707. Les frères des
écoles chrétiennes s'y établirent en 1722, remplirent le même objet, et eurent
encore à Paris plusieurs autres établissements qui furent supprimés en 1792.
La marquise de Transe releva cette congrégation en 1806, et y réunit les frères
de la doctrine chrétienne, dans leur ancien chef-lieu, au Gros-Caillou. Dans le
même temps, d'autres établissements ou noviciats furent aussi formés à Paris,
jusqu'à ce que Louis XVIII, les rendant à leur première institution, eût transféré
le chef-lieu général, alors à Lyon, à l'ancien hospice de M. Dubois, rue du Faubourg-Saint-Martin, n° 147. C'est de cette maison du noviciat, connue sous le nom
du *Saint-Enfant-Jésus*, que sont tirés les maîtres répartis dans les diverses écoles
du royaume. Il y a quatre annexes à Paris, qui envoient dans les différents quartiers de la capitale des maîtres et frères, pour instruire les enfants. Chaque école
doit être composée de trois frères, dont un directeur.

SÉMINAIRES DES MISSIONS ÉTRANGÈRES, situé rue du Bac, au coin de la rue de
Babylone. *Bernard de Sainte-Thérèse*, évêque de Babylone, donna tous ses biens
à cet établissement, dont l'objet consistait à porter la lumière de l'Évangile dans
les pays étrangers et spécialement dans la Perse.

Des lettres patentes du mois de juillet 1663, et le consentement de l'abbé de
Saint-Germain, légitimèrent cette fondation. Une salle de cette maison servit de
chapelle jusqu'en 1683, époque où l'on commença la construction d'une église
plus vaste, dont la première pierre fut posée, au nom du roi, par l'archevêque de
Paris. Cette église est double : l'une est au rez-de-chaussée, et l'autre est au-dessus. Cette dernière se distingue de l'autre par sa décoration.

Les bâtiments de la maison furent reconstruits en 1736. Ce séminaire fut supprimé en 1792, et, par suite du concordat du 9 avril 1802, son église fut choisie
pour être la seconde succursale de la paroisse de Saint-Thomas-d'Aquin.

SÉMINAIRE DE SAINT-SULPICE, situé en face et près de la façade de l'église Saint-
Sulpice. Jean-Jacques Ollier, abbé de Pébrac, vers 1641, établit un séminaire à
Vaugirard. Mais, nommé curé de Saint-Sulpice en cette année, il transféra aussitôt cet établissement à Paris. Une partie des prêtres qui le composaient logeaient
dans le presbytère, d'autres dans une maison de la rue Guisarde. Quoique ces
prêtres habitassent des maisons différentes, leurs exercices étaient communs.
L'abbé Ollier, voyant s'accroître le nombre de ses prosélytes, sentit la nécessité
d'en former deux corps entièrement séparés. Au mois de mai 1645, il acquit un
vaste emplacement situé rue du Vieux-Colombier ; et, après avoir, dans la même
année, obtenu toutes les autorisations nécessaires, il forma un *grand* et un *petit
séminaire*. Le petit séminaire fut établi dans des bâtiments contigus à la rue
Férou et au cul-de-sac de ce nom ; le grand le fut dans des bâtiments élevés sur
le lieu où se voit aujourd'hui la vaste place Saint-Sulpice. Vers l'an 1800, toutes
ces constructions disparurent, et laissèrent enfin à découvert le magnifique portail de Saint-Sulpice.

Les Sulpiciens, supprimés en 1792 et rétablis depuis 1802, ont occupé la maison située à l'angle de la rue de Vaugirard et de la rue du Pot-de-Fer, appartenant autrefois aux filles de l'*instruction chrétienne*, dites aussi de la *Très-Sainte-Vierge*. En 1820, on leur a construit, sur la partie sud de la place Saint-Sulpice, un vaste bâtiment sur les dessins de M. Godde (1).

FILLES DU SAINT-SACREMENT, couvent situé rue Cassette, n° 22. Pendant les guerres qui désolèrent la Lorraine, plusieurs bénédictines de la conception de Notre-Dame, établies à Rambervillers, à la tête desquelles était Catherine de Bar, se transportèrent, en 1641, à Paris, et allèrent loger dans l'abbaye de Montmartre. Les autres imitèrent l'exemple des premières, et pendant l'année 1643, elles se rendirent à Paris. Alors toute la communauté fut réunie dans une maison du village de Saint-Maur. Ces religieuses n'y restèrent pas tranquilles : en 1650 elles vinrent chercher un asile dans une petite maison de la rue du Bac. Sur ces entrefaites un Sulpicien, appelé Picoté, parvint à déterminer Anne d'Autriche à établir (1653) un couvent uniquement chargé du culte perpétuel du Saint-Sacrement, afin de détourner les maux dont la France était affligée. Il fut bientôt informé que les religieuses fugitives établies dans la rue du Bac, avaient le même but : il les proposa à la reine qui les accepta. Ces religieuses furent d'abord établies rue Férou. Ce fut dans la chapelle de ce couvent qu'Anne d'Autriche, tenant un cierge à la main, vint pour expier solennellement les outrages faits au Saint-Sacrement pendant la guerre civile, guerre dont elle était le principal auteur. Il était dans l'usage qu'une de ces religieuses répétât, chaque jour, une scène semblable ; elle venait, la corde au cou, portant à la main une torche allumée, se mettre à genoux devant un poteau dressé à cet effet au milieu du chœur, et faisait amende honorable à Dieu de tous les outrages commis contre le Saint-Sacrement.

Ces religieuses, se trouvant trop resserrées dans leur maison de la rue Férou, la quittèrent pour aller en occuper une plus vaste dans la rue Cassette. Elles y entrèrent en 1659, y restèrent jusqu'en 1790, époque de leur suppression, et leurs bâtiments vendus devinrent propriétés particulières.

NOTRE-DAME-AUX-BOIS, abbaye de l'ordre de Citeaux, située rue de Sèvres, n° 16. Ce monastère, fondé en 1602, au milieu des bois, dans le diocèse de Noyon, doit son nom à cette situation. Les guerres civiles qui signalèrent la régence d'Anne d'Autriche, et le passage des gens de guerre, firent craindre aux religieuses de cette abbaye le pillage de leur maison et les insultes brutales des militaires. Elles quittèrent ce séjour dangereux, et en 1650, se réfugièrent à

---

(1) Plusieurs maisons religieuses ou hospitalières peu importantes et qui n'ont eu qu'une courte existence furent fondées sous le règne de Louis XIV. Telles sont la maison des *Prémontrés réformés*, à l'angle des rues de Sèvres et du Cherche-Midi ; celle des *Orphelins de Saint-Sulpice*, rue du Vieux-Colombier. n° 5 ; le *Séminaire Anglais*, rue des Postes, n° 22 ; l'hospice des *Cordeliers de la Terre-Sainte*, rue de la Ville-l'Evêque ; le *Séminaire de Saint-Pierre et Saint-Louis*, entre la rue d'Enfer et le Luxembourg ; la communauté d'hommes des *Eudistes*, rue des Postes, n° 20, et le *Séminaire des Prêtres Irlandais*, ou *Collége des Lombards*, rue des Carmes, n° 23 : celui des *Ecossais*, rue des Fossés-Saint-Victor, n°s 25 et 27 ; celui du *Saint-Sacrement et de l'Immaculée-Conception*, rue des Postes, n° 26 ; enfin la communauté des *Prêtres de Saint-François de Sales*, située au carrefour du Puits-l'Ermite, dans le quartier du Jardin des Plantes. Aucun fait intéressant ne se rattache à l'histoire de ces divers établissements.

Compiègne. En 1654, elles achetèrent le monastère abandonné des *Annonciades des dix Vertus*, rue de Sèvres ; des lettres patentes d'avril 1658 confirmèrent cette acquisition, et y joignirent plusieurs priviléges. En 1718, ces religieuses firent élever une nouvelle église dont la première pierre fut posée le 8 juin de cette année. Cette maison fut supprimée en 1790 ; et son église, assez vaste, fut choisie, en 1802, pour être la première succursale de la paroisse Saint-Thomas-d'Aquin sous le titre d'*Abbaye-aux-Bois*.

SAINTE-PÉLAGIE, communauté religieuse et aujourd'hui prison, située rue de la Clef nº 14. La veuve de Beauharnais de Miramion, conseiller au parlement, femme très-zélée, croyait pouvoir remédier aux effets des vices de la société sans s'occuper de leurs causes : autorisée par les magistrats, elle avait réuni six ou sept filles débauchées dans une maison particulière du faubourg Saint-Antoine. Encouragée par le succès de cette tentative, elle imagina d'agrandir son plan, et de former une maison publique de détention pour les femmes débauchées. Plusieurs dames pieuses la secondèrent dans ce projet. Des sommes assez considérables furent fournies pour son exécution, et le roi, en 1665, donna des lettres patentes tendant à établir un lieu *de refuge* dans les bâtiments dépendants de la maison dite *la Pitié*, et le soumit à l'administration de l'hôpital général.

La veuve Miramion s'aperçut que ces filles ne se convertissaient point ; que les murailles et les verrous de la prison pouvaient bien les empêcher de provoquer les hommes à la débauche, mais non de changer leur naturel. Cette dame fut étonnée de l'inefficacité du remède, et prit le parti de l'essayer sur des sujets moins incurables. Elle établit dans la même maison, mais dans des lieux séparés, des femmes qui, dégoûtées du libertinage, étaient disposées à sacrifier librement leurs habitudes à l'espoir d'une existence assurée et d'une vie plus tranquille. Ce second établissement reçut le nom de *Sainte-Pélagie* ou de *Filles de bonne volonté*. Le nombre de ces filles s'étant accru, on les transféra au faubourg Saint-Germain, dans une maison qu'avaient occupée les *Filles de la Mère de Dieu ;* mais peu de temps après, à la prière des administrateurs elles retournèrent dans leur première demeure. Cet établissement fut confirmé par les lettres patentes de juillet 1691. Depuis la révolution, cette maison est devenue prison publique. J'en parlerai ailleurs.

ABBAYE SAINTE-GENEVIÈVE OU SAINTE-PERRINE, située à l'entrée de la grande rue de Chaillot, du côté de l'avenue de Neuilly. Des religieuses chanoinesses de Sainte-Geneviève, de l'ordre de Saint-Augustin, établies en 1638 à Nanterre, furent transférées à Chaillot en 1659. A cette abbaye Sainte-Geneviève furent réunies, en 1646, les dames de l'abbaye Sainte-Perrine de la Villette. Ce dernier nom a prévalu. Ce monastère fut supprimé en 1790. Vers l'an 1806, on y a établi l'institution des Vieillards des deux sexes qui paient une pension ou une somme fixe pour leur admission.

FILLES DU SAINT-SACREMENT, couvent situé rue Saint-Louis au Marais, entre les nᵒˢ 50 et 52. La guerre força ces religieuses à quitter la ville de Toul, où elles étaient établies, et à venir, en 1674, à Paris, où elles furent accueillies dans la maison de leur ordre, située rue Cassette. Après quelques déplacements, la duchesse d'Aiguillon, en 1684, céda l'hôtel du cardinal de Bouillon, au Marais, à ces religieuses, qui le firent accommoder en monastère. Ces religieuses étaient tenues à l'adoration perpétuelle du Saint-Sacrement de l'autel. Ce couvent, supprimé en 1790, est devenu propriété particulière, son église est aujourd'hui la troisième succursale de la paroisse Saint-Merry, septième arrondissement.

FILLES DE SAINTE-VALÈRE, communauté située à l'extrémité occidentale de la rue de Grenelle-Saint-Germain, n° 142. Le père Daure, dominicain, eut grande part à cet établissement. Le 30 avril 1704, on acheta, dans la rue de Grenelle, un terrain sur lequel furent bâtis une chapelle et les bâtiments nécessaires. On y plaça, en 1706, des filles pénitentes, c'est-à-dire des filles débauchées, pauvres ou converties.

Cette communauté fut supprimée en 1790 ; et son église, conservée, fut, en 1802, érigée en succursale de la paroisse Saint-Thomas-d'Aquin (1).

Je pourrais grossir la notice, déjà trop ample, des établissements de communautés de filles fondés sous le règne de Louis XIV ; y ajouter celles qui furent destinées à l'instruction des enfants, à soigner les malades dans chaque paroisse ; y ajouter celles qui, formées par des personnes imprévoyantes et comptant trop sur les faveurs de la fortune, sur la dévotion et la libéralité des riches, achetaient des maisons, des jardins, des meubles qu'elles ne pouvaient payer, empruntaient pour se loger et pour vivre, et n'offraient aucune garantie.

Le 2 janvier 1670, le parlement, instruit que, parmi ce nombre exorbitant de maisons religieuses, il s'en trouvait plusieurs dont l'existence n'était pas légale, nomma des commissaires pour examiner les titres de ces maisons. D'après le rapport de ces commissaires, le parlement, par arrêt du 17 juin, supprima les maisons et communautés de la *Mère Ursule*, de la *Mère Maillard*, de l'*Annonciation*, de la *Dame Cossard*, de l'*Hospice de Charonne*, au faubourg Saint-Germain ; des *Bénédictines de la Consolation*, et des *Filles Sainte-Anne*, au faubourg Saint-Marcel. On renvoya la plus grande partie des religieuses de ces communautés dans les couvents où elles avaient fait profession ; et les autres, au nom-

(1) A cette époque se rattache encore la fondation de plusieurs communautés religieuses de filles que nous nous contenterons d'énumérer. Le couvent des *Filles de la Congrégation de Notre-Dame* était rue Neuve-Saint-Etienne, n° 6 ; celui des *Filles-Saint-Chaumont*, rue Saint-Denis, n° 374 ; celui du *Petit Saint-Chaumont*, rue de la Lune, n° 32 ; celui des *Filles de la Providence*, rue de l'Arbalète, n°ˢ 24 et 26 ; celui des *Hospitalières de la miséricorde de Jésus*, rue Mouffetard, n° 69 ; celui de la *Visitation de Jésus*, à Chaillot, entre les barrières de Franklin et de Sainte-Marie, là où était projeté le palais du roi de Rome ; celui des *Filles de Sainte-Marie*, rue du Bac, n° 58. Nous trouvons ensuite la communauté des religieuses de *Notre-Dame-de-Miséricorde*, rue du Vieux-Colombier, n° 8 ; celle des *Religieuses de la Conception*, rue Moreau, n° 10, et celle des *Religieuses Anglaises*, rue des Anglais, n° 20. Nous citerons encore l'abbaye de *Notre-Dame-de-Panthemont*, rue de Grenelle-Saint-Germain, n°ˢ 106 et 108, dont l'Eglise, bâtie sur les dessins de Contant, en 1749, existe encore. Nous n'avons rien à dire également des *Filles de Notre-Dame-des-Vertus*, rue Saint-Bernard ; des *Religieuses de la Présentation Notre-Dame*, rue des Postes, n°ˢ 34 et 36 ; des *Filles de l'Instruction chrétienne*, dont la maison occupait l'emplacement du séminaire de Saint-Sulpice ; des *Miramiones*, rue de la Tournelle, n° 5 ; des *Religieuses de Notre-Dame-du-Bon-Secours*, rue de Charonne, n° 95 ; de la communauté de *Sainte-Geneviève*, rue de Clovis ; des *Filles de la Croix*, cul-de-sac Guéménée, n° 4, et rue d'Orléans-Saint-Marcel, n° 11 ; des *Filles de la Congrégation de la Croix*; rue des Barres, n° 14 ; des *Religieuses de la Madeleine de Trainel;* des *Filles du Bon-Pasteur*, rue du Cherche-Midi, n° 36 ; de celles de *Saint-Thomas-de-Villeneuve*, rue de Sèvres, n° 27, et enfin des *Filles de Sainte-Agate ou du Silence*, rue de l'Arbalète.

bre de vingt, furent réunies dans le monastère du *Verbe Incarné*. Les *religieuses Bernardines de Charonne* et les *Filles de la Crèche* furent aussi supprimées plus tard.

ÉTABLISSEMENTS RELIGIEUX ET SÉCULIERS

ÉGLISE SAINT-SULPICE, située entre la place de ce nom et les rues Palatine et du Petit-Bourbon et Garancière. Cette église paroissiale, sous le patronage de l'abbaye de Saint-Germain-des-Prés, existait en cette dernière qualité avant l'an 1211. Au seizième siècle, la population du faubourg Saint-Germain croissant toujours, l'étendue de l'église Saint-Sulpice, principale paroisse de ce faubourg, devint insuffisante. Sous le règne de Louis XII et de François Iᵉʳ, on y ajouta une nef, et, en 1614, six chapelles latérales ; mais ces additions ne lui procuraient pas les dimensions nécessaires. En 1643, on résolut de bâtir un nouvel édifice pour cette bonne œuvre. Des personnes riches promirent de venir au secours des marguilliers de la paroisse. Ces marguilliers chargèrent de cette construction un architecte peu connu, nommé *Gamart*, qui en commença l'exécution en 1646. Plusieurs parties de l'édifice étaient presque achevées lorsqu'on s'aperçut, un peu tard, que le plan de ce bâtiment n'était pas encore d'une étendue suffisante. Alors on chargea Louis Leveau de fournir les dessins d'une église plus vaste, et l'on recommença presque entièrement l'édifice. Le 20 février 1655, la reine Anne d'Autriche vint solennellement en poser la première pierre, peu de temps après mourut l'architecte Leveau. Les marguilliers confièrent la continuation des travaux à Daniel Guittard.

Dix-huit années furent employées à la construction du chœur et de ses bas-côtés. Cette partie étant achevée en 1672, on continua pendant les années suivantes la construction de la croisée : mais, en 1678, les travaux furent suspendus par défaut de finances. Le curé et les marguilliers, présentèrent, peu de temps après, une requête au roi, par laquelle ils demandaient des secours, lui exposaient que l'abbaye de Saint-Germain-des-Prés, jouissant du droit de patronage, des dîmes et des droits seigneuriaux de toute la paroisse, devait contribuer à cette construction ; que, la vieille église étant démolie et la nouvelle non encore achevée, on n'y pouvait célébrer le service divin. Ils demandaient, en outre, qu'il leur fût permis d'assembler les paroissiens, pour qu'ils délibérassent sur les moyens propres à s'acquitter de leurs dettes, qui se montent, disaient-ils, à plus de *cinq cent mille livres ;* et que, bien loin d'avoir les fonds suffisants pour continuer l'entreprise, ils n'ont pas même, ajoutaient-ils, de quoi payer les intérêts des sommes qu'ils ont empruntées : cet exposé était faux, comme on le verra.

Le conseil du roi nomma, en 1683, des commissaires pour vérifier ces comptes, et ces commissaires trouvèrent que les dettes dépassaient la somme de 673,224 livres, et que les biens ne se montaient qu'à 143,013 livres, et qu'il restait dû 529,911 livres. Alors les commissaires obtiennent, le 4 janvier 1689, un arrêt qui obligeait l'abbaye Saint-Germain-des-Prés à payer le sixième du principal de la dette, et ordonne que les autres cinq sixièmes soient imposés sur les pro-

ÉGLISE S.T SULPICE.

Publié par Furne, Paris.

Imp. T Chardon A.né r Hautefeuille. 30

priétaires de maisons et héritages du faubourg Saint-Germain, dans chacun des
neuf quartiers de ce faubourg. En même temps, cet arrêt permet aux habitants
de ce faubourg et à l'économe de l'abbaye Saint-Germain de faire la recherche
des sommes dues à la fabrique de l'église Saint-Sulpice, et des effets recélés ;
enfin, lui prescrit de vérifier les comptes des marguilliers.

Les syndics des habitants firent, pendant le cours de plus d'une année, des
recherches sur les biens de la fabrique de Saint-Sulpice. Ils découvrirent que
les marguilliers et le curé avaient fait de fausses déclarations de leurs biens, et
soustrait à la connaissance des commissaires, et des syndics des habitants du
faubourg, plus de *huit cent mille livres* de biens ; lesquels, joints à *sept cent quarante-deux mille neuf cent deux livres* de biens reconnus, sont plus que suffisants, disent-ils dans leur requête présentée au conseil du roi, pour payer les
créanciers de cette église, et pour continuer la construction de son bâtiment,
sans avoir besoin de recourir à des taxes sur les habitants du faubourg. Enfin,
ils disent et offrent de prouver que le curé, les marguilliers et quelques prêtres
de Saint-Sulpice se sont rendus coupables de graves infidélités et de malversa-
tions de plusieurs genres. Ils divisent leurs chefs d'accusation en plusieurs
articles, et tous attaquent fortement la moralité des marguilliers. On voit dans un
article, que le curé et les marguilliers avaient fait une spéculation financière
dans l'entreprise du canal de Languedoc ; entreprise dont le public fournissait
les fonds, et dont l'avidité des marguilliers et du curé devait recueillir les fruits.

Cette affaire qui présentait assez de gravité fut assoupie : malgré les plaintes
des habitants on ne fit aucune poursuite ; on ne leva plus de taxe sur les paroissiens, les travaux de l'église Saint-Sulpice restèrent suspendus, et ne furent
repris que quarante-trois ans après. Un nouveau curé de Saint-Sulpice, le sieur
Languet de Gergy, montra, pour la continuation de son église et pour son embellissement, un zèle, une ardeur qui allaient même jusqu'à l'imprudence. Il flattait
la vanité des plus riches bienfaiteurs, en leur accordant l'honneur de poser la
première pierre de chaque porte, de chaque chapelle, de chaque pilier.

En 1718, on s'occupa de la continuation de l'édifice, sous la direction de
l'architecte Oppenord. Le curé Languet, à force de quêtes et de sollicitations, à
force de pressurer les bourses et d'épuiser les libéralités de ses paroissiens, se
procura des fonds considérables. En 1721, il obtint une loterie. Enfin la nef fut
entièrement construite en 1736. Le portail, fondé en 1733, fut élevé sur les
dessins de Servandoni. Ce portail fut en grande partie achevé en 1745 : les tours
et quelques autres accessoires se terminèrent plus tard (1). Le 30 juin de cette
année, l'église fut consacrée par les prélats qui tenaient l'assemblée du clergé,
et dédiée sous l'invocation de la *sainte Vierge,* de *saint Pierre et de saint
Sulpice.*

Il faut des cloches et des clochers aux églises, et ce besoin est toujours
l'écueil où vont échouer les architectes modernes. Servandoni ne fut pas heureux

----

(1) Ce portail est long de 384 pieds : il se compose de deux ordonnances, la dorique et l'ionique.
Aux deux extrémités, et sur la même ligne, sont deux corps de bâtiments carrés, qui servent de
base à deux tours ou campaniles, qui ont 218 pieds d'élévation, 6 pieds de plus que les tours de
Notre-Dame.

dans la composition de ces tours. Il les avait faites moins élevées qu'elles ne
le sont aujourd'hui : elles n'avaient qu'une ordonnance. En conséquence, les
marguilliers et le curé jugèrent qu'il fallait les reconstruire. Un architecte de
peu de talent fut chargé de cet ouvrage. Il fit exécuter, en 1749, deux tours,
dont la première ordonnance, élevée sur un plan quadrangulaire, était octogone, et la seconde circulaire. Celle qui existe à l'angle méridional de cette
façade et dont les sculptures sont encore à faire, est l'ouvrage de cet architecte : on peut en juger. On décida que les deux tours disparates étaient à
reconstruire sur un dessin uniforme. En 1777, M. Chalgrin fut chargé de la
reconstruction de ces tours : il s'occupa de rebâtir celle qui s'élève au nord de
la façade.

Servandoni avait placé entre ces deux tours un large fronton qui couronnait
ses ordonnances. En 1770, le tonnerre, qui ne respecte guère les églises, à
cause de leur élévation, tomba sur ce fronton et le dégrada : on le remplaça par
une balustrade.

Aux extrémités du portail, et à l'aplomb des tours, sont, au rez-de-chaussée,
deux chapelles : l'une est un *baptistère*, et l'autre le *sanctuaire du Viatique*.
Chacune est ornée de quatre statues allégoriques, sculptées par Boisot et Mouchi.
Les fonds baptismaux ont été exécutés d'après les dessins de Chalgrin.

La totalité de la longueur de cet édifice, depuis la première marche de la
façade principale jusqu'à l'extrémité de la chapelle de la Vierge, a 72 toises
hors d'œuvre ; sa hauteur, depuis le pavé jusqu'à la voûte, est de 99 pieds. —
Les portes latérales de cette église offrent, à l'extérieur, des niches où sont
placées des statues de saints qui ont 9 pieds et demi de proportion ; elles sont
l'ouvrage de François Dumont. Le chœur, entièrement construit sur les dessins
de Guittard, a 89 pieds de longueur ; il est entouré de sept arcades, dont les
pieds-droits sont ornés de pilastres corinthiens : cette ordonnance est aussi celle
de la nef.

L'autel principal, placé à l'entrée du chœur, est d'un bon effet. — La chapelle
de la Vierge, située au rond-point de l'église, est un objet de curiosité, comme
tour de force architectural. La coupole, peinte à fresque par Lemoine, représente l'Assomption de la Vierge. Cette peinture, endommagée lors de l'incendie
qui, en 1763, consuma la foire Saint-Germain, fut réparée par Callet, et l'a été
encore, dans ces dernières années, par Jeanroy. Au fond de la chapelle est
une niche ajoutée à la construction, et qui fait saillie du côté de la rue Garancière ; elle est supportée par une trompe dont la coupe des pierres est digne des
regards des curieux. — Dans cette niche, assez vaste, est un groupe dont la
principale figure représente la Vierge tenant l'enfant Jésus : ce groupe est
éclairé par un *jour céleste,* jour dont on voit l'effet sans voir l'ouverture par
laquelle il pénètre. Cette chapelle a été précieusement décorée par Servandoni.
Elle ne fut entièrement terminée qu'à la fin de 1777. — Les bénitiers de cette
église sont curieux ; ceux qui se trouvent du côté de la principale entrée offrent
deux coquilles très-remarquables par leur volume, et dont la république de
Venise fit présent à François Ier. La chaire à prêcher, placée en 1789, est d'une
forme plus extraordinaire que belle. — La tribune du buffet d'orgues est soute-

nuc par des colonnes d'ordre composite. Ces orgues ont été fabri quées par
Cliquot, célèbre facteur.

Il ne faut pas sortir de cette église sans voir la ligne méridienne établie au
milieu de la croisée. Cette ligne est tracée sur le pavé avec les signes du zodiaque au vrai nord et sud, dans la longueur de cent soixante-seize pieds. A son
extrémité septentrionale, cette ligne se prolonge et s'élève verticalement sur
un obélisque de marbre blanc de 25 pieds de hauteur (1). On voyait dans cette
église plusieurs tableaux de différents maîtres, et, parmi les monuments sépulcraux, on remarquait le mausolée du curé Jean-Baptiste Languet de Gergy,
mort en 1750, fameux par son zèle pour l'achèvement de cet édifice et pour
son embellissement. En 1802, l'église Saint-Sulpice fut érigée en paroisse du
onzième arrondissement. Elle a pour succursales les églises Saint-Germain-des-
Prés et Saint-Séverin.

SAINT-PIERRE DE CHAILLOT, église, aujourd'hui TROISIÈME SUCCURSALE DE LA
PAROISSE DE LA MADELEINE, située grande rue de Chaillot, entre les nos 50 et 52.
Cette église, dont on ignore l'origine, était, à ce qu'il paraît, une ancienne
chapelle de château. Les dîmes et les produits de son autel furent, au onzième
siècle, donnés au prieuré de Saint-Martin-des-Champs. Louis XIV, en 1659,
érigea le village de Chaillot en faubourg de Paris. On croit qu'à cette époque
l'église de ce village fut reconstruite, ou plutôt que son sanctuaire fut rebâti.
Vers l'an 1740, on commença la nef et le portail. Cette église n'offre rien de
remarquable.

HOPITAL GÉNÉRAL dit LA SALPÊTRIÈRE, situé boulevard de l'Hôpital, quartier
Saint-Marcel, dans le lieu où se fabriquait le salpêtre. La grande quantité de
pauvres, de mendiants valides, et surtout de ceux qui demandaient l'aumône
l'épée au côté, *avec le collet empesé sur la peccadille*, était un des plus grands
fléaux de Paris. Parmi eux on comptait les *coupeurs de bourses*, les *tireurs de laine*,
les *passevolants ou militaires sans paie*, dont j'ai parlé sous le règne de Louis XIII.
Leur nombre, très-grand sous Henri IV, augmenta sous la régence de sa veuve
et pendant les désordres des guerres civiles. En 1612 on chercha à s'en débarrasser en les renfermant dans diverses maisons qu'on établit au faubourg
Saint-Victor.

Ces hospices, par la faiblesse et les désordres du gouvernement, ne purent
se soutenir plus de six années. Le parlement rendait continuellement d'inutiles
arrêts contre les mendiants et les vagabonds. Il ordonna le 16 juillet 1632, qu'ils
seraient enfermés dans une maison construite exprès. Les bâtiments furent
commencés. On y employa des sommes considérables; mais les arrêts de cette
cour, surtout en matière de police, restaient presque toujours sans exé-

---

(1) La fenêtre méridionale de la croisée est entièrement close, à l'exception d'une ouverture d'un
pouce de diamètre, pratiquée sur une plaque de laiton. Par cette ouverture, placée à la hauteur de
75 pieds au-dessus du pavé, passe un rayon du soleil qui vient frapper la ligne tracée, et y forme
une image ovale d'environ dix pouces et demi de long. Au solstice d'hiver, cette image se forme
sur la ligne verticale de l'obélisque, et se meut avec rapidité, parcourant 2 lignes par seconde : son
diamètre a 2 pouces 1 tiers d'étendue. Cette ligne méridienne, l'obélisque sur lequel elle se continue, furent établis, en 1743, par Henri de Sully. Le but de cet établissement fut de fixer d'une
manière certaine l'équinoxe du printemps et le dimanche de Pâques.

cution. Par l'effet des guerres de la Fronde, le nombre de ces mendiants, de ces vagabonds, et celui des habitants des environs de Paris que les militaires forçaient à quitter leurs foyers, se montait à *quarante mille*, à peu près le cinquième de la population parisienne. Les désordres que causait cette partie de la population, déterminèrent enfin les magistrats à prendre des mesures nécessaires. Après de longues délibérations, on convint que tous les mendiants valides ou invalides seraient renfermés, et qu'on les ferait travailler suivant leur force et leur talent. Pomponne de Bellièvre, alors premier président du parlement, mit beaucoup de zèle dans l'exécution de ce projet, et détermina le roi à rendre un édit, du 27 avril 1656, qui ordonnait l'établissement d'un hôpital général et prescrivait les règles qui devaient y être observées. On céda, pour cet objet, les masures de *Bicêtre*, château depuis longtemps abandonné, et la maison de la *Salpêtrière*. On fit disposer ces bâtiments pour les rendre propres à leur nouvelle destination. Libéral Bruant, architecte, fut chargé des constructions de l'hôpital de la Salpêtrière. Il fit notamment bâtir l'église, qui s'élève sur un plan circulaire ; elle est couverte par un dôme octogone ; l'intérieur est percé par huit arcades qui communiquent à quatre nefs et à quatre chapelles. Ces nefs et ces chapelles, disposées en rayons, aboutissent au centre de l'église où s'élève l'autel principal. Les bâtiments de cet hôpital sont immenses et occupent, avec les cours et jardins, un emplacement qui contient près de 108,000 mètres.

En 1662, la misère était excessive ; on comptait à l'Hôpital général *neuf à dix mille pauvres*. Les directeurs de cet hôpital, dans une assemblée qui se tint le 21 et le 24 avril de cette année, déclarèrent qu'ils seraient forcés d'ouvrir les portes de cette maison si l'on ne pourvoyait promptement à leurs pressants besoins. Le parlement ordonna que les communautés religieuses des deux sexes seraient invitées à contribuer à la nourriture et à l'entretien des pauvres de cet hôpital jusqu'à la somme de cent mille livres. La misère augmentait toujours ; les habitants des campagnes venaient en foule mendier à Paris. On ordonna que ces nouveaux pauvres seraient répartis dans les maisons dépendantes de l'Hôpital général jusqu'au temps de la moisson. — Ces maisons dépendantes étaient celles de la Pitié et de Bicêtre. — Dans la Salpêtrière, on plaça les enfants au-dessous de quatre ans et toutes les femmes, quels que fussent leur âge et leurs infirmités.

On y voyait, en 1720, deux salles habitées chacune par huit cents petites filles occupées à divers travaux. On y trouvait trois grands dortoirs contenant deux cent cinquante cellules destinées aux époux âgés qui ne pouvaient plus subsister par leur travail : c'est ce qu'on nommait *les Ménages*. Dans une cour séparée était la maison de force pour les filles et les femmes débauchées. Je donnerai plus loin de nouveaux détails sur l'état actuel de cet hôpital.

BICÊTRE, château, hospice, prison, etc., situé à une demi-lieue de la barrière d'Italie, et à l'ouest de la grande route de Paris à Fontainebleau.

Une ancienne propriété appelée *la Grange-aux-Queux* (ou aux Cuisiniers), fut acquise par Jean, évêque de Winchester en Angleterre. Il y fit bâtir, vers l'an 1204, un château qui porta depuis son nom, dont on a fait *Vinchestre* et *Bicestre*.

Philippe-le-Bel, en 1294, confisqua ce château et ses successeurs le possédèrent. Charles VI, en 1381 et en 1409, donna des lettres datées de ce lieu. Le duc de Berri, qui en devint possesseur, le fit embellir ; il s'y retira avec le duc d'Orléans pour se liguer contre le duc de Bourgogne. On y négocia une paix nommée dans l'histoire *la paix de Wincester*. Un an après, le traité ayant été violé, on nomma cette violation *la trahison de Wincester*.

Les guerres civiles du quinzième siècle causèrent la ruine de ce château. Le duc de Berri le donna en 1416, ainsi que ses appartenances, au chapitre de Notre-Dame, qui n'y fit aucune réparation. Dans un dialogue satirique où le sieur de Saint-Germain fait parler Vincennes et Bicêtre, ce dernier château est qualifié de masure où l'on a, dit-il, établi un hôpital rempli d'hôtes languissants et de courtisans estropiés. Louis XIII, en 1632, acquit cette propriété, fit construire en 1634, dans l'emplacement du château, une chapelle de Saint-Jean, des bâtiments pour y loger des officiers et des soldats invalides ; et il érigea cet établissement en *commanderie de Saint-Louis*. Louis XIV ayant construit l'Hôtel des Invalides, cette maison, devenue inutile, fut en 1656, convertie en succursale de l'Hôpital général. On y plaça des pauvres, des veufs, des garçons valides ou invalides, des jeunes gens débauchés, ou bien atteints de la maladie vénérienne. Dans la croyance populaire, toute cette partie méridionale du dehors de Paris, depuis et compris l'emplacement de l'antique cimetière des Romains jusqu'à Bicêtre, était le théâtre des revenants, des loups-garous, du sabbat. C'était dans les carrières des environs de Gentilly, du plateau de Mont-Souris, que des fourbes, qui trouvaient des gens assez crédules pour les payer, leur faisaient voir le diable,

ENFANTS TROUVÉS. Une des obligations des seigneurs féodaux était de nourrir les enfants trouvés, comme je l'ai dit ailleurs. L'évêque de Paris s'acquitta de cette obligation, en destinant à ces enfants une maison située près du port Saint-Landri, qu'on nomma *la maison de la Couche*. Il était dans l'usage de faire exposer à l'intérieur de son église un vaste berceau où l'on plaçait quelques-uns de ces enfants, afin d'attirer les libéralités publiques et de diminuer les dépenses qu'il faisait pour eux. Sans doute ces enfants étaient fort mal soignés, puisqu'une dame veuve, touchée de leur malheureux état, se chargea de les recevoir dans sa maison située près de celle de la Couche. Le zèle très-louable de cette dame se refroidit bientôt ; le sort des enfants trouvés ne fut pas meilleur, et devint peut-être pire. Ses servantes, lassées des peines que leur donnaient ces enfants, ennuyées de leurs cris, en firent un objet de commerce. Elles vendaient ces nouveaux-nés à des mendiantes, qui s'en servaient pour émouvoir la sensibilité du public et s'attirer des aumônes. Elles en vendaient à des nourrices pour remplacer leurs nourrissons morts, et ainsi des enfants étrangers étaient, par cette supercherie, introduits dans plusieurs familles. Elles en vendaient à ceux qui, adonnés à la magie, se servaient de ces enfants, les sacrifiaient dans des opérations fort absurdes et encore plus criminelles.

Des abus aussi révoltants furent enfin connus. On cessa d'envoyer les enfants trouvés dans la maison de cette dame. Un homme célèbre par son zèle et sa bienfaisance, Vincent de Paul, touché de leur sort, parvint, en 1638, à établir près de la porte Saint-Victor un nouvel hospice. Il engagea les dames de la Charité à s'en charger. Mais les fonds destinés à leur entretien étaient insuffisants pour le nombre toujours croissant des enfants. Voici le parti que prenaient les personnes chargées de la direction de cette maison : le sort décidait lesquels de ces enfants devaient être conservés et nourris. *Les autres étaient abandonnés*, dit l'écrivain qui me fournit ces détails, c'est-à-dire qu'on les laissait mourir faute de nourriture.

En 1640, Vincent de Paul, sans doute indigné de ce régime inhumain, convoqua une assemblée des dames qui s'étaient chargées du soin de ces enfants; il leur prescrivit de renoncer à cette barbare intervention du sort, et de conserver la vie à tous ces infortunés. Son zèle le fortifia dans des sollicitations pénibles auxquelles il se dévoua par humanité : il parvint, en 1641, à obtenir de la cour trois mille livres de rentes pour ces enfants, et mille livres pour celles qui en prenaient soin. Encouragé par ce succès, il sollicita de nouveau, et obtint, en 1644, une nouvelle rente de huit mille livres, et, en 1648, le château de Bicêtre pour y loger les enfants trouvés. Cependant le nombre des enfants trouvés croissait toujours, les revenus et les aumônes n'augmentaient pas, et ne pouvaient suffire aux dépenses les plus nécessaires. Le parlement, le 3 mai 1667, ordonna que les seigneurs hauts-justiciers de Paris seraient tenus de payer annuellement à cette maison une somme de quinze mille livres. Cet arrêt fut confirmé par un autre arrêt du conseil d'État du 10 novembre 1668.

HOPITAL DES ENFANTS-TROUVÉS, *rue du Faubourg-Saint-Antoine*, n°s 124 et 126. Après l'arrêt mentionné dans l'article précédent, les administrateurs construisirent un vaste bâtiment et une chapelle dont la reine Marie-Thérèse d'Autriche posa la première pierre. Le roi, par sa déclaration du mois de juin 1670, que le parlement enregistra le 18 août suivant, érigea ce nouvel établissement en hôpital, et l'unit à l'Hôpital général. Telle fut l'origine de *l'hôpital des Enfants-Trouvés de la rue Saint-Antoine*, où depuis on a placé *l'hospice des Orphelins* dont je parlerai dans la suite.

ENFANTS TROUVÉS, *hôpital situé au coin de la rue Neuve-Notre-Dame*, et en face de l'église métropolitaine. Les administrateurs, sentant la nécessité d'avoir un autre établissement au centre de la ville, achetèrent dans la Cité trois petites maisons, les firent réparer suivant leurs besoins, et y établirent une chapelle. Ces bâtiments ont subsisté jusqu'en 1747, époque où on les fit démolir, ainsi que les églises Saint-Christophe et Sainte-Geneviève-des-Ardents. Ces démolitions dégagèrent et agrandirent le parvis Notre-Dame, et permirent de construire un nouveau bâtiment pour les Enfants-Trouvés. Ce bâtiment, plus solide, plus spacieux, mieux distribué, fut élevé sur les dessins de Boffrand : la première pierre en fut posée le 26 septembre 1747. La chapelle de ce nouvel édifice fut décorée de peintures à fresque de Brunetti et de Natoire. Cette maison qui n'est plus un hôpital, sert aujourd'hui de *Bureau central d'admission dans les hôpitaux et hospices*.

HOTEL ROYAL DES INVALIDES, hospice destiné aux militaires âgés, blessés ou estropiés, situé sur l'esplanade des Invalides, à l'extrémité occidentale du faubourg Saint-Germain, entre ce faubourg et celui du Gros-Caillou.

HÔTEL DES INVALIDES.

Au quinzième siècle, les soldats invalides vivaient d'aumônes, de brigandage, ou se plaçaient dans les châteaux de quelques seigneurs en qualité de *mortes-paies*, y étaient nourris en contribuant à la garde de ces forteresses; ou bien le roi leur accordait des places de *religieux lais* dans les abbayes et prieurés du royaume. Henri IV fut le premier roi de France qui essaya de réparer cette injustice; il plaça dans l'hôpital de l'Oursine ou de la Charité-Chrétienne, qu'avait institué Nicolas Houel, des officiers et soldats blessés à son service; et, par ses édits des années 1597 et 1604, il les mit en possession de cet hôpital, pour y être logés, nourris et médicamentés. Louis XIII, comme je l'ai dit, plaça, en 1634, des invalides à Bicêtre, qu'il érigea en *commanderie de Saint-Louis*. Louis XIV, qui fit un plus grand nombre d'invalides que ses prédécesseurs, sentit le besoin de construire de plus vastes bâtiments pour les loger. Il fit acheter un emplacement convenable; et, par arrêt de son conseil du 12 mars 1670, il assigna des fonds nécessaires aux frais de construction et à la dotation de cet établissement. Le 30 novembre 1670, on commença les fondations. En 1674, l'édifice était déjà en état d'être habité par les officiers et les soldats. Au mois d'avril de cette dernière année, le roi, par un édit, déclare l'objet de cet établissement, lui donne des règlements, le qualifie d'*Hôtel royal des Invalides;* établit, pour directeur et administrateur général, le secrétaire d'État chargé du département de la guerre, qui chaque mois devait présider un conseil, et gratifie cet hospice de plusieurs prérogatives, priviléges et exemptions. Par son édit de février 1704, il créa trois receveurs généraux des Invalides.

On commença, en 1675, la construction de l'église. Cet édifice, et le dôme qui est placé à la suite, ne furent achevés qu'après trente ans de travaux. Libéral Bruant fournit les dessins de l'église et de l'hôtel, et Jules Hardouin Mansart continua les travaux et fournit seul les dessins du dôme. En se conformant à la destination de cet établissement, ses bâtiments n'auraient dû qu'être commodément distribués, solides et simples : on construisit un palais magnifique. Les étages les plus sains, les plus spacieux, furent destinés à la salle du conseil, au gouverneur, à l'état-major, etc. Les invalides, pour lesquels la maison était fondée, furent logés dans les combles. L'accessoire l'emporta sur le principal.

Une esplanade plantée d'arbres s'étend depuis la grille des Invalides jusqu'au quai de la Seine. Elle est décorée de pièces de gazon et d'une fontaine monumentale, sur laquelle on avait, sous le gouvernement de Bonaparte, placé le lion de Saint-Marc de Venise. L'esplanade, dont on a presque entièrement, dans l'hiver de 1818 à 1819, renouvelé les arbres, et qui est embellie par un pont récemment construit à l'extrémité de la route qui partage cette esplanade, annonce majestueusement l'édifice, où l'on arrive par une cour extérieure, entourée d'une grille et de fossés revêtus en maçonnerie. Cette cour est munie de pièces de canon.

La façade a cent toises d'étendue; elle est divisée en quatre étages et percée de cent trente-trois fenêtres, sans compter celles des mansardes. Au centre est la porte surmontée d'une forme cintrée, où l'on voyait un bas-relief représentant Louis XIV à cheval, entouré, comme le soleil, des douze signes du zodiaque.

De cette porte on pénètre dans une cour, dont le plan offre un parallélogramme de 65 toises de long sur 32 et demie de large. Elle est entourée de bâtiments dont les quatre faces ont deux étages d'arcades qui éclairent des galeries. L'architecture de cette cour a le caractère noble, mâle et simple qui convient à l'institution. Au centre de la façade opposée à l'entrée, est le portail de l'église décoré de la statue de Napoléon.

Cette église se distingue par son autel, placé sous une arcade qui communique à une seconde église, dite *du dôme*. Cet autel est orné de six colonnes torses, qui soutiennent un superbe baldaquin. Les figures d'amortissement et les autres ornements sont l'ouvrage de Vanclève et de Coustou l'aîné. La nef est illustrée par *un nombre considérable de drapeaux* pris sur nos ennemis. Au delà, sur la même ligne, est l'église du *dôme*, construction vaste et magnifique où Louis XIV a prodigué la richesse, et où les plus habiles artistes ont, à l'envi, déployé leurs talents. Le pavé de ce dôme, le pompeux baldaquin de l'autel, les sculptures, les peintures, tout est d'un fini précieux, tout est exécuté avec un soin et un art admirables. Le sol du dôme, pavé en marbre de diverses couleurs agréablement comparties, est plus bas que celui des six chapelles qui l'entourent. Il faut descendre plusieurs marches pour y arriver. Ce dôme a 50 pieds de diamètre. A travers une ouverture circulaire pratiquée au milieu de la première coupole, ornée de figures d'apôtres peintes par Jouvenet, on voit la seconde coupole éclairée par des jours que l'observateur ne peut apercevoir, et où le peintre Lafosse a représenté la gloire des bienheureux. La troisième coupole forme la toiture extérieure. Six chapelles sont placées autour de ce dôme.

Ce dôme a son portail particulier du côté d'une large avenue bordée de quatre rangées d'arbres. Ce portail sert pour ainsi dire de soubassement à l'édifice du dôme. Le dôme qui montre ici son extérieur dans toute sa majesté, a, depuis le pavé jusqu'à l'extrémité de sa flèche, 105 mètres de hauteur : à l'extérieur, il est orné de quarante colonnes d'ordre composite. Cette ordonnance, dégradée par des ressauts, est couronnée par une balustrade. Au-dessus est un attique, percé de fenêtres et chargé de huit piliers buttants, contournés en forme de volute. La coupole, divisée en côtes, est chargée, dans leurs intervalles, de trophées militaires, couronnés chacun par un casque dont l'ouverture sert de lucarne. Ces trophées et ces côtes en plomb, comme toute la couverture, étaient dorés. L'action de l'air avait fait disparaître l'éclat de l'or. En 1813, le gouvernement fit entièrement redorer ces parties. Au-dessus de la coupole est une lanterne surmontée par une flèche très-élevée et terminée par un globe et une croix. Dans l'intérieur des bâtiments on va ordinairement visiter la cuisine, les quatre réfectoires, la pharmacie, la bibliothèque composée d'environ vingt mille volumes, l'horloge à équation, ouvrage très-estimé de Lepaute, la salle du conseil, placée au-dessus de la principale entrée, etc. En 1717, le czar de Russie, Pierre Ier, vint à Paris et visita les Invalides; il voulut les voir manger, et but lui-même à la santé de ces braves.

Dans un caveau, situé sous le dôme, on avait déposé un grand nombre de fusils. Les Parisiens, qui, dans les premiers jours de la révolution, cherchaient partout des armes, instruits de l'existence de ce dépôt, vinrent en foule,

le 14 juillet 1789, se saisir de ces fusils. Ils y mirent un empressement qui
devint funeste à quelques-uns : il y en eut plusieurs de blessés. Cette découverte contribua au succès de la prise de la Bastille. C'est sous ce dôme que
l'architecte Visconti prépare actuellement le monument funéraire élevé à la
mémoire de Napoléon. Les restes de l'empereur ont été déposés aux Invalides le
15 décembre 1840.

Le nombre des officiers ou soldats entretenus aux frais de l'État dans l'hospice
des Invalides, est de deux mille environ.

SAINTE-MADELEINE DE LA VILLE-L'ÉVÊQUE, église paroissiale située sur le boulevard de ce nom, en face la rue Trônchet. Le lieu de la Ville-l'Évêque était, au
douzième siècle, une ferme, une maison de campagne, ou, comme on disait autrefois, un séjour de l'évêque de Paris. Cette maison avait une chapelle autour de
laquelle il s'était formé un village dont le nombre des habitants s'accroissait toujours. Il paraît que le bâtiment de la chapelle, lors même qu'elle fut érigée en
cure, était peu considérable. Le roi Charles VIII le fit reconstruire, et, le 21 février 1487, en posa la première pierre ; le 20 novembre 1491, il y établit une
confrérie de la *Madeleine,* dont lui-même et la reine son épouse furent membres :
le nom de cette confrérie devint celui de la chapelle. Son bâtiment tombait en
ruine ; son étendue était insuffisante pour le nombre des paroissiens : elle fut
reconstruite en 1659. Plus tard encore, l'église de la Ville-l'Évêque ne fut plus
assez vaste. Il fut décidé qu'elle serait reconstruite et située en face de la rue
Royale, afin que son portail terminât magnifiquement de ce côté la perspective de
la place Louis XV. Le 3 avril 1764, on posa la première pierre de cet édifice, dont
M. Contant d'Ivry fut l'architecte. Il avait élevé son bâtiment jusqu'à la hauteur
de quinze pieds au-dessus du sol, lorsqu'en 1777 il mourut : M. Couture le remplaça. Celui-ci trouvant plusieurs défauts dans le plan de son prédécesseur, fit,
sans égard, démolir les murs de face, les chapelles, les colonnes, et substitua
un nouveau plan de sa création. Ainsi temps, argent, matériaux, tout fut perdu
et sacrifié au système du sieur Couture, qui lui-même recommença les travaux
qu'il avait exécutés à plusieurs reprises. Malgré les démolitions successives
et les interruptions de ces constructions, elles étaient assez avancées en 1790 ;
mais elles furent suspendues par l'effet de la révolution. En 1802, le culte de la
paroisse Sainte-Madeleine fut transféré dans l'église de l'Assomption, rue Saint-
Honoré.

Bonaparte, devenu empereur, conçut le projet de convertir cet édifice en un
TEMPLE DE LA GLOIRE, où, sur de longues tables d'or massives, devaient être
inscrits les noms des militaires signalés par leurs exploits. L'exécution de ce
projet fut commencée en 1806 ; mais les travaux, quelques années après, furent
interrompus, et les événements politiques en ont empêché la reprise. Une ordonnance du 19 janvier et du 14 février 1816 porte que cet édifice sera achevé
afin d'y placer les monuments expiatoires de Louis XVI, de la reine son épouse,
de Louis XVII et de la princesse Élisabeth. L'ordre ne fut pas encore suivi de
l'exécution ; et les murailles restées à demi construites et sans toits, les colonnes
élevées à une grande hauteur, sans chapiteaux, sans entablement, offraient
l'image des ruines d'un temple de l'antiquité, quand enfin on s'est décidé

d'achever ce monument. J'en parlerai en traitant de la dernière période de l'Histoire de Paris.

COLLÉGE MAZARIN OU DES QUATRE-NATIONS, aujourd'hui PALAIS DES BEAUX-ARTS OU DE L'INSTITUT, situé quai de la Monnaie ou de Conti. Le cardinal Mazarin, par son testament du 6 mars 1661, ordonna qu'il serait fondé un collége sous le titre de *Mazarini*, destiné à soixante gentilshommes ou principaux bourgeois de Pignerol et de son territoire, ou de l'état Ecclésiastique, d'Alsace et pays d'Allemagne, de Flandre et de Roussillon. Ces nations étant seules admissibles dans ce collége, on lui donna le nom de *Quatre-Nations*. Ces soixante jeunes gens devaient y être gratuitement logés, nourris, instruits dans la religion et dans les belles-lettres; ils devaient apprendre à faire des armes, à monter à cheval et à danser. Mazarin légua aussi par son testament sa bibliothèque à ce collége, et une somme de deux millions pour les frais de construction. Louis XIV, par lettres patentes du mois de juin 1665, ordonna l'exécution de ce testament, et voulut que ce collége fût réputé de fondation royale.

Les exécuteurs testamentaires ayant acheté vers 1662 ce qui restait encore des bâtiments de l'hôtel et du *Séjour de Nesle*, firent jeter les premières fondations de l'édifice de ce collége, qui fut élevé sur les dessins de Leveau, et exécutés par Lambert et d'Orbay. La façade fut placée sur le quai : son plan forme une portion de cercle, terminée, à l'une et à l'autre extrémité, par une façade en ligne droite, qui s'unit à un gros pavillon. Au centre est le portail de l'église, faisant avant-latérales du palais du Louvre. Ce portail est placé sur le même axe que les porte-corps, composé d'une ordonnance corinthienne et couronné d'un fronton : au-dessus s'élève un dôme dont une lanterne et une croix formaient l'amortissement. Ce dôme, qui présente à l'extérieur une forme circulaire, a dans l'intérieur une forme elliptique. Dans l'espace que laissent entre elles ces deux formes, on a pratiqué quatre escaliers à vis qui communiquent à des tribunes. A droite du sanctuaire se présentait le tombeau du cardinal Mazarin. Sur un sarcophage de marbre noir, orné de supports de bronze doré, était la figure en marbre blanc de ce cardinal, représenté les mains jointes et dans l'attitude d'un homme en prières. Derrière lui on voyait un ange tenant des faisceaux, pièce principale de son blason. Ce tombeau s'élevait sur deux marches en marbre blanc; trois figures allégoriques en bronze, la Prudence, l'Abondance et la Fidélité, reposaient sur ces marches. Ce tombeau, un des plus beaux ouvrages de Coizevox, est maintenant au musée de Versailles.

La *Bibliothèque* de ce collége avait été composée par le savant Gabriel Naudé; elle fut en partie dispersée, pillée ou vendue pendant la Fronde. Elle était alors située au palais Mazarin, occupé aujourd'hui par la bibliothèque du roi. On la recomposa dans ce collége; elle devint publique dès l'an 1688. Outre cette bibliothèque, il en existe une seconde dans le même édifice; c'est celle de l'Institut, placée au-dessous du local de la première. Quoique moins nombreuse, elle est précieuse sous beaucoup de rapports, et surtout sous celui des ouvrages modernes qu'on y trouve.

En 1806, les bâtiments du collége Mazarin furent destinés aux séances et à la bibliothèque de l'Institut, aux diverses collections des arts, et reçurent le titre de *Palais des Beaux-Arts*. M. Vaudoyer fut alors chargé de transformer l'église de ce collége en une salle propre aux séances publiques de l'Institut. Plusieurs parties de cet édifice ont subi des changements. La lanterne du dôme a été entièrement reconstruite. — Deux fontaines furent établies aux deux côtés de l'avant-corps placé au centre de la façade ; chacune est composée de deux lions en fer fondu qui jettent de l'eau dans un même bassin.

LE LOUVRE, palais situé dans le quatrième arrondissement, quartier du Louvre. J'ai déjà parlé de diverses reconstructions qu'avait subies le Louvre ; au 17ᵉ siècle, sa façade, du côté de Saint-Germain-l'Auxerrois, était encore caractérisée par quatre tours rondes : deux au centre, et les deux autres aux angles de cette façade. Ce frontispice féodal et barbare ne pouvait subsister sous un prince magnifique et passionné pour les constructions. Louis XIV entreprit de reconstruire la façade et les autres vieux corps de bâtiments : il s'occupa d'abord à terminer plusieurs parties imparfaites du Louvre et de sa galerie ; et, pour n'éprouver nulle contrariété, aucun obstacle, il fit, le 6 novembre 1650, publier à Paris une défense à toutes personnes d'élever aucun bâtiment sans sa permission expresse, sous peine de dix mille livres d'amende, et à tous ouvriers de s'y employer, sous peine de prison pour la première fois et de galère pour la seconde. Le 6 février 1661, dans le temps qu'une multitude d'ouvriers étaient livrés à cet ouvrage, le feu prit à la galerie des peintres : il se communiquait déjà à la grande galerie du Louvre. On ne connaissait point encore l'usage des pompes, et ce ne fut qu'en coupant la galerie qu'on parvint à arrêter les progrès de l'incendie. Les bâtiments du Louvre, et même la façade orientale, commençaient à s'élever sur les dessins de Leveau, lorsqu'en 1664 Colbert fut nommé surintendant des bâtiments. Ce ministre n'était pas content des dessins de Leveau. Il invita tous les architectes de Paris à venir donner leur avis sur le modèle en menuiserie de cette façade et à fournir chacun un dessin, avec promesse d'adopter celui qui serait jugé le meilleur. Presque tous ces architectes censurèrent le projet de Leveau, firent des mémoires où ils établirent les motifs de leur censure et fournirent des dessins de cette façade. Claude Perrault, encouragé par son frère Charles, commis de Colbert, produisit aussi son dessin. Colbert en fut charmé, et ne pouvait concevoir, dit Charles Perrault, « qu'un » homme qui n'était pas architecte de profession eût pu faire rien de beau. La » pensée du péristyle est de moi : il l'approuva et la mit dans son dessin, mais » en l'embellissant infiniment. » Ce dessin, exposé en public, fut très-admiré : Colbert, qui n'était pas assez connaisseur pour se décider, prit la résolution de soumettre les dessins de Leveau à la censure des plus célèbres architectes d'Italie, comme il les avait déjà soumis à celle des architectes de France. Il envoya plusieurs copies de ces dessins à Rome. Les architectes étrangers s'occupèrent à fournir des dessins d'un goût bizarre qui ne furent point goûtés. En même temps, le ministre fit écrire une longue lettre au célèbre Nicolas Le Poussin, par laquelle il le chargeait de recueillir les opinions des plus habiles artistes de Rome et d'y joindre la sienne. Cette lettre écrite ne fut point envoyée.

Pendant ces consultations, le cardinal Barberin et un abbé Benedetti, ami de Colbert, parlèrent à ce ministre du cavalier Bernin, prônèrent sa réputation et ses talents extraordinaires. Cet artiste était un de ceux qui avaient envoyé un dessin pour la façade du Louvre. Colbert voulant l'attirer à Paris, détermina le roi à lui adresser, par un courrier extraordinaire, une lettre excessivement flatteuse. Le cavalier Bernin se rendit *aux prières* et aux offres brillantes de Louis XIV. L'ambassadeur de France alla en grande cérémonie chez cet artiste l'inviter à partir pour Paris. On lui donnait trois mille louis d'or par an, six mille livres pour son fils, autant au sieur Mathias, son élève, et des sommes proportionnées à tous ses domestiques. La réception si magnifique et si extraordinaire qu'on fit partout à cet artiste, les libéralités qu'on lui prodigua le firent considérer comme un être merveilleux et doué d'un génie sublime. Mais dès qu'il eut fait paraître quelques-unes de ses productions, on conçut de ses talents une opinion bien moins favorable : il ne put soutenir sa réputation. Son plan du Louvre offrait plusieurs inconvenances. Colbert commençait à sentir qu'il s'était trompé ; mais, après avoir donné tant de témoignages de vénération aux talents de Bernin, il n'osait faire éclater son mécontentement : il laissa aller les choses.

Le 17 octobre 1665, le roi posa avec une pompe extraordinaire la première pierre de la façade du Louvre. Il fallut démolir ce qu'avait élevé Leveau, et reconstruire sur de nouveaux frais d'après les dessins du cavalier Bernin ; mais les projets de Bernin étaient loin d'être goûtés ; on désirait se débarrasser de cet artiste, l'on ne savait quel expédient prendre. Le cavalier Bernin tira lui-même le roi et le ministre d'embarras, en demandant à s'en retourner dans son pays. La veille de son départ, le ministre lui fit porter par Charles Perrault trois mille louis d'or, un brevet de douze mille livres de pension annuelle, et un autre de douze cents livres pour son fils. Il partit. Il ne s'agissait plus que de choisir entre le dessin de Leveau et celui de Claude Perrault. Ce dernier emporta les suffrages. Il fallut encore abattre pour reconstruire. Mais cette fois on construisit pour ne plus démolir. Colbert, pressé de faire jouir le roi, mit tout en œuvre pour hâter les travaux. On avait déjà, comme je l'ai dit, fait défendre aux propriétaires de cette ville de bâtir sans la permission du roi, un nouveau moyen fut employé pour que les ouvriers eussent plus de temps à donner aux travaux du Louvre. Colbert obtint, en 1666, de l'archevêque de Paris, la suppression de plusieurs fêtes, suppression qui fit naître de nombreuses plaintes en prose et en vers.

La façade principale du Louvre, commencée en 1666, sur les dessins de Claude Perrault, fut terminée en 1670. Parmi les moyens employés pour élever cette façade, on doit citer la machine composée par Ponce Cliquin, habile charpentier, machine que Claude Perrault a fait graver dans sa dernière édition de Vitruve. Cette machine était destinée à élever à la hauteur du fronton deux pierres qui devaient le couvrir et former la cimaise. Chacune de ces pierres avait 54 pieds de long sur 8 de large, et 18 pouces d'épaisseur, et provenait d'un seul bloc scié en deux, et tiré des carrières de Meudon.

Cette façade a 525 pieds d'étendue. Cette longueur se compose de trois avant-corps : deux aux extrémités, et un au centre, où se trouve l'entrée principale. Les deux intervalles que laissent ces trois avant-corps sont occupés par deux

LA COLONNADE DU LOUVRE.

Publié par Furne, Paris

galeries, dont le fond, autrefois garni de niches, est aujourd'hui percé de fenêtres. La hauteur de cette façade, depuis le sol jusqu'à la partie supérieure de la
balustrade, est de 85 pieds : elle se divise en deux parties principales : le soubassement et le péristyle. — Le soubassement présente un mur lisse, percé de
vingt-trois ouvertures, portes ou fenêtres. Le péristyle se compose d'une ordonnance corinthienne contenant cinquante-deux colonnes et pilastres, accouplés
et cannelés. Cette façade éprouva des changements, et fut embellie sous le règne
de Napoléon. Au-dessus de la porte d'entrée, placée à l'avant-corps du centre,
on fit disparaître un grand cintre, et l'on établit entre les deux parties de la
colonnade une communication qui n'existait pas. Au-dessus de cette même
entrée étaient deux tables vides. On y a sculpté un grand bas-relief, représentant la Victoire sur un char attelé de quatre chevaux; et l'on y a joint
comme pendentifs, deux bas-reliefs qui existaient dans les cintres de l'attique
composé par Pierre Lescot. Le tympan du fronton qui couronne cet avant-
corps était resté vide. Le sieur Lemot fut chargé de le remplir. Il composa un
bas-relief, au centre duquel était placé, sur un piédestal, le buste de Napoléon.
On voyait à droite la figure de Minerve, et à gauche celle de la Muse de l'histoire,
écrivant sur le piédestal ces mots : *Napoléon-le-Grand a achevé le Louvre.* Devant
ce piédestal, la Victoire est assise; Minerve, des Muses, des Génies figurent dans
les autres parties de ce fronton. En 1815, on fit disparaître le buste de Napoléon,
et on lui substitua celui de Louis XIV; et l'inscription fut remplacée par celle-ci:
Ludovico Magno.

Perrault fit aussi élever, sur ses dessins, la façade du Louvre qui donne sur
le cours de la Seine; façade moins magnifique que la précédente, et qui se
trouve parfaitement d'accord avec elle. Le soubassement, les pilastres corinthiens qui la décorent, sont dans les mêmes proportions : il ne la termina point.
Celle qui regarde la rue du Coq fut en partie construite par Perrault. Sa décoration, qui diffère de celle de la façade du côté de la rivière, est moins riche.
D'ailleurs, entourée de bâtiments particuliers très-rapprochés, elle n'était point
en vue. Cet architecte n'en composa que la partie qui s'étend depuis la colonnade
jusqu'à l'avant-corps où se trouve la porte; avant-corps et porte qui sont de sa
composition. Ces façades, que Perrault n'avait point terminées, étaient, depuis
un siècle et demi, restées sans toitures, abandonnées aux injures de l'air, et res
semblaient à des ruines; elles furent achevées, ragréées, recouvertes, et couronnées de balustrades sous le règne de Napoléon.

Le plan de la cour du Louvre est un carré parfait, dont chaque côté a 58 toises.
Les décorations des quatre façades de cette cour ne se ressemblent pas : voici
les causes de cette dissemblance.

La façade intérieure du côté occidental appartient au corps de bâtiment
appelé communément le *vieux Louvre*, bâti par Pierre Lescot, sous François Ier
et Henri II. Elle fut restaurée sous Louis XIII par l'architecte Mercier qui,
s'écartant des dessins de Lescot, éleva le pavillon placé au centre, dont l'étage
supérieur fut décoré de six cariatides colossales sculptées par Sarasin, et sur le
comble duquel, avant le gouvernement de Bonaparte, était un télégraphe. La
façade méridionale fut construite en partie par les mêmes architectes, et par

Mercier qui, continuant l'ouvrage de Pierre Lescot, en conserva les dessins. Cette façade et tout le corps de bâtiment auquel elle appartient restèrent imparfaits. Commencée au seizième siècle, continuée au dix-septième, laissée dans un état de ruine, longtemps à demi enterrée sous des décombres, elle participait de la manière de l'une et de l'autre époque. La façade du côté oriental, celle qui se trouve derrière la façade extérieure appelée *colonnade*, conserva, à plusieurs égards, l'ordonnance du bâtiment appelé vieux Louvre, mais en différa dans plusieurs autres. Il en fut de même de la façade septentrionale. Les façades de cette cour, si l'on en excepte celle qui appartient au *vieux Louvre*, entreprises ou réparées sous Louis XIII, Louis XIV et Louis XV, ne furent point terminées. Les bâtiments qu'elles représentaient étaient abandonnés avant d'être achevés. La plupart manquaient de toitures ou n'en avaient que de provisoires, établies à la hâte, et qui ne s'élevaient pas même à la hauteur des murs de face.

Diverses académies tenaient leurs séances au *vieux Louvre* ou dans les corps de bâtiments contigus. Des gens de lettres, des artistes obtinrent la permission de s'y loger, et d'y établir leurs ateliers. Ces permissions se multiplièrent. La cour du Louvre était de plus encombrée de gravois qui s'élevaient à la hauteur du premier étage ; et dans les endroits où l'on pouvait passer, on avait laissé établir des baraques hideuses. En 1772, cette cour fut débarrassée de ces baraques et de ces décombres, et partagée en quatre grands carrés de gazon, protégés par des barrières. Ce palais resta dans ce déplorable état depuis le commencement du règne de Louis XIV jusqu'en 1802, époque où Napoléon entreprit d'achever l'édifice du Louvre.

Les façades extérieures et intérieures furent alors entièrement ragréées, achevées, couronnées de balustrades et couvertes d'une toiture. Celles du côté du nord et du côté du midi, construites en partie d'après les dessins de Pierre Lescot, furent refaites d'après ceux de Claude Perrault, et couronnées pareillement de balustrades. La façade intérieure du *vieux Louvre* ne put se raccorder avec les autres. Elle resta avec ses beautés et ses défauts comme un monument de l'architecture du seizième siècle. Une immense quantité de sculptures, à l'extérieur comme dans l'intérieur, des voûtes, des escaliers, des toitures, des portes riches d'ornements qui correspondent à la magnificence de l'édifice, et une infinité d'autres ouvrages de détail, furent accomplis en moins de huit ans; et ce palais, vieilli avant d'être achevé, noirci, dégradé par le temps, sembla sortir de ses ruines, glorieux et rajeuni.

Des démolitions commencées en même temps au nord du Louvre laissent de ce côté une large rue ; de vastes constructions entreprises sur la place dite du *vieux Louvre*, conformes aux bâtiments qui sont en face, doivent se rattacher à la nouvelle galerie du Louvre située du côté de la rue Saint-Honoré, comme les bâtiments du côté opposé se rattachent à l'ancienne galerie qui borde le cours de la Seine. Cette galerie nouvelle, commencée en 1807, et les salles du Musée des Antiques établies en 1805, au rez-de-chaussée des bâtiments du vieux Louvre et de ceux qui s'avancent jusqu'au quai, disposées, embellies avec goût et magnificence; le superbe et pittoresque escalier qui, de l'entrée de

JARDIN DES TUILERIES.

ces salles, conduit à celles qui sont destinées aux expositions, à la galerie d'Apollon et à la galerie dite *le Musée des Tableaux ;* cette dernière galerie, réparée, enrichie dans toute son immense longueur; la place du Carrousel, considérablement agrandie, débarrassée de plusieurs masses de maisons qui la rétrécissaient; une large rue ouverte entre cette place et celle du vieux Louvre, qui met ce palais en regard avec celui des Tuileries, et plusieurs autres travaux moins importants qu'il serait fastidieux d'indiquer, concoururent a l'embellissement du Louvre, et furent pour la plupart projetés et exécutés sous le règne de Napoléon, qui n'oublia pas de faire placer sur les murs de cet édifice restauré et terminé par ses ordres, et dans les endroits les plus apparents, son chiffre, les emblèmes de sa puissance, et autres *insignes* qui, après sa chute, ont tous disparu.

PALAIS DES TUILERIES. Louis XIV, en 1664, chargea Leveau de terminer et réparer le palais des Tuileries. Cet architecte y fit plusieurs changements; l'escalier, chef-d'œuvre de construction, mais très-déplacé, fut démoli et situé plus convenablement. Le pavillon du centre fut exhaussé; on le décora de deux ordonnances, l'une corinthienne et l'autre composite, et d'un attique avec cariatides. Le comble de ce pavillon s'élevait sur un plan circulaire et offrait une coupole : on y substitua un dôme quadrangulaire, et on ne laissa subsister des constructions de l'ancien architecte, Philibert Delorme, que l'ordonnance du rez-de-chaussée, ordonnance composée de colonnes et de pilastres à tambours de marbre, et dont les sculptures sont très-précieusement exécutées.

Les deux terrasses placées sur la façade du jardin, aux deux côtés de ce pavillon, furent conservées dans leur forme originelle; mais on changea la décoration des façades des bâtiments qui sont au fond de ces terrasses, et les trumeaux de ces façades furent ornés de gaînes et de bustes.

La galerie qui unit le palais des Tuileries à celui du Louvre était, quand à la maçonnerie, terminée du temps même de Henri IV, mais plusieurs parties accessoires restaient imparfaites. L'intérieur de cette galerie ne fut décoré et même entièrement pavé qu'en 1802. Louis XIV s'occupa spécialement de l'extérieur. Il fit sculpter les bas-reliefs des grands pavillons d'angles des Tuileries, ainsi que tous ceux qu'on voit sur les frontons de la galerie, tant du côté de la Seine que de celui de la place du Carrousel.

LE JARDIN DES TUILERIES était, avant Louis XIV, séparé du palais de ce nom par une rue qu'on nommait *rue des Tuileries.* Ce jardin renfermait une vaste volière, un étang, une ménagerie, une orangerie et une garenne qui en occupait l'extrémité occidentale. Une forte muraille, un fossé et un bastion qui embrassait toute la largeur de ce jardin, le protégeaient. Près de ce bastion était, sur le quai, une porte de ville appelée *de la Conférence,* porte qui paraît avoir été construite sous le règne de Louis XIII.

Vers l'an 1663, Le Nôtre fut chargé de dessiner sur un nouveau plan le jardin des Tuileries. Il changea tout; il environna ce jardin de deux terrasses plantées d'arbres : celle du bord de la Seine et celle des Feuillants. Elles encadrent le jardin de deux côtés, et, après un retour, elles s'inclinent en se rapprochant à l'extrémité occidentale, et chacune, décrivant une courbe, s'abaisse par une rampe en pente douce jusqu'au niveau du sol ; elles laissent entre elles une vaste ouverture par laquelle la vue pénètre dans les Champs-Élysées, et en découvre la longue et magnifique avenue. Voilà le cadre de ce jardin. Il se composait, au temps de Louis XIV, d'un parterre orné d'ifs, de buis en dessins contournés, d'un bosquet et de trois bassins. Ce parterre est aujourd'hui borné par un massif de marronniers qui occupe la plus grande partie du jardin. Au delà de ce massif est un vaste bassin octogone, accompagné de pièces de gazon ; telles sont les masses du tableau. Les diverses parties étaient et sont encore ornées d'un grand nombre de figures, de statues, de groupes en marbre, imitations de l'antique ou productions du talent de nos meilleurs artistes.

Il serait trop long de les décrire, même d'en faire l'énumération ; je me bornerai à indiquer, d'abord dans le parterre, les deux groupes magnifiques qui représentent l'un *Énée* qui, après le sac de Troie, enlève son père Anchise, ingénieuse composition de Lepautre. — L'autre est la *Mort de Lucrèce*, groupe de trois figures, commencé à Rome par Théodon, et terminé à Paris par Lepautre. — Au delà du bosquet, à droite, il faut aller admirer la *Vestale* de Legros, imitée de l'antique. Au bas, de chaque côté des deux rampes dont j'ai parlé, sont quatre groupes représentant des fleuves ; deux de ces groupes, de proportions colossales, copiés d'après l'antique, sont le Nil et le Tibre. Ces deux groupes ont été sculptés à Rome par les Français pensionnaires du roi. — Les deux autres groupes, sculptés par Coustou l'aîné, représentent l'un la Seine, la Marne ; l'autre la Loire et le Loiret, par Vanclève.

A l'entrée par la place de la Concorde, à l'endroit où les deux terrasses se terminent, s'élèvent deux groupes en marbre : l'un représente la Renommée embouchant sa trompette, et montée sur un cheval ailé franchissant un trophée militaire ; l'autre offre l'image de Mercure ; il tient d'une main son caducée, et de l'autre les rênes d'un cheval pareillement ailé, et sur lequel il est monté : ce cheval s'élance pour franchir un faisceau d'armes. Ces groupes sont dignes du talent de Coizevox, qui les a sculptés.

Depuis Louis XIV, et surtout depuis la Révolution, ce jardin et ses accessoires ont éprouvé des changements heureux.

La Commission des inspecteurs du conseil des anciens, pendant les années v, vi et vii (1796, 1797, 1798), y fit exécuter d'immenses réparations ; tous les bassins, tous les escaliers par lesquels on monte aux terrasses, etc., furent entièrement reconstruits ; on planta des arbres nouveaux sur les deux terrasses ; de belles grilles remplacèrent les portes mesquines et en maçonnerie qui existaient depuis le règne de Louis XIV.

Du côté de la terrasse des Feuillants, le jardin était clos par un vieux mur, en partie recouvert de charmilles ; au dehors, et le long de cette clôture, se trouvaient les enclos et jardins des Capucins et des Feuillants, et une longue cour qui aboutissait aux manéges couvert et découvert des Tuileries. C'est dans les bâtiments et sur l'emplacement de ces manéges, contigus à la terrasse des Feuillants, que l'on construisit, en 1790, une salle où l'Assemblée constituante termina sa session, où l'Assemblée législative tint la sienne tout entière, où elle fut remplacée par l'Assemblée conventionnelle, qui y siégea jusqu'en avril 1793, et la quitta pour occuper une salle dans le château des Tuileries ; enfin cette salle souvent réparée, servit encore aux séances du conseil des Cinq-Cents, qui l'occupa jusqu'en 1798, époque où la salle actuelle du palais Bourbon fut construite.

Bonaparte, sur l'emplacement de ces enclos et jardins, de cette cour, de cette salle, fit ouvrir, en 1802, la rue de *Rivoli*. Il fit aussi ouvrir dans le même temps la rue du Mont-Thabor, celle de Castiglione, et celle de Napoléon, depuis 1815 nommée de la Paix, qui, toutes deux dans la même ligne, en partant du jardin des Tuileries, traversent la place Vendôme et se dirigent jusqu'au boulevard de la Madeleine. On peut observer que le jardin des Tuileries est aujourd'hui un des plus beaux qui existent en Europe.

CHAMPS-ÉLYSÉES, promenade publique et sans clôture, située au delà du jardin des Tuileries, dont elle est séparée par la place Louis XV. Son emplacement était en culture, et n'offrait çà et là que des maisonnettes et des jardins, lorsqu'en 1670 on commença à y tracer des allées et à y planter des arbres. Cette promenade fut d'abord nommée le *Grand-Cours*, pour la distinguer de celle du *Cours-la-Reine*, qui est contiguë. Dans la suite, lorsque les arbres eurent donné plus de verdure et répandu plus d'agrément, elle fut nommée *Champs-Élysées :* elle portait ce nom sous Louis XIV. En 1770, ses plantations furent presque entièrement renouvelées.

Les Champs-Élysées sont traversés par la route de Neuilly, route dont l'axe est une prolongation de celui de la grande allée du jardin des Tuileries. Cette route, plantée d'arbres, munie de contre-allées, se continue, toujours dans la même ligne, jusqu'à la barrière et jusqu'au delà du pont de Neuilly. Paris n'a pas d'entrée plus imposante ; peu de villes en ont d'aussi magnifiques (1).

A l'entrée des Champs-Élysées par la place de Louis XV, aux deux côtés de la route, sont élevés sur des piédestaux deux groupes en marbre, représentant chacun un cheval fougueux retenu par un homme. Sculptés par Coustou le jeune, ils furent, en 1745, placés aux deux côtés de l'abreuvoir de Marly. On les transféra, en 1794, à Paris, sur un chariot conservé comme une curiosité dans la première salle du *Conservatoire des arts et métiers*. Pendant l'hiver de 1818 à 1819, on a exhaussé, affermi et sablé toutes les allées des Champs-Élysées, abattu huit cents pieds d'arbres, et replanté environ six cents. Enfin, depuis 1830, on y a exécuté divers embellissements dont je parlerai plus loin.

PLACE DU CARROUSEL, située à l'est du palais des Tuileries. Elle présentait un terrain vague, qui existait entre les anciens murs de Paris et ce palais. Sur ce terrain, on établit en 1600, un jardin qui fut nommé dans la suite le *jardin de Mademoiselle*, parce que mademoiselle de Montpensier habitait le palais des Tuileries et possédait ce jardin, qui fut détruit en 1655. Louis XIV choisit cet emplacement pour y donner, les 5 et 6 juin 1662, une fête ou spectacle composé de courses, de ballets, où la cour étala un luxe extraordinaire dans les habits et les équipages. On avait, pour cet objet, élevé sur cette place une construc-

---

(1) La longueur des Champs-Élysées, depuis la place Louis XV jusqu'à l'Étoile, située à son extrémité opposée, est de plus de 400 toises ; sa moindre largeur, du côté des Tuileries, est de 160 toises la plus grande, du côté de Chaillot, est d'environ 500.

tion en charpente qui concourait à l'éclat de ce spectacle, un des plus magnifiques que ce roi ait donnés, et qui ne coûta, dit-on, que douze cent mille livres.
Cette fête, nommée *Carrousel*, donna son nom à la place où elle fut exécutée.

La place du Carrousel était, sous Louis XIV, plus vaste qu'elle n'a été dans
la suite. Plusieurs cours et bâtiments, construits depuis, en diminuèrent l'étendue.
Mais un étrange et malheureux événement fit disparaître plusieurs de ces constructions qui rétrécissaient cette place. Le 3 nivôse an ix (24 novembre 1800),
Bonaparte, alors premier consul, se rendait à l'Opéra ; une machine, qu'on
nomma *infernale*, placée à l'entrée de la rue Saint-Nicaise, au moment du passage de la voiture de ce premier magistrat, fit une explosion qui retentit dans
tous les quartiers de la ville. Quarante-six maisons furent fortement ébranlées
ou endommagées ; huit personnes furent tuées, et vingt-huit autres blessées
grièvement. La voiture du premier consul, comme chacun sait, ne fut point
atteinte. Les maisons ébranlées furent démolies. On commença la construction
de la galerie du Louvre parallèle à l'ancienne, et la place du Carrousel, agrandie,
déblayée encore depuis de plusieurs bâtiments particuliers, présente maintenant
dans son plan une forme carrée presque régulière.

PLACE VENDOME, située entre les rues Saint-Honoré et Neuve-des-Petits-Champs.
Sur son emplacement, les ducs de Retz avaient fait, sous le règne de Charles IX,
bâtir un hôtel accompagné de jardins. Cet hôtel fut, en 1603, vendu à la duchesse
de Mercœur, passa ensuite à la maison de Vendôme, et enfin fut acheté
par Louvois, qui résolut d'élever une place monumentale. Pour exécuter le
projet de cette place, il fallait abattre le couvent des Capucines : il fut abattu.
On en construisit un autre dans la rue Neuve-des-Petits-Champs, et le portail
de ce couvent fut élevé sur l'axe même de la place projetée, et servit à sa décoration. On éleva successivement les façades des bâtiments qui devaient entourer
cette place ; mais Louvois, qui se proposait d'y établir la Bibliothèque du roi,
différentes académies, un hôtel des monnaies, un hôtel pour les ambassadeurs,
mourut le 16 juillet 1691, et les travaux furent suspendus.

En 1698, le ministre Pont-Chartrain vint proposer à Louis XIV d'abattre
toutes les constructions de cette place, et d'en élever d'autres sur les dessins
de Mansard. Le roi, qui quelques jours auparavant n'avait écouté qu'avec
humeur les représentations de Madame de Maintenon sur ses folles dépenses et
son goût effréné pour les constructions, voulant devant elle faire parade de ses
prétendus principes d'économie, dit au ministre, à l'occasion de cette place :
*M. de Louvois l'a faite presque malgré moi. Tous ces messieurs les ministres veulent
faire quelque chose qui leur fasse honneur auprès de la postérité. Ils ont trouvé le
secret de me donner à l'Europe comme aimant ces vanités-là. Madame est témoin
des chagrins que MM. de Louvois et la Feuillade m'ont donnés là-dessus. Je veux me
les épargner désormais, et je veux qu'on ne me propose rien d'approchant. Que mon
peuple soit bien nourri, je serai toujours assez bien logé.* Mais ses actions démenti-
tirent ses paroles. Les nouveaux plans de Mansard furent adoptés. On démolit
pour reconstruire, et la ville de Paris fut chargée des dépenses. Le 14 mai 1699,
le corps de ville ayant rétrocédé tous ses droits au sieur Masneuf, moyennant
620 mille livres, cet entrepreneur se chargea de faire démolir ce qui avait déjà

été bâti, de faire reconstruire les façades que l'on voit encore, et de les achever avant le 1ᵉʳ octobre 1701 : ce qui fut ponctuellement exécuté. Cette place fut alors nommée *Place des Conquêtes*. Quand on y eut placé la statue équestre de Louis XIV, on voulut lui donner le nom de *Place de Louis-le-Grand*, et, pendant la Révolution, celui de *Place des Piques;* mais le vulgaire, lui continuant la dénomination de l'hôtel qu'elle remplaçait, l'appela constamment *Place Vendôme*, et ce nom a prévalu.

Le plan de cette place est un carré équilatéral, dont les angles sont à pans coupés. Les bâtiments qui l'entourent ont des façades uniformes ; les rez-de-chaussée présentent une décoration d'arcades à refend, formant soubassement à une ordonnance de pilastres corinthiens ; ces façades sont aussi, à leur centre, décorées d'avant-corps, avec colonnes et frontons. Au milieu de cette place fut érigée, en 1699, la statue équestre en bronze de Louis XIV, statue exécutée d'après les dessins de François Girardon, et fondue, le 1ᵉʳ décembre 1692, par J. Balthazar Keller, habile fondeur. Elle est le premier exemple d'un ouvrage d'une aussi grande dimension coulé en fonte d'un seul jet. Cette statue équestre avait 22 pieds de hauteur, et son piédestal 30 ; l'ensemble du monument était donc de 52 pieds d'élévation au-dessus du sol. On employa à cette statue 70 milliers de métal.

Lorsque cette statue fut érigée, les impôts excessifs dont Louis XIV accablait les Français pour subvenir aux frais de ses guerres, de son luxe et de ses bâtiments, excitèrent un mécontentement général ; de plus Paris était tourmenté par des disettes fréquentes et par des maladies qui en sont les suites ordinaires. Louis XIV, présent à l'inauguration de la statue, ne put s'empêcher de désapprouver les dépenses excessives que la ville faisait en cette cérémonie, dans un temps de disette. Le duc de Bourgogne refusa d'y assister, et dit à son épouse qui le pressait de s'y rendre : *Comment se réjouir, quand le peuple souffre?* On se permit alors contre Louis XIV une singulière épigramme : on plaça sur les épaules de sa statue une grande besace. C'était traiter ce roi d'orgueilleux et de mendiant. Le 18 août 1792, cette statue, ainsi que toutes celles des rois, fut abattue. En l'an 1806 on commença à élever à sa place un monument d'un autre genre, dont je parlerai dans la suite.

PLACE DES VICTOIRES, où viennent aboutir les rues Croix-des-Petits-Champs, Neuve-des-Petits-Champs, de La Feuillade, Vide-Gousset, des Fossés-Montmartre et du Petit-Reposoir.

François, vicomte d'Aubusson, duc de la Feuillade, pair et maréchal de France, entraîné par une admiration fanatique pour la grandeur de Louis XIV, voulut laisser à la postérité un monument durable de son zèle. Il fit d'abord sculpter la figure en marbre et en pied de Louis XIV, qu'il se proposait de placer dans un lieu très-apparent ; mais bientôt cet hommage lui sembla indigne de son objet. En 1684, il acheta l'hôtel de La Ferté-Sénectère, occupant un emplacement vaste et isolé ; il le fit entièrement démolir, pour y construire une place publique. La ville de Paris voulut participer à cette œuvre ; elle acheta l'hôtel d'Émeri, dont l'emplacement contribua à l'agrandissement de la place, et par acte du 12 septembre 1685, un architecte, appelé Predot, fut chargé de la construction des maisons qui devaient l'entourer. Ces bâtiments n'étaient encore que commencés, lorsque, le 18 mars 1686, le duc de La Feuillade, ayant fait exécuter par d'habiles artistes un groupe représentant la figure en pied de Louis XIV couronné par la Victoire, fit célébrer l'inauguration de ce monument. Au son de la musique militaire, au bruit des salves d'artillerie, fut consacré le groupe érigé à la gloire de Louis XIV. On brûla de l'encens aux pieds de l'idole; on fit des génuflexions devant elle; et l'on grava en lettres d'or, sur le piédestal, cette inscription : *Viro immortali*, à l'homme immortel.

La place des Victoires est peu spacieuse; les bâtiments qui l'entourent, uniformément décorés, présentent un rez-de-chaussée composé de portiques à refend, qui servent de soubassement à une ordonnance de pilastres doriques. Le monument, qui en occupait le centre, était l'ouvrage de Desjardins : il se composait d'un piédestal de marbre chargé d'inscriptions adulatrices, et de quatre bas-reliefs représentant la conquête de la Franche-Comté, le passage du Rhin, la préséance de la France sur l'Espagne, et la paix de Nimègue. Aux quatre angles du piédestal on voyait quatre figures colossales d'esclaves ou de prisonniers enchaînés. Ces figures en bronze étaient remarquables par la vérité de leur expression. Sur ce piédestal s'élevait un groupe doré de deux figures; celle de Louis XIV en pied, vêtu des habits de son sacre, et foulant à ses pieds le Cerbère, figure allégorique de la triple alliance. Derrière la figure du roi était celle de la Victoire, posant au-dessus de la tête de Louis XIV une couronne de laurier. Quatre fanaux éclairaient pendant la nuit le groupe de Louis XIV.

Un arrêt du conseil, du 20 avril 1699, porte que les quatre fanaux ne seront plus allumés; après la mort du roi, un autre arrêt du conseil, du 23 octobre 1717, ordonna la démolition de ces fanaux. On attribue cette mesure à un distique gascon qui fut affiché sur le piédestal du monument; l'auteur, faisant allusion au soleil que Louis XIV avait pris pour emblème, dit :

> La Feuillade, sandis, jé crois qué tu mé bernes,
> De placer lé soleil entré quatré lanternes.

La municipalité de Paris fit enlever les figures d'esclaves à l'occasion de la fête de la fédération du 14 juillet 1790; on les plaça dans une cour du Louvre, où on les a vues longtemps : elles furent depuis transférées à l'Hôtel des Invalides, dont elles décorent la façade. Enfin la statue du roi fut abattue en août 1792.

On y substitua, en 1793, une pyramide en bois, portant sur ses faces les noms des départements et ceux des hommes morts à la journée du 10 août 1792; la place reçut alors le nom de *Place des Victoires nationales*. Le 27 septembre 1800, Bonaparte, premier consul, posa en cérémonie la première pierre d'un monument qui ne fut pas exécuté, et qui devait être consacré à la mémoire des généraux Kléber et Desaix, morts le même jour. En 1806, on construisit un piédestal pour recevoir la statue du général Desaix. Cette statue colossale fut exécutée en bronze sur les dessins du sieur Dejoux. Elle représentait le général tout nu. Pour faire disparaître cette inconvenance, on enveloppa le monument de charpente. Il est resté dans cet état jusqu'en 1815, époque où la statue fut enlevée par ordre de la cour. On y a substitué une statue équestre en bronze, représen-

LA PORTE ST DENIS.

tant Louis XIV. Au commencement de l'an 1821, **M.** Bosio, statuaire chargé de cet ouvrage, en avait terminé le modèle. Il ne tarda pas à être placé sur son piédestal. On dit que la statue colossale de Bonaparte, qui s'élevait sur la cime de la colonne de la place Vendôme, a servi de matière à cette statue équestre de Louis XIV.

PORTE SAINT-ANTOINE, située à l'extrémité de la rue Saint-Antoine, à l'endroit où cette rue est coupée par la partie septentrionale du boulevard. Une ancienne porte, bâtie en 1585, et ornée de plusieurs bas-reliefs sculptés par Jean Goujon, fut agrandie et restaurée dans les années 1670 et 1671 par l'architecte Blondel, qui la convertit en arc de triomphe en l'honneur de Louis XIV. Il agrandit ce monument en ajoutant à l'ancienne arcade deux autres arcades latérales de la même hauteur. Cette porte, précédée, du côté du faubourg Saint-Antoine, par une vaste demi-lune, fut démolie en 1778.

ARC DE TRIOMPHE DU FAUBOURG SAINT-ANTOINE, situé à l'extrémité de ce faubourg. Après les conquêtes de Flandres et de la Franche-Comté, Colbert proposa d'élever un arc de triomphe à la gloire du roi. Guittard fut chargé de l'exécution, et Claude Perrault de la direction de cet ouvrage, qui ne fut pas achevé et que l'on démolit en 1716. Le dessin de cet arc de triomphe était d'une grande beauté : on peut en juger d'après la gravure qu'en a faite Leclerc. C'est à l'occasion des inscriptions proposées pour ce monument que s'éleva, entre les littérateurs du temps, une longue et fameuse dispute sur la question de savoir si les inscriptions monumentales devaient être en langue latine ou française. On a écrit plusieurs volumes sur cette matière.

PORTE SAINT-BERNARD, située sur le quai de la Tournelle, un peu au-dessus du pont ainsi nommé et contre l'ancienne forteresse de la Tournelle. En cet endroit était auparavant une porte qui faisait partie de l'enceinte de Philippe-Auguste, et fut reconstruite en 1606. Elle ne reçut le nom de Saint-Bernard, que porte le quai situé en dehors, qu'après sa reconstruction sous Louis XIV.

L'architecte Blondel fut encore chargé de convertir cette porte de ville en un arc de triomphe. Ce travail fut terminé en 1674. Il se composait de deux portiques d'égales dimensions. Au-dessus, du côté de la ville comme du côté du faubourg, régnait un bas-relief qui occupait presque toute la largeur du monument. Celui qui regardait la ville représentait Louis XIV vêtu à la manière des héros de l'antique Grèce, la tête et les épaules couvertes de sa vaste perruque, et assis sur un trône. Les divinités de la mer lui offraient des hommages et divers présents qu'il distribuait ensuite à la ville de Paris. Cette ville était figurée par une femme à genoux devant ce roi, et lui tendant les bras en suppliante. — Du côté du faubourg, le bas-relief offrait Louis XIV monté sur la poupe d'un navire voguant à pleines voiles, et poussé par des naïades et des tritons. Ces sculptures, ainsi que les figures de six vertus, placées au-dessus des impostes, étaient l'ouvrage de Jean-Baptiste Tuby. Chaque bas-relief était surmonté par un entablement, et l'entablement par un attique. Dans un quartier aussi fréquenté, la gloire de Louis XIV gênait un peu les mouvements du commerce ; de sorte que cette construction fut démolie vers l'an 1787.

PORTE OU ARC DE TRIOMPHE DE SAINT-DENIS, situé entre la rue Saint-Denis et celle du faubourg de ce nom, à l'endroit où le boulevard forme la séparation entre ces rues. Cet arc de triomphe fut élevé aux frais de la ville, en 1772, sur les dessins de François Blondel, à l'occasion des conquêtes rapides que faisaient alors les armées de Louis XIV. Ici Blondel a déployé toutes les ressources de son imagination pour donner à cette construction un grand caractère de magnificence; il a été puissamment secondé par Michel et François Anguier, qui ont exécuté toutes les sculptures de cette porte avec un talent supérieur (1).

Du côté de la ville, la face de cet arc de triomphe présente deux formes qui participent de l'obélisque et de la pyramide; elles sont engagées dans le mur, et, pour amortissement, ont un globe chargé de trois fleurs de lis et d'une couronne. Ces obélisques sont décorés de trophées d'armes antiques d'un très-beau style. Au pied de chacun de ces obélisques est une figure assise, colossale, dont l'une représente les sept Provinces-Unies, sous la figure d'une femme consternée; l'autre le fleuve du Rhin, figuré par un homme vigoureux s'appuyant sur un gouvernail et tenant une corne d'abondance. Ces deux figures, d'une grande beauté, ont été faites sur les dessins de Lebrun. Au-dessus de l'arcade est une table renfoncée, qui présente un bas-relief spacieux, où l'on voit Louis XIV à cheval, vêtu en guerrier, dans l'attitude du commandement. Sur la frise, on lit cette inscription dédicatoire : *Ludovico Magno*. Du côté du faubourg, la décoration est pareille, avec cette différence que le bas-relief placé au-dessus de l'arc a pour sujet la prise de Maëstricht, et qu'au lieu de figures humaines au bas des obélisques on a placé des lions. En 1817, le gouvernement ordonna la restauration de ce monument, et elle fut confiée aux soins du sieur Cellerier.

PORTE OU ARC DE TRIOMPHE DE SAINT-MARTIN, situé sur le boulevard de ce nom, à l'endroit où ce boulevard sépare la rue Saint-Martin de celle du faubourg. Cet arc fut construit en 1674, sur les dessins de Pierre Bullet, élève de François Blondel (2). Les pieds-droits qui, aux extrémités, s'élèvent jusqu'à l'entablement, et ceux qui supportent l'arcade du milieu, ainsi que le bandeau de cette arcade, sont travaillés en bossages vermiculés. Au-dessus est un entablement à grandes consoles; le tout est surmonté par un attique chargé d'une inscription latine. Dans les deux espaces qui se trouvent entre les pieds-droits, le bandeau de la grande arcade et l'entablement, sont deux bas-reliefs relatifs aux conquêtes de Louis XIV. Dans un de ces bas-reliefs, du côté de la ville, on voit ce monarque assis sur son trône, ayant à ses pieds la figure allégorique d'une nation à genoux, qui lui tend les bras, et lui présente un rouleau contenant le traité de la triple alliance. L'autre bas-relief représente le même roi sous les traits d'Hercule : la Victoire, descendue du ciel, tenant des palmes d'une

(1) Ce monument a 72 pieds de largeur et autant d'élévation, de sorte que l'ensemble d'une face forme un carré parfait. L'ouverture de la grande arcade a 25 pieds; la hauteur de l'arcade, depuis le sol jusqu'à la clef du cintre, est de 42 pieds 10 pouces; aux deux côtés sont pour les piétons deux portes qui n'ont que 6 pieds 8 pouces de hauteur.

(2) Ce monument a 18 mètres de large et 18 mètres d'élévation; chacune de ses faces présente un carré parfait. Cette construction est percée par trois arcades; celle du milieu a 8 mètres 60 centim. de largeur et 8 mètres 60 centim. d'élévation; les arcades latérales ont chacune 4 mètres 30 centim. de largeur et 5 mètres 20 centim. de hauteur.

main, pose de l'autre, sur la tête du roi, une couronne de laurier. C'est ainsi
que l'on a allégorisé la conquête de la Franche-Comté. Du côté du faubourg,
les deux bas-reliefs représentent, sous de semblables allégories, la prise de Lim-
bourg et la défaite des Allemands. Ces bas-reliefs sont de Desjardins, Marsy, Le
Hongre et Legros. Dans les années 1819 et 1820, on a fait plusieurs réparations
à cet arc de triomphe.

OBSERVATOIRE, situé entre les rues du Faubourg-Saint-Jacques et d'Enfer, à
l'extrémité méridionale de la grande avenue établie en face du palais du Luxembourg.

Après l'établissement de l'Académie des sciences, on sentit la nécessité, pour
favoriser les travaux de ses nouveaux membres, de construire un laboratoire pour
la chimie et un observatoire pour l'astronomie. Le laboratoire fut bâti dans un
lieu convenable, dépendant de la bibliothèque du Roi, et, après plusieurs
recherches et discussions, on se décida à placer l'Observatoire dans le lieu qu'il
occupe aujourd'hui. Claude Perrault fut chargé par Colbert de fournir les dessins de cet édifice, qui, commencé en 1667, fut entièrement achevé en 1672.
Pendant que l'on travaillait à cette construction, et lorsqu'elle était presque
achevée, vint à Paris Jean-Dominique de Cassini, que Colbert avait mandé d'Italie pour diriger les travaux de l'Observatoire. Le plan de cet édifice est un rectangle dont les quatre faces répondent aux quatre points cardinaux (1). Aux
angles de la face méridionale sont deux tours ou pavillons octogones, engagés,
qui donnent plus de développement à cette face. Du côté du nord est un avant-
corps carré où se trouve la porte d'entrée.

On a été obligé, en 1834, de construire à l'est un bâtiment contigu. La ligne
méridienne de Paris, tracée dans la grande salle du second étage de l'Observatoire, divise cet édifice en deux parties égales, et, se prolongeant au sud et au
nord, s'étend d'un côté jusqu'à Collioure, et de l'autre jusqu'à Dunkerque. Ces
deux lignes, qui se coupent au centre de la façade méridionale de l'Observatoire, ont servi de bases aux nombreux triangles d'après lesquels on a levé la
carte générale de la France, appelée *carte de Cassini* ou *de l'Observatoire*.

Au premier étage, on voit une vaste charpente qui sert de pied à un long
télescope, autrefois déposé au château de la Muette. Cet instrument embarrassant
ne sert que comme monument de l'art optique. L'invention des lunettes achromatiques l'a rendu inutile. Au second étage se présente la grande salle qui fut,
en 1789, presque entièrement reconstruite, ainsi que la voûte qui la couvre. Dans
cette salle se voient plusieurs instruments de physique, des globes, la ligne
méridienne tracée sur le pavé, et, sur un piédestal, la figure en marbre de Jean-
Dominique de Cassini, mort en 1712, à l'âge de 87 ans. Cette figure a été exécutée,
en 1810, par le sieur Moite.

Sur le comble de cet édifice, comble formé d'épaisses dalles en pierre, on a
élevé, vers l'an 1810, un bâtiment carré en pierre de taille, flanqué de deux
tourelles. Dans une des ces tourelles on a, depuis quelques années, établi une
lunette achromatique dont le pivot est incliné comme l'axe de la terre. Cette

(1) Il a 15 toises dans sa plus grande dimension de l'est à l'ouest, et 13 toises 2 tiers dans sa
dimension du sud au nord.

lunette est destinée à observer et décrire la marche des comètes. La plate-forme
de cet édifice est élevée au-dessus du pavé de 27 mètres. C'est dans le bâtiment
de l'Observatoire que le bureau des longitudes tient ses séances, et que logent
quelques-uns de ses membres.

Le bâtiment contigu, situé à l'est de l'édifice principal, a remplacé une tour de
bois qui servait à Marly, à la machine hydraulique de ce lieu; elle surpassait en
hauteur le bâtiment de l'Observatoire. Le bâtiment qui a remplacé cette tour est
celui où se font presque toutes les observations astronomiques et météorologiques.
On y pénètre par le premier étage du grand bâtiment; c'est là que l'on voit,
entre plusieurs instruments, des cercles répétiteurs, une lunette méridienne qui
sert à observer l'instant où le soleil, aux solstices ou aux équinoxes, passe sur
le méridien de Paris. Des parties du comble de ce petit bâtiment, par une mécanique simple, se découvrant à volonté, permettent d'observer le ciel.

Pendant les années 1811 et 1813, de grandes réparations exécutées dans le
quartier dégagèrent l'édifice de l'Observatoire, lui procurèrent un accès facile,
et mirent à découvert sa façade. En avant de la façade, du côté du nord, est une
grille soutenue par deux pavillons nouvellement construits, et une large avenue
plantée d'arbres, qui s'étend en droite ligne jusqu'à la grille du Luxembourg.
Une singularité distingue l'édifice de l'Observatoire de tous ceux de Paris : dans
sa construction on n'a point employé de bois : on disait même qu'il n'y était
point entré de fer; mais dans les travaux qui furent exécutés en 1823, on découvrit des barres de fer : du reste, tous les étages et le comble sont voûtés.

ACADÉMIE ROYALE DE PEINTURE ET DE SCULPTURE, située d'abord dans les salles
du *Louvre*, maintenant au *Palais des Beaux-Arts*. Elle dut son institution à la
querelle élevée entre les peintres de la confrérie de Saint-Luc, jouissant du
titre de *maîtres*, et ceux qui, à la faveur des priviléges, exerçaient leur art sans
être assujettis à la maîtrise. Le célèbre Lebrun, à la tête de ces derniers, appuyé
du crédit du chancelier Séguier, forma le plan d'une académie royale de
peinture et de sculpture, et y fut autorisé par un arrêt du conseil privé du
20 janvier 1648. Les nouveaux académiciens dressèrent des statuts qui furent
confirmés par lettres patentes du roi. — Le ministre Colbert, en l'année 1665,
établit à Rome une académie de peintres et de sculpteurs français, où l'on
envoyait des élèves entretenus par le roi, et qui fut, en 1776, réunie à celle de
Paris.

Cette académie est une école pour les arts d'imitation; elle occupait au
Louvre six grandes pièces garnies de tableaux et de plâtres moulés sur l'antique.
Les élèves peintres, sculpteurs et architectes qui, au jugement de l'académie
royale de peinture, remportent les grands prix, sont pensionnés, envoyés à
Rome, et y séjournent cinq ans; tous les trois ans on y envoie le peintre paysa-
giste qui a remporté le prix. Cet état de choses s'est maintenu, à quelques changements près, jusqu'à présent. Par la loi du 3 brumaire an IV (1795), cette académie fut comprise dans la troisième classe de l'Institut, et par celle de l'an XI
(1803), elle fit partie de la quatrième, et fut transférée, ainsi que l'Institut, au
Collége Mazarin.

ACADÉMIE DE SAINT-LUC. La communauté des peintres, sculpteurs et gra-

veurs de Paris existait depuis longtemps, comme la plupart des autres corps de
métiers ou professions. Cette communauté obtint, en 1704, la chapelle de Saint-
Symphorien dont j'ai parlé : elle la fit réparer et embellir ; et, autorisée par
lettres patentes du 17 novembre 1703, elle établit dans une partie de cette chapelle une école de dessin. Il est présumable que cette école reçut alors le titre
d'*Académie*, qu'elle a constamment porté depuis. Elle avait des concours, des
prix et des expositions qu'elle faisait en divers lieux. Cette société, de laquelle
il n'est sorti que très-peu d'ouvrages dignes d'être cités, se maintint jusque vers
l'an 1776. Alors les élèves de l'école Saint-Luc se réunirent à ceux de l'Académie
royale, qui, pour les recevoir, fit disposer une seconde salle au Louvre consacrée
à l'étude du modèle.

ACADÉMIE DES INSCRIPTIONS ET BELLES-LETTRES, dont les séances se tinrent
d'abord dans la bibliothèque de Colbert, puis au Louvre, enfin aujourd'hui au
palais de l'Institut. Colbert, voulant flatter le goût de Louis XIV pour les bâtiments et les louanges, réunit chez lui pour la première fois, le 3 février 1663,
quatre hommes de lettres : Chapelain, Charles Perrault, l'abbé de Bourseix et
l'abbé de Cassagne. Il leur dit qu'il les avait fait appeler pour les consulter sur
des matières de goût et d'érudition ; qu'il désirait qu'ils formassent un petit conseil qui pût se réunir deux fois la semaine, le mardi et le vendredi. Le lieu des
séances était celui de la bibliothèque de ce ministre, rue Vivienne. Cette académie naissante, dite *petite Académie*, était chargée de composer les sujets et les
légendes des médailles, les sujets et les inscriptions des tapisseries qui devaient
être exécutées à la manufacture des Gobelins, les sujets et devises des jetons,
et des inscriptions pour les bâtiments. Elle était aussi chargée de revoir et corriger les ouvrages en vers ou en prose, composés à la louange du roi, pour les
mettre en état d'être livrés à l'imprimerie du Louvre. Colbert présenta les
quatre académiciens au roi, qui, content de l'emploi qu'ils faisaient de leurs
talents, leur dit : « Vous pouvez, messieurs, juger de l'estime que je fais de
» vous, puisque je vous confie la chose du monde qui m'est la plus précieuse,
» qui est ma gloire, je suis sûr que vous ferez des merveilles ; je tâcherai de ma
» part de vous fournir de la matière qui mérite d'être mise en œuvre par des
» gens aussi habiles que vous êtes. »

Le *petit Conseil* ou la *petite Académie* continuait à servir les intérêts de Colbert
et l'orgueil du roi. Ce ministre étant mort en 1683, et Louvois lui ayant succédé
dans la place de surintendant des bâtiments, l'académie, composée alors de Charpentier, l'abbé Tallemant, Quinault et Charles Perrault, lui adressa un mémoire
pour faire valoir ses services, et savoir s'il voulait les agréer. Après avoir fait
parvenir leur mémoire, ils se présentèrent au ministre, qui les accueillit, leur
promit protection ; mais il ne voulut point reconnaître Perrault, qui fut exclu.

Ces membres n'étaient que les agents du ministre, et l'académie n'avait point
encore d'existence légale : le roi la nommait la *petite Académie*, et les académiciens qualifiaient leur société d'*Académie des Inscriptions et des Médailles*.
Mais bientôt elle prit de la consistance, et se composa d'un plus grand nombre
de sociétaires. Au mois de juillet 1701, elle fut organisée d'une manière stable ;
on la soumit à un réglement qui lui donne le titre d'*Académie royale des Inscrip-*

tions et des Médailles, et qui fixe le nombre des académiciens à quarante, dont dix honoraires, dix pensionnaires, dix associés et dix élèves. Le lieu de ses séances, dès l'an 1699, fut assigné dans un des appartements du Louvre. En 1713, des lettres patentes confirmèrent les priviléges et réglements de cette académie et de celle des sciences. Dans la suite, quelques parties du réglement furent modifiées. Le 4 janvier 1716, un arrêt du conseil d'État donne à cette société le titre plus relevé d'*Académie royale des Inscriptions et Belles-Lettres.* La classe des élèves fut supprimée, et celle des associés augmentée de dix membres. Lorsqu'au 3 brumaire an VI (25 octobre 1795) on organisa l'*Institut de France,* cette académie forma la troisième classe, ou *classe des sciences morales et politiques.* Depuis 1814, elle a repris son vieux nom d'*Académie des Inscriptions et Belles-Lettres.*

ACADÉMIE DES SCIENCES. Elle tint d'abord ses séances dans la Bibliothèque du roi, puis au Louvre, enfin dans le palais de l'Institut. Après avoir établi l'académie des inscriptions, Colbert s'occupa du projet de fonder une académie des sciences. Il se fit donner un mémoire de tous les gens de lettres qui s'assemblaient alors chez M. de Montmort, conseiller d'État, ainsi que de tous les savants répandus dans le royaume et même dans les pays étrangers.

Cette académie devait s'exercer sur cinq sciences principales : les *mathématiques,* l'*astronomie,* la *botanique,* la *chimie* et l'*anatomie.* Une chose digne de remarque, c'est que le gouvernement crut nécessaire d'ordonner aux astronomes de ne point s'appliquer à l'*astrologie judiciaire,* et aux chimistes de ne point chercher la *pierre philosophale.* Cette académie tint ses premières séances en 1666, dans une salle basse de la Bibliothèque du roi, où l'on construisit un laboratoire pour les chimistes; et dans le même temps, pour les astronomes, on fit bâtir ailleurs l'Observatoire dont j'ai parlé. Jusqu'en 1699, cette académie exista en vertu d'autorisation du roi; ce ne fut qu'en cette année qu'elle reçut une forme stable, un réglement, une existence légale, et un appartement au Louvre. Tous ces avantages furent confirmés par lettres patentes de février 1713. Le roi, par les conseils de Colbert, pensionna, à l'époque de la fondation des académies des sciences et des inscriptions, tous les membres qui y étaient admis et plusieurs savants nationaux. Il poussa ses largesses jusqu'à donner des pensions à des savants étrangers.

Elles leur parvenaient par le moyen de lettres de change. « A l'égard de » celles qui se distribuaient à Paris, dit Perrault, elles se portèrent, la pre- » mière année, chez tous les gratifiés, par le commis du trésorier des bâtiments, » dans des bourses de soie et d'or, les plus propres du monde; la seconde » année, dans des bourses de cuir. Comme toutes choses ne peuvent demeurer » au même état, et vont naturellement en dépérissant, les années suivantes il » fallut aller recevoir soi-même les pensions chez le trésorier, en monnaie ordi- » naire. Les années eurent bientôt quinze, seize mois, et quand on déclara la » guerre à l'Espagne, une grande partie de ces gratifications s'amortirent. Il ne » resta plus que les pensions des académiciens de la petite académie et de l'aca- » démie des sciences. »

L'académie des sciences, qui a contribué si puissamment aux progrès des connaissances humaines, lorsqu'au 3 brumaire an iv on organisa l'institut de France, fut mise à la première classe, sous le titre de *Sciences physiques et mathématiques;* et, malgré quelques changements survenus depuis, elle a conservé ce rang.

ACADÉMIE D'ARCHITECTURE. Elle fut projetée en 1671 par Colbert, et se maintint avec une simple autorisation jusqu'au mois de février 1717, époque où elle reçut un état légal. Elle eut, comme l'Académie de sculpture et de peinture, ses écoles, ses prix et ses pensionnaires à Rome; comme elle, par la loi du 3 brumaire an iv, elle fit partie, d'abord de la troisième classe, puis, en 1803, de la quatrième classe de l'Institut.

AUTRES ACADÉMIES. Il fut établi sous ce règne plusieurs autres institutions qui prirent le nom d'*Académies.* Depuis longtemps il existait des tripots appelés *Académies de jeux.* Une école d'équitation et d'escrime fut fondée pendant le règne de Louis XIII, sous le nom d'*Académie royale pour la noblesse.* J'en ai parlé. Au mois de mars 1661, Louis XIV fonda une *Académie royale de danse* (1), dans l'intention de perfectionner cet art et d'en corriger les abus. Ce roi, par les lettres patentes de juin 1671, érigea l'Opéra en *Académie royale de musique.*

BIBLIOTHÈQUE DU ROI, située rue de Richelieu, n° 58. Cette bibliothèque éprouva les vicissitudes du sort (*habent sua fata libelli*), et n'obtint une consistance honorable, un haut degré d'utilité, que sous Louis XIV.

Le roi Jean avait une bibliothèque peu nombreuse; elle se composait de huit à dix volumes; je citerai la traduction de la *Moralité des Échecs,* un *Dialogue sur les substances,* la traduction de *Trois Décades de Tite-Live,* des fragments d'une version de la Bible, un volume des *Guerres de la Terre-Sainte,* et trois ou quatre livres de dévotion. — Charles V, son successeur, qui aimait la lecture et qui fit plusieurs traductions, porta sa collection jusqu'à neuf cent dix volumes; ils étaient placés dans une tour du Louvre, appelée *la Tour de la Librairie.* Gilles Mallet, valet de chambre, puis maître d'hôtel du roi, eut la garde de ces livres, et en composa, en 1373, un inventaire encore conservé à la bibliothèque royale; ils consistaient en livres d'église, de prières, de miracles, de vies des saints, et surtout en traités d'astrologie, de géomancie et de chiromancie et autres productions des erreurs du temps. — Après la mort de Charles V, cette collection de livres fut en partie dispersée et enlevée par des princes ou officiers de la cour. Deux cents volumes du premier inventaire manquèrent; mais comme le roi recevait de temps en temps quelques présents de livres qui réparaient un peu les pertes, la bibliothèque se trouva encore composée, en 1423, d'environ huit cent cinquante volumes. Cette collection dis-

---

(1) Les maîtres de danse étaient ordinairement maîtres de violon. Ces maîtres, nombreux à la cour et à la ville, formaient une corporation composée de *douze anciens maîtres,* de ceux de la *grande bande,* et d'un chef qui portait le titre de *roi des violons.* Des lettres-patentes du mois d'octobre 1658, enregistrées le 22 août 1669, accordent à Guillaume Dumanoir, violon ordinaire du cabinet de Louis XIV, l'office de *roi des violons,* de maître à danser et joueur d'instruments, et approuvent les statuts et règlements faits par ledit roi et ses prédécesseurs, « concernant, y est-il dit, l'exercice » dudit office de *roi des violons,* maîtres à danser et ez-dites sciences et maîtrises de violons, joueurs » des instruments tant haut que bas, etc. » (*Registres manuscrits du parlement,* au 22 août 1659). Le titre de *roi des violons* fut supprimé par édit de mars 1775; le dernier de ces rois était Jean (Jean-Pierre Guignon, de Turin). On fait remonter cette royauté à l'an 1331.

parut pendant que le duc de Bedfort, en qualité de régent de France, séjournait à Paris. Ce prince anglais, en 1429, l'acheta tout entière pour la somme de 1,200 livres. Il paraît qu'il en fit transférer une partie en Angleterre. Ces volumes étaient, pour la plupart, enrichis de miniatures, couverts de riches étoffes, et garnis de fermoirs d'or ou d'argent.

Louis XI rassembla les volumes que Charles V avait répartis dans diverses maisons royales, y joignit les livres de son père, ceux de Charles, son frère, et, à ce qu'il paraît, ceux du duc de Bourgogne : l'imprimerie, qui commença sous son règne à être en usage, contribua à l'accroissement de sa bibliothèque. — Louis XII fit transporter au château de Blois les volumes que ses deux prédécesseurs, Louis XI et Charles VIII, avaient rassemblés au Louvre, où se trouvaient les commencements d'une précieuse collection de livres, dont plusieurs provenaient de ceux que le duc de Bedfort avait tirés de la tour du Louvre pour les transférer en Angleterre. Charles VIII avait réuni à la bibliothèque royale celle des rois de Naples; Louis XII l'augmenta de celle que les ducs de Milan possédaient à Pise. François Ier, en 1544, avait commencé une bibliothèque à Fontainebleau : il l'accrut considérablement en y transférant les livres que Louis XII avait réunis à Blois. — Cette bibliothèque de Blois, dont on fit alors l'inventaire, se composait d'environ 1,890 volumes, dont 109 imprimés 38, ou 39 manuscrits grecs apportés de Naples à Blois par le célèbre Lascaris. François Ier enrichit de plus la bibliothèque de Fontainebleau d'environ 60 manuscrits grecs que Jérôme Fondul acquit par ses ordres dans les pays étrangers. Jean de Pins, Georges d'Armagnac et Guillaume Pelliciers, ambassadeurs à Rome et à Venise, achetèrent pour le compte de ce roi tous les livres grecs qu'ils purent trouver. Deux cent soixante volumes en cette langue furent, d'après le catalogue dressé en 1544, le résultat de ces acquisitions. Depuis, François Ier envoya dans le Levant Guillaume Postel, Pierre Gilles et Juste Tenelle. Ils en rapportèrent 400 manuscrits grecs et une quarantaine de manuscrits orientaux. La bibliothèque de Fontainebleau s'accrut encore des livres du connétable de Bourbon, dont François Ier confisqua tous les biens. Malgré cet accroissement, les manuscrits grecs, dans cette bibliothèque, l'emportaient sur les livres français, dont le nombre n'était que de 70 volumes. Il faut attribuer cette préférence moins au goût de ce roi, qui n'entendait pas le grec, qu'à celui des savants bibliothécaires, Guillaume Budé, Pierre du Chastel ou Chastellanus, Mellin de Saint-Gelais et Pierre de Montdoré.

Henri II, en 1556, d'après les insinuations de Raoul Spifame, rendit une ordonnance qui serait devenue très-profitable si on l'eût observée. Elle enjoignit aux libraires de fournir aux bibliothèques royales un exemplaire en vélin et relié de tous les livres qu'ils imprimeraient par privilége. Les règnes suivants, temps de persécutions aveugles, durent avoir une funeste influence sur la bibliothèque royale. L'affreux cardinal de Lorraine fit emprisonner à la Bastille Aymar de Rançonnet, premier président de Paris, qui y mourut de douleur en 1550; et sa bibliothèque, confisquée, fut réunie à celle du roi. Pierre Montdoré, qui en était alors bibliothécaire, en conséquence de cette même persécution, fut, quelques

années après, en 1567, obligé d'abandonner la bibliothèque et de s'enfuir à San-
cerre, où il mourut de chagrin. Amyot le remplaça, et rendit quelques services
aux gens de lettres, en leur communiquant des manuscrits. Il paraît qu'avant lui
cette bibliothèque ne servait qu'à ceux qui en avaient la garde. Pendant la
Ligue, elle éprouva plusieurs pertes fâcheuses. Dans une note que Jean Gosselin, alors gardien, eut la précaution d'écrire sur un manuscrit intitulé *Marguerite historiale*, par Jean Massuë, on lit que le président de Nully, fameux ligueur,
se saisit, en 1593, de la librairie du roi, en fit rompre les murailles, la garda
jusqu'à la fin de mars 1594, et que, pendant cet espace de temps, on enleva le
premier cahier du manuscrit dont je viens de donner le titre ; que Guillaume
Rose, évêque de Senlis, et Pigenat, curé de Paris, autres furieux ligueurs,
firent, dans un autre temps, plusieurs tentatives pour envahir la bibliothèque
royale ; mais qu'ils en furent empêchés par le président Brisson, à la sollicita-
tion de lui Gosselin.

Henri IV, maître de Paris, ordonna, par lettres du 14 mai 1594, que la bibliothèque de Fontainebleau serait transférée dans sa capitale, et la fit déposer
l'année suivante dans les bâtiments du collége de Clermont. Elle s'augmenta.
vers cette époque, d'un grand nombre de livres précieux. Catherine de Médicis
avait laissé une collection de manuscrits hébreux, grecs, latins, arabes, français, italiens, au nombre de plus de huit cents. Cette collection provenait de
la succession du maréchal Strozzi. Catherine se l'appropria sous prétexte que
ces livres provenaient de la bibliothèque des Médicis. Après la mort de cette
reine, Henri IV ordonna l'acquisition de cette collection, qui fut transférée, en
1599, au collége de Clermont. Les jésuites furent rappelés en 1604 ; on leur
rendit leur collége et on transféra la bibliothèque du roi dans une salle du
cloître du couvent des cordeliers : ces livres étaient alors sous la garde de
Casaubon.

Sous Louis XIII, la bibliothèque royale fut enrichie des livres de Philippe
Hurault, évêque de Chartres, au nombre de 118 volumes, dont 100 manuscrits
grecs ; de ceux du sieur de Brèves, ambassadeur à Constantinople, consistant
en 108 beaux manuscrits syriaques, arabes, persans, turcs, qui avaient été acquis et payés par le roi pour faire partie de sa bibliothèque ; mais le cardinal
de Richelieu s'empara de cette collection, ainsi que de la bibliothèque de La
Rochelle, dont il composa la sienne, qu'il légua à la Sorbonne. Sous le même
règne, la bibliothèque du roi, restée au couvent des cordeliers, fut transférée
dans une grande maison appartenant à ces religieux, et située rue de la Harpe,
au-dessus de l'église de Saint-Côme. Les deux frères, Pierre et Jacques Dupuy,
en furent nommés gardes, et Jérôme Bignon, grand-maître : elle consistait alors
dans environ 16,746 volumes, tant manuscrits qu'imprimés. On doit à Louis XIII
d'avoir rétabli une ordonnance (1617) de Henri II, qui n'a pas peu contribué à
l'accroissement de la bibliothèque, et qui porte ce qui suit : *A l'avenir ne sera
octroyé à quelque personne que ce soit, aucun privilége pour faire imprimer ou exposer en vente aucun livre, sinon à la charge d'en mettre gratuitement deux exemplaires
en la bibliothèque du roi.*

Sous le règne de Louis XIV et sous le ministère de Colbert, cette bibliothèque acquit une consistance et des richesses qu'elle n'avait jamais eues (1); pour la première fois, rendue accessible au public, elle favorisa puissamment les progrès des connaissances humaines. Louvois succéda à Colbert dans la direction de cette bibliothèque : il continua son ouvrage, chargea les ministres français dans les cours étrangères d'acheter des manuscrits et des imprimés : on en reçut de toutes parts. Le père Mabillon voyageait en Italie pour le même objet : il procura à la bibliothèque plus de quatre mille volumes imprimés et plusieurs manuscrits. On acquit dans le même temps ceux de Chantereau-Lefèvre. Les savants envoyés par Colbert dans le Levant faisaient aussi, à leur tour, parvenir à la bibliothèque les fruits de leurs investigations. En 1697, le sieur Bouvet, missionnaire, apporta quarante-deux volumes chinois que l'empereur de la Chine envoyait en présent au roi. Avant cet envoi, il n'existait dans la bibliothèque que quatre volumes en cette langue : ils s'y sont, dans la suite, considérablement multipliés. — En 1700 l'archevêque de Reims donna à la bibliothèque royale cinq cents manuscrits hébreux, grecs, latins et français. On acheta pour elle trente-cinq volumes manuscrits sur la Lorraine ; le père

(1) Elle s'accrut du fonds du comte de Béthune, composé de 1,923 volumes manuscrits, dont plus de 950 sont remplis de lettres et de pièces originales sur l'histoire de France : Vers 1662, du fonds d'Antoine de Loménie de Brienne, composé de manuscrits sur l'histoire de France ; — Dans le même temps, de la bibliothèque de Raphaël Trichet, sieur Dufresne, composée de neuf à dix mille volumes, d'une quarantaine de manuscrits grecs, et de cent manuscrits latins et italiens, etc.;

D'un recueil immense de pièces sur le cardinal Mazarin, en 536 volumes ;

Du cabinet des médailles du Louvre, collection très-remarquable par ses raretés, ses antiquités et ses pierres précieuses ;

Du cabinet des médailles dont J.-B. Gaston, *duc d'Orléans*, fit, en 1660, présent au roi, ainsi que de ses livres et manuscrits ;

Du grand recueil des estampes de l'abbé de Marolles, contenant 224 volumes in-folio ;

Des pièces et ornements en or trouvés, près de Tournay, dans un tombeau qu'on a cru être celui de Childéric : ces objets riches et curieux faisaient partie de la collection du cabinet du Louvre ;

Des livres du sieur Carcavi, dont, en 1667, Colbert fit l'acquisition ;

De plusieurs livres que ce ministre faisait acheter dans les ventes, soit en France, soit à l'étranger;

De 229 volumes in-folio et 1588 in-4°, provenant de la bibliothèque de M. Fouquet, manuscrits ou imprimés, acquis en 1667 ;

De 2,156 volumes manuscrits, dont 102 en langue hébraïque, 343 en arabe, samaritain, persan, turc et autres langues orientales ; 229 en langue grecque, et 1,422 en langue latine, italienne, française, espagnole, etc.; en outre, de 1,337 livres imprimés, tous provenant de la bibliothèque du cardinal Mazarin ;

D'une partie des livres orientaux de Jean Golius et de 1,100 manuscrits hébreux, arabes, turcs, persans, grecs, latins, français, esclavons, et de près de 600 volumes imprimés dans ces langues, provenant de la bibliothèque du savant Gilbert Gaulmin ;

De 62 manuscrits grecs, que M. de Monceaux recueillit dans le Levant, où il fut envoyé exprès en 1667;

De la bibliothèque de Jacques Mentel, médecin, composée d'environ 10,000 volumes, dont une cinquantaine de manuscrits, acquise en 1670 ;

De 146 volumes, que l'ambassadeur de Portugal avait fait acheter à Lisbonne, concernant l'histoire d'Asie, d'Afrique, d'Amérique, d'Espagne, etc.

De plusieurs livres imprimés, reçus généralement de Hollande, d'Angleterre, d'Allemagne, etc.;

De 340 volumes in-folio, contenant des copies de titres conservés dans les chambres des comptes, maisons religieuses, etc.;

De 630 manuscrits hébreux, syriaques, coptes, arabes, turcs, persans, et d'une trentaine de manuscrits grecs recueillis par le père Michel Vansleb, savant orientaliste que Colbert, en 1672, avait envoyé dans le Levant ;

Enfin, en 1684, on comptait dans la Bibliothèque royale, 10,542 manuscrits, sans y comprendre ceux de Brienne et de Mézeray, et environ 40,000 imprimés, non compris les divers recueils d'estampes et de cartes de géographie.

Fontenai, revenu de Chine, remit au roi douze gros volumes, les uns chinois, les autres tartares. — En 1701, deux cent cinquante manuscrits provenant de la bibliothèque d'un docteur de Sorbonne, appelé Faure, furent achetés : on y joignit deux manuscrits donnés par Sparwenfeld, maître des cérémonies de la cour de Suède, un Missel romain d'une grande antiquité, et une relation de voyage en langue russe. Cette relation était le premier volume en cette langue que possédât la bibliothèque. On acheta à Rome un manuscrit de Pétrone où se trouve le fragment du Festin de Trimalcion et plusieurs autres morceaux de de cet écrivain licencieux ; Tibulle, Properce et Catulle en entier ; l'épitre de Sapho, celle de Phaon, et le petit poëme du Phénix, par Claudien. Ce dernier manuscrit fut trouvé, dit-on, à Traw en Dalmatie. — Une caisse était depuis quinze ans déposée à la douane sans être réclamée : on la fit enfin ouvrir : elle contenait quatorze portefeuilles remplis de livres tartares qui furent remis, en 1708, à la Bibliothèque royale. — En 1713, cette bibliothèque reçut, entre autres richesses, le legs de Caillé du Fourny, contenant l'inventaire des titres conservés dans la chambre des comptes de Lorraine et de Bar ; celui de Galland, consistant en cent volumes ou portefeuilles de manuscrits arabes, turcs, persans, etc. En 1711, François de Gaignères fit à cette bibliothèque une donation d'une bien plus haute importance : il lui légua son immense et très-riche cabinet. Tous les jours, des legs, des présents, des acquisitions et des tributs de la librairie augmentaient ce précieux dépôt des erreurs, des vérités et des connaissances humaines.

Le changement le plus notable qu'il éprouva, sous le règne de Louis VIV, fut sa translation de la rue de la Harpe dans la rue Vivienne. En 1666, Colbert acheta des héritiers de M. de Beautru deux maisons voisines de son hôtel, rue Vivienne; il les fit disposer convenablement, et les livres y furent transportés.

Sous la régence du duc d'Orléans, le local de cette collection toujours croissante étant insuffisant, on s'occupa de la placer ailleurs. Il existait dans la rue de Richelieu un hôtel immense qui portait le titre de palais, qu'avait fait construire et qu'avait autrefois habité le cardinal Mazarin. Après la mort de Mazarin, cet hôtel fut divisé en deux parties : l'une, du côté de la rue Vivienne, fut le lot du duc de la Meilleraie, et porta le nom d'*Hôtel de Mazarin* jusqu'en 1719, époque où le roi en fit l'acquisition pour la donner à la Compagnie des Indes. On y a depuis établi la Bourse ; l'autre partie du palais Mazarin, située du côté de la rue Richelieu, échut au marquis de Mancini, et devint l'*Hôtel de Nevers*. On y avait placé la banque du système de Law : cette banque, ruinée de fond en comble, laissait un local vide. L'abbé Bignon, bibliothécaire, décida le régent à ordonner, en 1721, que la bibliothèque serait placée à l'hôtel de Nevers. Sans retard, on transporta une grande partie des livres, que l'on plaça sur des tablettes faites à la hâte, et dans la partie même du palais Mazarin où ce cardinal avait eu la sienne. Ses richesses s'augmentèrent toujours, et avec une rapidité qui ne nous permet plus de les détailler. Je dirai qu'après l'an 1790, époque de la suppression des maisons religieuses, cette immense collection s'accrut d'un grand nombre de livres manuscrits ou imprimés, provenant des bibliothèques de ces maisons supprimées.

Voici quelques notions sur les bâtiments de la Bibliothèque royale, sur ses objets curieux, ses divisions en différents dépôts, et sur la quantité de volumes imprimés ou manuscrits qu'elle renferme aujourd'hui. Quand on a traversé le vestibule, on voit une grande cour environnée de bâtiments servant à la bibliothèque, qui occupe encore d'autres parties de bâtiments contigus. Cette bibliothèque se divisait autrefois en cinq dépôts : les *manuscrits*, les *livres imprimés*, les *médailles et antiques*, les *gravures* et les *titres et généalogies*. Ce dernier dépôt a été supprimé pendant la révolution.

Une partie des MANUSCRITS est déposée dans l'ancienne galerie du palais Mazarin. Cette précieuse collection se compose d'environ 80,000 manuscrits tant orientaux qu'en autres diverses langues européennes.

Le cabinet des estampes et planches gravées, qui occupe plusieurs pièces de l'entresol du bâtiment, fut commencé par la collection de peintures, d'objets d'histoire naturelle, de plantes du jardin botanique et d'animaux de la ménagerie de Blois, dont Gaston, duc d'Orléans, avait fait présent à Louis XIV. Depuis, cette collection a été continuée par les plus habiles artistes de son temps. Puis elle s'enrichit de 264 portefeuilles de l'abbé de Marolles qui avait recueilli des gravures depuis 1470, époque de la naissance de cet art, jusqu'à son temps. On y joignit les gravures des événements militaires du règne de Louis XIV, des vues des maisons royales, etc. ; les planches gravées du cabinet de Gaignières, du sieur Beringhen, du maréchal d'Uxelles, des sieurs Fevret de Fontette, de Bégon, de Mariette et de Caylus, et la collection de différentes estampes, faites pour orner une édition du *Dante,* de l'an 1481. Entre autres peintures à gouache sur papier, sur vélin, l'on remarque le portrait du roi Jean, mort en 1364, monument le plus ancien de la peinture en France : il est peint sur toile collée sur bois ; il est représenté en buste et en profil.

Cabinet des médailles et antiques, situé à l'extrémité de la grande galerie du dépôt des *livres imprimés.* La pièce principale de ce dépôt est éclairée par huit croisées ; les trumeaux sont ornés de tables de marbre qui soutiennent des médailliers ou armoires d'une menuiserie enrichie de dorures. Chaque armoire offre 200 tiroirs, dans lesquels sont rangées les différentes suites de médailles d'or, d'argent, de bronze qui composent cette collection, une des plus riches de l'Europe. Cette salle est décorée de plusieurs tableaux de grands maîtres.

Mais sa plus précieuse décoration consiste dans les médailles rares, et dans plusieurs autres objets d'antiquité conservés dans ce dépôt. Avant François Ier, aucun roi de France n'avait pensé à réunir des médailles antiques. Ce roi en possédait environ vingt en or et une centaine en argent, qu'il avait fait enchâsser dans des ouvrages d'orfèvrerie comme ornement. Il rassembla encore quelques autres médailles qu'il plaça dans son garde-meuble ou ailleurs. Le goût des lettres faisant des progrès sous ce règne, tout ce qui s'y rapportait prit faveur ; les médailles qui servent à fixer les époques de l'histoire, à en éclaircir les points obscurs, et souvent à suppléer à ses lacunes, commencèrent à trouver des amateurs zélés. Aux médailles de François Ier, Henri II joignit celles qu'il avait recueillies, et celles qui composaient la riche collection que Catherine de Médicis avait apportée en France avec les rares manuscrits de la bibliothèque de Florence. Charles IX accrut encore cette collection, lui destina un lieu particulier dans le Louvre pour la placer convenablement, et fut le premier qui créa une place spéciale de garde de ces médailles et antiques. Il accrut cette collection de celle du célèbre Groslier, mort en 1565. Pendant les troubles qui désolèrent la France sous ce règne et sous les suivants, et surtout pendant les désordres de la Ligue, cette collection, qui consistait en antiquités de diverses espèces, en médailles, en pierreries, et que les savants du temps plaçaient au rang des merveilles du monde, fut presque entièrement dispersée et pillée.

Henri IV essaya de réparer ces pertes. Il recueillit plusieurs pièces soustraites, fit venir à Paris, en 1608, le sieur de Bagarris pour être le garde de ses médailles et antiques, qu'il voulait placer à Fontainebleau, près de sa bibliothèque : il fit quelques acquisitions. Bagarris secondait les vues de ce roi que la France perdit bientôt après. Alors cette collection, qui commençait à recevoir de la consistance, fut entièrement abandonnée sous Louis XIII; et Bagarris, malgré ses efforts, se vit obligé de cesser ses fonctions de garde, et de se retirer dans son pays avec les médailles et les pierres gravées qu'il avait apportées.

Louis XIV fit rassembler toutes les médailles et raretés qui se trouvaient dans les diverses maisons royales, y joignit celles qu'avait réunies dans son château de Blois, Gaston, duc d'Orléans, son oncle, et du tout, composa ce qu'on nommait au Louvre le *Cabinet des Antiques*. L'abbé Bruneau, garde des médailles de Gaston, le devint de celles du roi. En 1667, tout ce qui composait ce cabinet fut transféré à la Bibliothèque royale, alors située rue Vivienne. Par les soins de Colbert, ce dépôt s'accrut considérablement : le sieur Vaillant, célèbre antiquaire, envoyé par ce ministre en Italie, en Sicile et en Grèce, revint au bout de quelques années, chargé d'une riche moisson. Les médailles du roi furent presque augmentées de moitié.

Le succès de ce voyage en fit ordonner un second. Vaillant partit en octobre 1674 pour les côtes d'Afrique : il fut pris par les Algériens et fait esclave pendant quatre mois; il courut plusieurs autres dangers. Après avoir obtenu sa liberté, il se vit obligé, pour sauver une vingtaine de médailles d'or, les seules qu'il apportait de son voyage, de les avaler. Il fit un troisième voyage en Égypte, en Perse, et en revint chargé d'une grande quantité de médailles rares. Vaillant n'était pas le seul investigateur des médailles antiques : les sieurs Vansleb, Petit de la Croix, Antoine Galland, de Nointel, ambassadeur de France à Constantinople, et le fameux voyageur Paul Lucas, avaient les mêmes ordres, et concoururent à enrichir le dépôt de plusieurs antiquités et objets d'une grande rareté. Je ne puis parler ici de nombreuses acquisitions que fit le gouvernement pour ce dépôt, ni de plusieurs dons très-considérables dont l'enrichirent divers particuliers et sociétés; mais je crois ne pas devoir passer sous silence la réunion à ce dépôt de la collection de M. Pélerin, collection composée de plus de trente mille médailles. Cette réunion s'opéra en 1776. Actuellement on compte environ 50,000 médailles décrites et la plupart gravées dans l'ouvrage de M. Mionnet.

Cette magnifique collection, fruit de tant de recherches, de voyages lointains et de dépenses, qui était un objet d'admiration pour tous les connaisseurs, français et étrangers, fut, dans la nuit du 5 au 6 novembre 1831, enlevée en partie, dénaturée et réduite en lingots par Fossard, forçat évadé du bagne de Brest, et Drouillet, forçat gracié.

Au milieu de la salle se trouve un buffet chargé d'un grand nombre d'objets précieux, vases, statuettes, ustensiles divers. Des antiquités diverses et fort curieuses sont déposées dans des armoires vitrées. Ces richesses proviennent, en partie, de la collection de Caylus ou du trésor de la Sainte-Chapelle ou de celui de Saint-Denis. Enfin on voit aussi dans cette salle de très-belles armoi- ries ayant appartenu à des rois de France ou à des personnages illustres.

Au-dessus du cabinet des médailles, il existe une salle qui contient une fort riche collection de vases antiques, de statuettes, de caisses à momies et d'autres antiquités. Enfin, au rez-de-chaussée, près l'entrée de la salle de lecture, on a réuni un certain nombre de statues et de bas-reliefs. C'est là que se trouve le fameux Zodiaque de Denderah. Un autre monument égyptien du plus haut intérêt, la chambre dite des *rois* à Kernac, rapporté par M. Prisse, a été disposé près du grand escalier de la bibliothèque.

La Bibliothèque royale n'était, avant la révolution, ouverte que deux jours de la semaine; aujourd'hui elle est ouverte tous les jours, depuis dix heures du matin jusqu'à trois heures après midi, excepté les dimanches et fêtes, et le temps des vacances. On y fait des cours de langues orientales, d'archéologie et de diplomatique.

BIBLIOTHÈQUE DES AVOCATS. Un célèbre avocat consultant, Étienne Gabriau, sieur de Riparfond, légua en 1704 sa bibliothèque à ses confrères, et ajouta des fonds pour son entretien. On la plaça dans une galerie du bâtiment de l'avant- cour de l'Archevêché. Le 6 mai 1708, l'ouverture de cette bibliothèque se fit avec solennité. Les fonds légués n'étant pas suffisants, un arrêt du parlement du 31 août 1722 augmenta d'un cinquième la somme de vingt livres qui se payait à la réception des avocats et procureurs, et attribua cette augmentation à l'entre- tien de cette bibliothèque. Un jour de chaque semaine, huit ou neuf avocats s'y rassemblaient et y donnaient des consultations gratuites aux pauvres. Tous les quinze jours, il s'y tenait des conférences sur des matières de jurisprudence. Cette bibliothèque était décorée de portraits de plusieurs avocats célèbres et de celui du fondateur. La bibliothèque des Avocats fut, pendant la révolution, réunie à celle de la ville; mais elle n'en fait plus partie maintenant. Elle est située au Palais-de-Justice.

MANUFACTURE DES GOBELINS, ou *Manufacture royale des Tapisseries de la Cou- ronne*, située rue Mouffetard, n. 270, presque à l'extrémité méridionale de cette rue.

Dès le quatorzième siècle, dans le faubourg Saint-Marcel, et sur la rivière de Bièvre, dont l'eau était, disait-on, très-propre à la teinture, il existait des dra- piers et teinturiers en laine. Un de ces teinturiers, nommé Jean Gobelin, y de- meurait en 1450 : il s'était enrichi, et avait fait de grandes acquisitions sur les bords de cette rivière. Ses successeurs travaillèrent avec le même succès, et donnèrent de la célébrité au nom de Gobelin, que le public appliqua au quartier où se trouvait leur établissement, et même à la rivière de Bièvre qui le traversait.

Aux Gobelins succédèrent les sieurs Canaye, qui commencèrent, à ce qu'il paraît, à fabriquer des tapisseries de haute lisse. Les Canaye furent, vers l'an 1655, remplacés dans cette fabrique par un Hollandais appelé Gluck, et par un ouvrier appelé Jean Liansen, qui excellait sur tous les autres. La beauté des ouvrages qui sortaient de cette fabrique attira l'attention de Colbert; il résolut, pour la perfectionner, de la mettre sous la protection spéciale du roi, et de l'employer uniquement à son service. A cet effet il acheta, en 1662, toutes les maisons et jardins qui forment aujourd'hui le vaste emplacement des Gobelins, et y fit construire des ateliers et des bâtiments considérables pour les logements des plus habiles artistes qu'il y attira. Ce ministre fit, en 1667, rendre un édit qui procura un état stable à cet établissement, dont le célèbre Lebrun, premier peintre du roi, eut la direction. Plusieurs salles ou galeries de cet établissement sont ornées de quelques figures en plâtre, de tableaux et de tapisseries anciennes et modernes. Outre une école de dessin, destinée aux ouvriers, il se fait chaque année, dans cette manufacture, un cours de chimie appliquée à la teinture.

Le public est admis dans les salles et ateliers de cette manufacture, tous les samedis après deux heures.

MANUFACTURE DES GLACES, située rue de Reuilly, quartier des Quinze-Vingts, au faubourg Saint-Antoine.

La France était tributaire de Venise, d'où elle tirait toutes ses glaces, lorsque Eustache Grandmont et Jean-Antoine d'Autonneuil obtinrent, le 1er août 1654, le privilége de fabriquer des glaces et miroirs à Paris. Cette entreprise, qui n'était qu'une spéculation financière, languissait. En 1666, Colbert donna à cette manufacture une consistance qu'elle n'avait jamais eue, l'érigea en manufacture royale, et fit construire les vastes bâtiments qu'elle a occupés jusqu'en 1830 dans la rue de Reuilly. En 1688, Lucas de Néhon inventa la manière de couler les grandes glaces : leur coulage s'exécutait à Saint-Gobain, d'où on les envoyait brutes à Paris. Là, on leur donnait le poli et le tain.

AQUEDUCS, FONTAINES ET POMPES. J'ai parlé de trois aqueducs destinés à embellir les fontaines publiques et particulières de Paris, de l'aqueduc du pré Saint-Gervais, et de celui de Belleville. J'ai parlé de la pompe de la Samaritaine; enfin, j'ai fait mention aussi de la construction de l'aqueduc d'Arcueil. Ces trois aqueducs et cette pompe ne pouvaient plus suffire à alimenter les fontaines existantes ; elles tarissaient de toutes parts par les vices de l'administration. Depuis l'an 1634, l'usage s'était établi de gratifier de quatre lignes d'eau chaque prévôt des marchands et chaque échevin qui sortaient de charge. Ces générosités renouvelées faisaient tarir les fontaines. Alors l'administration révoquait la plupart des concessions faites à des particuliers; puis on recommençait à faire de nouvelles concessions, et même on établissait fastueusement de nouvelles fontaines, sans s'embarrasser si elles pourraient être alimentées. Au mois de mai 1669, on procéda à une nouvelle distribution des eaux de Paris, ce qui n'empêcha pas les fontaines d'être encore dans un état languissant, lorsqu'on imagina un nouveau moyen de les alimenter.

POMPE DU PONT NOTRE-DAME, contiguë à ce pont du côté d'aval. Daniel Jolly, chargé de la direction de la pompe dite la *Samaritaine*, proposa, en 1669, d'établir au pont Notre-Dame une machine semblable. Il se chargea d'élever trente à quarante pouces d'eau de la rivière, pour la somme de 20,000 livres. Le 27 février 1670, ces propositions furent adoptées. A peine ce marché fut-il conclu, qu'un autre mécanicien, nommé Jacques Demance, présenta le projet d'une seconde machine, composée de huit corps de pompe, qu'il devait placer au-dessus du même pont Notre-Dame. Il promettait d'élever cinquante pouces d'eau au 15 avril suivant, et demandait 40,000 livres. Le 21 mars de cette même année, ces propositions furent admises : Demance remplit avec exactitude tous ses engagements. Daniel Jolly, en 1671, termina son mécanisme. Par l'effet de ces deux machines hydrauliques, le volume des eaux de Paris fut augmenté de quatre-vingts pouces.

On établit ensuite plusieurs fontaines. Voici les plus importantes : celle de *Saint-Michel*, à l'extrémité supérieure de la rue de la Harpe (1682) ; celle des *Cordeliers*, entre la rue du Paon et le passage du Commerce (1682 — 1717) ; celle de *Sainte-Avoye* (1682) ; celle de *Labrosse*, au coin des rues de Seine et Saint-Victor (1686 — 1688) ; celle de *Montmorency* (1713) ; celle de *Saint-Martin*, au coin de la rue du Vert-Bois (1712) ; celle de *Garancière* (1715 — 1818) ; celle *Bas-Froid*, à l'angle de la rue de Charonne (1671) ; celle de *Saint-Benoît*, place Cambrai (1624).

PONT-ROYAL, qui communique des quais du Louvre et des Tuileries aux quais d'Orsay et de Voltaire. J'ai parlé du bac qui servait à la communication du Pré-aux-Clercs aux Tuileries, et du *Pont-Barbier* qui fut, en 1632, substitué à ce bac. Ce pont fut, le 20 février 1640, entièrement emporté par les glaces. Louis XIV ordonna qu'il serait reconstruit en pierres et à ses dépens. Les premières fondations furent posées le 25 octobre 1685. Mansard et Gabriel fournirent les dessins de cette construction, mais l'inspection et la conduite en furent confiées au dominicain François Romain. Ce pont fut fondé sur pilotis avec enrochement (1).

CAFÉS. En 1669, Soliman-Aga, ambassadeur de la Porte auprès de Louis XIV, introduisit l'usage du café à Paris. Quelques années après, un nommé Pascal, Arménien, établit un café à la foire Saint-Germain. Le temps de la foire écoulé, il transporta son établissement au quai de l'École, et attira un concours assez considérable d'amateurs. Il eut un succès que ne purent obtenir ceux qui le remplacèrent. La mode du café commençait à passer, lorsqu'un Sicilien, nommé François Procope, la remit en vigueur. A l'exemple de Pascal, il s'établit d'abord à la foire Saint-Germain, orna magnifiquement son établissement, attira beaucoup de monde par la bonne qualité du café qu'il servait; puis, vers l'an 1689, il fixa sa demeure dans la rue des Fossés-Saint-Germain, en face du théâtre de la

(1) Il se compose de cinq arches à plein cintre, dont le diamètre moyen est de 22 mètres ; sa largeur, entre les têtes, est de 17 mètres, et sa longueur totale, entre les culées, de 128.

Comédie-Française. Ce voisinage y attira plusieurs auteurs dramatiques et autres gens de lettres : il devint le plus célèbre café de Paris Cependant les succès de Procope firent naître plusieurs établissements de ce genre. Le café de la Régence, situé sur la place du Palais-Royal, obtint une grande célébrité, surtout à cause des joueurs d'échecs qui le fréquentaient.

Ces établissements se multiplièrent, et sous le règne de Louis XV on en comptait plus de six cents à Paris. On fait aujourd'hui monter ce nombre à près de quatre mille.

SPECTACLES. La scène française, protégée par le cardinal de Richelieu, avait déjà, sous le règne précédent, fait de grands et rapides progrès; la tragédie, illustrée par Rotrou, et surtout par Corneille, atteignait, à quelques égards, les limites de la perfection. Molière tira la scène comique de l'état d'obscurité où elle avait toujours langui avant lui. Aux grossières bouffonneries, aux farces licencieuses succéda la vraie comédie, soumise à des règles certaines, la comédie à caractère.

Paris, sous le règne de Louis XIV, eut plusieurs théâtres : ceux de l'*hôtel de Bourgogne*, du *Palais-Royal*, du *Petit-Bourbon*, *de la rue Guénégaud* et de l'*Opéra;* mais ces théâtres ne servirent qu'à trois espèces de spectacles : les *Français*, les *Italiens* et l'*Opéra*. On va voir quels événements se rattachent à leur histoire.

THÉATRE DE L'HÔTEL DE BOURGOGNE, situé rue Mauconseil. Les confrères de la Passion, qui conservaient toujours sur ce théâtre leur prééminence et leurs anciens droits, furent supprimés par un édit de 1677, et les revenus du théâtre furent unis à l'Hôpital-Général, pour être employés à la nourriture et à l'entretien des enfants trouvés.

A partir de 1659, ce théâtre fut occupé par une troupe italienne. Dans cette troupe, deux acteurs se firent une réputation distinguée : Tiberio Fiorelli, surnommé *Scaramouche* (1), et Dominique, qui remplissait les rôles d'*Arlequin*. *Scaramouche*, arrivé à Paris, fut présenté à Louis XIV; dès qu'il fut en présence du jeune prince, il laissa tomber son manteau, et parut en costume de son personnage, avec son chien, son perroquet et sa guitare. Alors, s'accompagnant de cet instrument, il chanta deux couplets italiens, où son perroquet et son chien, qu'il avait dressés, firent leur partie. Cet étrange concert plut beaucoup au roi, qui conserva pour Scaramouche une sorte d'affection. Depuis, cet acteur devint à la mode.

L'arlequin *Dominique*, plus instruit et plus considéré que son confrère Scaramouche, excellait dans ses rôles. Sous le masque il brillait par des traits d'esprit, de naturel, d'originalité, et par une gaîté qu'il communiquait facilement aux spectateurs. Hors du théâtre, c'était un autre homme : il se montrait sérieux et même mélancolique : cette alternative de caractère a été souvent remarquée dans ceux qui font profession d'amuser les autres.

Les Italiens jouaient des pièces françaises; les comédiens nationaux prétendirent qu'ils n'en avaient pas le droit. Le roi voulut être le juge de ce diffé-

____

(1) Le *Scaramouche* devait être Napolitain; le *Pantalon*, Vénitien; le *Docteur*, Bolonais; l'*Arlequin*, ainsi que le *Mezetin*, devaient être nés dans la Lombardie.

rend. Baron, célèbre acteur des comédiens français, se présenta pour défendre leur prétention, et Dominique vint pour soutenir celle des Italiens. Après le plaidoyer de Baron, Dominique dit au roi : « *Sire, comment parlerai-je ? — Parle comme tu voudras*, répondit le roi. — Il n'en faut pas davantage, dit Dominique, j'ai gagné ma cause. » On assure que cette décision, quoique obtenue par surprise, eut son effet, et que depuis, les comédiens italiens jouèrent des pièces françaises.

Ces comédiens conservaient encore le cynisme des spectacles du temps passé ; leurs pièces, outre des indécences, intéressaient les spectateurs par des portraits malins, facilement applicables à des personnes puissantes. On ne les joue pas impunément. Les Italiens étaient sur le point de donner au public une pièce intitulée la *Fausse Prude ;* madame de Maintenon se crut désignée sous ce titre, et la disgrâce des comédiens fut résolue. Au mois de mai 1697, un ordre du roi fit fermer leur théâtre, les scellés furent apposés sur toutes ses portes. Ces comédiens se présentèrent devant le monarque pour lui faire des représentations. Il leur répondit : *Vous ne devez pas vous plaindre de ce que le cardinal Mazarin vous a fait quitter votre pays ; vous vîntes en France à pied, et maintenant vous y avez gagné assez de bien pour vous en retourner en carrosse.* Les Italiens ne purent répliquer ; ils se retirèrent dans leur pays. Peu de temps après la mort de Louis XIV, le régent fit venir une nouvelle troupe d'Italiens, qui, comme la précédente, occupa l'hôtel de Bourgogne.

Ce théâtre ne servait pas seulement aux Italiens : des comédiens français y jouaient alternativement. Le *théâtre du Marais* ayant été fermé et démoli en 1673, les acteurs de la troupe qui l'avait occupé, dont plusieurs étaient distingués par leurs talents, et qui jouaient avec succès les tragédies de Corneille, se réunirent en partie aux comédiens français de l'hôtel de Bourgogne. En 1680, la troupe française de ce théâtre fut, par lettres du roi, réunie à celle de l'hôtel de Guénégaud.

THÉATRE DU PETIT-BOURBON, placé dans l'hôtel qui avait appartenu au connétable de Bourbon, hôtel situé près du Louvre, démoli en grande partie en 1525, et dont il ne restait que la chapelle et une vaste galerie. Dans cette galerie on avait dressé un théâtre où la cour donnait des fêtes, des ballets où les princes et Louis XIV lui-même, dans sa jeunesse, venaient danser publiquement. En 1660, pour agrandir la place du Louvre et construire sa façade, on démolit la galerie de l'hôtel du Petit-Bourbon.

TROUPE DE MOLIÈRE. Le cardinal de Richelieu, en établissant deux théâtres dans son hôtel, en protégeant les acteurs, avait mis la comédie en honneur. Des jeunes gens de Paris, doués de quelques talents, à la tête desquels était Molière, entreprirent de former une troupe de comédiens ambulants. Ils firent, en 1650, dresser un théâtre dans le jeu de paume de la Croix-Blanche, rue de *Bussy*, faubourg Saint-Germain. Il lui donnèrent le titre de *Théâtre illustre*. Après y avoir joué pendant trois ans, cette troupe parcourut les provinces, et revint à Paris en 1658. Sur un théâtre dressé au Louvre, dans la salle des gardes, Molière et sa troupe débutèrent le 24 octobre de la même année, en présence de Louis XIV, par *Nicomède* et *les Docteurs amoureux*. Le roi, satisfait des acteurs, leur accorda l'hôtel du *Petit-Bourbon* dont je viens de parler, où, le 3 novembre suivant, ils débutèrent par *l'Étourdi* et *le Dépit amoureux*. En 1660, l'hôtel du *Petit-Bourbon* devant être démoli, la troupe de Molière fut placée au théâtre du Palais-Royal.

THÉATRE DU PALAIS-ROYAL. Le théâtre public du Palais-Royal fut, en 1660, accordé par Louis XIV à Molière et à sa troupe, qui débutèrent le 5 novembre de cette même année. Après ce bienfait, le roi gratifia Molière d'une pension de six mille livres, et voulut qu'il fût le chef de sa troupe. Molière remontra au roi qu'il aimait mieux être l'ami de ses camarades que de risquer, en devenant leur supérieur, de les avoir pour ennemis. La pension fut donnée à la troupe entière, qui reçut le titre de *troupe royale*.

Ce théâtre, déjà illustré par les productions immortelles des Corneille, des Racine, des Molière, et même par les talents alors extraordinaires des acteurs Montfleuri, Lenoir, de la Morillière, la Tuillerie, Baron, etc., se soutint avec un éclat toujours croissant jusqu'à la mort de Molière, arrivée le 17 février 1673. Après la mort de Molière, ce théâtre fut destiné au spectacle appelé *Opéra*, dont je parlerai bientôt.

THÉATRE DE L'HOTEL DE GUÉNÉGAUD. La troupe royale, par cette mort et par la nouvelle destination du théâtre du Palais-Royal, fut affligée, déconcertée, et réduite à chercher, dans différents quartiers de Paris, un lieu convenable à son spectacle. On voit qu'en novembre de la même année 1673 elle jouait dans un local de la rue Mazarine, et sans doute dans le jeu de paume du *Bel-Air*, où l'opéra avait pris naissance. Bientôt après, la troupe royale éleva un théâtre dans le voisinage, rue Guénégaud, dans l'hôtel de ce nom, et y débuta par la tragédie de *Phèdre* et par *le Médecin malgré lui*.

Lorsqu'en 1674 on s'occupa de l'agrégation du collége de Mazarin aux colléges de l'Université, les docteurs de Sorbonne exigèrent, comme condition préliminaire, que le théâtre de la rue Guénégand fût transféré ailleurs. Malgré les plaintes du clergé la troupe royale se maintint dans l'hôtel de Guénégaud ; et le roi, par ses lettres du 22 octobre 1680, réunit à cette troupe les comédiens français de l'hôtel de Bourgogne. L'année suivante, un règlement fixa le sort de ces acteurs.

La troupe, par cette réunion, devenue nombreuse, chercha un emplacement plus spacieux que celui de l'hôtel Guénégaud : le roi, par arrêt de son conseil en 1688, autorisa les comédiens français à s'établir dans le jeu de paume de *l'Étoile*, rue des Fossés-Saint-Germain. Ils y firent construire une salle sur les dessins de François d'Orbay, ainsi qu'une maison contiguë, dont ils avaient aussi acquis l'emplacement. Cette troupe, sous le titre de *comédiens ordinaires du roi*, resta dans cette salle jusqu'au temps de Pâques 1770, époque où l'insuffisance et le peu de solidité de son bâtiment l'obligèrent à quitter ce lieu pour aller jouer sur le théâtre du palais des Tuileries, en attendant qu'une salle nouvelle leur fût construite.

Paris vit, pendant ce règne, se former plusieurs troupes de comédiens, telles que celle de mademoiselle de Montpensier, qui, en 1661, vint s'établir rue des Quatre-Vents, faubourg Saint-Germain, et qui, après y avoir joué pendant quelques mois, fut obligée d'aller amuser la province. Une troupe de comédiens espagnols, amenée par Marie-Thérèse d'Autriche, jouait concurremment avec les Italiens sur le théâtre de l'hôtel de Bourgogne, et n'y faisait pas fortune ; cette troupe fut obligée, en 1672, de retourner en Espagne.

En 1662, le roi accorda au sieur Raisin, organiste à Troyes, la permission de jouer la comédie à la foire Saint-Germain, et de prendre le titre de *troupe du Dauphin*. Raisin étant mort en 1664, sa veuve maintint son spectacle, et Baron fit partie de ses acteurs. Mais Molière ayant obtenu un ordre du roi qui obligeait Baron à se réunir à la troupe royale, celle de la Raisin tomba en décadence.

THÉÂTRE DES MACHINES, situé au château des Tuileries. Louis XIV, voulant remplacer le théâtre du *Petit-Bourbon*, qu'on venait de démolir pour élever la façade du Louvre, décida que dans la partie septentrionale du château des Tuileries serait construite une salle de spectacle destinée aux représentations des ballets et des comédies. En 1662, Vigarani, machiniste du roi, fut chargé de faire exécuter sur ses dessins une salle qui servit peu à l'usage auquel on l'avait consacrée. Louis XIV avait alors renoncé à danser dans des ballets.

Sous le règne de Louis XV, cette salle fut mise à la disposition de Jean Servandoni, le plus ingénieux décorateur, le plus habile architecte de son temps. Il y donna vers l'an 1730, des spectacles de décorations et de pantomimes. *La Descente d'Énée aux Enfers*, la *Forêt enchantée*, tirée du Tasse, la représentation de *Saint-Pierre de Rome*, les *Travaux d'Ulysse*, etc., furent les scènes qu'il offrit aux yeux des Parisiens étonnés. En 1770, les comédiens français jouèrent sur le théâtre des Tuileries pendant l'espace de douze ans, comme je dirai dans la suite.

OPÉRA OU ACADÉMIE ROYALE DE MUSIQUE. Ce fastueux spectacle a souvent changé de place. La reine Anne d'Autriche aimait passionnément les spectacles : même pendant le deuil du roi son époux, elle y assistait, cachée derrière une de ses dames. Mazarin, qui commençait sa fortune, sentant le besoin de flatter les goûts de cette princesse, fit venir, en 1645, à grands frais, d'Italie, une troupe de musiciens de cette nation qui donna, pendant quelques années, ses représentations sur le théâtre du Petit-Bourbon.

Les troubles de la Fronde firent cesser les *opéras* et disparaître les chanteurs italiens ; mais le goût de ces spectacles était resté. L'abbé Pierre Perrin, les maîtres de la musique de la reine, Lambert et Cambert, conçurent le projet de donner des *opéras* français : ils hasardèrent la représentation d'une pastorale, qui, en 1659, fut jouée à Issy : le roi y assista, et la pièce obtint son suffrage. Ce spectacle fut suspendu à la mort de Mazarin ; mais, après un intervalle de quelques années, il reparut avec plus de succès.

L'abbé Perrin parvint à obtenir, en juin 1669, le privilége d'établir des *opéras* à Paris et dans les autres villes du royaume. Les trois entrepreneurs, manquant de machiniste, s'étaient asssocié le marquis de Sourdeac, renommé par quelques connaissances en ce genre. Comme ce marquis avait fait plusieurs avances de fonds, il s'empara, pour se récupérer, de toute la recette produite par un opéra. Le musicien Jean-Baptiste Lulli, surintendant de la musique de la chambre du roi, profita de cette altercation pour solliciter le privilége

accordé à l'abbé Perrin. Il réussit ; et Louis XIV, par des lettres patentes du mois
de mars 1672, permit à ce musicien « d'établir, y est-il dit, une *Académie royale*
« *de Musique* dans notre bonne ville de Paris... pour y faire des représenta-
« tions devant nous, quand il nous plaira, des pièces de musique qui seront
« composées tant en vers françois qu'autres langues étrangères..., pour en
« jouir sa vie durante...; et, pour le dédommager des grands frais qu'il con-
« viendra faire pour lesdites représentations, tant à cause des théâtres, machines,
« décorations, habits, qu'autres choses nécessaires, nous lui permettons de don-
« ner au public toutes les pièces qu'il aura composées, *même celles qui auront été*
« *représentées devant nous*..., faisant très expresses inhibitions et défenses à toutes
« personnes, de quelque qualité et condition qu'elles soient, même aux officiers
« de notre maison, d'y *entrer sans payer* comme aussi de faire chanter aucune
« pièce entière en musique, soit en vers françois ou autres langues, sans la
« permission par écrit du sieur Lulli, à peine de dix mille livres d'amende et
« confiscation des théâtres, machines, décorations, habits et autres choses...;
« et, d'autant que nous l'érigeons sur le pied de celles des académies d'Italie
« où les gentilhommes *chantent publiquement en musique sans déroger*, voulons et
« nous plaist que tous gentilhommes et damoiselles *puissent chanter auxdites*
« *pièces et représentations de notre dite Académie royale, sans que, pour ce, ils soient*
« *censés déroger audit titre de noblesse et à leurs priviléges.* » Par ces lettres, le
roi révoque et annule le privilége qu'il avait accordé au sieur Perrin. Lulli établit d'abord son théâtre au jeu de paume du *Bel-Air*, près de la rue de Guénégaud, et en fit l'ouverture par *les Fêtes de l'Amour et de Bacchus*, spectacle où
l'on vit danser plusieurs seigneurs de la cour.

Après la mort de Molière, arrivée le 17 février 1673, le roi donna le théâtre
du Palais-Royal, qu'occupait la troupe de ce célèbre comique, à l'*Académie
royale de Musique ;* elle y est restée longtemps. La salle de ce spectacle, brûlée
le 6 avril 1763, fut reconstruite et ouverte au public le 26 janvier 1770. Brûlée
une seconde fois le 8 juin 1781, elle fut reconstruite ailleurs.

ÉTAT PHYSIQUE DE PARIS.

Les fossés, les murailles, les tours de Paris étaient, au commencement du
règne de Louis XIV, dans un état de dégradation qui les rendait inutiles.
En 1646 on commença par démolir les murailles et combler les fossés du côté
de l'Université ; mais les événements politiques suspendirent ces travaux. Au
mois de mai 1659, le roi vendit les terres vagues de l'ancien fossé de la porte de
Nesle, et on éleva sur cet emplacement, en 1661, le collége Mazarin, aujourd'hui
Palais de l'Institut.

BOULEVARDS ET ACCROISSEMENT DE L'ENCEINTE SEPTENTRIONALE. Dans les premiers
mois de l'année 1670, on travailla au grand mur du rempart de la porte Saint-
Antoine, et l'on entreprit de planter d'arbres le boulevard qui s'étend depuis la
porte Saint-Antoine jusqu'à la rue des Filles-du-Calvaire. Ce boulevard, qu'on
nommait *le Cours*, fut revêtu de murs dans toute sa longueur qui est de
six cents toises. Par arrêt du 7 juin 1670, la continuation du boulevard fut

autorisée depuis la rue du Calvaire jusqu'à la porte Saint-Martin. — En 1671, on abattit la vieille porte Saint-Denis, pour établir l'arc de triomphe dont j'ai parlé, et pour continuer le boulevard depuis la porte Saint-Denis jusqu'à la porte Saint-Honoré.

Le mur du rempart et les plantations d'arbres, sur les boulevards, étaient poussés jusqu'à la porte Poissonnière, dite Sainte-Anne ; et, pour l'exécution de ces projets, on avait démoli l'ancienne porte du Temple, lorsque le roi, par arrêt de son conseil du 4 novembre 1684, ordonna la reconstruction de cette porte au delà du rempart ; et, par un autre arrêt du 7 avril 1685, fit enlever les terres, aplanir les buttes, et continuer le rempart et le cours plantés jusqu'à la rue Saint-Honoré.

Le rempart, sous Louis XIII, s'élevait dans le quartier Saint-Martin, sur l'emplacement des rues Meslai et Sainte-Apolline : on l'étendit jusqu'au point où est aujourd'hui le boulevard Saint-Martin. Ce rempart aboutissait ensuite à la rue Montmartre, entre la fontaine de cette rue et la rue des Jeûneurs, ou plutôt des Jeux-Neufs ; il fut porté jusqu'à l'emplacement actuel du boulevard Montmartre. Il gagna de là le boulevard actuellement nommé *des Italiens,* et s'étendit jusqu'à l'entrée de la rue Royale, où était la nouvelle porte Saint-Honoré. Ces données suffisent pour faire connaître l'accroissement opéré sous Louis XIV et la différence entre l'enceinte de ce roi et celle de son prédécesseur.

BOULEVARD DU MIDI. Pendant qu'on bâtissait et plantait des remparts du côté du nord, on comblait les fossés, et on démolissait les portes de l'ancienne enceinte du côté du midi. On commença alors à planter d'arbres ces emplacements. Ces boulevards, appelés *boulevards neufs,* ne furent achevés qu'en 1761.

BUTTE SAINT-ROCH, située entre la rue Sainte-Anne et l'église Saint-Roch, à peu près au carrefour formé par la rencontre des rues Moineaux, des Orties et des Moulins. Cette butte, si l'on en juge par les anciens plans de Paris, formait un groupe de deux ou trois monticules plus ou moins élevés, à la cime desquels étaient, au moins, deux moulins à vent. Quelques particuliers, pour tirer parti de son emplacement, entreprirent d'aplanir cette butte ; en 1667, ils ouvrirent douze rues, dont la plupart existaient déjà comme chemins, y firent construire des maisons, des hôtels, et n'achevèrent leurs travaux qu'en 1677. Ce quartier était autrefois appelé *Gaillon,* à cause d'un hôtel ainsi nommé, situé sur une partie de l'emplacement de l'église Saint-Roch. Il existait une porte de ville, appelée *porte Gaillon,* qui fut démolie en 1700. Une rue qui aboutissait de l'emplacement de l'*hôtel Gaillon* à celui de la porte de ce nom, conserve encore la même dénomination. Par l'aplanissement de la butte Saint-Roch, le *quartier Gaillon,* qui n'offrait que des granges, des jardins et des terrains en culture, fut couvert de maisons, et procura à la ville de Paris un vaste accroissement.

QUAIS. On s'occupa aussi à construire, à élargir quelques quais, à y établir des ports et des abreuvoirs. La plupart étaient sans murs de terrasse. Le quai de Nesle, qu'on a nommé depuis quai Conti et quai de la Monnaie, ne s'étendait, en partant du Pont-Neuf, qu'un peu au delà de la partie occidentale de l'hôtel actuel des Monnaies. Ce qui était, du côté du faubourg Saint-Germain, bordé par le grand hôtel de Nesle et par le mur de clôture de ses jardins : cet hôtel très-vaste fut, sous Louis XIV, nommé *hôtel de Nevers* puis *hôtel de Conti*, sur l'emplacement duquel fut construit, en 1771, l'hôtel des Monnaies. Le 1er juillet 1669, on ordonna la continuation de ce quai jusqu'à la rue du Bac. — En l'année 1670, on construisit le mur de terrasse du *quai des Quatre-Nations*, mur décoré de sculptures et des emblèmes et armoiries du cardinal Mazarin.

Les quais des Orfèvres et de l'Horloge n'existaient point en 1666. Ils ne furent construits que trois années plus tard.

Le *quai Le Pelletier*, qui du pont Notre-Dame conduit à la place de Grève, était, avant sa construction, occupé par des teinturiers et des tanneurs qui furent obligés, par un arrêt du 24 février 1673, d'aller s'établir au faubourg Saint-Marcel et à Chaillot. Un autre arrêt, du 17 mars suivant, porte qu'il sera établi sur cet emplacement un quai qui fera la prolongation du quai de Gèvres. Claude Le Pelletier, alors prévôt des marchands, fit commencer aussitôt les travaux, qui furent terminés en 1675. Ce quai, construit d'après les dessins de Pierre Bullet, était suspendu sur le bord de la Seine et soutenu par des piliers. Il a été reconstruit en 1830. — La construction du *quai de la Grenouillère*, aujourd'hui *quai d'Orsay*, fut ordonnée en 1704.

Sur le quai de l'Ecole étaient deux ponts, l'un sur le canal qui conduisait les eaux de la Seine dans les anciens fossés de la ville comblés depuis longtemps, et qui, au commencement du règne de Louis XIV, servait de route à un abreuvoir. L'autre pont, plus éloigné du centre de la ville, était dans l'alignement de l'ancienne façade du Louvre, du côté de Saint-Germain-l'Auxerrois. Il couvrait le canal par lequel les eaux de la Seine communiquaient aux fossés dont le château du Louvre était entouré.

En 1665, il fut permis aux sieurs de Bellefonds et de Pertuis d'établir deux ports sur la Seine, l'un entre le pont de la Tournelle et la forteresse de ce nom, le second entre la porte Saint-Bernard et le pont établi à l'endroit où la rivière de Bièvre se jette dans la Seine. Ces ports, construits en 1669, furent l'origine du *Port-au-Vin*. La *Halle au Vin*, établie en 1662 dans le voisinage de ces ports, à l'angle de la rue des Fossés-Saint-Bernard et du quai de ce nom, leur donna une consistance durable.

ACCROISSEMENT DE PARIS. Cette ville contenait tous les mobiles propres à son accroissement : elle était la résidence de la cour, source de fortune et de pouvoirs. L'ambition y attirait la richesse, et celle-ci l'industrie, le commerce et tout ce qui les accompagne; les magistratures souveraines y faisaient affluer, d'une grande partie de la France, les clients, les plaideurs et les témoins; les écoles nombreuses et plus distinguées qu'autrefois, les étudiants de toute espèce, les immenses dépôts littéraires, les académies, les bibliothèques, les cabinets curieux, y appelaient les savants et les amateurs; la magnificence des édifices, des places, des jardins, les fêtes, les spectacles, les jeux et plusieurs jouissances faciles, en y augmentant la consommation, accroissaient le nombre des individus qui en tiraient leur existence. Les monastères, dont le nombre s'était si prodigieusement accru sous les règnes de Louis XIII et de Louis XIV, occupaient une grande portion de la superficie de cette ville. Cette magnificence, ces plaisirs, ces raretés, ces établissements, presque tous accrus ou nouvellement institués par le gouvernement de Louis XIV, devaient nécessairement augmenter la population, multiplier les lieux d'habitation et faire déborder Paris hors de son enceinte. Plusieurs édits furent publiés pour défendre de bâtir au delà de certaines bornes. La force des choses rendit ces édits inutiles, et Paris, au dix-septième siècle, prit une extension de plus en plus grande.

ÉTAT CIVIL DE PARIS.

Les troubles de la Fronde avaient désorganisé la plupart des institutions civiles de Paris. Le calme ayant succédé aux orages politiques, elles furent rétablies comme auparavant. Voici les changements et les institutions nouvelles qui eurent lieu, pendant le règne de Louis XIV, dans l'état civil des Parisiens.

La tranquillité publique était aussi troublée et la police aussi nulle, sous une grande partie du règne de Louis XIV, qu'elles l'avaient été sous celui de Louis XIII. C'étaient les mêmes éléments perturbateurs, la même impuissance dans l'administration civile, la même insolence de la part des vagabonds et des pages des grands seigneurs, les mêmes dispositions à entraver l'action de la justice. Je vais donner la preuve des excès et de l'inefficacité des arrêts du parlement pour les réprimer, comme je l'ai fait sous le règne précédent.

Ainsi nous voyons que le 25 juin 1652, on remontra au parlement qu'il se faisait journellement dans Paris des attroupements séditieux, même dans la cour et la salle du Palais, à la place Royale, au faubourg Saint-Germain, « entreprenant de piller les maisons, d'attenter à la vie des magistrats et à celle de plusieurs habitants de cette ville, sans aucun respect de condition, intimidant » les bons bourgeois et autres personnes; en sorte que les particuliers ne peuvent plus marcher par les rues, ni vaquer à leurs affaires avec sécurité, etc. » Le 29 novembre 1653, le procureur général remontre qu'une multitude de laquais et autres personnes attroupés commettent des voies de fait, des violences, et empêchent l'exécution de quelque voleurs condamnés par le lieutenant-criminel de la prévôté de Paris. La cour du parlement renouvelle encore ses défenses *aux laquais* de s'attrouper, et, sous peine de la vie, d'empêcher l'exécution des condamnés à mort. Le 3 juillet 1654, le lieutenant-criminel fut mandé en la grand'chambre du parlement, sur ce que plusieurs vagabonds, gens sans aveu, portant armes à feu et autres, après plusieurs violences, avaient enlevé le cadavre d'un homme condamné à mort et exécuté sur la roue. Des lettres-patentes du roi, du 22 janvier 1655, défendent très-expressément aux *pages* et *laquais* de porter dans la ville de Paris, soit de jour ou de nuit, aucune arme, comme épées, poignards, pistolets de poche et bâtons ferrés, à peine de la vie contre les contrevenants, et ordonnent que ceux que l'on trouvera en armes dans Paris et ses faubourgs, après la publication, seront pris et punis de mort, leur procès fait par jugement dernier sans appel et sur le procès-verbal de capture.

Ces lettres-patentes et la procédure brutale qu'elles prescrivent, la peine capitale dont elles menacent les délinquants, ont certainement été provoquées par quelques violences éclatantes commises par les *pages* et *laquais*, et sur lesquelles je n'ai point de notions. Ces lettres, malgré leur ton sévère, ne produisirent pas plus d'effet que les arrêts du parlement.

Cette cour, toujours fatiguée par les plaintes continuelles qu'elle recevait sur les vols qui se faisaient de jour et de nuit dans Paris et ses environs, manda les lieutenants civil et criminel, et autres officiers du Châtelet, qui comparurent le 9 février 1657. Ces magistrats, interrogés sur les causes de ces désordres, repondirent *qu'il leur était impossible de les empêcher*, à cause du peu de gage de leurs archers, gages *qui n'étaient que de trois sous et demi par jour, comme du temps du roi Jean, lesquels n'étaient encore entièrement payés.* Enfin le Parlement dit aux officiers du Châtelet *qu'il y pourvoirait ;* mais il ne se pressa pas d'y pourvoir comme on le verra bientôt, et le mal continua.

La tranquillité de Paris et la sûreté de ses habitants étaient encore compromises par le brigandage des soldats indisciplinés et mal payés. Le 1er avril 1659, le substitut du procureur général se plaignit au Parlement des désordres que les soldats du régiment des gardes commettaient dans Paris et les environs : « Ils pillent, ils volent, dit-il, ouvertement à toute heure dans cette ville et ses « faubourgs, sur les avenues et villages circonvoisins, même vendent publique- « ment les meubles pillés et volés. »

Toutes les mesures prises par le roi et par le parlement contre les insolences des *pages* et *laquais*, contre ceux qui arrêtaient l'action de la justice, contre les voleurs et les assassins dont Paris était rempli, devenaient inutiles. Depuis longtemps on s'apercevait de l'inefficacité du remède, inefficacité qui autorisait le mal et faisait mépriser la magistrature; personne n'imaginait d'en proposer un nouveau, tant on était aveuglé par le respect porté aux institutions anciennes et aux vieilles habitudes. Les désordres continuèrent. Pour donner une idée complète de l'état de Paris à cette époque, il convient de parler d'autres perturbateurs que l'on peut diviser en deux classes : la première en pauvres valides ou mendiants de profession; la seconde en vagabonds, gens sans aveu, filous, dont plusieurs demandaient l'aumône l'épée au côté et souvent la main sur la garde.

COURS DES MIRACLES. On nommait ainsi les repaires des mendiants et des filous, parce qu'en y entrant ils déposaient le costume de leur rôle. Les aveugles voyaient clair, les boiteux étaient redressés, les estropiés recouvraient l'usage de tous leurs membres, etc.; chacun revenait dans son état naturel.

La plus fameuse de ces cours, et qui porte encore le nom *des Miracles* (1), a son entrée dans la rue Neuve-Saint-Sauveur, et est située entre le cul-de-sac de l'Étoile et les rues de Damiette et des Forges. Voici la description qu'en donne

----

(1) Ces cours des Miracles étaient nombreuses à Paris. Voici celles qu'indique Sauval :
La *cour du roi François*, située rue Saint-Denis, n° 328 ; la *cour Sainte-Catherine*, rue Saint-Denis, n° 313 ; la *cour Brisset*, rue de la Mortellerie, entre les rues Pernelle et de Longpont; la *cour Gentien*, rue des Coquilles ; la *cour de la Jussienne*, rue de la Jussienne, n° 23 ; *cour et passage du marché Saint-Honoré*, entre les rues Saint-Nicaise, Saint-Honoré et de l'Échelle. D'autres cours ont conservé longtemps ou conservent encore leur nom caractéristique; telles sont : la *cour des Miracles*, rue du Bac, n° 63; *cour des Miracles*, rue de Reuilly, n° 81, quartier des Quinze-Vingts; *passage et cour des Miracles* de la rue des Tournelles, n° 26, et du cul-de-sac de Jean-Beausire, n° 21, quartier du Marais. Il s'en trouvait aussi au faubourg Saint-Marcel et à la butte Saint-Roch.

Sauval, qui a visité les lieux : « Elle consiste en une place d'une grandeur très-
« considérable, et en un très-grand cul-de-sac puant, boueux, irrégulier, qui
« n'est point pavé. Autrefois il confinait aux dernières extrémités de Paris.
« A présent (sous le règne de Louis XIV) il est situé dans l'un des quartiers des
« plus mal bâtis, des plus sales et des plus reculés de la ville, comme dans un
« autre monde. Pour y venir, il se faut souvent égarer dans de petites rues vi-
« laines, puantes, détournées; pour y entrer, il faut descendre une assez lon-
« gue pente, tortue, raboteuse, inégale. J'y ai vu une maison de boue, à demi
« enterrée, toute chancelante de vieillesse et de pourriture, qui n'a pas quatre
« toises en carré, et où logent néanmoins plus de cinquante ménages chargés
« d'une infinité de petits enfants légitimes, naturels ou dérobés. On m'a assuré
« que, dans ce petit logis et dans les autres, habitaient plus de cinq cents gros-
« ses familles entassées les unes sur les autres. Quelque grande que soit cette
« cour, elle l'étoit autrefois beaucoup davantage. De toutes parts, elle étoit en-
« vironnée de logis bas, enfoncés, obscurs, difformes, faits de terre et de
« boue, et tous pleins de mauvais pauvres. »

Sauval parle ensuite des mœurs de ceux qui habitaient cette cour. Après
avoir dit que les commissaires de police ni les huissiers ne pouvaient y pénétrer sans y recevoir des injures et des coups, il ajoute : « On s'y nourrissoit de
« brigandages, on s'y engraissoit dans l'oisiveté, dans la gourmandise et dans
« toutes sortes de vices et de crimes; là, sans aucun soin de l'avenir, chacun
« jouissoit à son aise du présent, et mangeoit le soir avec plaisir ce qu'avec
« bien de la peine et souvent avec bien des coups il avoit gagné tout le jour;
« car on y appeloit *gagner* ce qu'ailleurs on appelle *dérober;* et c'étoit une des
« lois fondamentales de la cour des Miracles de ne rien garder pour le lende-
« main. Chacun y vivoit dans une grande licence, personne n'y avoit ni foi ni
« loi; on n'y connaissoit ni baptême, ni mariage, ni sacrement. Il est vrai
« qu'en apparence ils sembloient reconnaître un Dieu; et pour cet effet, au
« bout de leur cour, ils avoient dressé dans une grande niche une image de
« Dieu le Père qu'ils avoient volée dans quelque église, et où tous les jours ils
« venoient adresser quelques prières... Des filles et des femmes les moins
« laides se prostituoient pour deux liards, les autres pour un double (deux
« deniers), la plupart pour rien. Plusieurs donnoient de l'argent à ceux qui
« avoient fait des enfants à leurs compagnes, afin d'en avoir comme elles,
« d'exciter la compassion et d'arracher des aumônes. »

Ces sociétés de voleurs mendiants paraissent anciennes. Sous les règnes de
François Ier et de Henri II, temps auquel Jacques Tahureau écrivait ses Dialo-
gues, cette association de gueux ou mendiants, qu'il nomme *belistres*, existait
à Paris. Le chef ou le roi de cette société s'appelait *Ragot.* Son éloquence naturelle lui attirait de nombreuses aumônes. Il fit une brillante fortune, et maria
ses enfants avec des personnes distinguées par leur rang.

Toute société a ses lois; celle des gueux de Paris eut les siennes. Les associés
étaient tenus de parler un langage appelé *argot*, encore aujourd'hui en usage à
Bicêtre. Le chef suprême portait, comme le chef des Bohémiens, le titre de
Coësre. Les *cagoux* ou *archi-suppôts* étaient les principaux officiers de la bande;

et représentaient des gouverneurs de province ; ils apprenaient aux nouveaux
admis la fabrication d'un onguent propre à se procurer des plaies factices ; ils
enseignaient la langue de mille tours, l'*argot* de souplesse, l'art de voler, de
couper les bourses avec adresse et d'en imposer au peuple. Il paraît que certains moines, voulant mettre en crédit leurs reliques, se servaient d'eux pour
opérer de prétendus miracles. « Je puis assurer, dit Sauval, que ces mauvais
« pauvres contribuent à l'entretien de plusieurs religieux. » Ces principaux
grades se composaient ordinairement d'écoliers et de prêtres débauchés, qui,
en considération de leurs peines, étaient les seuls exempts de toutes contributions envers le chef, le grand *Coësre*. Ils gueusaient dans les départements que
le coësre leur avait assignés, contrefaisaient les gens de qualité ruinés ou déva-
lisés et les soldats estropiés. On les nommait aussi *narquois* ou *gens de la petite
flambe* ou *de la courte épée*, à cause des ciseaux qu'ils portaient pour couper les
bourses. (On avait encore, sous Louis XIV, la sotte vanité de porter sa bourse
pendue à sa ceinture.) Ces filous ou mendiants valides formaient plusieurs catégories sous diverses dénominations (1). Depuis plusieurs siècles, ils troublaient,
inquiétaient les habitants de Paris, et les magistrats de cette ville n'avaient pas
même entrepris de s'en débarrasser. Cette association immorale, menaçar.te,
devint un objet de plaisanterie pour la cour de Louis XIV. Le spectacle d'un de
ces mendiants qui, en excitant la pitié, arrachent des aumônes en même temps
qu'ils coupent la bourse de ceux qui les leur donnent, parut si comique, qu'en
« 1653 il servit, dit Sauval, de passe-temps au roi et d'entrée au ballet royal de
« *la Nuit*, dansé sur le théâtre du Petit-Bourbon. Jamais, ajoute cet écrivain, les
« subites métamorphoses de ces imposteurs n'ont été plus heureusement repré-
« sentées. Benserade nous y prépara par des vers assez élégants. Les meilleurs

---

(1) On nommait *orphelins* de jeunes garçons qui, par troupes de trois ou quatre, parcouraient les
rues de Paris, tremblottants et presque nus. Les *marcandiers* étaient, dit Sauval, « ces grands pen-
» dards qui alloient d'ordinaire par les rues, de deux à deux, vêtus d'un bon pourpoint et de mé-
.» chantes chausses, criant qu'ils étoient de bons marchands ruinés par les guerres, par le feu ou
»' semblables accidents. » Les *rifodés*, accompagnés de leurs prétendus femmes et enfants, mendiaient
à Paris en tenant à la main un certificat qui attestait que le feu du ciel avait consumé leur maison
et tous leurs bien-. Les *malingreux :* on nommait ainsi des malades simulés ; les uns se rendaient le
ventre dur et enflé et contrefaisaient les hydropiques. Sauval raconte par quels moyens dégoûtants
cette prétendue maladie se procurait et se guérissait promptement. Les autres avaient un bras, une
jambe, une cuisse couverts d'ulcères factices ; ils demandaient l'aumône dans les églises pour aller
en pèlerinage. Les *capons* étaient des filous qui mendiaient dans les cabarets, ou des jeunes gens qui
jouaient sur le Pont-Neuf, et feignaient de perdre leur argent pour engager les passants à jouer avec
eux et à exposer le leur. Les *piètres* marchaient avec des potences et contrefaisaient les estropiés.
Les *polissons* allaient de quatre à quatre, vêtus d'un pourpoint, sans chemise, d'un chapeau sans
fond, le bissac sur l'épaule et la bouteille sur le côté. Les *francs-mitoux*, le front ceint d'un mouchoir sale, contrefaisaient les malades, parvenaient, avec de fortes ligatures, à arrêter les mouvements de l'artère du bras, tombaient en défaillance au milieu des rues, et trompaient les personnes
charitables, même les médecins qui venaient à leur secours. Les *callots* feignaient d'être guéris de
la teigne et de venir de Sainte-Reine, où ils avaient miraculeusement été délivrés de ce mal. Les
hubains portaient un certificat qui attestait que, mordus par un chien enragé, ils s'étaient adressés
à saint Hubert, qui les avait guéris. Les *sabouleux* feignaient une attaque d'épilepsie, tombaient à
terre, et un morceau de savon qu'ils avaient dans la bouche leur faisait imiter l'écume que jettent
les épileptiques. Les *coquillards* étaient des pèlerins couverts de coquilles, revenus, disaient-ils, de
Saint-Jacques ou de Saint-Michel. Les *cortaux de boulange* ne mendiaient et ne filoutaient que
l'hiver. On pourrait joindre à cette nomenclature les gueux appelés *marpauts*, dont les femmes prenaient la dénomination de *marquise ;* les *millards*, qui portaient un grand bissac.

« danseurs du royaume figurèrent le concierge et les locataires de la *cour des*
« *Miracles*, par une sérénade et par des postures si plaisantes, que tous les
« spectateurs avouèrent que dans le ballet il n'y avait point de plus facétieuse
« entrée. »

Le nombre de ces vagabonds, de ces habitants de la cour des Miracles s'étant
fort accru, et s'élevant, suivant quelques exagérateurs, à *quarante mille*, on
pensa sérieusement à s'en débarrasser, en fondant, en 1656, l'*Hôpital général*,
où tous les mendiants furent renfermés. Ceux qu'on nommait *bons pauvres* s'y
rendirent sans difficulté ; les archers y conduisirent par force plusieurs autres ;
et les *voleurs* et les *filous* sortirent de Paris ; mais ils y avaient laissé de nombreux
élèves, et ne tardèrent pas eux-mêmes à y revenir. — En 1660, on vit que le
remède avait peu profité, que les vols, les assassinats, reprenaient leur cours
accoutumé, et que les moyens de répression contre les mendiants et vagabonds
étaient aussi insuffisants que ceux qu'on employait contre les pages et laquais.
La ville était désolée par la même race de vagabonds et de voleurs ; aussi, le
parlement ordonna-t-il, en 1662, « que tous soldats qui ne sont sous charge de
« capitaine, tous *vagabonds portant épée*, tous mendiants non natifs de cette ville,
« se retireront aux lieux de leur naissance, à peine du fouet et de la fleur de lis
« contre les valides, des galères contre les estropiés, et, contre les femmes, du
« fouet et d'être rasées publiquement, etc. » C'étaient certainement des hommes
de cette classe qui assassinèrent, en 1661, le sieur de La Faurière, conseiller au
parlement, et qui, en 1662, enlevaient dans Paris les hommes, les femmes, les
enfants des deux sexes ; les tenaient en charte privée, pour les vendre et les envoyer, disait-on, en Amérique ; enlèvements qui portèrent plusieurs habitants de
Paris à se tenir sur leur gardes, et le parlement à ordonner des informations
contre les ravisseurs. Cet état de choses ne fut amélioré qu'en 1667, époque où le
roi supprima l'office de lieutenant civil du prévôt de Paris qui réunissait la justice
et la police, et à sa place créa deux offices distincts : l'un de *lieutenant civil du
prévôt de Paris*, et l'autre de *lieutenant du prévôt de Paris pour la police*. Cette
dernière fonction fut confiée au sieur de La Reinie. Ce magistrat établit une surveillance beaucoup plus active qu'auparavant. On lui doit une organisation régulière de l'espionnage, et, ce qui vaut mieux, on lui doit *les lanternes*.

LES LANTERNES. Avant ce magistrat, les rues de Paris, pendant la nuit, restaient privées de lumières. Dans certaines circonstances où le danger était im-
minent, où les vols étaient fréquents, on ordonnait, à chaque propriétaire de
maison, de placer, après neuf heures du soir, pour être préservé des attaques
des *mauvais garçons*, sous la fenêtre du premier étage, une lanterne garnie d'une
chandelle allumée ; de plus, chaque compagnie ou chaque personne qui, pendant la nuit, parcourait les rues de Paris, était en usage de porter sa lanterne.
Une des premières opérations du lieutenant de police La Reinie, fut l'établissement fixe des lanternes dans les rues de Paris. On en plaça d'abord une à
chaque extrémité de rue, et une autre au milieu. Cet ordre fut observé, excepté
dans les rues d'une grande longueur. Ces lanternes n'étaient garnies que de
chandelles. La Reinie procura aux Parisiens une sécurité jusqu'alors inconnue ;
la ville fut éclairée pendant la nuit, les laquais et les pages furent désarmés,

les cours des Miracles purifiées et les malfaiteurs moins nombreux. Cependant, sous la fin de la lieutenance de ce magistrat, soit par sa négligence, soit par la corruption de ses agents, on vit renaître tous les désordres du temps passé.

En 1697, le sieur d'Argerson fut nommé à la place du sieur de La Reinie. D'Argenson était sévère, dur, despote; et sa figure, qui inspirait l'épouvante, convenait parfaitement à la sévérité de ses fonctions. Le peuple, dont il était redouté, lui donnait le nom de *damné*, de *perruque noire*, de *juge des enfers*. Il travaillait facilement et beaucoup, et montra en diverses occasions difficiles une grande énergie. Il organisa la police sur un plan plus vaste, multiplia considérablement le nombre des espions. Sa surveillance, sa sévérité, ne purent cependant arrêter les désastres d'un fameux chef de brigands nommé *Cartouche*, qui, à force de ruses, échappait à toutes les poursuites, et, par ses vols et ses meurtres, était l'effroi des Parisiens. La gloire de l'arrêter fut réservée au successeur de d'Argenson, à M. Hérauld, qui fit saisir Cartouche dans un cabaret de la Courtille. Cartouche, condamné à mort, fut, en 1721, rompu vif.

POMPES A INCENDIE. Ce fut pendant que le sieur d'Argenson dirigeait la police, que, pour la première fois, on mit en usage à Paris les *pompes contre les incendies*.

Le sieur Dumouriez de Periez avait fabriqué des pompes d'après les modèles qu'il avait vus en Allemagne et en Hollande, lorsqu'en 1705 le feu ravagea l'église du Petit-Saint-Antoine, et quelques maisons du voisinage. Pour l'éteindre, on employa ces machines avec succès. Cette même année, on avait acquis vingt pompes qui furent distribuées dans les vingt quartiers de Paris. En 1716, on avait établi seize autres pompes, et l'on avait commis trente-deux hommes exercés à ce service pour les mettre en activité. En 1722, de ces trente-six pompes il n'en restait que treize. Le roi ordonna qu'il en serait établi seize autres, et que soixante hommes exercés, vêtus d'habits uniformes, en feraient le service. Telle fut l'origine de l'utile établissement des pompes à incendie et du corps des pompiers. Nous aurons occasion d'en parler dans la suite.

ÉTAT CIVIL DES PROTESTANTS. Depuis le commencement du règne de Louis XIV jusqu'en 1660, on ne s'occupa des protestants que pour ramener dans les limites prescrites par l'édit de Nantes celles de leurs églises qui s'en étaient écartées. On avait cependant employé la séduction pour entraîner quelques ministres dans le catholicisme, pour convertir des enfants malgré leurs père et mère protestants. Un arrêt du conseil d'État du roi, en 1661, autorisa le clergé catholique à tenter de convertir les garçons à quatorze ans et les filles à douze ans. Ces enfants, prétendus convertis, pouvaient se marier sans le consentement de leurs père et mère; et un arrêt du parlement de Paris, de 1662, décida que, malgré ce défaut de consentement, les enfants ne peuvent encourir l'exhérédation. Les convertis qui retournaient à la religion de leurs pères sont, en avril 1663, menacés de toute la rigueur des ordonnances; et, le 20 juin 1664, une déclaration du roi prononce contre eux la peine des galères à perpétuité; une autre, du 13 mars 1679, les condamne en outre à l'amende honorable et à la confiscation de tous leurs biens.

La rigueur de la persécution allait toujours croissant. En convertissant les enfants par séduction, on les avait mis en opposition, en état de guerre contre leurs père et mère. Un arrêt du conseil d'État, du 3 novembre 1664, oblige les parents à garder dans leurs maisons leurs enfants convertis; et un nouvel arrêt du 24 octobre 1665 contraint les pères à fournir à ces enfants convertis une pension proportionnée à leurs facultés. La persécution devint encore plus grave et porta de nouvelles atteintes à la morale publique. Un arrêt du conseil d'État du 11 janvier 1663 avait déchargé les nouveaux convertis des dettes qu'ils avaient contractées envers les protestants; un autre arrêt du même conseil, du 4 septembre 1666, consacra la même iniquité. Une foule d'édits avaient déjà restreint de beaucoup la liberté du culte protestant; mais l'édit qui révoqua celui de Nantes, en 1684, détruisit la pratique du protestantisme en France. Mais ce n'était là que le commencement de la persécution. Le 22 octobre 1685 parut une nouvelle ordonnance qui enjoignait aux ministres de sortir de France, dans la quinzaine. Deux ans après, une nouvelle déclaration du roi leur défendit de rentrer en France sous peine de mort, et porta la peine des galères perpétuelles contre les personnes qui leur donneraient asile; on mit même leur tête à prix. Les protestants qui avaient des fonctions publiques avaient été forcés de s'en démettre; ceux qui avaient obtenu des lettres de maîtrise en furent privés; il leur fut interdit de prendre des grades dans les facultes; on démolit leurs temples, on supprima leurs hôpitaux ; aux rigueurs on joignit la séduction. Des sommes furent offertes pour aider le clergé à convertir les réformés, et comme si ce n'était pas assez, on leur défendit de se réunir, et une déclaration du roi, du 12 janvier 1685, ordonne que les enfants des protestants seront, depuis l'âge de cinq ans jusqu'à celui de seize, enlevés à leurs père et mère, et mis entre les mains de leurs parents catholiques, s'ils en ont; et, s'ils n'en ont pas, qu'ils seront placés chez les personnes catholiques désignées par les juges; enfin, que les pères et mères seront tenus de leur payer une pension. La persécution, en un mot, fut organisée sous toutes les formes, revêtit tous les caractères d'intolérance, et fut sévère jusqu'à la férocité.

Dans un tel état de choses, la fuite était en effet le seul parti qu'ils eussent à prendre, et c'est aussi le parti que prirent beaucoup d'entre eux. Une centaine de mille hommes, les mieux avisés ou les plus riches, n'attendirent pas les derniers excès de la persécution : ils quittèrent la France avec une grande partie de leur fortune; mais ce fut le petit nombre. Alors le gouvernement, qui redoutait le progrès de ces exemples, se hâta de leur opposer des obstacles. Une déclaration du 24 mai 1686 porte, en effet, que les nouveaux catholiques qui sortiront du royaume seront, quant aux hommes, condamnés aux galères perpétuelles; et, quant aux femmes, rasées et emprisonnées pendant le reste de leur vie. Mêmes peines prononcées contre ceux ou celles qui auraient facilité leur évasion.

La France, privée d'un grand nombre d'habitants laborieux, vit bientôt son commerce et son industrie ruinés; et elle supporta avec peu de succès une guerre que fit à Louis XIV, persécuteur du protestantisme, la ligue des princes qui professaient cette religion.

PRIVILÉGES DE PARIS. Les Parisiens n'obtinrent jamais des rois de France aucune charte de commune ou de franchise. Quelques rois accordèrent, de loin en loin, certains priviléges à cette ville, notamment la magistrature du prévôt des marchands et des échevins ; Louis XIV, par lettres-patentes du mois de mars 1669, les confirma. Cette confirmation était dérisoire : ce n'étaient plus des priviléges, mais d'anciens affranchissements de servitudes féodales qui alors n'existaient nulle part. En effet, on trouve dans ces lettres-patentes que les habitants de cette ville ont le droit de poursuivre en justice leurs créanciers ; qu'ils sont exempts du *droit de prise*. Ainsi, par ces lettres-patentes, le roi n'accorda rien aux Parisiens : leurs magistrats continuèrent à être assujettis à une cérémonie très-humiliante ; chaque fois que de nouveaux échevins étaient élus, le prévôt des marchands venait les présenter à la cour, adressait au roi un discours qui contenait un ample éloge de Sa Majesté, et, pendant la harangue, le prévôt et les échevins se tenaient constamment à genoux.

JUSTICES DE PARIS. Au commencement du règne de Louis XIV, on comptait dans cette ville trente justices ou juridictions : huit *royales*, six *particulières* et seize *féodales ecclésiastiques*.

Les huit justices royales étaient : le *Parlement*, la *Chambre des comptes*, la *Cour des aides*, la *Cour des monnaies*, la *Trésorerie de France*, l'*Élection*, la *Connétablie et Maréchaussée*, et le *Châtelet*. — Les six justices particulières étaient : le *Bailliage du Palais*, dans l'enclos du Palais ; les *Juges-consuls ;* la juridiction du *Grand maître de l'artillerie*, à l'Arsenal ; celle du *Prévôt de l'hôtel*, au Louvre, et celle du *Prévôt de l'Ile-de-France* et du *Prévôt des Marchands*.

Voici les noms des seize justices féodales ecclésiastiques : celles de l'*Archevêque de Paris*, au For-l'Évêque ; de l'*Officialité*, à l'Archevêché ; du *Chapitre de Notre-Dame*, de l'*Abbaye Sainte-Geneviève*, de l'*Abbaye Saint-Germain-des-Prés*, de l'*Abbaye Saint-Victor*, de l'*Abbaye Saint-Magloire*, de l'*Abbaye Saint-Antoine-des-Champs*, du *Prieuré Saint-Martin-des-Champs*, du *Temple*, du *Prieuré Saint-Denis-de-la-Chartre*, du *Prieuré Saint-Eloi*, du *Prieuré Saint-Lazare*, des chapitres *Saint-Marcel*, *Saint-Benoît* et *Saint-Merry*.

Ces juridictions nombreuses entravaient la marche de la justice : par son édit de 1674, Louis XIV réunit au Châtelet toutes les justices féodales de cette ville et de sa banlieue, et créa en même temps un nouveau siége présidial qui, avec le Châtelet, partagea leur territoire. Les seigneurs de Paris, tous gens d'église, s'élevèrent contre cette atteinte à leurs *droits*, et parvinrent, à force d'intrigues, à recouvrer de forts dédommagements, ou bien le tout ou partie de ces prétendus droits que le roi leur avait enlevés.

PARIS DIVISÉ EN QUARTIERS. Sous Philippe-Auguste, la ville fut, à ce qu'on présume, divisée en quatre quartiers. Quelque temps après, ce nombre fut doublé, et Paris eut huit quartiers : *Saint-Germain-l'Auxerrois*, *Sainte-Opportune*, *Saint-Jacques-de-la-Boucherie*, *la Verrerie*, *la Grève*, *la Cité*, *la place Maubert* et *Saint-André-des-Arts*.

Sous Charles VI, on ajouta à ces divisions celles de *Saint-Antoine*, de *Saint-Gervais*, de *Sainte-Avoye*, de *Saint-Martin*, de *Saint-Denis*, des *Halles*, de *Saint-Eustache* et de *Saint-Honoré ;* et l'on compta dans Paris seize quartiers. En 1642, on y joignit le *faubourg Saint-Germain*, qui forma un dix-septieme quartier. Ces divisions étaient très-inégales. Par une déclaration du roi, du

14 janvier 1702, Paris fut divisé en vingt quartiers, dont voici les dénominations :

1. La Cité.	6. Montmartre.	12. Saint-Paul.	18. Saint-André.
2. Saint-Jacques-de-la-Boucherie.	7. Saint-Eustache.	13. Sainte-Avoye.	19. Le Luxembourg.
3. Sainte-Opportune.	8. Les Halles.	14. Le Temple.	20. Saint-Germain-des-Prés.
4. Le Louvre.	9. Saint-Denis.	15. Saint-Antoine.	
5. Le Palais-Royal.	10. Saint-Martin.	16. La place Maubert.	
	11. La Grève.	17. Saint-Benoît.	

Cette division s'est maintenue jusqu'en 1791, époque où un nouvel ordre de choses exigea une autre division.

POPULATION DE PARIS. Les progrès de la science administrative firent enfin sentir l'importance de la tenue exacte des registres de naissances, de mariages et de morts ; et, d'après leurs relevés, on a pu obtenir des données approximatives sur la population de cette ville. Ce n'est que vers les dernières années du règne de Louis XIV qu'il est possible d'obtenir à cet égard des renseignements positifs. Depuis l'an 1709 jusqu'en 1718 inclusivement, on a compté à Paris :

Année commune, pour les naissances, 16,988 ; — pour les mariages, 4,118 ; pour les morts, 17,393. — Il faut remarquer que l'année rigoureuse de 1709 a vu périr à Paris 29,288 personnes.

En multipliant le nombre des naissances annuelles, 16,988, par le nombre 28, que des expériences ont fait choisir comme le plus convenable à une grande ville, on aura, pour les sept dernières années du règne de Louis XIV et les trois premières années de la régence, une population de 475,664.

TABLEAU PHYSIQUE DE PARIS SOUS LOUIS XIV.

Le temps de la régence d'Anne d'Autriche ressemble, à beaucoup d'égards, à celui de la régence de Marie de Médicis. Les mêmes causes produisirent des effets pareils. La lutte du pouvoir féodal contre le pouvoir monarchique fut à la seconde époque aussi acharnée qu'à la première. Tous les attentats d'une ambition audacieuse, toutes les ignobles ressources de la faiblesse furent mis en jeu ; les princes et seigneurs, dans l'un comme dans l'autre temps, demandaient à la cour, avec menaces et armes à la main, des dignités nouvelles, un accroissement de fortune et d'autorité. Le gouvernement, qui n'était pas toujours le plus fort, opposait à ces demandes la ruse, la corruption ; et, pour accroître ses partisans, il achetait à grand prix la soumission de ces princes et seigneurs : soumission peu durable, marchandise sans valeur, et qui, quoique payée, n'était livrée qu'en partie ou point du tout. Ces marchés avilissants, la mauvaise foi de ceux qui les contractaient, n'étaient pas les seuls exemples de corruption que la cour offrît au public. Voyez Mazarin, exerçant le pouvoir suprême, faire commerce de tous les emplois, de toutes les dignités, de tous les bénéfices.

S'il sacrifiait tout au désir d'accroître ses richesses, il montrait les mêmes dispositions pour maintenir son pouvoir. Se croyait-il menacé par quelque ambitieux, rien ne lui coûtait pour le satisfaire et se le rendre favorable ; il prodiguait les places, les gouvernements, et surtout les titres honorifiques de *comte*, de *duc*, qu'il avilit en les multipliant sans mesure; mais il ne prodiguait point l'or. De cette conduite, il résultait avilissement pour les dignités, accroissement d'orgueil pour les familles féodales, considération accordée à l'intrigue, à la bassesse et même au crime.

Anne d'Autriche avait les vices de toutes les princesses de ce temps : adonnée aux intrigues, et trop faible pour supporter le poids des affaires publiques, elle faisait peu et laissait tout faire par Mazarin. D'ailleurs, elle était dévote, superstitieuse et galante ; et ses rapports avec ce cardinal ont fait naître des soupçons et des reproches, peut-être mal fondés, mais qui ont laissé des présomptions outrageantes pour sa mémoire.

Si je descends aux princes qui se montrèrent avec éclat dans les dissensions civiles, je vois au premier rang celui qu'on a nommé le *Grand-Condé*. Il était certainement guerrier habile, inépuisable en ressources, possédait à un degré éminent la science des combats; mais sa conduite publique et privée offre-t-elle des exemples de morale? Ses liaisons avec sa sœur, la princesse de Longueville, firent beaucoup de bruit; et, si l'on en croit la plupart des écrivains de ce temps, ces liaisons n'étaient pas de nature à édifier le public. Ce prince ne se piquait ni de tenir sa parole ni de payer ses dettes : il avait un caractère haut, insultant, dur, impérieux, qui le faisait généralement détester ; la duchesse de Nemours en faisait un portrait peu avantageux.

Le prince de Conti, son frère, petit, bossu, galant, séditieux, figura dans la guerre contre la cour, et demandait pour prix de sa révolte un chapeau de cardinal. — Cette demoiselle de Montpensier, qui a écrit des mémoires, turbulente, guerrière, animait son indolent père à la sédition, et contribua à prolonger les malheurs de la guerre civile. — Ce duc de Beaufort, surnommé le *roi des Halles*, qui en avait l'éducation et le langage, qui affectait un caractère de franchise et de loyauté qu'il ne soutint pas, qui *faisait la débauche* et se donnait des *plaisirs de prince*, fut chef du parti des *importants*, gouverneur de Paris pour la Fronde, et très-aimé de la dernière classe des habitants. Il joua sur la scène politique un rôle de niais ou de bouffon. S'il manquait d'éducation et de talent, il ne manquait pas de courage militaire : à Orléans, il s'était battu à coups de poings avec le duc de Nemours ; à Paris, il se battit avec le même à coups de pistolet, et le tua.

Ce cardinal de Retz, qui, dans ses curieux mémoires, nous apprend que de son temps on était encore en usage de se faire gloire des malheurs qu'on avait causés, était doué d'un esprit subtil, pénétrant et fécond en ressources ; il met à décrire ses intrigues, ses ruses, ses fourberies et toutes ses fredaines politiques, le soin qu'on mettrait à raconter des actions dignes des éloges de la postérité ; il y mêle des aperçus profonds et des traits dignes de Tacite peignant les crimes de la cour de Tibère. Cet homme, au niveau de ses contemporains sous le rapport des mœurs, leur était fort supérieur sous celui des talents ; il était capable de jouer la cour, le parlement et Mazarin lui-même. Il armait, il soulevait une partie des habitants de Paris, les dirigeait à son gré ; il alarmait tous les partis sans intérêt personnel, pour essayer ses forces, pour ses menus plaisirs : c'était un homme aimable, insouciant et voluptueux. Quoique archevêque de Paris et cardinal, ses mœurs étaient fort peu exemplaires.

Si l'on en excepte quelques membres du parlement, qui paraissent avoir agi dans des vues conformes à l'intérêt public, les principaux personnages qui ont figuré dans les troubles de la minorité de Louis XIV sont des hommes sans vertus, sans patriotisme, et dont l'intérêt personnel était le principal mobile. Par le patronage féodal d'alors, chaque seigneur ou gentilhomme *appartenait* ou se *donnait* à un patron, le servait tant qu'il y trouvait son profit ou qu'il en espérait des récompenses, et le quittait pour en reprendre un autre. Ces seigneurs avaient des patrons et n'avaient point de patrie. C'est pourquoi on voit, sous la minorité de Louis XIV, comme on avait vu sous celle de Louis XIII, la moitié des nobles prendre parti pour la cour, et l'autre moitié contre elle. Ils agissaient ainsi, non en vertu des anciennes lois du vasselage féodal, tombées en désuétude, mais par un reste d'habitude qu'avaient laissé ces lois. Le comte de Tavanes se range sous les bannières du prince de Condé, non parce qu'il était son vassal, mais parce qu'il *s'était donné* à lui. Il quitte par mécontentement le service de ce prince, et se range dans le parti du roi. Personne ne lui reprocha sa félonie, comme on l'aurait fait aux douzième et treizième siècles ; personne ne l'accusa de révolte, comme on l'aurait fait vingt ans après. Le parti de la cour, qui n'était pas toujours le plus fort, désarmait ses adversaires en leur offrant une amnistie. La tache de rébellion était alors considérée comme entièrement effacée.

Lorsque, après la mort de Mazarin, Louis XIV entreprit de gouverner par lui-même ; lorsque Louvois eut mis un ordre, une discipline jusqu'alors inconnue dans les armées ; lorsque, par des institutions toutes nouvelles, Colbert eut favorisé les développements de l'industrie, du commerce, plusieurs barrières de la routine renversées laissèrent une voie plus large à la marche des connaissances humaines et au mouvement de la civilisation. Il resta encore dans les diverses administrations et dans les esprits beaucoup de vices, beaucoup de désordres ; le changement ne fut pas brusque, mais il s'opéra très-sensiblement ; et, depuis la minorité de Louis XIV jusqu'à la fin de son règne, l'amélioration fut très-évidente.

L'administration de la justice offrait cependant encore une foule d'abus. Il aurait fallu tout refaire ; on se borna à réparer. L'*affaire des poisons* est un épisode qui caractérise fortement les mœurs du règne de Louis XIV. Je vais en donner un aperçu. Sur cette scène de crimes, on voit figurer d'abord Marie-Marguerite d'Aubray, femme d'Antoine Gobelin, marquis de Brinvilliers. Un officier gascon, son amant, l'avait rendue habile dans l'art des Locustes. Elle empoisonna sa sœur, ses frères, son père, etc. Elle était dévote et fréquentait les hôpitaux ; on dit qu'elle y essayait ses poisons sur les malades. Le 16 juillet 1676, elle fut condamnée à mort, décapitée et brûlée.

L'exemple d'une marquise condamnée au dernier supplice profita peu. Les empoisonnements et les pratiques magiques auxquelles on les associait se renouvelèrent peu d'années après, et répandirent l'épouvante dans un grand nombre de familles ; chaque jour on voyait tomber de nouvelles victimes de la haine, de l'ambition et de la cupidité. Le roi, par ordonnance du 11 janvier 1680, établit à l'Arsenal une commission chargée de faire le procès aux empoisonneurs et aux magiciens. Plusieurs personnes de la cour, et des plus distinguées par leurs titres et leur naissance, furent compromises dans cette affaire. Au rang des principaux acteurs de ces crimes figurait Catherine Deshaies, veuve du sieur de Montvoisin, nommée vulgairement la *Voisin :* elle était assistée d'une femme appelée *Vigouroux*, d'un prêtre appelé *Le Sage*, et de quelques autres scélérats. La Voisin, qui vivait en femme de qualité, composait et vendait aux dames et seigneurs de la cour des poisons, des charmes, des secrets magiques pour se faire aimer, se mêlait de divination.

Des détails curieux et fort étranges sur cette affaire sont contenus dans une lettre de Bussi-Rabutin au sieur de La Rivière. Voici cette lettre : « Grandes « nouvelles, monsieur : la chambre des poisons a donné décret de prise de « corps contre M. de Luxembourg, contre la comtesse de Soissons, contre le « marquis d'Alluye et contre Madame de Polignac. Aussitôt que M. de Luxem- « bourg l'eut appris, il partit de Paris, et s'en alla à Saint-Germain, où il ne vit « pas le roi ; mais il lui fit demander une lettre de cachet pour entrer à la Bas- « tille, laquelle Sa Majesté lui accorda. Il vint donc mercredi au soir, 24 de ce « mois, s'y rendre ; son secrétaire a été mené deux jours auparavant au bois de « Vincennes. Le roi envoya mardi M. de Bouillon dire à la comtesse de Sois- « sons que, si elle se sentoit innocente, elle entrât à la Bastille, et qu'il la ser- « viroit comme son ami ; mais que, *si elle étoit coupable, elle se retirât où elle* « *voudroit*. Elle manda au roi qu'elle étoit fort innocente, mais qu'elle ne pou- « vait souffrir la prison. Ensuite, elle partit avec la marquise d'Alluye, à « quatre heures du matin du mercredi, avec deux carrosses à six chevaux ; elle « va, dit-on, en Flandre. On a envoyé en Auvergne ordre d'arrêter Madame de « Polignac. On a donné ajournement personnel à Madame de Bouillon, à la « princesse de Tingri, à la maréchale de La Ferté et à Madame de Roure.

« La comtesse de Soissons étoit accusée d'avoir empoisonné son mari ; la « marquise d'Alluye d'avoir empoisonné son beau-père ; la princesse de Tingri « d'avoir empoisonné des enfants dont elle étoit accouchée. Madame de Poli- « gnac étoit accusée d'avoir empoisonné un valet de chambre qui servoit ses « commerces amoureux. »

La commission pour l'affaire des poisons et maléfices, siégeant à l'Arsenal, condamna au supplice du bûcher la Voisin, qui fut, le 22 juillet 1680, brûlée vive. Plusieurs autres personnes de tout rang furent, pendant cette année et même pendant la suivante, arrêtées par ordre de cette commission, et condamnées à différentes peines. Cette chambre poursuivait avec la même ardeur les empoisonneurs, les sorciers, les *noueurs d'aiguillettes*, les vendeuses de *secrets* propres à réparer les ravages de l'incontinence, etc. Des crimes réels étaient confondus, par les jurisconsultes de ce temps, avec des crimes chimériques. On croyait généralement à la vertu des opérations magiques, parce que de graves magistrats semblaient y croire en les condamnant. Les épizooties étaient considérées comme des sortiléges opérés par certains bergers contre des troupeaux, et on faisait brûler comme sorciers les prétendus auteurs de la mortalité. Une jeune fille était-elle attaquée d'affections hystériques, on la regardait comme possédée du diable; et, au lieu de lui donner un mari, on lui faisait subir un exorcisme, etc., etc.

Une ordonnance du mois de juillet 1682 porta un coup fatal à ces antiques erreurs, et limita considérablement la puissance infernale. On y qualifie cet art de *vaine profession:* et ceux qui l'exerçaient en qualité de devins, de magiciens et de sorciers, sont traités de corrupteurs de l'esprit des peuples, d'impies, de sacriléges, qui, sous prétexte d'opération de prétendue magie, profanent ce qu'il y a de plus saint, de plus sacré, etc. On vit encore des devins, des sorciers; mais en vertu de cette ordonnance, ils ne furent plus condamnés que comme des trompeurs, des profanateurs et des empoisonneurs.

Plusieurs autres coutumes de la barbarie furent abolies; mais il en resta encore un très-grand nombre auxquelles on n'osa point toucher. La vénalité de tous les offices, charges, dignités, magistratures, et les énormes abus qui en résultaient; le désordre des finances, le brigandage mystérieux des traitants; la noblesse avec son orgueil et son immoralité; les jésuites avec leur pouvoir et leur ambition, se maintinrent encore longtemps.

Colbert, à qui Louis XIV était redevable de ce que son règne avait de plus glorieux, mourut en 1683. Après cette époque commence la troisième et la plus triste partie de la vie de ce prince.

Dès l'an 1682, Louis XIV, inspiré par son confesseur, manifesta son penchant pour la dévotion, et sa résolution de convertir forcément les protestants de son royaume. Se croyant assez puissant pour commander aux opinions, aux habitudes, et s'en faire obéir, il voulut que tous ses sujets fussent dévots ou convertis. Les courtisans des deux sexes, pour se maintenir en faveur, se contraignirent et ajoutèrent à leurs vices accoutumés un vice nouveau, l'hypocrisie. Les libertins et les dames galantes de la cour en prirent le masque : ils assistaient à la messe, au sermon et au salut toutes les fois que le roi s'y trouvait; et, à ce sujet, je citerai un fait qui, quoique connu, trouve ici sa place. Brissac, major des gardes, fit tomber un jour ce masque de dévotion dont se couvraient les courtisans; il vint dans la chapelle où le roi devait se rendre; les tribunes étaient remplies de dames; il dit assez haut pour être entendu : *Gardes, retirez-vous dans vos salles, le roi ne viendra point;* les gardes s'éloignèrent. Les dames, persuadées que le roi ne viendrait pas au salut, éteignirent leurs bougies et se retirèrent. Peu de temps après arrive le roi qui s'étonne de voir les tribunes dégarnies des dames qui s'y rendaient ordinairement. Brissac lui conta le tour qu'il venait de leur jouer : le prince en rit, mais n'en fut pas plus éclairé.

Louis XIV, de son propre aveu, était fort peu instruit en matière religieuse. Ses confesseurs profitèrent de son ignorance pour dominer son esprit et le diriger à leur gré. Le père La Chaise et le père Le Tellier le portèrent, tour à tour, à persécuter, l'un les protestants, l'autre les jansénistes. Il faisait des pèlerinages, se cuirassait le corps de reliques, et s'affilia à l'ordre des jésuites. Avec de telles pratiques, il se croyait chrétien, croyait suivre la religion de l'Évangile qu'il ne lisait point : il ne suivait que la religion des jésuites.

Le gouvernement consistait alors dans la volonté d'un seul homme. Et

Louis VIV, disait : *l'État, c'est moi.* Ce gouvernement, appuyé seulement sur l'existence d'un individu, éprouva toutes les vicissitudes de la vie humaine; il eut sa jeunesse, sa virilité et sa décrépitude. La jeunesse de ce règne fut déréglée et très-orageuse ; sa virilité présenta des triomphes et eut une marche pompeuse et ascendante; sa fin une allure déclinante ou rétrograde : toutes les parties administratives vieillirent avec Louis XIV. Les lettres, et bien plus encore les arts, participèrent à cette décadence. Fontenelle fut presque l'unique représentant des talents de Corneille, Racine, Molière, La Fontaine, Boileau, Bossuet, Fénelon, etc.; et le règne suivant ne recueillit qu'une très-faible partie d'une si riche succession. Les peintres Le Poussin, Le Sueur, Jouvenet, Le Brun, etc., n'eurent point de successeurs dignes d'eux. La sculpture fut entraînée dans la chute générale. Girardon, les deux Anguier, Puget, Nicolas Coustou, moururent sans être remplacés, si ce n'est par des artistes d'un goût médiocre. L'architecture éprouva la même dégénération. L'architecte Openord contribua puissamment à cette révolution, en substituant aux formes grécoromaines des formes contournées, des voûtes surbaissées, et ces ornements ridicules qui ne ressemblent à rien dans la nature, et qu'on nommait *rocailles,* ornements toujours placés sans motif.

Malgré cette décadence, malgré la persistance d'une partie des vices de l'ignorance et de la féodalité, la civilisation et les connaissances humaines firent des progrès rapides. Le goût peut se corrompre ; mais les sciences acquises restent intactes, marchent toujours vers leur perfectionnement. Molière, Regnard, Despréaux, avaient versé le ridicule sur les travers de l'esprit, sur les vices de la société, sur l'orgueil nobiliaire, sur les tours des chevaliers d'industrie, sur les escroqueries des marquis. Corneille et Racine élevaient les âmes, inspiraient de nobles passions. Leurs grands talents donnaient des charmes aux préceptes de la morale. Bussi-Rabutin marque le changement qui, de son temps, s'était opéré dans l'opinion ; après avoir parlé de l'Académie française, et dit qu'elle comptait parmi ses membres des personnes de naissance, il ajoute : « Il y en aura encore bien davantage pour l'avenir. Jusqu'ici la plu- « part *des sots de qualité, qui ont été en grand nombre,* auroient bien voulu per- « suader, s'ils avaient pu, que c'étoit déroger à la noblesse que d'avoir de « l'esprit; mais la mode de l'ignorance à la cour s'en va tantôt passée, et le « cas que fait le roi des habiles gens achèvera de polir toute la noblesse de son « royaume. »

Quelques ouvrages publiés à cette époque prouvent que l'on méditait sur les vices du gouvernement : si l'on commençait à raisonner en politique, on raisonnait beaucoup plus sur les matières religieuses. Les protestants avaient ouvert la carrière ; quelques prêtres catholiques, fortifiés par une vaste érudition, sans outre-passer les limites de l'orthodoxie, combattirent avec succès les erreurs grossières, les superstitions absurdes dont le catholicisme était souillé. Tels étaient Jean de Launoy, docteur de Sorbonne ; Pierre Lebrun, prêtre de l'Oratoire; Jean-Baptiste Thiers, curé de Champrond, etc., etc. Dans leurs écrits, ces hommes déroulèrent le volume immense des sottises humaines en matière de croyance, et s'élevèrent fortement contre les pratiques magiques qui, généralement adoptées, déshonoraient le christianisme. L'esprit humain conquérait celte liberté et cette indépendance sans lesquelles les sociétés ne peuvent suivre la voie du progrès.

PARIS SOUS LOUIS XV.

CARACTÈRE DE CE RÈGNE.

Le 1er septembre 1715, Louis XV, âgé de cinq ans, monta sur le trône de Louis XIV qui avait, par son testament, prescrit un conseil de régence que Philippe, duc d'Orléans, son neveu, devait seulement présider. Les dernières volontés de ce roi, comme autrefois celles de Louis XIII, furent méprisées. Le duc d'Orléans, le 2 septembre, vint au parlement se faire déclarer régent; et, le 12 du même mois, il y fit tenir un lit de justice où le roi, enfant de cinq ans, confirma la régence à ce prince. Le duc, afin de récompenser le parlement de sa complaisance pour lui, restitua à cette compagnie un droit dont elle était privée depuis quarante-deux ans : celui de faire des remontrances avant l'enregistrement des lettres-patentes, édits et déclarations.

Les événements de la régence se réduisent à peu près à des intrigues de cour, à un commencement de conspiration ourdie par des prêtres et des nobles, à des scènes de libertinage, et au système de Law, cause immédiate de la banqueroute du gouvernement. Louis XIV avait laissé les finances dans l'état le plus déplorable, la dette publique s'élevait à *deux milliards soixante-deux millions* (1).

Le régent, dans cette situation, eut recours aux ressources déjà employées par les rois précédents. Le 12 mars 1716, il créa une chambre chargée de poursuivre les financiers de l'État et de les condamner à des restitutions arbitraires. Plusieurs de ces sangsues de la fortune publique subirent leur peine et payèrent des sommes considérables; d'autres y échappèrent, en achetant la protection de quelques puissants de la cour. Le régent n'obtint par ce moyen que de faibles résultats. Un Écossais, nommé Law, vint alors proposer l'établissement d'une banque générale où chacun serait libre de porter son argent et de recevoir, en échange, des billets payables à vue. Cette banque offrait pour hypothèque le commerce du Mississipi, du Sénégal et des Indes orientales. Le régent adopta sans balancer ce projet, qui n'était, dit-on, qu'un piége que le gouvernement anglais tendait à la France pour la ruiner, en lui enlevant son numéraire et ne lui laissant que du papier. Par édit des 2 et 10 mai 1716, la banque fut établie rue Vivienne, dans une partie du bâtiment de l'ancien palais Mazarin, où en 1724 on plaça la Bourse, qui depuis fut dépendante de l'hôtel du Trésor. Cette banque commença par émettre quarante millions d'actions. Alléchés par ses produits considérables, tous ceux qui possédaient de l'argent s'empressaient de l'échanger contre des billets. La rue *Quincampoix* fut d'abord le lieu où se faisaient

---

(1) Le marc d'argent valait, sous Louis XIV, 28 francs, il a presque doublé aujourd'hui.

les échanges; elle en devint fameuse, surtout à cause de la foule qui s'y préci-
pitait et des scènes burlesques dont elle fut le théâtre.

Quelques fortunes faites avec rapidité furent un exemple dangereux pour le
public, qui se précipita avec une ardeur nouvelle dans la rue Quincampoix,
pour y échanger son argent en papier, et sacrifier la réalité à des espérances.
Le 4 décembre 1718, le régent érigea cet établissement en *Banque royale*, et le
sieur *Law* en fut nommé directeur. Le 27 du même mois, un arrêt du conseil
défendait de faire en argent aucun paiement au-dessus de 600 livres, ce qui
rendit nécessaires les billets de banque, et en autorisa une nouvelle émission.
Cet arrêt prohibitif amena des contraventions. « Il y eut aussi des confiscations;
» on excita, on encouragea, on récompensa les dénonciateurs; les valets trahi-
» rent leurs maîtres, le citoyen devint l'espion du citoyen. On se sacrifia mutuel-
» lement comme dans un naufrage ou un incendie; le frère fut trahi par le frère,
» et le père par le fils. » On fit de nouvelles émissions de billets qui, disait-on,
étaient la *monnaie invariable;* on discrédita l'argent, et l'on fit circuler le bruit
que dans la Louisiane on avait découvert deux mines d'or. Le 1er décembre 1719,
on comptait 640 millions de livres en billets de banque mis en circulation. Le 11
de ce mois, on employa un nouveau moyen pour attirer à la banque tout ce
qui restait en France d'espèces monnayées; il fut défendu de faire aucun paiement en argent au-dessus de 10 livres, et en or au-dessus de 300. La contrainte
continua ce que l'avidité avait commencé. Ces moyens prohibitifs portèrent atteinte à la confiance; on crut la faire renaître en élevant l'auteur de ce brigandage à la dignité de contrôleur général des finances, et en lui faisant abjurer le
protestantisme qu'il professait.

Cependant la rue *Quincampoix*, trop resserrée pour contenir la foule qui
s'y rendait, fut abandonnée : on transféra l'agiot dans la place Vendôme.
« Là, dit Duclos, s'assemblaient les plus vils coquins et les plus grands sei-
« gneurs, tous réunis et devenus égaux par l'avidité. » Il ajoute que le chancelier, dont l'hôtel était situé sur cette place, incommodé du bruit qui s'y faisait, demanda et obtint que le marché des billets fût transféré ailleurs. Le prince
de Carignan offrit son hôtel de Soissons, et fit construire dans le jardin une
quantité de baraques dont chacune était louée 500 livres par mois. Le tout lui
rapportait *cinq cent mille livres* par an. Il obtint une ordonnance qui, sous prétexte de police, défendait aux porteurs de billets de conclure aucun marché
ailleurs que dans ces baraques.

Le prince de Conti, pour prix de sa protection accordée à la banque de Law,
avait reçu de lui des billets pour des sommes énormes; ce prince insatiable en
demandait toujours. Law fatigué refusa enfin de le satisfaire. Le prince, piqué,
envoya demander à la banque le paiement d'une si grande quantité de billets,
qu'on en ramena trois ou quatre fourgons chargés de numéraire. Law s'en plaignit au duc d'Orléans; le prince de Conti fut fortement réprimandé, mais garda
l'argent.

Ce remboursement fatal à la banque fut suivi de plusieurs autres. En 1719,
des marchands anglais et hollandais ayant acquis à bas prix des sommes considérables en billets, se firent rembourser par la banque et emportèrent hors

de France plusieurs centaines de millions en numéraire. D'autres étrangers, en 1720, employèrent le même manége, obtinrent le même succès, sortirent du royaume des sommes immenses en valeur métallique pour du papier qu'ils y laissaient. Dès lors le crédit de Law et de sa banque fut fortement ébranlé; le mécontentement éclata. Pour calmer les esprits, le régent destitua, en mai 1720, cet intrigant de sa fonction de contrôleur général, mais il lui conserva sa place de directeur général de la banque et de la compagnie des Indes.

Les billets de la banque étaient hypothéqués sur des établissements à faire aux rives du *Mississipi*, en Amérique. Pour les peupler, on fit arrêter tous les mauvais sujets de Paris, et des filles perdues détenues dans les prisons. On abusa bientôt de cette mesure. Sous le prétexte de saisir des vagabonds pour les envoyer au Mississipi, on enleva une quantité d'honnêtes artisans, des fils de bourgeois que les archers tenaient en charte privée, dans l'espoir de leur vendre leur liberté et d'en tirer de fortes rançons. Le peuple, indigné, se révolta, battit, tua même quelques archers. Le ministère, intimidé, fit cesser cette odieuse persécution.

Les diverses tentatives que fit le gouvernement pour soutenir Law et sa banque ne contribuèrent qu'à en accélérer la chute. Un édit du 21 mai 1720 ordonna la réduction graduelle, de mois en mois, des billets et des actions de la compagnie des Indes. Cette mesure mortelle pour la banque fut révoquée vingt-quatre heures après; mais le coup était porté, les remèdes ne pouvaient qu'aggraver le mal. L'indignation s'empara de tous les porteurs de billets. Law, très-poltron, demanda des gardes; on lui en accorda.

Le régent, voyant que tout le monde était mécontent, voulut aussi le paraître. Il dépouilla Law de sa place de directeur de la banque, en chargea le duc d'Antin son ami, et adjoignit à cette administration financière quelques conseillers du parlement. Le 15 juillet, Law, plus effrayé que jamais, se réfugia au Palais-Royal, où résidait le régent. Le peuple, justement mécontent, remplissait les cours de ce palais, demandant à grands cris la mort de l'imposteur qui avait causé sa ruine. Dans cette émeute périrent plusieurs personnes étouffées par la foule, ou qui s'étaient suicidées par désespoir. Trois cadavres furent retirés des cours du Palais-Royal, et la mère du régent nous dit froidement : *Mon fils n'a-vait cessé de rire pendant ce brouhaha.*

Presque tout le numéraire était sorti de France; les finances de l'État avaient disparu. Un très-grand nombre de familles, autrefois dans l'aisance, pour s'être confiées au gouvernement, se virent tout à coup plongées dans la misère. Le régent garda Law dans son palais pendant tout le mois de décembre de cette année; puis il le fit conduire secrètement dans une de ses terres, située à six lieues de Paris. Des princes enrichis par son système, en lui fournissant des relais, favorisèrent son évasion. Il se rendit à Bruxelles, de là à Venise, où peu d'années après il termina une vie maudite par tant de Français, victimes de ses friponneries.

Après la fuite de Law, le régent fit tenir un conseil de régence, où il fut constaté qu'il y avait dans le public pour *deux milliards sept cents millions* de billets de banque, sans qu'on pût justifier que cette somme immense eût été émise en vertu d'ordonnances. Le régent, poussé à bout, avoua que Law en avait mis pour *douze cents millions* au delà de ce qui était fixé par les ordonnances, et que, la chose étant faite, il avait mis Law à couvert par des arrêts du conseil qui ordonnaient cette augmentation, arrêts qu'on avait eu soin d'antidater. Dans cette séance du conseil, où le duc de Bourbon et le régent jouèrent, dit Duclos, un *très-mauvais rôle*, il ne fut pris aucune mesure pour remédier au mal.

Malgré une conspiration dirigée contre le régent, malgré la guerre qu'en 1719 la France eut à soutenir contre l'Espagne, malgré la rébellion de quelques nobles de la Bretagne, la régence du duc d'Orléans, si on la compare à celles des minorités de Louis XIII et de Louis XIV, fut très-calme. La cause de cette différence ne peut être attribuée qu'aux progrès des lumières et au changement heureux opéré dans le caractère des nobles, dont l'esprit de révolte fut sévèrement contenu pendant le long règne de ce dernier roi, qui ne leur laissa que de vains titres, l'exercice restreint de leurs droits seigneuriaux sur le peuple des campagnes, et leurs habitudes de courtisans.

Cependant Louis XV, faible enfant et d'une santé débile, faisait craindre aux Français et espérer à quelques intrigants de cour sa mort prochaine. L'événement trompa ces craintes et ces espérances : il acquit, par l'exercice, une santé robuste; mais son instruction fut très-imparfaite. Le 11 juin 1726, Louis XV, qui avait à peine seize ans, déclara qu'il voulait gouverner par lui-même; toutefois ce n'était qu'un prétexte pour congédier le duc de Bourbon, premier ministre, qui fut depuis exilé; et l'on nomma à sa place le précepteur de ce roi, ancien évêque de Fréjus, depuis nommé *cardinal de Fleury*. Il fut créé principal ministre; et, quoique âgé de soixante-treize ans, il prit les rênes de l'État et le gouverna pendant dix-sept ans avec assez de succès.

Le règne de Louis XV, souillé par des persécutions, par des débauches, par un espionnage excessif, par une frivolité ridicule, fut aussi illustré par des hommes de génie, par des découvertes dans les arts et dans les sciences. Il fut également signalé par les scènes horribles des convulsions, par les dissensions, connues sous le nom de *billets de confession*, par l'assassinat du roi et par l'expulsion des jésuites. — Louis XV, dans sa jeunesse, donnait aux Français de flatteuses espérances : des mœurs douces et régulières, quelques actes d'humanité, lui acquirent l'amour de ses sujets; mais ce prince timide et d'un faible caractère ne put longtemps résister aux séductions des courtisans : il en fut la victime; la débauche devint chez lui une habitude. Des seigneurs de la cour, craignant que ce roi ne renonçât à ses désordres, ne rougirent pas de partager avec des valets, et de remplir avec empressement, auprès de ce prince, le plus vil des emplois.

Ce roi céda, pour ainsi dire, le gouvernement de la France à une de ses maîtresses, Antoinette Poisson, qui devint *marquise de Pompadour*, et qui, pendant dix-huit ans, depuis 1745 jusqu'en 1764, époque de sa mort, fut l'arbitre des destinées de la France. A beaucoup d'amabilité elle joignait de l'esprit et des talents; mais elle gouverna en femme, et en femme sans cesse agitée par la peur de voir s'évanouir son influence sur l'esprit du roi. Cette peur lui fit commettre des fautes graves. Elle confia à ses seuls partisans des emplois importants dont ils s'acquittèrent mal. Elle persécuta, avec un acharnement tout féminin, des ennemis peu redoutables qu'elle aurait pu s'attacher par des bienfaits. Les prisons en furent remplies ; et la police, pour calmer ses frayeurs, devint plus que jamais active et cruelle.

Aux transports de la joie la plus vive, la plus sincère, que les Parisiens firent éclater lors de la convalescence de Louis XV à Metz, et qui lui valut le titre de *bien-aimé*, succédèrent, dès que les déréglements de ce roi furent publics, le mécontentement et les plaintes : un jour qu'il se rendait à l'Opéra, au lieu d'acclamations flatteuses, il ne recueillit qu'un morne silence. Louis XV ne profita point de cette leçon, mais en fut vivement affecté : il resta longtemps sans aller à Paris. Lorsqu'il y reparut, quelques années après, il fut salué par ces cris multipliés : *du pain! du pain!* La disette tourmentait les Parisiens, qui savaient que ce roi faisait le commerce des grains et contribuait à leur cherté.

Les courtisans éloignaient de Louis XV tout ce qui aurait pu le ramener à la vertu, et réveiller en lui des sentiments de bienfaisance ; ils firent, dans un temps de disette, enlever du château de Choisy un tableau qui représentait un empereur romain distribuant du pain aux pauvres. Ils craignaient que le roi ne fût tenté d'imiter ce bon exemple. La tranquillité de Louis XV n'était pas entière. Ses opinions religieuses, auxquelles il tenait de bonne foi, luttaient sans cesse avec ses déréglements condamnés par la religion. Ces deux affections ennemies le troublèrent pendant quelque temps ; mais il parvint à les accorder.

La nature avait doué ce prince d'un esprit assez pénétrant. « Personne, » dans tout son conseil, lisait-on dans les Mémoires du duc d'Aiguillon, n'avoit » le coup d'œil plus sûr, ne parloit mieux et en moins de mots, ne formoit et » ne réunissoit un avis avec plus de sagacité et de précision que le roi. » Mais ces qualités précieuses furent altérées par l'abus des jouissances, abus qui fit aussi évanouir tout ce qu'il possédait de sensibilité. Il considéra d'un œil sec le convoi funèbre de sa favorite, la marquise de Pompadour.

A cette maîtresse succéda la Dubarri, qui acheva d'avilir la cour de Louis XV. Cette cour était peuplée de ministres, de courtisans corrompus et sans pudeur ; ils portèrent le roi à un acte de tyrannie que Louis XIV, tout despote qu'il était n'aurait pas osé entreprendre : ils lui firent dissoudre les parlements dont l'autorité présentait l'unique barrière élevée entre les sujets et la tyrannie ministérielle. Cette révolution étrange s'opéra dans les années 1770 et 1771. Les parlements furent remplacés par des conseils supérieurs, dont les membres serviles devinrent l'objet du mépris général.

Louis XV possédait de grands avantages extérieurs : un beau caractère de tête et une statue élégante et noble. Faible et languissant dans son jeune âge, il acquit la force du corps par les fréquentes exercices de la chasse : sa santé devint vigoureuse. Ses débauches portèrent plus d'atteintes à son moral qu'à son physique : il en était insatiable, mais une de ces jeunes filles dont il peuplait son sérail, portant dans son sang le germe de la petite vérole, communiqua cette maladie au roi, qui mourut le 10 mai 1774.

ORIGINE ET PROGRÈS DES CONVULSIONS; AFFAIRE DES BILLETS DE CONFESSION; ASSASSINAT DE LOUIS XV; EXPULSION DES JÉSUITES.

Le fils d'un conseiller au parlement, François Pâris, fut le premier auteur de cette monomanie qui signala un moment le règne de Louis XV, sous le nom de convulsionnaires. Il commença par se faire diacre, mais, par humilité, il ne voulut jamais arriver à la prêtrise, et bientôt il se retira dans une maison du faubourg Saint-Marcel. Là, livré à la pénitence et à des actes de charité, il soulageait les pauvres et les instruisait. Cet homme simple, paisible et bienfaisant, mourut le 1er mai 1727. Sa mémoire, vénérée, n'aurait guère franchi les bornes de l'humble quartier où il s'était retiré, quand, par l'effet des circonstances, son nom obtint après sa mort une célébrité dont il n'avait point joui pendant sa vie. Il mourut dans le temps où les jansénistes, appelant de la bulle *Unigenitus*, gémissaient sous la plus rigoureuse oppression.

La mémoire du diacre Pâris était chère à ces hommes persécutés : il avait partagé leurs opinions et leurs maux; il s'était distingué par des vertus modestes et utiles; ils l'honorèrent comme un saint. Sa tombe, placée dans le petit cimetière de l'église Saint-Médard, visitée par quelques personnes qui l'avaient connu et admiré, devint le but de leurs prières. Du nombre de ces zélés admirateurs, se trouvaient quelques jeunes filles, qui éprouvèrent des convulsions en priant Dieu sur cette tombe : bientôt ces convulsions devinrent contagieuses. Les zélés du parti, par conviction ou par fraude, crurent ou firent croire que cet effet, tout naturel, émanait de la puissance divine, était un miracle. Mais bientôt des hommes spéculèrent sur les convulsions, et voulurent s'en faire une arme contre leurs persécuteurs. Une société de convulsionnaires s'établit, se donna une organisation, des chefs, des employés subalternes, des règlements, et elle eut, comme toutes les sectes, ses schismatiques, ses fidèles croyants, son charlatanisme et ses martyrs.

Un prêtre du diocèse de Troyes, Pierre Vaillant, condamné en 1728 à être banni du royaume, parvint à se soustraire à cette peine, et s'immisça parmi les convulsionnaires de Saint-Médard. L'intérêt qu'inspirait son titre de persécuté lui valut celui de chef d'un parti, dont les membres reçurent l'appellation de *vaillantistes*. Vaillant publiait dans ses discours que le prophète Élie était ressuscité, et qu'il reparaissait sur la terre pour convertir les juifs et la cour de Rome. D'autres prêtres, et notamment Jean-Augustin Housset, croyaient et publiaient que Vaillant était lui-même le prophète Élie. Cette opinion, adoptée parmi le peuple des convulsionnaires, fit donner aussi aux partisans de cette secte le nom d'*éliséens*.

Pierre Vaillant, accoutumé aux persécutions, ne tarda pas à en éprouver de nouvelles. Sorti de la Bastille en 1728, il y fut renfermé en 1734; et, après un séjour de vingt-deux ans dans cette prison, on le transféra dans celle de Vincennes, où il termina ses jours. Jean-Augustin Housset, qui passait pour le disciple de Vaillant, éprouva un sort pareil, et fut arrêté en l'année 1745 : renfermé à la Bastille, après y avoir gémi pendant dix ans, il en sortit pour être exilé à

Villeneuve-le-Roi. Alexandre Darnaud, ex-oratorien, figura sur la scène des convulsions, et dans le même temps se fit passer pour le prophète Énoch. Le gouvernement usa de son remède ordinaire, et fit enfermer ce nouveau prophète à la Bastille. Les sectes des *vaillantistes* ou *éliséens* étant éteintes, on en vit naître de nouvelles.

Un frère Augustin fut aussi chef de convulsionnaires. Il forma une secte séparée et méprisée des autres ; les *augustiniens*, enthousiastes outrés, exécutaient des processions nocturnes, et, la corde au cou, la torche au poing, allaient devant l'église Notre-Dame faire amende honorable ; puis se rendaient sur la place de Grève, et bénissaient la terre de cette place, sur laquelle ils avaient la crainte ou l'espoir d'être exécutés à mort. Ces sectaires, pour le soutien de leurs opinions, étaient, dit-on, déterminés, les femmes à sacrifier leur honneur par la prostitution, et les hommes leur existence par le martyre.

Un autre chef de convulsionnaires se présente sur la scène : c'est l'abbé Bécheran ; il a le double avantage de diriger l'*œuvre* des convulsions, et d'en éprouver lui-même d'assez remarquables. Cet abbé était secouru dans la crise par une femme appelée Magnan ; car les convulsionnaires avaient leurs *secouristes*, comme je le dirai bientôt. Cette femme fut, en 1731, renfermée à la Bastille, et, dans le même temps, la prison de Saint-Lazare reçut l'abbé Bécheran, qui en sortit au bout de trois mois.

Aux *vaillantistes* et aux *augustiniens* dont j'ai parlé il faut joindre d'autres sectes. Les *mélangistes* se composaient de ceux qui distinguaient dans les convulsions deux causes qui produisaient, l'une des actes inutiles, puérils ou indécents ; l'autre des actes divins ou surnaturels. Voici comment un des chefs de ce parti développe son opinion. « J'ai vu, dit-il, dans les convulsions une multi-
» tude de circonstances qui paroissoient puériles, vaines, insipides ; il y en
» avoit de rebutantes, de choquantes, d'autres pénibles. Au milieu de tout cela
» se montroient, la plus part du temps, des choses édifiantes, grandes, tou-
» chantes, inimitables, des représentations des mystères de Jésus-Christ et des
» souffrances des martyrs, des gémissements sur les maux de l'Église, sur l'hu-
» miliation de la vérité, etc. »

Les *discernants* étaient les voyants, les prophètes du parti, et débitaient, dans l'accès de leur délire, des paroles dépourvues de sens. — Les *figuristes* étaient des personnes qui, pendant leurs convulsions, représentaient les différentes scènes de la Passion de Notre-Seigneur ou du martyre des saints. — Les *secouristes*, espèces de frères servants, administraient aux convulsionnaires en scène les *petits* et *les grands secours*. — Les *petits secours* consistaient, lors de l'agitation des convulsionnaires, à prévenir leur chute, les dangers auxquels les exposaient leurs mouvements violents, et à ranger leurs vêtements très-souvent en désordre. — Les *grands secours* ou *secours meurtriers* s'administraient en frappant rudement les convulsionnaires, en les foulant aux pieds, en les martyrisant, etc. Tels étaient les chefs, les fonctions des convulsionnaires, et les sectes qui les ont divisés.

. Le gouvernement ruinait, exilait, exposait au carcan, et plongeait pendant de longues années dans des prisons et des cachots ces malades d'esprit et de corps, il les réduisait au désespoir, et exaltait leur âme au point qu'à l'exemple des premiers chrétiens et des protestants du seizième siècle ils bravaient leurs persécuteurs et les supplices. Le remède à un tel mal était l'indifférence et le ridicule.

Depuis le mois de mai 1726, époque de la mort de Pâris, jusqu'au mois d'août 1731, les exercices du cimetière de Saint-Médard éprouvèrent une progression d'intérêt et de merveilles. D'abord il ne s'y était présenté que de jeunes filles qui eurent de simples convulsions. On se bornait à prier ce bienheureux, à se coucher sur sa tombe, à recueillir soigneusement la terre qui l'environnait.

Au mois d'août 1731, les convulsions prirent un caractère nouveau, un caractère d'atrocité qui ne s'y était pas encore fait remarquer. « *Dieu changea* » *ses voies*, dit un partisan de ces extravagances : il voulut, pour opérer la gué-» rison des malades, les faire passer par des douleurs très-vives et des convul-» sions extraordinaires et très-violentes. » Alors commença à être mis en usage ce qu'on appelait, en langage convulsionnaire, les *grands secours*, les *secours meurtriers ;* et le cimetière de Saint-Médard fut converti en lieu de supplice; les secouristes devinrent des bourreaux, et aux crises d'une maladie réelle ou factice succédèrent les transports de la rage. Les jeunes filles convulsionnaires appelaient les coups, les mauvais traitements, et demandaient des supplices comme un bienfait. Elles voulaient être battues, torturées, martyrisées. Il semblait que l'exaltation du cerveau avait produit une révolution totale dans leur sensibilité : les douleurs les plus vives avaient pour elles les attraits de la volupté.

Le gouvernement, instruit de ces scènes horribles, employa, suivant sa coutume, pour les faire cesser, des moyens de force. Par ordonnance du 27 janvier 1732, il prescrivit la clôture du cimetière de Saint-Médard, fit placer à la porte des gardes chargés de repousser la foule. L'archevêque de Paris, Vintimille, interdit le culte du diacre Pâris, et plusieurs convulsionnaires furent emprisonnés. Ce théâtre des convulsions étant fermé, il s'en établit plusieurs autres à Paris, dans des maisons particulières, dans les environs de cette ville et dans plusieurs provinces de France; grâce aux persécutions, ce mal contagieux se propagea. Alors, au lieu des réunions publiques, il s'en forma de secrètes. Le nombre des convulsionnaires s'accrut, leurs exercices acquirent un nouveau degré de cruauté, et il s'y mêla beaucoup de désordres. Le gouvernement, par ordonnance de mars 1733, défendit à toutes personnes atteintes de convulsions de se donner en spectacle, de faire des assemblées dans des chambres et dans des maisons particulières, et aux non-convulsionnaires d'y assister. Par cette ordonnance on pouvait atteindre les personnes, leurs propriétés; mais on n'atteignait ni les opinions ni les maladies.

La persécution fortifia même encore longtemps cette déplorable secte. Le lieutenant de police Hérault, homme violent, irréfléchi, et agent formidable des jésuites, prenait, pour anéantir cette secte, des moyens qui la faisaient prospérer. Ses perquisitions portaient la terreur dans toutes les familles; ses nombreux agents pénétraient, même pendant la nuit, dans l'asile des citoyens, enfonçaient les portes, ne respectaient ni âge, ni sexe, pour découvrir les fauteurs des convulsions. Mais plus la police était rigoureuse et active contre les convulsionnaires, plus ceux-ci, pour éviter ses coups, redoublaient de précautions, de subtilité. Ce parti avait ses assemblées mystérieuses, ses auteurs, ses imprimeurs, ses colporteurs, etc., que la police découvrait quelquefois, mais qui échappaient le plus souvent à son inquiète surveillance.

Cependant, malgré ses nombreux agents, une feuille périodique intitulée les *Nouvelles ecclésiastiques*, s'imprimait et se distribuait assez régulièrement. Les assemblées clandestines n'étaient point interrompues, et les convulsions même les plus horribles étaient toujours en vigueur. Aucun des moyens qu'employait le gouvernement ne pouvait arrêter le cours ni diminuer les ravages de cette contagion. Le parti qui dirigeait les convulsionnaires était donc, par son nombre, son habileté et ses ressources, et surtout par sa discrétion, devenu une puissance que le gouvernement ne pouvait dominer, et qui luttait contre lui avec d'assez grands avantages. Ce parti se composait de tous ceux dont la bulle *Unigenitus* contrariait les opinions; il se composait encore des ennemis des jésuites, auteurs de cette bulle, et enfin de plusieurs de ceux qu'on a nommés *jansénistes*. Je ne raconterai pas toutes les scènes de folie, de cruautés et surtout d'horribles débauches dont les maisons où les convulsionnaires tenaient leurs assemblées furent le théâtre. Je renvoie pour plus de détails sur cette matière à l'ouvrage de Carré de Maugeron et du docteur Hecquet. Je ferai observer seulement que les convulsions ont duré, à Paris, *trente-cinq ans*, depuis le mois de mai 1727 jusqu'au mois d'août 1762, époque où la société des jésuites fut dissoute. Alors elles cessèrent avec la persécution dont ces pères étaient les instigateurs.

A l'affaire des convulsions s'en joignit une autre qui eut les mêmes causes, les mêmes chefs, celle des *billets de confession*. Le cardinal et ministre de Fleury, qui, par faiblesse ou impéritie, avait laissé aux jésuites semer la discorde et diriger les persécutions, mourut en 1743. L'archevêque de Paris, Vintimille, prélat pacifique, et qui faisait moins qu'il ne laissait faire, étant mort trois ans après, les jésuites parvinrent à lui donner un successeur plus agissant. Le sieur Bellefond, fanatique et partisan outré des doctrines jésuitiques, fut leur homme. Déjà de nombreuses lettres de cachet étaient fabriquées, et les prisons allaient, au gré des jésuites, s'encombrer de victimes, lorsque la mort du nouveau prélat vint subitement suspendre ces sinistres préparatifs. La gloire de les faire exécuter était réservée à son successeur, Christophe de Beaumont, homme de mœurs austères, dont l'opiniâtreté surpassait l'ignorance. On avait déjà projeté, du temps de l'archevêque Vintimille, pour ôter toute influence aux jansénistes, de leur interdire les fonctions sacerdotales et de forcer ceux qui leur accordaient confiance, à s'adresser, pour les livres de piété, à leurs ennemis, aux jésuites. On avait même résolu de n'accorder la communion, le viatique, qu'à ceux qui seraient munis d'un *billet de confession*, billet qui devait attester que le porteur avait réellement fait sa confession à un prêtre du parti jésuitique, à un prêtre partisan de la bulle. Christophe de Beaumont ordonna la stricte exécution de son mandement sur les billets de confession. Les curés, soumis à ses ordres, s'y conformèrent, et n'administraient point les sacrements à ceux qui n'exhibaient point le billet exigé. Le parlement intervint dans ces affaires, et dès lors s'engagea une lutte violente entre le clergé jésuitique et la magistrature.

Le 18 avril 1752, le parlement rendit un arrêt, en forme de réglement, qui défendait aux ecclésiastiques de refuser aux fidèles les sacrements sous prétexte du défaut de billet de confession et de non-acceptation de la bulle *Unigenitus*. Cet arrêt, quoique le parlement en poursuivît l'exécution avec rigueur, fut sans effet. Les prélats, partisans des jésuites, soutenaient que le parlement n'avait pas le droit de s'immiscer dans cette affaire. Le ministère cherchait à tempérer l'extrême irritation des deux partis, et n'employait que des moyens impuissants. Des lettres patentes du 22 février 1753, en ordonnant au parlement de surseoir à toutes poursuites sur cette matière, devinrent un nouvel aliment de discorde. Ce tribunal refuse d'enregistrer ces lettres, et annonce qu'il fera des remontrances. Le roi déclare qu'il ne les entendra pas ; et le 5 mai suivant, il donne de nouvelles lettres en forme de jussion, prescrivant l'enregistrement. Le parlement arrête, le 7 du même mois, *qu'il ne peut, sans manquer à son devoir et à son serment, obtempérer auxdites lettres en forme de jussion.* Le 9 mai, le parlement est exilé ; quelques-uns de ses membres sont emprisonnés ; et le 9 novembre suivant, le roi crée une *chambre royale de justice* pour remplacer le parlement : elle fut installée le 13 suivant dans le couvent des Grands-Augustins.

Après plusieurs démarches, le parlement, par une déclaration du roi du 2 septembre 1754, fut rappelé à ses fonctions ; on annula toutes les procédures commencées, on imposa un silence absolu sur les matières de religion, et le parlement fut chargé d'y tenir la main. Cet accommodement ne contentait pas le clergé jésuitique. Le roi manda près de lui ses principaux membres, et leur dit : *Je vous défends toute réponse à ce que je vais vous dire. Je veux la paix et la tranquillité dans mon royaume. Je vous ai imposé silence, ceux qui y contreviendront seront punis suivant les lois.* Ces ordres laissaient toujours subsister la cause des dissensions : les jésuites en furent irrités. Les prêtres, qui leur étaient dévoués, continuèrent à troubler les consciences, et le parlement continua à réprimer leur zèle turbulent.

Des prédicateurs déclamaient publiquement contre les actes et les principes du parlement. Le feu de la discorde faisait des progrès alarmants pour la tranquillité publique. Le roi alors, par une déclaration du 10 décembre 1755, recommande à tous ses sujets « d'avoir pour la constitution (la bulle *Unigenitus*) le » respect et la soumission qui lui sont dus, sans néanmoins qu'on puisse lui at- » tribuer la dénomination, le caractère et les effets de règle de foi. » Il prescrit de nouveau le silence sur cette matière, renvoie aux juges ecclésiastiques la connaissance des refus des sacrements, permet cependant aux magistrats de punir les auteurs de ce refus, et accorde une amnistie générale pour le passé. Cette déclaration, comme on s'en doute, ne satisfit aucun des partis. Le roi, qui craignait moins d'offenser le parlement que les jésuites, vint au Palais trois jours après, et y tint un lit de justice. Il fit d'abord enregistrer la déclaration précédente, puis une seconde sur la police du parlement, enfin un édit portant suppression de chambres du parlement et des présidents des enquêtes. Plusieurs membres de cette cour donnèrent volontiers leur démission. Ce lit de justice répandit la consternation, ne contenta personne et ne remédia point au mal.

Les jésuites n'avaient pas obtenu ce qu'ils demandaient; ils murmurèrent contre le roi, et formèrent sourdement une *sainte ligue* dans laquelle ils obligeaient leurs pénitents de s'enrôler. — Les prêtres, leurs partisans, continuèrent à refuser les sacrements aux malades dépourvus de billets de confession.

Au milieu de ces débats survint un événement d'une haute gravité. Le 5 janvier 1757, sur les six heures du soir, Louis XV, montant en carosse et partant de Versailles pour aller souper à Trianon, se sentant frappé, s'écria : *On m'a donné un furieux coup de poing.* Puis, passant sa main sous sa veste, et l'ayant retirée ensanglantée, il dit : *Je suis blessé*, alors apercevant un individu qui gardait son chapeau sur la tête, il ajoute : *C'est cet homme-là qui m'a frappé, qu'on l'arrête, mais qu'on ne le tue pas.* L'assassin est arrêté. Le roi remonte dans ses appartements ; il est saigné deux fois dans la soirée. Les chirurgiens reconnaissent que la blessure n'est pas dangereuse. Le coup de couteau, dirigé de bas en haut, n'avait pénétré dans les chairs que d'environ quatre travers de doigts.

Robert-François Damiens, auteur de ce crime, et qui, depuis plusieurs heures, s'était placé sur le passage de Louis XV, dans le dessein de le poignarder, fut aussitôt saisi par les valets de pied du roi, et conduit dans la salle des gardes. On trouva sur lui le couteau dont il s'était servi, couteau à deux lames, l'une de forme ordinaire, et l'autre semblable à celle d'un canif. C'est de cette dernière lame que l'assassin se servit. On trouva aussi sur lui trente-sept louis d'or, et quelque argent blanc, et un livre intitulé : *Instructions et prières chrétiennes.* Questionné, torturé horriblement dans la salle des gardes, il dit à plusieurs reprises : *Qu'on prenne garde à monseigneur le dauphin.* Pressé d'avouer ses complices, il délara qu'*ils étaient bien loin, qu'on ne les trouverait plus ; que s'il les déclarait, tout serait fini.*

Le 18 février seulement, Damiens fut transféré à Paris. Il fut enfermé à la Conciergerie et dans la tour de Montgommery, où avait autrefois été détenu Ravaillac. Son procès fut instruit par une commission composée de conseillers et présidents du parlement, auxquels s'adjoignirent, pour le juger, des pairs de France. Il fut, comme chacun sait, condamné à mort et exécuté le 28 mars 1757, sans qu'on ait jamais pu pénétrer le mystère du crime dont le roi avait été victime. A vrai dire, on s'accorda généralement à en faire passer la responsabilité sur l'ordre des jésuites.

Les jésuites, auteurs de la bulle *Unigenitus,* source de tant de troubles et violemment soupçonnés d'avoir dirigé le poignard de Damiens ; les jésuites, trois ans après cet assassinat, virent leur domination déchoir. En 1761, le parlement en effet rendit un arrêt qui enjoignit aux jésuites de déposer au greffe un exemplaire imprimé des constitutions de leur société, notamment de l'édition publiée, en 1757, à Prague, et ordonna que ces constitutions seraient examinées, et qu'il en serait fait un rapport. Ce rapport ne fut pas favorable aux jésuites. Le 6 août de la même année, un arrêt de cette cour ordonna que les livres approuvés par cette société de Jésus, contenant des maximes immorales et subversives de l'ordre établi, « seraient lacérés et brûlés en la » cour du Palais, au pied du grand escalier, par l'exécuteur de la haute justice, » comme séditieux, destructifs de tout principe de la morale chrétienne, ensei- » gnant une doctrine meurtrière, non-seulement contre la sûreté et la vie des » citoyens, mais même contre celles des personnes sacrées des souverains. » Il fut fait défense aux jésuites d'enseigner dans les colléges, et aux sujets du roi de suivre leurs leçons. Le 29 août, le roi donna des lettres patentes qui ordonnent au parlement de surseoir pendant un an à l'exécution de l'arrêt du 6 août. Le parlement fit diverses remontrances sur ces lettres patentes. Le 28 novembre suivant, le conseil des dépêches entendit le rapport des commissaires du conseil, chargés d'examiner l'institut et les constitutions des jésuites. Il fut décidé que les évêques ou archevêques qui se trouvaient à Paris seraient chargés de prononcer sur ces quatre points :

1° Sur l'utilité des jésuites en France, sur les inconvénients qui peuvent résulter des différentes fonctions qui leur sont confiées; 2° Sur leur conduite, sur leurs opinions contraires à la sûreté de la personne des souverains, sur la doctrine du clergé de France, contenue dans la déclaration de 1682; 5° Sur la subordination que les jésuites doivent aux évêques, et leurs entreprises sur les fonctions des pasteurs; 4° Sur le tempérament qu'on pourrait apporter en France à l'autorité du général des jésuites. Le 31 décembre, l'assemblée de ces prélats prit une décision; sur cinquante et un évêques qui s'y trouvèrent, quarante-cinq se déclarèrent en faveur des jésuites : tant ce corps mourant inspirait encore de terreur.

Le parlement demanda aux baillages et universités de son ressort des mémoires sur les établissements des jésuites dans leurs arrondissements : il en reçut un très-grand nombre. Dans les uns, on se récriait sur la conduite et l'enseignement de ces pères; dans quelques autres, on prouvait que les jésuites ne s'étaient établis dans certaines villes qu'à la faveur de faux, d'impostures et même de violences. De nouveaux documents sur cette matière étant parvenus au parlement, cette cour rendit, le 5 mars 1762, un arrêt qui ordonne que les passages extraits des livres des jésuites, surtout des *Secreta monita*, seront communiqués à tous les évêques et archevêques de son ressort, qu'ils seront présentés au roi avec leur traduction ; ces passages, approuvés par la société jésuitique, contenaient une doctrine « dont les conséquences, porte cet arrêt, » iraient à détruire la loi naturelle, cette règle des mœurs que Dieu lui-même a » imprimée dans le cœur des hommes, et par conséquent à rompre tous les » liens de la société civile, en *autorisant le vol, le mensonge, le parjure, l'impureté* » *la plus criminelle, et généralement toutes les passions et tous les crimes*, par l'ensei- » gnement de la compensation occulte, des restrictions mentales, du probabi- » lisme et du péché philosophique ; à détruire tous sentiments d'humanité » parmi les hommes, en favorisant l'*homicide* et le *parricide*..., par l'enseigne- » ment abominable du *régicide*..., à renverser les fondements et la pratique de » la religion, et à substituer toutes sortes de superstitions, en favorisant la » *magie*, le *blasphème* et l'*homicide*. »

Au mois de novembre 1764, un édit du roi décida l'expulsion générale et définitive des jésuites. Dès lors cessèrent les troubles, les iniques et longues persécutions dont ils étaient les auteurs ; dès lors cessa la fureur des convulsions, ou du moins ce qu'il en resta fut imperceptible ; dès lors s'évanouit la tyrannie qu'ils exerçaient sur les consciences en exigeant des billets de confession, ainsi que cette puissance occulte et colossale qui dominait les rois, leurs conseils, la plupart des magistrats et la nation, ou qui aspirait à les dominer.

Cependant les jésuites ne perdirent pas l'espoir d'être rétablis en France avec tous leurs priviléges ; ils y avaient laissé des partisans zélés et très-puissants. Le pape Clément XIII était aussi leur appui ; il ordonna leur rétablissement par une bulle que le parlement supprima. Ils furent presque en même temps chassés du Portugal dont ils avaient tenté, en 1758, d'assassiner le roi ; ils furent chassés de tous les États de l'Europe ; ils furent même chassés, en 1773, des États du pape Clément XIV (Ganganelli), qui, le 16 août de cette année, fit arrêter leur fameux général Ricci.

Repoussés sous le nom de jésuites, ils cherchèrent à s'insinuer en France, en renonçant à leur nom, et en se cachant, en 1775, sous celui de *Cordicoles* ou du *Sacré Cœur de Jésus*, et en 1777, sous celui de *Frères de la Croix*. Ils ont depuis fait plusieurs autres tentatives, notamment en 1806, et employé plusieurs autres déguisements qui n'ont pas été plus heureux ; enfin ils parvinrent plus tard, à la faveur d'un autre gouvernement, à se glisser furtivement en France et à Paris, et à y former quelques établissements sous la dénomination de *Pères de la foi*.

ÉTABLISSEMENTS RELIGIEUX.

Pendant les règnes de Louis XIII et Louis XIV, Paris, qui contenait déjà un très-grand nombre d'anciens monastères, fut surchargé d'environ *cent sept* communautés religieuses d'hommes ou de femmes ; dans ce nombre ne sont point compris divers autres établissements, comme chapelles, églises paroissiales, écoles chrétiennes, ni les maisons mixtes, religieuses et séculières. Sous le règne de Louis XV, la moitié au moins de la surface de Paris était occupée par ces nombreux monastères et leurs vastes enclos. Cet excès de plénitude, et la nécessité où l'on se trouva de recourir à la ressource des loteries pour soutenir ces couvents endettés et sans moyens de subsistance, refroidit beaucoup le zèle qu'on avait montré sous les règnes précédents. Il n'y eut donc qu'un petit nombre de communautés établies à Paris, mais elles avaient un but utile (1).

SAINT-PIERRE DU GROS-CAILLOU, église paroissiale située rue Saint-Dominique, quartier du Gros-Caillou, n° 58. Ce quartier dépend de la paroisse Saint-

___

(1) Nous citerons les *Filles de Sainte-Marthe*, rue de la Muette, n° 10, qui ont été remplacées par les *Sœurs de Saint-François; les Filles de Saint-Michel*, pour les femmes repenties, rue des Postes, n° 38 ; les *Orphelines du saint Enfant-Jésus*, rue des Postes, au coin du cul-de-sac des Vignes, n° 3, pour l'instruction des jeunes enfants orphelins, et la communauté des *Filles de l'Enfant-Jésus*, rue de Sèvres, n° 3, qui a eu diverses destinations charitables.

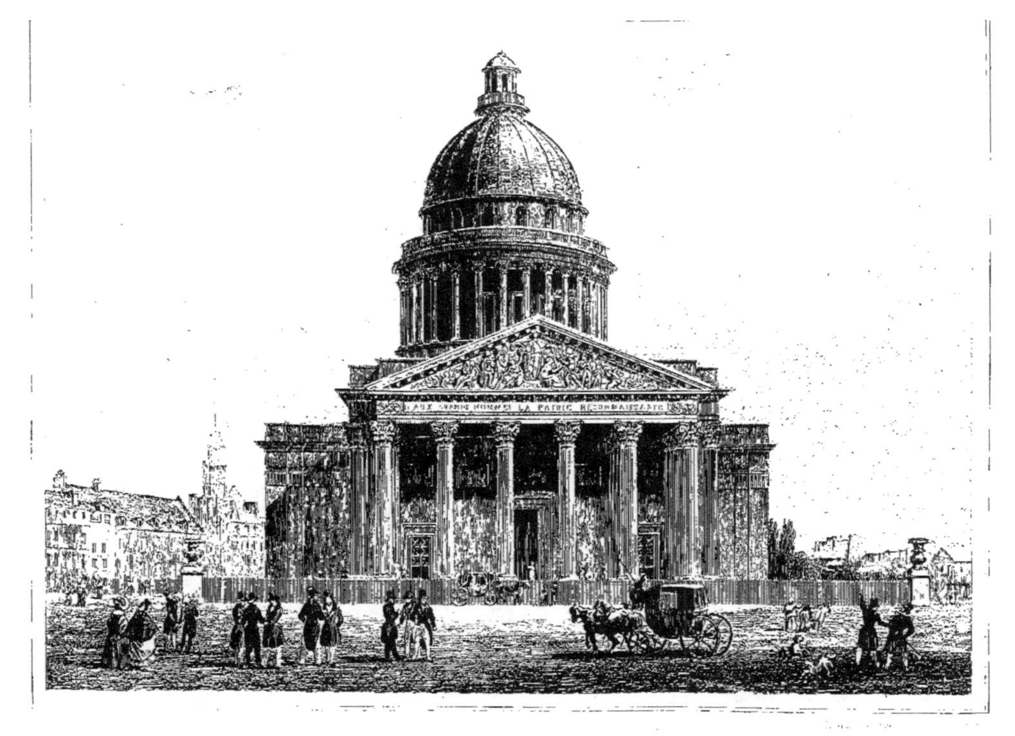

LE PANTHÉON.

Sulpice. La grande distance qui se trouvait entre l'église et les paroissiens fit sentir la nécessité d'établir une église succursale ; mais des obstacles imprévus, et surtout des intérêts particuliers, vinrent s'opposer à l'exécution du projet. Les habitants du Gros-Caillou ne se découragèrent pas ; ils obtinrent, en février 1737, des lettres patentes qui les autorisaient à faire, pendant trois ans, une quête dont le produit devait être destiné aux frais de la construction d'une chapelle, de l'acquisition des vases sacrés et ornements, et des honoraires du prêtre desservant ; enfin, l'emplacement fut béni en 1738, et l'édifice construit dans la même année. Cet édifice, élevé avec précipitation, et dont l'étendue était insuffisante, fut, en 1775, rebâti sur un plan plus vaste et sur les dessins de M. *Chalgrin.* Cette construction fut vendue et démolie pendant la Révolution. En 1822, on a réédifié sur le même emplacement une nouvelle église, d'après les dessins de M. Gordon.

ÉGLISE·DE SAINTE-GENEVIÈVE, en 1791 érigée en PANTHÉON, située sur le plateau et sur la place de ce nom.

La vieille église de Sainte-Geneviève était insuffisante au grand nombre des fidèles qui venaient y prier. Un procureur des chanoines réguliers de cette église, nommé *Féru,* imagina de la faire réédifier ; il s'adressa à M. de Marigny, récemment nommé surintendant des bâtiments, et parvint à lui persuader qu'une pareille construction illustrerait son nom et donnerait de l'importance à son administration. M. de Marigny adopta son projet ; mais la pénurie des finances semblait s'opposer à l'exécution de cette entreprise. On se rappela que les frais de la construction du portail de Saint-Sulpice avaient été faits par les bénéfices d'une loterie : on ne craignit pas de recourir à cette ressource, et on augmenta de 4 sous le billet de 20 sous ; les 4 sous de cette augmentation furent employés à la construction du nouvel édifice de Sainte-Geneviève, et produisirent environ 400,000 livres par an.

De tous les édifices modernes, celui-ci est certainement le plus magnifique. Il fut commencé, en 1757, sur les dessins et sous la conduite de J.-G. *Soufflot.* Des travaux préparatoires, le comblement de plusieurs puits rencontrés sous l'espace destiné à recevoir les fondations, et l'affermissement du sol, prirent beaucoup de temps ; et ce ne fut que le 6 septembre 1764 que Louis XV vint solennellement poser la prétendue première pierre de l'édifice, ou plutôt d'un des piliers du dôme. Pour donner au roi et au public une idée de ce futur édifice, l'architecte fit élever une charpente recouverte de toile, sur laquelle le sieur *de Machy* peignit le portail.

Le plan de l'édifice qui nous occupe est une croix grecque, formant quatre nefs qui se réunissent à un centre où est placé le dôme. L'architecte avait le projet de rendre ces nefs égales en longueur ; mais les convenances du culte actuel l'obligèrent à prolonger la nef d'entrée et celle du fond, à faire à son premier plan des changements peu avantageux ; à substituer aux extrémités de ces deux nefs des arcades au lieu de colonnes, et à flanquer la nef du fond de deux tours carrées destinées à contenir des cloches. La façade principale, où l'on a prodigué les richesses de l'architecture, se compose d'un perron élevé sur onze marches, et d'un porche en péristyle, imité du Panthéon de Rome ; elle présente six colonnes de face, et en a vingt-deux dans son ensemble, dont dix-huit sont isolées et les autres sont engagées. Toutes ces colonnes sont cannelées et de l'ordre corinthien. Les feuilles d'acanthe des chapitaux sont un travail très-précieux, mais les profils sont loin de la pureté des beaux modèles de l'antiquité. Ces colonnes supportent un fronton dont le tympan, dans l'origine, représentait, en bas-relief, une croix entourée de rayons divergents et d'anges adorateurs, sculptés par *Coustou.*

Après la mort de Mirabeau, l'Assemblée nationale, par son décret du 4 avril 1791, changea la destination de cet édifice, et le consacra à la sépulture des Français illustrés par leurs talents, leurs vertus et leurs services rendus à la patrie. Les administrateurs du département de Paris chargèrent le sieur Antoine Quatremère de la direction des changements à opérer pour transformer ce temple en *Panthéon français.* Ce savant remplit dignement les espérances de l'administration. Tous les signes qui caractérisaient une basilique de chrétiens furent remplacés par les symboles de la liberté et de la morale publique. La frise porta cette belle inscription en grands caractères de bronze, composée par M. *Pastoret :* AUX GRANDS HOMMES LA PATRIE RECONNAISSANTE.

Le bas-relief du fronton était l'ouvrage du sculpteur Moitte; il fut remplacé lui-même plus tard, lorsque la destination de l'édifice fut de nouveau changée. Le nouveau bas-relief qui décore actuellement le fronton du Panthéon, est un ouvrage de M. David d'Angers. Ce sculpteur a représenté la Patrie, accompagnée de la Liberté et de l'Histoire, qui distribue des couronnes aux grands hommes de la France monarchique et républicaine, aux maîtres de la pensée comme aux guerriers illustres. Dans les angles on aperçoit des jeunes gens en costumes militaires se livrant à l'étude. C'est là un des ouvrages de sculpture les plus important exécutés à notre époque.

La face de l'édifice sous le porche était d'abord percée par trois portes qui, ouvertes jusqu'en 1791, furent bouchées en 1806, et rouvertes depuis ; celle du milieu, la plus élevée, forme avant-corps. Je ne parle point des précieuses décorations de leurs chambranles. Au-dessus de ces portes on plaça cinq bas-reliefs religieux, sculptés par Bovet, Julien, Dupré, Boizot et Houdon. Après le décret de 1791, qui changea la destination de cet édifice, les sujets des cinq bas-reliefs reçurent un autre caractère. On y voyait les *Droits de l'homme,* par Boichot ; *l'Empire de la Loi,* par Fortin ; la *nouvelle Jurisprudence,* par Rolland ; le *Dévouement patriotique,* par Chaudet ; l'*Instruction publique,* par Lesueur. Ces bas-reliefs, qui furent enlevés en 1822, étaient accompagnés de divers groupes déposés, en 1806, dans la cour du collége Henri IV.

L'intérieur de cet édifice se compose, comme il a été dit, de quatre nefs qui aboutissent au dôme. Chacune de ces nefs est bordée de *bas-côtés ;* un rang de trente colonnes corinthiennes en marque la séparation. Ces péristyles supportent un entablement dont la frise est enrichie de festons, formés par des rinceaux et des enroulements, découpés en feuilles d'ornement. Au-dessus de l'entablement est une balustrade. Les plafonds des nefs et de leurs bas-côtés se font remarquer par le goût et l'élégante simplicité de leurs dessins. Ces nefs étaient éclairées par des croisées placées entre chaque entre-colonnement.

M. Quatremère les a fait boucher, et il en résulte de grands avantages (1). Tous les bas-reliefs et ornements qui se rapportaient à la primitive destination de cet édifice ont été supprimés dans ces nefs : on leur en a substitué d'autres, quand l'édifice fut converti en Panthéon. Tous les ornements républicains à peu près ont été enlevés plus tard.

Le dôme intérieur est le centre où viennent aboutir les quatre nefs : il laisse entre elles un espace carré de 62 pieds de côté, et dont les angles, à pans coupés, sont occupés par des piliers triangulaires qui supportent le dôme et ont remplacé trois colonnes isolées existant primitivement. Ces piliers sont décorés, à leurs angles, par des colonnes engagées et correspondantes à celles des nefs. A l'intérieur du dôme, au lieu de colonnes, sont des pilastres de la même proportion. Ces piliers sont réunis entre eux par quatre grandes arcades et par quatre pendentifs élevés au-dessus des faces intérieures, et qui rachètent par le haut la forme circulaire de la tour du dôme. Ces arcades et les pendentifs, qui autrefois présentaient les quatre évangélistes, ont été peints de nouveau dans ces dernières années par le baron Gérard. Le tout est couronné par un entablement circulaire orné de festons de chêne, et dont la corniche est chargée de modillons. Au-dessus de l'entablement dont l'architrave est richement ornée, et la frise tout unie, s'élève sur un stylobate intérieur, le péristyle composé de seize colonnes corinthiennes. Aux entre-colonnements s'ouvrent seize croisées composées de vitraux en fer. Celles qui correspondent aux quatre piliers du dôme sont feintes et garnies de glaces; au bas de ces croisées se trouvent des tribunes, auxquelles on arrive par une galerie circulaire.

Le dôme se compose de trois coupoles. Au-dessus de l'entablement des seize colonnes dont je viens de parler, prend naissance la première coupole décorée de six rangs de caissons octogones et de rosaces; à son milieu est une ouverture circulaire, de près de dix mètres de diamètre, par laquelle on aperçoit la seconde coupole fort éclairée sur laquelle M. Gros a peint à fresque l'apothéose de Sainte-Geneviève. C'est un des plus beaux ouvrages de ce peintre célèbre (2).

Le dôme extérieur présente d'abord, au-dessus des combles des quatre nefs, un vaste soubassement carré à pans coupés, où viennent aboutir quatre forts arcs-boutants, sur lesquels sont pratiqués des escaliers découverts qui servent à monter au dôme. Sur ce soubassement est un second soubassement circulaire. Au-dessus s'élève une colonnade, dont le plan est pareillement circulaire. Elle est composée de trente-deux colonnes corinthiennes, elle supporte un entablement couronné par une galerie découverte et pavée en dalles. Ce péristyle de trente-deux colonnes est divisé en quatre parties par des massifs en avant-corps correspondant aux quatre piliers du dôme, et dans lesquels on a pratiqué un escalier à vis. Derrière ce péristyle le mur de la tour du dôme est percé par douze

____

(1) Le Panthéon a 160 mètres de long et 81 mètres 70 centimètres de large. Le dôme a 20 mètres 35 centimètres de diamètre. — Les colonnes du péristyle de la façade ont 19 mètres 148 millimètres de hauteur sur 1 mètre 80 de diamètre. — Les colonnes de la nef ont 12 mètres 22 centimètres sur environ 1 mètre de diamètre.

(2) La hauteur de la première coupole, prise depuis le pavé jusqu'au bord inférieur de son ouverture, est de 178 pieds. La hauteur du sommet de la seconde coupole, à partir du pavé, est de 209 pieds 7 pouces. Je parlerai de la troisième coupole qui forme la partie extérieure du dôme.

grandes croisées qui correspondent aux entre-colonnements de l'intérieur. Au-dessus de ce péristyle, de l'entablement et de la balustrade qui le couronnent, est un attique ; il est percé de seize croisées et arcades, garnies de vitraux en fer, et placées dans des renfoncements carrés. Sur le socle de la corniche de cet attique s'appuie la grande voûte, formant la troisième coupole du dôme couverte en lames de plomb.

La guerre ayant causé l'interruption des travaux du Panthéon, ils furent repris en 1784 : après cette année, on s'occupa de l'achèvement de ce dôme. Suivant le projet de Soufflot, ce dôme devait avoir un amortissement convenable. Cet amortissement fut exécuté. Il consistait en un balcon circulaire et en une lanterne ; on le démolit après le décret de 1791, qui changea la destination de l'édifice. A la place de cette lanterne, on substitua un piédestal ou acrotère rond, terminé par une calotte destinée à supporter la figure en bronze de la Renommée. En 1812, fut établie la lanterne actuelle ; elle est circulaire, ornée de huit colonnes, et percée de six croisées en arcades. La hauteur totale de l'édifice, depuis le niveau du perron de l'entrée principale jusqu'à la cime de la lanterne, est de quatre-vingt-un mètres. Vers la fin de l'année 1823, on plaça sur la partie déclive et circulaire du dôme de la lanterne, une couronne en cuivre doré, composée de huit têtes d'anges et de huit fleurs de lis et surmontée d'un globe et d'une croix ; à la place de cet amortissement on doit placer une statue de la Renommée. Il s'est manifesté, dès l'an 1776, sur la surface des quatre piliers du dôme, des fentes, des ruptures, des éclats : ces dégradations n'ont occasionné aucun affaissement, aucun mouvement de la part du dôme. Cependant, comme elles se multipliaient, on crut nécessaire de reconstruire les quatre piliers. Il fallait soutenir le dôme par d'immenses étais ; et M. Rondelet, auteur de ces grands travaux, a, dans cette entreprise difficultueuse et savante, obtenu le plus heureux succès.

Des *constructions souterraines* occupent toute l'étendue du Panthéon. D'abord, une seule de leurs parties, celle qui est située au-dessous de la nef orientale ou du fond, fut destinée au service divin et disposée en conséquence. Un bâtiment placé en dehors et sur la face orientale, percé de plusieurs portes ornées de belles grilles, contient un escalier à deux rampes, l'une en face de l'autre, par lesquelles on descend dans une crypte ou chapelle souterraine et sépulcrale. Les voûtes de ce lieu sombre sont supportées par des murs et des piliers carrés, correspondant aux colonnes de l'édifice supérieur, et décorés de pilastres d'ordre toscan, accouplés, sans base.

L'Assemblée nationale constituante ayant, par son décret du 4 avril 1791, destiné l'édifice de Sainte-Geneviève à recevoir les cendres des grands hommes de la France, décerna d'abord les honneurs du Panthéon à Mirabeau, mort le 2 avril de la même année ; Voltaire, le 11 juillet, et J.-J. Rousseau, le 16 octobre suivant, obtinrent les mêmes honneurs. La faction étrangère, dont les agents dominaient la Convention, fit, par décret du 21 septembre 1793, transférer le corps de Marat au Panthéon, et retirer celui de Mirabeau ; mais après la journée du 9 thermidor an II (27 juillet 1794), les restes de Marat furent enlevés du Panthéon, et jetés dans l'égout de la rue Montmartre.

La Convention nationale, devenue libre, émit, le 20 pluviôse an III (8 février 1775), un décret portant que les honneurs du Panthéon ne pourraient être décernés à un citoyen que dix ans après sa mort. Dans la suite, Bonaparte, par son décret du 20 février 1806, rendit au culte l'édifice du Panthéon, et lui conserva néanmoins la destination que lui avait donnée l'Assemblée constituante : mais l'honneur que cette Assemblée avait réservé au génie et au mérite éminent, il l'accorda seulement aux titres et aux dignités. Depuis ce décret impérial, la chapelle sépulcrale s'est agrandie de tous les autres souterrains de l'édifice.

Dans une pièce particulière de ces vastes souterrains, on voit le cercueil du maréchal Lannes, duc de Montebello, mort le 31 mai 1809. Sur ce cercueil sont des inscriptions qui rappellent les exploits de ce guerrier, et ses titres d'illustration. Plus loin, dans d'obscurs caveaux et dans des tombeaux en pierre, sont déposés les corps, et, dans des urnes, les cœurs de plusieurs grands dignitaires de l'empire. Parmi les noms des divers morts, on distingue ceux du célèbre navigateur Bougainville et du grand géomètre La Grange. Les corps et les cœurs déposés dans ce sombre asile sont au nombre de quarante-cinq. Depuis 1815, aucun monument funèbre n'est venu augmenter ce nombre.

Le magnifique édifice de Sainte-Geneviève ou du Panthéon, dont la construction a coûté plus de soixante ans de travaux, et plus de vingt-cinq millions de dépenses, n'a jusqu'à présent, si l'on excepte les constructions souterraines, servi à aucun usage public. Depuis l'avénement du roi Louis-Philippe, le Panthéon a reçu de nouveau la destination que la révolution lui avait donnée ; en conséquence, l'inscription célèbre : *Aux grands hommes la patrie reconnaissante* a été rétablie sur le fronton de cet édifice. A partir de cette époque des travaux considérables ont été entrepris, et aujourd'hui on peut considérer le Panthéon comme un monument parfaitement achevé.

SAINT-PHILIPPE-DU-ROULE, église paroissiale, située rue du Faubourg-du-Roule. Le Roule était encore un village avant l'an 1722, et, en cette année seulement, il fut érigé en faubourg de Paris. Dès l'an 1697, ses habitants, fort éloignés des églises, sollicitèrent auprès de l'archevêque de Paris la permission d'y bâtir une chapelle et d'ériger cette chapelle en paroisse. Le 1er mai 1699, cette double permission leur fut accordée.

L'accroissement de la population de ce quartier, et le peu d'étendue de cette chapelle, firent sentir la nécessité de construire un plus vaste édifice. Par arrêt du conseil du roi, du 12 mai 1769, cette construction fut décidée. On chargea le sieur Chalgrin d'en fournir les plans et dessins ; commencée en 1769, l'église ne fut achevée qu'en 1784. Sur un perron élevé de sept marches paraît la façade de cette église, dont le plan est très-simple. Quatre colonnes doriques, de forte dimension, supportent un entablement et un fronton orné de bas-reliefs représentant la Religion et ses attributs, sculptés par Duret. L'intérieur a le caractère d'une noble simplicité. Deux péristyles ioniques, chacun de six colonnes, séparent la nef des bas-côtés, à l'extrémité desquels sont deux chapelles, l'une dédiée à la Vierge, l'autre à saint Philippe, patron de cette église. — La voûte, qui paraît en pierres, n'est construite qu'en charpente ; mais cette construction

63

économique est exécutée avec tant d'art et de soins, qu'elle fait illusion. Cette basilique, devenue encore trop petite pour la population, doit être agrandie. On a déjà commencé la construction d'une chapelle de la Vierge, au fond de l'abside.

Cette église fut, en 1802, érigée en *seconde succursale de la paroisse de la Madeleine* ou *de l'Assomption*.

ÉTABLISSEMENTS CIVILS.

MARCHÉ D'AGUESSEAU, situé dans la cité Berryer, rue Royale-Saint-Honoré. Les habitants du Roule et du faubourg Saint-Honoré étaient à une grande distance des marchés. Joseph-Antoine d'Aguesseau, conseiller honoraire au parlement, en établit un dans des marais qui avoisinaient son hôtel, situé rue d'Aguesseau. Par le moyen de quelques échanges et d'acquisitions opérés dans les années 1722 et 1723, il établit, avec les autorisations nécessaires, un marché public. La rue qui aboutit au milieu de celle d'Aguesseau, et qui porte le nom de *rue du Marché*, indique la place qu'il occupait. Dans la suite, on jugea que ce marché serait plus convenablement situé s'il était rapproché de la ville. On le transféra donc, en 1745, au lieu où il est aujourd'hui. Des lettres-patentes de cette année permettent d'y établir six étaux de boucherie, des échoppes pour les boulangers, poissonniers, fruitiers, etc.

HALLE AUX VEAUX, située entre la rue Saint-Victor et le quai de la Tournelle; elle est isolée et entourée de quatre rues. Une Halle aux Veaux existait rue Planche-Mibrai, au bout de la rue de la Vieille-Place-aux-Veaux; en 1646, elle fut transférée au quai des Ormes, et y resta jusqu'en 1774, époque où elle fut transférée sur l'emplacement du jardin des Bernardins. Les travaux, commencés bientôt après sur les dessins de l'architecte Lenoir, furent suivis avec célérité. Son plan est un parallélogramme à pans coupés, au milieu duquel est un espace découvert. Aux quatre coins sont quatre pavillons où logent les préposés à la garde de cette halle. Les autres parties couvertes servent de greniers pour le fourrage. — Cette halle sert les vendredis et samedis à la vente des veaux, et le mercredi à celle du suif.

HALLE AUX BLÉS ET AUX FARINES, située rue de Viarmes, rue qui entoure cet édifice, et où viennent aboutir comme à un point central, six autres rues. Cette halle fut bâtie sur l'emplacement de l'*hôtel de Soissons*, qui fut démoli de 1748 à 1749, après la mort de Victor-Amédée de Savoie, prince de Carignan, dernier propriétaire de cet hôtel. Les magistrats de la ville, en vertu de lettres-patentes de l'an 1755, acquirent, moyennant la somme de 28,367 livres 10 sous, l'emplacement de cet hôtel, et se déterminèrent, en 1762, à y faire construire un édifice destiné à la vente et à l'entrepôt des blés et farines. Cet édifice de forme circulaire, commencé en 1763, fut terminé en 1772, sur les dessins et sous la direction de M. Le Camus de Mézières (1).

(1) Le diamètre total de ce plan a, hors d'œuvre, 68 mètres 10 centimètres; celui de la cour est de 9 mètres 50 centimètres.

La face extérieure de cet édifice a le caractère solide qui convient aux édifices destinés à l'utilité publique ; elle est percée de 28 arcades au rez-de-chaussée, et d'autant de fenêtres qui éclairent l'étage supérieur. On monte à cet étage par deux escaliers placés à une égale distance l'un de l'autre, et qui, différents par leurs formes, sont également curieux par leur appareil, et remarquables en ce que la double rampe dont chacun est composé permet aux personnes de monter sans être rencontrées par celles qui descendent. Chaque étage est couvert de voûtes à plein ceintre, composées en pierres de taille et en briques.

On sentit bientôt l'insuffisance de cet édifice. La cour circulaire offrait une ressource : on résolut de la couvrir d'une charpente en forme de coupole, de la convertir en une rotonde, et de la faire servir d'abri aux différents grains. Sur les parois des murs de l'intérieur de cette rotonde, on plaça des médaillons représentant les portraits de Louis XVI, du lieutenant de police Lenoir et de Philibert Delorme, inventeur du procédé dont MM. Legrand et Molinos, architectes, firent usage dans la charpente de la coupole.

La coupole de la Halle aux blés, en 1802, éprouva un accident. Un plombier laissa sur la charpente un fourneau de feu qui, dans l'espace de deux heures, l'enflamma et la détruisit entièrement. On s'occupa à réparer ce désastre ; et, sur les dessins de M. Brunet, habile constructeur, on rétablit cette coupole avec des fermes de fer coulé, et on la couvrit de lames de cuivre. Cet ouvrage, commencé en juillet 1811 , fut terminé en juillet 1812. Cette nouvelle coupole a les dimensions de la première. Ainsi, l'édifice de la Halle aux blés, entièrement construit en pierres, en briques, en fer et en cuivre, est désormais à l'abri des dangers de l'incendie.

COLONNE DE CATHERINE DE MÉDICIS, située rue de Viarmes et adossée à l'édifice de la Halle aux blés. Elle est l'unique reste de l'hôtel que Catherine de Médicis fit construire, et qui a porté les noms d'*Hôtel de la Reine* et d'*Hôtel de Soissons*. Quand on démolit cet hôtel, la colonne de Médicis, qui en faisait partie, allait être comprise dans la démolition générale, lorsque le sieur Petit de Bachaumont, voulant sauver ce monument de la ruine qui le menaçait, se présenta pour l'acquérir, dans l'intention de le donner à la ville, et à condition qu'il serait conservé. Cette colonne lui fut adjugée pour la somme de 1,500 livres. Les magistrats du bureau de la ville, humiliés de la générosité d'un simple particulier qui se montrait plus zélé qu'eux pour les embellissements de Paris, restituèrent au sieur de Bachaumont le prix de son acquisition et décidèrent que la colonne serait conservée.

Cette colonne appartient à l'ordre toscan et à l'ordre dorique, et présente dix-huit cannelures. Dans ces cannelures on voyait des couronnes, de fleurs de lis, des cornes d'abondance, des miroirs brisés, des lacs d'amour déchirés et des C et des H entrelacés, lettres initiales des noms de Catherine et de Henri II, son époux. Ces symboles du veuvage de cette reine ont disparu.

Les chefs du bureau de la ville, après avoir acquis et réparé ce monument, décidèrent qu'il serait établi à sa partie supérieure un cadran solaire, et dans la partie inférieure une fontaine. M. Pingré, savant astronome, membre de l'Académie des sciences, fut chargé du cadran.

ACADÉMIE DE CHIRURGIE. Elle tenait ses séances dans la grande salle du Collége de Chirurgie, située rue des Cordeliers, aujourd'hui de l'École-de-Médecine, et dans l'emplacement qu'occupe l'*École gratuite de Dessin*. Cette académie, fondée en 1631, et confirmée par lettres-patentes de 1748, était composée de soixante académiciens et d'un certain nombre d'associés, tant français qu'étrangers. On y distribuait plusieurs prix. Quatorze professeurs y enseignaient toutes les parties de la science chirurgicale. — Cette académie tint ensuite ses séances dans le nouveau bâtiment des Écoles de Chirurgie, et s'y est maintenue jusqu'au temps de la révolution.

ÉCOLE GRATUITE DE DESSIN, rue de l'École-de-Médecine, dans l'emplacement qu'avait occupé l'Académie de Chirurgie. Cette école, dont le sieur Bachelier, peintre, sollicita l'établissement, et dont il fut le directeur, fut ouverte en septembre 1766. On admet dans cette école tous les enfants qui se présentent : des maîtres leur enseignent gratuitement l'architecture et l'ornement. Ceux des élèves qui remportaient des prix obtenaient autrefois la maîtrise de la profession ou métier auquel ils se destinaient.

ÉCOLES DE DROIT, situées sur la place du Panthéon. La plus ancienne École de Droit se trouvait rue Saint-Jean-de-Beauvais. Elle fut établie, dit-on, en 1384, par Gilbert et Philippe Ponse, dans la maison de cette rue où, depuis, a logé le célèbre imprimeur Robert-Estienne : on n'enseignait dans cette école que le droit canon ou ecclésiastique. Le droit civil était prohibé à Paris. Le Parlement, en 1563 et en 1568, autorisa temporairement quelques légistes à professer le droit civil dans cette ville ; mais cette autorisation cessa en 1572, et l'article 69 de l'ordonnance de Blois, de 1576, porte : « Défendons à ceux de l'Université de » Paris de lire ou graduer en droit civil. » Louis XIV, par un édit du mois d'avril 1679 ordonna le rétablissement de la chaire du droit romain.

Sous le règne de Louis XV, le bâtiment de la rue Saint-Jean-de-Beauvais, où se tenait cette école, devint insuffisant. On s'occupa de procurer à cette école un local plus convenable. On choisit l'emplacement qu'occupe aujourd'hui l'édifice de ces écoles, parce qu'il devait contribuer à la décoration de la place projetée devant la nouvelle église de Sainte-Geneviève. Cet édifice fut commencé en 1771 sur les dessins de Soufflot. Le 24 novembre 1783, les travaux étant terminés, les professeurs de la Faculté de Droit vinrent solennellement en prendre possession. Le 5 décembre suivant, l'Université fit l'inauguration de ces nouvelles écoles ; et, pour ajouter à la pompe de cette cérémonie, on y joignit celle de la réception d'un nouveau docteur en droit, réception assaisonnée de pratiques allégoriques qui sentaient le vieux temps.

Avant la révolution, la Faculté de Droit se composait de six professeurs en droit civil et canon, d'un professeur en droit français et de douze agrégés. Toutes les Facultés de Droit, en France, languissaient alors dans l'état le plus déplorable. L'enseignement était nul, les examens, les thèses n'offraient qu'une vaine cérémonie. Le doyen de cette Faculté vendait à prix fixe les diplômes

ÉCOLE MILITAIRE.

de licenciés, et chaque aspirant venait en acheter. Il ne fallait ni théorie, ni pratique; mais il fallait de l'argent. L'Université de Paris était, il faut l'avouer, plus régulière que celles de Troyes, de Bourges, de Valence et de Reims : elle vendait sa marchandise un peu plus cher, mais elle observait des formes : on y faisait des cours; de plus, on y subissait des examens, on y soutenait des thèses, dont on avait d'avance communiqué les questions au candidat, qui d'ailleurs était soufflé par un professeur qu'il payait.

Pendant la révolution, les écoles de droit furent suspendues. Cependant deux écoles particulières s'établirent, l'une rue de Vendôme, l'autre dans les bâtiments du collége d'Harcourt, rue de la Harpe; la première portait le titre d'*Académie de Législation;* la seconde, celui d'*Université de Jurisprudence.* Un décret du 22 ventôse an xii (13 mars 1804) réorganisa l'École de droit. Ce décret règle les matières qui y seront enseignées, les cours d'étude, les examens et les degrés, etc. Dès lors tout changea de face : les élèves furent astreints à suivre les cours pendant trois années, à subir quatre examens, et à soutenir un acte public.

Aujourd'hui l'École de droit se divise en cinq cours, où l'on enseigne *le droit romain, le droit civil français, la procédure et le droit criminel, le droit commercial.* En 1820, conformément au vœu exprimé par le décret du 22 ventôse an xii, on y a réuni *le droit naturel des gens* et *le droit positif et administratif.* Enfin, en 1834, on a créé une chaire d'*Histoire du droit constitutionnel des Français.* En cette même année, l'édifice des écoles étant devenu insuffisant, une seconde section fut établie dans l'église de la Sorbonne, puis au collége du Plessis; enfin, en 1840, on a ajouté à l'École un vaste amphithéâtre.

ÉCOLE ROYALE MILITAIRE, entre les avenues de Lowendal, de la Bourdonnaie, de Suffren et le Champ de Mars, qui s'étend devant la façade occidentale du bâtiment. Un édit de janvier 1751, enregistré le 22 de ce mois, porte que Louis XV établit l'hôtel de l'École royale militaire en faveur de cinq cents jeunes gentilshommes, pour y être entretenus et élevés dans toutes les sciences convenables et nécessaires à un officier. Outre ces cinq cents jeunes gentilshommes, gratuitement logés, nourris, enseignés, on admit dans cette école un certain nombre de pensionnaires étrangers ou nationaux payant 2,000 livres, à ces conditions qu'ils seraient catholiques et feraient preuve de quatre degrés de noblesse.

En 1752, on commença la construction de ce vaste édifice sur les dessins du sieur Gabriel, architecte du roi. Plus de dix années furent employées à ces travaux. La première pierre de la chapelle ne fut posée que le 5 juillet 1769. La façade principale de cet édifice, fermée par une grille placée en 1787, laissait voir deux cours entourées de divers bâtiments; la seconde de ces cours est appelée *Cour Royale* et est carrée. Au milieu s'élevait, sur un piédestal, la statue pédestre et en marbre de Louis XV, sculptée par Lemoine. Les bâtiments de cette cour sont décorés de colonnes doriques accouplées d'avant-corps couronnés par des frontons.

Je passe sous silence les bâtiments les plus simples destinés aux besoins de cet établissement, bâtiments qui entourent quinze cours ou jardins, et je viens au principal corps de logis. Du côté de la cour, ce corps de logis est décoré par une ordonnance dorique, que surmonte un ordre ionique ; au centre de sa façade est un avant-corps, orné de colonnes corinthiennes, dont la hauteur embrasse les deux étages ; il supporte un fronton surmonté d'un attique. Cet attique est couronné par un dôme quadrangulaire. Le vestibule, qui s'ouvre sur l'avant-corps du centre de la façade, est orné de quatre rangs de colonnes d'ordre toscan, et de quatre niches où l'on a placé les figures en pied du maréchal de Luxembourg, sculptée par Mouchi ; du vicomte de Turenne, par Pajou ; du prince de Condé, par Le Comte ; et du maréchal de Saxe, par d'Huez. — Au premier étage est la salle du conseil, ornée d'attributs militaires et de tableaux représentant les batailles de Fontenoy, de Lawfelt, les siéges de Tournai et de Fribourg en Brisgaw, peints par Lepaon.

En 1768, le ministre Choiseul ordonna l'établissement d'un *Observatoire* dans cet édifice. Le savant Lalande, après plusieurs obstacles, en fut chargé ; il fit, en 1774, fabriquer à Londres un grand quart de cercle mural, instrument qui manquait à l'Observatoire du faubourg Saint-Jacques. Cet Observatoire fut démoli bientôt après ; on ne le rétablit qu'en 1788, par ordre du ministre de Ségur. Il existe encore sur une partie du bâtiment en aile, à gauche de la première cour.

Du côté du Champ de Mars, le centre de la façade du bâtiment principal présente un avant-corps orné de colonnes corinthiennes qui embrassent deux étages, et supportent un fronton orné de bas-reliefs : derrière et au-dessus est un attique, sur lequel est appuyé le dôme quadrangulaire dont j'ai parlé.

Cet édifice a éprouvé plusieurs changements, parce qu'il a eu plusieurs destinations. Un arrêt du conseil du 9 octobre prononça la suppression de l'École-Militaire, suppression qui s'effectua au 1er avril 1788. Les élèves furent alors envoyés et placés dans des régiments ou dans divers colléges.

En 1788, cet édifice fut au nombre des quatre qui furent destinés à remplacer l'hôpital de l'Hôtel-Dieu ; et l'on chargea l'architecte Brongnard d'y faire exécuter les changements nécessaires. — Pendant la révolution, cet édifice fut transformé en une caserne de cavalerie. Bonaparte en fit son quartier général, et pendant longtemps on a lu sur la frise de la façade de l'École-Militaire, du côté du Champ de Mars, ces mots : *Quartier Napoléon.* Enfin aujourd'hui c'est une caserne occupée par une partie de la garnison de Paris.

Plusieurs avenues, plantées de quatre rangs d'arbres, bordent cet édifice, ou y aboutissent. La demi-lune qui précède la grille, du côté de la ville, est nommée *place de Fontenoy ;* la grande avenue qui y communique, et va couper celle de Breteuil, qui fait face au dôme des Invalides, est nommée *Avenue de Saxe.* Dans l'espace qui se trouve entre les bâtiments de l'École-Militaire et le cours de la Seine, se trouve le Champ de Mars, qui en est une dépendance et dont je vais parler.

CHAMP DE MARS. Il occupe l'espace qui s'étend depuis l'École-Militaire jusqu'à la route qui borde la Seine. Son plan est un parallélogramme régulier (1), bordé par des fossés revêtus en maçonnerie et muni de guérites aux cinq entrées et

(1) La longueur de ce parallélogramme, prise depuis la façade de l'École-Militaire jusqu'à l'extré-

Rouargue Frères del. & sculp.

HÔTEL DES MONNAIES.

Publié par Furne, Paris.

aux angles de ce parallélogramme. Chaque entrée est fermée par une grille en fer. Tout le long des grands côtés du parallélogramme, en dedans et en dehors du fossé, sont des plantations de quatre rangs d'arbres.

Ce Champ de Mars, d'abord destiné aux exercices des élèves de l'Ecole-Militaire, sert depuis longtemps aux exercices de cavalerie et d'infanterie ; dix mille hommes peuvent aisément y manœuvrer.

Son nom et même son sol ont éprouvé des changements amenés par les événements politiques. Il fut nommé *Champ de la Fédération*, après la fête mémorable de la confédération nationale, célébrée pompeusement le 14 juillet 1790.

HOTEL DES MONNAIES, situé quai Conti, n° 11. Il est présumable que sous la première race des Francs, il est certain que sous la seconde, on battait monnaie à Paris : dans l'édit donné à Piste par Charles le Chauve, en l'année 864, capitule 12, Paris se trouve au nombre des villes où était établie la fabrication des monnaies. Le bâtiment consacré à cette fabrication devait être dans le palais de la Cité. Charlemagne, dans son capitulaire n° 2, de l'an 805, avait ordonné, à cause du grand nombre de fausses monnaies mises en circulation, que la monnaie serait fabriquée dans son palais ou dans sa cour.

Dans la suite, lorsque le faubourg septentrional fut protégé par une enceinte, on dut y transférer cette fabrication. Dans ce quartier est une rue appelée *de la Vieille-Monnaie*, où se trouvait une maison nommée, dans un acte de 1227, *Monetaria* et *de veteri moneta*. Ainsi, en cette rue se fabriquait très-anciennement la monnaie de France ; il paraît que, vers le commencement du treizième siècle, époque où la rue dont je viens de parler portait le nom de *Vieille-Monnaie*, on avait placé ailleurs le lieu de cette fabrication. Elle pouvait bien, lorsque l'enceinte de Philippe-Auguste fut terminée, avoir été transférée sur l'emplacement où s'établirent depuis les religieux de Sainte-Croix de la Bretonnerie. En fondant le couvent de ces religieux, saint Louis leur donna une maison appelée *de la Monnaie*. A la fin du treizième siècle ou au commencement du quatorzième, un hôtel de la Monnaie était établi dans la rue qui porte aujourd'hui ce nom, rue qui, du côté du nord, sert de prolongation à la ligne du Pont-Neuf. Sur l'emplacement de cet hôtel on a ouvert, en 1778, deux rues appelées *Boucher* et *Étienne*, noms de deux échevins en place à cette époque.

Lorsque, au conseil du roi, il fut question de faire construire un nouvel hôtel des Monnaies, on arrêta qu'il serait établi sur la place Louis XV ; mais en 1767, après des réflexions tardives, on renonça à l'emplacement choisi, et on lui préféra celui de l'hôtel de Conti, dont, en 1768, on commença la démolition. Autorisée par le ministre Laverdy, cette construction fut élevée sur les dessins de Jacques-Denis Antoine. Le 30 mai 1771, l'abbé Terrai, au nom du roi, en posa la première pierre.

mité extérieure du fossé, est de 100 mètres. Sa largeur, d'une extrémité intérieure du fossé à l'autre, est de 500 mètres.

Ce bâtiment présente sa principale façade sur le quai de Conti. Au centre est un avant-corps dont l'étage inférieur, percé de cinq arcades, sert d'entrée et devient le soubassement d'une ordonnance ionique composée de six colonnes. Cette ordonnance supporte un entablement à console et un attique orné de festons et de six statues placées à l'aplomb des colonnes : ces statues représentent la Paix, le Commerce, la Prudence, la Loi, la Force et l'Abondance, ouvrage des sieurs Le Comte, Pigalle et Mouchi. Dans le vestibule, qui se présente ensuite, son vingt-quatre colonnes doriques cannelées. A droite est un magnifique escalier enrichi de seize colonnes doriques.

Le plan de cet édifice se compose de huit cours entourées de bâtiments dont chacune a sa destination particulière. La cour où l'on arrive après avoir traversé le vestibule est bordée par une galerie couverte. Le péristyle orné, de quatre colonnes doriques qu'on voit en face, annonce la porte de la salle des balanciers. Dans cette salle, dont la voûte surbaissée est soutenue par des colonnes d'ordre toscan, on remarque la statue de la Fortune, sculptée par Mouchi. — Au-dessus de cette salle est celle des ajusteurs : elle est de pareille étendue et contient cent places. — En montant par le grand escalier, on arrive au *cabinet de minéralogie*. Ce cabinet, fondé par le sieur Sage, et où ce savant a longtemps fait ses cours, est décoré tout autour de vingt colonnes corinthiennes de grande proportion, en stuc, couleur de jaune antique. Ces colonnes supportent une vaste tribune.

La façade en retour sur la rue Guénégaud, moins riche que la façade qui se présente sur le quai, n'en est pas moins belle. Le pavillon central faisant avant-corps est orné de quatre statues, celles des Éléments, dont le nombre était encore borné à quatre à l'époque de cette construction. Ces statues sont l'ouvrage de Caffieri et de Dupré. Par la porte du n° 8, qui se trouve aussi sur cette façade et au pavillon le plus éloigné du quai, on entre dans le cabinet de *la monnaie des médailles*, qui, jadis, placé au Louvre, fut transféré dans cet édifice. Il contient la collection complète de tous les carrés et poinçons des médailles et jetons frappés en France depuis François Ier.

L'Hôtel des Monnaies est le siége d'une administration qui surveille l'exécution des lois monétaires, les fonctionnaires, l'entretien des hôtels et les ateliers de la fabrication ; elle vérifie les titres des monnaies, rédige les tableaux servant à déterminer le titre et le poids d'après lesquels les matières d'or et d'argent doivent être échangées. Elle fait procéder à la vérification du titre des monnaies étrangères nouvellement fabriquées, afin d'observer les variations que ce titre pourrait éprouver. Elle est de plus chargée de régler la comptabilité des divers ateliers de fabrication.

PLACE LOUIS XV, située entre le jardin des Tuileries et les Champs-Élysées.

La place Louis XV doit sa principale beauté aux objets qui l'environnent. Les terrasses du jardin des Tuileries, leurs arbres et deux statues équestres en marbre la bornent du côté de l'est. — Au nord sont deux vastes édifices pareils, richement décorés, dont l'un, plus près des Tuileries, d'abord destiné au *Garde-Meuble des bijoux de la couronne*, sert aujourd'hui au *ministère de la marine*, et l'autre n'a point de destination publique. Ces deux édifices sont séparés par la *rue*

Royale, qui laisse voir à son extrémité opposée l'édifice de la Madeleine. Au couchant de cette place se présentent deux vastes massifs de verdure formés par les arbres des Champs-Élysées. Au milieu s'ouvre une large route qui sert de prolongation à la grande allée du jardin des Tuileries. Cette route, dite *Avenue de Neuilly*, commencée en 1768, est bornée par les hauteurs de Chaillot, par les édifices de la barrière de Neuilly et par l'arc de triomphe de l'Étoile. — Au sud de cette place, on aperçoit la façade du palais du Corps-Législatif, aujourd'hui nommé *Chambre des députés*, qui se trouve, ainsi que le pont qui la précède, en correspondance avec le centre de la place de Louis XV, avec la rue Royale et la façade de la Madeleine.

Cette place doit son nom de Louis XV à la statue équestre de ce roi, laquelle s'élevait au centre. Dès l'an 1748, le prévôt des marchands de Paris avait déterminé ses subordonnés, les échevins de cette ville, à faire élever ce monument à la gloire du roi, et à le lui offrir au nom des Parisiens. Edme Bouchardon exécuta la statue. Elle fut, le 17 avril 1763, transférée à la place qui lui était destinée. Pigalle fut chargé des ornements du piédestal, lequel était décoré de quatre figures colossales faisant l'office de cariatides et représentant des vertus. C'est à propos de ces dispositions que furent faits ces deux vers satiriques si connus :

> O la belle statue! ô le beau piédestal!
> Les vertus sont à pied, le vice est à cheval!

Le 11 août 1792, cette statue équestre fut renversée, ainsi que tous les autres monuments de cette nature qui existaient à Paris. Un décret de l'Assemblée législative, de la veille, en avait ordonné la destruction.

Quelques mois après fut élevée, sur le piédestal, une figure colossale de la Liberté, en plâtre, exécutée par Lemot. Alors la place de Louis XV reçut le nom de *place de la Révolution*. Cette figure resta en place depuis la fin de 1792 jusqu'au 20 mars 1800, époque où un arrêté des consuls ordonna que des colonnes triomphales seraient élevées dans tous les départements de la France, et qu'une colonne nationale serait érigée, à Paris, sur la place de la Révolution, au lieu de la figure de la Liberté. Dans les départements, ainsi qu'à Paris, on fit toutes les dispositions nécessaires pour exécuter ce décret. Le 25 messidor an VIII, Lucien Bonaparte, ministre de l'intérieur, vint poser en grande cérémonie la première pierre de cette colonne monumentale. Ni la colonne de Paris ni celle des départements ne furent construites. Lorsqu'on éleva à Paris le simulacre de cette colonne, on changea le nom de la place; elle reçut alors celui de *place de la Concorde*. Dans les premiers jours d'avril 1814, on lui rendit sa première dénomination, celle de *place de Louis XV;* mais depuis la révolution de 1830, elle a repris son nom de *place de la Concorde*. Sur cette place, pendant plus de quinze mois qu'a duré le régime de la terreur, un grand nombre de victimes furent décapitées. Le 21 janvier 1793, l'infortuné Louis XVI y éprouva le même sort, etc., etc. Cette place fut commencée en 1763 sur les dessins de Gabriel, achevée en 1772, et décorée de nouveau de 1830 à 1840 sur les dessins de M. Hitterb. Son plan octogone est toujours limité par des fossés revêtus en ma-

çonnerie, bordés de balustrades et terminés par huit pavillons au-dessus desquels s'élèvent des statues allégoriques représentant les huit principales villes de
France (1). Au centre de la place se dresse le célèbre obélisque de Louqsor,
présent du pacha d'Egypte. Ce monolithe, qui décorait l'entrée d'un palais de
Thèbes, date du règne de Rhamsès IV ou Sésostris, pèse deux cent cinquante
mille kilogrammes, et a été érigé le 25 décembre 1836. On a construit deux fontaines monumentales, l'une au midi, l'autre au nord de l'obélisque.

GARDE-MEUBLE DE LA COURONNE, situé sur la place Louis XV, dans un des
deux édifices qui décorent la partie septentrionale de cette place, et où sont
aujourd'hui les bureaux du ministère de la marine.

Il existait près du Louvre un dépôt des meubles et bijoux de la couronne.
En 1760, lorsqu'on entreprit la construction des deux édifices élevés au nord
de la place de Louis XV, on destina le plus voisin du jardin des Tuileries
à recevoir ces objets précieux. Cet édifice présente un corps principal, terminé à ses extrémités par deux pavillons formant avant-corps. Un soubassement
en bossages, percé de portes aux avant-corps, et, dans le milieu, de onze arcades qui éclairent une galerie, supporte une ordonnance corinthienne, composée de douze colonnes et d'un entablement couronné par une balustrade. Les
deux pavillons des extrémités terminent la galerie du rez-de-chaussée et
celle du premier étage, et représentent, au-dessus du soubassement, quatre
colonnes corinthiennes, qui supportent des frontons dont les tympans sont
ornés de bas-reliefs. Aux deux côtés de chacun de ces frontons s'élèvent des
trophées.

On entrait à ce garde-meuble par l'arcade du milieu de la façade; un escalier,
orné de bustes, de termes et de statues antiques, conduisait dans plusieurs
salles. La première était consacrée aux armures étrangères et françaises : au
milieu de cette salle étaient deux petits canons, montés sur leur affût, damas-
quinés en argent, offerts, en 1684, à Louis XIV, par les ambassadeurs du roi de
Siam. Ces canons ont servi à la prise de la Bastille.

La salle suivante contenait des tapisseries : vingt-deux pièces, que François Ier acheta vingt-deux mille écus des ouvriers flamands, représentaient les
batailles de Scipion, exécutées d'après les dessins de Jules Romain; huit pièces,
dont les sujets étaient l'Histoire de Josué, les Amours de Psyché, en cent six
aunes; les Actes des Apôtres, en dix pièces, d'après les dessins de Raphaël,
et formant cinquante-trois aunes. Ensuite, se trouvaient une grande quantité de
tapisseries que Louis XIV avait fait fabriquer à la manufacture des Gobelins,
d'après les dessins de Lebrun, Coypel père et fils, Jouvenet, Oudry et de
Troys.

Dans la troisième salle, on voyait une quantité considérable d'objets précieux, tels que vases, hanaps, coupes d'agate, de cristal de roche; des présents
envoyés au roi par des princes orientaux; des ustensiles du culte, etc., le tout
contenu dans onze armoires. Une d'elles offrait la *chapelle d'or du cardinal de
Richelieu*, dont toutes les pièces étaient d'or massif et enrichies de gros dia-

____

(1) Sa longueur du nord au sud est de 125 toises, et de l'est à l'ouest, de 87 toises.

mants. On remarquait, parmi ces précieux objets, deux chandeliers d'église entièrement en or, émaillés, enrichis de deux mille cinq cent seize diamants, et qu'on a estimés valoir deux cent mille livres. On comptait sur les burettes, pareillement d'or émaillé, douze cent soixante-deux diamants. — Une autre armoire contenait une partie des présents qu'en 1740 fit à Louis XV Saïd Méhémet, ambassadeur de la Porte. Ces présents consistaient en un caparaçon de drap écarlate, brodé d'or, d'argent et de soie, et enrichi de perles; en une selle de velours cramoisi, brodée en or et en argent, chargée d'émeraudes, de diamants et de rubis ; en deux sangles d'un tissu d'or, ornées de perles; en un poitrail accompagné d'une pomme d'or, avec des ornements d'or émaillé de diverses couleurs, et enrichis de diamants. Le reste de ces présents se composait d'étriers, de pistolets, de fusils et de leurs fourreaux, et de plusieurs autres armes d'une richesse extraordinaire. Dans deux autres armoires étaient les présents du dey de Tunis, et ceux faits à Louis XVI par Tipoo-Saïb. L'objet le plus estimé de cette salle était la *nef d'or*, ouvrage de l'orfèvre Balin, et qu'on servait à la table du roi dans les grandes solennités. Cette nef, portée par quatre sirènes, était ornée de plusieurs diamants, et pesait cent six marcs. En 1791, elle fut estimée à trois cent mille livres. A toutes ces curiosités, nous devons joindre *les Diamants de la couronne*, renfermés dans une commode d'une des salles du Garde-Meuble. L'assemblée nationale législative, par son décret du 26 mai 1791, ordonna qu'il serait fait un rapport sur ces diamants et sur tous les objets contenus dans cet édifice, nomma une commission qui en fut chargée et céda à la famille régnante le vaste mobilier de la couronne estimé 15 ou 20 millions (1).

Dans la nuit du 16 au 17 septembre 1720; il s'effectua un vol considérable dans le Garde-Meuble : presque tous les diamants, au nombre desquels étaient le *Sanci* et le *Régent*, furent enlévés par une troupe nombreuse de voleurs; plusieurs furent pris ou tués sur le coup, les autres furent arrêtés ensuite, et on finit par recouvrer la plupart des objets volés. Sous Napoléon, le bâtiment du Garde-Meuble fut destiné au ministère de la Marine et des colonies. Alors on éleva sur le comble du bâtiment un télégraphe qui correspond à la ville de Brest.

EAUX ET FONTAINES DE PARIS. Sous ce règne, l'administration des fontaines présenta les vices et les abus que nous avons signalés pendant les règnes précédents. On en construisit plusieurs, même avec luxe : mais elles ressemblaient à des cadavres qui n'avaient que les formes de l'existence. Les Parisiens demandaient de l'eau, et on leur offrait des pierres arides, artistement disposées.

---

(1) Voici un extrait du rapport fait, le 28 septembre suivant, par M. Delattre, député, un des membres de cette commission. Suivant un inventaire fait en 1774, le nombre des diamants s'élevait alors à 7,482, sans y comprendre un certain nombre que le roi fit vendre, depuis 1784, pour la somme de 75,050 livres; sans y comprendre un article de cet inventaire, qui fut retiré, par autorisation du roi, le 13 mars 1785. Cet article, composé d'un nombre indéterminé de diamants et de rubis, fut employé à une parure pour la reine.
Depuis l'an 1784, le roi, à diverses reprises, fit vendre 1,471 diamants; il en acheta, dans la même année, 3,536 pour compléter la garniture de ses boutons et de son épée; mais les diamants achetés ne valaient pas les diamants perdus. En outre, cette collection se composait de 230 rubis, de 71 topazes, de 150 émeraudes, de 134 saphirs, de 3 améthystes orientales, et autres pierres de moindre valeur.

C'est alors cependant qu'on fit bâtir la fontaine de l'abbaye de Saint-Germain-des-Prés, au coin de la rue Childebert, outre celle des *Blancs-Manteaux*, qui date de 1719, et plusieurs autres moins importantes; c'est alors, dis-je, qu'on a bâti à grands frais celle de la rue Grenelle-Saint-Germain.

Sa façade s'élève sur un plan demi-circulaire; elle a 15 toises d'étendue et 6 toises de hauteur. Elle se compose d'un soubassement à refends, qui, au centre, forme un avant-corps sur lequel est une figure en marbre, assise et couverte d'une draperie: c'est la représentation de la ville de Paris. — A ses deux côtés sont à demi-couchées, des figures de rivières; l'une représente la Seine et l'autre la Marne. Derrière ce groupe, l'avant-corps est décoré de quatre colonnes ioniques couronnées par un fronton; au centre de ces colonnes est une table de marbre chargée d'une inscription. Aux deux côtés de cet avant-corps se présentent une ordonnance de pilastre ioniques et quatre niches où sont placées les statues allégoriques des Saisons, au-dessous desquelles on voit des bas-reliefs sur des tables renfoncées. Ce monument a été composé et exécuté en entier par Edme Bouchardon. Cette fontaine fut achevée en 1739. Pendant de longues années elle a mérité la qualification de *trompeuse ;* elle promettait de l'eau qu'elle ne donnait pas : ce n'est que depuis l'établissement des pompes à feu qu'elle s'est animée et a cessé d'être stérile : elle fournit aujourd'hui les eaux de la pompe du Gros-Caillou.

Je dois citer encore *la fontaine du Regard-Saint-Jean*, bâtie en 1748 au coin de la rue Neuve-Notre-Dame; celle du *Diable*, établie en 1759, à l'angle des rues Saint-Louis et de l'Échelle, et enfin celle du *Marché Saint-Jean* qui date de 1768.

EXPOSITION PUBLIQUE DES TABLEAUX dans le grand salon du Louvre.

Les arts d'imitation tombaient dans la barbarie; les membres de l'Académie de peinture et de sculpture le sentirent; et, pour les arrêter dans leur chute, ils imaginèrent d'exciter l'émulation parmi les artistes, en faisant exposer leurs ouvrages et en les soumettant au jugement du public. Déjà on était autorisé par l'exemple de quelques expositions faites sous Louis XIV.

La première des expositions qui eurent lieu dans le salon du Louvre, par ordre du roi et du sieur Orry, directeur général des bâtiments, ne fut pas de longue durée : elle commença le 18 août 1737, et finit le 1er septembre suivant. On voit dans le livret qui parut en cette année, sous le titre d'*Explication des peintures et Sculptures*, qu'il n'y avait que deux cent vingt articles. Les seuls membres de l'Académie avaient droit d'y exposer. D'abord l'exposition fut annuelle; mais étant peu considérable, on arrêta, en 1745, qu'elle n'aurait lieu que tous les deux ans. Cet ordre de choses s'est maintenu jusqu'au temps de la révolution.

La révolution fut, plus qu'on ne pense, favorable aux arts : un décret du 21 août 1791 autorise tous les artistes français et étrangers à participer aux expositions. L'étendue du salon devint alors insuffisante, et les productions des artistes envahirent toutes les pièces aboutissant à ce salon : les salles qui le précèdent, la Galerie d'Apollon tout entière, et une partie de la grande galerie du Louvre. En 1796, l'abondance des objets exposés obligea le gouvernement

FONTAINE DE LA RUE DE GRENELLE.

à rétablir l'exposition annuelle. Cette exposition, dans les premières années de son établissement, ne durait que douze jours; ensuite sa durée fut portée à quinze jours, puis à un mois. En 1763, l'exposition dura cinq semaines; sa durée s'est depuis prolongée jusqu'à deux mois. Ces différences progressives montrent la nécessité, l'excellence de l'institution, et les désavantages résultant du privilége qu'avaient les académiciens d'y placer leurs seuls ouvrages. L'*Académie de Saint-Luc* imita cet exemple utile : elle eut ses expositions, en 1762, à l'hôtel d'Aligre; et le 23 août 1774, à l'hôtel Jabach, rue Neuve-Saint-Merry, elle fit, sous les auspices de M. de Paulmy, son protecteur, l'exposition des productions de ses membres, amateurs, officiers et agréés.

ORIGINE ET LOGE DES FRANCS-MAÇONS. L'origine de la *franche maçonnerie* est inconnue aux maçons les plus instruits. Toutefois, la conformité qui existe entre les initiations des anciens et celles des modernes me semble suffisamment indiquer que les *mystères* se sont perpétués, en s'altérant, à la vérité, dans les rites maçonniques. Il se forma au moyen âge diverses associations qui eurent leurs formules et leurs pratiques secrètes. Les individus qui exerçaient des professions industrielles se réunirent aussi en société pour se soustraire à la tyrannie de la féodalité, et adoptèrent des mystères qui n'étaient pas étrangers à la religion.

L'origine de ces associations mécaniques, quoique les pratiques mystérieuses n'en aient été entièrement découvertes que dans des temps voisins du nôtre, n'en est pas moins très-ancienne, parce que plus un usage est répandu, plus la source en est éloignée. Or, l'usage des mystères dans les professions mécaniques a existé et existe encore dans une partie de l'Europe. On sait que dans toute l'Allemagne les apprentis, les compagnons de divers métiers ont, pour se reconnaître réciproquement, des signes, des attouchements, des mots consacrés, qui sont propres à leur grade et à leur métier. Un compagnon arrivant dans une ville n'est point admis à y travailler, à y recevoir l'hospitalité, avant que le syndic du corps n'ait obtenu de lui les mots secrets, les signes de reconnaissance ; cet usage se pratique même en France. «Depuis un temps immémorial, dit un écri-
« vain moderne, les charpentiers, les chapeliers, les tailleurs d'habits, les selliers,
« les maçons constructeurs, et, en général, presque tous ceux qui exercent des
« métiers de ce genre sont dans l'usage de se réunir, sous des formes mysté-
« rieuses, pour recevoir compagnons les garçons qui ont fini leur apprentissage.
« Les membres de ces coteries sont connus sous le nom de *compagnons du de-*
« *voir*, etc. Ces compagnons ont adopté un mode d'initiation, dont l'objet est
« de former entre eux un lien universel, au moyen duquel tous ceux qui sont
« reçus deviennent membres adoptifs de la grande famille des ouvriers. Ils sont
« secourus par leurs camarades, dans quelques parties du monde qu'ils soient
« jetés par le sort; on leur procure du pain et du travail dans un pays, lorsqu'ils
« n'en trouvent pas dans un autre. » On trouve ici les caractères des mystères antiques, et, de plus, le motif que j'ai assigné à ces associations, celui de se protéger réciproquement.

Les initiations pratiquées par les compagnons de ces professions mécaniques n'ont, à la vérité, été découvertes qu'au dix-septième siècle; mais leur origine remonte à des temps plus anciens. La partie ostensible de ces initiations, les règles des compagnons du devoir, leurs mots secrets et leurs signes de reconnaissance sont encore en usage dans une grande partie de l'Europe, et notamment dans les pays allemands; et, comme je l'ai dit, la grande extension d'un usage en prouve l'antiquité. La partie secrète de ces initiations doit être aussi ancienne que sa partie ostensible. D'ailleurs, pour confirmer mes présomptions à cet égard, j'offrirai la preuve de l'ancienneté des mystères d'une autre profession mécanique, de celle des *maçons constructeurs*.

L'association mystérieuse des maçons remonte, suivant quelques écrivains de l'Angleterre, jusqu'au troisième siècle ; mais ces écrivains, aveuglés par le désir de donner à ces établissements l'illustration de l'antiquité, n'ont pas assez solidement fondé leur généalogie pour qu'on y croie. Voici ce qui paraît moins douteux. Quelques maçons, au commencement du huitième siècle, quittèrent la Gaule, se réfugièrent dans la Grande-Bretagne, y construisirent plusieurs édifices et envoyèrent vers 1150 une colonie en Écosse, qui s'établit le chef-lieu à York : ce lieu devint célèbre. Là était la *loge-maîtresse* de toutes les loges anglaises. Les membres prenaient le titre de *free-maçons*, ou maçons libres. Vers l'an 1150, l'association des maçons fit des établissements en Écosse. Le plus connu fut celui du village de Kilwinning. Ces maçons construisirent la tour de l'abbaye de ce village, et dans cette contrée plusieurs autres vastes édifices dont on voit encore les ruines. Au treizième siècle florissaient en Allemagne des associations maçonniques. Elles se composaient, comme en Angleterre et en Écosse, de véritables constructeurs d'édifices, et se nommaient pareillement *maçons libres*.

On a la certitude que ces associations obtinrent un état stable, une consistance honorable après l'an 1277, époque où fut commencée la cathédrale magnifique de Strasbourg. La société maçonnique à laquelle on confia la construction d'un si vaste édifice devait exister bien avant l'époque où il fut commencé; mais on ne sait rien de certain sur son existence antérieure. Erwin de Steinbach fut le principal architecte de l'église de Strasbourg. La gloire de sa construction rejaillit sur les membres de la société maçonnique; ils furent invités à élever en Allemagne plusieurs édifices semblables. Les diverses sociétés de maçons répandues en Allemagne se réunirent entre elles par un règlement daté du 25 avril 1459, et confirmé, en 1498, par l'empereur Maximilien. La société maçonnique de Strasbourg eut le titre et la prééminence de *mère-loge* et une juridiction sur les autres loges de l'Allemagne.

De toutes les associations mystérieuses dont j'ai parlé, celle des francs-maçons a résisté aux atteintes du temps et des gouvernements, s'est maintenue avec considération jusqu'à nos jours, et a survécu aux persécutions, et cela peut-être en raison de la supériorité de l'art du maçon, de l'art architectural, sur les autres professions mécaniques.

La franche-maçonnerie fut introduite en France vers l'an 1725. Lord Dervent-Waters, le chevalier Maskeline et quelques autres Anglais établirent une loge à Paris, dans la rue des Boucheries. Ensuite, fut fondée la loge de Goustand, lapidaire anglais. Dans l'auberge portant pour enseigne : le *Louis d'argent*, située

rue des Boucheries, fut, le 7 mai 1729, constituée, par un frère nommé Le Breton,
une loge qui porta le nom de l'auberge et celui de *Saint-Thomas*. En 1732, une
nouvelle loge s'établit rue de Bussi. Elle porta d'abord le nom de la rue où elle
était située, ensuite celui de *loge d'Aumont*, parce que le duc de ce nom s'y était
fait recevoir.

THÉATRE FRANÇAIS, situé rue des Fossés-Saint-Germain, ensuite au château
des Tuileries. Les comédiens français jouèrent dans le jeu de paume de l'Étoile,
rue des Fossés-Saint-Germain, depuis 1689 jusqu'en 1770, époque où, leur théâtre
menaçant ruine, ils vinrent s'établir dans la salle des machines du château des
Tuileries. Le 9 avril 1782, l'édifice de la nouvelle salle, construite sur l'emplacement de l'hôtel de Condé, salle depuis nommée de l'*Odéon*, étant achevé, les
comédiens français en firent l'ouverture.

Parmi les acteurs renommés pendant ce règne, on cite les sieurs Bellecour,
Armand, Préville, Auger, Brisard, Molé, Le Kain; et, parmi les actrices. les
demoiselles Gaussin, Dumesnil, Dangeville et Clairon.

En parlant, dans la période précédente, des théâtres de la capitale, j'ai cité
quelques exemples d'acteurs tragiques qui se vêtirent d'habits appartenant au
temps, au pays et à la dignité de ceux qu'ils représentaient sur la scène. Les
exemples étaient encore rares; ils devinrent dans la suite plus communs. Le
Kain et la demoiselle Clairon ne négligèrent rien pour se conformer à l'exactitude du costume, si propre à augmenter l'illusion.

OPÉRA OU ACADÉMIE ROYALE DE MUSIQUE, situé au Palais-Royal. J'ai parlé dans
la période précédente de l'origine et du lieu de ce spectacle. Le duc d'Orléans,
régent, voulut tirer un nouveau parti de ce théâtre, et lui procurer le double
avantage d'être à la fois salle de spectacle et salle de danse. Le premier bal de
l'Opéra fut donné le 2 janvier 1716. Telle fut l'origine de ces bals fameux.

L'édifice, le théâtre et ses dépendances éprouvèrent dans la suite un accident
funeste. Le 6 avril 1763, dès huit heures du matin, le feu s'y manifesta. Toute
la salle, l'aile de la première cour, et toutes les machines, devinrent la proie du
feu. Deux mille hommes furent employés à l'éteindre. Trois jours après, la
fumée s'élevait encore des souterrains de ce théâtre. En attendant la construction
d'une salle nouvelle, les acteurs s'établirent au théâtre des machines des
Tuileries, et y jouèrent jusqu'en 1770.

Le roi, par lettres patentes du 11 février 1764, donna une décision qui fixa le
rétablissement du nouveau théâtre de l'Opéra. Alors commencèrent, d'après les
dessins du sieur Moreau, architecte, les travaux de cette reconstruction sur le
même lieu et sur un plan plus vaste. Ces travaux furent terminés en 1770; et.
le 2 janvier de cette année, la nouvelle salle de l'Opéra fut ouverte au public,
qui s'y porta avec une affluence extraordinaire. L'Opéra, qui languissait depuis
longtemps, prit quelque faveur sur ce nouveau théâtre, où brillaient plusieurs
talents remarquables : ceux de Dauberval, de Le Gros et de Sophie Arnould.
célèbre par la vivacité de son esprit.

En 1719, l'Opéra était encore éclairé par des chandelles; en cette année, par
la munificence du fameux Law, on leur substitua des bougies.

HOTEL DES MENUS PLAISIRS DU ROI, situé rue Bergère. Cet hôtel se compose de vastes cours et bâtiments destinés au service de l'*Opéra*. Les bâtiments contenaient des magasins de machines, de décorations, et un théâtre où se faisaient les répétitions des pièces qui devaient être jouées sur celui de l'Opéra. Sous Napoléon, cet hôtel a reçu une autre destination : on y a placé le *Conservatoire de Musique*, aujourd'hui nommé *École royale de Musique et de Déclamation*.

THÉATRE DES ITALIENS, situé dans l'ancien hôtel de Bourgogne, rue Mauconseil, et sur l'emplacement du marché aux cuirs. Louis XIV avait, en 1697, expulsé les comédiens italiens; en 1716, le duc d'Orléans, régent, en rappela d'autres qui s'établirent dans l'ancien hôtel de Bourgogne. Ce théâtre offrait un mélange de scènes chantantes et bouffonnes, de langage français et italien. Parmi les acteurs, on distinguait d'abord Antoine Vinentini, célèbre sous le nom de Thomassin, qui, pendant près de quarante ans, amusa les Parisiens par ses rôles d'Arlequin, où il faisait briller des saillies spirituelles et piquantes. Charles Bertinazzi, plus connu sous le nom de Carlin, lui succéda, et montra des talents pareils. Le célèbre acteur anglais Garrick voulut les connaître, et les admira. Carlin mourut en 1783. Parmi les autres acteurs, français d'origine, on distinguait La Ruette, Caillot, Clairval, qui jouaient les amoureux : ce dernier passa de l'Opéra-Comique aux Italiens; Audinot, qui peignait les mœurs de la classe inférieure du peuple, et qui depuis fut directeur d'un théâtre forain.

Madame Favard était célèbre par ses talents d'actrice, par son esprit et par ses liaisons avec l'abbé de Voisenon, qui, si l'on en croit la malignité publique, fut l'auteur d'une partie des pièces qu'elle publiait sous son nom ou sous celui de son mari. Elle fut longtemps l'héroïne de la comédie italienne; elle y avait débuté en 1749; elle mourut en 1772. Le théâtre des Italiens, qui jouissait des priviléges accordés aux comédiens du roi, fut, après de longs délais et de graves discussions, réuni en 1762 à celui de l'Opéra-Comique. Ces deux troupes réunies attirèrent la foule : leur spectacle fut le plus fréquenté de Paris. En 1780, il n'y eut plus d'Italiens dans cette troupe, qui cependant continua de porter le nom de *Comédie Italienne.*

Les comédiens italiens, en 1783, quittèrent l'ancienne salle de l'hôtel de Bourgogne, pour occuper celle qui fut bâtie sur le boulevard des Italiens, dont je parlerai dans la suite.

OPÉRA-COMIQUE. Ce n'était qu'un spectacle forain, établi sur les boulevards du nord et à la foire de Saint-Germain. Son origine remonte à l'an 1714. Cette troupe, qui avait éprouvé beaucoup de persécutions de la part des théâtres supérieurs, et qui, pour échapper à leur tyrannie, opposait toujours de nouvelles ruses, obtint en cette année le titre d'*Opéra-Comique;* et l'Académie de Musique lui accorda la permission de jouer de petites pièces en vaudeville, mêlées de danses, à condition qu'aucune parole n'y serait proférée qu'en chantant.

Ce spectacle, conforme au goût du temps, offrait des scènes gracieuses, spirituelles ou bouffonnes, qui ravissaient la multitude. Le Sage, Fuzelier et Dorneval, auteurs des plus jolies pièces de ce théâtre, firent sa fortune : les comédiens français, jaloux de sa prospérité, se prévalurent de leurs priviléges, et parvinrent à ôter la parole aux acteurs de l'Opéra-Comique. Ceux-ci ne purent plus jouer que des pantomimes. Ce genre de spectacle, qui attirait beaucoup de spectateurs, fut supprimé sur la plainte des comédiens français, en 1718. Il se releva en 1724, se maintint jusqu'en 1745, époque où il fut encore puni de ses succès. En 1751, ce spectacle reparut et acquit une grande vogue sous la direction de Jean Monet.

En 1765, Monet publia un recueil de chansons, intitulé *Anthologie française;* il avait pris pour épigraphe ces trois mots latins : *Mulcet, movet, monet.* Ces mots lui parurent si heureux qu'il en fit la devise de son théâtre. Ce spectacle forain, qui des boulevarts passait à la foire Saint-Germain, obtint assez de consistance pour mériter d'être réuni, en 1762, aux comédiens privilégiés, dits les *Italiens.* Depuis, la comédie purement italienne, qui se jouait à certains jours de la semaine, ne put se soutenir, malgré le talent des arlequins Thomassin et Carlin, et perdit insensiblement faveur. Le genre de l'Opéra-Comique prévalut, et, en 1780, il domina seul sur ce théâtre, qui fut abandonné par les Italiens.

AMBIGU-COMIQUE, théâtre situé boulevart du Temple, n⁰ˢ 74 et 76. Le sieur Audinot, un des acteurs de la troupe des Italiens, se trouvait sans emploi. Après plusieurs tentatives pour mettre ses talents à profit, il éleva, au mois de février 1759, un théâtre à la foire Saint-Germain, et y attira beaucoup de monde. Il fit construire sur les boulevarts une petite salle dont l'ouverture eut lieu le 9 juillet suivant. Ce spectacle, dont les acteurs étaient des marionnettes, fut nommé les *comédiens de bois.* Audinot obtint des succès qui le mirent à même de faire bâtir une jolie salle de spectacle sur le boulevart du Temple, et, au lieu de marionnettes, on y fit jouer des enfants. Ce spectacle nouveau attira la foule, au préjudice des comédiens français, qui élevèrent des plaintes fréquente contre le théâtre d'Audinot. En 1768, une sentence de police lui ordonna, ainsi qu'aux autres spectacles forains, de ne jouer que des bouffonneries et des parades. — A l'exemple de Monet, Audinot donna à son théâtre cette devise latine où se trouvait son nom : *Sicut infantes audi nos.*

Tout Paris courut au théâtre d'Audinot ; celui de l'Opéra était désert ; les administrateurs de ce dernier spectacle, jaloux de ses succès, parvinrent à obtenir, à la fin de l'année 1771, un arrêt du conseil qui réduisait l'Ambigu-Comique à l'état de spectacle de la dernière classe. On lui retrancha la plus grande partie de son orchestre, on lui interdit les danses, etc., ce qui occasionna une rumeur considérable. Peu de jours après, il fut convenu que le théâtre d'Audinot recouvrerait tout ce qu'on lui avait retranché, et qu'il payerait une contribution de 12,000 livres à l'Opéra. — Les pantomimes à grand spectacle caractérisèrent particulièrement ce théâtre. Aujourd'hui on y joue quelques vaudevilles et tout ce qu'il y a de plus terrible en fait de mélodrame.

THÉATRE DE NICOLET OU DE LA GAITÉ, situé boulevart du Temple, n⁰ˢ 68 et 70. Ce théâtre s'établit, en 1760, dans les foires de Saint-Germain et de Saint-Laurent. On y représentait des danses, des tours de force et des danses sur la corde. Les gentillesses du singe de Nicolet, et les traits licencieux dont ses pièces étaient assaisonnées, attirèrent une grande affluence à ce spectacle, et excitèrent la jalousie des directeurs de l'Opéra, qui, en 1769, firent interdire la parole aux acteurs de Nicolet, et les réduisirent à jouer des pantomimes ; mais cet ordre ne fut pas longtemps en vigueur, et Nicolet continua à donner au public des scènes dialoguées. Nicolet eut, comme Audinot, en 1772, l'avantage de faire jouer sa troupe à Choisy devant le roi et la dame du Barry. Ce fut alors que son théâtre obtint le titre de *Grands Danseurs du Roi*. Ce théâtre, incendié en 1835, a été immédiatement rebâti, et porte le nom de *Théâtre de la Gaîté*. On y joue le vaudeville et le mélodrame.

ÉTAT PHYSIQUE DE PARIS.

La construction d'un grand nombre d'édifices, des ouvertures et des élargissements de rues, l'érection de quelques monuments et l'établissement de quelques places avaient, sous le règne de Louis XIV, rajeuni une partie du vieux Paris; mais il restait encore beaucoup à faire, et encore plus à défaire, pour assainir cette ville, en rendre les communications plus commodes et lui donner une physionomie moderne.

Paris, sous le règne de Louis XV, s'accrut considérablement. On adjoignit à cette ville quelques lieux circonvoisins. Le bourg du Roule fut, en 1722, érigé en faubourg de Paris. On commença, après l'an 1720, à construire un quartier nouveau qu'on nomma d'abord *quartier Gaillon,* à cause du voisinage de la porte de ce nom, et qui a reçu le nom de la *Chaussée-d'Antin.*

QUARTIER DE LA CHAUSSÉE D'ANTIN. Sans avoir de limites certaines, ce quartier est confiné à l'ouest par les quartiers de la Madeleine et du Roule, et, à l'est, par la rue du Faubourg-Montmartre. Ce vaste espace était anciennement rempli par des champs en culture, par des marais, des jardins et des maisons de campagne; par le village des *Porcherons,* le château du Coq, dit aussi château des *Porcherons;* rue Saint-Lazare, en face de la rue de Clichy, par une ferme nommée *Grange-Batelière* (1); une petite chapelle dite de *Sainte-Anne;* une chapelle de Notre-Dame-de-Lorette; une voirie; le cimetière de Saint-Eustache, et par quelques habitations particulières.

Le séjour que, dans les premières années de son règne, Louis XV fit à Paris, attira dans cette ville une suite nombreuse de courtisans et de serviteurs. La noblesse et la domesticité ne pouvaient trouver à se loger. Les magistrats de la ville obtinrent des lettres patentes, du 4 décembre 1720, par lesquelles le roi les autorisa à faire bâtir un quartier nouveau entre ceux de la Ville-l'Évêque et de la Grange-Batelière. Ce plan eut un commencement d'exécution : les propriétés furent acquises et des rues furent ouvertes; on y construisit d'abord quelques hôtels et peu de maisons. A la fin de ce règne, la principale rue de ce quartier nouveau, qu'on nomma *Chaussée-Gaillon,* rue de *l'Hôtel-Dieu,* enfin rue *Chaussée-d'Antin,* était encore bordée de jardins et de champs en culture. Ce ne fut que pendant et après le règne de Louis XVI qu'elle fut garnie d'habitations nombreuses et contiguës.—Les rues Chantereine et du Rocher ne furent tracées que vers l'an 1734. La rue de Provence ne fut ouverte qu'en 1776, sur un égout qu'à cette époque

____

(1) La *Grange-Batelière* existait au douzième siècle, au milieu de terres en culture. La partie de la rue de ce nom qui aboutit au boulevart fut ouverte en 1704 ; l'autre partie qui est en retour avait été construite auparavant.

seulement on venait de couvrir. La rue Neuve-des-Mathurins fut ouverte en 1778; celle de Joubert en 1780; celle de Saint-Nicolas, ainsi que celle de Caumartin, en 1784. Les autres rues de la Chaussée-d'Antin sont encore plus récentes. C'est dans ce quartier, au nord de la rue Saint-Lazare, qu'on a construit le quartier de la *Nouvelle-Athènes*. Outre les rues du quartier de la Chaussée-d'Antin, plusieurs autres rues et avenues furent ouvertes sous le règne de Louis XV (1).

BOULEVARTS DU MIDI. Sous Louis XIV, on planta les boulevarts du nord; ceux du midi le furent sous Louis XV. Ce travail dura plusieurs années, et fut entièrement achevé en 1761. Les avenues qui se trouvent entre le boulevart de l'École-Militaire, entre l'Hôtel-des-Invalides et Vaugirard, ainsi que celles qui entourent le Champ-de-Mars, furent plantées sous ce règne.

Durant la campagne de 1768, on commença à construire le *Pont de Neuilly*, l'ancien pont en bois ayant été ruiné par les glaces de l'hiver précédent. On entreprit aussi les travaux de la magnifique avenue de Neuilly. Cette avenue et ce pont furent terminés en 1772.

PETIT-PONT DE PARIS. Le Petit-Pont était bordé de maisons qui rétrécissaient la route, interceptaient le courant d'air et y maintenaient l'humidité. Un accident changea son état; le 27 avril 1718, deux bateaux de foin enflammés vinrent s'arrêter sous ce pont et consumèrent la plupart des maisons qui s'y trouvaient. On ordonna des quêtes pour soulager les habitants de ces maisons incendiées. Ce pont endommagé fut rétabli; les maisons qui bordaient la route ne furent pas reconstruites; des trottoirs les remplacèrent.

Une grande quantité d'édifices ajoutèrent, sous ce règne, aux embellissements que Louis XIV avait commencés dans Paris. J'ai parlé de l'École-Militaire, de l'église Sainte-Geneviève, de l'hôtel des Monnaies, des deux vastes bâtiments qui décorent la place Louis XV, de l'église Saint-Philippe-du-Roule, de la Halle aux blés et de quelques autres édifices moins considérables. On peut y joindre la fontaine de Grenelle, l'hôtel d'Armenonville, reconstruit et réparé pour l'administration des postes; le Palais-Bourbon, commencé en 1722, devenu depuis le Palais de la Chambre des députés. —Vers la fin de 1772, on commença alors aussi à déblayer la colonnade et la cour du Louvre, à les dégager des gravois, des écha-

---

(1) En 1723 on planta l'*Avenue d'Antin*, qui doit son nom au duc d'Antin, surintendant des finances : elle commence au Cours la Reine, et finit à l'étoile des Champs-Élysées. *Les Champs-Élysées* furent entièrement replantés en 1770. Deux autres avenues qui aboutissent à cette promenade, celles de Marigny et des Veuves, furent plantées sous le même règne. A la place des marais qui se trouvaient entre ces avenues on a commencé, en 1822, à construire le *Quartier de François I*er.

En 1739, on ouvrit la rue de Malte, faubourg du Temple. — Lorsqu'en 1762 on commença, sur l'emplacement de l'hôtel de Soissons la construction de la Halle aux blés, sept rues furent ouvertes : celles de Sartines, d'Oblin, de Vannes, de Varennes, de Babille et de Mercier, qui aboutissent à l'édifice de cette halle ; et celle de Viarmes, qui l'entoure. — Lorsqu'en 1765 on construisit le marché Saint-Martin, plusieurs rues qui aboutissent à cet ancien marché furent alors ouvertes : telles sont les rues de Henri, marché Saint-Martin, Saint-Marcoul, Saint-Maur, Saint-Martin et la rue Royale-Saint-Martin. — Dans la même année, le passage de Lesdiguières, qui, du temps de la Révolution, a été converti en une rue. — En 1767, la rue de Ménars fut ouverte. Avant cette année, ce n'était qu'un cul-de-sac qui conduisait à l'hôtel du président Ménars, et que l'on prolongea jusqu'à la rue de Grammont. — En 1770, fut ouverte la rue d'Artois ou Lafitte, longtemps nommée Cerutti ; elle conduit du boulevard des Italiens à N.-D. de Lorette.

faudages pourris et des échoppes, et l'on adopta le projet de diviser la cour en quatre pièces semées de gazons et protégées par des barrières. Ce projet fut exécuté, en 1776, par les soins de M. d'Angevilliers, ordonnateur général des bâtiments.

ÉTAT CIVIL DE PARIS.

Aucun changement notable ne s'opéra pendant ce règne dans les administrations civiles de Paris. La police fit d'utiles et déplorables progrès. Si elle contribua à prévenir beaucoup de crimes, elle en favorisa plusieurs autres. Elle accrut le nombre de ses suppôts, enregimenta des scélérats pour les opposer à d'autres scélérats, diminua par ce moyen le nombre des voleurs et des meurtriers ; mais ce bienfait coûta cher aux Parisiens ; leur indépendance fut fortement compromise.

PETITE POSTE. Cette institution, dont la nécessité était depuis longtemps sentie, commença en 1758. Elle est due au bienfaisant Chamousset, dont l'existence devint pour cette ville une véritable providence, et fut entièrement consacrée à l'utilité publique. Cet établissement formait une administration particulière ; elle a depuis été réunie à celle de la grande poste.

RÉVERBÈRES. Les lanternes avaient existé jusqu'en 1766. A cette époque, le sieur Bailly entreprit d'y substituer des réverbères. Déjà, au mois d'avril de cette année, près de la moitié des rues étaient éclairées par des réverbères de sa façon, lorsque le bureau de la ville préféra les modèles du sieur Bourgeois de Château-Blanc, lesquels, avec plus d'économie, rendaient plus de lumière. Ce dernier entrepreneur se chargea de pourvoir la capitale de trois mille cinq cents réverbères alimentant sept mille becs de lumière.

FOIRE SAINT-GERMAIN, située sur l'emplacement qu'occupe aujourd'hui le marché de ce nom. Le plan de cette foire offrait plusieurs rues alignées, se coupant entre elles à angle droit. La charpente des édifices était admirée. Dans la nuit du 16 au 17 mars 1762, le feu détruisit toutes les boutiques, loges et salles qui s'y trouvaient. Il fallut tout reconstruire. Outre les boutiques, les cafés, les loges des marchands, on établit quatre grandes salles de spectacle, où jouaient des danseurs ou comédiens forains : telles étaient les salles des *Variétés*, de *l'Ambigu-Comique*, des *Grands-Danseurs* et des *Associés*. Les acteurs quittaient leur salle des boulevarts pour se rendre à celle-ci, et y jouaient pendant la durée de la foire, qui s'ouvrait le 3 février et se fermait le samedi avant le dimanche des Rameaux. L'établissement des galeries du Palais-Royal nuisit beaucoup à la prospérité de cette foire, qui cessa en l'an 1786. Son emplacement est aujourd'hui occupé par le *marché Saint-Germain*.

FOIRE SAINT-LAURENT, située près la rue Saint-Laurent, et dans un emplacement nommé encore *enclos de la foire Saint-Laurent*. Louis le Gros avait accordé à la léproserie de *Saint-Lazare* le droit de foire. Philippe-Auguste, en 1181, acheta cette foire, et la transféra aux halles de Paris, dans le territoire de Champeaux. Dans la suite, la durée de cette dernière foire reçut de l'extension : au lieu d'un jour, elle en eut huit et puis quinze.

Les prêtres de la Mission, qui avaient succédé aux religieux de Saint-Lazare, consacrèrent, en 1661, pour le champ de foire, un emplacement de cinq arpents entouré de murs, où ils firent construire des boutiques, loges et salles, et percer des rues bordées d'arbres. Cette foire durait trois mois : depuis le 1er juillet jusqu'au 30 septembre. Néanmoins, soit parce qu'elle était trop éloignée du centre de la ville, soit par d'autres causes ignorées, elle fut insensiblement abandonnée, et n'existait plus en 1789.

TABLEAU MORAL DE PARIS.

J'ai dit que les masques d'hypocrisie qui couvraient les mœurs corrompues de la cour tombèrent de toutes parts après la mort de Louis XIV. Les princes et les courtisans semblèrent se dédommager de la longue contrainte que ce roi leur avait imposée pendant sa vieillesse. On avait été gêné ; on passa de l'hypocrisie à la licence la plus effrénée. La vie scandaleuse du régent excita l'indignation des uns, et devint un aliment pour la malice des autres. Chacun, suivant ses dispositions, exhala ses sentiments ; le plus grand nombre fut révolté de l'extrême corruption de ce prince et de sa cour. Les mémoires particuliers, les allégories, les épigrammes, les couplets, s'accordent à témoigner de ses orgies nocturnes et de ses actes incestueux.

Parmi les hommes pervers qui fondaient leur fortune et leur puissance sur la corruption du régent, et qui cherchaient à la maintenir ou à l'accroître, afin de le dégoûter des affaires, se distingue l'abbé Dubois qui, avec l'effronterie du crime, parvint aux dignités d'archevêque de Cambray, de cardinal du saint-siége, de premier ministre de France, et de membre de l'Académie Française. L'élévation de ce personnage, qui, suivant le duc de Richelieu, était *le plus vil et le plus mauvais des hommes,* aurait, dans un autre temps, inspiré la plus vive indignation ; elle n'inspira que des plaisanteries et des couplets. Les scènes scandaleuses de cette cour cessèrent par la mort des principaux acteurs, que l'année 1723 vit disparaître ; mais leur exemple avait laissé des traces trop profondes pour être facilement effacées. L'année 1726 vit éclore un nouvel ordre de choses.

Louis XV, âgé de seize ans, fut revêtu du caractère de roi, et son précepteur, Fleury, du titre de principal ministre. Celui-ci régna sous le nom de son royal élève. Le roi était encore pur. Son ministre, à la gravité de son âge avancé, joignait des mœurs régulières. La scène changea entièrement de face. Les exemples de la régence devenaient odieux, et la débauche semblait pour toujours être bannie de la cour. Louis XV, dans les premières années de son mariage, fidèle à la foi conjugale, désespérait ses courtisans, ne leur laissant aucune prise sur ses mœurs. Ils prirent alors la résolution de se concerter pour tendre des piéges au jeune roi et le plonger dans la corruption : leur première tentative ne fut pas heureuse, mais à la fin ils l'emportèrent. La barrière une fois rompue, Louis XV ne trouva plus d'obstacles à la fougue de ses désirs.

A plusieurs maîtresses que prit et quitta Louis XV, succéda, en 1745, Jeanne-Antoinette Poisson, fille d'une femme entretenue. Elle fut bientôt illustrée par les titres de Dame du palais et de *marquise de Pompadour*. Le cardinal de Fleury était mort depuis deux ans; ses successeurs n'inspiraient point la même vénération. Louis XV ne pouvait tenir les rênes de l'État; sa maîtresse s'en saisit, et, sous le nom de son amant, elle gouverna en souveraine, fut la dispensatrice des grâces et des emplois, l'arbitre de la paix et de la guerre. Elle était douée d'un esprit et de talents peu ordinaires; mais elle ne montra ni le jugement, ni l'énergie, ni la haute prévoyance nécessaires dans le rôle dont elle s'était imprudemment chargée. Elle n'avait rien de ce qu'on exige dans un homme d'État; mais elle possédait toutes les qualités convenables à la maîtresse d'un roi faible. Elle le consolait dans ses chagrins, cherchait tous les moyens propres à éloigner de lui ce grand ennemi des hommes rassasiés, l'ennui, qui, toujours repoussé, revient toujours vers celui qui le repousse. Elle ne contraria jamais les goûts du roi pour ses jouissances nouvelles; elle les favorisait, souvent en était la confidente, et quelquefois la complice. La délicatesse, la constance, la jalousie, étaient des affections étrangères au sentiment qui les unissait. Ni l'un ni l'autre ne pouvaient se détacher, la marquise du pouvoir dont elle avait goûté, et le roi de l'habitude de varier ses jouissances, en changeant fréquemment l'objet de ses caresses. L'imagination blasée de Louis XV le portait à chercher les jouissances dans le récit des jouissances des autres. On présentait au roi divers rapports, les uns chaque matin, les autres chaque dimanche.

Le secret des lettres était journellement violé à la poste. On décachetait habilement toutes celles dont les adresses faisaient soupçonner qu'elles contenaient l'exposé de quelques intrigues galantes ou politiques; on faisait des extraits, et, après les avoir recachetées, on les renvoyait. L'intendant des postes venait tous les dimanches offrir au roi la somme de ses infidélités hebdomadaires. Ces extraits passaient quelquefois du roi aux ministres, qui, souvent, entraînés par le plaisir de conter des anecdotes scandaleuses, divulguaient le secret des familles. Ce ne fut point, du reste, sous le règne de Louis XV que commença cet usage criminel : il se pratiquait sous Louis XIV, et c'est au ministre Louvois qu'est due l'invention de cette insigne perfidie.

On faisait aussi au roi des rapports sur les mœurs des princes et seigneurs. Ces rapports étaient extrêmement nombreux; il en a passé sous mes yeux plus de quinze cents. Chacun d'eux était écrit sur un cahier in-4°, contenant une douzaine de pages, et portant, pour la plupart, la signature du commissaire de police, Marais. Ces rapports contenaient des aventures galantes et scandaleuses, des anecdotes sur les filles entretenues, actrices, danseuses, sur leurs fréquentes infidélités, leur passage rapide de l'opulence à la misère.

Le comte du Barry, par ses prodigalités envers les plus fameuses courtisanes, en comblant de richesses les Thévenet, les Morancé, les Dubois, etc., fit hausser le prix de leurs charmes. Sans lui, la belle et bête Duthé, que les riches libertins de l'Angleterre se disputaient l'or à la main, n'aurait pas fait payer au vieux de Châ... un balai deux ou trois mille louis; sans lui, le baron d'O... n'aurait pas logé dans un hôtel magnifique la baronne de Burman, ne lui aurait pas donné onze plats d'argent et pour quinze cents francs de porcelaines, etc.;

cette baronne, maîtresse de l'acteur Julien, avait sous le nom de *la petite Lecoy*,
dans la rue Feydeau, sollicité les passants de monter chez elle.

Quelques nobles se montrèrent plus vils que les malheureuses qu'ils entretenaient. « Le comte du Barry, dit-on, dans un des rapports de la police, re-
« garde la Vaubernier comme une terre, l'afferme tantôt au duc de Richelieu,
« tantôt au duc de Vil... ; elle lui rapporte beaucoup. » — On lit dans un autre :
« La demoiselle Sainte-Foi a mis en gage pour le marquis de Dur..., pour
« plus de six mille livres d'effets; elle a endossé pour lui quatre lettres de
« change; elle est même décrétée pour lui de prise de corps; et il la quitte,
« et c'est pour prendre la Clermont. Comment toutes les filles ne s'enten-
« dent-elles pas pour couper les vivres à un marquis qui est plus méprisable
« qu'elles? »

Les excès de la corruption étaient des titres de gloire parmi les personnages
de la cour. Accoutumés aux compliments, à l'étiquette, au cérémonial, ils
mentaient sans scrupule, ne disaient point ce qu'ils pensaient, et souvent
ne pensaient point ce qu'ils disaient. Ils semblaient rougir du caractère de
leur sexe, et aspirer aux faiblesses du sexe féminin, à sa frivolité, à ses recherches pour la parure, à la futilité de ses goûts. Jugeant de tout sans rien savoir, ils savaient, comme dit Montesquieu, « longtemps parler sans rien
dire. » Tels étaient les hommes adorés des femmes, qu'elles qualifiaient d'*hommes charmants*, et que le vulgaire nommait *petits-maîtres*. A leurs yeux c'était
vivre *bourgeoisement* que de payer ses dettes. Il était du bon ton d'emprunter
avec de basses sollicitations, puis de repousser avec dédain ses créanciers;
et sur ce dernier point, il faut le dire, la noblesse française s'est acquis une
réputation durable. Ces défauts, ces ridicules, ces vices, embellis par un jargon
de coterie, par des manières aimables, ou rehaussés par le ton de l'orgueil ou
l'air de suffisance, étaient en général les habitudes des princes et seigneurs;
mais, je le déclare avec plaisir, il existait sous ce règne des exceptions très-dis-
tinguées, plus nombreuses même que sous celui de Louis XIV. Il y eut des individus même de cette classe qui surent se préserver de la contagion générale.
Il y en eut d'autres chez lesquels les habitudes n'avaient pas entièrement éteint
les lumières de la raison. Les uns et les autres, frappés du spectacle hideux
que présentait la société, en recherchèrent les causes, et les trouvèrent dans le
gouvernement. De là ces nombreux écrits auxquels les ministres ne répondaient
que par des lettres de cachet. De là vint un parti d'opposition qu'on nomma
des *philosophes;* parti qui fut en butte aux persécutions des protecteurs des
abus et des vices, et aux clameurs de tous ceux qui se trouvaient intéressés au
maintien des vieilles erreurs.

D'autres rapports faits par la police, concernant les mœurs des évêques et des
autres prélats, amusaient la curiosité du roi. On a vu que, depuis l'époque où
les évêques furent comblés de richesses et de pouvoir par les barbares qu'ils aidè-
rent à envahir la Gaule, la corruption s'établit parmi ces prélats. Ils joignirent,
à quelques exceptions près, les vices de l'opulence oisive à ceux des courtisans
et des militaires. Mais dès qu'on eut commencé à estimer les hommes, non
d'après leur richesse et leur puissance, mais d'après leurs talents et leurs ac-

tions, les évêques furent meilleurs. Cette amélioration ne commença à se faire apercevoir que sous le règne de Louis XIV. Malgré les richesses corruptrices des évêques, leurs mœurs auraient certainement fait quelques pas de plus vers la perfection, sans le scandale de la cour du régent : tout ce qui en approchait fut atteint de la contagion.

Lorsque Louis XV eut pris les rênes de l'État, les mêmes désordres continuèrent chez les prélats français, mais avec moins d'éclat que sous la régence : ils mirent plus de soin à les cacher. La police, dans ses minutieuses explorations, ne parvenait qu'avec grande peine à découvrir leurs déréglements. Ces évêques à voitures, dans leurs visites galantes, ne pouvaient être atteints par des espions à pied. Un de ces derniers, en 1760, étant à la poursuite de l'évêque d'Orléans, qui courait en voiture au faubourg Montmartre, dit dans son rapport : « Comme ces messieurs ont des voitures, et qu'ils vont très-vite, il » faudrait avoir un *train* pour leur compte; ce qui serait le moyen de faire » des observations sûres. » Cet évêque se nommait de Jar...; il était de notoriété publique, à Paris, qu'il entretenait une fameuse danseuse de l'Opéra appelée Guimard.

Un autre rapport parle des relations de débauche des évêques d'Orléans et de Grasse avec la dame Chavasse. Quelques autres évêques et surtout ceux qui abandonnaient leurs diocèses pour faire de longs séjours à Paris, n'avaient pas une conduite plus édifiante. Il n'entre point dans le plan de cet ouvrage d'offrir le tableau de ces désordres. Si j'y étais obligé, je n'oublierais pas de leur opposer la régularité de plusieurs prélats, dignes de leur saint ministère.

Les évêques, qui, à cette époque, occupèrent le siége de Paris, ne présentent ni ces vices, ni ces vertus. A Charles de Vintimille, ami de la paix et de la table, succéda presque immédiatement, en 1746, Christophe de Beaumont. Charitable envers les pauvres, surtout envers les pauvres de la noblesse, il ne l'était guère envers ceux dont les opinions différaient des siennes. Son manque d'instruction fortifiait son opiniâtreté excessive, et l'aveuglait sur le rôle que les jésuites lui faisaient jouer; rôle dont il s'acquittait avec autant d'ardeur que de bonne foi. Il ne s'est jamais douté de l'empire que ces pères exerçaient sur lui : il était devenu leur instrument. Il persécutait, autant qu'il pouvait le faire, les jansénistes et les philosophes. Ses mœurs étaient pures; il voulait que celles de tous les prêtres de son diocèse fussent de même, pour cela le roi lui envoyait les doubles des procès-verbaux dressés contre les prêtres pris en flagrant délit. Il résulte de ces rapports, que les femmes qui tenaient des lieux de débauche, toutes attachées à la police, étaient obligées de rendre un compte exact de tous ceux qui se présentaient chez elles; et que de plus, lorsqu'un prêtre ou un moine y arrivait, elles devaient en donner aussitôt avis à un officier de police, qui se hâtait de venir troubler des plaisirs payés d'avance, et faisait subir un interrogatoire à ces malheureux qui, honteux et confus, étaient encore assaillis par la crainte d'être persécutés et privés des bénéfices auxquels ils aspiraient.

Les laïques, dont je vais m'occuper, et qui forment une autre classe des rapports de la police, étaient presque aussi soigneusement surveillés que les prêtres; mais ils n'étaient pas, cômme ces derniers, troublés dans leurs plaisirs. La police, en multipliant ses agents, en n'epargnant ni ruses, ni trahisons, parvenait à connaître toute leur conduite, dans l'unique but d'en amuser le roi. En conséqence, chaque maîtresse de maison vouée à la prostitution était tenue de joindre à son infâme métier le métier plus infâme encore de délatrice et d'espionne, de faire chaque jour un rapport contenant les noms de ceux qui s'étaient présentés dans sa maison, ceux des filles, et l'espace de temps passé auprès d'elles. On trouve dans ces rapports des exemples nombreux de la dépravation de cette classe d'individus orgueilleux, fiers de leurs titres et de leur inutilité, qui aspiraient encore à l'infamie des hommes les plus abjects de la société. On y voit des personnes de qualité remplir les emplois d'agents de lieux de débauche, et, ce qui pis est, d'agents de la police, et en tirer un salaire. Des milliers de rapports de cette espèce arrivaient tous les matins au lieutenant de police, qui faisait extraire ce qu'il y avait de plus saillant. Il ne se passait rien de remarquable dans Paris, dans les lieux de débauche et même dans l'intérieur des ménages, dont le roi ne fût instruit. Les anecdotes les plus scandaleuses étaient les plus recherchées, et celles qu'on offrait de préférence à ce prince.

Dans les autres classes de la société, et aussi dans celle qu'on nommait *la robe*, on trouvait la même corruption; de graves magistrats, des président, des conseillers ne craignaient pas d'avilir leurs dignités, en les traînant dans les saletés de la prostitution. Des bourgeois, des artisans ruinaient leur famille et leur santé, en essayant d'imiter les exemples corrupteurs de la cour. Je n'ai point parlé de ces excès de libertinage qui outragent la nature, de ces unions stériles, le dernier degré de la dépravation morale. Ces goûts honteux avaient, sous le règne de Louis XV, presque autant de partisans que sous la régence, que du temps de Louis XIV, et que pendant les siècles de barbarie.

Jamais la prostitution ne fut plus en vigueur, jamais les prostituées ne furent plus nombreuses que sous Louis XV. On comptait sous ce règne à peu près *trente-deux mille filles publiques* inscrites à la police; aujourd'hui on en compte environ *trois mille quatre ou cinq cents :* preuve des progrès de la morale.

Voici quelques traits du tableau que l'auteur de *la Police de Paris dévoilée* trace des *Maisons de jeu* établies à Paris. « C'est M. de Sartines, dont le valet de
» chambre a eu jusqu'à 40 mille livres de rente, qui, le premier, sous le prétexte
» spécieux de rassembler tous les chevaliers d'industrie qu'il devoit connoître,
» a fait ouvrir dans la capitale toutes ces cavernes séduisantes où la seule loi
» étoit, en se demandant la bourse, de ne point s'arracher la vie; et comme l'or
» ne coule jamais si bien que dans la main des femmes, elles lui achetèrent le
» privilége des tapis verts. On imagine bien de quelle classe étoient celles qui
» destinoient leurs nuits à des escrocs : c'est une Latour, fille du laquais du
› président d'Aligre, qui l'avait créée et mise au monde pour les menus plaisirs
» de son maître ; c'étoit une Démare, qui, servante de cabaret, avoit pris de
» bonne heure le goût de tenir table ouverte; c'étoit la Cardonne, blanchisseuse
» de Versailles, mère à treize ans; c'étoit la Dufrêne, qu'une bouquetière de

» Lyon étala longtemps comme des fleurs... Ces présidentes du *biribi* n'avoient
» que la peine de bercer les victimes, et elles en partageoient les dépouilles
» avec leurs bourreaux. »

On vit des baronnes, des marquises solliciter le privilége de ces tripots; mais
n'osant y figurer elles-mêmes, elles trouvaient des hommes qui n'avaient pas la
même honte. Quinze maisons de jeu furent installées dans diverses rues de
Paris ; et le chef de ces maisons était un nommé Gombeau, qui recevait le titre
de caissier général. Pour donner une apparence respectable à ces établissements,
la police imagina de prélever, sur les produits de chaque maison, trois mille
livres par mois pour les pauvres.

Les maisons de jeu établies par le lieutenant de police de Sartines autorisè-
rent l'établissement de plusieurs jeux de société, qui se tenaient chez des hommes et des femmes dites *de qualité*, et même chez l'ambassadeur de Venise, qui,
à la faveur de son titre et de l'inviolabilité de son hôtel, y tenait un tripot très-
productif, où les gens de toutes les classes étaient admis. Les ouvriers, les
pères de famille de la classe mécanique étaient reçus dans un lieu particulier,
lieu qu'à juste titre on nommait l'*Enfer*. Ces antres dévorateurs, fermés pendant
la révolution, furent rouverts sous la domination de Napoléon, et ont été fermés
depuis en vertu d'une loi spéciale.

Les mœurs des femmes de la cour, qui servaient de modèle à celles des femmes des rangs inférieurs, fourniraient un ample matière au tableau que j'esquisse;
mais je dois me borner à quelques traits généraux. Pour ces femmes, la galanterie était la principale affaire. Quant aux liens du mariage, elles auraient rougi
de les respecter : elles les rompaient sans répugnance comme sans danger ; la
complaisance des deux époux était réciproque. « Un mari qui voudroit seul
» posséder sa femme, dit Montesquieu, seroit regardé comme un perturbateur
» de la joie publique, et comme un insensé qui voudroit jouir de la lumière du
» soleil à l'exclusion des autres hommes. Ici, un mari qui aime sa femme est
» un homme qui n'a pas assez de mérite pour se faire aimer d'une autre.....
» Ce n'est pas qu'il n'y ait des femmes vertueuses, et on peut dire qu'elles sont
» distinguées..... Mais elles sont si laides qu'il faut être un saint pour ne pas
» haïr leur vertu. Le duc de..... a surpris sa femme dans les bras du précepteur
» de son fils, lit-on dans un des rapports de la police ; elle a dit avec impudence :
» *Que n'étiez-vous là, monsieur? Quand je n'ai pas mon écuyer, je prends le bras de*
» *mon laquais.* » On se mariait pour transmettre à un héritier ses biens, ses titres
et son nom généalogique. Ce but rempli, les époux vivaient comme s'ils étaient
dégagés de leur devoir; se marier pour d'autres motifs, c'était penser et agir en
bourgeois.

Après les excès de toute espèce de débauche, les traits les plus saillants de
cette période sont le luxe, l'empire de la mode et la frivolité. Le luxe offrait
une autre source de corruption : il était devenu pour toutes les classes un besoin qu'accroissaient les rapides changements de la mode. « Une femme qui
» quitte Paris pour aller passer six mois à la campagne, en revient aussi antique
» que si elle s'y étoit oubliée trente ans..... Quelquefois, les coiffures montent
» insensiblement, et une révolution les fait descendre tout à coup. Il a été un

» un temps que leur hauteur mettoit le visage d'une femme au milieu d'elle-
» même. Dans une autre, c'étoient les pieds qui occupoient cette place ; les
» talons faisoient un piédestal qui les tenoit en l'air..... Les architectes ont été
» souvent obligés de hausser, de baisser et d'élargir leurs portes, selon que les
» parures des femmes exigeoient d'eux ce changement ; et les règles de leur
» art ont été asservies à ces principes. On voit quelquefois sur un visage une
» quantité prodigieuse de mouches, et elles disparaissent toutes le lendemain. »

Ce tableau, quoiqu'il paraisse outré, au fond est véritable. Il est certain que
sous Louis XIV, sous la régence, pendant le cours du règne de Louis XV, et
même sous le règne de Louis XVI, les femmes portaient une chaussure armée
d'un talon en bois, dont la hauteur était au moins de trois pouces, et leur coiffure s'élevait d'un pied au-dessus de la tête : elles voulaient, par ces artifices,
paraître plus longues. Les femmes tachetaient leur visage, en y appliquant des
morceaux de taffetas noir gommé, ordinairement ronds, quelquefois découpés
en étoiles, ou en croissant, plus ou moins grands ; elles les plaçaient souvent
sur les tempes, près des yeux, sur la joue, près des commissures de la bouche
et au front. Une femme de bon ton ne pouvait avoir moins de cinq à six mouches sur le visage ; les plus modestes n'en portaient que trois. Elles ne sortaient
point sans boîte à mouches, dont le couvercle était intérieurement muni d'un
miroir, afin de pouvoir, en cas d'accident, réparer la chute d'une mouche. Cet
usage avait pour motif de faire ressortir la blancheur de la peau, et de donner
de l'éclat, de la vivacité à la figure.

Les mouches très en usage dès le règne de Louis XIV, n'étaient pas le seul
artifice employé par la coquetterie : les femmes se peignaient le visage avec du
blanc et du rouge, et quelquefois du bleu. Le rouge était tellement prodigué,
qu'il faisait ressembler celles qui en étaient peintes à des bacchantes en fureur,
à des personnes ivres ou enflammées par la débauche ou la colère. Une dame de
qualité ne pouvait absolument paraître en public sans s'être enduit les joues
d'une épaisse couche de vermillon ; il eût été indécent de sortir sans *son rouge*.
— Les *masques* de velours noir que les dames de la cour portaient encore du
temps de la régence, étaient tombés en désuétude ; le rouge et les mouches y
suppléèrent. — La mode la plus étrange, la plus embarrassante, et celle qui cho-
quait le plus le bon goût, était la mode des *paniers*. L'ensemble d'une femme
ressemblait, avec cet habillement, à ces instruments, appelés battoirs, dont se
servent les blanchisseuses. Dans la foule, des femmes ainsi vêtues, étaient obligées de tourner d'un côté en avant, de l'autre côté en arrière, les deux parties
saillantes du panier, dont le volume occupait la place de trois ou quatre personnes. Dans les chaises à porteurs, dans les carrosses, elles étaient forcées de
faire sortir par les portières les parties latérales de cet ample et ridicule ajus-
tement. Dans les commencements du règne de Louis XV, les femmes de tous
les états, depuis la princesse jusqu'à la dernière ouvrière, portaient cette étrange
parure. Une femme sans panier était considérée comme malade. Cette mode,
aussi gênante qu'elle était de mauvais goût, s'est maintenue encore longtemps à
la cour, sous la protection de l'étiquette. Le mauvais goût s'associait aux mauvaises mœurs. Les hommes mêmes portèrent des paniers : l'on donnait ce nom

aux amples basques de leurs habits. Des baleines, placées dans la plus grande
largeur de ces basques, les contenaient dans un état d'extension et de roideur.
Chaque pas que faisait l'homme vêtu de ces habits à panier imprimait aux larges basques un mouvement tel que chacun des angles de l'avant et de l'arrière
décrivait au moins un quart de cercle.

Tous les hommes, jeunes ou vieux, de la cour et de la ville, portaient encore,
sous la régence, les volumineuses perruques en usage sous Louis XIV. Vers la fin
de son règne, elles avaient éprouvé quelques altérations dans leur forme première.
Déjà, en 1693, on ne voyait plus, comme auparavant, deux parties de leur chevelure descendre de chaque côté du buste : elles étaient bornées à couvrir entièrement les épaules et le dos. Les perruques, en subissant divers changements
de forme, diminuèrent insensiblement de volume. Toute la partie superflue qui
couvrait le dos fut divisée en deux. On nouait ces parties en été, on les dénouait
en hiver ; enfin elles restèrent nouées en toutes saisons. De ces deux parties de
la chevelure artificielle, nouées ou dénouées, vint l'usage de porter deux queues
qui descendaient parallèlement de la perruque jusqu'à la ceinture. Cet usage
s'est maintenu chez de vieux courtisans jusqu'au règne de Louis XVI. De ces
deux queues on n'en fit qu'une. Les militaires portaient la perruque à la briga-
dière; elle était ample autour de la tête, et retroussée par derrière. Ils la quittèrent enfin pour laisser croître leurs cheveux.

Les gens du barreau, toujours fort attachés aux vieux usages, gardèrent encore longtemps les perruques in-folio du règne de Louis XIV ; mais il leur fallut
enfin céder quelque chose à l'empire de la mode : et ils ne conservèrent, jusqu'au dernier temps, que la partie de la chevelure pendante sur le dos. Ils
portèrent des perruques pointues, ou en forme de pyramide renversée. Elles
descendaient, bordées de boucles symétriquement placées, le long du dos, en
diminuant de volume. Ils eurent des perruques *carrées*, des perruques à la *Sartines*, des perruques à *trois marteaux*, des perruques à la *circonstance*, etc. Les
juges s'obstinèrent à garder leurs perruques chargées d'une infinité de boudins
symétriques. Mais de jeunes avocats renoncèrent à l'artifice, et lui préférèrent
leur chevelure naturelle, qu'ils accommodèrent à peu près comme les perruques.
Cette mode fit des progrès même chez les jeunes conseillers. — Les bourgeois,
les maîtres de profession ou de métiers, et même les ouvriers portaient tous la
perruque. Un maître tailleur se serait cru indigne de sa profession et de son
grade, s'il eût été coiffé avec ses propres cheveux. Enfin les perruques disparurent insensiblement, et on ne vit que des vieillards chauves et entêtés qui,
dédaignant les nouveautés, conservèrent courageusement les chevelures artificielles, bouclées, pommadées, poudrées. On les nommait par dérision *têtes à
perruque*. Un médecin ne pouvait visiter ses malades sans avoir la tête affublée
d'une perruque à trois marteaux, sans avoir sa canne à pomme d'or, le diamant
au doigt et les manchettes de dentelles.

On ne faisait aucune visite, on n'allait dans aucun lieu public, et même on
ne sortait guère sans être armé d'une épée pendue au côté, comme si l'on
marchait au combat, et sans porter le chapeau sous le bras, comme s'il était
plus destiné au bras qu'à la tête. Tous, jusqu'aux ouvriers, suivaient cette mode

génante. Cet usage de porter l'épée existait déjà sous la fin du règne de Louis XIV ; il s'est maintenu sous celui de Louis XV, et, en s'affaiblissant insensiblement, il a duré jusqu'à la révolution.

La mode des *pantins*, pendant une partie du règne de Louis XV, occupa les Parisiens et presque tous les Français ; on voyait, dans les rues, dans les salons, non-seulement des enfants, mais des hommes avancés en âge, de graves magistrats porter dans leur poche ou tenir d'une main une figure humaine en carton colorié, et tirer de l'autre main un fil qui faisait mouvoir les membres de cette figure. Vers l'an 1760, toutes les modes étaient *à la Ramponneau*, nom d'un farceur qui tenait une guinguette aux Porcherons. Il jouait des scènes plaisantes et naïves qui enchantaient les Parisiens. Les modes devinrent ensuite *à la grecque*. On était coiffé, chaussé, vêtu à la *grecque*. On appliquait aussi ces dénominations aux façons de parler. La coiffure des hommes et des femmes portait spécialement ce nom ; mais elle ne le garda pas longtemps. L'arrangement symétrique des cheveux des dames était devenu un art difficile ; et le sieur Legros, coiffeur, composa un volume, qui fut suivi d'un supplément, où il établit savamment les principes de cet art. Jamais on n'avait vu à Paris un si grand nombre de coiffeurs de dames : on en comptait jusqu'à douze cents. Les perruquiers, jaloux de ces succès, en 1769, leur intentèrent, devant la cour du parlement, un procès qui inspira un très-vif intérêt ; les perruquiers le perdirent.

Ces frivolités, ces moyens de corruption avaient amolli les âmes et les corps. Les dames eurent des vapeurs. En 1769, une compagnie obtint le privilége exclusif d'établir des bureaux de parasols aux deux extrémités du Pont-Neuf, afin que les personnes jalouses de conserver la blancheur de leur peau pussent franchir ce pont à l'abri des rayons du soleil. Pour sentir l'utilité de cet établissement, il faut savoir que les abbés, race dégénérée, que les jeunes et vieux petits-maîtres et les nombreux esclaves de la mode n'avaient à opposer aux traits du soleil qu'une chevelure symétriquement façonnée, blanchie par la poudre d'amidon, et le petit chapeau appelé *claque*, fait pour être placé sous le bras et non sur la tête.

Les grands événements d'alors, ceux qui piquaient vivement la curiosité des personnes de tous les rangs, qui devenaient l'objet principal de toutes les conversations des gens inoccupés, et intéressaient la cour et la ville, consistaient dans le succès ou la chute d'une pièce de théâtre, l'apparition de quelques couplets ou épigrammes ; dans l'action d'un homme riche et puissant, qui quittait une maîtresse pour en entretenir une autre ; dans des pertes au jeu ; dans l'apparition de quelques livres hardis ou scandaleux, circulant clandestinement ; enfin dans quelques modes nouvelles et quelques aventures de coulisses et d'alcôves. Chez ces hommes dégradés, manquer aux lois tyranniques et très-gênantes de la mode, c'était s'attirer l'infamie du *ridicule ;* et cette espèce d'infamie leur paraissait pire que celle du crime.

Cependant quelques esprits sensés résistaient au torrent de la dépravation. Ainsi plusieurs hommes titrés, des hommes de lettres et de hauts fonctionnaires, imaginèrent en 1724, de se réunir et de former un club politique, nommé *Club de l'entresol*. L'abbé Alary en fut le créateur. Les membres tenaient leurs

séances chez lui ; il en était le président. On y discutait, on y lisait des mémoires sur toutes les parties de l'administration publique. La diplomatie, le droit
ecclésiastique de France, les finances, le commerce, l'histoire, etc., ressortis-
saient de ce tribunal nouveau. L'abbé de Saint-Pierre, auteur du *Projet de paix
perpétuelle*, y lisait fréquemment des mémoires. Les sociétaires pensaient et
parlaient librement. Aucun abus, aucune injustice du gouvernement n'étaient
épargnés ; on ne respectait que la raison et la vérité. Cette société prospérait,
le cardinal Fleury la voyait sans inquiétude, mais dans la suite il en prit ombrage ; il vit en elle un parti d'opposition, et finit par la dissoudre : elle avait
été fondée en 1724 ; elle cessa d'exister en 1731. Les membres survécurent, firent germer les vérités qu'ils avaient découvertes, et eurent sur les opinions
du dix-huitième siècle une grande influence.

Bientôt s'éleva la secte des *économistes*, dont le docteur Quesnay, le marquis
de Mirabeau, auteur de l'*Ami des hommes*, l'abbé Beaudeau, auteur des *Éphé-
mérides du citoyen*, etc., furent les fondateurs. Les économistes répandirent des
lumières nouvelles sur les diverses parties de l'administration. Aux *économistes*,
qu'avaient fait naître les abus administratifs, vinrent s'accoler les *philosophes*,
secte née des abus religieux. Déjà les persécutions exercées par Louis XIV sur
les protestants avaient porté plusieurs atteintes à la crédulité, ébranlé quelques
colonnes de la foi, et enfanté des incrédules ou des *esprits forts ;* les persécutions
dirigées par les jésuites, sous Louis XV, en augmentèrent le nombre.

Sans doute ces novateurs *économistes* ou *philosophes*, s'écartèrent quelquefois
des voies de la vérité ; sans doute ils contrarièrent sans ménagement les principes du gouvernement et les opinions religieuses généralement admises ; toutefois, les uns et les autres n'avaient fait qu'exposer en meilleurs termes et
développer plus méthodiquement ce qui était déjà publié dans les siècles précédents. — Les économistes reproduisaient avec plus de talent les principes
qu'environ deux siècles avant eux avait établis le ministre Sully. Les philosophes,
qui n'attaquèrent que les abus des ministres de la religion, ne firent que reproduire ce qu'avaient écrit, depuis les premiers temps de l'établissement de
l'Église jusqu'au dix-huitième siècle, une infinité d'écrivains, même très-ortho-
doxes ; mais ils en composèrent un tableau plus frappant, qui, par les formes
du style, devint à la portée du public. Ainsi, ce qu'on appelle la *philosophie du
dix-huitième siècle* était la philosophie des siècles précédents, étendue, embellie
et recueillie pour un plus grand nombre de lecteurs éclairés. Les antagonistes
de cette philosophie ne se bornèrent pas à la combattre par les lettres de cachet :
ils lancèrent des volumes contre les volumes ; une guerre de plume s'engagea.
Les deux partis ne combattaient pas avec des armes égales : l'un, fortifié par
l'autorité souveraine, avait un grand avantage sur l'autre, qui ne l'était que par
les lumières de la raison. De pareilles luttes sont toujours favorables au perfectionnement de la civilisation et des connaissances humaines.

Je dirai aussi que d'Alembert et Diderot, en construisant l'immense édifice de
l'*Encyclopédie*, en renfermant dans un même cadre l'universalité des connaissances humaines, ont marqué le degré où elles étaient parvenues à leur époque ;
ils nous ont permis de mesurer les progrès qu'elles ont faits depuis ; ils ont

ouvert une nouvelle carrière aux discussions ; ils ont rendu l'instruction plus facile, et l'ont étendue sur une plus vaste surface.

PARIS SOUS LOUIS XVI.

Le 10 mai 1774, Louis XVI devint le successeur de Louis XV, son aïeul. Une année s'était à peine écoulée depuis que ce roi était monté sur le trône, que des révoltes, qui avaient pour cause la cherté et le monopole des grains, éclatèrent en même temps dans presque toutes les parties de la France. A Paris, des hommes armés de bâtons, entrés à la même heure par les diverses portes de la ville, pillèrent sans obstacle les boutiques des boulangers. On emprisonna beaucoup de personnes ; et deux hommes, qui ne paraissaient guère coupables, furent pendus à la place de Grève.

Louis XVI, à son avénement au trône, s'environna de personnes probes et éclairées. Le choix de ses ministres fut assez généralement approuvé. Il rétablit le parlement : celui de Paris fit sa rentrée le 28 novembre 1774. Il fonda dans cette ville un Mont-de-Piété, supprima les corvées, la servitude personnelle dans ses domaines et la torture préparatoire. Il favorisa par de puissants secours l'insurrection des colonies anglaises de l'Amérique : mais cette dernière action lui attira la haine du gouvernement anglais, et cette haine se manifesta par une guerre ouverte, et ensuite par une guerre sourde dont les effets furent bien plus funestes. L'abîme de la dette publique, qu'avait creusé la folle ostentation de Louis XIV, n'avait été comblé ni par l'espèce de banqueroute qu'avait faite le régent, ni par les moyens palliatifs du règne de Louis XV, ni par quelques économies. Les emprunts de Louis XVI, en retardant, par artifice, l'époque de l'explosion fatale, contribuaient à rendre cette explosion immanquable et plus terrible. Des ministres qui n'étaient plus ceux qui, au commencement de ce règne, avaient mérité la confiance publique, déclarèrent aux parlements, qui contrariaient leurs projets tyranniques, une guerre intempestive. Le public y prit une part active ; les têtes fermentèrent ; le gouvernement fut humilié et perdit de sa considération. Dans le même temps, un procès trop fameux, celui du *collier*, où l'on vit figurer des personnes très-éminentes à la cour, un cardinal, des filles publiques, des dupes et des escrocs en communauté d'événements ou d'intérêts, acheva de dissiper le prestige de la royauté.

Ainsi, la haine du gouvernement anglais contre la cour de France, l'extrême désordre des finances, l'impéritie du gouvernement, sa guerre contre les parlements, le procès du collier, furent les principales, mais non pas les seules causes de la révolution qui éclata violemment en 1789.

Les ministres convoquèrent, le 12 janvier 1787, une assemblée des notables : elle s'ouvrit le 22 février avec beaucoup de magnificence : cette assemblée apprit que les emprunts s'étaient élevés à *un milliard six cent quarante-six millions*, et qu'il existait dans les revenus de l'État un déficit annuel de *cent quarante millions*.

Les notables devaient chercher les moyens de réparer cet énorme déficit ; ils découvrirent le mal, laissèrent à d'autres le soin d'y appliquer le remède, et demandèrent la convocation des *états généraux*.

Une lutte violente s'établit entre les ministres et le parlement. Plusieurs membres de cette cour furent exilés. M. d'Agoult, dans la nuit du 3 mai 1788, assiégea le Palais-de-Justice pour y arrêter les conseillers d'Eprémesnil et Goislard, qui furent conduits prisonniers à Pierre-Encise. Enfin, après plusieurs troubles à Paris et dans les provinces, les ministres convoquèrent, en 1788, une seconde assemblée des notables, qui s'ouvrit le 6 novembre. Elle s'occupa du mode de convocation des états généraux , qui entrèrent en session le 5 mai 1789 dans la ville de Versailles. Le tiers-état désirait sa réunion avec les deux ordres du clergé et de la noblesse ; le roi l'avait ordonnée. Les deux ordres s'y refusèrent. Dans la séance du 17 juin, le tiers-état se constitua en *Assemblée nationale*. Le 20 juin, il ne put se réunir dans la salle des états : les députés en trouvèrent les portes fermées et le local entouré de gardes françaises ; ils s'installèrent dans un jeu de paume à Versailles, et y prêtèrent le serment de ne jamais se séparer, jusqu'à ce que la constitution fût achevée. Le 22, ils s'assemblèrent dans l'église Saint-Louis ; là ils reçurent la majorité du clergé. Le 23, il se tint dans la salle des états une séance royale. Le discours du trône ne contenta aucun parti. Le roi ordonnait aux députés des trois ordres de se séparer et de se rendre chacun dans leurs chambres respectives. Le tiers-état resta en séance.

Les ministres formèrent le projet de dissoudre l'assemblée, et d'employer pour cet effet une force imposante. Ils appelèrent des troupes, et bientôt Paris et Versailles se trouvèrent cernés par une armée de trente mille hommes : les ministres qui avaient la confiance publique furent renvoyés, et remplacés par des hommes odieux : l'indignation des habitants fut vive. Les meneurs secrets saisirent ce moment favorable, et donnèrent un nouveau degré d'activité à la fermentation. Le dimanche 12 juillet, les symptômes d'une insurrection prochaine apparaissent ; le lendemain lundi, une garde nationale improvisée s'organise ; le 14 juillet, on trouve des armes à l'Hôtel des Invalides, on assiége et on prend la Bastille. La révolution commence.

Je dois dire que des brigands étrangers, couverts de haillons, qui s'étaient signalés, la veille de la première assemblée des états généraux, par le pillage de la maison de Réveillon, située au faubourg Saint-Antoine , brigands appelés et soldés on ne sait par qui, se confondirent avec les Parisiens. Tandis que ceux-ci se distinguaient par leur zèle et leur dévouement, ces étrangers s'occupaient à piller, à égorger, à couper des têtes, à pendre à un fer de lanterne les personnes qui leur étaient indiquées. Quelques jours après la prise de la Bastille, le vendredi 17 juillet, le roi vint à Paris, et trouva les habitants rangés depuis la barrière de la Conférence jusqu'à l'Hôtel-de-Ville. Sa voiture marcha entre deux haies d'hommes armés à la hâte. Ingénieusement harangué par le maire Bailly, le roi ne fit aucune réponse positive ; il prit la cocarde tricolore qu'on lui présenta, et la plaça à son chapeau. Cette visite fut généralement considérée comme un assentiment aux événements des jours précédents.

Des projets de contre-révolution inconsidérés, une guerre sourde, des tentatives partielles, le projet de conduire le roi à Metz, la cocarde nationale insultée à Versailles, produisirent les journées des 5 et 6 octobre 1789; toute la garde parisienne et une multitude effrénée de peuple se portent à Versailles, et ramènent à Paris le roi, qui depuis cette époque habita le château des Tuileries. L'Assemblée nationale, inséparable du roi, le suivit dans cette ville, et tint d'abord ses séances à l'Archevêché, où elle décréta que les biens du clergé étaient propriétés nationales. Puis elle occupa l'emplacement du manége, contigu à la terrasse du jardin des Tuileries appelée terrasse des Feuillants.

Je me tais sur divers événements sans importance, et je passe à la fédération du 14 juillet 1790, fête mémorable, majestueuse, où le roi jura librement de maintenir la constitution décrétée par l'Assemblée nationale. Je passe encore sous silence plusieurs événements, plusieurs travaux de l'Assemblée, pour mentionner le départ du roi. Dans la nuit du 20 au 21 juin 1791, Louis XVI quitta Paris, et y laissa une déclaration dans laquelle il *proteste contre tous les actes émanés de lui pendant sa captivité*. C'est ainsi qu'il qualifie son séjour au château des Tuileries.

Malheureusement cette tentative, comme toutes celles qui avaient précédé, n'eut point le succès désiré. Le peuple de Paris, instruit, vers les huit heures du matin, de cette évasion du roi, fut agité, et dans son indignation brisa les armoiries royales qui se voyaient sur plusieurs édifices publics. Le mercredi 22 juin 1791, l'Assemblée nationale fut informée de l'arrestation du roi à Varennes. Il fut reconduit à Paris, et y arriva le 25 juin à sept heures du soir.

Dans Paris, des orateurs de groupe, des auteurs de pamphlets, des troupes armées, sont secrètement organisés et payés pour diriger l'opinion publique en faveur de la royauté. Des journaux, *le Chant du coq, le Journal à deux liards, le Journal de la cour, l'Ami du roi*, forment un parti d'opposition. Le gouvernement paraît vouloir sourdement détruire un ordre de choses que cependant il promet publiquement de maintenir.

Le 3 septembre 1791, la constitution fut terminée. Le 13 du même mois, elle fut présentée au roi, qui écrivit à l'Assemblée nationale qu'il l'acceptait. Le lendemain, 14 septembre, Louis XVI vint solennellement jurer dans l'Assemblée d'être fidèle à la nation, d'employer tout le pouvoir qui lui était délégué à maintenir la constitution et à faire exécuter les lois. Le dimanche 18 septembre, une fête aux Champs-Élysées, de magnifiques illuminations, célébrèrent cette acceptation et ce serment.

Cependant l'émigration redoublait. Les familles nobles se portaient en foule au-delà des frontières, persuadées que, réunies avec l'étranger, elles subjugueraient sans peine une nation audacieuse qu'ils croyaient sans moyens et sans courage. Paris fut alors le rendez-vous général des émigrants; ils y trouvaient des secours péuniaires, et partaient ensuite pour Coblentz.

Le 1er octobre 1791, l'Assemblée nationale constituante ayant, le jour précédant, fermé sa session, fut remplacée par l'*Assemblée législative*.

Pendant le mois d'octobre 1791, le nombre des émigrés s'accroît, tous passent par Paris pour sortir de France. Le 11 de ce mois, proclamation du roi tendant à tempérer la manie de l'émigration et à la désavouer. Les deux partis qui divisaient alors la France, les *aristocrates* et les *patriotes*, interprétèrent diversement cette proclamation. Cependant le roi publia encore plusieurs lettres qui ne produisirent aucun résultat.

Je m'abstiens de mentionner un grand nombre d'événements résultant de la guerre souvent sanglante que se faisaient, sur presque tous les points de la France, le parti qui avait conquis la liberté, et le parti qui, par cette conquête, perdait ses priviléges. Je passe sous silence l'établissement d'une société des Feuillants qui eut lieu en juillet 1791, société ministérielle et rivale de celle des Jacobins, et bientôt après dissoute.

Les 14 et 15 janvier 1792, la France entière était dans l'état le plus violent de perturbation. A Paris, tout était dans le désordre ; des assassins devaient remplir les tribunes de l'Assemblée nationale, et des cartes fabriquées exprès devaient favoriser leur entrée aux portes. D'autres assassins étaient chargés d'insulter les membres du Comité de surveillance lorsqu'ils s'introduiraient dans la salle, et de répondre aux plaintes de ceux-ci par des coups de poignard. Aux cris des députés frappés, quelques assassins postés dans les tribunes devaient descendre dans la salle et y égorger les députés les plus renommés par leur patriotisme. Des potences devaient être dressées dans Paris pour pendre les patriotes les plus énergiques. Ce complot, dont le Comité de surveillance recueillait chaque jour de nouvelles preuves, fut divulgué peu de jours avant son exécution. Le agents de ce projet changèrent leur plan d'attaque.

Dans la nuit du 20 au 21 janvier 1792, le feu fut mis à la prison de la Force : on arrêta les progrès de l'incendie. Le 22, il se forma des groupes menaçants au faubourg Saint-Marcel : ils furent dissipés par la municipalité. Le 23 du même mois, des attroupements séditieux se montrèrent sur plusieurs points de Paris, dans les rues du Cimetière de Saint-Nicolas-des-Champs, des Lombards, de Saint-Denis, de Beaubourg, de Chapon et au Marais. Les hommes qui composaient ces attroupements se portaient sur les magasins à sucre placés dans ces rues, et demandaient que cette marchandise leur fût distribuée à raison de 22 sous la livre. On voyait des instigateurs de ces mouvements exciter le peuple à résister à la garde nationale, etc. Le peuple ne répondait que mollement à ces suggestions perfides. Cependant quelques pierres furent lancées contre la garde. On parvint sans beaucoup de peine à dissiper ces attroupements. Le lendemain ils se renouvelèrent avec aussi peu de succès.

L'émigration continuait. Des orateurs payés tentaient de donner à l'opinion publique une direction favorable à la cour. Les partisans de la liberté publique se plaignaient alors de ce que les armées françaises étaient dans un grand dénûment; de ce qu'on corrompait les journalistes patriotes, les membres les plus influents de la société des Jacobins, et ceux même de l'Assemblée législative. On répandait des pamphlets et des placards. On mit secrètement en jeu une armée de perturbateurs, d'applaudisseurs, de chanteurs, de distributeurs, d'orateurs de groupes, etc., etc. L'existence de ces nébuleux établissements et les sommes considérables qu'ils coûtaient à la liste civile sont attestées par des témoignages irrécusables.

En février 1792, l'Assemblée législative rend un décret qui ordonne le séquestre des biens des émigrés. — Le 14 février 1792, les femmes du faubourg Saint-Marcel furent excitées à se soulever et à piller un magasin de sucre, situé rue des Gobelins. Le lendemain, nouveau rassemblement de femmes que la force armée eut bientôt dissipé. Les mêmes jours, les villes de Montlhéry, de Noyon, de Dunkerque, de Metz, d'Arras, etc., furent agitées par des séditions semblables.

Par décret du 4 avril 1792, toutes les congrégations séculières ecclésiastiques, telles que les prêtres de l'Oratoire, de la Doctrine chrétienne, de Saint-Joseph, de Saint-Sulpice, de Saint-Lazare, de Saint-Nicolas-du-Chardonnet, du Saint-Esprit, des Missions-Étrangères, de Saint-Laurent, du Saint-Sacrement, des sociétés de Sorbonne et de Navarre, des frères des Écoles chrétiennes, des ermites du Mont-Valérien, de Sénart, des frères tailleurs et cordonniers; enfin toutes les réunions d'hommes et de femmes furent supprimées.

Le 11 mai 1792, on vit à Paris le premier exemple d'un prêtre catholique se mariant, et venant solennellement avouer cet acte conforme aux lois de la primitive Église. Le vicaire de Marguerite se présenta ce jour-là à la barre de l'Assemblée législative avec son épouse et son beau-père, et y reçut des applaudissements : il eut beaucoup d'imitateurs.

En avril 1792, les premiers arbres de la liberté furent plantés à Lille, à Auxerre et ailleurs. Paris ne tarda pas à avoir les siens, que Bonaparte a fait abattre. A la même époque, la guerre fut déclarée à la Hongrie. En même temps la discorde éclatait entre les membres les plus influents du gouvernement. Robespierre, sorti de l'Assemble constituante, après avoir séjourné pendant quelques mois dans Arras, sa patrie, revint à Paris. Sa réputation de patriote sévère et incorruptible le fit nommer à la fonction d'accusateur public. Dès qu'il vit la guerre déclarée, il se démit de cette fonction pour se livrer tout entier aux discussions du *forum* et au nouveau système de conduite qu'il avait adopté. Le 27 avril 1792, il dénonça à la société des Amis de la Constitution tous ceux qui avaient combattu ses opinions dans la discussion sur la guerre offensive et défensive, et les accusa de conspiration et de coalition avec les ennemis de l'État. On lui demanda des preuves ; il promit d'en donner dans une séance prochaine. On les attendait avec une impatiente curiosité. Robespierre, au lieu de preuves, fit l'étalage de ses services, l'apologie de sa conduite. Il voulait qu'on le crût sur parole. Dès lors cette société fut divisée ; et Robespierre parvint à en dominer une partie, et, dans la suite, à en chasser l'autre. — A la même époque, Marat reparut sur la scène politique, ainsi que son journal l'*Ami du peuple*. Ce journal, précurseur ordinaire des troubles de Paris, attaquait, par ses dénonciations et ses calomnies, les plus purs amis de la liberté publique.

Une pareille division se manifesta parmi les membres de la Commune de Paris. Ces divisions furent la source de maux innombrables.

Robespierre, séduit par le parti de l'étranger dont il semble avoir été l'agent, entraîna, par l'appât des emplois lucratifs, des hommes déshonorés qui n'avaient d'espoir que dans le désordre ; et, par sa réputation de popularité et ses dénonciations continuelles, des hommes qui étaient de bonne foi, mais qui dupes de leur tempérament inquiet et emporté, considéraient les exagérations et les moyens violents comme nécessaires ; il entraîna, par des exemples de terreur, la multitude des faibles, et, ne pouvant dominer les patriotes purs, il les priva de la liberté et de la vie.

Ainsi, sous le masque de la liberté, le parti de l'étranger, pour avoir droit d'accuser cette même liberté, commit des crimes énormes et multipliés, alluma le feu des dissensions civiles, divisa les patriotes pour les affaiblir et les subjuguer, les porta à s'entre-détruire ; excita des séditions dans toutes les parties de la France, et, à Paris, plusieurs émeutes, notamment celle du 20 juin, et la journée sanglante du 10 août qui renversa, avec le trône, toutes les statues des rois dans la capitale ; conduisit la famille royale dans la prison du Temple ; souleva les journées plus sanglantes encore de septembre, journées de massacres, où les prisons de Paris furent inondées du sang français.

Au 21 septembre, la Convention nationale succéda à l'Assemblée législative. Elle abolit la royauté, décréta le gouvernement républicain, mit Louis XVI en jugement. Ce malheureux prince, condamné à mort, fut exécuté le 21 janvier 1793.

ÉTABLISSEMENTS RELIGIEUX ET CIVILS.

CAPUCINS DE LA CHAUSSÉE-D'ANTIN. Église, couvent, hospice, puis collége, situé rue Sainte-Croix, n° 5. Le quartier de la Chaussée-d'Antin devenant de jour en jour plus populeux, il fut ordonné, en 1779, qu'on y établirait une chapelle. On se décida à y transporter les Capucins du faubourg Saint-Jacques. Brongniard fut chargé de fournir les dessins et de diriger la construction de cette capucinière. Commencée en 1780, elle fut achevée en 1782.

La façade de cet édifice est simple et dépourvue d'ornements superflus. A ses extrémités figurent deux pavillons, couronnés d'un fronton que surmonte un attique. Le cloître de ce couvent est décoré de colonnes sans bases. L'église, fort simple, est ornée d'une ordonnance et d'un grand morceau de peinture à fresque, imitant le bas-relief, peint par Gibelin.

Ce couvent de capucins fut supprimé en 1790. Ses bâtiments, pendant plusieurs années, furent affectés à un hospice où étaient soignées les maladies vénériennes. En 1802, on y établit un des quatre lycées de Paris, nommé *lycée Bonaparte*. Ce lycée, en 1814, reçut la dénomination de *collége royal de Bourbon*, qu'il a encore. L'église porte le nom de *Saint-Louis d'Antin*.

CHAPELLE BEAUJON, située rue du Roule, n° 59. Cet édifice a été construit vers l'an 1780, sur les dessins du sieur Girardin, architecte, aux frais de Nicolas Beaujon, receveur général des finances. Le portail est remarquable par sa simplicité. Deux rangs de colonnes isolées séparent la nef de deux galeries latérales dont les murs présentent des niches élevées sur un stylobate. La lumière descend dans cette nef par une lanterne carrée. Cette chapelle est dédiée à saint Nicolas, patron de son fondateur.

HOSPICE BEAUJON, situé rue du Faubourg-du-Roule, n° 54. L'opulent fondateur de la chapelle dont je viens de parler fit, quelques années après, en 1784, bâtir par le même architecte un hospice destiné à recevoir vingt-quatre orphelins des deux sexes. Il donna vingt mille livres de rente pour leur entretien. Dans la suite, cet hospice eut une autre destination, et devint un hôpital ; il contient cent cinquante lits pour les malades des deux sexes. On a ajouté de nouvelles constructions à cet établissement dans ces dernières années.

COLLÉGE ROYAL DE FRANCE, situé n° 1, place Cambrai. Les réparations de ce collége, commencées sous Henri IV, ne furent reprises qu'à la fin du règne de Louis XV, en 1774 ; trois ou quatre ans après, cet édifice restauré sur les dessins du sieur Chalgrin, fut terminé. Il présentait une grande cour entourée de bâtiments sur trois côtés. Le corps qui se trouvait placé en face de la porte d'entrée servait pour les séances publiques. Les bâtiments latéraux contiennent plusieurs salles où se font des cours. On comptait, sous Louis XVI, vingt et un cours, auxquels étaient attachés vingt et un professeurs (1).

Les bâtiments du collége de France ont été reconstruits en grande partie, dans ces dernières années, sous la direction et d'après les dessins de M. Letarouilly, architecte. L'édifice ouvre sur la place Cambrai par une magnifique grille. Ses divers corps de logis présentent un amphithéâtre spécial pour la plupart des cours qui font l'objet de l'enseignement. Ainsi on y a disposé des amphithéâtres pour les leçons de physique, de chimie, de géologie ; pour les leçons de littérature, de langues étrangères, d'anatomie, etc. Dans les dépendances du collége de France se trouvent un jardin de botanique, un observatoire, une salle de dissection, une bibliothèque et diverses collections. Les constructions de M. Letarouilly sont tout à la fois simples et élégantes.

ÉCOLE DE CHIRURGIE ET DE MÉDECINE, située rue de l'École-de-Médecine, n° 14. L'édifice actuel, consacré aux sciences médicales, dont, le 14 décembre 1774, Louis XVI posa la première pierre, fut élevé sur les dessins du sieur Gondouin, et sur l'emplacement de l'ancien collége de Bourgogne. La première thèse y fut soutenue le 31 août 1776.

La façade sur la rue offre une ordonnance d'ordre ionique, composée de seize colonnes ; elles décorent les extrémités des deux ailes de bâtiments qui s'avancent jusque sur la rue, ainsi que la porte d'entrée au centre, et forment dans les deux intervalles un péristyle à quatre rangs, supportant un étage supérieur, et laissant apercevoir une cour entourée de magnifiques bâtiments. Au-dessus de la porte d'entrée est un grand bas-relief, ouvrage de M. Berruer, dont le sujet offre, sous des figures allégoriques, le Gouvernement, accompagné de la Sagesse et de la Bienfaisance, protégeant l'art de la chirurgie, et le Génie des Arts déployant le plan de cette école.

Au fond de la cour on aperçoit un péristyle de six colonnes d'ordre corinthien, couronné par un fronton, formant avant-corps et présentant l'entrée de

(1) Il y a aujourd'hui vingt-quatre professeurs, qui desservent vingt-quatre cours ; tels sont : les cours d'*astronomie*, de *mathématiques*, de *physique générale et mathématique*, de *physique expérimentale*, de *médecine*, d'*anatomie*, de *chimie*, d'*histoire naturelle*, du *droit de la nature et des gens*, d'*histoire et de philosophie morale*, de *langue hébraïque, chaldaïque et syriaque*, de *langue arabe*, de *langue turque*, de *langue persane*, de *langue et de littérature chinoises et tartare-manchou*, de *langue et de littérature sanscrites*, de *langue et de littérature grecques*, de *langue et de philologie grecques*, d'*éloquence latine*, de *poésie latine* et de *littérature française*, d'*économie politique*, d'*archéologie* et d'*histoire des législations comparées*.

l'amphithéâtre. Sur le mur du fond de ce péristyle se voient cinq médaillons offrant les portraits de Jean Pitard, d'Ambroise Paré, de George Maréchal, de François de la Peyronie et de Jean-Louis Petit, célèbres chirurgiens français. Dans le fronton qui couronne cette ordonnance, est un bas-relief exécuté par Berruer, représentant la Théorie et la Pratique se donnant la main. L'amphithéâtre, qui peut contenir douze cents élèves, est décoré de trois fresques, exécutées par Gibelin. Les autres corps de bâtiments contiennent des salles de démonstrations, d'administration, et une bibliothèque; l'étage situé sur la rue est occupé par un vaste cabinet d'anatomie humaine et d'anatomie comparée. C'est là que siége la Faculté de médecine. Vingt-six professeurs font des cours sur les diverses parties des sciences médicales.

L'Académie *royale* de médecine, fondée en 1820, tient ses séances rue de Poitiers, n° 2. Elle se compose de soixante-quinze académiciens titulaires, de soixante honoraires, de trente associés libres et de quatre-vingt associés ordinaires. Elle se divise en trois sections : *médecine, chirurgie* et *pharmacie.*

École royale des ponts-et-chaussées, située d'abord Chaussée-d'Antin, vis-à-vis la rue Sainte-Croix. Depuis, elle a changé plusieurs fois d'emplacement : elle est aujourd'hui situé rue Culture-Sainte-Catherine, n° 27. Cette école importante, dont les commencements remontent à l'an 1747, ne reçut de la consistance qu'en 1784, par les soins du sieur Perronet. Elle fut instituée de nouveau par la loi du 19 janvier 1791, et renferme quatre-vingts élèves, qui sont tous tirés de l'Ecole polytechnique.

L'enseignement de cette école se divise en *études de théorie* et en *études de pratique*. La *théorie* consiste dans l'application du calcul, de la géométric descriptive, de la mécanique et de la physique à l'art de l'ingénieur des ponts et chaussées, dans l'architecture civile et la minéralogie. Les études *pratiques* sont le travail intérieur qui consiste dans l'application des théories et dans le travail extérieur, c'est-à-dire dans l'envoi d'un certain nombre d'élèves auprès des ingénieurs chargés de travaux importants.

Ecole des mines, située d'abord rue de l'Université, n° 61, puis rue d'Enfer, n° 34, et enfin rue des Saints-Pères. Le cardinal de Fleury avait conçu le projet de cette utile institution. Un arrêt du conseil, du 19 mars 1783, le mit à exécution; elle se compose d'un *Conseil des mines*, qui donne des avis au ministre de l'intérieur sur tout ce qui concerne les mines, usines, salines et carrières, et qui a sous sa direction des ingénieurs et des écoles pratiques. La curieuse collection de minéralogie contenue dans les salles de cette école est ouverte au public les lundis et jeudis.

École royale de chant, de déclamation et de danse, située rue Bergère, n° 2. Elle fut fondée par lettres du 3 janvier 1784, à l'instigation du baron de Breteuil. Cet établissement a pour objet de perfectionner les dispositions qu'annoncent les jeunes gens des deux sexes pour le théâtre lyrique. Leur éducation y est soignée; on leur enseigne le chant, la musique instrumentale, l'harmonie et la composition musicales, la danse et la déclamation. Cette école éprouva des vicissitudes pendant la révolution. Napoléon lui procura une consistance nouvelle, et lui imposa le nom de *Conservatoire de musique*.

ÉCOLE DE NATATION, située à la pointe de l'île Saint-Louis, fondée en juin 1785, par le sieur Turquin, le même qui avait établi les Bains Chinois. En 1786, le prévôt et les échevins de Paris prirent cet établissement sous leur protection. Dans la suite, d'autres écoles considérables et plus commodes ont été établies sur la Seine.

Il fut aussi établi, pendant ce règne, une *école de filature* pour les enfants aveugles, située rue de la Mortellerie; une *école de boulangerie*, située rue de la Grande-Truanderie, que présidaient les sieurs Parmentier et Cadet de Vaux; et des *écoles de charité* dans presque toutes les paroisses de Paris.

ÉCOLE OU INSTITUTION DES SOURDS-ET-MUETS, située rue du Faubourg-Saint-Jacques, nᵒˢ 254, 256, 258. On avait déjà essayé plusieurs systèmes pour suppléer au défaut de la parole, lorsque l'abbé de l'Epée mit sa méthode en usage. Cet ecclésiastique humble et bienfaisant établit dans sa maison une école où il enseignait aux jeunes personnes sourdes et muettes, à lire, à écrire, à comprendre toutes les difficultés de la grammaire, à saisir et à rendre par écrit les idées les plus abstraites de la métaphysique. Persécuté, comme janséniste, par l'archevêque de Paris; inconnu des Parisiens, encore plus du gouvernement, malgré ses vertus, son zèle et son admirable méthode, ce vénérable abbé vivait dans une noble obscurité, lorsqu'en 1777 l'empereur Joseph II, séjournant dans cette ville, vint visiter cette école et admirer les moyens ingénieux qu'employait l'instituteur pour rendre en quelque sorte la parole aux muets. Etonné que le gouvernement laissât cette institution sans encouragement, il en parla à la reine de France, qui voulut voir l'école de l'abbé de l'Epée. Dès lors, la tourbe des imitateurs suivit cet exemple. On s'y porta en foule, et, le 21 novembre 1778, un arrêt du conseil autorisa cette école; mais le gouvernement ne s'en occupa que sept ans plus tard; en 1785, l'école de l'abbé de l'Epée fut transférée dans le bâtiment des Célestins. L'abbé de l'Epée mourut à Paris en 1790. — Il fut remplacé par l'abbé Sicard, son élève, qui perfectionna la méthode de son maître. Cette institution fut, pendant la révolution, transférée du bâtiment des Célestins dans celui de Saint-Magloire. Les bâtiments actuels ont été bâtis par M. Peyre en 1823 (1).

ÉCOLE OU INSTITUTION DES JEUNES AVEUGLES, situé rue Masseran. Le sieur Haüy fit, pour les aveugles de naissance, par le sens du toucher, ce que l'abbé de l'Epée avait fait pour les sourds et muets par le sens de la vue. Il s'offrit en 1784 à la Société Philanthropique pour enseigner gratuitement les aveugles-nés dont cette Société prenait soin. Son procédé n'était pas nouveau; mais il fut le premier qui le mit en œuvre à Paris, et qui le perfectionna. Ces aveugles enfants apprenaient la lecture, l'écriture, le calcul, la musique, la géographie, l'art de composer à la casse et d'imprimer.

Dans un exercice public, qui eut lieu le 26 juillet 1814, les jeunes aveugles travaillèrent à la casse, et, avec des caractères en relief composèrent les phrases qu'on leur dictait, expliquèrent plusieurs passages de Virgile, et résolurent

______

(1) On y compte cent quatre-vingts élèves, dont cent dix garçons et soixante-dix filles. Outre la lecture, le calcul, etc., chaque classe apprend un des métiers suivants : cordonnier, tailleur, menuisier, tourneur, relieur.

plusieurs problèmes algébriques. On y vit, pour la première fois, un sourd et muet communiquer avec un aveugle. Une phrase composée par le premier fut récitée à haute voix par le second : celui-ci, à son tour, dicta par signes au sourd et muet une phrase que ce soud et muet écrivit.

En 1790, cet établissement était situé rue Notre-Dame-des-Victoires ; en 1801, il fut réuni à l'hospice des Quinze-Vingts ; en 1815, il fut fixé rue Saint-Victor, dans les bâtiments de l'ancien collége des Bons-Enfants ; enfin on vient de le transférer dans de vastes bâtiments, rue Masseran, construits sur les dessins de M. Philippon. La façade principale qui regarde le boulevard des Invalides, est décorée, d'un fronton et d'un bas-relief exécutés, avec un rare talent, par M. Jouffroy.

BUREAU ACADÉMIQUE D'ÉCRITURE, situé rue Coquillière. Un établissement de cette nature existait déjà ; il était composé d'une communauté d'écrivains-jurés, experts, vérificateurs ; sous Louis XVI, on lui donna une nouvelle consistance. Ce bureau est aujourd'hui représenté par la *Société académique d'écriture*.

HALLES ET MARCHÉS. Plusieurs halles et marchés furent institués sous le règne de Louis XVI. Je citerai d'abord le marché *Beauveau*, rue du Faubourg-Saint-Antoine, construit en 1779 par l'architecte Lenoir le Romain ; le marché *Boulainvilliers*, rue du Bac, établi sur l'emplacement de la halle du petit Pré-aux-Clercs ; le marché *Sainte-Catherine* (1783) ; la halle *aux cuirs*, rue Mauconseil, n° 34, à la place de l'hôtel de Bourgogne ; la halle *aux toiles*, entre les rues de la Poterie et de la Petite-Friperie, bâtie en 1786 sur les dessins de Legrand et Nulinot ; et enfin le marché *des Innocents*, situé sur l'ancien cimetière des Innocents. Il s'étend depuis la rue Saint-Denis jusqu'au marché aux Poirées et à la rue de la Lingerie. On commença les travaux en 1786. Le sol fut renouvelé et pavé. Au centre de la place s'éleva une fontaine dont j'ai parlé déjà. Vers l'an 1813, on a construit autour de ce marché des galeries en bois, où les marchands sont abrités.

EAUX DE PARIS. Les concessions étaient toujours renouvelées ; les machines hydrauliques ne donnaient que de faibles produits ; les fontaines publiques restaient stériles. Cette pénurie réveilla l'attention des magistrats de la ville. Les sieurs Perrier, en 1778, formèrent une compagnie de capitalistes ; ils commencèrent les travaux d'un établissement, dont voici la description.

POMPE A FEU DE CHAILLOT, située sur le quai de Billy, n° 4. Un bâtiment solide fut construit (1781) sur ce quai. Un canal, pratiqué sous le chemin de Versailles, reçoit l'eau du milieu de la Seine, et la conduit, sous cette maison, dans un puisard : cette eau s'élève du puisard par deux pompes à vapeur, aspirante et foulante, destinées à se suppléer au besoin. Une de ces pompes élève l'eau à la hauteur de cent dix pieds, et la verse dans quatre réservoirs placés sur le coteau de Chaillot ; réservoirs où l'eau se clarifie, et dont chacun contient neuf mille muids. Des canaux et des tuyaux distribuent ces eaux jusqu'aux extrémités du faubourg Saint-Antoine. — Une des deux pompes élève, dans l'espace de vingt-quatre heures, 15,768 muids.

POMPE A FEU DU GROS-CAILLOU, située sur le quai des Invalides, au bout de la rue de la Pompe. Les sieurs Perrier firent établir cette seconde pompe à feu pour alimenter les fontaines de la partie méridionale de la ville. La première pierre en fut posée le 24 juillet 1786. Comme le sol du côté du Gros-Caillou ne présentait point d'éminence pour placer les réservoirs, on fut obligé, dans la construction du bâtiment, d'ajouter une tour carrée, haute de près de 70 pieds, pour y placer le réservoir des eaux élevées par cette machine. Cette pompe produit en vingt-quatre heures 5,040 muids.

SOCIÉTÉS ET AUTRES INSTITUTIONS.

SOCIÉTÉ D'AGRICULTURE, dont les séances se tiennent dans une des salles de l'Hôtel-de-Ville. Elle fut autorisée par un arrêt du Conseil du 1er mars 1761. Cette société s'occupe de tout ce qui peut produire le perfectionnement de l'agriculture, et distribue tous les ans des prix et des médailles.

MUSÉE DE PILATRE DES ROSIERS, nommé aujourd'hui *Athénée,* situé rue de Valois, n° 2. Ce musée tint sa première séance le 11 décembre 1781, dans une maison de la rue Sainte-Avoie. L'objet de cette société était le perfectionnement des études et des arts relatifs au commerce. On faisait des cours sur diverses parties des sciences. Il s'y trouvait un cabinet de physique. A la mort de Pilâtre des Rosiers, en 1785, les membres de ce musée réorganisèrent la société, lui donnèrent le titre de *Lycée,* titre qu'elle a conservé jusqu'en 1803, époque où ce nom ayant été donné aux colléges, elle prit celui d'*Athénée,* qu'elle porte encore. Les savants les plus distingués de la France y ont professé tour à tour. C'est pour cet établissement que La Harpe fit son *Cours de littérature,* Ginguéné son *Histoire littéraire de l'Italie,* Fourcroy son *Système des connaissances chimiques,* et c'est encore à l'Athénée que Cuvier a fait ses belles leçons d'histoire naturelle et d'anatomie comparée.

LE CLUB POLITIQUE, établi en avril 1782, par le sieur Boyer, rue Saint-Nicaise; le *Club des Américains,* en 1785; la *Société olympique,* le *Club des Arcades,* et le *Club des Étrangers,* qui siégeait au Panthéon, ou Wauxhall de la rue de Chartres, et qui, le 20 mars 1791, fut transféré dans la rue du Mail, n° 19, où l'on enseignait la géographie politique, les langues modernes, etc., et où se donnaient des fêtes, furent tous supprimés au mois d'août 1787; on excepta le *Lycée;* la *Société olympique,* qui ne s'occupait que de franche-maçonnerie, fut autorisée à continuer ses réunions.

SOCIÉTÉ DES AMIS DE LA CONSTITUTION, séante dans le couvent des Jacobins de la rue Saint-Honoré. Au mois d'août 1789, plusieurs comités particuliers se formèrent à Versailles, pendant que l'assemblée des états généraux s'y tenait encore. Parmi ces comités se distinguait celui des députés patriotes de la province de Bretagne. Bientôt un grand nombre de députés d'autres provinces, et même des personnes qui n'étaient point membres de l'Assemblée, se réunirent à ce comité, dans lequel fut faite la proposition de constituer les états généraux en Assemblée nationale : proposition qui, le 17 juin 1789, eut son exécution.— L'Assemblée nationale s'étant, en octobre 1789, transférée à Paris, le comité breton y continua ses séances. — Au mois de novembre, une société établie à Londres sous le nom de *Club de la Révolution de France,* ayant adressé à l'Assemblée nationale une lettre pour la féliciter de ses travaux, les membres du comité breton conçurent l'idée de former à Paris une société à l'instar de celle de Londres. En conséquence, ils louèrent la salle de la bibliothèque du couvent des Jacobins de la rue Saint-Honoré, et nommèrent d'abord leur réunion *Société de la Révolution*. Mais au mois de février 1790, ils lui donnèrent le nom de *Société des Amis de la Constitution*. Son objet principal, outre celui de diriger l'opinion publique et de discuter d'avance les questions qui devaient être portées à l'Assemblée nationale, consistait à s'assurer des nominations à faire dans l'Assemblée, en opérant dans la société des scrutins préparatoires, afin de déterminer la majorité des votes. — Cette société, pendant la durée de l'Assemblée constituante, jouit d'une grande considération; elle comptait parmi ses membres des ambassadeurs étrangers, des princes; et ce qui l'honorait davantage, elle comptait aussi des hommes illustres par leurs talents, célèbres dans la littérature, et des savants qui ont honoré leur siècle.

Bientôt les passions, allumées par l'intrigue et l'esprit de parti, se manifestèrent dans cette société. Elle se divisa, et les membres dissidents formèrent une nouvelle réunion nommée *Club de 89*. La société répara cette perte, et fit des règlements nouveaux. Elle était paisible, lorsque Robespierre vint y semer des germes de discorde. A la fin de 1792, les gens de bien s'en éloignèrent ou en furent exclus; et le parti chargé de rendre la révolution odieuse, de la souiller de crimes, y domina despotiquement.

Le nombre des membres s'élevait alors à plus de treize cents. Plus de trois cents sociétés, établies dans les départements, étaient affiliées à celle des *Amis de la Constitution* de Paris, et correspondaient avec elle. Vers les premiers mois de la session conventionnelle, Robespierre s'empara de cette vaste machine politique, et la fit servir à son ambition. Le lieu des séances a donné à cette société le nom de *Jacobins* : le 24 juillet 1794, elle fut fermée par le député Legendre.

Il se forma, vers les années 1790 et 1791, plusieurs autres sociétés politiques : *le club monarchique*, rue de Chartres, et de l'église Saint-Louis; *le club des Feuillants* (1790), *le cercle social*, ou cirque du Palais-Royal.

LOTERIES. Il y eut à Paris, dès le quinzième siècle, des loteries, sous le nom de *blanque* et de *tontine*. Louis XIV mit les loteries à la mode, en gratifiant ses courtisans de divers lots précieux qui ne coûtaient aucune mise de leur part. Les loteries de toutes espèces furent nombreuses sous ce règne. La cupidité, la galanterie, la dévotion en usèrent de plusieurs manières. Sous Louis XV, lorsque des couvents ou des églises manquaient d'argent pour leurs besoins, le gouvernement les autorisait à établir une loterie. — Louis XVI, par son édit du 30 juin 1776, supprima toutes les loteries, excepté celle des *Enfants-Trouvés*, de la *Pitié*, et la *Loterie royale de France*. Le 16 novembre 1794, la Convention ferma les loteries comme immorales. Sous le gouvernement du Directoire, le 30 septembre 1797, la loterie de France fut rétablie. Elle reçut une extension considérable sous le règne de Bonaparte. Les bâtiments du tirage de la loterie ont été abattus et la loterie abolie en 1837.

MAISONS DE JEUX. Henri IV et Louis XIV avaient donné l'exemple du jeu : leurs successeurs les imitèrent. Le lieutenant de police, de Sartines, autorisa, en 1775, les maisons de jeux, et leur donna une consistance qu'elles n'avaient jamais eue. Pour diminuer l'odieux de cét établissement et de son autorisation, le sieur de Sartines ordonna que les produits qui en résulteraient seraient employés à des œuvres de bienfaisance, à la fondation de quelques hôpitaux.

Douze maisons de jeux privilégiées restèrent ouvertes jusqu'à l'époque de la révolution. Elles furent alors supprimées. Des établissements du même genre furent fondés depuis, avec l'autorisation du gouvernement : il existait à Paris, en 1818, neuf maisons de jeux; une loi spéciale ordonna leur clôture à partir du 1er janvier 1838.

MONT-DE-PIÉTÉ, situé rue des Blancs-Manteaux, n° 18, et rue de Paradis, n° 7, organisé en 1777 à l'instar des monts-de-piété d'Italie. Le but de cet établissement est le prêt sur gage. On donne à l'emprunteur les deux tiers de l'estimation des objets qu'il met en gage, et pour les matières d'or et d'argent, les quatre cinquièmes de la valeur de leur poids. L'hôtel du Mont-de-Piété est très-vaste. En 1781, on commença à construire une très-grande partie du bâtiment. En 1786, ces travaux furent terminés. En cette année, on y comptait plus de quarante mille montres, et tous les autres gages en proportion. Quinze millions environ y étaient en circulation.

SPECTACLES.

THÉÂTRE DE L'ODÉON. Pendant que les comédiens de ce théâtre jouaient provisoirement dans la salle des machines, au château des Tuileries, on faisait plusieurs projets pour leur construire une salle nouvelle. Après plusieurs hésitations, et surtout après beaucoup d'intrigues, en 1779, on jeta les fondations du nouveau théâtre sur l'emplacement de l'hôtel de Condé, que le roi venait de retirer de la ville pour le donner à *Monsieur*. Les travaux de ce bâtiment furent terminés en 1782 par les sieurs de Wailly et Peyre l'aîné. Ce théâtre fut ouvert au public en cette année, et prit le titre de *Théâtre-Français*. La salle présentait 1,913 places.

Il existait parmi les acteurs des dissensions occasionnées par la différence des opinions politiques : elles éclatèrent. Quelques comédiens furent emprisonnés. En 1793, de nouvelles querelles s'étant élevées entre les acteurs, l'autorité fit fermer la salle. Les comédiens erraient de théâtre en théâtre; Talma, Grandménil et Dugazon s'installèrent au Palais-Royal sur le théâtre des Variétés. Les acteurs qui restèrent au faubourg Saint-Germain prirent le titre de *Théâtre de la Nation*. Le 10 mars 1789, ce dernier théâtre fut détruit par un nouvel incendie. Alors les comédiens du Théâtre-Français jouèrent sur le théâtre du Palais-Royal, qu'on nommait *Théâtre des Variétés*. Ce théâtre fut en 1807 entièrement réparé par Chalgrin, et concédé au sénat conservateur. Chalgrin, en restaurant cet édifice, surmonta le fronton de la façade par un antique, et du côté de la rue de Vaugirard, ajouta un rang d'arcades à l'édifice.

Sous l'empire de Napoléon, ce théâtre joignit au titre d'*Odéon* celui de *Théâtre de l'Impératrice*. On y donnait des comédies et des *opera-buffa*. Picard, auteur dramatique distingué, en était le directeur, et y jouait ses propres pièces. Le théâtre de l'Odéon devint le *second Théâtre-Français*. Il fut occupé par une troupe d'acteurs qui jouaient des comédies, des tragédies anciennes et nouvelles. Le vendredi 20 mars 1818, un incendie très-violent le détruisit pour la seconde fois. Le 20 août suivant, sous la direction du sieur Baraguay, on commença la restauration de ce théâtre, qui, le 1er octobre 1819, entièrement réparé, fut ouvert au public. Il a conservé son titre de *second Théâtre-Français*.

THÉÂTRE DE LA COMÉDIE FRANÇAISE, situé rue de Richelieu, n° 6, attenant au bâtiment du Palais-Royal. L'édifice de ce théâtre, commencé en 1787 par l'architecte Louis, fut ouvert au public le 15 mai 1790. Il était destiné aux comédiens des *Variétés amusantes*, qui y jouèrent jusqu'en 1799. L'incendie arrivé en cette année à la salle de l'Odéon obligea les comédiens français à jouer sur le théâtre des Variétés. Les principaux acteurs, Talma, Mme Vestris, Grandmesnil et autres, se transportèrent sur ce théâtre. Cet établissement régénéré reçut le nom de *Théâtre de la République*, qu'il quitta plus tard pour reprendre celui de *Comédie-Française*. La façade principale de ce théâtre est sur la rue de Richelieu; elle est décorée de douze colonnes doriques; au-dessus de cette ordonnance en est une autre composée d'autant de pilastres corinthiens. Tout autour de cet édifice, restauré par MM. Percier et Fontaine, est une galerie couverte et non interrompue. Le vestibule est décoré de la statue de Voltaire par Boudon, et de celle de Talma par David. Le foyer renferme une belle collection des bustes des auteurs français, tragiques et comiques.

PORTE-SAINT MARTIN. — OPÉRA. Le 8 avril 1781, le théâtre de l'Opéra, contigu au Palais-Royal, devint pour la seconde fois la proie des flammes. On s'occupa aussitôt de la construction d'un nouveau théâtre; le sieur Le Noir, architecte, en fut chargé. On choisit un emplacement près de la porte Saint-Martin, où s'élevait autrefois le magasin de la ville. Le 5 octobre suivant, après soixante-quinze jours, le théâtre fut construit et entièrement décoré. — Un soubassement à refends, orné de huit cariatides, supporte une ordonnance de huit colonnes doriques, entre lesquelles sont les bustes de Quinault, Lulli, Rameau et Gluck; au-dessus est un vaste bas-relief exécuté par Boquet. Les acteurs de l'Opéra jouèrent sur ce théâtre jusqu'en 1793, époque où ils allèrent établir leur spectacle dans une nouvelle salle élevée dans la rue de Richelieu, vis-à-vis la Bibliothèque royale. Dans la salle dite de la *Porte-Saint-Martin*, on joue, depuis lors, des drames, des vaudevilles et des pantomimes.

THÉÂTRE FAVART, DES ITALIENS, OU DE L'OPÉRA-COMIQUE. Il fut, pendant le règne de Louis XVI, situé d'abord sur l'emplacement de l'hôtel de Bourgogne, rue Mauconseil, emplacement occupé aujourd'hui par la halle aux cuirs. Les acteurs de ce théâtre étant mécontents de leur salle, il fut arrêté qu'un nouveau théâtre serait construit sur l'emplacement de l'hôtel de Choiseul, situé sur le boulevard. Les travaux commencés en 1781, sur les dessins de Heurtier, furent terminés en 1783. Par amour-propre, les comédiens pour n'être point assimilés aux acteurs des boulevards, en consentant à ce que leur théâtre fût placé sur cette promenade, exigèrent, dit-on, que quelques bâtiments les en séparassent, et que la façade fût tournée du côté de la ville. Cette façade offre six colonnes d'ordre ionique d'une grande proportion, faisant avant-corps. Les acteurs italiens y jouèrent jusqu'en 1797, époque où des réparations nécessaires les obligèrent à l'abandonner pour aller occuper le théâtre de la rue Feydeau, qu'ils ont aussi été forcés d'abandonner. La salle Favart, brûlée en 1838, a été reconstruite et occupée par les artistes de l'Opéra-Comique.

THÉATRE DE MONSIEUR, OU THÉATRE FEYDEAU, OU VAUDEVILLE, situé rue Feydeau, n° 19. Il fut construit en 1789 et 1790 par Legrand et Molinos; il était destiné à une troupe venue d'Italie, qui débuta en 1789, dans la salle de spectacle du château des Tuileries. Cette troupe avait l'espérance de jouir pendant trente ans de son privilége. En 1789, Louis XVI étant venu occuper les Tuileries, ces bouffons furent forcés de déménager; ils s'établirent à la foire Saint-Germain, dans la salle de Nicolet, en attendant la construction du théâtre qu'on leur destinait et où ils débutèrent en 1791. Cette salle n'existe plus.

THÉATRE DES VARIÉTES AMUSANTES, situé sur le boulevard du Temple, au coin de la rue de Bondi. Le sieur Lécluse, fameux sur les théâtres forains, fit construire, en 1778, un théâtre sur le boulevard du Temple, à côté du Vauxhall de Toré. Cet acteur voulait faire revivre le genre populaire et les scènes de *Vadé;* il jouait parfaitement les rôles de *poissardes.* Ce théâtre fut ouvert en 1779; et grâce à la protection du lieutenant de police Le Noir, il devint bientôt le théâtre à la mode. C'est sur ce théâtre que Volange étala ses talents dans les rôles de *Jeannot* et des *Pointus,* etc. Le spectacle des Variétés prétendant à la dignité de second Théâtre-Français, vint s'établir au Palais-Royal, où, en 1786, on lui fit bâtir une salle provisoire en attendant l'achèvement d'une salle plus solide et plus convenable. La construction de cette dernière salle fut achevée en 1790, et prit le titre de *Théâtre-Français de la rue de Richelieu.* La troupe des Variétés y resta jusqu'en 1799, époque où, comme je l'ai dit, les comédiens français vinrent l'occuper.

THÉATRE DE BEAUJOLAIS, situé d'abord au Palais-Royal, puis sur le boulevard de Ménil-Montant. Ce théâtre fut, le 23 octobre 1784, ouvert au public pour la première fois. Les acteurs qui figuraient sur ce théâtre étaient de bois; des mains invisibles les faisaient mouvoir; tandis que des acteurs vivants, cachés dans la coulisse, parlaient pour eux. En 1790, le théâtre de Beaujolais fut cédé à la demoiselle de Montansier, directrice du théâtre de Versailles, et les directeurs de Beaujolais vinrent en établir un autre sur le boulevard.

THÉATRE DE MONTANSIER OU DU PALAIS-ROYAL, situé au Palais-Royal, à l'extrémité septentrionale de la galerie qui avoisine la rue de Montpensier. La demoiselle de Montansier, directrice du théâtre de Versailles, lorsque Louis XVI vint, en octobre 1789, habiter les Tuileries, déclara qu'à l'instar de l'Assemblée nationale elle *était inséparable de Sa Majesté;* en conséquence, elle vint établir son théâtre à Paris, prit des arrangements avec les directeurs du théâtre de Beaujolais, leur fit un procès qu'elle gagna, et occupa leur théâtre qu'elle fit réparer et agrandir. On y jouait avec succès l'opéra-comique et la comédie (1). Aujourd'hui on y joue des vaudevilles.

(1) Il se forma sous le règne de Louis XVI plusieurs petits spectacles destinés aux spectateurs de la classe inférieure; voici l'indication de ces théâtres qui n'eurent aucune célébrité; ce sont les théâtres *des Élèves pour la danse de l'Opéra,* boulevard du Temple; *des Menus-Plaisirs* pour les Élèves du Conservatoire; *des Associés* ou *du sieur Salé,* boulevard du Temple; les *Délassements*

ÉTAT PHYSIQUE DE PARIS.

Cette ville, pendant le règne de Louis XVI, continua à se dépouiller de sa vieille physionomie et vit naître plusieurs établissements nouveaux. Paris fut entouré d'une enceinte profitable au ministère, oppressive pour les habitants.— Le jardin du Palais-Royal, ses galeries, ses tripots, devinrent le principal rendez-vous des étrangers, un foyer de commerce et de corruption.—Il y eut des quartiers qui s'étendirent d'une telle sorte, que des faubourgs devinrent des parties de la ville, et que de nouveaux faubourgs envahirent la campagne et les villages voisins.—Plusieurs rues furent ouvertes et prolongées.—On commença à démolir les maisons élevées sur les ponts, enfin un pont nouveau fut jeté sur la Seine.

ENCEINTE DE PARIS. Cette entreprise était toute fiscale. Les fermiers généraux, pour arrêter les progrès de la contrebande et assujettir aux droits d'entrée un plus grand nombre de consommateurs, obtinrent, en 1784, du ministre Calonne, l'autorisation de renfermer Paris dans une vaste muraille. Les travaux commencèrent au mois de mai de cette année. Malgré les oppositions de quelques personnes puissantes dont les intérêts étaient lésés, on continua l'exécution de ce projet, et l'on enserra les boulevards neufs.—Les portes et barrières d'entrée furent élevées sur les dessins de l'architecte Ledoux. — Les dépenses s'élevèrent bientôt à plus de vingt-cinq millions. Un arrêt du conseil, du 7 septembre 1787, ordonna la suspension des travaux de cette enceinte. Le 8 novembre suivant, de Brienne, archevêque de Toulouse et ministre, vint visiter cette muraille. Dans les premiers mouvements de sa colère, il voulut la faire démolir et en vendre les matériaux; mais les travaux en parurent trop avancés. Il n'était plus temps de réparer le mal; et la presque totalité de l'enceinte se trouvait achevée, lorsque le gouvernement s'aperçut de son existence. Le nouveau ministre se borna, par un nouvel arrêt du conseil du 25 novembre de la même année, à suspendre les travaux et à nommer d'autres architectes et d'autres inspecteurs.—Le 1ᵉʳ mai 1791, les droits d'entrée étant abolis, les barrières et les murailles devinrent inutiles. Sous le Directoire, vers l'an v, il fut établi une légère perception à l'entrée de Paris; on répara alors les barrières. Cette perception, dont le produit était destiné aux hôpitaux, se nommait *octroi de bienfaisance*. Sous le règne de Bonaparte, on acheva les murailles de Paris, et on perfectionna considérablement la perception des barrières.

GALERIE ET JARDIN DU PALAIS-ROYAL. C'est la foire perpétuelle, le rendez-vous de tous les étrangers, le centre de beaucoup d'affaires. L'ancien jardin, plus vaste que celui d'aujourd'hui, comprenait, outre le jardin actuel, tout l'emplacement qu'occupent les rues de Valois, de Montpensier et de Beaujolais, et l'emplacement des corps de bâtiments qui entourent les trois côtés du jardin actuel. Son plus bel ornement était une large allée de marronniers, vieux, touffus, toujours peuplés d'oisifs, de nouvellistes et de courtisans.

---

comiques, sur le même boulevard, et enfin le *Théâtre-Français Comique et Lyrique,* boulevard Saint-Martin ; il prit aussi le titre de *Théâtre des jeunes artistes.*

JARDIN DU PALAIS ROYAL.

Publié par Furne, Paris.

Au 1er août 1781, on commença à porter la cognée sur les arbres antiques de cette promenade. Les libelles, les épigrammes se renouvelaient alors chaque jour contre le duc de Chartres. En janvier 1782, les fondations des bâtiments nou" veaux furent jetées; et, malgré les clameurs publiques, les trois faces des bâti- ments, percés de cent quatre-vingts arcades qui environnent le jardin, furent achevées sur les dessins du sieur Louis. La quatrième face, du côté du palais, qui devait être la plus magnifique, resta longtemps à construire; et c'est là qu'on avait établi les constructions provisoires nommées *baraques*. Le jardin du Palais-Royal éprouva, en 1787, d'autres changements; le duc de Chartres, devenu duc d'Orléans, le bouleversa presque entièrement pour faire construire au centre un vaste cirque, et s'attira de nouveau les sarcasmes du public. Ce jardin a été planté et replanté souvent. Son plus bel ornement est aujourd'hui un bassin circulaire de soixante et un pieds de diamètre, d'où s'élève, par plu- sieurs tuyaux rapprochés, une gerbe d'eau qui produit un bel effet. — On a disposé dans les parterres quelques statues en marbre, exécutées par des artistes contemporains; les statues en bronze sont copiées sur l'antique. Dans le voisi- nage, la translation de l'établissement des Quinze-Vingts laissa un emplacement vide, où s'établit un quartier nouveau. Cette translation fut exécutée en 1780; et sur le terrain des Quinze-Vingts, on ouvrit, en 1784, les rues de Chartres et de Valois.

LE CIRQUE DU PALAIS ROYAL, commencé en avril 1787, et terminé à la fin de l'an 1788, offrait dans son plan un parallélogramme très-allongé. Une partie de sa construction était souterraine, et présentait une arène éclairée par en haut, séparée d'une galerie par 72 colonnes doriques cannelées. Cette galerie com- muniquait à une seconde par des portiques. A l'arène venait aboutir une route en pente douce et tournante, qui partait des bâtiments du palais. Il s'y est tenu des séances de diverses sociétés; on y a joué la comédie. La partie supérieure, qui s'élevait au-dessus du sol du jardin, était décorée de 72 colonnes ioniques et entièrement revêtue de treillages. Cet édifice fut, le 15 décembre 1798, en- tièrement ruiné par un incendie.

RUES, PLACES ET PONTS.

On bâtit un très-grand nombre de rues, et l'on conçut le projet d'en percer plusieurs autres, sous le règne de Louis XVI. C'est ainsi qu'en 1781 on proposa d'établir le long du jardin des Tuileries une rue qui, du Carrousel irait aboutir à la place Louis XV. Ce projet a été exécuté, et cette rue porte le nom de *Rivoli*.

En même temps fut proposée une autre rue qui, du jardin des Tuileries serait perpendiculaire à la première, traverserait la place Vendôme et irait aboutir au boulevard. Cette rue fut terminée en 1807, sous les noms de rues *Napoléon* et de *Castiglione*. La partie de cette rue qui portait le nom de *Napoléon*, reçut, après 1814, celui de *la Paix*. En 1780, on proposa la prolongation de la rue de Tournon jusqu'à la rue de Seine. Cette prolongation s'est effectuée en 1812.

Plusieurs places furent étendues ou créées. En 1774, la place située devant le Palais-Royal fut agrandie ; on créa des places devant le Palais-de-Justice, devant l'Odéon, devant le Théâtre-Italien.

Le pont de Notre-Dame et le pont au Change furent débarrassés, en 1788, des maisons qui bordaient leur route. Les parapets du pont de Notre-Dame furent terminés au mois d'août de cette année. Un édit du roi, de septembre 1786, ordonna la démolition des bâtiments situés sur les autres ponts. En 1787, les maisons qui se trouvaient sur le Pont-Marie furent abattues, et ce ne fut qu'en 1808 que celles dont le pont Saint-Michel était bordé éprouvèrent le même sort. On démolit aussi celles qui, sur les quais aboutissant à ce pont, formaient, du côté de l'Université, la rue de *Hurepoix*, et, du côté du Palais, celle de *Saint-Louis*.

PONT LOUIS XVI OU DE LA CONCORDE, situé en face de la place Louis XV et dans la direction de l'axe de cette place. L'édit du mois de septembre 1787, ordonnant un emprunt de trente millions, dont une partie devait être consacrée aux embellissements de Paris, autorise la construction de ce pont, et affecte à ses frais la somme de douze cent mille *livres*. On commença le 10 juin, 1787, à battre les pieux des pilotis de ce pont dont les travaux ont été achevés à la fin de la campagne de 1790. L'ingénieur Perronnet en fournit les dessins : on employa, dans la maçonnerie, une partie des pierres provenant de la démolition de la Bastille. Sur les piédestaux de la balustrade de ce pont, et à l'appui des piles, devaient être placées les statues colossales en marbre de douze hommes célèbres dans l'histoire de France. Ces statues ont, en effet, pendant quelques temps figuré sur le pont de la Concorde, et depuis elles ont été transportées dans la cour d'honneur du château de Versailles.

ÉTAT CIVIL DE PARIS.

Depuis le commencement de ce règne jusqu'à l'époque de la révolution, il ne s'opéra dans les cours de justice, dans les administrations parisiennes, dans l'état des citoyens, aucun changement notable. Cependant on adoucit la rigueur de quelques lois anciennes, et la féodalité perdit du terrain.

PRISONS. Depuis longtemps on s'indignait de l'insalubrité des prisons et du sort des prisonniers. Le ministre Necker engagea Louis XVI à supprimer les prisons du Fort-l'Evêque et du Petit-Châtelet ; et une ordonnance du roi, du 30 août 1780, porte que les prisonniers seront transférés dans l'hôtel de la Force près de la rue Saint-Antoine, dont le vaste emplacement promettait plus de salubrité aux détenus, et facilitait les moyens d'établir entre eux des séparations nécessaires. Alors seulement on renonça aux cachots du Grand-Châtelet ; enfin, en 1785, on supprima la prison Saint-Martin, consacrée spécialement aux filles publiques ; et l'on transféra les prisonnières à l'hôtel de la Force, dans une partie de cet hôtel séparée de la prison des hommes, et qu'on nomme *la Petite-Force*.

ÉTAT CIVIL DES PROTESTANTS. Depuis le règne de François Ier jusqu'à celui de Louis XVI, si l'on en excepte le règne de Henri IV, les protestants n'ont éprouvé, de la part des différents rois, que des persécutions. Sous Louis XV, on espéra un moment que les lois rigoureuses qui atteignaient les protestants seraient rapportées ; mais la majorité des évêques opposa toujours avec succès sa cruelle résistance. Ce fut l'Assemblée constituante qui fit justice, et restitua aux réformés les droits dont les lois de Louis XIV les avaient dépouillés.

CLERGÉ DE PARIS. J'ai parlé des moyens employés par les ecclésiastiques pour accroître leurs richesses et leur domination. Ces faits, qu'il est inutile de rappeler, une infinité d'autres que je passe sous silence, joints aux besoins de l'État, déterminèrent l'Assemblée constituante à imiter l'exemple des rois, qui, dans la disette de leurs finances, et avec l'autorisation du pape, s'appropriaient une partie des biens du clergé. Le 2 novembre 1789, pendant que cette Assemblée siégeait au palais archiépiscopal de Paris, les ordres monastiques furent supprimés, et tous les biens du clergé furent déclarés propriété nationale et aliénable. A cette époque, il se trouvait à Paris *cinquante* paroisses, *dix* églises qui avaient le même droit, *vingt* chapitres, *quatre-vingts* églises ou chapelles non paroisses, *trois* abbayes d'hommes, *huit* de filles, *cinquante-trois* couvents et communautés d'hommes, et *cent quarante-six* couvents et communautés de filles. Le revenu annuel total de ces établissements et du clergé séculier de Paris s'élevait alors à la somme de 3,214,739 livres. On n'a point le tableau de tous les chapitres et églises collégiales, ni celui des quatre-vingts autres églises ou chapelles, dont les revenus devaient former une somme considérable.

MUNICIPALITÉ DE PARIS. Le prévôt des marchands, les quatre échevins et les vingt-six conseillers de ville cessèrent leurs fonctions après la prise de la Bastille. Les électeurs de Paris les remplacèrent, et exercèrent les fonctions municipales jusqu'au 30 juillet 1789. Un décret de l'Assemblée nationale, du 27 juin 1790, organisa une nouvelle municipalité, composée d'un maire, de seize administrateurs, de 32 membres du conseil, de 96 notables, d'un procureur de la commune, de deux substituts, etc. Tous ces membres étaient élus par les habitants de Paris, divisés en quarante-huit sections. Cette municipalité comprenait, en outre, un *conseil général de la commune*, qui se composait du maire, de 96 notables et des 32 membres du conseil. Cette municipalité, ainsi ordonnée, se maintint jusqu'au 10 août 1792 ; elle éprouva divers changements pendant les orages de la révolution. Par la loi du 11 octobre 1795, la ville de Paris fut distribuée en douze municipalités, et l'est encore.

DIVISION DE PARIS EN DISTRICTS. Lorsqu'il fut question de procéder à la nomination des électeurs qui devaient nommer des députés aux États généraux, la ville de Paris fut divisée en soixante districts : à chaque district on assigna un édifice public pour la réunion des habitants. On n'accorda à chacun de ces districts que vingt-quatre heures pour se réunir, élire les membres du bureau, et nommer des rédacteurs de cahiers ou doléances, et des électeurs.

Ce fut le 20 avril 1789 qu'eurent lieu ces brusques et nouvelles réunions, dont plusieurs, ne voulant point reconnaître les présidents que le bureau de la ville leur avait envoyés, en nommèrent un de leur choix. Le 13 juillet suivant, les habitants de Paris, sentant le besoin de se protéger eux-mêmes, se rappelèrent les lieux où, deux mois auparavant, ils avaient été réunis en districts, s'y rassemblèrent spontanément, et conservèrent les officiers qui en composaient le bureau. Depuis le 13 juillet 1789 jusqu'au 25 juillet 1790, ces soixante districts ont administré Paris, et ont offert le tableau d'une pure démocratie. Lorsque la majorité des districts exprimait un vœu, ce vœu était porté à la municipalité, qui se chargeait de l'exécution. Jamais Paris n'a été plus tranquille et plus libre. Un décret de l'Assemblée constituante, sanctionné le 27 juin 1790, changea cette division de Paris : aux soixante *districts* succédèrent quarante-huit *sections :* chacune d'elles reçut un nom de localité. Toute la partie septentrionale de Paris était divisée en trente-quatre sections, et la partie méridionale en onze sections. Ces réunions étaient considérées comme des sections de la commune ; celles qui portaient des noms un peu monarchiques en changèrent pendant la république : elles se maintinrent jusqu'en 1795.

POPULATION. Nous manquons encore de notions suffisantes pour donner sur cette matière des résultats aussi précis qu'il serait désirable. Le nombre des habitants de Paris sous le règne de Louis XVI a varié, en terme moyen, de six cent cinquante mille à six cent mille.

CONSOMMATION DE PARIS. — En 1791, Lavoisier remit au comité d'imposition de l'Assemblée constituante un tableau des objets consommés ou entrés à Paris, chaque année antérieurement à la révolution. Voici les objets les plus intéressants mentionnés dans ce travail :

Livres de *pain*	206,000,000		Livres de *pruneaux*	476,000
Livres de *riz*	3,500,000		Livres de *savon*	1,900,000
Muids de *vin ordinaire*	250,000		Livres de *sucre et cassonade*	6,500,000
Muids de *vin de liqueur*	1,000		Livres de *potasse, soude et cendres gravelées*	2.300,000
Muids d'*eau-de-vie*	8,000		Aunes de *toile*	6,000,000
Muids de *cidre*	2,000		Livres de *cuivre*	450,000
Muids de *bière*	20,000		Livres d'*acier*	2,500,000
Muids de *vinaigre*	4,000		Livres de *fer*	8,000,000
Bœufs du poids de 700 livres	70,000		Livres de *plomb*	3,200,000
Vaches du poids de 360 livres	18,000		Livres d'*étain*	350,000
Veaux du poids de 72 livres	120,000		Livres de *vif-argent*	18,000
Moutons du poids de 50 livres	350,000		Livres de *cuirs et peaux*	3,700,000
Porcs du poids de 200 livres	32,000		Livres de *pelleteries*	530,000
Viande en livres	1,280,000		Bottes de *paille*	11,090,000
Livres de *poisson de mer*, frais, sec et salé	10,000,000		Bottes de *foin*	6,388,000
Nombre de *carpes*	800,000		Muids d'*avoine*	21,000
Nombre de *brochets*	30,000		Muids de *vesce et grenailles*	1,400
Nombre d'*anguilles*	56,000		Muids d'*orge*	8,500
Nombre de *tanches*	30,000		Pieds cubes de *bois carré* propre à bâtir	1,600,000
Nombre de *perches*	6,000		Pieds cubes de *pierres de taille* dures	620,000
Nombre d'*écrevisses*	75,000		Pieds cubes de *pierres de taille de* Saint-Leu	930,000
Cordes de *bois*	417,000		Toises cubes de *moellons de meulière* et autres	64,000
Voies de *charbon de bois*	694,000		Muids de *plâtre* contenant chacun trente-six sacs	120,000
Voies de *charbon de terre*	10,000		Muids de *chaux*	8,009
Nombre d'*œufs*	78,000,000		Nombre d'*ardoises fortes*	3,717,000
Livres de *beurre frais*	3,150,000			
Livres de *beurre salé e fondu*	2,700,000			
Nombre de *fromages frais*	424,000			
Livres de *fromages secs*	2,600,000			
Livres de *cire et bougie*	538,000			

Nombre d'*ardoises fines*. . . .	132,000	Livres d'*huile* de toute espèce. .	6,000,000
Nombre de *tuiles*, grand moule. .	3,498,000	Livres de *café*	2,500,000
Nombre de *tuiles*, petit moule. .	275,000	Livres de *cacao*	250,000
Nombre de *briques*	973,000	Livres de *girofle*	9,000
Pavés, sans compter ceux qui sont		Livres de *poivre*	75,000
destinés au pavage de Paris. .	1,360,000		

A ce tableau, Lavoisier en joint un autre qui offre l'évaluation en argent de toutes ces denrées et marchandises : d'où il résulte que la consommation annuelle de Paris s'élevait à environ 260 millions. Ensuite, estimant par approximation les bénéfices et économies de la partie industrieuse des habitants de Paris à 40 millions, ce savant en conclut que l'ensemble des habitants doit avoir en revenu 300 millions, sur lequel le fisc retirait environ un cinquième.

CONTRIBUTIONS. Le ministre Necker parle ainsi des contributions imposées aux habitants de Paris : « Les droits perçus à l'entrée de la capitale, soit pour « le compte du roi, soit au profit de la ville et des hôpitaux, s'élèvent aujour- « d'hui à plus de 36 millions... Les impôts à la charge de cette grande ville s'é- « lèvent de 77 à 78 millions. — Le roi tire plus de revenus de sa capitale que « les trois royaumes ensemble de Sardaigne, de Suède et de Danemark, ne « paient de tributs à leur souverain. »

TABLEAU MORAL DE PARIS.

Je renonce ici à ma méthode accoutumée : je garde le silence sur les personnes les plus éminentes de la cour, sur ces modèles en matière de moralité, et je ne parle que de ceux qui n'ont eu sur les mœurs qu'une influence secondaire. On sent les motifs de ma retenue.

Les hommes du règne de Louis XV vivaient sous Louis XVI; le mal était invétéré; et, quoique modifié par la civilisation, il se maintenait et faisait des ravages. La superstition insultait encore à la raison, et la féodalité à la justice. Chargé des funestes résultats de l'orgueil, de la dévotion peu éclairée, et des profusions immenses de Louis XIV; chargé des résultats des mœurs corrompues et des désordres de la cour de Louis XV, le char du gouvernement continua donc à rouler dans ses vieilles ornières. Les abus du gouvernement, quoique moins grands que ceux des règnes précédents, étaient beaucoup mieux aperçus. De plus, des événements imprévus jetèrent la déconsidération sur les personnes de la cour : *l'affaire du Collier* fit évanouir le prestige du pouvoir. Les finances étaient depuis longtemps épuisées et les emprunts leur donnaient un faux air de prospérité. Dès qu'elles furent confiées au dissipateur Calonne, le mal s'accrut si brusquement, qu'il fallut recourir aux grands remèdes; et l'on appela le médecin quand la maladie était incurable. Voilà, je crois, quelques-unes des causes de la ruine de ce gouvernement; mais il y en eut d'autres.

La régularité des mœurs de Louis XVI, et les soins qu'il apportait à réprimer les désordres de sa cour, n'en exclurent pas la débauche; les infamies des jeunes courtisans de Henri III et de Louis XV se continuèrent jusque sous son règne. En 1784, Louis XVI, pour ne pas donner trop d'éclat à leurs goûts honteux, et pour ménager l'honneur des personnes d'un rang éminent, se vit forcé de renoncer aux châtiments juridiques, et de se borner à exiler quelques seigneurs.

Le règne de Louis XVI fut signalé par plusieurs découvertes dans les sciences et dans les arts. Franklin, ambassadeur des États-Unis de l'Amérique à Paris, fit adopter les *paratonnerres*. Cette invention trouva, dans la vieille ignorance, des oppositions dont elle a aujourd'hui pleinement triomphé. — Un docteur allemand, appeler *Mesmer*, vint en France, et publia, en 1780, un ouvrage où il établissait l'existence du *magnétisme animal*. Il trouva, parmi les médecins, beaucoup de contradicteurs et peu de partisans. Mesmer ouvrit une souscription, prit l'engagement de communiquer le secret de sa découverte à ceux qui déposeraient cent louis. La curiosité fit des dupes : de ce nombre fut le savant Bertholet, qui, moyennant cette somme, eut l'honneur d'être admis aux séances du magnétisme. Mécontent de cette doctrine, il publia, en mai 1784, un avis très-défavorable à l'empirique. Celui-ci n'en fut point déconcerté ; il forma une société appelée de l'*Harmonie*, où il établit ses baquets ou réservoirs du magnétisme. Le roi, le 12 mars 1784, avait chargé des commissaires de faire un rapport sur cette découverte. Ce rapport, attendu avec impatience, parut le 11 août suivant. Il porte que l'imagination est le grand moteur du magnétisme, que, sans elle, son prétendu fluide ne peut agir ; que le magnétisme est inutile, et même dangereux, à cause de l'imitation dont la nature nous a fait une loi. La Faculté et la Société de médecine, longtemps divisées, furent d'accord sur ces principes, et y souscrivirent. En 1785, le magnétisme produisit le *somnambulisme;* et c'est au sieur de Puységur qu'on doit ce perfectionnement. Il parvenait à endormir ceux ou celles qui se soumettaient à l'opération, leur faisait des questions auxquelles les dormeurs inspirés répondaient par des paroles qui étaient reçues comme des oracles ou des prophéties.

Un autre empirique, être prétendu surnaturel, qui possédait des secrets merveilleux et correspondait avec des esprits, *Joseph Balsamo*, fameux sous le nom de *Cagliostro*, était à Strasbourg, et y attendait, pour venir à Paris commencer son rôle, que Mesmer eût fini le sien et qu'il fût descendu de ses tréteaux. Cet homme, qui avait parcouru toutes les cours de l'Europe, était, dit-on, âgé de deux cents ans, et guérissait toutes les maladies. Après avoir séduit quelques princes, et notamment le cardinal de Rohan, il vint à Paris, où il fit beaucoup d'autres dupes. Il y fonda des loges maçonniques, *du rit égyptien, d'adoption;* il s'annonçait comme possédant le secret de rajeunir les vieillards, et de régénérer le moral. Compromis dans l'affaire du collier, Cagliostro fut mis à la Bastille, se plaignit d'avoir été dépouillé de ses bijoux par le gouverneur de cette forteresse; puis, s'étant retiré à Londres, il y publia une *Lettre au peuple français,* dans laquelle on trouve cette prophétie inspirée par la connaissance qu'il avait acquise à Paris de l'état de l'opinion publique : *La Bastille sera détruite, et deviendra un lieu de promenade.*

Une découverte moins mystérieuse est celle des aérostats ou ballons. Jacques-Étienne Montgolfier les inventa en 1783. Les sieurs Charles et Robert perfectionnèrent cette découverte. Le 27 août 1783, ils firent élever, au Champ de Mars, un ballon de taffetas gommé, qui alla tomber du côté de Gonesse, où son apparition causa une grande surprise aux habitants. Les essais aérostatiques bientôt se multiplièrent. Le gaz dont Montgolfier enflait et animait son ballon provenait de l'air raréfié par la chaleur que produisait la paille mouillée ; et celui dont le sieur Charles remplissait le sien était du gaz hydrogène. Montgolfier eut plusieurs partisans, notamment Pilâtre des Rosiers. Charles eut aussi les siens, et entre autres les sieurs Robert et Blanchard, ses collaborateurs. Le 21 novembre 1783, le marquis d'Arlandes et Pilâtre des Rosiers s'élevèrent, du parc de la Muette, dans une espèce de galerie qui pendait au ballon de la montgolfière. C'était le premier voyage aérien qui méritait d'être noté : les voyageurs n'éprouvèrent aucun accident. Le 1ᵉʳ décembre suivant une nouvelle ascension, opérée par Charles et Robert, dans le parterre du jardin des Tuileries, prouva la supériorité des procédés de ces aéronautes.

USAGES. Les usages étaient à peu près les mêmes sous Louis XVI que sous le règne précédent. Les gens de la cour s'occupèrent beaucoup, pendant les années 1776 et suivantes, de courses de chevaux. On essaya, pendant l'hiver de 1777, de se faire voiturer en *traîneaux* richement ornés. Cette mode n'était qu'une fantaisie de cour, qui n'eut pas de suite.

Les modes changeaient toujours de formes. Les coiffures de femmes s'élevaient à une hauteur exorbitante ; elles interceptaient la vue des spectateurs dans les théâtres, ce qui causait de fréquentes querelles. En 1780, les cheveux de la reine étant tombés par suite d'une couche, cette princesse porta une coiffure basse, appelée *coiffure à l'enfant*. Toutes les femmes de la cour répondirent à ce signal ; et la hauteur des coiffures, réduites à Versailles, le fut bientôt à Paris, puis, en province. En octobre 1784, les dames portaient des chapeaux *à la caisse d'escompte*, chapeaux *sans fond*, comme cette caisse. — Les dames avaient encore leurs vastes et embarrassants paniers ; elles les abandonnèrent ensuite, ou du moins elles en diminuèrent le volume, et les remplacèrent par de petits paniers appelés *poches*, qui leur donnaient des hanches énormes. Enfin elles s'affublèrent d'une autre espèce de paniers, appelés *culs*, qui les faisait ressembler à la *Vénus hottentote*.

Quant aux hommes, voyez-les courant chez leurs protecteurs, l'épée au côté, le chapeau sous le bras, vêtus de l'habit français galonné ou brodé ; leurs cheveux sur leur dos sont réunis dans un sac de taffetas noir qu'on appelait *bourse*, leur tête est enfarinée de poudre ; leur toupet élevé est accompagné, de chaque côté, de trois ou quatre boudins symétriques ou en ailes de pigeon. Ils sont chaussés de minces souliers couverts d'une vaste boucle ; deux chaînes de montre terminées par une infinité de breloques, s'agitant avec bruit, descendent fort bas sur l'une et l'autre cuisse. Dans les rues, dans les jardins publics, ces hommes, ainsi équipés, ont l'air fier, grave, occupé ; mais tout change dans l'antichambre ; leur dos devient d'une souplesse merveilleuse ; et sur leurs lèvres sévères succède le souris de la complaisance ; leurs discours deviennent ceux de l'adulation et de la bassesse.

Lors de la révolution, il s'opéra dans les vêtements, les modes et les usages, un changement presque subit. Tous ces ridicules s'évanouirent, l'étiquette et le cérémonial perdirent beaucoup de leur ascendant sur les actions des hommes.

En 1791, on voit les Parisiens préférer la redingote à l'habit ; des cordons, aux larges boucles des souliers ; on les voit porter leur chapeau sur la tête et non sous le bras, renoncer à la poudre, au supplice d'une belle coiffure, se contenter de leur chevelure naturelle, et ne porter l'épée que pour la défense de leur pays. Les femmes prirent des chapeaux et eurent le bon esprit de se soustraire à la gêne de leurs talons hauts. Le rouge dont elles s'enluminaient encore le visage disparut insensiblement ; il ne fut plus employé que sur la scène, ou pour cacher les rides et la pâleur de la vieillesse.

A Paris, on dînait à deux heures, le spectacle commençait à cinq, et se terminait à neuf. Cet ordre de choses fut dérangé par un changement introduit dans les administrations. Les employés travaillaient dans leurs bureaux depuis neuf heures jusqu'à midi, y rentraient à trois heures pour y rester jusqu'à neuf. On jugea que le travail du soir était plus dispendieux qu'utile ; on le supprima, et on établit une seule séance, depuis neuf heures du matin jusqu'à quatre heures après midi. Ce changement en amena d'autres auxquels la généralité de la population se conforma bientôt. On dîna à quatre heures, à cinq et même à six heures. Les spectacles commencèrent à sept, et finirent à onze heures ou à minuit. Le déjeuner se fit à l'heure du dîner, et le dîner à l'heure du souper (1).

* * *

PARIS SOUS LA CONVENTION.

Le 21 septembre 1792, s'ouvrit la session de l'Assemblée conventionnelle. Les factions qui, dans les premiers jours de ce mois, avaient suscité les massacres des prisonniers, attaquèrent à diverses reprises et par tous les moyens imaginables la majorité de cette Assemblée. A force de renouveler leurs coups, ces factions réunies parvinrent, dans la journée du 2 juin 1793, à faire arrêter les membres les plus influents de cette majorité, à les faire décréter d'accusation et traduire au tribunal révolutionnaire. Puis, le 3 octobre suivant, d'après le rapport d'Amar, elle décréta pareillement quarante-quatre autres députés, et ordonna l'arrestation de soixante-onze, obligea plusieurs à se retirer, à se cacher. Ainsi elle diminua la majorité de plus de cent cinquante de ses membres : la minorité devint la majorité. Alors un des chefs de ces attentats, Robespierre, espérant en retirer tous les fruits, et ne trouvant plus d'obstacles à ses projets ambitieux, devint dictateur de fait, soumit tout à sa volonté, et régna par la ter-

---

(1) Du temps de François Ier, on dînait à neuf heures du matin et l'on soupait à cinq heures du soir, suivant cette rime :

Lever à cinq, dîner à neuf, — Souper à cinq, coucher à neuf, — Fait vivre d'ans nonante et neuf.

Sous Louis XII, on dînait à huit heures du matin ; mais pour plaire à sa dernière femme, ce roi changea son régime et dîna à midi ; et, au lieu de se coucher à six heures du soir, il se couchait souvent à minuit. Ce régime nouveau ne fit pas fortune à la cour de France : on continua, après la mort de ce roi, à dîner à neuf ou dix heures du matin, et à souper à cinq ou six heures du soir. Sous Henri IV, la cour dînait à onze heures du matin ; sous Louis XIV, à la même heure. Ainsi aujourd'hui on déjeûne à l'heure à laquelle on dînait autrefois, et l'on dîne à l'heure du souper.

reur. Pendant quatorze mois, il opprima cruellement les habitants de la France, et en fit périr un très-grand nombre. A Paris seulement on abattait par jour, trente, quarante ou soixante têtes. Enfin la journée du 9 thermidor an II (27 juillet 1794) vit tomber ce tyran et ses complices.

A la désolation générale, aux souffrances, aux alarmes succéda la joie la plus vive : les nombreuses prisons s'ouvrirent; l'instrument de mort s'arrêta. La Convention, libre et tranquille, fut bientôt troublée par les manœuvres des factions étrangères. Elle sortit victorieuse des journées du 12 germinal, des 2 et 3 prairial et du 13 vendémiaire; elle donna une constitution à la France; et le 23 brumaire an IV, ou le 26 octobre 1795, elle termina sa session.

L'Assemblée conventionnelle, en guerre contre tous les États de l'Europe, en guerre contre les Français de quelques provinces de l'Ouest, au milieu de la tourmente dont une grande partie de ses membres et trop de Français furent victimes, ne laissa pas d'encourager les sciences, les arts utiles, les arts d'agrément, et de fonder des établissements publics d'une haute importance (1). Au premier rang des actes utiles de cette assemblée, on doit placer l'amélioration des hôpitaux de Paris.

(1) Le rapport fait, en l'an III, par le savant Fourcroy, au nom du comité de salut public, *sur les arts qui ont servi à la défense de la république*, me fournit les passages suivants :

« En neuf mois, douze millions de livres de *salpêtre* remplissent les magasins de la république, » tandis qu'avant la Révolution, à peine chaque année voyait-elle un million de sel sortir de quelques » points de son sol. — Il n'y avait dans toute la république qu'une seule *fabrique d'armes blanches*, » à Klingensthal... Il s'est formé un grand nombre d'ateliers où l'on fabrique aujourd'hui la quantité » d'armes nécessaire. — La France avait, jusque-là, été tributaire des nations voisines pour la *fabri-* » *cation de l'acier*. L'Angleterre et l'Allemagne lui en fournissaient dans les temps ordinaires pour » environ quatre millions par an. Plusieurs manufactures sont élevées dans des lieux où cet art était » inconnu. — Les ateliers où l'on fond le canon se sont multipliés : le cuivre tiré des cloches sert » à l'armement des vaisseaux. L'art de couler les canons de fer fondu a fait établir un grand nom- » bre d'usines et de fonderies. — Les *pièces de canon*, dont la lumière était évasée par le tir fré- » quent, étaient transportées à grands frais dans nos arsenaux. On inventa l'art de placer des » grains de lumière dans les parcs d'artillerie et au milieu même de nos camps.

» La *machine aérostatique* est devenue un instrument de guerre. — Le *télégraphe*, nouveau cour- » rier révolutionnaire. — Les *lunettes achromatiques* et l'art de fabriquer le *flintglass* occupent aussi » le comité de salut public. — La France tirait à grands frais du nord de l'Europe les *bois*, les » *chanvres* et le *goudron*. A l'aide d'une nouvelle industrie, son sol offre presque toutes les ressources » nécessaires à ce genre de travaux.

» *Conseil des mines* organisé. — *Établissement* à Meudon. — Aux moyens de multiplier le *salin* » et la *potasse* par l'incinération des herbes, on ajouta ceux de se procurer de la soude. — Fabrica- » tion de *savon*. — Fabrication de *crayons de mine de plomb*. — L'*École centrale*, dite *Polytechni-* » *que*. — *École normale*. — Trois *Écoles de Santé*. — La *Commission d'Agriculture*. — Les *poids et* » *mesures*. — L'achat des *chaussures* de tous les citoyens de la république, en ne portant qu'à deux » paires de souliers la consommation de chaque individu, forme une dépense annuelle d'un mil- » liard. — Nos armées en dépensent pour 140,000,000. Il faut, pour tous les citoyens de la répu- » blique, quinze cent mille peaux de bœufs, douze cent vingt mille peaux de vaches, dix millions de » peaux de veaux. Pour nos armées, il faut cent soixante-dix mille peaux de bœufs, cent mille peaux » de vaches, un million de peaux de veaux. — L'art du *tannage* était lent. Le sieur Séguin décou- » vrit un procédé par lequel, en peu de jours, on peut tanner les peaux les plus fortes, qui exigent » ordinairement des années de préparation. Une manufacture de tannage fut établie à Sèvres par le » sieur Séguin, et autorisée par le gouvernement. »

Je n'ajouterai au récit du savant Fourcroy que quelques nouveaux faits:

L'uniformité des poids et mesures. Plusieurs capitules et ordonnances des rois avaient prescrit cette uniformité, sans pouvoir l'exécuter. L'Assemblée conventionnelle, par un décret du 1er août 1793, ordonna cette conformité, et, par son décret du 18 germinal an III (7 avril 1795), fixa l'époque où elle deviendrait obligatoire. C'est au savant Prieur (de la Côte-d'Or) qu'est dû cet immense tra-

HÔPITAUX ET HOSPICES.

En l'année 1787, époque où le misérable état de ces asiles de la misère parut intolérable, on proposa de remplacer l'Hôtel-Dieu par quatre hôpitaux, qui seraient établis dehors de Paris, mais le projet n'eut pas de suite. La Convention, par son décret du 16 juillet 1793, ordonne à l'administration du département de Paris de faire transférer sans délai, dans les maisons nationales qu'elle jugera le plus convenables, une partie des malades placés dans les hospices de Paris. Par décret du 15 novembre 1793, elle réunit à l'Hôtel-Dieu le palais archiépiscopal de Paris, et, en attendant l'organisation générale des hôpitaux, elle autorisa la municipalité à disposer provisoirement des bâtiments de ce palais, afin que chaque malade fût seul dans un lit, et que les lits fussent séparés l'un de l'autre par la distance de trois pieds. Un autre décret, du 24 septembre 1794, attribua à seize membres de la Convention la surveillance des hôpitaux et hospices. On améliora dans la suite l'établissement, on en fonda plusieurs, et on les soumit à une administration générale dont je vais parler.

L'ADMINISTRATION GÉNÉRALE DES HOPITAUX ET HOSPICES CIVILS, située parvis de Notre-Dame, en face de l'Hôtel-Dieu, fut installée au mois de février 1801, sur un vaste plan conçu par M. Chaptal, ministre de l'intérieur. Elle fut composée d'un conseil général et d'une commission administrative. Tous les hospices et hôpitaux civils furent dans ses attributions, et on y réunit diverses institutions qui s'y rapportent. Cette administration a la surveillance des archives de tous les hôpitaux de Paris. Elle a sous sa dépendance le *bureau central d'admission*. De plus, elle dirige les *secours à domicile*, qui se composent de secours donnés à des indigents et à divers établissements de charité; les *maisons de secours*, distribuées dans les douze arrondissements de Paris; les *écoles de charité*, un *établissement de filature* en faveur des indigents; *le bureau de la direction des nourrices;* la *pharmacie centrale* et la *boulangerie générale*.

vail. — La Convention créa les écoles primaires, secondaires et centrales, l'école des mines; elle agrandit, enrichit le Jardin des Plantes, le Muséum d'histoire naturelle, les bibliothèques, les musées et les jardins botaniques des départements.

Au milieu des désordres de l'anarchie, son comité d'instruction publique ne négligea rien pour conserver les dépôts sacrés des sciences et des arts, et souvent il fit violence au gouvernement pour en obtenir des lois protectrices. Un membre de ce comité, M. Grégoire, ancien évêque de Blois, indigné des dégradations et destructions que l'ignorance ou la méchanceté exerçaient dans les départements, fit plusieurs rapports pour en arrêter le cours, inventa le mot *vandalisme* pour qualifier ces destructions et les faire détester, et obtint des décrets qui rendaient les autorités constituées responsables de la conservation des dépôts littéraires et des monuments.

La Convention, par son décret du 9 messidor an III (13 juillet 1796), institua, à l'Observatoire, le *bureau des longitudes*. — Par sa loi du 5 brumaire an IV (26 octobre 1795), la Convention organisa l'instruction publique, et fonda l'*Institut de France*.

La Convention supprima, par décret du 28 vendémiaire an II 19 octobre 1793), toutes les *loteries*, excepté celle *de France*; par décret du 25 brumaire an II (15 novembre 1793), cette assemblée supprima toutes les loteries sans aucune exception. — Elle supprima les *maisons de jeu*, ainsi que le bureau secret de la poste aux lettres. — Le 21 frimaire an III (11 décembre 1794), elle décréta l'acquisition de plusieurs maisons et terrains, pour accroître l'étendue du jardin du *Muséum* d'nistoire naturelle. Dans les derniers temps de son existence, elle conclut l'acquisition de plusieurs propriétés pour opérer l'ouverture de la magnifique avenue qui met en communication l'édifice de l'Observatoire avec le palais du Luxembourg ou de la Chambre des Pairs.

Les établissements qui m'occupent se divisent en plusieurs classes : 1° les *hôpitaux* consacrés au traitement des maladies curables : on les distingue en hôpitaux généraux, au nombre de huit, et en hôpitaux spéciaux, au nombre de six ; dans chacun d'eux, il y a un service de médecine et de chirurgie ; 2° les *hospices,* asiles ouverts à l'indigence et à la vieillesse, ou à des malades non curables ; on en compte huit ; 3° les *maisons de retraite,* qui ont la même destination, mais où les pensionnaires ne sont reçus qu'en payant : il y en a trois seulement. Nous allons passer en revue ces divers établissements :

HOTEL-DIEU et ANNEXE, situé au parvis Notre-Dame. Son origine, son accroissement, son état passé et présent ont été décrits. Nous dirons seulement que, dans ces dernières années, on a fait subir de grandes améliorations aux bâtiments de l'Hôtel-Dieu. Les constructions du Pont-au-Double ont été démolies, les deux bâtiments qui bordent la rivière ont été réparés ; le quai Montebello, prolongé par le dédoublement du corps de logis Saint-Charles ; une nouvelle maison parallèle a été bâtie rue du Fouarre. Ces travaux ont diminué le nombre des lits, qui se trouvent réduits à 810. Alors on a établi une *annexe* à l'Hôtel-Dieu, rue de Charenton, 19, et on y a disposé 300 lits. En 1845, on a eu, à l'Hôtel-Dieu, 365,738 journées de malades, et l'annexe, 136,392.

HOPITAL DE LA PITIÉ, situé rue Copeau, n° 1, au coin de la rue du Jardin-des-Plantes. J'ai déjà parlé de cette maison que pendant la Révolution on nomma *les Élèves de la Patrie.* En janvier 1809, les orphelins de la Pitié furent transférés dans l'établissement du faubourg Saint-Antoine, et leur maison fut destinée à servir d'annexe à l'Hôtel-Dieu. On y compte 620 lits ; en 1845, il y a eu 263,007 journées de malades.

HOPITAL DE LA CHARITÉ, rue des Saints-Pères. J'ai parlé, sous le règne de Henri IV, de cinq frères de la Charité qui vinrent s'établir près de la Chapelle de *Saint-Pierre,* dite *Saint-Père.* Marie de Médicis leur fit construire, près de cette chapelle, ornée en 1784 d'un porche dans le goût de Pestum, un hôpital et une maison, et les dota. Cet hôpital, pendant la Révolution, prit le nom d'*hospice de l'Unité ;* il a repris, depuis 1815, la dénomination d'*hôpital de la Charité.* La façade de cet hospice, qui a reçu de grandes restaurations dans ces derniers temps, donne sur la rue Jacob et a été décorée d'une manière convenable. Les religieux de cette maison en occupaient une grande partie, et le nombre des lits destinés aux malades serait resté au même état qu'il était lors de la fondation, si la piété de quelques particuliers n'était venue les augmenter. Deux professeurs de la Faculté de médecine y font des cours, l'un de clinique interne, l'autre de clinique externe. Le nombre des lits est de 492 ; on a compté 210,312 journées de malades en 1845.

HOPITAL SAINT-ANTOINE, rue du faubourg de ce nom, établi dans les bâtiments de l'ancienne abbaye de femmes, de *Saint-Antoine-des-Champs.* Cette abbaye fut, en janvier 1795, convertie en hôpital. Le nombre des salles étant insuffisant, on commença, en 1799, la construction d'une aile de bâtiment. Il a 320 lits, et a eu 146,019 journées de malades en 1845.

HOPITAL NECKER, ci-devant COUVENT DES BÉNÉDICTINES DE NOTRE-DAME-DE-LIESSE, rue de Sèvres, en face du n° 112. Le couvent des Bénédictines était supprimé en 1779, lorsque Mme *Necker* en loua l'emplacement et y fonda un hôpital. Louis XVI concourut à cet établissement utile qui porta d'abord le nom d'*Hospice de Saint-Sulpice et du Gros-Caillou.* Pendant la Révolution, cette maison reçut le nom d'*Hospice de l'Ouest;* et depuis quelques années, elle porte celui de sa fondatrice. Les bâtiments primitifs n'étant point construits pour un hôpital, il en est résulté plusieurs inconvénients contraires à la salubrité; inconvénients qu'on a fait disparaître en grande partie dans les années 1802 ou 1803. Cet hôpital renferme 329 lits, et a eu, en 1843, 146,784 journées de malades.

HOPITAL COCHIN, rue du Faubourg-Saint-Jacques, près de l'Observatoire. Il porta d'abord le nom d'*Hospice de Saint-Jacques-du-Haut-Pas;* sa construction fut commencée en 1780, et terminée en 1782. Sa fondation est due à la bienfaisance de M. Cochin, ancien curé de *Saint-Jacques-du-Haut-Pas.* Le conseil des hospices a donné à cet établissement le nom de son fondateur, dont il a fait placer le buste en marbre dans la salle principale. Cette maison contient 130 lits, et a eu, en 1843, 59,223 journées.

HOPITAL DE BEAUJON. Nous avons dit ce qu'il importait de savoir sur la fondation de cette maison. Avec les fonds donnés par M. Trabuchi, on a bâti un nouveau corps de logis. Il y a, à Beaujon, 419 lits, et il y a eu, en 1843, 173,706 journées de malades.

HOPITAL SAINT-LOUIS, situé rue des Récollets, n° 2. J'ai parlé de l'origine de cet hôpital fondé pour recevoir les personnes atteintes de maladies contagieuses. L'architecte a établi une double enceinte de murailles, lesquelles sont entourées de doubles cours qui interceptent toute communication avec la ville. Cet hôpital était le plus beau de Paris. Il ne renfermait cependant pas un nombre de malades en proportion avec son étendue et ses ressources. Il n'était ordinairement peuplé que de six à sept cents individus : en 1787, on n'y comptait que 300 lits; deux malades et quelquefois trois partageaient la même couche. Pendant quelques années de la Révolution, il fut nommé *Hospice du Nord.* Dans les années 1801, 1802 et suivantes, on a exécuté des améliorations considérables. On peut y prendre deux cents bains par jour; on y a aussi établi des douches. Cet hôpital est destiné aux maladies chroniques, à la teigne, à la gale, aux dartres, etc., et renferme 800 lits; il a compté, en 1843, 326,670 journées de malades.

HOPITAL DU MIDI, rue et ancienne maison des Capucins, quartier de l'Observatoire. Sous Louis XIV, on envoyait à Bicêtre les malades vénériens. Ils couchaient jusqu'à huit dans le même lit; ou plutôt les uns restaient étendus par terre, depuis huit heures du soir jusqu'à une heure du matin, et faisaient alors lever ceux qui occupaient le lit pour les remplacer. Vingt ou vingt-cinq lits servaient ordinairement à deux cents personnes, dont les deux tiers mouraient. Ce n'est pas tout : les malades devaient être, d'après les arrêtés de l'administration, châtiés et fustigés avant et après leur traitement. Cet horrible état de choses subsistait au dix-huitième siècle, et *Cullerier* cite une délibération de l'an 1700, qui renouvelle expressément l'ordre de fustiger ces malades.

En 1784, on destina l'ancien couvent des Capucins du faubourg Saint-Jacques à servir d'hôpital pour les vénériens. La maison fut réparée suivant les besoins de sa nouvelle destination. En 1785, on y transféra d'abord les vénériens de Bicêtre, puis les nourrices et les enfants de l'hospice de Vaugirard. En 1792, le nouvel hôpital fut en état de recevoir tous les malades qui lui étaient destinés. Il se fait dans cet hôpital un *traitement externe et gratuit*, traitement dont l'exercice a commencé avec régularité en 1808. Il y a 300 lits dans cette maison, et le nombre des journées, en 1845, s'est élevé à 125,317.

HOPITAL DE LOURCINE, rue de Lourcine, n° 95, a été fondé en 1836, par l'administration actuelle, sur l'emplacement du couvent des Cordeliers. Il est destiné à recevoir les femmes atteintes de maladies honteuses. On y compte 300 lits. En 1845, le nombre des journées de malades a été de 105,324.

HOPITAL DES ENFANTS MALADES, situé rue de Sèvres, n° 149, au delà du boulevart. Le sieur Languet, curé de Saint-Sulpice, pour procurer de l'éducation à un petit nombre de filles nobles et indigentes de sa paroisse, fonda, en 1735, cette maison qui, dans la suite, fut convertie en *hospice d'orphelins*. Au mois de juin 1802, le conseil général des hospices destina cette maison à des *enfants malades*. D'abord on ne put y recevoir que ceux qui étaient affligés de maladies aiguës, et trois cents lits furent établis pour eux. Le nombre des lits, depuis 1803, s'accrut toujours; et, de trois cents, il s'éleva successivement jusqu'à six cents. Les enfants attaqués de maladies qui paraissent contagieuses sont placés dans des bâtiments isolés. Cet hôpital est muni de 600 lits, et a eu, en 1845, 203,283 journées de malades.

HOPITAL DE L'ACCOUCHEMENT, situé aujourd'hui rue de la Bourbe, portait, avec celui de l'Allaitement, le nom d'HOSPICE DE LA MATERNITÉ. Ces deux établissements occupaient, dès l'an 1801, deux maisons séparées ; celle de l'Institution de l'Oratoire, rue d'Enfer, et celle de l'Abbaye de Port-Royal, rue de la Bourbe. Dans la maison de la *Maternité*, rue d'Enfer, étaient les élèves de l'école d'accouchement, et dans la maison de la *Maternité*, rue de la Bourbe, logeaient les femmes près d'accoucher, ainsi que les enfants nouveau-nés. On y plaça aussi, dans la suite, des enfants trouvés. Cet ordre de choses est totalement changé depuis 1814 : ces deux maisons sont indépendantes l'une de l'autre. Les femmes enceintes, les femmes en couches, et les élèves sages-femmes, sont réunies dans la maison de l'abbaye de Port-Royal, et les enfants trouvés ont été transférés dans la maison de l'Oratoire, rue d'Enfer.

Toutes les femmes enceintes sont, après leur huitième mois de grossesse, admises dans l'hôpital de l'accouchement; néanmoins on admet plutôt celles qui sont dans la misère. Les femmes y sont occupées aux travaux qu'elles peuvent faire, et on leur en paie le prix. On leur fournit du linge, et même des vêtements, si elles en manquent. Huit jours après leur accouchement, elles sortent de l'hôpital, à moins que le médecin n'ordonne un plus long séjour. Le nombre des lits est de 514 : il y a eu, en 1845, 140,317 journées.

ÉCOLE D'ACCOUCHEMENT, située dans l'hospice d'Accouchement. Les préfets doivent chaque année y envoyer une ou plusieurs élèves, suivant les fonds dont ils peuvent disposer. Les élèves peuvent être reçues sans une nomination préalable, et à leurs frais. Chaque élève reçoit en arrivant une somme suffisante pour acheter des livres indispensables, et, de plus, trois francs par mois pour son blanchissage; elles sont logées, nourries, éclairées, chauffées, fournies de linge de lit et de table, etc. A la fin de l'année, les élèves subissent un examen devant un jury de médecins et de chirurgiens. Ce jury décerne des prix. Il y a environ quatre-vingts élèves.

MAISON ROYALE DE SANTÉ, rue du Faubourg-Saint-Denis, n° 112. Elle fut établie, en 1802, dans l'ancienne maison des sœurs grises, par le chirurgien Dubois, en faveur des personnes malades qui, sans être dénuées de ressources, ne sont pas assez riches pour se faire traiter et soigner chez elles. Les malades paient 2 fr. 50 c. par jour dans les salles, 3 fr. dans les chambres à deux ou trois lits et 6 fr. dans les chambres particulières. On y peut recevoir 150 pensionnaires à la fois. Le nombre des journées, en 1843, a été de 58,098.

HOSPICE DE LA VIEILLESSE (HOMMES), OU BICÊTRE, situé à Gentilly, à une demi-lieue de la barrière d'Italie, et sur une éminence qui domine de vastes campagnes. Cette situation semblait assurer à Bicêtre une salubrité constante; mais le grand nombre de pauvres qu'on y entassait, et le placement de l'infirmerie au milieu des chambres ordinaires, infectaient l'air et propageaient les maladies. En 1801, Bicêtre contenait des valides, des aveugles, des paralytiques, des épileptiques, des galeux, des vénériens, des scrofuleux, des incurables, des fous et des enfants. Les sexes, les âges, les infirmités y étaient confondus. Il y avait alors 1,503 lits où les malades couchaient seuls; 262 où ils couchaient deux; 144 à double cloison qui séparait les pauvres couchés ensemble; 172 lits à seul, scellés dans les murs, pour les fous; 126 lits appelés *auges*, pour les galeux, et 53 lits de sangles placés au besoin dans les dortoirs. On venait de supprimer les lits à quatre, qui occasionnaient entre les coucheurs de violentes querelles qui se terminaient souvent par des blessures.

Depuis la Révolution, et notamment depuis 1803, de nombreux et utiles changements ont été opérés dans l'hospice de ce vaste établissement. Plusieurs constructions, agrandissements, plantations d'arbres, y ont été exécutés. Plusieurs habitués de cette maison sont occupés à divers travaux. Il n'y a que la caducité et l'infirmité qui soient oisives. Les ouvrages sont payés par l'administration.

En 1812, l'administration des hospices a fait construire, dans l'enceinte de Bicêtre et dans la partie la plus reculée de cet hospice, un bâtiment destiné aux fous, qui auparavant étaient placés dans des loges humides. Chaque degré d'aliénation a ses cours particulières, ses loges ou ses dortoirs. Dans ces dernières années la prison établie à Bicêtre a été remplacée par celle de la Roquette, et les bâtiments où étaient les détenus ont été disposés pour recevoir des malades. La population de vieillards et d'aliénés, à Bicêtre, est de 3,080 individus.

HOSPICE DE LA VIEILLESSE (FEMMES), OU LA SALPÊTRIÈRE, connu auparavant sous le nom d'*Hôpital général*, situé rue Poliveau. Il fut, comme il a été dit, établi en 1656. Cet hôpital contenait, avant la Révolution, sept à huit mille femmes indigentes, et autant de détenues à titre de correction ou de sûreté; des femmes et des filles enceintes, des nourrices avec leurs nourrissons, des garçons depuis l'âge de sept à huit mois jusqu'à celui de quatre à cinq ans; de jeunes filles de toute sorte d'âge; de vieilles femmes et de vieux hommes mariés; des folles

furieus~s, des imbéciles, des épileptiques, des paralytiques, des aveugles, des
estropiées, des teigneuses, des incurables de toute espèce, des enfants scrofuleux, etc., etc. Au centre de l'hôpital il existait une maison de force qui comprenait quatre prisons différentes, savoir : le *commun*, lieu destiné aux filles les plus
dissolues ; la *correction,* contenant des filles qui donnaient des espérances de repentir ; la *prison,* réservée aux personnes détenues par ordre du roi ; et la *grande
force,* aux femmes flétries par la justice.

D'après ce qu'on vient d'exposer, on doit juger de l'étendue des bâtiments : elle
est immense ; et un grand nombre de villes ne contiennent point chacune une population aussi nombreuse. C'est le plus vaste qui existe en Europe. Il se compose
de quarante-cinq grands corps de bâtiment qui couvrent une superficie de plus de
vingt-neuf mille mètres carrés. Livré, en 1802, aux soins de l'administration des
hospices, ce vaste établissement a, depuis cette époque, éprouvé des changements heureux et des améliorations considérables. Le service y est administré en
cinq grandes divisions, savoir : 1° les *reposantes,* ou femmes qui ont vieilli dans
le service ; — 2 les *indigentes* valides, âgées de soixante-dix ans au moins, ou
atteintes d'infirmités incurables, aveugles, paralytiques, infirmes et octogénaires ;
— 3° l'*infirmerie,* composée de quatre cents lits, dont le bâtiment est séparé des
autres ; — les aliénées et les épileptiques. La Salpêtrière renferme 4,969 indigentes ou aliénées.

HOSPICE DES INCURABLES-HOMMES, rue du Faubourg-Saint-Martin, n° 150. Autrefois il n'existait à Paris qu'une seule maison d'incurables, établie en 1637,
rue de Sèvres. L'hospice fondé par saint Vincent de Paul, en faveur de quarante
vieillards des deux sexes, et une maison voisine, ancien couvent des Récollets,
qu'en 1793 on avait adjointe à cet hospice, devinrent l'emplacement où fut
établi, en 1802, l'hospice des Incurables-Hommes. Il renferme 493 lits : le
nombre des journées, en 1845, s'y est élevé à 167,006.

HOSPICE DES INCURABLES-FEMMES, situé rue de Sèvres, n° 55, dans l'ancien
établissement des Incurables. J'ai parlé déjà de sa fondation. — Les principales
salles de cet hospice ont cent pieds de long sur vingt-quatre pieds de large ;
elles se divisent en forme de croix, et aboutissent à un centre commun, ce qui
rend les communications et la surveillance faciles. Deux corps de bâtiment, unis
entre eux par une église, étaient destinés, l'un aux femmes, l'autre aux hommes.
Les femmes, aujourd'hui, occupent seules ces deux corps de logis. On y compte
582 lits : il y a eu, en 1845, 212,080 journées.

HOSPICE DES ENFANTS TROUVÉS ET ORPHELINS, situé rue d'Enfer, n° 74. Les
enfants trouvés, dont l'hôpital était jadis sur le parvis Notre-Dame, furent
transférés, en 1838, dans la maison de la rue d'Enfer. En recevant les nouveau-
nés, on les lave puis on les pèse ; si le poids d'un de ces enfants est de moins de six
livres, on a peu d'espérance de le conserver. Les enfants sont soignés par des berceuses, sous les ordres d'une surveillante en chef ; deux tiers de ces berceuses
servent le jour, et un tiers la nuit. — Plusieurs salles, qu'on nomme *crèches,* sont
garnies de berceaux séparés les uns des autres. On reçoit dans cette maison :
1° les enfants trouvés ; 2° les enfants abandonnés ; 3° les orphelins pauvres. Les
enfants sont envoyés à la campagne, et leur nombre est évalué, pour 1847, au

chiffre de 21,429.—L'établissement les garde sous sa tutelle jusqu'à leur majorité. L'hospice peut contenir 599 enfants.

HOSPICE SAINT-MICHEL, à Saint-Mandé. Fondé en 1825, par M. Boulard, il assure une retraite à douze pauvres honteux, âgés d'au moins 70 ans. Il y a eu, en 1845, 6,570 journées.

HOSPICE DE LA RECONNAISSANCE, à Garches (Seine-et-Oise), ouvert en 1823, et fondé par M. Brézin, pour les ouvriers pauvres, âgés d'au moins 60 ans, et ayant exercé une profession où l'on travaille les métaux. Cet hospice compte 300 lits et, en 1845, a eu 110,465 journées.

HOSPICE DEVILLAS, rue du Regard, n° 28, ouvert en 1839. C'est une fondation faite par M. Devillas, en 1832, pour des indigents ayant au moins 70 ans. Un cinquième des pensionnaires est au choix des deux consistoires de l'Église réformée. Cet hospice renferme 35 lits : le nombre des journées a été de 14,058.

HOSPICE DES MÉNAGES, rue de la Chaise. Nous avons fait déjà connaître cet établissement : nous ajouterons qu'il renferme 720 lits, et que le nombre des journées, pour 1845, a été de 272,306.

HOSPICE DE LA ROCHEFOUCAULD, situé au Petit-Montrouge, à quelque distance de la barrière d'Enfer. Commencé en 1781, il fut achevé en 1783. On nomma d'abord cet établissement *Maison Royale de Santé*, et on la destina à des militaires et des ecclésiastiques pauvres et malades. Pendant la Révolution, elle fut réservée aux malades de Bourg-la-Reine et des villages voisins, et reçut le nom d'*Hospice national*. En 1796, cette maison fut affectée aux indigents de l'un et de l'autre sexe, attaqués d'infirmités incurables. En 1802, elle fut convertie en un asile pour les personnes qui, manquant de moyens suffisants à leur existence, pouvaient cependant payer une pension annuelle de 200 francs. Cette pension varie selon l'âge et l'état de santé de celui qui se présente. Elle est fixée à 200 fr. pour les sexagénaires, et elle est augmentée jusqu'à 250 francs, si, de plus, ils ont des infirmités qui exigent des soins. On y peut encore être admis en donnant une somme une fois payée, qui se règle suivant l'âge et les infirmités. On y compte 213 lits : il y a eu, en 1845, 68,795 journées de malades.

INSTITUTION DE SAINTE-PÉRINE, située rue Chaillot, 99 *bis*. Cette maison était celle d'un ancien monsatère où s'établirent, en 1659, des chanoinesses de l'abbaye de Notre-Dame-de-la-Paix, qui furent supprimées en 1790. En 1801, on destina cette maison à un hospice pour les vieillards des deux sexes, d'après le plan de M. Chamousset ; mais cet établissement n'était qu'une spéculation particulière. Un décret du 17 janvier 1806 soumit cet hospice à la surveillance du gouvernement. L'année suivante, l'administration des hospices fut chargée de régir l'institution de Sainte-Périne. Aujourd'hui on exige que les pensionnaires ne soient reçus qu'à l'âge de soixante ans, et que ceux qui se présentent pour être admis gratuitement fournissent la preuve de leur impossibilité de payer la pension qui est de 600 francs. Le nombre des lits est de 182 : il y a eu, en 1845, 86,795 journées.

MAISON DE SECOURS. Un assez grand nombre de ces maisons existent à Paris, et sont distribuées dans les douze arrondissements de cette ville. Chacune est placée sous la surveillance des bureaux de bienfaisance : toutes renferment une

marmite à la Rumfort, un fourneau pour les soupes, une pharmacie, une école
destinée aux filles; et toutes sont desservies par plusieurs sœurs de la Charité ou
de Sainte-Marthe. Quelques-unes ont des écoles de filles et de garçons; quelques
autres ont des lits où couchent des femmes vieilles et infirmes; c'est dans ces
petits hospices qu'elles attendent le moment d'être admises dans les grands.
Telles sont les maisons situées rue Notre-Dame-des-Victoires, rue du Crucifix-
Saint-Jacques, rue du Cloître-Saint-Merri, rue des Poitevins, etc.; il en est où
sont établis des *ateliers de couture;* telle est la maison de secours située rue
Saint-Antoine, passage Saint-Pierre, et celle du cul-de-sac Férou. En 1845, on a
secouru à domicile 84,000 indigents, et on a dépensé pour eux une somme qui
se monte à 1,411,569 francs.

PHARMACIE CENTRALE, dans l'emplacement de l'ancienne communauté des
Miramiones, rue et quai de la Tournelle, n° 5. Là se préparent et se distribuent
tous les médicaments dont les maisons hospitalières ont besoin.

ÉCOLE NORMALE, établie en vertu de la loi du 30 novembre 1795, dans l'amphithéâtre du Jardin des Plantes. L'objet de la Convention nationale, dans cette
institution, était de former des professeurs et d'apprendre l'art d'enseigner.
Les savants Lagrange, Laplace, Monge, Haüy, Daubenton, Berthollet, Thouin,
Buache, Mentelle, Volney, Bernardin de Saint-Pierre, Sicard, Garat, La Harpe,
y ont professé les sciences qui leur étaient le plus familières; leurs cours
n'étaient point écrits; ils les prononçaient de vive voix; mais des sténographes
les recueillaient, puis on les faisait imprimer et publier. On en usait de même
dans des discussions qui s'établissaient entre les professeurs et les élèves. Cette
institution eut des commencements illustres et brillants; mais, après une
existence de plusieurs mois, elle fut supprimée. En 1808, quand Napoléon
fonda une Université pour toute la France, il fut créé une École normale des
travaux publics, destinée à un nombre déterminé de jeunes gens qui étaient
entretenus pendant trois ans et instruits dans l'art d'enseigner les autres. Cet
établissement, situé d'abord rue des Postes, n° 26, puis au collége du Plessis,
va être transféré dans un vaste édifice que l'on achève rue d'Ulm.

ÉCOLE POLYTECHNIQUE, située rue de la Montagne-Sainte-Geneviève, n° 55,
dans les bâtiments de l'ancien collége de Navarre. Un décret de la Convention
nationale, du 11 mars 1794, créa l'*École Centrale :* c'est le nom qui fut d'abord
donné à cette école. Un décret du 1ᵉʳ septembre 1795 attribue à cette école le
nom de *Polytechnique,* et règle ce qui est relatif à l'admission et à l'examen des
élèves. Les leçons y ont commencé le 21 décembre 1794. D'après le rapport du
représentant *Prieur*, de la Côte-d'Or, 18 juin 1795, la Convention nationale
décréta que la commission des travaux publics serait entièrement chargée de
maintenir l'organisation et d'entretenir le service de cette école. Elle était, dès
son origine, destinée à former des élèves pour remplir les places d'officiers du
génie, d'ingénieurs des ponts et chaussées, d'ingénieurs géographes, d'ingénieurs
des mines et d'ingénieurs constructeurs pour les vaisseaux. La loi du 22 octobre
1795, mit cette école sous l'autorité du ministre de l'intérieur, et fixa le nombre des élèves à 368, et à trois ans le cours complet des études de cette école.
Les places, dans les diverses classes du génie, furent données au concours, et l'on

ne pouvait être admis dans aucune de ces classes qu'après avoir passé à l'École Polytechnique. Tels furent l'origine et l'état de cette école sous les gouvernements conventionnel et directorial. Sous le gouvernement impérial, l'École Polytechnique subit quelques altérations : le nombre des élèves fut réduit à deux cent quatre-vingt-dix, et le temps des études à deux ans. En 1816, d'autres modifications ont été apportées à cet établissement, qui, depuis 1830, est dans les attributions du ministère de la guerre.

Dans ces dernières années on a ajouté divers corps de bâtiment à l'ancien établissement, et l'on a élevé, rue Descartes, un pavillon décoré de sculptures et destiné à loger divers employés.

ARCHIVES NATIONALES, depuis ARCHIVES DE L'EMPIRE, enfin ARCHIVES DU ROYAUME, situées successivement dans les bâtiments des Capucins, dans ceux des Tuileries, au Palais-Bourbon, et enfin à l'hôtel de Soubise (1809).

Quoique ces archives eussent été établies sous l'Assemblée constituante, en 1790, je place cependant cet établissement sous la Convention, parce que c'est de cette Assemblée qu'il reçut une consistance qu'il n'avait pas encore obtenue. A la tête des archives fut placé le sévère et savant Camus. La Convention rendit plusieurs lois pour l'organisation des archives nationales, et notamment celle du 2 novembre 1793, qui met sous la surveillance immédiate de l'archiviste de la République deux sections nommées, l'une *archives judiciaires*, et l'autre *archives domaniales*. Les *archives judiciaires* furent déposées dans trois longues salles situées au-dessous de la voûte de la grande salle du Palais de Justice, où elles existent aujourd'hui. Les *archives domaniales* étaient au Louvre en 1794; ce dépôt fut dans la suite réuni aux archives du royaume.

Les archives, proprement dites, se composent de l'ancien *Trésor des chartes*, d'environ quatre-vingts volumes in-folio manuscrits, contenant les actes de différents règnes, depuis Philippe-Auguste; d'une infinité de pièces provenant de diverses archives des villes et des monastères; du *dépôt topographique*, des *archives domaniales, judiciaires, administratives et législatives*. Ces archives furent considérablement accrues de celles des puissances vaincues par Bonaparte; trésor qu'il fallut restituer lorsque la victoire cessa de nous être favorable. Toutes les archives du royaume sont sous la dépendance de celles de Paris.

INSTITUT DE FRANCE, situé dans les bâtiments du ci-devant collége Mazarin, quai de la Monnaie. Le lieu de ses séances est l'ancienne église de ce collége. Les sociétés savantes ou littéraires, établies sous les règnes de Louis XIII et de Louis XIV étaient dissoutes ou désertées. La Convention s'occupa de les rétablir sur un meilleur plan. En 1795, elle fixa l'organisation de l'Institut; il fut alors divisé en trois classes : la première, *sciences physiques et mathématiques;* la seconde, *sciences morales et politiques;* la troisième, *littérature et beaux-arts*. En 1809, Bonaparte apporta quelques changements à cet ordre de choses : il divisa l'Institut en quatre classes : la première classe comprit les sciences physiques et mathématiques, et fut composée de soixante-trois membres; — la seconde, qui eut pour objet la langue et la littérature françaises, se composa de quarante membres; — la troisième, celle de l'histoire et de la littérature anciennes, fut composée de quarante membres, huit associés étrangers et soixante correspondants. La quatrième classe, celle relative aux beaux-arts, contenait vingt membres, huit associés étrangers et soixante correspondants. Tous les gouvernements ont voulu introduire leurs innovations dans cette société de savants, d'artistes et de littérateurs. En 1815, on lui conserva son nom d'Institut ; mais on donna aux quatre classes leurs vieilles dénominations : la première classe fut nommée *Académie des Sciences*, la seconde *Académie Française*, la troisième *Académie des Inscriptions et Belles-Lettres*, et la quatrième *Académie de Peinture et de Sculpture*. Depuis 1830, l'*Académie des Sciences morales et politiques* a été rétablie et forme la cinquième classe de l'Institut.

BUREAU DES LONGITUDES, établi à l'Observatoire. Il fut créé, sur le rapport du représentant du peuple, Grégoire, par la loi du 25 juin 1795, qui met dans les attributions de ce bureau l'Observatoire de Paris et celui de l'École Militaire, et le charge de rédiger la *Connaissance des temps*, de faire chaque année un cours d'astronomie, de perfectionner les tables de cette science, et de publier des observations astronomiques et météorologiques. Le bureau était autorisé à nommer quatre astronomes adjoints pour travailler, sous sa direction, aux observations et aux calculs ; à nommer aux places vacantes et à faire un règlement qui, de plus, oblige les membres à faire tous les ans un *Annuaire* extrait de la *Connaissance des temps*, etc.

MUSÉE DES TABLEAUX DE LA GALERIE DU LOUVRE. Cette galerie, longtemps restée imparfaite, contenait, sous les règnes de Louis XIV et de Louis XV, les plans en relief de diverses places fortes du royaume. En l'an 1773, il fut question de disposer, dans la galerie du Louvre, des tableaux, des statues et des objets d'art entassés dans la salle des antiques. On se borna, en 1784, à transférer les plans en relief à l'Hôtel des Invalides. La Convention, par son décret du 27 juillet 1793, ordonna l'établissement d'un *Musée national*. On y réunit 537 tableaux des plus grands maîtres de diverses écoles, plusieurs bronzes, bustes, vases, tables de marbre et porcelaines. Le 24 juin 1794, la Convention établit un concours et un jury pour la restauration des tableaux, statues, etc. En l'an IV on y joignit un grand nombre de tableaux conquis dans les diverses contrées de l'Europe.

On admire le principal escalier de ce musée, escalier très-pittoresque exécuté sur les dessins de M. Fontaine, composé de quatre rampes ornées de vingt-deux colonnes de marbre, et conduisant d'un côté au *salon d'exposition*, et de l'autre à la *galerie d'Apollon*. Arrivé au salon d'exposition, salon vaste, carré, éclairé par le comble, on trouve à gauche une porte qui s'ouvre sur la *galerie d'Apollon*, et à droite une autre porte par laquelle on entre dans la longue *galerie des tableaux*.

La galerie de peinture se compose d'une seule pièce en droite ligne, longue d'environ 432 mètres. Elle se divise en neuf parties, et cette division est marquée par des portiques décorés de colonnes de divers marbres précieux, entre lesquelles sont placés les bustes des peintres les plus célèbres des écoles anciennes et de l'école moderne. Cette galerie renferme une des plus riches et des plus précieuses collections de tableaux qui soient au monde.

MUSÉE DES DESSINS : GALERIE D'APOLLON. Cette galerie porta les noms de *pe-*

tite galerie du Louvre, de *galerie des Peintres* et de *galerie d'Apollon :* elle fut bâtie sous le règne de Henri IV. Le 16 février 1661, au moment où on y préparait un théâtre sur lequel Louis XIV devait danser avec toute sa cour, un incendie en détruisit une grande partie. Ce roi la fit réparer, et le plafond fut peint d'après les dessins du célèbre Lebrun, qui n'eut pas le temps d'achever cet ouvrage. On donne à cette galerie le nom d'Apollon à cause des sujets de peinture qu'offrait son plafond. — Sous le Directoire elle fut destinée à contenir des dessins originaux, esquisses, gouaches, pastels, émaux, miniatures, vases étrusques et curiosités. — Le nombre de ces dessins s'élevait à environ onze mille. En 1797, on exposa, pour la première fois, une partie de ces dessins et de plusieurs autres objets de curiosité. Dans la suite, cette collection fut enrichie de plusieurs cartons de Jules Romain et du Dominiquin, d'une infinité de bronzes antiques, etc.; dans le salon situé à l'extrémité de cette galerie, on voit un grand nombre d'objets rares, précieux, et de curiosité. Ce musée, en 1815, a été en partie dépouillé comme le précédent. Toutefois, la collection des dessins des maîtres s'est enrichie depuis, et est déposée dans la partie du Louvre consacrée autrefois au Conseil d'État. Quant aux antiquités, bronzes, vases, ustensiles, ils forment ce qu'on appelait le *Musée de Charles X,* dans l'aile nord ou le vieux Louvre.

MUSÉE D'ARTILLERIE, situé dans l'ancien bâtiment des Jacobins de la rue Saint-Dominique. Ce musée, qui est composé d'une grande partie des armes conservées tant au garde-meuble de la couronne que dans le cabinet des armures du château de Chantilly et dans d'autres dépôts, renferme une immense quantité d'armes de toute espèce, de tous les temps et de tous les pays; on y voit plusieurs armures des rois et des principaux personnages de France. Cette curieuse et riche collection, outre des milliers de fusils, sabres, épées et poignards, masses d'armes ou assommoirs, etc., offre en outre divers objets rares et singuliers, des canons de toutes les époques, et la fameuse chaîne qui fermait le Danube. — Ce musée, en 1815, a éprouvé un désastre qui l'a presque entièrement anéanti. En partie encaissé et transporté, en 1814, au delà de la Loire, il fut rétabli pendant les Cents-Jours; et bientôt après il devint la proie des Prussiens, nos alliés, qui en ont emporté près de cent quatre-vingts caisses. Si un ministre n'avait pris des mesures promptes et adroites pour soustraire les pièces les plus précieuses de cette collection à l'avidité des alliés, il n'en resterait presque rien. Malgré les pertes qu'il a éprouvées encore en 1830, ce musée est très-riche et offre un puissant intérêt.

MUSÉE DES MONUMENTS FRANÇAIS, établi dans les bâtiments du couvent des Petits-Augustins, rue des Petits-Augustins, n° 16. Lorsqu'en 1790 l'Assemblée constituante eut déclaré les biens du clergé propriétés nationales, on s'occupa de la conservation des monuments contenus dans les édifices religieux. Une *commission des monuments,* composée de savants et d'artistes, fut spécialement chargée de ce soin. Les bâtiments des Petits-Augustins furent choisis pour recevoir les tableaux, les châsses, les tombeaux et les monuments de sculpture. M. Alexandre Lenoir, le 4 janvier 1791, en fut nommé conservateur. Cet artiste s'occupa de ranger les monuments par ordre d'âge. Plusieurs décrets de la Convention nationale contribuèrent à donner à cet établissement une consistance et une organisation qu'il n'avait pu obtenir encore. Parmi ces décrets, il faut citer celui du 24 octobre 1793, qui défend de détruire, de mutiler et d'altérer les monuments des arts, sous prétexte d'en faire disparaître les signes de la féodalité. Tout étant disposé par les soins de M. Lenoir, le 1er septembre 1795, cette précieuse réunion des monuments nationaux fut offerte aux yeux du public. On y vit un ensemble très-varié des productions de l'antiquité, du moyen âge et des temps modernes, classées par siècle. Jusqu'en 1814, cette vaste collection s'est continuellement enrichie d'objets intéressants. Toutes les parties des bâtiments des Augustins, l'église, le chœur, le cloître, la cour et le jardin, nommé *Élysée,* à cause des tombeaux qu'on y avait placés, en furent remplis et décorés.

Ce musée perdit quelques monuments lorsque, en 1802, on réorganisa le culte catholique. Plusieurs églises réclamèrent des objets qu'elles avaient possédés. Ces pertes étaient peu sensibles; mais, en 1815, la suppression de ce musée fut décidée. Une grande partie des richesses qu'il contenait fut enlevée et dispersée. Toutes celles qui étaient relatives aux princes et princesses des familles royales, furent transférées dans l'église de Saint-Denis. Diverses églises et plusieurs familles sollicitèrent quelques parties de cette précieuse collection, qui perdit dès lors la qualification de *musée,* et reçut celle de *Dépôt de monuments d'art.* Enfin, en vertu d'une ordonnance du 24 avril 1816, il a été établi dans son emplacement une *École royale des beaux-arts.*

CONSERVATOIRE DES ARTS ET MÉTIERS, situé rue Saint-Martin nos 208 et 210, dans les bâtiments de l'ancienne abbaye Saint-Martin. M. Grégoire, ancien évêque de Blois, à qui les arts et les institutions scientifiques doivent tant de reconnaissance, provoqua le premier, au comité d'instruction publique de la Convention nationale, la création du Conservatoire des arts et métiers; il fut chargé d'en faire un rapport, d'après lequel cette assemblée, le 10 octobre 1794, en ordonna l'établissement. Cinq ans après, ce musée était installé.

Trois dépôts de machines furent le noyau du Conservatoire des arts et métiers. Au Louvre étaient celles que le sieur Pajot d'Orzembray avait données à l'Académie des sciences. — Un autre dépôt, situé rue de Charonne, hôtel Mortagne, se composait de plus de cinq cents machines léguées, en 1782, au gouvernement par le célèbre Vaucanson. — Le troisième dépôt existait rue de l'Université, et se faisait remarquer par un grand nombre de machines relatives aux travaux agricoles de diverses contrées.

En 1810, on fonda dans cet établissement une école gratuite dont l'objet est de former des jeunes gens à devenir des artistes habiles et instruits, et des professeurs distingués. On y enseigne le dessin de la figure, de l'ornement, de l'architecture et des machines; on y enseigne de plus l'arithmétique, l'algèbre, la géométrie, la géométrie descriptive, et l'application de ces diverses branches des mathématiques aux tracés de charpente, à la coupe des pierres et au calcul des machines. — En 1819, on y créa trois chaires, l'une d'économie industrielle, et les deux autres de chimie et de mécanique appliquées aux arts.

Si des artistes ont fait quelques inventions utiles et qu'ils manquent de moyens pour les faire valoir, le conseil les met en rapport avec des capitalistes qui s'entendent avec eux pour les leur fournir. — Par la loi du 8 octobre 1798, ceux qui ont obtenu des brevets d'invention sont tenus de déposer au Conservatoire des arts et métiers les originaux de ces brevets, les descriptions, plans, dessins, modèles qui y sont relatifs; et ce Conservatoire est autorisé à faire imprimer ces descriptions, graver ces dessins, et à les publier. — Il serait difficile de trouver en Europe une collection plus complète, plus utile aux arts et à l'industrie, mieux distribuée, plus riche en modèles et plus honorable pour ceux qui en ont conçu l'établissement et qui l'ont amélioré.

ADMINISTRATION DES TÉLÉGRAPHES, rue de Grenelle-Saint-Germain, n° 7. Le sieur Chappe, neveu du savant abbé Chappe d'Auteroche, découvrit un procédé pour communiquer promptement, à de grandes distances, au moyen de signaux. Le 1er avril 1793, le sieur Chappe proposa sa découverte à la Convention nationale, qui en ordonna l'essai. Il en fut fait un rapport favorable; et, le 24 juillet suivant, cette assemblée admit les télégraphes, et accorda à l'inventeur le titre d'*Ingénieur télégraphe,* avec les appointements de lieutenant du génie. On compte à Paris plusieurs télégraphes : — 1° le télégraphe central établi sur les bâtiments de l'administration du ministère de l'intérieur; — 2° un télégraphe placé sur le comble de l'édifice du ministère de la marine : il sert à la ligne télégraphique de Brest; — 3° le télégraphe de l'église des Petits-Pères, qui sert à la ligne télégraphique de Lille; — 4° et 5° deux télégraphes sur les deux tours de l'église Saint-Sulpice : celui de la tour du nord communique à Strasbourg, et celui de la tour du sud communique à Lyon et en Italie (1).

THÉÂTRES.

Les priviléges des comédiens français et de ceux de l'Opéra étant anéantis par l'effet de la Révolution, il s'établit à Paris plusieurs théâtres qui prirent la couleur de l'opinion dominante. Parmi ces nouveaux établissements figurait le *théâtre de Marat,* situé rue de l'Estrapade. Il s'en trouvait un, construit en bois, sur la place Louis XV; le plus considérable était le *théâtre de Molière.*

LE THÉÂTRE DE MOLIÈRE, situé rue Saint-Martin, entre les n°s 105 et 107, fut établi en 1792, et dirigé par le sieur Boursaut, directeur et acteur. Ce théâtre était orné avec goût et recherche : des glaces formaient le fond des loges. Il fut avec plusieurs autres supprimé par un décret de Bonaparte, en 1807. La salle existe encore près du passage du même nom.

LE THÉÂTRE DU VAUDEVILLE, situé entre les rues de Chartres-Saint-Honoré et Saint-Thomas-du-Louvre, et maintenant place de la Bourse. Il fut fondé, en 1792, par Piis et Barré. Ce théâtre a un genre particulier qui l'a préservé de

---

(1) On reçoit à Paris, point central, des nouvelles en 3 minutes de Calais, par le moyen d'une ligne composée de 27 télégraphes; en 2 minutes, de Lille, par 22 télégraphes; en 6 minutes et demie, de Strasbourg, par 46 télégraphes; en 8 minutes, de Lyon, par 50 télégraphes; et en 8 minutes, de Brest, par 80 télégraphes.

la proscription prononcée par Bonaparte. De petites pièces, mêlées de couplets sur des airs connus, ont fait la fortune de ce spectacle, qui s'est soutenu avec distinction, quoiqu'il ait éprouvé tour à tour la vogue et l'indifférence des Parisiens. La salle de la rue de Chartres a été consumée par un incendie en 1838.

THÉATRE DE LOUVOIS, situé rue Louvois, n° 8. Il fut construit, en 1791, sur les dessins de l'architecte Brongniart, et ouvert en 1793. Après avoir été fermé pendant quelque temps, il fut dirigé par Picard. L'incendie de l'Odéon avait forcé cet artiste d'y transporter ses acteurs et ses talents. On y a joué jusqu'en 1808. Depuis, le Théâtre Italien y fut établi. Après l'événement fatal d'où est résulté, en 1820, l'interdiction de l'édifice de l'Opéra, les acteurs de ce dernier théâtre ont donné quelques représentations sur le théâtre de Louvois.

OPÉRA OU ACADÉMIE ROYALE DE MUSIQUE, situé rue de Richelieu, n° 73, et aujourd'hui rue Lepelletier, sur l'emplacement de l'hôtel de Choiseul. La demoiselle de Montansier, déjà directrice d'un théâtre à Paris, avait fait construire, en 1793, dans la rue de Richelieu, sur les dessins de l'architecte Louis, un vaste théâtre qui fut intitulé *Théâtre National,* puis *Théâtre des Arts.* Elle y fit jouer des pièces nouvelles, dont le succès éveilla, dit-on, la jalousie de quelques autres théâtres. Cette directrice, accusée d'avoir fait bâtir cet édifice en face de la Bibliothèque nationale, exprès pour incendier ce précieux dépôt, fut emprisonnée. Devenue libre, elle réclama longtemps des indemnités et son théâtre, où les acteurs de l'Opéra s'étaient installés. Un décret de 1795 porte que la nation française devient propriétaire de ce théâtre, moyennant la somme de huit millions en assignats. Cette vaste salle a continué à servir aux représentations de l'Opéra, jusqu'au 13 février 1820, époque d'un événement affreux. Ce jour, à onze heures du soir, le duc de Berri, sortant de ce spectacle et conduisant la duchesse à sa voiture, fut assassiné par Louvel. Transporté dans une des salles de ce théâtre, ce prince expira le lendemain à six heures du matin. L'édifice de l'Opéra fut fermé et ensuite démoli. En son lieu et place devait être érigé un monument expiatoire; mais dans ces dernières années, on y a élevé une belle fontaine.

Le spectacle de l'opéra fut transféré au théâtre Louvois, puis au théâtre Favart; et on s'occupa aussitôt de la construction d'une salle *provisoire.* On choisit l'emplacement des jardins de l'hôtel Choiseul, situé rue Grange-Batelière et rue Lepelletier, et les travaux, commencés au mois d'août 1820, sur les dessins et sous la conduite de M. Debret, ont été achevés le 15 août 1821.

COUR BATAVE, située rue Saint-Denis, n° 124, et communiquant au passage de Venise. On donne ce nom à une cour entourée de bâtiments élevés sur l'emplacement de l'église du Saint-Sépulcre. Une compagnie de Hollandais ou de Bataves acheta, en 1791, le terrain et les bâtiments de cette église; quelques années après, elle y fit faire des constructions que l'on voit aujourd'hui, et qui reçurent le nom de *Cour Batave.* Cet édifice a été bâti sur les dessins des sieurs Sobre et Happe. La principale cour est entourée de portiques et d'une galerie couverte, bordée de boutiques, et communique avec deux autres cours, circonscrites par des bâtiments réguliers.

J'indiquerai, mais je ne décrirai pas quelques monuments élevés par l'esprit de parti et qui n'eurent qu'une existence éphémère, tels sont l'espèce de *sacellum* dédié à *Marat*, sur la place du Carrousel, et ce monument en plâtre qu'on établit sur l'esplanade des Invalides, où l'on voyait le parti de la Montagne, sous la forme d'Hercule, frappant à coups de massue les crapauds du marais, c'est-à-dire les ennemis du régime de la Terreur.

FIGURE DE LA LIBERTÉ, élevée sur le piédestal de la statue de Louis XV, au centre de la place de la Concorde. Elle fut érigée pour la cérémonie de l'acceptation de la constitution de 1793. La Liberté, dans des proportions très-colossales, était représentée assise, coiffée du bonnet phrygien, s'appuyant d'une main sur une haste, et tenant de l'autre le globe terrestre. Cette figure, ouvrage de Lemot, est restée en place jusqu'en 1800, époque où un arrêté de Bonaparte ordonna sa démolition, pour y substituer une prétendue colonne départementale dont on n'a vu que l'image en charpente recouverte de toile peinte.

PARIS SOUS LE DIRECTOIRE ET LES DEUX CONSEILS.

Après la journée du 9 thermidor, la Convention, affranchie du joug de Robespierre, travaille à réparer les maux de la Terreur et s'occupe à donner une constitution à la France. Le parti étranger est alarmé, il renoue ses intrigues, sème le trouble dans plusieurs lieux, soulève les habitants, affame Paris, produit les mouvements du 1er et du 12 germinal an III (21 mars et 1er avril 1795), et l'émeute plus déplorable encore des trois premiers jours de prairial suivant (20, 21 et 22 mai 1795). Pendant qu'une partie des Parisiens faisaient entendre encore les chants de reconnaissance dont la Convention, libératrice des Français, était l'objet, une autre partie, séduite ou aveuglée, s'armait contre cette assemblée gouvernante. Le général Danican, chef de cette expédition, souleva la plupart des sections de Paris rassemblées pour les élections, et arma quarante mille hommes qui furent dirigés contre le gouvernement. La Convention prise au dépourvu, trahie par quelques-uns de ses membres, n'avait qu'environ quatre mille hommes de troupes réglées et du canon à opposer à ces forces. Alors Barras, en qualité de général, fut chargé de sa défense. Il nomma pour son second un officier qui depuis a rempli l'univers de sa renommée. Cet officier était *Bonaparte*, et les événements de vendémiaire an IV commencèrent sa fortune. La Convention, vivement attaquée, fut défendue de même : elle triompha, et usa de sa victoire avec beaucoup de modération. Vingt-deux jours après ce combat, le 6 brumaire an IV (28 octobre 1796), la constitution fut mise en activité, et le gouvernement du Directoire et des deux Conseils commença. Ce gouvernement, que Bonaparte avait puissamment contribué à établir, fut, quatre ans après, renversé par ce même général, dans la séance tenue à Saint-Cloud, le 19 brumaire an VIII (10 novembre 1799).

Le gouvernement directorial, occupé de guerres contre une grande partie de l'Europe, occupé à réprimer des trahisons de toute espèce, à se débattre contre un gouvernement occulte organisé dans l'intérieur de la France, en butte à

HISTOIRE DE PARIS

LA CHAMBRE DES DÉPUTÉS.

une infinité de manœuvres sourdes et d'attaques à force ouverte, n'a pu, pendant les quatre années d'une existence fort troublée, faire dans Paris des établissements importants. Il a organisé toutes les administrations de France, et procuré à ses habitants un calme dont ils n'avaient pas joui depuis plusieurs années. Il a, sans secousse, fait disparaître de la circulation les assignats, et leur a substitué le numéraire métallique. — Voici la notice des établissements faits sous ce gouvernement de courte durée.

PALAIS DU CONSEIL DES CINQ-CENTS, puis du CORPS LÉGISLATIF, enfin de la CHAMBRE DES DÉPUTÉS. La constitution de l'an III avait établi un Directoire exécutif et deux conseils, l'un nommé *des Cinq-Cents*, l'autre *des Anciens*. Le Directoire exécutif fut logé dans l'hôtel du petit Luxembourg, le conseil des Anciens dans la salle du château des Tuileries, et le conseil des Cinq-Cents dans la salle dite du *Manége*, près la terrasse des Feuillants. Cette salle était incommode et sans dignité. On s'occupa dès l'an IV de donner au conseil des Cinq-Cents un lieu plus convenable. Le Palais-Bourbon fut choisi.

Pendant les années 1795 et 1796, l'architecte Gisors fit exécuter dans ces bâtiments les travaux nécessaires à leur nouvelle destination. Le milieu de la façade du côté du cours de la Seine correspond avec l'axe du pont Royal, de la place de la Concorde et de la Madeleine. Des vues économiques dirigèrent l'architecte dans la composition de cette façade; il conserva quelques parties de l'ancienne construction, mura les croisées, et ajouta au centre un avant-corps décoré de six colonnes. En 1798, le conseil des Cinq-Cents vint prendre possession dans sa nouvelle salle. Son plan demi-circulaire était, comme il est aujourd'hui, disposé en amphithéâtre. Le fauteuil et le bureau du président, précieux par leur forme et leur matière, furent placés au centre et en face des banquettes en gradins. En avant de ce bureau était la tribune, ornée d'un bas-relief, de Lemot, représentant l'*Histoire*.

En 1807, un autre gouvernement moins économe fit construire à cette salle une façade plus convenable, sur les dessins de Poyet. Au-devant de cette façade s'étend un vaste perron contenant un escalier. Au bas, et sur des piédestaux, sont les statues colossales de la Justice et de la Prudence; on voit aussi en avant les figures assises, également colossales de Sully, de Colbert, de L'Hôpital et d'Aguesseau. Ces figures sont en pierre couverte d'un enduit. Au-dessus de cet escalier, la façade présente sur la même ligne douze colonnes corinthiennes, de grande proportion, qui supportent un entablement et un fronton. On y fit modeler par M. Fragonard un bas-relief représentant la Loi sur un char. Ce bas-relief vient d'être remplacé par une sculpture de M. Cortot.

Dans la cour d'honneur on remarquait deux statues représentant la Sagesse et la Force : la première était l'ouvrage de Bridan, la seconde celui de d'Espercieux. Ces embellissements furent exécutés sous Napoléon, qui nomma cet édifice *Palais du Corps Législatif;* il donna aux députés un costume brillant de broderies en or, et leur ôta en même temps la faculté de parler. En 1814, cet édifice reçut le nom de *Palais de la Chambre des Députés*, et le conserve encore. Depuis quinze ans on y a fait de grands travaux d'embellissement.

EXPOSITION PUBLIQUE DES PRODUITS DE L'INDUSTRIE FRANÇAISE. Ce fut sous ce gouvernement qu'on vit la première *exposition publique des produits des manufactures et de l'industrie française.* Elle eut lieu au Champ de Mars, à la fête de la fondation de la République, en 1798; elle dura dix jours. Le 18 avril 1801, le ministre Chaptal écrivit aux préfets des départements, pour qu'ils déterminassent les manufacturiers et fabricants à porter à l'exposition les produits de leur industrie. Cette exposition eut lieu, pendant les jours complémentaires, dans le Louvre. Les gouvernements qui sont venus ensuite ont adopté cette institution. Ces expositions se sont reproduites successivement sur l'esplanade des Invalides, et dans les bâtiments de l'administration des ponts et chaussées, au petit hôtel Bourbon et dans la cour du Louvre. Depuis 1830, ces expositions ont lieu tous les cinq ans, et se sont faites jusqu'à présent dans le grand carré des Champs-Élysées.

OCTROI DE BIENFAISANCE. Le Directoire exécutif sentit la nécessité de pourvoir aux besoins des hôpitaux de Paris, dont les biens étaient en grande partie vendus comme propriétés nationales; il demanda donc une contribution pour l'entretien des hospices et pour les dépenses communales. Le Corps Législatif autorisa cette contribution indirecte. Les barrières de Paris furent réparées, et, le 22 octobre 1798, la perception commença. Elle était faible et peu onéreuse; elle devint, sous Bonaparte, aussi forte, aussi gênante qu'elle l'était sous l'ancien régime.

LES THÉOPHILANTHROPES. En 1796 on vit éclore une secte nouvelle, secte plus morale que religieuse. Dans ses réunions, toujours publiques, on prêchait les devoirs des hommes envers leurs semblables, les devoirs des enfants envers leurs parents, des pères envers leurs enfants; les devoirs réciproques des époux, et on faisait entendre des témoignages de reconnaissance pour l'Être des êtres. La première séance des *théophilanthropes,* ou *amis de Dieu et des hommes,* se tint, le 15 janvier 1797, dans une maison de la rue Saint-Denis, au coin de celle des Lombards. La salle consacrée à ces réunions offrait sur ses murs, et dans des tableaux, écrites en gros caractères, des maximes relatives aux vertus sociales, à la bienfaisance, à la justice. Un autel, sur lequel était une corbeille de fleurs ou de fruits, symbole de la création et du développement végétal, étaient, avec ces maximes, les uniques objets offerts à la contemplation des assistants. Un orateur, dans un costume simple, mais dont la forme s'écartait des vêtements communs, développait les avantages d'une vie régulière, et des actions bienfaisantes. Après le discours, on chantait des hymnes auxquels les assistants mêlaient leurs voix.

Les théophilanthropes faisaient de nombreux prosélytes. Leur premier local ne put contenir la foule qui s'y portait. Ils sollicitèrent la permission de tenir leurs séances dans quelques églises de Paris. Ils s'établirent successivement dans les églises de Saint-Jacques-du-Haut-Pas, de Saint-Sulpice, de Saint-Thomas-d'Aquin, de Saint-Étienne-du-Mont, de Saint-Médard, de Saint-Eustache, de Saint-Germain-l'Auxerrois, etc. La théophilanthropie, en faveur à Paris, s'étendit dans les départements, y fit des progrès et franchit même les limites de la France. Bonaparte, en s'emparant de l'autorité, vit avec inquiétude une réunion d'hommes qui, par son influence, pouvait contrarier ses projets ambitieux. Il retira d'abord aux théophilanthropes les faibles secours que leur accordait le gouvernement; puis, il envoya dans les lieux où ils s'assemblaient des agents chargés d'y exciter du trouble, et d'y tourner en dérision les choses et les paroles. Enfin, par son arrêté du 4 octobre 1801, il mit fin à leur existence, en défendant aux théophilanthropes de se réunir dans les édifices nationaux, et en refusant ensuite de leur donner acte de leur déclaration, lorsqu'ils louèrent un local particulier pour y tenir leur assemblée.

Le gouvernement directorial, comme à l'ordinaire, fut blâmé, insulté et méprisé par celui qui le renversa. Cependant il avait soutenu avec succès l'effort des puissances étrangères, fait jouir les Français d'une liberté qui ne fut limitée que par les lois, et organisé toutes les administrations. — Sous le Directoire, le palais du Luxembourg fut ragréé : on y construisit une aile de bâtiment, située à l'ouest, dans l'alignement de la façade du jardin, aile qui fut abattue sous Bonaparte; et on commença les travaux de la grande avenue de ce jardin. Le Muséum d'histoire naturelle reçut un accroissement considérable; enfin plusieurs quais furent rétablis (1).

<hr>

PARIS SOUS NAPOLÉON BONAPARTE

D'abord *général et membre de l'Institut*, Napoléon, revenu d'Égypte à Paris, ayant renversé, dans la journée du 19 brumaire an VIII (10 novembre 1799), le gouvernement existant, devint *troisième consul provisoire* de la république française. En vertu de la constitution du 22 frimaire suivant, il fut élevé au rang de *premier consul*. Selon cette constitution, le consulat ne devait durer que dix ans. Bonaparte, le 14 juillet 1802, lui porta la première atteinte, en se faisant proclamer *consul à vie*. Enfin, le 18 mai 1804, il se fit déclarer *empereur*. Je n'entreprendrai pas de décrire, avec détail, les fêtes dont Paris fut le théâtre à l'occasion du couronnement de Napoléon, par le pape Pie VII, dans la basilique de Notre-Dame, le 2 décembre 1804. Elles eurent le cachet de magnificence que ce grand homme a su imprimer à toutes les solennités qui ont eu lieu sous son règne. — Après la paix de Tilsitt, en novembre 1807, les soldats de la garde impériale furent réunis, aux Champs-Élysées, dans un immense banquet, offert par la municipalité parisienne. Toute la population applaudit à cet honneur rendu à la bravoure et à la gloire de ce célèbre corps d'élite. — D'autres fêtes, d'un autre genre, furent célébrées à Paris, à l'occasion du mariage de l'empereur avec

(1) Trois théâtres furent fondés à cette époque : 1° le théâtre de la *Cité* où Franconi a donné des représentations équestres, et qui a été transformé en salle de bal, aujourd'hui le *Prado*; 2° le *Théâtre-Olympique*, rue de la Victoire, n° 30, maintenant consacré à des bains; 3° le théâtre des *Victoires-Nationales*, rue du Bac, supprimé en 1808.

l'archiduchesse Marie-Louise, le 2 avril 1810. La cérémonie se fit à l'église Saint-Germain-l'Auxerrois, en présence de toutes les illustrations de l'empire. Un an après, Napoléon avait un fils, et les habitants de Paris, qui se pressaient en foule compacte dans le jardin des Tuileries, saluaient l'enfant, *roi de Rome*, comme l'espoir de la France. A cette occasion il y eut des réjouissances publiques, et des fêtes magnifiques, qui furent données par le corps municipal.

Le seul fait important que je trouve à signaler pour l'histoire spéciale de Paris, est la conspiration du général Mallet. Détenu pour complot politique, il s'évada de prison le 23 octobre 1812, rassembla quelques troupes qui lui étaient dévouées, fit sortir de la Force les généraux Guidal et Lahorie, détenus pour la même cause que lui, et sema le bruit de la mort de l'empereur. Puis, aidé par les royalistes et muni de fausses lettres et de faux décrets, il se rendit maître des principaux postes de la ville, s'empara de la personne de Savary et de Pasquier, chefs de la police, et les destitua. Le succès semblait assuré à cette audacieuse entreprise. Mais arrivé à l'état-major de la place, commandé par le général Hullin, Mallet trouva une vive résistance et fut arrêté. Le lendemain, il fut traduit devant une commission militaire qui le condamna à mort, lui et treize de ses complices. Telle fut l'issue rapide et sanglante de cette conspiration qui fit grand bruit dans Paris.

On connaît les désastres de la fatale campagne de Moscou et le résultat de la coalition des armées étrangères pour renverser Napoléon. Le 30 mars 1814, Marmont et Mortier livrèrent sous les murs de Paris une bataille qui coûta plus de 18,000 hommes aux ennemis; mais qui n'empêcha pas, pour Napoléon, la perte de la capitale de son empire. Les armées étrangères firent leur entrée dans la ville, et pendant leur séjour y gardèrent une discipline honorable pour les vainqueurs comme pour les vaincus. Le 2 avril, le gouvernement provisoire, nommé par les sénateurs, prononça la déchéance de Napoléon; le 11 du même mois, Napoléon envoya aux puissances coalisées son acte d'abdication; enfin quelques jours après il quittait la France, et partait pour l'île d'Elbe.

Cependant les membres de la famille de Bourbon avaient été rappelés, et Louis XVIII remontait sur le trône de ses ancêtres. Le 30 mai, ce roi signa la *convention de Paris* qui réglait les limites et les droits internationaux de la France; enfin le 4 juin, il octroyait aux Français une charte constitutionnelle qui devait servir de base au nouveau gouvernement.

Le règne de Napoléon fut une ère de prospérité pour la France. Alors les administrations furent réorganisées, et les institutions publiques assises sur des bases nouvelles et stables. Les écoles et les théâtres furent l'objet de plusieurs décrets qui devaient les faire entrer dans une voie continuellement progressive. On voit briller dans toutes les branches des arts, des belles-lettres et des sciences, une foule d'hommes d'un talent éminent. MM. de Chateaubriand, de Fontanes, Daru, Daunou, Lebrun, J. de Maistre, Andrieux, Reynouard, Delille, Michaud, Picard, Millevoye, Parny et madame de Staël publient des livres ou écrivent pour le théâtre des œuvres qui ont un grand retentissement. Les travaux de Lacépède, Cuvier, Geoffroi Saint-Hilaire, Bory de Saint-Vincent, J. Thouin et Brongniart étendent le domaine des sciences naturelles. Il suffit de nommer

Laplace, Berthollet, Delambre, Lagrange, Vauquelin, Chaptal et Biot pour rappeler les progrès immenses que les mathématiques, l'astronomie la physique et la chimie ont accompli pendant la période impériale. La médecine et la chirurgie s'honorent des travaux de Dubois, de Boyer, de Larrey, de Desgenettes, de Beclard, de Pinel, de Corvisart, de Chaussier, etc. A la tête des hommes que leurs études sur la législation et la jurisprudence ont rendus célèbres, il faut placer les Portalis, les Treilhart, les Merlin, les Tronchet, les Henrion de Pansey, etc.

Notre école de peinture historique, animée par les hauts faits des armes françaises, brillait d'un vif éclat. Pendant que David, Gros, Gérard, Guérin, Girodet exécutaient des tableaux qui ont inauguré une ère nouvelle dans l'histoire de la peinture en France, Prud'hon, Carle Vernet, Vandaël et Isabey, dans des genres divers, prenaient rang parmi les artistes les plus distingués. Chaudet, Lemot Bosio, Canova, tiraient, du marbre ou du bronze, des statues et des bas-reliefs qui sont loin d'être indignes de l'admiration de notre temps. Le baron Desnoyer et Berwick faisaient paraître leurs excellentes gravures ; MM. Gatteau, Andrieux, Thiollier, Galle et Desmarest, leurs gravures en médailles. Les architectes, quoique entraînés par un amour exclusif pour l'art romain, ont laissé des travaux recommandables. Chalgrin, Brongniart, Lepère, Fontaine, Petit-Radel, Percier et Legrand ont fourni les dessins de la plupart des monuments élevés au commencement de notre siècle. La musique elle-même prit un essor brillant ; on admirera toujours avec raison les œuvres de Paëz, Nicolo, Paësiello, Berton, Lesueur, Cherubini, etc.

On voit que l'époque impériale ne sera pas mémorable seulement pour ses hauts faits d'armes, et qu'elle peut offrir au respect des générations futures d'autres noms que ceux des généraux qui, en si grand nombre, ont brillé sur tant de champs de bataille dans presque toutes les contrées de l'Europe. Aucun genre d'illustration ne lui aura manqué, et elle remplira toujours une des pages les plus glorieuses de l'histoire de France.

Napoléon, du reste, fit beaucoup pour Paris : par ses soins, cette ville fut réparée et embellie ; il y fit exécuter un grand nombre de travaux et y fonda une foule d'établissements publics.

HALLES, MARCHÉS, ENTREPOTS, GRENIERS DE RÉSERVE (1).

LE MARCHÉ SAINT-GERMAIN, situé sur l'emplacement de l'ancienne foire de ce nom, entre les nouvelles rues de Félibien, Mabillon, Lobineau et Clémencé. La

---

(1) Sous Napoléon, plusieurs marchés furent établis : ils ne présentent rien de monumental dans leur construction. Nous citerons le *marché aux Fleurs*, quai Desaix (1808), orné de deux fontaines et de quatre allées plantées d'arbres ; le *marché Saint-Honoré*, sur l'emplacement du couvent des Jacobins ; la *halle au vieux linge*, rue et enclos du Temple, construit par Molicras, en 1811 ; le *marché de l'abbaye Saint-Martin*, bâti en 1817 par Petit-Radel, avec une fontaine sur les dessins de Gois, fils ; le *marché des Blancs-Manteaux*, sur l'emplacement du couvent des Filles de Saint-Gervais (1819), est orné de deux fontaines à mufle de taureau ; le *marché des Carmes*, rue des Noyers, a été achevé en 1823, et présente des magasins souterrains : cet édifice est de l'architecte Vaudoyer ; le *marché à la viande*, entre les rues du Four, des Deux-Écus et des Prouvaires (1818) est sans intérêt ; la *halle à la volaille*, dite aussi la *Vallée*, quai des Grands-Augustins (1814-1817), est due au talent de M. Petit-Radel. Elle présente deux corps de bâtiments avec une fontaine de Gois fils.

construction en fut commencée en 1811 et achevée en 1820. Ce marché est le plus vaste, le plus beau, le mieux construit de tous ceux de Paris. Le plan de cette Halle, fourni par M. Blondel, offre un parallélogramme régulier de 92 mètres de longueur sur 75 mètres de largeur. Les faces des deux grands côtés ont chacune vingt-deux arcades cintrées; les deux faces des deux petits côtés en ont dix-sept. L'intérieur présente quatre nefs, entre lesquelles est une cour spacieuse. Au centre on a placé, en 1825, la fontaine monumentale qu'on avait élevée sur la place de Saint-Sulpice.

Le bâtiment destiné aux boucheries, situé au sud de la halle, n'en est séparé que par la rue Lobineau. Il a les mêmes formes que ce principal édifice. En face de l'entrée principale, on voit une fontaine adossée au mur et décorée par une figure allégorique de l'Abondance. Sous cette boucherie sont pratiquées des caves, divisées en cent cinquante cases fermées et séparées par des grilles, qui forment autant de serres, dans lesquelles les marchands peuvent déposer les denrées non vendues, et s'abriter lors des rigueurs de l'hiver.

GRENIERS DE RÉSERVE, situés sur le boulevard Bourdon, et sur l'emplacement du jardin de l'Arsenal. La première pierre fut posée en 1807; dans les années suivantes, l'édifice s'éleva sous la conduite de M. Delannoy. Cet édifice devait avoir six étages, et n'en a que deux; on lui a fait une toiture *provisoire* avec le bois qui avait servi aux échafauds de l'arc de l'Étoile. Cet édifice, ainsi terminé en 1817, est d'une étendue considérable; il a près de 350 mètres de longueur; il est divisé par cinq avant-corps ou pavillons, et par cinq arrière-corps. Les salles de l'intérieur sont d'une étendue qui frappe d'admiration celui qui y pénètre pour la première fois. Ce bâtiment peut recevoir 45,000 sacs de farine, ce qui suffit pour la consommation de la ville pendant un mois.

ENTREPOT ET HALLES AUX VINS ET EAUX-DE-VIE, situés quai Saint-Bernard. En 1656, les sieurs Chamarande et de Baur obtinrent du roi l'autorisation d'établir une halle aux vins. Ce projet rencontra des oppositions de la part des administrateurs de l'Hôpital général, qui, en 1662 consentirent à son établissement, à condition qu'ils recevraient la moitié des bénéfices. Cette halle fut bâtie en 1662, et on y joignit une chapelle de *Saint-Ambroise*. Depuis longtemps l'insuffisance de ce local était sentie. Un décret impérial du 30 mars 1808 ordonna la construction d'une nouvelle halle sur un plan beaucoup plus vaste. Les travaux furent commencés sur les dessins et sous la direction de M. Gaucher, architecte; et le 15 août 1811, on posa la première pierre de l'édifice. Cet établissement, qui occupe l'emplacement de l'abbaye de Saint-Victor, de la terre d'Alez, etc., se compose de cinq grandes masses de constructions, et de deux bâtiments destinés à l'administration, sans y comprendre les petits celliers établis dans la partie irrégulière que laisse la rue de Seine. Des cinq masses de constructions, deux, placées au centre de l'établissement, servent au marché de vins. Des trois autres masses placées du côté des rues de Seine, de Saint-Bernard et de Saint-Victor, deux contiennent chacune vingt et un celliers et la troisième en contient quarante-neuf. Sur chacune de ces cinq masses sont élevés des magasins; et les magasins de celle du milieu, du côté la rue Saint-Victor, sont destinés aux eaux-de-vie. Ces constructions n'ont été achevées qu'en 1818.

Depuis cette époque, on s'est occupé de la fondation de la masse de constructions située du côté de la rue Saint-Victor ; on y compte vingt-trois celliers, un magasin supérieur, et un magasin destiné aux eaux-de-vie. Cet établissement, qui couvre une superficie de 134,000 mètres, peut contenir 208,000 pièces de vin. — Il y a plus de 17,000 pièces d'eau-de-vie dans les magasins.

ABATTOIRS, ou bâtiments destinés aux tueries des bestiaux. Avant ces établissements, les bouchers conduisaient les bœufs, qu'ils avaient achetés dans les marchés de Sceaux ou de Poissy, à travers les rues de Paris, et exposaient les habitants à plusieurs dangers. On souhaitait depuis longtemps que les bestiaux n'entrassent plus dans cette ville, et que les tueries fussent portées hors de ses murs. Un décret de Napoléon (1810) porte qu'il sera fondé à Paris cinq abattoirs, savoir : trois sur la rive droite de la Seine, et deux sur la rive gauche.

L'*Abattoir du Roule,* situé dans la plaine de Monceaux, au bout de la rue de Miroménil, fut construit, en 1810, sur les dessins et sous la conduite de Petit-Radel. Cet édifice se compose de quatorze corps de bâtiments et de plusieurs cours. L'espace qu'il occupe a 1,202 mètres de longueur sur 118 de largeur. L'*Abattoir de Montmartre* est situé entre les rues Rochechouart, de la Tour d'Auvergne et des Martyrs, et les murs de Paris. Cet établissement fut bâti sur les dessins de Poitevin. L'emplacement qu'il occupe a 350 mètres de longueur sur 127 mètres de largeur. Il contient quatre bergeries, quatre bouveries, et autres corps de bâtiments. L'*Abattoir de Popincourt* est situé entre l'avenue Parmentier et l'avenue des Amandiers. MM. Happe et Vautier, architectes, ont contribué à la construction de cet immense édifice, qui a sept bergeries, sept bouveries, etc. L'*Abattoir d'Ivry,* situé près de la barrière d'Italie, a été bâti sur les dessins de Leloir. Il occupe un espace considérable, quoiqu'il se compose de bâtiments moins étendus que les abattoirs dont je viens de parler. L'*Abattoir de Vaugirard,* situé entre l'avenue de Saxe, la place et l'avenue de Breteuil, a été construit sur les dessins de Gisors. Ces cinq abattoirs ont été terminés en 1818, ils couvrent une superficie de 156,500 mètres carrés, et ont coûté cent vingt millions. A partir de cette époque, les bestiaux ne purent plus être conduits, dans l'intérieur de Paris, aux étables et abattoirs particuliers.

PONTS ET QUAIS.

Une loi du 15 mars 1801 ordonne la construction de trois ponts à Paris.

Le *pont d'Austerlitz* ou *du Jardin des Plantes* communique aux quais Morland et de la Râpée, aux quais de l'Hôpital et de Saint-Bernard. Ce pont, commencé en 1802, fut, en 1806, ouvert aux piétons ; et, en 1807, aux voitures ; il reçut le nom *d'Austerlitz,* en mémoire de la célèbre bataille gagnée, en 1805, par les Français. Il a été construit sous la direction de M. Lamandé, d'après les dessins de M. Becquey-Beaupré, aux frais d'une compagnie qui doit, pendant 70 ans, l'entretenir et percevoir un péage. Les culées et les piles du pont sont fondées sur pilotis. Cinq arches en fer fondu présentent chacune une portion de cercle ; leur dimension moyenne est de vingt-cinq mètres.

Le *pont de la Cité*, commencé en 1801 et terminé en 1804, fut entrepris par une compagnie qui y perçoit un péage. Ses deux culées et son unique pile sont en maçonnerie et fondées sur pilotis ; ses deux arches en charpente de chêne, doublées en cuivre et goudronnées, portaient un plancher destiné aux cabriolets et aux gens de pied.

Le *pont des Arts* communique du Louvre au palais de l'Institut. Son nom lui vient du Louvre, qui portait le titre de *Palais des Arts*. Ce pont, qui ne sert qu'aux piétons, fut commencé en 1802 et terminé en 1804. Ses culées et ses piles, en pierres de taille, sont fondées sur pilotis. Il a neuf arches en fer fondu supportant le plancher qui sert de route. Ce pont est, à Paris, le premier dont les arches furent construites en fer.

Le *pont d'Iéna*, situé en face de l'édifice de l'École-Militaire et du Champ de Mars. Ce pont, tout construit en pierres de taille, fut commencé en 1809 et achevé en 1813, sous la direction de MM. Lamandé et Dillon. Il se compose de cinq arches à plein cintre, dont le diamètre moyen est de vingt-huit mètres. A chaque extrémité des parapets sont des piédestaux destinés à porter des statues. Au-dessus de chaque pile, et dans l'intervalle des arches, étaient sculptés des aigles entrelacés de couronnes. La dénomination d'*Iéna* fut donnée à ce pont en mémoire de la bataille de ce nom. Lorsqu'en 1815 l'armée prussienne vint à Paris, son chef voulut faire sauter ce pont. Quelques tentatives furent faites sans succès. On négocia avec lui, et il fut convenu que le pont serait conservé, mais qu'il porterait le nom de *pont des Invalides*.

Quai d'Orsai, situé entre le Pont-Royal et le pont de la Concorde. Il portait anciennement le nom de *la Grenouillère*. Il doit son nom au prévôt des marchands, Boucher d'Orsay, qui, en 1708, en fit commencer une partie. Il fut, sous Bonaparte, dans les années 1808 et 1809, entièrement reconstruit ; il porta d'abord le nom de *quai Bonaparte ;* en 1814, on lui redonna son ancien nom de *quai d'Orsai*. Le *quai des Invalides* est à la suite du quai d'Orsai, et commence au delà du pont Louis XVI. La première pierre de ce quai fut posée le 2 juillet 1802. — *Quai de Billy*, situé au bas de Chaillot, sur la rive droite de la Seine. Ce quai portait indistinctement les noms *de la Conférence, de Chaillot* et *des Bons-Hommes*. Par décret du 10 janvier 1807, il reçut le nom du général de Billy, tué à la bataille d'Iéna. — Le *quai de la Conférence* longe les Champs-Élysées et le Cours-la-Reine. Son mur de terrasse, entrepris sous le gouvernement du Directoire, fut continué sous le règne de Bonaparte et est terminé maintenant. — Le *quai du Louvre*, qui s'étend depuis le Pont-Royal jusqu'au pont des Arts, fut considérablement réparé sous ce règne. Le mur de terrasse, ses parapets, ses trottoirs, furent construits en 1803. Sur le bord de la Seine, au bas de ce quai, au *port Saint-Nicolas*, on établit un *bas-port* très-solide et très-commode au commerce. — *Quai Desaix*, situé entre le pont Notre-Dame et le pont au Change, sur la rive gauche de la Seine. Il occupe l'ancien emplacement de la rue de la Pelleterie. Il est bordé, du côté de la Cité, par le *Marché aux Fleurs*. Ce quai fut complétement achevé en 1812. — Le *quai de la Cité* commence au pont de la Cité et se termine au pont Notre-Dame. Un arrêté du gouvernement, 22 octobre 1803, ordonne l'ouverture de ce quai et la construction de son mur de terrasse. Les travaux furent achevés en 1813. Sur l'emplacement de ce quai étaient autrefois des maisons hideuses, et les rues étroites, dites *Basses-des-Ursins* et d'*Enfer*, qui menaient à la rivière. — *Quai Catinat.* Il commence au pont de la Cité et à la rue Bossuet, et finit au pont au Double et à la rue de l'Évêché. Ce quai, ordonné par décret du 20 mars 1809, fut terminé en 1813. Il contourne l'ancien jardin de l'archevêché, et occupe une partie du lieu appelé le *Terrain* ou la *Motte aux Papelards*, et une partie des jardins des chanoines et de l'archevêché. — Le *quai Montebello* ou *Bignon*, aujourd'hui *quai Saint-Michel* commence au pont Saint-Michel et finit au Petit-Pont. Bignon, prévôt des marchands, avait, en 1772, projeté sa construction, mais alors il y avait loin du projet à l'exécution. Il fut commencé en 1811 et achevé en 1813. — Le quai *Morland* s'étend le long du petit bras de la Seine qui le sépare de l'île Louvier. Il occupe l'emplacement d'un ancien *Mail*, auquel succéda un chemin bordé de cabarets. On lui donna, en 1806, le nom qu'il porte en mémoire de Morland, commandant des chasseurs à cheval de la garde, tué le 2 décembre 1805, à la bataille d'Austerlitz. — *Quai nouveau de la Tournelle.* Il s'étend depuis le pont au Double jusqu'au port aux fruits. Il fut terminé en 1819. — Les quais qui bordent la Seine au nord du cours de cette rivière ont éprouvé, dans les années 1830 et les suivantes, de notables améliorations. Les uns reconstruits, élargis aux dépens du lit de la Seine ; d'autres alignés, nivelés ; tous, rendus plus commodes, offrent, au lieu de ces étroits passages où les piétons se pressaient, se heurtaient, où les voitures s'embarrassaient, offrent, dis-je, aujourd'hui de magnifiques abords, des promenades, des places spacieuses et des communications faciles et dignes d'une grande cité.

EAUX DE PARIS.

LE CANAL DE L'OURCQ. Un décret du 19 mai 1802 porte « qu'il sera ouvert un « canal de dérivation de la rivière de l'Ourcq, qui amènera cette rivière dans « un bassin près de la Villette. » Un autre décret assigne les fonds qui sont nécessaires sur les produits des octrois établis aux entrées de Paris, et charge le préfet du département de la Seine de l'administration générale de ces travaux. La prise d'eau dans l'Ourcq fut fixée au bief supérieur du Moulin de Mareuil, distant de la barrière de Pantin de 24 lieues.

Ce canal a plusieurs objets d'utilité : le premier consiste à amener dans le bassin de la Villette assez d'eau pour suffire aux besoins de Paris ; le second à établir une communication navigable entre la rivière d'Ourcq et Paris ; le troisième à former un canal de la Seine à la Seine, composé de deux branches navigables, alimentées par le bassin de la Villette : l'une dirigée de Saint-Denis à ce bassin, et l'autre de ce même bassin aux fossés de l'Arsenal ; et le quatrième, à disposer du superflu des eaux pour former des usines dans Paris, et principalement sur les deux rives du canal de la Seine à la Seine.

LE BASSIN DE LA VILLETTE, commencé en 1806 et terminé en 1809. Il présente un parallélogramme dont la plus grande dimension est de 800 mètres, et la moindre de 80. Ce bassin, bordé de quatre rangs d'arbres, acquiert un nouvel ornement de l'édifice magnifique qu'offre la barrière de Pantin.

AQUEDUC DE CEINTURE. L'eau qui sert aux besoins et aux embellissements d'une partie de Paris sort d'un des angles du bassin de la Villette, parcourt l'*aqueduc de Ceinture*, long de 4,350 mètres, et qui s'étend de ce bassin jusqu'à Monceaux. De cet aqueduc partent deux branches, l'une appelée de *Saint-Laurent*, et l'autre des *Martyrs*. Ces deux galeries, dont la première a 900 mètres de longueur, l'autre 800, parties de l'aqueduc de Ceinture, se terminent au grand égout. Elles ont des ramifications de moindres dimensions, ainsi que des tuyaux en fonte de fer de 9,700 mètres de longueur, qui alimentent les bornes fontaines de la rue Saint-Denis et d'autres rues adjacentes, les fontaines des Innocents, du Ponceau, et la belle fontaine du boulevard de Bondi.

LE CANAL SAINT-MARTIN, appelé d'abord *Canal de navigation*, partant du bassin de la Villette, et aboutissant à la *gare des fossés de l'Arsenal*. Ce canal passe entre l'hôpital Saint-Louis et le boulevard extérieur, traverse le faubourg du Temple, la rue Ménilmontant, celle du Chemin-Vert, et arrive à la place de la Bastille. Sa pente totale, de 25 mètres, est répartie en dix écluses. Le 13 mai 1822, M. le préfet de la Seine a posé, dans les fossés de la Bastille, la première pierre de l'écluse de la Seine, pour le canal Saint-Martin.

LA GARE DE L'ARSENAL, à laquelle aboutit le canal Saint-Martin, établie sur les fossés de l'Arsenal, peut contenir 70 à 80 bateaux. Le canal Saint-Martin sert de complément au canal de communication de la Seine à la Seine, en traversant divers quartiers de Paris ; communication dont le canal de Saint-Denis est la première partie.

LE CANAL SAINT-DENIS. Il commence près de Saint-Denis, au point où la petite rivière du Rouillon se jette dans la Seine, et se termine, au canal de l'Ourcq, à une pièce d'eau en demi-lune, au-dessus du bassin de la Villette. Ce canal, commencé en 1811, après avoir contourné les dehors de la ville de Saint-Denis, du côté de Paris, se dirige en ligne droite jusqu'au canal de l'Ourcq. La longueur totale de ce canal est de 6,600 mètres. Du point où commence le canal, il fallait aux bateaux, en parcourant les sinuosités de la Seine, trois jours pour arriver à Paris : il ne faut que huit heures, ou tout au plus une journée, pour qu'ils arrivent au bassin de la Villette. Ce canal fut achevé en 1821.

FONTAINES DE PARIS.

Les fontaines se multiplièrent dans cette ville, à la suite d'un décret impérial de 1806 ; celles qui, depuis des siècles, étaient frappées de stérilité, reçurent une nouvelle vie ; de plus, de nouvelles fontaines furent créées. Je vais donner la notice des plus curieuses.

La *fontaine de Desaix*, située au centre de la place Dauphine, fut élevée en 1802, sur les dessins de *Percier*, à la mémoire du général Desaix, tué à la bataille de Marengo. Ce monument est composé d'une cippe qui porte le buste de ce général, couronné par la France militaire. Le Pô et le Nil, fleuves témoins de ses exploits, sont représentés avec leurs attributs sur le bas-relief circulaire. Deux Renommées gravent sur des écussons, l'une *Thèbes* et les *Pyramides*, l'autre *Kehl* et *Marengo*.

Fontaine du Lion Saint-Marc, située sur l'Esplanade des Invalides. Elle était composée d'un grand piédestal, surmonté d'un socle sur lequel était le lion ailé qui décorait la place Saint-Marc à Venise. Ce lion, en bronze, était un monument de nos victoires; il a été rendu à ses anciens propriétaires. Cette fontaine, reconstruite depuis, présente un buste du général Lafayette.

Fontaine de l'École de Médecine, située sur la place de ce nom, et adossée à l'ancien bâtiment du couvent des Cordeliers. Elle fut construite sur les dessins de M. *Gondouin*. Elle présentait quatre colonnes doriques cannelées, supportant un vaste entablement. A travers ces colonnes, on voyait un enfoncement dont le plan demi-circulaire offrait une forme de niche, au bas de laquelle était un vaste bassin. Cette fontaine est remplacée aujourd'hui par une porte ouvrant sur l'hôpital de la Clinique; sous le péristyle on voit une copie, d'après l'antique, d'une statue d'Esculape.

Fontaine du Palmier, située au centre de la place du Châtelet. Elle fut construite en 1807. Au milieu d'un bassin circulaire de vingt pieds de diamètre, est un piédestal qui porte une colonne de 52 pieds de hauteur; son fût a la forme d'un palmier et son chapiteau en offre les rameaux. Sur le piédestal sont quatre statues symboliques par M. Boissot; elles représentent *la Loi*, *la Force*, *la Prudence*, *la Vigilance*. Elles forment un cercle autour de la base de la colonne, dont le fût est divisé par des anneaux de bronze doré, sur lesquels sont inscrits les noms de plusieurs victoires remportées par les Français. Aux quatre angles du piédestal sont placées quatre cornes d'abondance dont les parties inférieures se terminent par des têtes de poissons marins qui lancent de l'eau. Au-dessus du chapiteau de la colonne on voit une portion sphérique en bronze doré, d'où s'élance une figure de même métal; c'est celle de la Victoire, aux ailes éployées, élevant et tenant de chaque main une couronne.

Fontaine de l'Hospice militaire du Gros-Caillou, située rue Saint-Dominique. Elle est isolée, et offre une construction carrée, ornée de huit pilastres et d'un entablement dorique. Sur une de ses faces est un bas-relief représentant *Hygie* donnant un breuvage à un guerrier épuisé; dans les entre-pilastres sont des vases dont chacun est entouré par le serpent, symbole du dieu de la médecine. Cette fontaine fut terminée en 1809. — *Fontaine de l'Institut*, quai Conti. Cette fontaine ne consiste pas en un monument isolé; aux côtés du perron de la façade du palais on a construit deux bassins, qui sont remplis par quatre jets d'eau, sortis des gueules de quatre lions. *Fontaine de la rue de Vaugirad* ou de *Léda*, située à l'angle de la rue de ce nom et de celle du Regard. On y remarque un vaste bas-relief en pierre, qui représente Léda caressant Jupiter métamorphosé en cygne. C'est du bec en métal de ce cygne que sort l'unique jet de cette fontaine.

Fontaine de la rue Censier située au coin de cette rue et de la rue Mouffetard. On y remarque la figure, à mi-corps, d'un Satyre qui presse une outre, d'où, au lieu de vin, sort de l'eau. — *Fontaine de Tantale*, adossée aux maisons qui forment la *pointe Saint-Eustache*. Dans une niche est un vase qui reçoit l'eau sortie d'une coquille au-dessus de laquelle est une tête couronnée de fruits, qui, la bouche ouverte, semble s'efforcer, mais vainement, de se désaltérer avec l'eau dont cette coquille est pleine. — *Fontaine* ou *Château-d'Eau du boulevard Saint-Martin*. Elle fut terminée en 1810. Sa construction et le jeu de ses eaux présentent une forme pyramidale. Une gerbe volumineuse jaillit d'une cuvette supérieure, y retombe, puis ses eaux se versent dans une seconde cuvette, d'où elles sont versées dans une troisième, et enfin dans le bassin. Quatre socles divisent le bassin circulaire; sur chacun de ces socles sont posés des lions en fer fondu, qui de leur gueule lancent huit jets d'eau.

ÉGOUTS DE PARIS.

La Seine et la Bièvre, dans la partie méridionale de Paris, la Seine et le ruisseau de Mesnilmontant, dans la partie septentrionale de cette ville, recevaient l'écoulement des eaux pluviales. Lorsqu'on eut creusé des fossés autour des murailles de Paris, ces fossés servirent d'égouts. Quelques parties, aujourd'hui voûtées, conservent encore la direction des fossés : telle est notamment la partie de l'égout qui, de la rue de l'Ecole-de-Médecine, se jette dans la Seine, au-dessus de l'Institut ou du Collége Mazarin.

Hugues Aubriot, prévôt de Paris vers l'an 1370, fut le premier qui fit couvrir de maçonnerie une partie de la rigole qui se jetait dans le ruisseau de Mesnilmontant. Avant 1412, il existait un égout couvert sous la rue Saint-Antoine, qui versait ses eaux dans les fossés de la Bastille. On le détourna en cette année, et on le dirigea à travers la culture Sainte-Catherine, par la rue des Égouts et celle de Saint-Louis, à l'extrémité de laquelle on le retourna à l'ouest parallèlement aux murs de l'enclos du Temple. Arrivé à la porte de ce nom, il recevait un autre égout qui venait de la rue Saint-Denis, et suivait la rue du Ponceau et celle du Vertbois. Ces deux égouts étaient à découvert; on établissait de petits ponts aux endroits où le passage public l'exigeait, et la rue du Ponceau doit son nom à un de ses ponts. — Les eaux du quartier des halles se rendaient au ruisseau de Mesnilmontant, en suivant la rue actuelle du Cadran. L'égout voûté de la rue Montmartre se versait dans le ruisseau de Mesnilmontant, nommé alors le *grand égout de la ville*. Les choses restèrent en cet état jusqu'en 1605 : à cette époque, François Miron, prévôt de Paris, fit, à ses dépens, voûter l'égout du Ponceau, depuis la rue Saint-Denis jusqu'à la rue Saint-Martin. Sous le règne de Louis XIII, la longueur totale des égouts voûtés était de 2,354 mètres, et celle des égouts découverts de 7,876 mètres.

Dans l'intervalle de 1663 à 1671, on s'occupa plus sérieusement que jamais de la salubrité de Paris; on fit voûter quelques égouts. On construisit l'égout de l'Hôtel des Invalides, qui traverse l'esplanade et se jette dans la Seine. En 1714 on répara l'égout de la Vieille rue du Temple; en 1718, on reconstruisit celui de la rue Saint-Louis. On ordonna, en 1722, le creusement d'un grand égout entre le Calvaire et le Ponceau de Chaillot; mais ce ne fut que dans les années 1737 et 1740 que les travaux du *grand égout* furent commencés et achevés.

En 1734, on avait voûté la partie inférieure de l'égout Montmartre   en 1754.

on exécuta celui de l'École-Militaire, à travers le Champ de Mars, et ceux de la rue Saint-Florentin et de la place Louis XV. Ceux qui entourent le Palais-Royal datent du temps où fut construit cet édifice ; ils se jettent dans l'égout de la place du Carrousel, reste des fossés de l'enceinte de Charles VI.

Le grand égout commence Veille rue du Temple ; depuis ce point il entoure une grande portion de la partie septentrionale de Paris, et se prolonge en suivant l'extrémité des Champs-Élysées, jusqu'au quai de Billy, au bas de Chaillot, où il se jette dans la Seine. Dans son cours, il reçoit un grand nombre d'égouts moins considérables, dont je ne parlerai pas. Depuis le commencement de ce siècle, on a bâti, sous le sol de Paris, un grand nombre d'égouts voûtés ; leur développement total est actuellement de 119,745 mètres.

PARIS SOUTERRAIN.

CATACOMBES, dont la principale entrée est dans la cour du pavillon ouest de la barrière d'Enfer ou d'Orléans. Les pierres des anciens édifices de Paris furent anciennement tirées des carrières ouvertes sur les bords de la rivière de Bièvre, au faubourg Saint-Marcel, à l'emplacement des Chartreux et du Mont-Parnasse. Il paraît qu'au commencement du quatorzième siècle, on entreprit d'exploiter les bancs calcaires des carrières situées sous le faubourg Saint-Jacques et sur les territoires de Mont-Souris et de Gentilly. Ces exploitations, pendant plusieurs siècles, se firent sans surveillance et au gré des entrepreneurs, qui fouillèrent fort avant sous la ville. L'Observatoire, le Luxembourg, l'Odéon, le Val-de-Grâce, le Panthéon, l'église Saint-Sulpice, les rues Saint-Jacques, de la Harpe, de Tournon, de Vaugirard, etc., fondées sur le vide de ces carrières immenses, sont, pour ainsi dire, suspendus sur des abîmes.

A la fin de 1776, le gouvernement ordonna une visite générale, et la levée des plans de toutes les excavations. Cette visite procura la certitude, dit M. Héry- » cart de Thury, « que les temples, les palais, et la plupart des voies publiques » des quartiers méridionaux de Paris étaient près de s'abîmer dans des gouf- » fres immenses ; que le péril était d'autant plus redoutable, qu'il se présentait » sur tous les points. » En 1777, fut créée une compagnie d'ingénieurs, spécialement chargée de consolider toutes les excavations, ainsi qu'une *administration générale des carrières.* — Depuis cette époque, on n'a point suspendu les travaux souterrains qui continuent encore. C'est dans une partie de ces souterrains qu'à l'exemple des villes de Rome, de Naples, etc., on a établi des *Catacombes* ou ossuaires composés de tous les ossements du cimetière des Innocents et d'autres cimetières de Paris. Voici les causes de cet établissement.

Le cimetière de l'église des Innocents servait à plus de vingt paroisses de Paris ; depuis près de mille ans, les générations venaient successivement s'y engloutir. Le voisinage en était infecté. A la suite de longues et vives réclamations le conseil d'État ordonna, en 1785, que l'emplacement de ce cimetière changerait de destination et serait converti en marché public.

Les inscriptions des Catacombes attestent que la première translation se fit à partir du mois de décembre 1785 jusqu'en janvier 1788. Dans la suite, pendant et après les orages révolutionnaires, les corps des personnes tuées dans les troubles, et les ossements des cimetières des autres paroisses et maisons religieuses de Paris, y furent successivement déposés.

On descend aux Catacombes par plusieurs portes; la plus généralement fréquentée est située dans la cour du pavillon ouest de la barrière d'Enfer. Après avoir descendu 90 marches, on se trouve dans une galerie de 19 mètres 14 centimètres d'élévation ; puis on arrive dans une autre galerie de l'ouest qui est à l'aplomb de la rangée occidentale des arbres de la route d'Orléans. Après plusieurs détours on aperçoit les constructions faites pour empêcher la contrebande souterraine, et les grands ouvrages commencés en 1777, pour la consolidation de l'aqueduc d'Arcueil. Puis on parcourt des galeries longues et sinueuses, et on descend, par un escalier, dans une exploitation inférieure. Près de là, on voit d'anciennes exploitations, un grand pilier taillé dans la masse calcaire, un autre pilier en pierre sèche; enfin, à 80 mètres de ce pilier, on arrive au vestibule des Catacombes. En entrant, est un cabinet particulier qui contient une *collection minéralogique;* elle offre une série complète de tous les échantillons des bancs de terre et de pierre qui constituent le sol des Catacombes.—Dans un ancien carrefour, entre quatre murs, M. Héricart de Thury a fait établir aussi un *cabinet de pathologie,* où sont classées avec méthode toutes les espèces d'ossements déformés par quelques maladies.

L'autel des Obélisques fut construit en 1810, et sa construction masque des travaux faits pour soutenir le ciel de la carrière, dont les affaissements annonçaient une ruine prochaine. Cet autel et ces obélisques ont des formes imitées de l'antique, et des piédestaux, placés aux deux côtés de l'autel, sont construits avec des ossements. D'autres travaux de consolidation ont reçu la forme d'un monument sépulcral et sont connus sous le nom de *Sarcophage du Lacrymatoire* ou *tombeau de Gilbert.* — *Le piédestal de la lampe sépulcrale* est encore un de ces objets qui rompent la monotonie lugubre de ces souterrains et de leurs longues murailles, toutes tapissées de têtes de morts. Ce monument se compose d'une lampe antique et du piédestal qui la supporte; près de là est le pilier *Memento.* — La *Fontaine de la Samaritaine* est un épisode du voyage. Des eaux éparses ont été recueillies dans un bassin que l'on a entouré d'un mur qui sert d'appui à la double rampe de l'escalier : on la nomma d'abord la *Source du Léthé* ou *de l'oubli,* on lui a donné ensuite le nom de *Samaritaine,* à cause du verset de l'Évangile qu'on y a gravé. Au delà se voient les ossements des victimes de diverses scènes de la Révolution.

On descend aux *Catacombes basses* par un escalier sous lequel on a construit un aqueduc qui conduit les eaux d'une source voisine dans le puits de la *Tombe-Issoire,* puis on voit un pilier de forte dimension, élevé pour soutenir le ciel de la carrière, qui, fendu, lézardé en plusieurs endroits, faisait craindre un éboulement. Les inscriptions de ce pilier sont quatre strophes, tirées des *Nuits Clémentines,* composées sur la mort du pape Ganganelli : cette construction a reçu le nom de *Pilier des Nuits Clémentines.* On sort ensuite des Catacombes; on remonte aux galeries supérieures; on parcourt un vestibule, un long corridor : enfin on arrive au pied d'un escalier bâti, en 1784, sur le bord du chemin qui

CIMETIÈRE DU PÈRE LACHAISE.

conduit du hameau de Mont-Souris au Petit-Montrouge, chemin nommé depuis quelques années *rue des Catacombes*.

L'Assemblée constituante défendit, en 1790, d'enterrer les morts dans l'intérieur des églises. Par arrêté de la préfecture de la Seine, du 12 mars 1801, il fut décidé que trois cimetières seraient établis hors de la ville de Paris. En 1804, Napoléon ordonna qu'il en fût établi quatre.

CIMETIÈRE DE MONTMARTRE, d'abord nommé *Champ-de-repos*. Il est situé hors du mur d'enceinte près de la barrière Blanche et de celle de Clichy. Il fut établi sur l'emplacement d'une ancienne carrière à plâtre. Son étendue était fort circonscrite : en 1819, il fut agrandi, et sa surface est aujourd'hui de trente arpents. L'inégalité de son sol produit plusieurs points de vue pittoresques.

CIMETIÈRE DE L'EST, DE MONT-LOUIS ou du *Père-Lachaise*, situé au nord-est et hors de l'enceinte de Paris, à quelque distance de la barrière des Amandiers. *François de la Chaise*, jésuite, confesseur de Louis XIV, obtint de la munificence de ce roi la propriété de Mont-Louis, et y fit construire une maison de campagne qu'on voyait encore avant 1820, époque de sa démolition. L'enclos de Mont-Louis, destiné à être un des cimetières de Paris, fut ouvert aux morts le 21 mai 1804. Son site est heureux et varié; une partie, en plaine, occupe la hauteur du plateau; l'autre partie descend jusqu'au bas du coteau, et forme plusieurs inégalités pittoresques. La vue dont on y jouit s'étend sur une grande partie de Paris et sur les campagnes environnantes. Il a 80 arpents d'étendue.

Parmi les monuments les plus considérables, il faut citer le tombeau d'Héloïse et d'Abeilard, placé à droite en entrant dans le cimetière. D'autres monuments sont ornés de colonnes de marbre et ont la forme de chapelles sépulcrales. Plusieurs guerriers ont des monuments dans cette enceinte. Je ne parlerai que de celui du maréchal Masséna, érigé en 1817. Il offre, sur un piédestal de cinq pieds de haut, un obélisque de vingt pieds. Sur une de ses faces est le portrait de ce héros. Les monuments élevés à Molière et à La Fontaine ont une enceinte commune. Ailleurs sont groupés ceux de Delille, de Chénier, de Boufflers, de Parny, de Guinguené, de Suard, de Vincent, de Brongniard, architecte. L'urne cinéraire consacrée à Boufflers porte cette inscription : *Mes amis, croyez que je dors.* — On a construit en 1820 la porte d'entrée de ce cimetière; elle s'ouvre sur le boulevard d'Aulnay.

Le cimetière du *Mont-Parnasse*, où l'on n'enterrait autrefois que les suppliciés et les cadavres sortis de la morgue, est très-vaste; mais il n'offre rien d'intéressant. Nous n'avons rien à dire du cimetière de *Vaugirard*, non plus que de celui de *Sainte-Catherine* (rue des Gobelins), fermé depuis longtemps.

MUSÉE OU GALERIE DES ANTIQUES, AU LOUVRE. Ce musée fut composé, en grande partie, de statues et autres monuments recueillis, en 1797, en Italie, conformément au traité de *Tolentino*, par Bertholet, Moitte, Monge, Thouin et Tinet, commissaires nommés par le gouvernement pour la recherche d'objets de sciences et d'arts. Ce musée fut, pour la première fois, ouvert au public le 9 novembre 1800. — En 1815, les objets les plus précieux de cette collection en furent enlevés. Cependant, malgré les pertes nombreuses qu'il a éprouvées, le Musée des Antiques est encore une des plus riches collections de sculptures

grecques, romaines et égyptiennes qu'il y ait en Europe. Il se compose de statues et bas-reliefs qui existaient dans les châteaux royaux, et de nombreuses
acquisitions qui ont été faites depuis trente ans.

SOCIÉTÉ ROYALE DES ANTIQUAIRES DE FRANCE. Le premier établissement de cette
société portait la dénomination d'*Académie Celtique*. Cette société publia, en
1807, le premier numéro de ses Mémoires. En 1812 et 1813, elle ne tenait plus
de séances. En 1814, elle se réorganisa sous le nom de *Société des Antiquaires
de France*. Elle obtint dans la même année un diplôme de *Société Royale*.

LE PALAIS DE LA BOURSE, situé rue Vivienne. La Bourse de Paris était établie
dans une partie de l'ancien palais Mazarin, et dans l'édifice anciennement occupé
par le Trésor Royal; pendant la Révolution, elle fut transférée aux Petits-Pères,
ensuite au Palais-Royal, dans la galerie de Virginie. Il convenait que la Bourse
eût un édifice spécial, digne de la capitale d'un grand État. Brongniard fut chargé
de fournir les dessins d'un nouvel édifice de la Bourse. La première pierre fut
posée, le 24 mars 1808; les travaux, commencés alors, ne furent suspendus qu'en
1814; ils ont été repris depuis cette époque et terminés en 1826.

Cet édifice, destiné aux assemblées des négociants et au tribunal de commerce, est élevé sur l'emplacement du couvent des Filles-Saint-Thomas. Voici
ses dimensions : son plan offre un parallélograme dont la longueur est de 69
mètres et la largeur de 41 mètres. Son élévation présente un péristyle parfait,
et à ses quatre faces une ordonnance de colonnes corinthiennes élevées sur un
soubassement. Ces colonnes sont au nombre de 66 et ont un mètre de diamètre
et dix-huit de hauteur. Ce péristyle supporte un entablement et un attique, et
forme autour de l'édifice une galerie couverte, à laquelle on arrive par un perron qui occupe la largeur de la façade occidentale. Des bas-reliefs ornent cette
galerie, et leurs sujets sont relatifs aux opérations du commerce. — Un grand
vestibule communique à droite aux salles des agents et courtiers de change, et
à gauche au tribunal de commerce situé au premier étage. — La salle de la
Bourse est au rez-de-chaussée et au centre de l'édifice : sa longueur est de 38
mètres, sa largeur de 25 mètres: elle peut contenir deux mille personnes, et la
lumière dont cette vaste pièce est éclairée descend du comble. Elle est ornée
de grisailles, exécutées par MM. Meynier et Abel de Pujol.

THÉATRES. — Bonaparte, par son décret du 8 août 1807, réduisit le nombre
des théâtres de Paris : les quatre grands théâtres furent maintenus ; parmi les
théâtres inférieurs, le théâtre de la *Gaîté*, celui de l'*Ambigu-Comique*, le théâtre
des *Variétés*, boulevard Montmartre, et le *Vaudeville*, furent pareillement conservés. Il fut ordonné que tous les autres seraient fermés au 15 août suivant. Je
dois indiquer encore : le *Cirque-Olympique*, qui, d'abord situé rue Mont-Thabor
et rue Saint-Honoré, n° 355, ensuite dans la rue du Faubourg-du-Temple, et
actuellement sur le boulevard de ce nom, existait du temps du Directoire : c'est
un théâtre d'exercices d'équitation, de pantomimes et de mélodrames.

Bonaparte créa, par un décret impérial du 3 mars 1810, *huit prisons* illégales,
qu'il qualifia, comme dans l'ancien régime, de *prisons d'État*. Ainsi la prison du
Temple succéda à la Bastille, et celle de Vincennes eut son anciene destination
Quant aux prisons légales, il n'y fut opéré aucun changement notable. J'ai déjà.

LA BOURSE.

parlé de la *Conciergerie*, je n'y reviendrai pas. Les prisons de la *Force*, rue du
Roi-de-Sicile, vont être remplacées par une nouvelle prison, pouvant contenir
1500 individus, et établie dans le quartier de l'Hôpital général.

PRISON DE L'ABBAYE, située rue Sainte-Marguerite. Elle offre un bâtiment très-
solide et isolé ; elle appartenait à la Justice du seigneur abbé de Saint-Germain ;
elle est depuis longtemps destinée aux militaires. Mais, pendant la Révolution,
on y enferma des prévenus et des condamnés politiques. Les cachots de cette
prison monacale sont horribles ; un prisonnier s'y tient à peine debout, et n'y
peut vivre longtemps : ces cachots ne servent plus.

PRISON DE SAINT-LAZARE, située rue du Faubourg-Saint-Denis, n° 117. Cette
ancienne léproserie est aujourd'hui uniquement destinée à renfermer les femmes en prévention ou condamnées, et les filles publiques détenues par mesure
de police.

PRISON DES MADELONNETTES, autre prison de femmes, située rue des Fontaines,
entre les n°ˢ 14 et 16. J'ai parlé de ce couvent de religieuses *pénitentes*, qui a
été converti en prison. On y enferme des femmes prévenues de quelques délits ;
elles attendent là le jugement qui doit les rendre à la liberté, ou les envoyer à
la Conciergerie. Cette maison sert aussi à la réclusion des femmes condamnées
par le tribunal correctionnel. Dans des bâtiments séparés sont détenues des
femmes arrêtées pour dettes. On a établi dans cette maison des ateliers où les
prisonnières sont assujetties au travail.

SAINTE-PÉLAGIE, située quartier du Jardin des Plantes, rue de la Clef, n° 14.
J'ai parlé de l'origine de cette maison, qui fut bientôt convertie en maison destinée aux femmes de mauvaise vie, et où les pères faisaient enfermer leurs filles,
et les époux leurs femmes dont la conduite était déréglée. Aujourd'hui elle
contient des prisonniers condamnés par la justice criminelle, des jeunes gens
détenus par l'autorité paternelle, et des prévenus pour délits politiques. En
1828, une ordonnance de police assigna un quartier séparé aux condamnés politiques, jusqu'alors confondus avec les autres prisonniers. Cette maison servait
aussi de lieu de détention pour les débiteurs insolvables ; on les détient aujour-
d'hui dans une maison spéciale, construite dans la rue de Clichy, en 1833.

MAISON DE CHARENTON SAINT-MAURICE, destinée aux aliénés, fondée en 1641.

PRISON DE DÉPOT DE LA PRÉFECTURE DE POLICE, située dans les bâtiments de la
préfecture de police. Cette prison se divise en deux parties principales : la première, composée de chambres particulières, porte le nom de *Salle Saint-Martin :* elle est destinée aux personnes qui peuvent fournir aux frais de leur logement et de leur nourriture ; la seconde partie consiste en un ancien bâtiment
à trois étages, dont chacun se compose d'une pièce longue, étroite et obscure,
de sombres cabinets pour les prisonniers mis au secret, et de quelques cachots.
Au premier étage sont logées les filles publiques, au second des prévenus, et
au troisième ceux qui paraissent le moins coupables. Toutes les personnes arrêtées par les mandats du préfet de police ou par ordre des commissaires sont
conduites à ce dépôt : là elles attendent la liberté ou une autre prison.

PALAIS DE LA LÉGION D'HONNEUR, situé rue de Lille, n° 70. Il fut bâti en 1786, sur
les dessins du sieur Rousseau, architecte, pour le prince de Salm, et porta le

nom d'*hôtel du prince de Salm*. Par la loi du 19 mai 1804, la Légion-d'Honneur fut créée et son inauguration célébrée le 14 juillet suivant. On choisit l'hôtel de Salm pour y placer l'administration de cette noûvelle institution : cet hôtel est magnifiquement décoré.

COLONNE DE LA PLACE VENDÔME, érigée à la gloire de la Grande armée. Elle fut fondue en 1806, et terminée en 1810, sur les dessins de Lepère et Gondouin.

Le piédestal de la colonne est entouré par un pavé d'un très-beau granit. Ce piédestal, le fût de la colonne, son chapiteau et son amortissement, bâtis en pierre de taille, sont extérieurement revêtus de fortes lames de bronze chargées de bas-reliefs. Ce bronze provient des douze cents pièces de canon prises sur les armées russes et autrichiennes, pendant la glorieuse campagne de 1805. Les quatre faces du piédestal présentent, en bas-relief, des trophées d'armes, composés de canons, mortiers, obusiers, boulets, carabines, cimbales, drapeaux, casques, et de vêtements militaires. Au-dessus du piédestal, et sur une espèce d'attique, se dessinent des festons de chêne, soutenus aux quatre angles par autant d'aigles en bronze. A l'imitation de la fameuse colonne d'Antonin, le fût de celle-ci est couvert d'une suite de tableaux en bas-relief disposés en spirale, et dont les sujets représentent, par ordre chronologique, les principaux exploits qui signalèrent la campagne de 1805, depuis le départ des troupes du camp de Boulogne jusqu'à la conclusion de la paix, après la bataille d'Austerlitz. Les bandes de bronze sur lesquelles sont ces tableaux ont trois pieds huit pouces de haut, et sont séparées entre elles par un cordon sur lequel est inscrite l'action représentée dans le tableau placé au-dessus.

Dans l'intérieur de cette colonne, on a pratiqué un escalier à vis composé de 176 marches, et conduisant à une galerie placée au-dessus du chapiteau de la colonne. Au-dessus de ce chapiteau s'élève une forme circulaire, ou espèce de calotte. C'est sur cette calotte qu'on a replacé le 29 juillet 1833 une statue en bronze de Napoléon Bonaparte, ouvrage de M. Seurre (1).

PLACE DU CARROUSEL. Cette place fut, sous ce règne, embellie et fort agrandie. Un événement terrible contribua beaucoup à cet agrandissement. Le 24 décembre 1802, à huit heures et demie du soir, et pendant que Bonaparte se rendait en voiture à l'Opéra, une *machine infernale*, cachée sur une charrette, dans la rue Saint-Nicaise, fit une explosion épouvantable : elle blessa, frappa de mort plusieurs personnes, brisa les glaces de la voiture du premier consul, qui, grâce à la vitesse de ses chevaux, parvint à échapper à l'attentat dont il était l'objet. Cette explosion ébranla tellement les maisons de la rue Saint-Nicaise qu'elles furent abandonnées et condamnées à la démolition. Cette rue disparut presque entièrement, et la place du Carrousel, très-inégale, acquit de l'étendue et de la régularité. Bonaparte ajouta à la décoration de cette place, en établissant et faisant bâtir la grille du château des Tuileries, et surtout les travaux de la *nouvelle galerie du Louvre*. Les travaux furent commencés en 1808 ; mais, en 1814,

____

(1) Cette hauteur est de 43 mètres, y compris le piédestal ; son diamètre est de 4 mètres. Sa fondation a 9 à 10 mètres de profondeur ; elle a été assise sur le pilotis établi pour la statue équestre de Louis XIV, qu'elle remplace. Le bronze pèse 251,367 kilogr.

de Louis XIV, qu'elle remplace. Le bronze pèse 291,567 kilogr.

COLONNE DE LA PLACE VENDOME.

PLACE DU CARROUSEL.

par l'effet des événements politiques, la construction de cette galerie, qui devait joindre le Louvre aux Tuileries, fut suspendue.

ARC DE TRIOMPHE DE LA PLACE DU CARROUSEL. Ce monument, placé à la principale entrée de la cour des Tuileries, fut fondé en 1806 et construit sur les dessins de MM. Percier et Fontaine. Cet arc de triomphe, élevé à la gloire des armées françaises, a 14 mètres 60 centimètres de hauteur; sa largeur est de 17 mètres 60 centimètres, et son épaisseur de 10 mètres. Il présente de face trois arcades. Les flancs de cette construction sont percés, chacun, par une autre arcade dont la direction se correspond de l'un à l'autre. Chacune des deux faces est ornée de huit colonnes corinthiennes de marbre rouge de Languedoc, dont les bases et chapiteaux sont en bronze. A l'aplomb de ces colonnes et au-devant de l'attique, sont placées autant de statues de militaires français de diverses armes. L'attique est surmonté par un double socle, sur lequel s'élevait un quadrige en plomb doré et de forme antique, ouvrage de Lemot. A ce char étaient attelés les quatre chevaux de bronze, jadis dorés, conquis à Venise. Ce char vide attendait la statue de Napoléon; les événements n'ont pas permis de l'y placer. Six bas-reliefs en marbre ornent les faces de cet arc triomphal, dont les sujets sont relatifs à la campagne de 1805. On le dépouilla des quatre chevaux antiques en 1815; mais en 1836 on a replacé sur ce monument un autre quadrige, ouvrage en bronze du sculpteur Bosio.

ARC DE TRIOMPHE DE L'ÉTOILE, situé hors de la barrière de Neuilly et au centre de la vaste place circulaire appelée l'*Étoile*. Le sieur Chalgrin, architecte, a fourni les dessins primitifs de cet édifice qui a coûté des travaux et des sommes immenses. La première pierre en fut posée le 15 août 1806. Quelques-unes de ses parties s'élevaient à peine au-dessus du sol, lorsque, le 1ᵉʳ avril 1810, Marie Louise fille de l'empereur d'Autriche, fit son entrée solennelle à Paris. Pour recevoir dignement cette princesse et lui donner une grande idée de la capitale de l'empire français, on la fit entrer par la route de Neuilly. L'arc triomphal parut alors, au moyen de charpentes et de toiles peintes, avec toute la magnificence qu'il devait avoir lors de son entier achèvement.

Les fondations de ce monument exigèrent des travaux considérables. Les couches calcaires du sol n'offraient point de solidité. On fut obligé, après avoir creusé à 24 pieds de profondeur, de former un sol factice qui pût supporter sans danger l'énorme poids de cette construction; ce sol factice fut composé de plusieurs assises en pierre de taille de grande dimension; chacune de ces assises était disposée de manière que les joints des pierres de l'une ne correspondaient point avec ceux des assises qui lui étaient inférieures et superposées. Les pierres de ces assises présentaient des formes irrégulières, et les angles saillants des unes étaient reçus dans les angles rentrants des autres. Sur cette base solide s'éleva l'arc triomphal, un des plus colossaux que l'on ait jamais bâtis dans aucun pays.

Napoléon Bonaparte opéra, dans les administrations de Paris et de la France, plusieurs changements qu'il jugea nécessaires à ses desseins. Il fit revivre les vieilles habitudes des cours, l'étiquette, le cérémonial, les préséances, et ces titres d'*altesse*, de *grandeur*, d'*excellence*, qui ne rendent ni plus grands ni meilleurs ceux qui les portent, et il créa une noblesse héréditaire, institution qui avait été la cause principale de la Révolution française.

PARIS SOUS LA RESTAURATION.

LES CENT JOURS, LA RÉVOLUTION DE JUILLET.

Le système de réaction organisé par le gouvernement de Louis XVIII contre les institutions de la Révolution et de l'Empire, l'avénement au pouvoir des serviteurs de l'émigration, les envahissements du clergé, firent s'évanouir les espérances que la France avait fondées sur le retour des Bourbons.

Au milieu de ces circonstances, Napoléon jugea que l'état des esprits en France pouvait lui être favorable ; il résolut de tenter la fortune.

Il quitte l'île d'Elbe, à la tête d'un millier de soldats, debarque à Cannes le 1er mars 1815, traverse les provinces du Midi au milieu des acclamations des habitants, reçoit partout la soumission des troupes, et marche triomphalement sur Paris. Louis XVIII n'était pas en mesure de résister à cette invasion ; la famille des Bourbons quitta tristement les Tuileries le 19 mars, et se retira à Gand. Le lendemain Napoléon entrait dans Paris et occupait de nouveau le palais des Tuileries. Bientôt la guerre avec les puissances étrangères était engagée, et la bataille de Waterloo amenait une seconde fois la déchéance de l'empereur. On sait le départ de Napoléon pour Rochefort, et sa fin dans l'île Sainte-Hélène.

Napoléon II avait été reconnu par la Chambre des représentants ; mais ce n'était pas là ce que voulaient les puissances alliées. Les Anglo-Prussiens ne tardèrent pas à arriver sous les murs de Paris : l'armée française, commandée par Davoust, était assez forte pour tenir tête à cette invasion étrangère ; mais la trahison l'emporta sur le courage. Davoust signa une capitulation ; l'armée impériale se retira derrière la Loire. Les ennemis entrèrent dans la capitale le 5 juillet 1815, la traitèrent en ville conquise, et rappelèrent Louis XVIII, qui arriva aux Tuileries le 8 du même mois. Une sorte de terreur sembla organisée dans Paris et les départements, pendant les premiers temps de la seconde Restauration ; plusieurs généraux payèrent de leur vie le concours dévoué qu'ils avaient prêté à Napoléon, et plusieurs conventionnels furent obligés d'aller expier en exil, hors de leur patrie, la part qu'ils avaient prise aux actes du gouvernement révolutionnaire. La confiance et la tranquillité ne furent réellement rétablies qu'en 1817, après que les armées étrangères eurent évacué le territoire français.

La ville de Paris commençait à recueillir les bienfaits de la paix ; le commerce et l'industrie entraient dans une ère de prospérité qui allait toujours grandissant, quand, le 13 février 1820, le duc de Berry, au moment où il sortait de l'Opéra, fut assassiné par Louvel. Le gouvernement, dès lors, entra dans un système rétrograde qui devait le conduire à sa perte. La loi des élections fut modifiée; une insurrection éclata dans Paris et fut comprimée avec vigueur. Mais c'en était fait, la lutte était engagée entre les royalistes et les libéraux, lutte qui, dix ans plus tard, devait avoir un sanglant dénoûment. — Louis XVIII étant mort le 16 septembre 1824, le comte d'Artois, sous le nom de Charles X, monta sur le trône, et avec lui arrivèrent au pouvoir tous les ennemis des conquêtes morales que la France devait à la Révolution.

En 1827, la garde nationale fut passée en revue par Charles X; plusieurs légions firent entendre les cris : *A bas les jésuites! à bas les ministres!!* et la garde nationale fut licenciée. — En 1829, les chambres furent dissoutes; de nouvelles élections se firent. A Paris, les libéraux l'emportèrent; la ville s'illumina, et la rue Saint-Denis fut le théâtre d'une insurrection qui dura plusieurs jours, mais qui, cependant, fut facilement apaisée. Le ministère Martignac, appelé à remplacer le ministère Villèle, fit quelques concessions à l'esprit public; mais l'abolition de la censure et l'expulsion des jésuites ne firent que retarder la lutte décisive qui paraissait inévitable entre les royalistes et les libéraux. Le 29 août 1829, M. de Polignac est placé à la tête d'un nouveau ministère : la chambre des députés est convoquée, et la majorité se prononce contre le cabinet. Les chambres sont encore dissoutes : la même majorité est renvoyée par les électeurs. Pendant ces débats et ces luttes parlementaires, l'armée française prouvait, sur les côtes d'Afrique, qu'elle n'avait pas perdu les traditions de courage et de dévouement à la chose publique. Le 9 juillet, le ministère Polignac faisait annoncer la prise d'Alger. Soutenu par l'appui moral que lui prêtait ce glorieux événement, il se résolut à un coup d'État dès longtemps médité. Le 26 juillet parurent des ordonnances qui abolissaient la liberté de la presse et réformaient la loi électorale. Cette publication jeta d'abord la population parisienne dans l'étonnement et dans une sorte de terreur. Mais le lendemain, 27 juillet, les ateliers se ferment, des rassemblements se forment aux cris de *vive la Charte!* Un coup de fusil, parti des fenêtres d'un hôtel, rue Saint-Honoré, est comme le signal de l'insurrection. On chercha des armes partout, et l'on pilla dans ce but les boutiques d'armuriers. Quelques barricades furent élevées sur plusieurs points comme par enchantement. Les troupes appartenant à la ligne et à la garde royale stationnaient sur les boulevards et sur les places où la foule devenait de plus en plus menaçante, et tâchaient d'arrêter les premiers élans de l'insurrection. Paris fut mis en état de siége, et le duc de Raguse chargé de défendre la royauté. Le 28 juillet, le drapeau tricolore était déployé; les gardes nationales revêtaient leur uniforme proscrit; les imprimeurs, les étudiants, les ouvriers, s'assemblaient en armes dans les rues, et leur premier exploit était la prise du poste et de la mairie des Petits-Pères. D'autres barricades s'élèvent dans les rues les plus populeuses; le tocsin sonne dans les églises, les tambours des troupes et de la garde nationale battent au champ; sur une foule de points la fusillade s'engage. Il y eut, de part et d'autre, du côté des soldats royalistes et du côté des insurgés, des traits d'héroïsme et de dévouement. Le soir, les troupes quittèrent leurs postes et se réunirent aux environs des Tuileries. On peut dire que, dans cette journée, l'avantage resta aux insurgés. La nuit se passa à faire d'autres barricades et à se préparer à la lutte du lendemain. Le 29 juillet, la bataille s'engagea plus vivement que la veille encore, au Palais-Royal, au Louvre, aux Tuileries et dans les rues adjacentes.

Quand le peuple se fut emparé du Louvre et des Tuileries, les troupes royales, découragées et décimées, se replièrent sur les Champs-Élysées. Le dernier épisode de ce combat, qui fut un des plus sanglants, se passa rue de Rohan, où des soldats du 3e de la garde occupaient une maison, et d'où ils faisaient un feu très-meurtrier. La maison fut attaquée avec vigueur, et bientôt fut emportée. Le drame était achevé. Des troupes, les unes s'étaient rangées du côté du peuple, les autres avaient été mises en déroute : la ville appartenait aux insurgés. Le soir, la garde nationale établit des postes dans les principaux quartiers, et de nombreuses patrouilles veillèrent à la sûreté des citoyens.

Cependant l'hôtel Laffitte était devenu le centre des réunions de tous les hommes influents de l'opposition; on y discutait les mesures qu'il importait de prendre dans cette circonstance critique. Lafayette fut nommé commandant de la garde nationale, et arriva en triomphe à l'Hôtel de Ville. Enfin une commission municipale, choisie chez M. Laffitte, et à la tête de laquelle se trouvaient les généraux Gérard, Lobau et M. Casimir Périer, réorganisa l'administration de la ville.

Des négociations furent ouvertes entre le roi et la commission municipale, mais elles n'amenèrent aucun résultat favorable à la cause de Charles X. Le roi, retiré à Saint-Cloud avec sa famille, y avait été rejoint par les débris des régiments qui avaient combattu pour lui. Le 30, tous les députés présents à Paris s'étaient réunis au palais Bourbon et avaient nommé le duc d'Orléans lieutenant général du royaume. Celui-ci entrait le soir à Paris, et se rendait au Palais-Royal. Le 31, une proclamation apprit aux Parisiens l'acceptation faite par le duc d'Orléans du poste éminent qui lui avait été offert par les députés; le même jour le prince se rendait à l'Hôtel de Ville, à travers les barricades et au milieu d'un immense concours de peuple.

Pendant la nuit, Charles X et sa famille avaient quitté Saint-Cloud, s'étaient rendus à Trianon, et de là à Rambouillet, avec les troupes qui leur étaient restées fidèles. Le 2 août, le général Latour-Foissac porta au duc d'Orléans l'acte d'abdication de Charles X et du Dauphin en faveur du duc de Bordeaux. Le lendemain, le rappel battait dans Paris, et les cris, *à Rambouillet!* retentissaient dans toutes les rues; une expédition s'organisa sous les ordres du général Pajol, pour forcer la famille déchue à quitter la France. A la nouvelle de l'approche de cette armée improvisée, Charles X consentit à partir pour l'exil et à se séparer des troupes qui l'avaient suivi; accompagné des commissaires du nouveau gouvernement, il se dirigea sur Cherbourg, où il s'embarqua pour l'Angleterre.

Le 7 août, la chambre des députés revise la Charte, et appelle le duc d'Orléans au trône de France. Le surlendemain, le lieutenant général, en présence des députés et des pairs réunis au palais Bourbon, prête serment à la nouvelle Charte et est reconnu *roi des Français*, sous le nom de Louis-Philippe Ier.

ÉTAT DES SCIENCES, DES LETTRES ET DES ARTS SOUS LA RESTAURATION.

A la faveur de la paix, qui fut à peine troublée un moment par l'expédition d'Espagne, le commerce et l'industrie prirent un développement considérable sous la Restauration, et atteignirent au degré de prospérité le plus élevé que nous présente l'histoire de France. Malgré les préoccupations politiques, si hostiles au gouvernement de la Restauration; malgré les centaines de millions payés, pour frais de guerre, aux puissances alliées; malgré, enfin, l'indemnité d'un milliard accordée aux émigrés, la fortune publique s'accrut rapidement et l'aisance se répandit peu à peu dans toutes les classes de la société.

Le mouvement intellectuel fut également très-remarquable sous la Restauration; l'esprit de lutte qui animait les hommes politiques s'étendit dans le domaine de la littérature et de la philosophie. D'un côté, la métaphysique spiritualiste s'escrimait avec courage contre les doctrines sensualistes mises en honneur par les idéologues du dix-huitième siècle; d'un autre côté, les admirateurs exclusifs de l'antiquité païenne, prenant pour mots de ralliement les poétiques d'Aristote, d'Horace et de Boileau, s'abritant derrière les chefs-d'œuvre littéraires de l'antiquité grecque et romaine, et s'appuyant sur les écrits immortels du siècle de Louis XIV, soutenaient l'assaut contre des novateurs qui bâtissaient un nouveau Parnasse, au sommet duquel ils plaçaient Shakespeare, lord Byron et Goëthe. De cette petite guerre littéraire entre les *classiques* et les *romantiques*, comme s'appelaient les deux partis, il n'est sorti, il faut le dire, aucun ouvrage durable. Cependant, malgré les fanfaronnades de leur style et les excentricités de leurs inventions littéraires, quelques hommes sont arrivés à une célébrité à laquelle il ne manque que la sanction du temps.

La plupart des écrivains qui s'étaient distingués sous l'Empire continuèrent leurs travaux sous la Restauration : MM. de Chateaubriand, Andrieux, Tissot, de Lacretelle, Ballanche, Benjamin Constant et Mme de Staël étaient à l'apogée de leur talent. Quelques poëtes, MM. de Lamartine, Casimir Delavigne, Victor Hugo, Alf. de Vigny, s'ouvrant des voies nouvelles dans le champ de l'imagination, virent leurs premiers essais accueillis avec une faveur marquée. MM. Barthélemy et Méry assujettissaient aux formes de l'alexandrin des pamphlets vivement admirés par les libéraux. Les chansons de MM. Désaugiers, Piis et surtout celles de Béranger, prouvaient que l'esprit français n'avait rien perdu de sa verve railleuse ni de sa gaieté philosophique. MM. Alexandre Duval et Étienne voyaient leurs comédies se jouer au milieu des applaudissements. Les *Vêpres Siciliennes* et *Marino Faliero*, par Casimir Delavigne, en raison des circonstances politiques, étaient accueillis avec enthousiasme. Sur la fin de la Restauration, M. Victor Hugo faisait représenter sur le Théâtre-Français, ses drames d'*Hernani* et *Marion Delorme*, et M. Alexandre Dumas, son drame de *Henri III*, deux pièces qui furent regardées comme le manifeste de la poétique de l'école nouvelle. Ces pièces firent une terrible concurrence aux mélodrames comme les concevaient, avec très-peu de prétentions littéraires, MM. Pixérécourt et Victor Ducange; quant aux poëtes tragiques de l'époque impériale, ils se trouvèrent

réduits au silence. Mais, dans l'ivresse de leur succès, les nouveaux vainqueurs essayèrent de sacrifier à leur vanité la gloire de Corneille, de Racine, de
Molière et de Voltaire, et ce ne sera pas le côté le moins ridicule de leur
histoire. En parlant du théâtre, on ne doit pas oublier M. Scribe, qui transporta la comédie dans le vaudeville, et fit jouer sur le théâtre du Gymnase,
appelé *Théâtre de Madame,* un grand nombre de petites pièces d'un esprit élégant et fin.

Sous la Restauration, la critique littéraire avait des interprètes habiles et
même érudits; je citerai MM. Fiévé, de Feletz, Hoffmann, Étienne, etc. Les
autres branches des belles-lettres n'étaient pas cultivées avec moins d'éclat.
Charles Nodier publiait ses petits romans et ses Nouvelles, qui seront toujours
des modèles d'élégance et de bon goût. Le *Cinq-Mars* de M. de Vigny inaugura
chez nous la forme du roman historique, comme le comprenait sir Walter Scott,
dont chaque ouvrage était lu avec avidité aussi bien en France qu'en Angleterre. M. Vitet, avec son livre sur la *Ligue,* annonçait tout à la fois un écrivain
élégant et ingénieux et un érudit auquel les sources de l'histoire nationale étaient
déjà familières. Le *Théâtre de Clara Gazul* et la *Chronique de Charles IX,* par
M. Prosper Mérimée, attiraient sur leur auteur l'attention de tous les hommes de
goût et d'esprit. Les *Soirées de Neuilly,* par MM. Cavé et Dittmer, faisaient justement sensation. Les pamphlets de Paul-Louis Courier étaient et seront longtemps
des modèles de style. La publication de chacun de ses écrits était considérée
comme un mouvement politique ou littéraire.

Les questions qui se rattachent à la religion étaient traitées avec une grande
supériorité par MM. de Pradt, Lamennais, de Bonald et de Frayssinous. La
philosophie était professée avec éclat par MM. Royer-Collard et Cousin. MM. de
Gérando et de La Romiguière, dans des livres consciencieux, MM. Jouffroy,
Dubois, Pierre Leroux, Lherminier et Damiron, dans le journal *le Globe,* exposaient l'histoire des idées, et abordaient les difficultés les plus ardues de la métaphysique. A la Sorbonne, la chaire d'histoire moderne, où professait M. Guizot, et
la chaire de littérature, occupée par M. Villemain, assemblaient une jeunesse stu-
dieuse, avide de recueillir la parole éloquente de ces professeurs. M. Andrieux,
au Collége de France, était écouté aussi avec une grande faveur. Les travaux sur
l'histoire de France, de MM. Daunou, Dom Brial, de Sismondi, Guizot, de Barante,
Michaud, Augustin Thierry, pouvaient être placés avec honneur à côté des plus
excellents ouvrages des Bénédictins. A la même époque parurent successivement
les *Histoires de la Révolution,* de MM. Thiers et Mignet; l'*Histoire du roi Sobiesky,*
de M. de Salvandy; la *Campagne de 1812,* de M. Ségur; le *Mémorial de Sainte-
Hélène,* de M. Las Cazes, livres qui produisirent une grande sensation lors de
leur publication, et dont le succès, depuis, ne s'est point ralenti. Les études sur
les hommes et les événements de la Révolution et de l'Empire étaient puissamment aidées par les nombreux documents que publia M. Berville. Il parut aussi
une foule de mémoires sur le même sujet; ils excitèrent d'abord la curiosité du
public, mais leur peu d'authenticité les fit bientôt oublier.

Les études scientifiques, que nous avons vues si brillantes sous l'Empire, ne
déchurent pas sous la Restauration. MM. Cuvier, Geoffroy Saint-Hilaire, de Blain-

ville, Brongniart, dans les sciences naturelles; Arago, de Prony, Darcet, Mirbel,
Gay-Lussac, Bouvard, Cordier, Biot, Thénard, dans l'astronomie, la physique
et la chimie; MM. Dupuytren, Dubois, Broussais, Roux, Lisfranc, Chomel,
Bégin, Portal, de Récamier, dans la médecine et la chirurgie, se distinguaient
par leurs investigations incessantes et leurs utiles découvertes. Enfin, MM. Sil-
vestre de Sacy, Abel Rémusat, Hase, Saint-Martin, Quatremère de Quincy,
Letronne, Fauriel, etc., faisaient fructifier le domaine de la philologie et de
l'érudition.

En même temps que la littérature sortait de la voie académique que lui
avaient ouverte les fastes de l'Empire, les beaux-arts tentaient aussi de se dégager
des traditions classiques qu'avait fondées l'école de David. On vit se produire
alors à côté de Gros et Gérard, de Blondel, Meynier, Abel de Pujol, des hommes
d'un grand talent, et qui avaient complétement délaissé la manière de leurs
maîtres. Je citerai en première ligne Géricault, que la mort a surpris dans la
force du talent, et MM. Paul Delaroche, Horace Vernet, Eug. Delacroix, Ary
Scheffer, Léop. Robert, Léon Coignet et Charlet. Les sculpteurs furent moins
hardis que les peintres; toutefois on compte encore parmi eux plusieurs hommes
de talent. Outre Bosio, je citerai MM. Pradier, Cortot, Lemaire, Ramey. Les
architectes ne firent aucun effort pour ouvrir à l'art une voie nouvelle et n'ont
laissé aucun monument vraiment remarquable; on peut regarder comme les
plus habiles MM. Alavoine, Huyot, Chatillon, Blouet, Percier, Fontaine, etc.
Dans la gravure d'histoire, la Restauration vit se produire des artistes fort distingués, MM. Henriquel Dupont, Forster, Calamatta. Je ne dois pas oublier cependant MM. Massart, Reveil et Richomme. Enfin, je terminerai ce tableau de l'état
des lettres et des arts, en rappelant que ce fut sous la Restauration que Rossini
a écrit presque toutes ses admirables partitions, que M. Caraffa fit jouer son
Masaniello, M. Auber sa *Muette de Portici*, et Boïeldieu plusieurs de ses opéras-
comiques.

MONUMENTS ET INSTITUTIONS.

La Restauration a fondé peu de monuments importants à Paris, et fit de vains
efforts pour achever les édifices commencés sous l'Empire. Cependant la capitale
s'est beaucoup embellie par ses constructions privées, et par tous les travaux
dont la voirie fut l'objet, sous la sage administration de M. de Chabrol, préfet de
la Seine.

NOTRE-DAME-DE-LORETTE, église paroissiale, située rue Olivier et à l'extrémité
septentrionale de la rue Laffitte, autrefois rue d'Artois (1). La façade principale
présente, au milieu, un avant-corps de même largeur que la grande nef, et formant un portique orné de quatre colonnes d'ordre corinthien. Tout cet avant-
corps soutient un fronton dont les trois angles sont décorés de trois statues,

---

(1) Cette église, commencée en 1823, a été inaugurée en 1836. Elle a été bâtie sur les dessins
de M. Hip. Lebas. Sa largeur est de 32 mètres, et sa longueur de 70 mètres. Elle peut contenir
3,000 personnes. Les colonnes du porche ont 13 mètres de hauteur.

représentant la *Foi*, l'*Espérance* et la *Charité*, par MM. Foyatier, Lemaire et Laitié. Le tympan du fronton est orné d'un bas-relief, ouvrage de M. Nanteuil, qui représente *des Anges en adoration devant la Vierge et l'Enfant Jésus*. Sous le portique est la porte principale, et sur les arrière-corps, à droite et à gauche, sont deux portes latérales. L'intérieur de l'église se compose d'un porche d'entrée, d'une grande nef, de deux nefs latérales, ou bas côtés, et de six chapelles particulières, indépendamment de quatre autres chapelles consacrées au Baptême, à l'Eucharistie, aux mariages et aux morts, qui occupent les angles des bas-côtés, et sont ornées de peintures dues à MM. Roger, Perrin, Orsel et Blondel. Quatre rangs de colonnes d'ordre ionique forment les divisions des trois nefs et des chapelles. La nef principale se termine par un chœur où sont les stalles, et par un hémicycle où est placé le maître-autel, surmonté d'un baldaquin supporté par quatre colonnes égyptiennes de granit oriental, avec bases et chapitaux en bronze doré, et un couronnement de sculpture, ouvrage de M. Elschoëcht. Enfin, deux sacristies sont à droite et à gauche du chœur et à l'extrémité des bas-côtés; elles sont éclairées chacune par une grande croisée en arcade, garnie d'un vitrail.

Les peintures qui décorent les chapelles représentent des sujets tirés de la vie des saintes ou des saints auxquels elles sont consacrées. Ces peintures sont dues au talent de MM. Hesse, Coutan, Alfred Johannot, Langlois, Caminade, Decaisne Dejuinnes, E. Deveria, Schnetz, Etex, Champmartin, Couder, Goyet et de Mmes Varcolier et Deherain. Les trumeaux qui séparent les croisées de la nef principale sont ornés de tableaux représentant l'histoire de la Vierge, par MM. Monvoisin, Vinchon, Langlois, Dubois, Coutan, Hesse, Granger, Dejuinnes. Cette dernière série est complétée par deux grands tableaux qui couvrent les parois des murs du chœur, et qui sont l'œuvre de MM. Heim et Drolling. De plus, M. Schnetz a représenté quatre prophètes dans les tympans des grandes arcades, au-dessus des orgues et à l'entrée du chœur. M. Delorme, outre la grande peinture qui orne la coupole, a exécuté quatre figures d'Évangélistes dans les pendentifs qui supportent cette coupole. Enfin M. Picot a décoré d'une peinture, sur fond d'or, le cul-de-four de l'hémicycle. On remarque aussi, dans l'église de Notre-Dame-de-Lorette, les *Anges adorateurs* du maître-autel, par M. Nanteuil; le *Christ* en marbre, de M. Desbœufs; la statue de la *Vierge*, par M. Dumont; les deux *Séraphins* de la chaire, par M. Elschoëcht; le groupe de la *Pitié* du maître-autel, par M. Cortot; la statue de *saint Jean*, des Fonts baptismaux, par M. Duret.

Église Saint-Vincent-de-Paul. Cette église, située rue et place Lafayette, commencée en 1824, a été consacrée au culte en 1844. Le plan extérieur présente un carré-long avec des avant-corps aux deux extrémités. On arrive par un perron de soixante marches, très-pittoresque, à l'entrée principale, placée sous un portique à trois rangs de colonnes d'ordre ionique surmonté d'un fronton triangulaire, sculpté par M. Nanteuil. De chaque côté du portique s'élève une grande tour carrée. L'intérieur offre l'aspect architectural des basiliques antiques. La nef principale est séparée des bas-côtés par un double rang de colonnes recouvertes en stuc, au-dessus desquelles s'élève une seconde rangée de colonnes corinthiennes qui soutiennent une charpente apparente et richement peinte.

Autour de l'église sont huit chapelles latérales, décorées de vitraux peints, dont l'exécution est due au talent de M. Maréchal, de Metz. Le chœur est orné de stales en bois, élégamment sculptées par MM. Millet et Derre. Quant au maître-autel, c'est un ouvrage de M. Bosio neveu. Sur les portes de bronze qui ferment l'entrée principale du monument, M. Farochon a figuré Jésus-Christ, les Apôtres et les Vertus Théologales. Sous le péristyle, on vient de placer une vaste peinture exécutée sur lave par MM. Jollivet et Hachette. Cette composition représente les trois Personnes de la Sainte Trinité, ayant à leur droite le groupe de quatre Prophètes, Jérémie, Ézéchiel, Isaïe et Daniel; à leur gauche, les quatre Evangélistes. La construction de cette église a été dirigée par MM. Lepère et Hittorf.

ÉGLISE SAINT-DENIS-DU-SAINT-SACREMENT, rue Saint-Louis, au Marais. Cette église, commencée en 1826 et inaugurée en 1835, est construite sur l'emplacement de la chapelle des *Filles du Saint-Sacrement*. La façade est décorée de colonnes. L'intérieur se partage en trois nefs. L'autel est placé sous une voûte. La coupole est ornée d'une peinture et d'une grisaille de M. Abel de Pujol. Dans les chapelles on voit la *Mort d'Emmaüs*, par M. Picot; les *Miracles de la Vierge*, par M. Court; le *Christ et les Enfants*, par M. Decaisne, et enfin, une *Piéta*, par M. Eugène Delacroix.

ÉGLISE NOTRE-DAME-DE-BONNE-NOUVELLE, rue Beauregard. Ce monument, rebâti par M. Godde, en 1825, n'offre rien de remarquable; le portail dorique est décoré de pilastres et de deux colonnes. L'intérieur est divisé en trois nefs séparées par des colonnes d'ordre ionique. L'abside est ornée d'une grisaille de M. Abel de Pujol, et la chapelle de la Vierge, de peintures par M. A. Hess.

Je mentionnerai pour mémoire l'église de *Saint-Pierre-du-Gros-Caillou*, en partie rebâtie en 1822, par M. Godde, et l'église *Sainte-Élisabeth*, rue du Temple, n° 107, dont l'intérieur a été refait en 1829. On y voit des peintures de MM. Pérignon et Bezard.

CHAPELLE EXPIATOIRE, située au coin de la rue d'Anjou-Saint-Honoré et de la rue de l'Arcade. Ce monument, construit sur les dessins de MM. Percier et Fontaine, a été élevé pour consacrer le lieu où furent déposées, en 1793, les dépouilles mortelles de Louis XVI et de la reine Marie-Antoinette. Il a été achevé en 1825. Une porte en bronze, ornée de deux cippes funéraires, donne entrée dans un vestibule qui conduit à une espèce de parvis, le long duquel s'étendent, des deux côtés, des plantations d'ifs et de cyprès. A droite et à gauche du parvis règnent deux portiques, composés l'un et l'autre de neuf arcades voûtées; au fond de chacune de ces arcades s'élève un cippe portant le nom des personnes inhumées dans ce lieu; à l'extrémité de ce parvis, se trouve une chapelle dont l'entrée présente un porche orné de quatre colonnes doriques qui supportent un fronton. Au-dessus de la chapelle s'élève une coupole; une lanterne, pratiquée au centre, éclaire l'édifice. Les pendentifs de cette coupole sont ornés de bas-reliefs qui figurent les mystères de la Trinité et de l'Eucharistie. Un autre bas-relief, représentant la translation des dépouilles mortelles de Louis XVI et de Marie-Antoinette dans la Chapelle de Saint-Denis, est placé au-dessus du porche intérieur. A droite et à gauche de l'autel en marbre blanc, incrusté de

bronze doré, on voit deux groupe en marbre : le premier, sculpté par Bosio,
représente l'apothéose du roi Louis XVI ; le second, exécuté par M. Cortot, représente la reine Marie-Antoinette implorant le secours de la religion. Au-dessous de la chapelle on a disposé une crypte voûtée dans laquelle un autel, en
forme de tombeau, indique l'endroit même où ont reposé les restes du roi.

CHAPELLE DU CIMETIÈRE DU PÈRE LACHAISE. Elle est située sur la partie la
plus élevée de ce cimetière. Sa forme est un parallélogramme. Aux quatre angles
extérieurs de l'édifice sont des pilastres doriques qui soutiennent un entablement
décoré de modillons et de triglyphes. Sur les deux façades antérieure et postérieure de la chapelle, cet entablement est surmonté d'un fronton. Le jour pénètre par une ouverture pratiquée au milieu de la voûte. Ce monument, destiné
à la célébration de l'office des morts, a été construit sur les dessins de M. Godde,
et inauguré au mois de novembre 1834.

ÉTABLISSEMENTS CIVILS.

SÉMINAIRE DE SAINT-SULPICE, situé sur la place et auprès de l'église Saint-
Sulpice, entre les rues Férou et du Pot-de-Fer. La première pierre de cet édifice
fut posée en 1820. L'architecture de ce bâtiment n'a rien de remarquable. Les
constructions forment un parallélogramme au centre duquel se trouve une vaste
cour carrée, entourée d'une galerie couverte en arcades. La façade qui se développe sur la place Saint-Sulpice présente les caractères du style florentin ; elle se
compose d'un corps principal avec un porche au milieu et de deux pavillons en
saillie de chaque côté. L'architecture des façades qui donne sur la cour et des
façades latérales extérieures est la même que celle de la façade principale. On
vient d'y bâtir une chapelle.

LE [PONT DES INVALIDES communique du quai de la Conférence au quai d'Orsay, au Gros-Caillou. Ce pont élégant, construit en 1825, sous la direction de
MM. Vergez et Bayard, consiste en trois travées suspendues par des chaînes de
fer. Sa longueur est de 261 pieds, et sa largeur de 26.

LE PONT DE L'ARCHEVÉCHÉ, sur le bras gauche de la Seine, vis-à-vis la rue
des Bernardins, communique du quai de l'Archevêché au quai de la Tournelle.
Ce pont, formé de trois arches en pierres, a été achevé en novembre 1827, aux
frais d'une compagnie qui y perçoit un droit de péage.

LE PONT D'ARCOLE, nommé avant 1830 pont de la Grève, est construit sur le
bras droit de la Seine ; il communique du quai Napoléon à la place de Grève. Il
repose sur un pilier placé au milieu de la rivière ; son plancher, presque horizontal, est supporté par des barres de fer. Ce pont ne sert qu'aux piétons.

MAISON DE FRANÇOIS Ier AUX CHAMPS-ÉLYSÉES. Cet édifice, dont la construction date de 1572, offre un assez remarquable spécimen de l'architecture de la
Renaissance. Il est situé aux Champs-Élysées, sur le Cours-la-Reine. Il était
autrefois à Moret, dans la forêt de Fontainebleau, où il servait de rendez-vous
de chasse ; mais il n'existait pas alors tel qu'on le voit aujourd'hui ; la partie
qui forme la façade actuelle décorait l'intérieur d'une cour. En 1826, le
gouvernement vendit cette maison à un amateur, qui en fit transporter à

Paris les matériaux, et qui chargea M. Bret, architecte, de la reconstruire sur un nouveau plan. Elle a deux étages. Aux quatre angles sont de petits pilastres couronnés de chapitaux délicatement sculptés. Le rez-de-chaussée offre des arcades, au-dessus desquelles règne une frise rehaussée d'ornements et de médaillons qui représentent Marguerite, Anne de Bretagne, Diane de Poitiers, et les rois Louis XII, Henri II et François II. L'attique est orné de bas-reliefs qui figurent des génies portant des écussons aux armes de France, enlacés dans des guirlandes de fleurs et de fruits. On a attribué à Jean Goujon les sculptures qui décorent ce gracieux monument.

HOSPICES. — Sous la restauration, il fut fondé quelques établissements de Bienfaisance. La duchesse de Bourbon établit en 1819, rue de Babylone, n° 12, l'*Hospice d'Enghien*, renfermant 60 lits pour les hommes, et 60 lits pour les femmes ; M. Leprince dota un petit hospice qui porte son nom, rue Saint-Dominique, n° 4, et qui est destiné à 20 vieillards; Mme Châteaubriant, l'*Infirmerie de Marie-Thérèse*, rue d'Enfer, n° 86, pour les prêtres infirmes. Enfin, on fonda en 1820, rue de Lourcine, n° 95, au moyen de souscription, une *Maison de Refuge et de Travail* pour l'extinction de la mendicité. L'*Asile de la Providence* rue du *Cherche-Midi*, date de 1824. Il fut destiné à recevoir des personnes d'un âge avancé.

THÉATRES. — Plusieurs théâtres furent bâtis sous les règnes de Louis XVIII et de Charles X. La salle actuelle de l'*Académie Royale de Musique* a été élevée sur l'emplacement de l'hôtel Choiseul, rue Lepelletier, après l'assassinat du duc de Berry. Les travaux de cette *salle provisoire*, ouverte en 1820, ont été dirigés par M. Debret. — Le théâtre du *Gymnase-Dramatique*, ou *Théâtre de Madame*, boulevard Bonne-Nouvelle, n° 8, date de 1820 ; il a été fait sur les dessins de MM. Guerchy et Rougevin. La façade est décorée de six colonnes engagées. — Le théâtre *des Nouveautés*, aujourd'hui du *Vaudeville*, place de la Bourse, occupe l'emplacement de l'ancien passage Feydeau. La troupe d'opéra comique y a joué de 1832 à 1840. — Le théâtre du *Panorama-Dramatique*, près du *Petit-Lazary*, s'est soutenu peu de temps et a été remplacé par une maison particulière. — Le théâtre *Ventadour*, qui est occupé aujourd'hui par la troupe italienne, a été construit sur les dessins de MM. Huvé et Guerchy : c'est un édifice isolé de toutes parts, orné de pilastres et surmonté d'un attique. Cette salle a porté, depuis 1830, les titres de théâtre *Nautique* et de théâtre de la *Renaissance*. — L'*Ambigu-Comique*, bâti par MM. Stouff et Lecointe, boulevard Saint-Martin, a été ouvert en 1828; la façade est assez élégante. — Le *Cirque-Olympique*, boulevard du Temple, où l'on joue des vaudevilles, des mélodrames et des pantomimes équestres, date de 1827. — Le théâtre du *Luxembourg*, rue Madame, était une petite salle où un paillasse, du nom de *Bobineau*, faisait la parade et où l'on donnait des pantomimes. — Enfin, le *Théâtre Comte*, passage Choiseul, a été fondé en 1826 par l'habile prestidigitateur dont il porte le nom. Les pièces y sont jouées par des enfants et pour des enfants.

MARCHÉS. — Les marchés établis sous la Restauration n'ont rien de remarquable. Je citerai le *Marché au beurre* (1822), dans les dépendances de la Halle des Innocents; la *Halle aux poissons* (1822), qui occupe l'emplacement de l'ancien pilori, emplacement appelé *Carreau de la Halle;* et le *Marché des Carmes* (1818), place Maubert.

PASSAGES. — Sous la Restauration on a édifié les plus beaux passages, ou rues couvertes, que l'on trouve à Paris. Déjà, en 1799, on avait bâti les passages du Caire, et, en 1808, la galerie Delorme. Le passage des *Panoramas* est aussi l'un des plus anciens. — Les *Galeries de l'Opéra* datent de 1821, la *Galerie Vivienne* et le passage *Véro-Dodat,* qui porte le nom de deux charcutiers qui l'ont fait élever, ont été bâtis en 1823; le *Passage Henri IV* (1823) et la *Galerie Laffitte* (1828) sont mal construits et mal décorés. Parmi les plus beaux, il faut citer la *Galerie Colbert* (1828) et le *Passage Choiseul* (1827). — La *Galerie Vendôme* remonte aussi à 1828.

———~⌒~———

PARIS SOUS LOUIS-PHILIPPE Ier.

Les premières années qui suivirent l'avénement de Louis-Philippe au trône furent marquées par des émeutes et des insurrections qui jetèrent la perturbation dans les affaires, et coûtèrent la vie à un grand nombre de citoyens. — Un des premiers actes du nouveau gouvernement fut la réorganisation de la garde nationale de Paris, licenciée par le ministère de Villèle. Le 29 août, le roi, accompagné du général Lafayette et d'un brillant état-major, passa en revue, au Champ-de-Mars, les légions de la milice citoyenne et leur fit distribuer des drapeaux, au milieu d'un enthousiasme général.

Quatre ministres de Charles X, MM. de Polignac, de Peyronnet, de Chantelauze et de Guernon-Ranville, avaient été arrêtés et enfermés dans le donjon de Vincennes. Pendant que leur procès s'instruisait, le bruit se répandit que la Cour des pairs était disposée à les traiter avec indulgence et qu'ils ne paieraient pas de leur tête les désastres de la révolution de juillet, désastres dont toute la responsabilité leur appartenait. Des bandes d'hommes du peuple parcoururent les rues, demandant la mort des ministres : les rassemblements, repoussés de la place du Palais-Royal, se portèrent à Vincennes; là, le commandant du fort, le général Daumesnil, signifia courageusement à la foule que, si elle tentait de passer outre, il ferait sauter le donjon. Les émeutiers reculèrent devant une déclaration si vigoureuse, regagnèrent Paris, envahirent de nouveau la place du Palais-Royal, où ils furent dispersés par la garde nationale.

Les ex-ministres avaient été transférés, le 10 décembre, à la prison du Petit-Luxembourg. Le gouvernement, redoutant quelques mouvements populaires, publia un ordre du jour, pour enjoindre aux gardes nationaux de ne point quitter leur uniforme à partir du 14 décembre. Le 15, le procès des ministres s'ouvrit à la cour des Pairs. Tant que durèrent les débats, il y eut, autour du palais, un grand déploiement de force armée. Le 21 décembre, le procès se terminait, et l'on reconduisait furtivement les ex-ministres au château de Vincennes. A cette nouvelle, des rassemblements tumultueux se montrent sur tous les points de la capitale; et la foule se précipite dans la cour du Luxembourg

en criant : *Mort aux ministres!* Cependant les troupes et la garde nationale tinrent
tête à l'émeute, et parvinrent à la comprimer. Le soir de ce même jour, le jugement qui condamnait les ministres à la prison perpétuelle fut rendu. La nuit, des
feux furent allumés dans les rues et sur les places publiques; des postes nombreux maintinrent l'ordre. Le lendemain, il y eut encore des démonstrations
populaires et des protestations contre l'arrêt, trouvé trop clément, de la Cour des
Pairs; mais le gouvernement avait pris des mesures, et l'insurrection, qu'on avait
vue près d'éclater, fut contenue rigoureusement.

Le 14 février 1831 était l'anniversaire de la mort du duc de Berry : les légitimistes résolurent de faire célébrer un service religieux commémoratif. La cérémonie eut lieu à Saint-Germain. On sut bientôt dans le public que les partisans de
la monarchie déchue avaient saisi cette occasion pour faire des démonstrations
politiques en faveur du duc de Bordeaux. Le peuple se porta en foule à Saint-
Germain-l'Auxerrois, puis mit au pillage l'église et le presbytère. Le lendemain
les mêmes dévastateurs se rendirent à l'Archevêché et le démolirent presque de
fond en comble; les meubles furent brisés, les objets d'art détruits et les livres
de la bibliothèque jetés à la Seine. Quelques détachements de gardes nationaux
s'étaient réunis à Notre-Dame, mais ils furent impuissants à arrêter le désordre.
En même temps on effaça les fleurs de lis sur tous les monuments et on abattit
les croix sur toutes les églises de la capitale.

Presque chaque mois était marqué par quelque émeute. Le 16 avril, à l'occasion de la distribution de la croix de Juillet, une foule furieuse avait envahi
la place Vendôme, d'où elle fut chassée par le général Lobau au moyen de
pompes à incendie. Le 14 juillet, les républicains essayèrent de planter un
arbre de la liberté sur la place de la Bastille, et il fallut l'intervention des soldats
pour empêcher la mise à exécution de ce projet. Enfin, le 15 septembre, on
apprend la capitulation de Varsovie; aussitôt apparaissent sur plusieurs points
de la ville des groupes menaçants; le lendemain on essaya d'élever des barricades, et l'on pilla des magasins d'armuriers; mais cette émeute n'eut pas de
suites désastreuses.

En 1832 la tranquillité publique fut compromise encore plus gravement que
l'année précédente. Le 4 janvier, vers les cinq heures du soir, on entendit tout à
coup sonner le bourdon de la cathédrale : c'était un appel d'insurrection; les
individus qui venaient de faire ce sinistre appel furent arrêtés sur-le-champ; en
même temps les gardes municipaux éteignaient un incendie qui, s'il eut pu se
développer, allait détruire un des monuments les plus vénérés et les plus remarquables de la capitale.

Ce n'était pas le parti républicain seulement qui travaillait à la destruction
du nouveau gouvernement. Les légitimistes organisaient aussi une vaste conspiration. Les meneurs du complot distribuaient de l'argent dans le peuple, entretenaient des intelligences dans plusieurs régiments de la garnison de Paris, et se
donnaient pour chefs des personnes très-haut placées dans l'ancienne cour. Les
forces du parti légitimiste présentaient un effectif de 2,500 à 3,000 hommes. On
savait que le roi donnerait un grand bal aux Tuileries dans la nuit du 1er au
2 février; les conspirateurs résolurent de pénétrer cette nuit-là dans le palais, au

moyen de fausses clefs qu'ils s'étaient procurées, et d'enlever la famille royale, à la faveur du tumulte que ferait naître leur présence. Les chefs avoués du complot, à la tête desquels se trouvait un ouvrier du nom de Poncelet, se réunirent ce même jour, pour se concerter, chez un restaurateur de la rue des Prouvaires. C'est là qu'ils furent arrêtés. Il s'était formé quelques rassemblements qui furent facilement dispersés.

Sur la fin du mois de mars, il éclata à Paris un fléau non moins terrible que la guerre civile. Un cas de choléra-morbus fut constaté sur un individu qui habitait la rue Mazarine. L'épidémie se développa, avec une rapidité et une force extraordinaires, dans les quartiers Saint-Antoine, Saint-Jacques et Saint-Honoré, et bientôt envahit la ville entière. Toute la population était frappée de terreur. La municipalité s'occupa d'assainir les quartiers populeux, refit le pavage des rues, et multiplia les bornes-fontaines. Les victimes du fléau augmentèrent continuellement; on établit des ambulances et des bureaux de secours auxquels étaient attachés des médecins et des pharmaciens. Les gens riches, les députés et les pairs de France avaient quitté Paris : la famille royale resta au palais, et donna l'exemple du courage. On fit courir le bruit que le choléra avait pour cause des empoisonnements publics : les gens du peuple, dans leur grossière et brutale ignorance, massacrèrent plusieurs personnes qu'ils soupçonnaient, sur les apparences les plus futiles, d'être les auteurs de ces prétendus empoisonnements. Le choléra sévit pendant 189 jours, et le chiffre des décès s'éleva quelquefois jusqu'à 1,100 par jour. Les documents officiels portent à 18,000 le nombre des victimes de cet épouvantable fléau.

Les funérailles du général Lamarque, un des représentants les plus éloquents du parti démocratique à la chambre des Députés, furent l'occasion de l'insurrection la plus terrible et la plus sanglante qu'ait eu à combattre la royauté de Juillet. Le 5 juin était le jour où l'on devait rendre les derniers honneurs à l'illustre général. Tous les membres des sociétés secrètes et les écoles s'étaient réunis pour cette solennité. Une foule immense encombrait la rue Saint-Honoré où était située la maison mortuaire. Des jeunes gens s'attelèrent au char funèbre; le cortège traversa la longue ligne des boulevards au milieu des cris et du tumulte, et s'arrêta non loin du pont d'Austerlitz. On avait préparé dans ce lieu une estrade d'où furent prononcés plusieurs discours. Bientôt une lutte entre les troupes et les insurgés s'engagea sur le boulevard Bourdon et se propagea rapidement sur tous les points de la capitale. Les républicains élevèrent en hâte des barricades et s'emparèrent des postes principaux. La rue Saint-Martin devint le centre de leurs opérations; le soir ils regardaient déjà le succès comme presque certain. Mais le gouvernement fit venir des régiments de Saint-Denis et de Courbevoie, et appela à son aide la garde nationale de la banlieue; pendant la nuit la plupart des postes occupés par les insurgés furent repris. Les affaires les plus meurtrières eurent lieu vers le passage du Saumon et près du Petit-Pont de l'Hôtel-Dieu. Le lendemain, 6 juin, les lanciers dégagèrent la Porte-Saint-Martin, et bientôt la circulation fut libre sur les boulevards depuis la Madeleine jusqu'à la Bastille. Soixante insurgés postés au cloître Saint-Méry et défendus par d'épaisses barricades, soutinrent avec un courage désespéré, pendant une grande partie de la journée, l'assaut de la garde nationale et de la troupe de ligne. Vers les quatre heures, le gouvernement fit attaquer les barricades à coups de canon, et ne tarda pas à être maître du foyer de l'insurrection. Le lendemain, tout était rentré dans l'ordre. Le ministère mit Paris en état de siége; mais l'illégalité de cette mesure fut solennellement reconnue dans un arrêt mémorable rendu par la Cour de cassation.

Le 19 novembre 1833, le roi se rendit à cheval au palais Bourbon, pour ouvrir la session des deux chambres. Au moment où il arrivait à l'entrée du pont Royal, on entendit la détonation d'une arme à feu : on venait d'attenter à la vie du roi; le coup n'atteignit personne, et à la faveur du tumulte, l'assassin échappa à la vindicte publique.

Pendant l'année 1834, la tranquillité publique de la capitale fut encore troublée par des luttes sanglantes, engagées entre le parti démocratique et le gouvernement. Une loi venait d'être promulguée contre les associations politiques. Les républicains, forcés dans leur dernier retranchement, résolurent de tenter encore la fortune. Les chefs de la *Société des droits de l'Homme* organisèrent une insurrection qui éclata le 13 avril au soir. Les rues étroites du quartier Saint-Martin devinrent encore le théâtre de la guerre civile. Plusieurs barricades avaient été élevées ; mais la force armée s'en empara assez facilement. Le lendemain, les insurgés furent complétement dispersés; le plus terrible épisode de cette lutte se passa dans la maison portant le n° 12, rue Transnonain. Presque tous les habitants de cette maison furent massacrés par les soldats.

L'anniversaire des Journées de Juillet est tristement célèbre par un des plus affreux attentats dont l'histoire de Paris fasse mention. Le 28 juillet 1835, le roi passait la revue générale de la garde nationale et des troupes de la garnison, rangée en deux haies le long des boulevards. Le roi, accompagné des princes et d'un nombreux état-major, était arrivé à la hauteur du Jardin-Turc; tout à coup une détonation semblable à un feu de peloton se fait entendre, et le maréchal Mortier, le général Lachasse de Vérigny, le capitaine de Vilatte, le colonel Raffé, M. de Rieussec et d'autres personnes tombent baignés dans leur sang; le roi n'avait pas été atteint; il conserva ce sang-froid qui caractérise les âmes fortement trempées, et put continuer sa marche vers la Bastille. Le coup était parti d'une fenêtre de la maison portant le n° 50, sur le boulevard du Temple ; les agents de police pénétrèrent dans cette maison et y trouvèrent la machine, composée de vingt-cinq canons de fusil, qui venait de répandre la mort dans le cortége du roi. Bientôt l'auteur de ce crime, Fieschi, fut arrêté. Jugé plus tard par la cour des Pairs, il fut, avec deux ce ses complices, Pepin et Morey, condamné à mort. Le 15 février 1836, tous les trois furent exécutés près la barrière Saint-Jacques. Le 5 août, on avait célébré, à l'église Saint-Paul, des funérailles pompeuses en l'honneur des victimes de l'attentat, qui furent inhumées dans la chapelle des Invalides.

Les années suivantes furent marquées par des événements moins importants. Je mentionnerai seulement l'attentat d'Alibaud, qui, le 25 juin 1836, au moment où la voiture de Louis-Philippe tournait le guichet du pont Royal, tira sur le roi avec un fusil-canne; heureusement le coup n'atteignit personne. L'assassin fut arrêté, condamné par la cour des Pairs, le 9 juillet, et exécuté le 11 du même mois.

Le 14 juin de l'année suivante, la princesse Hélène de Mecklembourg-Schwérin, mariée au duc d'Orléans, faisait son entrée à Paris. A cette occasion, il y eut, sur tous les points de la ville, des réjouissances publiques. Ces fêtes se terminèrent par un déplorable accident. Une foule immense se pressait au Champ-de-Mars pour assister à une représentation de la prise de la citadelle d'Anvers par l'armée française : après le spectacle, la multitude s'entassa vers les issues trop étroites de la place, et, dans la mêlée, plusieurs personnes périrent, étouffées ou écrasées.

Le 1er avril 1839, il y eut dans Paris des rassemblements qui furent promptement dissipés par quelques charges de cavalerie; mais, dans le mois de mai suivant, éclata une tentative d'insurrection dont les suites furent beaucoup plus graves. Les républicains les plus dévoués à leurs opinions avaient formé, en 1836, une société secrète dite des *Saisons*. Au nombre de mille environ, ils attendaient une occasion favorable pour soulever Paris et essayer de renverser le gouvernement. L'anarchie qui régnait, au mois de mai 1839, dans le camp ministériel leur parut devoir venir en aide à leurs projets. Le 12 mai fut le jour choisi par les principaux chefs de la *Société des Saisons*, Barbès, Blanqui et Martin Bernard, pour engager la lutte. Ce jour-là, à trois heures et demie, les sectionnaires étaient rassemblés dans la rue Bourg-l'Abbé; des armes et des munitions leur avaient été distribuées. Barbès, à la tête d'une colonne, passe les ponts, enlève le poste du Palais de Justice, de là se dirige sur l'Hôtel de Ville, et s'empare du poste de la place Saint-Jean. Bientôt les insurgés, gagnant le quartier Saint-Martin, élèvent trois barricades dans la rue Grenétat. Trop peu nombreux pour pouvoir opposer une longue résistance à la force armée, plusieurs des sectionnaires furent tués, d'autres furent faits prisonniers. Telle a été la dernière tentative à main armée que le parti démocratique ait faite pour le triomphe de ses doctrines; c'est aussi le dernier événement important que nous présente l'histoire de Paris, depuis l'avénement au trône du duc d'Orléans.

ÉTAT DES SCIENCES, DES LETTRES ET DES ARTS SOUS LE RÈGNE DE LOUIS-PHILIPPE.

Bien que la tranquillité publique ait été souvent troublée par des émeutes et des insurrections, on ne peut se refuser à reconnaître que la ville de Paris n'ait continué à s'avancer dans la voie de prospérité que lui avait ouverte la Restauration. Pendant la période de quinze ans que nous venons de parcourir, une foule d'hommes distingués ont cultivé les sciences, les lettres et les arts, avec autant d'éclat qu'à aucune autre époque de l'histoire. Je n'entreprendrai pas de faire connaître tous les ouvrages éminents qui ont été publiés dans ces derniers temps, ni de proclamer les noms de tous les écrivains qui ont été en possession de la faveur publique : sur de telles matières, les contemporains ne sont jamais considérés comme des juges en dernier ressort. Je me bornerai à dire que la plupart des hommes dont les débuts avaient eu du retentissement sous la Restauration auront contribué à illustrer le règne de Louis-Philippe. Des savants d'un ordre élevé, comme M. de Blainville, J. Geoffroy-Saint-Hilaire, Elie de Beaumont, Dumas, Pelouze, Regnault, Leverrier, Liouville et Brongniart marchent dignement sur les traces des Cuvier, des Gay-Lussac et des Vauquelin. A côté de MM. de Lamartine, Casimir Delavigne et Victor Hugo, nous avons vu se développer le talent poétique de MM. Alfred de Musset, A. Barbier et Sainte-Beuve. Les romans de MM. de Balzac, G. Sand, Soulié, Alex. Dumas, J. Janin et Eug. Sue ont été souvent accueillis par le public avec une faveur marquée.

Les travaux historiques de MM. Augustin et Amédée Thierry, de MM. Michelet, Mignet, H. Martin, Vitet, Beugnot, se font remarquer à la fois par des idées larges et une érudition patiente et ingénieuse. — L'histoire contemporaine a été abordée avec un grand bonheur et un succès mérité par M. Thiers dans son *Histoire du Consulat et de l'Empire*, dans les divers ouvrages de M. Lacretelle, dans l'*Histoire des Deux Restaurations*, de M. de Vaulabelle, et l'*Histoire de Dix Ans*, de M. Louis Blanc. Le pamphlet politique, auquel P.-L. Courier avait donné tant d'éclat sous la Restauration, est resté une arme redoutable entre les mains de M. de Cormenin, qui s'était, du reste, fait connaître déjà par de sérieux traités sur le droit administratif. MM. Burnouf, Stanislas Julien, Etienne de Quatremère, Raynaud, Bazin, etc., ont fait faire de nouveaux progrès aux études philologiques. Grâce aux travaux de MM. Champollion, Ch. Lenormant, Littré, Letronne, Ch. Magnin, de Saulcy, etc., la science archéologique, complément nécessaire des belles et fécondes recherches dont l'histoire des civilisations antiques a été l'objet, a pris de nouveaux développements et donné des résultats pleins d'intérêt. La philosophie a produit des œuvres remarquables, parmi lesquelles on peut citer les livres les plus récents de MM. Cousin, de Rémusat, Jouffroy, de La Mennais, Ravaisson, Pierre Leroux, etc. A côté des écoles dites *Socialistes*, dont il est difficile d'essayer ici une appréciation, les sciences morales et politiques ont trouvé de dignes interprètes, tels que MM. Dunoyer, Passy, Rossi, Blanqui, C. Reybaud, Faucher, Proudhon, etc.

Les artistes ont maintenu la France au rang élevé qu'elle occupait en Europe depuis deux siècles. Aux noms que nous avons signalés et qui étaient déjà connus sous la Restauration, nous pouvons ajouter ceux de plusieurs peintres distingués : ainsi, outre MM. Delaroche, L. Cogniet, Eug. Delacroix, H. Vernet, Ary Scheffer, on peut citer MM. Flandrin, Bouchot, Couder, Champmartin, Ziégler, Alaux, etc., pour la peinture d'histoire ; MM. Alfred et Tony Johannot, Decamps, Charlet, Diaz, Bellanger, Raffet, C. Roqueplan, Eug. Lamy, Robert Fleury, Meissonnier, Leleux, pour la peinture de genre ; MM. Isabey et Gudin pour les marines ; MM. Marilhat, J. Dupré et Cabat, pour le paysage, ont souvent produit des tableaux qui peuvent être comparés avec honneur aux plus belles pages des anciens maîtres. Les principaux ouvrages de sculpture, exécutés dans ces derniers temps, sont dus au ciseau de MM. Pradier, Barye, Lemaire, Jouffroy, Marochetti, Ant. Moine, Rude, etc. Notre école de gravure se glorifie avec raison des productions de MM. Desnoyers, H. Dupont, Forster, Mercuri, Calamatta, Richomme, Cousin, etc.

Enfin les compositeurs de musique qui ont obtenu en France des succès dura-

bles ne sont pas nombreux ; nous ne pouvons guère mentionner que MM. Auber,
Halévy, Meyerbeer, Hérold et Ad. Adam.

Notre époque, on le voit, n'aura rien à envier aux siècles précédents ; jamais
les diverses branches des connaissances humaines n'ont été cultivées avec une
plus louable ardeur par une foule d'hommes éminents. Depuis longtemps Paris
est regardé, avec raison, comme le centre de la civilisation moderne, et comme
le foyer intellectuel où se sont élaborées les découvertes les plus importantes
pour le progrès des sciences et de l'industrie. C'est là ce qui a fait la gloire de
cette ville ; et cette gloire, nous en sommes sûr, ne lui manquera pas dans
l'avenir.

INSTITUTIONS ET MONUMENTS.

L'administration municipale, depuis quinze ans, a plus fait pour l'assainisse-
ment et les embellissements de Paris que toutes les administrations qui l'ont
précédée. Le pavage des rues en chaussées bombées, l'établissement de larges
trottoirs sur les deux côtés de presque toutes les voies publiques, la construction de nombreux égouts souterrains, les plantations d'arbres faites le long des
quais et sur plusieurs places, l'aménagement d'un énorme volume d'eau distribué dans tous les quartiers au moyen de bornes-fontaines, l'éclairage au gaz
devenu à peu près général, ont pour ainsi dire changé la physionomie de Paris.
A aucune époque on n'a vu bâtir sur tous les points de la ville un aussi grand
nombre de maisons solides et élégantes. Pendant que des quartiers nouveaux
s'élevaient dans la partie septentrionale de Paris, les quais, depuis le Louvre
jusqu'à la place Mazas, ont été élargis, nivelés et refaits de fond en comble ; le quai Saint-Bernard a également été rebâti, ainsi que le quai des Grands-
Degrés. La place de la Concorde, véritable cloaque pendant les saisons plu-
vieuses, a été décorée avec luxe, et les Champs-Élysées, éclairés au gaz, munis
de trottoirs, ornés de jolies constructions, sont devenus une des promenades
les plus belles et les plus suivies de la capitale. Le Pont-Neuf, le pont de la
Tournelle, le pont de la Cité et le pont Royal ont subi d'importantes restaurations. D'autres voies utiles de communication ont été ouvertes sur les deux
rives de la Seine, au moyen de plusieurs ponts nouveaux : ceux du Carrousel,
de Louis-Philippe, de Constantine et de Bercy. Tous les monuments commencés sous l'Empire et la Restauration ont été achevés : tels sont l'Arc-de-l'Étoile,
la Madeleine, le palais du quai d'Orsay, le palais des Beaux-Arts, les églises
Notre-Dame-de-Lorette, Saint-Louis au Marais, Bonne-Nouvelle, Saint-Vincent-
de-Paul ; la plupart des autres églises ont été restaurées et enrichies de peintures ; enfin il n'y a peut-être pas un édifice public qui n'ait été l'objet de travaux importants. Nous avons déjà indiqué ce qu'on a fait ou ce que l'on fait
pour l'Hôtel de Ville, le Palais-de-Justice, le Palais du Luxembourg, l'Observatoire, l'Hôtel-Dieu, la Chambre des Députés, le Panthéon, le Palais-Royal, le
Louvre, etc. Quant aux constructions nouvelles qui datent du règne de Louis-
Philippe, je vais leur consacrer une notice spéciale.

ÉGLISE DE LA MADELEINE. On sait que les travaux de cette église, commen-

ÉGLISE DE LA MADELEINE.

cés en 1764, sur les plans de Constant d'Ivri, modifiés en 1777 par l'architecte Couture, et abandonnés pendant la révolution, furent repris, en 1806, aux termes d'un décret de Napoléon, daté du camp impérial de Posen. L'empereur, à la suite d'un concours auquel prirent part quatre-vingt-douze architectes, chargea Pierre Vignon de transformer le monument, depuis si longtemps commencé, en un *Temple de la Gloire,* dédié aux soldats de la grande armée. La Restauration trouva le temple inachevé, et décida qu'il serait rendu à sa destination primitive. Cependant il est juste de dire que les travaux les plus considérables ont été exécutés depuis la révolution de Juillet. L'église de la Madeleine, dont la construction fut si souvent interrompue par les événements politiques, a été achevée sous la direction de M. Huve, et enfin inaugurée le 24 juillet 1842.

Ce monument présente à l'extérieur le caractère et les formes architecturales d'un temple antique. C'est un vaste parallélogramme entouré de colonnes d'ordre corinthien (1). Les colonnes des péristyles sont ornées de cannelures et couronnées de chapiteaux sculptés avec une certaine élégance. Les entre-colonnements laissent voir 36 grandes statues de saints placées dans des niches pratiquées dans les murs de la cella, sous les portiques. Autour de l'édifice règne une frise ornée d'anges, de médaillons et de guirlandes d'une exécution commune. Le portique du nord est surmonté d'un fronton encore sans sculpture. Sur le fronton antérieur, on remarque une grande composition due au talent de M. Lemaire. L'artiste a représenté le Christ debout, ayant à ses pieds Madeleine repentante. A la droite et à la gauche de ce groupe principal sont figurés sous une forme allégorique, d'un côté les Vices repoussés par un ange vengeur, de l'autre, les Vertus amenées par l'ange de la Résurrection. Les portes d'entrée sont en bronze fondu ciselé. Sur leurs compartiments, M. Triquetti a sculpté en relief dix sujets relatifs aux commandements de Dieu.

L'intérieur de l'église, divisé en trois travées, reçoit la lumière par trois coupoles surbaissées qu'on ne peut apercevoir du dehors. Les pendentifs de ces coupoles sont rehaussés de bas-reliefs représentant les douze Apôtres, exécutés par MM. Roman, Foyatier et Pradier. La voûte en berceau du vestibule offre en bas-relief la *Foi,* l'*Espérance* et la *Charité,* par MM. Guersant, Lequin, et Bra. Le long des murs, revêtus de placage de marbre, sont placées de petites chapelles ornées de colonnes d'ordre ionique. Les autels de ces chapelles sont surmontés de niches dans lesquelles on a placé des statues de MM. Barye, Bra, Étex, Seurre, Duret et Raggi. L'abside, dont la voûte en cul-de-four est décorée d'une belle peinture de M. Ziégler, représentant l'Histoire du Christianisme, est ornée aussi de colonnes ioniques, et de figures de saints peintes par M. Ravevat. Six grands tableaux, ouvrages de MM. Abel de Pujol, Couder, Signol, Léon Cogniet, Schnetz et Bouchot, contribuent à l'ornement intérieur de l'édifice. Les deux bénitiers, de M. Antonin Moine, sont d'une composition très-élégante. Dans la chapelle du mariage, à droite en entrant, on voit un groupe en marbre du

---

(1) L'édifice se développe du sud au nord sur une longueur de 79 mètres 30 centimètres. Sa longueur est de 21 mètres 40 centimètres, et sa hauteur, mesurée sous les coupoles, est de 30 mètres 30 centimètres. On compte huit colonnes sur chacune des faces antérieure et postérieure, et dix-huit sur chacun des côtés; elles ont 19 mètres de haut.

Mariage de la Vierge, par M. Pradier ; dans la chapelle du Baptême, à gauche en entrant, on a placé *le Baptême du Christ*, par M. Rude ; enfin le maître-autel offre un vaste groupe en marbre, sculpté par M. Marochetti, et représentant *le Ravissement de la Madeleine*.

L'église dont je parle, avec ses décorations de dorures, de marbres, de peintures et de statues, et son buffet d'orgues, est un des monuments, sinon les plus beaux, du moins les plus somptueux de la capitale.

MUSÉES DU LOUVRE. Aux riches collections de tableaux et de statues antiques qui existaient déjà depuis longtemps au Louvre, on a réuni successivement plusieurs musées nouveaux, qui offrent un vif intérêt pour l'histoire de l'art.

Nous ne reviendrons pas sur la description déjà faite de *l'ancienne galerie des tableaux* et du *salon carré* qui la précède. Le grand escalier, par lequel on arrive d'un côté à ce *salon carré*, de l'autre à la *galerie d'Apollon,* a été décoré de peintures et de sculptures, qui sont l'œuvre de plusieurs artistes. Les plafonds ont été peints par MM. Albert de Pujol et Meynier. Des deux côtés du grand escalier, se trouvent des bas-reliefs en marbre, exécutés par MM. Guersant, Laitié, Guillois et Caillouet.

Entre la galerie d'Apollon et les nouveaux musées s'ouvrent trois grandes salles : la première est connue sous le nom de *Salle ronde;* on y a placé un beau vase, quelques statues antiques, et les bustes de plusieurs artistes modernes ; la seconde, dite *Salle des matières et objets précieux*, offre une foule d'ouvrages de bronze, d'or, d'argent, de laque, de pierres dures ; coupes, livres, châsses, boîtes, coffrets, ostensoirs, miroirs du moyen âge ou de la Renaissance, remarquables par leur provenance, leur antiquité ou leur mérite sous le rapport de l'art. On voit encore dans cette salle la statue en argent d'Henri IV enfant, modelée par le baron Bosio. Enfin, dans la *Salle des sept cheminées*, on a disposé les copies des fresques les plus célèbres exécutées au Vatican par Raphaël. La coupole de la première salle et le plafond de la seconde ont été peints par MM. Blondel, Couder et Mauzaize, qui y ont reproduit divers sujets allégoriques, les *quatre éléments,* les *Arts*, les *Sciences*, le *Commerce* et la *Guerre*, etc.

Musées des Peintres français. On arrive à ce musée par la salle dite des *Sept cheminées*, dont nous venons de parler. Il occupe neuf grandes salles, dans l'aile méridionale du Louvre, et contient les *Vues des Ports de France*, par J. Vernet, l'*Histoire de saint Bruno*, par Lesueur, et les tableaux de plusieurs peintres des XVIIIe et XIXe siècles. La salle du milieu renferme divers objets d'art : des meubles curieux, tels que chaises, stalles, armoires, coffrets, bahuts, des vases, des émaux, etc. Ces neuf salles sont décorées de plafonds et de voussures, sur lesquels sont peints divers sujets relatifs, pour la plupart, à l'histoire de l'art en France. Ainsi, dans la première salle, M. Alaux a représenté le Poussin reçu par Louis XIII; dans la troisième salle, M. Eugène Devéria a figuré, sur le plafond, le Puget présentant à Louis XIV le groupe de Milon de Crotone, et il a rappelé, dans les cadres des voussures, les principaux monuments élevés sous le règne du grand roi. La cinquième et la sixième salle sont ornées de peintures exécutées par MM. Heim et Fragonard, et retraçant les faits remarquables de la vie de François Ier, ainsi que les progrès des arts au XVIe siècle. Le plafond de la septième salle, peint par M. Schnetz, représente Charlemagne recevant, des mains du savant Alcuin, des livres manuscrits. Dans la dernière salle, des peintures, dues au pinceau de M. Léon Cogniet, consacrent le souvenir de l'expédition d'Egypte, dirigée par Bonaparte ; et enfin, sur deux autres plafonds, MM. Steuben et Drolling ont représenté, le premier la bataille d'Ivry, et le second, Louis XII assistant aux états généraux de Tours.

Musée des antiquités égyptiennes, grecques et romaines. Il comprend neuf salles parallèles à celles dont je viens de parler, et placées dans l'aile méridionale du Louvre, du côté de la cour intérieure. Ces neuf salles, comme les précédentes, sont décorées de peintures. On y voit deux plafonds peints par le baron Gros et représentant des sujets allégoriques ; on y remarque aussi des compositions exécutées par MM. Horace Vernet, Abel de Pujol, Picot, Vinchon, Gosse, Meynier, Heim et Fragonard. Dans la première salle se trouve une des œuvres les plus estimées de M. Ingres, l'*Apothéose d'Homère.*

Le musée égyptien occupe les cinq dernières salles ; il renferme une magnifique collection d'objets curieux, dignes de toute l'attention des savants et pleins d'intérêt pour tous ceux qui veulent se faire une idée de la vieille civilisation·égyptienne. On y trouve réunies les images des nombreuses divinités de l'Égypte, classées suivant le rang qu'elles occupaient dans la hiérarchie théogonique : les amulettes, les objets qui ont servi au culte public et au culte privé, les scarabées portant des images ou des légendes, les bijoux, les parures, les objets d'habillement et de toilette, les productions de l'art et celles de l'industrie. D'autres parties du musée contiennent tous les objets relatifs à l'embaumement des corps, d'autres enfin présentent un assez grand nombre de manuscrits, sur papyrus, en caractères hiéroglyphiques ou en caractères grecs.

Les salles précédant le musée égyptien renferment des antiquités grecques et romaines. Dans cette riche collection figurent beaucoup d'objets provenant des fouilles de Pompéi et d'Herculanum, et une grande quantité de vases étrusques, d'un travail admirable. Enfin deux de ces salles offrent d'admirables spécimens de l'art céramique à l'époque de la Renaissance, et des émaux magnifiques.

Salles historiques du Louvre. Ces salles que Louis-Philippe vient de faire restaurer, et qui ont été habitées par plusieurs de nos rois, sont situées dans l'aile orientale du Louvre, derrière la *Colonnade.* Elles séparent le *Musée égyptien* du *Musée espagnol.* La pièce de Henri II est décorée dans le goût de la Renaissance ; sur les frises et les panneaux de bois ciselé se retrouvent le chiffre du roi, le croissant, la devise, l'image de la duchesse de Valentinois sous les traits de Diane. Les portes en chêne sont ornées de bas-reliefs rehaussés d'or, des armes, des trophées, rehaussent la voûte, et sur des écussons on lit le millésime de 1559. La salle qui suit est entourée de boiseries dorées, comme dans la salle de Henri II. C'est la chambre à coucher de Henri IV ; elle porte sur des panneaux dorés la date de sa construction, 1603. Dans le plafond règne une frise autour de laquelle sont sculptés en bas-relief des génies, des victoires et des groupes de soldats vaincus. Au-dessus s'élève une légère coupole, où, dans les ornements, on remarque les emblèmes de la royauté et les fleurs de lis de la maison de Bourbon entourées de branches de laurier. C'est sous l'alcôve de cette chambre, dont le dais est orné d'arabesques, que fut déposé Henri IV, mort sous le couteau de Ravaillac. Dans une des autres salles du Louvre ont été transportées les boiseries, les plafonds et les panneaux qui décoraient la chambre du château de Vincennes, habitée par Anne d'Autriche; dans les caissons du plafond, on remarque des peintures exécutées par Vouet.

Musée des tableaux de l'école espagnole. Ce musée occupe environ la moitié de la galerie orientale du Louvre, dite *galerie de la Colonnade.* Il se compose de 405 tableaux de l'école espagnole, et de 51 tableaux de plusieurs maîtres étrangers à l'Espagne. Parmi les premiers, on compte environ 25 ouvrages de Ribeira, dit *l'Espagnolet,* 18 de Velasquez de Sylva et 12 de son école, 80 de Zurbaran et 40 de Murillo, parmi lesquels se trouve un Christ offert au roi des Français par le chapitre de Séville.

Musée naval. Il se compose de douze salles, situées au second étage dans l'aile septentrionale du Louvre. Les principaux objets qu'on remarque dans cette curieuse collection sont de nombreux modèles de constructions maritimes de toute grandeur et de tout genre, et en particulier des grands navires le *Neptune* le *Sphynx,* l'*Océan, le Rivoli* ; des modèles anciens et nouveaux de l'artillerie de marine, des plans en relief des ports de Brest, de Cherbourg, de Toulon, de Lorient et de Rochefort ; enfin une grande quantité d'instruments nautiques. En entrant dans la première salle, on remarque une espèce d'obélisque formé de débris de navires. Ces débris, retrouvés dans l'île de Vani-Koro, proviennent des deux frégates que commandait Lapeyrouse, lors de sa malheureuse expédition. On a réuni dans cette même salle des vêtements et des armes, produits industriels des peuplades qui habitent la côte d'Afrique, l'Islande, le Groënland, le nord de l'Amérique, les îles de la mer du Sud et celles des mers de l'Inde. Plusieurs des salles de ce musée sont décorées de dessins de marine, œuvres de Pierre Osannes, ancien ingénieur.

Musée des dessins des grands maîtres, situé dans une partie de l'aile septentrionale du Louvre, et dans les salles destinées autrefois au conseil d'Etat. Il renferme 1,298 dessins, dont 794 appartiennent à l'école d'Italie, 222 aux écoles allemande, flamande et hollandaise, et 372 à l'école française. On y voit aussi des meubles précieux et plusieurs ouvrages de sculpture.

Musée de sculpture moderne ou *Musée d'Angoulême,* situé au rez-de-chaussée de l'aile occidentale du Louvre. On a réuni dans plusieurs salles les plus excellents ouvrages de sculpture moderne que possède la France : les *Deux Esclaves,* de Michel-Ange; la *Diane* de Jean Goujon ; les *Trois Grâces,* de Germain Pilon ; le *Milon de Crotone,* du Puget; les modèles en plâtre de deux tombeaux espagnols du temps de la Renaissance, etc.

Musée des plâtres. On a disposé dans une des salles du rez-de-chaussée de l'aile occidentale, au Louvre, des épreuves en plâtre, moulées sur les originaux, de chefs-d'œuvre de sculpture antique, qui ont été exécutés par les artistes grecs et romains, et qui sont conservés dans les musées de Florence, de Rome, de Londres et de Munich.

Musée Standish. Les tableaux et la bibliothèque dont se compose cette col-

HÔTEL CLUNY
(Musée des Thermes)

Publié par Furne, Paris.

lection ont été légués au roi, en 1838, par un riche Anglais, M. de Standish. On
y compte environ deux cents tableaux, dont plusieurs sont signés du nom des
artistes les plus estimés de la Grande-Bretagne.

Je terminerai cette notice sur les ouvrages d'art rassemblés dans le Louvre,
en indiquant la reproduction en plâtre de la belle *cheminée de Bruges*. Elle
occupe une salle du rez-de-chaussée de l'aile méridionale. Enfin on prépare
des salles pour recevoir les bas-reliefs découverts récemment par M. Botta sur
l'emplacement de Ninive.

MUSÉE DES THERMES ET DE L'HÔTEL CLUNY, situé rue des Mathurins-Saint-
Jacques. — Il se compose en grande partie de la précieuse collection que
M. Du Sommerard avait travaillé pendant trente ans à former, et qu'il transporta, en 1833, dans son habitation de l'hôtel Cluny, bâti en 1505 par le cardinal d'Amboise. Acquise par le gouvernement en 1842, époque de la mort du
savant archéologue, cette collection est devenue un intéressant musée d'antiquités nationales. On y trouve une foule d'objets curieux qui peuvent servir à
l'étude des arts du moyen âge et de la Renaissance ; on y remarque, entre autres richesses, de magnifiques armes, des travaux remarquables de serrurerie et
de menuiserie, de belles faïences de Flandre et d'Italie, d'élégantes poteries,
œuvres de Bernard de Palissy, et des émaux d'une admirable conservation.
D'autres objets se rattachent à des souvenirs historiques, en même temps qu'ils
offrent un grand intérêt sous le rapport de l'art ; nous citerons, par exemple,
les étriers que portait François Ier à la bataille de Pavie, et l'échiquier en cristal, dit du roi saint Louis. — Ce beau musée archéologique occupe aujourd'hui la
chapelle et huit ou dix salles de cet hôtel de Cluny, dont l'architecture offre un
si heureux modèle du style de transition en honneur au commencement du
XVIe siècle. Pour donner plus d'extension à l'établissement nouveau, la ville de
Paris a cédé gratuitement à l'État le palais des Thermes, curieux débris des anciennes constructions que Constance Chlore avait fait édifier au IVe siècle. Ces
deux monuments, contigus l'un à l'autre, l'hôtel de Cluny et le palais des Thermes, seront réunis par une galerie intermédiaire et formeront eux-mêmes une
des parties les plus intéressantes peut-être du musée d'antiquités nationales.

MUSÉE DUPUYTREN. Il est situé rue de l'École-de-Médecine, dans l'ancien ré-
réfectoire du couvent des Cordeliers. Ainsi que son nom l'indique, il doit sa
fondation à l'illustre et savant Dupuytren, qui, à cet effet, a légué une somme
de deux cent mille francs à la Faculté de Médecine de Paris. Ce musée a été
établi dans le but de présenter, réunis dans une vaste collection, tous les
objets qui peuvent favoriser l'étude de l'anatomie pathologique. Il a été inauguré par Broussais, le 2 novembre 1835.

MUSÉUM D'HISTOIRE NATURELLE ET JARDIN DU ROI. J'ai déjà parlé de l'origine
de cet établissement, fondé sous le titre de *Jardin Royal des Herbes médicinales*,
et destiné à favoriser les progrès de la botanique et de la chimie. Cet établissement s'accrut au delà de toute espérance, sous la direction successive de plusieurs illustres naturalistes, tels que Fagon, Tournefort, Sébastien Vaillant,
Bernard de Jussieu, Du Fay, et enfin Buffon, autour duquel se groupaient Des-
fontaines, Daubenton, Macquer, Fourcroy, Brongniart, Petit, Portal, Vicq

d'Azir qui vinrent, chacun à des degrés divers, apporter au *Jardin du Roi* de nouvelles richesses, et agrandir, par de remarquables travaux, l'utile fondation de Louis XIII. Depuis Buffon, une nouvelle génération de savants a continué cette œuvre, et le nom de Cuvier est venu s'ajouter aux noms glorieux qui ont déjà jeté tant d'éclat sur les sciences naturelles.

Le *Jardin du Roi*, qui occupe une superficie de 84 arpents, se divise en trois grandes parties, désignées sous le nom de *Jardin haut, Jardin bas* et *Vallée suisse*. Le jardin bas s'étend des bords de la Seine jusqu'aux galeries du Muséum ; il est consacré à l'étude des végétaux et à leur culture. On y trouve l'*École de botanique*, où les plantes sont rangées par familles, l'*École des arbres fruitiers* et l'*École de culture*, destinées à offrir le modèle des diverses pratiques qu'on peut employer pour l'éducation et la multiplication des végétaux. Plus loin, quatre carrés sont réservés à la culture de plantes médicinales dont on fait aux pauvres une distribution gratuite. Puis vient l'*École des plantes usuelles*, où sont rangées, par ordre de propriétés, les plantes qui contribuent à la nourriture de l'homme; celles qui servent de fourrages, puis celles qui sont employées, par l'industrie, comme matière première. A la suite de l'École des plantes usuelles, on voit des pépinières et des bosquets d'arbres de toute espèce ; enfin, plus loin encore, dans des carrés creusés à dix pieds de profondeur, le *Jardin des semis*, destiné à conserver et à multiplier les productions végétales réunies dans le *Museum* et le *Jardin de naturalisation*, où l'on dépose, pendant l'été, les arbres et les arbustes qui ont passé l'hiver dans la serre tempérée.

Le *Jardin haut* présente un terrain accidenté, et n'est autre chose qu'un lieu de promenade pittoresque. Des allées d'arbres verts, disposées en labyrinthe, conduisent au sommet d'une colline à pentes rapides, d'où le regard peut s'étendre sur une grande partie de Paris, et découvrir le donjon de Vincennes, le cours de la Seine et de la Marne et la plaine d'Ivry. En descendant sur l'une des pentes, on voit le fameux et magnifique cèdre du Liban, apporté par Bernard de Jussieu, et plus bas, une colonne de granit, monument funéraire élevé à la mémoire du savant naturaliste Daubenton.

Entre le jardin haut et le jardin bas se trouvent les serres chaudes, élégantes constructions en fer, destinées à préserver des variations de la température les végétaux du tropique. On y entretient en hiver une chaleur de douze degrés. Les serres tempérées, bâties depuis quarante ans, occupent une superficie d'environ 67 mètres de longueur sur 8 de largeur ; la construction a 9 mètres de haut. On ne la chauffe que lorsque la température a fait descendre le thermomètre au-dessous de zéro. Elle sert d'abri aux plantes et aux arbres provenant de l'hémisphère boréal, de la terre de Diémen, de la Nouvelle-Zélande, etc.

La *Vallée suisse* forme, dans le *Jardin du Roi*, la troisième des grandes divisions que nous avons indiquées plus haut. C'est là qu'on a transporté, en 1794, l'ancienne ménagerie, réunie dans le parc de Versailles par Louis XIV et ses deux successeurs. Les fabriques qui servent de logement aux animaux présentent un aspect pittoresque et varié. Au centre de ces fabriques est une rotonde à neuf pavillons habitée par les grands animaux ; l'éléphant, la girafe, les buf-

Bourgogne Frères del. & sculp.

ÉCOLE ROYALE DES BEAUX-ARTS...

Imp. F. Chardon Aîné 30 r Hautefeuille Paris.

fles, etc. Une grande quantité de petits parcs, séparés par de légers treillages, contiennent d'autres espèces d'animaux, rangés par catégories. Les singes occupent une grande construction en fer d'une élégante architecture; enfin la volière, la faisanderie, les loges des animaux carnassiers, ont aussi leurs habitants d'espèces et de mœurs diverses.

L'ensemble du *Jardin du Roi* est complété par les vastes édifices où sont réunies les collections qui peuvent servir à l'histoire des sciences naturelles. Les galeries nouvelles *de botanique et de minéralogie* s'étendent sur un développement de 180 mètres. Elles contiennent d'immenses richesses minéralogiques classées avec le plus grand ordre. On y trouve aussi les herbiers, contenant les plantes de toutes les latitudes; enfin on peut remarquer dans les salles du rez-de-chaussée une collection de végétaux fossiles.

Le cabinet *d'anatomie comparée* renferme tout ce qui peut servir aux progrès de la science anatomique, les squelettes de tous les animaux connus et ceux des diverses races d'hommes qui peuplent le globe. L'ancien *cabinet d'histoire naturelle*, qui s'élève à l'extrémité des grandes allées, en face de l'entrée principale du jardin, est, depuis 1834, consacré entièrement aux collections zoologiques. La prodigieuse quantité d'objets qui y sont réunis, rend aujourd'hui insuffisant cet édifice qui s'étend sur une façade d'environ 100 mètres. On y trouve tout ce qui est relatif aux diverses branches de la zoologie, à l'histoire des mammifères, des oiseaux, des poissons, des reptiles, de tous les animaux enfin, dans leurs variétés infinies et leurs classes distinctes. Dans les dépendances de cet établissement on a formé une bibliothèque de 18,000 volumes relatifs aux sciences naturelles; on y conserve une collection de dessins formant plus de 200 volumes in-fol., et connus sous le nom de *Vélins du muséum.*

J'ai parlé ailleurs du *musée du Luxembourg*, où sont déposés des tableaux exécutés par des artistes français vivants; du *musée d'Artillerie*, si riche en armures et armes de toutes les époques; du *musée des Antiques*, à la Bibliothèque Royale, ainsi que du *musée* du Conservatoire des arts et métiers.

ÉCOLE ROYALE DES BEAUX-ARTS, située rue des Petits-Augustins. La destination de ce beau monument consacré aux arts et les chefs-d'œuvre qu'il renferme, le classent naturellement au nombre de nos musées. L'École des Beaux-Arts fut commencée en 1819, sur l'emplacement des Petits-Augustins, par M. Debret; mais les travaux les plus considérables ont été exécutés sous la direction de M. Duban. Spécialement destinée à l'enseignement de la peinture, de la sculpture et de l'architecture, l'école offre la réunion des modèles les plus précieux et les plus propres à favoriser les travaux des jeunes artistes.

La première cour de cet établissement est décorée par la façade principale du château d'Anet, que Henri II fit élever, en 1548, par Philibert Delorme pour Diane de Poitiers. Cette façade sert de frontispice à l'ancienne église des Petits-Augustins, transformée en musée. On y voit des modèles en plâtre, moulés sur les originaux, des principaux ouvrages de Michel-Ange, des portes du baptistère de Florence, etc., et la copie, par Sigalon, de la célèbre fresque du Jugement dernier, par Michel-Ange.

Dans le corps de bâtiment comprenant la division des classes journalières, sont deux amphithéâtres pour les études d'après nature et d'après l'antique, précédés par une vaste salle d'attente; des galeries latérales conduisent aux salles des modèles et à celles des machines destinées aux divers enseignements de l'architecture.

La cour d'entrée est séparée de la cour principale par un admirable fragment du château de Gaillon, érigé en 1500, sous le règne de Louis XII, par le cardinal Georges d'Amboise. La seconde cour, dans laquelle le fragment de Gaillon donne entrée, est décorée d'une cuve circulaire d'un grand diamètre, qui provient d'un ancien réfectoire de l'abbaye de Saint-Denis. Les murs à droite et à gauche de l'arc Gaillon se développent en quart de cercle, et sont ornés de divers fragments dont le plus grand nombre provient du même château de Gaillon, d'autres du château d'Écouen, le reste de divers monuments détruits. Cette cour· est décorée par la façade principale du Musée des Études. Cette façade est ornée de colonnes, de médaillons en marbre et en bronze, et de fragments antiques en marbre; les noms des plus célèbres artistes de toutes les Écoles sont inscrits sur une frise au-dessous de l'ordre corinthien de cette façade. — Les portraits en relief de Philibert Delorme et de Jean Goujon sont placés de chaque côté de · la porte dans des médaillons de bronze à fond d'or. Plus haut on voit ceux de Poussin et de Lesueur. Enfin les parties latérales de cette cour sont limitées par des balustrades à jour d'un style élégant, qui proviennent également du château de Gaillon.

Au centre du Musée des Études est une cour rectangulaire, autour de laquelle s'étendent les quatre corps de bâtiment de ce Musée. Des colonnes adossées aux murs, supportant des bustes, ornent le pourtour de cette cour. Les grandes portes situées au milieu des deux principaux corps de bâtiment sont décorées de magnifiques colonnes en marbre rouge. Les portraits de Périclès, d'Auguste, de Léon X et de François Ier, symbole des quatre grandes époques de l'histoire des arts, sont placées, deux par deux, de chaque côté de ces portes.

Des galeries du premier étage, celles de droite sont assignées spécialement aux expositions et au jugement des concours de la section de peinture et de sculpture; celles de gauche sont destinées à la section d'architecture.

La galerie de face du palais contient trois expositions permanentes : 1° des tableaux qui ont mérité à leurs auteurs des grands prix de Rome; 2° d'une précieuse collection des empreintes des sceaux du royaume depuis Pharamond jusqu'à nos jours; 3° d'une nombreuse et curieuse suite de modèles en talc et en liège, de monuments antiques égyptiens, grecs, romains, syriens, mexicains, asiatiques, etc. Parmi les ouvrages de peinture importants que renferme ce bâtiment, je dois signaler l'hémicycle de l'amphithéâtre principal, peint par M. Paul Delaroche.

Des cours relatifs à tout ce qui concerne la peinture, la sculpture, l'architecture et la gravure, sont établis au palais des Beaux-Arts. Tous les ans, les élèves de cette école concourent entre eux, et celui qui, dans chaque spécialité, obtient le premier grand prix, est entretenu à Rome, pendant cinq ans, aux frais de l'État.

ARC DE TRIOMPHE DE L'ÉTOILE, situé hors de Paris, à l'extrémité ouest des

ARC DE TRIOMPHE DE L'ÉTOILE.

Champs-Élysées, et auprès de la barrière de Neuilly. Un décret impérial, du 18 février 1806, ordonna la construction de cet arc de triomphe, consacré à perpétuer le souvenir des victoires des armées françaises. Napoléon voulut que ce monument fût gigantesque comme les faits d'armes qu'il devait rappeler à la postérité : aussi les proportions colossales de cet édifice surpassent-elles de beaucoup celle de tous les arcs connus (1). La première pierre fut posée le 15 août 1806. Dès le mois de mai on avait commencé les fouilles et les fondations. M. Chalgrin, qui avait fourni le plan du monument, dirigea les travaux de construction jusqu'au-dessus de la corniche du piédestal. Au mois de janvier 1811, époque de la mort de cet artiste, M. Goust suivit l'exécution du projet jusqu'à la hauteur de l'imposte du grand arc. Les travaux furent interrompus en 1814, mais, après la guerre d'Espagne de 1823, ils furent repris en exécution de l'ordonnance royale du 9 octobre de la même année, qui décida que l'arc de triomphe de l'Étoile consacrerait la mémoire de cette expédition. M. Goust fut chargé encore de la direction des travaux. L'arc de triomphe fut élevé alors jusqu'à la première assise de l'architrave de l'entablement. En 1828, M. Huyot remplaça M. Goust, et fit exécuter le grand entablement, la voûte ogive destinée à supporter le dallage supérieur, et la sculpture d'ornement de la grande voûte. Après la révolution de juillet, l'arc de triomphe a été rendu à sa destination première (2).

Le 31 juillet 1832, M. Blouet fut appelé à terminer ce monument : c'est depuis cette époque qu'ont été exécutés l'attique, la grande salle voûtée, le dallage de la plate-forme, la balustrade supérieure, et l'acrotère qui surmonte le monument, le pavage sous l'arc principal et les arcs latéraux, et le système d'éclairage et d'illumination par le gaz. C'est aussi sous la direction de M. Blouet qu'ont été faits les travaux de sculpture. L'arc de l'Étoile a été inauguré le 29 juillet 1836, anniversaire de notre révolution. On a dépensé, pour le construire et le décorer, la somme de 9,657,145 fr. 62 cent. Voici maintenant quelques détails sur les sculptures et les ornements qui le décorent

Décoration extérieure. Les deux grandes faces, traversées par la route, regardent, l'une les Tuileries et l'autre le pont de Neuilly; les deux petites faces regardent, l'une, à droite (en venant de Paris), la campagne de Clichy; et l'autre, à gauche, le village de Passy.

Chacune des grandes faces présente, dans sa partie inférieure, deux groupes de sculpture de grandes proportions, l'un à droite, l'autre à gauche de la grande voûte. Chaque groupe a 11 mètres 70 centim. de haut. et les figures 5 mètres 85 centim. Sur la face, du côté des Tuileries, le groupe de droite, composé et exécuté par M. Rude, représente *le Départ* (1792). Le Génie de la guerre, le

---

(1) Sa hauteur est de 49 mètres 483 millimètres; sa largeur, de 44 mètres 820 millimètres, et son épaisseur de 22 mètres 210 millimètres.

Le grand arc qui s'élève sur l'axe de la route de Neuilly a 20 mètres 429 millimètres de hauteur sur 14 mètres 620 millimètres de largeur. Les petits arcs latéraux ont 18 mètres 680 millimètres sur 8 mètres 440 millimètres de largeur. Les fondations ont 8 mètres 375 millimètres de profondeur au-dessous du sol, sur 54 mètres 560 millimètres de longueur, et 27 mètres 280 millimètres de largeur.

(2) Nous empruntons la plupart de ces détails à l'intéressante *Notice historique sur l'Arc de Triomphe de l'Étoile, publiée par MM. Thierry et Coulon, inspecteurs du monument.*

glaive à la main, pousse le cri d'alarme. Un chef agite son casque pour appeler à lui les guerriers citoyens. Un jeune homme, plein d'enthousiasme, se serre contre lui; à droite, un autre personnage se dispose à marcher contre l'ennemi; il se débarrasse de son manteau et a déjà tiré l'épée. Derrière cet homme, un vieillard semble adresser des conseils au chef de l'expédition. A gauche, un guerrier, assis, tend son arc, tandis que derrière lui un guerrier, revêtu d'une cotte de mailles, sonne de la trompette. Derrière encore, et plus au centre du groupe, on aperçoit la tête d'un jeune cavalier domptant un cheval. Enfin, au-dessus de ces personnages flotte le drapeau national. Le groupe de gauche, sur la même face, composé et exécuté par M. Cortot, membre de l'Institut, représente le *Triomphe* (1810). L'Empereur est couronné par la Victoire; la Renommée publie ses hauts faits tandis que l'Histoire les écrit. Les villes vaincues viennent faire leur soumission au vainqueur, et des trophées d'armes, prises à l'ennemi, sont suspendus à un palmier; plus loin on voit un prisonnier chargé de fers. — Le groupe de droite, sur la face du côté du pont de Neuilly, par M. Etex, représente la *Résistance* (1814). Enfin, le groupe de gauche, sur la même face, exécuté également par M. Etex, représente la *Paix* (1815).

Entre l'imposte du grand arc et l'entablement sont placés deux bas-reliefs sur chacune des grandes faces, et un seul bas-relief sur chacune des faces latérales. — Le bas-relief de droite, sur la face du côté des Tuileries, représente les funérailles du général Marceau. Cet ouvrage est de M. Lemaire. — Le bas-relief de gauche, sculpté par M. Seurre aîné, représente la bataille d'Aboukir. — Le bas-relief de droite, sur la face du côté du pont de Neuilly, représente le passage du pont d'Arcole : il est de M. Feuchère. — Celui de gauche, sur la même face, par Chaponnière, représente la prise d'Alexandrie. — Le bas-relief de la face latérale de droite, par M. Gechter, représente la bataille d'Austerlitz, gagnée le 4 décembre 1805. — Celui de la face latérale de gauche, par M. Marochetti, représente la bataille de Jemmapes (6 novembre 1792).

Les Renommées, placées dans les quatre tympans des deux grands arcs, ont été composées et exécutées par M. Pradier.

Dans la frise du grand entablement, et tout à l'entour du monument, règne un bas-relief représentant, sur la face du côté de Paris, et en retour sur la moitié des deux faces latérales, le *Départ des armées;* et sur la face du côté de Neuilly, et en retour sur l'autre moitié des deux faces latérales, le *Retour des armées.* Cette frise a été exécutée par six artistes : MM. Brun, Laitié, Jacquot, Caillouette, Seurre aîné et Rude. Enfin on a inscrit sur 30 boucliers, placés dans la hauteur de l'attique, le nom de trente de nos plus éclatantes victoires.

Décoration intérieure. Les tympans des petits arcs, sous la grande voûte, représentent l'*Artillerie* et la *Marine.* Le premier de ces deux sujets a été exécuté par M. Debay; le second par M. Seurre jeune.

Inscriptions. Ces inscriptions, qui occupent les emplacements que la sculpture avait laissés libres sous la grande voûte, sont destinées à perpétuer le souvenir des hauts faits de nos armées, et ont été classées, autant qu'il était possible, par ordre chronologique. On a divisé la nomenclature des noms en quatre parties, correspondantes aux théâtres de la guerre du Nord, de l'Est, du Sud et de l'Ouest,

LA COLONNE DE JUILLET.

présente, du côté du quai, un corps de bâtiment, double en p...

A côté des tableaux de nos victoires, et sur les parois extérieures sont inscrits les noms des généraux qui ont le plus contribué à la gloire de nos armes.

COLONNE DE JUILLET, destinée à perpétuer la mémoire de la révolution de 1830. Elle est située sur la place de la Bastille, entre le canal et la nouvelle gare Saint-Martin, sur l'emplacement que devait occuper la fontaine de l'Éléphant dont le modèle gigantesque en plâtre a été vu longtemps à côté du monument qui l'a remplacé.

Cette colonne s'élève au-dessus de deux soubassements en marbre blanc ornés de médaillons en bronze représentant la croix de Juillet et les attributs de la Charte, de la Force et de la Justice. Les quatre faces du piédestal sont cannelées. La principale, celle qui regarde la rue Saint-Antoine porte une inscription.

Un lion, symbole de la puissance populaire, se voit au-dessous de cette inscription. On le doit au talent de M. Barye. La façade opposée présente les armes de la ville de Paris et une autre inscription qui rappelle la date et le texte des dispositions législatives concernant l'érection et l'emplacement de la Colonne de Juillet. Les deux façades latérales portent dans des couronnes de lauriers les dates des 27, 28 et 29 juillet 1830, enlacées de palmes et de guirlandes.

Au-dessus du piédestal, et comme couronnement, se dessinent des guirlandes de chêne retenues au quatre angles par autant de coqs.

Le fût de la colonne est partagé en trois parties sur lesquelles les noms des morts dans les trois journées sont inscrits en lettres d'or ; quatre bracelets ornés de têtes de lion séparent ces trois parties, et c'est par la gueule de ces figures que l'air et la lumière pénètrent dans l'intérieur de la colonne. Le chapiteau est formé d'une guirlande de petites feuilles, surmontée par une corbeille avec une grande feuille à chaque angle ; sur chaque face est sculptée une tête de lion et au-dessous quatre enfants qui soutiennent des guirlandes de fleurs et de fruits. Au centre de la balustrade qui l'entoure, s'élève la lanterne sur laquelle plane le Génie de la liberté, par M. Dumont, tenant d'une main une chaîne brisée et de l'autre une torche allumée.

On pénètre dans l'intérieur du monument par une porte en bronze donnant accès dans une galerie circulaire pavée en marbre blanc avec des croix et des étoiles en marbre noir. Quelques marches conduisent à deux caveaux funèbres où sont déposés, dans de vastes sarcophages, les restes des combattants de 1830. L'escalier qui conduit au sommet de la colonne se trouve sous une sorte de péristyle voûté ; il a 205 marches et deux personnes y peuvent aisément monter de front. Ce monument est entièrement en bronze ; il fut fondé en 1831, par M. Alavoine, et, après la mort de cet architecte, terminé en 1840 sous la direction de M. Duc.

PALAIS D'ORSAY, situé entre les rues de Poitiers, Belle-Chasse, de Lille et le quai d'Orsay. — Cet édifice fut commencé en 1810 ; les travaux, poursuivis lentement, viennent d'être achevés. On avait songé d'abord à placer dans le Palais du quai d'Orsay le ministère des affaires étrangères ; plus tard on jugea à propos de donner à ce monument une autre destination, et il est aujourd'hui occupé par le Conseil d'État et la Cour des Comptes.

Il présente, du côté du quai, un corps de bâtiment, double en profondeur,

de 103 mètres de longueur sur une largeur de 29 mètres. Un autre corps de bâtiment, orné d'un portique au rez-de-chaussée, et d'une galerie au premier étage,
est construit sur la rue de Lille. Ce portique et cette galerie sont à arcades
ouvertes et forment l'entrée et la façade principale, qui a 113 mètres de développement. A droite et à gauche sont deux bâtiments en ailes, faisant façade, l'un
sur la rue de Poitiers, et l'autre sur la rue de Belle-Chasse. Enfin, deux autres
corps de batiments intermédiaires s'élèvent à droite et à gauche d'une cour,
entourée de portiques à arcades, qui se trouve au centre de l'édifice; deux autres
cours secondaires séparent chacun des bâtiments intermédiaires de chacune des
deux ailes. Des sculptures décorent les diverses façades; des colonnes soutiennent les galeries et les portiques; de larges escaliers donduisent aux différentes parties de l'édifice. Ce monument a coûté près de douze millions; les travaux ont été achevés sous la direction de M. Lacornée.

FONTAINE MOLIÈRE. En 1836, le conseil municipal décida de faire reconstruire la fontaine de Richelieu, située à l'angle de la rue Traversière; il fut
arrêté aussi que cette fontaine serait un monument destiné à consacrer le souvenir de Molière, mort dans la maison du passage Hullot. Une souscription fut
ouverte dans ce but; le gouvernement donna une somme considérable, et la nouvelle fontaine fut construite sur les dessins de M. Visconti. Cette fontaine se compose d'une vasque polygone, derrière laquelle s'élève une ordonnance d'ordre
composite qui ne manque pas d'élégance. Au-dessus du bassin, il y a un socle
qui est surmonté de la statue assise de Molière. A droite et à gauche de ce socle,
on voit deux belles statues de M. Pradier, représentant, l'une la *comédie légère*,
l'autre la *comédie sérieuse*.

FONTAINES DE LA PLACE DE LA CONCORDE. — L'obélisque de Luxor est placé
au centre d'un plateau oblong aux extrémités duquel on a élevé deux grandes
fontaines monumentales. La décoration de l'une de ces fontaines fait allusion à
la pêche fluviale; la décoration de l'autre fontaine, à la pêche maritime. Du
milieu du bassin de la première fontaine, s'élève un piédouche autour duquel
sont représentés le Rhin et le Rhône, par M. Gechter, et quatre Génies des
récoltes, par MM. Lanno et Husson. Ces figures assises ont 9 pieds de proportion.
Entre les proues, qui sont au-dessous, on voit six dauphins. Le piédouche porte
une grande vasque qui est surmontée par un second piédouche autour duquel
sont rangés trois enfants et trois cygnes, par M. Feuchère. Dans le grand bassin
sont des tritons et des néréides tenant un poisson, dont la bouche donne passage
à un jet d'eau; ces figures sont de MM. Desbœufs et Ant. Moine. La seconde fontaine du côté de la Seine est composée de la même manière; les grandes statues
représentent l'Océan et la Méditerranée, par M. Debay père; la pêche des poissons
de mer et la pêche des perles, par M. Desbœufs; la pêche du corail et la pêche
des coquillages, par M. Valois. Les enfants du second piédouche sont de Brian;
les figures et les vasques de ces fontaines, exécutées sur les dessins de M. Hit-
torff, sont en fonte.

FONTAINE DE LA PLACE LOUVOIS. — Cette fontaine a été élevée sous la direction de M. Visconti. Elle se compose d'un vaste bassin de pierre, du milieu
duquel s'élève un socle portant deux vasques. Entre les vasques on voit quatre

PLACE DE LA CONCORDE.

statues en bronze, représentant la Seine, la Saône, la Loire et la Garonne. Elles ont été exécutées par M. Klagmann.

FONTAINE CUVIER, au coin des rues Cuvier et Saint-Victor. Elle se compose d'un bassin et d'une ordonnance ionique, surmontée d'un entablement sur lequel on lit : *A Georges Cuvier.* Au centre de l'ordonnance est une niche où l'on voit la statue du Génie de l'Histoire naturelle, accompagnée d'un hibou et d'un lion. La frise représente divers objets se rapportant à l'anatomie comparée; le règne végétal est représenté sur l'archivolte de la niche. Cette fontaine a été bâtie sur es dessins de M. Alph. Vigoureux. La statue est de M. Feuchère, et les ornements sont de M. Pomarateau.

FONTAINE DE LA PLACE SAINT-SULPICE. Ce monument, qui sera considérable, est en voie d'exécution. C'est M. Visconti qui en a fourni les dessins. Cette fontaine doit se composer d'un bassin de 20 mètres de diamètre. Un piédestal, porté sur huit lions ailés, soutiendra une seconde vasque; puis se présentera une sorte de lanterne, percée de niches dans lesquelles on placera les statues colossales de plusieurs apôtres, des évangélistes, etc.

FONTAINE NOTRE-DAME. — Cette fontaine s'élève derrière le chevet de la cathédrale. Elle offre, dans sa composition, un mélange du style d'architecture en honneur aux XIIIe et XIVe siècles. Elle a été faite sour la direction de M. Alph. Vigoureux. Un clocheton pyramidal s'élève au-dessus d'un bassin, et présente une niche à jour dans laquelle est placée une statue de la Vierge. Plus bas on voit trois anges foulant aux pieds trois dragons qui lancent de l'eau.

OBÉLISQUE DE LUXOR. — En 1829, le gouvernement français voulut mettre à exécution le projet, depuis longtemps conçu, de transporter à Paris l'un des obélisques de Luxor. Une commission fut nommée à cet effet, et M. Lebas, ingénieur de la marine, fut chargé de diriger les travaux qu'exigeait l'embarquement du précieux monolithe.

Au mois d'août 1831, un bâtiment construit exprès pour le transport de l'obélisque, arriva vis-à-vis des palais de Luxor, situés à une petite distance du Nil. On s'occupa d'abord à déblayer les deux obélisques placés à l'entrée du palais, et à découvrir leur socle enterré à une assez grande profondeur.

M. Lebas choisit le plus petit des obélisques, comme étant d'une conservation plus parfaite et d'un transport plus facile; et cependant on estime qu'il pèse 250,000 kilogrammes. Il fallut d'abord pratiquer un chemin, ou plan incliné, depuis l'obélisque à transporter jusqu'au navire le *Luxor*, et pour cela trancher deux monticules d'antiques décombres, et démolir la moitié du village qui se trouvait sur la route; ces tranchées ont demandé le travail de huit cents hommes pendant trois mois. On procéda alors à l'abattage et à l'embarquement du monument, et ces opérations exigèrent toute la science de l'ingénieur.

L'obélisque n'arriva à Paris qu'au mois de décembre 1833, et fut élevé le 25 octobre 1836, sur la base de granit qui lui avait été préparée au centre de la place de la Concorde. Toutes les difficultés que présentait l'érection de ce monument furent vaincues, avec autant de bonheur que d'habileté, par M. Lebas. Les procédés qu'employa cet ingénieur sont d'une simplicité remarquable, surtout si on les compare à ceux dont on s'est servi pour mettre sur pied la colonne Alexandrine et pour dresser l'obélisque de la place du Vatican, à Rome. Ces procédés sont figurés sur le socle de granit qui supporte l'obélisque. Ce monument présente, sur ses quatre faces, une inscription hiéroglyphique qui apprend que ce monolithe a été érigé par Rhamsès le Grand ou Sésostris.

Le pont louis-philippe communique du port au Blé à la pointe de l'île de la Cité, en s'appuyant sur la pointe occidentale de l'île Saint-Louis. Ce pont suspendu, inauguré le 1er mai 1834, est le premier, à Paris, dans la construction duquel on ait employé des câbles de fil de fer. Les voitures suspendues peuvent seules y passer.

Le pont de bercy situé hors de Paris, et près de la barrière de la Gare, communique du quai de la Râpée au quai d'Austerlitz. Il repose sur deux arches de pierre, qui supportent chacune une arcade. De fortes chaînes de fer soutiennent les trois travées de ce pont, qui sert aux piétons et aux voitures moyennant un droit de péage.

Le pont du carrousel est construit entre le quai Voltaire et le quai du Louvre. Sa construction est d'une hardiesse remarquable. Il se compose de trois arches de la plus grande ouverture : chaque arche présente cinq travées formées par de longues planches de sapin, superposées comme des ressorts de voitures, bien goudronnées et enfermées dans une enveloppe de fonte. Les vides entre l'extrados des arches et le plancher, sont occupés par des cercles de fonte. Cette ingénieuse construction est l'ouvrage de M. Polonceau. Le pont du Carrousel est ouvert aux piétons et aux voitures moyennant péage.

Prison des jeunes détenus, dite prison modèle, située rue de la Roquette. Cet établissement remarquable, dont le plan est dû à M. Lebas, architecte, sert de maison de correction pour les jeunes garçons détenus par autorité de justice ou sur la réquisition de leurs parents. L'enceinte des bâtiments est de forme hexagone. A chacun des six angles s'élève une tourelle ; au centre est une rotonde destinée à servir de chapelle. Six corps de bâtiment à trois étages lient les tourelles à la rotonde, et divisent la cour intérieure en six compartiments égaux. Ces bâtiments sont occupés au rez-de-chaussée par des ateliers, aux étages supérieurs par des cellules, et communiquent les uns avec les autres par des ponts en fer. Toutes les parties de cette prison sont disposées de telle sorte que la surveillance puisse être exercée par une seule personne placée au point central. En avant et en arrière de l'hexagone sont deux corps de bâtiment consacrés, l'un aux besoins de l'administration, l'autre à l'infirmerie.

Nouvelle maison d'arrêt, en remplacement de celle de la force. Cette maison, dont la principale entrée s'ouvrira sur la place latérale de l'hôpital de la Salpêtrière, est à la veille d'être terminée. Je me bornerai, en conséquence à dire qu'elle pourra recevoir treize cents détenus, et qu'elle contiendra cinq ou six grandes divisions répondant aux diverses catégories de prisonniers. Un bâtiment spécial sera réservé pour les condamnés politiques. Cette maison est disposée pour la mise en pratique du système cellulaire.

Prison située rue de la Roquette, dite dépot des condamnés. Elle a été construite pour remplacer l'ancien dépôt de Bicêtre, dont les bâtiments sont aujour-

FONTAINE MOLIERE.

d'hui exclusivement destinés à recevoir des vieillards et des aliénés. Elle renferme les individus condamnés à des peines afflictives ou infamantes. Ce dépôt, entouré d'une double enceinte, se compose d'un bâtiment carré à quatre étages, au centre duquel est un vaste préau; le rez-de-chaussée est en partie occupé par des ateliers et des promenoirs couverts. Dans les étages supérieurs se trouvent trois cents cellules destinées à garder séparément les prisonniers pendant la nuit. Cette prison a été bâtie sur les plans de M. Gau; elle a donné lieu à une dépense de 1,245,400 fr.

BASSINS DE LA RUE RACINE. L'établissement de réservoirs pour l'aménagement des eaux de l'Ourcq dans la rue Racine, a été commencé en 1836, et est aujourd'hui terminé. Ces réservoirs, au nombre de trois, contiennent près de 6,000 mètres cubes d'eau. Pour l'établissement de ces bassins, l'administration municipale a fait l'essai d'un nouveau mode de construction qui consiste dans l'emploi du béton pour toutes les parties de ces réservoirs. Ainsi les piliers de fondation qui soutiennent toute la fabrique, les voûtes sur lesquelles les réservoirs sont appuyés, et qui servent de magasins, les murs latéraux et le fond, sont coulés comme d'une seule pièce en béton hydraulique.

PUITS DE GRENELLE. Entrepris en 1834, ce difficile et remarquable travail n'a été terminé qu'en 1841, grâce à l'intelligente activité de l'ingénieur M. Mulot. Pour trouver les eaux jaillissantes, il a fallu percer l'immense banc de craie sur lequel est assise la ville de Paris, et pratiquer un forage de 548 mètres de profondeur. Pour assurer ensuite la conservation des travaux, on a dû revêtir les parois du puits artésien de tubes en fer forgé, capables d'opposer à l'action des eaux une résistance suffisante. La colonne d'eau que fournit ce puits s'élève aujourd'hui à 33 mètres 50 centimètres au-dessus du sol, et peut être conduite facilement dans de grands bassins, situés rue de la Vieille-Estrapade, sur un des points les plus élevés du faubourg Saint-Jacques, d'où on la distribue suivant les besoins de la population.

CHEMINS DE FER. Paris compte en ce moment sept chemins de fer en activité: celui de Rouen et celui de Saint-Germain; ceux de Versailles (rive gauche et rive droite); celui de Corbeil, celui d'Orléans et de Tours, et celui de la frontière du Nord.

Le point de départ commun des chemins de fer de Rouen, de Saint-Germain et de Versailles (rive droite), est dans la rue Saint-Lazare, où une vaste cour et deux élégants pavillons ont été construits pour l'admission des voyageurs.

Le chemin de fer de Paris à Versailles, par la rive gauche de la Seine, a son point de départ à la chaussée du Maine.

Le chemin de fer de Paris à Corbeil, Orléans et Tours, a son embarcadère sur le boulevard de l'Hôpital; enfin, le chemin de Paris à la frontière du Nord part de la rue Lafayette. Tous ces chemins sont accompagnés par de vastes constructions, présentant les bureaux de l'administration, les salles d'attente pour les voyageurs, de longues halles où les wagons, à l'arrivée comme au départ, se trouvent à couvert, et de vastes magasins pour recevoir les marchandises et le matériel de l'établissement.

HOTEL DE VILLE. J'ai dit qu'en 1836 l'agrandissement de l'Hôtel de ville fut résolu, que les fonds nécessaires pour les travaux furent votés, et que les architectes se mirent immédiatement à l'œuvre. Je vais ajouter quelques détails aux indications que j'ai données déjà sur la décoration de ce vaste monument (1). En 1842, l'aile droite et l'aile gauche sur la Grève, le corps de logis formant façade sur le quai, la façade nouvelle sur la rue Lobau, et l'aile gauche donnant sur la rue de la Tixeranderie étaient achevés. Il restait encore à exécuter la décoration intérieure. L'année suivante on reprit les travaux, aujourd'hui presque terminés et évalués à 12,417,324 francs.

L'Hôtel de Ville présente actuellement un rectangle de 188 mètres de long sur 80 mètres de large, avec quatre grands pavillons à ses angles. La façade primitive a été prolongée au moyen de deux ailes bâties dans le même style que l'ancienne construction. Les architectes, pour les autres façades, se sont livrés à leur propre inspiration; ces façades nouvelles ont deux étages en arcades; celles qui sont parallèles aux quais ont treize travées séparées par des colonnes engagées. La façade sur la rue Lobau est décorée de colonnes dégagées et divisée en quinze travées; elle offrira une série de statues placées sur les piédestaux de la balustrade du couronnement.

Trois grandes portes sur la place de Grève donnent entrée dans trois cours principales; celle de droite conduit aux appartements particuliers du préfet; celle de gauche aux bureaux de la préfecture; ces deux cours sont symétriques et ont la forme d'un trapèze (34 mètres sur 20). Enfin celle du milieu, l'ancienne cour, est dite *cour d'honneur*, et mène aux salons du roi.

Les façades des deux cours latérales ont deux étages, et sont surmontées d'un attique. La cour du préfet est richement décorée; on y voit des médaillons et des trophées sculptés. C'est par cette cour que l'on arrive à la *galerie des fêtes*, laquelle occupe le corps de logis qui longe la rue Lobau. Cette galerie (48 mètres de long sur 13 de large et 11 de haut) est ornée de colonnes corinthiennes sur lesquelles s'appuie la voûte qui porte le plafond. Sa *salle des Cariatides* est voûtée en pendentifs, et présente une tribune qui s'élève sur des figures. Les *salons municipaux* sont placés dans le bâtiment qui regarde le quai; on y arrive par un escalier rehaussé d'ornements exécutés par MM. Marneuf et Combettes; dans les arcades du premier étage, des figures allégoriques ont été sculptées par MM Venot, Brion, Debay, Caudron et Desprez. Dans le salon *d'introduction*, on voit des frises peintes par M. Court; un autre salon vient en-

---

(1) Des recherches nouvelles, faites dans les archives de la municipalité parisienne (voyez *Hôtel de Ville de Paris, mesuré, dessiné et publié par* Victor Calliat, architecte, avec *Notice historique*, par Le Roux de Lincy, *Paris*, 1844, in-f°), ont rectifié quelques erreurs accréditées depuis longtemps sur la construction de l'Hôtel de Ville. Il paraît certain que l'ancien édifice, commencé en 1533, est celui qui existe encore, qu'il a été bâti sur les dessins de Dom Boccardo dit de Cortone, assisté de Jehan Asselin, Maître des œuvres de la ville, et que les sculptures furent exécutées par Thomas Chocqueur. En 1541, le rez-de-chaussée et les étages de la façade donnant sur la Grève ainsi que la cour d'honneur sur trois côtés, étaient achevés. Les travaux, longtemps suspendus, furent repris sous le règne de Henri IV, en 1605. La façade fut terminée en 1608. Pierre Biard sculpta alors la statue équestre de ce roi, qu'on voit au-dessus de la porte centrale. De 1612 à 1628, on bâtit le pavillon de gauche de la façade, et le bâtiment qui clôt la cour d'honneur à gauche. Pour ces nouvelles constructions, on se conforma aux plans de Dom. de Cortone. Depuis, on se borna à quelques modifications dans la distribution intérieure de l'édifice.

suite, dont le plafond en arabesques est une œuvre de M. Lachèze; on y a placé les portraits du roi et de la reine, par M. Winterhalter; on arrive de là à trois salons de *réception*. Dans le premier, M. Schopin a représenté les saisons, les éléments, les signes du zodiaque, Apollon et Diane. Autour du plafond du deuxième salon, on voit les figures allégoriques des sciences, par M. Auguste Hesse. Quant au plafond, exécuté par M. Picot, il représente d'une manière allégorique la ville de Paris, enfin, le troisième salon, qui semble spécialement consacré aux lettres et aux arts, a été peint par M. Vauchelet. C'est le même artiste à qui l'on doit les arabesques du salon suivant, dit *salon jaune*. La *salle des banquets* a été décorée de peintures par M. G. Jadin. Cet artiste a figuré dans les frises la *Chasse*, la *Pêche*, la *Vendange* et la *Moisson*.

Les salons du roi occupent, comme je l'ai dit, l'ancien corps de bâtiment de la place de Grève. Dans la salle du Zodiaque on remarque les signes du calendrier dont la composition a été copiée des signes du même genre, exécutés par Jean Goujon à l'hôtel du Carnavalet. La salle du trône est remarquable par ses deux cheminées monumentales; celle de droite est due au talent de Pierre Biard (1608), celle de gauche est l'ouvrage de Thomas Boudin.

L'Hôtel de Ville possède une bibliothèque publique. Cette bibliothèque, riche de plus de 50,000 volumes, sera placée dans trois salles situées au deuxième étage du pavillon qui donne rue Lobau et rue de la Tixeranderie. Elle a été fondée par M. Moriau, procureur du roi de la ville, qui mourut en 1759 et légua à la municipalité 14,000 volumes qu'il avait achetés dans ce but. Cette bibliothèque fut placée, dans le principe, à l'hôtel Lamoignon, et ouverte en 1763. Depuis, elle a été augmentée par plusieurs legs et par un grand nombre d'acquisitions.

Actuellement l'Hôtel de Ville est isolé de toutes parts. La façade qui regarde le quai est précédée d'un joli jardin fermé de grilles.

PALAIS DU LUXEMBOURG. J'ai parlé déjà des travaux considérables qui ont été exécutés, dans ces dernières années, au Palais du Luxembourg, sous la direction de M. de Gisors. Je vais consigner ici quelques détails sur la décoration intérieure de cet édifice. — La *salle des Séances* est ornée de plusieurs tableaux; à droite et à gauche de l'hémicycle du président, on voit le *Couronnement de Philippe le Long* et les *États généraux tenus à Tours en* 1506, peints par M. Blondel. Dans les quatre pendentifs de la grande voûte, M. Abel de Pujol a représenté la *Justice*, la *Sagesse*, la *Loi* et la *Patrie*. M. Vauchelet a figuré dans les pénétrations de la voûte, la *Vérité se découvrant de son voile*, la *Prudence empêchant le mal*, la *Force protectrice favorisant le bien;* enfin, entre les fenêtres, il a peint Théodose et Justinien, Lycurgue et Moïse, Numa et Solon. Les sculptures des boiseries de cette vaste salle ont été exécutées, dans une moitié du grand hémicycle, par M. Elschoët; dans l'autre moitié, par M. de Triquety; quant aux sculptures du petit hémicycle et des portes d'honneur, elles sont l'ouvrage de M. Klagman. — La décoration du *Salon de Lecture* a été confiée à M. L. Boulanger. Dans plusieurs tympans, cet artiste a reproduit les allégories de la *Méditation*, de la *Force*, de la *Paix*, de la *Concorde*, de la *Clémence*, de la *Justice*, et de la *Vérité*, et dans le plafond, la réunion des hommes les plus illustres de tous les

temps et de tous les pays. — Le *Salon du Silence* offre des peintures de
MM. Decaisne, Vincbon et Signol; le *Salon d'Hercule* a été décoré par M. G. Jadin
et le *Salon de Travail* par M. Henry Scheffer. — L'*Élysée des grands Hommes*,
que M. Eug. Delacroix a représenté sur la coupole de la bibliothèque, est un des
meilleurs ouvrages de cet artiste; des deux galeries de cette bibliothèque,
l'une a été peinte par M. Riczner, l'autre par M. C. Roqueplan. Dans la bibliothèque, on voit quatre statues de MM. Simart et Desbœufs; et, à l'extrémité des
galeries, la statue de Montesquieu, par M. Nanteuil, et celle d'Ét. Pasquier,
par M. Foyatier. Enfin les tableaux de la chapelle du Luxembourg avaient été
confiés au talent de M. Bouchot; après la mort de cet artiste, MM. Abel de Pujol,
Vauchelet et Gigoux, ont été appelés à terminer la décoration de cette partie du
monument.

CHAPELLE FUNÉRAIRE DU DUC D'ORLÉANS. Le 13 juillet 1842, le duc d'Orléans,
monté dans une voiture légère, se rendait de Neuilly à Paris. A la hauteur de la
porte Maillot, les chevaux prennent le mors au dent; le prince, pour éviter le
danger, se précipite hors de sa voiture, et est renversé avec violence sur la route,
d'où on le relève ensanglanté et privé de connaissance. On le porte dans une
maison modeste de l'avenue de la Révolte. Le roi et les ministres, les princes et
les princesses de la famille royale, avertis de ce douloureux événement, se rendent
en hâte auprès du duc d'Orléans. Les secours de l'art furent impuissants, et
quelques heures après le prince rendait le dernier soupir.

La famille royale résolut de sanctifier par une construction religieuse le lieu
où venait de mourir l'héritier présomptif du trône de France. MM. Fontaines et
Lefranc furent chargés de bâtir une chapelle funéraire. Cet édifice a la configu-
ration d'une croix grecque, et rappelle par sa décoration le style d'architecture
en usage à la fin du xII° siècle. A l'intérieur il est décoré de vitraux exécutés sur
les cartons de M. Ingres; ces vitraux représentent les patrons des membres de la
famille d'Orléans. Un cénotaphe est placé dans l'un des croisillons de la chapelle.
Sur ce monument, le duc d'Orléans est figuré couché et protégé par un ange;
la statue du prince est un ouvrage de M. Pradier; l'ange a été exécuté d'après
une composition modelée par feu la princesse Marie d'Orléans. L'entrée de ce
monument, pieux témoignage des regrets qu'a laissés après lui le fils aîné du roi,
n'est pas publique.

STATUE DU DUC D'ORLÉANS. Cette statue équestre s'élève sur un piédestal au
centre de la cour carrée du Louvre. Le prince est représenté l'épée à la main,
et revêtu du costume de lieutenant général. On a disposé sur les deux grandes
faces du piédestal deux bas-reliefs en bronze, rappelant, l'un un épisode de la
guerre d'Afrique, l'autre le siége de la citadelle d'Anvers. Ces ouvrages de sculpture ont été exécutés par M. Marochetti.

ÉGLISE DE LA VILLETTE. Cet édifice, qui a été commencé en 1841 et achevé
dans ces derniers temps, a été bâti sur les dessins et sous la direction de M. Lo-
queux. La façade présente une large porte cintrée, accompagnée d'une niche
à droite et à gauche. Elle est percée au premier étage de trois fenêtres à arcades,
et couronnée par un pignon au centre duquel s'ouvre un œil-de-bœuf. Le plan
de cette église est à peu près celui des basiliques antiques; c'est un rectangle

se terminant à l'une de ses extrémités par trois absides. Derrière le chevet, se développe une sacristie qui sert de base à un clocher octogone. L'intérieur de l'église de La Villette est divisé en trois nefs parallèles au moyen de deux rangées de colonnes couvertes de stuc. On trouve, à droite en entrant, la chapelle des *fonts baptismaux*, et à gauche la chapelle des *âmes du Purgatoire*. A l'extrémité des bas côtés, on a deux autres chapelles, l'une consacrée à *la Vierge*, l'autre à *saint Christophe*. Les nefs sont couvertes par un plafond en charpente. Le sanctuaire est voûté, et décoré de peintures sur fond d'or par M. J. Bremont. Les vitraux qui garnissent les fenêtres ont été exécutés sur les cartons de M. Gsell. Enfin, la chaire en marbre est rehaussée d'un bas-relief dû au ciseau de M. Dantan aîné.

LES CHAMPS-ÉLYSÉES. Il y a quelques années, les Champs-Élysées étaient inabordables pendant la mauvaise saison et n'offraient pas, la nuit, une entière sécurité. Pour remédier à cet état de choses, l'administration chargea M. Hittorf d'exécuter des travaux d'embellissement sur les principaux points de ces promenades. On commença par éclairer l'avenue de l'Étoile au moyen d'un nombre considérable de candélabres à gaz; puis on établit, dans les doubles contre-allées de l'avenue, un large trottoir en bitume. Bientôt à la place des masures agrestes qui s'abritaient sous les belles plantations de la promenade, on vit s'élever d'élégants édifices, aux corniches et aux entablements décorés de moulures peintes, destinés à servir de cafés ou de restaurants. On érigea dans les principaux carrés de jolies fontaines surmontées d'une figure de bronze. En même temps on bâtit au fond du carré Marigny, une vaste rotonde dont le rez-de chaussée forme une galerie circulaire, et dont l'intérieur est disposé pour recevoir des vues peintes en panorama. Dans le carré du côté opposé, s'élève un amphithéâtre élégant appelé le *Cirque des Champs-Élysées*, où l'on donne, pendant l'été, des représentations équestres. Ce cirque, construit sur un plan polygone, présente une frise polychrome, où se voient des têtes d'animaux exécutées par M. Marneuf. L'édifice est précédé d'un portique qui s'appuie sur quatre colonnes. Ce portique est surmonté d'un fronton dont M. Pradier a exécuté les sculptures, et est couronné par une statue équestre en bronze. Sous le portique on remarque plusieurs bas-reliefs. Je citerai la *Course des chars* de M. Husson, *Apollon et les Muses* par M. Duret, les *Courses à pied* par le baron Bosio. Les gradins en amphithéâtre reposent sur des voûtes en pierres; toute la fabrique est couverte par un toit en charpente d'une construction aussi élégante qu'ingénieuse.

Grâce à tous ces embellissements, les Champs-Élysées sont aujourd'hui une des promenades les plus belles, les plus agréables et les plus suivies de Paris.

RÉSERVOIRS DU PUITS DE GRENELLE, situés Vieille rue de l'Estrapade et place du Panthéon. Cet édifice présente une masse cubique contenant plusieurs réservoirs voûtés en berceau. Cette construction, d'apparence rustique, a été dirigée par M. Alph. Vigoureux. Sur deux de ses faces, le mur qui enclôt ces réservoirs est décoré d'un grand écusson, aux armes de la ville de Paris, sculpté sur pierre.

LA MORGUE. C'est un petit édifice rectangulaire, qui est situé près du pont Saint-

Michel et s'élève au-dessus du lit de la Seine. Il ne présente rien de remarquable dans sa construction. Il est destiné à recevoir les cadavres des personnes dont on ne connaît ni le domicile ni la famille. Les cadavres abandonnées que recueille la police sont transportés à la Morgue et étendus sur une sorte de lit de camp dont l'approche est défendue par une grille. Au-dessus de chaque défunt ainsi exposé, on suspend les vêtements qu'il portait, pour qu'on puisse plus facilement constater son identité. Près de là est une salle pour les autopsies.

THÉATRES. Depuis la Révolution de Juillet plusieurs théâtres ont été bâtis à Paris. Le théâtre du *Palais-Royal* a été reconstruit en 1831, sous la direction de M. Guerchy, sur l'emplacement de l'ancien théâtre Montpensier, à l'extrémité de la galerie Montpensier, au Palais-Royal. La même année vit s'ouvrir le théâtre des Folies-Dramatiques, à la place occupée auparavant par le théâtre de l'Ambigu-Comique. Cette salle fut construite par M. Allaux, architecte. Le théâtre de l'*Opéra-Comique*, place Favart, ruiné par un incendie, alors qu'il était occupé par la troupe des Italiens, a été restauré en 1839 et ouvert l'année suivante. Le théâtre de la *Gaîté*, également détruit par un incendie quelques années avant, a été rebâti en 1835. Pour le mettre désormais à l'abri des flammes, on n'a employé que la pierre et le fer dans sa construction. M. Dedreux, architecte, édifie actuellement une vaste salle, appelée théâtre *Montpensier*, sur le boulevard du Temple, et sur l'emplacement de l'ancien hôtel Foulon. Je citerai, pour mémoire seulement, d'autres théâtres de peu d'importance, le théâtre *Saint-Antoine*, boulevard Beaumarchais (1834), celui du Panthéon, dans l'ancienne église Saint-Benoît (1832), celui de *Saint-Marcel*, rue Pascal (1838), et le *Gymnase-Enfantin*, passage de l'opéra. Ces trois dernières salles sont aujourd'hui complétement abandonnées.

BARRIÈRE DU TRONE. Cette barrière, commencée comme les autres sur les dessins de l'architecte Le Doux, vient d'être achevée sous la direction de M. Jay. On sait qu'elle présente deux énormes colonnes, dont les bases prismatiques peuvent servir de pavillons pour l'octroi. La partie inférieure de ces deux colonnes est ornée de guirlandes et d'imbrications. On remarque sur chacune d'elles deux trophées d'attributs divers et deux génies allégoriques, sculptés par MM. Simart et Desbœufs. Sur la colonne de droite, en regardant Vincennes, on voit le Génie de la paix et le Génie de la victoire; sur la colonne de gauche, le Génie de l'abondance et le Génie de la justice. Les deux colonnes sont surmontées de deux statues représentant Philippe-Auguste et saint Louis, les deux fondateurs du chateau de Vincennes, l'une par M. Dumont, l'autre par M. Etex. Enfin son chapiteau est couronné par une balustrade, et offre une plate-forme d'où les curieux pourront jouir d'une vue très-étendue sur Paris.

STATISTIQUE GÉNÉRALE DE PARIS

Fortifications de Paris. — Napoléon avait eu l'idée de fortifier la capitale de l'empire; mais ce projet ne fut pas exécuté. Après la révolution de juillet, le gouvernement songea sérieusement à entreprendre des travaux qui permissent de défendre Paris contre les attaques d'une armée. Plusieurs ouvrages en terre furent exécutés au nord et à l'est de Saint-Denis, le long du canal de Saint-Denis, du canal de l'Ourcq, sur les communes de Pantin, près de Noisy, de Rosny, de Fontenay et de Nogent. On avait résolu de porter le mur actuel d'octroi, dans tout son pourtour, à la hauteur de six mètres; de le garnir de deux rangs de créneaux; de le flanquer de barrières et de 65 tours ou bastions, pouvant recevoir ensemble 323 bouches à feu. Ce mur devait former ce que l'on appelait l'*enceinte de sûreté.* On renonça aussi à ce second projet. Mais en 1841 les Chambres votèrent les fonds nécessaires pour entourer Paris d'une enceinte continue, et pour bâtir des forts détachés. Ces travaux, que l'on peut comparer aux constructions les plus gigantesques que l'on ait jamais exécutées, sont à peu près achevés. Les forts détachés, au nombre de 15, portent les noms suivants ; forts de *Charenton,* de *Nogent,* de *Rosny,* de *Noisy,* de *Romainville,* d'*Aubervilliers,* de l'*Est, Double Couronne du Nord, Couronne de la Briche,* forteresse du *Mont-Valérien,* forts d'*Issy,* de *Vanves,* de *Montrouge,* de *Bicêtre* et d'*Ivry,* auxquels on doit ajouter le fort de *Vincennes.*

L'enceinte continue, dont le développement total est d'environ huit lieues, est munie de 94 bastions. Dans tout son pourtour intérieur, il règne un chemin spécial pour le service de la place. La partie du mur d'enceinte, bâtie en pierres, ou *escarpe,* a 3 mètres 40 centimètres de large sur 10 mètres de hauteur.

Voici l'indication de la quantité des matériaux employés dans chaque front de fortification de l'enceinte, et la somme que devait coûter la construction de chacun de ces fronts .

Fondations, mur et contre-fort en moellons...	16,747,500 mèt. cub.	—	334,950 fr.
Parement en meulières.....................	2,392,500	—	57,420
Tablettes de couronnement.................	710,925	—	10,948
Chaines verticales........................	7,200	—	710
Bitume pour recouvrir le dessus de l'escarpe..	1,400	—	5,000
Déblais...................................	75,000,000	—	120,800
Talutage	14,000,000 mèt. car.	—	700
Chaussée empierrée de la rue du Rempart....	2,280,000	—	28,520
Acquisition de terrains....................	530 hectares.	—	159,600
Frais imprévus...........................		—	88,752

Total....... 807,400 fr.

BOULEVARDS.— BARRIÈRES.—ENCEINTES DE L'OCTROI.— Paris est environné de deux boulevards, plantés de quatre rangs d'arbres, qui forment une route et deux contre-allées. On les divise en boulevards intérieurs et boulevards extérieurs, lesquels se subdivisent en vingt-deux autres qui ont chacun leur nom particulier.

Le *boulevard intérieur* du Nord fut en partie planté en 1668, sur l'emplacement des fossés creusés en 1536. C'est le plus beau et le plus fréquenté de Paris. Il a 4,680 mètres de longueur. — Le *boulevard intérieur* du Midi, terminé en 1761, a 14,490 mètres de développement.

Les boulevards extérieurs furent établis par suite de la construction du mur d'enceinte délimitant l'octroi de la ville, mur bâti par les ordres de Louis XVI, en 1783 Il est décoré de portes ou *barrières,* toutes d'un dessin différent, quelquefois pittoresque, quelquefois étrange. Elles ont été faites sous la direction de Le Doux. Les plus remarquables sont celles de Montmartre, du Roule, de l'Étoile, de Saint-Martin, du Trône, du Maine, d'Enfer et d'Italie. Le développement total du mur d'enceinte est de 28,287 mètres, ce qui correspond à un peu plus de six lieues.

SUPERFICIE DE PARIS. — L'espace total du terrain contenu dans le mur d'octroi est évalué à 3,439 hectares 68 ares, ou 34,379,016 mètres carrés, ou bien en lieues carrées de 25 au degré, à environ une lieue et 74 centièmes de lieue. Cette superficie est divisée par la Seine en deux parties inégales, la partie septentrionale étant à peu près double de la partie méridionale. La superficie des boulevards extérieurs est évaluée à 72 hectares; la superficie des rues, quais, rivières, places, marchés, l'avenue des Tuileries, les Champs-Élysées, à 706 hectares, enfin, l'emplacement des maisons, jardins et cours, représente 2,661 hectares. — La longueur de la barrière de Charonne à celle de Passy, est de 7,808 mètres ou deux lieues environ. — De la barrière des Martyrs à celle d'Enfer, il y a 5,550 mètres.

Le nombre des *maisons* de Paris est évalué à 32,000.

Le *pavé* des rues, entretenu par l'administration et par les riverains, présente une superficie de 3,623,991 mètres carrés. La superficie des *trottoirs* est de 639,908 mètres carrés. Enfin, il y a des rues qui n'ont ni pavés ni trottoirs, et leur superficie est de 1,225,301 mètres carrés. Avec ces nombres, il est facile d'avoir la superficie totale des rues de Paris. On voit qu'elle est de 5,489,200 mètres carrés. Enfin, je dirai que la longueur totale des rues, si elles étaient placées les unes au bout des autres, serait de 418,399 mètres, ou plus de 100 lieues.

Comme chaque mètre carré de pavé contient environ 25 pavés, on voit que le nombre total des pavés qui couvrent les rues de Paris est d'environ 80,500,000. Année commune, on emploie un million de pavés pour l'entretien de la voie publique. Chaque mètre carré, des pavés dont on se sert actuellement, renferme 16 pavés 2/3, et coûte à l'admisistration 15 fr.

QUAIS. — PORTS ET PONTS. — Les deux rives de la Seine, ainsi que les bords des deux îles de la *Cité* et de *Saint-Louis*, sont bordés de quais et en grande partie munis de bancs et plantés d'arbres. Ces quais sont au nombre de 32, en comprenant les 4 quais de l'île de la Cité et les 4 quais de l'île Saint-Louis.

Les ports sur la rive droite de la Seine sont le port de la *Râpée*, pour les plâtres et les bois; le port *Saint-Paul*, pour les cokes, les pavés, le charbon de terre; le port au *Blé* et le port de l'*École*, pour le sel, le charbon et les fagots; le port *Saint-Nicolas*, pour les marchandises venant des ports de mer; sur la rive gauche de la Seine est le port de l'*Hôpital*, pour les pavés; le port *Saint-Bernard*, pour les vins et le bois; le port de la *Tournelle*, pour les chabons et les fruits; le port des *Quatre-Nations*, pour les charbons; le port d'*Orsay*, pour les marchandises de Rouen et du Havre, et le port des *Invalides* pour les bois.

Enfin, il existe sur les deux rives de la Seine et sur les bords des deux îles, 21 *abreuvoirs* et 12 *puisoirs* pour puiser l'eau dans le fleuve.

Les *ponts* sont au nombre de 21, sans compter 6 ponceaux établis sur la rivière de Bièvre.

RUES. — COURS. — CLOÎTRES ET PASSAGES. — Vers la fin du XIIIe siècle le poëte Guillot comptait dans Paris 309 rues. Aujourd'hui, il y en a environ 1,100. — Il y a 118 carrefours. — 97 places. — 47 marchés. — 134 passages. — Environ 30 cours. — 7 enclos. — 132 impasses. — 131 passages, dont 48 sont couverts. — 46 chemins de ronde.

NOMS ET NUMÉROTAGE DES RUES. — Pour la première fois, en 1728, les rues de Paris furent désignées par des noms inscrits à l'angle de chacune d'elles. Le numérotage actuel des rues date de 1806. Les maisons de chaque voie publique offrent un numéro; d'un côté sont les nombres pairs, d'un autre côté les numéros impairs. — Dans les rues parallèles ou à peu près au cours de la Seine, la série des numéros commence au point le plus élevé du cours du fleuve. — Dans les rues tranversales, celles qui sont perpendiculaires ou à peu près au cours de cette rivière, la série des numéros commence à leur extrémité la plus rapprochée du lit du fleuve. Les nombres pairs sont à droite en descendant les rues, les nombres impairs à gauche.

DIVISION DE PARIS. — Un décret de la Convention, du 19 vendémiaire an VI, a divisé Paris en douze *municipalités, arrondissements* ou *mairies*. — Chaque arrondissement est lui-même subdivisé en quatre quartiers. Il y a dans chaque arrondissement un maire, des conseillers municipaux et un juge de paix; et dans chaque quartier un commissaire de police.

Le préfet de police est chargé de la sûreté publique et de tout ce qui a rapport à la salubrité. Il a sous sa dépendance la garde municipale, composée de 3,200 hommes dont 600 à cheval, et le corps de *sapeurs pompiers* dont le contingent est de 636 hommes, divisés en quatre compagnies.

L'état-major de ce corps est situé quai des Orfèvres, n° 20.

PAROISSES ET SUCCURSALES. — Il y a une église paroissiale dans chaque arrondissement, et des succursales dont le nombre est en proportion avec la population des arrondissements. On compte 25 églises succursales. Des chapelles, en outre, sont annexées à un grand nombre d'établissements publics.

ÉGOUTS. — BORNES-FONTAINES. — Sous le pavé des rues de Paris se déploie un dédale de conduits souterrains, dont le développement total est de 119,745 mètres. On y pénètre par 2,289 *bouches d'égouts*. 99 ouvriers sont chargés par l'administration de déblayer les égouts. Enfin le pavé de la ville est lavé par 1,678 bornes-fontaines.

EAUX DE PARIS. — Les divers établissements hydrauliques de la capitale fournissent à la consommation les quantités d'eaux suivantes — Le canal de Lourcq, 4,000 pouces. — La pompe de Chaillot, 230 à 235 pouces. — La pompe du Gros-Caillou, 60 à 62 pouces, et l'aqueduc d'Arcueil 103 à 167 pouces. — La pompe Notre-Dame, 100 pouces, et le puits de Grenelle, 80 pouces. — Enfin les sources du nord, 270 pouces; ce qui donne un total maximum de 10,014 p. d'eau.

SPECTACLES. — On compte 4 théâtres royaux : l'*Académie Royale de Musique*, où l'on représente des opéras sérieux et des ballets; la *Comédie-Française*, où l'on donne des tragédies, des comédies et des drames; l'*Opéra-Italien*, et l'*Opéra-Comique*. L'*Odéon* a la même spécialité que le Théâtre-Français. Sauf les Italiens, ces théâtres sont subventionnés par l'État. On joue exclusivement des vaudevilles sur les théâtres des *Variétés*, du *Vaudeville* et du *Gymnase*. Les théâtres de la *Porte-Saint-Martin*, de l'*Ambigu*, *Montpensier*, de la *Gaité*, des *Folies-Dramatiques*, des *Délassements-Comiques*, des *Funambules*, de *Lazari*, *Beaumarchais* et du *Luxembourg*, donnent des drames, des mélodrames, des pantomimes et des vaudevilles. Au *Cirque olympique*, on joue le vaudeville, des féeries et des drames. Le théâtre *Comte* joue des pièces consacrées spécalement aux enfants. Enfin, il y a le théâtre *Chantereine*, où l'on ne joue qu'accidentellement. Plusieurs autres théâtres sont établis dans la banlieue : à *Belleville*, à *Montmartre*, à *Batignolles*, au *Gros-Caillou*, à *Montparnasse*, et sont assimilés à des théâtres de province. Le café souterrain du *Sauvage*, au Palais-Royal, donne aussi des petites scènes dialoguées. Enfin, le *Cirque des Champs-Élysées* et l'*Hippodrome*, de la barrière de l'Étoile, montrent des jeux équestres, des lutteurs, des équilibristes, etc. On voit que le nombre des spectacles que renferment Paris et la banlieue s'élève à environ 28. Les hôpitaux prélèvent sur les recettes des spectacles un droit qui s'est monté, en 1845, à la somme de 1,046,525 fr.

L'*éclairage* de la voie publique se fait au moyen de 2,608 lanternes à huile, fournissant... 5,880 becs, et de 6,600 lanternes à gaz, fournissant... 8,660 — ce qui donne un total de 11,208 lanternes et de 14,500 becs. Pendant les six mois de la mauvaise saison, tous les becs sont allumés. L'éclairage est suspendu dans 3,240 becs pendant la belle saison.

Le *balayage* des rues est à la charge des habitants; le balayage des places publiques, des grandes routes, des boulevards, des quais, se fait aux frais de l'administration, qui emploie, pendant l'été, environ 300 individus; l'hiver, le nombre des balayeurs est porté à 600, et quand il tombe de la neige à 2,000. Enfin, dans quelques rues, il y a des cantonniers à poste fixe.

Arrosement. — Les boulevards, les quais, les places, les ponts et les promenades publiques sont arrosés deux fois par jour, du 15 avril au 15 septembre, par 90 tonneaux portés sur des voitures à un cheval. Chaque fois, le service doit durer quatre heures. Dans le mois qui précède et dans le mois qui suit celui l'époque que je viens d'indiquer, on emploie seulement 25 tonneaux.

Voitures. — Voici le nombre des différentes voitures qui circulent dans les rues de Paris :

Fiacres à 1 et à 2 chevaux	662
Coupés à 2 chevaux	49
Coupés à 1 cheval	191
Cabriolets de place, à 2 et 4 roues	733
Voitures supplémentaires	301

De transport en commun (omnibus, etc.)........ 367
Cabriolets extérieurs (coucous, etc.).......... 46
Carrosses, coupés et cabriolets à 2 et 4 roues,
sous remises......................... 1,296
Messageries de long cours et des environs de
Paris, voitures spéciales du chemin de fer........ 3,243
Cabriolets bourgeois...................... 600

Voitures bourgeoises à 4 roues................ 15,000
Tonneaux de porteur d'eau { à voiture à bras... 939
{ à voiture à cheval.. 247
Charettes, tombereaux, camions, tapissières,
voitures à bras............................. 3,000
Ce qui donne un total de voitures de 59,000 à 60,000
environ.

MONT-DE-PIÉTÉ.

L'établissement du Mont-de-Piété de Paris, comprend : le bureau chef-lieu établi rue des Blancs-Manteaux; une succursale, rue des Petits-Augustins; deux bureaux secondaires, situés, l'un rue de la Pépinière, 37, l'autre rue de la Montagne-Sainte-Geneviève, 24. — 23 Commissionnaires sont répartis dans les divers arrondissements. — Voici le résumé des opérations du Mont-de-Piété de Paris en 1845 :

Nombre des articles engagés........ 1,203,068........ Sommes prêtées.... 19,070,416 fr.
— renouvelés...... 265,816........ pour la somme de.. 6,200,495
La moyenne du prêt par article a été de 15 fr. 76.

Les sommes perçues par les dégagements ont été de.. 745,573 fr.
— par les renouvellements, de..... 630,520 } Total. 1,534,294 fr.
— par le produit des ventes, de.... 158,201

La balance des profits et pertes a donné, pour le boni à verser dans la caisse des hôpitaux, une somme de 293,047 fr.

CAISSE D'ÉPARGNE EN 1843.

Versements... 40,437,223
Déposants nouveaux.. 35,743
Remboursements.. 36,187,385
Excédent des versements....................................... 9,416,009
Total dû par la caisse au 31 décembre.......................... 104,786,243
Moyens de chaque versement................................... 141
Moyens de chaque remboursement............................... 413
Moyens de chaque livret....................................... 647

RECENSEMENT DE LA POPULATION EN 1841.

ARRONDISSEMENTS.	POPULATION			GARNISON.	TOTAL GÉNÉRAL.
	FIXE.	COLLECTIVE (1)	TOTALE.		
Premier...............	83,132	5,314	88,446	3,800	92,246
Deuxième..............	90,487	2,511	92,998	585	93,383
Troisième.............	56,807	1,563	58,370	1,426	59,796
Quatrième	46,147	283	46,430	»	46,430
Cinquième.............	82,497	2,333	84,831	507	85,338
Sixième...............	96,837	720	97,557	758	98,315
Septième....	65,171	1,211	66,382	162	66,544
Huitième	85,876	7,223	93,099	2,433	95,532
Neuvième.....	43,338	1,809	95,147	1,933	47,080
Dixième...............	79,181	11,061	90,242	7,895	98,137
Onzième	55,290	3,761	59,051	1,529	60,580
Douzième.............	73,540	15,940	89,480	2,400	91,880
	858,303	53,730	912,033	23,228	935,261

(1) La population collective comprend celle des établissements publics, hospices, prisons, colléges, etc.

MOUVEMENT DE LA POPULATION EN 1841.

NAISSANCES					
A domicile.	En mariage	Garçons	10,567		20,641
		Filles	10,074		
	Hors mariage	Garçons	2,889		5,744
		Filles	2,855		
Aux hôpit.	En mariage	Garçons	461		885
		Filles	424		
	Hors mariage	Garçons	2,388		4,686
		Filles	2,298		

Total..... 31,956

Naissances	Garçons	16,305	31,956
	Filles	15,651	

MARIAGES...... 9,533

DÉCÈS				
A domicile	Masculins	7,673		16,356
	Féminins	8,683		
Aux hôpitaux civils	Masculins	5,064		10,054
	Féminins	4,990		
Aux hôpitaux militaires	Masculins	465		465
	Féminins	»		
Dans les prisons	Masculins	130		185
	Féminins	55		
Déposés à la morgue	Masculins	241		298
	Féminins	57		
Exécutés	Masculins	2		2
	Féminins	»		
Enfants morts-nés	Masculins	1,292		2,346
	Féminins	1,054		

Total..... 27,360

RÉSUMÉ.

Total des naissances	Masculines	16,305	31,956
	Féminines	15,651	
Total des décès	Masculins	13,575	28,360
	Féminins	13,785	

Excédant des naissances sur les décès........... 4,596

STATISTIQUE DES HOPITAUX ET HOSPICES.

On compte, à Paris, outre les hôpitaux militaires du Val-de-Grâce, du Gros-Caillou, etc., quinze hôpitaux et onze maisons de retraite.

Le nombre total des lits que renferment les hôpitaux est de.............. 6,600
    —   —   les hospices est de............... 9,617   Total : 17,679
    —   des maisons de retraite et fondations particulières.. 1,462
Le nombre des personnes qui ont été reçues dans ces établissements en 1845 est de.. 82,024
Le nombre total des journées de toutes ces personnes a été de..................... 1,991,763
Chaque malade a séjourné à l'hôpital, en terme moyen....................... 25 jours 97 centièmes.
Chaque malade a coûté à l'Administration............................ 47 fr. 49 c.
Le chiffre des décès dans ces établissements a été de........................... 6,874
D'où il résulte que la mortalité a été de........................... 1 sur 11/16 centièmes.
La dépense totale de l'Administration des hôpitaux a été de..................... 13,767,812 fr.
La dépense moyenne d'un lit a été, dans chaque hôpital, de.................... 667 fr. 64 c.
    —   —   dans chaque hospice, de..................... 410 fr. 85 c.
Le nombre des indigents secourus à domicile a été de.......................... 84,000
Le produit de la filature des indigents a permis de secourir..................... 4,000 personnes.
Enfin, la fondation Montyon a distribué aux convalescents sortant des hôpitaux..... 231,564 fr.

L'hospice des orphelins a recueilli, en 1845, 4,980 enfants, — Sur ce nombre 3,180 ont été envoyés à la campagne ; 184 mis en apprentissage ; 134 sont entrés dans les hospices ; 361 ont été renvoyés dans les départements ; 184 ont été rendus à leurs parents ; enfin il en est mort 1,130.

SECOURS A DOMICILE.

ARRONDISSMENTS.	NOMBRE de MÉNAGES.	NOMBRE total des INDIGENTS.	DÉPENSES FAITES.
Premier....................	2,020	4,598	144,098 fr.
Deuxième	1,368	2,777	100,095
Troisième	1,231	2,722	76,648
Quatrième.................	1,349	3,132	85,862
Cinquième.................	2,250	5,366	125,951
Sixième	2,882	8,719	171,318
Septième..................	2,390	6,595	119,154
Huitième..................	4,610	12,651	240,612
Neuvième..................	2,678	6,565	134,727
Dixième............	2,915	5,765	178,475
Onzième	2,145	5,314	121,717
Douzième.................	6,204	13,809	317,148
Totaux généraux.....	32,042	78,013	1,815,809

ÉTABLISSEMENTS CHARITABLES EN 1844.

1. *Institution de la jeunesse délaissée,* rue Notre-Dame-des-Champs, 15, entretient *cent* orphelines pauvres. — Dépenses, 37,048 fr.

2. *Pensionnat de jeunes filles luthériennes,* rue des Billettes, 18, entretient 33 orphelines. — Dép., 11,437 fr.

3. *Établissement de Saint-Louis,* rue Saint-Lazare, 139, entretient 35 jeunes orphelines pensionnaires.— Dépenses, 12,083 fr.

4. *Atelier de travail de Mme Chauvin*, rue du Paon, 8, entretient 30 jeunes filles pauvres. — Dépenses, 11,524 fr.

5. *Association des jeunes économes.* — Éducation des jeunes filles pauvres.— Pop., 276 jeunes filles.— Dépenses, 67,276 fr.

6. *Association de Sainte-Anne,* à l'Hôtel-de-Ville. — Secours aux familles. — Jeunes filles secourues, 276. — Dépenses, 27,137 fr.

7. *Société pour le placement en apprentissage des jeunes orphelins.* — 123 enfants. — Dépenses, 14,088 fr.

8. *Société des amis de l'enfance.* — 150 enfants. — Dépense, 23,736 fr.

9. *Société de patronage de jeunes garçons libérés.* — 100 patronnés, — Dépenses, 27,348 fr.

10. *Société de patronage de jeunes filles libérées, abandonnées,* rue de Vaugirard, 130. — Patronnées, 312. — Dépenses, 29,047 fr.

11. *Colonie de Petit-Bourg.* — 122 jeunes enfants. — Dépenses, 96,327 fr.

12. *Société d'adoption pour les enfants trouvés et orphelins pauvres.* — Ferme du Mesnil-Saint-Firmin (Seine-et-Oise). — 33 enfants. — Dépenses, 15,742 fr.

13. *Maison de refuge pour les jeunes filles sourdes et muettes,* rue des Postes, 17. — *Dix-neuf* jeunes filles. — Dépenses, 9,896 fr.

14. *Asile-ouvroir du Cœur-de-Marie,* rue Notre-Dame-des-Champs, 21. — Jeunes filles convalescentes, recueillies et protégées, de 100 à 120 par an. — Dépenses, 12,778 fr.

15. *Asile-ouvroir de Gérando,* rue Cassini, 4. — Jeunes filles convalescentes, 162. — Dépenses, 17,646 fr.

16. *Œuvres du Bon-Pasteur,* rue d'Enfer, 77.— Jeunes filles repenties. — Dépenses, 24,695 fr.

17. *Comité de patronage pour les prévenus acquittés,* rue des Anglaises. — Patronnés, 434.— Dépenses, 3,871 fr.

18. *Asile royal de la Providence,* à Montmartre.— Pensionnaires. — La dépense par personne et par an est de 512 fr. 67 c.

19. *Infirmerie de Marie-Thérèze,* rue d'Enfer, pour les prêtres âgés et infirmes. — Dépenses, 37,182 fr.

20. *Société de charité maternelle,* — Secours aux mères de famille chargées d'au moins quatre enfants et qui en allaitent un. Femmes secourues, 916. — Dép., 107,253 fr.

21. *Association des mères de famille,* en faveur des pauvres femmes en couche. — Mères de familles secourues, 846. — Dépenses, 17,485 fr.

22. *Société philanthropique.* — Traitement des malades pauvres à domicile. — Individus traités, 2,987. — Dépenses, 84,663.

23. *Société de Saint-François-Régis*, instituée pour favoriser le mariage entre les indigents, — a fait célébrer 1,060 mariages et légitimer 1,017 enfants. — Dépenses 22,706 fr.

24. *Œuvre des apprentis et ouvriers.* — École du soir et du dimanche, rue de Charonne et rue Saint-Étienne. — 700 apprentis ont été visités et secourus chez leurs maîtres. — Dépenses, 24,100 fr.

25. *Association des fabricants et artisans pour l'adoption des orphelins des deux sexes.* — A eu à sa charge 71 orphelins ou orphelines. — Dépenses, 9,067 fr.

26. *Société de patronage et de secours pour les aveugles.* — Atelier de vannerie et de brosserie. — 10 aveugles travaillant. — Dépenses, 13,900 fr.

27. *Ouvroir de Vaugirard pour les ouvrières sans travail.* — Femmes sortant de Saint-Lazare et filles abandonnées, 72 par an. — Dépenses, 10,025 fr.

28. *Asile Fénelon,* à Veaujours (Seine-et-Oise). — Enfants en bas-âge, 118 garçons. — Écoles, travaux d'agriculture. — Dépenses, 61,613 fr.

29. *Établissement de crèches dans le 1er arrondissement.* — Enfants âgés de moins de deux ans, appartenant à des mères pauvres qui travaillent hors de leur domicile. — La crèche de Chaillot reçoit 16 à 18 enfants par jour; celle de

la rue du Faubourg-du-Roule, 22 à 25 enfants ; celle de la rue Saint-Lazare à peu près autant. — Chaque enfant coûte 30 centimes par jour.

30. *Société pour le renvoi dans leur famille des jeunes filles sans place et des femmes délaissées.* — Du 1er juillet au 31 décembre 1844, 75 personnes ont été secourues par la Société. — Dépenses, 1,448 fr.

31. *Comité israélite de secours et d'encouragement.* —

Secours à domicile; maisons de secours pour les malades. — Frais d'entretien pour 32 orphelins. — 211 malades traités à domicile. — 1,602 individus secourus.— Dépenses, 20,000 fr. environ.

Tels sont les nombreux établissements charitables que compte la ville de Paris, et auxquels le département de la Seine est venu en aide, en 1843, pour une somme de 70,300 fr.

POPULATION DES PRISONS.

Prisons. —Voici le nombre moyen d'individus qu'ont renfermés les prisons de Paris pendant l'année 1845 :

Saint-Lazare	941
Force	562
Madelonnettes	413
Sainte-Pélagie	513
Maison de Justice	118
A reporter	**2,547**

Report	2,547
Dépôt de condamnés	378
Dépôt de police	194
Maison de répression	814
Dépôt de sûreté de Saint-Denis	2
Maison centrale d'éducation correctionnelle	491
Total	**4,426**

Dépôt de mendicité du département de la Seine. — Ce dépôt est situé à Villers-Cotterets (Aisne), et a renfermé en 1844 759 individus.

INSTRUCTION PUBLIQUE.

Les pensions et les institutions renferment un nombre d'élèves à peu près égal à celui des collèges. Les écoles communales et privées étaient suivies, en 1845, par 56,385 élèves des deux sexes; les écoles spéciales et d'instruction supérieure par au moins 10,000 élèves en 1844. L'école de droit comptait 3,143 élèves, et l'école de médecine 2,400.

COLLÉGES.	ÉLÈVES		TOTAUX
	INTERNES.	EXTERNES.	GÉNÉRAUX.
Henri IV	486	321	807
Louis-le-Grand	502	553	1,075
Saint-Louis	278	647	925
Bourbon	»	996	996
Charlemagne	»	768	768
Rollin (communal)	394	»	394
Stanislas (privé)	218	»	218
TOTAUX	**1.898**	**3,285**	**5,183**

(Les cinq premiers collèges : Royaux.)

GARDE NATIONALE.

L'effectif de la Garde nationale de Paris, en 1845, était de 75,000 hommes environ, réparti ainsi qu'il suit :

1re légion	4,537	5e légion	4,533	9e légion	2,439
2e —	6,987	6e —	5,965	10e —	5,241
3e —	4,404	7e —	3,025	11e —	4,000
4e —	3,746	8e —	4,762	12e —	3,199

Banlieue. — 4 légions : 22,000 hommes environ.

CONSOMMATION DE PARIS EN 1844.

Boissons.

Vins	Hectolitres,		945,849
Eaux-de-vie	id.		51,161
Cidre et poiré	id.		14,162
Vinaigre	id.		16,277
Bière	id.		123,350

Comestibles.

Raisins	Kilogr		610,634
Bœufs	Têtes		76,565
Vaches	id.		16,450
Veaux	id.		78,714
Moutons	id.		439,950

Porcs et sangliers......... Têtes........ 87,987
Pâtés, terrines, etc........ Kilogr....... 376,783
Viandes à la main......... id........ 3,309,407
Charcuterie.............. id........ 1,236,281
Abats et issues........... id........ 1,647,905
Fromages secs .... id........ 1,337,176
Huiles fines............. Hectolitres... 7,114
Marée................. En argent.... fr. 6,086,376
Huitres................ id........ 1,720,157
Poisson d'eau douce ...... id........ 684,788
Volailles et gibier......... id........ 9,099,078

Beurre.................. En argent.... fr. 12,388,011
Œufs.................. id........ 6,204,312

Fourrages et grains.

Foin.................... Bottes....... 7,661,017
Paille.................. id........ 12,131,381
Avoine .... Hectolitres... 1,011,037
Farines évaluées pour un jour à 1,500 sacs de 130 kilogr. chacun. Quelques statisticiens portent ce nombre de sacs à 2,400.

BUDGET DE 1846.

RECETTES.

Centimes communaux..................... 1,030,809 f.
Droit d'octroi. — Produit des amendes, saisies et consignations en matière d'octroi.. 29,586,000
Location de places dans les halles et marchés, et des droits perçus sur certains marchés. 2,272,430
Poids publics 243,000
Droits de voierie...................... 201,000
Produit des établissements hydrauliques.... 984,000
Caisse de Poissy...................... 390,000
Abattoirs........................... 1,097,000
Entrepôts.— Droits perçus sur les vins et les huiles, et rétribution pour escorte des diligences et des marchandises en transit. 435,000
Location d'emplacements sur la voie publique, chaises, stationnement des voitures publiques, etc. 665,868
Loyer des propriétés communales.......... 175,111
Expéditions d'actes.................... 94,630
Inhumations......................... 512.400
Exploitation des terrains dans les cimetières. 753,000
Voiries............................. 386,050
Subventions de l'Etat pour la garde municipale............................... 1,996,903
Recettes diverses annuelles.............. 1,310,560
Recettes accidentelles.................. 2,945,008

TOTAL........ 46,150,781 f.

DÉPENSES.

Dette municipale........................ 4,592,404 f.
Etat civil............................. 39,300
Contributions foncières 85,600
Prélèvement au profit du trésor............ 4.679,948
Frais et appointements des employés de la préfecture.......................... 718,650
Frais et appointements des mairies........ 428,455
Frais d'exploitation ou de perception...... 2,939,419
Instruction primaire..................... 1,021,385
Cultes.............................. 83,736
Inhumations et cimetières................ 422,750
Garde nationale et service militaire........ 936,552
Travaux d'entretien et établissements publics. 2,521,074
Grosses réparations..................... 190,000
Frais de direction des travaux............ 375,270
Subventions, dotations, frais de justice, etc. 209,190
Hospices............................. 5,512,741
Arriéré............................. 128,170
Préfecture de police.................... 10,741,908
Bibliothèques, promenades et travaux d'art. 162,163
Instruction publique.................... 123,082
Pensions et secours.................... 11,940
Grande voirie........................ 729,000
Fêtes et cérémonies publiques............ 311,645
Dépenses imprévues.................... 1,296,856
Travaux neufs d'architecture, hydrauliques et de voirie........................ 7,819,540

TOTAL........ 46,150,781 f.

TABLE ALPHABÉTIQUE

FIN DE LA TABLE ALPHABÉTIQUE.

TABLE GÉNÉRALE DES MATIÈRES

FIN DE LA TABLE GÉNÉRALE DES MATIÈRES.

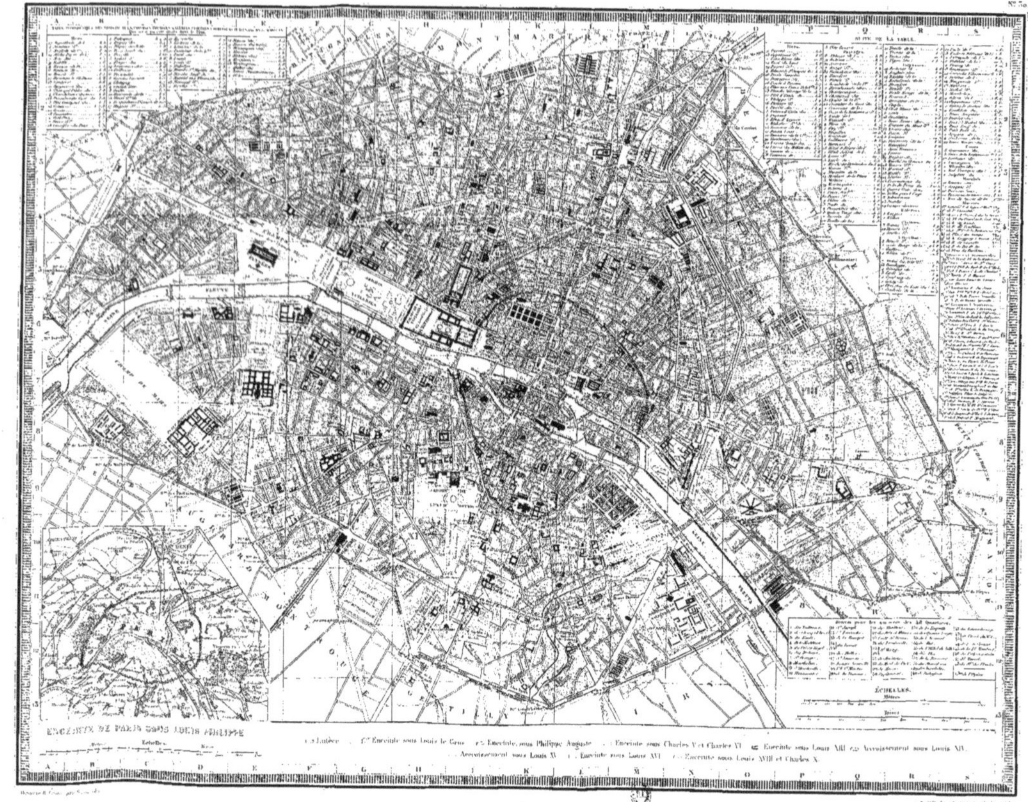